谨此献给《中国建材报》创刊 30 周年

一张传统纸媒是怎样得到全行业认可的？

逆袭之道（上）

《中国建材报》重点报道优秀作品选登

杨 军／主编

刘媛媛　毕德鹏／副主编

中国经济出版社
CHINA ECONOMIC PUBLISHING HOUSE

·北 京·

图书在版编目(CIP)数据

逆袭之道 / 杨军主编.
北京:中国经济出版社,2018.3
ISBN 978-7-5136-4555-3

Ⅰ.①逆… Ⅱ.①杨… Ⅲ.①新闻报道—作品集—中国—当代 Ⅳ.①I253

中国版本图书馆 CIP 数据核字(2016)第 321238 号

责任编辑 孙晓霞
文字编辑 孙喆浩
责任印制 马小宾
封面设计 崔建岐,任燕飞设计工作室

出版发行 中国经济出版社
印 刷 者 北京金明盛印刷有限公司
经 销 者 各地新华书店
开 本 710mm×1000mm 1/16
印 张 48.75
字 数 820 千字
版 次 2018 年 3 月第 1 版
印 次 2018 年 3 月第 1 次
定 价 98.00 元(上、下册)

广告经营许可证 京西工商广字第 8179 号

中国经济出版社 **网址** www.economyph.com **社址** 北京市西城区百万庄北街 3 号 **邮编** 100037

本版图书如存在印装质量问题,请与本社发行中心联系调换(联系电话:010-68330607)

编委会名单

编委会名单

出版说明

2016 年,《中国建材报》30 岁了。在我们为自己高喊生日快乐时,也在暗自感怀。有些伤感,因为又有同行在媒体圈中悄然隐没;更感庆幸,因为我们还活着,而且越活越好。

行业的发展让建材人行色匆匆,心灵空间不断被压缩分配给纷呈的选择,快速变革的技术为阅读带来越来越丰富的形式体验,新、快成为当下媒体行业的追求。在这样的变革中,我们不禁生出一个疑问:我们为什么会“越活越好”?

30 年的成长让我们不断加深探知这个答案的渴望。回头看看脚下的路,也许我们应该总结一下,这样或许能够找到答案。随即“逆袭之道”这本书应运而生。

筹　备

《逆袭之道》这个名字是编委会经过反复讨论后确定的,这本书不仅是为了展现 30 年,尤其是党的十八大召开至今《中国建材报》的重大变革,更是为了展现应对新媒体冲击、传统行业急剧变化,深受双重压力的行业媒体的抉择:行业纸媒如何“逆袭”。

在本书筹备阶段,我们大胆任用入社不久的新人,因为报社 30 年的历史与成就不仅需要总结,更需要新的理解与新的传承。

前期的资料搜集、整理,颇为繁复。我们从档案室里“请”出了从创刊至今历年报纸的合订本,近 100 本厚厚的合订本,摞起来有一人高,大部分在时间的发酵下已然泛黄。

为了丰富当时的记忆,印证我们对报社历次变革中的诸多“第一感”,我们又走访了报社老领导,行业老专家,请他们帮我们点亮细节处的角落,还原本真。

在经过大量的采访和资料整合后,我们发现自己开掘了一座宝矿,随之又有一个难题摆在面前:十几万张图片,几千万字的报道都放在了我们的案头,如何选择?如何取舍?

作为记者,我们知道这些材料的珍贵和难得,但囿于记者职业的局限“长于新闻编辑,却对图书编辑缺少经验”,因此一时难于理清头绪。在经过编委会的多次商讨,并听取了报社几位老领导的建议后,我们在本书的内容选编上把握了四个原则:

第一、全书收录的新闻稿件,重点突出十八大至2017年前,即近5年来行业的重要转型节点和重大事件、重大政策解读、舆论监督报道等为线索,选取行业发展过程中的重大事件与优秀案例,以及本报组织策划、深入采访的重要选题报道。

第二、本书分上下册出版发行。上册以重大报道,尤以十八大以来报纸刊登的重大系列报道为主要内容,展现行业报纸在遭遇建材行业和纸媒领域双重寒流之后,如何以“内容为王”走上逆袭之道。同时,对于前25年的重要报道也有一定的选登,通过这些报道呈现出30年建材工业发展的足迹。下册以十八大以来,建材报在采访报道内容和形式上的知名创新品牌——《每周核心报道》为主要内容。

第三、首次尝试互联网与传统图书相结合的模式,结合互联网,开创二维码辅助阅读功能。采取这种创新模式,起因是经过初选、精选等多个步骤,仍有五百多万字的精品文章有待取舍,这些文章在有限的版面中无法一一呈现,但这些文章凝聚了《中国建材报》三十年来的报道精华,因此,进退之间我们选择借助互联网,书中仅呈现节选的部分稿件八十余万字,大部分无法呈现在书中的稿件收录至二维码,这样不仅可以解决图书空间难于容纳大量文字的问题,也是我们尝试开拓“互联网+传统书籍”的创新模式,希望以此给读者带来全新体验。

第四、细心的读者或许会发现,我们在标注稿件“刊出时间”上用了不同的形式。在上册中,我们在连续刊登的系列报道稿件题目的左上方标注了文章刊出时间;在同一天刊登的多篇系列文章中,只在第一篇标题的左上方标注刊出时间。在下册中,我们会在一篇或一组稿件的文尾标注当期核心报道的刊出时间,例如:第一章节中的前三篇文章,我们在第三篇的文尾标注“《绿色的梦》刊于5月10日”,表明前3篇稿件均选取自同一期核心报道,而《绿色的梦》是这一期核心报道的大主题。

采用不同的标注方式并非是我们忽略了专业图书编辑准则,而是在编辑本书过程中,我们尊重作者的稿件撰写与刊发形式。上册选登的文章,多以系列报道、综合报道和单篇报道为主,系列报道和单篇报道是以一天一篇的形式在报纸上呈现的,综合报道多以消息、通讯和评论同时在一期报纸上刊发,因此,本书选取的综合报道只在首篇的左上方表明刊发时间;而下册以“每周核心报道”为主,报纸呈现形式为“同一天在同一个大主题的引领下,多篇稿件同时刊发”,因此下册标注的刊发时间是以当期“核心报道”的刊发时间为准。

案　头

原则确定后，我们开始了文字汇编和二维码制作等工作，这也是我们重新审视自己、总结“逆袭之道”的过程。随着工作的深入，尤其近些年传统建材行业遭遇“阵痛期”之后，我们越发感到行业媒体不仅是行业大事的记录者，更是参与者、推动者。

我们选取了近年来建材报组织策划、采访调研对行业发展具有重大历史作用的选题报道为线索选取文章。比如水泥错峰生产，数百篇文字报道化为两会上的重量级提案，最终推动了“水泥错峰生产产业政策”的诞生；无数次的钻山沟、趴雪窝，让我们抓到“化解水泥产能过剩为何难?”的诸多因素，每一篇报道都成为行业管理者决策的重要依据；关于“大力发展绿色建材”，建材报是行业中最早建立舆论传播的权威平台，也是绿色建材产业坚定的倡导者和推动力量；《山水纷争沉思录》让我们感受到国企改革时的彻骨之痛；《中国建材集团供给侧改革系列报道》又让我们对国家政策的求真务实而拍案叫绝；《新闻调查·假冒进口锚栓追踪系列报道》，将隐藏在大工业体系中不受关注，却事关生命安全的“小螺丝钉”产业的诸多问题予以曝光，从而引发社会重视，推动行业规范发展……

我们也甄选了在建材报30年变革中留下生动笔墨的“大事小情”。比如报社成立初期，“大家办建材”的气氛正在温暖全国，水泥、玻璃、陶瓷等项目在全国一个接一个的上马，但由于当时国家底子薄，很多做法都是在摸索中前行，在推进中也发现了不少问题。当时国家领导人对建材行业的关怀可谓无微不至，其中《渗漏，建筑顽症治愈何期?》等文章就是那一时期的真实写照。

细腻之外还有金戈铁马。由于长期关注立窑淘汰事件的进展，让我们知晓技术升级对行业的重要意义，最终的《告别立波尔》让我们送走了曾经荣耀的时代，《首条4000吨生产线的成功通过验收》让我们迎来了一个“新型干法”时代。面对这样的巨变，我们不禁感怀并坚信这些足印一定是建材行业最深刻的记忆。

随着案头工作的深入，我们深知上述四个原则或许不能涵盖建材行业30年来的所有变化，我们只有竭尽所能挖掘其精华，毕竟这个行业太过庞大，经历的故事太过丰富。

成　书

经过近半年的时间,《逆袭之道》逐步展现容颜。

本书上册包括10大章节共69篇文章。其中,收录近5年的报道49篇,前25年的报道20篇。一些系列报道只节选其中几篇稿件,其余稿件均在二维码中呈现。

本书下册因文字限制,只收录了38期《每周核心报道》,尚有27期没有收录。且所收录的38期中,每期仅选登最重要的一篇或几篇稿件,其余稿件也在二维码中呈现。

因图书空间有限,有些优秀稿件并未收录进来,包括曾引起行业轰动的报告文学《卡尔巴拉岁月》,3万5千余字的容量实在难于呈现在图书中,除此之外很多精彩的系列述评、评论员文章等也都未能收录,其中一部分将以二维码的形式呈现。

为了收录更多文章,本书制作了60个二维码,每个二维码都将本书相关章节中未能呈现的稿件收录进去,并分别印在每组文章之后,读者可随时扫描二维码阅读文章。

关于成书时间,还需特别说明的是《逆袭之道》这套图书原本是献给报社30周年的一份贺礼,2016年10月18日,是《中国建材报》30岁生日,这套书的编辑工作早在当年的10月初就已完成,但由于报社工作上的一些原因,本书的出版时间延迟至今,因此,本书收录报道稿件截至2016年10月,此后的精彩报道并未在本书中呈现。

这本书里记录了我们的成长历程,以及一个行业媒体应对当下媒体时代变革的道与术。我们期盼《中国建材报》30年来的经验与做法能够产生“鲶鱼效应”,在媒体行业加速升级变幻的今天,让行业媒体从中找到自己的逆袭之路,便已知足。

本书编委会

2018年1月

序

一

《中国建材报》诞生于1986年10月18日，正赶上20世纪80年代中国产业报纸兴起的大潮。

彼时，是我国行业报发展势头最强劲的时期。在此之前，只有新中国成立之初创刊的《人民邮电报》《人民铁道报》等几家行业报。而1979年到1989年十年间，40多家行业报纸陆续创办，几乎每年都有两三份全新行业报诞生。

那个激情澎湃的年代，改革开放的号角蓦然吹起，行业报随着各行业的发展应运而生。涉及的领域非常丰富，既包括石油、化工、建筑建材、航天、海洋、核工业等大型工业制造业，也包括食品、纺织、医药、花卉、汽车等与社会生活息息相关的轻工业产业，一些当时的新兴行业和高科技行业，如计算机、电子、旅游、民航、贸易等行业报，也走在了产业发展的前端。

据资料可查，迄今国内行业报有近130家，已是大传媒产业中的一股中坚力量。而《中国建材报》，虽在所有"80后"产媒问世的排序中位列中游——有20多份报刊创刊在前，但在我国建筑材料领域的产媒大家庭中，《中国建材报》30余年来始终当之无愧排行居首。

二

"80后"的行业报，多为当时国务院各部委主办主管的机关报，诞生之初都带有浓郁的计划经济色彩，主要服务于对各部委在本行业开展工作的宣传报道。

《中国建材报》亦不例外，从形式到内容也遵循着共通的机关报特色。但相对同时期创办的多数行业报，建材报的视角更具行业高度和社会广度，新闻人的敏锐性和捕捉力也较强。这源于建材报拥有一位我国新闻领域的资深专家——《中国建材报》第一任社长张颂甲先生。他1949年投身新闻行业，创办建材报前任《经济日报》副总编辑。他将做新闻的专业性深深注入建材报的基因中，使其很快在建材行业的产媒中异军突起。

从改革开放初期至今,行业报业的格局在不断演变,“80 后”的行业报也走过了不同的发展道路。

有些逐步模糊行业界限,升格为以原行业为点逐步向社会面扩展的综合类报纸;有些在改革浪潮中,没有抓住转型机遇,找不到创新方向,在大浪淘沙中被无情淘汰。

还有一些行业报,始终在本行业中稳扎稳打、深耕细作,与行业同呼吸共命运,并通过不断的改革与创新,成为推动行业发展、助力行业转型的权威舆论传播平台。《中国建材报》就是这样一份报纸。

三

30 余年来,《中国建材报》能够紧抓行业发展的脉搏,成为建材行业唯一的国家级行业党报,在传统纸媒遭遇寒流之际,能及时扼住下滑态势,一挽狂澜觅得先机,这与建材报自身的历史演变不无关系。

《中国建材报》创刊之初称《人民建材报》,报名为时任中共中央总书记胡耀邦题写,由原国家建材局主办主管。2000 年,《中国建材报》的主管主办单位由国家建材局变更为《经济日报》,成为经济日报报业集团的子报刊。

无论是作为原国家建材局的机关报,还是归至经济日报麾下,《中国建材报》30 余年来始终没有离开诞生地——北京海淀区三里河路 11 号。这里地处国务院各大部委聚集的区域,建筑建材等大系统部门均坐落于此,给予了建材报更多便利的工作条件。

建材报的指导单位——中国建材联合会与报社同在一个办公大院。国资委建材服务局、国资委建材老干部局,还有很多建材建筑领域的同仁与建材报为邻,各方信息资源共享便捷。

30 年来,建材报在这里不断成长、不断壮大。可以说,“三里河路 11 号”建材大院里的一草一木都见证着建材报从襁褓步入壮年的每一步成长。

四

纵观《中国建材报》30 年的发展轨迹,就是建材工业 30 年来变迁的浓缩和汇集,行业每一个历史性的发展阶段,都在建材报的字里行间得到鲜活体现。

30 年前,《人民建材报》这个名字的诞生,体现的就是那个年代建材行业的发展特色。

1985 年,国家建材局在“调动各部门、地区、企业办建材”指导方针的基础上提出“大家办建材”的创新思路,打破部门所有、独家经营的传统模式,跳出相互封锁、不愿竞争的狭隘境界,焕发出勃勃生机,实现了快速发展。一年后,《人民建材报》带着“大家办建材”的时代特色跃入行业眼帘,报社同仁迅速将“大家办建材”的舆论阵地铺开,多篇报道体现出“大家办建材”热火朝天的魄力和气势。

20 世纪 90 年代至 21 世纪初,以水泥工业为代表的建材行业跨上了大展宏图的“黄金十年”,也是《中国建材报》历史上的一段黄金岁月。这从当年的报道中可见一斑,行业的技术升级、产品创新、企业繁荣时时跃然纸上,产量不断走高、研发不断突破,建材工业一步步前进,直至摘取“建材大国”的荣耀,都在当年的报纸上留下生动笔墨。

历届报社同仁付出心血与汗水,记录下建材工业点点滴滴的时代印记。水泥行业从立窑向新型干法时代演进的历程,在持续十多年的建材报上留下鲜明足迹;3 万 5 千字的报告文学《卡尔巴拉的岁月》让水泥行业那段特殊岁月永不消逝……

我们真实再现中国建材人不懈努力、勇攀高峰的奋斗历程;深入解读党中央国务院历年来出台的相关政策和战略;充分探索行业主管部门对行业发展的重要思想和指导意见;高度重视建筑材料给社会带来的安全隐患;及时反映市场的困惑和需求;始终行走于行业发展的前沿阵地……

多年的努力耕耘,逐步奠定了《中国建材报》行业权威主流媒体的产媒地位。

五

行业盛、报纸兴,行业面临困境,报纸亦压力重重,这是依托于行业发展的产媒共同特点。但反过来讲,行业兴盛之时,产媒可以锦上添花;行业困惑之际,产媒就必须雪中送炭。为行业解忧,与行业同乐,这应该是行业媒体责无旁贷的使命和义务,也是行业媒体生存发展的法则。

2010 年开始,传统建材工业蒙上产能过剩的阴影,并日益加剧,加之我国经济发展进入新常态,经济下行压力更加鲜明地体现于传统行业,建材行业相继出现了消费市场低迷、恶性竞争频发、企业效益下滑等一系列病症,在从“大国”迈向“强国”的道路上,遭遇了一次前所未有的阵痛期。

但无论是行业还是报社,所谓的低迷和困顿从另一个角度解读,就是契机和转型。

党的十八大之后,更加坚定了建材工业转型升级的信念,《中国建材报》这一次走在前面,紧紧抓住十八大以来党中央国务院发布的一系列国家战略,率先吹起舆论监督和传播的号角,推动水泥行业错峰生产、助力行业发展绿色建材、监督过剩产能化解力度,从而开启了行业报刊脱困的逆袭之道。

可以说,党的十八大以来的这5年来,是建材报探索以"内容为王"逆袭突围的5年;是集报社之全力,协助行业脱困转型的5年;是30年来走得最辛苦最艰难的5年,更是收获最多感触最深的5年。

在化解产能、转型升级的行业重任面前,我们以最强的报道力量和系统的组织策划深入一线,掌握一手资料,发出行业媒体公正客观的舆论监督声音;在治理雾霾的号角在全社会吹动之时,我们用智慧和努力,推动水泥错峰生产等产业政策出台,并在全国范围内得到普遍响应;在绿色建材大发展的当下,我们更是行业中一股坚定的不可或缺的推动力量,在这条生态环保的道路上,越走越深、越走越广、越走越专业。

六

说到以"内容为王"逆袭发展,不能不提建材报的《每周核心报道》。

2012年2月15日,《中国建材报》开创了一个全新栏目——《每周核心报道》。时至今日,该栏目已出版65期,成为十八大以来,建材报在报道内容和形式上突破创新的知名品牌之一。

《每周核心报道》从2012年至2014年,以每周一期的频率,平均每期4个版的容量,对行业重大事、新鲜事、热点事进行抽丝剥茧的追踪、挖掘、采访和报道。2015年至今,随着报社创新栏目、创新版面逐步增多,核心报道小组也逐步升级形成新闻采访部,为了保证并提升《每周核心报道》的质量,该栏目改为不定期刊出。

《每周核心报道》最早是我在《经济日报》另一家子报——《服装时报》工作时开创的栏目,在服装行业中曾引起了极大反响和良好反馈。因此,当《服装时报》核心报道的骨干成员相继转调建材报之后,我们沿用了这样的方式,让《核心报道》在全新的领域中继续发挥重要作用。

《每周核心报道》每期围绕一个选题,采取统筹策划、一线采访、分头采写、统一编辑的工作方式,通过若干篇相互配合、互为补充的系统文章,像剥洋葱一样,将所报道事件的方方面面剥开并细化,从不同角度入手,独立成章又可形成有机整体,让读者在第一时间能够透彻了解所报道主题的全方位信息。

5 年多来,《每周核心报道》就像报社的“先遣部队”,多次率先站在行业舆论传播的前沿阵地,为推动新事物发展打响头炮。

当行业重大战略落地之初,核心报道为建材报的传播开疆拓路。比如 2013 年 5 月至 6 月,建材报连续推出五期主题为“绿色的梦”的核心报道,正是为工信部原材料司刚刚提出的“大力发展绿色建材”全新战略打响舆论传播的头炮,迅速引起行业内外巨大反响,也树立起建材报站稳绿色建材舆论阵地的第一块基石。

对新鲜事物的发掘捕捉,更是“核心报道”的擅长。几年来,我们陆续发掘多项有发展前途但尚未引起业内广泛关注的新技术新理念新领域。比如,如今已成为国民关注热点的建筑垃圾资源化再生产业,正是从核心报道开始逐步引起全国各大媒体、相关部门和社会的广泛关注。还有建材工业与互联网的两化融合、建材行业的社会责任体系建设、建材流通业发展等等,也都引起不同程度的轰动效应。

行业当下亟待突破的热点问题,也在核心报道中屡有重要呈现。比如关于取消 32.5 等级复合水泥的探讨、拉豪合并引发大企业并购重组的思考等,都成为报道热点。

七

编辑这本书之前,我和我的同事们曾讨论过多次,究竟要为《中国建材报》30 岁生日留下些什么,也有过多种不同的方案,但最终大家达成共识,就是希望能够将建材报这些年坚持以“内容为王”改革创新的作品汇集成册,让年轻的新闻工作者能够了解并传承建材报人一以贯之对新闻工作的认真乃至较真,对建材行业深入骨髓的热爱,对协助推动行业发展、助力行业转型升级所做的努力。

在本书编辑过程中,我们不断在心里重复一个问题:在新媒体冲击下,纸媒特别是行业媒体节节败退,甚至消亡之际,我们为什么还能活着,并且越活越好?

建材报 30 年来的发展成为最佳的答案,无论是报社同仁为了这张报纸周而复始日日耕耘;还是建材行业日复一日薪火相传,都义无反顾在这个行业里奋斗着、努力着。这条路从前没有捷径,未来也没有尽头。

中国建材行业的开拓者和继承者们,都注定了要吃苦。在这份基业上续写辉煌,更要有踏石留痕、抓铁有痕的精神,有披荆斩棘、敢破万难之行动。前辈们的艰辛或许是我们今天存在的基础,全身心的投入才是我们“越活越好”的翅膀。

八

图书出版之际,我代表《中国建材报》感谢所有给予报社长年支持和鼓励的领导、同事、朋友和读者们。

感谢编委会成员。他们在主持日常工作的百忙之中，多次抽出时间探讨如何将图书更好地呈现于读者，给出很多好的建议和意见。

感谢在报社30多年历程中，所有报社同仁为这张报纸所付出的努力和心血。这其中，有报社历届老领导和老员工，也有和我们一起奋战并将继续奋战下去的报社同仁。

感谢我们的上级单位——经济日报社领导和同仁的大力支持与鼎力协助。

感谢建材工业的主管政府部门——工信部原材料司；建材报的指导单位——中国建材联合会，以及各地方行业协会、中国建材集团等优秀企业、行业资深专家学者给予我们的帮助和鼓励。

感谢始终陪伴建材报成长的所有读者。这里有30多年不离不弃的资深读者，他们不仅是建材报成长的见证人，更是我们的良师益友。还有刚刚接触建材报的年轻朋友，他们带来的全新思维和创新理念，推动建材报紧跟时代脉搏，激励建材报不断突破自我，将更好的内容呈现于广大读者。

对于行业报而言，记者笔下是一个行业的兴衰荣辱与家国情怀。作为这个行业中的一员，我们愿继续秉承历史，开拓未来。讲好行业故事、中国故事；传播行业声音、中国声音。不负前人之期许，不忘自身之责任，更为后人留下一份基业、一片火种。

是为序。

《中国建材报》社长　杨　军

2017年8月15日

目　录

精彩继续

第一章
水泥错峰生产　从伟大创意到产业政策

水泥错峰生产，即北方地区冬季采暖与工业燃煤叠加，是造成环境污染、雾霾频发的因素之一。为了减轻北方区域的环境压力，同时缓解水泥产能过剩的现状而采取水泥行业在冬季停止生产，采暖季过后恢复生产的制度。

2014年，东北水泥企业家与《中国建材报》共同探讨“水泥错峰生产”的全新课题，《中国建材报》率先在宣传报道中提出“水泥错峰生产”的新概念，深入东北以调研，形成调研报告，得到了国务院领导支持的批示。同时，《中国建材报》支持全国政协新闻出版界的几十位委员联名提交了实施水泥错峰生产的提案，使得这一创新之举在提出的当年冬季，便由新疆和东北三省开始实施，并向华北延伸。2015年，建材行业主管部门——工信部下发了一份《关于在北方采暖区全面试行冬季水泥错峰生产的通知》的文件，水泥错峰生产的常态化机制得以逐步完善，并延伸至北方所有采暖区。今年，国务院针对建材行业发展专门制定并下发的34号文中，“错峰生产”已作为重要的产业政策明确提出。这所有的历程，建材报都是当之无愧的推动者、亲历者和见证者。

关注本系列报道请扫描二维码

创意诞生

2014 年 3 月 6 日

数十位全国政协委员联名提案

建议北方五省区水泥企业实行采暖季错峰生产机制

构建黑吉辽冀内蒙古等省区水泥企业实行在冬季采暖期全面统一停窑、在春季采暖结束后开窑生产的运行机制。此举将有利于减轻雾霾天气、减少能源消耗、化解过剩产能、降低企业成本、改善劳动条件和促进社会健康发展。

■ 本报记者　王怡洁

生态环境保护是功在当代、利在千秋的事业。化解产能严重过剩矛盾是当前和今后一个时期推进产业结构调整的工作重点。3 月 5 日上午,全国政协新闻出版界的几十位委员联名提交了一份与水泥行业密切相关的提案,备受关注。这份提案强调治理雾霾与化解产能过剩并重,核心内容是建议促进构建"北方四省一区(黑、吉、辽、冀、内蒙古)水泥和采暖错峰生产协调机制"。

提案指出,当前北京及周边雾霾天气频发,已成为众所关注的焦点问题。与此同时,水泥行业产能严重过剩,北方采暖地区,特别是四省一区(黑、吉、辽、冀、内蒙古)的水泥企业,竞争尤其激烈,以至于在严寒的冬季,纷纷以极高的能耗开足马力生产,囤积大量的半成品——水泥熟料,以便在开春采暖结束、建筑施工开始之时,能够抢占市场;又往往在采暖结束、施工旺季之时,开始"打打停停",甚至于在气温适宜的夏季,由于严重供大于求,进入半停产状态。这种经营模式,造成冬季水泥生产高峰与供暖高峰叠加,是形成严重空气污染的重要因素之一。

北方地区水泥行业这种不合理的生产时间安排,造成了能源浪费、环境压力加大,给国家和企业都带来损失,因此,社会和企业都期盼创新机制、改变现状、实现健康发展。

在此背景下,提案建议构建"北方四省一区(黑、吉、辽、冀、内蒙古)水泥和采暖错峰生产协调机制"。所谓错峰生产,是指水泥企业在冬季采暖开始时统一停窑，在春季采暖结束时开窑生产，形成类似我国“伏季休渔”的制度安排。

提案具体建议是，通过中央媒体，财经类、行业类媒体和重点新闻网站呼吁促进，经由工信部、环保部和地方政府部门具体指导，水泥行业相关企业积极配合，全国和地方相关社会组织、行业协会、新闻媒体参与监督实施，最终形成北方四省一区水泥和采暖错峰生产的制度安排、运行机制。

提案首先建议加快召开“政、产、学、研、用”相关研讨会，促进达成有关错峰生产的共识，及早出台“错峰”规定和实施细则，力争今年冬季开始试行，为尽快减轻雾霾天气付出实际行动。

其次，为保证实施效果，特别建议组建由全国和地方相关社会组织、行业协会、新闻媒体参加的监督机构，监督实现错峰生产，建立北方四省一区水泥与采暖错峰生产的长效机制。

提案最后强调，水泥和采暖错峰生产具有重要意义，有利于减轻雾霾天气、减少能源消耗、化解过剩产能、降低企业成本、改善劳动条件和促进社会健康发展，是社会有需求、行业有条件、企业愿意参加、无需国家增加投入的一件利国利民的大好事。

2014 年 7 月 10 日

错峰　我们的共同愿景

——来自黑吉辽内蒙古四省区水泥企业的调研报告

■ 经济日报、中国建材报联合调研组

两会提案激起的层层浪花

在早春结束的两会上，数十位新闻出版界政协委员联名提交了一份重量级的提案，提出构建“北方四省一区（黑、吉、辽、冀、内蒙古）水泥与采暖错峰生产协调机制”的建议。一石激起千层浪，激起了行业内外的强烈反响。

提案上交的 3 月 5 日当晚，新华网、人民网等 200 多家国内重要网站便展开了第一轮铺天盖地的聚焦报道。随后的几天，经济日报、新华每日电讯等 40 多家中央和地方主流报刊，均在重要版面给予了高度关注和重点报道。

作为建材行业的主流大报，中国建材报认为这份两会提案对社会、对环境、对行业、对企业、对每一个行业人具有深远影响和重大意义。于是，本报在第一时间集中力量，展开大型战役性报道，在半个多月的时间里，连续推出 13 期关于“两会错峰生产提案”的报道。这些报道迅速在行业内各大专业网站和报刊掀起涟漪，转载量持续增长。

从提案上交至之后的 100 多天里，新闻媒体对于错峰生产的关注和报道从未间断，截至目前，百度网站可搜索到“错峰生产”相关词条已超过 40 万条。

蒋明麟、徐德龙、王燕谋、高长明等行业内众多专家学者与中国建材集团、金隅集团、海螺集团、山水集团、冀东集团等水泥各大集团及上市公司企业家，陆续联络报社或积极接受报社专访，就此提案发表了自己的观点和建议。

许多专家企业家表示，对于水泥行业而言，“错峰生产”不仅仅是行业应该承担起来的社会责任，更是企业应该承担起来的行业责任，同时，亦是北方水泥企业降低成本、提高利润的好平台。这是一份多方共赢、全社会受益的好提案。

主管建材行业的政府相关部门，如中国建材联合会乔龙德会长，工信部原材料司潘爱华副司长、吕桂新副司长，及北方各省区建材行业协会、水泥行业协会领导人，也都给予了极大关注，并以不同形式约见本报记者表达对错峰生产的支持和意见。

以客观严谨的态度踏上调研征程

经济日报编辑部对“错峰生产”的两会提案始终给予高度重视和持续关注，决定由经济日报与中国建材报组成联合调研组，就“错峰生产”课题深入北方省区市进行深入的实地走访和调研。

联合调研组研究认为，首先应该站在经济社会发展全局的高度来认识错峰生产课题，按照中央精神要求，将错峰生产调研范围，由提案提及的北方四省一区（黑、吉、辽、冀、内蒙古），扩展为北方八省区（京、津、冀、晋、黑、吉、辽和内蒙古）。

同时，在大数据应用已经深入各个行业的今天，要运用科学的调查方法，把微观调查和宏观调查结合起来，把定性分析和定量分析结合起来，提高调研工作的效率和调研成果的质量，为错峰生产的决策、推动与实施，提供全面、翔实、可靠的信息和数据。

联合调研组于 4 月 14 日至 22 日，分为两个分队，展开了第一轮基层调研的征程。分赴东三省及内蒙古自治区，与四省区相关地方政府部门、行业协会和企业经营者进行座谈，深入了解来自一线的声音，倾听他们的建议和意见，并走访代表性水泥企业，进一步了解水泥企业生存现状及产能过剩的实际情况，以及基层员工们的心声。

其中，第一分队前往黑龙江和吉林，第二分队前往辽宁和内蒙古，并分别在哈尔滨、长春、沈阳和呼和浩特召开了“错峰生产”调研探讨会。

各省区工信厅或经信委、发改委、建设厅、水利厅、环保厅、交通厅等相关地方政府部门的代表、各省建材工业协会和水泥协会的领导，及各省内大型企业代表，与调研组成员就错峰生产的意义和价值，以及具体推动和实施，推心置腹、开诚布公地展开交流和探讨。

调研会上，各方代表对错峰生产的两会提案均表达了高度赞同和强烈期盼，相关地方政府和行业协会也表示应全力协助错峰生产的实施，希望错峰生产能够在北方八省区率先推动并实施起来。

关于具体的推动和实施意见，大家提出了许多好的建议，同时，也针对各省水泥行业的现实状况和产业布局，求真务实地提出了一些新的想法和问题，并期待我们能将其中的意见和建议，及时反馈到国家相关政府部门和行业协会，期待全社会、全行业共同推动，构建一个公平公正、科学合理的错峰生产实施机制。

调研期间，调研组成员还深入到基层水泥企业，辗转于四个省内包括佳木斯、鸡西、牡丹江、辽源、阜新等若干城市和县镇，走访近十家重点水泥企业，切实了解北方地区水泥企业实际生存状态、生产方式、市场状况和产能过剩的真实情况，以及各种现阶段面临的问题，同时，认真倾听基层员工的意见和建议，了解他们的心声和愿望。

在此基础上，调研组认真采集了北方水泥企业发展状况的翔实数据、真实材料和全新资讯，建立起与错峰生产相关的数据库，为此次调研提供了更为可靠有力的佐证。

为了坚定的信念勇往直前

在历时一周的调研路上，我们感受到了来自基层对错峰生产的强烈愿望。不少北方水泥行业人士告诉我们，他们刚听到两会关于北方水泥错峰生产提案的消息时，欢呼雀跃，并开始为这份提案的可行性准备了很多材料和数据，急切盼望着进一步的举措。

“这份提案简直是说到我们心里去了……”，这样的话语不止出自一位企业经营者之口。

各省区政府部门、行业协会和企业家对错峰生产表达出的高度赞同和强烈愿望,令人难忘。而北方水泥企业产能过剩的实际状况和企业的现实困顿,更让我们心情难以平静。

一周的基层调研,让我们深刻明白企业家对错峰生产为何会行动之雀跃、盼望之心切。

正如一位企业家坦言:

作为社会的一分子,我们愿意承担这样一份社会责任。尽管水泥行业绝非雾霾的主因,但如果我们实现减轻雾霾1%的成效,这也许就会发挥“一发动全身”的效应,带动每个行业都能为缓解环境压力尽分内之力,终将发挥重大的社会价值。

作为行业的一分子,我们愿意承担这样一份行业责任。尽管我们实施错峰生产,未必会化解全中国水泥产能过剩的问题。但是,一定能够极大地缓解北方区域产能过剩的压力。也许,通过这样的举措,也会给南方的同行提供意想不到的思路,形成全国范围内的联动,那么,化解全国性水泥产能过剩,错峰生产或许就是一把钥匙。甚至对化解其他重工业的产能过剩,也会是一块敲门砖。

作为企业的一分子,我们需要这样一个公平透明的平台,为了北方水泥行业数十万员工的利益;为了北方所有处于产能严重过剩的漩涡而不放弃的优秀企业;为了全行业每一份子能够看到有序的市场环境、良性的竞争平台、优化的产业布局和合理生产方式的那一天。这是我们生存发展的源泉,是我们为之奋斗的理想。

作为新闻工作者,通过深入基层的调研,我们有了更加深刻的认识:

一份好提案,只有经过科学合理的调研,公平严谨的实施,才可能产生最大化的社会效益,更有力度地推动行业进步。这其中,政府的引导与辅助、企业的需求与自律、协会的协调与互动,媒体的监督与传播,如同运转流畅的轴承一样需要环环相扣,这绝不仅仅是北方水泥企业的理想,行业都期盼这样的未来。

毫无疑问,错峰生产作为一份意义重大、影响深远的好提案,真正实施起来却绝非易事。在不断地探讨、推进和完善过程中,还会出现各种意想不到的困难和阻碍,但是,如今,北方水泥行业众志成城,已经发出了不畏艰难、坚持不懈的豪言壮语。

身为媒体记者的我们,在一周的调研过程中,也越发感受到了自己的那份责任,以及团队的毅力、勇气和激情。因为,任何关乎社会发展、行业进步的创新举措和改革方向,都是我们作为新闻工作者的使命,都是我们心中的理想。

错峰生产的两会提案，为我们打开了理想的双翼。如今，带着一线企业员工的心声和期冀，我们满载而归，与这份理想踏踏实实地跨近了一步。往后，为了实现这份理想，我们也同样会不畏艰难、坚持不懈。（执笔：刘媛媛）

天下难事　必作于易

——“伏季休渔”制度建构对错峰生产的启示

■ 钟云华

水泥与采暖错峰生产，或可喻之工业“休渔”。海洋伏季休渔，休养了大海，滋养了鱼类；水泥错峰生产，节能减排、化解产能、降低成本，休养了炉窑，“滋养”的是清洁空气、能源用户、过剩产业和不堪成本重负的企业。分析伏季休渔制度的建构，对工业“休渔”最大的启示就是，“天下难事，必作于易。”

伏季休渔是好事。实施近 20 年来，伏季休渔在保护海洋生物种群资源，改善海洋生态环境，稳定海洋渔业生产，促进渔民节支增收，增强广大渔民和社会各界的生态环境保护意识，营造养护资源的良好社会氛围，树立负责任大国良好形象等方面，发挥了积极作用，取得了巨大成效。

伏季休渔又是难事。伏季休渔牵涉我国沿海的 11 个省区市和香港、澳门特别行政区，约十万艘渔船、近百万渔民，其覆盖面之广、影响力之大、涉及渔民渔船数量之多、监督管理任务之重，在世界上是前所未有的。

从来图难于其易。休渔是从一定海域、时段简便易行处开始，渐次展开的。1995 年，农业部正式发布的第一道伏季休渔令是：每年 7 月 1 日至 8 月 31 日实行休渔制度，禁止拖网和帆式张网渔船进入北纬 27 度以北至 35 度以南的东、黄海生产，9 月 1 日至 10 月 31 日拖网渔船可以在机动渔船拖网禁渔区线向东平推 30 海里线以东的海域作业，但须实行幼鱼比例检查制度。1999 年，伏季休渔范围扩大到渤海、南海。之后随着实践不断深入，休渔制度不断进行调整和完善。

回顾伏季休渔制度建构，还有这么几个关键要点：

一是摸着石头过河和顶层设计辩证统一。休渔制度的建构历时多年，不断完善。1994 年，农业部经过长时间调查研究、思考、规划，综合社会各界意见和建议，制定了海洋伏季休渔制度。1995 年经国务院批准，海洋伏季休渔制度才正式实施。1999 年休渔范围扩大。主要制度建构历时 5 年，至今仍不断对休渔安排进行微调、完善。对于海洋伏季休渔这样前无古人的崭新事业,我们坚持摸着石头过河和顶层设计辩证统一,在不断实践探索中推进。

二是充分发挥了"有形之手"的作用。伏季休渔是依据《渔业法》,由政府部门主导建立的养护海洋生物资源、建设海洋生态文明、促进海洋渔业可持续发展的一项重要措施。政府部门一声令下,沿海各级渔业行政主管部门及其所属的渔政渔港监督管理机构,着力加大宣传力度,切实强化执法管理,努力加强协调配合,动员沿海有关渔业生产单位和渔民群众,严格遵守海洋伏季休渔的各项规定,共同维护正常渔业生产和伏季休渔秩序,最终确保伏季休渔制度顺利实施。在制度建构过程中,更好地发挥了政府这只"有形之手"的作用。

三是"看准了的,就大胆地试,大胆地闯"。制度建构过程中,如果办什么事情都要有百分之百的把握,万无一失,谁敢说这样的话?伏季休渔没有在等待所有问题解决以后,才开启制度建构,至今仍然存在一些实施中的问题等待解决,其中之一就是与周边国家协同推进休渔。目前周边国家没有同步实施休渔,由于不少渔业资源种群在整个生命周期中,会在多个国家或地区管辖的水域内栖息。有人说我国承担了错失捕捞一些鱼种的成本,周边国家却能分享休渔带来的收益,此外,周边国家渔船和外海区渔船在休渔期非法捕捞,还会影响我国海区的休渔稳定。虽然我国近年来先后与韩国、日本、越南签订了渔业方面的相关协定,由于各国之间在资源价值观等方面的差异,各国之间的合作,还存在相当大的难度。

在类似问题上,我国政府部门"坚决地试",没有等待、没有观望、没有懈怠。对涉及方方面面工作的伏季休渔工程,从简便处入手、从细微处着手,不失时机推出了这项重大改革。正所谓"图难于其易,为大于其细。天下难事,必作于易;天下大事,必作于细。"

关注本系列报道请扫描二维码

序幕开启

2014 年 10 月 30 日

绝处逢生

——新疆水泥错峰的来龙去脉

■ 本报记者　王怡洁　驻新疆记者　董永军

新疆生产建设兵团工业和信息化委员会、环境保护局联合印发了《关于实行水泥错峰生产有关要求的通知》，宣布新疆今年冬季在全区范围内实行水泥错峰生产。

正是从这一天开始，有关新疆水泥错峰生产的字眼开始走进大众视野。随后，这一消息迅速发酵，成为行业各大媒体的热点关注话题。

10 月 23 日，新疆召开了水泥企业错峰生产工作会议，就如何推行错峰生产做出具体研讨和指示。这标志着新疆实行水泥错峰生产迈出了实质性一步，也意味着从今年 11 月 1 日开始，新疆将正式推行为期 4 个月的水泥错峰生产机制。

从媒体公开报道到企业正式实施，看似只有短短一个月的时间，其背后则凝聚了全疆地方政府、建材行办、水泥企业半年多的心血。新疆建材行办副主任孙存稳用 14 个字概括了错峰生产之所以能在新疆率先实施的原因：政府推动、企业积极、强有力的协调。

其中，强有力的协调成为重中之重，而承担这一工作的主要单位就是新疆建材行办。关于此次错峰生产背后的故事还要从这里说起……

看似意外的不谋而合

乌鲁木齐市光明路 26 号建设广场 11 楼，一个 12 平方米左右的房间内，沙发、办公桌、书柜简单地摆放着。一杯茶水，一摞摞资料，孙存稳像往常一样，手头不停地忙碌着，期间还通过电话协调着各种琐碎的事情。

“实在不好意思，我还要商量点事情。”十几分钟后，孙存稳终于坐下来喝了口茶。“欢迎你们到新疆来,没想到你们对错峰生产如此重视,这让我们感到‘亚历山大’啊。”他半开玩笑地说。

也就是在这里,新疆水泥错峰生产的思想真正开始萌动。

自去年以来,新疆地区水泥产能过剩程度愈演愈烈,产量、销量均下降10%左右,全行业亏损严重,价格回到10年前水平,属历史罕见。可以说,新疆水泥行业已被逼上绝境。此外,较往常相比,新疆近来空气污染也愈发严重,尤其是乌鲁木齐,雾霾频频袭来。

在这些严峻的形势之下,如果再不进行治理,对整个行业来说,无疑将雪上加霜。于是,今年年初以来,新疆建材行办开始酝酿实施冬季水泥停窑机制。

但首要问题来了。停窑4个月,究竟能不能保证水泥供应?

为此,建材行办进行了充分论证。新疆到今年年底有产能9000万吨以上,粉磨能力近2亿吨。目前全疆水泥和熟料库存近1000万吨。冬季是水泥使用淡季,一般冬季4个月新疆水泥用量为全年的10%,约500万~600万吨。建材行办最终得出结论:停窑后,保证供应完全没有问题。

之后,从3月份开始,建材行办开始谋划起草倡议书,题目为“冬季停窑,为治理冬季空气污染做贡献”。

恰在此时,远在北京的两会政协委员提交了“构建北方四省一区水泥和采暖错峰生产协调机制”的提案。

本报第一时间报道了此事,并一连数天刊发了有关这份提案的具体内容,以及各方意见。这也引起了新疆建材行办的极大关注,对他们来说,政协委员的“错峰生产”提案和他们的“冬季停窑”提法更像一种不谋而合。

“我们看到《中国建材报》的报道后,深受启发。尤其看到‘错峰生产’四个字后,感觉更为契合。于是我们把之前所提的“新疆水泥冬季停窑”的说法变成“新疆水泥错峰生产”,这样的表述更加形象,也更加坚定了在新疆推行错峰生产的决心。”孙存稳说。

这份错峰生产的提案受到了行业内外广泛关注,工信部为此专门调研,并大力支持,而此时,新疆建材行办的一系列有关错峰生产的工作也接踵而至。

两个月后,这份倡议书在新疆建材行业网上以新疆建材工业协会名义进行了对外发布。此倡议书指出,新疆冬季空气污染严重,水泥企业应为治理冬季空气污染做贡献,并欢迎广大企业提出促进该倡议落实的具体措施,以便建立长效机制。

这份倡议书的发布,实为打响实施新疆水泥错峰生产的第一枪,也是在全行业统一思想的第一步。

不能不开的“7·23”座谈会

对新疆建材行办而言,如果说今年上半年的主要工作是研讨化解产能过剩的政策,起草有关错峰生产的一系列文件,那么自7月份开始,他们把工作逐步落到实处,即逐步深入到企业中去。而7月23日召开的全疆水泥企业工作会议则把错峰生产工作又推进了一步。

说到这次会议,建材行办感触颇多。“在召开这次会议时候,正是全疆水泥价格跌至谷底的时候,而且亏损额全国第一。”

其实,这次“7·23”座谈会的召开正是为化解上半年新疆水泥产能过剩献计献策。“我们召集了全疆的水泥企业代表们,让大家说说怎么办。新疆水泥真的到了最危险的时候,我们希望唤起各个企业的责任心。”

在会上,建材行办把起草完毕的倡议书分发给与会人员,这也是全疆企业第一次共商错峰生产的大事,包括讨论怎么停窑、如何保障等具体问题。对建材行办来说,这次会议的召开实属不易。“当时,我们没有任何政府性质的文件,好在企业比较积极,因为他们着实看到了行业形势的严峻,大家都想好好研究下一步到底怎么办。”

会议还有一项重要内容,就是签订以冬季停窑、节能减排和不赊销、不倾销为主题的2015年水泥行业自律公约。但只有一部分企业同意签署,这也是建材行办所预料到的。“在当时那种情况下,如果想要所有企业签署的确有难度,毕竟那时企业是第一次接触这件事情,要有适应过程,而且公约也有需要修改之处。最重要的是,政府相关文件还没有拿到,企业也在等待观望中。”孙存稳说。

尽管难度很大,但“7·23”座谈会最终确定了停窑的具体时间为今年11月1日至明年3月1日。它的召开也标志着全疆水泥企业初步达成了共识,有关错峰生产的研究讨论也就此在全疆水泥行业范围内被正式提上日程。

一份起决定性作用的《会议纪要》

“7·23”座谈会让孙存稳和他的团队更加认识到,没有政府机构的支持,错峰生产将很难持续推进。于是,他们开始寻求政府部门的帮助,希望以政府名义发布相关文件。

事实上,新疆有个特别之处在于存在地方和兵团两种性质的单位。对建材行办来说,既要协调政府机关,还要寻求兵团单位的支持。

恰在此时,一个契机出现了。

自"7·23"座谈会后,新疆龙头水泥企业天山水泥董事长张丽荣找到自治区党委和政府的有关领导,反映了受产能过剩影响,企业本身运营困难的实际现状,希望得到政府部门的帮助。在得知这一情况后,政府领导非常重视。于是,他们找到建材行办,希望行办能够协调解决。

"我们考虑到,天山水泥作为本地龙头企业,它的困难也代表着全疆水泥企业的困难。我们不能只解决一家企业的难题,更要解决全疆所有水泥企业的难题。"

此时的新疆建材行办愈加意识到,推行水泥错峰生产意义非同小可。在接下来的3个月里,建材行办开始与地方政府机关逐个进行协调。

在开始协调工作之前,孙存稳打了两个神秘电话。"我当时想,应该首先征求两家龙头企业的意见,只有取得了他们的认可,才能带动其他企业推进这件事情。"

原来,这两个电话分别是打给天山水泥总裁赵新军和青松建化总裁杨万川的。作为区域龙头企业,天山水泥和青松建化合计占据了新疆水泥市场60%以上的份额,他们旗下的子公司也有很多。

结果并未出乎意料,两家企业都欣然接受。有了这两家大企业的支持,建材行办更有了协调的动力。

期间,建材行办专门向工信部原材料司副巡视员吕桂新汇报,并取得大力支持。

其实,早在上半年,新疆建材行办就提出了化解行业困境的5项重大措施,错峰生产是其中之一。在9月3日召开的新疆政府工作会议上,这5项措施被重点提出,并全部得到了自治区政府的支持。9月20日,《关于研究促进水泥行业稳定发展有关问题的会议纪要》(简称《纪要》)最终出台。

可以说,这份文件是历史性的,对当前化解新疆水泥困境非常重要,一举多得,错峰生产被视为突破口。《纪要》明确提出,建材行办要组织水泥企业今年冬季实施错峰生产。

拿到政府文件,犹如拿到尚方宝剑。孙存稳激动的心情可想而知。"有了这份政府文件,我们的工作就好做多了。"

接下来,建材行办依次与自治区经信委、环保厅、工商局,以及兵团经信委、环保局等部门进行协调,希望他们能够大力支持。"这是一项系统工程,缺了任何一个相关部门的支持都难以执行。"

随着《纪要》的出台，四厅局文件也陆续出台。《关于实行水泥错峰生产有关要求的通知》也随之发布。虽然协调过程有些艰辛，但在孙存稳看来，一切都很值得。“政府的积极推动，让我们很受触动。”这也让我们看到新疆自上而下对实施水泥错峰生产的坚定决心。

一场久违的约定

半年多的心血在10月23日的大会上终于有了令人兴奋的结果：水泥错峰生产就要在新疆率先实施了。在水泥产能过剩如此严重、雾霾愈演愈烈的双重压力下，错峰生产仿佛一场久违的约定，是全行业期盼已久的大事。

10月23日，新疆召开了水泥企业错峰生产工作会议，这是一次动员大会，也是一次工作部署大会。这次大会最重要的议程就是全疆40家水泥企业签订了《新疆水泥行业自律公约》（简称《公约》）。

这份文件是对“7·23”座谈会所发《公约》的再一次修订，也是一次升级完善。与“7·23”会议上只有一部分企业认同相比，此次《公约》签订属于全票通过。《公约》分为四部分：基本原则、工作机制、主要约定、奖惩办法。值得称道的是，其工作机制比较完善。

在外界看来，错峰生产的最难点应该是如何监管的问题。但在建材行办看来，这一问题实则不难解决。

“我们按和田喀什克州、阿克苏、巴州、乌昌石吐、哈密、博州、伊犁、阿勒泰、塔城9个片区划分，分别以当地企业主要领导为成员，成立9个自律监督委员会。以天山水泥和青松建化两大龙头企业作为首轮轮值主席，负责九大片区的错峰协调和分配工作，任期为一个年度，其他企业应积极配合执行。”

这种以行业自律为重要手段，企业之间进行互相监督的做法值得其他地区学习借鉴。

“曾有一家企业找到我说，由于他们所处地方气候更为寒冷，想多生产一个月，尽管我很理解他们的难处，但着眼于大局，他们也只能服从。其实这更是体现企业社会责任的时候。”

孙存稳还说：“一旦发现有违规现象，整个片区的企业可以取证，上报当地有关政府部门，由政府来管。一旦证据确凿，可按照《公约》中的3条处罚措施进行治理。”

据悉，在今年11月1日停窑后，建材行办及相关部门将会不定期地到企业进行抽查。可见,行业自律至关重要。

“在停窑期间,各个企业将加快脱硝和以节能减排为主要内容的技术改造,还要进行员工培训等。总之,窑虽然停了,企业也不能闲置资源,无所事事,还要丰富与员工之间的互动。”

从年初到现在,新疆建材行办始终围绕错峰生产以及化解产能过剩工作进行着各种准备。无数次协调、无数次修改文件,几乎没有休过一个完整的周末。半年多以来,建材行办始终肩负着这一重任,为新疆成为水泥错峰生产的先行试点默默奉献。

同时,我们也看到全疆政府的主动推进以及当地水泥企业的积极配合,这也是促成错峰生产能够施行的关键因素。

如今,距离新疆水泥错峰生产仅剩两天。我们预祝新疆错峰顺利实施,传来捷报,同时也更期待这一机制在北方地区尽早实现,遍地开花。

2014 年 12 月 1 日

东北三省今日起统一实行水泥错峰生产

至明年 4 月 1 日零时止,为期 4 个月;103 条水泥熟料生产线同时停窑,共涉及 4000 万吨产能;此举将对东北及京津地区减少雾霾、改善气候环境产生积极影响。

■ 本报记者　刘媛媛　曾蕴瑶　见习记者　赵常秋报道

11 月 29 日,中国水泥协会和黑、吉、辽三省水泥协会在辽宁沈阳宣布,东北三省将于 12 月 1 日起全面实行水泥错峰生产,为期 4 个月,至 2015 年 4 月 1 日零时止。此举将对东北及京津地区减少雾霾、改善气候环境产生积极影响。所谓水泥错峰生产,是指为减少水泥窑煅烧和取暖用煤叠加对气候环境的影响,在我国北方地区冬季采暖期内,水泥企业实行全面统一停窑、在春季采暖结束后开窑生产的运行机制。据了解,本次停窑包括 103 条水泥熟料生产线,共 4000 万吨产能,这一消息是在当日举办的“东北地区水泥错峰生产启动发布会”上发布的。全国政协委员、中国记协党组书记、“水泥错峰生产”政协提案人之一翟惠生,工信部原材料司副巡视员吕桂新,以及东北三省工信部门负责人、东三省水泥协会会长和东三省水泥企业负责人出席会议。本次大会主旨是向社会公众表明,东三省水泥企业将履行社会责任、维护社会公众利益落到实处，积极为东北及京津地区减少雾霾、改善气候环境贡献行业力量的重大举措。此次启动大会吸引了多家国家级主流媒体与行业媒体的关注，新华社、《经济日报》、中央电视台、《中国建材报》、中国经网等媒体代表参加了会议。

值得注意的是，山东、河南与内蒙古等三省的工信部门在获悉此次东北水泥错峰生产启动发布大会的消息后，主动与会议主办方取得联系，希望前来进行观摩与借鉴。在会上，山东、河南和内蒙古的参会代表积极表示，此次启动大会具有极大的启示和示范作用，会后我们将进一步论证在各自区域内开展水泥错峰生产的可行性，并积极推动区域内水泥行业的错峰生产的开展。

会上，辽宁水泥协会会长、吉林亚泰集团副总裁王友春宣读了各企业代表共同签署的《东北地区水泥行业冬季错峰生产承诺书》，并宣布东北地区水泥错峰生产将于 12 月 1 日起正式实施，2015 年 4 月 1 日零时结束，为期 4 个月。东北地区水泥企业将积极响应国家号召，做错峰生产的倡导者，认真落实此次会议及相关文件精神，坚决执行“健康运行，规范自律”的原则，维护行业运行秩序。按照要求切实遵守限定的停窑时间，保证错峰生产期间的职工权益，全面做到员工思想稳定、市场秩序稳定、企业运营稳定。

翟惠生在发言中表示，任何行业都必须深入领会和执行党中央、国务院的精神与相关政策法规。作为水泥错峰两会的提案人之一，一直以来他都在关注着水泥错峰生产的进展情况。他表示，新疆维吾尔自治区和东北三省相继落实水泥错峰是行业自省的表现，更是将国家利益、人民利益置于企业利益之上的切实行动。同时，他还指出，新闻媒体要充分利用典型宣传、热点引导、舆论监督的“三大功能”，切实支持水泥错峰生产工作的开展，将水泥行业的好人、好故事的宣传报道工作做到位，讲好“中国水泥行业的故事”。

会上通过了一系列错峰运行机制和实施办法，并倡议在“错峰”过程中，逐步建立起长期有效的监管机制，宣布在相关第三方机构设立专项联络举报电话，及时沟通信息，协调监督。与会领导在会上指出，东北实行错峰生产是响应国家提出“绿色发展、循环发展和低碳发展”与“建设美丽中国”的一大创新举措，是企业切实履行社会责任，维护社会公众利益的表现。从现阶段来看，可以减轻和减少当前的雾霾天气，从长远来看，有利于实现我国建设社会主义生态文明新时代的伟大梦想。与会专家、代表认为，东北水泥企业实行错峰是为环境治理、减霾治霾积极履行的社会责任和创新举措，值得肯定和推广。与会代表同时也分别从媒体监督、政府引导和协会协调等多方面,对东北水泥错峰实施提出了建议和意见,并对相关工作提出具体指导和要求。

今年两会期间,数十位政协委员提出联名提案,建议治理雾霾与化解水泥产能过剩并重,构建“北方四省一区(黑、吉、辽、冀、内蒙古)水泥与采暖错峰生产”的运行机制。此后,《经济日报》《中国建材报》在头版连续刊登系列报道,紧紧围绕错峰生产提案所涉及的热点、难点分析讨论,全面采集了政府相关部门、行业协会、专家学者、水泥企业等各方意见和建议,普遍认为这是一项利于环境、利国利民的创新之举。7 月至 8 月份,工信部等有关部门联合组成调研组,赴北方四省一区调研深入了解有关情况,各地尤其是东三省地方政府、协会、水泥企业对错峰生产的态度非常积极,对两会提案高度赞同和强烈期盼,希望错峰生产能够在全国首先是东北区域实施。与会领导和专家一致认为,实行水泥错峰生产具有以下重要意义:

1. 减轻采暖期的环境压力。据有关资料初步统计,华北、东北和内蒙古地区每年冬季生产水泥熟料 1.2 亿吨,如果能够全面停下来,将减少烟气排放 7800 亿立方米,可明显减轻和减少雾霾天气,同时解决水泥企业冬季熟料倒运和堆放形成的二次扬尘问题。

2. 节约水泥生产能源消耗。北方地区冬、夏温差达到 40 度以上,冬季熟料生产需要增加 20% 的能耗。根据测算,每年冬季华北和东北地区熟料生产将消耗煤炭 2000 万吨,如果全部改为夏季生产,将减少煤炭消耗 400 万吨。

3. 降低企业生产经营成本。冬季生产的熟料需堆放半年才能用完,造成熟料水化掉号,增加水泥生产成本;积压熟料需要占用大量流动资金,增加企业财务成本。因此,错峰生产安排将极大改善企业经营状况。

4. 改善职工劳动生活条件。目前北方地区水泥企业普遍在夏天检修设备。“错峰”后,面对等量市场需求,水泥企业可在生产能耗较低的夏天连续运转,利用冬季停窑安排好设备检修、环境治理、职工休假和培训。因此错峰生产不会影响职工收入和就业,有利于提升职工技能素质、改善职工劳动生活条件。

总之,实行水泥与采暖错峰生产,有利于减轻雾霾天气、减少能源消耗、降低企业成本、改善劳动条件和促进社会健康发展,是社会有需求、行业有条件、企业愿意参加,无须国家增加投入的一件利国利民的大好事。

10 月下旬,受全国“错峰”舆论的影响,新疆维吾尔自治区率先宣布自 11 月 1 日起全区水泥企业今冬实行错峰生产,成为首个“试水”实行水泥错峰的区域。目前已平稳运行将近一个月,各界反应极为良好。

11 月 20 日，工信部原材料司在北京召开东北三省水泥错峰生产座谈会，主要内容包括三方面，一是听取新疆地区开展错峰的情况介绍；二是听取了东北三省工信主管部门、水泥协会和部分水泥企业关于水泥错峰的意见和建议；三是研究了推动东北地区水泥企业试行错峰生产的相关事宜。

会后，来自东北三省的主管部门、水泥协会和部分水泥企业代表，经过充分协调决定在 12 月 1 日开始水泥错峰生产。

当前中国经济已从高速增长转为中高速增长的"新常态"，经济结构不断优化升级。而水泥工业发展环境也面临着一个重要的"新常态"，这就是保护环境、节能减排、治理雾霾。新疆和东北三省地区的水泥错峰生产已经成为行业"新常态"形势下的创举，作为水泥工业适应经济发展新常态的新理念、新思路，具有深刻的时代背景和客观的历史必然性。

2015 年 3 月 17 日

"峰"起云涌

——北方地区水泥错峰生产一年全景回顾

■ 本报记者　刘媛媛

"水泥错峰生产"一词最早出现在全国政协新闻出版界委员的提案之中。当时，它对水泥行业还是一个完全陌生的词组，最先关注的群体，是始终站在舆论前沿的新闻战线工作者。

媒体关注　为"错峰"开了好头

"错峰"并不难理解，早在几年前，错峰出行、错峰休假等社会和民生类话题，曾引起过媒体和大众的关注。

自从党的十八大将生态文明建设提高到前所未有的高度，纳入与经济建设、政治建设、文化建设、社会建设共同形成建设中国特色社会主义"五位一体"的总布局，"环境保护"便成为新闻媒体广泛关注的焦点之一。

2014 年，由于雾霾天气全国范围内的频繁爆发，环境治理更成为国家和社会的头等大事。去年全国两会期间，环境与雾霾几乎是新闻媒体最热的追踪问题，也是两会代表说得最多的话题之一。

在这样的大背景下，水泥错峰生产在两会上提出，不仅为“错峰”增加了更深更高的内涵和意义，更让人们开始认真思考保护环境与行业社会责任之间的关系，必定能够引起众多媒体的关注与热议。

其中，《经济日报》和《中国建材报》对提案的高度关注和在从始至终的参与力度，成为推动水泥错峰生产顺利实施的新闻传媒主力军。

作为党中央、国务院指导全国经济工作的重要舆论阵地，《经济日报》和旗下的中国经济网，认识到水泥错峰生产所能产生的社会经济效益，已经超越一个技术经济的范畴，有可能会成为影响和引导其他传统重工业转型的启示和范本。

作为建材行业权威媒体，《中国建材报》对这一举措的敏感度和责任感，几乎是伴随着提案诞生瞬间爆发，无论站在行业发展的角度，抑或社会环境问题的探索，水泥错峰生产对水泥工业，乃至整个建材工业所能产生的意义和价值将不可估量。

新华社对此事件的关注度，也在很大的程度上掀起了全国舆论传播的巨大浪潮。整整一年时间里，水泥错峰生产几乎没有离开传媒视线。

尤其是在东北三省宣布实施“错峰”之后，各大媒体对此事的关注度和转载率屡创水泥工业报道纪录。新华社、《人民日报》、《经济日报》等国内最权威媒体，均在第一时间发表消息的同时，配以独家评论，对错峰生产的意义和价值，给予极高的评价。

截至今年 3 月份，能在百度上搜索到的“水泥错峰生产”相关词条，达到了 170 多万条。

舆论的支持与传播，是新事物得以推进的捷径之一。当全行业对水泥错峰生产这个概念尚处陌生、伴随争论的初级阶段，媒体作为第三方，既有义务为各方言论搭建探讨的平台，更有责任为新事物的发展提供最求真务实的一手资讯。

由本报和经济日报组成的调研组，围绕错峰生产，率先开展走基层，深入一线听取各方意见建议，求证“错峰”可行性以及存在的问题，从而形成一套科学合理的分析报告，为相关政府部门、行业协会及相关企业提供了详尽的第一手材料和依据。

《经济日报》为此专门刊发 3 篇内参，得到了中央领导同志的重视和批示，对推动此项举措的顺利实施，具有巨大作用和重大意义。

专家态度　让“错峰”更加理性

水泥错峰生产的提案，在水泥行业内掀起巨大波澜，最先加入探讨的行业群体,来自资深专家学者的态度。

尽管当时,有一些专家以“时机不成熟”为由拒绝发表看法,但国务院参事、资深水泥专家蒋明麟,全国人大代表、时任中国工程院院士徐德龙,原国家建材局局长王燕谋等行业资深专家都在第一时间加入了探讨的行列。

《中国建材报》曾在重要版面上,连续刊载了数十位专家对此的讨论内容,也正因为这样一股讨论热潮,进一步激发起媒体界深入基层调研取证的决心。

那时,专家们各抒已见。坚决赞成或坚决反对者都不占多数,更多人是在利弊之间难于权衡,既认定“错峰”为利国利民的好事,却又纠结于各种疑惑和矛盾之中。

最多的质疑来自于难于权衡“雾霾天气与水泥工业之间的关系”。包括蒋明麟、徐德龙在内的专家,都曾有这样的担忧:水泥工业虽然是传统意义上的污染型行业,但随着近些年行业在节能减排、防尘降污技术上取得重大突破,其降尘降耗已完全能够达标,甚至可以与世界最先进技术比肩。如果此时大搞“错峰生产”,或许会加深全社会对水泥工业的误解与偏见,认为环境污染、雾霾天气就是水泥工业造成的,从而使行业被千夫所指,成为众矢之的。

纠结之处则在于“错峰”实施的难度之大,远非朝夕所能解决。甚至有专家认为:政协委员提出了一个好想法,却过于异想天开。“拿出科学合理的依据和数据,听取北方水泥区域更多意见建议”是专家群体较为统一的结论。

在当时看来,专家的态度似是给这个引起舆论轰动的提案泼了点“冷水”,但客观地说,也适时冷却了由激情点燃的过热温度,将更多理性和冷静的思维引入未来的工作之中。如今再回首,在推进“错峰”的过程中,客观和务实始终是最基本的原则,一年之后的今天,面对专家学者当初的担忧与质疑,“错峰”也都给出了最好的答案。

专家们的态度也发生着转变,随着“错峰”实施后的良好反响,关于“错峰生产或许会加深全社会对水泥工业的误解与偏见”担忧消失殆尽,蒋明麟曾不止一次对错峰生产的顺利实施表示赞许。今年全国两会期间,已担任中国工程院副院长的徐德龙,更是对“错峰”竖起大拇指,坚定认为“错峰”不仅要常态化发展下去,还要多工业联动,共同保护环境。

政府支持　促“错峰”实质推进

去年 4 月份,媒体率先深入调研,将地方政府部门、协会和企业的心声愿望原原本本、详详细细地带了回来。作为建材行业的主管部门——工信部原材料司,对此给予了高度关注和认可。

去年春末夏初,建材报相关负责人曾与工信部原材料工业司主管建材行业的副司长潘爱华探讨过水泥错峰生产的可行性问题时,潘爱华表示已对此充分了解,掌握了很多信息和数据。

为此,他还专门召开了一个内部会议,专就此事寻找大量数据和理论支撑,认为这是一件利国利民,且极为可行的良策。他的赞许和肯定,给了我们极大的信心。

这期间有一个小插曲,因工信部原材料司内部分工变化,原材料司副巡视员吕桂新接过了建材工业主管领导的接力棒。不过,这并没有影响“错峰”工作的发展进程,中央领导人对水泥错峰生产的重视和批示,更提高了工业主管部门对此的重视程度,由原材料司组织的实地调研工作顺利开展。这次调研,将“错峰”引入实质性发展阶段。

如果说媒体调研的目的,更多的是为“错峰”提案提供理论支持及所涉及区域基层反馈意见,那么,政府部门的调研则更针对其可行性和具体实施范围展开。

可以说,调研取得了很大突破,但也绝非一帆风顺。几乎所有的区域,在认可错峰生产是好事的同时,也提出希望政府能够作为主导,为其提供政策上的支持。

工信部一位负责人曾言:大家都希望水泥错峰生产可以做成水泥工业的“伏季休渔”,但问题是“伏季休渔”有休渔法可以依循,而水泥错峰生产缺少相关的法律法规作为依托,虽然有了理论支持,企业也有意愿,但作为政府部门在制定政策时,也需要有法可依。所以现阶段,政府只能给予引导和支持。但是真正做起来,还需要协会协调、企业自律。

这次调研得出结论:确定了提案中所涉及的东三省、内蒙古和河北四省一区中,东北是最具“错峰”条件和意愿的区域,河北和内蒙古还在犹豫之中,都不约而同将东北视为风向标,只有东北做起来,其他区域才有实施的可能性。

“政府支持、协会协调、媒体监督、企业自律”是工信部根据调研情况,提出的意见和实施方式,并希望东北三省能够通过这样的方式率先做起来。但是,东北的问题随之而来,实施错峰生产需要三省联动,如何达到无缝对接?如何排除企业的顾虑?三省政府部门和行业协会也想有所作为,但却找不到范本可以依循。

这使得错峰的推进工作陷入胶着之中,似乎大家都有意愿却无计可施,都希望尽快实现却无从下手。时间进入炎热的夏季,“错峰”却陷入冷却的低潮。

如果将来某天,人们为水泥错峰生产竖立一座丰碑的话,有这样一些群体是率先要镌刻在丰碑之上的，我们应该记住他们的名字：新疆维吾尔自治区经信委和环境保护厅，新疆生产建设兵团工信委和环境保护局。

新疆区域政府部门在工信部的支持下，联手在全疆推行水泥错峰生产，并制定相关制度条例的举措，犹如一剂强心剂，其魄力和胆识，不仅为一筹莫展的东北区域提供了所需的范本，也为冷却下来的“错峰”点燃了再度燃烧的火焰。

吕桂新代表工信部参加新疆错峰宣贯大会。当新疆政府部门的代表在会上表达了对全区实行错峰生产的坚定态度时，吕桂新没有忘记同样有条件也有意愿的东北三省，他强调对东北三省早日实现错峰的期望，无形中给东三省水泥行业更大的动力和信心。

2014 年 11 月 20 日，对东北水泥行业来说，是一个值得纪念的日子。就是在这一天，工信部原材料司的某个会议室，原材料司相关负责人与东北三省水泥协会会长和几位领军企业负责人围坐在会议桌前，就东北三省实行错峰的细节问题进行推心置腹的交流探讨。几位司领导听取东北水泥人士的心声，也给予了具体意见建议。

这次会议的召开，在一定意义上为推动东北三省水泥“错峰”打响了第一炮，成为东三省全面进入“错峰”阶段的开篇。

协会协调　助“错峰”柳暗花明

水泥错峰生产作为行业大事，行业协会是不可或缺的群体。事实证明，在“错峰”推进和实施过程中，协会的作用举足轻重。

之所以新疆能够率先成为首个“错峰”区域，作为区域行业协会——新疆建材行办是其中最大也最默默无闻的推动者。几乎在水泥错峰生产提案产生的同时，新疆建材行业也在谋划着同样的事情，鉴于新疆环境污染日益严重，加之水泥行业产能过剩，企业亏损程度创历史之最，恰逢“错峰”提案吹进西域，“如春风一般，让我们的构想有了更好的依托”，一位新疆建材行办的负责人曾这样说。

东北三省水泥协会三位会长赵君、徐德复和王友春，都是急脾气的东北汉子，面对如此深得人心的举措，几位会长坚定不移、旗帜鲜明的给予支持。为推动“错峰”发展几乎每周都要见面进行一番头脑风暴。为了协调各种渠道，无数次地奔走于政府部门、行业协会之间，也三番五次来报社探讨实施细节。

记得去年夏季，因为实施难度大，三人也曾一度觉得在去冬做起来的可能性微乎其微，但还是带着坚定的目光对我们说：“就算今年做不了，我们也不会气馁，一定要拿出最好的实施计划,明年接着做。”

当听说新疆率先开始“错峰”,这几位东北人甚至比新疆人还激动。那段时间,他们几乎每天都和报社通电话,强烈表示要到新疆“取经”。

新疆实行错峰之后,人们的眼光更加聚焦在东北区域,更多的群体加入到推进东北错峰的行列之中,包括中国建材联合会。

事实上,政协委员关于“错峰”提案,也是在北方区域走访调研后产生的想法。东北三省一直有冬季限产停窑的想法,并在单个区域内有过多次尝试,只因缺少相关理论支持和协调机制,多数半途而废。

在提案产生之前,东三省水泥协会相关人士也曾找过建材联合会等协会,表达类似的想法,希望得到全国性行业协会的支持与辅助。

在经过多次论证与探讨之后,建材联合会虽然认可东北区域冬季停窑利大于弊,但普遍认为推行的时机尚不成熟,短时间内无法完成,需要从长计议。

自“错峰”提案产生至新疆率先“错峰”,中国建材联合会始终关注着事态的发展,建材联合会会长乔龙德多次表示对此举措的认可,但也对东三省实施“错峰”在操作上的难度,提出要做好充分准备。

新疆“错峰”宣贯大会,中国水泥协会主要负责人也同样提及东三省,使与会的东北人士感到希望倍增。

尽管中国水泥协会加入“错峰”行列的时间较晚,但作用不可小觑。协会为推进东北三省顺利“错峰”助一臂之力,东北的带动作用也立竿见影,山东、河南等华北区域立刻向中国水泥协会表达希望“错峰”的意愿,“错峰”迅速拉开华北大幕,中国水泥协会的协调与辅助功不可没。

数百企业　是“错峰”真正主角

如果将水泥错峰生产比喻为经典巨制,政协委员、政府、协会、专家和媒体都为这部巨制贡献着自己的力量,扮演着推动者的角色,而这部巨制的真正主角,一定是身处其中的数百家水泥企业。

尽管,在初期调研中,水泥企业也都直言不讳地表达了他们的种种担忧,甚至个别企业也因机制不健全、政策不明晰等问题而犹豫不决,但是,区域领军企业对实行“错峰”、承担社会责任的坚定和执着,就像一面面永不倒的旗帜,时刻凝聚着团结的力量与对责任的担当。

为了环境和行业发展自愿履行企业社会责任,几乎所有“错峰”企业都明白,他们将要为此承担的风险和付出的牺牲，但正如亚泰集团一位负责人所言：我们已经做好了准备，先将错峰做起来。只有行业能够健康发展，企业才能从中获益。

可以这样说，没有新疆的领军企业——天山水泥和青松建化恰逢其时的奔走呼吁，就没有新疆错峰的破冰之旅。没有东北三省的领军企业——亚泰集团和北方水泥的坚定信念和全力以赴，东三省就不可能在去冬攻坚克难统一停窑。华北区域若没有山水、冀东、金隅等领军企业迅速达成思想和行动上的统一，华北六省市的“错峰”也将遥遥无期……

“国家利益永远高于企业利益”，这是全国人大代表、黑龙江省水泥协会会长、中国建材集团北方水泥副总裁、佳木斯北方水泥董事长赵君始终强调的一句话，而这句话也是北方水泥集团的总部——中国建材集团的企业文化和管理理念。

就在东北三省全面实现“错峰”的一个月前，在北京召开的2014年中国建材联合会会长会上，作为建材联合会执行副会长、中国建材集团董事长宋志平与会发言时，提出了4点建议，其中一点就是坚持实施错峰生产，促进节能减排。

作为水泥工业的龙头领军央企，中国建材集团坚定不移的鼓励与呼吁，对推动“错峰”是一种莫大的鼓舞，旗下北方水泥集团公司也在这份激励与鼓舞中，增强了信心和勇气，在实行错峰的过程中，始终发挥着巨大影响力和带头作用。

“虽然雾霾的主因不是水泥工业所为，但是作为燃煤工业，能够为环境治理贡献哪怕百分之一的力量，我们也在所不辞。如果我们能带个好头，让更多重工业都为环境治理贡献哪怕百分之一的力量，那么，无数个‘百分之一’加起来，就有可能让我们生活的环境变得更好，让蓝天离我们更近。”吉林省水泥协会秘书长、北方水泥集团总工程师于本良推心置腹的一番话，将随着水泥错峰生产进入常态化的未来，更加铿锵有力、意味深长。

关注本系列报道请扫描二维码

政策落地

2015 年 11 月 17 日

工业和信息化部与环境保护部联合发布通知

北方采暖区全面试行冬季水泥错峰生产

本报讯 11 月 13 日,工业和信息化部与环境保护部联合发布《两部门关于在北方采暖区全面试行冬季水泥错峰生产的通知》,决定北方地区在 2015—2016 年采暖期全面试行水泥错峰生产,并对试行错峰生产的范围、错峰生产的时间安排、严格执行污染物排放新标准、安排好错峰期间企业生产和职工生活、加强水泥熟料储存管理、充分发挥行业协会作用、加大舆论宣传和监督提出具体要求。本报今日全文刊发。

去年春天至今,建材行业关于冬季水泥错峰生产的呼声不断,《中国建材报》给予高度重视,紧密追踪报道,持续掀起宣传浪潮,力促水泥错峰生产成功落地。2014 年 3 月全国两会期间,全国新闻出版界的近 30 位政协委员联名提交了"北方四省一区水泥与采暖错峰生产"的提案;2014 年 6 月下旬和 7 月下旬,工业和信息化部原材料工业司组成调研组,专门就"错峰生产"问题分别对东北地区和河北省展开调研工作;2014 年 12 月 1 日,东北三省水泥企业错峰生产正式全面实行;2015 年 11 月,工业和信息化部与环境保护部联合发布通知,在北方采暖区全面试行冬季水泥错峰生产。

今年北方采暖区全面试行冬季水泥错峰生产期间,本报将致力于加大舆论宣传和监督,设置错峰新闻监督热线,宣传错峰生产对改善大气质量、节能减排、化解水泥行业产能过剩矛盾和提质增效的现实意义、典型经验,营造有利于开展水泥错峰生产的良好舆论氛围。

(记者 敖娟)

关于在北方采暖区全面试行冬季水泥错峰生产的通知

工信部联原函〔2015〕542 号

北京、天津、河北、山西、内蒙古、辽宁、吉林、黑龙江、山东、河南、陕西、甘肃、青海、宁夏、新疆等省(自治区、直辖市)及新疆生产建设兵团工业和信息化主管部门、环境保护厅(局):

当前,北方地区水泥产能严重过剩,水泥行业盈亏相抵已处于净亏损状态。北方地区采暖期若继续生产水泥熟料,水泥窑炉和采暖锅炉排放叠加,势必增大大气污染和雾霾天气发生几率。为减轻大气污染,缓解产能严重过剩矛盾,促进水泥行业节能降耗,提质增效,根据《国务院关于印发大气污染防治行动计划的通知》(国发〔2013〕37 号)、《国务院关于化解产能严重过剩矛盾的指导意见》(国发〔2013〕41 号)等文件精神,同时借鉴新疆维吾尔自治区水泥错峰生产的有效做法和去冬今春北方部分地区试点经验,决定北方地区在 2015—2016 年采暖期全面试行水泥错峰生产。现将有关事项通知如下:

一、试行错峰生产的范围

在北方采暖地区的水泥熟料生产线试行错峰生产,但承担居民供暖、协同处置城市生活垃圾及危险废物等特殊任务的熟料生产线可以不错峰生产。

二、错峰生产的时间安排

北京、天津、河北、山西、内蒙古自 2015 年 11 月 15 日至 2016 年 3 月 15 日;辽宁、吉林、黑龙江、新疆自 2015 年 11 月 15 日至 2016 年 3 月 31 日;陕西、甘肃、青海、宁夏自 2015 年 12 月 1 日至 2016 年 3 月 31 日;山东自 2016 年 1 月 1 日至 2 月 29 日;河南自 2016 年 1 月 15 日至 3 月 15 日。

各地可根据本地区实际确定错峰生产时间是否提前或延迟。

三、严格执行污染物排放新标准

新版《水泥工业大气污染物排放标准》(GB4915 – 2013)已于 2015 年 7 月 1 日实施,水泥企业应做到达标排放;环保部门应加大检查力度,对不能全面达标排放的企业,督促其利用冬季采暖错峰生产期间加快技术改造,改造完成前不得恢复生产。

四、安排好错峰期间企业生产和职工生活

错峰生产期间,企业要做好水泥窑检修、技术改造、职工培训等工作,并保障职工工资待遇;利用电石渣生产水泥熟料的企业也应积极配合本地区水泥行业协会做好行业自律工作,合理安排生产,压减熟料产量和库存量。

五、加强水泥熟料储存管理

北方采暖地区水泥熟料企业供应能力强,在冬季需求较少时,应严格控制冬储熟料量,以减少资金占用、节约成本费用。要加强对冬季熟料储存现场管理,严格执行《水泥企业产品质量管理规程》和《生产许可证审查细则》有关熟料储存要求,防止熟料露天存储造成质量损失和二次污染。

六、充分发挥行业协会作用

支持由中国水泥协会牵头制定必要的行规行约,组织各地方协会协调相关企业加强自律,签订《水泥企业错峰生产自律公约》,自觉执行错峰生产有关约定,以实际行动支持节能减排和大气污染防治,履行企业社会责任。

七、加大舆论宣传和监督

大力宣传错峰生产对改善大气质量、节能减排、化解水泥行业产能过剩矛盾和提质增效的现实意义、典型经验,增强企业责任感、荣誉感和参与意识,营造有利于开展水泥错峰生产的良好舆论氛围。对不守信违约企业由有关方面进行约谈或曝光。

各地工业和信息化、环境保护主管部门要加强沟通协调,密切配合,指导本地行业协会和水泥企业开展好错峰生产工作,督促不达标企业加大整改力度,引导本地区水泥错峰生产平稳有序开展。

工业和信息化部　环境保护部

2015 年 11 月 13 日

推动水泥“错峰”的重大利好

——由北方地区雾霾频繁“爆表”看两部委“通知”

■ 本报记者　刘媛媛

自今年 11 月,东北三省供暖季开始,雾霾持续爆表的新闻几乎每天占据着各大报刊网络的重要位置,持续成为社会大众热议的焦点,甚至已引发国际媒体的广泛关注。

梳理近几年来东三省雾霾爆发情况，我们发现，几乎每年供暖季开始的一个月内，重度雾霾都会“应声而至”。这段时间既是采暖与工业重叠燃煤的叠加期，也是东三省焚烧秸秆的集中日。

因此，环境专家们早已给出结论：重叠燃煤、秸秆焚烧等重头污染源，在同一时间齐头并进、多重叠加，或是东北每逢立冬便雾霾锁城的根本原因。

去年，首次尝试便获得成功的水泥错峰生产，即是通过避免重叠燃煤，减少污染物排放，推动北方供暖区域冬季环境治理的一种尝试。今年，本应大力推进的错峰生产，在“通知”下发之前，却始终雷声大雨点小，以至于很多行业有识之士非常担忧，这项有利环境的好事，才刚刚开始就面临流产。

就在此时，工信部与环保部联合下发的《关于在北方采暖区全面试行冬季水泥错峰生产的通知》（以下简称“通知”），可谓及时雨。这是相关政府部门从纠结于“如何成霾”，到认真探索尝试“如何治霾”的重要转变，对推动治理环境、减霾防霾的工作开展，可谓“重大利好”的消息，具有里程碑式的意义。

“霾”深似海，“错峰”决不能戛然而止

去冬，由新疆、东北三省水泥行业带头，在大部分北方燃煤地区率先开展的水泥错峰生产，实施首年，取得了良好效果，得到了国家领导的关注与认可。工信部、环保部等相关政府部门，也多次召开会议，倡导水泥、钢铁等燃煤行业积极开展错峰生产。此次“通知”的下发，又向前跨越了一大步，为缓解北方地区的重度雾霾，真正发挥起政府这支“有形之手”。

在此之前，这项被公认为“环境治理好措施”的水泥错峰生产，曾一度似要戛然而止，让行业有识之士忧心忡忡。

以东三省为例，在今年年初错峰生产总结会上，很多企业家还兴奋表示：去年因首次尝试，大部分企业停窑都是在 12 月初，与供暖时间重叠一个半月。今年冬季要将错峰生产的日期提前，争取在 10 月底供暖季开始，全面停止水泥熟料煅烧，进一步缓解北方初冬供暖的环境压力。

然而，谁也没有预料到水泥行业会出现前所未有的“寒流”，即便是旺季销量和利润额，也处于历史较低水平。突如其来的变化，致使东北大部分水泥企业放弃了原有计划。

进入 11 月，东三省除了北方水泥旗下企业如期于 11 月 1 日前后陆续停窑之外，绝大多数企业依旧开足马力生产，只以口头形式将错峰生产的日期延后一个月

甚至更长时间。

一方面是环境治理措施难以推进,另一方面是东北雾霾越发肆虐。今年东北持续半个月的雾霾天,为各大网络又留下很多吸引点击率的“纪念照”,东北一时成为全国人民的“笑柄”。

哈尔滨最美丽的索菲亚教堂,连续数日“不见踪影”,让带着厚厚防霾口罩的旅游者端着相机欲哭无泪;长春的交通警察站在“霾”里声嘶力竭指挥车辆,身后的红绿灯,似被“霾”披上厚厚“棉纱”,所有灯都成一种颜色——灰色;沈阳重霾封城,人们肉眼只能见到五个霓虹灯大字“东方饺子王”从空中飘来……

这一幅幅“啼笑皆非”的照片背后,可以想象东北人民在雾霾中的生活是何等苦不堪言。一位东北朋友在微信朋友圈里这样叹道:“我大东北人壮景壮霾更壮。如此霾深似海,出了家门就迷路,相关部门为什么不想办法采取行动?治理多一步,霾就能少一点,好歹让我上班能找得到单位,下班还能找得到家……”

学校停课、飞机停飞、开车迷路、走路撞人……这些前两年还被当作“新闻”的突发事件,如今早就不再是新闻。对东北人民而言,“大东北都被‘霾没’了,这些还算事吗?”

更为可怕的是,这种现象远不止东北,当华北区域进入供暖季,雾霾便如影随形。11 月 6 日,一场大雪没有阻挡得了雾霾的脚步,北京陷入长达 10 天的雾霾天;11 月 12 日,京津冀大区域雾霾城市达到 13 个;河北、河南、山西、山东等华北大部分区域,都没有逃过雾霾锁城的厄运。但在“通知”下发之前,华北水泥企业是否如期“错峰”,态度始终不甚明朗。

在重霾面前,行动大于争论。此次,这个具有强制性要求的政府文件及时下发,表明了相关政府部门对治霾防霾的坚定态度和强硬手段。

这项举措的出台,让行业人士纷纷拍手称快:该出手时就出手,我们的政府部门有这样的担当,决不能让任何一项有助于治理环境的好措施,随霾而逝、戛然而止。

推进常态化　“错峰”梗阻终将破除

今年以来,如何推动水泥错峰生产常态化,并逐步扩大区域和行业范围,成为相关政府部门、全行业乃至全社会持续热议的课题之一。但是,其进展始终缓慢,众多难于推广的梗阻,让一些地方政府和行业协会,始终半推半就、犹豫徘徊。

究其原因,无外乎以下几点:

首先，有些区域负责人对水泥错峰生产的初衷和本质，理解上存在偏误，认为其不过是缓解产能过剩的一种手段，是行业自己的事情，只能靠行业自己解决，靠市场手段调节，靠企业自律推动，若要地方政府拿出具体政策和强制性制度，谁也不敢做这个主。

事实上，水泥错峰生产最早由中国建材集团旗下四大水泥板块之一——北方水泥有限公司提出动议，经过本报的呼吁和反映，20 多位政协委员联名于去年两会提出提案，其初衷和宗旨都是为了减轻重叠燃煤造成的双重大气污染，为推动北方冬季环境治理而采取的一种方式。这种方式间接起到的作用，才是缓解区域产能过剩压力、减轻“三期叠加”的行业阵痛感。

换句话说，水泥错峰生产是水泥行业将自身置于社会和国家之中，为环境治理，为推动生态文明建设而为的“绿色生产”方式之一；是通过探索和实践，打开水泥绿色通道，为全社会造福的手段之一。这不仅是行业的事情，更是全社会乃至整个国家的大事。

其次，部分区域负责人始终将水泥错峰生产看作一件“麻烦事”。其中牵扯的部门众多、梳理的关系复杂、沟通的范围太大、处理的难题太多。非朝夕之日所能解决，非一己之力所能促成。

甚至，还有人认为水泥错峰生产并非“很重要”，上级单位没有明确指示和具体要求，各地方只能“等一等、缓一缓”或者“放一放、观一观”，致使这项已经用事实证明“利国利民”的好事，始终难以得到更多的重视和更大范围的协作。

最后，去年北方大部分区域之所以能够大规模实施错峰生产，其主要原因在于水泥企业积极响应号召，自觉履行社会责任。但是，今年，水泥行业经济下行压力增大、经济效益下滑严重，众多企业面对日益窘迫的现状和日渐微薄的利润，在没有政策、制度和强制性要求的情况下，靠自律实施错峰生产，难以维系。

两部委“通知”的下发，可谓是破除“错峰”梗阻的一道利器。既让地方政府在推进错峰生产的工作中，有据可依、有章可循，为建立地方相关政策和制度打开了思路、放开了手脚，也让各地行业协会在建立协调和监督机制时，更有了底气和动力，同时，对企业起到了一定的制约和规范作用。在环境压力窘迫的当下，在公平公正的环境中开展错峰，也正是大多数企业的诉求和期冀。

“通知”的下发，为推动水泥等燃煤行业错峰生产常态化，铺开了一条宽敞的道路。

治霾前面 “错峰”理应迅速实施长期推进

值得注意的是,水泥、钢铁等传统行业面临结构调整阵痛期,绝非“一年光影”,而是长期战役。那么,在未来的若干年内,有一个问题恐怕是全行业都必须面对的:在环境与经济之间的权衡上,究竟孰轻孰重?

不可否认,在经济环境新常态下,环境保护与经济发展之间的矛盾已成为影响中国社会可持续发展的新矛盾。脱离经济发展只求环境保护,在市场经济时期并不现实;但为了经济发展而将环境保护置身事外,终有一天,发展起来的经济也会以惨痛的方式接受环境的报复,身处其中的每一份子都将付出更大的代价。

自党的十八大将“生态文明建设”纳入国家级发展战略,步入全球绿色化发展进程以来,“环境保护”这四个字出现的频率,可以说是创下中国社会发展史之最。上至国家、下至行业也都痛下决心,积极探索尝试,并做出了很多壮士断腕的举措。比如,强制性关停污染企业、强制性采取车辆择号限行、强制性实施新环保法、强制性推行绿色生产、扶持绿色产业等。

事实证明,关停了污染严重的企业,并没有对区域经济造成根本性影响;采取了车辆限行,反而促进了新能源汽车的研发与推广;扶持绿色产业,更有助于传统行业加快结构调整、转型升级的步伐……

从这个意义上讲,环境保护与经济发展不仅不矛盾,更像是相辅相成的完美搭档。当然,无论区域、行业抑或企业,在经济上暂时的徘徊、停滞甚至牺牲不可避免。

很多传统行业之所以面临当下的阵痛期,正是常年以经济发展为由牺牲环境而得到的惩戒。那么,今天我们应该做的,也是以暂时牺牲一部分经济效益来为环境做出补偿,最终求得环境与经济能够在同一个节拍上,和谐共进。

因此,环境与经济孰轻孰重?在当下的社会环境中,绝非一道简单的选择题。但有一道题,可以给出明确答案:保护环境、推进生态文明建设的方式和手段,没有孰轻孰重。但凡是利国利民的好举措、好方式,都同等重要,都需要国家和区域政府部门、行业和企业高度重视、共同努力,拿出真刀实枪加以规范、完善和推进。

水泥错峰生产,并不是解决环境问题的唯一出路,事实上,没有任何一项举措可以称之为“唯一出路”。但在众多举措和方式中,水泥错峰生产是以最小牺牲,换取可能超乎想象的环境效益的方式之一。

水泥错峰生产,也不是所有污染型企业都可以效仿之路。但是,其示范性、引领性和带动性,却极有可能产生蝴蝶效应,不仅对燃煤行业有直接示范作用,对其他污染型行业和非采暖区域的相关产业,也会产生良性触动和启发。今年,不仅钢铁行业已经有了类似的号召和呼吁,很多南方区域的水泥企业也以错峰生产为案例,积极磋商,采取适合的方式,大力开展绿色生产。

水泥错峰生产,更不是所谓"非常手段",一旦实施便立竿见影扫除雾霾。但是,正如汽车限号不可能瞬间让尾气尽散;关停污染企业不可能马上让天空变蓝;发展绿色产业,传统行业也不可能立刻变"绿"一样,每一项措施都有循序渐进的过程。如果因此而采取观望、犹豫、不屑甚至放弃的态度,我们只能活在"霾"里,与生态文明建设背道而驰。

综上所述,面对北方雾霾泛滥,水泥错峰生产作为治理环境、缓解雾霾的有效手段之一,理应受到更大范围的重视,给予更强有力的支持,尽快在所有北方采暖区域迅速、长期实施起来。

勇于担当 "错峰"需要政府这只强有力的手

11 月 1 日,新疆如期实施水泥错峰生产,这是新疆开展错峰生产的第二年,"错峰"实施的态度之坚决、行动之果断,让行业有识之士产生了很多思考。

我们不难看出,新疆实施错峰生产如此顺利,与地方政府和行业协会的积极态度、踏实作为密不可分。新疆经信委、环保厅等四部门,联合下发具体实施文件,强制性要求全疆各水泥熟料生产企业于 2015 年 11 月 1 日至 2016 年 4 月 1 日实行错峰生产。

可以说,如果没有来自政府的行政干预与强制性要求,新疆的水泥错峰生产同样难以开展。

事实证明,推进水泥错峰生产顺利实施,既不能单纯指望企业永远站在道德和良知的层面上,充当无名英雄,也绝不是所谓"用市场经济杠杆去衡量,用市场化手段去解决"的说辞,更不是一场吸引眼球的作秀或高开低走的演出。

若想顺利实施水泥错峰生产,使之真正成为水泥,乃至更多类似行业的常态化工作,国家和地方相关政府部门、行业协会、企业都需要各尽其职,拿出实实在在的东西,而不是只停留在"鼓励、倡导、号召"等所谓的推动上。必须在可允许的范围内,采取一定的强制性手段和方式,制定政策、树立行规、加强扶持、予以监督。

数日前,一条来自东三省的新闻引起记者关注:东北三省人口 10 年来净流出 180 万人,面对人口的大量外流,尤其是越来越多的年轻人离开家乡,势必会导致东北三省经济发展受到影响。

这些流失人口中,有没有因为年年“阴霾不散”而背井离乡的,我们不得而知,但是,倘若东三省年年霾度爆表、“阴魂”不散,我们相信,没有谁愿意让自己的子孙长年与霾相伴,以霾“洗”肺。

究竟是让这片占全国近十分之一国土面积的大东北,变成未来的“霾城”,还是从现在开始,为每一项有助于治理雾霾的好方式、好措施加重实施的砝码,铺开常态化的道路?究竟是让雾霾从东北开始,逐步成为整个北方乃至整个国家擦不去、抹不掉的“灰色印记”,还是做些实事,将如水泥错峰生产这样的好措施大范围推行起来?

如今,国家两大部委针对一项治霾防霾举措,联合下发具有强制要求的文件,用实际行动告诉全行业、全社会,防霾治霾是任何人不可推脱的责任和义务,是当前各个行业必须首当其冲的重要工作。

这项文件的出台,全行业、全社会理应为之鼓舞、为之点赞。当然,“通知”的出台只是推进错峰常态化的第一步。据了解,两部委有可能继续开展制定相应的各项政策、制度、标准等更细致的工作,让错峰生产真正成为燃煤行业的“伏季休渔”。

我们相信,随着“通知”的下发,北方各个区域相关政府部门、行业协会和企业,都将及时采取行动,将错峰生产真正落实到位。

从今日开始,根据“通知”关于各地错峰时间的要求,本报也会持续关注,及时反馈北方各区域“错峰进行时”的最新情况。

关注本系列报道请扫描二维码

精彩继续

2016 年 3 月 14 日

“错峰”，从北方向全国延伸

——去冬今春水泥错峰生产初现纵横延伸之势

■ 本报记者 段丹晨 驻四川记者 杨贵全

一个新事物的出现带来的绝不仅仅是单一的变化，而是全方面地改变与进步。

刚刚实施两年的水泥错峰生产，其影响力和作用力，也正在以纵横并驱之势，快速蔓延，尤其在 2015 年下半年，水泥错峰生产已不仅仅是北方采暖区的事，甚至已不仅仅是水泥行业的事了。

错峰生产的初衷是为了解决北方采暖区冬季雾霾问题，并在一定程度上缓解水泥行业产能过剩的问题。但随着错峰生产的不断实践，其意义与影响也向着纵深延展。

不仅北方地区，南方地区的水泥企业也有了错峰的决心与实践，甚至于其他产能过剩的传统行业，也汲取了水泥错峰的经验，结合自身条件，践行了“错峰”的精神。错峰的内涵也因此得到了极大丰富。

北“峰”南吹

曾有专家预估，水泥行业冬季错峰生产 4 个月，整个北方地区可减少煤炭消耗 436 万吨，减少烟气排放 1774 亿立方米。更重要的是实行错峰生产后，仅华北和东北地区在冬季统一停窑 4 至 5 个月，就可将水泥产能过剩由目前的 51% 减少到 16% 至 21%，趋于合理水平，提高行业景气度。

对于深陷产能过剩、价格下跌，背负排污大户的水泥行业来说，错峰生产的优势无须多言，北方地区的水泥企业在错峰的过程中纷纷受益。但几家欢喜几家愁，雾霾和水泥行业的产能过剩是全国性的问题。如何化解产能过剩，提高效益，同样是南方地区水泥企业的心头之患。

北方地区近几年来错峰生产的成功实践,让南方地区的水泥企业和行业协会坐不住了。虽然南方地区没有采暖季,但是梅雨季节、电力有缺口的夏季都是有条件执行错峰生产的季节。南方地区完全可以因地制宜,实行错峰。

中国建材集团董事长宋志平在接受采访时多次表示错峰生产的经验值得推广。不仅在北方采暖区错峰生产,还应在南方和全国范围内推行,缓解供需矛盾、雾霾等问题。

南方水泥总裁肖家祥也曾表示,应由环保部和工信部牵头,在南方地区开展以减少碳排放和节能为主要方式的常态化限产,并在春节、夏季高温等用能高峰季节开展错峰生产。

南方水泥旗下企业就多次在夏季用电高峰进行停窑检修,也曾多次发动旗下企业轮流停产,以此实现限产节能,避免资源浪费。

虽然许多业内人士对于错峰也应在南方地区进行推广有了共识,希望能尽快推行,但若是没有政府的政策支撑,仅仅依靠行业自律,很难推行下去。

湖南经信委原材料处虽曾提出在区域之间按市场需求和环境容量合理组织生产,采取错峰生产等措施,积极维护市场供求平衡和市场竞争秩序,却并未明确出台错峰生产相关政策。

但在近日,南方地区水泥错峰生产取得了突破性进展:四川省水泥协会结合工信部、环境部《关于在北方采暖区全面试行冬季水泥错峰生产的通知》精神,在近年来推动行业自律、试行停窑检修工作基础上,制定了《四川省水泥行业 2016 年季节性错峰生产实施方案》,并征求了各市(州)经济和信息化委及全省前 10 户重点水泥企业意见。

季节性错峰生产时间有明确规定:各水泥生产线全年季节性错峰生产时间不少于 125 天。同时,根据各地发展不平衡、污染防治的实际情况,实施区域和阶段差异化错峰生产。在春节期间、高温雨季、冬春季节尽量安排停窑检修。

这是四川省乃至南方地区水泥行业首次开展季节性错峰生产。更重要的是,此次"错峰"得到了有关政府部门的大力支持,四川省经信委、省环保厅联合下发《关于开展水泥行业季节性错峰生产的通知》。政府相关部门的认可与支持,使得这次"错峰"的尝试变得更有力度。

可以说,错峰生产不再是北方地区的专利。南方的省市也开始探索属于自己的错峰生产方式,利用"错峰"这一大潮,推进化解产能过剩以及环境保护工作。

“峰”袭多方

产能过剩,如今是困扰我国众多传统工业的难题。除却水泥之外,钢铁、煤炭、平板玻璃等“难兄难弟”都在产能过剩和经济下行的漩涡中挣扎。传统工业如何破解瓶颈,进而实现转型,成了摆在这些行业面前的头等大事。

中国工程院副院长、院士徐德龙曾表示,对于污染较重的重工业,都应实行错峰生产机制,水泥工业需要与钢铁工业、化工工业达成共识,重工业都联动起来,自我约束。

水泥错峰生产,带来的环境以及经济效应,无疑给其他产能过剩行业提供了示范和参考,也给苦于解决传统工业带来环境问题、产能问题的政府相关部门以灵感。

2015 年 11 月,环保部紧急印发《关于做好今冬明春大气污染防治工作的通知》,要求在工业企业治理方面,积极开展钢铁、水泥等行业错峰生产,加快重点行业环保提标改造步伐,加大涉气企业排查力度,强化对重点企业监管,确保治理设施稳定运行。

国家的相关部门已经从水泥行业错峰生产中得到了灵感,明确将“错峰”与污染治理,减少排放相结合,并将其运用到其他高污染行业。

在国家相关部门的推动下,这使得这股新“峰”自然而然地吹到了诸如钢铁、化工等行业中去。

更重要的是,“错峰”,作为已经得到实践并在化解过剩和环境保护方面取得明显成效的方式,得到了其他产能过剩行业自发的认可与支持。

譬如在钢铁、电解铝、煤炭等行业,“错峰”也在悄悄盛行。

与水泥行业不同,钢铁等行业因生产方式、地域分布所限,难以实现水泥错峰生产式的“停窑几个月”。但也通过错峰用电、行业自律等方式进行属于自己的“错峰”。

钢铁行业错峰用电也并非稀奇事,近几年,不仅钢铁行业,其他高耗能行业也都在夏季用电高峰进行错峰或是避峰用电,借此节约生产成本。但是,随着行业形势的越发严峻,水泥错峰生产的实践示范,错峰用电更添加了节能降耗、调节生产的内涵。

例如宝钢集团一般在用电高峰季来临前就拟定了合理安排避峰用电生产优化方案,对其上海生产基地的生产进行相应调整。沙钢集团的负责人也曾表示,将错开高峰尽量多用低谷电,在用电高峰期,组织安排主要冶炼设备停炉大修。

通过在用电高峰季节进行生产方案调整设备检修等方式,钢铁行业的产能得到了一定的限制,在节约电力的同时也降低了生产的成本。

而电解铝行业则充分发挥行业协会的作用,通过弹性生产、协议减产的方式,以减少产能,仅2015年就实现了全年减产500万吨,其节约的能源资源量更是可观。

更重要的是,在有色金属工业协会的协调下,产能在全国占比达到75%的14家电解铝企业承诺关停产能计划不再重启,已建成产能至少在1年内暂不投运。

电解铝行业通过行业协会的协调引领,实现了弹性生产,达到了与水泥错峰生产相同的目的。

煤炭行业在产能过剩,需求不旺,环保要求越发严苛的形势下,也不断思考如何突破困局。

2015年初,神华集团、中煤能源煤炭产量同比下降均超三成,中煤产量更是连续4个月环比下降。春节期间,大量煤矿停产放假。这些信号表明,市场"寒冬"下,控制产量已成行业共识。煤炭行业脱困工作第24次联席会议也把关注点放在生产环节,包括"违法违规建设生产、不安全生产、超能力生产、劣质煤生产和消费"等方面。

煤炭行业如今有意识的从生产环节的控制开始,减少产量。这种方式与水泥错峰生产雏形极为相似,在国家去产能的大背景下,也将逐渐完善,发挥功能。

事实上,越来越多的产能过剩行业都吸取了水泥错峰生产的有益经验,进行着属于自身的"错峰"尝试。虽然各自采用的方式不同,但核心的内容却与水泥错峰一脉相承。

"错峰",这一原意为两个以上水源地的洪峰在不同时间到达某一地点的词语,现在已经成为一个更为宽泛的概念,被引申至多个行业中,席卷多方。

水泥错峰生产经过几年的发展,其蕴含的意义以及影响早已跳出北方地区,更跳出了水泥行业,成为传统工业化解产能过剩和保护环境的方式,以及产业转型升级的决心。这使得它的内容更充实丰富,也是它能够由水泥行业延伸至其他产能过剩的行业中去,并得到政府相关部门的支持与认可的重要原因。

星星之火,可以燎原,水泥错峰生产这一颗火种如今已成熊熊之势。若能多几个向水泥错峰生产这般产生重大影响的意识创新,水泥行业甚至是传统工业"去产能"之路,又何愁不走得更顺、更远?若是有了一颗又一颗这样有力的火种,传统工业的转型升级之路也定当是一片坦途。

2016年8月5日

夏季错峰，到底怎么回事？

■本报记者　黄　莹

7月18日，随着山东省经济和信息化委员会与山东省环境保护厅联合发布《关于化解过剩产能提升大气质量实施水泥行业夏季错峰生产的通知》（鲁经信原〔2016〕281号）（以下简称《通知》）文件，山东省水泥企业的夏季错峰生产正式拉开帷幕。

说到错峰生产，建材行业的人士首先想到的一定是北方地区水泥企业已经实施两年的冬季错峰生产，即为了缓解北方采暖区冬季雾霾，缓解水泥行业产能过剩问题而在北方采暖区统一进行的停窑活动。

自2014年3月，全国两会上数十位政协委员联名提案，建议在北方五省区水泥企业实行采暖季错峰生产机制，到2016年5月18日国务院办公厅印发《关于促进建材工业稳增长调结构增效益的指导意见》（国办发〔2016〕34号），明确要求"采暖地区的采暖期全面试行水泥熟料错峰生产"以来，北方地区水泥企业的冬季错峰已经从一个创举变成了水泥行业的一项基本产业政策。

尽管"错峰生产"已经不再是水泥行业的新鲜词，但是，当这个针对冬季重叠燃煤应运而生的"错峰生产"，突然与夏天建立了联系，对于行业来说却更像是一个崭新的议题。

"冬季错峰是将水泥生产期与采暖高峰期错开，那么夏季错峰错开的是什么？""冬季错峰生产是保护环境与化解过剩产能双管齐下，夏季错峰生产又为了什么？带来什么？是不是借着'错峰'的壳停窑而已……"诸多疑问随着夏季错峰的兴起而衍生。

关于"夏季错峰"是否真的是"错峰"，从《通知》中已略窥一二，山东省建材行业协会负责人也给出了更加深入的解释：随着夏季气温升高，山东省空气中臭氧浓度有明显升高趋势，而水泥熟料生产过程中产生大量氮氧化物是产生细颗粒物和臭氧的前提物，是影响空气质量不达标的主要原因之一。

此外，据相关资料显示，山东省整体电力资源中火电比重约占90%，火电的获得需要燃烧煤，势必会产生二氧化硫、二氧化碳、一氧化碳、粉尘等空气污染。在夏季民用、农业用电高峰时,叠加水泥生产的高用电量,对大气来说无疑雪上加霜。

因此,山东省的夏季错峰生产主要是将水泥的生产期与臭氧浓度高峰期、夏季用电高峰错开,以提升大气质量。

虽然“夏季错峰”看上去是为了缓解夏季容易产生的大气污染而为之,但“夏季错峰”的主要目的还是为了去产能。

据了解,目前山东省水泥熟料产能过剩30%~40%,若想达到区域内水泥的供需平衡,需要区域内水泥企业共同停产130天左右。根据《泛华北地区水泥企业错峰生产自律公约》要求,山东省境内水泥企业在今年冬季已经停窑60天,此次夏季错峰一共停窑40天,其实是对冬季停窑的补充,叠加后,山东省水泥企业错峰停窑的时间将达到100天。

因此,同样不置可否的是,山东省夏季错峰和北方地区冬季错峰同样,在有效避免污染物叠加,减轻大气污染的同时,通过缩短水泥熟料装置运转时间,压减熟料产能,大大缓解了山东省水泥熟料产能过剩的压力。

根据《通知》要求,这长达40天的夏季错峰生产工作并非一次性完成,而是分为两个阶段实施。

第一阶段自2016年6月20日至7月10日,第二阶段自2016年9月1日至9月20日,分别主动停窑20天。据记者了解,分两阶段短时间停窑有其必要性,一是为了水泥企业有足够的熟料库存,确保市场不断供,确保客户需求,应对来自于外省水泥企业的竞争;二是考虑到今年9月4日~5日将在杭州举行的G20峰会,配合其提升大气质量的需求。

但两个阶段的错峰停窑工作都将按照“政府倡导、协会组织、企业参与”的原则实行。首先由山东省经信委和环保厅联合会下发通知,即《关于化解过剩产能提升大气质量实施水泥行业夏季错峰生产的通知》,明确全省范围内水泥企业自2016年6月20日至7月10日,9月1日至9月20日开展夏季统一停窑减排行动。

其次,由行业协会发挥作用,由山东省建材协会协调强调相关企业加强自律,签订《山东省水泥企业夏季停窑减排自律公约》,各企业自觉执行错峰生产有关规定,以实际行动支持节能减排和大气污染防治,履行企业社会责任。

再者,由于山东山水水泥以及中国联合水泥两个大企业发起,各水泥企业自发成立的“山东省干法水泥熟料企业联盟”囊括了山东省绝大多数水泥企业,因此首先让联盟及其成员单位承担夏季错峰监督和互查工作,山东省经信委、环保厅、工商行政管理局、质量技术监督局等部门也对其监督检查。

最后，发挥媒体的舆论宣传和监督作用，为夏季水泥错峰生产营造良好舆论氛围，对不守信违规企业进行曝光等。

目前，山东省水泥企业第一阶段错峰生产工作已经结束。据山东省建材协会相关负责人介绍，山东省区域范围内63家水泥企业中，共有57家企业参与了此次的夏季错峰生产，参与率达到90%。和冬季错峰停窑时同样，夏季错峰停窑的企业在停窑期间都能保障员工正常的酬薪和福利待遇，并且自发地组织开展业务、技能培训，提升企业凝聚力。工信部和中国水泥网联合发布的山东P. O42.5散装水泥平均价格也显示，今年夏季，山东省水泥价格稳中有升。

据记者了解，以政府文件形式要求境内水泥企业进行夏季错峰生产的，山东省是头一家，但在全省范围内组织水泥企业夏季错峰生产的，山东省在今年绝不是头一个。

早在6月1日，河南省建筑材料工业协会在天瑞集团水泥有限公司组织召开了河南省水泥行业贯彻落实国办34号文件暨夏季麦收错峰生产会议，决定继续在全省开展错峰生产活动，即水泥夏季错峰生产。

不仅仅是在河南省，在河北、山西等省份，大部分水泥企业也随时做好了准备，迎接夏季错峰停窑。

冬季错峰生产，经历了从一份两会提案到成为一个明确产业政策，从新疆、东北地区以及部分华北地区试点到整个北方采暖地区的采暖期全面试行水泥熟料错峰生产的全过程，已经逐渐深入人心。

夏季错峰生产，虽然取名自于冬季错峰生产，同时也已被众多水泥企业拥护，被奉为“化解过剩产能，提升大气质量”的万全之策，却仍然存在争议。

据山东省建材行业协会相关负责人介绍，山东省区域范围内并没有实现100%的停窑率，仍有6家企业9条水泥熟料生产线没有参与到第一阶段的夏季错峰中去；还有一些水泥企业虽然加入到第一阶段的夏季错峰中去，但其实是迫于来自外界的压力。

在这些对夏季错峰持反对意见的企业中，有些企业在质疑夏季错峰的目的；有些民营企业对于山东山水水泥以及中国联合水泥两大企业主导不同程度存异议；还有一些外资企业不理解中国国情下的夏季错峰有何更加深远的意义……

针对这些异议，山东省建材协会相关负责人向记者透露，政府的《通知》其实到7月中旬，即山东省水泥企业夏季错峰第一阶段结束后才姗姗来迟，一定程度上影响了此次夏季错峰停窑的统一步伐。不过，7月中旬《通知》下发后，余下尚未加入夏季错峰的6家企业中已经有企业表示将参与到第二阶段错峰生产中。

此外,目前这种“协会组织,大企业主导”的组织形式让中小企业存在一定的误解,夏季错峰具体怎么执行还值得商榷、研究和改进。

当然,除此之外还有更多深层次的原因有待我们深入挖掘。

2016年8月15日

“夏季错峰”也期盼建立常态化机制

■ 本报记者　杨　洸

7月15日,山东第一轮夏季错峰尘埃落定,记者走访了山东的协会与企业,就此次错峰生产,听取各方心声。

错峰生产源于冬季、始于冬季,推行两年有余,已深入人心。从这个意义上说,夏季错峰是在原有基础上的突破和创新,像所有新事物一样,伴随着一些疑问甚至争议。

有人认为夏季错峰生产与冬季错峰一样,都是行业长治久安之策,希望尽早将其常态化,推而广之;有人认为无论夏季还是冬季,错峰生产对于缓解当前激烈的市场竞争,稳定行业价格来讲成效都很显著,但还应当尽早建立与之相配套的制度,或者继续从根本上寻找解决根治行业弊病的良药;有人认为,错峰生产在某种程度上延缓了市场的淘汰进程,使很多在生死边缘的企业有了喘息之机会。

此外,关于夏季错峰落实过程中遇到的各种问题,大家也各持己见,但意见最终的目的却殊途同归,那就是建立健全的常态化机制。

成效值得肯定未来仍需探讨

此次夏季错峰生产,山东中联和山水两大区域性大企业最早响应,积极推进错峰落地。在协会的指导下,两大企业牵头建立了山东省干法旋窑水泥企业联盟,制定限产计划,帮助参与错峰生产的中小企业,稳定市场供应和行业价格。

从采访中记者了解到,山东省水泥产能利用率在65%左右,如需达到市场供需平衡,需要错峰130天左右,仅依靠冬季60天的错峰生产很难恢复市场平衡,为缓解行业竞争压力,保证水泥行业合理的利润空间,山东省选择在水泥淡季的7月进行夏季错峰。

“行业利益始终大于企业利益，行业产能过剩已经是不争的事实，水泥价格在恶性竞争中持续走低，超出了产品合理的价格范围，现阶段我们通过错峰生产将熟料从 3 月份的 150 元左右拉升至 240 元左右，产品价格理性回归，维护了行业的整体利益。”中国联合水泥总经理助理、淮海运营管理区总裁刘尊科说。

山东省建材工业协会秘书长刘晓鸣表示，水泥工业属于高能耗、高排放重污染行业。每生产 1 吨水泥熟料，需消耗石灰石 1.3 吨、电力 55 ~ 65 度、燃煤 105 千克，夏季因空气潮湿，原材料含水率偏高，水泥熟料生产能耗及污染物排放较其他季节高出 10% 以上。当前形势下如果大家一味打价格战，那水泥行业无疑是在浪费国家资源，只有在理性的价格区间内竞争才值得肯定。

值得一提的是，此次山东错峰生产由山东省经信委与环保厅联合下文推进，将夏季错峰提升至一个新的高度。从环保的角度来讲，与冬季不同的是，夏季气温升高、光照增强，臭氧浓度极易超标，臭氧污染在夏季成为“首要污染”。据了解，水泥工业氮氧化物排放是造成大气臭氧超标重要影响因素之一。现阶段山东省空气质量指标改善形势仍较为严峻，电力行业已经实现超低排放，减排氮氧化物潜力下降。水泥行业减排意义重大，通过开展省水泥工业夏季统一减产、节能减排活动，可有效降低全省夏季大气环境负荷，提升并改善全省夏季大气质量，实现水泥工业节能减排目标。

“夏季错峰”刚刚开始，一定会存在不同的声音，每个声音的背后一定有其特殊的原因。比如，有些企业认为“物竞天择，适者生存”同样适用于水泥行业，主张通过完全的市场竞争来实现水泥行业的发展，市场竞争可以更快地淘汰如今已经垂死挣扎的僵尸企业。还有企业予以反驳，认为错峰生产一定要有序开展，和其他去产能调结构的举措配合起来，才是解决行业困局的最好方式。否则，只靠市场残酷竞争恶性淘汰，全行业乃至全社会所付出的代价必然是不菲的。

“就现阶段而言，错峰是最为短平快的方法，坚持错峰生产对于解决当下的行业窘境有很多正面作用。但从长远来讲，我们需要获得更多的支持，建立与之配套的制度，才能更好地将成果保持下去。”中联水泥淮海运营管理区营销中心总经理助理张海洋表示。

“错峰生产的成效是显著的，但是它只能缓解一时之痛，也许我们可以探讨欧美国家水泥企业区域化的模式，由少数企业以兼并重组等方式占据市场多数份额，达到稳定行业价格的目的，或者在当前生产格局的基础上，实行产销分离，以区域为单位,建立区域性销售大集团,由销售集团统一管理和销售水泥,一方面制约市场价格,一方面调控产能。”刘晓鸣说。

政策落地难细节需优化

此次刚刚开展的夏季错峰生产,也出现了一些较为特殊,却很有代表性的情况。采访中记者了解到,有些企业由于其本身的特殊性,山东省内实施的夏季错峰生产给他们带来了“不小的麻烦”。

比如鲁南的某些水泥厂,其市场主要在江苏北部地区,由于其生产与销售的区域性分离,在山东夏季错峰的这段时间,江苏的水泥企业依旧开足马力在生产,如果此停彼不停,他们的市场份额便会有被压缩的危险。

鉴于这种情况,相关水泥厂的负责人称,错峰生产可以使水泥市场价格理性回归,这本身没有问题,但是希望能够从宏观上统一步伐,协调共进,全国范围内统一开展错峰生产,大家步调一致,就可以最大化地避免区域化竞争乱象。

与产销分离的特殊情况相比,在错峰生产中较为普遍的问题是政策传达不到位,准备时间仓促等。记者采访中了解到,此次夏季错峰由省经信委与环保厅联合下文推进,山东省建材协会协调各方企业签订自愿协议,由于没有强制性,一些企业就选择了不参与。

此外,在夏季错峰推进的过程中,有部分企业自始至终没有看到过国家文件,这让他们心中疑惑却又无处发问,特别是其中一些外资企业,错峰生产需要向总公司提交当地的政府文件后方可执行错峰,没有相关的文件证明,各方检测又都达标的情况下,他们不能擅自停产。

除了没有看到相关文件,有些企业提出,希望以后错峰生产能够提前 2 个月通知,这样可以尽早安排,有困难也可以尽早进行解决。

新事物的出现总是伴随各种声音,但真理自会越辩越明,随着事物的成长,总有拨云见日的一天。水泥错峰生产为解决行业困局和环境压力而生,在众人瞩目中“成长”,除了应有的“职责”,错峰生产在运行中还在稳定供求关系和维护行业利益方面做出了贡献。冬季错峰生产被作为一项国家产业政策,无论是机制建设抑或实施办法等方面,定会日臻成熟。而“夏季错峰”作为冬季错峰延伸的一项举措,目前可能还需要认真研究和解决政策落实中的各种“错位”。就现阶段而言,“夏季错峰”有利于向南方各大区域延伸推广,是值得探索和尝试的举措。像山东、河南等地区的先行者们,应汲取冬季错峰的经验,由政府引导,协会协调,媒体监督、大企业牵头推进，企业积极参与。探索前行，久久为功，相信行业的未来依旧光明。

《夏季错峰系列报道》题目索引（其他篇目）

◆夏季错峰　暂缓水泥产能压力之良策

——与山东省建材工业协会负责人一席谈

◆大企业　夏季错峰的“带头者”

◆夏季错峰少不了协会的力量

◆夏季错峰　需要全行业重视起来

关注本系列报道请扫描二维码

第二章
中国建材集团　供给侧改革的典范

谋事者，必先了解“大势”。新常态下，研究如何推进建材行业的发展，既要深入了解我国当前经济总体所处的发展阶段、特点及方向，还要扎实切合行业现实深入分析思考，同时寻找可资借鉴的典型，总结汲取其经验，从而确定自身今后发展的目标。

《中国建材报》深入一线采访报道建材行业唯一央企、6年蝉联世界500强的中国建材集团旗下10余家企业的优秀案例，提供一组优秀的范例，一些有益的借鉴，帮助行业内企业和广大读者在深入进行理论探索和广泛讨论的基础上，进一步认识理解转型升级的有效路径和积极做法。

关注本系列报道请扫描二维码

2015 年 10 月 21 日

世界水泥的“梦工厂”

——中国建材泰安中联水泥有限公司全智能生产线印象

■ 本报记者 刘媛媛 段丹晨

“梦工厂”起源于电影工业。100 多年前,美国部分独立电影人决定在加州洛杉矶郊外一个叫“好莱坞”的荒蛮之地建设一个“梦的制造地”。当时大多数人都以嘲笑的语气讽刺:“那怎么可能?让他们做梦去吧!”。若干年后,当这个世界电影中心冉冉升起,无数人趋之若鹜时,好莱坞的缔造者们则信心满满又别出心裁地向世界宣布:这里就是全球影业的“梦工厂”。

所谓“梦工厂”,有两层含义。首先,一定是“制造梦的地方”;再有,一定要把“不可能”变为现实。

当今中国的水泥工业,就有那么一批“梦的织造者”,他们致力于在这个最传统的行业里开垦属于自己的“梦想之地”,坚定地将大多数人眼里的“不可能”变为现实。

中国建材集团旗下的技术、设计团队就是其中的杰出代表。他们打造出的泰安中联示范线是我国水泥行业首条世界级低能耗新型干法水泥全智能生产线,堪称世界水泥的“梦工厂”。其电耗、热耗、自动控制、缩短水泥制造流程、劳动生产率等技术经济指标均达到了世界领先水平。其特有的矿山开采智能化、原料处理无均化、生产管理信息化、过程控制自动化、耐火材料无铬化、物料粉磨无球化、生产现场无人化、生产过程可视化等亮点,使这条生产线自诞生就成为水泥行业两化融合的典范。

不久前,泰安中联作为全国水泥行业唯一一家企业,入选国家工信部“2015 年智能制造试点示范项目”,并入选全球契约组织 2015“生态文明美丽家园”关注气候中国峰会“中国绿色技术创新成果”。

一幅行云流水的画卷

来到泰山脚下的泰安中联,第一个直观印象就是“静”。与以往轰鸣作响的水泥企业形成鲜明对比,两个足球场大的厂区非常安静,即便走入生产区域,也全然听不到水泥窑生产时发出的巨大轰隆声。偶尔有员工经过，轻轻打着招呼，或低声谈着事情，清风摇曳，风吹树叶的沙沙声也似带着旋律，令人心情愉悦。

之所以如此静谧，是因为这条全新的生产线有着与其他水泥企业不同的"智能大脑"在"降噪"。这个可以操控整条水泥生产线的"大脑"，就在与生产线一路之隔的中控室里。

泰安中联的中控室和很多水泥厂的中控室并无太大差别，都是一面墙的大屏幕和坐在电脑前操纵的工程师……

但当我们深入地看下去，一组组达到世界领先水平的数据跃入眼帘：预热器的一级筒出口温度 248 度，熟料综合电耗 48.56 度，标准煤耗 96.85 公斤。当我们进一步了解到这条线定员仅为 100 人时，所有的情绪和思维，都瞬间被一个词不断撞击，那就是：震撼。

泰安中联的智能制造包括七个方面：进厂原燃材料自动检测计量系统；厂内物流自动管理系统；矿山智能开采系统；在线分析自动控制系统；生产线全线专家优化系统，包括生料、烧成、水泥、煤磨几个方面；生产现场无人值守系统；互联网远程终端管控及诊断系统。

进厂原燃材料自动检测系统，通过全过程无人介入的自动取样、检测、称量，能完美解决原燃材料管控问题。

它是一个概率高手，通过随机均匀取样，自动进行检测分析，原燃材料质量的好坏瞒不过它的"火眼金睛"；它又是一个称重达人，载着原燃材料的车辆进入厂区时，它会自动称重并记录数据。

矿山智能开采系统使矿山开采变得与以往大不相同。

它是一个分析高手，先是建立三维数据模型，而后自动分析生成开采方案及搭配计划，整个矿山的情况更加清晰地展现在工作人员眼前，既提高了开采效率又保障了工人安全。

开采后，通过配备 GPS 智能矿车调度系统的车辆将石灰石运输入厂，同时通过在线分析仪监测进厂石灰石的成分与波动，及时对石灰石的搭配开采和运输进行控制，使得石灰石成分更加稳定。

现代化的手段，使水泥生产流程发生了巨大变化。石灰石均化在矿山区域就可完成，无须再建设庞大的预均化堆场。全智动的矿山开采方式除节约开采成本、提高生产效率外，更为提高水泥行业的技术水平做出了贡献。

生产线全线优化系统的核心是专家优化系统，用于控制和优化生产过程的专家系统。

它是一个博学的智者,有着聪慧的“大脑”,通过对大量生产数据的采集和录入,能够调控生产,给予管理者提醒;它有灵敏的感官和无形的大手,能对水泥窑的工况进行实时调节,保证生产过程始终处在最佳状态;它有一双锐利的眼睛,能随时发现生产中的问题,及时予以警告,使得维修更精准,窑的运转更高效。

远程管控及诊断系统同样是泰安中联引入的智慧系统,这里成就了“鼠标 + 水泥”的中国梦。

它是一个传播高手,通过采集生产过程的数据并上传到网络,缩短了人与工厂的距离;它有一双日行千里的飞毛腿,只要有互联网的地方,生产线的生产状况及主机运转情况,以及原材料、水泥进出厂、水泥成品、半成品及备品备件等数据就能传递到每一个需要的人眼前。

“通过几个人的操作和安装在生产区域内的百余个摄像头,我们就能控制整个生产过程。”中联水泥总工程师袁亮国告诉我们。

站在中控室,窗外景色像是一幅泼墨山水图,“清风袭来,水波不兴”。远眺群山巍巍,近处微波粼粼,若不是耸立旁边的巨大水泥料仓,倒像身在一处文化公园,沁人心脾;而窗内,智能化生产线全部生产过程尽收眼底,又仿佛是一气呵成的现代派画作,荡气回肠、气势恢宏,充盈着颠覆传统、织造梦想的底蕴和风范。

智能化生产方式,让人们眼中最“沉重”的传统水泥企业,可以如此轻盈地呈现于互联网时代之中。如果说以往谈及“两化融合”,更多是以理性思维去分析和思考的话,在泰安中联,我们看到了“两化融合”最感性、最生动、最美好的真实画面。

“生产现场就像行云流水的一幅画,这就是一流的工厂。”中国建材集团董事长宋志平今年 5 月来到这里时,不禁发出这样的感慨。

中国水泥业的“智能梦”

智能化,是全世界制造业的梦想,也是中国水泥人近年的追求。

1989 年,日本率先提出了智能制造系统计划,此后欧美、韩国等也相继提出了国家关键技术计划、信息技术研究发展战略、高级先进技术国家计划等国家级战略和规划。经过 20 余年的发展,日本在智能化生产方面取得了一些成绩。比如,丰田汽车可以做到通过“自动”实现智能化发展,当机械设备、品质、作业等发生异常时,自动检测、自动停止。

2011 年，德国政府在已有工业的基础上提出了工业 4.0，瞄准了智能化生产技术和以此为核心的高端制造服务业，力求通过政府、企业、科研院所等通力合作，促进“智能生产技术”的发展。德国的制造业巨头西门子公司就集合了政府、企业和大学以及研究机构的力量，打造了一个智能化的样板工厂，厂内 1000 个制造单元通过网络控制，可以在脱离人类劳动力的情况下对零部件进行挑选和组装。

20 世纪 90 年代，“智能化”的概念在我国开始被提及，通信业、汽车工业、生物医药工业等新兴工业、行业率先进行了智能化生产的探索。

但到目前为止，智能化生产大多停留在通过机器人或者数控机床来替代部分人工生产，或是在销售环节上，通过网络电商，实现产品的推广与销售。像富士康这样大型的电子产品制造企业，在 2011 年提出的“百万机器人”计划，也只是在完成某些固定操作时采用机器人代替工人。

纵观全球不难发现，制造业中走在智能化前列的大多是电子、汽车、通讯等相对新兴的行业。以水泥为代表的传统重工业，似乎与“智能化”相隔甚远。事实上，打造传统工业的“智能世界”，虽是全球水泥人内心深处的至高梦想，但因为缺少成功案例，的确显得有些遥不可及。

泰安中联的智能化生产线横空出世，大大缩短甚至超越了传统工业与新兴工业在智能化研发与应用方面的距离。其生产过程中基本实现了生产管理信息化、生产控制自动化、生产现场无人化、生产过程可视化等功能，不仅在水泥领域中极为罕见，在整个制造业的智能化发展方面，也处于领先地位。

智能制造的关键词在于“智”，即给机械装上大脑。智能制造不仅是要机械听从人的指令，更通过人类赋予它的“大脑”代替人类操控生产，甚至运用其强大的计算和分析能力给予管理者意见和帮助。

作为世界水泥行业智能化生产的先行者，泰安中联在智能化工厂的研发与应用上，即便目前还未达到百分百，尚有继续提升的空间，但依然代表了传统制造业在智能化先进生产方式中取得的最高成就，代表着全球水泥人集体梦想的现实硕果。

不可估量的“智能化效应”

泰安中联示范线作为世界水泥行业智能制造的先行者，不仅仅是中国水泥工业转型升级的一大突破，还是向“中国制造 2025”扎实迈出的一大步，更实现了世界同行业“智能制造”的集体梦想。其所带来的巨大价值和效益，难以想象；其所起到的影响和作用,不可估量。

这条智能化生产线,可以说直接为我国水泥工业找到了一条向资源节约型、环境友好型产业转型的重要途径。其重大意义和直接效益,至少表现为以下4点。

质量大幅提升

作为智能化生产的重要一环,生料自动配料系统的使用,极大地提升了配料的精准性。众所周知,生料的配比如果能处在合理与稳定的状态下,煅烧出的水泥质量也会相应提高,其性能也会更加稳定。

生料自动配料系统,采用在线分析仪对物料成分进行分析,瞬时监测综合原料的成分与波动,按照目标率值及时控制配料皮带秤给料量,保证生料成分稳定,对接窑专家系统后,窑系统的各项参数更趋于稳定。

尤其对于产品质量控制,人工操作和生产,其产品质量很难达到较高的稳定性。泰安中联七个方面的智能制造系统环环相扣,极大减少了生产过程各环节的人工干预,使生产过程的质量标准偏差控制在小于0.5的范围内,这一稳定性达到了世界先进水平。

成本降低

我国水泥行业正面临着产能过剩、需求下降的双重压力,导致行业获利困难。在外部环境严峻的情况下,眼睛向内降低成本就是维持企业利润,保证经济效益的重要抓手。

虽在试运行期内,但目前泰安中联示范线的熟料综合电耗已经低于50度的设计目标,熟料标准煤耗已接近95公斤的设计目标。我国目前有1700多条新型干法水泥生产线,如果能全部达到目标示范线的水平,一年可节约电费200多亿元,节约煤炭成本250多亿元。

从企业自身来看,由于人均劳动生产率的大幅提升,及单位产品各项消耗的大幅下降,目前泰安中联的吨产品综合成本已逼近100元,远低于同业水平,这使得企业在目前的严峻形势下,具有极大的竞争力。

生产效率提高

水泥企业的劳动生产率对生产效率有着很大的影响。通常一条5000吨生产线定员为300人左右,泰安中联却已实现了100人的定员。

智能化生产线对员工的素质要求极高,泰安中联的员工少而精,个个都是精兵强将,每人都可一专多能。智能化生产管理,真正实现了企业机构精简和扁平化,提高了全员素质。同时,学习日本水泥行业的先进做法,提高员工的专业化和企业的社会协作化水平，进一步提高生产线自动化水平，向着企业既定的生产线无人值守方案和目标行进。

更具环保意义

众所周知，水泥行业所具有的高排放、高能耗、资源依赖型的生产工艺特性，对生态环境造成了极为不利的影响。大力推进节能减排，是水泥工业健康发展面临的紧迫任务。

泰安中联低能耗环保示范线以智能化的生产方式，提高了水泥的生产工艺水平，降低了熟料热耗、煤耗。同时，精准的生产工艺控制，使水泥行业多年苦苦追求的“零排放”目标近在眼前。在泰安中联，有员工随口说出的一句话令记者印象深刻：“过去是我们工厂污染环境，现在我们厂区内的排放浓度远低于周边的排放浓度。”

智能化生产方式使水泥行业成为资源节约型、环境友好型的愿望不再难以企及。

一览众山小的雄心壮志

传统水泥行业在过去快速发展的30年里，虽然创造了很多辉煌和骄傲，却也留下了太多陷阱和苦果。当全行业必须转型升级的当下，为避免重蹈覆辙，就必须站在思想的高度，先要“想”清楚，才能“做”明白。

泰安中联“智能制造”的成功经验之一就是“敢于向世界领先水平跨越”。宋志平在视察泰安中联时讲过“企业要树立远大目标，敢为人先，力争做世界一流的建材企业，同时，整个团队要有创新、创业的精神，锲而不舍地投入，要把不可能变成可能。”

事实上，这条具有开天辟地意义的智能化生产线，研发过程也经历了一番思想和意识上的波折和反复，甚至曾被视为“不可能完成的任务”。

2011年，泰安中联水泥有限公司正式成立之时，虽然中联水泥企业利润再创新高，但产能过剩的阴影已开始笼罩行业上空，转型升级的任务已经摆在全行业的面前。

在这样的大背景下，中联水泥决心将泰安中联打造成中国水泥行业，乃至全世界水泥行业的一个新标杆——在这里创造一条世界级水泥智能化示范生产线。

为此，中联水泥成立了以中国建材首席顾问阎盛慈、中联水泥总工程师袁亮国为首的技术专家团队，并选择了同属中国建材的南京凯盛国际工程有限公司作为项目总承包商。南京凯盛即刻选派了以副总经理李建东为项目经理,副总工朱晓斌为总设计师的强势阵容,大家决心利用产研结合的力量,闯出一条行业转型升级的新路子。

产研协同、集成创新使得前期调研和技术研发工作相对比较顺利,但如何给这条智能化示范线定位,技术专家团队始终找不到思路,毕竟他们走的是一条前人未曾走过的道路,没有任何可以参考或借鉴的范本。智能化要达到什么高度?“智能”究竟要体现在哪里?吨煤耗、电耗、生产成本等关键技术指标应达到怎样的标准?……无数问题摆在眼前,无数矛盾交叉纵横。

数不清的矛盾和难题,使得接下来的工作进展极为缓慢,大家不断试验、不断探讨、不断推翻既有思路,时间飞快地流逝,课题组每位成员都几乎到了崩溃的境地。

为了缓解压力,某天晚上,干了一天的团队成员决定夜爬泰山“换换脑筋”。那天天公不作美,整夜下着淅淅沥沥的小雨,他们爬山的心情更加沉闷,总似一坨乌云堵在胸口,咽不下去吐不出来。没人说话,大家只是闷头爬山。

当他们终于站在泰山之巅时,持续整夜的阴雨突然停下来,像是被他们的精神所感动,天色渐渐发白,一轮红日从气势磅礴的云海中慢慢浮出,传说中难得一见的泰山云海日出,呈现在他们眼前。

面对此情此景,所有的人激动万分、尽情欢呼呐喊,几近崩溃的身心化为意想不到的惊喜和连绵不绝的力量,瞬间爆发在泰山之巅。

一位团队成员回忆当时的心境:登泰山犹如攻克智能化,更像是推动水泥行业的转型升级——虽是前所未有的事,但就是看谁敢吃“第一个螃蟹”。

“我们一定要建成这条线,要让世界水泥人都争先恐后过来看看。”一位技术成员站在泰山顶上发出这样的誓言。

登上泰山之巅的技术团队,似乎也站在了思想的高峰。

也许,在攻克智能生产线的日日夜夜,无数类似于“夜爬泰山”的思维转换和激情迸发,才使他们逐渐明晰:通过科技的力量将自身转型升级的核心放在生产方式的智能化上,并围绕这一主干不断创新和发展。他们下定决心:一定要按照目前人类对智能化所能达到的最高目标要求自己,就是要建设全球水泥第一个100%智能化工厂,就是要为全世界智能化水泥生产线树立起生产新标准和技术新高度。

正是这些拥有了最坚定的思想和意识的人,击碎了所有的“不可能”,泰安中联的水泥“梦工厂”终成现实。

水泥的“国家梦工厂”在呼唤

多年来,水泥行业的两化融合始终被认为是转型升级的重要手段和突破点,但因为缺少成功的案例,两化融合事实上是理论大于行动,缺乏具体概念和现实指导。

泰安中联示范线的顺利建成,用事实证明了两化融合是行业转型升级的发展方向。人们更坚信水泥行业是大有可为的行业,是可以实现绿色发展的行业。

事实上,泰安中联已经确立了新的目标,下一步将以示范线为核心,配套建设年产能100万吨水泥、60万方商混、200万吨超短流程低能耗骨料线,进一步打造涵盖骨料、熟料、水泥、商品混凝土的全产业链建材产业园。

产业园一经建成,骨料线可以消耗矿山低品质的石灰石;优品石灰石用于生产优质熟料,进而生产高端水泥;水泥、骨料提供给商混;最终简化销售环节,即只有一个出口——销售商品混凝土。也就是说,整个生产链条中的熟料、水泥、骨料、混凝土最终归到一个销售环节。如此一来,不仅实现了全营销,减少中间流通环节,更将实现利润最大化,极大提高企业的竞争能力。

就像好莱坞,百年来不断创造新梦想,才能将“电影梦工厂”变为一种永恒的标志。水泥行业的“梦工厂”已经诞生,下一步是要让它变成永恒。

诚然,全世界第一条智能化水泥生产线的诞生,让中国有了令世界同行瞠目和艳羡的“梦工厂”,但是,一条线的力量毕竟是有限的,也只有当智能化的发展形成产业之势,才能真正达到转型升级的目的。

据记者了解,目前国内开拓生产线智能化的水泥企业,不只泰安中联一家,亦有个别企业离“智能化”仅一步之遥。虽凤毛麟角,却拥有巨大能量。如果全行业能够形成若干“梦工厂”,那么,水泥工业转型升级就有了坚实基础,中国水泥工业或许将成为全世界的“国家梦工厂”,引领国际的夙愿就将成为最“丰满”的现实。

毋庸置疑,中国作为全球水泥最大的生产国和消费市场,只要更多的水泥企业能通过智能化进行升级改造,我们转型升级的信念就能更加坚定,步伐就能进一步加快。

编辑点评:

两化融合织就的梦

刘媛媛

阿里巴巴集团董事局主席马云,在年初德国汉诺威国际博览会开幕式的演讲上说:“互联网必须找到那个缺失的部分,就是鼠标和水泥携手合作,找到一个方法,让互联网经济和实体经济能够结合。”

为什么把鼠标和水泥作对接?也许在马云看来,鼠标代表着信息化和智能化,水泥则是传统工业最具象的代表,是离先进的数字化、智能化“最远的地方”。

中国建材泰安中联具有世界领先水平的水泥“梦工厂”,也许会让马云大吃一惊。因为,在传统工业与信息产业融合之路上,信息产业还没有做到的事,水泥行业已经做到了。

泰山脚下赫然矗立起的这座“水泥智能制造”的世界丰碑,为人们做了个良好示范:通过两化融合的方式,以技术为引领,以智能化为核心,创造一个不同于以往的全新水泥生产模式,进而改变水泥行业的运营管理和商业模式。

我们把泰安中联称之为世界水泥的“梦工厂”,是因为它的确代表着具有重大意义的信息化高科技革命正向中国水泥工业走来;因为它承载着全球水泥人的至高梦想;因为它可以将传统水泥工业带向几代水泥人都无法想象的世界高峰;因为它可以让一个夕阳产业华丽转身,重新成为最具时代意义和可持续发展的朝阳产业。

毫无疑问,泰安中联带来的惊喜是颠覆性的。它让世人看到在水泥这样一个传统得不能再传统的行业,也能与智能制造这样的现代生产方式完美结合。

科学技术是第一生产力,每一次工业革命的背后都是一次对生产与技术的颠覆式创新突破。在互联网时代的今天,水泥行业的转型升级注定不能将目光锁闭在传统生产方式的圈圈里,必须要彻底放开眼界,掌握时代最前沿的理念和平台,将转型升级置于信息化的层面上才能取得成功。

国外,工业4.0方兴未艾;国内,“中国制造2025”的号角业已吹响。无论从国际大环境,还是国家大战略,两化融合,智能制造,都已成为以水泥行业为代表的传统工业转型升级的不二法门。

2015 年 10 月 22 日

与“风”共舞

——记中国建材中复连众复合材料集团有限公司

■ 本报记者　曾蕴瑶

一场 10 级暴风可以把万株大树连根拔起，一场 12 级飓风可以让大海瞬间变白。风，也许是世界上最无形又最具潜能的力量；是地球上取之不尽的能源；是大自然永不枯竭的恩赐。它蕴量巨大，比地球上可开发利用的水能总量还要大 10 倍。

很早以前，人们就利用风车来抽水、磨面。在今天，风电作为一种清洁的可再生能源，越来越受到世界各国的重视，不管是在荒无人烟的草原、戈壁，还是环境恶劣的岛屿、海面，都能看到白色的风力发电机擎天而立，迎风飞旋。

同时，风力发电也带动了部分企业找到新的发展方向，特别是建材行业，也因为风力发电产业的兴起，为自身的转型升级注入了新鲜的生命力。

与风电叶片的零距离接触

一般来说，风速大于每秒 4 米的三级风就有利用的价值。在中国东北、西北、西南地区和沿海岛屿风速更大，有的地方一年 1/3 以上的时间都是大风天，风能是我国看不见的能源宝藏。

确实，我国具有广阔的草原和漫长的海岸线，风能资源储备非常丰富，仅陆地上的风能储量就约 2. 53 亿千瓦，海上可开发和利用的风能储量更是陆地的 3 倍。有人算了笔账，一部 5 兆瓦的风力发电机，在不消耗任何燃料的情况下，如果使用寿命达到 20 年，就可以从空气中最终获取价值超过 4 亿人民币的电能。

风力发电设备中最关键的部件之一是叶片，它肩负着为发电机提供动力的使命，不论多大的装置都依靠三支叶片的转动捕获风的能量。

一般情况下，风力发电机正常运转时，叶片尖端的速度能达到 50 ~ 70 米/秒，这就要求制造叶片的材料，必须有极好的物理稳定性和化学稳定性，足以应对各种恶劣环境。否则，在狂风中极速旋转的叶片就有从高空突然断裂的巨大风险。

在人类应用风力发电的 100 多年里，先后尝试过用木板、布蒙皮、铝合金等材料做叶片,但这些材料都有各自的缺陷。探索至今,科学家们终于找到了一种理想的材料——环氧树脂,并在里面加入编织物,构成一种复合材料,这,就是通常说的玻璃钢。这种材料的厚度和重量只有原来的1/4,但强度却增加了十几倍。目前全世界风力发电机的叶片基本上都是由这种复合材料制成。

为了让叶片达到最优良的空气动力性能,其外形必须在最大的强度和最轻的重量这两个相互矛盾的要求中寻求平衡,还要求叶片的耐候性要好、疲劳强度要高、结构刚性要强,这一系列看起来苛刻的条件,恰恰彰显出复合材料的结构可设计性等巨大优势,为叶片的设计和制造提供了完美的解决方案。

今天,风电叶片已成为复合材料的重要应用领域之一,但在2000年以前,我国绝大多数叶片是从丹麦、德国、美国引进的,高昂的成本在一定程度上阻碍着我国风力发电行业的发展。

进入21世纪,我国风力发电产业迎来了一次难得的机遇。谁能抓住这次机遇,谁就能占得产业发展的先机。

谁能抓住这个机会?

在我国东部沿海、长江三角洲北翼的江苏省连云港市,有一家原本以生产玻璃钢管罐为主的普通玻璃钢制品工厂,在全国风电行业还没有规模化发展的时候,它凭借着敏锐判断力和勇担风险的魄力,毅然选择了从玻璃钢行业转型升级到风电叶片的行业中去。短短几年,它不仅发展成为中国最大的风力发电叶片厂,更跃升成为我国复合材料领域的翘楚。它就是连云港中复连众复合材料集团有限公司。

从"新进入者"到"No. 1"

8月中旬,记者一行带着强烈的好奇心和求知欲,奔赴连云港市,为的就是到中复连众去探寻风电叶片的神奇与震撼。

在近距离参观风电叶片之前,工作人员先向我们提供了一组数字:那些转动起来看似轻盈的叶片,其实都是数十吨重的"大块头"。根据实际需要,单支的长度从33米~75米不等,重量在10吨~30吨之间,最大的叶片在长度和重量上都接近一架普通的飞机。

如果不是近距离接触,很难想象一架飞机在空中随风轻盈"起舞"的画面。

走进生产基地,一排排的巨大风力机叶片产品整齐摆放在如机场般大小的空地上,场面极为震撼。工作人员指着远处的一排叶片说:"这些是75米长的叶片。如果沿着叶片并排站,每片从头至尾可以站80个人。"

记者观察,每组叶片的弧度和形状都有细微的差别。“风机叶片尺寸每增大6%,捕获的风能可增加12%,叶片的体积越大,承受的力量越大。我们会根据企业的订购需求生产,那些橙色和紫色的叶片是出口国外的。30年前,我国还没有风力发电的概念,新疆达坂城从丹麦引进第一台风力发电机仅用于风场实验。”工作人员一边带着记者参观一边仔细讲解。

据他介绍,20世纪30年代,丹麦、瑞典、苏联和美国应用航空工业的旋翼技术,成功研制了一些小型风力发电装置。相比之下,中国的风电事业的确姗姗来迟。

同样是30年前,中复连众还是家小型的传统玻璃钢制品工厂。任桂芳,现任中复连众集团董事长,彼时是这个厂的厂长。她回忆,“一年50万产值,100多个员工,基本没有利润,赚到的1万多块钱只够发工资。”

没有人会想到,昔日的小厂日后会成为中国复合材料行业的顶尖企业,这中间经历的故事颇为曲折动人。

说起转型的原因,任桂芳说:“真是源于无奈。有一年冬天,我带着两个员工在东北沿途收欠款,因为金额不多,我们受尽了白眼,客户明明看到我们来了,还是先打完一圈麻将才理睬我们。”

回家的路上,满怀委屈的任桂芳开始思考不受重视的原因。就是因为自己产品的技术层次太低,没人瞧得起。于是,她下定决心要跳出这个圈子,企业决不能再在低端徘徊,否则终有一天要死掉。她立志要找新项目,要往高端走。

“不创新就意味着灭亡”,这是中复连众从20世纪90年代至今不变的理念,正是这样的理念做支撑,才有企业后来的腾飞。

于是,任桂芳带领着企业,逐渐走上生产复合材料的道路。并为企业更名“连众”,“连”代表连云港,“众”代表合作。

1995年,任桂芳到丹麦参加世界复合材料展览会。“那是我第一次看到风电叶片,原来玻璃钢复合材料还可以做成风电叶片。”任桂芳看看叶片展品,又想想自己的企业,顿时萌发了做叶片的想法。

当时风力发电在我国刚刚萌芽,仅有的生产水平不过是200千瓦,十几米长的小叶片,更没有形成产业化生产的迹象。

她带了几张叶片模板的幻灯片回国,“我带着做叶片的想法,先后到相关政府部门走访,但当时的领导都不以为然,说风能对我们地大物博的国家来说,不是必要的需求,我们暂时没有风电产业化的计划和考虑。”

初心不改的任桂芳,一等就是10年。这期间,对任桂芳来说最大的收获,就是加入了中国建材集团,使企业无论从规模、实力和底气上,都攀上一个更高的台阶。

2005 年,加入中国建材后的中复连众,正赶上国家发展风力发电的春风,随着国家《可再生能源法》的颁布实施,中复连众抓住机遇,率先进入到风力机叶片制造行业。

从 2006 年首只叶片成功下线,到 2010 年成为当年中国叶片市场的老大,中复连众只用了不到 5 年时间。发展至今,中复连众的兆瓦级风机叶片规模位列全球前三,亚洲第一,具备年产万只兆瓦级风机叶片的能力,功率从 1.25 兆瓦到 6 兆瓦,长度从 31 米到 75 米,共有 9 个系列 30 多个型号,产品批量出口阿根廷、英国、日本等国家。

在辉煌成绩的背后,是强大的技术研发能力,中复连众拥有国家级企业技术(分)中心、国家级博士后科研工作站,以及通过 CNAS 认可的全尺寸叶片检测中心。以此为支撑,中复连众迅速完成了全国五大叶片生产基地的布局,在超长超大叶片和适用于低风速地区的叶片研发上处于国内领先水平。

2014 年 3 月,中复连众研发的国内首只拥有核心知识产权、全球技术领先的 75 米长 6 兆瓦叶片成功下线,不仅为我国海上大功率风电机组国产化工作奠定了基础,更为国产碳纤维在大功率碳纤维叶片制造中的应用提供了宝贵的数据和经验。

随着全球对叶片强度的要求愈发严格和高标,在更大尺寸叶片的制造上,单纯的玻璃纤维已不能满足要求,由于碳纤维的刚度大约是玻璃纤维的 3 倍,制成的复合材料制品刚度约是玻璃钢的 2 倍,于是碳纤维作为性能更优的增强材料添加进复合材料中,成为风电叶片的新材料。

这恰恰是中复连众的优势之一,因为与中复连众一路之隔的,就是中国碳纤维行业的领军企业——同属中国建材旗下的中复神鹰碳纤维有限责任公司。

近年来,中国建材集团在“三新”产业领域,通过加强企业间的产业协同,来提升复合材料产业链的整体价值,使整个产业链上的各个环节,携手向高端跃升。在这样的大背景下,“连众”与“神鹰”如同一奶同胞,形成了中国建材新材料产业链上的高度合力,协同发展。

一场相见恨晚的强强联合

2003 年初,一场 SARS 病毒疫情侵袭了全国,在这个人人恐慌的春天,任桂芳的企业却正面临着紧迫的转型改制重任。她在几种选择之中,最终决定加入央企,成为中国建材集团旗下中国复材大家庭的一员。

回忆起当时的情景,任桂芳说:“就是这么巧,那天正赶上市领导找我聊改制的事,刚回到办公室,中国复材董事长张定金的电话就来了,我们似乎心有灵犀,彼此抛出橄榄枝,我对加入中国建材的大家庭,完成转型改制的决心更加坚定。”

“我在20世纪90年代末就听闻中国建材集团董事长宋志平的故事,虽未见面,但他的故事已经让我非常钦佩。现在我还清晰记得,宋总来连众那天意气风发、兴致盎然。”任桂芳生动地描述着当时会面的情景。

那次会见,宋志平理性分析了风电叶片产业的国内外发展形势,结合自身的实际情况,表达了全面实施科技创新,在复合材料领域更上一层楼的想法和决心。两位对新材料情有独钟的领导者,一拍即合。

当年7月,这场相见恨晚的强强联合终于实现了。连云港连众玻璃钢集团有限公司在实行改制的同时,与中国复材联合重组,成立了连云港中复连众复合材料集团有限公司,民企的活力加央企的实力,谱写了企业发展的新篇章。

在当时的建材行业,这样的混合所有制形式还是极其少见的。这场重组,对中复连众未来发展具有里程碑式意义,一举定下了连众未来的发展方向——快速实现复合材料业务的产业化、规模化。

回忆起对风电叶片的发展规划,任桂芳情不自禁地感叹:“还是宋总有魄力,当时把项目定位在很少见的1.5兆瓦的大功率叶片上,我计划的年生产能力是200片左右,宋总说不行:‘我们要做就做全国第一,做10000片!’此言一出,更坚定了我的信心。此后,我们向市政府汇报了国内外风电叶片产业发展形势和我们的战略规划,勾勒了一个充满希望的蓝图,很快争取到了500亩地用于建造厂房。”

用“惺惺相惜”来形容宋志平与任桂芳并不为过,中国建材的员工告诉记者,宋总在很多场合都说过,任总是行业痴迷者,中复连众能发展到今天,多亏了任大姐,以及她所率领的这一支踏实肯干、业务过硬和具有高度创新意识的团队。

“中国建材给了我们极大的信任和支持,我觉得信任比什么都重要。我们也践行了中国建材的发展理念,为行业树立了标杆。加入中国建材之前,连众的资产大概1.4亿余元,现在净资产接近30亿元,十几年涨了20倍。”中复连众总经理乔光辉感慨道:“对我们而言,增长的不仅仅是资产,更有广阔的前景和高端的舞台。”

一位在中复连众工作了10年的高管告诉记者:“自从加入中国建材之后,我们的高管团队非常稳定,中国建材和我们是血脉相通的,大家对发展目标和企业文化的认同高度一致,拥有这样的团队是企业飞速发展的重要因素。”

“中国学生”收购“德国师傅”

联合重组,是建材工业摆脱现实困境、完成转型升级的必由之路,也是中国建材实现快速发展的路径。刚刚起步的风电叶片业务,要想快速缩短与国际先进水平的差距,通过低成本重组并购,获取海外的先进技术、高端人才、品牌渠道,无疑是一条捷径。

2006 年,中复连众快速扩张企业产业规模时,因为模具的不足和技术储备的相对薄弱而遇到了发展瓶颈。掌握叶片模具制造技术,是降低企业的生产成本,增加企业竞争力的关键。

“从国外买一套模具,需要 1000 多万元,如果自主研发模具,成本不到 300 万元。”在全球经济日趋一体化的背景下,中复连众将合作研发的目光转向海外,在海外设立子公司,既符合国家政策,也体现中国建材的“国际化”战略,不失为一条增强企业实力,扩大企业国际影响的途径。

2006 年 6 月 21 日,中复连众的代表赶赴德国,与全球知名的叶片制造商 NOI 公司的高管会面。恰逢德国世界杯如火如荼,一场全球新型材料领域中的高端“商业并购”故事,在鼎沸的德国拉开序幕。

事情还要从 2005 年说起。“那年 7 月,我们从德国 NOI 引进具有世界领先水平的 1.5 兆瓦风电叶片制造技术。几个月后,我们便攻克技术难关,生产出首只单机功率 1.5 兆瓦、长度 37.5 米的风电叶片。”乔光辉骄傲地说:“德国人来中国,亲眼看到我们在这么短的时间里,便成功完成了技术攻关,对我们的实力特别赞叹,当时,NOI 的高层对我们说‘你们把我们公司买去吧。’我们以为是句玩笑,宋总知道后却当即认真表示:‘我们应该收购它。’”

德国 NOI 是欧洲第二大叶片公司,具有 15 年的叶片生产经验、研发经验、模具制造和培训经验。这家公司不仅是风电叶片制造的专业公司,还拥有现代化的 RIM(树脂注射模塑成型工艺)叶片模具制作工艺技术。公司的叶片制造采用湿法浸渍真空辅助成型工艺,能有效浸渍玻纤织物,经济性和适应性相对较好,同时,NOI 还掌握着更为先进的碳纤维/真空注射成型工艺。

尽管在 2004 年,NOI 公司遇到财务困难申请破产,正在全球招标收购者。但这个品牌和其拥有的先进技术优势在全球依旧无可匹敌。

德国之行非常顺利,双方同意推进并购的合作,尽管当时有 5 家实力很强的国际公司都来竞购,但 NOI 的高层还是对中国的收购者青睐有加。

经几番努力后,2006 年 12 月 30 日,国家商务部批准中国复材下属中复连众设立全资子公司 SINOI,收购 NOI 的有效资产。SINOI 蕴含着中复连众的雄心壮志,期待着企业能够成为中国乃至世界风电叶片领域的 NO. 1。

SINOI 成立后,迅速建成了海外叶片研发中心,通过多次的人员交流、互访和培训,使中复连众相关人员快速掌握了国际先进技术,提升企业管理水平。之后通过不断地技术引进和消化吸收,再到自主创新,中复连众成功完成了真空灌注工艺和模具制造等核心技术的突破。

乔光辉告诉记者:“收购 NOI 为中复连众风电叶片生产冲刺亚洲第一奠定了基础。”

这是中国风电设备企业首次进行的海外并购,也是当年建材行业罕有的一场跨国并购。德国媒体以“为我们带来好运的中国使者”为题,大篇幅报道了这次并购事件。报道中提到,“中国把投资带到了德国。为我们带来了 1470 万欧元的订单和 170 人的就业岗位。我们比中国收购者笑得更加灿烂。”

中复连众的管理团队也笑得很灿烂。SINOI 成立之后,迅速建立了海外叶片研发中心,不仅为中复连众掌握国际先进技术,提升企业管理水平起到了巨大的促进作用,还为公司提供了良好的培训平台。通过技术引进和消化吸收,再到自主创新,中复连众成功完成了真空灌注工艺和模具制造的突破。

中复连众的此次国际并购,是在国家“走出去”政策和中国建材“国际化”战略宏观背景下实施的重大战略举措。不仅开创了中国本土企业收购国外风电叶片公司的先河,还打通了国内企业获取海外风电核心技术的通道。

如今的“中复连众”,其产品应用范围已经从陆地走向海上,市场从中国走向欧美,成为我国研发能力最强、产能规模与销量最大的风电叶片制造商和新能源事业的领跑者。

结　语

中国政府已经向全世界承诺将进一步加大控制温室气体排放力度,争取到 2020 年实现碳强度降低 40% ~45% 的目标。而风力发电叶片无疑是中国建材集团转型升级,向低碳、绿色、环保领域迈进的重要一步。

事实上,发展包括风电叶片在内的新能源产品,本身就是建材行业转型升级的重要体现,更是国家综合实力的体现,代表着中国建材行业在世界新能源领域的地位和话语权。

目前,我国做风力发电叶片的企业大大小小有几十家,中复连众能够稳坐国内风电叶片领域的第一宝座,正是因为他们有着要将风电叶片做精做透,从中国第一到亚洲第一,并有朝一日成为世界第一的不懈追求。

如今,发展可再生能源产业已经成为人类的当务之急。

回首中复连众走过的历程,始终围绕着转型升级的思路,不断提升自身实力,不断开拓市场空间和提升行业地位,从单纯做玻璃钢的小工厂,逐步发展成为集复合材料产品开发、设计、生产、服务于一体,以风力发电机叶片、玻璃钢管道、贮罐等产品为主打的国家重点高新技术企业。

中复连众用12年的蜕变,生动阐释了中国建材集团向新能源领域迈进的坚定决心,以及服务社会乃至提升整个社会的生产和生活质量的核心理念。

编辑点评:

风尖上的华丽转身

刘媛媛

风电叶片在空中极速旋转,就像是风尖上轻盈优美旋转的芭蕾舞者。中复连众在中国的风电叶片行业中,更像是这幕芭蕾舞剧中的领舞者。

“鞭转”,是芭蕾中难度最大的动作,需要单腿脚尖上连续转32圈,另一条腿要连续做32次挥鞭似的动作,在转的过程中脚尖着地面积只比5分的硬币稍大一点。掌握了这个最难动作,就能跳出最美的舞姿。

如果问,在风电叶片领域翩翩领舞的中复连众,曾被认为难度最大、也最令人难忘的“舞姿”是什么?或许,就是那场至今仍被人们津津乐道,被称为“学生收购老师”经典案例的海外并购。

因为,正是通过那场轰动全世界风电叶片领域的海外并购,使得中复连众拓展了国际视野,增长了参与海外竞争的实力,也加速推进了中复连众一跃成为风电叶片领域的亚洲第一。

在欣赏这场华丽舞姿的同时,我们也在思考。

在这场并购中,被中复连众收购的对象,来自世界“风电王国”——德国,又是欧洲排名第二的风电叶片制造商。而在众多竞标的国际竞争对手中,中复连众无疑是弱小的。可为什么一个“大哥级别”的国际名企,会看上在国际舞台上初出茅庐的中国“学生”?

首先,他们看中了中复连众身后的支持者——中国建材这个坚实的后盾和平台。这家中国建材领域的领军企业,拥有的不只是规模和技术,更有对行业发展敏锐独到的战略眼光和推动行业健康发展的决心与魄力,值得依托。

其次,他们看中了中复连众自身的能力。一个不甘于模仿、不沉迷于引进,始终依靠自主研发与创新、不断挑战核心技术难关的企业,值得尊重。

最后,他们看中了中复连众在并购过程中把握机遇和应对挑战的态度。不仅可以游刃有余地把握住最佳时机,更懂得规避风险,有勇气面对挑战,沉着应对各种突发事件。“每临大事有静气”的态度和作为,值得托付。

不可否认,彼时的中复连众,还只是风电叶片领域里普通的“群舞者”,但拥有以上三大品质和优势,就成为了收购“德国老师”最合适的对象,也意味着中复连众向首席领舞的最高级别冲刺的实力和底气。

那么,海外并购究竟能给转型升级中的企业和行业带来些什么?

我们不妨先来回顾曾经发生在新兴产业——手机行业里的一个著名故事。2014 年 1 月 30 日,虽然已是电子行业的“中国老大”,但在手机行业里还名不见经传的联想集团,从谷歌手中收购了摩托罗拉手机业务。通过此次收购,联想移动业务集团获得摩托罗拉旗下的 2000 项专利、商标、3500 名职工和全球营销网络。收购完成后,联想智能手机业务迅速进入欧美市场,登上全球第三大手机制造商的宝座……

中复连众的这次海外并购,与上面的故事有着异曲同工之妙。在与国际尚有一定差距的中国新能源产品领域,若想争得一席之地,拥有更多的话语权,采取“海外并购”的方式,可谓是最好的路径之一。

依托中国建材这样一个坚强后盾,中复连众通过收购德国的 NOI 公司,并进行科学的整合,发挥双方最大的作用,很快便取得了丰硕的成果。

正像一位年轻的芭蕾舞者,得到世界上最好的老师真传,用自己的努力在万众眼前跳出一段惊世骇俗的“鞭转”一样,这样一次“弯道超车”式的海外并购,将中复连众从众多的舞者中,高高托起。

“走出去”是建材行业转型升级的重要发展战略之一。今天,“一带一路”等国家战略给中国企业寻求海外合作、打通国际渠道,实现“走出去”发展战略,带来又一次难得的机遇。

传统建材领域,在实施“走出去”的战略中,要注意采取适合企业自身现状、符合行业发展方向的路径。

而新型建材包括新能源产品领域,则应紧紧抓住眼前的机遇,通过并购重组、战略合作等方式,缩短行业差距、培育优秀企业,这不失为转型升级的一种捷径和模式。

中复连众成功的“海外并购”,或将为我国建材行业的“国际互动”带来更多的经验和启发。

2015 年 10 月 23 日

攀登材料科学之巅

——记中国建材中复神鹰碳纤维有限公司

■ 本报记者　黄　莹

一束丝可以承受多少重量?

试验证明,一束普通钢丝,每平方厘米可以承受 1.3 吨拉力;一束玻璃纤维丝,每平方厘米能承受 2.8 吨拉力;而一束普通强度的 T800 碳纤维丝,每平方厘米可承受的拉力为 4.5 吨,相当于一辆小型汽车的自重。

碳纤维丝抗拉强度大到惊人,而这只是碳纤维的优异性能之一。

碳纤维,被誉为材料界的“黑色黄金”,性能高端、产量稀少,很多人称其为材料工业研发生产的最高殿堂。在材料行业中,碳纤维堪称是几代人心之向往的瑰宝级材料。

碳纤维的出现,就像古人发现火种一样,打开了材料工业通向新世界的大门。

早在 20 世纪 50 年代末,“碳纤维”就开始出现在大众视野中,80 年代时,国际碳纤维就已经逐步形成产业并得以发展。21 世纪以后,基本形成了日本、美国以及中国台湾地区“三足鼎立”的局面。

而从 2008 年开始,无论是日本碳纤维巨头对于全球碳纤维行业跟踪的分析卷宗中,还是在中国台湾的台塑上市公司年报分析中,都不约而同地将中复神鹰碳纤维列为中国大陆排名第一的竞争对手。

中复神鹰异军突起的背后有着一个怎样的产业故事?

纤维,“碳”为观止

2007 年 5 月 2 日清晨,位于江苏省连云港市的神鹰碳纤维南厂区燃起一串长长的鞭炮。鞭炮声中，一辆轿车悄悄驶入，风尘仆仆的客人下车，走在最前面的就是中国建材集团董事长宋志平。

此时，神鹰董事长张国良正在办公室接电话，电话那边告知“宋志平要来参观”的话音刚落，人已到眼前。张国良一脸惊讶：“宋总，实在不知道你们来得这么快，放鞭炮不是因为你们来，而是我们的第一根碳纤维生产出来了，你可不要误会啊。”

宋志平的确是“不请自来”，头一天他刚拍板建设连云港1000亩风电叶片产业基地，听闻这个城市还有一家碳纤维企业，便由麾下复合材料板块企业中国复材的董事长张定金陪同专程上门来看个究竟。

小小的碳纤维，究竟有什么魔力，吸引着这位在中国建材行业叱咤风云的人物？

这得从碳纤维的神奇功能说起。

作为21世纪的新材料之王，直径只有头发丝十分之一的碳纤维丝，强度却是玻璃纤维的2倍，钢丝的4～5倍。除了高强的抗拉能力之外，碳纤维产品还具有质量轻、无蠕变、耐疲劳性强、耐腐蚀性好等多重优异性能，可以实现对钢铁、铝合金等传统材料的替代。

正是这些优异性能，使得碳纤维可以广泛运用到军事、航天等国家安全领域和任何你能想象到的高科技和生活领域之中。

在军事领域，碳纤维被称为军事强国的必争之材。比如，战斗机的生产者将碳纤维复合材料应用在战机机身等部位，减轻飞机自重，大大提高了飞行抗疲劳、机身耐腐蚀等性能。

在航天领域，碳纤维制造的卫星，重量每减少100克，即可多航行几亿千米，有助于人类探索并解开更多未知领域。

在人们生活之中，以法拉利等为代表的意大利超级跑车，早已开始应用碳纤维组件甚至整车使用碳纤维材料。宝马集团量产的碳纤维材料汽车重量比传统汽车减轻了300千克。

碳纤维更广泛应用于体育竞技领域，著名的撑竿跳女王伊辛巴耶娃曾说过，创造至今无人超越的世界纪录，除了感谢教练之外，还要感谢她手中心爱的碳纤维撑竿。

在医疗领域，由轻质碳纤维材质制成的无动力机械外骨骼，能帮助人们在行走时减少7%的能量消耗，基本相当于减重4.5公斤，可以使残障人士拥有一双健步如飞的双腿。

……

正是由于碳纤维是国民经济和国防建设不可或缺的战略性新材料,是争夺未来国际竞争优势的基础性材料。在西方国家,碳纤维出口已经达到与核武器技术相提并论的禁运等级。

梦想,风云际会

宋志平之所以对碳纤维抱有如此强烈的兴致,是因为这种黄金般珍贵的材料,一直是我国材料行业的一个“神话”。

我国对碳纤维的专业化研究起步于20世纪60年代后期,时间并不晚,但一直发展缓慢,整体水平与发达国家相去甚远,产业化程度数十年里几近荒漠。到20世纪90年代末期,碳纤维对我国建材行业人士而言,仍是高耸云霄的传说。

宋志平和张国良第一次看似平凡的会面,对于中国碳纤维产业而言,可以说是创新升级的开始。

1996年和1997年,碳纤维产业化发展陆续被列入国家863、973计划,激发起时任中国新型建筑材料公司(中国建材集团前身)总经理宋志平心中的“碳纤维梦”,只是由于当时的条件限制,这个梦一直被搁浅,一晃就是10年。

那时,宋志平还不知道,在苏北海港城市连云港,也有一位一直怀揣着追求高新材料梦想的人,他就是张国良。当时他还是一个以“神鹰”为名的国有纺织机械企业的厂长。在21世纪初国家日益倡导发展碳纤维产业时,他将目光锁定在碳纤维上。只是那时,他并不了解,这个已进入他视线的碳纤维材料,远远超越了纺织行业的范畴。

“那时觉得碳纤维不过就是理想化的腈纶。我涉足纺织领域20多年,对于纤维没人比我更熟悉。所以,我当时决定搞碳纤维,主要是受国家政策的引导,没想到却抓住了企业转型升级的最大机会。”张国良回忆道。

2005年9月,神鹰碳纤维开启了追逐碳纤维梦想的不平凡旅程。

起步不久,张国良就明白了碳纤维研究与他最初的理解南辕北辙。“当时真是太自信了,把碳纤维想象得过于简单。拿着朋友从日本带回的一束碳纤维丝,全凭一腔热血就敢破釜沉舟投资、研究。结果真的是屡败屡试、屡试屡败。”

但天生就对纤维怀有特殊情感的张国良,对碳纤维的研究越深入,从心里就越发爱上了这种新材料。年过半百的他为了研究碳纤维技术几近痴迷癫狂,他疯狂学习专业知识，查阅碳纤维信息，记下3000项主要工艺数据，还曾数周驱车上万公里，遍寻国内专家。

功夫不负有心人。2007年5月2日，成百上千次失败之后，神鹰终于生产出了第一根碳纤维。

上天似乎安排好了一切，就在那一天，宋志平来到此地，见证了第一根碳纤维的面世。

虽然这第一根碳纤维黏黏糊糊，质量不过关，但宋志平还是情不自禁欣喜激动："对！对！这就是碳纤维。"

"这么多年来，碳纤维研发一直是我的梦想，国良啊，你一定要和我合作！"宋志平诚恳的话，将两位怀揣材料梦的企业家的心紧紧连在了一起。

2007年10月30日，连云港经济技术开发区大浦工业区锣鼓喧天、彩球高悬。由中国建材旗下的中国复合材料集团有限公司、连云港鹰游公司和江苏奥神公司联袂组建的中复神鹰碳纤维有限公司正式揭牌，神鹰碳纤维正式加入中国建材。

之后几个月，在中国建材支持下，中复神鹰开始建设万吨碳纤维生产线。2008年年底，一期工程建成投产，承载着众人的梦想，中复神鹰向材料之巅、向万吨碳纤维目标迈出了坚定的步伐。

战略，志存高远

中复神鹰成立之初的某一天，宋志平问张定金和张国良："世界最大碳纤维企业是哪一家，产量多少？"

张定金回答："是日本东丽，年产一万吨。"

"我们将来一定要超过一万吨，要从中国领先开始，有朝一日成为世界领先的碳纤维企业。"宋志平坚定地说。

今天回想起来，张国良仍在感慨："当时我们才生产出第一根拿不出手的碳纤维，唯一的生产线设计产能也只有十几吨。宋总却告诉我们要成为生产一万吨碳纤维的企业，要中国领先、世界领先。"张国良接着说："碳纤维技术研究超乎想象的艰难，我当时想，别说中国领先，就是研发出当时世界上较高性能的T800碳纤维，都是天方夜谭。"

碳纤维技术开发的难度，不亚于开发核武器技术。日本东丽的碳纤维研究团队有近千人，研发团队传承三代都在皓首穷经钻研这一课题。

更有行业人士说，对于碳纤维，就是绝顶聪明的人，不在实验室里踏踏实实研究10年,是绝对研制不出真东西的。

首先,碳纤维研发过程中保持高精度的控制难度,是外人无法想象的。

碳纤维的生产主要经历原丝生产和原丝碳化两大过程,几十道严格的生产工序,只要有一道工序的一个生产参数不到位,就可能造成碳纤维质量的千差万别。而每一项参数的优化,都要经历漫长的试错过程,需要时间、精力、人力和资金等多方面软硬实力的结合与支撑。

碳纤维直径7微米,相当于0.007毫米,是非常细小的材料。在研发过程中,哪怕有一丝变化,都可能带来最终产品性能翻天覆地的改变,而研究者却几乎无法察觉其中的原因。更为关键的是,这方面的技术需要重复试验,并在其重复的相似值中寻找规律,而碳纤维制备的试验重复性非常差,可能只有百分之一的相似性,这是碳纤维量产的最大障碍。

其次,碳纤维的生产过程也是一个几近追求完美的过程。以PAN基碳纤维原丝生产为例,对于原丝的一个基本要求就是:细度均匀,越细越好。但是"越细越好"到底是多细?

中复神鹰的一位技术人员拿起一根T800碳纤维丝束告诉记者:"像这样一根韭菜叶粗细的碳纤维丝束中,包含了细度均匀的12000根碳纤维丝。仅控制每一根碳纤维丝的细度,其技术难度就已经'难于上青天'。"

再有,对碳纤维制造装备的要求同样必须精益求精。原丝的碳化温度最高能达到1800℃,石墨化的温度更达到3000℃。既要在高温下连续运行,又要保证碳化、石墨化的温度、时间精确无误,还要延长设备的使用寿命。研发这样的设备仿佛是在制造"能容下六味真火的炼丹炉"。

因此,那个时候,研究碳纤维两年多才生产出第一根低性能碳纤维丝的张国良,觉得宋志平话说得太"轻松"。没有想到,正因为拥有这样的战略眼光,中复神鹰才得以飞速跃进,如今已经实现成为"中国领先"的夙愿,成为国内碳纤维领军者,从而加快了我国碳纤维事业发展的进程,并向"世界领先"的目标努力前行。

目标,世界领先

"当年遥不可及的一万吨,现在已经基本上变成了事实。从2007年到现在的8年间,中复神鹰已经拥有3条千吨生产线,现在又新上一条5000吨线,到明年就能超过一万吨。中复神鹰正在一步一个脚印地往前走。"中复神鹰总经理刘芳感慨道。

2007年,央企实力加民企活力的中复神鹰开始调试企业已有的两条100吨碳纤维生产线,很快成功生产出性能基本稳定的T300碳纤维。尽管T300在当时的全球碳纤维市场上只能算是中低端产品,但对刚刚起步的中复神鹰而言,T300的成功可以说是这个企业迅速成长的第一个重要标志。

5年过后的2012年,全球高性能碳纤维市场的代表产品是T800碳纤维。中复神鹰通过对聚合、纺丝、预氧化、碳化、表面处理、上浆剂、复合材料等方面的持续攻关,解决高黏度原液的脱单、脱泡、过滤,干喷湿纺纺丝过程中的漫流、断丝、掉浆,高致密原丝快速高倍牵伸等一系列技术及设备难题,提高聚合釜及其配套装置等大型关键设备自主化制造水平。

如今,中复神鹰已成功研制出T800碳纤维,正在加强稳定性,为中国的T800早日量产化做着努力。

今年7月22日,碳纤维协会组织在连云港召开碳纤维T800鉴定会,很多业界专家学者给予中复神鹰极高的评价。

在T800研制成功的基础上,9月,中复神鹰"干喷湿纺SYT45高性能碳纤维工程化关键技术及设备研发项目"通过国家级鉴定,达到了国内领先、国际同类产品先进水平,成为我国唯一一个,也是世界上第三个攻克干喷湿纺工艺难题的企业。

在中国建材的强力支持下,目前,中复神鹰碳纤维年产能已接近1万吨。最重要的是,企业自主培养的科技人员,已发明多项独创技术,申报了12项专利,其中有4项已获得国家专利授权,打破了国际上对于中国碳纤维的技术封锁。

中复神鹰的实际产量,在国产碳纤维中的市场占有率已达到60%以上,成为当之无愧的国内碳纤维领军企业。更值得一提的是,在当下我国碳纤维仍大量依赖进口的情况下,中复神鹰在如狼似虎的进口碳纤维中,抢占了10%左右的国内市场份额,这对于我国弱小的碳纤维产业而言,是一份坚定的信心和力量。

强者,永不言弃

近几年,随着绿色建材的大力发展,我国建材行业已经有许多企业在众多新型建筑材料领域攻城拔寨,站在了全球同行业领先地位。投身其中的企业,也因此获得了丰盈的利润和骄傲的地位。比如与中复神鹰一路之隔,同属中国建材大家庭的中复连众,在风电叶片的新能源产品领域中即是如此。

碳纤维领域却是另一番景象,这是我国建材领域为数不多的长年整体亏损的行业。直至现在,全行业依旧没有摆脱亏损的阴霾,无论是技术、人才、资金等,都可谓困境重重,绝大多数企业只能在中低端重复生产。

这其中原因很多,高性能碳纤维的生产技术及产品被发达国家垄断和封锁,我国不仅难以买到高端产品、设备,甚至国际学术交流也对我国严格保密。中国的碳纤维研究和产品价格仍时时受制于人。

中复神鹰的一名研究人员告诉记者,在2006年之前,我国尚未研制出T300,那时整个市场几乎被日本企业所垄断。中国进口日本的T300,市价高达每公斤800元。2010年,中复神鹰率先量产T300,日本马上展开大幅度降价攻势,T300的价格迅速降至每公斤150元(加上关税约180元)。很显然,有人试图用低价竞争手段,将中复神鹰扼杀在摇篮中。

时至今日,因为没有定价权,国际上类似的低价竞争从未停歇,由于碳纤维研发工艺复杂艰难,必须投入大量人力、物力、时间和持续不断的资金。高投入低产出始终是困扰我国碳纤维产业发展的巨大瓶颈。

在这样的窘境下,近10年时间里,我国竟发展出大大小小200多家碳纤维企业,但其中接近90%的企业只能重复生产低端产品。一位行业人士分析,国内盲目投资建设低廉的生产线,重复生产低质低量的碳纤维,造成碳纤维在低端环节上的产能过剩,也制约了碳纤维向高端方向发展。

在这样的大环境中,"投入"也几乎贯穿于中复神鹰发展的全过程。

"烧钱谁不心疼?最严峻的是,很可能投入一个亿,都未必能看到碳纤维原丝的影子。"张国良笑道:"但如果没有前期大量的资金投入,高性能高质量的碳纤维一定研制不出来。"

2007年中国建材收购神鹰之前,原企业已经投入了2000多万元用于研发碳纤维,这近乎接近企业资金的阈值。加入中国建材,神鹰得以在中国建材的平台上继续发展。

而中国建材旗下的中国复材,在成本控制、生产稳定和研发团队人才聚集上,始终发挥着央企的优势。张定金每月数次到连云港与中复神鹰研发团队进行深入交流,讨论从技术研发到装备引进的种种重大问题。

"不放弃、不抛弃"成为中复神鹰8年来发展的真实写照。即使现实状况再困难,中复神鹰对高性能碳纤维的追求,对成为"世界领先"的信念也从未动摇。因为他们懂得:占领碳纤维的至高峰,不仅是企业的荣耀,更是行业的责任和国家的使命。

在强烈的共鸣中,在彼此的支持和推动下,抱着"一条路走到黑"的决心,中复神鹰带领着我国碳纤维产业，正在从弱不禁风的"孩童"成长为独当一面的"强者"。

前程，任重道远

我国碳纤维产业的发展虽然还面临诸多困境，但是总体来说，这种困难只是暂时的，未来发展之路依旧广阔。

由碳纤维行业专家领衔撰写的《中国碳纤维市场发展研究及投资前景报告》显示，我国能源、资源、环境、制造、交通等国民经济支柱产业，例如航空航天、高速轨道交通、大型风力发电装备等对高性能结构材料，尤其是碳纤维的需求十分迫切。

"十二五"以来，我国碳纤维行业已经出现了千载难逢的历史发展机遇，《新材料产业"十二五"发展规划》《关于加快推进碳纤维行业持续健康发展的指导意见（征求意见稿）》相继发布，提出要加大政策支持力度扶持碳纤维产业的成长和发展。

这足以说明碳纤维行业在我国具有广阔的发展前景。

在面临其他国家压制和封锁，始终在全球缺少话语权的当下，打造我国碳纤维行业自己的DNA，将是建材行业必须承担的国家使命和社会责任。大力发展碳纤维等高端复合材料，已跃升为我国建材工业转型升级的重要任务。

接下来，面对行业中存在的各种困境，中复神鹰将继续发挥其大企业集团的引领示范作用，带领行业走出低端徘徊的漩涡，攀上世界尖峰。

一方面，中复神鹰作为行业中的龙头企业，将带头进行更高质量碳纤维的研究，发展高质量的上游产品生产线，保证碳纤维生产稳定、产品优质，从而在关键技术上打破国外的封锁与垄断。

另一方面，促进行业内各大科研机构、企业握紧拳头形成合力，避免重复引进、重复研究，少走弯路、节约成本，使我国早日拥有碳纤维自主研发技术并实现碳纤维产业化的发展。

中国建材以及旗下的中复神鹰，自觉担当民族的使命和责任，艰巨且光荣；国家和行业赋予他们向高科技新材料领域转型升级的重任，任重而道远。在中复神鹰等新型高端材料领域的优秀企业引领下，我国建材行业已经开始向材料科学的巅峰迈进。

编辑点评：

领军企业的责任

刘媛媛

中国建材与中复神鹰的携手，是我国高端材料领域的一件幸事。

行业领军企业应该担当产业责任。中国建材集团在“三新”产业领域，通过加强企业间协同，来提升复合材料产业链的整体价值，使整个产业链上的各个环节，携手向高端跃升，就体现了这一点。

近几年，随着绿色新型建材大力发展，我国建材行业已经在众多新材料领域攻城拔寨，占据全球同行业领先地位。投身其中的企业，也获得了丰盈的利润和骄傲的地位。

回首十多年前，很多高端新材料对行业人士而言，还只是触不可及、高不可攀的梦。没有多少勇士敢于踏上这条可能鲜花似锦，也可能荆棘满布的道路。

“中复神鹰”正是其中的勇士。这个高端材料的探索者，在行业还形如荒漠之时，便毅然投身其中，值得全行业钦佩与致敬。

当产业环境的荒芜使中复神鹰默默拼搏、苦苦支撑，已然到了山穷水复疑无路之时，他毅然选择转型改制，选择与一个有实力的中央企业合作，实现国民共进的发展蓝图。

正因为“神鹰”和中国建材都对碳纤维材料拥有同样的至真梦想和一腔热血，拥有同样的敏锐眼光和宏远志向，拥有同样的产业责任和国家使命，才凝聚出巨大的力量和无限的价值。

中国建材集团的及时进入，也的确做出强有力的后盾支撑，为神鹰雪中送炭，加大了投入的力度，支持扩大研究范畴，坚定了目标和方向，引领企业快速走上中国领先、世界先进的高端之路。

无论是宋志平还是张国良，在每个人心中，发展中国碳纤维产业，不仅承托着企业转型升级的重任，更为中国碳纤维材料行业争了一口气，完成数代人未竟的事业。

他们深知，对于材料产业来说，碳纤维材料的自主研发是行业的尖端技术，中国只有掌握碳纤维这样的高端材料技术，才能拿到打开材料新世界大门的钥匙。

对于国家来说，碳纤维材料行业的发展，关乎我国国民经济命脉。如果不能达到高品质和量产化，我们的国防及很多高科技领域，将长期受制于人。发展碳纤维材料，不仅是保家卫国的武器，还是支撑中华民族屹立于世界之林的标志和象征之一。

因此,企业的每一次投资、科研人员的每一滴汗水都是为了实现中国梦而做的准备,我们应该为这些肩负起国家和产业责任的企业鼓掌点赞。

但是,若想更快地发展碳纤维材料产业,仅仅靠一个企业的力量是不够的。虽然目前碳纤维材料的发展,已经得到了政府相关部门的高度重视,并陆续出台了一些宏观政策,但必须看到的是,关于产业发展的更为具体的扶持政策、行业标准、指导规划等细致工作,还比较缺乏、有待完善。

同时,行业相关协调组织的力量也应进一步跟上,迅速展开产、学、研、用、商一体化发展,协同起全行业力量集中攻关,也只有国家政府、行业组织和企业代表共同作战,才能真正让中国的碳纤维事业屹立于世界鳌头。

建材行业的转型升级,依托于国家经济发展的大趋势和大环境。大企业在国家重大战略部署与规划中抓住机遇,担当起国家的使命和产业的责任,迎接行业可持续发展的生机,对于全行业转型升级有着更重要的意义和价值。

近年来,以中复神鹰为代表的我国新材料企业的发展轨迹,已经给出了生动的印证。

2015 年 10 月 26 日

兄弟连中的“特种部队”

——记中国建材西南水泥嘉华特种水泥股份有限公司

■ 本报记者　王怡洁

10 余年前,德国研发建造了这样一种房屋。它会随天气的变化而改变颜色。当气温升高时,它呈现出紫色,当空气比较干燥时,它呈现出蓝色;被雨淋湿后,又变成玫瑰色。所以,当地人只要根据它的颜色,即可知晓天气变化,并亲切地称之为“气象台”。

乍一听,这样的情景或只存在于好莱坞大片的特效之中,但事实是,在世界很多区域,这样的房屋已经伴随着人们的现实生活走过春夏秋冬。

我们不禁要问:房子为什么会变色?

而这其中的奥妙正是变色水泥的应用。简单来说,这种房子的外墙体使用了含有二氧化钛的变色水泥。变色水泥属于装饰水泥,为特种水泥的一种,它的面世曾引起行业空前反响,也让人们对特种水泥平添了无限好奇。

顾名思义,特种水泥就是具有特殊性能和特殊功能的水泥。我国是水泥生产大国,但绝大部分水泥为硅酸盐类通用水泥。据统计,目前我国生产的特种水泥在全部水泥中占比不足2%,发达国家特种水泥占比则达6%到10%。美国甚至高达42%。专家预测,中国对特种水泥的需求应该在8%左右。

虽然国内特种水泥应用比例不高,但毋庸置疑,在当前产能严重过剩和经济下行压力的双重影响下,大力发展特种水泥实为新常态下水泥行业转型升级的一条重要出路。

中国建材西南水泥旗下的嘉华特种水泥股份有限公司(下简称嘉华特水)是我国较早进行特种水泥研究的企业。这个有着76年历史的老牌水泥企业伴随着我国特种水泥的发展,始终走在特种水泥研发与生产的前列。

在2012年加入中国建材后,嘉华特水在中国建材董事长宋志平提出的水泥"特种化"中扮演重要角色,一步一个脚印,通过服务创新、技术创新、管理创新为我国特种水泥的发展增光添彩,被称为中国建材"四化"发展战略中的"特种部队"。

嘉华特水在围绕研究特种水泥方面进行的创新改革,不仅为水泥领域,也为整个建材行业提供了重要的借鉴范本。

水泥世界:别有洞天

提起水泥,在多数外行人认知中,还停留在建筑房屋所用的黑色物质,以为水泥只是一种极为普通低端的建筑原材料。殊不知水泥世界里,也别有一番洞天,那就是品种多样的特种水泥。

特种水泥的出现,被视为水泥行业的另一个开端,也让水泥这一材料变得丰富多彩。日渐在基础材料领域中焕发活力。

与"特种"二字相较而言,我们日常所见的水泥,被称为"通用水泥",按成分来讲主要是指硅酸盐水泥。硅酸盐水泥因历史悠久、性能可靠和价格低廉而得到广泛应用,已成为当今最重要的建筑材料之一。我国目前是世界上水泥产量第一大国,主要指的就是通用水泥。

虽然特种水泥在我国所占比例较小,但它是国家重点工程不可或缺的基本材料,起着通用水泥不可替代的作用。

例如石油是我国工业的命脉,如离开了固井用的油井水泥,就不能保证石油开采的安全性和可靠性;再如我国举世瞩目的三峡大坝工程,大坝共浇筑了 2689 万方的混凝土,使用了 500 多万吨特种水泥——中热硅酸盐水泥,这种水泥为保证三峡大坝工程的百年大计起了重要作用。

那么,这支水泥的"特种部队"到底由哪些精兵悍将组成?

四川嘉华水泥总经理许毅刚告诉记者,目前关于特种水泥的定义很难有一个权威的说法。记者在网上查询相关资料时也发现,特种水泥并没有完全统一的概念,可按成分,也可按功能进行分类。

在国际上,特种水泥的分类比较复杂。可以按水泥主要矿物所属体系进行分类,迄今,所有的特种水泥均可归入硅酸盐、铝酸盐、硫铝酸盐、氟铝酸盐、铁铝酸盐和其他 6 个体系;也可以按水泥功能进行分类,如快硬早强水泥、耐高温水泥、水工水泥、海工水泥等;还可以按水泥用途进行分类,如油井水泥、装饰水泥等。

这些分类方法都或多或少存在着局限性。我国水泥行业则在此基础上,将上述方法结合在一起进行分类。这样,特种水泥按其功能或用途主要可分为快硬高强水泥、膨胀自应力水泥、水工水泥、海工水泥、油井水泥、装饰水泥、耐高温水泥、其他水泥 8 大类。

再放眼整个水泥行业,特种水泥早在 19 世纪 70 年代就已出现。以德国、日本、美国等为代表的发达国家为特种水泥的研发做出突出贡献。近些年来,荧光水泥、陶瓷水泥、吸水水泥、玻璃水泥等新品种相继问世。仅看这些名字,就足以吸引众人目光。

20 世纪 50 年代初期,我国建立了水泥科学研究机构,特种水泥正式问世。进入 20 世纪 70 年代后,我国水泥理论研究又有了新突破,一批水泥新品种在国民经济建设中起到了举足轻重的作用。像长江阶梯电站大坝的落成,铁路、高速公路、机场跑道、煤矿港道的不断铺展,军事工程、抢险救灾等紧急工程的应用等,更突显了特种水泥的独特威风。

虽然与发达国家相比,我国特种水泥事业起步较晚,但欣喜的是,全行业已经加快了特种水泥研发和应用的速度。其研发与应用,目前主要集中在两方面:一方面是致力于进一步的系统理论研究,丰富水泥材料科学理论系统;另一方面是加强生产和应用研究,提高社会和经济效益,形成现代化的特种水泥工业体系。

在中国建材旗下数百家水泥企业组成的"兄弟连"中,嘉华特水这支"特种部队",在行业转型升级的过程中,势必要承担越来越重要的角色。

转折中的自问:到底该干什么

位于岷江、青衣江和大渡河三江交汇之处的乐山市,一年四季都笼罩在湿润的雾霭之中。江边,三座小山郁郁葱葱,它们分别是凌云山、马鞍山、乌尤山。著名的乐山大佛即是依凌云山临江峭壁凿造的一尊弥勒佛像,是世界上最大的石刻大佛。

嘉华特水就坐落在与大佛比肩而立的马鞍山上。灰白相间的办公楼掩映一片绿荫之中,处处充满了意境。为了保护绿水青山,嘉华特水几年前已将水泥生产线搬迁,留在此处的只有管理和研发部门。

嘉华特水的前身是嘉华集团,是四川省最早的水泥企业,其主体嘉华水泥厂始建于 1937 年,但其发展之路却充满崎岖与艰难。

2001 年前,这家企业年生产水泥能力 28 万吨,拥有 3 条 5 万吨立筒预热器窑,一条 3.2 万吨中空窑和一条 8.8 万吨机立窑。企业规模不大,生产能力不强,员工数量却高得惊人,最高时员工人数达 2800 余人。

更大的问题在于,彼时,嘉华集团的业务繁多,除了生产水泥、石棉瓦之外,还生产预制板、电线杆,甚至还经营过农场,涉足化工、化学外加剂等领域。

这种“跑马圈地”的发展方式,最终导致企业始终没有发展起来自己的主打产品。

“设备落后、业务杂乱、冗员繁多、财务状况很差,这就是当时嘉华的基本状况。企业到了必须解决‘企业到底干什么’的关键时刻。”当年,接手掌管嘉华集团的许毅刚,发出这样的感慨。所有嘉华人都清楚,唯有脱胎换骨才能起死回生。

可是,问题来了:这样一个老牌企业,它的优势到底是什么?它最有价值的地方究竟在哪里?

经过一段时间的摸底调查和研究分析,结合并探讨嘉华集团在水泥行业 60 多年的历史优势和现阶段行业状况,嘉华集团团队一致认为:普通水泥市场正日趋饱和,已经露出产能过剩端倪,但细分的特种水泥市场空间巨大、大有可为。更关键的是,嘉华集团多年来在特种水泥方面已经积累了一些宝贵经验。嘉华集团领导班子达成共识,将企业的主营业务聚焦为“特种水泥和特种工程材料”。

为了集中资源做好这一主业,嘉华集团开始了大刀阔斧的改革。一切不符合公司定位或与主业不相干的业务,都被关闭或出售。

“水电站、核电站、油田等能源工程领域需要解决抗冲磨、防渗、抗裂、抗辐射、耐腐蚀功能等问题,一般工程所用的普通硅酸盐水泥不能满足这些特殊要求。但特种工程水泥技术含量高、相对进入门槛高,有些甚至需要‘量身定制’之后展开研发。所以嘉华集团决定依据企业对特种水泥原有经验,将最早的定位确立为能源交通工程领域的特种水泥研发,由此采取差异化竞争策略,开发这一领域的特种功能材料去满足客户需求。”许毅刚的思路非常清晰。

2002年,嘉华集团将与技术相关的业务部门合并为企业技术中心。技术中心下设三个实验室,分别是分析实验室、材料性能实验室以及水工混凝土实验室。

一位参观过嘉华集团技术中心的某研究院专家说,他本人到访过全国数十家水泥厂,一般的水泥厂技术中心主要配备检验仪器,没有其他的功能。但在嘉华集团却能见到混凝土自身体积膨胀测定、弹性模量测定、绝热温升测定等大型专业研究院才配置的科研设备,这使专家感到异常惊喜。?

经过十余年不断的技术创新,嘉华集团实现了华丽转身,成为一个年利润超一亿元的现代化高科技特种水泥以及特种工程材料生产企业,无论在经济效益还是产品品种方面都成为特种水泥细分市场的翘楚。

当然,这还只是刚刚开始。接下来,一场更大更深远的转型等待着他们……

转型中的跨越:做特中特

2012年,嘉华集团正式加盟中国建材,并更名为嘉华特种水泥股份有限公司。

嘉华集团加盟中国建材,可以说是顺应水泥行业结构调整与产业整合的趋势,也是其较早开启转型升级之路的一次重要契机。因为随着特种水泥在整个国民经济建设中重要作用的凸显,可以预见,未来特种水泥的比重会逐年增加,发展空间越来越广阔。而作为水泥板块规模最大、已跃升为世界500强企业的中国建材,重组既具研发能力又有一定规模的特水企业,不仅可以使其成为转型升级的推手,也可成为在市场竞争中的一枚利器。这一重组充分展现了中国建材作为领袖企业在战略上的高瞻远瞩。

不过,3年前,对许毅刚而言,融入中国建材水泥业务大家庭,可谓喜忧参半。喜的是,能够拥有这样坚强的后盾和平台,可以在特种水泥的大舞台上更加游刃有余地发挥创造。忧的是,虽然同属一个水泥板块,但在众多兄弟企业中,特种水泥企业却为数不多,能否快速融入这个大家庭,真正形成合力?彼时的许毅刚也感到了压力。

但很快,他便发现自己的担忧是多余的。虽然在加入之前就对中国建材的包容文化早有耳闻,但真正加入之后,他才切实感受到了远比想象中更加强大的“包容”的力量,这使他并未感到一丝孤立和尴尬。

“宋总和中国建材的包容性,让我们有了家的感觉。就在那一瞬间,我更加确定加盟中国建材是极为正确的选择。”许毅刚回忆说。

其实,回顾中国建材联合重组的过程,没有一家重组企业“反水”。中国建材重组成功的秘密就在于——构建了具有自身特色的以“包容”为核心的企业文化体系。正是“包容”的文化使中国建材能够海纳百川,陶铸百家。宋志平曾形象地说,“中国建材就像一个移民城市,具有很高的融合度,进入的企业不分先后,都有很强的归属感。”

嘉华特水感受到的正是其中的力量与久违的归属感。

中国建材广博深邃的包容文化,在嘉华特水身上立刻形成两大特点:首先是体制与文化的包容,更重要的是特种水泥与通用水泥相互融合的包容。

一般情况下,为了统一管理和创造和谐文化,新加入中国建材的水泥企业,通常会按片区划分到其所在区域的公司,唯嘉华特水保留了自身完整的管理研发体系,也就是有了自主发展的空间。此外,在中国建材总部还专门给嘉华设置了一个办公室,让其与更多的央企做业务对接。“这在我们进入中国建材之前是不可能实现的。”许毅刚说。

他举了个例子,原来做特种水泥的研发是封闭式的,也就是关起门来自己搞研发,与其他通用水泥企业交流不多,对窑外分解技术的飞速发展认识不充分,接触大型窑外分解的时间也较晚。因此,在大型窑外分解窑生产技术的理念上存在偏差,容易强调特种水泥生产的个性,忽视特种水泥与通用水泥生产的共性。

嘉华特水进入中国建材后,眼界更为开阔。特种水泥与通用水泥,一定泾渭分明吗?嘉华特水的答案很坚定:不一定,这两者可以融合。

于是,嘉华特水的定位又有了新的变化,这种变化就在于产品研发技术的融合。如今,依靠着中国建材水泥业务的强大支撑,嘉华特水可以把通用水泥的技术融会贯通,在特种水泥的研发方面充分融合、取长补短,从而大大提高了特种水泥的技术指标和创新力度。

嘉华特水的变化,也在一定程度上扭转了部分行业人士对特种水泥还停留在“仅仅用作特殊工程”的水泥品种,与传统意义上的通用水泥几乎挂不上钩的固有印象。

“我们会遇到各种各样的工程问题,比如耐腐蚀、耐高温、耐磨、抗裂等等。每遇到这种问题,我们都会在中国建材团队力量的支持和帮助下,想办法解决它。如今,早已缩短了特种与通用的距离,也因此,我们将自己的产品统称为'功能水泥'。"许毅刚说。

在这样的指导思想下,嘉华特水更愿意被外界称为水泥基特种功能材料生产企业,而不仅仅是特种水泥企业。在中国建材的大家庭中,嘉华的创新源泉始终涌动着。

如今,嘉华特水的足迹已遍布全行业,其主导产品有油井水泥、大坝水泥和装饰水泥三大系列,以及复合纤维水泥波瓦系列产品。投放市场的水泥品种达50余个,是中国目前拥有水泥品种最多的水泥企业。

在记者发稿前夕,又传来了一个好消息:嘉华水泥与陕西省最大的水泥集团企业尧柏水泥签署业务合作协议。功能水泥企业与通用水泥企业的深度合作,成为水泥行业转型升级、资源共享的一次积极尝试。

升级中的商业模式创新:"私人定制"

"嘉华特水成为西南唯一覆盖金沙江、大渡河、岷江、嘉陵江等七大流域的水泥企业。"在今年7月中国建材集团发布的《2014社会责任报告》中,对嘉华特水有如此评价。

加入中国建材三年多来,通过走出来,请进来,内部人员流动、帮扶等方式,嘉华特水进一步分享到通用水泥技术,从而推动了其进步与快速成长。这样的成绩来之不易,却在情理之中。

如今,嘉华特水正在做一件更为"超前"的事情,就是为特种水泥应用企业做"私人定制"服务,从而以"重度垂直"的方式细分市场需求,这在水泥行业是一个极为新鲜的概念。

"私人定制"　让技术着眼于服务

相较于单一生产特种水泥产品的企业来说,嘉华特水的制胜法宝在于对特种水泥全产业链体系的构建。简单来说,就是用技术着眼于服务,并通过服务构建从研发、生产到销售的全产业链。

新常态下,在水泥产能严重过剩的时代,嘉华特水一直保持着独有的理性,其"私人定制"理念或可成为打破水泥过剩魔咒,摆脱低水平竞争的利器。

"水泥不仅仅是PC42.5或PC32.5,应该把水泥回归到工程材料学的本源,从材料学的角度来研究它、发展它、应用它,通过技术研发和细分行业,为客户提供'私人定制'的产品,真正把传统水泥做成覆盖石油天然气、电力、交通、民用建筑等领域的活产业。”

“与其说嘉华特水是特种水泥企业,不如说是水泥基的功能性材料企业。”嘉华特水对行业的理解,已经站在用户的角度去提供人性化服务,主动创造市场需求的层面上。

在嘉华特水的转型理念中,技术永远着眼于服务。在他们看来,水泥并不是冷冰冰的简单半成品,而是一位贴心的“好朋友”。

在采访过程中,记者听到了来自深圳某工地的一个故事。

深圳某工地在施工中要用到C80的混凝土,找到嘉华特水。通常情况,高标号混凝土设计均会采用高掺胶凝材料,低水灰比。但是,在使用PO52.5等通用水泥去配置时,常常会遇到一系列的问题,尤其是低水灰比的情况下,水泥的拌和性能与流动性均较差,虽然提高了高效减水剂等外加剂的掺量,但仍时常发生堵泵现象,工程时断时续,用户体验差。此外,混凝土的高强度,无疑预示通用水泥用量很大,水化放热厉害,很容易导致开裂变形,混凝土的耐久性会受到严重影响。

面对一系列棘手问题,按照特性水泥的意义,嘉华特水针对用户的需求开发了改性的低热水泥,以低需水量、低水化热、高流变性、高强等性能满足了工程的要求,给予了用户极好的体验。

“私人定制”的底气,源自持续不断的技术创新与技术积累。近年来,“通过科技创新满足客户需求”几乎成为所有嘉华特水人的座右铭。

自2002年起,嘉华特水便建立了多个实验室,加入中国建材后,这些实验室的作用更得到充分施展。

据了解,嘉华特水技术中心拥有结构分析、水工混凝土、材料性能等5个实验室。如今,这个技术中心已被认定为国家级企业技术中心。据实验室负责人介绍,现在技术中心拥有研发用办公及实验室3600余平方米,设备资产超过3000万元,全职技术研发人员159人。

目前,公司承担了3个国家科技部“十二五”科技支撑计划项目、一个国家重点实验室开放基金项目,成为水泥行业中承担国家科技项目最多的企业。

“重度垂直” 做别人做不了的

围绕“私人定制”,嘉华特水还提出了“重度垂直”的新理念。

所谓重度垂直,就是在细分领域的同时,对不同领域展开更为细致的专业细分,从中寻找更加广阔的市场空间。

长期以来,嘉华特水一直坚持在差异化的细分市场中行走。在许毅刚看来,无论规模，还是资金，与众多大水泥企业相比，嘉华特水都没有明显的优势，但在特种水泥的平台上，这些所谓的劣势却可以忽略不计，如果将特种水泥市场再进行细分，充分发挥企业的技术优势和中国建材的行业影响力和辽阔平台，一定大有可为。

“细分市场”的理念和方式，已经让嘉华特水筑起了最大的竞争优势。但是，随着市场环境的变化，即使细分了领域，也有可能出现问题，这就要求嘉华特水在领域细分的基础上，还要针对每个领域做更深入的专业细分，从而形成了“重度垂直”的架构。

比如油井水泥，由于国际原油价格下跌，不少油田几乎把油井水泥价格作为唯一的采购标准，这使嘉华特水原有的品牌优势渐渐消失。在此情况下，嘉华特水必须发挥自己的服务理念和技术优势，将“油井水泥”再进一步细分，深入到稠油开采、深海钻井、页岩气、低压窜漏等极为专业的目标市场中去。

“想别人想不到的，做别人做不了的”。这就是嘉华特水精神。

目前嘉华特水已积累了许多定制的成功案例，例如，为南海 981 钻井平台定制的 G 级深海固井水泥；在渤海漏油事件中为康菲公司定制超细堵漏剂；为西藏羊八井定制地热专用水泥等。众多人们耳熟能详的恢宏的国家级工程项目，都有着这支“特种”部队“低调”的身影。

为行业转型探路：促特水崛起

76 年风风雨雨，这个被当地人亲切地称为“爷爷辈儿”的水泥厂在经历了起死回生、二次易主、重新定位、技术服务的变迁后，一路砥砺前行。

“我们是行业第一，但并不意味着就是‘第一’，只是因为特种水泥行业规模较小。未来我们希望通过行业的不断扩大，真正促使我国特种水泥的全面崛起。”许毅刚谦逊的话语背后，也道出了一个值得水泥行业深思的问题。

近几年，我国对特种水泥的研发受到空前重视。今年 7 月，工信部召开水泥行业部分重点企业负责人座谈会时，重点指出要提高产业集中度，发展特种水泥。

记者之前曾采访过行业一位资深专家，他对水泥行业有着十分深厚的感情。谈及特种水泥，他感触颇深。“现在是发展特种水泥的最好时机。我们拥有强大的国力和行业基础，大力推广应用特种水泥刻不容缓。”

在他看来，面对水泥行业产能过剩的严峻形势，行业急需转型升级，同时，我国大型特殊建设工程还在进一步开发。发展特种水泥不仅是行业创新发展的重要出路，于社会而言，也是利国利民的大好事。

那么，我们不禁要问，面对中国特种水泥如此大的市场需求，为什么中国数千家水泥企业，绝大多数宁可在产能严重过剩的当下，始终挤在一条路上求生存，也难于在产品品种和服务上调整方向？

遗憾的是，在采访过程中，我们没有得到明确的答案。或许，各种原因复杂交错。比如，行业还不成气候、行规尚不规范、国家相关政策过少、行业标准几近空白、技术门槛较高、研发投入不足等等，都是牵制和阻碍特种水泥发展的因素，让水泥企业不敢去趟这“看不见底的水”。

但在可预见的将来，随着科技的进步和发展，各类工程对特种水泥品种的需求会越来越多，对质量的要求也会越来越高。如何在这样的背景下，顺应市场前进方向，为国家不同领域的建设工程，提供多样化的优质可靠的特种水泥，将是水泥品种研究的一个主要方向。

一方面是过剩，另一方面却是紧缺。

嘉华特水一位技术负责人告诉记者：我国对特种水泥的使用没有明确标准，也没有强制性要求，以至于一些重点建设工程仍然执行通用水泥标准，这在一定程度上加大了工程项目质量、寿命和应用等各方面的风险系数。

这让记者更加理解“发展特种水泥刻不容缓”的急迫性和重要性。可以预见，如果中国特种水泥得不到良好发展，伤害的不仅是一个行业，甚至会影响国计民生。

而中国建材把这种急迫性和重要性纳入了嘉华特水未来的战略规划中。中国建材总裁曹江林对嘉华特水的要求是：以推动特水崛起为理想，坚持技术产品化、产品市场化、市场效益化，发挥技术领先优势，加大资金、人才的投入，加强研发和创新，引领未来。

而今，嘉华特水正在这一规划下疾步前行。

中国建材将嘉华特水打造为我国水泥行业的“特种部队”，让我们钦佩的，是市场眼光；给我们启迪的，是产业胸怀。

编辑点评：

主动创造市场需求

刘媛媛

半个月前，工信部原材料司司长周长益在江苏宿迁召开的一次会议上，提出了一个颇有新意的观点:建材工业要主动创造市场需求。此语用于总结嘉华特水的经验十分贴切,似乎是对其近年发展所做的一个注解。

“市场意识”对于建材工业,尤其是水泥工业而言,是一个比较新鲜的话题。不可否认,水泥工业30多年的发展历程,在技术研发方面不甘落后。但是,水泥作为具有较强同质化的半成品原材料,却始终与“市场需求”难以建立密切联系,也因此,更多的技术研发也都是以“我”为主导,而非以“终端需求”为前提。

正像一位水泥行业资深人士所言:水泥行业惯有思维是“我生产什么你就用什么,极少考虑你想用什么,我来生产什么。”

由此编者想起另一个原材料行业——纺织行业,曾走过类似“以我为主”的道路,也先于水泥工业遭遇巨大的发展瓶颈和桎梏。想当年,整个纺织行业生产的千篇一律的面料,早已无法满足个性化终端市场的需求。众多服装企业“揭竿而起”,摒弃国产面料,纷纷从国外进口既多样化又富含高科技的面料,致使中国纺织业一度一蹶不振。痛定思痛后,纺织行业开始全面细分市场,创新差异化产品竞争优势,主动创新,满足乃至创造细分后的市场需求。

如今,水泥行业也正面临同样的问题,甚至比当年纺织行业面临的压力更大、困难更多。在这样的困境下,国家大力倡导“服务型制造业”转型路径,可谓及时雨,是行业摆脱困境、转型升级的重要法宝。

但是,好的理念和倡导,更需要身处行业内的各方人士,积极主动去理解、消化和吸收。缺乏主动意识,再好的理念也不过一纸空谈。

在这一点上,嘉华特水是有胆识、有眼光的企业。不仅想在前,也率先践行。其最可贵的精神就在于,它没有将自己定位于普通的传统水泥企业,而是一个以服务为主导,主动创造产品满足市场需求的前沿企业,不仅开垦出中国特种水泥的发展路径,也先人一步尝到了累累硕果。

在新常态下,在建材工业转型升级的关键时刻,嘉华特水用“市场意识”为先导趟出来的这条路,绝不仅仅适用于特种水泥行业,而是整个建材工业都应该继续探索并深挖的产业课题。

只有理顺并解决好技术、生产与市场、需求之间的关系,才能真正铺垫起传统制造工业向服务型制造业转型的畅通之路。全行业都应该有这样的意识:向服务型制造业转型是大势所趋,更是必由之路。

有了坚决的市场意识、顺应时势的指导思想,才能有坚定不移的实践和大刀阔斧的行动。以建材工业为代表的传统重工业才有可持续发展的未来。

2015 年 10 月 29 日

从优秀到卓越

——从徐州中联看中国建材集团管理创新之路

■ 本报记者　段丹晨

徐州中联水泥有限公司在中国建材集团的水泥板块中有着特殊的地位。

中国建材集团的水泥业务按区域分为四大板块,分别是中联水泥、南方水泥、西南水泥和北方水泥,四个板块的水泥企业加起来超过 900 家。

徐州中联隶属于中联水泥。在中国建材集团的水泥“兄弟连”中,徐州中联被公认为是中国建材水泥市场化重组的起点,开中国建材水泥业务联合重组之先河;它又被视为中国建材水泥企业管理创新的一个标杆——成功践行中国建材管理文化的领跑者。

自那场令全行业瞩目的强强联合后,9 年来,徐州中联在管理创新上不断前行:对标同行优秀企业,形成自身管理体系和创新模式;带头降本增效、技术升级,实现生产方式的转变;将精细化管理融入两条万吨线的运营之中,为中国建材“八大工法”创造出鲜活的案例;首批被认定为中国建材的“六星企业”……

这些殊荣和桂冠使得徐州中联在中国建材集团水泥板块中始终立于不败之地,成为引领集团内其他水泥企业的领跑者。

越是领跑者,越容易成为无数竞争者追逐的对象和跨越的目标。

徐州中联始终认定只有不断提升原有的起点,才能在越发激烈的市场竞争中拥有话语权。荣誉的背后,是徐州中联多年来的孜孜追求,是冲出起跑线后的持续领跑,是自我提升过程中从优秀到卓越的不懈追求。

双万吨线瞄准世界一流水泥工厂

1992 年,由泰国的暹罗水泥公司和暹罗京都水泥公司投资建设,引进丹麦史密斯公司水泥生产装备的万吨线相继建成,在当年引起了巨大轰动,成为世界水泥工业史上的一个重要节点。

十余年前,当中国拥有第一条万吨线的时候,就有业内专家预测:随着经济发展和水泥技术装备不断进步,单线煅烧能力在 3000t/d ~ 5000t/d 和 7500t/d ~

10000t/d 的大规模和超大规模水泥生产线将逐渐成为世界水泥工业的发展方向和中坚力量。

众所周知，煅烧能力越强，对水泥生产技术与装备的要求也就越高，设计、生产和运行的管理力度和难度也越大。众多行业人士都曾有过这样的说法：运营万吨线是对技术、装备、管理等多方面的巨大挑战。

目前，全世界的万吨线加起来仅 11 条。这其中，拥有两条万吨线的企业，全世界只有 3 家，徐州中联便是其中之一。这些"重量级"企业，足以为世界水泥行业历史留下浓墨重彩的一笔。

2006 年 7 月 1 日，中国建材与海螺水泥签订战略合作协议，收购海螺在徐州的万吨线，徐州海螺更名为徐州中联。

徐州中联的第一条万吨线正是这次联合重组的产物。中联水泥在对它的运行和管理过程中，学习、总结并提升了万吨线精细化生产运营管理体系，使徐州中联的第一条万吨线创造了连续运行 112 天、运行周期 7 个月、年产熟料 371 万吨、窑年运转率 96.35% 的同行业、同窑型世界领先运行记录。

在许多人看来，能成功运行一条万吨线已属不易，再建设一条自主设计、自主建设、自主安装的万吨线未必是锦上添花，如果管理不到位，运行不好有可能成为企业的负担。

但中国建材认为，科技创新，拥有核心技术应当是一个企业未来发展的核心要素，虽然我国的水泥工业产能早已领先世界，但在超大规模水泥生产线的核心技术方面仍旧有所欠缺。

为了更好地实现集约化生产，在成本控制、节能降耗、环境保护等方面做出实绩，引导水泥行业由高污染、高耗能、高排放的"三高"行业，向绿色环保可持续产业发展，中国建材充分发挥其产研优势，形成合力，在徐州中联建设了第二条拥有核心技术和自主知识产权的万吨线。

徐州中联通过企业内部的精细化管理，实现企业降本增效的巨大优势，也为企业建设国产万吨线奠定了基础。徐州中联可以游刃有余地展开技术研发与创新，更有实力将优质的生产运营管理融入自主建设的万吨线上。

徐州中联第一条万吨线，被企业人称为"1 号线"；自主研发的万吨线，顺理成章为"2 号线"。两条万吨线并肩而立，既像一对知己知彼共同成长的好朋友，却又有着各自的特色和"血统"。

相较于 1 号线设备 85% 的进口率，设备国产化率 85% 的 2 号线拥有绝对的

"中国血统"。2号线从设计到设备甚至安装几乎都是中国建材旗下企业的智慧结晶,仅部分设备,如篦冷机、原料立磨等选择从国外引进。

当代世界水泥工业,对于超大规模万吨线的设计和运行难度非常大,对生产设备的要求也非常高。世界上现有的11条水泥万吨线中,熟料煅烧设备绝大部分采用的都是来自老牌水泥装备供应商史密斯或是伯利鸠斯公司的产品。

自主研发的2号线,若不能实现熟料煅烧设备的国产化,保证熟料的产量和质量,便不可能享有"国产万吨线"之名。为此,熟料烧成技术是必须突破的难关。作为2号线项目总承包商,中国建材旗下南京凯盛研发采用了具有自主知识产权的回转窑综合技术,成功解决了因为预热器和分解炉等生产设备特大型化之后带来的易塌料、预分解效率不理想等影响水泥产量、质量的问题。

突破煅烧技术瓶颈之后,2号线的操控问题被提上了日程。有德国血统的1号线珠玉在前,国产2号线如何操作才能发挥其万吨线的实力,将自主创新的力量发挥到极致?答案就是汲取经验、精细管理。

1号线的精细化管理运行经验和水泥行业信息化、智能化发展的潮流影响了2号线的设计和建设。

徐州中联为万吨线配套的DCS自控系统,将智能化手段引入生产运营管理体系中,对主要生产系统进行分布控制,全部实现中央控制室集中操作和监控,取代现场操作,提高了工作效率和系统运行水平,实现了岗位工向巡检工的转变。换句话说,整个生产过程逐渐从工人作业转向人工操控,真正提升水泥工业的精细化生产水平和管理运营能力,推动行业向信息化、智能化方向转型。

同时,自2号线建成起,徐州中联通过PDCA循环管理的实施,实行"年计划、季分解、月安排、周调度、日跟踪"任务分解模式。不仅保证了2号线持续顺利平稳运行,也有利于降低成本、提升效益。

通过精细化的管理方式和自主研发的适配的先进技术、装备,2号线自投产以来便取得了傲人成绩:不仅在总体投资上低于1号线的投资额,更在投产第二天便达到设计水平,两个月顺利通过了72小时达标验收,平均日产达到11500吨,各项指标处于世界领先水平。

近年来,两条窑系统的有效运转率始终保持在99%以上,但徐州中联仍在朝着更高的目标迈进,通过与兄弟企业对标学习及实施技术改造等有效措施,截至目前,熟料综合电耗为55kwh/t,标准煤耗为103kg/t,水泥综合电耗为68kwh/t,处于国际领先水平。

徐州中联的两条万吨线,是中国建材水泥板块的明珠。通过对 1 号线的学习和运行,以及对 2 号线的自主设计、自主建设、自主安装,中国建材更加坚定了加强技术持续创新引领行业发展,促进行业转型升级的信心。自成立以来,徐州中联将“创建世界一流水泥工厂”作为目标,其所拥有并成功运营的两条万吨级水泥生产线,使企业距离这个目标愈行愈近。

传承管理文化　践行八大工法

中国建材集团董事长宋志平曾说过,中国建材受让徐州万吨生产线,不是一个事情的结束,而是一个事业的开始。

确实如此。重组后如何才能快速建立属于自己的生产管理体系? 徐州中联把目光瞄向建设精细化管理体系。

“工欲善其事,必先利其器。”精细化管理正是推进企业内部管理甚至转型升级的一把“利器”。想要拥有精细化管理的意识和本领,首先要了解其内涵和意义。

精细化管理这个概念,最早在 20 世纪 50 年代由德国人提出。德国的管理强调通过过程控制,来保证好的结果。这一理念迅速在欧美国家得以普及。

在国内,首先提倡精细化管理的是著名管理培训师汪中求。2004 年,他撰写的《细节决定成败》一书,不仅风行中国,更畅销全世界。书中提到细节对企业管理的重要性,并提出精细化管理时代已经到来。在此基础上,2005 年他又撰写《精细化管理》一书,将精细化管理作为一种管理系统提出来,得到中国企业界的普遍认同,进一步推动了中国的企业持续学习精细化管理理念,开展精细化管理培训课程,探索并建设精细化管理体系。

众所周知,中国建材的水泥事业是通过联合重组发展起来的,而联合重组可以更好地实现规模效应与协同效应,但要想真正做到这点,管理整合势在必行。中国建材在这一时期早早认识到了水泥企业实行精细化管理的重要性,下定决心在旗下企业中推行精细化管理的概念,实现企业做大做强的目标。

在徐州中联成立后不久,中国建材在徐州召开了著名的“徐州会议”,此次举足轻重的会议开启了中国建材管理整合的序幕。

在这次会议上,宋志平强调了联合重组的文化基础就是融合性文化,也就是说,中国建材的文化,是不断靠新的进入者去融合、去拓展的文化。中国建材总裁曹江林则正式提出管理整合要围绕“五化” + KPI 进行,即以关键经营指标为核心,推动管理的一体化、模式化、制度化、流程化、数字化,建立统一的商业模式和管控模式,贯彻严格规范的内控制度,实施一系列协同措施,实现企业的既定目标。

"徐州会议"堪称一个起点,它不仅体现了中国建材"从原理出发、用数字说话"的务实管理思想,更为徐州中联精细化管理的实践奠定了理论基础。

自"徐州会议"开始,徐州中联就率先践行中国建材管理整合的成果,在精细化管理方面积累了丰富的经验,取得了不小的成绩。

彼时,中国建材的水泥版图也由"一席之地"逐步发展成为全球水泥规模最大、中国水泥行业的领军企业。与此同时,中国建材的管理整合内容不断丰富,2014年,宋志平将多年来中国建材水泥业务管理体系提炼总结为"八大工法",包括"五集中、KPI、零库存、辅导员制、对标优化、价本利、核心利润区和市场竞合"八个方面内容。用宋志平的话说,"八大工法"的核心理念在于团队学习,在于发掘内部动力,在于沟通互动和持续改善。"八大工法"不是单一企业的管理工法,而是众多企业的管理互动或学习提高,解决的是如何发挥集团企业优势、获得效益的问题。

"八大工法"是中国建材管理整合体系的浓缩,每一个"工法"的提出都不是形而上的概念,而是通过不断实践得来的经验。

"工法"一词,来源于日本企业将管理方法格式化的一种称谓。目的是将众多优秀的管理经验和专业的管理学术语,精炼并总结成简单易行的工法,让企业管理者易于理解、举一反三、充分实践,并在实践中找到乐趣和成就感,同时,还可以让企业员工耳熟能详、朗朗上口。

作为"八大工法"最早的实践者之一,徐州中联将中国建材的管理理念融入企业自身的生产和管理工作当中,从而更好地提升两条万吨线的运行效率,提升整个企业的精细化管理水平,推动企业精细化管理体系逐步建立并完善。

以KPI管理为例,徐州中联按照"数字化"要求,根据上级确定的年度目标任务,分解制订出销量、利润、熟料成本、水泥成本、熟料标煤耗、熟料综合电耗、吨熟料发电量、熟料强度、备件消耗、管理费用等细化的绩效考核指标,分别形成年度和月度绩效考核权重,使员工的收入与KPI息息相关。

KPI管理将个人收益与企业收益紧密结合,对员工产生巨大的激励作用,十年如一日保证员工的工作积极性。

在徐州中联采访时记者注意到,员工们几乎人手一本"八大工法"小册子,每天随身携带,时常翻看。"八大工法"独具特色,以简驭繁和朴素实用的语言,就像管理整合中的一套组合拳,使得徐州中联很快便掌握了拳法。

在熟练运用这套管理组合拳的过程中，徐州中联进一步提高了自身实力，实现外抓市场与内控成本的结合，赢得区域市场优势，成功实现了降本增效。

通过践行“八大工法”，徐州中联在激烈的市场竞争中始终保持良好的效益。即使在全行业持续疲弱的2014年，徐州中联的毛利率仍高达46%，始终保持着突出的成本优势和强劲的市场竞争力。

也正是因为徐州中联对“八大工法”始终如一的贯彻与实践，才为其成为“六星企业”打下了坚实的基础。

站在“六星企业”的起跑线上

徐州中联是中国建材首批12家六星企业中的一员。

“六星企业”，是中国建材对旗下企业提出的优秀企业的标准。宋志平在《我的企业观》中写道：“好企业一定要有标准，让员工知道企业目标，掌握对的方法，并持之以恒地坚持下去，这样管理就不再是一件困难的事了。为此，我给中国建材集团的企业设定了6个星级，让企业争做六星企业。这6星的内容是业绩良好、管理精细、环保一流、品牌知名、先进简约、安全稳定。”

中国建材以“星”作为标准评价，灵感虽来源于宾馆和饭店的星级评价，不过，宾馆和饭店的最高星级一般为五星，中国建材则确立了六星标准。有行业专家评论说，中国建材确立的六星标准，正是从更高层次的精细化管理体系建设出发，体现了在建材行业转型升级的重大历史阶段，领军央企精益求精，立足实践，形成一套适合自身特色的科学管理体系的态度和决心。

如果说，“八大工法”是中国建材总结并提炼的精细化管理体系建设的手段，告诉企业具体的打法，那么，“六星企业”就是在此基础上，提出的更高标准和杠杆，是企业发展的目标和努力的方向。

“六星企业”与“八大工法”相互协力，形成中国建材更为完善、更上台阶的精细化管理体系建设。中国建材旗下所有重组企业，都可以在这个更大更高的平台上，实现管理有序、步调一致，形成良好的协同效应，保证联合重组的成功和经济效益持续提升。

可以说，这“六星”不仅仅是优秀企业的标准，也是水泥行业在转型升级中深化管理创新的努力方向。

如果能实现环保一流，水泥行业由“三高一资”向“两型一绿”转型自然能得以实现；如果能做到业绩良好和先进简约，水泥行业的增长方式也能从“粗放增长”

向“集约增长”转变;如果能做到管理精细、品牌知名,那么我国的水泥企业成长为国际一流企业不是没有可能……

具体到徐州中联,它的“六星”表现,不仅向人们展示了一家好的水泥企业应有的经济和社会效益,也为水泥行业转型升级提供了生动的实践案例。

业绩良好　内外兼修铸造金牌企业

业绩是企业的根本,业绩良好是衡量企业好坏最直接、最显著的标志,作为中国建材首批“六星企业”,徐州中联自然不会让人失望。

在中国建材宏观战略指引下,通过坚持不懈地践行绩效文化、推进精细管理,徐州中联经营业绩持续稳定增长。截至 2014 年,徐州中联上缴税金超过 11 亿元,实现净利润 13.46 亿元,超过重组成本,用行动证明了自己的实力。

管理精细　超越自我追求卓越

徐州中联在践行中国建材文化和落实“八大工法”方面,始终走在兄弟企业的前列。更为可贵的是,徐州中联始终不曾有一丝松懈和停滞,不断挑战自我、勇于超越自我,追求卓越。

比如,随着互联网时代的到来,徐州中联将信息化融入企业管理之中,使得相关岗位工作效率提高 10% 以上,部分关键岗位工作效率提高达 40%。

不论是在工业 4.0 如火如荼的时代,积极运用信息化、智能化手段管理工厂,还是落实阳光采购、科学招标节约成本等方面,徐州中联不遗余力,使其精细化管理较之以往更加便捷、细致、准确。

环保一流　从告别“洋灰”到绿色低碳

徐州中联在环保一流方面的表现,不仅表现在对环境保护的贡献,更表现为实现水泥行业向绿色、环保方向转型发展的努力。

徐州中联通过两条万吨线配套的余热发电项目,将排放到大气中占熟料烧成系统热耗 35% 的废气余热进行回收,使企业能源利用率提高到 95% 以上,所发电力全部用于水泥生产,占到生产用电的近 40%。公司两条 18MW 发电机组年可发电达 2.15 亿度,年节约用电 2 亿度,大大降低了熟料电耗的同时,也节约了能源,保护了环境。

通过余热发电、窑炉烧成工艺和变频技术的改造,年减少二氧化碳排放 22 万多吨,减少氮氧化物排放 1.8 万吨,为天空更湛蓝、空气更清新做贡献。徐州中联还对厂区北侧的矿山进行荒山改造,种植了马尾松、侧柏、银杏等数目近 10 万株,绿化面积高达 880 亩。

许多来到徐州中联参观的业内专家和行业领导都对洁净的厂区表示赞叹。徐州中联数十年如一日的环保努力，不仅改变了人们对于水泥企业脏乱的固有印象，也充分践行“绿色水泥”的行业义务和社会责任，为水泥行业从传统重工业向绿色循环行业转型，积累了更多更好的经验。

品牌知名　“中联牌”响彻市场

品牌，就像是企业的“第二生命”。品牌知名，意味着市场对产品、对企业的认同，甚至可以说是创造更高经济效益的重要前提。

徐州中联对照行业标杆，遵循优于国家标准、行业领先的原则，实现全面质量管理。同时建立与国家水泥质量监督检验中心样品对比检验长效机制，合格率始终保持在 100%，连续六年被评为“全国水泥品质指标检验大对比全优单位”。

为了提升品牌市场接受度，徐州中联始终将顾客满意度摆在优先位置，通过开展技术合作、为客户提供技术支持等行动，提高服务质量。

2014 年，徐州中联作为唯一一家企业荣获了徐州市政府最高奖——徐州市市长质量奖。这不单单是对徐州中联产品质量的肯定，更是对企业多年来发展取得的经济、环境、社会等多方面成绩的认可与鼓励。

如此，使得“中联牌”的品牌得到了政府和顾客的一致认可，不仅顾客忠诚度较高，市场占有率稳居第一，更被徐州市和江苏省评为名牌产品，堪称徐州制造企业中的佼佼者。

先进简约　水泥行业的典范

徐州中联两条万吨线各项经济技术指标和操作水平均居于行业及同类企业前列，是当今中国水泥行业先进生产力的代表。

即便如此，徐州中联倡导的始终是简约精神，秉持为投资者省钱的节约原则，把钱真正投到技术和装备上，而绝不在非经营项目上乱花一分钱。深入贯彻“厉行节约、拒绝浪费”的要求，推进降本增效，通过管理创新比赛等活动的开展，积极倡导“修旧利废”和“自主维修”行动，让员工在这样的活动中增强主动性和责任心。

在这样一个乐观向上、和谐团结的工作氛围中，徐州中联培养起一批高素质人才，组建起优秀的团队，并通过精细化制度与扁平化管理，来保证制度执行的高效性。

“先进”和“简约”在徐州中联得到充分的融合，极大地降低了企业成本，实现了企业利润的不断攀升，劳动生产率始终居于行业领先地位。

安全稳定　水泥为基文化为石

至于安全稳定,也是徐州中联多年来的骄傲。

徐州中联将安全管理同样纳入其精细化的管理体系之中。公司将安全和管理目标层层分解,落实到每个班组和岗位,保证上令下达,全方位落实了安全生产的责任。

通过持之以恒的安全管理,徐州中联生产现场的安全状况始终保持在较好的水平,事故隐患消除在萌芽状态,自公司成立以来没有发生重大安全责任事故。

徐州中联坚持贯彻中国建材"企业是人,企业为人,企业靠人"的理念,实行民主管理。在充分听取员工意见的基础上,审议涉及员工利益的规章制度和重大事项;开展多种多样的劳动竞赛活动,充分调动员工的热情和生产积极性,培养员工的"主人翁"意识。

安全稳定和谐的工作环境,保证了工作队伍的稳定,为徐州中联不断实现自我突破,在新常态下进一步转型升级打下了良好的基础。

徐州中联从中国建材整合水泥板块的初始阶段起,就肩负起为中国建材在管理模式方面做示范的重任,随着中国建材管理体系的不断发展和水泥行业对转型升级越发提高的要求,徐州中联这个"起点"也被不断抬高。

领先是一个动态的过程,转型升级也不是一蹴而就。要真正实现水泥行业的转型升级,必然是要从量变开始,最终达到质变。

作为中国建材水泥板块的功勋企业,在全行业面临结构调整、转型升级的大势面前,徐州中联始终如履薄冰,如今,正以"六星企业"为新的起跑线,创造下一个具有示范和引领意义的高点,亦是起点。

结　语

不可否认,从20世纪50年代至21世纪初,我国水泥行业长期处于粗放式发展阶段。这种发展模式得以生存的条件是:全行业系赚钱容易的劳动密集型产业,生产技术发展不充分但市场需求量大、企业社会责任要求低、环保压力小。

长期以来,这种低门槛、高成本、高能耗、资源型的劳动密集型产业,加之粗放式管理模式和发展轨迹,带来的恶果显而易见:全行业产能严重过剩、重复建设叠加、恶性竞争不断。

进入新世纪,在水泥产能严重过剩和经济下行压力增大的现状下,水泥行业开始重视精细化管理的体系建设课题。并且经过多年的发展,我国水泥技术与装备已不逊于世界先进水平。在此前提下,改变以往的管理方式,从企业内部管理做起,实现降本增效,或许是推动行业转型发展的突破点。

在这一课题上,以徐州中联等先行者为代表的水泥企业,为全行业提供了丰富的经验。

编辑点评:

天下大事 必作于细

刘媛媛

徐州中联在水泥行业尚处于粗放发展的时代就站在了精细化管理的制高点上。

精细化管理是由过去的粗放型管理向集约化管理转变,由传统经验管理向科学化管理转变。精是精湛、精益求精,细是细节、最小的工作单元,"细"是精细化的必经之路,"精"是精细化的自然结果。

在三次工业革命之后,随着科技发展与进步,企业发展、行业转型,从外部延伸与调整逐渐转向通过精细化管理方式实现内部完善优化。最先认识到这点并付诸实践的,是在生产方式上更早实现现代化的新兴工业。客观地说,传统工业在这方面的嗅觉不甚灵敏。

中国建材却早早意识到精细化管理对企业发展和行业转型升级的重要性,不断兼收并蓄,最终创造了属于自己的精细化管理理念和体系框架。徐州中联正是中国建材通过实践精细化管理推动转型升级的典型范本。

如今,水泥行业的转型升级已迫在眉睫,行业粗放式发展的时代已经过去,转变管理模式和发展方式已经成为全行业的共识。

国务院发布的《中国制造 2025》中明确指出,与世界先进水平相比,我国制造业仍然大而不强,在自主创新能力、资源利用效率、产业结构水平、信息化程度、质量效益等方面差距明显,转型升级和跨越发展的任务紧迫而艰巨。

这些差距,也正是精细化管理体系的组成部分。

"细节决定成败"绝不是一句空泛的理念,只有将其融入企业管理、研发、生产、运营等方方面面,才能将水泥企业真正打造成符合时代要求、适应信息化发展趋势和生态文明建设的现代国际化新型企业;才能真正助力行业摆脱现实困境、调整产业结构、完成转型升级的历史重任;才能将水泥行业引入服务型制造业,实现"中国制造 2025"的宏伟目标。

可以说,精细化管理体系的建设是全行业深化体制改革、提高行业门槛、实现由大变强、完成转型升级的重要保障。

那么,精细化管理体系究竟如何建设?或许,一千个人心中有一千个答案,但唯一不变的是,精细化管理体系的建设是一项系统工程,必须从企业或是行业通过内部管理模式开始做起。

徐州中联依托中国建材的先进管理模式、文化理念,汲取行业内优秀企业的先进经验,不断完善精细化管理模式和管理体系,从而在行业形势愈加严峻的今天,通过不断降低生产成本,提高劳动生产率,确保企业利润,维护行业利益。同时,减少资源的浪费和消耗,助力企业节能减排,促使行业向绿色环保产业方向发展。

水泥行业乃至整个建材行业的企业,都能意识到推行精细化管理的必然性和重要性,认真探索实践,依据时代要求和自身发展,建设具有企业DNA的精细化管理体系,让先进的管理模式在行业中百花齐放,那么,整个行业产生的经济效益和社会效益将不可估量。

我们必须意识到,只有从单个企业精细化管理的实践到整个行业精细化管理的普及,才能让先进的管理成为推动行业发展、促进行业转型升级的原动力。

精细化是意识、理念和行动,更是一种认真的态度和精益求精的文化。身处传统行业中的每个企业,只有认识到这一点才能始终处于领先地位,每个行业也只有意识到了这一点,才能在转型升级的路口找准方向,实现目标。

2015年10月30日

撷取玻璃王国皇冠上的明珠

——记中国建材蚌埠玻璃工业设计研究院

■ 本报记者　刘秀枝

3000多年前,一艘欧洲腓尼基人的商船船员,因为用了几块“天然苏打”作为大锅的支架在沙滩上做饭而无意间制出了玻璃,并因此发了一笔大财。

在教科书上,玻璃的定义是“由沙子和其他化学物质熔融在一起形成的、在熔融时形成连续网络结构,冷却过程中黏度逐渐增大并硬化致使其结晶的硅酸盐类非金属材料”。

广泛应用于建筑物,用来隔风透光,是人们对玻璃的普遍印象。事实上,这只是玻璃这个五彩世界中的“冰山一角”。

2011 年和 2012 年,美国的一家玻璃企业连续推出了两部纪录片《玻璃的一天》,将人们领入由玻璃创造出来的神奇世界中。

在不久的未来,窗户、镜子、厨房案板、冰箱、课桌、汽车中控台……你能想到的任何有玻璃的地方,都有可能成为可触控的电子屏幕。它可以使远端成为房间的一部分,打破了沟通的障碍。所有的数据,从远端收集、传送,在一面墙上显示,一切都在眨眼之间完成。

倘若这些特殊玻璃被广泛运用于教室、医院等工作场所中,甚至成为每幢建筑物里随处可见的电子触摸屏,那么,人们眼里最为普通的玻璃,或将成为改变人类生活生产方式、推进全球信息化高速发展[illegible]大变革。

《玻璃的一天》将荧屏前的观众带入如梦如幻的境界。荧屏背后的真实世界中,全球无数为玻璃贡献智慧的科研工作者,正在将这一切变为现实而不懈努力着。

这其中,就有来自玻璃大国——中国的领军企业和科研人员,为玻璃产业的发展兢兢业业研发创新。中国建材集团所属的蚌埠玻璃工业设计研究院(以下简称蚌埠院)便是其中的佼佼者。

走进蚌埠院,这个行业的前沿科技令人为之振奋,也正是坚持不懈的科技创新,让这个有着多年历史的研究院在转型升级的道路上走得尤为稳健。近年来,他们经过不断地技术创新,已经取得了令人瞩目的成果。

我们就从蚌埠院研发中最亮眼的两大技术成果说起。

打破垄断,攻克信息显示玻璃极限

在今年 5 月举办的第 26 届中国玻璃展上,凯盛集团的展位人头攒动。偌大的展位上,蚌埠院研发生产的 0. 2 毫米超薄玻璃,被卷成筒状竖在展示台上,如果没有红色花球相衬,人们几乎很难用肉眼看到那里有一块玻璃。

说起这块超薄玻璃,时间还要追溯到 2 个月前,2015 年 3 月 28 日,蚌埠院宣布 0. 2 毫米超薄玻璃基板实现稳定批量生产,打破自己不久前创造的 0. 3 毫米国内电子玻璃工业化生产极限。它完全替代了目前面板行业对超薄玻璃的需求而进行的对较厚玻璃二次减薄环节,为电子信息行业发展提供了强大的技术支撑和关键产品。

时间再往前追溯,2014 年,从蚌埠院控股的成都中光电科技有限公司液晶玻璃产业基地传来振奋人心的消息:经过坚持不懈的潜心技术攻关与产能和良品率提升,该公司生产的国内首批 6 代 0.3 毫米超薄液晶玻璃基板产品顺利通过国内核心用户批量认证,将之前生产的 0.5、0.4 毫米的玻璃厚度连续降低,并正式获得后续批量采购订单,成功打开市场。这标志着蚌埠院完全掌握了 TFT - LCD 超薄玻璃基板制造技术,填补了国内空白,打破国外垄断和技术封锁,完成了从技术创新到产业化、市场化应用的完美跨越。

就是这些取得重大技术突破的新玻璃,被中国建材集团董事长宋志平兴奋地喻为"中国建材皇冠上的一颗明珠"。

伴随电子产业的发展和升级,在全球范围内,"轻"和"薄"是高端电子产品消费的流行趋势,为满足市场强劲的需求,全球的电子产品生产商无不在轻和薄上下足了功夫、动足了脑筋。超薄玻璃也因此日益受到全球的热议与追捧,是全球玻璃行业的重点研发品种之一。

以手机为例,一个手机屏幕其实是由四块玻璃构成。其中有 2 块玻璃用于显示,中间充以液晶,构成显示屏;再往外,是触摸屏,即在玻璃上镀上透明的导电膜,用以感应手指的温度和划动时产生的静电,对设备进行操控;最外面还有一层玻璃担当保护功能,用以保护触摸屏和显示屏。

为了维持足够长的使用和待机时间,电池的厚度不能进一步减缩,而电子元器件的厚度本就很薄,减无可减,能提供进一步缩减空间的就只有显示屏、触摸屏和保护屏。

如此一来,玻璃厚度与手机等移动终端设备轻薄的关系就不难理解了:玻璃厚度缩减一毫米,这就意味着手机的厚度能够减薄 4 毫米,厚度大幅减缩,移动终端设备的重量自然就降了下来。

普通大众关注超薄玻璃,大多是从 iPhone 手机屏幕所用的大猩猩玻璃(Gorilla Glass)开始。它够薄、够硬,不怕摔,很多人为此放弃了手机贴膜。

在《乔布斯传》中提到一个故事:2007 年,苹果公司在计划推出 iPhone 手机前,乔布斯找到康宁公司,希望他们能为这种新手机提供一种非常耐刮的玻璃保护屏。康宁公司便在原有特种防弹玻璃的基础上,研制出第一代 0.7 ~ 2.0 毫米超薄大猩猩玻璃,并和智能手机屏幕紧紧联系在一起。在 iPhone 首次亮相后的五年里,康宁大猩猩玻璃产品线的年营收从零增长到了 10 亿美元。截至今日,大猩猩玻璃已经应用于全球 30 亿台设备之中。

这样有着极高科技含量的电子信息显示玻璃(超薄玻璃),像“明珠”一样闪烁着夺目的光芒,一度是中国玻璃从业者景仰的新技术。其生产技术与研发极其艰难。一是已有的熔制技术无法达到准光学玻璃的内在质量;二是原有的技术无法完成厚薄差、波纹度的高精度标准。

加之长期以来,超薄玻璃一直被国外公司所垄断,国内无法自主生产,这使得我国电子信息显示产业发展一直受制于人。

多年来,超薄玻璃项目在中国的发展,经国内多位专家认证,其结论都是“风险比机遇大,极有可能失败”。

但在中国建材集团眼中,实现这一技术绝非遥不可及。找准空白,打破垄断,集中力量进行技术攻坚,是中国建材集团一贯的工作思路。

因此,宋志平决定迎难而上:“中国人,尤其是中国玻璃行业的人,必须攻克这块玻璃。”他当时向蚌埠院院长彭寿提出的期望是:只要没有颠覆性的失败就坚持做下去。

“第一步就是要把玻璃拉出来,并且能应用,再逐步加强其良品率,并实现产业化。”就是这样一个决定,经反复论证后,TFT 液晶显示玻璃、超薄玻璃项目在蚌埠院得以上马。

“现在说明当时的决定是对的,我们不但有能力做成这件事,并且能将这件事做得更好。”蚌埠玻璃工业设计研究院党委副书记兼新闻发言人李志铭对记者说。如今,蚌埠院已成为国内为数不多的具备批量生产 0.2 毫米至 1.1 毫米全系列品种超薄浮法电子玻璃的企业。

“进军电子信息显示玻璃产业,彻底抚平了我们玻璃科技工作者‘心中的痛’”。国际玻璃协会主席、蚌埠玻璃工业设计研究院院长彭寿感慨万千。

光伏玻璃,让全世界“羡慕嫉妒恨”

电子信息显示玻璃把“电”变成了“光”,光伏玻璃则把“光”变成了“电”。

如果说蚌埠院在电子信息显示玻璃方面的技术攻克最终让消费者得到了实惠,那么,其在光伏玻璃上的尝试成功,则让一个产业在国际上触发了一场“战争”。

2011 年 10 月 19 日,美国的 7 家光伏企业向美国商务部和美国国际贸易委员会提出申诉,称“中国光伏企业向美国市场非法倾销多晶硅光伏电池,中国政府向国内生产企业提供包括供应链补贴、设置贸易壁垒等非法补贴”,要求“联邦政府对来自中国的光伏产品征收超过 10 亿美元的关税”。

同年11月9日,美国商务部宣布将对中国输美太阳能电池(板)展开反倾销和反补贴“双反”调查,这是美国对中国清洁能源产品首次发起双反调查。

事件中的主角其实是“多晶硅光伏电池”。它之所以能大举进入国际市场,与蚌埠院的一项技术成果密切相关,这就是“太阳能电池用微铁高透过率玻璃成套技术及产业化开发”,即光伏玻璃生产技术。

光伏产业在中国萌芽之时,太阳能电池价格颇高,关键在于其玻璃比较贵。由于技术长期被法国圣戈班、美国加殿安和英国皮尔金顿等大公司垄断,在2005年前,我国光伏玻璃全部依赖进口。仅2004年就进口约320万平方米,价格高达150元/平方米以上,严重制约了我国太阳能光伏产业的发展。

经过中国建材旗下兄弟企业蚌埠院、中国建材国际工程集团有限公司的强强联合,光伏玻璃生产技术的成功研发,终于打破了这一局面。

光伏玻璃是晶硅太阳能电池组件中不可替代的关键材料。作为太阳能电池盖板,它通过多次折射,能够充分吸收太阳光,最大利用率地将太阳光的光能转化成太阳能电池的电能。

因为填补了国内技术空白,这项科技成果荣获了2011年度国家科技进步二等奖。

通过新工艺和节能新技术,蚌埠院开发建成了世界单体规模最大的“一窑五线”光伏玻璃生产线,在技术、质量、规模、能耗、投资等关键指标方面处于国际领先地位,产品通过国际公认的瑞士SPF太阳能检测中心最高级别U1级认证。

利用这系列成套技术生产出的光伏玻璃产品,在国内及全球市场分别占到约85%、45%的份额。

正是这项科技成果,使得中国太阳能电池成本急剧下降,出口价格也随之下降,也引起了美国、欧盟的“双反”调查。这场“双反”调查也折射出国际先进同行对中国玻璃高端技术研发成果的重视与忌惮。

在浮法玻璃新技术国家重点实验室东侧,就是生产超薄玻璃的蚌埠中建材信息显示材料有限公司,在它的1.5万平方米厂房顶部,就安装着蚌埠院自己研发生产的光伏玻璃产品,平均年发电量约180万度,满足企业用电外还有盈余。

这一成果不仅打破了国外垄断,支撑了国内太阳能产业的快速发展,还催生了一个平板玻璃服务于新能源的新产业,使得我国光伏玻璃产业得以诞生及快速发展。

近些年来,凭借玻璃这一强项,尤其是在玻璃镀膜方面掌握的核心技术,以蚌埠院为核心企业的凯盛科技集团公司近年来频频发力光伏太阳能领域。

2014 年 8 月收购德国 Avancis 公司后，中国建材集团全面进入铜铟镓硒（下称"CIGS"）薄膜太阳能领域，并制订了"10 + 5"规划，即计划在国内和"一带一路"沿线国家分别建设 10GW 和 5GW 的薄膜太阳能电池生产能力。

2015 年 9 月底，凯盛科技 1.5GW CIGS 薄膜太阳能电池项目在蚌埠正式开工建设，该项目将成为全国最大的 CIGS 薄膜太阳能电池生产基地。

体制变革，丰满了研发的羽翼

从光伏玻璃到电子信息显示玻璃的空白被逐一填补，中国玻璃产业实现了技术研发与创新的大跨越，在国际上日益争得了话语权，甚至令国际同行有些"心有余悸"。我们不能不提到研发这些喜人成果背后的主角——蚌埠院。

1953 年诞生，1984 年改制，2000 年进入中国建材集团。从改制前的年经营额几千万元发展到年经营额逐步突破 40 亿元、60 亿元直至过百亿元，这家曾经循规蹈矩沉睡了半个世纪的国企设计单位，为什么能跃居全国同行前列？尤其是近些年来，在传统玻璃行业产能过剩压力突出，新建生产线放缓的背景下，作为一家玻璃设计和研究机构，如何通过转型升级实现逆势增长？

"蚌埠院发展的活力来自科研创新。"在彭寿看来，通过立足新兴产业，打造以玻璃为核心的高科技产业链条，瞄准国内、国际前沿玻璃行业向"高、精、尖"方向发展以及具备"轻巧、超薄、透过率高"等特点的趋势，才使得蚌埠院在新常态下迎来了发展的新起点。

这一切实现的基础，首先在于体制的改变。

2000 年进入中国建材集团时，正是国内众多科研院所群体迷茫的时候，原有的国家主管部门相继撤销，今后只有一条路可走：向市场要未来。然而，无论是科技人员还是领导群体，多年习惯于国家给课题、拨资金的日子，对市场经济都需要一段理解和消化的过程。

此时，宋志平向包括蚌埠院在内的下属科研院所提出了"企业化、市场化、工程化、国际化"的要求。

于是，在中国建材集团的支持下，蚌埠院从那时开始了第一次大转型——成立中国建材国际工程集团有限公司，改变单一从事玻璃工厂设计，转为提供以设计为龙头、以核心技术为支撑，带动装备制造的工程总承包服务。

在这个过程中，蚌埠院始终坚持科技创新的企业核心竞争力，凝练了中国传统的浮法玻璃技术,将产品能耗、品质、质量等均做到了世界水平,利用这些玻璃技术和成套装备的制造,占领了中国80%以上的高端玻璃工程市场和90%以上的出口玻璃工程市场。

从一个科研院所转制成一个为社会服务的工程公司,要面临着很多改革。

内部管理机制必须适应市场,结合蚌埠院多年来科技研发积累的优势,以市场化需求进行有方向性的科技研发是贯穿始终的主干。但自主创新如何适应市场?对刚刚改革转型的蚌埠院来说,这是一个新的课题。过去,科研人员极少考虑研究什么、研究出来的成果有没有用,只管研究就是。现在,必须面向社会,社会需要什么,就做什么。

宋志平提出的"央企市营"战略,也促使蚌埠院积极探索实践混合所有制,实现了从单一科研设计单位向科技型企业集团的成功转型。

在蚌埠院控股的方兴科技,国有资本只占总资本的30.04%,2013年在资本市场成功募集资金10亿元,此后又逐步探索通过共同出资、高管参股的混合所有制形式,兴建一些新项目。

蚌埠院将方兴科技作为最重要的资本整合平台,将新材料和新能源资产都陆续注入公司,为科技成果转化提供了更好的融资舞台。

正因尝到了混合所有制带来的"甜头",在今年两会上,彭寿提出了"加快科研院所混合所有制改革"的建议——鼓励科研人员和高级管理人员在院所改制中持股,让他们真正从参与者变为所有者,最大限度保护和激发他们开展科研开发、推进成果产业化的积极性,保护好、维持好、发展好院所的核心竞争力。

当科学家,也要当好"企业家"

"研发创新、新产品创造关键在人,而员工持股就是提高科技人员积极性的有效方法。"彭寿是这么说的,也是这么做的。

作为蚌埠院的掌舵者,彭寿知道自己最重要的职责就是把各地最优秀的人才招揽到自己的身边,与各地最优秀的同行进行强强联手。

蚌埠院令人津津乐道的,是它的首席科学家和首席研究员制度:由每个科学家带领一个科研团队攻关一个课题,也就是说某个课题是哪位博士、哪位教授领头,这个团队就由他来领导,公司给他充足的经费和一定的时间,让他带领的团队充分发挥才干和智慧,共同去完成项目。

比如,国家"千人计划"人才——美籍华裔徐根保博士,他拥有十多项国际国内发明专利、曾在英特尔公司带领80余位博士研发团队做芯片和应用材料研究。因为看好其科研氛围，回国后他毅然选择加盟蚌埠院，目前担任浮法玻璃新技术国家重点实验室特聘专家。他带领的团队主攻镀膜玻璃及特种玻璃的研究开发和产业化。

蚌埠院对所有研发和创新团队提出的要求就是，其课题必须结合实际，结合市场需求，而不能将课题束之高阁、不问世事，关起门做研究。当这个方向明确之后，所有科研人员的课题研究有了目标和方向，也更有干劲，更能游刃有余地发挥和创造。蚌埠院还鼓励科研人员将通过市场调研后形成的课题带进中心，成果转化后，以参股的形式参与利益分配。

在科研成果产业化方面，蚌埠院建立了股权和分红激励机制，鼓励和倡导科研人员除了当好科学家，还能当好企业家。

归国访问学者卢育发便是其中一个，他在2008年创办了安徽天柱绿色能源科技有限公司，同时和安徽电子信息职业技术学院、蚌埠玻璃工业设计研究院建立产学研战略合作，2010年被蚌埠院重组。除了更宽的工作平台外，能够让卢育发在这里安心工作的另一个主要原因，是他在这个公司里拥有20%的股份。

“有些事情我们不完全会，怎么办？通过收购重组企业，将整个研发团队纳入麾下。”李志铭对记者说。2014年蚌埠院收购德国Avancis公司时，收购的过程并不难，但要把原来的整个团队留下来是不容易的。彭寿亲自去德国，与45位技术专家一对一、面对面交流沟通后，他们说：“我们决定在蚌埠院这个平台上做一番事业。”

此外，蚌埠院在给予科技人才一定待遇的同时，鼓励和支持他们去学习提高。比如，送他们出去读工程硕士和工程博士，近两年，蚌埠院就选派了14名专业技术人员去新泽西理工大学深造。

现在，回到公司工作的博士，在考博之前几乎都是蚌埠院自己培养的。他们考到国外读博士，很多国际同行纷纷向他们伸出橄榄枝，希望他们留在国外。但在学习过程中，蚌埠院始终与他们保持着密切联系，既有课题上的切磋与交流，也有生活上的关照与抚慰，让他们始终感受到自己是蚌埠院的一分子，心与心的交流从未间断。当这些博士学成后，都毅然放弃了很多高薪聘请他们留下来的机会，选择回归蚌埠院。

对管理人员，蚌埠院送他们去读MBA。“一共送了20多人”据李志铭介绍，蚌埠院的激励机制是，深造费用先由个人垫付一半，考试合格后，公司全额报销。

在蚌埠院,企业文化的精髓是为客户创造价值,同时,实现员工与企业的共同成长。为此,该院制定了一整套员工培训和激励机制。如项目经理负责制,企业接手的每一个项目都要与项目经理签订目标责任书。如成都南玻的项目超额实现了预期目标,院长当即兑现承诺,奖励项目组 100 万元人民币,奖励项目经理一辆帕萨特轿车。

给科研人员和管理人员一个更加开放自主的研发平台,给普通员工一个更加公平和谐的工作环境,这为蚌埠院的科技创新提供了丰富饱满的软实力保障。

着眼市场,让科技叫好又叫座

近年来,我国制造行业科技发展突飞猛进,为世界瞩目。但必须承认的是,在自主创新能力方面,制造业的整体发展仍较弱,医药、汽车、智能芯片等许多行业的核心技术命脉受制于人的格局尚未根本改变,诸多高精尖领域仍在"追赶",与国际先进水平差距甚远。不可否认,科研攻关进展缓慢,使得中国制造业向中高端迈进的过程中,始终面临科技"瓶颈"。传统玻璃产业,亦如此。

究其原因,科技创新及成果转化滞后,与创新没有围绕"市场"转型有很大关系。长期以来,科研是科研,市场是市场,科研部门和产业部门形成了各自的"闭循环"。这些特点在玻璃行业的总体发展中,表现得比较突出。

"科技创新要有驱动力,要顺应企业和市场的发展需要。不论是电子信息显示玻璃,还是光伏玻璃,我们都是顺应市场需求而研发的。"彭寿认为,对于科研机构来说,市场意识是决定科技创新成果能否叫好又叫座的前提。

玻璃技术研发与创新,是蚌埠院的"看家本领",根据经济社会发展和市场需要,又不断赋予这套"看家本领"新的内涵与定位。

应用于光伏、电子信息显示等新兴产业的新玻璃,与传统的玻璃在配方、生产工艺、指标要求等方面都有很大不同,蚌埠院为此下了大力气投入研发并逐步实现产业化。

市场的瞬息万变经常令人措手不及。蚌埠院在转型过程中,也并非一路坦途。

蚌埠院在研究玻璃市场的同时,更加注重研究相关产业的发展趋势和升级变革,对所有高新玻璃应用领域的市场变化、消费趋势和国际发展都会做充分的分析和探讨,有的放矢的开展研发,不仅着眼于眼前的市场,更放眼未来的潮流。

创新驱动,要站在世界最前沿

如果说科学技术作为第一生产力,已成为当代经济发展的决定因素,那么,在蚌埠院,科技创新则是这个企业不断发展的第一推动力。

无论是企业机制转型、人才培育和激励机制建设等等,都是以科技创新为主干,坚持不断地提升科技创新能力和视野,让蚌埠院承担起中国玻璃产业向“高精尖”迈进的行业重任。

“创新驱动发展,是我们这些年走出来的一条道路。”这是蚌埠院的科研人员经常说的一句话。

近年来,中国建材集团抓住中国新能源产业政策和世界新能源经济发展的契机,在玻璃板块中,不断加大在 TFT 基板玻璃、超薄玻璃、光伏玻璃、节能玻璃等方面的研发和产业化进度,这是蚌埠院主要承担的工作。为此,蚌埠院开始了第二次转型——进入新兴产业,按照玻璃的新功能、新用途,不断开发新产品、新技术进而实施产业化,不断赋予玻璃新的概念和内涵,推动全产业链发展。

彭寿认为,无论是一个企业还是科研院所,必须要“做五年乃至十年以后的事”,才能始终保持不败。多年来,蚌埠院在科研上的投入始终很大,在科研上的投入毫不吝啬。“如果没有科技创新,你做的东西没人感兴趣,没能处于领先地位,怎么占领市场呢?”

正因如此,蚌埠院在项目立项上始终坚持与国际接轨。“我们做的项目,是要站在世界的最前沿,从世界的角度来考虑问题。绝不能看人家做就去简单复制。”彭寿说。

长期以来,蚌埠院依托浮法玻璃新技术国家重点实验室、玻璃工业节能技术国家地方联合工程研究中心等多个国家级科研平台,围绕高品质浮法玻璃技术、节能减排技术、玻璃功能膜材料设计和镀制技术、玻璃新材料 4 个方向,开展前沿、共性、重大关键技术研究,获国家科技进步二等奖 2 项,省部级科技类奖 30 多项,国家授权专利 1000 多项,多项成果居国际前沿水平。

玻璃大国,如何成为玻璃强国

我国是当之无愧的玻璃制造大国,但不是制造强国,这正是玻璃工业转型升级最重要的目标和方向。

20 世纪 80 年代起,我国平板玻璃工业进入发展高峰,连续多年保持 30% 左右的增长速度。然而,由于远超市场需求,盲目求大求快,普通浮法玻璃产能严重过剩;产业链短,附加值低,深加工不足等问题也越来越突出。

普通浮法玻璃的过剩,带来的直接结果是多方面的,首先是企业生存出现问题,玻璃市场价格一路走低。去年,一些地区的平板玻璃甚至卖出了史上最低价格。大部分玻璃企业在苦苦支撑,部分企业已然面临倒闭。

更重要的是,我国玻璃行业也因此在社会上始终无法摆脱“大老粗”的偏见和误解。社会观念的根深蒂固,也成为玻璃行业向高新产业发展的巨大制约。

作为一个大型建材企业集团的掌舵人,宋志平自从接触玻璃行业,就盼望这个行业能够甩掉“大老粗”的社会印象,改变人们对它的固有观念。

蚌埠院工作人员还清晰记得,在研发超薄玻璃的前夕,在一次参观蚌埠院收购的蚌埠华益导电膜玻璃有限公司时,工作人员给每位参观人员递过来一件白大褂。包括宋志平在内的所有人都被要求穿上白大褂,戴上白帽子。

穿上这样的行头,他激动地对随行的摄影师说:“一定要给我们拍些好照片。我特别希望全社会都能看到,我们玻璃行业也有要穿白大褂才能参观的精细企业。”

需要强调的是,我们的平板玻璃产能过剩属于结构性过剩,一般建筑用普通浮法玻璃严重过剩,而优质浮法玻璃生产和应用比例均较低,无法满足高档加工需要,很多品种还需要进口。近些年来,国内主流厂家在超薄玻璃、ITO 导电膜玻璃以及电容式触摸屏显示玻璃的生产技术研制方面也开展了一系列攻关与研究,但终因产品优良率不高等原因,一直没有形成量产。

也就是说,中低档玻璃产能严重供过于求,高科技含量的玻璃产品则相对短缺,难以满足国内加工玻璃市场的需求。

与此形成鲜明对比的是,有着高科技含量的超薄玻璃是目前已经大规模产业化中最高端的玻璃品种,给企业带来的利润也颇为可观。它的价格是普通玻璃价格的数十倍,甚至数百倍。在蚌埠中建材信息显示材料有限公司,记者了解到,该公司生产的超薄电子玻璃一车 60 箱的售价在 400 万元以上。

超薄玻璃实现产业化,最直接的受益者是社会大众。以液晶电视为例,它的制造成本中,电子信息显示玻璃占 30% 。五年前,老百姓买一台液晶电视,至少要花费近一万元,随着超薄玻璃产业化,如今,两三千元的液晶电视市场上比比皆是。

高科技含量带来了更高的附加值,只有生产出更多的高端玻璃,才能实现玻璃大国向玻璃强国的转变。

当今世界玻璃制造商们在开发玻璃新技术方面,均向能源、材料、环保、信息、生物等领域的发展和需求奋进。玻璃原片的生产向超薄、超白和功能化方向发展;研发新技术则是从玻璃产品的表面和内在改性应用、功能等方面着手,使玻璃更具备强度、隔热、耐火、安全、阳光控制、隔音、环保等优异的功能。

蚌埠院也在朝着这些方向前进，进一步拓宽新玻璃的用途。比如为了进一步开拓超白玻璃、太阳能电池的市场，蚌埠院积极响应国家发展高效绿色农业的口号，探索“光伏＋农业”发展模式，顺势开拓新玻璃和光伏市场。

另外，蚌埠院积极培育新的经济增长点，通过节能技术和最大限度的利用太阳能光热和光伏系统，将玻璃和新能源相结合，将新能源和建筑相结合，开展新能源房屋业务，形成了光伏业务强势发展的合力。

为此，蚌埠院已设定三大目标：电子信息显示玻璃要“追赶”世界先进水平；太阳能电池光伏玻璃要“领先”世界先进水平；优质浮法玻璃要引领世界潮流。

当所有目标实现，玻璃强国梦始圆。

编辑点评：

科技创新“转”为先

刘媛媛

作为玻璃行业资格最老的科研院所之一，62 岁的蚌埠院越发显现出返老还童的容颜身姿，归其原因一定是多方面的。但作为老资格的科研院所，“科技创新”就是血脉。始终保持血脉畅通，应是其延年益寿的秘籍和诀窍。

蚌埠院围绕科技创新为核心，顺应时代发展走出来的改革创新之路，让编者想到今年 1 月 11 日，全国科技工作会议后，《经济日报》刊登了一篇题为“2015 年科技创新‘转’为先”的文章。

文中提到：现阶段“科技创新”也需要转变思路和方式，其转变应该实现三个“由小到大”：科技发展战略部署从“小局”到“大局”；科技创新依托力量从“小众”到“大众”；科技资源配置从“小投入”到“大投入”。

所谓大局，是让科技研发全面融入社会经济发展，适应市场需求。这正是蚌埠院围绕科技研发，探索并实践全新改革思路的过程中，贯彻始终的要求和方向；

所谓大众，是科技创新既要发挥院校院所的力量，也要发挥企业的力量，构筑产学研用商一体化的大平台。中国建材积极发展混合所有制，带来具有活力的机制变革，“打造开放创新平台、加强协同和集成创新”的理念，使得蚌埠院的科技创新可以游刃有余地协同各方力量，取得单一科研院所难以实现的产业化发展路径；

所谓大投入，是形成金融资本和社会资本多方投入科技创新的新格局。中国建材推进各种创新资源的充分融合和有效利用，支持旗下企业实现证券化、上市融资,不仅助推蚌埠院顺利改制,更在改制后让“资本”为科技创新充分发挥作用。

在行业经济下滑较为严重的当下,从蚌埠院逆势生长的强劲势头中可以看到,这三个转变,无论是对以科研院所为代表的技术学术部门,还是以玻璃行业为代表的传统制造业,都有着很大的参考价值和作用。

先看科研院所,技术创新始终是改变行业面貌的基础和主干,也因此,科研院所在行业中拥有着至高无上的地位。但是,新常态下传统工业的转型升级,可谓一场工业形态的变革。这场变革将行业内的每位成员、每个环节都牵扯其中,科研院所也不例外,科技创新的思路和途径,也要“转”为先。

领域众多的建材行业内,有一定规模和历史的科研院所加起来百家有余。很多科研院所面对转型,还处在迷茫和矛盾之中,蚌埠院以科技创新带动行业转型的先行探索与实践,实现了创新链、产业链、资金链的有机融合,为求索中的科研院所,解开了思想上的枷锁,提供了值得借鉴和探讨的路径。

再观玻璃行业,看似困境重重,实则空间巨大。平板玻璃产能过剩,但电子信息显示玻璃、光伏玻璃、节能玻璃等新型玻璃的占比率,还有非常大的市场空缺。这个“空缺”,正是由大国到强国的距离。

半个世纪以来,尤其是加入中国建材的 15 年,蚌埠院始终承载着玻璃行业向“高精尖”领域迈进的使命。蚌埠院也通过让科技创新先“转”起来,用一个个攻坚成果,推动行业逐步消减空缺,缩短距离。

玻璃大国迈向玻璃强国,科技创新是“血脉”,市场需求与领先全球是“血液”,如何让血液循环流通于血脉之中?先为血脉做一次彻底的疏通,让科技创新“转”为先,或为最佳良方。

2015 年 11 月 2 日

驶向循环发展的蓝海

——看北新建材如何领航世界石膏板产业绿色发展

■ 本报记者　张雪娇

宇宙飞船在太空遨游,不断消耗其内部的有限资源,一旦资源殆尽,就会毁灭。为了生存,飞船必须不断重复利用自身有限的资源,才能延长使用寿命、正常运转。

地球亦如此。只要人类的生产生活不停止,地球资源的消耗就始终存在。一方面是有限的能源资源被大量消耗,一方面大量的生活垃圾和工业废弃物源源不断地产生,倘若不加以节制,地球必将走向毁灭。

许多年来,人们都在探索一种方式,既能避免对自然资源的消耗与浪费,又能将大量的废弃物"变废为宝",于是,有了循环经济的概念。

循环经济以节约和循环利用资源为特征。大力发展循环经济,合理利用一切原料和能源,从源头和生产过程解决我国可持续发展面临的资源环境约束,是建设生态文明的必由之路。

建材行业是典型的资源能源消耗型工业,但从另一个角度来看,它也是利用各类废弃物最多、潜力最大的行业,在废弃物资源综合利用的实践上,建材行业有着独特的优势。

近年来,我国建材行业不断从资源的高效利用、循环利用和无害化处理等方面进行探索,向着资源节约型、环境友好型产业发展,许多企业已取得了良好的经济效益和社会效益。而其中的佼佼者不仅通过资源综合利用提升了自身的竞争力,更为建材行业探索出发展循环经济的一片蓝海。

中国建材旗下的北新集团建材股份有限公司(简称北新建材)就是这样一名排头兵。

北新建材与控股子公司泰山石膏股份有限公司(简称泰山石膏),是中国建材确定的"三新"战略中新型建材板块的核心企业,公司从原材料使用、生产过程、产品应用各环节创新攻关,带动纸面石膏板行业成为消纳废料、综合利用、发展循环经济的重要行业,为我国建材行业实现循环发展提供了一个典范。

在中国建材的指导帮助下,特别是董事长宋志平和总裁曹江林的亲切关心下,北新建材积极践行中国建材"善用资源、服务建设"的产业理念,以"绿色化、高端化、智能化、国际化"为战略方向,全面贯彻以 KPI 为核心的"三五"经营管理模式和"价本利"新经营理念,全面推行整合优化和管理创新,抓好"品牌建设"和"技术创新"两大战略引擎,实现了企业做大做强做优的战略目标,成为全球石膏板行业领导者。

石膏板大王引领循环经济发展

北新建材,我国现代石膏板工业的开创者。

36 年前,北新建材把纸面石膏板这一当时国际最先进的新型轻质墙体材料引入中国,随后经过10年艰辛的市场拓展历程,使石膏板及其配套材料和应用技术得以在国内广泛运用。之后,随着我国经济发展,石膏板产业在中国蓬勃发展,北新建材一路领先,成为中国石膏板行业的领军企业。

2005年,北新建材增资控股具有突出规模优势和独特技术能力的石膏板业后起之秀——山东泰和(泰山石膏的前身),两大中国石膏板巨头强强联合实现了重大资源重组,共同打造为中国的石膏板大王。双方不仅在规模、质量、品牌、技术上迅速成为中国纸面石膏板行业的领袖企业,还在行业标准、工艺技术、经营管理、市场营销等方面实现了优势互补,同时也开启了共同引领纸面石膏板行业大力发展循环经济的步伐。

纸面石膏板,是以石膏为主要原料制成的一种新型建筑材料。它是一种轻质、隔声、隔热、防火、加工性能强以及施工方法简便的绿色环保建筑材料,是当前着重发展的新型轻质板材之一,被国际上公认为节能型绿色建材。在众多建材产品中,纸面石膏板无论在节约能源、土地、木材、人力资源方面,还是在环境保护、防火、抗震方面,其优势均首屈一指。随着纸面石膏板在公用、民用建筑领域中应用的范围和比重越来越大,其需求量也与日俱增。

我国石膏矿产资源储量丰富,已探明的各类石膏总储量约为576亿吨,居世界首位。但是其中可用于制造石膏板的天然石膏即特级和一级石膏,仅占总储量的8%。此外,石膏也是水泥等其他建材产品的重要原材料。

这意味着,我国虽是石膏储量大国,却是天然优质石膏储量穷国。目前,全国约有3000余家石膏板企业,倘若每家企业每年使用30万吨天然石膏,那么,这8%的储量在6年之后就将彻底枯竭。如果单靠天然优质资源过日子,中国石膏板产业很快将在资源枯竭后沦陷。

困境之下,寻找天然石膏的替代品,尽最大可能减少对天然石膏的消耗,早已是摆在我国建材行业面前的一个现实问题。

据了解,我国是以煤为主要能源的国家,每年二氧化硫的排放量约为3000余万吨,居世界首位,其中电厂燃煤烟气的排硫量约占总排放量的2/3,对环境污染严重。按国家规定,电厂必须进行烟气脱硫,而石灰石-石膏湿法脱硫是普遍采用的工艺。一吨二氧化硫可生成脱硫石膏2.7吨,全国的电厂若都实施脱硫,可生成近3000万吨烟气脱硫石膏。但是,电厂脱硫在解决二氧化硫直接排进大气造成空气污染的同时,也带来了脱硫石膏的露天堆存大量占用耕地、加重空气粉尘污染以及酸性物质严重破坏土壤和水资源环境等问题。脱硫石膏的处理,已成为行业难题和国家负担。

经试验对比发现,脱硫石膏品位高,完全可以作为石膏板生产的原料。这一发现为解决脱硫石膏的堆存和污染问题找到了出路。

此外,众多化工企业在生产过程中也会产生大量的废渣,形成化学石膏、柠檬酸石膏等。化学石膏也可以替代天然石膏。

将“废弃物”变废为宝,让建材工业成为资源循环利用的绿色工业,这个概念已经成为建材工业转型升级的行业共识。

北新建材在快速成长的同时,牢记自身承担的社会责任,企业深知作为引领中国新型建材行业蓬勃发展的大型企业,必须承担起落实国家发展循环经济、坚持可持续发展战略的历史重任。泰山石膏在多年的砥砺前行中,凭借对行业的深刻理解和勇于挑战的精神,一直致力于开拓新的原材料来源,并且在这方面已经取得了杰出的成果。

双方共同将原材料替代的目光瞄向了工业生产的废弃物副产品——脱硫石膏和化学石膏。

原料替代变废为宝

以脱硫石膏替代天然石膏作为纸面石膏板的生产原料,需要突破大量应用在工业化生产时的若干技术性难题,开发先进适用的技术进行脱硫石膏烘干处理、磨细改性、连续煅烧,有针对性地攻克应用时的过程控制等难关。

强强联合的力量不容小觑。通过艰苦卓绝的技术攻关,北新建材和泰山石膏掌握了以100%燃煤电厂烟气脱硫石膏为原料生产纸面石膏板的核心技术,开创了用脱硫石膏替代天然石膏生产石膏板的先河。一条年产3000万平方米的生产线,每年能消纳30万吨脱硫石膏,相当于吃掉总装机300万千瓦的若干大型火力发电厂全部实施脱硫后的副产石膏总量。

在中国规模巨大的化工行业所排放的化学石膏的综合利用上,泰山石膏通过技术创新率先解决了这一难题。

早些年,泰山石膏掌门人、学材料工艺出身的贾同春,带领技术人员坚持不懈地对工业废渣进行专题研究和工业化试验,通过多种试验,终于成功研发出化学石膏代替天然石膏生产纸面石膏板的新工艺。

这一成功研发对泰山石膏来讲意义重大。在众多同行业企业面临倒闭关门的情况下,泰山石膏不仅降低了生产成本,还开辟了获取原材料的新渠道。这一创举也使企业与燃煤发电厂、化肥厂等形成了良好的产业链,节约了宝贵的矿产资源,减少了开采、运输过程对生态的破坏,为工业废料处理找到了一条新路,并且从根本上解决了工厂污染问题。

一个企业从危机中找到的良方,不仅自身得益,更有益于他人,最终真正受益的是行业和国家。时任全国人大常委会副委员长、民建中央主席的成思危曾感慨地说:"泰山石膏为化工行业解决了一个大难题。"

经过多年持续努力,以工业副产石膏为原料生产石膏板的技术更加成熟,已被国内石膏板企业广泛采用。

石膏板行业的利废资源化虽然发展较早,但是彻底告别资源消耗,达到100%资源循环利用,也不是一蹴而就的。

纸面石膏板以石膏为芯材,以护面纸作面层复合而成。纸面石膏板的强度80%来源于护面纸,如果没有护面纸,石膏芯几乎没有强度。

因此,护面纸是生产石膏板的另一大重要原材料。

众所周知,纸品的生产消耗天然木材。纸面石膏板行业若要彻底告别资源消耗的困扰,除了找到天然石膏的替代品以外,还必须找到天然木材的替代品。

于是,北新建材又将深化循环发展的目光瞄向了护面纸。

功夫不负有心人,经过技术创新,旗下的泰山石膏成功开发了100%利用废纸替代木材浆料制造纸面石膏板护面纸的工艺技术。目前,北新建材的纸面石膏板完全实现了以废纸为原料的再生化生产,不仅节约了大量木材,对我国森林资源的保护意义重大;而且其制浆过程也只是将废纸打碎,不用添加化学药剂,有利于废水的处理和循环利用。

至此,北新建材实现了石膏板生产的两大原材料的循环再利用,成为一家完整意义上的循环发展企业。

经过十年持续奋斗,北新建材和泰山石膏共同稳稳占据国内石膏板50%的市场份额。而且随着行业技术的不断进步、企业认知观念的不断提升,人们对石膏板"利废"的概念越来越清晰。

在他们的带领下,纸面石膏板行业已经是众所周知的循环发展典型行业,除了石膏、护面纸两大原材料可替代外,生产过程中产生的废石膏板以及建筑拆除的废石膏板,经破碎、筛选、再煅烧后又可作为生产石膏板的原料全部回用,达到真正的循环利用。

绿色发展树立行业标杆

北新建材对循环经济的追求并未止步于此。

在中国建材“善用资源、服务建设”的理念指引下，北新建材和泰山石膏，以绿色原料为源头，同时依靠技术创新和技术进步大力推动绿色生产，逐渐淘汰落后的生产工艺、污染大的产品和旧的生产装置，研发低耗能、低排放的设备和生产工艺，减少排放并降低资源和能源消耗，在生产过程的多个环节将发展循环经济落到实处，实现循环利用向纵深发展。

在节能降耗方面，北新建材每平方米石膏板消耗标煤的指标从 2.7 千克标煤/吨持续降低至 0.7 千克以下——这是目前石膏板生产的全球最低能耗值。

泰山石膏开发的燃煤热风直接烘干工艺，减少了一次换热，使热能利用率得到进一步提高，平均煤耗比导热油传热工艺降低 30%，电耗降低 20% 左右。该技术属世界同业首创，被评为部级技术进步二等奖；通过推广应用建筑石膏快速煅烧技术，改进了石膏粉煅烧工艺，提高了建筑石膏粉稳定性，而且增产提速降耗效果显著，实施后年节约标煤 2.2 万吨。

在环境保护方面，北新建材选用天然气等清洁能源替代煤炭等高硫能源，减少二氧化硫和烟尘排放；采用沸腾炉内脱硫和湿法脱硫技术，降低能耗影响、保证脱硫效率，脱硫效率达到 95%；所有扬尘点都配备静电除尘器，窑炉尾气处理采用先除尘后脱硫方式，除尘率达到 99.9%；污染物排放浓度远低于国家及地方标准要求。涉及废水排放的生产工艺配套建设污水处理设备，大型生产基地配套建设废水集中处理站，废水全部实现雨污分流；固体废弃物实行工业废物和生活垃圾分开贮存，生产过程产生的废料全部实现回收二次利用，生活垃圾委托市政处理；逐步淘汰高噪音设备，现有大型设备进行隔声或隔离设计。

泰山石膏为配套生产护面纸的净水厂安装了沼气发电机组，利用净水厂每天产生的 7000～10000 多立方沼气自行发电，为生产系统提供了电力，也极大减少了沼气对环境的污染。合理利用发电过程中机组排放烟气的热量，把机组排放烟气引入热电车间电除尘入口处，与锅炉烟气混合，使锅炉排烟温度得到降低，使锅炉热损失减小约 1%，效率得到进一步提高，每年节约燃煤约 600 吨，使废气变成生产服务的资源。

北新建材和泰山石膏对废料、废水、废气、废热的全方位再利用，也是世界石膏板行业的先例。

值得一提的是,北新建材还开发了拥有自主知识产权的轻板制造技术,打破了国外技术封锁,使单板重量降低了10%。按目前18.7亿平方米石膏板产业规模计算,每年可节约石膏165万吨。此外,可使水单耗降低10%,干燥机能耗降低10%,单位成本降低2.5%。

北新建材通过对生产设备和生产工艺的不断研发与改造,为企业在循环经济发展、节能减排等方面打下了坚实的基础,使得循环发展成为公司生产常态,企业也真正跨入到绿色建材制造商的行列。

转型升级驶向未来发展的蓝海

所谓的蓝海,指的是未知的市场空间。企业要启动和保持获利性增长,就必须超越产业竞争,开创全新市场,或许一次战略性的创新,一个敢为天下先的决定,一场摸着石头过河的尝试,犹如哥伦布发现新大陆一样,千回百折,眼前正是一片豁然开朗的蓝海。而在北新建材面前,就是这样一片蓝海。

在北新建材展示厅里,记者看到的一组震撼人心的数据:18.7亿平方米的产能,全球第一;50%的国内市场占有率,稳居鳌头;低于0.7千克标煤的单位产品能耗,全球领先;全面掌握了年产3000万、4000万、5000万、6000万平方米生产线的成套技术,各项生产技术性能指标全球领先。

根据上市公司年报公布的数据,十年时间,北新建材石膏板业务规模跃居全球第一,十年利润增长20倍,连续十年净利润复合增长率达30%,销售净利润率达14%、净资产回报率(ROE)超过20%、资产负债率降低到36%。"各项经济指标位居全球行业领先地位,在中国工业界也是名列前茅。"北新建材董事长王兵告诉记者。

按北新建材目前18.7亿平方米石膏板产业规模计算,每年可消纳工业副产石膏1870万吨,折合减排二氧化硫约702万吨,减少碳排放约340万吨,产品替代实心黏土砖可以减少耕地破坏28000余亩。

一个个令人震撼的数据,无疑是对北新建材积极求变、敢于创新、践行循环发展之路的最好反馈。

王兵告诉记者,无论是石膏板行业,还是整个建材行业,单一企业能够消纳某个领域废弃物的量如此之大,北新建材均是独一无二的。

鉴于在资源综合利用上做出的贡献,北新建材被中国资源综合利用协会评为"全国十大资源综合利用先进企业"、被国家发改委授予"全国循环经济工作先进单位”。2009 年、2010 年,北新建材连续两年被全球石膏行业大会授予“年度石膏公司”大奖,成为历史上唯一蝉联此荣誉的企业。2013 年,为了表彰北新建材对世界石膏板工业的巨大贡献,即将世界石膏板的中心从欧洲美国转移到中国这样的发展中国家,北新建材被全球石膏协会授予“全球石膏行业杰出贡献奖”,赢得了世界同行的认同和赞誉。

“中国制造 2025”,是时代赋予中国制造业的新命题,也是中国制造业面向未来的重大战略机遇。如何紧随时代的步伐,在企业自身的发展中顺应时代的潮流,每一个企业都面临新的选择。而作为新型建材行业的领军企业,北新建材更有责任和使命来引领循环发展之路。

为实现“中国制造 2025”,北新建材 2015 年研究制定了石膏板 4.0 战略目标:一是使技术指标达到世界领先;二是生产工厂进行智能化生产和管理,对工厂的技术数据进行远程诊断,建设知识型和智慧型工厂;三是实现“近零排放”,引领全球石膏板行业技术进步和环保水平。北新建材已经成功走过黄金十年,期待开启下一个钻石十年。

从北新建材及泰山石膏循环发展的历程来看,它所代表的不只是石膏板行业,也不只是中国建材集团,而是整个建材行业在追求绿色发展过程中的一个成功案例,是我国建材工业发展循环经济的一个缩影。

如今的北新建材,已经找到了属于自己的一片蓝海,已发展到了“海阔凭鱼跃”的自如境界,同时也为建材行业内企业转型升级找到了那片蓝海。

建材行业转型升级,必将迈进资源节约型、环境友好型的全新领域。这既是责任,也是商机。谁先拥有这样的意识,探索这样的出路,建材工业转身后的那片蓝海,正在不远处等候着……

编辑点评:

循环利用:产业转型的坦途

刘媛媛

近年来,循环经济已经融入全球主流经济当中。但所有企业尤其是传统工业企业,欲打通循环经济的坦途,首要之点是需要有那么一批“循环利用”的先行者,为自己,为行业,也为国家,开拓自己领域的那片蓝海。

不可否认,我国建材工业倡导环保利废循环经济发展已 10 年有余,但至今还未取得应有的成绩,仍然与这个行业在这个方面的优势不成正比。原因究竟在哪里?

或许,每个领域都有每个领域的苦衷,太多的矛盾需要解决,太多的困难尚待克服。这些矛盾和困难,往往让常年呼吁循环发展的我们束手无策,甚至望而却步。

纸面石膏板的生产过程,是把所需要的物质和能源,充分合理持久地利用,把对自然环境的影响降到尽可能小的程度,体现了循环经济的真谛。

北新建材携手泰山石膏用和谐的理念,智慧的笔墨,描绘了工业发展与保护环境和谐交融的绿色画卷,履行了一个大企业的社会责任。

他们的实践,给我们最大的启发是:面对困难,不能等着别人来帮助或施舍,只有依靠自己去想办法找出路,才能在困难中成长,为自己勾画圆满蓝图。

就像人的一生,要经历无数困难和痛苦,在面对这些困难苦痛时,人们会觉得这一切无法改变,似乎永远过不去这个坎,但当劫难过后,人们才发现,那不过是人生的一个阶段,只有度过这个阶段,才能走向更高。

企业的发展,行业的转型,也是同样的道理。

永远强调困难的人,就永远无法尝到幸福的滋味;永远怨声载道,在困难面前裹足不前的企业,就永远无法找到机遇;永远迈不出现状、找不到路径,抑或知道路径但懈于实践的行业,就永远做不到真正的转型升级。

当前,整个建材行业已经到了转型升级的关口,虽然面临很多困难,但所有企业只有一条出路:必须有所作为。

循环经济发展作为当前国家重大发展战略,已经成为我国经济转型、社会进步的必由之路。发展循环经济既是摆脱资源制约性束缚的现实之举,更是加快调结构、促转型,推动科学发展的一次破茧重生。

在整个制造业转型升级已经到来的时代,我们期待整个建材工业在建设生态文明、发展绿色循环经济的大背景下,都能拥有北新建材和泰山石膏人的精神,找到自己的那片蓝海。

2015 年 11 月 3 日

在“互联网 +”的风口上顺势而为

——记中建材集团进出口公司

■ 本报记者　王怡洁　见习记者　张雅丽

5 年前有一个行业，仅仅在深圳地区，年收入在 1 亿元以上的企业至少有 40 家，这还是保守的估计。

今天，这个行业已经被纳入国家级发展战略，支撑着国家“互联网 +”时代下的外贸产业，并且始终在发酵。

它就是“跨境电商”。分属不同关境的交易主体，利用互联网技术建立电商平台，达成交易、进行支付结算等一系列外贸流程，最终送达商品的一种国际商业活动。

这是一个源源不断提供动力的行业，是一个始终与最新鲜事物相融的行业。赋予他们生命的，则是我们所处的时代。

这个时代，可称之为“互联网 +”时代，或大数据时代，抑或云时代。究其本质，就是一个以互联网技术变革为核心的风云变幻的时代。

“互联网 +”是产业形态、社会形态本身变革的动因。相较而言，蒸汽动力和电力革命对产业、社会形态的改变却远没有互联网这么彻底。

李克强总理今年以来不止一次提出“双创互联网”，即“大众创业、万众创新”，要以互联网技术提升实体经济的创新力和生产力。这也预示着互联网与各领域的融合发展将具有广阔前景和无限潜力。其中，“互联网 + 外贸”催生了“跨境电商”这个新兴产业。

数据显示，中国目前有 20 多万家企业从事跨境电商业务，年交易额已超过 2500 亿美元。几乎所有的传统行业和企业，都会被这场“互联网 +”时代下的外贸变革所影响和驱动。

纵观全世界，做外贸业务的电商已越发活跃，但“外贸电商”在建材行业内还是相对陌生的概念，以建材产品、装备等为核心销售对象的建材外贸电商少之又少，将之做得风生水起的更是凤毛麟角。

在传统制造产业“互联网”稀缺的今天，作为一家大型央企，中国建材集团有着坚定的魄力和责任感。旗下中建材集团进出口公司(简称中建材进出口)三大网(易单网、大宗网、优备网)的出现,让越来越多的建材行业人士看到了传统产业伴着“一带一路”春风,完成向“互联网+”时代转型升级的新路径和新动力。

“互联网+”到底要“+”什么?

“+”,一个小学生最早认识的数学符号,却在成年人的世界里火了。

“互联网+”这个词早在2012年便在一家咨询机构的报告中出现,并逐渐在一些科技类报纸杂志中被提及。2015年,李克强首次在两会上提及该词,使得“互联网+”迅速成为“国民热词”被广泛传播。

所谓的“互联网+”,简单来说,就是将互联网与传统行业相结合,充分发挥互联网在生产要素配置中的优化和集成作用,促进各行各业在信息化时代的大背景中转型和发展。

有专家认为,“互联网+”在探索与实践的层面上,IT企业会比传统企业更加主动,因为IT业掌握着最高端的技术,是对传统工业的改造,他们有足够的经验可循,通过不断的复制和改造将触角伸向各个传统领域。而传统行业只能去学习和接受,他们做不了什么。

建材行业,便是专家眼中传统得不能再传统的行业。但就是在这个并不被看好的传统制造行业中,诞生了建材行业践行“互联网+”的典型案例——发展建材跨境电商。

虽然很多行业人士把2015年称为传统制造企业大规模“互联网化”的第一年,但其实早在10多年前,中国建材集团便开始尝试做建材行业里的电子商务,坚定地走在互联网信息化的道路上。

中国建材集团副总经理、中建材进出口董事长黄安中告诉记者,“我们几乎是和马云同期创业的,但他们成功了,我们却成了先烈。”但那一次失败并没有让中建材进出口垂头丧气,反而更加激发出其对互联网力量的认知与探求,坚信走信息化的路没有错,早走一步即便失败也可以积累经验,总有一天会成为最宝贵的财富。到2011年,中建材进出口成立了迄今为止中国最大的跨境电商平台——易单网,成为建材行业互联网化发展的里程碑事件。

中国建材集团董事长宋志平不断向企业渗透并强化互联网信息化的概念。在今年“中法工商峰会”上,他再次指出,“中国经济相当于一架空客飞机的机身,一个翅膀是‘互联网+’为核心的技术创新,还有一个翅膀是‘一带一路’的广阔市场。"

我们恰恰要思考的是,传统建材行业插上"互联网＋"的翅膀,到底要"＋"什么?

中国建材集团给出的答案是:"＋"电子商务,"＋"大数据,"＋"云计算,"＋"物联网。这几个"＋"一个也不能少。

电商的发展正是需要这四个"＋"相互结合。利用物联网和云计算平台集聚的大数据为企业提供新的机会,让他们可以对客户进行更加深入的了解,了解客户的需求以及在这些需求背后的深层次原因,并为客户提供最佳体验。

因此,在"互联网＋"的电商模式下,并非只是简单的买卖关系,对行业巨头中国建材集团而言,更要利用巨量的云平台存储,通过大数据对海量客户行为习惯进行分析,通过物联网技术进行物流售后服务,最终掌握话语权,并形成市场核心竞争力。

我们更愿意把"互联网＋"理解为一种新时代工业形态变革的新思维,一种可以引领传统企业转型升级的新理念。

融入"IT 基因"的转型风暴暗潮涌动

当毛孔和血液都融入了 IT 基因,中国建材集团更坚定要把电子商务做深做透。那么问题来了,集团业务分支如此庞大,究竟应从电商的哪一方面入手?

中国建材集团的答案是"外贸电商"。其原因有四:

首先,中建材进出口打造的易单网已成为行业内较为成型的外贸电商模式,4 年的运营积累了丰富的经验,使之有能力把已有的优势发挥到其他电商模式中。

在业内看来,易单网的诞生并逐渐成熟标志着传统外贸公司的转型——将大量线下资源、客户和渠道转化为互联网电商模式。

其次,近几年来建材传统外贸发展形势日益严峻,建材产品出口订单减少、飞单,贸易壁垒激增。虽然国家出台一系列扶持措施,也获得一定收效,但建材出口企业仍对低迷的国际市场感到头痛。尤其在交易环节中,时间周期长、手续烦琐、交易成本高、售后服务缺失等一系列问题更是为本就走下坡路的建材出口贸易加了一层重重的枷锁。

再者,跨境电商在全球外贸领域中已经越发显现出上扬趋势和强劲生命力。一份大数据报告显示,在全球贸易格局中,传统外贸年均增长不足 10%,跨境电商却保持 30% 以上的增速。在此情况下,跨境电商已经成为中国进出口贸易增长最快的领域。

最后,“一带一路”战略的实施,为我国企业“走出去”创造了难得的历史机遇。尤其对身处转型升级中的传统建材企业来说,更应顺势而为,及早做出关乎企业长远发展的战略抉择。

基于以上几点,在集团内继续打造跨境电商平台的重担落在了中建材进出口的肩上。

一则,依托相对成熟的易单网运作优势和经验可继续扩大开发新的电商领域;二则,中国建材拥有国内数万家中小企业的供应商资源,以及遍布全球的数十万家客户资源,已有的传统外贸业务资源完全可以转化为在线跨境交易。

至此,在中国建材绘制的“一带一路”+“互联网+”的云图中,中建材进出口的跨境电商发展路线日益清晰。

“目前,中国还没有一家建材外贸电商形成规模,大部分电商网站主要是做国内业务。打造国家级外贸电子商务平台,这项工作一定要有外贸经验和规模优势、有广泛的国际客户和渠道、有国际影响力的企业来完成,也就是我们这样的企业。”黄安中言语之间充满了信心和憧憬。

对中国建材集团来说,中建材进出口的转型也让他们有了新的身份——外贸集成运营商。可以说,中建材进出口的角色已不仅仅是他们对外贸易的窗口,而是承载着整个集团践行“互联网+”,从传统制造业向服务型制造业转型升级的宏伟愿景。

而今,他们也正一步步地把理想变为现实。

以“三网”之名绘制外贸云图

让我们看一下两种不同的外贸销售模式:

1. 制造商→出口商(进口商)→批发商→零售商→消费者;

2. 制造商→批发商(零售商)→消费者。

或者是:制造商→消费者

第一种是传统外贸销售模式,第二种是跨境电商的销售模式。更短的贸易链条、更高的效率、更低的成本、更自主的营销渠道是后者优于前者之处。

正是深谙跨境电商其中的奥妙,近四年来,中建材进出口先后搭建了易单网、大宗网和优备网三大平台。三大平台各有分工,定位十分明晰。

易单网:中国最大的跨境电商平台

“第一个网上通关企业,第一个网上结汇企业……”,作为赢得多个第一称号的易单网,其成立的初衷就是要让“外贸变得更简单”,更高效,通过网络平台力求解决外贸过程中的所有问题,这使得易单网起步不久就实现了盈利,日益成为中国最大的建材电子商务出口平台。

业内人士把易单网看作典型的传统企业融合信息化实现转型的案例,它是基于现代服务业理念和供应链整合的跨境电商平台,体现的是大建材概念。主要服务对象是建材各领域的材料及相关设备供应商及用户,为海外买家提供一站式采购方案,为中国生产企业提供综合出口解决方案。

易单网的卖方除了中国建材集团旗下的企业以外,还吸纳了很多中小建材企业加盟,为他们打造了创业的第三方平台。如今,易单网的外部客户资源已达数十万,并且每天都在增加;其供应商资源,即国内中小企业会员也已有万余家。

大宗网:让钢铁的世界没有距离

由于有了易单网这一跨境电商先行者的成功典范,大宗网虽然起步较晚(今年年初成立),但自诞生起就有着颇高的关注度。

作为钢铁全产业链现货交易和综合服务平台,大宗网流淌着中国大建材的血液和定位。之所以这么说,是与大宗网的业务对象有直接关系。

不妨先来回答很多人关心的问题:为什么大宗网卖的是与钢产业相关的产品而非传统建材产品?中建材进出口总经理助理张李娜用“顺势而为”四个字给出了答案。

“中建材进出口本身是国内最大的铁矿、焦煤、焦炭、钢铁综合服务商和集成供应商。在传统钢铁产业链已经建立了良好口碑和美誉度,且业务贯穿了供应链所有环节,培养出一批行业内优秀的销售、物流、金融和技术团队,在全国主要港口有自己的销售网络,在全球10多个国家拥有海外平台。”

也正是这样的原因,让大宗网不同于其他同行业电商。它不是单一的“钢铁电商”,其涉及品种还有铁矿、焦煤、焦炭等,是彻底整合钢铁全产业链的电商平台。更重要的是,大宗网可以利用集团行业背景和供销网络等线下资源,将线下资源吸引到线上来。

目前在大宗网上的卖方不仅有中国建材集团旗下的企业,还吸纳了其他钢厂不断加入。之所以有这么多的商家进驻大宗网,也正是看中了该平台全产业链的运作模式。

“扩大销售规模,优化资源配置,提高营运效率,降低营销成本,提高企业的市场竞争力是大宗网平台带给客户最直接的正能量。”大宗网技术总监陈静告诉记者。大宗网运营半年多,已经实现网上销售铁矿 1200 万吨,钢材及其他产品累计成交金额超过 80 亿元。

优备网:做工业产业链的延伸者

基于海外工程总包中存在的一系列问题,中建材进出口又提供了生产管理、配件供应、设备维修和生产优化等方面的服务,于是有了优备网这一更加专业化的平台。

其实,早在优备网成立之前,记者曾关注过一条信息:去年 4 月上旬,中建材国际装备有限公司开发建设的“工业品大数据平台——备件频道”沙特站正式对外发布。今天看来,这正是优备网筹备的第一步。

自那时起,从最开始搭建一个基于互联网的专门服务工业企业的零配件交易平台开始,到如今,优备网的行走路线已经越来越清晰。他们的服务更多体现在对中国建材“一带一路”沿线国家海外工程建设和生产线的建设全流程的覆盖。在设计方面,包括设备选型、设计对标、优化方案等;在建设方面,通过 3D 建模、动态仿真,进行实时对标;在生产运营方面,包括智能装备、数据对标、专家诊断、环保节能等方面;在管理方面,则包括云存储、合理化定价等。

从三大平台的各自分工可以看出,中建材进出口正在绘制一张未来的外贸“云”图。以包罗万象的易单网为基础,一方面向行业外延伸,构筑大建材产业链创建大宗网,另一方面深入水泥部品部件细分领域,打造依托优备网服务的智慧工业生产平台,用服务理念增加产品出口附加值。

“跨境电商 + 海外仓”首开先河

对于电商而言,选择第三方物流,则意味着成本的增加。而自建物流仓储,既可以把货物集中买卖,不受渠道和厂商的折腾,且能赢得一定的产品定价权和竞争力。

因此,对跨境电商卖家来说,想要实现盈利,物流和仓储是必须攻破的堡垒。

易单网“跨境电商 + 海外仓”模式正是在这样的市场大环境中应运而生。中建材进出口在迪拜建立了中国在海外最大的建材物流平台——迪拜物流中心,我们把这种货物存储方式称为“海外仓”。

迪拜物流中心的建立,加重了中建材进出口核心竞争力的砝码,是他们能在众多电商中脱颖而出的幕后英雄。

顾名思义,海外仓是以仓储为核心的综合物流配套体系,其中包括了大宗货物运输、海内外贸易清关、精细化仓储管理、个性化订单管理、包装配送,以及综合信息管理等功能。

海外仓储的最大优势是物流成本的降低。大多数的海外仓储服务都会给出极其优惠的仓储报价,甚至可以获得企业自身拿不到的折扣价,比企业自己雇佣操作员处理订单便宜,比企业自己租用仓库管理库存便宜。海外仓储的建立,使企业再也不用担心仓库管理员的管理问题,有人开玩笑说:这种新仓储管理方式,很可能让仓库管理员面临失业的风险。

每个订单的物流成本一目了然,而且不需要企业自己雇佣结算人员汇报。再也不用灰头土脸地在仓库里忙着打包发货,只需要在电脑前点点鼠标,海外仓储的专业团队会为企业做好所有流程。

传统的建材外贸,从磋商、签约、发货,到收货,需要三个多月的时间。但是,利用“跨境电商+海外仓”模式的线上交易,全部流程只需一个星期即可实现。

“去年,我们就选择了海外仓储模式配送商品。”一位从事木材传统外贸生意、如今在易单网尝到交易甜头的中建材国贸客户向记者介绍说,“海外仓储最大的优势在于本土化消费。我们公司定期批量发货到中国建材迪拜物流中心,客户下订单之后,再从中国建材迪拜海外仓储发货到客户手中,节省了时间成本,确保了货物安全、准确、及时、低成本地到达客户手中。”

如今,海外仓模式已从最早的易单网,逐步推广到大宗网、优备网上来,形成了三大网区别于其他电商的最大利器。

3 年内建设 30 到 50 个海外仓,5 年建设 80 个到 100 个海外仓。这就是中建材进出口的目标。

目前中建材进出口正式启动建设的还有巴西、智利、俄罗斯、德国、缅甸、印尼、越南、沙特、科威特、卡塔尔、阿曼、巴林等十几个国家的海外仓项目。

随着众多分布全球的海外仓的建立,为客户提供了更加便捷、周到、优质的服务。“跨境电商+海外仓”模式走出了一条创新之路,突破了跨境电商在物流和仓储方面的瓶颈,推动了我国传统制造业向现代服务型制造业的转型升级,为外贸电商产业的发展注入了新的活力。

服务意识让奇思妙想变成现实

面对信息化需求的不断激增,制造业服务化已成为全球制造业发展的基本趋势。对于传统制造业企业来说,向服务化转型、创造新价值,就要有“由生产向服务转型”的理念,以及坚实的互联网信息化基础与平台,在信息化互联网时代,这或许是最重要的一条转型途径。

在中建材进出口三网平台的打造过程中,始终贯穿的关键一环就是服务。既然要做综合服务商,就要把“服务”二字渗透到电商业务的方方面面。

记者在浏览易单网时发现,在网站右侧最明显的位置,清晰地罗列出易单网能够提供的服务:外贸出口代理服务、全球营销推广服务、供应链金融服务、易单商学院、物流服务、信保服务。而在易单商学院的页面,看到了“如何跟国外客户的电话沟通技巧探讨”“如何利用海关提单数据开发客户”“如何找寻有顾客资源”等一系列中英文双语实战案例,为每一位来易单网的用户提供全方位的培训服务。

与日常我们所熟知的淘宝、京东等电商平台不同,易单网能够严格把控会员资质,确保上线的都是优质供应商。

目前易单网拥有将近一千人的业务员负责与这些客户交流,利用交流过程中产生的数据资源,分析用户行为,以此更好地服务于用户本身。

同时,易单网也对线下数据进行分析,根据分析结果确定海外某个市场上产品需求量是多少,指导客户在海外仓储的产品种类和产品数量方面如何做出正确选择。这样的全方位服务增加了用户粘性,让用户感到无比温暖。

大宗网与易单网有着相似的运作流程。从原料配置、产品生产,再到最终销售、变现只需几分钟的时间。以前所谓的撮合、成交、提交、开票、发送这些环节在大宗网平台上也是几分钟即可完成。

就是这无数个“几分钟”大大缩短了钢厂与消费者间的距离,他们把带着温度的钢材送到了工地和终端使用,从而进一步打开了钢铁市场。

此外,即将上线的云仓储服务系统将实现信息共享、数据同步、远程监控、加工配送等综合服务。即将推出的金融服务根据自身搭建行业专业信用体系,为钢铁行业中小型企业提供多元渠道、低价便捷的融资服务,从而解决终端企业普遍存在的最大难题。

作为一个初创团队,大宗网的成员们经常主动加班加点。有位员工告诉记者,开发团队在技术研发阶段时常通宵达旦,为此他们还带着睡袋来办公室就地过夜……这样的事例还有很多。

也正是这种精神,支撑着大宗网继续前行,并在短短三四个月内,钢铁的日交易量已经突破1万吨,铁矿日成交额已突破1亿。

今年3月"优备网"正式上线,已经将服务意识和规划进行了充分设计,逐步实施。在不久的将来,优备网将做到为工厂做升级改造,进行技术咨询,帮助企业进行产能优化,打造一个智慧工业生产平台,做工业产业链的延伸者。这些都是优备网一步步要实现的服务目标。

目前,已有两个APP围绕该平台进行增值服务,分别是Spares Mart App平台和水泥厂效能对标APP。它们的推广使用,必将会在用户的专业化服务体验方面带来增益,也会对中国建材集团水泥工程的延伸服务上带来价值增值。

在未来水泥厂选型方面,优备网开发了水泥厂仿真APP。或许未来,水泥厂就在你的手机里。它是通过外形仿真、工艺仿真、运营控制仿真,使用真实的水泥厂模型,利用虚拟现实技术,使参与者有身临其境的切身体会。用户可根据仿真结果来构思水泥厂的建设方案,大体估算投入成本和未来生产效能,为用户提供便捷、有效的数据支撑。这样的奇思妙想将很快变为现实。

此外,优备网还配以专家诊断和区域库存两大增值服务,为用户提供全方位工业服务及解决方案。

成立至今短短几个月的时间,优备网订单量已超过1200万,注册的专业水泥厂用户已达到百余个。

而今,以中建材进出口为代表的越来越多的建材跨境电商,正在改变过去单一卖产品的销售模式,开始着力提高产品的附加值,以"性价比"和"人性化服务"去深化市场体验,提升中国制造企业在国际供应链中的地位。

"互联网+"传统产业的"黄金十年"或将到来

做一件事情,需要天时、地利、人和。

对于中建材进出口而言,如果说,十年前第一次"闯荡"电商是时机未到,那么,三网平台的建设正是处于绝佳时机。这一次,他们依然是先行者,但绝不会成为先烈。因为他们有信心、有实力,更有真心。

中建材进出口正是在这样的坚定信念下,秉承着中国建材集团提出的"大数据""智能化""国际化"的转型升级理念,一步一个脚印地向前发展。

谈及盈利模式,黄安中表示,目前三网电商模式的盈利突破点有三:产品、增值服务、营销。在他看来,好的体验和服务有助于平台成长。未来电商企业之间竞争将是差异化产品和服务能力的竞争。

以中国建材集团的实力,这条发展路径不是很难。就像苹果手机的更新换代,总能通过提供差异化的应用产品和新颖的增值服务来吸引不同消费者从而大获成功。

对中国建材集团来说,三网的建成并非偶然,它们正是集团内部多年来对信息化建设不断追求的集中体现。

回想十年前中建材进出口刚起步之初,互联网与电商还未像今天这样备受瞩目,倘若没有十年前中国建材集团坚定地走互联网信息化的道路,也就无法成就今天的三网平台。

毋庸置疑,"互联网+"开启了一次重大的工业形态转型。就像望远镜让我们能够感受宇宙,显微镜让我们能够观测微生物一样,以大数据、云计算为代表的互联网技术正在改变着我们的生活生产方式。

我国建材行业在这样的大趋势下,也正悄然发生变化,从水泥、钢材等原材料半成品到玻璃、陶瓷、木业、涂料等终端产品,再到日益发展起来的绿色建材,"互联网+"理念已在不经意间融入建材各领域的方方面面。

曾经,我国建材工业,尤其是水泥工业曾创造出令世界瞩目的"黄金十年",将传统建材工业引入世界大国的行列。当下,以大数据为代表的新一轮技术创新和工业革命正在兴起,或会创造建材行业又一个令世界仰慕的"黄金十年",甚至二十年、五十年……

因此,从现在起,建材行业的每一个企业、每一位行业人士,都要有对"互联网+"认真领悟和实际应用的必要性和紧迫性。

当然,跨境电商只是践行"互联网+"的一种典型形式,并非全部。但不可否认这种形式集合了当下最先进的互联网技术——大数据、云计算、物联网等,并巧妙地把他们融合在一起,最终为企业提供决策服务,为消费者提供个性化服务。也正是这样"看上去很美"的特性,让很多传统企业跃跃欲试、主动试水。

然而,值得注意的是,目前建材跨境电商的发展尚处于起步阶段,以建材行业为代表的中国制造行业,若想持续发力跨境电商领域,还需在产品、服务、物流建设等方面多做努力。

"企业不可盲目跟风与复制,必须先了解自身的需求,找到与'互联网+'相关联的契合点。也不能急于求成,必须要留给新的事物一定的发展周期。只有当互联网技术与互联网思维充分融合的时候,企业朝互联网信息化的转型之路才能更加顺畅。我们也期待这一天能尽早到来。"黄安中对未来行业的互联网化发展十分憧憬。

下个十年或将成为以跨境电商为代表的传统产业互联网化发展的“黄金十年”，在当下转型升级的重要关口，作为建材行业的领军企业，他们理应扛起这场变革大潮的旗帜，带领行业完成向“互联网+”时代的跨越和转型。

正如不久前，李克强在河南某物流中心考察时指出：跨境电商要在质疑声中成长，在风浪中搏击，接受合理的建议，在克服困难中成长壮大。

因此，身处转型升级中的我们要做的，只能是放下“畏惧”之心，以开放的心态、创新的勇气，主动拥抱这个或将改变传统行业发展命运的“互联网+”时代。

编辑点评：

走向未来的风向标

刘媛媛

《中国建材转型之路》系列报道中的11个典型企业，中建材进出口的性质最为特殊。

它是建材流通企业，横跨建材、物流、外贸三大领域，其转型发展的思路和作为，带给我们强烈的信号和生动的画面：以高度热情和创造力，去拥抱互联网。

可以说，身处信息化云时代，任何生产制造型行业的转型升级都与互联网密不可分。中建材进出口在这方面的探索与实践，可以给建材行业生产链上每个环节的信息化建设，带来诸多启示。

启示之一：信息化云时代，是不可抗拒和逆转的时代。所有行业和企业，应懂得主动接受、积极创造，在新土壤中播撒新种子。

经历过失败未曾动摇，兢兢业业开垦新土壤，其背后支撑的是中国建材集团卓越的思想和眼界。在互联网刚刚触及传统制造业时，中国建材集团便懂得顺势而为。也因此，以主动的姿态始终走在时代前沿，扛起两化融合促转型升级的大旗。

启示之二：面对新时代，“互联网+”是大势所趋，传统行业和企业，在探索和实践的前夕，更需做好充足的功课和清晰的规划，避免眉毛胡子一起抓，才能少走弯路，迎头赶上。

依托国家战略、全球趋势和自身优势，中国建材集团将互联网思维与技术的重头，率先放在中建材进出口这个平台上，用“互联网+”思维，充分结合个性化时代的要求和制造业服务化的方向，让建材、物流和外贸三大领域，在统一的“互联网+”思维和战略中，创造“三个领域+互联网”的模式，并游刃有余地进入“跨境电商”的行列，成为“新外贸”与“大建材”相融合的佼佼者。

启示之三:让互联网深深扎进实体经济的根里。正如中国建材集团董事长宋志平所言,互联网的根在实业。建材行业通过“互联网+”转型,但绝非转行。

中建材进出口“三网”打造跨境电商,是通过电子商务的技术与手段,开拓建材贸易进出口思维和方式上的转型升级,而绝非转行做纯粹的电商公司。因此,中建材进出口创建电商平台,立足点始终扎根于建材外贸主业。即便未来以三个跨境电商为基础和依托,创建更多的互联网云平台,其发展的根本和方向,也一定是紧紧围绕“建材外贸”的主干和灵魂。

企业“触网”必须结合自身现实,互联网技术与手段千万种,找到适合自己的那一部分,将互联网实打实应用于自己主业之中,创造出真正的价值和丰厚的利润,才是两化融合的本质和宗旨。

如果说实体经济创造了人们看得见摸得着的产品,那么,互联网就在缩短生产、交易和使用的距离。中建材进出口通过“鼠标革命”,已经将“万里之遥”变为“近在咫尺”。

中建材进出口为我们做出了示范,建材行业拥抱互联网是必然之举,与其犹豫观望,不如趁早行动。

2015年11月9日

每个“家”都可以是“能源工厂”

——从中国建材北新集团新型房屋看住宅创新

■ 本报记者　毕德鹏

在老百姓的心目中,建筑材料就是盖房子用的材料。建筑与建材,这对大产业链上的两兄弟,在几千年发展历史中,相辅相成、同生共荣。建筑行业随着社会进步不断发展,促使着建筑材料品种日益丰富、性能不断改良、技术不断提升,建材产业日新月异的发展,又反过来推动着建筑业不断创新与升级。

近几年来,随着生态文明建设的号角响起,“绿色”成为社会进步和产业发展的主旋律。建材和建筑这对兄弟产业,正是全球绿色产业链上最重要的组成部分。发展绿色建材、建造绿色建筑,已成为两个行业共同追逐的梦想。

在追逐梦想的过程中,建材与建筑两大产业在新型绿色之路上的携手融合,将人们对房屋最纯真的愿望逐步变为现实,这就是新型房屋。

所谓新型房屋,是指生产以标准化、规范化、精细化为准则,以模数协调、信息技术设备系统智能化为基础,以房屋构件规模化制造为工业化手段,以现场机械化装配施工为作业方式,采用新型环保型建材,形成效率高、质量佳、资源省(节能、节水、节材、节地)、污染少的绿色建筑制造模式。

较之传统砖瓦结构房屋,新型房屋具有结构安全(抗震防风)、保温隔热、可循环使用等物理性能优势,居住舒适度得到较大提升。

对传统建筑和建材行业而言,新型房屋的不断创新、日益升级、迅速普及,不仅影响着两个行业的可持续发展,对全社会都是一次深入骨髓的变革。

新型房屋在中国的发展已有30多年历史,令行业外的人想不到的是,在新型房屋这个领域里做得如火如荼的佼佼者,是一家地地道道的建材企业——中国建材集团旗下的北新建材集团有限公司(以下简称北新集团)。多年来,北新集团推动建材与建筑产业深度融合,不断革新新型房屋技术,研发了“加能源”房屋,树立了转型升级的典范。

带着所有的好奇,记者走进北新集团的新型房屋,探寻他如何在创新与变革中实现蓬勃发展。

新型房屋的全球演变史

纵观世界房屋发展史,带给人们新生活向往的新型房屋,其实是在战火硝烟中衍生的。

作为新型房屋的前身,抗震节能房屋建筑体系诞生于20世纪初,并在二战后得到广泛应用,其间多用于对施工速度要求很高的军事建筑设施。

二战后,备受战火蹂躏的欧洲文明变成一片瓦砾,为解决当时“房屋荒”的问题,部分欧洲国家掀起了住宅工业化的高潮,一批受工业化影响极深的现代派建筑师,开始考虑以工业化的方式生产住宅。而节能抗震房屋因其工业化生产方式,建造速度快,迅速进入住宅领域。

20世纪70年代,节能抗震住宅技术在全球经济发达国家和地区得到深入发展并走向成熟,其中美国、日本、韩国、澳大利亚等国家和地区的节能抗震住宅技术发展趋势尤为强劲。

美国是最早采用节能抗震住宅技术建造住宅的国家之一,鉴于经济性、安全性能(抗震、防火)以及耐久性能的综合考虑,越来越多的房屋开发商转而经营节能抗震住宅,节能抗震住宅的价值得到普遍认可。1965 年,节能抗震住宅在美国仅占建筑市场 15%,到 2000 年已经上升到 75%。

日本国土处于太平洋地区地震带中,特别重视追求住宅良好的抗震性。早在上世纪 70 年代,日本因城镇化建设,人口不断涌入城市,让居住成为一大难题,于是,日本建筑商转向了新型房屋的研发,并率先成为在工厂里生产住宅的国家。90 年代末,日本预制装配住宅中木结构占 18%,混凝土结构占 11%,节能抗震钢结构占 71%。

设计多样化、功能现代化、制造工厂化、施工装配化,新型材料与新型房屋相结合的优势和趋势,早已被有着敏锐市场触觉的中国建材集团发现。

在中国建材集团董事长、北新集团董事长宋志平的倡导下,北新集团成为国内最早引进国际先进技术——轻钢房屋技术的公司,并始终坚守新型房屋业务,精雕细琢,使其技术不断成熟。

新型房屋领域迈开步伐

20 世纪 70 年代末八十年代初,中国刚刚解开束缚,经济得以发展,产业百废待兴。此时,人们对建筑材料、对房屋有了更高的要求。北新集团在这个年代应运而生……

作为中国新型建材工业的摇篮,北新集团自 1979 年建厂,就承载着中国社会主义改革开放和现代化建设的总设计师邓小平同志发展新型住宅的殷切希望。1979 年 8 月,在北京紫竹院的一个试验工地,邓小平走进了一所使用新型建材建造的房子。在全面参观后,他用一口浓重的四川口音说道:“要把新型轻质建筑材料建造的房屋质量搞得好上加好,要实现工厂化、专业化生产,让农民住得起”。

当时,如何用新型建材造房子?造什么样的房子还是个新命题。就在行业专家大量翻阅查证国外相关资料,各抒己见时,北新集团已开始在新型房屋领域迈开步伐。

“新型轻质建筑材料建造的房屋”就是北新房屋的前身。在新型房屋的探索上,北新集团确实先人一步,但是要做到“好上加好”,还有很长的路要走,还要破解很多难题。而对于当时的建材行业来说,国内连具体的研究实物都没有,对新型房屋的理解无疑是天马行空的想象,所以要想形成自己的新型房屋体系,必须借助外力。

由此,北新集团开始了新型房屋的探索……

1979 年，建成投产年产建筑面积 60 万平方米的预制混凝土房屋工厂；1993 年，建成门式钢架及岩棉复合板体系的钢结构房屋工厂生产线；2002 年，北新集团与日本三家世界五百强企业——新日本制铁株式会社、丰田自动车株式会社及三菱商事株式会社合资重组北新房屋有限公司（简称“北新房屋”），引进薄板钢骨体系代替旧的建筑结构体系，使北新新型房屋建设迈出了实质性的一步，并在同年被原国家住建部确定为首批国家住宅产业化基地企业。由此，以日本薄板钢骨体系为技术核心的第一代轻钢房屋正式诞生。

2008 年，在日本薄板钢骨技术体系的基础上，吸收全球最先进房屋结构技术经验，并结合我国的实际国情，北新房屋自主研发推出了具有自主知识产权的结构产品——北新第二代新型房屋。通过采用 CAD 与 CAM 的联动生产系统，实现了产品的工业化生产。房屋产品的制造过程具有标准化、精细度、可控性和品质保证等优点，在理念和结构层面上使住宅的设计、制造、安装及使用品质得到了全面提升。

2013 年，以第二代新型房屋技术体系为依托，北新房屋重点围绕内装工业化、保温装饰一体化、节能环保全产品解决方案，突出产品应用技术、应用体系、应用效果，并基于产品的技术服务能力，致力于全面提升针对房屋产品的综合解决方案，从而打造出北新第三代生态化房屋产品。

北新房屋探索的脚步从未停止，经过不懈努力，在第三代新型房屋特点的基础上，研发了“加能源”5.0 房屋。“加能源”5.0 房屋完全摒弃高耗能材料，全部采用绿色环保、利废可循环的新型建材，将能源有效利用与网络、智能化的理念有机结合，寻求更高端人性化的设计。通过有效集成 1.0 地热、2.0 光热、3.0 光电、4.0 家庭风电、5.0 沼气等清洁能源，北新房屋不仅能够实现能源自给，还能够对外输出能源。同时还可以与智能家居、新风系统、污水处理、雨水收集等系统充分结合，打造出第四代“绿色生态智能”房屋。客户可以根据需要定制能源自给和智能需求方案，这也意味着通过北新第四代房屋产品将使每个家庭变为一个能源工厂的梦想成为可能。

如今，北新房屋发展的新阶段已经拉开序幕，对新型房屋的规划和转型也进入了新的阶段。

为了“居者有其屋”的国人梦

中国建材集团北新密云基地新型房屋展示区里，一栋栋二层小楼并排而立、别致精巧。

无论是白墙灰瓦的“中华民居”，还是美式风格的海滨别墅，抑或房车外观的单身公寓，都摒弃了传统的砌墙、打圈梁，全部采用钢骨结构，把工厂造好的构件运来现场“搭积木”，也就是行业人士常说的工厂预制、现场拼装的房子。

北新人告诉我们，“新”只是这些房屋的“容貌”，其折射出来的更深内涵和博大胸怀，就是为了居者有其屋的国人梦。

北新集团总经理陶铮告诉记者，秉承中国建材集团的“和谐”文化理念，在打造新型房屋的过程中，北新房屋从人居角度充分考虑了三大关系，即房屋与人的关系，房屋与房屋之间的关系，房屋与周围环境的关系。

房屋与人　将个性化与人性化融会贯通

建设新型房屋，最先考虑的一定是人与房子的关系。

究竟什么样的房子能够诠释人居理念？作为建材产业中的“造房子者”，北新房屋更加深谙其中奥妙，只有在材料的应用与设计上更加人性化，想住户之所想，甚至以呵护的心替住户着想，才能让人与房子在和谐相处中，共同创造与大自然和睦共处的关系。

以农村住房现状为例，目前中国农村住房面积约有300亿平方米，但是这些住房中90%以上都不具有抗震、保温、节能、卫生、舒适的基本居住条件。而这些基本居住条件，都可以通过新型房屋得以实现，不仅如此，随着个性化设计与人性化服务理念的逐步普及，新型房屋越发可以将人们对房屋的“梦想”，逐步变成现实。

以距离北京城80公里外的密云石城镇为例，这是由北新房屋在2012年建设的北京市首个新农村改造项目示范小区。

一排排朴素淡雅的二层民居楼蜿蜒在青山绿水中，灰白色的外墙，现代简约的乡村风格，双层独院的设计，院中新痕悬绿，淡彩穿花，鸡犬之声不绝于耳，一派农家院落的风光。

石城镇新建造的房屋，可谓是“细节里藏玄机”。北新房屋在建造的过程中，力图在房屋的每个细节之处，都能够达到材料与建筑最完美的融合，北新的人居理念也因此贯穿于诸多细节之中。

“在单栋建筑面积约197平方米的空间里，六室三厅一厨三卫一独院的设计，使得房间布置紧凑，空间利用率高，还较好地兼顾了采光与通风、动静分离、净污分离、居寝分离等细节。为了适应当地群众的生活习惯，在主人卧室的设计上还融入了传统生活元素‘吊炕’，体现了现代与传统相融合的人性化设计理念。设施方面，全房配置了地热采暖、太阳能等节能设备。”北新房屋总经理尹稷华说。

房屋与房屋　绿色小镇带来的生态文化变迁

随着新农村建设日益受到重视，我国很多农村地区对整体翻建村庄有了强烈的需求，但是总会因一些民用房屋或公共设施的改造或重建粗劣、材料不环保而影响整个村庄的形象。为避免这种情况的出现，北新房屋在与地方合作时，考虑以村为单位成片进行改造，更加注重整体规划与布局，注重房屋设计融入当地民居文化元素，注重与地形地势相结合，打造错落有致的整体效果。

2014 年，北新房屋在小平故里——四川广安打造的 10 万平方米绿色低碳新型城镇化新农村建设示范项目一期工程全部竣工交付。为了充分把“绿色、低碳、美丽、乡愁”的理念融入该项目建设中，北新房屋在设计时，还融合了当地的风俗特色，打造了具有当地川东特色的“中华民居”风格新型房屋生态社区。小镇除住宅外，商业用房、观景台、戏台等设施一应俱全，积极传承和弘扬中华民族的建筑文化，让当地百姓“望得见山、看得见水、记得住乡愁”。广安项目的成功交付标志着北新房屋无论从理念和意识上，还是材料的应用与设计上，都跨入了更新的境界，即成功实现了以新型房屋为依托，打造全方位绿色生态生活圈的理念，中国最大的新型房屋绿色小镇示范项目由此诞生。

陶铮告诉记者：“绿色小镇是北新房屋建设的品牌，是按照社会主义新农村的概念，建有居民区，有社区服务中心、超市、邮政、卫生所、学校、托儿所等完善的生活配套设施，从而实现农村社区化”。

由此，北新房屋的整体概念得到了扩展，从过去做单一的房屋发展为做绿色小镇，镇与镇连接起来变成绿色生态城，统一构建农民的居住和生活环境。

在助力广安市新型城镇化建设的过程中，北新房屋不仅进行新型房屋的研发、建设，更是把房屋建造的过程工业化，进而实现了“人”的城镇化。

北新房屋通过进行新型房屋示范推广，并以此为龙头引导广安各区县和各大园区配套发展相关零部件生产企业，把当地的农民变成工厂中的产业工人，带动当地产业发展、科技创新、节能减排、就业税收。

这是北新房屋引领的一项立足于改善农民居住环境、提高农民生活水平、快速推进城镇化建设步伐的重要实践，更是以此引领推进国家在住宅产业化转型升级的成功尝试。

房屋与环境　绿色环保是新型房屋的灵魂

当人与房屋的关系越发和谐舒适，下一步就要解决房屋与环境之间的关系。

据宋志平介绍,在他儿时的记忆里,农村往往是凌乱地散布在一片荒瘠土地上的毫无美观可言的土坯房,冬天烧炕取暖时,整个屋子都弥漫着烟熏火燎的气味。

改革开放后,砖瓦房日益取代了土坯房,虽然使农民的居住条件有了一定提高,但是也出现了更多的弊端和隐患。最大的危机是环境破坏和浪费土地资源的问题。据不完全统计,目前,我国平均每年建造砖瓦房需要烧砖 8500 亿块,由此带来的后果是每年要浪费耕地 120 万亩、耗煤 5000 万吨、排放二氧化碳 1.25 亿吨。

与农村传统砖瓦住房相比,北新房屋不仅要建造与周围环境高度匹配的美丽房子,更要以节能环保的绿色新型建材建造,在北新房屋与大自然之间搭建起最和谐健康的美丽桥梁。

新型房屋的“新”,不仅体现在新型材料的应用上,更体现在“绿色环保”的理念中。北新新型房屋充分利用太阳能等清洁可再生能源,推广加能源 5.0 房屋,实现房屋用电自给自足,还能够对外输出能源。与此同时,利用废水回收、雨水收集、生物净化等装置实现水资源循环利用。墙体与屋面的通风设置可实现室内空气自动循环交换,室内空气自动净化消除雾霾。这些对中国 300 亿平方米农房的节能改造具有划时代的意义。

尹稷华向记者介绍,用新型建材、新型房屋代替传统砖混民居,让中国农民也能够住上像欧美农民那样的房子,同时又能在节能环保上做出巨大贡献,达到人、房屋、环境三者和谐相处、共生共荣,这是北新房屋坚定的信念和梦想。

不仅要住得好　更要住得起

“不仅要住得好,更要住得起”,北新人始终不忘这句口号。

北新集团最早涉足新型房屋时,与日本的三菱、新日铁、丰田三家企业合作,向他们学习如何制造新型房屋,彼时的很多建筑材料都需要进口,成本较高。如今,北新房屋不仅探索出一整套新型房屋的制造方式,而且对造房所需的所有材料也已经实现了国产化,大大降低了建房的成本。

如果达到同等品质(同等节能标准、抗震要求、建筑质量、装修标准等),新型房屋与传统建筑的价格基本相当。随着新型房屋市场的扩大,生产规模的提高,新型房屋的建造成本还有进一步下降的空间。而随着中国劳动力成本不断上升,国家对于生态环境保护力度的加大,加之传统建材破坏环境为之付出成本的不断提高,新型房屋与传统建筑相比,价格将更加具有优势。宋志平董事长说,30 多年的坚守和积累,从担负着邓小平同志发展“农民住得起的新型住宅”嘱托建厂,一步一步走到今天,新型房屋终于可以圆满“交卷”了。

打造核心优势 进行产业融合的深度探索

新中国成立以来，制造业始终是立国之本、强国之基。2014 年，我国制造业产值已连续 5 年保持着世界第一，在光环笼罩下，许多精细化的制造技术却困扰着我国的制造行业。那么如何将基础打牢，真正实现从整体到零件全方位的世界领先就成为全制造业要思考的问题。

2015 年，《中国制造 2025》吹响了传统制造业转型升级的号角，打造具有国际竞争力的制造业，是我国提升综合国力、建设世界强国的必经之路。

“中国制造 2025”中“创新驱动、智能转型、强化基础、绿色发展”的要求，为老牌的制造企业树立了全新的战略定位，北新房屋也在新型房屋的道路上开始了更深层次的转型。

宋志平曾对制造服务业有过一番解读：“制造服务业用一句话来概括，就是把制造业和服务业融合在一起，共同经营新业态，也就是围绕制造业，怎么能够接近终端客户，如何由过去单一在制造业争取附加值，到为终端客户做更多服务来争取更多附加值，也就是做更多的增值服务”。

这一论断为北新房屋奠定了实现“新型房屋集成服务商”这一目标的核心路径：以“材料房屋一体化”“设计生产施工一体化”“基地协同”为基础的创新发展之路。

融合大产业链——材料房屋一体化

在房屋建造行业里，北新房屋在材料使用方面有着国内其他房屋公司无法比拟的优势，即充分依托中国建材集团旗下部品生产及供应系统，包括石膏板、轻钢龙骨、矿棉板、岩棉制品、门窗型材五金、涂料等在内的诸多优质建材产品，在降低新型房屋建造成本的同时，还保证了新型房屋的质量和品质。

更重要的是，北新房屋正通过努力，力求实现建材与建筑两大关联产业的深度融合，实现从材料到建筑 100% 绿色化。这是建材行业人多年的夙愿，更是绿色建材产业发展的大势所趋。

提高服务质量——设计生产施工一体化

北新房屋积极抓住传统制造业转型升级的契机，努力从单一的房屋生产制造商转型升级为绿色低碳综合服务商。为了能够更好地响应客户的需求，北新房屋将传统建筑商业模式“设计、总包、分包、精装修、建材供应商、建材生产商”六个环节进行整合，对传统商业模式大胆创新，打造完整产业链，为客户提供一站式房屋专业化系统服务。这种模式不仅节约了中间环节的交易成本,节省了客户宝贵的精力与时间,而且能保证新型房屋的质量和品质。

北新房屋拥有先进的智能设计生产工艺与装配化施工管理,能够保证房屋建造周期可控、综合成本可控、资源能耗可控。通过设计生产施工一体化,可以把资源最佳地组合到工程建设项目上来,从而提升服务质量。

扩大发展格局——基地协同

作为中国第一家引进钢骨房屋生产线的企业,北新房屋目前已成为国内最大的新型房屋公司,拥有全球最先进的轻钢结构房屋技术,具有国内最大规模的生产能力,并形成了以北京为核心,覆盖东南沿海市场、西部内陆市场及东北远东市场的产业格局。这种产业格局缩小了市场覆盖半径,使本地化服务升级。北新房屋通过“基地协同”,充分整合生产力量与市场需求,集中统筹、基地协同、互补互助,致力于打造全球最具规模的新型房屋产业集群。

在追求个性化与差异化的当下,人们对于房子的想象和设计也越来越富有个性化色彩。作为新型房屋领域的领军企业,北新房屋非常重视个性化房屋的打造。陶铮告诉记者:“未来,北新房屋将更多地打造‘一户建’房屋,即按照客户个性化的需求定制房屋,这是新型房屋集成服务商应具备的能力。”

从“中国地”走向“全球化”

经过30多年的发展,北新房屋已成功完成了从单一房屋概念向生态社区、小镇的转型,目前已陆续在北京、河北、内蒙古、山东、甘肃、江苏、武汉、四川、新疆等多个地区建造了美丽的绿色小镇示范项目。

未来5年,北新房屋将在国内陆续打造100个绿色小镇,进一步丰富和完善绿色小镇的品质和内涵,并将绿色小镇串联成片,打造绿色生态城。

谈及新型房屋未来在国内的发展,宋志平曾经说过,“任何产业的发展都要结合宏观形势,考虑清楚大方向,认清大趋势,逻辑一定要正确。新型建材、新型房屋的推广和发展是经济发展到一定阶段的产物。当年,北新集团推出新型房屋就是想改变农民的住房环境和居住条件,但当时农民没有足够的支付能力。现在国家推出的产业政策大力支持农村城镇化建设,着力解决‘三农’问题,农村经济日益发展,农民生活也变得富裕起来”。

按照目前全国每年竣工的10亿多平方米城乡住宅建筑面积来计算,如果其中5%采用轻钢结构住宅,则建筑面积即可达到5000万平方米。随着中国新型城镇化进程的加快及经济水平的不断提高，随着国家大力倡导低碳节能、可持续的发展方式，相信新型房屋将很快迎来发展的春天，未来的市场空间不可估量。

除了大力发展国内市场，北新房屋紧抓“一带一路”机遇，正积极开拓国际市场。目前北新房屋的产品和服务已覆盖到北美、东欧、中东、南亚、南美、南太平洋及非洲国家和地区，涵盖了别墅、住宅、诊所、营房、使馆、学校、军队用房等多种房屋项目。

其中 2011 年开始实施的赞比亚新型房屋项目总建筑面积 60 多万平方米，共 4000 多套，是中国乃至世界历史上轻钢结构房屋单体建造面积最大的项目。2014 年 6 月，国家副主席李源潮访问赞比亚并参观了北新房屋在赞比亚 - 中国经济贸易合作区（简称经贸合作区）卢萨卡园区内建造的样板别墅。参观中，李源潮副主席对北新房屋建筑绿色环保的特点及各项优异的物理性能给予了高度评价，并表示希望能将新型房屋技术大范围地应用到广阔的海外市场，向世界推广带有中国制造标签的更多产品。

2015 年 10 月 19 日至 10 月 24 日，国家主席习近平对英国进行国事访问，值此契机，北新房屋全球化的脚步迈向了新的台阶。作为随行的企业家代表，宋志平带回了多份合作协议——在英国开发 200MW 光伏地面电站项目和 8000 套新型房屋绿色小镇建设，同时，与英国、西班牙、科威特以及智利等国家和地区以开发建设新型房屋项目为基础的绿色小镇项目正在积极洽谈中。北新房屋迎来了由“中国地”走向“全球化”的新机遇。

宋志平提出，要把新型房屋打造成为继高铁之后中国向全球推广的品牌产品。北新房屋相信，借助国家建设“一带一路”的重要战略机遇，经过不懈努力，北新房屋将向全世界人民展现中国新型房屋的舒适与美丽，新型房屋会成为一张最靓丽的中国名片。

编辑点评：

产业融合的践行者

刘媛媛

30 年来，北新集团建造的新型房屋，早已在建材和建筑两大行业内赫赫有名，也愈发在全社会美名传播。如果说，北新房屋如火如荼地建设，最受益的群体是老百姓，那么，北新集团在造福社会、造福百姓的同时，也以实际行动，为中国绿色建材产业的长足发展，率先成功探索出一条发展路径。

这条路径就是产业融合之路。

可以说,北新集团是绿色建材产业发展最早的探索者。北新房屋诠释的“新”,其涵盖的内容和定位,从始至终明确包含了环保、节能、降耗等理念,正是当下如火如荼发展起来的绿色建材和绿色建筑两大产业定位的雏形。

当绿色建材产业迎来发展大潮时,北新已经创出了中国知名的绿色建材品牌,并已研发出系列建筑部品,积极发挥绿色建筑部品化在产业融合中的作用。

当发展绿色建筑已成为国家级战略,建筑行业开启探索发展计划之时,北新的“新型房屋”已经远远走在前面,奔向“加能源5.0”房屋。

更有意思的是,从新型建筑材料起家,北新集团从成立伊始,便将眼光锁定在绿色建筑(新型房屋)上,通过发展绿色建筑(新型房屋),研发适用于绿色建筑的绿色建材,从而形成建材与建筑融会贯通的大产业链,并在这条自主创新的大产业链上,与时俱进、游刃有余地创新和升级。

绿色建材,是建材行业在转型升级中最重要的新兴产业,是建材行业的朝阳和希望。近几年,我国绿色建材产业发展取得一定的突破和进步,但总体而言,其发展主要停留在原材料制备的绿色化层面上,能够满足绿色建筑功能要求的绿色建筑材料和部品发展缓慢。

这就是说,到目前为止,建材与建筑两大兄弟产业还未真正携手,实现产业融合。绿色建材的发展也因此无法真正全方位应用于绿色建筑之中。加快速度促进建材与建筑两大产业融合,也是行业最急迫的呼声。

在这一点上,无论是建筑行业还是建材行业,都可以从北新集团的新型房屋中找到启发,得以借鉴。

或许有人会说,中国建材集团凭借在新型建材和新型房屋领域积累30多年的雄厚实力,可以通过一己之力实现建材与建筑的产业融合,这并非所有建材或建筑企业所能做到。

没错,融会贯通建筑与建材的大产业链,并不只有北新集团这一种方式,某种意义上说,以造新型房屋为代表的新兴产业所带来的革命性理念、颠覆式创新,可以给身处传统产业的建材业带来有益的借鉴,但也不能奢望照葫芦画瓢式的形式上改变,能在一觉醒来就有天翻地覆的结果。

建材行业和建筑行业,更需要探索和尝试更多的方式和路径,从一个企业的产业融合,迅速发展到两个行业的融合。而这需要两大行业拿出北新集团的超前意识和尝试勇气,首先将这个理念以最大的力度传播出去,在两大领域中产生共识,再形成明确的发展定位，这才是产业融合最重要的前提和基础。

未来，一定是以"绿色""加能源"为方向的新型房屋大展拳脚的舞台。在行业转型升级的关键时期，北新集团早已占得先机，挥洒自如。

罗马不是一天建成的。三十多年的发展让北新明白"向最难处着眼，从较易处着手，由易而难，循序渐进；认真学习国外的先进理念技术，却绝不照搬教条"……这些都是深耕绿色建材产业，致力于产业融合的践行者才能总结出的经验。

2015 年 11 月 11 日

走出"象牙之塔"

——记中国建材瑞泰科技股份有限公司

■ 本报记者　曾蕴瑶　黄　莹

2015 年 10 月，屠呦呦喜获中国第一个诺贝尔生理学或医学奖，引发全民关注。但很多人不知道，青蒿素科技成果早在 20 世纪 70 年代就已在实验室中研发成功。40 多年后的今天，当青蒿素实现产业化，推动医学领域巨大进步后，这份厚奖才"姗姗而来"。

从播下第一粒种子到进入千家万户的餐桌，杂交水稻只有实现产业化，才能解决十几亿人的吃饭问题；从进行甲醇试验到新能源汽车诞生，新能源汽车只有实现产业化，才有可能带来全球汽车行业的转型和变革……

无数事实证明，每一项来之不易的科技成果，如果只是躺在实验室，就如同怀才不遇的秀才，念天地之悠悠，独怆然而涕下。

只有那些走出实验室，成功转化为产品，实现产业化发展，取得社会与经济效益的科技成果，才是真正推动现代文明的车轮滚滚向前的动力。

如何让科技成果走出实验室，实现产业化？产研结合，是唯一出路。但是，产研结合并非易事，起码要拥有最基本的发展特征，比如市场化运作成熟、客户导向明确、产品可复制等。不仅涉及企业的研发实力和资金实力，还涉及供应链、市场、渠道、用户、政府等多个环节和部门的协作。

那么，向产研结合转型的方式和路径在哪里？我国各个产业经过 30 多年的探索，已经实践并总结出了多种方式和途径。

通过科研院所自身向产研一体化企业转型,是其中的一种方式。

在建材工业有一个成功的代表——中国建材集团旗下的瑞泰科技股份有限公司,走在了建材行业科技产业化转型的前端。

科研院所,改革转型的 30 年

“瑞泰科技是国家科技体制改革的产物,是高新技术与资本市场成功对接的典范。”瑞泰科技股份有限公司董事长曾大凡开门见山,一语点出瑞泰科技与众不同之处:“瑞泰科技这些年的成功不仅体现在核心技术上的突破,更开创了我国耐火行业科技成果产业化的运作模式。”

“在计划经济时期,由于我国体制原因,导致科研与市场长期脱节。在向市场经济过渡的过程中,为了解决这个问题,1985 年,中央《关于科学技术体制改革的决定》中提出了企业是科技开发的主体,要求应用开发型研究所要进行改制,有的科研院所进入企业,有的自身转制为企业,开启了科技体制改革的序幕。”曾大凡说。

回溯建材行业 30 多年的发展历程,众多研究机构纷纷崛起,并为行业的发展与进步提供源源不断的技术支撑。

计划经济时代,建材工业的科研院所和绝大多数传统产业一样,始终如“大家闺秀”一般“清心寡欲、不问世事”。在国家拨款、财政补贴等支撑下,更多的科技工作者都停留在“只顾关门搞技术,不知成果用何处”的状态中。

1985 年后,随着国家政策颁布,科研院所改革被提上日程。但传统建材行业中的科研院所,转型依旧缓慢,很多科研工作者放不下架子,很多科研院所找不到思路。

20 世纪末,对各产业科研院所来说,发生了一件大事情。

为进一步推动开发型科研机构进入市场,1999 年 4 月,国家颁布了《关于国家经贸委管理的 10 个国家局所属科研机构管理体制改革的实施意见》,决定对 10 个国家局所属的 242 个科研机构实施管理体制改革,科研院所向企业转制的浪潮由此掀起。

这其中就有解放初期建成的中国建筑材料科学研究院(以下简称“中国建材院”)。瑞泰科技的前身——耐火所,就隶属于中国建材院。

1999 年 7 月,中国建材院转制为建材行业的中央直属大型科技企业,成为建材行业唯一的中央直属国家级重点研究和开发机构。

21世纪前后,建材市场竞争日益激烈,很多改制缓慢的科研院所被逐渐边缘化,危在旦夕。生存与死亡的选择也同样摆在中国建材院旗下各个研究所面前,包括耐火所。

曾大凡是中国建材院隶属研究所中历史上最年轻的所长,骨子里的闯劲促使他不甘于沉沦,借着中国建材院的转型之风,2001年12月30日,耐火所也迈开了转企的脚步,并取了非常响亮的名字"瑞泰科技"。

耐火所转企之初,很多行业人士并不看好科学家经营企业。说起科研工作者,美剧《生活大爆炸》中"极客"(geek)形象总会在脑海中挥之不去,他们善于钻研不擅交际,只专注于技术研发,思想僵化、闯劲不够。

事实上,最初的4年,瑞泰科技的发展的确很艰难。就在这些科技人员一筹莫展之际,命运突然发出美妙的旋律。

这还要从中国建材院与中国建材集团的"金玉良缘"说起。

共谱"金玉良缘",为"产研结合"筑桥梁

2004年前后,同为央企的中国建材院和中国建材集团都遇到了各自的发展瓶颈:中国建材院原来是靠国家项目生存的科研院所,虽然80年代末开始推进成果转化和产业化,但是面对激烈的市场厮杀,步履艰难;中国建材集团虽然进入了快速发展阶段,但并没有掌握行业科技创新的制高点,自主创新能力有待提高。

一个要将科研成果迅速转化为生产力,一个正在寻找技术研发团队,两大央企在各自的需求中撞击火花、产生共鸣。于是,在双方努力下,携手走到了一起。同时,中国建材集团将集团原有的相关院所、科技资源注入中国建材院,重组成立中国建筑材料科学研究总院(以下简称"中国建材总院"),成为名副其实的大院大所。时任全国政协副主席、中国工程院院长徐匡迪院士将这一重组称为建材行业科研院所转制的"第三种模式"。

重组之初,时任国务院国资委主任李荣融预言:"中国建材总院重组成立,使中国建材集团发展成为国际一流企业成为可能。"不出所料,中国建材集团由此迅速提升科技研发能力,通过企业化运作和市场推广,得以快速发展,领导口中的"可能"已变成现实。

中国建材总院重组初期,中国建材集团董事长宋志平为总院的发展确立了覆盖国家战略、行业研发、企业发展、成果转化、人才培养、国际交流的"六大平台"战略定位。他曾经谈道:"产研结合非常关键。总院是国家和行业的研发平台,也是

集团的技术创新平台。中国建材集团的创新体系具有中国特色,即以企业为主体,以市场为导向,建立产学研合作联盟,充分利用企业的产业平台优势和院所雄厚的科技实力,让科技从成果库里走出来、从象牙塔中走出来,更好地为产业平台服务,真正转化成生产力。"

随着双方重组,瑞泰科技也自然而然加入了中国建材集团的产研结合大家庭里。

今年,恰逢中国建材院与中国建材集团重组十周年。十年来,在中国建材集团副董事长、中国建材总院院长姚燕带领下,中国建材总院紧紧围绕"六大平台"战略定位,探索出中央转制院所可持续健康发展的新模式,取得了跨越式发展。在科研开发方面,累计承担省部级以上项目和课题逾千项,科技投入37.5亿元,其中获得国拨经费10亿元,把牢行业制高点。同时,总院科技产业进入了资本市场,检验认证业务创新商业模式,实现了均衡发展。

重组十年,是中国建材总院着力推动科技成果转化,全力打造"建材与新材料高科技成果的产业化平台"集群发展的十年。中国建材总院探索出了将分散经营方式组建成集"研究—开发—制造—工程应用"于一体的全链条科研成果产业化转型模式,以瑞泰科技、合肥院等为代表的科技成果产业发展取得了长足进步,产业规模快速扩张,并建立科技产业园,实现高科技成果的产业化输出。

中国建材总院是中国建材集团科技创新的核心,是集团科技创新的发源地和引领者。打开总院的组织架构图,其架构就像一棵大树。十年之前开枝散叶,如今已长成参天大树。中国建材总院下辖十余家研究院所,在总院本部旗下还有4个控股公司和6个全资公司等,瑞泰科技就是控股公司之一。

瑞泰科技的转企之路,是中国建材总院众多科研院所,探索多种转型升级路径与方式的其中一种。

我们将瑞泰科技作为科研院所产业化转型的案例,其转型与发展,从思想和行动上,或会为类似的企业带来更多的灵感启发和经验借鉴。

从"吃财政饭"到产业化转型

瑞泰科技的发展史,就是一部通过不断转型、不断升级深耕科技成果产业化的历史。在这段发展历程中,有瑞泰人持之以恒的辛劳与努力,也有中国建材集团和中国建材总院的鼎力支持。

这个故事,要从14年前说起。

“有花无果”的生存危机

耐火材料是高温工业的重要基础材料，广泛应用于建材、钢铁、有色金属、石化、机械等各个领域，建材行业中，水泥、玻璃、陶瓷的生产都需要经过窑炉高温的煅烧，尤其离不开耐火材料。可以说，耐火材料是保证建材行业生产运行和技术发展必不可少的基本材料。

在20世纪90年代，我国建材工业大型窑炉用耐火材料一直依赖进口，需要支付大量外汇（进口价每吨约7000~10000美元）。与欧美相比，我国耐火材料技术差距大，主要体现为耐火材料在生产过程中高能耗、高污染，产品质量低等方面。解决这些问题也就成为了科研院所工作的重中之重。

耐火行业的国家级科研院所数量非常稀少，所以耐火所担当的任务艰巨。但即便如此，却也十分清贫，如何维持自身生存，始终是耐火所绕不开的话题。

“当时耐火所的建立主要是为了完成国家授予的科研任务，科研经费基本上由国家财政补贴。科研立项时国家补贴一点，研究出成果后再补贴一点。但科技成果哪是那么容易就研发出来的？补贴的钱维持自身的生存都很困难。科研界的人经常自讽：‘我们就靠着吃财政饭维持生活’。”曾大凡说。

受限于当时的体制，耐火所基本运行模式受到很大局限，往往是接手一项科研项目，全体成员便埋头苦干，经过长达数月、数年艰苦卓绝的研究，终于在实验室获得成功。

可是，项目成果出来的这一刻，也到了科研项目终止的那一步，走不出实验室。因为按照规定，研究院所只负责研发，推广的事根本管不着。久而久之，研究院所变成孱弱的“无果树”。这直接影响到我国耐火材料行业科技成果的研究与产业化的发展进程。

此时，曾大凡这位年轻所长，虽有一颗搞好科研工作、壮大耐火所的雄心壮志，但由于体制的限制和经验的缺乏，他根本不敢想耐火所未来的发展之路。

“水土不服”的转企之初

在此形势下，耐火材料专业如何发展的问题引起了姚燕为首领导层的高度重视，经过反复论证决定把耐火所的研发力量、中科达耐火材料公司的市场营销力量及建材院湘潭中试所的生产力量融为一体，进行资产、资源和人力重组，同时吸引社会有一定实力的5家单位为股东组成科、工、贸一体的科技型股份制企业——北京瑞泰高温材料科技股份有限公司。主要从事耐火材料技术研发、产品开发、生产和销售。

科研院所转制为企业,意味着科研项目不再享有国家补助,自负盈亏。很多转企的研究所,限于思想和资金的限制,市场化和产业化进程并不顺利。

这种普遍“水土不服”的情况,也发生在瑞泰科技身上。

更严峻的问题是,长期依赖于粗放型经济增长方式的耐火材料工业,面临着生产能力“结构性过剩”;企业多、规模小、生产布局分散;资金缺乏,企业装备日趋老化又无法更新等一系列困局。耐火材料行业品种质量难以优化,技术成果难以转化,竞争力减弱,包袱沉重……

瑞泰科技虽然继承了耐火所的技术力量,拥有一批优秀的科研人员,在科研方面处于国内同行业领先地位,并在“十五”期间,承担国家“863”技术项目研制工作。但不可否认的是,在瑞泰科技成立之初,总产值不过3000万元,只相当于一个小型企业的产值和规模;此外,瑞泰科技的管理人员都由科研人员转型而来,完全不懂如何搞管理、做经营、谈业务。瑞泰科技面临着巨大的挑战。

不甘寂寞与沉沦的曾大凡深知,企业唯一的出路就是做大做强。一场科技成果产业化的改革与转型正在瑞泰科技酝酿。而这条产业化道路随着中国建材院与中国建材集团的重组而日渐清晰。

“柳暗花明”的首次收购

2005年夏天的某日,瑞泰科技北京总部的小会议厅中坐满了人。他们来自瑞泰科技各个科研岗位,既是元老也是董事。会场虽拥挤,却十分安静。与会人员的表情略显沉重,站起来发言也显得底气不足。这里召开的是瑞泰科技关于收购湘潭客车厂的讨论会。

讨论会是针对“企业是否应该扩大规模”而开,在此之前已经开了数次,但每一次都是无果而终。这些平时坐在实验室中埋头搞科研的“科学家”们,大都带着厚厚的眼镜,却遮不住镜片后纠结的眼神。

虽然瑞泰科技创新的能力和发展速度不容小觑,但以资产规模来衡量,瑞泰科技在行业中充其量是一家小型企业。面对市场上逐渐增加的订单,其生产能力大多集中在旗下小小的湘潭分公司,致使产能严重不足。由于产能不足又难以聚集资金,瑞泰科技的发展陷入了资金、产能构成的漩涡里。如果不尽快实现大规模、产业化生产,瑞泰科技可能很快湮没在耐火材料行业残酷的恶性竞争中。

正在这时,一个绝好的机会出现在瑞泰科技面前——湘潭客车厂因破产被整体打包出售,其中包括整块土地和地面建筑。这块土地正是瑞泰科技扩大产能和规模最好的选择。如果能买下这块地,瑞泰科技的湘潭分公司就能扩大规模,缓解产能不足的问题。这是瑞泰科技发展的绝佳机会。

不过,2600万元的收购价格也着实给这群长期从事“科研工作”的企业管理人员泼了一盆冷水。

“其实价格不算高,只要2600万呀,当时地面上建筑的估价都不止2600万,那块地相当于白送,这对于瑞泰科技是多么好的机会啊。但是2600万对我们来说,完全是天文数字,我们根本担负不起。买地要全额贷款,我们长期从事科研的人,惯有严谨的思维,做出每一个决策都十分谨慎,谁也不敢轻易做决定,整个董事会极度纠结。”遥想当年的场景,曾大凡记忆犹新。

正在瑞泰科技陷入纠结、难于决策时,刚刚与中国建材院牵手的中国建材集团,关注到了这件事,并向瑞泰科技伸出了橄榄枝。

“若不是当时中国建材集团与中国建材院已经结合,若不是宋志平董事长及时出现,为瑞泰科技未来的发展排忧解难,也不会有瑞泰的今天。”曾大凡对记者说。

中国建材集团介入收购项目。产业化经验丰富的宋志平亲自出席瑞泰科技关于收购项目的董事会,又亲赴湘潭客车厂进行考察。

“大凡,这块地可太好了,一定要拿下来!”当宋志平站在湘潭客车厂前,看到这块地时,当即向曾大凡提出建议。随后以中国建材集团的名义,为瑞泰科技向民生银行担保3000万元,很快促成瑞泰科技收购项目的成功。

事实证明,这个决策非常正确。

对于瑞泰科技来说,有了土地,就意味着有了实现产业化的基础,前方的路柳暗花明。在瑞泰科技接下来的发展路程中,就是以这块地为开端,开始了投资、扩大生产规模的征程,产品销售总额、科技发展速度、市场占有率、生产规模一路攀升。

收购湘潭客车厂,成为瑞泰科技发展为行业龙头,并在2006年成功上市的一块稳定基石。

“一路畅通”的上市之路

拥有中国建材集团和中国建材总院的双重支撑,拥有产业发展的软硬件基础,瑞泰科技对未来的发展充满希望,在产业化道路上步履坚定。

人逢喜事精神爽,不久后,一个重磅消息传来——资本市场上暂停两年多的IPO突然重新启动。按照规则说明,北京地区欲上市企业可以优先申请。

这对身处北京的瑞泰科技来说又是一个绝佳机会。

上市,对于企业来说,意味着可以在大的资金平台上筹集到企业项目发展的资本。但对于瑞泰科技而言,更意味着前所未有,甚至曾经连想都不敢想的挑战。

彼时,瑞泰科技只是一个成立不足 5 年的科技型企业,规模和实力都很弱小。管理团队极度缺乏上市的知识与经验。更关键的是,当时,无论是耐火材料行业,还是中国建材总院旗下企业,没有一家上市公司,瑞泰科技连个参考借鉴的对象都找不到。

“科研单位能做成企业就已经很困难了,要上市难上加难。当时,别说业内人士对瑞泰科技上市普遍持怀疑态度,连我们自己都半信半疑。”曾大凡对记者说。

由于瑞泰科技是中国建材总院旗下第一家准备上市的企业,一旦上市成功,不仅会拉动中国建材总院的整体效益和实力,也会为旗下相似企业的上市之路积累经验。

推动瑞泰科技成功上市,得益于姚燕的亲自指挥和宋志平的鼎力支持。

在瑞泰科技上市的整个过程中,中国建材集团和中国建材总院充分发挥自身优势,调动最精悍的高层管理人员、资本运作专家参与到上市准备资料的编写和规范等工作中来;给瑞泰科技职工传授上市的经验与知识;宋志平也亲自上阵指导。

“瑞泰科技 IPO 发行答辩,由我作主要答辩工作。你想想,很多专门从事上市发行的券商都难以应付如此严格的答辩,我一个‘新手’,紧张得要命。就在我去答辩的路上,宋董事长给我发来一条短信,上面只有短短几个字‘大凡,我相信你能行!’。这几个字,给我莫大鼓舞,让我信心倍增,顺利完成了答辩。”9 年之后的今天,曾大凡说起当年的那一幕,依旧激动不已。

2006 年 8 月 23 日,瑞泰科技在深圳证券交易所成功上市。

从 6 月 6 日正式递交申报资料到 8 月 23 日在深圳证券交易所成功敲钟,瑞泰科技仅仅用了 2 个多月时间,成为耐火材料行业首家上市公司。这背后,既有瑞泰科技全体工作人员的努力,更是中国建材集团和中国建材总院鼎力相助的成果。

“这种鼎力相助不仅体现在为瑞泰科技做上市指导,更体现在环环相扣的合作过程中。正是集团与总院的成功重组,正是中国建材院举全院之力支持,让瑞泰科技有了更加强大的后盾;正是集团和总院帮助瑞泰科技做出决策,毅然拿下湘潭地产,让我们拥有产业化发展的硬件基础。以瑞泰科技当时的实力,可能连上市的边都够不上。”曾大凡诚恳地对记者说。

成功上市后的瑞泰科技,具备了丰盈的资金基础,产业化发展如鱼得水。随后,瑞泰科技又在湘潭收购的那块土地上建立了新的现代化厂区,其产业化发展愈加稳定坚实。

“因时制宜”的联合重组

当瑞泰科技还是科研院所时，主要任务是完成国家交予的研发项目；转制为企业初期，维持企业生存成为最高要义；如今，瑞泰科技作为上市公司、龙头企业，在完善产业化发展的同时，引领行业转型升级，就成为瑞泰科技义不容辞的责任。

如何兼顾企业和产业共同发展？瑞泰科技给出的答案是：联合重组。

就耐火材料行业而言，自20世纪90年代起，耐火材料行业就一直处于困境之中。此时，如果行业里的龙头企业能通过合并和股权、资产收购等多种形式积极进行联合重组，联合一批中小耐火材料企业，淘汰一批落后产能和作坊企业，提高产业集中度，不断延伸产业链，拓展服务领域，组成具有国际竞争力的大型耐火材料企业集团公司，实现行业资源的合理整合。将对行业制约落后产能、限制重复建设，控制总量，提升国际竞争力起到积极作用。

就瑞泰科技自身来说，其业务范围很窄，仅限于玻璃行业耐火材料的开发研究，这对于实现更大产业化发展目标的瑞泰科技远远不够。如果能通过联合重组同行企业和水泥、陶瓷、钢铁、化工等高温工业企业，就能够扩大自身经营范围和市场版图。联合重组与耐火材料相关联的上下游企业，可以有效规避只做单一行业带来的风险。此外，相对于新设厂，新建生产线来说，联合重组也为企业节省投资资金的压力。

风险与机会并存。“联合重组”的计划在瑞泰科技萌动时，他们也意识到，企业一直从事玻璃行业耐火材料的生产与研究，如果盲目重组其他高温工业企业，在不熟悉水泥窑、陶瓷窑用耐火材料投资、规划的情况下，可能会担当极大风险。

幸运的是，早在瑞泰科技萌发“联合重组”之前，中国建材集团已身先士卒，率先在水泥行业开始了大规模联合重组的征程，重组了上千家水泥企业，构建起淮海、东南、东北、西南四个核心区域，使得中国建材水泥产能位居世界第一，水泥大企业的集中度和行业价值明显提升，引导长期打价格战的水泥行业摆脱恶性竞争。

拥有了鲜活的借鉴范本，瑞泰科技着手撰写企业联合重组方案。在此过程中，中国建材集团和中国建材总院也无条件为其提供方案指导和业务支持。

在集团和中国建材总院经营理念的指导下，瑞泰科技顺利规避风险，从单一生产玻璃窑耐火材料，到将耐火材料的研发范围拓展到水泥、陶瓷、钢铁、化工等多领域。先后在湖南、四川、安徽、河南、江苏、浙江等地重组14家企业，为企业实现更宽领域、更高层次的产业化发展提供保证。随着瑞泰科技的不断发展，中国建材集团注重产研结合，将旗下所有企业的耐火材料业务，以及重大项目中耐火材料的研究、开发工作全部交付给瑞泰科技。其中,徐州中联自主研发的万吨水泥生产线的水泥窑、国内首座最大的浮法玻璃窑、超白压延玻璃窑、玻纤窑、瓶罐窑和医药玻璃窑等均由瑞泰提供科技成果、产品,以及其他技术支持。直接促进瑞泰科技科研技术的不断提升和科技成果产业化的发展,在国内、国际都树立了权威形象。

从2006年瑞泰科技上市到2011年,6年间,瑞泰科技的年复合增长率超过50%,年销售额从1.5亿元发展到接近20亿元,年利润从几百万元发展到近1亿元。2011年,瑞泰科技的发展速度达到巅峰。

二次创业　浴火重生

然而,任何事物的发展都不可能一帆风顺。

从2012年开始,我国建材工业中大部分传统领域,备受“产能过剩”困扰,市场低迷、利润下滑。下游行业的一系列问题和瓶颈,很快“转嫁”到耐火材料行业。

2012年,耐火材料企业订单数量减少、销量下降,水泥、玻璃企业对耐火材料竞相压价,拖欠耐火材料企业货款现象时有发生,造成耐火材料企业资金紧张,部分企业不得不关停窑炉消耗原有库存。

据中国耐火材料行业协会对52家耐材生产企业进行的调研数据显示,2012年耐火材料企业销售收入同比降低4.29%,实现利润同比降低21.40%;2012年以来,应收货款同比上升15.34%。

更为严峻的是,耐火材料行业本身的发展,始终存在资源开采非正规化、浪费严重、产业集中度不高等问题,特别是产业盲目投资,重复建设导致了耐火材料行业产能已从“结构性过剩”转变为“全面过剩”。

内外交困,耐火材料行业转型升级势在必行。

那段时期,瑞泰科技不可避免受到影响,开始出现利润滑坡危机。2013年,企业巨额亏损8785万元。这对瑞泰科技是一个巨大打击,也将其推向转型升级的风口浪尖。

在瑞泰科技2013年第三季度总结会上,曾大凡宣布必须“转型升级”,并将其定位为继“由科研院所向产业化转型”后的二次创业。

“卖服务”,化腐朽为神奇

二次创业,曾大凡说,首先要转变思想,调整发展战略。

针对市场需求,“增加产量”和“拓宽领域”已不适合产业发展。瑞泰科技开始改变经营的模式,进行全新的产业布局,这种新的经营方式和产业布局即是从“卖产品”转向“卖服务”。

在总结会之前，瑞泰科技已经就转变企业经营方式做了很多有益探索，“卖服务”的经营模式也正是源于其中。

2012 年，为了给用户提供更好的产品体验，瑞泰科技在曲阜中联水泥生产线尝试一种全新服务模式——总包服务，即瑞泰科技根据用户水泥窑的需求，为其提供从耐火材料配置、选型、施工、安装到保养维护、更换等一系列服务，企业只需根据所生产的吨产品数量支付耐火材料费用即可。这就是瑞泰科技“卖服务”的雏形。

在曲阜中联水泥生产线实施总包服务后，该水泥窑的耐火材料消耗直接从 500g/t 降低到 350g/t，仅一项就节约了 50 万元的采购费。由此带来的减少停窑、维修费用等，又为企业节省了一大批开支。“总包”服务被很多水泥企业推崇，也带动了瑞泰科技自身利润的增长。

从“卖服务”中尝到甜头的瑞泰科技意识到，耐火材料行业仅仅依靠简单的售前、售中、售后服务已不能完全满足客户省心、省力、省钱以及追求潜在经济效益的深层次需求。从“卖产品”转向“卖服务”将是今后耐火材料行业发展的重中之重。

瑞泰科技“卖服务”带来好处体现在很多方面。

首先，“卖服务”只需企业在施工和技术服务上投入力量，几乎不需要增加资金成本；

其次，为有能力提供技术、产品和全套服务的耐火材料企业赢得更大的市场空间，差异化竞争避免企业都挤在产能过剩的胡同里恶性厮杀，不仅可以缓解耐火材料行业产能过剩，企业自身也免于置身恶性价格战之中；

再次，“卖服务”的企业经营模式有利于推动其上游如水泥、玻璃等企业缓解资金压力，节省开支，降本增效；

最后，大力发展服务型制造业，是建材行业转型升级的大势所趋。谁早一步做准备、探索和实践，谁就能占得先机。

……

经过综合考虑，敢为人先的瑞泰科技在耐火材料行业设立了水泥窑用耐火材料运营中心，专门负责根据窑炉的不同要求，综合公司技术研发实力强、产品齐全、服务全面等优势，为用户提供从研发、设计、供货、施工，及售后总包综合服务等一条龙服务规划。

瑞泰科技的一位工作人员向记者透露，“我们以前的销售模式就是单独卖产品,非常简单,将产品卖给顾客之后就不用管了。现在将科技成果转化中,售前我们需要提供技术咨询,售中我们提供技术交流、培训、指导,售后我们会对使用的产品进行跟踪,及时收集使用信息,和客户建立一定的交流机制。这样不仅仅能够优化、完善我们的产品,同时还可以和客户建立起长期稳定的供应关系,成为合作伙伴,树立品牌美誉度。”

从“卖产品”到“卖服务”,实施首年,瑞泰科技便实现扭亏为盈,这在当时全面亏损的耐火材料行业中是个奇迹。

曾大凡告诉记者,在我国经济新常态下,企业经营风险波动仍然较大,今后瑞泰科技还将不遗余力在“卖服务”的道路上精益求精。

让科技创新“更有成就感”

技术创新,始终是企业发展的不竭动力。对出身于科研院所的瑞泰科技,科技创新更是永恒不变的标杆和旗帜。

“转型不是转行。转型是指我们各行各业用创新的理念,创新的技术来提升行业素质和水平。”在2014年末的一次论坛上,宋志平对中国建材集团转型升级工作,提出了“充分发挥自身优势,创新理念、创新技术”的要求。

科技创新正是瑞泰科技最大的优势,无论如何,瑞泰科技的转型升级都要抓住这一核心竞争力。

如今,瑞泰科技已发展为一个国际化、多元化大企业,并是中国建材总院在耐火材料板块的一个“科技平台”,在全行业中拥有最好的技术团队和研发能力。

但科技创新在不同时期有不同的要求。在计划经济时代,科研院所是一种被动创新形式。在当今时代,只有主动推陈出新,结合用户需求,开展以服务为主导的技术创新,才能立于不败之地。

瑞泰科技首先在自己的老本行——玻璃行业尝试主动创新科技,以适应瞬息万变的市场。

2012年以后,瑞泰科技投入科研力量,创新开发玻璃窑用熔铸耐火材料新工艺——负压成型熔铸耐火材料技术工艺及装备的研究。通过新的工艺创新,大幅提高产品质量、降低成本、简短工艺流程、实现智能化。

曾大凡告诉记者,“负压成型熔铸耐火材料技术工艺为世界首创,超过了法国、日本等西方发达国家的水平,达到世界一流水平。这种工艺在生产过程中非常环保,能将废料实现循环利用,是今后的发展趋势。此科技成果一旦推广,有望帮助玻璃行业缓解亏损局面,更为耐火材料行业找到了新的经济增长点。”

玻璃行业外，瑞泰科技在其所服务的每个行业都投入了巨大的科研力量和资金。仅 2013 年到 2014 年，瑞泰科技就获取专利 71 项，这比瑞泰科技自成立至 2012 年这 11 年间获取的专利总数还要多得多。

抓住用户需求，创新科技，是瑞泰科技的研发成果成功转化的关键。

在 2013 年关注气候中国峰会上，中国向世界做出承诺，到 2020 年，单位 GDP 的二氧化碳排放量将降低 40% ~45%，其中将重点抓好工业、建筑、交通和公共机构等领域的节能工作。瑞泰科技所服务的行业几乎都是建材行业中的耗能大户。以水泥行业为例，近年来，行业当务之急是要解决节能降耗的问题。

抓住这一需求，郑州瑞泰耐火科技有限公司研发出“低导热多层复合莫来石砖及在水泥回转窑上的应用”工艺，前所未有地在一块砖上实现耐高温和保温隔热的性能，降低水泥窑的能耗，满足水泥企业对于节能降耗的需求，现在已经被很多大型水泥集团所采用。而类似的技术研究，在瑞泰科技还有很多。

曾大凡对记者说：“现在研发产品，是非常有成就感的事，既提升了自我，也满足了水泥等其他行业转型升级的需求，利人利己。如此‘聪明’的科技创新形式将永远在瑞泰科技延续。”

未来的“三大转型之路”

改革如逆水行舟，一篙松劲退千寻。中国建材集团尽管已是行业领军者，却始终如履薄冰、兢兢业业。这促使瑞泰科技也强烈意识到不能仅靠一种优势发展，必须时刻拥有转型升级的思维和战略布局。

“我认为仅仅度过眼下的难关还不够，我想把瑞泰科技的未来发展置身在央企改革的大环境之中，还要启动第三次转型，要在三个方面进行下一步的调整。”曾大凡向记者展示出他心中转型升级的蓝图。

第一方面，要结合央企改革，实现资源优化。“未来的瑞泰科技应当转型成为中国建材总院的科技成果产业化融资投资平台。”曾大凡告诉记者。

中国建材总院下辖的研究院所，研究领域除了耐火材料以外，还涵盖了水泥、混凝土、玻璃与特种玻璃、陶瓷、与新型绿色材料等建材行业主流领域，业务贯穿基础理论研究、技术开发与服务、标准制定与检验认证、实验仪器与生产装备制造……这些领域都需要一个科技成果转化为产业的平台，瑞泰科技要搭建的正是这样一个平台。

一位行业专家坦言，瑞泰科技若把产品的服务范围拓展到更多领域，需要中国建材总院的大平台,将更多新的科研成果产业化发展。同时,瑞泰科技应着手实现更大更高的转型升级,比如提高资产证券化、制定灵活的机制、让科技人员持股等。

第二方面,利用国家“一带一路”的大战略,响应国家号召,抓住时代机遇,让中国的耐火材料走出去,进军国际市场。

我国的“一带一路”战略中,首先是基础设施先行,建水泥厂、发电厂、玻璃厂需要大量的耐火材料,是否能率先占领海外阵地,把瑞泰科技的产品全面覆盖,这无疑是瑞泰科技千载难逢的发展机遇。

第三方面,曾大凡还在思考体制的改革,“怎样建立一个适应市场竞争的机制,如何市场化,如何聘用人才,如何转换科技成果等都需要进行更深层次的探讨,建立一个新的运行机制是瑞泰科技转型升级的重要内容。”

采访中,他多次对记者说,对未来规划的灵感,很多是受了中国建材集团董事长宋志平和中国建材总院院长姚燕的启发。

“中国建材总院在‘十三五’发展目标中,首先是六大平台的作用不变,这也是我们发展的战略定位;院所的‘四化’——企业化、市场化、产业化、国际化也不变,这也是我们发展的核心思路。”曾大凡说。

瑞泰科技作为领军耐火材料企业,还有需要结合自己的特色和优势,发展自身的同时,引领行业转型。

耐火材料行业并不大,如何能跳出当前不景气的局面,探索出一条新路子?如何找到持续不断转型的方向?这些问题推动着瑞泰科技的转型思路,促进这些问题的解决,也是其肩负的行业使命。

从“物理反应”到“化学反应”

坦率地讲,科研院所产业化转型,并不能一蹴而就。很多尝试产业化转型的科研院所,将更多精力投入做管理、搞经营、忙业务、谈投资,对原本是核心灵魂的科研力量和创新能力却不断在松懈和退步。没有抓住自己的核心竞争力,在经营管理水平和经验上又比不过生产企业,因此在市场竞争中逐渐丧失了优势,沦落为毫无生机的小企业,既达不到壮大企业实现科技成果产业化的初衷,又失去了科技创新的能力,就像科技体制改革后迅速兴起的中关村电子一条街,就是在这样的状况下,逐渐成为昨日黄花。

经历过两次转型的瑞泰科技,深知未来自己真正需要的是什么?

“研究院所的转型需要彻底冲破体制的桎梏,让科技和产业进行深层次的融合，我们希望做个催化剂，推动中国建材集团和中国建材总院达到你中有我，我中有你。双方重组的这十年，像是发生了非常棒的物理变化，主要体现在机构重组和业务合作，但未来的转型升级，仅做到这些还不够。未来十年，我感觉它们之间可能会发生一场化学反应。”曾大凡充满期待地说。

众所周知，物理变化是指物质的状态虽然发生了变化，但物质本身的组成成分没有改变。而化学反应是物体的原子重新排列组合，并有新物质生成。

在曾大凡看来，科研与生产相结合，是让产研结合真正从根儿上融合，是中国建材集团和中国建材总院从骨子里、血脉里的深度融合，而不仅仅是科学研究和生产环节的结合。

中国建材总院重组之后，中国建材集团在产研结合方面创造了很多成功案例。宋志平常说：“生产企业要优先使用院所自主研发的技术，院所的技术也要重点服务于生产企业，发挥‘1 +1 >2’的作用，这是集团的独特优势，也是产研结合的根本目的。”

采访接近尾声时，曾大凡强调：“科研永远是瑞泰科技的 DNA，当前中国经济进入新常态，瑞泰科技必须要调整战略，以技术创新为核心竞争力，加强内部管理，学会更好地运用集团和总院融合的大平台，实现更多的科技成果产业化转移。我也希望瑞泰科技不仅是集团一个科技板块，更能成为中国建材集团重要的科技力量支撑，对中国建材集团整体的转型升级起到更好的促进作用。”

编辑点评：

产研结合　建材强国的通途

刘媛媛

目前，我国科技成果转化率仅为 10%。

这个数字源于不久前，央视某栏目做过关于如何“让科技成果走出实验室”的专题。其背景是今年 10 月 1 日，我国正式实施新修订的《中华人民共和国促进科技成果转化法》新法，这是在 19 年前《促进科技成果转化法》的基础上，根据现实情况和长远目标，进行的补充、修改和完善。

从 1985 年《中共中央关于科学技术体制改革》开始，到《促进科技成果转化法（新法）》的实施，我国对产研结合潜心探索、尝试改革，整整进行了 30 年。

这一方面说明，国家对科技成果产业化转移所给予高度、持久的重视程度，另一方面也表明，还有很多科技成果长年躺在实验室里“睡大觉”，甚至有些成果已经长眠于此,成为“陈果”。

当越来越多的“成果”变为“陈果”,所造成的不仅是国家的损失,也是产业转型升级的梗阻。

建材工业转型升级的首要目标,是要从“大国”成为“强国”。如果说行业发展的核心是技术创新,那么,在迈上强国的路途中,提高科技成果的转化率,推进科技成果的市场化、产业化发展,则是核心中的重心。

今年是中国建材集团与中国建材总院重组的第十个年头。十年前,双方因“需求互补”走在了一起,十年来,更因“齿轮效应”创造了辉煌。在所涉及的各个建材领域中都取得较好的成绩,称得上是建材工业技术升级的“顶梁柱”。

但如果有人问:两大央企的牵手为建材工业奉献的最大“成果”是什么?编者认为:是为行业打开了“产研结合”更宽广的思维、更多元的路径和更通畅的平台。

瑞泰科技的产业化转型是其中的一条路径。作为耐火行业中第一个上市公司、中国建材总院4家控股公司之一,其转型具有一定的特殊性。

首先,基于瑞泰的自身状况。瑞泰科技的产业化转型,起步较早。当成立中国建材总院时,它已经是拥有4年历史,且明显“水土不服”的科技型企业。究竟是让其恢复耐火所的原貌,还是往前推一把,使其成为以科技创新为核心竞争力同时具有市场竞争力、行业影响力的领军企业?中国建材集团和中国建材总院选择了后者,推动其上市,助力其成为行业领头羊。

其次,基于当时的行业环境。耐火材料行业是整个建材行业中相对弱小的领域。企业小而散,行业不景气,科技研发与生产企业几乎脱节,且少有工厂有意愿有实力去为新的科技成果买单,投入产业化。

再者,基于耐火材料自身特性。耐火材料品种繁多、用途各异,应用领域众多,每个领域对其技术含量、服务方式等都有不同的要求和指标。这就意味着,像耐火所这样的科研院所,即便研发出科技成果,如果在推广过程中,安装、服务等环节跟不上,好技术、好成果也会大打折扣。

在这样的情况下,瑞泰科技从纯粹的耐火所转变为产研一体化的企业,是势在必行的选择。首先,可以让自身得以生存发展,同时,可能会以此提升行业的整体实力。

现在看来,这条路径,更像是为瑞泰科技量身定做的最佳方式。在中国建材集团与中国建材总院的大力协助和支持下,从一个靠财政吃饭的小科研院所,成长为行业龙头。

值得重视的是，产研一体化并不是科研院所转型的唯一途径。或者说，科技成果产业化，并不一定代表科研院所全部要走大型企业的发展路径。

但若想实现科技成果产业化，所有的科研院所和科技人员，都需要从思想、意识和行动上做一次大的转型。

对科研院所而言，必须找准适合自己的产业结合之路，主动创造与生产企业之间的合作模式。在这一点上，中国建材集团和中国建材总院的重组是个范本，正如宋志平所言：我们把院所和制造单位结合在一起，是个产研结合型的组织，这是集团的一大特点。

对于科研人员而言，必须要有产业化的思想和意识，要在投入研发之前，做好充足的市场评估与社会调研，尽可能缩小科技与需求的差距，避免科技成果无法转化的风险。

科技部部长万钢曾在央视节目中讲过：一个产品需要很多技术，一项技术又可以用到很多产品当中去，关键就在于科研人员的积极性，如果能够按着市场需求，主动把自己的知识和技术转化为市场产品，就可以使科研增值，使科研产生更大的生产力。

产研结合，是建材行业转型升级必须要打通的脉络；科技成果产业化，是增强国家综合实力和影响力的助推器。

在这一点上，中国建材集团为产研结合创造的自由通畅的平台模式，实乃行业之幸、国家之福。

2015 年 11 月 12 日

世界第一的“奥秘”

——中国巨石股份有限公司发展混合所有制探究

■ 本报记者　董亚楠

玻璃纤维，被广泛用作复合材料中的增强材料，不同特质的材料与玻璃纤维“混合”，通过物理或化学方法，使之在性能上相互取长补短，形成性能更好、质量更优的新材料。

“混合”作用于物质世界，往往呈现出惊人的效应。看似表面水静无波，实则内在波澜壮阔,以致屡屡在材料世界中掀起一次次技术创新与产品升级,推动着人类社会的发展与演变。

“混合”发力于产业升级,也凝聚着巨大能量。不同性质的企业通过“混合”,在取长补短、相互协作的过程中,创造出原有企业难于想象的巨大价值和超强力量。甚至犹如穿上“钢铁衣”,让一个普通人瞬间变成拯救世界的“钢铁侠”——成功“混合”后的企业,也可以变作行业的“钢铁侠”,成为带领行业攀越世界巅峰的引领者。

正如中国建材集团董事长宋志平所言:混合所有制实现了“央企实力 + 民企活力 = 企业竞争力”,中国建材历经十余载不懈努力,拔得国内行业头筹并蝉联世界五百强,“混合”之力功不可没。

混合所有制是指由各种不同所有制经济,按照一定原则,实行联合生产或经营的所有制形式。我国的混合所有制,萌芽于20世纪50年的“公私合营”,政府对民族资本主义工商业实行社会主义改造所采取的国家资本主义形式,也可算是对现代企业形式“混合”的一种探索。

我国现代意义上的企业“混合所有制”始于改革开放后的1978年,与国企改革的探索和实践相伴相随。从1984年至今,体制改革一直是我国经济改革的核心,而自党的十七大正式提出以现代产权制度为基础发展混合所有制经济以来,混合所有制企业大量涌现,并在国民经济中发挥着越来越大的影响力。

在这之前,已有少数尝试“混合”发展的先行者,走在时代前沿,率先取得成功。中国建材旗下的玻璃纤维企业——中国巨石股份有限公司(因企业几经更名以下统一简称“中国巨石”)便是其中之一。

中国巨石在我国以及世界玻纤工业中有着举足轻重的地位,它完美融合了国有资本、民营资本以及国外资本,并充分发挥了混合所有制的优势,取得突出的市场竞争力。

尤其与中国建材携手重组并成功上市,中国巨石以践行“央企市营”先行者的身姿,迅速跃升为全球同行业的翘楚,创造了多项世界瞩目的成绩。

在其带动下,中国玻纤行业当之无愧地站在了世界同行业的巅峰。

不久前,记者奔赴浙江桐乡市,零距离接触了这个玻纤行业的世界巨头,探寻世界第一的“奥秘”。

世界第一,迎风砥砺铸辉煌

当记者一行来到中国巨石科技大楼的产品展示厅内,看到如同蚕丝一样纤细洁白、泛有光泽的玻璃纤维纱团整齐摆放着，还有的被织成布、做成毡，或被制成如同碎段尼龙的短切原丝。不久的将来，这些外表并不新奇的玻纤产品，将奔赴全世界找到“用武之地”。

“这种外表朴实无华的材料，具有绝缘性好、耐热性强、抗腐蚀性好、机械强度高等优点。目前玻纤是复合材料中使用量最大的增强材料，不仅能提高复合材料的强度和弹性模量，还能降低收缩率，提高热变形温度，赋予了复合材料新的性能。我们目前生产 100 多个品种、近千个规格的玻纤产品，单纤维直径在 9 微米以上的为粗纤维，有纱、布、毡等多种形式，广泛应用于汽车、风电、高铁、建筑、石油等国民经济各个领域，单纤维直径在 9 微米以下的为细纤维，织成的电子布则被用于电子电器的印刷线路板。建筑、交通、新能源、电子和环保产业是我们产品最主要的五大应用领域，这也代表了世界玻纤产业在未来几年的发展趋势……”

巨石人在谈到玻纤产品的功能和品种时，无法抑制内心的情感，恨不能将玻纤所有的优点一股脑说尽。

辉煌，来之不易。成功的背后，一定是各方面的因素交织结合，共同促成。绝大多数因素，是所有企业走向成功的“必修课”。比如抓住最好的机遇、通过研发创新提升企业实力、拥有国际发展视野、审时度势的战略部署，以及精细化管理上的精益求精等等。中国巨石的成功也不例外。

首先，从玻纤工业发展的历史脉络来说，我国玻纤行业可谓后来居上。中国巨石的成长正赶上行业发展的最好时期。

1938 年玻璃纤维工业在美国诞生。第二次世界大战期间，军工促进了玻纤工业的迅速发展。20 世纪 60 年代至 80 年代，随着各国对能源危机、环境保护、高新技术的重视，玻纤产业高歌猛进，应用范围不断扩张，成为现代材料的重要组成部分。

我国玻纤工业正式诞生则是在 1958 年。是年，上海耀华玻璃厂年产 500 吨的无碱玻纤车间投产成为标志。随后多年，国内玻纤工业小步缓跑，稳步发展。

21 世纪，我国玻纤工业进入了发展黄金期。用途逐步扩大，从满足国防军事等高科技领域，逐步深入千家万户，在日常生活中随处可见。良好的发展势头和广阔的拓展空间，让中国玻纤行业发展势头后来居上，取得了世界瞩目的成绩。

进入 2015 年，水泥、玻璃等建材产业进入发展瓶颈期，遇到前所未有的困难，玻纤行业却逆势而上，上半年实现主营业务收入 715 亿元，同比增长 8.65%，利润总额 47.6 亿元，同比增长 26.39%，在整个建材行业中名列前茅。

玻纤行业取得的成绩,其领军企业中国巨石功不可没,30 多年来,中国巨石恰逢玻纤行业最好的发展机遇,同时,也通过不断努力,推动全行业更上层楼。

如今,中国巨石年产能超过 110 万吨,占全球玻纤生产总量的 20% 以上。2015 年上半年,中国巨石业绩稳步增长,实现营业收入 34.5 亿元,同比增长 22%;实现净利润 4.8 亿元,同比增长 267%;更由于上半年行业景气度持续回升,公司实现量价齐升,产品毛利率达 40.5%,同比提升 6.6 个百分点,达到历史最好水平。

其次,在牢牢把握"机遇"的前提下,中国巨石始终在研发能力、技术创新和装备工艺等方面持之以恒、超越自我。不以最好自满,但求做到更好。

据中国巨石发展战略部总经理赵军介绍,中国巨石目前作为全球最大也是品种规格最全的玻纤制造商,技术能力和硬件设施水平均已达到世界一流水平。中国巨石自主研发建造了全球规模最大、国际领先的单座年产 12 万吨无碱玻纤池窑拉丝生产线,拥有一批世界一流水平并具有自主知识产权的核心技术。如大规模无碱玻纤池窑拉丝生产线全套技术,全自动物流输送技术,大漏板技术,专有浸润剂技术,纯氧燃烧技术,E6、E7 高性能玻璃纤维配方技术等等。

截至 2015 年上半年,中国巨石累计拥有有效专利 404 件,其中发明 49 件(包括 6 件涉外发明专利授权),自主研发的高性能玻璃纤维配方 E6 以及 E7 系列产品,均获得客户的高度认可,在行业内处于领先地位。

再者,拥有了强大的技术研发能力和世界领先的装备工艺水准,中国巨石便有了走向国际的"本钱",抢先布局国际市场。

早在 2005 年,中国巨石就成为亚洲生产规模最大的玻纤企业。2008 年以来,企业已经拥有问鼎全球的实力,发展实现"步步高"的节奏。

2012 年,中国玻纤行业首个自主知识产权的对外投资项目——年产 8 万吨无碱玻纤巨石埃及项目动工,2014 年投产,拉开了中国巨石第三次创业"走出去"与"国际化"的序幕。目前,巨石埃及生产的玻纤产品全部供应欧洲市场,并且供不应求,为此,中国巨石及时启动了巨石埃及二期 8 万吨,三期 4 万吨无碱玻纤生产线的建设,二期项目将于 2016 年上半年投产。

经过 20 年的发展,中国巨石实施全球营销战略,并始终坚持"规模扩张与市场开拓同步"的原则。目前已在美国、韩国、意大利、加拿大、西班牙、法国等 14 个国家和地区设立了海外子公司,并在英国、德国拥有 2 家独家经销商,建成了较完备的全球营销网络,为接下来建设海外生产基地,打下坚实基础。

中国巨石加快全球布局,完善世界营销网络,以资本为纽带,通过收购、整合、拓展全球营销网络,转变渠道管理模式,扩大市场覆盖面,提高全球市场占有率,从而使“巨石”品牌尽可能覆盖全球。同时,企业还实施海外建厂的发展布局,实现玻纤生产的战略性转移,通过管理、技术输出和本土化运作,利用全球的资源,大幅度降低物流成本和生产成本,从而大大提高了中国巨石的总体效益。

当前,中国巨石国内市场占有率近40%、全球市场占有率超20%,经济效益和社会效益均十分显著。

还有,中国巨石多年如一日,在精细管理上孜孜以求,精益求精。其独创的“增节降工作法”使企业具备突出的竞争优势。

中国巨石长年持之以恒抓管理,成为我国建材行业乃至全球玻纤行业管理一流的企业。“增节降工作法”说起来简单,就是增加收入、节约支出、降低消耗,贵在常抓不懈。这套方法始于1998年,为抵御亚洲金融风暴。经过10多年的积累和沉淀,不断提炼优化,现在已成为企业精细管理的特色工具和市场竞争的撒手锏。

通过推行“增节降工作法”,中国巨石的生产成本逐年降低,劳动生产率持续提升。10年来原燃材料成本不断上升,中国巨石的玻纤生产成本却大幅下降。10年前生产50万吨玻纤需要1.2万人,现在生产110万吨只需要7000人。

但是,在市场竞争如此激烈的时代,若想在芸芸众生中脱颖而出,只完成“必修课”已经远远不够。所有成功的企业,都必须在做好“必修课”的同时,更以持之以恒的态度,将自身的优势和特点发扬到淋漓尽致,甚至形成“独家秘籍”。这才是成功企业背后真正的“奥秘”。

作为世界第一的卓越企业,经常会有人提出这样的问题:中国巨石有别于他人的成功经验和奥秘是什么?

记者采访中,透过中国巨石无数耀眼的光环,看到了这样一个答案:混合所有制。

第一次“混合”,巨石冲出石门镇

中国巨石总裁张毓强曾说,巨石天生具有“混合”的基因。

中国巨石可以说是世界玻纤行业的一个奇迹,它从石门湾一个生产土布的作坊式集体小厂发展成为了全球规模最大的玻纤企业。这是一个锐意创新的故事,一个通过“混合”不断跨越腾飞的故事。

1971年,桐乡石门镇一个小小的石门东风布厂,陷入困境急需转型。当时有人建议发展玻璃纤维,厂里却连最简单的拉丝机都买不到。厂领导决定派刚进厂工作的张毓强到九江玻纤厂试一试。

九江玻纤厂彼时是全国16家国有玻纤生产企业之一,具有先进生产技术和丰富管理经验。张毓强乘16小时火车赶到九江时,厂里接待他的人说,他们缺少一台5KW电动机,并暗示还想要一些肥皂。

16岁的张毓强火速赶回石门镇,找齐这两样东西扛到九江,跟玻纤厂交换了一台拉丝机,又马不停蹄背着这台重达125公斤的拉丝机返回石门。1973年,石门东风布厂更名为石门玻纤织品厂,这便是中国巨石的前身。

跨入玻纤行业,事实上已经告别了纺织领域,但从"布厂"改为"织品厂",一个名字的更改流露着其间的万分谨慎和一丝茫然。

随后几年,由于我国特殊的时代背景,玻纤行业基本处于封闭孤立的状态,无法接触世界先进技术,不能把握行业发展动态,一个身处小镇又刚刚转型的织品厂势必要经历一段沉寂期。

好在,石门玻纤织品厂毅然挺过艰辛,没有改变发展玻纤的决心。"文革"结束,改革开放的春风给玻纤行业带来生机,石门玻纤织品厂也冲破了发展的桎梏,轻松上阵。1980年,石门玻纤织品厂正式更名为石门玻璃纤维厂,表达着强烈的信心和扎根玻纤行业的决心。

1983年,石门玻璃纤维厂更名为桐乡玻璃纤维厂,并在5年后,改制成立桐乡振石股份有限公司,开创了桐乡市企业股份制改革的先河,正式走向市场化经营和资本化发展的康庄大道。

又一个5年过去。1993年,是"巨石"发展史上一个重要节点。振石公司联合桐乡农业银行、桐乡经济开发区等五家单位组建桐乡巨石玻璃纤维有限公司,1996年组建成立巨石集团有限公司(为区别"中国巨石",下文凡涉及此公司,均简称"巨石集团"),"巨石"这个名字正式亮相,也由此迈出了"混合"发展的第一步。

这次"混合",使巨石成为多元股份的民营控股公司,并成为浙江省首批省级开发区中首家入驻的企业。1993年,巨石上马年产8000吨的中碱玻纤池窑拉丝生产线。

此次改革重组,不仅为中国巨石后来的发展奠定了根基,也坚定了企业走混合发展之路的决心和信心。

通过"混合"的初步尝试,一个小小的玻纤厂,扩大了规模、加强了实力、完成了机制改革的初步阶段,其影响力早已走出石门镇,成为桐乡市乃至浙江省响当当的骨干企业。

然而，作为一个有志向的企业，已经取得的成绩永远都是攀上更高台阶的起点。

当时的玻纤行业，还处于发展的萌芽阶段，还有很多瓶颈和桎梏，资金的缺乏、国际的打压、技术的壁垒以及缺少政策支持和行业规范等等，都使这个充满活力的民营企业，在继续前行的过程中愈发艰难。

巨石要想冲破这些桎梏，在未来发展的道路上走得更远，不断攀登新的高峰，就要寻求并拓展新的发展平台。企业意识到，巨石要想长足发展，“混合”之路要一直走下去。

下一步的“混合”，他们将眼光放向国内有实力的大企业集团，寻找可以共同实现世界玻纤梦的同行者。

第二次“混合”，加盟中国建材走出“国门”

这些年，不少媒体追问巨石“掌门人”张毓强，世界第一的背后，最主要的支撑力是什么？他曾这样回答：“‘巨石’这 20 年，最大的感悟就在‘资本’两字上。如果不是加盟中国建材，实现资本运作，仅靠企业滚存利润，‘巨石’要想达到 110 万吨的产能，起码要等我活到 200 岁。”

20 世纪 90 年代初，国家“八五”“九五”规划攻关项目立项成功，为我国玻纤行业发展提供了极为有利的条件。然而，就在 1996 年前后，世界玻纤行业却陷入发展低谷期，对刚刚崭露头角的中国玻纤行业产生巨大影响，使行业发展急转直下，进入异常艰难的瓶颈期。

中国巨石的老员工对那段历史记忆犹新，“可以说是外忧内患，国际玻纤行业发展低迷，国际巨头对中国同行打压得更加厉害，国内整个行业都很窘迫，企业销售状况不好，利润空间大幅缩水。”

1997 年，“巨石”步履维艰。企业意识到，只有寻找发展资金，推动企业上市，才能使中国巨石摆脱困境，继续前行。

熟悉玻纤行业的人都知道，这是一个需要大量资金投入的行业，要想摆脱困境，继续前行，就必须有巨额资金的投入和支撑。

当年，美国的一家世界玻纤巨头公司看中了“巨石”，想将潜在的竞争者变成合作者。美方前前后后来了几拨人，洽谈了 18 个月，希望占股 60% 控股企业。

一位当年参与谈判的老员工说，他们就是想达到控制“巨石”的目的，控制了

"巨石",也就控制了整个中国玻纤行业。将这样一家欣欣向荣的年轻企业拱手相让,这不是巨石人想要的结果。

在巨石与美方进行洽谈期间,千里之外的北京,一家建材行业里的中央企业,也向巨石投来了橄榄枝。它始终坚信玻纤行业的广阔前景和未来在国民经济中的重要地位,想要拓展玻璃纤维板块,并正在寻找一家充满活力的民营企业共同开拓玻纤市场,这就是当时还叫作"中国新型建筑材料(集团)公司"的中国建材集团。

彼时的中国建材集团,已经具有了一定的规模优势、人才优势、创新优势和国际化优势。在社会主义市场经济环境下,央企和民企逐步携手,互相依存、互相带动、互相补充。在这样的机遇下,中国建材和"巨石"走到一起,开始了中国巨石发展的新篇章。

中国建材的加入与引导,使中国巨石实现了跨越式发展,成为企业创造世界第一的新助力。

1999 年,中国建材集团与巨石集团的母公司——振石集团等四家企业牵手,发起成立中国化学建材股份有限公司(后更名为中国玻纤股份有限公司),并在上海证券交易所成功上市。

公司上市募集了 2.1 亿元资金,解了燃眉之急。正是有了这笔资金,中国巨石开始筹建当时国内最大的年产 1.6 万吨无碱玻纤池窑拉丝生产线,并于 2000 年底建成投产。这条生产线的建成,助推中国巨石进入全球玻纤企业第一集团军的行列。

2011 年,中国玻纤所持巨石集团股份从 51% 增至 100%,巨石集团改制成为中国玻纤的全资子公司。

当时中国玻纤 95% 以上的收入和利润都来自巨石集团,成为中国建材"央企市营"的典范之一,中国建材进一步明确了中国玻纤未来的发展规划,逐渐剥离非主业资产,势要打造成为全球玻纤行业的领军企业。

中国建材和中国巨石的合作,更重要的也是人与人之间的合作,双方领导者的理念和目标一致。在中国建材给予中国巨石完全信任时,"巨石"没有辜负这份期许。

短短十余年时间,中国巨石便走出国门,跃居全球玻纤行业之首;短短十余年时间,中国巨石填平了中国与欧美发达国家同行业之间近百年的鸿沟;短短十余年时间,"巨石"这个中国玻纤品牌被世界同行熟识并推崇。

正是中国巨石的上市,进入资本市场,各方力量的共同作用,使得这条已经盘踞在中国玻纤行业的巨龙不断的抬头攀升，直至独占世界玻纤行业鳌头。

张毓强在接受记者采访时曾强调，中国巨石的发展壮大，与中国建材的支持息息相关。首先就是获得了民企还没有得到的一些政策环境支持，其次是在资本市场获得了资金支持。如果没有央企的支持，中国巨石很难走出国门，更不可能做到全球最大。

第三次“混合”，改变玻纤世界格局

20 世纪 90 年代中期，中国巨石就树立了“先建市场、后建工厂”的全球化发展指导思想，并着手进行海外营销网络布局。

中国加入 WTO 为玻纤行业参与国际市场竞争提供了更广阔发展空间，行业技术进步增强了出口创汇能力，池窑拉丝产品 60% 以上出口。为了寻求更大的发展空间，中国巨石在 2004 年始建设桐乡年产 60 万吨玻纤生产基地，这被巨石人称之为第二次创业。

2001 年，已经成为中国建材一员的中国巨石，在中国建材的支持下，引进美国投资者索瑞斯特财务有限公司 1000 万美元，成功开辟了资本化运营的新模式。

如果说加入 WTO 必载入中国乃至世界贸易发展的史册，中国巨石也必将载入中国乃至世界玻纤工业的史册。中国巨石在玻纤行业后来居上，发展成为全国玻纤行业的领军者，从现代玻纤工业生产技术的学习者，成为世界玻纤技术研发与创新的领跑者。

2007 年，中国巨石成功引进战略投资者珍成国际（联想集团旗下的弘毅投资）7500 万美元战略投资，进一步优化公司股权结构。2008 年 7 月，公司成功实现了生产规模全球第一，将自玻纤问世以来，一直由美国占据的世界玻纤行业第一的宝座夺了过来，由此改变了全球玻纤行业发展的格局。

中国巨石“混合的基因”在中国建材发展混合所有制、践行“央企市营”的大平台上，继续发酵，中国建材的加入使得企业拥有更为广阔视野和更高的发展平台，这些先天的优势势必让中国巨石拥有长远的发展眼光和灵活的经营模式。

当前，中国巨石是一家拥有国有资本、民营资本以及国外资本的混合所有制企业集团，目前中国建材占公司总股本的 34. 06%，振石控股集团占公司总股本的 19. 76%，此外，珍成国际、索瑞斯特这样的境外法人资本，以及国内的基金证券公司的资本等，共同持有这家世界玻纤巨头公司的股份。

中国巨石在海外资本注入后，更方便接触到世界领先的生产技术与工艺设备，推动生产技术不断进步,并快速走上了自主创新之路,企业完全采用自主研发与创新能力,并拥有世界领先的生产技术和工艺装备。融入海外资本带给巨石的不仅仅是接触到全球先进生产技术,同时还有广阔的国际视野和丰富的管理经验,这些都增强了企业决策的科学性。

丰富的股权结构让中国巨石实力更加雄厚,同时也让其更早的拥有国际化发展的战略眼光。新常态下,中国巨石充分利用全球市场这个大平台,为企业的转型升级赢得更多的时间和空间。

充分利用全球资源,大幅度降低物流成本,大大提高中国巨石的总体经济效益,使产品和服务更加贴近客户,有效增强企业的市场竞争能力和抗风险能力,更有效提高了巨石产品的全球市场占有率。

张毓强指出,中国巨石继2014年在埃及成功建立玻纤生产基地后,将继续探索在北美、拉美等国家和地区投资建厂的可能性,通过玻纤营销全球化布局,直销统一物流商业模式,从“以内供外”转向“以外供外”的盈利模式,实现“两头在外”和玻纤生产战略性布局,探索一条充分整合并利用全球资源的跨国企业发展之路。

中国巨石为了进一步开发海外市场,在A股市场募集了50亿元资金,并希望通过此次募集资金,进行海外投资、海外制造,以降低经营风险。2014年,中国巨石海外销售收入占全年主营业务收入的48.38%,海外市场已成为公司未来战略发展的重点及新的利润增长点。

企业的世界市场已然打开,在“布局国际化、市场全球化”的战略下,中国巨石不断利用全球市场的优势,扩大海外市场的占有率,完成公司区域战略布局,提高核心竞争力。

重返桐乡、再度更名,宏大布局的“手筋”

围棋术语中,有一个词叫“手筋”,也就是“妙手”的意思。手筋往往表现在某一局部的最有效着手,表现为能够取得最佳结果的行棋方式。

2014年10月,在桐乡举办的中国巨石第二十届国际玻纤年会上,张毓强从中国建材集团总经理、中国玻纤股份有限公司董事长曹江林手中接过了“中国玻纤”的牌子,中国玻纤总部正式迁址桐乡巨石本部所在地。

携手中国建材并成功上市后,“中国玻纤”将上市公司总部设在北京。经过十余载的发展与积淀,“中国玻纤”这个名字响彻整个建材行业。

人们普遍意识中,衡量一个企业的地位高低,就是其总部能否在一线城市中立足,尤其是在首都占有一席之地。当众多地方企业为将总部搬到大都市而费尽心思时,中国建材却决定将中国玻纤总部从北京迁回风景如画的江南小城——浙江桐乡。

此次的迁址,一定具有非同寻常的意义。

对于巨石人而言,桐乡是发源地、是家乡,巨石人在这里起步,经过企业多年的深耕,使得桐乡凝聚了玻纤行业特有的技术优势、资源优势、人才优势、资金优势以及较为完善和熟悉的产业链,这样的产业环境非常有利于中国巨石的可持续发展。

中国巨石实现企业总部和制造基地的统一,在节约资源的同时,也给广大的客商带来了方便。

加拿大弗莱克斯管道公司副总斯高特就是此次总部迁址的受益者之一,“以往来巨石采购,如果要去总部还得跑到北京,现在到桐乡不仅可以看到生产一线,还能直接到总部谈事,一举两得。”

中国巨石迁址桐乡后公司决策程序进一步简化,企业实现投资主体与经营主体合二为一,为发展带来新的机遇,为企业拓展上下游业务、整合上下游资源提供强大的支撑。

2015 年 3 月 18 日,中国巨石又做了一件轰动整个建材行业的重大举措。

在巨石成立 22 周年之际,张毓强从宋志平手中接过“中国巨石股份有限公司”的铭牌,世界玻纤行业的龙头企业“中国玻纤”正式更名为“中国巨石”。

此时,早已被行业称呼 15 年的“中国玻纤”,在行业内和上下游产业间深入人心。企业改名从来不是小事,将已深入人心并广被市场接受的企业名称进行更改,更是一件异常慎重的事。“中国玻纤”在业内已成名的背景下,在大股东股份没有变化的情况下,毅然改为“中国巨石”,也一定有其更深邃的内涵。

“巨石”并不是全新的名字,其玻纤产品品牌叫作“巨石”,已经响彻全世界,其企业实体叫作巨石集团,此次将上市公司改名“中国巨石”,实现了企业实体、品牌与公司资本称谓上的统一。同时,更意味着中国巨石要突破单一的“玻纤”业务领域,不断拓宽业务发展空间,进一步提升公司行业影响力,真正走向多元化与国际化,使“巨石”的品牌价值得到进一步提升。

更名,也是气度的一种表现,是一种信任的彰显,也许人们将逐渐淡忘“中国玻纤”这个曾经响亮的名字,但“中国巨石”会以更强的气势和雄心,被全世界铭记,带领着中国玻纤行业踏上新的征程,攀登新的高度。

中国巨石迁址桐乡并再度更名,焉知不是其未来发展谋篇布局的一着“手筋”?

央企市营,以“混合”引领产业前行

今年年初,中国建材被列入首批国企改革“混合所有制”试点企业。事实上,中国建材早已在不同的领域中尝试重组有活力的民营企业,发展混合所有制经济,并积累“混合”经验,总结出“央企市营”的发展模式,以央企实力与民企活力完美结合,实现市场竞争力的提高。

这在中国巨石身上得到精彩体现。中国巨石的每一步发展都走在了混合所有制改革的前沿,展现了不同所有制成分的相互融合和共同促进,其发展充分印证了宋志平“央企市营”的理念。中国巨石也在“央企市营”的大平台上,充分利用央企的规范管理、规模优势、技术实力,以及民企的灵活性、激励机制、企业家精神。两者相互融合,取长补短,形成了企业强大的竞争力。

企业发展混合所有制、践行“央企市营”,不仅仅是投资主体的多元化,关键在于法人治理结构的真正完善,将现代企业制度确立起来,带领企业走上健康发展的良性循环道路。

中国巨石在混合所有制的实践中,有敢于创新的勇气,有敢于挑战的激情。如今,勇于担当、勇于挑战的精神和高效的决策机制,加上中国建材的央企责任和多年铸就的企业文化,让中国巨石在这种混合的环境下吸纳双方各自的优势,成为一家市场认识度高,定位明确的混合所有制企业,真正体现了混合所有制企业竞争力的优势。

“央企市营”是市场化的必然选择,混合所有制的目标就是国民共进,中国巨石正是这一含义的完美诠释。有央企站在整个行业的高度和责任,又有民企面向市场的活力和承担,为中国巨石成为行业龙头奠定了坚实的基础,同样也为建材行业甚至整个国民经济各个领域提供了宝贵的经验,为国民共进谱写了新的篇章。

在中国玻纤正式更名为中国巨石之际,宋志平曾说:中国巨石几十年如一日坚持品牌创新战略,成为从中国制造到中国创造的楷模。中国建材集团坚持“央企市营”的改革方针,大力发展混合所有制企业,走出了一条“资本运营、联合重组、管理整合、集成创新”的发展道路,在多个领域实现了跨越式发展,也引领创新了我国充分竞争领域里国有资本和民营资本交叉持股、互相融合、共同发展的国民共进的企业模式,中国巨石是中国建材集团发展混合所有制经济的成功典范。

中国巨石,确实有太多的辉煌、荣耀和成功经验。但其一路走来,摘取“世界第一”的桂冠,“混合”的力量不可小觑。

编辑点评：

混合的力量

刘媛媛

自然界中，究竟有多少种颜色？有一个粗略统计：近2000万。

或许你有所不知，在色彩世界里，只有3种原色：红、蓝、绿。3种原色相互“混合”，形成赤橙黄绿青蓝紫7种单色。7种单色再“混合”，便创造出一个五彩缤纷、巧夺天工的大千世界。

混合，一个再普通不过的名词，却拥有着超乎想象、震撼寰宇的巨大力量。时尚界依据“混合”的原则，创造了“混搭”风，瞬间席卷全球，成为最具时代象征的潮流文化；摄影界通过画面的混合过渡，创造了“慢切换”，成为视频中最基本的切换方式；建筑界有一个专业术语，叫作“混合结构”，打破单一结构，衍生出多种结构建筑体，成为现代建筑的主流……

将“混合”的力量引入产业发展格局、置入资本运营平台，产生的效应和作用同样巨大。

虽然，混合所有制与国企改革密不可分，但其发展的思维、路径和形式，已成为所有企业借鉴、探索和尝试的转型之道。

中国建材旗下的中国巨石就是精彩案例之一。

中国巨石的“混合”之路，拔寨前进、步步为营。每一次成功“混合”，都可以为建材行业不同性质、不同层面的企业带来不同的借鉴和启发。

首先，中小型民营企业，如何抓住混合所有制发展的历史机遇，主动出击，通过与国有企业、外资企业等进行战略合作与重组，打开企业资金、技术、规模和影响力等一系列局限。中国巨石的第一次“混合”，给出了答案。

目前，以刚刚兴起的绿色建材企业为代表，多为中小型民营企业，无论企业背景抑或行业发展阶段，都与刚起步时的中国巨石颇为相似。企业小而散的局面，难以造就领军企业，对行业自身的突破与升级势必造成巨大阻碍。借鉴中国巨石的“混合”思维与意识，寻找地方国企，尝试多元化控股，或更适合自己的混合发展路径，实为企业和行业共同打破发展初期局限的一条捷径。

其次，传统建材行业虽然面临产能过剩、经济下滑等一系列棘手问题，但多年来也培育出不少有实力、技术、规模和市场的大企业集团，这其中，既有大型国有企业，也有龙头民营企业。

在新常态下，面对行业发展困局，不同性质的大企业集团，由竞争转为竞合，实现“强强资本融合”,不失为明智之举。中国建材与中国巨石的“混合”,正是中央企业与领军民企强强联合的典范。

对于当前的建材行业而言,“强强联合”实现国有经济与民营经济的深度融合,结合双方在资本、技术、资源等各方面优势,实现股权融合、资源整合,不仅可以互利双赢,扩大产业链和产业多元平台,也能打造更多具实力有规模的国际化大企业集团,加快实现“制造强国”中国梦的进程。

再者,作为国民经济中不可或缺的建材行业,前方的道路虽有荆棘与瓶颈,但更多的是希望和机遇。

党的十八大以来,多项利好的国家级发展战略,对建材行业可谓阳光雨露,尤其是“一带一路”建设、“中国制造2025”等,为建材行业融入国际资本,实现全球战略重组,铺开了一条光明大道。

适时抓住国企改革红利和时代发展机遇,作为中国建材旗下唯一的玻纤企业,中国巨石正是抓住了中国加入WTO的历史机遇,逐步引进国际资本,实现全球发展战略,为企业在全球玻纤行业登顶,触动并改变世界玻纤格局创造了绝佳条件。

纵观整个中国建材,中国巨石的混合所有制发展模式,只是其中的一个成功案例。多年来,中国建材坚持“央企市营”的改革方针,放开思路,结合不同行业和企业,多方尝试混合所有制的发展模式与路径,并在多个领域实现了跨越式发展,为中国建材5年蝉联世界500强企业起到了巨大的推动作用。

可以说,大力发展混合所有制,就是中国巨石成功的“奥秘”之一。

党的十八届三中全会,进一步明确了混合所有制经济的发展方向和路径。在建材行业转型升级的道路上,混合的力量,让不同性质的企业都可以品尝到事半功倍、一举多得的惊喜和飞跃。

2015年11月30日

不败的纪录

——记中国建材南京凯盛国际工程有限公司

■ 本报记者　张雪娇　刘秀枝　见习记者　张雅丽

提起“不败”,人们最先想到的大多是不败战神、不败升级、不败传说等等电影台词或网络语言。

把“不败”与实体经济、个体企业联系起来，让“不败”有了更现实、更深刻、更值得探寻求索的内涵和意义。

对于一家从2001年成立至今，14年时间里承接200多项国内外大大小小项目的企业，保持着无一失败、无一亏损的纪录，这难道不能称之为“不败的纪录”吗？当然可以。

人们不禁要问：到底是哪家企业在激烈的市场竞争中拥有着如此强劲的实力？

它便是中国建材旗下的南京凯盛国际工程有限公司。

作为中国建材乃至整个建材行业较早探索员工持股的先行者，从2001年成立至今，南京凯盛只用了短短14年的时间，公司从业务单一的设计院发展成为集水泥工程设计与总承包、余热发电工程设计与总承包、装备制造、水泥工厂智能化建设等业务为一体的创新型国际化工程技术公司，并由最初的几十名员工发展成现在有近500名员工，每年有十几亿元收入和上亿元利润的国际化科技型企业。

奇迹不是一天创造的。“不败”的背后，必然是通过多年来对技术、管理、制度等关乎企业发展各方面的建设、完善和创新得来的。

企业员工是企业发展的动力和源泉。每一项成就，也都离不开企业的每一位员工，尤其是核心骨干力量的倾情投入与心血付出。

那么，到底是什么原因，让南京凯盛拥有如此巨大的凝聚力，造就其“不败”的成就，奠定其丰盈的实力？

中国建材集团董事长宋志平曾这样评价：“南京凯盛迄今为止没有一个项目亏损过，凸显了员工持股的优势，这家企业致力于探索和尝试核心骨干持股的机制改革与创新，企业发展了，不仅给集团创造了效益，也给经营者和员工带来了实惠，企业的凝聚力、创造力和竞争力都得到了极大的增强。”

南京凯盛总经理冯建华的一席话，进一步揭开了人们心中的问号：“中国建材国有资本进入后，南京凯盛获得了集团这个大平台的支持，也就是获得了宋志平董事长所说的央企的实力，这为南京凯盛的发展插上了一对翅膀；而内部员工持股机制焕发了民营部分股权带来的活力，又为南京凯盛发展增添了一对翅膀。在双翼驱动作用下，我们公司逐步发展壮大。”

为了一探究竟，记者一行前赴南京，近距离接触南京凯盛，一同领略这家企业散发出来的蓬勃朝气和强劲凝聚力。

员工持股　创业沸腾的“炭火”

走进南京凯盛的大楼,一块黑色的椭圆形石头吸引了记者的目光。

“这是南京凯盛的大事记石,逢大事必记!”冯建华骄傲地说。在这块记事石上,一圈圈密密麻麻的小字就像年轮,镌刻着南京凯盛一路走来的辉煌。

辉煌的起点始于2001年。是年12月,南京凯盛好比襁褓婴儿呱呱坠地,当时的名字还是“南京凯盛水泥技术工程有限公司”。恰逢国内掀起水泥工业国产化、大型化发展的浪潮,中国建材集团鼓励科研院所进行战略重组,南京凯盛响应集团的号召,应运而生。

“正好当时很多设计院都在改制和改革。常年做科研设计的我们,对水泥行业有着更深刻的理解和诉求,所以我们决定一起创立一家新的公司”,南京凯盛副总经理李建东告诉记者。

如果说,当时是一群有梦想的、志同道合的人开启了南京凯盛从无到有的征程。那么,中国建材集团则为南京凯盛的梦想插上了腾飞的翅膀。

成立之初,宋志平就为南京凯盛设立了“两个十年”的发展目标。第一个“十年”,达到国内一流;第二个“十年”,与史密斯、伯利休斯、KHD等国际公司对标,打造国际一流。

初创时期的南京凯盛专门从事水泥工程设计,业务单一。2003年,宋志平在南京凯盛视察时指出,“主营业务要从水泥工程设计、设备供货向国际工程建设服务商转变。”

2008年以后,由于抓住了水泥行业工程建设的良机,南京凯盛实现了由设计院向工程公司的战略转型。并于2010年8月更名为“南京凯盛国际工程有限公司”。

如今,南京凯盛已经实现了净资产从700万元到6亿元的跨越式发展。而这一飞速发展得以实现的原因,一方面在于它抓住了国家鼓励水泥新型干法大发展的机遇,另一方面离不开它对瞬息万变的市场环境和行业变革的精准把握。

南京凯盛自创立之初,就被中国建材定位为智力型企业。所谓智力型企业,目前并没有一个公认的权威定义。但毫无疑问的是,智力型企业的兴起是伴随着知识经济的发展。

这类企业具有两大显著特点,首先,特别重视累积和培育智力资本。企业的发展壮大主要依靠智力资源的投入与开发,通过知识的生产以及技术的开发应用等来获取收益。其次,生产过程中至关重要的生产要素就是拥有这些知识、技术和创新能力的人。

作为一家智力型企业,正如采访过程中冯建华多次强调的那样,南京凯盛一直非常看重人才,尊重人才。“智力型企业,一定要把人力资源骨干变成人力资本,只要你给他发展的事业空间,个人利益跟企业利益充分挂钩,核心骨干就有成就感、有主人翁精神,就能把企业的发展当成自己的事业去做。”

为此,南京凯盛成立伊始便进行了一大改革创举,即通过员工持股的机制,将员工的个人利益和公司利益紧密结合。

作为中国建材旗下中国建材国际工程集团有限公司控股的子公司,成立之初的南京凯盛由中国建材工程注资 400 万元,公司国有股权占比 51. 15%。其余的 48. 85% 为经营层和业务骨干持股。

据李建东回忆,彼时南京凯盛的改制是一个自下而上的过程。“当时是由员工组成了改革小组,拿出了两套方案,最终选择了一套企业领导持股较少的方案。”按照这份方案,成立之初的南京凯盛,经营层 7 人持有的股份不足 10%;其余股份则由 40 多位业务骨干均占,并全部以现金入股注册。

南京凯盛技术质量安全部部长助理许小红坦言:“南京凯盛业务骨干持股,使企业焕发了巨大的活力。在这种机制下,骨干们认识到,个人利益与公司利益是相辅相成的,只有实现公司利益最大化,才能实现股东利益最大化。每个小股东,既是为公司工作,也是为自己工作,为大家共同的利益而工作。”

在这种公正透明的机制下,员工持股真正调动了核心员工当家作主的责任感和积极性,这也是让南京凯盛飞得更高更远的原动力。

毫无疑问,南京凯盛的成立一开始就源于中国建材对混合所有制体制的探索。混合所有制作为国有企业股权多元化的主要方式,解决了国企“一股独大”的问题,从而让企业焕发出新的活力。

宋志平有一个很形象的比喻:混合所有制好比一杯茶水,国有企业相当于水,民营企业相当于茶,混合在一起就是一杯醇香的茶水。

而对于南京凯盛而言,员工持股更像是让醇香茶水保持沸腾热度的“炭火”。

深化体制改革本身就是行业转型升级的一部分,员工持股机制更是深化体制改革中一项大胆的尝试。南京凯盛充分发挥员工持股的机制创新优势,可谓建材行业探索转型升级中的一大成功典范。

南京凯盛作为员工持股制度的探路人和先行者,在其成长并创造无数成绩的路途中,员工持股机制始终发挥着重要的作用。自 2001 年成立至今,公司无一核心骨干员工流失,真正做到了企业与员工的共同成长。正是在骨干员工的引领下,南京凯盛人用不断超越的精神缔造了一个个令业界惊叹的业绩。

如今,南京凯盛早已实现了成立之初“两个十年”目标的第一个十年,成为国内一流的水泥工程总承包公司。由南京凯盛提供工程总承包、工程设计或者技术改造的水泥生产线各项指标位于行业前列,并带动和促进了行业技术的革新与进步。

在第二个十年的路途上已行走近半的南京凯盛,胸怀向国际一流行列进军的梦想,未来如要进一步深化体制改革和激发企业活力,仍然离不开员工持股这种机制来持续发挥作用。

“员工持股”的世界探索之路

事实上,像南京凯盛这样的员工持股案例,并不是孤例。放眼国内外的企业,成功的案例和可借鉴的经验比比皆是。

所谓员工持股,就是指公司员工认购本公司的股份,按股份享受公司收益权的产权组织形式。

员工持股作为一种制度,本是舶来品。早在 20 世纪 40 年代,美国著名的政治经济学家路易斯·凯尔索提出了“双因素论”。他认为资本和劳动是共同创造财富的,因此要把劳动者的劳动收入和资本收入结合起来。这也奠定了员工持股的理论基础。

美国的员工持股源于股份制和市场经济的发展。早在 1998 年,美国实现员工持股的企业就有 14000 多家,持股员工 3000 多万。

作为享誉全球的软件公司,创建于 1975 年的微软,不仅催生了比尔·盖茨这样的前世界首富,而且还靠一大秘诀吸引并保留了大量行业内的顶尖人才。这个秘诀就是员工持股带来的收益。

尽管从行业整体来看,微软的工资只处于中等水平。但是一定级别的员工进入微软后,可以以市场最低的价格获得股权。得到股份的员工可以分期在几年内得到股权归属,其中股价与当时的市场差价就是员工所得到的收益。在全球 IT 行业快速发展的时候,优秀人才的集聚大大提高了微软的核心竞争力。

正是基于员工持股对企业的发展具有积极的推进作用,美国以立法形式肯定了员工持股的积极性,并且在税收方面特别给予优惠。

我国的员工持股制度起步比较晚，最早兴起于国有企业的股份制改造，虽在一定程度上借鉴了国外企业员工持股的模式和经验，但还属于“摸着石头过河”。

不可否认的是，在一系列的探索实践中，作为一种制度，员工持股的确具有长期激励效应，有利于充分发挥人力资本的作用。很多快速成长的公司与员工持股的激励作用密不可分，正是基于这种机制，很多企业，尤其是科研型企业的活力被大大激发出来。

上海绿地集团是国内较早完成混改以及建立员工持股计划的国有企业。1992年，绿地总公司成立时，由上海农委与建委分别出资1000万元。1997年作为上海60家现代企业制度试点单位之一，绿地集团改制为股份制公司，设立职工持股会，向职工集资人民币3020.43万元。职工持股会成为了公司占比18.88%的股东。

通过内部职工持股，公司的治理结构进一步得到完善。仅仅20多年时间，以2000万起家的绿地，已经发展成为国内数一数二的房地产企业。

在国内大大小小的企业中，员工持股对高科技和高新技术企业更是有着不可小觑的特殊意义。

创新向来是改革发展的驱动力。对于高科技企业而言，创新更是企业生存发展的核心命脉。高科技企业通常把较多的股权分配到技术骨干的层面，从而通过骨干的创新来获得企业持续发展的原动力。

联想集团就是这样的典范。1984年11月，中国科学院计算所11名科技人员，投资20万元人民币，在海淀区注册成立了一家公司——中科院计算所新技术发展公司，即联想集团的前身。

1999年开始，联想在集团内部推行了员工持股计划。按照联想的股份分配方案，第一部分是创业员工，共15人股权占比35%；第二部分是核心老员工，共160人占有20%的股份；第三部分是未来的骨干员工，则获得联想所占股份中的45%。

从股份分配上，可以明显看出联想作为一家典型的高科技企业，把自身大部分的股份赋予了未来的骨干员工。这也是为了获得企业长远发展的驱动力。通过员工持股的改制，联想的员工拥有了和企业共生共荣的责任感和荣辱感。

此外，华为公司等企业，也都尝试员工持股。事实上，员工持股制度作为增强员工的劳动积极性和企业凝聚力的一种手段，近来备受关注。

几个月前出台的《关于深化国有企业改革的指导意见》中，明确指出要探索实行混合所有制企业员工持股。并且优先支持人才资本和技术要素贡献点比较高的转制科研院所、高新技术企业、科技服务型企业开展员工持股试点。

南京凯盛正是建材行业探索员工持股、深化体制改革的先行者。

通过员工持股有效形成资本持有者和劳动者的利益共同体,从而促进长效激励机制发挥作用。这对于加强职工的主人翁意识,留住公司骨干人才具有十分重要的意义。

在入股方式上,南京凯盛从一开始就做出了规定。即所有持股员工均以现金入股。对于持股人群,也主要限定于经营层和业务骨干,避免了全员持股的大锅饭和分配主义。对员工入股做出具体的规定和限制也是西方国家在推行员工持股时的惯例。

采访中,李建东特别强调,“在南京凯盛,并不是有钱就能入股,我们只让为企业做出重要贡献的人才持股。”毫无疑问,对于南京凯盛的骨干员工而言,股份既是一种激励也是一种奖励。

为骨干插上“翅膀”与企业共翱翔

如果说,混合所有制改革为南京凯盛插上了腾飞的羽翼,那么,员工持股的机制建设,则为企业的骨干员工插上了一对对不畏荆棘、勇于攀越的翅膀,让员工与企业携手在蓝天翱翔。

实践证明,员工持股无论对员工自身发展,还是公司可持续发展,都具有积极的意义和价值。

一项重大改革所体现出的意义和价值,完全可以量化到以“人”为单位的个体成员上,在公司成长的过程中,骨干员工每天所呈现出来的精神面貌和工作业绩,则是其中最直接和生动的反映。

在记者一行参观南京凯盛的间隙,我们采访了十多位企业骨干员工,他们大多是持股员工,也有逐渐成长为新一代骨干的非持股员工。

无论持股员工还是非持股员工,面对记者的提问都积极“抢答”,讲述自己进入公司以来点点滴滴的变化、时时刻刻的成长,在我们的脑海中留下无数难忘瞬间。

持股骨干“带头上”,年轻员工“有奔头”

员工持股,使企业持股员工拥有企业所有者和劳动者的双重身份,成为企业真正的主人,从而更加关心企业兴衰与发展,大大提高了企业的凝聚力。

对于一家水泥工程公司来说,技术骨干的力量是企业生存发展的核心力量。南京凯盛自然知晓这个道理,也大大受益于此。

万事开头难。南京凯盛成立之初，在宋志平“两个十年”的指导和引领下，始终致力行走于国际化的高端路线。然而，一家只有几十个人的新公司想要在市场上分得一杯羹，困难度可想而知。

“前期开拓是最困难的时期，工作非常辛苦，很多难啃的‘骨头’都是我们的骨干硬啃下来的。可以说没有这些骨干，就没有南京凯盛。”冯建华笑言，“创业的前七年，我们没有分过红，所有资金都作为公司的发展资金，我们从来不觉得委屈，因为大家都是公司的主人，知道创业时需要投入，也深信总有一天会得到回报。那时候，每个人都拿出‘5+2、白+黑’的精神投入繁重的工作，我们从不觉得辛苦，反倒乐在其中，并逐渐养成了一种吃苦耐劳的企业精神，这种精神一直被南京凯盛人传承着、延续着。”

提起公司的骨干们，故事不胜枚举。公司软件事业部总经理张焱抢先讲了一个故事：“公司刚成立时，我们经常要去工厂调试，大多数工厂条件非常艰苦，装备事业部总经理吴秀生经常跑到库里，亲自蹲点看物料的情况，这在一般公司领导中是不多见的。很多时候，他从库里出来，我们只能看到他的两只眼睛，因为浑身上下都是物料粉。每逢此时，我们都倍受鼓舞，工作的热情瞬间被点燃。”

在“带头上”的先锋意识引领下，在技术创新和研发方面，骨干们也是当仁不让、奋斗在先。

从公司成立起，南京凯盛陆续承接了海德堡土耳其日产6000吨熟料水泥生产线项目、日本太平洋越南宜山日产6000吨熟料水泥生产线项目、徐州中联二期日产10000吨熟料水泥生产线项目、泰安中联日产5000吨熟料水泥生产线项目等200多个国内外项目，势必需要开展大量的研发创新工作，很多新技术和新装备便是在骨干们“带头上”的表率作用中，铸造和续写的辉煌成绩。

“当有新的技术和项目需要挑战时，我们的技术骨干都会冲在最前面，集中一切精力攻克一道道难关。技术研发创新很难一次成功，都是要经过多次试验和探索。第一次试验基本上都是由技术骨干们来完成，当研发取得初步进展后，他们再带动年轻员工，共同开展后续研究工作。就是这样一种‘传帮带’的模式，既保证了公司在技术研发和设备研发的成功率和成熟度，又带动了一批批年轻人快速成长。”张焱继续向记者介绍。

虽然员工持股是南京凯盛的人才机制主旋律，但在这个大家庭里，并不是所有员工都拥有股份。没有股份不代表没有动力，员工持股对想成为骨干的员工而言，是一种极大的激励。

“只有我们足够优秀,对公司有重要贡献,成为技术或管理骨干,才有可能实现从‘员工’到‘股东’的转变,员工持股方式在无形中给我们鞭策和激励。”行政人事部副部长李静坦言:“我虽然目前没有股份,但这种长效机制,也是我努力和前进的方向和驱动力。”

在员工持股机制改革的基础上,南京凯盛还有一套完善的薪酬制度,在冯建华看来,这些都是企业凝聚力得以巩固和升华,最终创造“不败纪录”的原动力。

2003 年 2 月,宋志平专门针对公司分配制度作出指示:“分配制度的设计是企业所有管理工作的基础,建设合理的分配制度事关企业的生死存亡。”

按照宋志平的指示和要求,南京凯盛花费近两年时间,以“效率优先、兼顾公平、鼓励创新”为原则,面向全体员工构建了与绩效紧密挂钩的薪酬制度,实现了量化考核。

自此,南京凯盛将混合所有制的体制、员工持股的机制和现代企业的绩效考核制度相结合,形成独具特色的企业机制和制度。

根据薪酬制度,南京凯盛对经营层和业务骨干综合运用了股权和绩效薪酬双重激励方式,发挥了长效激励和短效激励的积极作用,达到了资本要素和劳动者管理要素的紧密结合,充分调动了业务骨干的积极性。

对于普通员工,通过采取绩效薪酬激励方式,也从过去的“要我干”转变成“我要干”。

如今的南京凯盛,无论是持股骨干还是普通员工,在员工持股和绩效薪酬的双重激励下,在持股骨干的带头作用下,不断提升效率,形成了一支积极向上、踏实肯干的员工队伍。

融会贯通“家文化”,人人愿做“主人翁”

“外面的人才招不到,里面的人才往外跳,干部能力不达标,一不留神又要跑……”这首流传于社会中的打油诗,描述的正是很多企业人才高流动率下企业管理者的无奈和彷徨,已成为现代企业发展的普遍问题。

那么,通过员工持股机制,是否一定可以解决这样的问题?答案是:不尽然。

员工持股作为一种长期激励机制,的确能够将员工的一部分现实利益与企业未来长期利益相捆绑,充分调动员工的积极性,提高员工的企业归属感。同时有利于监督公司管理层,提高企业社会责任,从而营造企业、职员、股东和社会各方多赢的局面。

但是,员工持股不能孤立存在,必须扎根于企业文化土壤,成为企业大文化体系中的一部分，才能真正发挥无穷能量，结出累累硕果。

在采访过程中，员工说得最多的一句话就是："很多无形的力量来自我们的'家文化'。"

"家文化"是多年来南京凯盛逐渐形成并总结出的一套拥有自身基因的企业文化理念，基本元素就是："互助""创新""坚持""自我"。

的确，没有"互助"，各自为战的团队将是一盘散沙；没有"创新"，墨守成规的团队将是庸才集合；没有"坚持"，意志脆弱的团队执行将大打折扣，成为败军之将；没有员工正确的"自我"，个性缺失的团队将是被禁锢的机器。

事实上，所谓"家文化"，并非全部是轰轰烈烈的大事，更多的是看似琐碎、平凡，且不断重复的点滴小事。这些小事伴随在每天的工作之中，却经常在"又不是我家，关我何事"的心态中被视而不见。而这些不起眼的小事，就会在每位员工的"视而不见"中，成为大多数企业成本浪费的凶狠杀手。

"我刚进公司时，每天下班后，就看到我的领导会在楼道里走一圈，把没有关上的空调、灯、窗户等依次关好。在他的影响下，我也逐渐养成习惯，每天下班之前，都会在我们楼层走一圈，就像检查自家一样检查公司各种设施安全。如今，在我的带动下，我们部门每一个同事都养成了这样的好习惯，每天下班都自觉地检查自己周边的各项设施。"李静回忆道。

这样的例子，在南京凯盛数不胜数。

近几年，建材等传统行业遭遇发展瓶颈期，产能过剩加剧，供需矛盾突出，宋志平始终强调中国建材旗下企业要进一步做好降本增效的工作。

降本增效，更需要从小处降本，从细节增效。那些看似琐碎的小事，实则拥有着无穷的能量，包裹着巨大的财富。南京凯盛的"家文化"，将"小事"变成"要事"，将"关我何事"变成"是我的事"，成为其 14 年来立于不败之地的助推力。

"家文化"不仅会让企业避免浪费、节约成本，更会以一种言传身教的方式，带动起每位员工的责任感和荣耀感。

正如南京凯盛的一位年轻人所言：这是一种非常美好的沿袭和传承。更多年轻人加入企业，给企业注入新鲜血液和活力的同时，更需要在言传身教中，将身心真正融入这个大家庭，用最好的状态来面对自我、身边人和属于自己的这份事业，并在这样的主人翁精神下，茁壮成长、逐步成熟，再去影响后来人。

"如果大家都有这种意识，企业就像被阳光普照一样温馨，在这样的环境中成长，即便再灰暗的角落，也会在阳光的照耀下变得光明。"一位脸上洋溢着朝气的年轻员工充满诗意的话语,犹在记者耳畔回荡。

南京凯盛自成立以来,在“家文化”的影响下,“老骨干”都像“大家长”一样,恪守岗位,兢兢业业,一种榜样的力量无时无刻不在企业上上下下凝聚着,传递着。

在“家文化”氛围中,员工持股机制发挥着不可估量的作用,可以让“老骨干”肩负起大家长的责任和使命,同时,为年轻骨干成为“企业的主人”创造着更为美好的未来,也让新进员工更有奔头。

可以说,南京凯盛的企业文化和机制改革,让每个人都成为企业的主人翁。

依托市场需求　实现股东利益最大化

对于在市场上摸爬滚打十多年的企业而言,市场是企业置身的环境、生存的根本、竞技的舞台。

宋志平曾在某次采访时提到,混合所有制着眼点是把市场化机制引入企业,这种核心就是所有者真正到位。混合所有制改革的任务是进一步市场化、提高效益、让包含国有股东在内的所有股东利益最大化。

南京凯盛成立至今,之所以保持着不败纪录,问及原因,冯建华也坦言:“对于市场化经营的企业,盈利是首要目标。”

南京凯盛从成立之初实行混合所有制,便将市场机制引入企业内部,自主经营,自负盈亏,逐步实现着宋志平所说的“所有者到位”和“真正实行市场化运作”的期许和目标。

以市场为导向,技术创新生生不息

南京凯盛作为设计院转型而来的工程公司,与其他类型的工程公司相比,技术骨干是最大的优势和核心竞争力,技术骨干持股,也就是将科技人员的利益与市场需求和企业经营绩效紧紧捆绑在一起,使他们不仅关心企业近期盈利,更关心企业长远发展。

自公司成立以来,南京凯盛为适应市场需求和可持续发展,开展各项技术创新与研发项目,充分发挥市场对技术研发的导向作用,不断开发出适应市场节能减排要求的新装备、新技术。

为了承接德国海德堡土耳其日产6000吨熟料水泥生产线项目,核心技术团队开发了世界上第一个无旁路放风条件下用100%高硫石油焦煅烧水泥熟料的技术;

为满足设备大型化的市场需求,核心技术团队开发了日产7000吨、日产8000

吨和日产10000吨的烧成系统装备和技术；

为满足行业对氮氧化物减排的要求，核心技术团队开发了具有公司特色的SNCR脱销和分级燃烧技术；

为满足行业对低碳节能装备的要求，核心技术团队开发了反击式破碎机、原料辊压机、水泥外循环立磨预粉磨系统、水泥外循环立磨终粉磨系统等节能新装备；

为满足行业对原材料废弃物利用的要求，核心技术团队开发了石膏制硫酸联产水泥、锰渣脱硫、水泥窑协同处置垃圾及污泥技术。

……

生命不息，奋斗不止。南京凯盛创新的脚步不但从未停止，相反，其步伐不断加快，攀越的高度不断提升。目前，南京凯盛正致力于研发创新行业最新技术，从而为建材工业转型升级提供更强有力的技术支撑。

为了满足行业对节能降耗、降低成本的需求，南京凯盛结合自己多年来在工艺设计、工厂调试以及国外大型自动化企业合作的丰富经验，正在完善具有自主知识产权的、更适用于国内水泥生产企业的智能制造方案，由智能矿山、智能物流、智能质控、智能生产、智能巡检、智能远程六个方面组成，并已经在泰安中联的智能化工厂中充分发挥了作用。

为了满足市场更高的要求，据冯建华介绍，南京凯盛还致力于新型干法水泥技术的进一步攻关，力争从工艺、设备、技术经济指标等多方面完成对以往技术的全面超越，将生产线的产量、热耗、电耗、排放控制等关键指标提到一个新的高度，为业主和社会创造更大的附加价值。

一次次创新源于南京凯盛对市场无止境的开拓，对实现“两个十年”目标不松懈的追求，更离不开骨干员工们的激情和能力。南京凯盛人知道，只有适应市场需求，加大研发创新力度，企业才能走得更高更远；反过来，企业立于不败之地，持股员工才能更好地实现自己的利益。

企业价值最大化，股东利益最大化

伴随着从设计院向工程公司的转型，总承包业务逐步成为南京凯盛的主营业务。如何确保每个总承包项目顺利实现质量、进度、安全、费用、风险五大控制目标，日益成为南京凯盛急需解决的重点课题。

有压力就有动力。为了更好地解决这些问题，南京凯盛在充分发挥自身科研优势的基础上，根据多年总承包业务经验，不断健全具有自身特色的项目管理体系、三标管理体系、信息化管理体系和全面预算管理体系。这些管理体系系统地覆盖了研发、设计、采购、施工、安装、试运行全过程,形成了技术与管理相互扶持、相互影响的良性效应。

在冯建华看来,这也是公司实施200多个工程项目,尤其是近30个总承包项目,没有出现重大质量和安全问题,并实现全部盈利的重要原因之一。

“无论是技术创新抑或管理体系建设,都离不开骨干们的‘主人翁精神’,正是他们把企业当作自己家的这种主人翁精神,总承包业务的每个环节才能顺利进行,总承包项目才能做到不亏损。”冯建华说。

据工程经济所所长倪健介绍,南京凯盛在项目投标之前,会提前根据市场及客户需求,核算出一个成本价,每台设备的价格骨干们都会一一核算。在项目确认中标后,骨干们会继续根据管理体系要求,对项目成本进行详细分解。在此过程中如果遇到争议性问题,必须通过公司技术委员会和争议解决委员会共同商讨。合同签订后,项目部人员会在设计、采购、施工、安装全过程对项目成本进行最优控制。

“我们始终把企业价值和股东利益放在头等位置,董事会和经理层始终把‘企业价值最大化、股东利益最大化’作为企业经营管理的目标和原则。因此,公司在业务调整、市场经营、财务管控等重大经营决策中,始终确保充足的现金流,尽量减少资金成本,有效鉴别各种诱惑,防御各种陷阱。”冯建华说,正是因为坚守“企业价值最大化、股东利益最大化”原则,他们才找到了一条股东与企业共同发展的健康之路,实现了企业的可持续发展。

中国建材的支持,让南京凯盛自诞生即可迈入高端舞台实现腾飞梦想;对“员工持股”的探索与尝试,又为企业充分注入了市场体制中的活力因子,从而大大提高了企业的竞争力。

“不败”只代表过去 未来仍任重道远

“不败”总是与传说或者奇迹相连,在过去的14年间,南京凯盛恰恰创造了这样一个奇迹。这个奇迹不仅令南京凯盛人骄傲,也让整个行业瞩目。

然而,在冯建华看来,“不败”只代表过去,代表从前的成绩,未来的道路依旧充满了不确定性,等待企业的可能是繁花似锦,也可能是荆棘密布。谁也无法保证永远立于不败之地。

经营企业,犹如与人对弈。这是冯建华的一大心得。“每一步都很重要,原来只考虑三步,现在则要考虑五步,甚至更多。”

对于企业经营者和决策层来说,他们思考得更多的是未来。尤其是作为员工持股这一机制改革的探索者，虽然取得了成绩，获得了经验，但也有很多棘手的问题需要在实践中进一步研究和摸索。

比如，十多年过去了，一大批年轻的骨干逐渐成长起来，并将成为未来企业发展的中流砥柱。如何让更多年轻的骨干持股，进一步激发年轻骨干的积极性，让混合所有制持续发挥积极作用，这些是摆在冯建华等南京凯盛管理层面前的一大课题。

“尤其是像我们这样还没有上市的企业，国有资本持股份额是固定的，如果老骨干退休之后还持有同样数量的股份，年轻人就没机会入股，长此下去，很可能会造成年轻骨干的懈怠甚至流失。”采访中，冯建华对记者袒露了心迹。“而且随着企业资产的累积，年轻人现在入股，价格会很高，回报率则会相对变低”。

另一方面，冯建华还担心，身处瞬息万变的市场环境，行业形势的变化常常令人始料不及，“很多企业就因为一个项目的失败或突发变化，影响到一年的经营业绩。尤其是如今建材行业整体面临经济下行压力增大的现实困境，未来的路可能会很难走”。“世界上唯一不变的就是变化。”这是冯建华常说的一句话：所以他说“要适应变化，并且通过主动创新去迎接变化”。

“比如，好多非常好的机制，在这个时间段起到了促进作用，但可能在下一个时间段就会出现瓶颈，所以才需要转型升级。整个行业如此，企业发展如此，每一项改革都如此。”冯建华表示。

归根结底，如何延续“不败”，还是要看能否适应市场的需求。对于未来的规划，南京凯盛的领导层表示：一定要将员工持股机制坚持下去，这条改革之路理念是正确的，实践中也体现了积极作用，但还要不断探索和完善，确保企业不能出现人才断层和发展乏力。

谈及未来，相较于把企业“做大”的理念，冯建华更愿意将南京凯盛的目标定为“做强”“做久”。

“企业如果要长期生存发展，还是要以做强做久为主要目标。做强才有利润，做久才有底气，有利润和底气，才能让员工和企业始终拧成一股绳，共生共荣。”

也因为在水泥行业摸爬滚打了多年，锤炼了南京凯盛的技术和人才队伍。为了“做强做久”的目标，未来的南京凯盛，有可能会将先进技术、装备等拓展到其他行业。比如深入钢铁、冶金等行业。或许，当初改名为南京凯盛国际工程有限公司时，就蕴含了这样的“野心”和底气。

事实上，“败”与“不败”就像“矛”与“盾”的关系，矛盾是可以相互转化的。

“不败”是一种永恒的追求和愿景,“败”却恰恰是促进转型升级、获得持续发展源泉的另一种动力。

在企业保持不败的过程中,往往有很多因素在相互博弈,包括对可能失败所产生的压力与危机感。

正是基于“未来不可知,但任重道远”的紧迫感,才会鞭策着南京凯盛人用更大的积极性和更强的责任心,去探索和完善转型升级中的改革之路,向着“不败”的目标,砥砺前行,再续辉煌。

编辑点评:

机制,还是机制

刘媛媛

纵观南京凯盛14年来的“不败战绩”,成功的因素是多方面的。其中,以员工持股为重点和特点的企业机制建设与改革,应是其走向成功、铸就辉煌的基石底座。

深化体制改革,究竟如何改?健全机制制度,究竟如何建?这是多年来摆在各行各业面前的重大课题。在企业深化改革的过程中,最基础也最重要的工作,就是各项机制的建立和完善,但这又是庞大而复杂的系统建设,很多机制改革路径对于中国企业而言,还是“摸着石头过河”的探索阶段,其中,就包括员工持股的股份机制改革。

事实上,任何机制的建设、改革与完善,都需要遵循一条根本思路,那就是如何让企业员工的自身利益与企业发展紧密相连,全面调动企业员工的积极性和主动性,让企业员工紧密凝聚团结在企业的共同旗帜和利益之下,让核心骨干真正发挥最大的作用和价值。正是在这样的思维和意识下,经过几十年的探索和尝试,员工持股日益显现出其优势和作用,成为真正以“人”为本的改革路径之一。

如今,员工持股在各项机制改革中,备受关注与热议。尤其在国有企业深化混合所有制改革的大背景下,员工持股被公认是其改革的重要途径之一。

在所有类型的企业中,科技型和智力型企业转制的重点,更要突出“人”的作用,发挥“人”的能量,核心技术骨干是这类企业生存发展的第一法宝,一旦丧失后果将不堪设想。因此,很多科技和智力型企业在转制过程中,对员工持股机制改革的诉求、探索与尝试也相对较高。

中国建材集团是建材行业深化国有企业混合所有制改革的探索和开拓者之

一，南京凯盛作为旗下富有朝气的智力型企业，适时抓住了员工持股的改革路径。其发展历程也向行业企业的转型升级与深化改革提供了鲜活范本。

观其发展，仅从企业生存发展的角度来总结员工持股的作用和意义，可以用以来几点来概括：

第一，其是企业机制改革中糅合各种综合因素的有效载体。围绕员工持股来开展其他机制建设，更易融会贯通，可以加大各项机制的运行能力，从而产生更大的综合效应。

比如南京凯盛的各项机制建设，就充分发挥了员工持股的作用和影响，持股员工的榜样力量和执行能力，使其迅速建立起了一整套适合企业发展的机制体系和管理模式。

第二，其是将“人人当家作主”的核心人文精神最有效发挥于工作之中的方式。多年来，所谓“主人翁精神”和“集体主义意识”，更多体现在形而上的思想上，大多通过精神层面上的教育和宣传，以求达到思维意识上的相互感染，从而产生共鸣。

但是，这种“精神引导”的根基并不稳固，随着各种外在变化极易产生内心变化，刚刚树立起来的精神堡垒，很可能瞬间坍塌。员工持股则是通过自身利益与企业发展的紧密捆绑，达成精神与物质的双重牵引与制约。很多事实证明，员工持股形成的文化是“主人翁精神”和“集体主义意识”更现实、更稳固的体现。

第三，其是可以长久发挥作用的有效机制。企业的生存发展，时刻面临着各种考验，从外部讲，市场瞬息万变，给企业带来机遇也会带来困境。从内部讲，员工长期配合，其间有团结也一定有矛盾。

各种复杂因素交织变化，会让企业的组织结构与人际关系随时发生改变。那么，员工持股作为一种激励机制，可以在最大程度上，保持相对的稳定性。当然，任何好的机制都不能一成不变，必须与时俱进，不断完善，但只要股权没有发生根本变化，员工持股应为企业保持长久稳定的有效机制。

第四，其是企业凝聚力倍增的绝好动力，也是对持股员工最好的约束力。正如中国建材集团董事长宋志平所言：员工持股不是简单的奖励，而是要让员工作为投资者，共同管理、共担风险，把市场化机制真正引进来。

南京凯盛用事实证明，持股员工时刻尽最大努力来保护股东利益最大化，非持股员工通过自我提升和完善力争成为骨干，实现从“员工”到“股东”的转变。

当绝大多数员工在共生共荣的意识下开展工作，不仅会形成有效的自我约束力,也会产生相互约束和敦促的作用,促使大家共同维护企业利益、创造企业未来,那么,企业作为一个大家庭和大平台,就会全方位得以提升和发展。

事实证明,员工持股的股权机制改革,的确会在企业可持续发展的诉求和期冀中,发挥事半功倍的作用。但是,我们必须意识到,员工持股机制,绝不是万能的,更不是孤立的。

一方面,员工持股作为一种深化体制改革路径,尽管已有很多成功案例,但也不乏失败的教训。时至今日,员工持股尚没有绝对的定论,仍处于探索、尝试、改进和完善的过程中,其发展仍有很多难题有待突破和解决。

另一方面,机制的改革与建设是一项综合的系统工程。各项机制必须在相互作用、相互协力的过程中,才能真正发挥其最大的价值和功效。

南京凯盛的发展历程和"不败战绩",向我们证明了"实行混合所有制企业员工持股",有其继续探索和坚持实践的必要性和必然性。

放眼全球,无数成功案例也同样表明,员工持股称得上是到目前为止,企业充分实现"以人为本",发挥和创造核心员工价值最大化,协助企业可持续发展的最有效手段之一。

关注本系列报道请扫描二维码

第三章
坚决遏制新增新建　全力化解过剩产能

“去产能”是当前传统建材行业重点的工作任务之一。在“去产能”的宣传报道上，《中国建材报》始终坚定不移地行走于一线。早在产能过剩日益突出，但尚未引起社会足够重视，违规新建猖獗的2012年前后，本报便多次深入一线，通过暗访、明访、发函等多种形式予以客观真实的报道。

从2012年至今，本报组织强有力的报道团队，前后去过东北三省、内蒙古自治区、贵州武陵山区、西南川贵云三省等多地，深入调研采访违规新建、重复建设的违法违规现象，写出了大量客观报道，引起行业主管部门和协会的高度重视，在全行业的共同努力下，违规新建现象得到了一定程度的遏制。

关注本系列报道请扫描二维码

西南水泥产能过剩调研(节选)

2013 年 5 月 13 日

山间竞起水泥厂　欢乐少有愁的多

——西南地区水泥产能过剩情况调查

■ 经济日报　中国建材报联合调研组

这是一场别开生面的座谈会。来自中国水泥协会、西南四省市水泥协会负责人及 10 多家水泥企业的老总们齐聚一堂,交流对本地区水泥产能过剩的见解。

面对媒体和同行,与会者畅所欲言:“去年国内水泥需求市场容量增长最快是贵州和重庆,但这两个地方亏损也最严重。”“做水泥很苦,这个行业没有价值可体现。同等的资金要素投入,产出的利润还不如养猪。”“在水泥产能过剩已成事实、水泥行业连续多年增产不增利的情况下,新的水泥生产线仍在‘大干快上’,令人匪夷所思。”“中国水泥该在国际上‘出洋相’了。”……

座谈会虽然持续了一个上午,但无论是发言者还是主办方,都颇感意犹未尽。西南地区水泥产能过剩的真实情况究竟如何?西南地区水泥企业究竟面临怎样的经营压力?在产能过剩的压力之下,西南地区水泥业路在何方?座谈会结束后,经济日报社和中国建材报社联合调研组分成两路赴四川、贵州、云南、重庆四地,走访了西南水泥等 10 余家水泥企业,目睹和真实记录西南水泥产能过剩之殇。

山沟建起水泥厂　增产容易增利难

驱车走在四川省广安市前锋镇,一路坑坑洼洼,不时能看到满载着熟料的大卡车。当地村民告诉记者,这些笨重的大卡车每天来来回回,把镇上的道路压得“面目全非”,村民们每天都得往路上洒上几遍水,否则一起风就尘土飞扬。

记者来到广安桂兴水泥有限公司,只见公司大门紧闭。销售经理贾光辉告诉记者,公司仅有的一条日产 2500 吨的生产线正在停窑检修。

“这是例行检修吗?”记者问。

“这条线今年以来就没怎么开工过。”贾光辉说。

记者了解到，2007 年，桂兴水泥申请了对原有落后工艺进行改造的技改项目，建成了年产能 120 万吨的生产线。但在 2008 年后，广安地区水泥产能急剧增加，这条生产线开开停停，2012 年的产量只有 50 多万吨。

停窑检修只是权宜之计。“全厂有近 300 名员工，窑停了，厂里只能搞些培训或娱乐活动，把大家组织起来，工资照发，否则，你让他们干吗去？”贾光辉说。

大型水泥企业的日子也好不到哪去。华蓥西南水泥有限公司是广安市的水泥龙头企业。公司党委书记杨天科告诉记者，汶川大地震后，四川省的水泥发展方略就被打破了。出于灾后重建等原因，政府对新增水泥投资一律核准。2010 年，不少新增产能集中释放，但基础设施、房屋、桥梁等方面的灾后重建已完成 80%，导致水泥产能过剩显现，并日益严重。2012 年，华蓥西南水泥的产量只有 140 多万吨。

一位水泥企业的负责人随手给记者画出当地水泥产能分布示意图。记者看到，以华蓥市为中心，方圆 60 公里内，分布着近 10 家水泥企业，总产能达到 1550 万吨。仅华蓥西南水泥公司所在的山沟里，就聚集了 4 家水泥企业。从市场半径看，达州 1200 万吨的产能可以辐射华蓥市；加上粉磨站 500 多万吨产能，广安市水泥产能远超出每年 400 多万吨的市场需求。

由于产能过剩，广安水泥业已全面进入低谷期，一些企业搞起了低价倾销的“价格战”。在原材料价格和人工成本不断上扬的背景下，水泥企业的价格竞争，导致企业利润空间变窄，造成了大面积亏损。尽管经过区域市场协同，水泥价格有所回升，但在煤炭和用人成本上升的压力下，不少水泥企业面临着生产越多、亏损越多的风险，有些企业甚至直接关停了生产线。

技术效益难体现 做水泥不如养猪

2009 年，以饲料、农产品加工起家的东方希望，在毫无征兆的情况下宣布进军水泥行业，并在重庆市丰都县建成了 5 条日产 5000 吨的水泥生产线，成为目前重庆市单体最大的工厂。

东方希望在丰都投建之时，重庆主城区下游聚集了多家国内水泥行业十强企业，水泥产能布局已经基本完成。当时，长寿有一条日产 2500 吨和一条日产 5000 吨的水泥生产线，涪陵有一条日产 5000 吨的水泥生产线，在丰都下游，有 3 条日产 5000 吨的水泥生产线和一条日产 2500 吨的水泥生产线。此外，沿江还有不少小型的粉磨站。

在水泥企业已经预感到产能过剩压力的情况下,东方希望成了重庆水泥市场的"搅局者"。有说法认为,东方希望在丰都上水泥生产线,是为了后期参与整合四川水泥市场。也有说法认为,东方希望的投建,主要由于当地政府在招商中给了不少优惠政策,期待东方希望创造税收和就业机会。

作为后来者,东方希望的日子并不好过。东方希望重庆水泥有限公司总经理汤礼介绍说,公司的管理层原来主要从事农业领域,进入水泥行业后,管理方法和理念都需要调整。从市场角度看,尽管东方希望试图把水泥和熟料通过水路运往长江下游,以避开三峡库区的产能过剩,但想盈利并不容易。

2012 年,东方希望的产能释放了 60%,但市场仍主要集中在库区,企业没能盈利。"同等资金要素投入,产出的利润还不如养猪。"汤礼坦言,水泥是工业的脊梁,但在产量增长消费却没有成比例增长的情况下,做水泥的价值很难体现。

"在东方希望身上,我们更深刻感受到产能过剩带来的冲击。"中国水泥协会名誉会长雷前治曾这么点评说,产能释放 60%,但企业还在亏损,印证了这个厂子本来就是盲目投资和重复建设的产物。

据了解,东方希望曾动过转手的念头,中国建材等水泥龙头企业对东方希望的评价颇高,认为东方希望无论从技术创新还是管理创新的角度看,都是同行中的"佼佼者"。不过,这些龙头企业对于收购事项不置可否。雷前治点出了其中要害:"厂子虽然建得好,但市场又在哪里呢?没有市场,技术效益又怎么可能得到体现?"

根据重庆市水泥协会提供的数据,2012 年,重庆市水泥总产能达到 7600 万吨,水泥产量 5276 万吨,较上年同比增长 4.41%,但全行业却亏损 1.05 亿元,企业亏损面占 39.32%。

"这些年,西南地区的水泥行业技术改造进程在加快,技术进步比较明显,但是,在产能过剩之下,技术进步的效益根本无法体现,不少企业考虑的是控制成本,哪里还敢在技术创新方面搞大投入?"一位水泥企业负责人说。

贫困县争办水泥厂　资源优势遭浪费

记者在调查走访中发现,尽管水泥市场已经处于供给远远大于需求的状态,不少工厂已经处于半开半停状态,根本无法完全释放产能,但是,这似乎还不足以影响到人们新建水泥生产线的热情和积极性,在一些贫困地区更是如此。

我们走进贵州新双龙水泥有限公司时,企业还处于停产期。日产2500吨的水泥生产线上,只有一名检修工人搞焊接。双龙的这条生产线是2007年当地的一位商人出资所建,当时政府给出的承诺是只允许建三家。2009年6月公司投产后,赶上遵义水泥供不应求,利润可观。

好景不长。随着水泥行业的大企业相继进入,水泥价格迅速拉低。双龙陷入资金困局,被迫停产。“遵义市平均每50公里就有一家大型水泥厂,目前遵义地区大型水泥厂的实际产能均为50%至70%。二期日产2500吨的生产线,我们也拿到了批文,但不敢再建。”公司副总经理焦辉说。双龙的产能为100万吨,但负债高达7亿多元,债权人多达861人,其中70%以上来自于民间借贷,资金链彻底断裂,业主无力还债,只能申请破产清算。

记者在采访中了解到,遵义市虽然下辖4个国家级贫困县,但在2008年以后产能快速增长,几乎县县都有水泥厂。目前,遵义水泥产能共1400万吨,加上今年即将建成投产的600万吨产能,全市水泥产能将超过2000万吨。按理说,这个产能规模已经足以覆盖遵义全市。不过,遵义的国家级贫困县正安县和道真县,虽然只有50万吨不到的市场空间,但这两个县却各自建了产能100万吨的水泥厂。

一位业界人士告诉记者,当初两个县建水泥厂,关键还是看中了其带来的GDP和税收,并没有做好市场调研。正因如此,水泥厂投产后并不顺利。2012年,其中一个水泥厂的产能只发挥了30%,另一个厂调试完生产线后,就再未启用过。

“贵州有不少国家级贫困县本身的市场空间不大,但每个县都想把丰富的石灰石资源开发出来,于是就争先上水泥生产线,试图以此拉动GDP。”贵州省水泥协会秘书长陆石明说。

一位业内人士表示,地方政府依托矿产资源优势谋发展的初衷是好的。但大家一拥而上搞水泥生产,反而造成了水泥产能不能充分发挥,带来大量资产闲置,使资源和资本遭到了重大浪费。

数据显示,截至2012年底,贵州省人均产能达到2.58吨,大大超过全国平均水平,但产能利用率仅为68%。

不过,产能过剩的状况并没有引起足够重视,新增产能的冲动仍十分强劲。随着六盘水、贵定等一大批新增产能陆续投产,今年贵州省水泥总产能将达到1亿吨。

生产线审批不合规 淘汰落后进展慢

记者来到位于昆明市东南面的云南澄江华荣水泥有限责任公司时,厂子的一条生产线正在投入运行中。

“我们厂有2条日产2500吨生产线,但只能轮流开工,两条线不能连续同开超过1个月。”公司负责人文光告诉记者,这些年云南省的水泥产量增长太快,国务院38号文件出台以后,地方经信委曾承诺不再批新线了,并计划到2010年10月底,淘汰全部立窑。于是,华荣水泥开建第二条生产线。可是第二条生产线建成后,政府承诺的淘汰任务却没完成。

文光所说的情况并非仅有。黔西南州目前已经投产的产能达到750万吨,在建产能700万吨,如果加上已经批的水泥生产线大概15条,产能将达到2000万吨。但是,全州仍然保留着200万吨的立窑产能。

贵州省黔桂西南建材有限公司副总经理饶明告诉记者,面对产能过剩,大企业还能主动参加区域协调,共同应对不利局面,但小型立窑水泥厂并不遵守行业规则。他们生产线的启动成本很低,一旦市场价格回升,就会开足马力,使产能过剩雪上加霜。

在云南,尽管新型干法水泥生产线达到105条,但落后的立窑生产线还保留着78条。一位业内人士十分不解:这些落后产能只占全省产能的10.5%,为何不尽快淘汰出局呢?

一些业界人士也向记者讲述了淘汰落后产能中遇到的诸多乱象。有些地方为了避开38号文件的约束,利用技改项目进行审批,炸掉小立窑,却置换出了更大规模的生产线;一些企业在拿到省里“路条”之后,就开始投资开展前期工作;也有一些企业建成生产线以后,就等着大企业来收购,高价出售,从中赚取巨额收购款。

云南瑞安建材投资有限公司销售总监冯涛介绍说,目前,云南省企业已经拿在手里的批文至少有20条以上,不少企业虽然没有批文,但已经在筹备上项目;一些久经沙场的大企业,不管不顾产能过剩的局面,仍公开宣称要继续建厂增产能。

落后产能不出局,新产能快速上马,不仅削减了行业联合重组的效果,加大了企业兼并重组的成本,也降低了联合重组企业的积极性,造成了大量的社会资源和人力资源浪费,给产业结构调整带来了更大困难。

“先投资,等死;后投资,找死。”文光一句简单的话,道出了云南多数水泥企业的无奈。目前,西南地区的水泥产能过剩水平,已经高于全国平均水平。截至2012年底,西南区域人均产能为2.31吨,其中,贵州、重庆人均产能达到2.58吨和2.76吨,远超过全国人均产能将近2.3吨的水平,更高于国际人均产能1吨的红线。

竞争加速白热化 企业几乎无钱可挣

2008 年,四川大地震以后,西南地区的水泥产能快速增长。雷前治在四川调研后撰写了一份灾后重建中水泥需求情况的报告。在这份报告中,雷前治写道:“对于水泥行业来说,产能过剩比地震灾害造成的破坏能量还要大。”

由于灾后重建对水泥需求量的放大,在某种程度上掩盖了产能过剩问题,因此这份报告当时并未引起太多重视。许多水泥项目未经核准就擅自建设并投产。在市场萎缩的情况下,水泥产能过剩的局面进一步加剧,产品价格大幅度下滑,全行业亏损压力加大。

2012 年,西南区域产能过剩造成了区域内前三季度水泥行业竞争白热化,贵阳周边水泥价格曾低于 200 元/吨,大昆明、大重庆区域水泥价格长期徘徊在 200 元/吨左右,企业大幅度亏损。尤其是重庆,名列全国亏损之冠,企业亏损面达 46%。

雷前治说,在一次国际会议上,有一位全球水泥行业的资深分析师问他,中国水泥已经连续 4 年保持两位数增长,为何利润不增反降,水泥行业为何挣不到钱?这一问题,让他既尴尬又无奈。

西南地区的水泥企业,对“增产不增利”的体会,也越来越深刻。2012 年,贵州省的投资增长在 50% 以上,水泥市场需求增长达到 38%,居全国之首,但价格却始终处于较低水平。其中,32.5 标号水泥价格每吨在 230 至 240 元之间,今年年初甚至跌至 190 元。难怪乎,水泥企业老板们脸上写满苦涩,去年前 11 个月,贵州省水泥行业亏损了将近 1 亿元。

在云南,一位业界人士告诉记者,前些年,由于水电站等建设项目较多,水泥需求量较大,在很大程度上掩盖了产能过剩的矛盾。然而,随着大型基础设施建设的陆续完工,产能过剩逐渐显现,企业之间暗地里打起了价格战,全行业利润空间变窄,出现了大面积亏损。2012 年,云南省规模以上水泥企业累计完成工业总产值 249.42 亿元,增长 19.58%,但全行业实现利润同比下降 26.19%,亏损企业 69 户,亏损额 5.63 亿元,同比增长 59.94%。

记者了解到,大量的水泥生产线投产,产能发挥与需求不相匹配,很多厂家无法满负荷生产,价格下跌也很厉害。大重庆区域水泥价格长期徘徊在 200 元/吨左右,企业大幅度亏损。尤其是重庆,名列全国亏损之冠,企业亏损面达 46%。

有关专家表示,目前四川、重庆水泥基本已到拐点,水泥消费量已经达到峰值,未来需求增长乏力,供求关系短期内不会有大的变化和改善。预计产能利用率四川保持在75%以下,重庆在70%左右。西南地区产能利用率低,供大于求的局面将长期持续,加上投机资本大量介入,市场竞争会更加激烈残酷,水泥价格很难保持行业合理水平,企业无法实现效益甚至大面积亏损,不仅使行业发展受到致命打击,还将直接影响地方经济发展。

更重要的是,企业无法履行社会责任,环境保护投入和支出减少,能耗增加,污染加重,安全、环保都得不到有效保证,甚至可能引发一些亏损企业拖欠员工工资等影响地方稳定的事件,产生较恶劣的社会影响。

“产能过剩造成了巨大的资源浪费。”金勇坤说,遵义的双龙水泥厂在2009年投产了一条年产100万吨的新型干法生产线。企业成立之初,政府十分支持,协助向银行贷款。在产能过剩之下,双龙停产了,不仅造成了资源闲置,还导致了员工下岗。

此外,拉法基的瑞安水泥、正安的玉溪水泥等目前也都处于半停产状态。“这些水泥厂都是生产能力比较强、管理水平高、装备水平好的企业,但产能发挥不出来,真的很可惜。”金勇坤说。

为了盘活这些产能,当地政府急了;银行机构为了收回贷款,也委托金勇坤帮忙联系大集团收购整合这些处于停产或半停产的企业。但这谈何容易。金勇坤说,这些企业并非破铜烂铁,没有市场,整合效果短期内也不明显,现在企业能做的,似乎只有自律减产,等待市场需求回暖。

水泥产能过剩引发的白热化、恶性化竞争,已经严重危及企业的生存和行业的健康发展。在西南水泥等大企业带动下,不少企业已经主动自救,逐步开展区域市场协同,自愿停窑降低产能利用率。

面对产能过剩之殇,记者在采访中听到了业界的最大呼声,莫过于“不能再建新生产线了”。

雷前治表示,不再上新的水泥生产线了,这是从源头上遏制西南地区水泥产能继续增长的最直截了当的做法。但西南地区水泥行业要走出过剩泥潭,还需要下更大的决心,以更大的勇气,还要有更多的配套措施。

雷前治表示,不再上新的水泥生产线了,这是从源头上遏制西南地区水泥产能继续增长的最直截了当的做法。但西南地区水泥行业要走出过剩泥潭,还需要下更大的决心,以更大的勇气,还要有更多的配套措施。

(调研组成员:丁士、崔书文、孟宪江、刘媛媛、祝君壁、刘瑾、林火灿、袁环、王怡

洁；本文执笔：林火灿、祝君璧、刘瑾）

《西南水泥产能过剩情况调研》系列报道索引（其他篇目）

◆解剖水泥这只“麻雀”

◆西南地区不能再新增水泥产能了

——目前产能已经过剩新建项目加剧矛盾

◆西南水泥何以严重过剩

——关注西南地区水泥产能过剩座谈会嘉宾观点集纳

◆有些水泥批文“变味”了

◆怎样看西南地区水泥产能过剩（思辨篇）

◆唯 GDP 论加剧产能过剩

◆水泥产能不断释放企业遭遇冰火两重天

◆聚焦西南地区水泥产能过剩

——经济日报、中国建材报联合采访报道

（本系列报道由经济日报、中国建材报联合调研组采写）

关注本系列报道请扫描二维码

黑龙江鸡西赛龙违规新建调研(节选)

2014 年 7 月 18 日

违规新增水泥产能为何竟成地方“重点项目”
——关于黑龙江鸡西赛龙水泥公司违规新建生产线的调查

在水泥产能严重过剩的黑龙江省,一条开工前未经环评、采矿权、安评批复、违规批建的新增水泥生产线,在今年全国两会强调对产能严重过剩行业“严控新上增量”话音刚落的时候,于 3 月 16 日开工,目前正在距离居民区不足 300 米的地方,日夜赶班兴建。这样一条顶风兴建的违规新增水泥生产线,居然还是当地一项“市重点招商引资项目”。违规新增水泥产能,为何竟成地方“重点项目”?

日前,黑龙江省鸡西市多位知情人向报社反映,鸡西市城子河区白石道班西侧,一条日产 2500 吨水泥生产线正在“未批先建、边批边建”。本报为此两次派出调研小分队到鸡西调研采访。据调查,这条属于鸡西赛龙水泥制造有限公司的水泥生产线项目,由赛龙水泥制造有限公司、江苏苏中建筑集团和浙江恒昌集团共同开发建设,预计今年 10 月末点火。

“年产 30 万吨”置换为“年产 75 万吨”,何来“等量置换”

据调查,该项目是黑龙江省工信委 2012 年 12 月 6 日以“等量置换”的名义核准批复的。按《关于鸡西赛龙水泥制造有限公司等量置换建设 2500t/d 熟料新型干法水泥生产线项目(带纯低温余热发电)核准的批复》(黑工信原发[2012]592 号文),同意鸡西赛龙水泥公司现有的两条直径 2.8×40 米预分解窑生产线(总计年产 30 万吨),等量置换建设一条日产 2500 吨新型干法生产线(年产 75 万吨)。

工信部有关负责人在接受本报记者采访时明确指出:用年产 30 万吨的落后生产线,置换年产 75 万吨的新型干法线,新增产量超出了一倍还多,怎么可能是“等量置换”?这是一种非常明显的“假置换”行为。

按照这位负责人的说法,鸡西赛龙正在新建的这条水泥生产线,不应属于“等量置换”项目,应属新建水泥生产线项目。据查,无论是依据国发[2009]38 号文,抑或国发[2013]47 号文,对这一实质为新建的水泥生产线项目,省级工信委都没有核准审批的权限。

2009 年《国务院批转发展改革委等部门关于抑制部分行业产能过剩和重复建设引导产业健康发展若干意见的通知》(国发[2009]38 号文)规定:对于新建水泥生产线项目审批权限一律上收到了国家有关部门批准。

2013 年《国务院关于发布政府核准的投资项目目录(2013 年本)的通知》(国发[2013]47 号文)规定:在政府核准的投资项目中,水泥行业由省级政府核准。

正因为政府部门涉嫌审批错误,6 月 12 日,自称是鸡西赛龙公司代表的黄先生在北京给本报记者提供的书面材料显示:在施工过程中,收到省发改委《关于鸡西赛龙水泥制造有限公司违规建设项目处理意见的函》(黑发改产业函[2014]361 号)。黑龙江省发改委 361 号函认为该项目"违规",撤销省工信委[2012]592 号的核准文件,并通知严禁开工建设。

实际情况是,项目并没有停工,相反,据知情人透露,截至本文刊登时,该项目厂区驻扎的工人仍在赶工。在厂区周边,还增设了配备望远镜的保安日夜巡视。

明显影响周边环境和附近村民正常生活,为何"环评达标"

针对群众举报的线索,本报记者于 4 月中旬和 6 月上旬,两次赶赴鸡西,采访了当地村民,了解了此项目的现场施工情况。

4 月中旬,记者在现场看到,正在施工的生产线,部分厂区被用围板隔离,一些水泥生产设备堆放在厂区内,施工现场被挖起的泥土和施工所用的砂石混放,裸露在施工现场。

在已经开工建设的新生产线厂址内,竖着一块"鸡西赛龙水泥制造有限公司水泥熟料建设项目鸟瞰图",上写:日产 2500 吨水泥熟料建设项目,总投资 2.9 亿元,是"重点产业项目",由赛龙水泥制造有限公司、江苏苏中建筑集团和浙江恒昌集团共同开发建设。

记者调查了解到,浙江恒昌集团有限公司,是浙江省金华市一家主营服装、染料和毛线的公司,公司还有一些房地产项目,在公司的既往经营架构中,并未涉及水泥行业的业务。

据了解,鸡西的这条线,占地 7.6 万平方米,距鸡西最大的水泥企业——鸡西(北方)城海水泥有限公司直线距离只有 5 公里,距"等量置换"的原来的两条预分解窑熟料生产线直线距离 3 公里左右,属于异地建线项目。目前,被定义为"等量置换”的生产线依旧在运转,定位维持性生产。

但黄先生在接受采访时始终强调:该生产线是在原址上兴建的。

首次调研初步了解情况后,为了取得进一步的核实,6 月上旬,本报记者再度赴鸡西,走访了白石村,并与当地村民进行了深入沟通。

一位随行调查的村民指着建设厂区说:“我们白石村边界,距该施工生产线所在地边界不足 300 米。站在赛龙老厂区正南方大约 4.5 公里的鸡西穆棱河公园向北看,现场生产环境十分恶劣,烟尘飞扬。”

众多村民表示,在这里建设水泥生产线应当事先征得他们的意见,很多村民都是在该项目挖土修路阶段,通过间接的渠道才获知这里要建水泥厂。

黄先生在采访中表示,该项目离周边村庄的距离,应该是由环保部门按照国家相关规定,在环评审批之前拿出准确数据,进行核实规划,如果环评审核过程中,该项目的厂址与居民区未达到国家规定的距离标准,环保部门应该告知企业,并且不会下发环评批文。既然环评批复已经下达,就说明该项目的选址没有问题,企业亦不承担这方面的责任。

村民们实实在在地感受到了这条新建生产线的“威力”。村民反映,水泥厂自去年冬天至今年春天,曾多次放炮平地,导致村里有些房屋被震裂,甚至有房顶被震塌。只有少数村民得到了一点水泥作为赔偿。

在离该水泥生产线施工现场较近的一户农屋,记者看到其中一间的房顶已经塌落,据村民反映,这家的主人一直在外地,到现在还不知道自家的房子已经被震塌。

但是黄先生向记者提供的书面材料显示:“村民举报我司施工导致村民房屋开裂倒塌,我司不予认同”。

记者在调研途中,刚刚走到离该厂区大门不足 100 米的地方,就有佩戴望远镜的保安人员上前拦路,询问记者的身份。当他看到记者面向厂区方向拍摄时表示,这里不让拍照。

继续加剧东北水泥产能严重过剩矛盾,怎成“重点项目”

实际上,黑龙江省水泥产能已严重过剩。据调查,黑龙江省目前拥有新型干法水泥生产线 29 条,年熟料产能达 2874 万吨,其中有 9 条生产线被迫常年停产,其中至少包括一条日产 5000 吨和 3 条日产 2500 吨生产线,全省平均停窑达到 138 天,熟料产能利用率只有 62%。2014 年年初,黑龙江地区熟料库存达到 876 万吨,属于产能严重过剩。

据当地水泥界人士介绍，即便在鸡西市辖区内，仅鸡西城海水泥公司和赛龙水泥制造有限公司原有两条生产线的年生产能力就已经超过200万吨，2013年实际只销售了130万多吨。目前，鸡西区域水泥生产企业竞争异常激烈，整体利润水平远低于其他行业。

黄先生对记者坦言，东北水泥产能过剩是个不争的事实，但鸡西市政府招商引资力度很大。据了解，项目自开工以来，市区领导数次到该项目建设地考察指导。

本报为此书面向鸡西市委市政府发送采访函，希望能采访到相关部门负责人。截至发稿之日，鸡西市相关部门均未予回复。

评论员文章

四问鸡西

本报今日一组关于鸡西赛龙新建生产线的报道，无论从东北水泥产能过剩程度，抑或此条生产线的审批程序，“等量置换”的名目，周边老百姓的强烈愤慨与无奈，东北水泥行业人士的意见态度，都不免让记者产生一个又一个疑问。总结梳理过后，主要有四大问题难于求解。

一问鸡西。这个“违规”项目，究竟是怎么批的？

这条水泥生产线的审批过程颇为“戏剧性”，跌宕起伏的背后，耐人寻味。

黑龙江省工信委“以年产30万吨等量置换年产75万吨”的批文让记者不解，30万吨和75万吨，一纸批文新增了45万吨，何来的“等量”？

有群众反映，在“等量置换”批文下发后，这条生产线未经环评、安评、采矿权等一系列手续，“未批先建、边批边建”。

自称为赛龙企业的代表则言之凿凿，称之“所有开工建设手续齐全。”记者不解，即便如企业所言，那么，这些开工建设手续，又是如何一层层批下来的？依据是什么？监管在哪里？

接下来更加热闹，企业反馈，就在不久前，黑龙江省发改委又以“违规”的缘由，撤销此前省工信委的批文，并责令企业立即停工。

这就意味着，此前关于这条生产线的所有批文即时作废。

可是，据记者调研以及鸡西群众举报，该企业非但没有停工，还加班加点日夜赶工。企业代表更表示，该项目已经进入行政复议阶段，很快就会有结果。

记者不解,已经被认定的“违规项目”,为何还能照常开工?省发改委“撤销原批文”的批复,究竟送到了哪里?哪个部门在负责和监管?

二问鸡西。老百姓的呼声,岂可置若罔闻?

白石村,房屋被震裂,祖坟被迁离,林木被砍伐,环境遭破坏,空气受污染,村民怨声载道,几经上访,毫无结果。以至于看到北京来的记者,仿若见到包青天,拉着记者去看每一户被震裂的房屋,甚至眼含泪光,大呼“终于有人帮助老百姓反映问题来了”。

我们不禁要问,老百姓如此强烈的呼声,鸡西,是否听得见?“重点招商引资”的目的究竟是什么?是为了地方经济的发展?社会治安的稳定?老百姓安居乐业?还是盲目追求GDP?抑或其他个中利益难以取舍?

三问鸡西。行业的声音,你们听到了吗?

“黑龙江省水泥产能已经严重过剩,没有任何理由和借口,必须关掉新建的闸门。”黑龙江省水泥协会会长赵君一语,掷地有声,代表了黑龙江省,乃至整个东北三省水泥界人士共同的心声。

记者为此走访了很多企业,作了相关的采访,切实感受到东北三省的行业人士,对赛龙水泥在鸡西建设的生产线,犹如“过街老鼠,人人喊打”——一片反对之声。而更为令人担忧的是,有鸡西这条线在前领路,目前在东北三省已知的还有,冀东水泥在哈尔滨拟建的生产线,北方水泥在牡丹江拟建的生产线等数条违规项目,也紧跟其后,急于登场。

无论是协会领导,抑或黑龙江省水泥企业,甚至东北其他两省的水泥企业经营者,提到鸡西这条新建生产线,表达出来的强烈愤慨与无奈,成为伴随记者调研一路的旋律。

我们不禁要问,水泥行业内如此强烈的反响和呼吁,如此一致的意见和态度,鸡西真的没有听到吗?

四问鸡西。为什么不顾一切,非上这条新线?

相关人士表示,若不是鸡西市招商引资,一个浙江的纺织服装企业,怎么会千里迢迢跑到鸡西来收购水泥厂,新建生产线?

东北水泥产能已严重过剩,这几乎是人尽皆知的事实。这不禁让记者产生疑问:浙江企业收购鸡西的水泥老厂,新建水泥生产线,究竟图的是什么?为了企业的效益与发展,看重市场前景,还是仅仅为了赚钱?

如今,水泥企业所赚到的钱,付出的代价是不断限产,常年停窑,在自我节制的情况下，以销定产，获得产销平衡，赚取微薄利润。倘若关不上新建新增的大门，部分区域水泥市场离崩溃的日子也不远了。

这些实际情况，鸡西，难道一无所知？在产能严重过剩的行业中“招商引资”，真的不怕到头来，被吸引来的企业，非但赚不到钱，更逃不出常年停产、被迫关门的厄运？

从 2009 年至今，为了遏制新增产能，化解产能过剩，相关政府部门，连续下发了四五个重头文件，三令五申禁止违规新建水泥生产线。今年全国两会再次强调对产能严重过剩行业“严控新上增量”。

在这样的大背景下，鸡西市依旧在水泥行业中“招商引资”，是因为这个项目对于城市经济发展具有如此举足轻重的作用，还是这条生产线背后，隐藏着其他目的和意图？

凡此疑问，我们期待着鸡西能够给出令人信服的答案。

《鸡西赛龙水泥违规新建》报道索引（其他篇目）

1. 鸡西这条线是怎么批下来的？

　——黑龙江省水泥协会会长赵君的质疑

2. 白石村的愤懑

（本组报道由中国建材报调研组采写，调研组成员：孟宪江、钟云华、刘媛媛、王怡洁、曾蕴瑶、毕德鹏、张道营、赵常秋）

关注本系列报道请扫描二维码

贵州武陵山区违规新建调研(节选)

2014 年 12 月 10 日

贵州武陵山区需要这么多水泥吗？
——来自黔东、黔东南的采访调研报告

■ 本报记者　毕德鹏

贵州武陵山区是我国水泥产能严重过剩的地区之一。

一年前,该地区水泥产能已经严重过剩,在地图上随手一圈,很可能就是七八家水泥厂和过千万吨的产能。一些水泥企业老总发出了“做水泥不如卖红薯”的感慨。一年后,该地区的水泥产能过剩问题非但没有缓解,反而愈演愈烈。

日前,湖南省怀化市水泥协会和贵州省武陵山区水泥企业向本报递交了举报武陵山脉区存在违规新建的水泥生产线。在国家 38 号文与 41 号文的双重严控下,为何还有新线涌现？这些新线的点火,是否会成为压在这个水泥产能过剩重灾区的最后一根稻草？过剩的产能如何化解？

现状:人均水泥产能竟达 1.73 吨

11 月 12 日,面对本报调研小组,贵州黔东南一家水泥企业负责人展开黔东、黔东南地区水泥企业分布图,向记者细数该地区水泥分布情况。仅黔东南州这片狭小的区域内,现有 5 家水泥企业,产能 600 万吨,而黔东南州总人口 427 万(2011 年人口普查数据),人均水泥占有量 1.73 吨。而作为黔东地区的经济中心,铜仁地区现有 6 家新型干法水泥企业,水泥产能 650 万吨,人均水泥产能 1.52 吨。工信部 2010 年底发布的《水泥行业准入条件》提出人均熟料产能 0.9 吨,折合水泥产能是 1.16 吨,超过这个范围的区域就属于产能过剩区域。黔东、黔东南地区均处于产能严重过剩局面,即便如此,这两个区域还有 4 条新线正“蓄势待发”。

据当地水泥企业负责人介绍,这 4 条新建线分别是铜仁海螺水泥(4500t/d)、茂鑫水泥(4500t/d)、石阡佛顶山水泥(3200t/d)和黄平县舞阳水泥(3200t/d)。如果这 4 条水泥生产线点火,将会给黔东南地区带来 920 万吨的新增产能！

不仅如此，随着交通的便捷，物流成本的降低，重庆、湖南地区的水泥企业和相当一部分水泥产能，如今都可能出现在铜仁市和黔东南州的市场上。秀山水泥公司一位负责人告诉记者，水泥行业合理的辐射范围是150公里，而今年距秀山450公里以外的湖南邵阳海螺也把水泥发到了秀山市场，每吨价格比维持正常经营的价格还要低30~40元，他正担心新一轮的“价格战”迫在眉睫。

根源：资源优势和需求扩张引发的产能扎堆儿

水泥过剩话题在全国已经沸沸扬扬，但在武陵山脉崇山峻岭阻隔下，“过剩”在贵州似乎波澜不惊。即便面对水泥产能严重过剩的直观情形，还有不少水泥企业往“火坑”里跳，其中不乏海螺、红狮这样的实力强劲的大型水泥企业。导致这种现状的原因是什么呢？

据当地行业协会负责人介绍，武陵山片区跨湖北、湖南、重庆、贵州四省市，集革命老区、民族地区和贫困地区于一体，是跨省交界面大、少数民族聚集多、贫困人口分布广的连片特困地区，虽然区域内矿产资源众多，尤其石灰石资源丰富，为建设水泥厂提供丰富的原材料资源。同时，该地区基础设施薄弱、软硬件建设严重滞后，且生态环境脆弱、承载能力有限等多种原因导致该地区工业发展相对全国而言还显得落后。

2011年，国家关于《武陵山片区区域发展和扶贫攻坚规划》出台，开启了该地区大规模基础建设的步伐。“六中心四轴线”的经济带格局，“两环四横五纵”的交通规划，黔张常铁路、黔江经龙山至张家界高速公路、岳阳铁路、铜仁凤凰机场扩建工程等重大交通项目相继上马。铁路、高速公路、“生态农家”建设、“最美乡村”建设、农村危房改造、通村通路等大量的基础设施投建为当地水泥产业的发展提供了广阔的市场空间。一时间，各大水泥企业纷纷到这片产区内投资建厂，力求在利好政策下分得一杯羹。这一现象，尤以贵州省武陵山脉区域为甚。

一份关于贵州省水泥产能及产业布局情况的数据分析表明，截至2014年年底，贵州省水泥产能已达到10880万吨，全省有77条新型干法水泥生产线。如果不包括邻近省市的外来水泥侵入，现有的水泥产能已经足够支撑贵州省全部基础建设项目。但目前还有水泥企业往这个狭小的区域内挤建新线。记者调研发现，以铜仁市为中心、100公里为半径的范围内就密布着20多条水泥生产线，有些水泥厂只相距十几公里，其中，铜仁海螺盘江水泥项目更是修建在国家二级自来水水源保护区里，与距离最近的村镇，不足百米。

问题:产能过剩继续加剧究竟怎么办

面对武陵山地区水泥产能严重过剩的现状,贵州省发改委与经信委却各执一词。

贵州省工信委相关负责人介绍说,目前贵州全省的水泥需求量每年都在1亿多吨,现在实际产能只有8000万吨。这位负责人认为,水泥不仅不过剩,而且还有很大的需求空间,在该地区适当安排水泥生产线建设项目,来满足整个贵州省生产建设的需求“很有必要”。

贵州省发改委一位处长对此明确否认。这位处长表示,实际上,目前贵州省的基础建设项目,大多已经到了后半段。武陵山区一带,当前水泥供应主要就是村民改建民房所需,用量很少,“产能过剩已是不可争议的事实!”

记者调研发现,实际上当前贵州武陵山脉区水泥产业已全面进入量价低谷期。当地一位水泥企业负责人坦言,现状就是“压价求生存”,而在建水泥生产线又将增加巨大的水泥产能。他担心这样下去势必引发“价格战”,一旦陷入价格战,企业利润空间变窄,大面积亏损将至,水泥企业面临生存危机,工厂面临停产,大批工人还可能面临失业。

走在贵州四通八达的多彩高速路上,面对道路两旁一座座比邻而居的水泥企业,人们不禁要问:狭小的贵州武陵山脉区域,难道需要这么多水泥吗?

2014年12月22日

关于水泥违规生产线的若干思考

——写在“贵州武陵山区需要这么多水泥吗?”系列报道刊发之后

■ 本报记者　刘媛媛

“贵州武陵山区需要这么多水泥吗?”系列报道刊出后,在行业内外引起持续不断的反响。普遍的反馈意见,都认为违规新建的确是现阶段加剧行业产能过剩的最大危害之一,并为此提出了建议和意见,提供了更多的线索,这些声音代表了全行业的普遍共识和主流态度。

但也有一些不同的观点和疑问,主要集中在对违规新建项目的认定、化解产能过剩与充分发挥市场资源配置之间的关系等方面。

贵州武陵山区水泥产能过剩及违规新建的现实情况,只是全国水泥行业现状的一个缩影。通过实地调研,对其危害程度和巨大隐患,我们感受得十分深刻。在全行业必须为化解产能过剩作出努力，甚至付出一定牺牲的今天，我们越发感到违规新建作为一个全国性的普遍现象，急需全行业在意识和行动上真正达成共识。

贵州武陵山区水泥产能过剩是不争的事实

贵州武陵山区需要这么多水泥吗？在报道中，调研组通过对资料和数据的分析，以及实地调研掌握的信息，已经给出了明确的答案：不需要。

有专家认为，对于全国任一区域当然也包括武陵山区来说，人均水泥正常拥有量不应超过 1.2 吨，而目前这一带人均水泥拥有量已经达到 1.73 吨，违规新建将带来的新增产能导致人均水泥产能会达到 2 吨，甚至超过 3 吨，显然，这一区域水泥产能过剩是个不争的事实。

这一带虽属国家特困山区，但是，当地淘汰立窑等落后产能的速度并不慢。如今，这一带现有水泥生产线除一条为日产 1000 吨新型干法线之外，其均为日产 2500 吨以上新型干法线。

即便在未来几年，国家对淘汰落后的标准有可能延伸到以日产 1000 至 1500 吨为主的小新型干法线，也影响不到贵州武陵山区现有水泥生产线分布的格局，水泥产能也不会因此有本质的转变。

在此情况下，在建生产线带来的新增产能，只能在原有产能的基础上形成巨大的增长态势。再大的企业集团在这里建线，也不可能让原有产能在短时间内消失殆尽，最终只有一种结果，倘若在建生产线全部投产，只会造成贵州武陵山区水泥产能过剩程度变本加厉、成倍增长。

值得特别指出的是，这均摊到每一个人头上多出来的近 1 吨水泥，汇集成一个总量，将是非常可怕和惊人的，在经济环境新常态的发展阶段，不仅对贵州武陵山区，对全国任何区域的水泥行业而言，都将难于承受，终至崩溃。

违规新建究竟如何认定

国发【2013】41 号文中明确规定：严禁建设新增产能项目。对未按土地、环保和投资管理等法律法规履行相关手续或手续不符合规定的违规项目，地方政府要按照要求进行全面清理。凡是不符合产业政策、准入标准、环保要求的违规项目一律停建。

按着国家政策的规定，在建水泥生产线是否违规？关键要看有没有合法合规的建设核准文件，以及国土部门、环保部门、节能部门等各种核准手续必须在开工建设之前完备。缺少任何一项核准批文便开工建设，既属于违规建设。

以贵州武陵山区在建水泥生产线为例，铜仁海螺在建生产线的核准批文，贵州省经信委和发改委均明确表示非他们所批,其他几条在建生产线,经信委也并未拿出有批文的证据或提供核准文号。其他如土地、环评、安评等核准批文是否齐全也是未知数。

在实地调研中,调研组发现,在几条在建水泥生产线施工现场,项目施工牌上亦没有标示相关核准部门及核准文号。

在调研前后,相关地方协会也曾通过多种方式希望了解到这几条在建水泥生产线各项核准批文的情况,都未有结果。当地水泥界人士在向国家发改委及中国建材联合会递交的举报材料中,要求这些在建生产线企业能够提供相关批文的证据,至今未得到企业方的任何回应。

不可否认,全国所有在建水泥生产线都有其规划布局、开工建设的原因和理由,也不乏各种各样的托词和借口。这其中有一部分是以严格的等量或减量置换获准的批文,但也有相当一部分企业不惜寻找和利用相关国家政策和政府文件的纰漏和缝隙打擦边球,甚至在一些地方政府部门的默许下,未批先建、边批边建。

因此,倘若在建项目合法合规,相关政府部门和企业方有义务向行业、媒体及社会公众出示其所有建设所需核准批文的证据或提供相关核准文号,如无法提供或拒绝提供,公众有理由视其为违规在建项目。

市场竞争不能将风险转嫁给行业和社会

也有人认为,在市场经济发展过程中,优胜劣汰是最基本的竞争法则。产能过剩应该交由市场去消化和解决。大企业在各个区域,尤其是贫困落后地区建设新线,其设备与技术水平远远高于原有企业。只有大企业进入,才能让所在地区水泥行业发展水平整体提升,这对水泥行业是一件好事。

乍听起来似乎有一定的道理。但是,任何市场竞争的手段和方式,也一定要遵循国家和产业发展的必然规律。在认清产业发展现状、符合产业发展规律的前提下,大企业更应本着真正为推动地方区域和谐发展、促进水泥行业有序前进的精神,合理规划其市场布局和战略部署。

以新增产能的方式,将先进的设备和技术带入落后地区,试图通过所谓的市场竞争去优胜劣汰,这一初衷当然很好。但是,贵州武陵山区现有水泥企业的生产装备及节能减排技术指标,均符合国家及行业所规定的相应标准,亦不再淘汰落后的范畴之列。当地原有企业多年来为此付出了巨额成本投入,不会因为大企业的到来而自动关停。

在中国经济很难再有刺激性拉动、爆发式增长的当下,老企业与新企业、原有产能与新增产能势必会在很长时间里，在同一个狭小市场上相互厮杀、相互纠结。即便新建生产线在技术与装备上略高一筹，但在当前的市场环境下，所谓更先进的技术和设备都只有相对的甚至大打折扣的意义和价值。

一旦原有企业在恶性市场竞争中破产倒闭，大批员工失业所造成的社会安定隐患，大批闲置资产、社会资源因此浪费和流失，以扩张为目的的大企业无暇顾及，只能将风险转嫁给行业和国家。

我们始终认为，大企业有必要也有义务带着先进生产力进入相对落后的地区。但我们更关注大企业进入的方式和目的。究竟是本着打垮一切、自我盈利的生存原则，还是抱着和谐发展、共同进步的发展原则，大企业的眼光和意识，是否应该站在更高瞻远瞩的角度去思考和规划？我们希望能够听到大企业自己的答案。

谁言鱼水欢，水竭鱼枯鳞。企业和行业、行业和国家之间都如同鱼和水的关系。如果更多的大企业只顾自身利益，不顾国家长远利益和产业发展规律，在自认为市场可以化解一切危机的主观意识下盲目扩张、违规建线，将风险留给行业和国家，那么，当行业被产能过剩、重复建设、市场混乱等现状耗尽了资源、压弯了脊骨；当国家因越来越多的传统行业混乱萎靡而爆发金融危机，受冲击和影响最早也最大的群体，毫无疑问是走得最快也最高的大企业集团。

2014 年 12 月 9 日，《国务院关于清理规范税收等优惠政策的通知》（国发【2014】62 号文）刚刚出台。文件中指出一些地区和部门对特定企业及其投资者（或管理者）等，在税收、非税等收入和财政支出等方面实施优惠政策，一些优惠政策扰乱了市场秩序，影响国家宏观调控政策效果。并对全面清理已有的各类税收优惠政策，建立健全长效机制和保障措施等作了明确的规定和要求。

这说明，地方政府部门为了追求 GDP，在政策支持和税收优惠等方面，的确为部分大企业屡开绿灯，也助长了部分大企业不负责任盲目扩张的势头。国家意识到了这个问题隐藏的巨大危机和隐患，及时出台政策。未来，政策能否得到落实，能否政令畅通，是关键所在。

遏制违规新增仍是当前行业主要任务

无论是国家政策的指导和要求，还是行业主管部门和众多水泥人士的倡导和呼吁，我们都能看到，化解产能过剩、遏制新增产能是现阶段水泥行业必须共同面临、携手攻克的最大任务。

一个传统行业，长期处于产能过剩的漩涡，将是死路一条。

如今，各区域对淘汰落后产能的工作，大体呈现出不甘落后的态势，值得行业欣慰;为了环境治理,各区域关停不合格企业的手腕也能做到不留情面,值得社会欣慰,但是,如果违规新建新增依旧政令不通、屡禁不止,甚至愈演愈烈,那么,新增产能的速度和数量,将彻底淹没全行业为之付出的一切努力。

在化解产能过剩的这场战役中,大企业必将起到至关重要的引领作用,必将肩负历史使命,扛起拯救行业的冲锋旗帜,因此,大企业的所作所为,也势必成为我们关注的重点,对大企业提出更高的要求,也表达了全行业对“领军者”所给予的厚望和期待。

在推出报道的过程中,我们始终得到了众多水泥人士的鼓励和支持,这其中既有国家相关政府部门、中国建材联合会、部分地区行业协会的大力支持与认可,也有很多区域的水泥企业,尤其很多领军大企业的坚定拥护和积极反馈。

据本报了解,中国建材联合会已于近日分别向国家发改委和贵州省人民政府提交了“关于提请制止铜仁海螺和红狮集团在贵州违规在建项目的函”,这是建材联合会根据贵州武陵山区水泥产能严重过剩的实际情况,做出的正式回应。

化解产能过剩、遏制违规新建的工作任重道远,无论是行业主管部门和领军企业,还是地方政府及相关部门,在这场关乎行业生存发展、影响社会和谐稳定的重大战役中,都应该肩负起历史使命,尽到全行业应尽的责任和义务。

《贵州武陵山区需要这么多水泥吗?》系列报道索引(其他篇目)

◆违规在建是产能过剩加剧的症结

◆武陵山区需要的究竟是什么?

◆大企业为什么要带头违规新建?

关注本系列报道请扫描二维码

其他地区遏制新建、化解产能的调研(节选)

2013 年 2 月 5 日

一封联名信引发的风波

■ 本报记者 常 慧 王怡洁 王志国

即将过去的这个冬天异常寒冷。来自中国气象局的消息显示,2012 年 11 月下旬以来,全国平均气温零下 3.8 摄氏度,为近 28 年来最低。

记者一行抵达哈尔滨已是中午,从机场到停车场短短百米的距离,却真切地感受到冰天雪地的凛冽。这一天据说是入冬以来温度最低的一天,但对于黑龙江,尤其是哈尔滨地区的水泥企业来说,从 2012 年 4 月开始,就已经触摸到冷冬的寒意。

一石激起千层浪

——冀东水泥 7200t/d 生产线的兴建,让哈尔滨周边企业以及黑龙江省建材行业协会寝食难安

2012 年 7 月 16 日,黑龙江 21 家水泥企业的代表郑重地在一封信上签上自己的名字,他们的心情已很久没有这样沉重了。

这封反映黑龙江省水泥产能过剩形势严峻,冀东黑龙江水泥有限公司 7200t/d 项目并不具备核准的基本条件,建议主管部门不应再核准建设的联名信被复印后,带着 21 家水泥企业的希望寄往不同地方。

几天之后,联名信分别摆在了哈尔滨市阿城区政府、黑龙江省工信委以及中国建筑材料联合会负责人的案头。

收到信后这些部门都及时做出回应。复函、调研、听证……但这个项目该不该建,能不能建,风波中的双方都各执一词。

在此过程中,中国建筑材料联合会也分别给黑龙江省发改委及冀东水泥集团发出商情函,要求主管部门不要再核准新建项目,并呼吁在全国水泥绝对过剩的形势下企业应慎重投资。

2012 年 12 月 14 日哈尔滨市发改委再次召集企业座谈,但意见的不统一使得这次座谈依旧不欢而散。

冀东黑龙江水泥有限公司近两年来一直在哈尔滨市阿城区的玉泉镇筹备 7200t/d 生产线项目。2012 年 4 月以后,黑龙江水泥市场进入了前所未有的低潮期,哈尔滨周边地区形势尤为严峻。当地企业不断通过协同来维持市场稳定,并果断采取了停窑、停产等举措。

基于对黑龙江水泥市场承受力的评估,亚泰集团哈尔滨水泥有限公司与哈尔滨小岭水泥有限公司已获批准并投资在建的两条新型干法水泥生产线也暂停下来。

冀东 7200t/d 生产线的兴建,让周围的企业以及黑龙江省建材行业协会寝食难安。他们开始担心,如果黑龙江省尤其哈尔滨地区产能继续加大,黑龙江水泥市场可能将陷入更加激烈的竞争中。经过多次商讨,他们决定联名给各个相关部门写信,以免进一步激发市场波动。

联名信发出半年来,市场越来越冷清,风波却愈演愈烈。

水泥企业也“冬眠”

——这个集中了 11 家大中型水泥厂的黑龙江省重要水泥产区,此刻犹如被催眠了一般

为了更确切地了解哈尔滨地区的水泥市场现状,记者一路绕着哈市阿城区玉泉、小岭等乡镇走访。沿途蓝天醉人,大地被一片白雪覆盖,但路过的一个又一个水泥窑却都静悄悄的。这个集中了 11 家大中型水泥厂的黑龙江省重要水泥产区,此刻犹如被催眠了一般。

在空荡荡的小岭水泥有限责任公司,冬雪覆盖着整个矿山,不远处的新型干法窑也安静地被雪包围着,同样看不到一个工人。“去年这个时候,阿城地区所有的窑都开着,拉水泥的车都在门口等着。但今天,我们都停产一个多月了。工人工资照发,但企业压力很大。”小岭水泥总经理王宏光告诉记者。

小岭水泥副总经理李维勇补充道:“2012 年,在 7 月、8 月、9 月市场旺季时全省库存 400 万吨熟料。这意味着我们所有的熟料生产线都可以停产了。2011 年这三个月里,批条子都拉不到水泥,车在厂外排大长队。一年里市场变得让人措手不及。协会根据市场低迷的情况,组织我们当地企业要共同做到限销限产,稳价不赊销,不允许涨价,也不允许降价。这三个月尽管各家产能平均下降了 30% 左右,但确保了市场秩序,也让企业没有陷入更多库存里。2012 年全国水泥总产量过剩

70%，黑龙江是60%。”

小岭水泥最近一次停窑是从2012年11月8日开始，计划停产到2013年2月底。作为哈尔滨重点水泥企业，小岭2012年的产销情况很有代表性。

据了解黑龙江省规模以上（20万吨）水泥企业为89家，2011年累计生产水泥4325万吨，2012年出现熟料滞销积压现象，企业平均减产15%左右，实际上7、8、9三个月，重点企业平均减产了35%。进入第四季度，哈尔滨市多家新型干法水泥企业均出现停窑、停磨、停产的现象，大部分企业的优质产能发挥率不足。

北方水泥集团在黑龙江省有8家新型干法水泥企业，熟料产能1385.7万吨，2012年产量937万吨，销量854万吨，平均产能发挥率为67%。吉林亚泰集团哈尔滨水泥有限公司熟料产能125万吨，2012年产量63万吨，产能发挥率为50.4%。市场需求上不去，眼看着优质产能发挥不出来，企业负责人们大多忧心忡忡。

“从熟料供不应求到出现滞销，这已经是黑龙江水泥产能过剩的信号。”采访中不止一个企业，发出这样的感叹。

正是黑龙江省水泥市场经历了从2011年到2012年坐滑梯般的下行，面对产能过剩、市场萧条的局势，冀东日产7200t/d新型干法水泥熟料生产线项目在市场集中度最高的哈尔滨地区拟建，才引起了如此大的波动。

横看成岭侧成峰

——一方看到的是产能发挥不足，市场饱和严重；另一方看到的熟料依赖外进，区域空间有待挖掘

但冀东方面对黑龙江水泥市场却又另一番看法。

据冀东集团黑龙江水泥有限公司负责人王所生介绍，冀东集团在黑龙江省布局始于2010年，作为当时黑龙江省招商引资重点项目之一，冀东兼并重组了原哈尔滨第二水泥厂，在淘汰其原有落后产能的基础上，拟新建新型干法水泥熟料生产线。在2010年12月15日，国家发改委对黑龙江省发改委上报的《关于冀东水泥哈尔滨有限公司日产7200吨新型干法水泥熟料生产线及配套低温余热发电系统项目的前期工作的请示》进行了复函，同意其开展征地等前期工作。按照他们的预期规划，项目建成后，能够有效地降低水泥生产能耗指标，提升技术装备水平，并积极协同处理城市垃圾，有助于黑龙江水泥产业结构的调整。

同时他还提到，2011年全国水泥价格暴跌时，黑龙江省水泥熟料价格却居高不下，周边熟料涌进黑龙江，说明区域产能还有新增空间。

他表示,新的生产线计划于近期开建,大约于2014年建成,对黑龙江现有的市场格局并未造成负面影响。而国家再次振兴东北老工业基地和加强中俄、中蒙经济往来政策的提出,以及党的十八大后城镇化建设的快速发展,将会为今后的水泥市场带来新的刺激。届时,黑龙江水泥市场将会逐渐复苏,迎来新的发展局面。

一方看到的是优质产能发挥不足,市场饱和严重;另一方看到的熟料依赖外进,区域空间有待挖掘。双方对市场温度的不同认识使风波掀起后处于胶着状态。

显然,如冀东水泥按原有规划继续推进,依然阻力重重,但简单下马也面临着巨大损失。面对如此进退两难,怎样才能顺势而为做出最佳选择呢?

解铃还是系铃人

——通过个案创新来化解产能过剩,这不仅是平息风波的手段,更考验着重构水泥市场秩序的智慧。

2012年12月4日,中国建材集团董事长宋志平与海螺集团董事长郭文叁签署"战略合作协议"。双方称将在原有合作基础上,扩大合作领域,共享彼此成果,深入战略合作,优势互补,互利共赢。在各个层次建立定期会商机制,加强信息沟通和成果共享,推进区域市场整合,促进市场有序竞争。消息传出,资本市场即有回应。研究机构纷纷认为,双方合作有助于价格协同机制稳固并提高价格弹性,将是2013年第二季度水泥价格回暖的助剂。

近些年,中国建材集团坚持资本运营和联合重组相结合的成长模式,大力推进水泥的结构调整、联合重组和节能减排,的确给业内带来了稳定因素。

黑龙江市场价格保持坚挺,同样与中国建材集团有直接关系。其旗下北方水泥公司继整合佳木斯鸿基集团,收购牡丹江水泥和黑河关鸟河水泥公司后,又相继收购兼并了宾州水泥、恒基水泥、浩良河水泥、北疆集团等企业,并与双鸭山新时代水泥公司签署合作框架协议。正是联合重组的战略布局,让中国建材集团免于陷入行业恶性竞争的漩涡。也让黑龙江地区的89家企业有了良好的市场环境。

中国建材集团通过联合重组在产能过剩的市场环境下创造良好的业绩,完全基于"创新"二字。而这种创新,可以是战略,可以是技术,也可以是管理。

回到黑龙江市场本身,各个企业又何尝不需要适合企业自身发展及符合区域市场规律的创新之举呢?围绕国家工信部制定的《水泥行业准入条件》中"不以新增产能为目的技术改造项目"的原则下,企业更应该思考如何提高生产效率、创新技术、减少能耗、进行产业链延伸和精细化管理。

小则企业,大则行业。黑龙江水泥发生的这场风波仅是个案。但就行业而言,需要通过个案来激活化解产能过剩的更多策略。这种激活不是一个简简单单的过程,不仅是追求风波平息的过程,更是重构中国水泥市场秩序的过程。

严冬虽然冷酷,但春的力量会让冰雪消融。

2014 年 8 月 7 日

化解产能过剩 遏制违规新建 加快兼并重组

东北水泥企业集体重拳出击

——中国水泥协会在辽源召开东北三省水泥企业专题会议

本报讯 7 月 18 日,由中国水泥协会主办的东北地区水泥企业加快兼并重组专题会议在吉林省辽源市召开,会议结合中国水泥协会正在开展的“十三五”期间中国水泥工业产业发展的政策课题进行调研和征求意见。中国建筑材料联合会会长、中国水泥协会会长乔龙德要求,一定要将会议成果落实下去,并且期待会议精神能够得到贯彻,切实取得成效。

会议由中国水泥协会常务副会长兼秘书长孔祥忠主持,东北三省水泥协会会长以及亚泰水泥、山水水泥、天瑞水泥、冀东水泥、大鹰水泥、北方水泥等大型企业东北地区负责人参加了会议。针对东北水泥市场产能严重过剩、行业利益严重受损等情况,会议重点研讨了东北水泥企业进行兼并重组的紧迫性和必要性,并提出了具有创新意义的具体措施,以加快实现东三省水泥市场环境的整合优化。

目前,东北地区共有 101 条生产线,熟料产能 1.26 亿吨。熟料产能至少过剩 32%(不含在建的 1650 万吨),水泥产能至少过剩 54%。2014 年上半年更是比 2012 年同期水泥价格平均下降了 52.38 元人民币。

会议就遏制新增产能进行了讨论,一致承认东北地区已经成为全国过剩最为严重的地区之一,存在巨大投资风险。如果继续发展下去,将给水泥行业和投资者本身造成重大损失。共同遏制新增产能、停止新线建设是加快兼并重组的前提。反之,新线投入越多,重组包袱越重,必然导致重组无法进行,谁继续投资,可能谁的损失最大。

会议认为,共同遏制新增产能和解决在建项目问题,绝不是为了哪一家企业,而是为了维护东北地区水泥行业的共同利益,是行业发展的一个转型和进步。在国家工业化、城镇化建设逐步完成的情况下，继续投资水泥产业，不仅会拖累行业经营，更主要的是无法达到投资预期，形成无效资产，是对国家、对股东、对股民最大的不负责任。

会议就共同遏制新增产能提出了建设性意见，并希望各企业以大局为重，积极响应，维护行业利益。因此，会议认为，提升合作层次是加快转型升级的关键，要加快强强联合，加快建立更高层次的对话平台。

会议同时提出，建议各企业采取切实措施，降低长途运输成本，减轻交通压力和道路破损，更好地履行水泥企业的社会责任。会议向与会企业建议实行“两个转变”：转变商业模式，由交叉销售转向交叉持股；转变兼并重组方式，由独资兼并重组转向产权置换，实现企业加大产业集中度和市场主导能力的目标。

为了加快推进东北地区水泥企业兼并重组，本次会议专门成立了协调小组，由中国建材联合会副会长、中国水泥协会副会长、亚泰集团副董事长徐德复担任组长，辽宁水泥协会会长王友春、黑龙江水泥协会会长赵君任副组长，组员有亚泰水泥、北方水泥、天瑞东北、山水东北、冀东东北、大鹰水泥等水泥企业，负责日常沟通和协调工作，争取在今年 8 月，能在部分地区开展实质性合作。这不仅是对中国水泥协会一个月前在沈阳召开的东北水泥发展论坛精神的贯彻落实，或许还将在全国范围内起到化解产能过剩、促进行业兼并重组的示范性效果。

（见习记者　赵常秋　黄莹）

《东北水泥企业整体重拳出击》报道索引（其他篇目）

◆评论：为东北水泥行业点个“赞”

◆东北水泥企业新的举措值得全国同行给予关注

2014 年 9 月 30 日

全国 444 家水泥企业签名承诺绝不新建违规产能

本报讯　在中国建材联合会、中国水泥协会的倡导下，水泥行业大中型水泥生产企业的法定代表人、董事长、总经理近日纷纷签订不再新建生产线承诺书，向社会公开承诺：遏制新建新增产能，化解过剩，优化存量，提高效益。截至 9 月 22 日，全行业已有 444 家水泥企业签署了承诺书。

在这项公开承诺活动中，水泥行业各大中型企业法人向社会各界公开承诺，一定要自觉维护国家和行业利益，坚决遏制新增产能，积极化解严重产能过剩矛盾；克服盲目投资的冲动，一定要从企业自身做起，不违规新建水泥生产线，也坚决遏制其他企业各种违规新建生产线和弄虚作假置换产能的行为；开展公平有序有利于行业进步的市场竞争，不以排挤或有意伤害竞争对手为目的，不允许以低于成本的价格销售产品，搞乱市场；既不恶意低价倾销，也不谋取市场暴利，合理与理智竞争不打价格战，共同维护市场秩序和行业利益。

这是继今年协会在连续三次召开区域水泥论坛之后，又一次行业的大型自律活动，反映了行业的共同呼声。这些活动的举办，旨在把思想和行动统一到党中央和国务院的决策和部署上，坚决遏制新建水泥生产线，坚决遏制产能利用率和经济效益下滑的有力举措。相信由几百家大中型水泥企业的积极响应与支持，遏制产能新增和化解产能过剩将会出现新的转折，将会在相互监督和自我承诺中，促进水泥工业的健康发展。中国建材联合会和中国水泥协会希望广大水泥企业齐心协力、团结一致，对违法违规新建水泥项目的行为要盯住并及时揭露，各级协会组织要在认真核实的基础上，加大媒体曝光力度，并追究其责任，让违规新建水泥生产线的行为和扰乱市场正常秩序的行为，在大家的监督下，成为过街老鼠，人人喊打，无处藏身。这次大型的行业自律活动必将营造一个良好的发展与经营氛围，为全行业抵制违规新建水泥项目迎来春天，为行业健康可持续发展带来巨大的正能量。

《444 家水泥企业承诺绝不违规新建》报道索引（其他篇目）

◆评论：同一个承诺　全行业担当

◆遏制新增　化解过剩　优化存量　提高效益

——百家水泥企业承诺书

◆奏响遏制新增水泥产能最强音

——访中国水泥协会秘书长孔祥忠

关注本系列报道请扫描二维码

第四章
在“绿色”大道上迈步前行

新中国成立以来，国家经济的高速发展让我国建材行业由小变大、由弱到强，但也让行业扣上了“三高一资”的“大帽子”，随着生态文明建设被纳入国策，倒逼着传统重工业必须转型以绿色环保为主色调的生态型产业。在建材工业主管政府部门——工信部的带头下，全行业很快抓住了摘掉“大帽子”的抓手和契机，那就是大力发展绿色建材。

《中国建材报》以高度的新闻敏锐视角和专业精神，在绿色建材的概念尚在孕育的时期，便给予高度关注和重视，对“绿色建材”的采访报道长年深耕细作，对于推动我国绿色建材产业发展和转型，尽最大力量履行行业媒体的责任和使命。《中国建材报》在发展绿色建材的这条路上，越走越深、越走越广、越走越专业。

关注本系列报道请扫描二维码

“绿色建材大家谈”(节选)

2013年5月7日

绿色建材　为中国梦添彩

——工业和信息化部原材料工业司副司长潘爱华访谈录

■ 本报记者　孟宪江

党的十八大提出了建设生态文明、美丽中国的奋斗目标,对各个行业来说,都是一次历史性的发展机遇。

特别是,我国国民经济在经过30多年快速增长之后,取得了举世瞩目的成就,但同时,也出现了一些困难和问题,主要是由于比较粗放的增长模式让资源消耗、环境污染难以克服,外交使得经济持续增长难以找到长期稳定的支撑,持续发展受到影响。所以,在这个关键的时候,我们审时度势,提出了要走新的绿色发展之路。

绿色道路,是我们改革发展中的必然选择。建材行业也丝毫不例外,所以,国家部委和相关机构都提出了发展绿色建材的转型升级之路,来为持续的未来发展创造稳定和谐的环境和条件,也是在为实现我们行业的建材梦积累共同进步的正能量。

为了更好地求得共识,正确理解和认识建材行业绿色发展的方向和目标,实现我们共同追求的“建材梦”,记者专程采访了工业和信息化部原材料工业司副司长潘爱华。

实现转型升级的重要方向

孟宪江:最近以来,建材行业里对大力推广绿色建材,实现节能减排的工作非常关注,请您谈谈绿色建材的认识和理解。

潘爱华:在新的历史条件下,走绿色建材发展之路,的确是我们的必然选择。首先,我们在学习十八大文件精神时,一直在思考,作为建材工业,怎样实实在在地落实十八大精神,将十八大精神务实地贯彻到行业中去。

我们看到建材行业在工业化和城镇化互动中是有机遇的。建材是基础工业，同时是城镇化的重要材料，这是我们的机遇。十八大提出"把生态文明建设放在突出地位，融入经济建设、政治建设、文化建设、社会建设各方面和全过程，努力建设美丽中国，实现中华民族永续发展"。具体到我们建材行业来看，建材行业具有"两高"特征，所以，在生态文明建设中面临着巨大的挑战。为此，我们在学习贯彻落实中认真思考，对建材和钢铁等这样的行业怎样贯彻落实十八大精神，如何抓住新的发展机遇进行了分析调研和总结。在学习中，我们发现，发展绿色建材既能迎接现实挑战，又可抓住未来发展机遇。因而，我们和住建部等部门一起研究，形成共识，在适当的时机，确定了今年的工作重点——发展绿色建材。

绿色建材应是在全生命周期内可减少对天然资源消耗和减轻对生态环境影响，本质更安全、使用更便利，具有"节能、减排、安全、便利和可循环"特征的建材产品。绿色建材最早源于传统建材，又是传统建材的升级版。

节能是指在生产环节降低能源、资源消耗，在使用环节提升建筑物节能水平；减排是指在生产环节减少污染物和二氧化碳的排放，在使用环节不仅自身减少，还帮助建筑物减少有毒有害物质缓慢释放，更好地保障生命健康；安全是指在生产环节减少安全隐患，提高产品本质安全度和耐久性，在使用环节帮助提升建筑物防灾减灾水平和延长使用寿命；便利是指生产环节环境舒适、施工环节使用便利，职业病发病率降低；可循环是指生产环节无害化消纳产业废弃物，废弃处置环节无毒无害易回收、便于资源化再利用。

近期及今后一段时间，要重点围绕对建材结构调整和绿色建筑发展影响大、使用广、条件成熟的高性能混凝土、节能玻璃、节水洁具、陶瓷薄砖、外墙外保温材料等产品推进绿色建材产品标准化工作和绿色建材产品目录编制工作。

绿色建材是绿色建筑发展的物质基础，也是建材工业转型升级的重要方向。但由于标准规范相对滞后，绿色建材发展与应用推广力度不够，亟待上下游互动对接，加强标准认证体系建设，以满足绿色建筑和建筑节能发展需要。

延展新型业态的有效途径

孟宪江：推广绿色建材，可以说是最近我们工作的一个新思路，特别是在行业产能大量过剩的情况下，大家都在想办法来克服目前存在的问题，想请您谈谈，新思路的思想的火花是如何产生的？还有推广绿色建材的积极和深远意义？

潘爱华：我们作为建材行业的管理部门，绿色建材不是新概念，提出了很久了，媒体也报道过很多。绿色建筑也是一样。所以这几年,工信部在探索建材行业管理时,一是行业准入,成为建材行业管理的重要手段,也出了一系列的规划,对建材工业也进行了发展思路的梳理。行业标准工作我们也在探索中向前推进。在实践中我们提出了一个“三位一体”的管理思路,主要包括传统产业的转型升级,培育壮大无机非金属新材料,大力发展生产性服务业,这可以说是我们管理中的一个坐标。另一个坐标呢,那就是我们工信部的工作职能,政策标准规划等,以及在日常经济运行中的监督和检测。

我们提出了一个很完整很系统的行业管理思路,发布后,得到了行业的认可。去年我们提出对全行业的管理,我们强调要科学全面地认识行业,通过这次的“三位一体”,既兼顾了发展得很好的传统建材,也充分考虑到了技术发展产生的新材料和新型业态产生的现代服务业,产业结构就更加合理和完整了。还有,这样做了之后,可以说,我们对行业的管理更加系统化,从标准、规划到相关政策,决策路线图更加合理更加科学。

面对大宗产品产能过剩、单位工业增加值能耗和二氧化碳排放高、污染物排放总量大、新兴产业急需产品又难以保障的难题和矛盾,2013 年建材行业将坚持稳中求进,着力改造提升传统产业、培育壮大无机非金属新材料产业和大力发展生产性服务业,“三位一体”协同推进。

绿色建材至少有四个方面的作用和意义,第一,是建材行业贯彻落实十八大和今年全国两会精神的具体行动。第二,促进建材行业转型升级、结构调整,如何实现自己的“中国梦”,支撑和打造中国经济升级版的重要行动。第三是化解水泥玻璃等产能过剩的一个有效办法。第四,加快建材工业拓展功能,注重发展质量和效益,构建绿色生态文明。通过技术结构、产品结构、装备结构、内部结构的调整,既要使我们传统建筑材料的生产商,也要把建材工业和消费品工业融合,生产性服务业这块短板要扶起来。

通过绿色建材把能源管理、现代物流、公共服务等带动起来,才能把整个行业转型升级落到实处。

其中的核心是要化解两个矛盾:传统产品过剩与高端产品不足的矛盾;建材工业万元工业产值能耗偏高与能源环境约束之间的矛盾。解决矛盾的办法一是要用市场的手段来进行调整,二是需要政府来引导。目前的主要工作是梳理行业标准体系,制修订重要行业标准,结合行业准入和节能减排对标,加快生产性服务业发展,提升产业水平,促进建材工业绿色发展步伐。

认识绿色建材的深刻内涵

孟宪江:发展绿色建材是一个不断推进和提升的过程,您认为这项工作的重点和难点是什么?又如何来解决好呢?

潘爱华:编制绿色建材标准认证体系和目录,是一个长期的任务。我们的总基调:这项工作是建材行业贯彻落实十八大精神最重要的一项工作,响应十八大提出的工业化、城镇化互动等要求,我们提出建材行业大力发展绿色建材,这是最重要的。根据国务院“十二五”规划的要求,这项工作是建材工业结构调整、转型升级综合性的抓手。因此,也是当前化解水泥、玻璃等行业产能过剩的措施。所以,加强推进绿色建材,这是我们行业工作的一个指导思想和目标定位。

随着工业化、城镇化、信息化、农业现代化同步发展,城镇化和工业化良性互动,2013 年建材工业将继续保持平稳较快发展势头,预计工业增加值同比增长12%,主要产品产量增速保持平稳,水泥产量增速可能降到5%以内,平板玻璃、建筑卫生陶瓷产量基本持平或微涨,绿色建材和制品业将继续保持两位以上增速。

我们提倡绿色建材,就是要改变人们的消费理念。这是一个理念的引导。我们搞绿色建材是开放性的平台,包括建筑材料的使用商、生产商和建筑物的消费者,使我们每个公民都要认识上去。政策环境也要跟上,否则就不能持久。外力只能推一时,要内生动力才能长久。

孟宪江:这众多绿色建材品种中,工信部将首先选择哪几类品种作为推广的重点?

潘爱华:统一思想的过程中,都觉得事情可以做,但是有一种声音:这件事情做起来难。我们充分研究后,决定先从节能玻璃开始,要把复杂的问题简单化,这样才便于操作中实施。对任何一个品种,我们都要抓住最关键的一个主变量,比如玻璃的节能问题。我希望把它变成通俗易懂的东西。建材和别的行业不一样,很多老百姓要自己去买。所以将来宣传很重要的内容就是要教老百姓如何认识和识别。建材为什么一定要这样做?因为建材既是生产资料,又是生活资料,一个老百姓去买玻璃的时候要考虑到这个玻璃品种有什么好处。

然后是轻薄陶瓷和节水洁具、高性能混泥土等。

做好绿色建材是一个我们要长时间去完成的事业。在技术上要不断进步,是动态的。在实践中还要理性发展,绿色也不是一成不变的,也要不断提升和更新。所以我们提出的“三位一体”思路和绿色发展战略,就是从行业长远发展角度来思考问题的。这个战略定位要在相当一段时间里持续指引我们的工作方向。在标准上管理企业生产,在市场上引导百姓消费。参与的老百姓多了,关注绿色建材的人多了,市场需求就和我们的政策目标结合起来了。

我们的理想和目标是,通过行业上下各方面的共同努力,建材工业能够以美好的形象实现自己的"建材梦",来参与支撑和打造中国经济升级版的重要行动,并在这个过程当中,我们共同来为实现"中国梦"添彩。

2016 年 3 月 2 日

重视供给侧改革,推进绿色建材产业发展

——访原国务院参事,中国科学院可持续发展战略研究组名誉组长、首席科学家牛文元

牛文元:原国务院参事,中国科学院可持续发展战略研究组名誉组长、首席科学家。2007 年,为表彰牛文元在世界环境与发展领域中的贡献,他和意大利前总统钱皮两人分获"国际圣弗朗西斯环境大奖"。

■ 本报记者　王婉伊

《世界是平的》一书作者弗里德曼在《纽约时报》专栏中写道:"置身中国,我更加确信,当历史学家回顾这十年的时候,他们会认为重要的事件不是经济大衰退,而是中国的绿色大跃进。"

是的,中国的绿色大跃进时代到来了。在当今的中国,"可持续发展"战略已深入人心。

时间拨回 1995 年,"可持续发展"被中共中央作为国家发展的重大战略正式提出,并付诸实施。鲜有人知,自 1988 年以来,牛文元教授等在中国最早发布了生态环境预警的报告,国际环境奖的颁奖词认为他在中国最早主持可持续发展的战略研究,开创了中国可持续发展的理论体系、设计了可持续发展的战略框架,揭示了发展行为的基本规律。

在 20 世纪 90 年代接受媒体采访时,牛文元这样说:"中国的现实与未来的现代化历程,不讲可持续发展肯定要吃大亏。"

如今听来,这番话非常具有前瞻性。

近日，中国建材报记者专访了牛文元，他围绕绿色建材产业发展提出了真知灼见。

绿色发展　势在必行

用数据说话，是牛文元的一贯作风；用数据说话，也让我们深深感受到一位老科学家严谨的工作态度。我们的采访从三组数据开始。

第一，1987 年 7 月，世界人口 50 亿，到目前是 70 亿，平均每年世界新增人口为 8500 万，21 世纪的地球必须消解人口增长带来的压力。

第二，世界银行指出，整个 20 世纪的 100 年中，人类消耗了 2650 亿吨的石油天然气，380 亿吨钢，7.6 亿吨的铝和 4.8 亿吨的铜，因此 21 世纪的地球必须消解能源和资源需求带来的压力。

第三，从全球范围来看，人类的生态足迹已经超出了全球承载力的 20%，人类在加速耗竭自然资源的存量。

气候变化已经成为一项全球性的灾难问题，遏制气候变暖、限制温室气体排放，对世界各国的绿色发展至关重要。

对我国而言，“十三五”期间，工业节能减排面临着严重的挑战，主要包括五个方面：其一，新《环保法》被誉为“史上最严”，工业领域减排压力大幅增加；其二，重工业发展速度仍可能快于轻工业，工业结构重化将导致能源消费居高不下；其三，主要工业部门的平均研发强度低于 1%；其四，产能过剩仍将对节能减排的投入意愿产生较大阻力；其五，转型任务艰巨，服务业和战略性新兴产业的比重仍待提升。

这就要求我们必须走绿色发展之路，将绿色发展理念融入社会发展的全过程。

目前，我国就此展开了多项工作。去年 6 月 30 日，中国政府已制定应对气候变化国家自主贡献文件，并向《联合国气候变化框架公约》秘书处提交。我国总理李克强表示，中国政府确定了到 2030 年的自主行动目标，并指出，为实现上述目标，中方提交的方案就体制机制、生产方式、消费模式、经济政策、科技创新、国际合作等将会有一系列强化政策和措施。

牛文元说，绿色发展必须以 GDP 质量提升、循环发展和低碳发展的成功去对冲传统发展以数量和增速为标志的弊端；必须以工业的节能减排为源头，全面带动五大领域的可持续发展，即生产领域、流通领域、消费领域、社会领域和文化领域，最终为生态文明建设作出积极的贡献。

绿色建材　重中之重

牛文元在进行我国可持续发展战略研究时,也高度重视我国建材工业的绿色化发展。

牛文元说,建筑材料是国际上发展生态产业、绿色产业、低碳产业的主攻方向之一。然而,目前我国形势并不容乐观。据计算,2009—2014 年,在我国每建 1 平方米房屋需要消耗:0. 80 ~0. 83 平方米土地、55 ~60 公斤钢材、0. 2 ~0. 3 吨标煤、0. 20 ~0. 23 立方米混凝土、0. 15 ~0. 17 立方米墙砖,CO_2 排放为 0. 75 吨。自 2000 年以来,全国每年平均房屋竣工面积约为 20 亿平方米,消耗 7 亿吨标煤,平均占社会总消耗的 30% 以上。

面对如此大的消耗水平,国家的战略不得不进行大调整。牛文元说:我国走过了“只要金山银山、不管绿水青山”,到“既要金山银山、也要绿水青山”,再到“绿水青山也是金山银山”的认知过程,中国发展转型之路,生动地体现了观念创新、制度创新、科技创新、管理创新、文化创新的全过程。

牛文元强调,建材工业绿色发展是必然之路。接下来,在工业 4. 0、“互联网 +”、第三次工业革命中,建材行业的节能减排将在理念、规划、工程、工艺、产品、可循环、环境友好、资源节约及精细化、柔性化、智能化、定制化方面得到充分体现。

六大要点　重点把握

推进绿色发展,节能减排是根本手段,牛文元说,节能减排要重点把握六大基本战略要点。

第一是把握好绿色投资的导向。牛文元说,绿色投资是绿色经济的旗手与导向。绿色投资以合理应用与保护自然资本为出发点,以自然成灾和环境容量为阈值,以生态平衡为杠杆,将财富的生成定格在不以牺牲自然赤字为代价的基础上,通过绿色财富积聚,破解“增长停滞”的世界性难题。

第二是把握好绿色设计,从源头管控。绿色设计是产业源头创新走向绿色的全球攻势、绿色设计以成功实施可持续发展为方向,把节能减排的内涵孕育其中,要求工业部门整体逼近“脱钩发展”“四倍跃进”、与“三零理念”的要求。

第三是把握好绿色能源。绿色能源是清洁能源、可再生能源、新能源的总称。通过提高能效、降低污染、减少碳排放、向氰基能源转换等,提升其在传统能源中的比例,优化能源结构,大力推行分布式能源、智能电网、超大容量蓄电装置、超高速度充电装置，为绿色发展在动力上保持竞争优势提供支撑。

第四是把握好绿色材料，建立节能减排的物料基础。工业领域中，原材料的节能减排是最重要的关键部类。从高效循环利用资源、开发洁净生产工艺、提供绿色材料体系和研制极限功能材料等各方面，对包括建筑材料在内的绿色低碳循环发展，具有重大的推动作用。

第五是把握好绿色制造，推进节能减排的实体表达。装备制造占中国 GDP 总值的四分之一。绿色装备制造以具有带动性、示范性的典型产品与行业为对象，以推动产业链整体解决方案为主线，重点突破绿色设计、绿色公益、绿色回收资源化等绿色制造关键技术与共性技术，特别对于 3D 打印、先进制造、精细制造、纳米制造、智能制造等应给予重点关注。

第六是把握好绿色化工，抓好节能减排的重点领域。绿色化工是现代产业中最具活力的生产领域。绿色化工是新材料、新工艺、新经济增长点的重要组成部分。绿色化工产品种类多、附加值高、用途广、产业关联度大、直接服务于诸多行业和高新技术产业的各个领域，是绿色发展的重点领域。

三个关键　不可或缺

牛文元强调，在发展绿色建材的进程中，要不断改进技术、工艺，从中达成可持续发展的目标要求。要通过技术的源头、工艺的路线、材料的创新，完整表达出建材行业的科技含量。目前，在新时期的经济发展形势，尤其要把握以下三个关键。

首先是重视消费端，通过科学预判了解市场需求。

牛文元说，在建材产业的绿色化发展中要高度重视消费端，合理预计消费侧用量，特别针对中国目前错综复杂的经济环境，必须根据市场需求，预判供给量，科学规划建材行业所需产能。

其次是从供给端发力推进建材的精细化、智能化。

中央提出，结合中国经济发展的现状，加强供给侧的结构性改革，强调在适度扩大总需求的同时，在推进经济结构性改革方面作更大努力，着力在加强供给侧结构性改革的同时，提高供给体系的质量和效率，使供给体系更适应需求结构的变化，增强经济持续增长动力。牛文元认为，落实到建材行业，尤其是绿色建材产业，尤其要重视供给侧改革，特别要提升供给侧的智能化、精细化，要以减少能源消耗、减轻环境负担为基本考虑。

最后，提升建筑寿命，减少建材浪费。

数据显示,"十二五"期间,每年过早拆除建筑面积4.6亿平方米。有媒体粗略估计,如果按照每平方米要浪费1000元人民币计算,则每年建筑过早拆除要浪费4600亿元人民币。而目前,中国建筑的平均寿命低于建筑大纲关于100年和70年标准的10%~15%。因此,牛文元指出,提升建筑材料的整体寿命至关重要。

宏观着眼,细微入手,牛文元关于绿色建材产业发展的观点高屋建瓴,分析深入浅出。我国的可持续发展在他心中是一幅完整而清晰的图景。从洋务运动时期我国现代建材行业肇始,到如今的"工业制造2025",到石墨烯材料,牛文元侃侃而谈。他已年逾古稀,却仍然有着超前的战略眼光,胸怀我国工业发展的每个角落。

最后,他提出了对绿色建材产业发展的殷切期望,他说:"希望绿色建材在生产领域的应用中,能提升性能、延长寿命;在生活领域的应用中,能积极与新能源、新材料紧密结合。必须充分认识工业节能减排,是国家绿色发展的战略要求,是最大程度获取可持续发展能力和解消自然资本应力的必然选择。"

2016年3月10日

发展绿色建材需建立跨学科协同平台和机制

——访中国科学院院士吴硕贤

吴硕贤:中国科学院院士,华南理工大学建筑学院教授,亚热带建筑科学国家重点实验室第一任主任。中国建筑学会建筑声学专业委员会主任委员,曾任国务院学位委员会建筑学学科评议组成员。

■ 本报记者　韩　超

建筑学家,诗人,这两个词看上去似乎很难有某种关系,然而了解吴硕贤院士的人,总会说,建筑学家也是诗人,或说诗人同样是建筑学家。

今年69岁的吴硕贤院士,出生于福建泉州,祖籍诏安,其父亲吴秋山是知名的作家、诗人和书法家。受家庭氛围影响,吴硕贤从小就对古诗词、书法情有独钟,十三四岁时的他,就已能写出"苍苍荣木峰巅立,汩汩悬泉天上来"、"长天如海云为浪,变幻升腾泡沫翻;霰玉纷飞三百丈,顿成大雨落人间"的豪迈诗词。著名文学家叶圣陶曾写信评价其作品"诸作大体均佳,读之有余味"。

少年时,他想成为诗人、作家,但当时,国家号召青年学子向科学领域进军,他积极响应,转而重视理科。1965 年,他以福建省理科状元、全国理工科总分第一名的成绩被清华大学录取。

然而“文革”开始,吴硕贤的学习生活被完全打乱,先后被安排到西安、南昌、福州等地的铁路部门从事桥梁施工与建筑设计等工作。在此期间,他自学了钢筋混凝土结构、砖石结构、涵洞等课程,半实践半自学地学完了整个建筑结构学课程。

1978 年,全国恢复研究生招生,吴硕贤考上清华大学建筑技术科学专业的研究生,从此开始了研究建筑声学的生涯,并逐渐成为业内知名的建筑学家。

他是我国建筑界与声学界培养的第一位博士,曾经担任亚热带建筑科学国家重点实验室首位主任,2005 年当选中国科学院院士。

对于这样一位传奇院士的采访,记者却丝毫没有遇到推托。打通吴硕贤院士的电话,说明了来意,吴硕贤院士爽快地接受了记者采访请求。采访虽已过去几天,但吴硕贤院士严谨为学、宽厚待人的作风一直让记者印象深刻。

记者:您是建筑学专家,又是著名诗人,对“绿色”二字一定有着特殊的感情,请您谈一谈绿色建材的发展对社会特别是绿色建筑的推进意义?

吴硕贤:我们把绿色建筑定义为:“在建筑的全寿命周期内,最大限度地节约资源(节能、节地、节水、节材),保护环境和减少污染,为人们提供健康、适用和高效的适用空间,与自然和谐共生的建筑。”

绿色建筑由于其对节能、减碳、改善人居环境和振兴经济的巨大价值,得到世界范围的空前重视,成为世界建筑业发展的总趋势。

推行绿色建筑的要点包括节地与城乡生态建设,节水与水资源利用,节能与可再生能源利用,节材与温室气体减排,室内环境,污水与垃圾处理等内容。可见,推行绿色建筑对于生态文明建设,建设美丽中国,建设生态、宜居的城乡以及实现小康社会,均是一个关键举措。其中,节能、节材和室内环境改善、减少垃圾排放与处理等要点都与绿色建材密切相关。

可以说,发展绿色建材是推行绿色建筑的基础性工作之一。众所周知,建筑材料,包括建筑上的一砖、一瓦、一铁、一石,都是能源与资源的固化物,在其生产、制造和运输过程中,无不排放大量二氧化碳。相关数据显示,每生产 1 千克水泥,会排放 0. 8 千克二氧化碳,每生产 1 千克钢,会排放 2. 23 千克二氧化碳,每生产 1 平方米瓷砖,会排放 7. 38 千克二氧化碳。每平方米中层住宅楼所使用建材的二氧化碳排放量约为 300 千克。在我国,每建 1 平方米建筑物,须消耗钢材 50 ~60 千克,消耗混凝土 0. 2 ~0. 23 吨,砖 0. 15 ~0. 17 吨。建筑物建造与日后拆除过程中,还将产生大量废弃物。显而易见,为了节约资源,节能减碳和保护环境,就应当大力发展绿色建材,着力改变建筑业过于依赖高耗能、高污染和难于再生循环利用的某些传统建材的现状,减少建材生产过程中的资源浪费、能耗和二氧化碳排放,减少对环境的污染,提高建材的循环利用与再生利用水平。还要通过发展绿色建材来进一步提高建筑标准化与工业化水平。

室内环境分为室内空气品质与室内物理环境(声光热环境)两大类。

其中,室内空气污染,又可分为物理污染(如粉尘)、化学污染和生物污染(如霉菌)三类。

过去,由于未重视绿色建材的研发,致使在建筑中大量使用的建筑装饰、装修材料和由复合材料制成的室内物品(包括家具),不乏会散发较多化学污染物的材料和产品。而且,由于我国过去缺乏关于建筑及装修材料和物品有害物限量的严格和科学的法规和标准,而消费者又难以鉴别这些材料和物品的环保程度,致使高散发有害物的建筑材料、室内材料和物品大量进入市场、投入使用。

室内空气中的VOCs(Volatile Organic Compounds,解释为“挥发性有机物”)浓度过高往往会引发病态建筑综合征、与建筑有关的疾病及多种化学污染物过敏症。美国环境保护署历时5年的专题调查结果显示:许多民用和商用建筑内的空气污染程度是室外空气污染的数倍、数十倍,甚至超过100倍。因此,美国已将室内空气污染列入危害人类健康的五大环境因素之一。因此,应当大力发展健康、无污染的绿色建材,并加大室内空气品质的研究、监测与控制力度,保证居民具有良好的室内空气品质。

另外,发展绿色建材事业,可提高建筑材料的循环再生利用率,对于减少垃圾排放和处理,也具有决定性意义。因为建筑物是能源与资源的固化物。世界上约50%的资源用于建筑物,所产生的固体废弃物的50%也来自建筑物。建筑在使用过程中的能耗约占25%,加上与建筑业相关的能耗(如钢铁、水泥、玻璃等建材工业的能耗)约占46.7%。约有40%的CO_2排放量来自建筑物。因此,建筑业占节能减排的半壁江山。如果我国不在建筑领域迅速采取重大的节能减排措施,包括大力发展绿色建材产业,那么实现节能减排至少有半句是空话。

记者:您长期从事建筑环境声学的教学与研究,请问,从建筑声学的角度看,绿色建材发展应该从哪些方面入手?

吴硕贤:如前所说,建筑物理环境分为热环境、声环境与光环境。

由于我本人是建筑环境声学方面的专家,所以我着重谈一下人居声环境存在的问题以及绿色建材对于改善人居声环境的作用。声环境是我国长期被忽视的人居环境问题之一。在我国各地环境污染投诉案件中,对噪声与振动干扰的投诉数量经常高居首位。例如,我国许多住宅和其他建筑,临近交通干道而建。而目前我国昼夜车流量有增无减,使得昼夜噪声级几乎同样居高不下,往往达到80多分贝,超出“白天不超过70分贝,夜间还应更低”的标准不少,给临街居民带来严重的噪声干扰,影响其工作、生活与健康。

改善人居声环境的另一个重要方面,是要搞好公共建筑,尤其是音乐厅、影剧院等观演建筑,体育馆、会议厅、演播厅以及候机、候车厅和教室、医院等建筑的建筑声学设计。

为了保证良好的厅堂音质和控制噪声,就应当努力研发具有良好隔声、隔振和吸声性能,同时具有无污染、防火、耐腐蚀性能的绿色声学建材。与此同时,为了保证良好的人居湿热和光环境,还应当努力研发具有良好保温、隔热、除湿以及具有良好控光性能的绿色建材。这对于改善人居热、声、光物理环境具有重要意义。

记者:您对于发展绿色建材产业还有哪些建议?

吴硕贤:除了上述性能之外,绿色建材还应向具有高强、轻质、防火、耐腐、抗震等优良性能的方向努力,着力研发具有我国自主知识产权和国际先进水平的新型绿色建材,做大做强绿色建材企业,创立民族知名品牌,占领国际市场。

建筑材料工业的产业关联度高,能拉动的上下游相关产业包括冶金、化工、建筑、轻工与纺织等多个行业。加上与之相关的建筑业面大量广。今后我国每年新建建筑面积仍将达20亿平方米。未来10年,我国推行绿色建筑的市场规模可能达到数万亿元之多。可见,推行绿色建筑产业包括绿色建材产业将会有力拉动国民经济的发展,提供众多就业岗位。

去年9月2日,工信部和住建部联合发布了《促进绿色建材生产和应用行动方案》。该文件提出,到2018年我国绿色建材在行业主营业务收入中的占比将提高到20%。这无疑是个利好的消息。相信在这一重要文件指导下,我国的绿色建筑与绿色建材事业会大大往前推进。

建议加大对与绿色建材相关的建筑科技研究与开发的经费投入力度,培养相关人才,建立相关的重点实验室和绿色建材研发与检测评定中心,保障我国绿色建材事业切实建立在科学基础上。

绿色建材的研发涉及多个学科领域,包括化工、材料、结构、建筑、环境等,应当提倡建立跨学科协同攻关的研发平台和机制,以保证研发水平和提升创新能力,同时要研究将成果迅速转化为生产力的举措。

加强有关绿色建材的立法工作。加速和强化对绿色建材相关标准和规范的研究、制订、推广和修订工作,建立相应的节能效果、环保效果的监测与验证规范,以及严格的建材性能评估与标签制度。

此外,还应当扩大宣传与做好科学普及工作,提高公众利用绿色建材的积极性与自觉性;同时,制订相关政策,鼓励单位和个人积极推广、应用绿色建材产品。

2016 年 3 月 25 日

“一带一路”为绿色建材发展带来重大机遇

——访丝路基金有限责任公司监事会主席杨泽军

杨泽军:经济学博士,丝路基金有限责任公司监事会主席,曾任中央财经领导小组办公室经贸局长、秘书局长。多年参与起草中央经济工作会议文件,三度参与起草中央关于中华人民共和国国民经济和社会发展的“十一五”“十二五”和“十三五”规划《建议》。

■ 本报记者　张雅丽

2100 多年前,张骞出使西域,被称作开拓丝绸之路的“凿空之旅”。从此,中国的丝绸、瓷器、茶叶开始被送往沿途各国。时光流转,两千多年之后,全新的海陆丝绸之路依然续写着互联互通,互利互赢的故事。

这就是习近平总书记于 2013 年提出的“一带一路”倡议,即建设“新丝绸之路经济带”和“21 世纪海上丝绸之路”。

“一带一路”蕴含着巨大的战略机遇。它的沿线遍布着新兴经济体和发展中国家,总人口约 44 亿,经济总量约 21 万亿美元,然而,“一带一路”沿线建设也面临着巨大的资金缺口。

丝路基金是发挥我国资金优势,由中国外汇储备、中国投资有限责任公司、中国进出口银行、国家开发银行共同出资设立的中长期开发投资基金,其重点就是在“一带一路”建设进程中提供必要的投融资服务。

2014 年 12 月成立以来,一年多的时间里,丝路基金本着为“一带一路”服务的目的,已经建立了多个重点支持项目和专项基金,投资项目实现实质进展。

近日,本报记者有幸采访了丝路基金监事会主席杨泽军,他对于"一带一路"建设的绿色化战略颇有感触。

全球经济绿色化转型 绿色成为发展底色

当前,随着全球化和新兴发展中国家的崛起,全球超过二分之一的人口将进入经济高速发展和资源环境破坏并发的时期,推动生态文明替代工业文明,推动绿色经济全球化乃大势所趋。

古老的中国就曾倡导"天人合一"的理念,这与当前全球经济绿色化的发展理念不谋而合。

在杨泽军看来,践行"一带一路"倡议,无疑为发展绿色经济、参与全球环境治理带来了重大机遇。

"'一带一路'倡议要绿色先行,环保先行。这是毋庸置疑的。"杨泽军特别强调,"要从意识上就具有绿色理念、绿色思维。"

事实上,将绿色生态文明的理念融入"一带一路"建设,加强生态环保对"一带一路"建设的服务和支撑,恰恰是为国际环保合作提供了一个交流的平台,不仅为丝绸之路赋予新的时代内涵,也为沿线国家和地区合作注入新的活力。

绿色就像一股新鲜的血液注入了"一带一路"的广阔版图中,为"一带一路"的建设鼓气助力。正如杨泽军所强调的,绿色生态理念让丝绸之路焕发出新的生机活力,以新的形式、新的理念使沿线国家和地区联系更加紧密,互利合作从而达到新的高度。

绿色发展作为全球发展的大趋势,已经成为"一带一路"沿线国家和地区共同的事业和目标。无独有偶,绿色发展正是我国"十三五"期间五大发展理念之一,一言以蔽之,绿色将是我国"十三五"期间和谐社会发展主基调,也是我国未来发展的底色。

杨泽军对此深表认同。他曾在多个重要场合强调过,"十三五"是非常关键的五年。作为实现十八大提出全面建成小康社会目标的最后一个五年。我国还面临着很多严峻的挑战,其中,生态环境就是一大难点。

十八大以来,强调经济建设、政治建设、文化建设、社会建设、生态文明建设"五位一体",全面发展。在"一带一路"倡议的实施过程中,把环保和绿色全方位融入"一带一路"的"五通",即政策沟通、道路联通、贸易畅通、货币流通、民心相通之中,从而使得整个发展方式绿色化,走上可持续发展的模式。

毫无疑问,“一带一路”倡议本质上和绿色化趋势密不可分。我国提出绿色化的理念和目标,既体现了我国经济社会发展的根本要求,也适应了国际经济发展的需求和趋势。

“‘绿色先行’的‘一带一路’倡议在全球经济变革中发挥着关键作用,绿色的发展理念是重中之重。”杨泽军告诉记者。

产能合作绿色转移　绿色建材不可小觑

当前,传统行业产能过剩非常严重,2015 年中央经济工作会议上把“去产能”列为今年的五大任务之首,是当前供给侧改革的重要目标之一。

产能过剩的中国建材行业企业,如今面临着日益巨大的压力,已经集体进入结构调整阵痛期。也因此,“走出去”的发展战略,对传统建材行业企业而言,在去产能和促转型的紧迫大任当前,越发刻不容缓。

“‘去产能’任务艰巨,‘一带一路’将在其中发挥牵线搭桥的重要作用,通过国际互联互通合作,让产品或装备走出去等多种方式,能够有效促进重点行业的优质产能转移。”杨泽军表示。

“国际产能合作是去产能的有力举措,但是加大国际产能合作必须要走绿色转移的道路,绝不允许污染项目‘走出去’。”杨泽军强调了“一带一路”产能绿色转移的重要性。“过剩产能绝不等于劣质产能,更不等于污染产能,这一点在多方合作中应该达成共识。”

“一带一路”倡议的一大特点就是通过“共商、共建、共享”,从而让更多国家和人民享受到中国经济发展的成果。“但是,这种发展的成果应该是绿色的、生态的。”杨泽军说。

数据表明,未来 10 年,亚洲基础设施建设共需 8.7 万亿美元。

基础设施的互联互通是促进“一带一路”建设的重要基石,却是当前制约“一带一路”沿线国家深化合作产业链上的薄弱环节。

对此,杨泽军建议,必须加快推进国内产能过剩行业的绿色转型与升级,要坚持高标准、严要求,不断推进国内优质产能和绿色产能走出去。

“一带一路”作为国家战略,所涉及的周边国家基础建设相对落后,需求较大,而中国在基建领域经验丰富,通过“一带一路”进行基建输出并开辟新的对外市场成为有力的经济抓手。作为百业之基的建材行业将从中直接受益。

当前,在国家出台相关政策的支持下,绿色建材在国内的发展如火如荼,绿色浪潮已然席卷了全行业。

杨泽军说:“发展绿色建材,特别是发展新兴绿色建材产品也是丝路基金当前和未来重点支持的领域,发展绿色建材不仅是促进建材行业转型升级的主抓手,更是促进基础设施建设中绿色产能有效转移的重要一环。”

借助“一带一路”的东风,绿色建材将迎来全新的发展机遇。杨泽军表示,大力发展绿色建材,也将进一步促进“一带一路”倡议的实施,有效推动“一带一路”沿线基础设施建设的绿色化,帮助重大项目在相关国家和区域更好地落地。

“产能合作事关双赢”,在杨泽军看来,制定钢铁、水泥、建材、铁路等行业产能国际合作的绿色标准,以创新促进传统行业的转型升级,大力推动绿色产能,高端产能走出去是必不可少的。

总而言之,杨泽军强调产能输出一定要有“绿色门槛”,而当前树立一批绿色合作的典范项目,比如绿色建材产业园区等也是迫切需要的。

“丝路基金”保驾护航 绿色金融充当杠杆

随着建立更加绿色的,可持续的经济体系成为全球共识,绿色经济的发展离不开大量雄厚资金的支持,绿色金融悄然兴盛起来。

就在刚刚结束的全国两会上,“绿色金融”首次出现在政府工作报告中,成为当下金融改革的“风向标”。

早在 2015 年 3 月,国家曾发布《推动共建丝绸之路经济带和 21 世纪海上丝绸之路的愿景与行动》,明确提出“在投资贸易中突出生态文明理念,加强生态环境、生物多样性和应对气候变化合作,共建绿色丝绸之路”。

“在‘一带一路’倡议的持续推行中,发挥绿色金融的杠杆作用,有效引导资源配置至关重要。”杨泽军对此坚信不疑。

中国经济已经进入速度换挡、结构调整、动力转换的重要时期,杨泽军表示,构建绿色金融体系正是引导资本投资绿色产业的制度保障。可以说,实施“一带一路”倡议是带动绿色发展的重要载体,组建丝路基金是国家大力推进“一带一路”建设的一项重要举措。

丝路基金运行一年多以来,已经打开了良好的局面,为“一带一路”建设做出了积极的贡献。“可以说,它就像是一个助推器,以丝路基金能够支持的方式,支持和推动国内外绿色经济的蓬勃发展。”杨泽军做了一个形象的比喻。

根据世界经济论坛 2013 年的预测,截止到 2030 年,单是像能源、交通、建筑等绿色基础设施产业的转型,每年就需增加相当于全球 GDP 的 1.5% 左右的额外投资。

"'一带一路'沿线国家和地区有迫切的经济发展需求,但很多投资项目融资渠道不畅。"杨泽军表示:"丝路基金可以通过自身独特的投融资方式,引导绿色产业、绿色领域的有效投资。"

"推动绿色金融领域的国际合作是必不可少的。特别是'十三五'时期,对外投资的机会一定越来越多,必须有效引导对外投资的绿色化可持续发展。"杨泽军接着说。

当前,"一带一路"沿线大多国家的生态环境普遍面临着严峻的考验,整体发展方式相对粗犷落后。杨泽军表示,对绿色建材产业发展蒸蒸日上的中国建材行业而言,这正是我国绿色建材走出去的巨大空间和平台,我们一定要把握机遇。

采访中,杨泽军多次强调,"丝绸之路必须走绿色之路。这也是国家战略的必然要求,对外开放的必然选择。如果不能沿着绿色的路去走,'一带一路'就可能走不通,走不远,也走不长久。"

2016 年 4 月 1 日

发展绿色建材是供给侧改革的一项重要内容

——访国务院参事、原国家建材局副局长蒋明麟

蒋明麟,现任国务院参事,曾任国家建材局副局长、国务院参事室副主任;第九、十届全国人大代表,第十一届全国政协常委,全国政协民族与宗教委员会副主任;享受政府特殊津贴;长期从事电气自动化和水泥工程设计应用工作及建材行业管理工作,教授级高级工程师。

■ 本报记者　蒙　华

"促进绿色建材生产和应用,是拉动绿色消费、引导绿色发展、促进结构优化、加快转型升级的必由之路,是绿色建材和绿色建筑产业融合发展的迫切需要,是改善人居环境、建设生态文明、全面建成小康社会的重要内容。绿色建材实际上完全浸透着十八大的绿色发展理念,是当前我国供给侧改革的一项重要内容,指明了我国建材行业未来发展的方向,政府要采取疏堵结合的策略,着力推广应用绿色建

材。”在以工信部为业务指导、中国建材报等单位具体筹建的中国绿色建材产业发展联盟成立前夕，国务院参事、原国家建材局副局长蒋明麟在接受记者采访时做出了以上表述。

市场发展空间巨大

建材行业是资源、能源依赖型产业，在传统生产工艺和过程中，其排放的温室气体和氮氧化物等，会对环境造成较大影响。以水泥为例，每生产一吨水泥熟料，需要消耗110千克标准煤，同时会排放约856千克二氧化碳。这种情况下，在全生命期内有效减少对自然资源消耗和生态环境影响，具有“节能、减排、安全、便利和可循环利用”特征的绿色建材的生产与应用就显得尤为重要。而如今，我国绿色建材产品在整个建材市场中所占的比重依然很小。

为提高资源利用效率，实现节能减排约束性目标，建设资源节约型、环境友好型社会，2013年，国家发展和改革委员会、住房和城乡建设部联手发布了《绿色建筑行动方案》；2015年，工业和信息化部、住房和城乡建设部联合印发的《促进绿色建材生产和应用行动方案》，旨在加快绿色建材的生产和应用，对绿色建材的评价，以及水泥与制品性能、高性能混凝土、装配式混凝土建筑及构配件、钢结构和木结构建筑、平板玻璃和节能门窗、新型墙体和节能保温材料革新、陶瓷和化学建材、绿色建材下乡等都做了相应的要求。“绿色建筑和建材的发展不仅能有效控制能耗、保护环境，更重要的是还能推动整个城镇规划建设，拉动建材服务需求，进而刺激国内经济增长。上述两个《行动方案》为我国建筑和建材行业下一步的绿色发展指明了方向和目标。”蒋明麟表示，“当前，国家正积极推进新型城镇化建设，不少地方面临拆迁重建，棚户区住房改造，对于建筑建材需求巨大，而传统建材存在用量大、耗能高、污染较严重等问题，已经不能适应市场需要。在刚刚闭幕的全国两会上，国务院总理李克强在《政府工作报告》中再次明确提出‘积极推广绿色建筑和建材’‘大力发展节能环保产业’，为绿色建材带来了巨大发展契机，可以说绿色建材真正迎来了发展的春天。”

绿色是指全寿命周期

“发展绿色建材不能只专注于材料的某一阶段，而是要关注它的全寿命周期。”蒋明麟给记者举例说，若某一材料在生产过程中虽然是低碳环保的，但在使用过程中耗能过大，它就不是绿色建材；即便在使用过程中是绿色环保的，但在其使用寿命结束后不能再进行回收利用,不能资源化处理,依然会给环境和资源造成巨大损失,那这种材料也不能定义为绿色。据蒋明麟介绍,他刚刚起草完毕的《大力推进建筑垃圾资源化利用的意见》的建议中,就非常明确地补全了建筑材料全生命周期的最后一块短板:所有部品、备件和材料以及建筑物在使用周期结束之后,无论以什么方式结束,所产生的建筑垃圾应以减量化、资源化、无害化为原则发展循环经济。

“发展绿色建材对我们来说既是一项重大任务,也是一件很难完成的事情。首先要定义全生命周期每一个环节的绿色评价标准。这个标准也不是固定的,将随着社会进步和对生态要求的严格而不断提升改进。我国修改标准的周期要不断缩短。”蒋明麟强调说,“中国绿色建材产业发展联盟的成立,意义很大,联盟一定要关注材料的全生命周期概念,原料的开采、生产加工、使用维护、回收利用等都必须符合绿色环保概念,否则就失去了它原有的意义。联盟要做好方方面面的工作,任务重大。”

对于绿色建材产业的可持续发展,蒋明麟认为,一定要建立一个完善的绿色建材标准评价体系,包括生产标准、产品检测和评定标准。在绿色建材产业链中,我们一定要重点关注品牌建设、标准建设、计量手段和测量仪器仪表水平的提升,只有这三点完备才能对我国绿色建材的行业发展形成技术支撑。

疏堵结合推广应用绿色建材

关于绿色建材,社会和媒体关注并讨论已久,政府和行业协会在这方面也做了不少工作,营造了较好的社会氛围。但在实施过程中却总让人有落实不到位的感觉,或者不好执行下去,这里面的核心问题是什么?该如何去解决?

就这个问题,蒋明麟分析认为,落实不到位的核心就是认识问题与经济问题。现在市场上,不使用绿色建材与使用绿色建材相比,其经济效益更好,根本原因是人们只关注眼前利益,而不关注长远利益;只看重价格,而不看重价值。研发生产绿色建材必然要投入成本,这个成本是要往下追加到使用者身上的。从长期来看,绿色建材所拥有的节能、环保、低碳等性能所创造的经济价值是划算的,但现在绝大多数消费者只在乎眼前利益,在购买时价格能少一块是一块,至于今后使用过程中绿色建材所产生的综合经济效益和环境效益他们看不到,也没有人给他们算绿色建材全寿命周期的经济账,所以就购买了非绿色建材,出现了绿色建材叫好不叫座的现象。

如何解决这个问题，蒋明麟建议采取疏堵结合的策略。首先，政府可通过科技立项资金扶持和贷款贴息等方式提供产业发展前期的资金，支持鼓励企业研发生产绿色建材。绿色建材产品必须依靠良性市场运作，企业要结合技术进步和优化管理降低成本，让百姓真正买得起绿色建材。这样才有利于推广普及绿色建材。为此，我们就必须补短板，把成本降下来。当然，我们也要认识到，因为价值的原因，节能环保的绿色建材和建筑物可能比非绿色的价格会高一些，所以我们在社会上要倡导和营造一种关注长远利益、注重商品价值的氛围。

“对于不节能、不环保的产品，政府可以制定绿色建材产品入市标准，否则不允许它上市销售，这里就需要有相应的评价体系和检测标准。非绿色建材不能在市场上销售就逼迫非绿色建材生产企业去转产绿色建材，否则就直接被市场淘汰。政府在发展绿色建材等新兴产业方面要多采取有疏有堵的政策，才有利于这些产业的可持续发展，目前正是考验我们政府执政能力和治理能力的时候。”蒋明麟再次强调说。

《绿色建材高端访谈》系列报道索引（其他篇目）

◆绿色建材产业大发展需要解放思想敢于创新

——访中国可再生能源学会理事长石定寰

◆紧紧围绕供给侧改革发展绿色建材

——访全国人大代表、中国工程院副院长徐德龙

◆诚信是建材业绿色发展的基石

——访中国建筑材料流通协会常务副会长秦占学

关注本系列报道请扫描二维码

循环再生产业的探索与实践(节选)

2014 年 6 月 24 日

当水泥窑“吃垃圾”成为常态

——从协同处置工业与生活废弃物的现状与困难寻找未来出路

■ 本报记者 张道营

在此次采访国务院参事蒋明麟的过程中,他向我们解读了其在 2012 年写给时任国务院总理温家宝的信件《十年来我国水泥工业“协同处置”废弃物工作进展和未来发展的政策建议》,着重分析了水泥工业利用和协同处置工业与生活废弃物领域的重要意义、发展途径及未来前景。

由此记者联想到一位企业家曾说过:“水泥行业并不是夕阳产业,而是一个朝阳产业,当水泥变成全社会都离不开的产品时,说明水泥产业的转型已取得成功。”看似简单的一句话,却蕴含着水泥工业正在进行的绿色化改革。

其中,水泥工业利用和协同处置城市废弃物被看做是绿色化改革道路上的重要一环,对于资源循环再利用、加强环境保护和使水泥工业可持续发展具有重要的现实意义。

目前,业内大集团金隅、海螺、华新等都已成功尝试水泥工业利用和协同处置工业与生活废弃物,为水泥行业向绿色环保产业转型提供了借鉴。但与发达国家成熟的协同处置体系相比,我国协同处置城市垃圾尚处于起步阶段,拥有巨大的市场潜力,前景十分广阔。

现实当前 岂能止步冰山一角

中国建材联合会名誉会长张人为曾分析指出,对占世界水泥总量 50% 的中国水泥工业来说,提高资源利用率和降低污染排放强度尤为重要。水泥工业的绿色发展将奠定该行业在环境空间的地位,在国家绿色发展财政经济政策不断完善的情况下,积极推广水泥窑协同处置技术。

数据统计,2013 年我国工业固体废物年产生量约 32.3 亿吨,城市生活垃圾年清运量约 1.71 亿吨,真正无害化的处理率较低,多达 90% 的垃圾被露天堆放或自然填埋,对土壤、地下水、大气等均造成现实和潜在的危害。

再看城市污泥,“十二五”期间,我国城镇污水处理厂湿污染产量将会以每年 15% 的速度增长,2015 年产生量将达到 4600 万吨,对这些污泥的无害化处理显然是很困难的事情。而在危险废物的处置方面,也是我国环境保护的突出矛盾。

因此,废弃物无害化处置工作给国家环保部门带来的压力越来越大,甚至不堪重负。水泥工业恰恰在此时可以全面参与到协同处置废弃物的任务中来。

对企业来说,如果按照一条 5000t/d 生产线日处理城市污泥或垃圾 300 吨计算,每年将累计处理 10 万吨,若全国有 1500 条日处理量不等的生产线,那么将累计处理垃圾 5900 万吨。

而对整个行业来说,目前我国水泥工业利用和协同处置工业与生活废弃物市场仅打开了冰山一角,尚处于逐步开发阶段。这一技术将为循环经济和生态城市建设带来更大的社会经济效益。

方兴未艾 三大难题急需突破

我国水泥行业从 20 世纪 90 年代后期开始了水泥窑系统“协同处置”工业危险废弃物、生活垃圾及污泥的应用研究及工业实验工作,同时加强了与国外合作,在实用技术方面取得了一定的进展。

虽然我国水泥行业在技术装备、产业布局、内在需求和借鉴国外现有经验方面具备协同处置废物的基本条件。但与国外同行相比,我国水泥窑协同处置城市垃圾的能力远没有发挥,现阶段还存在一些问题。

“协同处置发展速度缓慢、政策不完善、缺少正规的废弃物收集与预处理机构是当前面临的三大问题。”国务院参事蒋明麟告诉记者。

在他看来,我国参与协同处置的水泥企业较少,没有形成多个水泥厂大量处置废弃物的局面,发展速度较慢,按照 2010 年全国污泥产生量 2200 万吨估算,水泥协同处置处理量只有 80 万吨左右(约占 4%),而城市垃圾的占比更少,仅占 0.1% 以下,可以说我国水泥工业还没有有效参与。

其次,政策不完善制约了发展。水泥窑协同处置技术虽然得到了国家有关职能部门的认可和支持,但仍没有形成完整的、与国民经济发展相协调的法律法规和标准体系。现在我国《水泥窑“协同处置”工业废物设计规范》的国家标准已经出台,但是对处理废弃物企业的优惠政策以及垃圾、污泥处理的环保标准还不完善。

按照蒋明麟的说法,我国水泥工业协同处置废弃物的社会地位还不明确,对于有效利用资源与能源,以及加强环境保护的重要性没有从根本上得到重视。

再者,缺少正规的废弃物收集与预处理机构。由于我国还没有统一的垃圾收集管理制度,所以目前各地区的垃圾污泥等储备、分类与管理有很大差异;又由于缺少专业的废弃物的处理机构与设施,不但可再生资源得不到有效利用而且增加了二次污染风险,一些水泥企业得不到稳定的"资源",给他们的协同处置带来了很大困难,因此不能连续稳定运转。

放眼未来　积极协同探索新路

面对眼前如此多的现实困难,上到国家相关部门,下到行业、企业层面,他们都在围绕协同处置城市废弃物,积极探索新的发展路径。

政策引导是前提

今年5月份,发展改革委、科技部、工业和信息化部、财政部、环境保护部、住房城乡建设部和国家能源局等七部门联合发出《关于促进生产过程协同资源化处理城市及产业废弃物工作的意见》,积极推动水泥工业向绿色产业转变。

"最大程度地减少环境污染和最大限度接收消纳废弃物,达到与生态环境相容、和谐共存是我们每个人的责任。政府有关职能部门应加强全民协同处置城市垃圾的宣传和认知工作。"在蒋明麟看来,向大众普及相关知识、灌输思想是首要步骤。

在法律法规方面,也要建立必要的政策支持。政府应加大执法力度,建立有关法规、标准,严格约束和规范工业固废、危险固废的填埋与焚烧处置,禁止污泥填埋,明确"谁污染、谁承担相应的经济和法律责任",确保违法成本高于守法成本,做到对于废弃物的收集、储存、运输、处置和利用都有明确的法规约束。

此外,政府还应在工程资金、税收政策、信贷等方面给予政策倾斜。政府应对实施"协同处置"企业给予补贴,引导和鼓励社会资金投入,加大财税金融等政策扶持力度,提高水泥企业参与公共环境事业的积极性。设立水泥窑协同处置专项资金,建立稳定的财政投入增长机制。

例如对于一个协同处置改造工程给予建设工程总投资约10%的补助(一般为1000万元),"协同处置"期间力争完成100个改造工程,总补助费用需要10亿元。

在税收方面,协同处置的企业在处置量达到限定数量后,可享受所得税三免三减半优惠外，自第7年起，继续享受所得税减半的税收优惠。

蒋明麟还建议，应该由政府相关部门出台水泥工业协同处置废弃物的准入规则。“协同处置废弃物的水泥企业必须是采用现代水泥生产技术的企业，也就是采用新型干法生产技术的科学管理的大中型企业，不允许采用落后生产方法的立窑水泥处置废弃物，特别是不许处置带有放射性和医疗废物等有害有毒废弃物。

实现产学研一体

如果说政府层面更多的是发挥引领作用，那么企业和各科研机构应积极把协同处置落到实处，他们更多的是建立协调机制。

不止一位专家表示，我国水泥行业务必要走产学研合作之路，加大“协同处置废弃物技术”的研发投入，继续研发或提高具有自主知识产权的国产技术和设备，促进技术推广应用。其中也要特别指出，针对我国的国情加强技术路线的研究，优化协同处置设计，提高技术经济指标。

在产学研的道路上，我国水泥领军企业更要发挥行业影响力作用，他们所承担的社会责任巨大，一方面表现在减少对环境的破坏，带头遏制过剩产能，另一方面还表现在消纳工业与城市生活垃圾等循环经济的发展大业之中。

欣喜的是，目前我国参与水泥窑协同处置废弃物的水泥企业已有10多家20多条生产线，北京金隅集团新北水公司、上海建材集团、湖北华新水泥公司、江苏天山水泥公司溧阳分公司、都江堰拉法基水泥有限公司等10所条生产线都已基本成熟。

但仅有这些成绩是远远不够的，对整个水泥行业来说，协同处置的占比还十分微小。这些领军企业应该在自身壮大的同时，与科研机构积极配合，带领全行业转型升级。

蒋明麟给出了两条具体建议：首先是加强应用基础与应用理论研究，比如深入开发“废弃物预处置”，实施高级示范工程；加强水泥窑内高温环境中有机组分分解和固化机制的研究；深入开展水泥工业处置和利用废物时重金属限量的基础研究。其次是积极参与国家编制与编订标准工作，编制水泥窑协同处置污泥、生活垃圾等国家标准，确定可以利用的和禁用的废物名单。

国家有关规划指出，要在“十二五”期间建设完成100个水泥工业利用和协同处置工业与生活废弃物项目。但截至目前，这些项目完成量不足20个。因此，我们更要积极推进这一技术的进展，在理清现阶段存在问题的同时，更要逐步克服困难，积极探索一条较为适合中国国情的道路。在政策的引导下，水泥行业发展协同处置废弃物的积极性会得大大提高,同时,会有越来越多的水泥企业逐渐深入到循环经济、无害化处理的实践中去。政府机构、行业企业、科研机构之间要充分发挥协同合作精神,为我国水泥工业能够真正充当"城乡净化器",实现社会效益、环境效益和经济效益贡献力量。

《水泥窑协同处置废弃物》报道索引(其他篇目)

◆从历史深处直来

——我国水泥工业处置和利用工业废弃物的掘起之路

◆几年前,一份报告开启了一扇大门

◆我国水泥工业"协同处置"的部分典型企业

2014 年 11 月 1 日

全国政协召开双周协商座谈会

就"利用水泥窑协同处置垃圾废弃物"建言献策

新华网北京 (10 月 30 日电) 全国政协 30 日下午在京召开双周协商座谈会,就"利用水泥窑协同处置垃圾废弃物"问题建言献策。全国政协主席俞正声主持会议并讲话。

座谈会上,全国政协委员仇保兴、王小康、刘炳江、刘晓榕、王福强、杨维刚、杨松、李说、秦升益、高云龙、孙太利、邓小虹、董配永、林积灿,以及李叶青、蒋明麟、聂永丰等专家学者,围绕"利用水泥窑协同处置垃圾废弃物"问题座谈交流,提出意见建议。

委员们认为,在固体废弃物日益增多,"垃圾围城"日趋严重、污染治理设施不足的情况下,利用现有水泥窑协同处置生活垃圾和固体废弃物,是一件值得重视的好事,对化解水泥行业产能过剩、促进水泥行业绿色转型发展,保护生态环境、提升居民生活质量具有重要意义。近年来,我国协同资源化处理废弃物取得了积极进展,但总体上处于起步阶段,面临技术、政策、体制等方面的问题。

委员们建议,要高度重视利用水泥窑协同处置垃圾废弃物问题,关键要制定具体可行的政策,并确保政策落地。已有布点的工作要做好,稳步有序推进试点,要防止蜂拥而起,更不能借此扩大产能。利用水泥窑协同处置垃圾废弃物不能代替垃圾焚烧,两者有竞争、有协同。要进一步加强城市生活垃圾和固体废弃物管理的法规建设，加大财税政策扶持力度，引入一些市场机制。要完善相关标准体系和评价体系，加强协同处置全过程的监管，加强关键技术的研发与创新，加快先进技术的推广应用。座谈会气氛热烈，委员们踊跃发言。俞正声认真听取意见，与大家交流。

国家发展和改革委员会副主任解振华介绍了利用水泥窑协同处置垃圾废弃物的有关情况。他说，利用水泥窑协同处置垃圾废弃物是一种可行方式，国家发改委将研究落实投资、价格、财税、金融等方面的政策。工业和信息化部、财政部、环境保护部、住房和城乡建设部的负责同志出席会议并与委员们互动交流。全国政协对“利用水泥窑协同处置垃圾废弃物”问题非常关注，此前人口资源环境委员会专门赴湖北、北京进行了实地调研。

全国政协副主席杜青林、罗富和、张庆黎、马培华出席座谈会。

社评：

推动行业转型升级的大好事

■ 本报评论员　刘媛媛

全国政协双周协商座谈会首次将核心话题聚焦在“利用水泥窑协同处置垃圾废弃物”，意味着将发展协同处置作为带动水泥工业向绿色化转型的重要抓手，与国家经济、社会发展和民生民意将建立起越来越紧密的关系。这是水泥工业发展协同处置事业的重大历史时点，具有深远的历史意义。

在此次被邀请的行业专家中，既有我国水泥窑协同处置政策鼓与呼的第一人、国务院参事蒋明麟，也有长年奋战第一线，水泥窑协同处置“标杆企业”的企业家、中国金隅集团董事长蒋卫平和华新水泥股份有限公司总裁李叶青。他们的建言献策，从宏观的发展方向到各个环节的突破与创新的建议和意见，为水泥工业“协同处置”迈向科学有序、积极稳步的发展轨道，都具有重要的参考价值。

利用水泥窑协同处置垃圾废弃物，对于水泥行业而言，并非新鲜概念。纵观大的发展轨迹，其中有两个历史时点不能不提。

早在七八年前，水泥行业在工业废弃物的协同处置上就已经取得了突破和飞跃，这是水泥工业“协同处置”的第一个历史时点，为水泥工业协同处置的未来发展,奠定了坚实基础。

但是,对于"水泥窑协同处置垃圾废弃物"这项庞大事业而言,水泥工业所取得的成果,不过是冰山一角,更巨大的潜力和能量,更艰巨的任务和目标,也就是对城市生活废弃物的协同处置,才初现端倪。

今年5月份是水泥工业发展协同处置的又一个历史时点,国家七部委联合发出《关于促进生产过程协同资源化处理城市及产业废弃物工作的意见》(以下简称《意见》),明确强调将在水泥、电力、钢铁三大高温工业中推动工业窑炉协同处置产业及城市固废的发展战略,为水泥工业开展城市生活垃圾的协同处置展开了一个更长远更广阔的画面。

随着《意见》的公布,工信部原材料司迅速提出发展"协同处置"重点工作方向:统筹规划布局、加强示范引导,完善相关标准和行业准入条件,开展技术攻关课题和项目,提高安全防范等级。中国建材报第一时间建立起传播渠道,围绕这一关乎行业发展和社会环境的重大课题,率先开展了一系列大型策划报道。

在政策的指导和舆论的引导中,半年多的时间,水泥窑协同处置的发展,在全行业掀起巨大浪潮。金隅、华新、海螺、台泥等"标杆企业"在协同处置方面的创新能力,被更多的水泥企业奉为榜样,贵州、安徽、上海、重庆、湖南等众多省市纷纷为发展水泥窑协同处置的典范城市做着规划和部署。

如果说,前两个历史时点,为水泥工业协同处置的发展铺垫了坚实的产业基础,积累了珍贵的技术创新经验,提供了明朗的方向目标,树立了优秀的企业榜样,鼓起了高扬的发展动力,那么,政协双周协商座谈会上众位专家的建言献策,则从协同处置的观念意识和发展规律上提出了更多客观成熟的思路。

水泥窑协同处置是一项庞大复杂的系统工程。不可否认,当今水泥窑协同处置的发展还存在着一定的局限,需要各方面相辅相成的配套支持政策;需要全社会的知识普及与达成共识;需要建材行业与相关行业之间建立更为密切的沟通合作渠道;需要建立和创新更全面先进的技术与装备来支撑和辅助……

正如众多专家所言,发展水泥窑协同处置的确是利国利民、推动行业转型升级的大事、好事,但一定要科学有序、循序渐进的开展工作,决不能因此便盲目地大张旗鼓、蜂拥而上,更不能以此偷梁换柱,成为水泥行业新增产能、违规新建的新借口。

同时,我们必须清醒地意识到,水泥窑协同处置垃圾废弃物,只是垃圾废弃物处置领域中的一种方式,并不是处置垃圾的唯一方式,现今还不能完全代替垃圾焚烧发电和填埋等其他垃圾处置方式。

大力推进水泥窑协同处置垃圾废弃物是水泥工业转型升级中势在必行的发展方向,是履行水泥行业社会责任的重要体现,我们作为行业一分子,都有责任和义务按科学有序的轨迹,积极地推进,稳步地发展,每走出一步都要走得稳妥而坚实。

以这样的态度和决心,坚持不懈行动起来,中国水泥工业的协同处置,必定功在当代、利在千秋。

《水泥窑协同处置双周座谈会》报道索引(其他篇目)

◆"协同处置"需科学规划、稳步推进

——访国务院参事、原国家建材局副局长蒋明麟

◆画幅虽"小"　意境深远

——访华新水泥股份有限公司总裁李叶表

2016年1月21日

"深圳滑坡事故"原本可以避免

——关于建筑垃圾资源化的采访和思考

■ 本报记者　刘媛媛　王怡洁　张雪娇　黄　莹

以往,全社会或许对建筑垃圾的概念较为陌生,认为离自己的生活很遥远。自"深圳滑坡事故"后,"建筑垃圾"瞬间跃升为社会关注热词,此次事故吞噬数十条生命的"受纳场渣土堆填体"的主要成分正是建筑垃圾。

如今,距此事故发生之日已整整一个月,其背后折射出来的种种问题和现象正在逐步发酵。

在建筑垃圾严重围城的当下,如何处置、如何"突围",成为摆在全社会和各级相关政府部门面前的课题。

当这场灾难突然降临之时,也许很多人还不知道,如今,我国建材行业早已研发出建筑垃圾100%资源化处置的技术与项目,并迅速在全世界受到热捧,在国内却始终未引起相应重视。从这种意义上来说,"深圳滑坡事故"原本是可以避免的。

其原因何在? 未来,我们又该怎么做?

此乃人祸　并非天灾

2015 年 12 月 20 日,深圳光明新区凤凰社区恒泰裕工业园发生山体滑坡,瞬间将 10 万多平方米的工业园区吞掉。

现场救援指挥部于 1 月 12 日晚间发布的消息称,已发现 69 名遇难者,仍有 8 人失联。救援现场已累计外运土方超过 225.2 万方。每一个数据都触目惊心,牵动着全国人民的心。

令人们震惊的是,国务院深圳光明新区"12·20"滑坡灾害调查组对此次滑坡的认定,"此次滑坡灾害是一起受纳场渣土堆填体的滑动,不是山体滑坡,不属于自然地质灾害,是一起生产安全事故。"

既然此次滑坡灾害是一起受纳场渣土堆填体的滑动,那么我们不禁要问:渣土堆从哪来?

根据多张卫星图片显示,涉事余泥渣土受纳场曾为一个采石场,长期开采之后在山体中形成凹陷,大量积水,形成"堰塞湖"。

于是,光明新区城市管理局 2014 年 2 月审批同意,在凤凰社区红坳村原采石场设立余泥渣土临时受纳场,接收政府工程和社会弃土。据媒体公开报道,该受纳场使用期限至 2015 年 2 月 21 日。此后,经光明新区城管局审批,又延期一年使用,使用期限为 2015 年 3 月 21 日至 2016 年 4 月 1 日。可以说,这是一个经过审批建设的余泥渣土临时受纳场。

近几年附近建筑工地认为这可以作为垃圾收集场,源源不断地将废土废渣运到此处。

此受纳场既然是经过政府审批同意,合法合规。那又何以出现这样的灾难?

原因则是由于当地政府并未对受纳场内的建筑废弃物进行有效处置,任其堆砌,最终堆积的渣土和建筑垃圾量超过了巨坑的最大容纳量。堆积坡度过陡,从而发生了失稳崩塌。

"渣土车 24 小时不停地非法弃置渣土,因为非常危险,多次要求当地政府阻止。但是,五六年来这种状况一直没有改变。"当地群众多次抗议。光明新区城管局官网上也显示,从 2015 年 5 月开始,该局对红坳余泥渣土受纳场开展月度检查以及汛期巡检中,多次发现问题……

一切都表明:此乃人祸,并非天灾。

此次深圳光明新区受纳场的坍塌，只是深圳不堪建筑垃圾围城重负，对建筑垃圾处置不当造成灾难的一个缩影。

事实上，放眼全国，类似这样的“建筑垃圾堆”绝非少数，除了专门的建筑垃圾堆放场地，大多数施工场地的周边，也都成为建筑垃圾的临时堆放场所，这样的现象早已相沿成习。

由于缺乏应有的防护措施、缺少监管机制，很多临时堆放场所的期限和高度，都没有统一要求。在外界因素的影响下，“建筑垃圾堆”出现崩塌，阻碍道路甚至冲向其他建筑物，导致建筑物受损、甚至造成人员伤亡的现象时有发生。

另外，在某些城市边远地区或郊区，坑塘沟渠多成为建筑垃圾的首选堆放地，这不仅有可能造成人员伤亡的坍塌事件，更降低了对水体的调蓄能力，也会导致地表排水和泄洪能力的降低。

人们不禁要问：天灾不可挡，类似这样的人祸，何时才能避免？

任意堆放危害大　填埋回填贻害远

据建筑垃圾资源化产业技术创新战略联盟统计，近几年我国每年建筑垃圾的排放总量约为35.5亿吨之间，占城市垃圾的比例约为40%，产量惊人，另外渣土垃圾大约有20亿吨。其中，以北京为例，其每年产生的建筑垃圾多达4000万吨。

可见，“建筑垃圾围城”的困局绝不仅仅是深圳，如今，已经从北上广深等一线城市迅速蔓延到二、三线城市，乃至乡镇农村。

客观地说，目前，我国大多数城市建筑垃圾处置都存在很大的不合理性，处置方式单一，监管力度缺失，可以说，安全隐患时时存在。

对于如此大量的建筑垃圾，我国对建筑垃圾的处置方式并未随着时代的进步而有所变化，始终是堆放、填埋和回填。

据了解，“深圳滑坡事故”之后，各省市地区都在开展对建筑垃圾消纳场的检查工作，亦在采取所谓其他方式来替代“堆放”。其中最便捷的方式就是：既然堆放容易出事故，那就挖坑，用于垃圾填埋。

“深圳滑坡事故”之后，海南省海口市某负责人很“庆幸”地表示，海口每年约450万立方米建筑垃圾，处置过程中很少采用“堆放”方式，而是更合理的方式——填埋或回填。

事实上，就建筑垃圾地下填埋或回填的处置方式，已经有很多业内专家提出警示：这样的处置方式不仅浪费了大量的土地资源，亦有可能因填埋不均匀突然塌陷而造成人陷楼塌的恶性事故,更会造成严重的二次污染,贻害子孙,后患无穷。

建筑垃圾无论是堆放、填埋,还是回填,其危害程度难以想象。

随意堆放可能会像“深圳滑坡事故”一样,瞬间吞噬掉我们的生命。露天堆放建筑垃圾,还会在高温、水分、日照的作用下发生分解,产生粉尘和有害气体,对空气造成严重污染。

而填埋或回填同样是对我们子孙后代的不负责任。

填埋或回填建筑垃圾,因为发酵和地表水、地下水的浸泡而产生渗滤液,造成周围地表水和地下水的严重污染。未经处理直接填埋的建筑垃圾,有害物质会通过垃圾渗滤,进而对土壤产生严重污染。

更为严重的是,据有关资料表明,目前,我国已经有近一半的建筑垃圾填埋场处于失控状态。按照现有的排放标准,2008 年以前建成的老旧垃圾填埋场,几乎都是不达标的。

因此,如果各地政府不加以重视,不仅类似的滑坡事件还会在其他城市乡镇持续上演。我们的子孙后代,也将离新鲜的空气和清澈的水源越来越远。

建筑垃圾资源化　摆脱困局的抉择

综上所述,堆放、填埋或回填均已不再适合现下及未来建筑垃圾的合理处置。关乎生命与子孙后代之际,相关政府部门理应携手找到处置建筑垃圾的最佳方式。

“建筑垃圾资源化处置,能够将建筑垃圾 100% 进行再生处置,是当前世界上最优异的建筑垃圾处理办法。”行业内专家一致表示。

建筑垃圾资源化是指通过先进技术、设备和管理措施,将建筑垃圾转化为各类可利用资源,既能解决建筑垃圾处置和消纳的问题,又可实现建筑从建设、使用、废弃、资源回收再利用的全生命周期。

诚然,只有对建筑垃圾进行 100% 资源化处置,方能彻底解决建筑垃圾堆放、填埋或回填所带来的危害。

值得庆幸的是,我国已经有了可以对建筑废弃物进行 100% 资源化处置的技术。比如,元泰达建筑垃圾资源一体化工厂项目,通过采用建筑垃圾高效分选分离技术、智能化控制技术、模块化生产等技术,已经可以实现对于入厂建筑废弃物 100% 资源化。

同时,在标准方面,中国建筑垃圾资源化产业技术创新战略联盟以元泰达建筑垃圾资源一体化工厂为载体,已经发布了应用技术、试验检测、质量控制、节能等标准共计 108 项,形成较为成熟完善的建筑垃圾资源化处置技术标准体系。

一体化工厂项目的成功落地,以及在此基础上的 108 项技术标准体系的发布,对我国建筑垃圾资源化行业的发展起到了示范引导作用,同时使我国建筑垃圾资源化行业跨上国际顶尖地位。

元泰达一体化工厂项目,从运营之日起,便得到了包括商务部、科技部、工信部、中国建材规划院等相关政府部门和科研机构的多方考证,其技术、装备和标准得到了一致认可。

大家认为,一体化工厂示范项目已经拥有成熟技术水平和推广价值,能够有效解决建筑垃圾围城问题,节省资源和土地,希望该示范项目不只是"实验室产品",可以在全国范围内得到推广,从根本上解决更多地方"建筑垃圾围城"的困局。

从建筑垃圾进厂、破碎、分拣、处理到再生产品,一体化工厂不仅可以做到"吃干榨净",带来巨大的社会效益和经济效益,节约宝贵的土地资源、减少碳排放,同时还能减少对地下水的污染。

但是到目前为止,元泰达一体化工厂项目只与南京、成都、京津唐核心城市等少数地方相关政府部门达成战略合作协议和意向,尚未落地;建筑垃圾资源化在全国各地的发展几近荒漠,一体化工厂项目的落地情况也并不乐观。

那么,为什么这个受到多个政府部门推介,能解决建筑垃圾围城问题且具有巨大经济和社会效益的项目,难以推广?建筑垃圾资源化处置产业,难于发展?

资源化难以推广的深层原因

深究建筑垃圾资源化难以推广和发展的原因,是由多方面因素造成的。

顶层设计滞后 配套政策脱节

党的十八大和十八届三中全会、四中全会和刚刚结束的五中全会,相继做出了关于绿色发展、低碳循环发展的国家级战略部署,明确将环保产业作为未来战略性新型产业之一。关于建筑垃圾资源化的宏观政策指导也相继出台。

比如,《2015 年循环经济推进计划》明确提出了推进建筑垃圾资源化利用的要求,鼓励各地探索多种形式市场化运作机制,创新建筑垃圾资源化利用领域投融资模式等。

可见,建筑垃圾围城、建筑垃圾处置方式单一等问题,已经严重影响到我国低碳循环经济发展的实施进程,日益受到党中央国务院和相关政府部门的重视。

但是,从十八大至今近 4 年时间,建筑垃圾资源化的宏观政策大多停留在方向性指导上,能够具体落实和操作的微观、产业、社会等配套政策始终脱节。

比如,目前全国虽有近百个省市的政府相关部门先后出台过建筑垃圾处置文件,但大多对"资源化处置"的理解和推广尚显羸弱,传统处置依然是主要推广模式。即便如河南、江苏、浙江等省市尝试推广资源化利用工作,但配套政策与监管环节存在多重制约,总体进程缓慢,"资源化"处处受制。

因此,建筑垃圾资源化难以推进,看似地方政府不作为,实则是因为没有良好且完善的配套政策为依托,即便想要作为,也找不到方向,不知怎样落实执行。

刚刚结束的中央经济工作会议明确指出,2016 年及今后一个时期,国家的宏观政策要稳、产业政策要准、微观政策要活、改革政策要实、社会政策要托底。

这也为建筑垃圾资源化产业在政策制定上提出了方向:要采取果断措施,让各级政府了解、重视建筑垃圾资源化行业的发展现状;再根据行业要求,制定具体可操作的政策和标准。

比如,就建筑垃圾资源化企业来说,目前来看,仅有部分地区出台了对相关企业固定投资的财政补贴标准,政府对建筑垃圾资源化企业固定投资的支持力度仍有待完善。

万事俱备,还欠东风。如今,我国已经研发出建筑垃圾 100% 资源化技术,其技术、设备和标准都已被认定为世界领先水平,产业化发展已经箭在弦上。但若依旧没有具体推进政策文件,再好的技术和项目,也只是曲高和寡、束之高阁。

多部门管理　终至"无部门管理"

针对"深圳滑坡事故"中出现的监管问题,记者采访到中国建筑垃圾资源化产业技术创新战略联盟理事长韩先福。他告诉记者:"监管问题的产生,源于顶层设计存在问题。体现在对于建筑垃圾的管理上,与建筑垃圾行业普遍存在的多部门管理制度的现状有莫大关联。"

北京元泰达建筑垃圾一体化工厂总经理王以枫告诉记者:对于建筑垃圾处置行业管理,从上至下涉及近 10 个政府部门。

比如,建筑垃圾的源头——拆迁,由各地方住房和城乡建设委员会管理;建筑垃圾的运输归属道路运输管理局、市政管理委员会等部门管理;如果建筑垃圾散落在路面上,归城市市政市容委员会、路政等部门管理;建筑垃圾的最终处置归城市市政市容委员会;如果能最终制造成再生产品,又归属各地住房和城乡建设委员会管理……

多部门管理制度,导致建筑垃圾处置行业被完全割断,多部门分头管理最终导致"无部门管理"。

其一,各部门在管理时只专注各自领域,一些存在交叉管理的领域可能会出现无人管理的现象;分隔之后,各部门被赋予的管理权力有限,对运营者难以监管;由于负责人众多,一旦发生事故,难以确定主要负责人,难以追责。

"深圳滑坡事故"企业负责人就曾表示,我们只是受城管局委托,行使监管权,但不具有强制性,也没有执法权。这从一个侧面反映出在建筑垃圾处置行业,城管部门、住建委等相关部门在管理时几乎都存在着同样的困惑。

其二,分头管理、分兵作战,难以进行整体规划统筹,建筑垃圾资源化势必难以普及和推广,因为行业发展缺少指导行业发展、有管理权限的主导部门。

王以枫告诉记者:"建筑垃圾资源化能够将建筑垃圾 100% 进行再生处置,是当前世界上最优异的建筑垃圾处理办法。但是,如果没有主导部门在建筑垃圾行业自上而下地进行推广和引导,就算再好的建筑垃圾处置方式也将无从发展。"

纵观全世界几乎所有国家,都曾经或正在面对建筑垃圾围城的问题。以美国、欧洲、日本等为代表的发达国家更早遇到类似问题,也早已行动在前。他们早在 20 年前就通过立法倒逼建筑垃圾资源化产业的发展,同时也运用法律法规的力量,明确建筑垃圾处置的责任归属,将回收、生产、消费、监督各个环节都囊括其中,使得产业发展的每个环节都有法可依。

灰色利益链　庞杂且坚固

"滑坡事故""建筑垃圾难处理""资源化难推广"等问题的出现,不仅仅是政策缺失、管理缺位、执行不畅、监管不力等顶层设计的问题,还有多条看不见的复杂的"灰色利益链"横杠其中。

其中,最大的一条"灰色链锁",就是传统建筑垃圾处置的企业势力根深蒂固,利益链庞杂,严重阻挠和制约着建筑垃圾向 100% 资源化处置方向发展的进程。

传统的建筑垃圾处置企业是以受纳场为主,还有一小部分企业挑选建筑垃圾中尚有利用价值的废弃混凝土、砖、瓦等,进行简单剥离,经过破碎制成再生的砖、瓦等产品,而剩余的建筑垃圾,依然会被随意丢弃或填埋,这其中包含很多有害物质,如废电池、有毒的废铜和铝等,产生二次污染。

这些企业经过长期发展,在管理、资金、政府资源等方面都有了一定的经验,也形成了庞大的产业链和利益链,逐步发展成为藩篱围成的"固定圈子"。

新兴的高科技建筑垃圾资源化企业虽然拥有世界领先的技术,但在推广上则相对缺乏经验,想要打破这个藩篱,尚显势单力薄。

曾有行业人士向记者透露,很多地方政府在建筑垃圾处置的招标过程中,存在违规招投标现象,给传统垃圾处置企业开绿灯屡见不鲜,使得萌芽中高科技建筑垃圾资源化企业难以发展。

在本次“深圳滑坡事故”中就可能存在这样的“灰色利益链”。其一,中标单位为深圳市绿威物业管理有限公司,但该公司随后违规通过“合作协议”的方式,转包给了深圳市益相龙投资发展有限公司实际运营,并未有人追责。其二,绿威公司在尚未中标红坳余泥渣土临时受纳场项目,就已经和益相龙公司签订了转让合同。招投标中是否存在猫腻?我们不得而知。

近来,建筑垃圾资源化行业兴起的PPP(Public - Private - Partnership)模式盛行,这种模式即公私合作模式,是公共基础设施中的一种项目融资模式。鼓励私营企业、民营资本与政府进行合作,参与公共基础设施的建设。

但是有些地方政府部门在选择合作企业时,往往不因这个企业是否能够将建筑垃圾进行100%资源化,而仅仅依靠“关系”来选择,导致100%资源化企业项目难以落地。

无论从此次滑坡事故,还是行业人士的反馈来看,建筑垃圾处置行业中存在灰色产业链并非个案,而其存在势必会对新兴建筑垃圾资源化产业的发展形成严重阻碍。

亡羊补牢　为时不晚

每一个不断扩张的城市,在其追求速度和扩张的背后,都可能有一座建筑垃圾大山的身影。究竟怎样才能解决这些问题,我们到底要反思些什么?

反思一:没理由让“资源化”国际受捧国内受冷

据中国建筑垃圾资源化产业技术创新战略联盟统计,我国建筑垃圾存量已超过200亿吨,2020年我国还将新增建筑垃圾134亿吨,若单纯堆放将占地335万亩。

单纯看这些数据,没有参照物或许不太直观,那么将我国建筑垃圾产生量与国际进行比较则一目了然。

我国每年产生的建筑垃圾总量约为15.5~24亿吨,德国每年产生的建筑垃圾为2亿吨左右,日本不到1亿吨,韩国约为6808万吨,西班牙约为4000万吨。也就是说,我国每年产生的建筑垃圾总量远远高于这些国家产生量的总和。

但是,我国建筑垃圾的综合利用率却远远低于欧盟(90%)、美国(80%)、日本

(97%)和韩国(97%)等发达国家和地区。

在我国如此高的建筑垃圾产量背后,却是可以忽略不计的建筑垃圾资源化处置率,实在不相匹配。这种现象不禁让记者回想起在不久前结束的巴黎气候大会的一幕。

在本届气候大会期间,元泰达作为唯一一家中国绿色建材企业参展,并且与多国签订合作意向书。恰恰是这样一个为国际各界津津乐道的建筑垃圾处置一体化项目,却未能在国内得到足够重视,甚至在面对国内如此大体量的垃圾处理时“无能为力”,这是值得我国全社会、各级政府和建材行业反思的一件事情。

在此次展览过程中,夏威夷州长特别代表告诉本报记者,美国本土乃至包括加拿大在内的整个北美地区,急需建筑废弃物100%资源化的技术和项目。她原本想先在夏威夷推广该项目,但当她亲自看到元泰达一体化项目的成果时,激动之情难以言表。在她看来,元泰达的建筑废弃物资源化处置在美国,乃至全世界都是首创。随即,她与州长通了电话汇报了此事。

让人感到意外的是,短短十几分钟的电话,对该项目也仅仅是口头的介绍,电话那端,州长兴奋不已,并建议其在北美地区全面推广。随即,北美地区的合作意向书便在现场签订。

欧洲是建筑垃圾产生量最少的地区之一,每年产生量只有我国建筑垃圾的2%~8%,但他们对于建筑垃圾资源化的热衷,却是我们难以想象的。

1月11日,元泰达与法国法亚集团签署战略合作协议,标志着北京元泰达环保项目开始进入欧洲市场。据记者了解,从法国参议员首次认知并参观元泰达展区,到与元泰达正式签署战略协议,让中国的相关项目在法国正式落地,前后不足3个月。这与我国本土的建筑垃圾资源化项目在国内遭受冷遇形成强烈对比。

如此神速,似是天方夜谭,但事后想想,也在情理之中。

可以说,建筑垃圾资源化的意识早已在他们心中根深蒂固。因此,当看到中国有如此成熟先进的处置技术时,他们自然会接踵而至。

反观我们自身,为何这样好的本土技术不能率先在我国进行大范围推广,反倒被其他国家争先引入而捷足先登?我们已经拥有了与发达国家比肩,甚至超越他们的建筑垃圾处置技术。因此,在日益严峻的垃圾围城形势面前,我们没有任何理由再继续墨守成规。

反思二:充分发挥各方职能 急需采取果断措施

有业内专家直言不讳地指出,在建筑垃圾资源化产业发展中,政府处于核心地位。从产业内部来看,建筑垃圾资源化产业有两个市场主体,即开发商和建筑企业共同组成一个主体,而建筑垃圾资源化企业是另一个主体。这二者的互动建立起了建筑垃圾资源化的循环链。

因此,推动建筑垃圾资源产业化的发展,充分发挥市场的主体力量,就必须更好地发挥政府的核心作用,通过产业政策、宣传教育和经费投入引导开发商和建筑企业、建筑垃圾资源化企业、社会大众、科研单位、行业媒体的协同合作与推动决策,使与之相关的市场主体按照市场规则主动服务于建筑垃圾资源化产业发展。

当然,我国在建筑垃圾资源化产业市场化、产业化的过程中,尽管可以发挥市场在资源化配置中的决定性作用,但从我国建筑垃圾资源化产业的发展实践来看,由于我国长期把建筑垃圾处置作为公共事业,政府的扶植政策就起着关键性的作用。

通过多次采访与调研,我们发现,有三方面工作需要多加重视。

一是产业发展需要财政支持。建筑垃圾资源化产业前期研发投入巨大,无论是建筑垃圾再生技术、建筑废弃物的分类与再生骨料处理技术、建筑废弃物资源化再生关键装备,还是建筑垃圾资源化标准体系研发与建立等都需要大量投资,因此企业前期资金投入较大。目前我国相关政府部门对建筑垃圾资源化企业固定投资的支持力度仍有待提升,仅有部分地方政府,如北京市出台了对相关企业固定投资的财政补贴标准。

二是建立健全的建筑垃圾回收制度刻不容缓。尽管我国每年产生大量建筑垃圾,但没有建立强制、统一的回收机制和渠道。针对我国当前的实际情况,政府首先应提高建筑垃圾回收行业的门槛,由专业的公司对垃圾进行专业分类处理和回收再利用。同时,对于参与循环生产、回收和加工废旧物资的企业,应给予税收、信贷等方面的适当优惠,建立有效的激励机制。

三是媒体的传播与监督不可或缺。打开各种形式的传播渠道,向社会各层普及建筑垃圾分类回收的科学知识和方法,增强公民的健康环保意识、监督意识和循环经济意识,敦促各级政府采取果断措施,从重视“资源化”意识开始,快速应用及推广100%资源化技术,采取“由点盖面”的方式,通过试点推进使相关项目能够在全国范围内迅速落地、快速普及,并在全社会树立起保护环境和废弃物综合利用的良好风尚。

总之,建筑垃圾资源化利用是一项系统工程,涉及住建、城管、市容、发改、工信、环卫、交通、公安和土地等多个部门。对此,各部门之间要加强统筹协调,强化管理,不断健全体制、完善机制,提高公众健康环保和垃圾分类存放意识,让垃圾"变废为宝"成为一项社会性的事业。

亡羊补牢,为时不晚。"十三五"开局之年已经到来。"十三五"规划强调,"必须坚持节约资源和保护环境的基本国策,坚持可持续发展,加快建设资源节约型、环境友好型社会,形成人与自然和谐发展现代化建设新格局,推进美丽中国建设,为全球生态安全做出新贡献。"

如今,我们的城市已经因为建筑垃圾而造成巨大危害。"深圳滑坡事故"给建筑垃圾处置行业带来了惨痛的教训,我们不能让历史重演。

我们希望各级政府能够认真对待建筑垃圾资源化这一世界发展趋势,出台完善的政策法规支持行业发展,积极引导企业走资源化道路。我们期待看到建筑垃圾资源化企业能够在国家的扶持下发挥更大的能量。

面对建筑垃圾给社会、环境、经济带来的日益严峻的挑战,建筑垃圾资源化利用已经迫在眉睫。我们应站在战略高度谋划未来,承载时代赋予的使命,紧紧抓住"十三五"带来的发展机遇,迎接建筑垃圾资源化、产业化到来的美好明天。

2016 年 3 月 9 日

全国政协新闻出版界委员联名提案

认真吸取深圳滑坡事故深刻教训
加快改变建筑垃圾传统处置方式

建议全国各城市推广我国已有的、全球领先的建筑垃圾资源化的技术和装备,逐步消除各城市安全隐患,改变垃圾围城困局

本报讯 3 月 8 日,全国政协新闻出版界的部分委员联名提交了一份与人们生产生活密切相关的提案,备受关注。提案的核心内容是建议"加快推进建筑垃圾100% 资源化产业发展"。

提案指出,近几年我国每年建筑垃圾的产生总量约为 35.5 亿吨,占城市垃圾比例约为 40%,渣土垃圾大约有 20 亿吨,产量惊人。以北京为例,其每年产生的建筑垃圾多达 4000 万吨。"建筑垃圾围城"的困局已经成为国家难题。

提案以"深圳滑坡事故"为案由,对建筑垃圾不合理的处置将给人们带来诸多

危害,进行了阐述。

提案指出,我国现存大量的建筑垃圾,然而处置方式仍然是堆放、填埋和回填等传统方式。不合理的处置方式,比如露天随意堆放,不仅易造成坍塌断裂等恶性事故,还会产生挥之不散的粉尘和有害气体,严重污染环境。而填埋或回填等方式,不仅会造成周围地表水和地下水的严重污染,其有害物质更会通过垃圾渗滤,对土壤产生严重污染。

更严重的是,据有关资料表明,目前我国有近一半的建筑垃圾填埋场处于失控状态。按照现有的排放标准,2008 年以前建成的老旧垃圾填埋场,几乎都是不达标的。

可见,当前“建筑垃圾围城”的局面,以及对建筑垃圾处置不当,已经严重影响到了人们正常的生产生活,甚至危及到了人们的生命安全。

在深圳滑坡事故发生 3 个多月来,政协委员们通过大量的来电来函了解到,造成深圳滑坡事故的原因主要有两方面,一方面是建筑垃圾传统落后的处置方式存在巨大隐患;另一方面,垃圾处置领域涉及土地、环保、建设、市政、规划、财政、交通等多个部门,管理无序、监管缺失。客观地说,我国大多数城市建筑垃圾处置都存在很大的不合理性,处置方式单一,监管力度缺失,安全隐患时时存在。

同时,部分全国政协委员在深入调研的过程中发现,如果将建筑垃圾 100% 资源化处置利用,可再生成近百种优质的绿色建筑材料。

同时,他们还了解到,目前我国已研发出建筑垃圾 100% 资源化处置的技术与装备,并由建筑垃圾资源化产业技术创新战略联盟制定并发布了应用技术、试验检测、质量控制、节能等共计 108 项技术标准体系。这项技术装备和技术标准体系拥有国际顶尖地位,并在全世界受到热捧,但在国内始终未引起相应重视。从这种意义上来说,深圳滑坡事故原本是可以避免的。

因此,提案建议“以‘资源化’技术改变建筑垃圾传统处置方式,转变多部门无序管理现状,加强统筹管理”。

提案建议,以“资源化”技术改变建筑垃圾传统处置方式,转变多部门无序管理现状,加强统筹管理。通过媒体促进、政府引导、多方协作、社会监督的机制,实现建筑垃圾 100% 资源化处置技术在全国普及,同时建立相应的垃圾处置行业的规范机制和制度。

提案首先建议解决好隐患问题。建议责令国家有关部门和地方政府对全国建筑垃圾处置情况进行一次全面彻查和摸底工作,先对存在安全隐患的建筑垃圾堆放场所进行排查，立即消除安全隐患，逐步彻查对环境造成严重污染的建筑垃圾填埋厂，进一步解决绿色生态的长远问题。国家及地方相关政府部门要拿出强制性的整改方案和处理办法。

其次，建议解决好出路问题。促进达成通过技术升级转变建筑垃圾传统处置现状，并通过100%资源化处置技术，将建筑垃圾转化为多种多样的绿色建材产品。建议责成建材工业主管部门——工信部原材料司牵头，会同相关部门司处对建筑垃圾100%资源一体化项目进行充分的评估论证。

再者，解决好观念问题。通过大量的舆论宣传工作，加强社会公众对建筑垃圾资源化处置的认知与普及，建议由有关部门牵头，组织中央媒体，财经类、行业类媒体和重点新闻网站呼吁促进。

还有，解决好政策问题。建议国家相关政府部门协同制定对地方、企业和垃圾处置部门均有积极性的政策和制度，并在土地、规划、处置费、再生产品应用、税收、金融、财政、新技术推广、资源化率等方面给予明确的政策支持、要求和激励机制。同时，建议设立国家专项基金，促进以建筑垃圾为代表的垃圾处置行业，加大技术创新意识和资源化处置新方式的力度，把中共中央、国务院对建筑垃圾资源化的要求落到实处。

提案最后强调，解决好管理问题。建筑垃圾资源化处置的推广应用是消除安全隐患、保护绿色生态、促进绿色建材产业发展的长期任务，应循序渐进，既不能裹足不前，亦不能一哄而上。建议今年率先在重庆、成都、济南、唐山、南京、深圳、苏州、北京、天津、昆明、临汾、武汉、襄阳、泸州、太原等已有意愿推动资源化处置的区域开展试点工作，同时，进一步规划在全国不同地理区域和经济发达区域设立试点，以点带面、逐步推进。

作为节能环保产业链上的新兴产业，建筑垃圾资源化是我国实施创新发展战略的重要举措，通过先进技术、设备和管理措施，将建筑垃圾转化为各类可利用资源，将会产生深远影响和重大意义。

提案指出，加快推进建筑垃圾100%资源化产业发展，意义重大。

第一加大了对环境的保护力度。加快建筑垃圾资源化利用，可大大减少废弃物处置不当或再生技术不先进而引发的环境污染或二次污染。

第二有利于节约资源。近年来，我国每年建筑垃圾填埋占用的土地超过7万亩，仅北京每年都要新设置20多个建筑垃圾填埋场，大大消耗了原本就紧张的土地资源。建筑垃圾资源化可大大释放因堆放填埋垃圾占用的土地，有利于保护耕地红线和提高土地利用效益。

第三,降低对原生矿产资源开发的需求,缓解资源短缺瓶颈,实现节能减排。据统计,使用建筑垃圾生产1亿块标砖,可减少取土16万立方米,节约耕地约120亩,可消纳建筑垃圾30多万吨,节约堆放垃圾占地100亩,两项合计节约土地220亩。在制砖过程中,还可消纳粉煤灰3万吨,节约标煤1万吨,减少烧砖排放的二氧化硫90吨。同时,可减少矿山及河道开采砂石15亿吨以上,使其再生产品和回收产品每年价值超过7000亿元。

第四,是解决垃圾围城的有效途径。随着我国城镇化、工业化建设持续快速推进,垃圾围城现象日益严峻,其中建筑垃圾已占城市垃圾40%左右。对建筑垃圾进行资源化利用,不仅减轻了城市垃圾压力,改善了城市环境,还衍生更为绿色的建筑材料再生产品,减少建材工业对资源的过度索取和破坏,使垃圾“变废为宝”,促进循环经济发展。

第五,在经济环境新常态下,或会成为可持续发展的新经济增长点。作为建材工业中在再生可循环产业链上的新兴领域,建筑垃圾资源化是我国实施创新发展战略的重要举措,是发展绿色建材新兴产业的重要一环,并带来更多的就业机会。据统计,建筑垃圾资源化预计增加就业将超过48万人。到2020年,我国至少新生产建筑固体废弃物30亿吨,若50%转化为绿色生态建材,将创造价值6000亿元,经济和社会效益均可观。

总之,推进建筑垃圾100%资源化产业发展,将真正实现环境、社会和经济效益的多赢局面。

(记者 张雪娇)

关注本系列报道请扫描二维码

绿色新材“风景”独好（节选）

2016 年 6 月 23 日

石墨烯开启“黑”科技时代

有人说20世纪是硅的时代，而21世纪是石墨烯的时代。石墨烯是目前人类已知强度最高、韧性最好、重量最轻、透光率最高、导电性最佳的材料。

■ 本报记者 毕德鹏

不久前，工业和信息化部、发展改革委、科技部印发《关于加快石墨烯产业创新发展的若干意见》，提出“到2020年，形成完善的石墨烯产业体系，实现石墨烯材料标准化、系列化和低成本化，建立若干具有石墨烯特色的创新平台，掌握一批核心应用技术，在多领域实现规模化应用。形成若干家具有核心竞争力的石墨烯企业，建成以石墨烯为特色的新型工业化产业示范基地。”

一时间，石墨烯这个从被比喻为最接近科幻名作《三体》“二向箔”的神秘物质，到被预言能改变21世纪的“神奇材料”，迎来了发展的“春天”，石墨烯也将成为超越时代的“黑科技”。

来源：石墨烯是何方神圣

2004年，物理学家康斯坦丁·诺沃肖洛夫和安德烈·海姆成功从石墨中分离出石墨烯，证实它可以单独存在，两人因此获得了诺贝尔物理学奖。

真正算起来，石墨烯成长年龄还不到十岁。但从“十三五”规划，到三部委联合发文，再到与石墨烯有关股票的一路飘红，如此备受重视，身负使命的石墨烯，到底是何方神圣，如何将自己修炼到如此境界？

石墨烯，实际就是从石墨中剥离出来、由碳原子组成的只有一层原子厚度的二维晶体。铅笔芯用的石墨就相当于无数层石墨烯叠在一起。听起来稀松平常的石墨烯，却有诸多独一无二的特性。石墨烯是目前人类已知强度最高、韧性最好、重量最轻、透光率最高、导电性最佳的材料，虽然只有一个原子的厚度，但确实强过钻石,“秒杀”钢铁强韧材料。同时它又有很好的弹性,拉伸幅度能达到自身尺寸的20%。如果用一个平方米的石墨烯做成吊床,本身重量不足1毫克,却可以承受一只猫的重量。

石墨烯还具有“针插不进、水泼不进”的零渗透特性。在刚刚结束的第四届中国国际新材料产业博览会上,采用石墨烯分散技术制备石墨烯改性防弹材料,拉伸强度提升25%,抗冲击能力提高了40%,通俗来讲,它的强度超过凯夫拉材料数倍。

不仅如此,导电性能优异的石墨烯,做成导电剂可以同时解决能量密度低和电子导电率低的问题;石墨烯微片作为导电性极佳的超薄碳材料,可以与锂离子电池电极活性材料颗粒形成导电接触,有效形成三维导电网络,显著提高电极导电能力,在取代传统乙炔黑导电剂方面有较大市场潜力;同时,石墨烯用于制作柔性材料,是替代ITO作为新型透明导电膜的理想材料,在液晶显示屏和可穿戴设备市场以及散热材料中具有广泛的应用前景。

权威机构预测,至2020年,石墨烯将在“超级电容器领域、锂离子电池材料、触摸屏、增强型复合材料、传感器以及高性能计算机”等领域充分展现活力。

如此看来,顶着众多光环的石墨烯是材料届真正的“大拿”。那么功能强大、涉足领域众多的石墨烯在市场表现中又如何呢?

市场:墨以“烯”为贵

不久前,华为技术有限公司创始人、总裁任正非在接受媒体采访时声称,未来10至20年内会爆发一场技术革命,这个时代将迎来最大的颠覆,即石墨烯时代颠覆硅时代。

面对如此高的评价,石墨烯的市场状况究竟如何?

据中国石墨烯产业技术创新战略联盟在2015中国国际石墨烯创新大会上发布的《2015全球石墨烯产业研究报告》显示,2013年全球石墨烯市场规模约为1250万美元,预计2020年石墨烯的市场规模将达到1.2亿美元。

这仅仅是数据上的表现,在市场需求中,石墨烯真正做到了“墨以‘烯’为贵”。

据专家统计,以石墨大省黑龙江为例,质量上乘的鳞片石墨大概三千元一吨,加工成球型石墨能卖到两万元一吨,加工成负极材料能卖到十几万一吨,而如果做成导电浆料的话,按照比例折合成石墨烯粉体的价格将在百万元以上。

作为石墨深加工企业,必须时刻瞄准未来市场,把握先机。国家石墨产业科技发展专项规划专家组成员、哈尔滨工业大学教授、哈尔滨万鑫石墨谷科技有限公司首席专家袁国辉告诉记者,目前全球石墨烯研发集中在两个领域,一种是作为战略性产业的薄膜石墨烯,将来做微电子是不可或缺的高端产品,但是目前薄膜石墨烯技术成熟度不高,还很难形成产业化。另一种就是石墨烯导电浆料,市场前景异常广阔。根据测算,到2020年,以500万辆电动汽车为参考基数,仅此石墨烯导电剂一项产业,市场将达到200亿左右。

中国非金属矿工业协会石墨专业委员会副秘书长、碳石墨全产业链电商平台“石墨邦”创始人刘荣华表示,石墨烯已进入了产业化的黎明。调研发现,部分石墨烯企业2015年已经突破了千万收入,今年有望突破亿元收入。

产业化:诸多瓶颈有待突破

基于石墨烯的特殊性能,“十二五”期间,我国就已经开始推进石墨烯产业化,并给出了多项政策利好。2012年工信部发布《新材料产业“十二五”发展规划》,首次明确提出支持石墨烯新材料发展。

2014年11月,我国发布的《关键材料升级换代工程》提出到2016年实现石墨烯的批量稳定生产和规模化应用。

2015年《关于印发2015年原材料工业转型发展工作要点的通知》《〈中国制造2025〉重点领域技术路线图》等多个重要文件中都有提及石墨烯发展目标。

基于政策利好,我国石墨烯产业发展已经初显成效:技术成果上,我国已有量产石墨烯智能手机,以及石墨烯柔性显示屏等;技术专利上,我国在国际上已经申请2200多项石墨烯专利技术,约为全球石墨烯专利技术的三分之一。

2015年5月18日,国家金融信息中心指数研究院发布了全球首个石墨烯指数。报告从竞争潜力、竞争行为和竞争绩效三个维度综合评价了全球10个石墨烯产业发展较强的国家,中国在竞争潜力和竞争行为方面呈现出较强的优势。但我国目前对石墨烯产业的支持主要集中于研发方面,产业竞争绩效距离美国、日本和韩国等国家仍有一定差距。

江南石墨烯研究院院长张朝晖表示,石墨烯指数客观反映了中国石墨烯产业在全球所处的地位。在认识到我们优势的同时,也让我们清醒地看到在一些石墨烯的前沿领域,全产业链的系统性研究不够,企业、科研单位、政府之间信息交流仍然存在一定障碍。作为新兴产业,石墨烯产业还存在不少发展瓶颈,如没有形成完整、成熟的上下游产业链,研发制备企业与下游应用严重脱节;目前仅有科研院校以及少数厂商对石墨烯产品有需求,而下游市场需求还未兴起,石墨烯企业还未发掘出稳定的商业模式与盈利模式。

专家表示,石墨烯产业正处于概念导入期、产业化突破前期。整体上,还处在以研究为主的阶段,产品大都处在实验室阶段,产业化进程相对较慢。目前国内的石墨烯企业多为处于创业成长期的中小企业,虽然企业数量初具规模,但龙头企业数量不多,规模也相对较小,较难带动整体产业链的发展和完善。按照硅材料产业的成熟周期为20年来推断,石墨烯产业化成熟至少还需要5~10年。

前景:撬动未来千亿级市场

6月15日,中国石墨产业发展联盟在哈尔滨成立。这标志着中国石墨产业从此跨入联合、协作、互利、共赢发展的新阶段,也将使中国石墨及石墨新材料产业跻身世界前列,让石墨产业的中国制造变为中国智造和中国创造。

随着中国石墨烯产业发展联盟的成立,政府继续释放政策利好,石墨烯这颗石墨产业王冠上的明珠,随着我国工艺的不断提高,产业链整合速度也将加快。有专家表示,在未来5至10年内,石墨烯所涉足领域的产业规模有望突破1000亿元。

在复合材料、锂离子电池正极材料以及电子触摸屏领域最有希望率先实现产业化。中国非金属矿工业协会石墨专委会副秘书长刘荣华告诉记者,目前石墨烯在复合材料中比较明确的应用包括树脂基复合材料、防腐涂料、汽车静电底漆、石墨烯增强尼龙塑料以及石墨烯EPS等。

其中,在树脂基复合材料领域,2015年国内树脂产量达530万吨。以千分之一的石墨烯添加量,100万/吨计算,则年潜在市场规模为53亿元。

在汽车静电底漆领域,2013年国内共需汽车涂料87万吨左右,汽车漆市场在300亿~500亿元。以百分之一的石墨烯用量,100万元/吨计算,年潜在市场规模为87亿元。

当年,石墨烯因诺奖“一夜成名”,如今石墨烯研究已是世界上规模最大的材料科研项目,国际竞相布局,国内也在抢占这片“蓝海”的科技和产业制高点。在中国的石墨烯产业从大到强的成长过程中,需要着重考虑的还是如何迈过沟沟坎坎,让石墨烯成为开启新时代的关键力量。

2016 年 7 月 21 日

7200 万吨秸秆出路何在?

■ 本报记者 毕德鹏

"2015 年全国秸秆总产量 8 亿吨,黑龙江一省就高达 7200 万吨,占比近 10%,如此大的比重,用好了是资源,用不好就是大问题……"

秸秆究竟该怎样处理? 这是一个长期以来备受各方关注却没有从根本上解决的老问题,由此导致的秸秆焚烧难禁止并进一步加重大气污染问题,令许多地方一到收获季节就备感头痛。

近年来,随着中国林科院、中南林学院、东北林业大学、南京材业大学等单位的研究与开发,秸秆资源化应用开始了在东北的开疆拓土。而在此之前,东北的秸秆处理却是另一番景象。

当务之急是解决"离田"难题

10 月的东北,秋天没等停稳,凛冽的寒风就悄然而至了。收割后的大地上,一排排秸秆矗立在田野里,每到夜晚当地农民就聚在地头,他们将手中的玉米秸秆点着后,扔到地里,整片玉米地呼啦啦点着了,烟柱冲天。

据数据显示,2015 年黑龙江省秸秆产量 7200 万吨,"如何推动秸秆综合利用"成为当地一个亟待解决的问题。

20 世纪 80 ~ 90 年代,我国南方逐步形成蔗渣制造硬质纤维板、刨花板的工厂体系。而东北地区秸秆资源化则是在近十年内提出的。一位建材行业专家告诉记者,东北地区焚烧秸秆问题原因诸多,相较于南方地区,东北远离自然灾害多发区,地理位置得天独厚,同时又拥有丰富矿产资源、林木资源,因此长久以来东北紧盯着天然资源,对秸秆这种再生资源关注不够。

秸秆焚烧问题的根子在"离田难",投入远大于取得的效益,导致秸秆综合利用积极性受到很大影响。

业内人士告诉记者,东北地区的秸秆收集半径很大,可达 150 公里,运输成本很高。更难以控制的是,秸秆的收集受地域限制。

为了彻底解决秸秆焚烧问题,黑龙江省政府出台诸多政策。"三年大气行动计划”中提出,2016 年和 2017 年,哈尔滨市秸秆综合利用量要分别达到 1039 万吨和 1154 万吨;到 2018 年年底,哈尔滨市要完成玉米和水稻秸秆还田 200 万亩,推广民用生物质锅炉 5000 台,建设青、黄贮窖 50 万立方米,建设秸秆收储中心 40 处,秸秆综合利用率达到 80% 以上,综合利用量达到 1360 万吨。

当然,光有目标显然不够,为秸秆找出路才是破局之道。黑龙江省政协委员赵又霖认为,秸秆综合利用大致有“五化”:肥料化、饲料化、燃料化、基料化和原料化,但“五化”方式或多或少都存在一定的问题。

以秸秆焚烧发电为例,生物质能作为“消纳大户”被政府部门和企业一致看好,但是在一哄而上、收购成本高、发电量受限的形势下,短期内很难赢利。同时生物质燃烧器投入成本颇高,没有政府的补贴,企业很难独自承担;风头正盛的秸秆造纸业也因为污水排放不达标等问题畏缩不前。

秸秆综合利用应以资源化为主

解决农作物秸秆的综合利用根本出路在于农作物秸秆的工业化利用,其中秸秆制人造板是秸秆工业化利用中最具市场发展潜力和产业化前景的技术。业内专家指出,发展秸秆人造板不仅可提高秸秆消耗率和利用率、节约木材资源、保护生态环境,而且还可促进农业和农村经济的发展、扩大城乡就业、增加农民收入。

不久前,哈尔滨印发关于《2015—2017 年秸秆综合利用实施方案的通知》,其中秸秆板材作为一项重要任务单独提出,《通知》指出“支持秸秆新型建材产业项目建设。在已建成的秸秆新型建材产业项目扩大产能的基础上,新建一批秸秆新型建材项目,每处年处理秸秆 20 万吨以上。”

据记者了解,在《通知》发布前,黑龙江地区就已经开始了秸秆板材的研发。

2000 年,国内第一条稻草板生产线样机——JB－120 型稻麦草秸秆板自动生产线在哈尔滨理工大学诞生。该生产线采用了 PLC 自动编程控制系统、触摸屏操作系统等先进技术,形成了上草、出板一键完成的全自动生产线,并申请了十几项发明专利和实用新型专利。

据哈尔滨理工大学新型建材设备研究所所长张云志介绍,这套生产线生产的稻草板有几大优点。其一,经济适用。草板房的成本比红砖房每平方米便宜 300 元左右。其二,防火。用高达几千度的氧炔吹管对稻草板进行长时间的烘烤,只烤下来一层薄薄的黑灰。其三,承载力和抗冲击力强。稻草板每平方米的重量达 23 千克,能承受一吨以上重物。其四,环保。生产稻草板只需耗费一些电能,主要是利用稻草本身的植物胶黏合而成，对人体无害。2008 年，黑龙江省通河县浓河镇富强村建成了 24 套样板房，时任黑龙江省省长栗战书到通河县稻草板样板房现场视察，并对该项目大加赞赏。

JB－120 型稻麦草秸秆板自动生产线经过多年来的不断尝试和改进，已经达到了国际先进水平。年初，凭借“生物质秸秆板生产线”项目，哈尔滨理工大学与 22 个“高端、高新、高附加值”的重大战略性新兴产业项目成功落地南岗区新材料产业园区。

高校在秸秆制板上做文章，企业也不甘于后。哈尔滨展大公司利用各种秸秆制成“香草泥”，再用“香草泥”制作成新型建筑材料——秸秆砖、砌块、浮雕墙砖、室内装饰材料系列产品。这一新产品在获得国家专利的同时，还获得科技成果奖。

这种新型的草砖砌块，能大幅度减轻建筑物自重，集保温与内外装饰于一体，把水泥砂浆注入草砖砌块洞里，形成上下左右水泥柱体网，连接为一体墙，具有安装简便快捷，施工环境整洁。同传统施工相比施工效率更高，草砖与草砖连接不会出冷槽，保温及抗震效果尤为突出，既解决了社会环境污染的问题，又做到了变废为宝、发展绿色循环经济。

秸秆资源利用　黑龙江省能否成为标杆

面对秸秆处置的问题，黑龙江省扮演了北方秸秆资源化“探路者”的角色。

比如成本问题。农作物秸秆是一年生植物，季节性强，质地松散，易虫蚀、霉变和腐烂，原料收集、运输和贮存问题突出，尽管秸秆田头收购价格不过几十元，但最终成本有可能达到 200 元左右，与木材原料价格相差无几。

又如利润问题。迄今为止，秸秆人造板在市场上尚未像木质人造板那样为广大用户所认同。有专家表示，在质量相同的条件下，秸秆板的需求高于木质人造板的可能性不大，产品售价也不可能高于木质人造板，其利润率会受到一定影响。

再如质量标准问题。因为制板利用的原料不同，木材纤维与秸秆纤维有差异，准用对象不同，质量标准也应有所区别。秸秆碎料加工后，秸秆存在粗细度问题，影响板材强度。

基于以上原因，目前我国北方地区对于秸秆人造板出现了“实验室研究多、产业化推广少；可行性报告多，实际投资建厂少；对产品舆论支持多，实际应用少”的现象。

虽然困难重重，但东北地区敢吃螃蟹的企业不在少数，黑龙江省安和建材科技开发有限公司的“稻草板”墙材就是其中一例。而为了推动“稻草板”的实际应用，黑龙江省墙改办多次考察调研利用秸秆开发的绿色“稻草板”墙材产品在建筑上应用的实际工程,在推广绿色“稻草板”墙材中,不断总结完善不足之处,使其逐步发展成为我国建筑工程应用上绿色可循环的主体墙材。

东北地区在秸秆综资源化的过程中,几经转身,终见曙光,但整个北方地区依然面对成本过高、标准缺失、配套断档、产业链不完善等问题,秸秆资源化需要各个地区、众多机构、企业相互扶持。

向好的产业会有很多好的经验可供总结,近年来东北地区在秸秆资源化应用方面的尝试,当为北方地区之借鉴。

关注本系列报道请扫描二维码

第五章
总编辑会客厅（节选）

人是社会生活的主体，新闻报道中的人物既是历史的，也是时代的，有人说当今时代一个记者或者一家媒体，能够发现并且成功报道一个先进人物，就是对社会主义核心价值体系的一大贡献。

作为建材报的品牌栏目，《总编辑会客厅》常年游走于国有大型建材企业的领导者、老一辈的设计大师，新一代的年轻企业领军人之间，见证了他们如何通过言谈举止让这个行业的架构长满丰富的“血肉”。

“达摩西来一字无，全凭心地用功夫。”正值中国建材报成立30周年，作为经济产业领域的主流行业报纸，在关注行业波澜壮阔变革的同时，也去关注那些曾经对这个行业建设做出突出贡献的人们，这是读者的需要，也是媒体人的诉求。

关注本系列报道请扫描二维码

2014 年 7 月 31 日

如何实现建材工业创新提升超越引领 建材传统产业和新兴产业融合发展是时代命题

——中国建材联合会会长乔龙德访谈录

当前,我国建材工业正处在创新提升、超越引领的战略转型期,如何转变发展方式,以追求资源、能源效率型和环境友好型替代追求速度为目标的粗放型发展;以高科技为支撑重点,以新技术、新产品、高附加值为支撑替代传统建材产业过剩、利用效率低、不集约、不环保的问题;如何加快新兴产业发展改变小、散、慢且规模小,由于在整个建材行业比重小,难以改变整个行业能源消耗高、环境污染大的问题,这是建材工业面对的最现实的挑战。

作为连接政府和企业的纽带,中国建材联合会坚定地竖起引领行业发展的大旗,不间断地出台引领行业发展的举措,并呼吁全行业的同仁们,坚定不移地靠实施科技创新、调整产业结构,实现转型升级;坚定地用“三新”作为实现行业转型升级和节能减排的主要途径;坚定地把加快发展新兴产业作为行业发展进步的新的增长点。这么艰巨的历史任务如何来完成呢? 如何使行业内更多的企业和同仁在进一步了解中国建材联合会的战略意图中共同加快行业转型升级的步伐? 为此,本报记者专访了中国建材联合会会长乔龙德。

靠科技靠“三新”

孟宪江:近几年来,中国建材联合会主动提出并承担引领行业发展的重任,出台了一系列引领行业发展的举措,您能具体讲一下出台这些举措的想法吗?

乔龙德:在当前建材行业处于转型升级的大背景下,从政府部门来说,理所当然是引领指导行业发展的主要部门,但实际上目前的政府主管部门既缺专门的从事行业管理的力量,又缺行业信息,尤其是动态信息,更缺乏能够超前谋划和及时跟踪行业发展的具体机构和人手。从企业角度来说,单个企业的视野和角度只能关注行业,不可能深入研究行业,出于企业的经营责任目标和履行社会责任的年度任务,更多的精力要放在自身当前工作的工作方面,即使有思想、有谋略的企业家,由于不在其位不谋其政,也不可能去多思考整个行业的发展。由此行业协会,尤其是像联合会这样综合型的协会,如果不主动研究与引导行业发展,行业发展就会失去发展目标的导引和失去共性问题的导向。进一步地说,作为协会如果不具备引领功能,在目前条件下,作用已经非常有限了。鉴于协会组织的作用与责任,我们主动提出要引领行业发展,于是出台了一系列举措。其中包括:“十二五”规划实施意见;“十二五”科技创新及路径支撑点;用“三新”推动结构调整转型升级;新型干法水泥和浮法玻璃“两个二代”技术装备研发;新型墙体材料发展导向意见,化解产能过剩“六个一挑”节能减排和兼并重组实施意见;“两个遏制、三个加快”等。最集中最有代表性的是“一个战略、两个支撑点”。

“一个战略”是指以“创新提升、超越引领”为目标,到2030年,中国建材工业主要产业技术装备达到世界领先水平,在实现超越的同时,实现引领。

但是光有战略,没有阶段目标和实现路径的支撑点,再好的战略也只是空壳。因此,制定出战略后,我们就马上筹划与构思出了“两个支撑点”,一是依靠科技创新驱动行业结构调整和转型升级;二是制定了《中国建材工业新兴产业发展纲要》,使其成为未来建材行业发展新的增长点。通过两个支撑点,实现建材工业传统产业和新兴产业发展的“两翼齐飞”。目前,我国建材工业到了转变发展方式的关键时刻。如何转变靠什么转变,核心就是走技术创新型道路,科技进步是行业的心脏与发动机。新兴产业的发展在行业的比重则是建材行业结构是否合理程度的象征,也是行业进步的象征。传统产业产能已经过剩,但不是不再发展,而是更高水平的发展。增量不是发展的唯一途径,提高技术增加品种,延长产业链,深加工甚至将部分有功能的传统建材转向新兴产业是更大的发展。所以传统产业优势要利用好、发挥好是今后一个时期的发展任务。当然,与此同时我们务必要在发展新兴产业上下足功夫,选择突破点打开局面,无论是传统建材的延伸与提升,还是新兴产业的突破与发展都必须紧紧依靠“三新”。

孟宪江:改革开放初期,我国建材工业先进技术的来源主要是通过引进国外先进技术装备后消化、吸收、提高取得的。水泥、平板玻璃、建筑与卫生陶瓷、玻纤、新型墙体材料等主要产业的发展,在很大程度上都是引进、消化、提高的路径。您曾提到从上世纪九十年代以来,我国建材工业一些领域的发展开始由“跟随”转向“追赶”。由于我国新型干法水泥、洛阳浮法玻璃、建筑卫生陶瓷、玻纤、加气混凝土、纸面石膏板、石材、防水材料和绝热材料等都取得了长足的发展与进步,部分产品生产线规模和水平达到了国际先进水平,因此提出了创新提升、超越引领的发展战略。请您谈谈新世纪以来建材行业在科技进步和创新方面的主要进步特征?

乔龙德:进入新世纪以来,我国建材行业科技创新取得了丰硕成果,特别是在引进消化吸收基础上的再创新逐渐取得新的突破。突出表现在一些主要产业的技术及装备水平逐渐接近或达到世界先进水平,有的甚至达到了世界领先水平,节能减排技术不断创新提升,资源综合利用技术不断创新与扩展,循环经济效能不断显现,一些产业的技术装备开始走向国际,比如,中材国际的水泥工程总承包业务拓展到世界70多个国家和地区。以"超薄浮法玻璃成套技术与关键设备在电子玻璃工业化生产开发应用"、"玻璃纤维池窑拉丝技术与装备开发与提升"等为代表的科技创新,使建材工业整体水平达到了一个新的阶段。据不完全统计,从2000年以来,建材行业科技创新荣获国家科学技术奖48项,其中,国家自然科学二等奖1项;国家技术发明一等奖1项,二等奖12项;荣获国家科技进步一等奖2项,科技进步二等奖32项。近10年来,建材领域的科技创新成果获得全国建筑材料科学技术奖335项,其中一等奖58项,二等奖153项,三等奖124项。由于主要产业技术装备水平的提升,我们应该有信心提出超越与引领战略。

要实现这一战略,必须在有目标的同时还要有实施的路径和支撑点。我们认为,抓住了科技创新和新兴产业发展两个支撑点,就抓住了行业发展的主要矛盾。"一个战略"是脑袋,"两个支撑点"是两条腿,有了目标,腿就有了方向,有了腿,距离目标就会越来越近。

孟宪江:针对建材行业目前存在的传统产能严重过剩、建材新兴产业发展缓慢等问题,在您看来,现阶段全行业应该如何改变和突破发展瓶颈?

乔龙德:我认为当前必须实行"三个转变"和"六个突破"。"三个转变"是指转变发展的思维方式、转变建材工业发展的重心与关注点、转变盲目性竞争和过多依靠市场的片面认识。

具体来说,第一,整个行业要首先转变发展的思维方式,对建材工业发展的评价、导向与考核要用新的思维和新的评价方式。即不以增长速度作为对建材工业形势的主要判断依据,如果传统建材行业还在用雷同的技术带动产量的继续增长,就不能说明是形势好,而更多的是担心。只有调整产品结构、开发新兴产业、提高资源能源利用率和节能减排才是向好的形势。因此,我们对整个建材行业的增长要从内在结构去分析去判断,要有新的评价体系。

第二,转变建材工业发展的重心与关注点。近20年来,大多数企业把发展的精力的重心和关注点放在外部拉动和市场环境方面,首先肯定的是在市场经济条件下这种观念是正确的,但是如果忽略了练内功,忽视了以自身的变化去应对市场,将会走到另一个极端。一些企业往往把眼睛盯在国家对固定资产投资规模、GDP 增长速度、房地产和大项目的启动等方面,将其作为行业、企业发展的依据和支撑,虽然这些关注是必须的,但如果对外关注过度,对内关注不够,也会适得其反,因为固定资产投资增加不一定能拉动自己的产业,即使房地产等建筑业加速也不短缺传统产品,而企业应该抓紧开发新的应用领域的新产品。因此,过度关注外部、忽视内部,反而会影响了自身能力的提高。我们应该把发展的重心和关注点转移到提高企业自身发展的水平与能力上来,应对外部才有基础与条件。

第三,对市场经济和市场竞争的理解还不够全面,总是用理想成熟的市场经济理论对待尚未完全成型还需规范与完善的市场经济。因此,要转变盲目性竞争和过多依赖市场的片面认识。市场经济的竞争规则对行业的提高与公平竞争有着不可代替的作用,但是在供需规律没有很好形成的前提下,竞争规律难以规范和有效实施。且在中介机构缺位、价格体系不建全、市场执法体系不健全、资源配置尚缺法律手段对市场作用尚未全面覆盖的情况下,一味地以盲目增加新建能力,与他人竞争是不明智的。有的人很自信地说“我新建的生产线有竞争力,因此不怕竞争”,事实上事情并不那么简单,在不规则的市场里并不是优质优价,并不是在同一起跑线上开展竞争,落后的产能可能会得到优惠与补贴政策与他人竞争。不守规则的企业可以拼血本甚至亏损也要以跌价无序竞争。当优质优价者想在竞争中取胜的同时,劣质与低价者也想在市场竞争中取胜,而且从未受到过处罚,所以我们要在市场竞争中保持理智。在我国现阶段,市场经济尚需成熟的发展过程,目前“政府有形的手”和“市场无形的手”都在起作用,而且实际上政府调控经济的作用更大,这是我国现阶段的市场经济的特征之一。

要突破行业发展瓶颈,必须做到“六个突破”。一是“三新”(新技术、新政策、新标准)不仅自身创新要突破,而且切入点要突破,即要有针对性创新目的适用于当今问题的解决,立足在支撑点上,不空喊口号,为行业调整结构、转型升级作出有力支撑。二是遏制新增产能政策和淘汰落后标准的突破,政策不给急功近利和腐败留空隙,要定位在公开、公允、公平和制衡机制上,淘汰落后定位在技术装备先进、保证产品质量优良、节能减排效率高。绝大多数企业和各地协会组织都十分担心,审批权下放到地方后,在利益驱动下会引发新的产能过剩,因此共同呼吁形成新的审批机制十分重要。同时要把新一轮的淘汰指标尽快制定出来,形成遏制与淘汰共同作用于结构调整。三是突破兼并重组的瓶颈,将兼并重组与增加集中度发展大企业集团、企业间相互参股的股份制或各种所有制共融的混合所有制,对产业组织结构有机整合,从提升行业整体素质着眼,破除地方保护主义政策,创立兼并重组的扶持政策,坚决地推进兼并重组。在这方面中国建材集团已经有了成功的经验,应该继续推广。四是在优化存量、调整结构、开发应用市场、提高资源利用率、提高经济效益要有实质突破。要在所有的产业中开展与国际领先、国际先进、行业先进之间的对标,只有找出资源能耗利用率低、产能利用与效率低的根源才能能动加强经营与管理实现优化。五是要突破政策研究、拓宽政策渠道,政策开路是破除多个瓶颈的有效办法。行业与企业联手合作,使政策制定、政策争取与运用落实在攻破瓶颈。包括节能减排、兼并重组、新兴产业发展专项资金,都要尽力突破。六是化解产能过剩,向国际市场转移产能要有大的突破。水泥、平板玻璃等过剩产业必须走出去,在国外真正办企业,把新增生产线的建设由国内转向国外,现在海螺、中材等大企业已经有了行动,要树立一批走出去的典型企业。

抓重点　抓关键

孟宪江:就建材行业总体发展来说,您认为当前最重要的是应该做好哪几件事情?

乔龙德:我认为近几年,我们必须要用心用力抓好四件大事。首先,要切实抓好新型干法水泥和浮法玻璃两个“第二代”的技术装备研发,这既是实现超越引领世界建材工业的标志性工程,又是率领整个行业实现转型升级的标志工程。关键必须把牢两个“第二代”的技术研发标准和验收标准,达到世界领先水平,并且在各项指标上与现有新型干法水泥和浮法玻璃有明显的技术先进和经济指标总体超过20%以上的水平。

第二件事情是,以科技创新驱动结构调整阶段目标的实现。即在2030年战略目标实现之前,到2020年要实现结构调整的阶段目标。具体来说,真正属于新兴产业的主营业务收入要占建材行业总量的50%。要重点发展附加值高、潜在市场好的高性能复合材料、无机非金属材料、非金属矿及制品。也就是说,科技创新不能脱离结构调整进行,科技进步的重点领域突破要与产业结构调整紧紧相扣,这样,研发技术才有目标,调整结构才有支撑。因此,经济结构调整目标和科技创新的目标齐头并进融为一体。

第三件事情是发展建材新兴产业抓出成效。既要在设定的七大领域得到突破,又要通过技术创新和经过工艺、配方调整,使一部分传统材料由于功能的变化转变为新兴产业,还要将建材产业通过技术提升,延伸到航天航空、电子信息、汽车交通、节能环保等产业,使建材行业在传统建材产量增幅减少的同时,主营业务收入和经济效益继续得到比现在还要快的增长。建材高科技产业也要向外扩展与提升,最终使整个建材行业在国民经济中的地位与作用得到提升与发挥。因此,传统产业和新兴产业共同发展、共同进步。

第四是加强节能减排工作。建材行业过去被称为"两高一资"行业,即高污染、高能耗、资源消耗型。也正由于这些特点,建材行业的环保总能成为社会关注的焦点。近年来,全行业节能减排技术不断创新提升,行业形象不断改善,这既是社会进步的标志,也是行业发展进步的标志。从现阶段来说,谁不抓节能减排,谁就失去行业发言权利。

做节能减排最关键的是首先一定要有规划,形成系统,建立一套技术提升、政策创新、标准提升、考核执行严格、监督机制健全、服务配套等节能减排服务监督体系。做好节能减排,每个时期要有不同的政策引导和选择不同的突破点。多轨齐下,扎扎实实一年做成 1 ~2 件事,这样年年推进,坚持数年必有成效。

孟宪江:从今后长远的发展角度来看,您认为建材行业还需要有哪些关注的问题和进行哪些自身调整?

乔龙德:今年是全面深化改革的开局之年,全行业要用改革的思路解决问题,通过创新技术来调整结构,要认识到抓技术创新比抓增长速度重要,靠内部功能改善比外部拉动重要,获得政策支持比增加固定资产投资重要。在工作中要讲效果不讲形式,每个产业、每个企业和每个协会都要有自己的改革目标和改革措施,要潜下心来抓"三新"、抓落实。用改革思路、办法实现突破,促进行业科学发展。

过去,行业里做得最多的是产品结构调整,近几年我们重点在抓产业结构调整,通过调整产业结构实现转型升级。下一步要在产业组织结构调整方面作出规划。金隅集团在大厂地区把集约的经营理念与转型升级相结合,把产品结构调整与产业组织结构调整相结合,不仅加快了产业结构调整的步伐,更是推进了更高层次的产业组织结构的调整。产业组织结构调整也是建材行业下一步必须要推进的更高层次的结构调整形式。建材工业要走向集成和同类融合发展,不能让分散的、产品单一的生产线和企业长期存在下去,园区集成发展是一种新型的发展典型。

从联合会和各专业协会自身的改革发展来看,主要还是围绕引领、协调、服务的职能提升自己。目前一些专业协会工作开始上路了,知道行业是怎么回事,知道自己是什么角色,工作围绕行业的突出矛盾进行思考,围绕行业经济运行的共性问题着手工作,但也仅仅刚刚开始,在很多情况下只是就问题讲问题,还使不出很多招。一些专业协会仍然还没有完全上路,只会做一些锁碎的小事,别人不提问题,却不知道问题在哪里?所以提升能力是协会工作的基本功和基本要求,否则有无协会都一样。可以想象一个能力、水平和责任不如一个一般企业的协会,怎么能起作用呢?因此要完成艰巨的任务,协会系统自身的改革与提高仍是协会工作的重中之重。

(本报记者　王怡洁　整理)

调整组织结构　创造更好未来

建材行业的经济形势一直牵动着中国建筑材料联合会会长乔龙德的心。诺大一个市场化程度比较高的行业,如何实现平稳可持续发展,在促进国民经济发展中发挥其应有的作用,是一件很不容易的事情。关注引导促进这个行业合理布局、转型升级、平稳增长,是中国建材联合会自身的使命。作为会长的乔龙德,面对行业发展中出现的问题与困难,更是深感责任重大,寝食难安。

他告诉记者,今年以来,建材工业经济运行开局总体良好,生产增长平稳回落,产业结构调整继续推进,价格和经济效益平稳,经济运行处于合理区间。今年第一季度,全国水泥产量4.5亿吨,同比增长4.0%,与去年同期增长10%相比,增速回落6.1个百分点;平板玻璃产量2亿重量箱,同比增长1.7%,增速同比回落6.6个百分点。

乔龙德在稍感欣慰之余,还是挥不去心中的忧虑。他说,当前建材工业经济效益仍然有下行压力,产能过剩、产品供大于求等问题仍然突出,全行业依然需要加快摆脱依赖规模数量型扩张模式,积极发展战略性新兴产品、推动科技创新和产业转型升级。

经历了多年建材行业工作的实践,乔龙德对行业的发展目标、路径,行业的布局、重点等都有比较深刻的认识和理解。行业发展中遇到一点困难和问题是非常正常的,面对未来,我们还是要积极应对。他认为,科技创新与组织结构调整是目前和今后一段时间行业发展中最为紧迫的任务,也是解决现实困难和问题的最根本和有效的办法、举措。

建材行业科技创新驱动产业结构调整和组织结构调整,加快行业转型升级是科技创新的总任务、总目标。创新提升全行业的技术装备,全面提高资源、能源效能和利用率,增加附加值,攻克节能减排技术装备的瓶颈,全面提升节能减排水平是全行业技术创新的根本目的。创新提升高性能复合材料、新型无机非金属新材料、非金属矿及制品,节能环保、高端装备制造、新型多功能节能环保墙体材料的品质和水平,加快新兴产业发展,使在传统建材发展受限的情况下,整个建材工业仍保持良好持久的发展,并解决目前传统产业和新兴产业之间结构失衡的问题,做到两翼齐飞是全行业结构调整的落脚点。

建材行业以科技创新驱动促进发展方式的四个转变和发展格局的三个突破。驱动新兴产业及加工制品业的高速发展,到 2020 年,建材新兴产业及制品的工业增加值达到建材工业总量的 50%,形成传统建材和新兴产业各有半壁江山,届时建材工业的结构调整和转型升级实现了阶段目标。

今年以来,联合会已经开始多措并举,加大了各项工作力度,促进行业转型升级。同时,也在积极酝酿行业的“十三五”规划的主要内容和安排,待这些工作逐一落实之时,行业的健康持续发展就会实现。乔龙德说,建材行业关乎国计民生,与每一个家庭每一位公民都有着密切的关系,在未来的发展中,建材行业有国家产业政策的支持,有行业主管部门的大力扶持,有行业协会富有成效的工作,有广大企业和企业家们的齐心努力,还有社会各个方面的关心和帮助,建材行业的明天一定会更加美好。

2015 年 12 月 7 日

创新转型:引领建材行业迈向高端化

——中国建材集团董事长宋志平访谈录

刚刚闭幕的党的十八届五中全会,通过了我国“十三五”规划建议,提出创新、协调、绿色、开放、共享的五大发展理念,为我国当前和“十三五”期间的经济发展指明了方向。当前中国经济已经进入新常态,经济增速放缓,水泥、玻璃等建材行业告别了高增长时代,进入了平台过渡期。这种情况下,水泥、玻璃等市场也进入一个转折期,面对需求下滑、产能过剩、恶性竞争、环境压力,建材行业该如何看待自己、如何应对新形势?

今年春节前本报专访了宋志平董事长,请他回答了新常态下水泥行业如何化解产能过剩,如何在市场上突破围困,寻找出路等问题,为行业持续发展指明了发展目标和实现路径。

时隔半年,宋志平又一次接受本报专访,这次专访主要探讨了行业怎样转型升级的问题,也可以说和半年前的采访是姊妹篇。面对建材行业日益艰难和亟待转型的局面,建材企业出路何在？怎样创新发展？行业的未来有哪些机遇？

其实,这也正是整个建材行业都在认真思索的一个问题。过去多年的增长方式已经无法适应新的形势,大家都期待着新的增长方式。这些年,中国建材围绕结构调整、创新发展,为推动行业转型升级做了大量工作,现在总结中国建材转型升级的思考、举措和发展,对于行业发展有着很重要的意义。近日,本报深入到企业一线采访,总结归纳中国建材转型之路,连续刊登了其 12 家企业经典案例,并配发评论。

在此次系列报道的最后,宋志平就中国建材多年来调整转型的顶层设计和谋篇布局,为我们讲述企业转型的思考,让我们一起来分享他对于企业转型和对行业现实和未来发展前景的真知灼见。

新常态下 建材行业转型升级势在必行

建材行业从高增长迈入平台期,必须考虑转型升级,不能以不变应万变,不能用 30 年来成功的想法和做法来应对今天环境的大变化。

孟宪江:转型是一个很大的课题,我国从"九五"计划开始就提出了经济转型的问题。随着我国市场经济的不断发展,转型升级也成为推进中国特色新型工业化的根本要求。请谈谈您对新常态下建材行业转型升级的理解。

宋志平:对建材行业来讲,转型升级势在必行,是迫在眉睫的事情。

一是我国经济进入新常态,传统建材产业进入平台过渡期。按照"十三五"规划建议的要求,中国经济未来五年仍要以略高于 6.5% 的中高速增长。今年经济增速预计是 6.9%,我们已经感觉压力很大了,面对 6.5% 的增速,我们压力会更大。其实,尽管现在经济下行,需求不足,但总的需求量还是很大的。比如水泥销量今年比去年下降了 6%,但 23.5 亿吨仍然是个天文数字,仍然占全球销量的 50% 以上。但随着 GDP 结构的进一步调整和"十三五"时代的结束,水泥的销量会进入减量期。因而,"十三五"对我们来说,既是一段难得的市场平台过渡期,也是一段黄金转型期。"十三五"期间,有效需求不是主要矛盾,主要问题是如何做好有效供给,如何在供给端做好均衡、有序、高质量的供给,同时大力抓好产业的转型升级。

二是产业迈向中高端。当今新一轮的技术革命迎面扑来，“互联网 +”、“双创”和《中国制造 2025》推动中国产业迈向中高端。改革开放 30 多年来，我们建材行业基本走了一条引进消化吸收再创新的道路，不断地追赶别人。从全国范围看，今天的中国制造业正在从中端迈向中高端，但就建材行业而言，我们可以自豪地说要从中高端迈向高端。要从过去的跟跑者变成领跑者，跑在最前面，就必须考虑方向、思考更多问题。“十三五”期间，中国建材行业要加快转型升级，在水泥、玻璃、新型建材、新型房屋、新能源材料方面要做“领跑者”，技术、产品、装备都要站在世界一流，牢牢掌握制高点。

三是环境的压力。人类发展现在遇到了两大问题：一是发展的极限，即资源和能源供给出现了问题，不可持续。二是生存的极限，指的是气候问题。近年来，许多国际组织报告和环境科学家提出，从工业革命 1750 年到 2100 年全球平均气温升高的上限是 2 摄氏度，超过这个限度，地球和人类的生存环境将受到极大威胁。现在已经升高 1 摄氏度，也就是未来 85 年只有 1 摄氏度的空间。如果不加节制，2100 年全球平均气温将升高 5 ~6 摄氏度。这是个威胁人类生存的大问题。最近奥巴马多次谈到了这个问题，刚刚召开的法国巴黎气候大会也谈这个问题。中国政府庄严承诺，2030 年达到二氧化碳排放峰值，努力使峰值出现的时间提前。建材行业高耗能、高环境负荷，未来节能减排的压力会更大，必须心系社会，站在人类生存的道德高地上，在资源、能源和排放上，树立自律的观点，从绿色环保、节约能源等方面来思考产业变革，引领产业转型，这非常重要。

四是“一带一路”走出去的新机遇。实施“一带一路”倡议、推进国际产能和装备制造合作，是党中央、国务院根据全球经济深刻调整变化，统筹国内国际两个大局，构建全方位对外开放新格局做出的重大战略决策。对企业而言，“一带一路”战略的实施为企业创新转型提供了更大的平台，赢得了更多的时间，给予了更大的空间。因为这次不同于以往仅对单个地区或单个项目的支持，而是国家全方位地为企业“走出去”鸣锣开道，对企业来讲是千载难逢的好机会，对于我国建材企业意义重大。当前，我国在建材领域的成套技术和大型装备都已经接近或达到世界一流水平，产品性价比优异，在多年的海外工程建设中积累了丰富的经验，应该说我们已经具备了条件，可以将多年发展积累的资金、装备、技术、管理经验带出去，帮助“一带一路”沿线国家和地区发展，在发展中共同获益。

推进整合优化　中国建材转型亮点纷呈

中国建材大力推进整合优化，多年持之以恒地积累，业务不断拓展，加上不断创新,转型亮点纷呈,很多领域正走向和逼近全球制造业顶端。

孟宪江:作为我国建材行业的领军企业,中国建材的转型升级对行业发展有很强的示范意义,您能介绍一下这些年来中国建材转型升级的思路和做法吗?

宋志平:转型不是简单的转行,而是在继承和发展中实现企业观念、结构、经营模式的深刻转变。中国建材这些年的发展思路是比较清晰的,就是两句话:大力推进水泥、玻璃的结构调整、联合重组和节能减排,大力发展新型建材、新型房屋和新能源材料“三新”产业。“两个大力”的思路提出来快十年了,我们一直是按照这个思路,抢抓转型先机,推进整合优化。你们也去了中国建材集团所属 12 家企业,从多个角度看到了实际情况,中国建材集团的转型确实取得了一些成果。

中国建材在水泥、玻璃等传统建材领域推进联合重组、结构调整、节能减排,推动了全行业整合优化和转型升级。在水泥领域,通过大规模联合重组,组建起中联水泥、南方水泥、北方水泥、西南水泥 4 大水泥公司,使全国水泥行业的集中度大大提高,从 2008 年的 16% 提升到现在的 53%。2007 年在山东枣庄集中爆破 9 条立窑水泥生产线,被称为中国水泥第一爆,带动了全国淘汰落后小水泥。投资 150 多亿元对所有符合条件的水泥厂建设余热发电体系,配套了脱硫脱硝、袋式收尘等体系,建设无烟、无尘工厂,在发展高效、节能、低碳、环保的绿色生产方面发挥了示范作用。

为优化我国水泥产品结构,中国建材提出了水泥“四化”,即高标号化、特种化、商混化、制品化。高标号化方面,中国建材和行业协会一起推进淘汰 32.5 低标号水泥。特种化方面,中国建材所属嘉华水泥、邢台中联、曲阜中联、牡丹江水泥都在做特种水泥,年产达 2000 万吨,规模居国内第一。商混化方面,中国建材在全国整合了 4 亿立方米的产能,规模跃居全球第一。制品化方面,中国建材围绕 PC 混凝土预制构件、工厂化房屋开展了大量工作,发展迅猛。

在玻璃领域,中国建材推进传统产业的变革,退出普通的浮法玻璃,大力发展电子玻璃、光伏玻璃、智能玻璃、高效节能玻璃等功能性玻璃,转型成效非常显著。

中国建材不断开拓由新型建材、新型房屋、新材料构成的“三新”产业领域。新型建材方面,石膏板业务规模达到 20 亿平方米,稳居全球第一。产品耐水、耐潮、耐火等品质不断提高,相变石膏板、净醛石膏板等系列高端产品相继推出。新型房屋方面,经过 20 多年的不懈努力,中国建材的新型房屋逐渐被市场接受,“绿色小镇”如雨后春笋般涌现,正在迎来快速发展的新时代。中国建材在北京密云建设了加能源 5.0 绿色小镇示范项目,引起了行业的极大反响。“一带一路”沿线国家也非常欢迎我们的北新房屋,最近中国建材绿色小镇项目在英国、智利、莫桑比克等不少国家纷纷落地。新能源材料方面,玻璃纤维达到120万吨的规模、全球第一,广泛应用于风力发电等领域;兆瓦级风机叶片年产能1.5万片,位居全国第一;自主研发生产的T700、T800碳纤维填补了国内空白,国内市场占有率达到50%,支持了国家航天航空等事业的发展;收购德国Avancis公司,全力进入薄膜太阳能铜铟镓硒领域。

孟宪江:我们知道,发展制造服务业、国际化等也是建材行业转型升级的重要方向,中国建材在这方面有哪些作为和成绩?

宋志平:这方面我们也做了很多工作,这些年我们在亚洲、非洲、北美、南美等地区建设了很多水泥、玻璃、太阳能光伏项目。近几年,集团的新型房屋业务发展迅速,产品出口到亚、非、欧三大洲的十多个国家,很受欢迎。我们还积极探索"跨境电子商务+海外仓"外贸新模式,从建材制造商成功转型为具有核心竞争力的外贸集成运营商。不仅整合了银行、保险、商检、海关等外贸上下游资源,而且打造了集现货仓储、物流配送、售后服务等功能于一身的海外物流园,为海内外企业提供一站式外贸全流程服务。目前在10多个国家建立的"海外仓"已投入运营。中国建材积极探索建材BNBM HOME连锁超市模式,由纯粹的产品制造向销售、服务领域延伸,先后在巴布亚新几内亚、澳大利亚、美国、香港等国家和地区设立建材连锁超市,将其发展为家居分拨中心,再升级为建材家居一站式购物大型一体店,产品线不断延伸,经营模式不断完善成熟。

孟宪江:通过您的介绍,我们发现中国建材在转型升级方面做了大量的工作,也取得了令人瞩目的成绩。前两年公众对中国建材的了解更多是在水泥联合重组和市场整合方面,最近一两年中国建材作为世界五百强和国企改革的试点企业也有很多报道,今天我们认识到中国建材在转型升级方面进展也令人惊叹。

宋志平:这些年来,中国建材讲得比较多的是水泥的并购重组,但中国建材真正注重的不仅是规模,我们并购重组之后是希望透过技术提升水泥产业的水平,透过转型升级、产品创新来增加水泥行业附加值。实际上,在转型方面,中国建材这些年已经迈开了步子,因为有多年持之以恒的积累,业务不断拓展,又加上不断创新,所以今天回头看,转型升级的亮点还是很多的,很多领域正在走向和逼近全球制造业顶端。中国建材不仅有水泥,还有石膏板、玻璃纤维、风机叶片、新型房屋、电子玻璃、太阳能薄膜电池、碳纤维等等,每一块新业务都有不错的经济效益和成长前景。

孟宪江:中国建材转型升级还有哪些特点?

宋志平:一是集成创新,是在技术领域的一场整合,我们在建材产品、装备方面拥有一批世界顶级技术;二是产研结合,中国建材有1.3万名科研设计工作者,5000多个技术专利,既有产业平台,又有研发力量,得天独厚,充分融合,别人很难复制;三是搭建开放性的创新平台,与国内外的研究院和大学机构联合建立研发机构。这些也都是转型升级的动力。

创新转型 要抓住新时代的新机遇

中国建材抓住转型先机,提出“绿色化、智能化、高端化、国际化”的发展理念,在“互联网+双创+中国制造2025”方面积极探索和实践,不断出现新的亮点。

孟宪江:李克强总理最近讲过,“互联网+双创+中国制造2025”,彼此结合起来进行工业创新,将会催生一场新工业革命。在这场新工业革命中,您认为建材行业应该如何转型升级?

宋志平:李克强总理提到的“互联网+双创+中国制造2025”,反映了当前时代的变革和企业的转型。对于未来的转型升级,我认为要走“绿色化、智能化、高端化、国际化”的发展之路,也称为“新四化”。

一是绿色化。走绿色化发展道路就是整个工艺路线、产品方向都要围绕“绿色、循环、低碳”六个字去做,在原材料选用、生产过程和产品应用等方面加强节能环保,自觉减少粉尘、氮氧化物和二氧化硫排放,提升资源循环利用能力。在自身节能减排达到行业先进水平的基础上,引领行业节能限产、自律减排,提供节能减排技术改造和管理咨询服务,促进全行业减排,为治污减霾贡献积极力量。

二是智能化。走智能化发展之路就是要把握新一轮技术革命浪潮带来的机遇,加快工业化与信息化的“两化融合”,开展跨界经营,推进制造业数字化、网络化、智能化发展,推进制造业向制造服务业转型。加快装备和工艺的改造升级,促进关键装备、工艺流程的智能化,降低成本、节约能源、减少人工,努力在一些关键领域抢占先机、取得突破。

三是高端化。走高端化之路就是要依靠加大技术创新力度,创新优化产品结构,延伸产业链和价值链,实现产业链从低端向高端发展,技术水平从中高端向高端迈进。高端才有高价,有技术含量才能有市场话语权。

四是国际化。走国际化之路就是紧抓国际化历史机遇,积极推进装备走出去和国际产能合作,加强战略研究,突出产融结合,重视品牌建设。我们提出联合外资公司共同开发第三方市场，把我国中高端设备和发达国家的高端技术结合起来，在发展中国家突出中国模式，复制中国基础建设、制造业和城镇化的经验；在中等发达国家利用中国技术和成套装备的优势性价比寻求更多的合作空间；在发达国家通过收购高科技企业填补我们技术上的短板，通过深度介入基础建设的投资获得稳定收益。采用多种方式推动水泥、玻璃、新型建材及装备制造等业务从以本土市场为主转向“一带一路”市场。在开发“一带一路”市场的同时，我们意识到即使欧洲和北美也充满机会，我们也正在向英美发达国家挺进，把企业从中国本土为主的世界500强打造成以全球为落脚点的跨国型世界500强。

孟宪江：中国建材在“新四化”方面有哪些具体的计划？

宋志平：在水泥、玻璃领域，我们要迈向高端。中国建材在泰安建设的工业4.0智能工厂，采用“互联网+水泥制造”模式，实现远程监控和智能化控制，能效、环保和效益指标达到世界先进水平，获评工信部“2015年智能制造试点示范项目”，并入选全球契约组织“中国绿色技术创新成果”。现在中国建材所属合肥院推出的粉磨一体化装备，可以使每吨熟料生产节约8度电，节省成本4元。我们开发应用了短窑技术，应用高固气比技术，节能效果非常好。我们还与施耐德合作开展能效管理，可以提高10%左右的能效，这又可以大规模减少二氧化碳的排放，这些我们都要大力推广。同时，我们成功生产的国内最薄的0.2毫米超薄电子玻璃，可以像纸一样卷起来，应用于手机、平板电脑等行业，市场前景十分广阔。

在“三新”产业领域我们要做的就更多了。在新型建材方面，我们研发出低密度石膏板新工艺，可节约10%的石膏用量，大大提高了经济效益和环境效益，是下一步发展的重点。在新型房屋方面，我们推出的加能源5.0房屋，在房屋建设中采用地热、光热、光电、家庭风电、沼气等五项增加能源供给的方式，不但不耗费外界能源，还会向外输出能源。我的想法是让北新房屋成为继高铁之后我国向全球推广的品牌产品，在功能、质量、性价比等方面全球领先。新能源材料方面，我们成功研发出了功率从1.25兆瓦到6.5兆瓦、长度从31米到75米的9个系列近60个型号的风机叶片，下一步要抓住发展机遇，继续做大做强做精。最近我们依托铜铟镓硒薄膜太阳能技术，制定了光伏产业“10+5”GW的战略布局，即在国内和“一带一路”沿线国家分别建设10GW和5GW的薄膜太阳能电池生产能力，国内1.5GW项目已在安徽蚌埠动工。讲到“10+5”GW计划就不得不提中国建材收购圣戈班Avancis公司，圣戈班董事长最后一刻还在犹豫卖不卖，他们当时计划把工厂搬到印度去，因为中国建材盯得紧，所以还是卖给了我们。当时收购德国Avancis立足于两点:铜铟镓硒的薄膜太阳能技术和工业4.0的技术。这个工厂从冲洗玻璃到镀膜、激光照刻、做电池组,再到最后包装,整个过程全部使用机器人,我们希望把这些移植到国内,并扩展到其他行业。我们T700、T800碳纤维技术已实现批量稳定生产,下一步要扩大产量、提高产品质量,并积极研发更高级别的碳纤维。集团旗下中国巨石自主研发了全球最大、最好的10万吨级池窑拉丝生产线,吨电耗、吨能耗都是世界最低;自主研发的E6、E7等玻纤配方,获得美国、日本等国际专利授权;在埃及投资建成的玻纤厂效益非常好,这也是我们重点发展的业务。

在拓展工程贸易服务方面,我们的思路是紧紧抓住"一带一路"国家战略,推动我们的装备、产品、资本、服务等走出去,加快推进"跨境电商+海外仓"模式,布局扩展全球建材家居分拨中心,推广新型房屋和新能源材料业务,形成集群竞争优势,参与全球市场的资源配置。使"走出去"有规划、有布局,还要与金融相结合。

此外,关于大数据和机器人,这些都是未来趋势。中国建材在上海成立了机器人公司,研发生产工业机器人。中国建材总院成立了大数据公司,希望通过互联网技术,努力成为大众创新、万众创业的开放性平台。

孟宪江:据我所知,中国建材在新玻璃和新能源材料领域有大的发展规划,您当时决策的时候是基于怎样的思考?

宋志平:企业要想发展必须很好地结合新时代的需要。比如水泥企业如果还是过去传统的做法,打价格战,恶性竞争,就没有出路。玻璃行业也是如此。玻璃行业已经有五六年一直全行业亏损,现在有两个机会,一是农业塑料薄膜大棚正在被现代化的玻璃大棚取代,这个领域的玻璃用量空间巨大。中国建材目前已经进入到玻璃大棚领域。我国现在有320多个县市都纳入了光伏农业玻璃大棚的计划,仅这方面用到光伏就能发电10GW,这个计划用的玻璃量将是个惊人的数字。二是太阳能光伏产业的快速发展,许多人认为光伏产业实际上是个玻璃产业。据估计,1个GW的太阳能光伏板需要1条日融化量500吨的玻璃厂配套。今后中国不少玻璃厂要把浮法玻璃生产线改成白玻璃做成光伏玻璃,来供应光伏市场。如果传统玻璃能把现在的量控制住,就能够走向市场平衡。

我个人对未来中国新能源结构看法是:一是水电,二是核电,三是太阳能,四是风能。核电大家看法不一致,法国80%是核电,德国却坚决要求到2050年废除所有核电。中国对能源的需求太大,二氧化碳排放又特别多,只能快速发展核电。现阶段是用核电废弃煤电,但从更长远看核电对中国也是个过渡,也许三五十年后,太阳能、风能完全能覆盖了,就可以废弃掉核电,我想大概有这样一个过程。由此可见,我国的太阳能和风能是这个世纪都要大力持续发展的。

回顾以往,中国建材在创新上有两件事做对了,一是新能源材料——玻璃纤维、碳纤维和风机叶片;二是从玻璃做到薄膜太阳能、太阳能组件、太阳能电站,还从玻璃做到了光伏大棚,做光伏 + 农业、光伏 + 牧业、光伏 + 渔业。

孟宪江:看来中国建材对未来的转型升级已经做了全面细致的规划和部署。这些计划对投资者一定非常有吸引力吧?

宋志平:是的。中国建材是一家有故事的公司,过去水泥、商混、石膏板、玻璃纤维等都做到了世界第一,未来还会有更多的成长故事。我这次在香港路演时说,经过这一轮行业整合,加上国内长期的刚性需求以及企业自身调整,水泥未来还是一个比较稳定的业务。此外我们还有新型房屋、光伏“10 + 5”GW 计划等不少后续故事,中国建材的魅力就在于总是不断出现新的亮点。

理念先行 要站在道德高地上思考行业发展

转型首先要做到理念提升,站在对全人类生存和发展负责的高度思考行业发展,进而推进行业自身的技术提升和产品提升,最终实现效益提升。

孟宪江:您一直是行业中善于研究、勤于思考的企业思想家,每逢大事,您必有担当。现在,行业转型已经是当下最主要的话题,您是不是又有一些新的思考呢?

宋志平:我最近在重新思考一些问题,比如做企业的真正意义是什么?有人认为只为了赚钱,但地球都不适宜生存了,赚再多的钱又有什么用?所以我倡导,要让企业发展站到人类发展的道德制高地上思考问题。以后我们要大力宣传绿色概念、大力宣传为解决气候问题我们做了哪些贡献,有哪些成效。我们要加强这方面的量化研究,比如在水泥、玻璃制造中配套的余热发电等措施,到底减排了多少二氧化碳;Low - E 玻璃可以节能 70% ,换算成减排二氧化碳是多少;石膏板使用工业脱硫石膏,到底减少多少黏土砖,折合二氧化碳是多少;现在搞风力发电、太阳能发电,到底减排多少二氧化碳。这些数字是可以算出来的,但得有人去做这项工作。现在我们大多只是就事说事,只比谁赚的钱多,没有把整个企业定位上升到人类生存发展的道德层面上。前不久在法国图卢兹召开了“中法工商峰会”,会议主题是“数字与环境革命”,这也是当今影响企业发展的两大主题。我在会上讲了三点:原材料尽量采用城市和工业废弃物;生产过程中尽量做到零排放;产品使用时要做到环保和安全。这三点是我原来在北新建材主张的,后来带到中国建材集团,到图卢兹讲大家也还是愿意听的。作为工业企业应该积极应对环境变化,进而产生新的理念,做企业要有一个这样的理念。

很多人不清楚,中国建材为什么搞风力发电和太阳能发电?我的观点是,作为耗能大户的建材企业要做好两个方面的工作:一方面生产制造建材过程中要节约能源、减少排放,我们生产的建材要造成节能型的新型房屋,因为新型房屋比传统房屋节能90%;再一方面就是研发制造新能源材料,大力发展可再生资源。到2100年人类要告别化石能源,到2050年人类的化石能源要比现在减少50%~70%。这就是我们长远的目标。2013年全球二氧化碳排放361亿吨,中国排放100亿吨,占全球的29%,是第一排放大国。从这个角度出发,我们得明确建材行业该往何处去。如果再细算,我们会大吃一惊。以水泥为例,生产1吨熟料大概排放0.7吨二氧化碳,我们全年大概要排放10亿吨左右的二氧化碳,占中国工业排放的10%。这也是我们为什么淘汰32.5水泥、发展高标号水泥的重要原因,就是为了减少石灰石用量,减少二氧化碳排放。

总体来说,我们要正视问题和困难,要明确自身的责任和使命,把建材产业与人类的发展极限、生存极限结合起来。一旦了解到全国每年排放多少二氧化碳,人均排放多少二氧化碳,大家就能理解为什么中国建材要发展高标号水泥、Low-E玻璃、新型房屋,为什么要发展薄膜太阳能电池、风机叶片、玻璃纤维和碳纤维。我始终认为,企业的指导思想要始终站在时代潮流的前列。我们既然从别人的研究中已经认识到这些问题,感受到环境资源压力的切肤之痛,就不能回避它,知而不行不是真知。

孟宪江:在这场全新的思考中,您认为建材行业的企业家应该担当怎样的角色?

宋志平:做企业要思考问题。在日本和台湾地区,一些大企业家常常会到僻静的地方静思,考虑一些哲学命题和终极问题。今天,中国的企业家也到了潜心学习、静心顿悟的时候了,就是静下心来,叩问自己的心灵,理一理思路,想想做人做事的道理和方向。

新常态下,中国经济下行压力将是客观的,有许多新的机会,但也面临着不少挑战。过去我们常讲企业家精神是冒险精神和创新精神,但我现在对企业家精神的看法有些改变,我认为企业家精神在于创新精神和担当精神。过去供给不足,创业的成功概率大,机会成本不高,敢先吃螃蟹的人就有可能成为企业家。新常态下,我们要认识到,企业家需要认真思考、评估和把握业务的风险和不确定性,企业家精神并不是偏好高风险,而是拥有组织生产要素、开展创新创业的思想和技能,能够识别和有效利用提升经济效率的各种机会。管理大师德鲁克指出,企业家的主要任务是把握机遇,而不是甘冒风险。孔子讲"知者不惑,仁者不忧,勇者不惧",但同时也说"暴虎冯河,死而无悔者,吾不与也。必也临事而惧,好谋而成者也"。所以,做企业从来不应该去盲目冒险,而是要审时度势,顺势而为。

建材行业作为基础原材料行业,在国民经济中具有先导性。我们必须敏锐地看到未来的变化和需求对于行业的引导。建材企业的企业家们作为这一轮转型升级的方向引领者和实践带领者,不要固步自封,更不要盲目冒险,而是要认真思考,顺势而为。转型不是转行,是行业自身的技术提升和产品提升,但首先应该做到理念提升,站在对全人类生存和发展负责的高度思考行业发展,最后落实到效益提升,这样四个提升都达到了,这也是转型升级的必然逻辑。

新常态下,中国建材的转型之路实际也是突围之路和必由之路。雄关漫道,履冰而行,中国建材的转型还在过程中,还在路上。但我相信,只要坚定不移地去做,转型后的中国建材一定会成为世界一流的企业。在经济下行的艰难时刻,也希望大家透过中国建材的转型升级看到未来和树立信心,鼓起勇气跳出困局,寻找新的出路,跳出恶性竞争的红海思维,驰入创新竞合的蓝海,中国建材行业柳暗花明、春暖花开的时刻一定会更早到来。

站在思想道德文化的制高点上

■ 孟宪江

每逢大事,必有担当。

今年,在国家经济新常态环境下,建材行业遭遇严重的产能过剩,经济运行出现了前所未有的下行压力,整个行业面临着转型升级重大而紧迫的任务和课题。

多年来,中国建材集团董事长宋志平一直主张"行业利益高于企业利益,企业利益蕴于行业利益之中"。他带领中国建材集团积极进行发展理性化、竞争有序化、产销平衡化、市场健康化的市场竞合工作,扛起行业进步的大旗,引领行业风雨中前行,付出了很大的心血和代价,为行业持续稳定发展做出了重要贡献,也赢得了行业上下的高度认同和同声赞誉。宋志平说,这些付出是值得的,这也是中国建材的责任。

在行业为此困惑之时,作为行业领袖企业的领路人,宋志平又一次站在思想、道德及文化的高地上,为行业的转型升级和持续发展探索道路,明辨方向,提振信心。宋志平说,这是央企领导人,特别是领袖企业领导人理应担当的义不容辞的责任和使命。

有着行业发展丰富思想和实践经验的积累,面对行业新常态,作为央企领导人,宋志平多年来一直没有停止思考,也没有停止探索和实践,在其他行业转型迈向中高端的时候,中国建材集团已经开始走向行业制造业的高端了,还有不少项目,已经走在了世界高端。

转型升级并非一件容易的事情,也不是今天才开始的,这里面,又有着怎样的故事呢?日前笔者又一次专访了宋志平,听他讲述中国建材整合优化、转型升级的新故事,从中,再一次感受到企业思想家在行业发展遭遇困境中的沉静理性以及为行业未来发展探路的胆识责任感,还感受到了思想的魅力、智慧的闪光和对未来的信心。

这,也是我们进行《中国建材转型之路》系列报道的一个主要原因,也是行业上下关注的热点。

思想高度:明确创新转型的方向

领导者的思想高度,不仅决定个人的价值高度,同时也决定着企业的命运与行为高度。所以,小老板谈"生意",大老板谈"项目",企业家谈"事业",领导者谈"价值"。无论企业处于何种阶段,企业领导者的思维和思想直接决定一个企业的发展命运。

越是在关键的时候,越是要清醒和冷静,越是在困难的时候,越是要善于发现机遇。这就需要思想的力量来支撑。

宋志平说,思考行业转型发展的思想逻辑,首先要站在思想和道德的制高点上,把道理想明白了,把理论理解透了,把理念弄通顺了,把脉络理清了。这是前提,只有这样,才能在实践当中把事情做好,才能明确转型的目标和方向,才能有决心和毅力坚持走下去。

宋志平说,党的十八届五中全会通过了我国"十三五"规划建议,提出创新、协调、绿色、开放、共享的五大发展理念,为我国当前和"十三五"期间的经济发展指明了前进的方向,更为建材行业几年来的探索和未来的发展丰富了思想和理论的内涵,开拓了视野,提升了高度,也带来了巨大信心和动力。

做好的企业,一定离不开先进的思想来指导,在顺境的时候,往往体现不出思想的价值和作用来,因为好的时候,用不着努力去思考,只要从众,跟着感觉走,跟着大伙走,就可以赚钱。而形势不好的时候,就不一样了。做企业,不可能总是遇见好的形势,总有不顺的时候,做企业,也不可能总是赚钱,也会有不好赚钱和赚不到钱的时候,这个时候,就可以体现出思想的价值来了,有思想有智慧有能力的企业家,可以站在一个思想高度上认识形势,找到赚钱的机遇,拨开云雾,见到彩虹,高瞻远瞩,看到更多的风景。

记得年初和宋志平谈到水泥企业如何面对新常态的时候,他就是站在思想的制高点上,非常积极乐观、非常理性也非常负责任地讲到了行业发展必须关注的问题,他说,水泥进入过剩阶段是客观的,用不着害怕,其实市场经济本身就是个过剩经济,西方国家的水泥行业也经历过过剩,所采取的应对办法并不复杂。一是兼并重组,发挥大企业的作用,增加集中度;二是降低产能利用率,控制产能,以销定产;三是维护行业企业利益。技术创新也好,转型升级也好,社会责任也好,都要建立在效益的基础上,一个没有效益的行业是失败的行业,一个没有效益的企业是失败的企业。

同时,他也提出了行业企业具体的解决问题的办法。第一,在水泥产品结构上创新。水泥产品要实现"四化",即高标号化、特种化、商混化和制品化。第二,装备和工艺的改造。第三,节能减排。第四,响应国家"一带一路"号召,积极"走出去"。第五,建立包容性的企业文化,树立与竞争者共生多赢的思想,树立行业大局观,弘扬利他主义精神。

时过半年多,现在回想起来,宋志平讲的这些具有前瞻性和思想性的问题及建议,如果在现实中得以完全实行,那水泥行业目前的经济形势就不会是全面的下行了。

而今天,我们分析经济新常态,专家们有这样的理解,"新常态"从词语上重点是突出两个概念。一曰"新",二曰"常态"。两者结合起来,所谓"新常态"就是中国经济将在一个较长历史阶段进入明显与过去不同特点的历史发展新阶段。

因此,面对新的发展环境,行业企业在生存和发展中就必然要实现转型升级,优化结构,特别是顺应"中国制造2025""互联网+"引领下的产业高端化、智能化、绿色化趋势,才能有更好的未来。

宋志平说过,传统产业,水泥和互联网,这在以前有一句口号叫"水泥+鼠标"。强调了传统产业和互联网的结合,离开实业,互联网也是没法做的,互联网只是解决了一个商业模式的问题。但是,要提升传统行业的素质,比如,以前的水泥是300多人一个工厂,现在已经减少到100或者几十人,甚至可以做到无人工厂,可以用互联网的远程控制,可以用智能化的模拟的办法做到,这就是技术进步给传统行业带来的巨大变革。山东泰安中联水泥公司的水泥生产,就是目前世界高端的水泥生产示范线。

宋志平认为,建材行业经过30多年的快速发展,目前已经到了一个崭新的阶段,行业的情况也远远不是传统意义上的量变了,社会环境和经济形势发生了巨大的变化,做企业也要随之进行重大的改变,只依靠量的变化来对应时势的变化,已经完全不能带领企业向前发展了,我们面临的是一个全新的时代,面临的是一个全新的发展环境,过去快速发展所依靠的环境没有了,传统的发展模式也走到了终点站,企业因时变而面临着彻底的转型。宋志平对此有非常深刻的理解和认识。

北新建材、蚌埠院等12个典型案例的推出,已经用实践证明了中国建材集团在新常态下转型升级的成功经验。也表明,央企在新一轮的转型当中又一次担当了开路先锋的重担,为行业的健康发展铺就了一条可行的道路,创造了经验,做出了示范。

而这一切成绩的取得,正是在中国建材集团先进的思想,超前的理念指导下才完成的。早在2007年,中国建材集团就提出了两个大力:"大力推进水泥、玻璃等产业的联合重组、结构调整与节能减排,大力发展新型建材、新型房屋、新能源材料",迈出了创新转型的第一步。

在建材行业上下努力化解产能过剩、转型升级的今天,中国建材集团,已经在产业发展中迈向了高端,继续引领着行业朝着健康的方向发展。

先进的思想是什么?先进的发展理念从哪里来?又是如何指导实践的呢?

看看中国建材集团近年来的发展着力点就能发现,他们一直走在前面也绝不是偶然的。

经历了30多年的高速增长,我国现已进入后工业时代,以建材、钢铁、化工等为代表的大多数行业产能严重过剩。不过,宋志平对此并不悲观,在他看来,市场经济本身就是过剩经济,过剩经济并不可怕,关键在于企业选择怎样的活法。在中国建材集团大规模联合重组的推动下,中国水泥行业的集中度从2008年的16%升至现在的60%,成为近年来基础原材料行业一枝独秀的利润大户。"行业利益高于企业利益,企业利益蕴于行业利益""竞争者既是对手也是伙伴""做企业不能好勇斗狠,要与人分利",这些先进的思想理念和观点改善了行业的竞争生态。"限制新增、淘汰落后""从淘汰落后工艺到淘汰落后品种""从淘汰小立窑到淘汰小旋窑”,这些思想主张促进了行业的结构调整。宋志平常说自己是“啼血的杜鹃”,正是这些循循善诱的理念,已上升为水泥行业健康稳定发展的重要精神财富。

与其他过剩产能行业的境况相比较,我们不难发现,同样的市场竞争环境,同样的产能过剩行业,却出现了不一样的发展结果。水泥行业的发展历程见证了思想的价值和作用,如果没有先进的思想来引领行业,那真的不知道会发生什么情况,行业的发展可能走不到今天。

能够克服思维惯性,站在纷杂的事务之外,用活跃的思想寻找各种可能性。这样的创新精神,源于自身的实践与外部环境的改变,更离不开思想的进阶。

所以,宋志平多年来一直勤于思考,做每件事都要深思熟虑。他认为,企业家最宝贵的,就是在整个创业和经营过程中所形成的思想。他常讲,一流的企业要有一流的思想,有一流的思想才能引领一流的企业。

古希腊的赫拉克利特说过:“智慧只在于一件事,就是认识那善于驾驭一切的思想。”

正是站在了思想的制高点上,宋志平才总揽全局,高瞻远瞩,未雨绸缪,早在风雨到来之前,就开启了产业转型之路,又在行业升级中,率先在建材领域走上了产业高端,为行业企业转型提供了优秀的借鉴样本,为行业企业走出困境树立了可以学习的典型,也给大家提振了信心,充分体现了中央企业老大哥的远见卓识、宽广胸怀和主动担当的社会责任感。

道德高度:提升创新转型的水准

正如“现代管理之父”彼得·德鲁克所指明的那样,“企业不是单纯的经济实体,它也是社会和政治实体”。企业作为市场的细胞,其直接目的是追求利润的最大化,而作为社会的一份子,企业在追求利益的同时,又必须使自身的获利过程同时也成为有益于社会进步和促进人类全面发展的过程,越成功的企业越是要担当高度的道德责任。

在企业与市场以及社会的各方面关系中,道德因素之所以成为必要和被看重就是因为企业道德的完善能够直接或间接地给企业带来利益和发展,企业道德不仅是企业的责任,更是企业增强竞争力的武器之一。

作为央企的领导人,特别是建材行业领军企业的领导者,宋志平经常说:“企业家不能只关心一城一隅,还要有全局观和强烈的责任感,要站在更高层面思考问题,关心国家的强盛,关心社会的和谐,关心年轻一代的成长,关心文化的传承和现代思想的传播。精通经营哲学、文化理念、企业责任等深层次问题,能创造代表时代的精神和灵魂并以思想引领企业健康发展,这是企业思想家对企业家最大的升华。”

作为传统制造业的重要一员,建材行业所存在的与生俱来的短项和弱点,是高能耗、高排放。目前,建材工业能耗总量占全国能耗总量和工业部门能耗总量的7%和10%,建材工业废气排放量占全国工业废气排放总量的18%。仅水泥工业排放的粉尘、二氧化硫和氮氧化物的排放量占全国工业生产总排放量的31.7%、4.8%和4.7%。2013年全球二氧化碳排放361亿吨,中国排放100亿吨,占全球的29%,是第一排放大国。从这个角度出发,我们得明确建材行业该往何处去。如果再细算,我们会大吃一惊。以水泥为例,生产1吨熟料大概排放0.7吨二氧化碳。

我们全年大概要排放10亿吨的二氧化碳,占中国工业排放的10%。这也是我们倡导淘汰32.5水泥、发展高标号水泥的原因,目的是为了减少石灰石用量,减少二氧化碳排放。

高速增长之后,我们消耗了过多的资源,首先遭遇的是发展的极限,在传统工业发展中,过多的排放之后,又遭遇到了生存的极限。

在宋志平看来,企业家要有爱国主义精神,把企业发展与国家战略、社会利益紧密联系在一起,带领企业自觉肩负起政治责任、经济责任、社会责任和保护生态环境的责任。

当下,全面深化改革,推进国家治理体系和治理能力现代化,依法治国、生态文明和城镇化建设等,给建材行业的发展带来新的挑战,同时也带来了新的机遇。

建材行业,不能停留在初期讲的粗放式、速度型、规模型的转变层面去理解,而今天在产能已经严重过剩的背景下只改变粗放和降低速度、提高质量是远远不够的。我们所说的转型升级,是要在资源的合理配置型、科技创新的附加值型、资源能源环保友好型、低碳绿色以及是否为人类进步创造有价值型。

此外,企业家还要有强烈的事业心和道德责任感,把培育优秀的企业作为自己的神圣使命、崇高荣誉和毕生追求,带领企业做强做优,在国际舞台上展示良好的形象。

宋志平充满感情地告诉笔者,如果我们的企业只是赚了很多钱,而对环境改善没有尽到责任,没有为公众带来更多的生活改善和福祉,那我们努力的意义就大打折扣。特别是在目前,国家要求加强生态文明建设,老百姓对蓝天白云充满了渴望,对绿色生活充满了渴望,这是我们努力的方向,也是我们需要讲好的薪新故事。

所以,履行好保护环境的责任,是我们传统建材企业的道德责任。

在宋志平心里,早已有了一幅关于中国建材产业与社会环境和自然环境和谐相处协调发展的美丽画卷,他只是在一步步把它变成现实。

在宋志平支持下建成的泰安中联年产200万吨新型干法水泥生产线,是目前国内同行业节能、环保、自动化水平最先进的生产线,属世界领先的低能耗环保示范线。

这一生产示范线代表着中国水泥生产节能环保技术水平达到了世界领先级的水平。如果这一成果能够很好地推广应用,它所带来的生态效益是难以估量的。

2015年7月22日在北京召开的"生态文明·美丽家园"关注气候中国峰会上,泰安中联水泥有限公司的水泥智能工厂项目成功获得"中国十大绿色技术创新"大奖。

在这个峰会上,宋志平又一次说出了自己升级版的建材梦想:

一是产品原材料大量采用工业废弃物,实现每年消纳工业废弃物1亿吨;二是在生产过程中大力推进节能减排,在水泥、玻璃等传统建材领域,淘汰落后产能,深度推广余热发电、脱硫脱硝、双重除尘、智能控制等节能环保技术的应用,全方位、多途径降低污染物排放;三是在应用领域大力发展新型建材、新型房屋和新能源材料的"三新"产业。

中国建材集团做水泥而著称于天下,从0吨做到4.5亿吨的水泥,全球第一。现在面临着重大的转型。但是,转型实际上不是转行,不是说不做水泥了。宋志平说,我们国家有着持续而大量的水泥需求,我们不可能从水泥里跑出去做电商。其实转型是指我们各行各业学会用新的理念、用新的技术来提升各个行业的素质和水平以及公众社会形象。

我们在泰山石膏采访时就特别感受到了中国建材集团在生态经济和循环经济方向做出了积极努力,他们通过多年不断的技术创新,实现了对工业废渣进行循环利用,公司不仅在节能降耗方面取得显著成效,而且在工业副产石膏利用方面在同行业中遥遥领先,创造了显著的经济效益、生态效益和社会效益。

可以说,泰山石膏正是生态企业的一个生动范例。

站在道德制高点上的宋志平说,应对气候变化是全球公民共同的使命,守护蓝天白云是我们共同的梦想。2015年,中国建材集团全面启动了2015—2020年投资150亿元用于环保产业的"责任蓝天"计划,把守护蓝天作为企业的第一责任,继续以实际行动坚守企业使命,守护蓝天梦想。

这不仅仅是企业持续发展的外在要求,更是央企应当带头履行的道德责任和义务。

在“新常态”下,建材行业面临的问题很多,机遇也很多,各方面利益的诉求也很多。

那么,在这种情况下,我们想要的增长应该还是包容性的增长。也就是在充分照顾到社会、环境和方方面面相关者利益的情况下,来考虑各自行业的增长。任何企业和行业都不能只考虑自己单方面的增长,而要考虑到整个产业链和相关产业协同的、整体的、全局的增长,还要站在道德的高度上来实现行业与环境的和谐,这样的增长才是持续和健康的,才能走得更远。

文化高度:丰富创新转型的内涵

人有文化,企业也是有文化的。文化不是别的,文化就是一种高度,是一个平台,文化能够让人登高望远,提升人的眼界,开阔人的视野。

哈佛商学院的著名教授约翰科特推出了一本很有名的《企业文化与经营业绩》的著作,提出了一个重要论断,就是:企业文化对企业长期经营业绩有着重大的作用,在未来的发展中,企业文化很可能成为决定企业兴衰的关键因素。行业形势越是不好,就越是要有更深刻的理性思考,才能把握好全局,才能在实践中少走弯路错路,减少损失。

宋志平对行业发展的纵深思考体现在他的几本著述里,最近的一本书《整合优化》,专门讲到了转型升级,这本书里,宋志平的思考在继承以往的同时,又有思想上的升华和发展,更理性更深刻地揭示了在经济社会剧烈转型时期的行业转型的意义和必然性,用自己实践者的独特视角,总结了制造企业在行业转型期勇于实践、在困境下中流击水的责任和智慧。

给别人留点空间,也是给自己留有余地。“利不可赚尽,福不可享尽,势不可用尽”,这个世界不是哪一个人的世界,而是所有人的世界,所以凡事都要留有余地。“腹中天地阔,常有渡人船。”多一分宽容,就会多一分理解;多一分善良,就会多一分希望。

站在文化的制高点上来看,和谐、包容、平等、互利,是行业企业共同发展的重要基础。

宋志平说,做企业,必须有企业的文化,如果没有文化就如同一盘散沙。只有站在文化的高地上,企业才能有好的形象、凝聚力、向心力和持续发展动力,IBM 总裁说,IBM 实际上是由许多故事联系起来的。中国建材就是一个大故事。我们的文化大家都很熟悉,有很多的要素,若概括成两个字就是包容。一提到包容,大家就想到佛教、儒家思想,大家想到的是人和人之间的包容。亚洲银行曾提出“包容性发展”的概念,指的是人和自然之间、先进和落后之间、富裕和贫穷之间的包容。我们文化的核心是包容,我们讲的善用资源,实际上是向环境的包容;我们讲在市场中不能搞恶性竞争,从竞争到竞合,是向市场中的竞争者包容。社会是多元化的社会,我们做企业也需要相互包容,为人做事不要总看到别人的弱点,要多看别人的长处。“三人行,必有我师焉”。包容不仅反映在人和人之间,也反映在企业和企业之间、生产者和自然之间等,这是集团文化的核心。中国建材集团的文化体系,包含“善用资源,服务建设”的企业使命,“创新、绩效、和谐、责任”的核心价值观,“待人宽厚、处事宽容、环境宽松及向心力、亲和力、凝聚力”的“三宽三力”的人文环境,“敬畏、感恩、谦恭、得体”的干部素养。简而言之,就是包容,不能只想着自己,还要想着别人,还要想着社会、自然、竞争者。这是咱们和别人最大的区别。为什么中国建材是行业领袖企业,不仅仅是企业的效益好,更是因为做到了包容,才获得了社会的广泛认可。

面对新常态下的经营压力,以战略见长的宋志平再次聚焦创新之路。“我们必须加快转变发展方式,突出创新驱动,以规模、技术、管理、机制的组合优势,实现企业的优势再造。”与时下业界热议的颠覆式创新不同,宋志平更强调融合性创新,即实现制造业与互联网经济、企业创新与大众创新、国企与民企的三大融合,通过科技、管理、商业模式和机制创新,多管齐下,使传统产业竞争力更强、质量更优,使国有企业活力更强、效率更高。

当前经济下行压力持续加大,产业结构深度调整,中国企业尤其是传统制造业纷纷转型求生。重压之下,路在何方?新的发展机遇和增长动力从哪里来?

宋志平的答案很形象:过去,我们是以大小论英雄,拿着望远镜,寻求速度和规模;新常态下,我们要以素质论英雄,拿起放大镜,寻求质量和效益。按照这一思路,中国建材集团认真剖析了投资放缓、需求不足、价格下行等巨大压力以及全球技术革命、产业变革、中国制造 2025、装备制造走出去等重大机遇,综合权衡之下,提出了“新四化”的发展理念。

也就是,走绿色化、智能化、高端化、国际化的发展道路。十八届五中全会提出创新、协调、绿色、开放、共享五大发展理念,“新四化”符合这些理念。对企业来说,“新四化”意味着一场发展理念和发展模式的重大变革。

当然，实践是动态的，与时俱进的，思想也是动态的，与时俱进的，宋志平常说自己是“啼血的杜鹃”，为了行业的健康发展，他从来没有停止过实践，也没有停止过思考。随着时间的推移和思考的深入，宋志平站在了更高的思想和道德高度来思考企业的发展规律和路径，同时，他的思想也经历了螺旋式上升的过程。最近出的《整合优化》，是在继承以往的同时，又有思想上的升华和发展，深刻揭示了一位央企领导人在经济社会剧烈转型时期的感受和思考，特别是重新思考了做企业的意义和做人的意义。透过企业家独特的观察视角，我们可以感悟到在转型期间，行业中呈现的风云变迁的曲折脉络，也看到了一家大型制造企业在历史的关键时刻是如何站在思想、道德和文化的制高点上勇于担当责任，为行业持续发展所做的种种思考和现实努力以及他们的经营智慧。

展望未来，我们可以相信，有党的十八届五中全会提出的创新、协调、绿色、开放、共享的五大发展理念的指引，有国家产业政策的支持，有行业上下共同的努力，中国建材集团作为行业的领袖企业，通过自身积极不懈进取，一定能够实现创新转型发展目标，不仅引领整个建材行业走向产业高端化，乃至在中国制造业前进的道路上，也会树起一块永远的丰碑。

第六章
一场罕见的“角力”　留下无尽的思考

山水集团，山东省龙头水泥企业、上市公司，2013年起，山水集团发生股权纷争，持续了近3年时间，成为轰动行业内外的纠纷事件。《中国建材报》奔赴山东济南采访，并为期一个半月的时间，写出了9期大型系列报道《山水纷争沉思录》。力图站在行业和社会更广的层面，对山水纷争进行深入的思考。重点反思中国传统制造业改革遗留下来的一些问题和经验教训，旨在为企业正在进行的新一轮深化改革和转型升级，带来一些有价值的启发借鉴。

关注本系列报道请扫描二维码

山水纷争沉思录(节选)

2015 年 7 月 8 日

中国水泥行业罕有的一场“角力”

——山水水泥股权纷争最新事态全记录

■ 本报记者　刘媛媛

“每天都有新事儿,尤其看到我们变现,他们(维权方)应该不会善罢甘休”。这是一位山水集团的管理者,在 6 月 22 日山水投资信托变现的首日,在变现现场向本报记者发出的感言:“山水角力仍在持续,抑或刚刚开始……”

此言在短短 4 天内即被言中。“股份变现”仿若又一枚重磅炸弹,在与山水相关的各方池子中炸开了花,再度让“山水纷争事件”激浪翻飞、来势凶猛。

可以这样说,山水角力的演变与升级,在中国水泥行业中,十分罕见。

事态愈演愈烈　媒体应接不暇

6 月 22 日,本报记者赶赴济南山东水泥厂,现场感受到了山水部分持股员工领钱的激动人心的盛况,并于 6 月 24 日头版头条刊发了《让职工成为改革最直接的受益者》的文章。

接下来的 4 天,山水变现喜洋洋的现场图片和相关文章在各大网站上形成轰炸之势。据山水集团的官方统计,那几日网络转载量不下 10 万条。

仅仅过了 4 天,转折性变化便突如其来。6 月 26 日开始,媒体关于山水事件的标题,突然由“让职工成为改革最直接的受益者”“山水股份高价变现百万、千万职工一大堆”变成“山水投资‘变现’被禁止”“山水水泥:出资员工信托股份合法变现被阻”……

文章的大意为:在山水集团高层管理者毫无防备的情况下,香港高等法院下达临时“禁止令”,轰轰烈烈的股份变现,短短 5 天后便应声暂停。不过,山水集团还有抗辩的机会,只要将相关材料准备妥当,便可以赶赴香港,向法院申请继续变现的请求。

值得注意的是，“变现受阻”新闻所配的图片，几乎还聚焦在变现现场，拿到钱的员工们洋溢着欣喜与激动之情。图片与文字形成强烈反差，在读者心里也产生强烈的震撼。

一波未平一波又起，就在6月28日前后，在山水变现受阻的新闻刚刚占据媒体主要位置不足3天，又一条有关山水事件的新闻，将“变现风波”从重要位置挤了下来。“天瑞首度回应山水水泥争端”、“山水水泥的新主人出手了，要把原有董事赶走”等醒目标题成为各大网站新的转载热点，让山水事件陷入更为复杂的纷乱之中。

这一新闻事件的大体意思为：就在变现受阻之时，此前极少发声的“神秘大股东”——河南天瑞集团突然出声，称已经要求山水公司召开股东特别大会，提议罢免除1名现任非执行董事以外的其余7名董事，并委任7名新董事。在提议罢免的7名董事中，包括山水水泥目前的实际控制人张才奎和张斌父子。

此消息与“变现受阻”的消息，以交替递增的状态和速度，在各大网站中转载。转发的文章将读者的目光和焦点，都有意无意间对准了山水集团实际控制人张氏父子、以张斌为核心的管理层，以及现任所有董事会成员。

变现受阻猝不及防　山水集团低调接招

短短4天内发生的事，山水集团则相对保持低调。

变现受阻的6月26日，山水集团向变现的持股员工紧急传达了暂时停止变现的通知，并承诺以最快的速度准备好相关申辩材料，赶赴香港，向香港高等法院作抗辩，尽最大可能早日恢复变现。

“我们的变现，极少数的激进人士恐怕会采取行动阻挠。”山水集团党委书记陈学师在22日变现现场对记者说。

事实上，自今年5月以来，山水集团针对一批持股员工愿意变现个人股份的情况下，推出新一轮变现方案，并在近一个月的时间里，开展有意愿职工报名签字以来，“维权方”相应的行动从未停止。山水集团相关负责人表示，山水持股员工自愿要求变现的签字活动在山东省境内的公司开展期间，山水集团负责人走到哪里，“维权方”便跟到哪里，其目的是劝说员工不要签字。

6月上旬，山水集团在潍坊山水水泥有限公司召开大会，让有变现意愿的持股职工于会上签署《变现意愿书》。陈学师作为集团代表负责此次工作。据他透露，大会当日上午,大批“维权人士”闯入现场,阻挠员工签字。而“维权人士”被安保人员带离会场后,仍在厂区外“等候”了近5个小时。

百般受阻的情况下,山水集团的变现计划还是在22日如期举行。

这让山水集团持股职工们的心情很复杂,既为能拿到真金白银而感到兴奋,又始终有一种“‘维权人士’不会善罢甘休”的惴惴不安。

尽管有一定的心理准备,香港高等法院的一道“禁止令”还是让集团上下猝不及防,以负责应诉的山水集团律师唐伯贤的话说:对方是在搞突然袭击,在如此短的时间内,我们不可能将申辩材料准备齐全。

这一突发事件,令部分山水员工的心情像坐过山车一样大起大落,尤其是原本可以在27日当天领到钱的员工,一夜之间,心情仿似从天上坠入谷底。昨天还做着落袋为安的美梦,今日,钱还摆在那里,却拿不到手里了。

最不能释怀的人,应该是张才奎。两年前正是为了实现“全民变现”而触发了导火索,引起往后的一系列纷争,如今,正当他为实现当初的愿望和承诺而略感欣慰时,一切似乎又要戛然而止。

天瑞触及“控制权” 各大股东“传说”四起

据悉,在天瑞提议罢免的山水集团现任8位董事中,只有一名非执行董事——来自亚洲水泥的李冠军不在其列,其余7位董事,包括张氏父子和另一名非执行董事——中国建材股份公司副总裁兼董事会秘书常张利,均在提议罢免之列。

值得一提的是,常张利和李冠军是在今年5月22日山水水泥股东大会上,被提名并通过的两位新增非执行董事。据山水集团相关人士透露:当日的股东大会,天瑞虽未参加,但依然行使了投票权。

短短一个月之后,两位新任非执行董事,可能又将面临一次重新决议。

按着“维权人士”的说法,本月7日,无论张才奎是否愿意,在接管人连续发出律师函要求召开董事会决议未获回应的情况下,根据公司条例第568条所赋予的权利,接管人将可自行召开股东特别大会。

目前,天瑞集团为山水水泥的第一大股东,持有28.16%股份,第二大股东山水投资持股比例25.09%,亚洲水泥和中国建材分为第三和第四大股东。

自4月天瑞突然入主山水,成为第一大股东以来,其态度和行动始终极为低调,如今突然强势发声,其目的直指山水控制权,瞬间触动外界最敏感的神经。一时间,关于四大股东将如何争夺山水控制权的各种“传说”和猜测,纷纷出炉。

其中,最多的揣测是第一大股东天瑞和第三大股东亚泥 PK 第二大股东山水投资与第四大股东中国建材;“维权方”的预言则是天瑞的股份加上山水投资的股份已经超过半数,张才奎父子下台已成定数;除此之外,就在 6 月末,中国建材代表与山水维权人士曾会面,又引发出“山水集团最大的盟友——中国建材也有可能倒戈”的传言,……各种“传说”将这场刀光剑影的控制权之争,演变成四大股东打来打去的宫廷闹剧。

“维权方”的态度表现得很乐观,无论哪种“传言”,似乎都预示着马上召开的股东特别大会就是张氏父子下台的日子。这让记者不禁想起,一个多月前,“维权方”向香港高等法院提交的“托管令”获得通过,其表现同样欢呼雀跃,在被多家地方媒体的采访中,都表达出“山水集团马上就要换帅”的可能性,但那一次山水集团的控制权并没有发生本质性的变化。

就此次“控制权之争”而言,也绝非四大股东“你跟我好、我跟他好”那么简单的过家家游戏。一旦触及控制权,就意味着一场决定山水生死的硬仗将要打响。参与者也绝非只有四大股东,势必要将山水的子公司、投资者、合作者、2 万多名山水员工、有关联的银行、山水所有离退休的持股员工等等,全部卷进来,无一幸免。

就此事件,7 月 6 日,中国建材集团通过本报独家刊发专访文章,自天瑞“发声”之后,也表达了自己的态度和立场。

中国建材股份公司副总裁兼董事会秘书、现任山水集团非执行董事常张利在接受本报记者专访中表示:在山水水泥目前的困难之中,中国建材希望从行业健康、行业大局、行业长远利益和行业中企业互利共赢团结合作出发,从充分照顾创业者、员工利益和企业长久治安出发,积极寻找各方均能接受的方案,并与各方共同努力,密切合作,在经营、管理、财务等各方面提供力所能及的支持,为尽快解决山水当前困难,促进可持续发展做出贡献。

据悉,自本报截稿之日,所谓 7 月 7 日召开的股东特别大会,并未召开。

山水处于风口浪尖　或为最艰难时刻

山水事件的复杂程度、惨烈程度,在水泥行业的发展史上,尚属首次。

首先是参与角力的对象复杂,既有前任掌舵人、现任掌舵人,几乎所有前任高层管理者、部分现任高层管理者、近 4000 名持股员工,还有来自资本市场上的各大股东,这部分股东中,有央企、地方民企,也有台资企业。

其次是事件的态势发展,如今已经远远超出了企业内部纷争,甚至超出了企业反腐维权的层面,而是日益内外交困,尤其是资本市场的介入。控制权之争的背后,影响的早已不是高管辞职、掌舵人下台、反腐调查与反调查等等影响个体的行为,而是活生生将一个大企业集团和近2万名员工摆在角斗场上,一旦事态发生翻天覆地的变化,真正触及的是企业的命运和职工的生存。

再者,山水事件也已经远远不是济南市的区域事件。其涉及的范围,从法律层面上,香港高等法院、辽宁、山东等地方法院均有介入。从资本市场的层面,则波及北京、河南、台湾等多个水泥区域。这其中,所有股东都将受此影响,对各股东的管理经营战略都将起到制约和变化,山水所覆盖的每个区域的分公司、旗下企业都将随之而变。

还有,纵观整个事件发展的态势,可谓交错纠结。维权的继续维权,诉讼的仍然诉讼,争夺控制权日趋白热化。桌面上的争夺和私底下的争夺同时进行、从未停歇。几千名持股员工被夹在其中,山水集团实施变现被阻,"维权方"提出给员工换股权证,亦不知能否兑现、何时兑现。而山水控制权一旦发生变化,这些员工的利益又将如何体现,一切都是未知数。

更加严峻的是,今年,水泥行业整体发展陷入前所未有的困境之中,摆脱困境或许会经历一段漫长过程,这段过程对行业和其间的每一份子而言,都将是难挨的阵痛期。山水事件的升级,在行业举步维艰的时期,无论对山水自身抑或全行业,无疑是雪上加霜、火上浇油。

就山水水泥而言,控制权一旦发生变化,最直接的"债务"之一,将是银行极有可能要求提前收回山水水泥超过60亿元的贷款,再加上各种低息债券借款,山水整体借贷款资金将达到近200亿元。那么,如果银行要求提前偿还,身处水泥产能严重过剩和企业亏损重灾区——河南区域的天瑞集团,是否有偿还的能力和底气?我们不得而知。而其他股东,在全行业陷入困境之时,自己尚要"节衣缩食"之际,又哪来的资金和精力,与动荡的山水共创平稳过渡的"美丽童话"?

偿还银行债务还仅仅是开始,这样一个庞大的拥有数万员工、上百家子公司的大企业集团,任何变动都可谓牵一发而动全局,都要以付出巨大的资金和精力为代价。在行业不景气的情况下,山水变动无疑是一个巨大的包袱,无论对企业、对股东、抑或对济南区域,所谓短时间内"平稳过渡"的可能性微乎其微。

记者在济南见到张才奎,这位65岁的创业老将脸上总有一种难掩的惆怅。"过去,大家一起共患难、经风雨,可是到了共富贵的时候却出现这样的局面,让我始料未及。"语气中充满了深深的不解和无奈。

这位老将叱咤水泥行业30年，与山水职工一起，将山水水泥从濒死的状态中拉回来，打造成为国内知名的大水泥企业集团。在国企改制的那些年里，他也曾经多次在异常困难的局面中挺了过来，甚至在生命受到威胁的时候，也没有丝毫的妥协和退缩。

这一次，早已退休、本该享受幸福晚年的他，却不得不再次受到生死考验。山水纷争持续两年至今，他不曾动摇，面对“侵吞国家财产、霸占员工股份”等等罪名被告上法庭，面对调查，他也没有过半分退缩。以他的话说：这些莫须有的罪名，无论告到哪里，谁来调查，调查多少遍，他都可以坦然面对。

但是，一旦事态上升到“控制权之争”，或许一切都将成为未知数。

从天瑞以“神秘大股东”的身份，在张氏父子与集团现任管理层毫不知晓的情况下，突然在二级市场豪掷超过44亿港币、以每股6.57港元的成交价狂扫9.51亿股的那一天起，山水纷争就不再是“恩怨”“对错”或“维权”所能定义，而是一个股份制公司被抛到资本市场上的惨烈角力，成与败已非个人所能掌控。

或许，这一次艰难的局面，是张才奎一生之中所遇到最大困境。更是山水水泥在30年前从死亡线上被拯救之后，不得不跨越的又一条生死线。

山水动荡　恐引发行业“蝴蝶效应”

自天瑞成为山水第一大股东以来，水泥行业对此的态度褒贬不一。有人认为天瑞豪购山水股份，致使山水水泥HK00691异常停牌，直接导致山水水泥准备发行的14亿中期票据停止发行，天瑞似有“趁火打劫”之意。但也有人看好天瑞集团对山水水泥的并购，认为此举有助于兼并重组，提高行业集中度。

暂且不论天瑞此次收购山水股份究竟意欲何为，只将山水控制权之争放在整个水泥行业的层面上，绝不能简单地理解为正常的，甚至是先进的“兼并重组”而泰然处之。因为，其立足点和出发点既不是真正意义上为了行业发展和企业受益而为，更不是大家和睦地坐在一起为提高产业集中度、促进行业转型共商大计的结果，这是由一场矛盾重生、利益纠结、关系复杂的恶性纠纷衍生并升级的必然经过。

这样的争斗而引发的控制权变化，不能意味着纷争的结束。所谓“输掉”的一方，势必不会心甘情愿，或会拉响反击的号角，你争我斗中，只能不断地上演“山水复仇记”，又何来“兼并重组”的安定美好愿景可言？

山水事件，是一件值得全行业关注的大事，甚至是全社会各个行业都应该关注的大事。尽管，纵观其他产业不少大企业集团，人员变动、股权纷争之类的宫斗剧时常上演,但斗得如山水这般规模庞大、参与众多、关系复杂且尽人皆知,也实不多见。

可以预见的是,未来若干年内,水泥行业将进入结构调整的阵痛期,各种矛盾将在困难的境地中日益凸显。身处其中的每一个企业,都势必要在深化改革的洪流中历经洗礼和考验,以往隐藏或回避的矛盾与冲突,也将随着新一轮改革的加快,而出现集中爆发的可能性。

改革不是一场浪漫故事,改革很现实,抑或很残酷。

水泥行业是传统重工业行业,大多数企业均为伴随行业发展的"老企业",这些老企业以国企居多,在十几年前国企改制的大潮中,都走了一条和山水大同小异的改革发展之路,亦如山水在发展中也曾经历了诸多难言的阵痛。

如今,新一轮的变革势必要触及以往管理经营中被固化的传统模式和以此维系的各方利益。因此,山水事件对全行业每个企业而言,绝非一场热闹可以作壁上观,如果不能加以借鉴和防备,明天被摆在角斗场上的或许还有无数个"山水"。

2015 年 7 月 23 日

成长的隐忧

——引发山水水泥纷争的企业文化与观念错位

■ 本报记者　刘媛媛　黄　莹

"山水水泥纷争维权诉求方的三个焦点问题——经济补偿金、山水家园房产证、侵吞股份——不过是纷争成因的表象。"7 月 21 日,在国内颇有影响的社区网络平台天涯论坛上,有自称山水维权人士发帖表达了这样一个观点。

表象背后的原因是什么?这份署名为"奋斗不息 1976"的帖子认为:是张才奎和张斌父子对山水水泥长达 30 年的独裁统治。

这个帖子的观点,代表了部分维权人士的意见和态度。

事实上,在记者对山水水泥采访过程中,所有的话题都离不开这对父子。不同的是,当和记者面对面交流时,几乎所有人都把这个问题转化为维系山水 30 多年的管理模式和掺杂其间的人情世故。

有更为理性一些的被采访者,将其概括为由来已久的老板文化、人情管理模式中的弊端，以及资本带来的“陷阱”等，在他们看来，这是隐藏在三大表象背后的深层次因素。

也有人这样分析：特有的企业文化，将山水打造成一个巨人，也养大了巨人身上的“细菌”，越来越多的“细菌”在巨人体内滋生，不可避免地引发了一些“慢性病”，其特点就是早期难以察觉，一旦爆发，就危及生命。

老板文化和国企特质的冲突

所谓老板文化，就是企业的价值文化内容主要来源于老板个人的愿景、目标、信念、价值观和基本假设，价值文化的管理大多是依赖老板身体力行、率先垂范，以个人感召力展开工作，以及依据个人价值观标准、招聘、选拔和奖罚员工。

这种文化特质，在山水30年的发展中，表现得十分突出。

一般情况下，老板文化能够在企业中迅速变成核心文化和价值体系，多诞生于民营企业，尤其是家族企业的草创阶段，尚没有建立起有效的日常管理运作机制，仅有的员工规范、监督措施，也是依照老板意愿而建立。这时，企业老板的个人管理理念便成为企业日常运作的核心，并随着时间的推移成为企业的核心文化。

老板文化在家族式为主体的民营企业中占有相当的比重，不少企业甚至可以在不到十年的时间里，由此带动获得快速发展。

老板文化源于国企却非常罕见。虽然，如今的山水早已是股份制民营企业，但其血脉里始终充盈着“国企”的因子，也是岁月无法抹去的痕迹。

或许正是山水文化中，最特殊也最矛盾的两大因子——国企特质和老板文化，为“巨人”身上种下的第一株“细菌”。只是，纵观山水发展史，这株细菌的存在有利也有弊。

之所以国企出身的山水，会迅速接受家族企业的文化特色，是因为老板文化的融会贯通，这种强硬的看似有些集权的文化特色，决定了山水的生死。事实证明，不接受就意味着死亡，这种在早期的国企发展中特殊的老板文化，就像一剂包治百病的强效药，可以迅速带领着企业重焕生机。

或许，对于张才奎而言，全新文化和管理模式的植入，就像是哺育婴儿不可或缺的“母乳”，以最快的速度得到了起死回生后的山水的吸收消化。

在张才奎接任山东水泥试验厂初期，正是他的铁腕治企理念、火爆的脾气、当机立断的处事态度、强烈的责任意识，以及他性格中的那股“狠”劲，带领着山东水泥实验厂，从一个常年亏损的烂摊子摇身变为龙头企业；从一个管理混乱、混混沌沌的小实验厂，变成具有张氏核心文化和价值观的个性企业。张才奎的思想与企业的发展融为一体，形成了山水独特的企业文化。

如今，几乎所有被采访到的山水人都提到了张才奎的坏脾气，维权人士称之为“独裁”，山水职工则感慨“强势”。

事实上，这种强硬派老板文化的管理模式，并非山水所独有的，纵观古今中外商业史，案例比比皆是。这些企业家像张才奎一样拥有铁腕的管理手段和火爆的脾气。美国镀金时代的企业家，摩根、洛克菲勒、古尔德、卡内基都是脾气极坏的人；而对于苹果电脑前任CEO乔布斯，有人说过“所有人学不来他的创新能力，同样也都学不会他的坏脾气”；惠普CEO梅格·惠特曼更是脾气火爆，态度专横……

可是为什么这种具有强硬特色的个性文化，在山水发展中，步入神坛和跌落谷底的速度都如此之快？

因为，起死回生的山水绝不是刚刚出生的山水，这个老国有企业身上两种矛盾的文化特质和管理模式始终在“角力”。当山水还弱小时，原有特质尚不足以抵抗现有文化，“张氏文化”得以贯穿和延续。

毫无疑问，张才奎是山水世界里的精神领袖，老山水人似乎习惯于张书记振臂高呼、摇旗呐喊的文化模式和工作方式，张氏文化为山东水泥厂带来数不尽的效益和成绩，也营造了一个看似稳定和睦的表象。就如山水人自己所说：“尽管私底下很多老山水人心里都有怨气，但是又都习惯于张书记坐镇指挥，每一天都这样过，也不觉如何。”

然而，山水总是要长大成人的，作为精神领袖的张才奎也总是要退居二线的，山水身上两种并不相融的文化特质就在这一进一退中发生了逆转。

“子承父业”是山水人在接受采访中另一个提及较多的词汇，维权人士认为这是要变成“张家山水”，山水职工认为这是“导火索”。

年轻的张斌，恐怕很难用部分维权激进人士贬称的“无能人士”所能概括。从一位年轻管理者的角度，一个南开大学工商管理学院硕士，又在建材行业两大央企之一——中材集团下属企业任职数年，张斌拥有现代经营管理的理论知识和先进意识。

那么，问题出在什么地方？“子承父业”这四个字似乎已说明了问题。老一代山水人能够接受老张书记带给山水的文化血脉，跟着张才奎走下去，视为一生的精神领袖。

当精神领袖突然变成一个“乳臭未干”的年轻人，老山水人心中的旗杆就已经摇晃，隐藏在老国企身上的文化特质和逆反心态日渐突出，当他们感到这种文化的延续和传承含有“世袭”的味道，剧烈的撞击直至头破血流也成为必然。

据记者了解，张才奎在选择接任人时，心里总有隐隐担忧，怕将儿子拖下水，张斌也几度拒绝，认为让老山水人接任更合适。但两人却在行业大家们的强力举荐中增聚了信心，张斌的接任在股东大会上被一致通过，更让张才奎心里变得踏实。

如果再深究张斌为什么会得到众人推荐和支持，或许，原因不外乎两点：

首先，部分推荐者认为老山水在“老张文化”的带领下，已经越来越跟不上时代发展的形势和需要。张才奎退休，若换一个跟随他多年的老山水人，依旧是换汤不换药，也是死路一条；若找一个完全不懂山水文化的外来人管理这个拥有特殊文化底蕴的庞大“帝国”，同样可能会急速让山水死掉。所以，他们认为张斌是最合适的人选，既可以实现山水全新改革的宏伟计划，止住山水传统利益链下的腐败行为，又不至于彻底颠覆山水一脉相承的文化体系和核心价值观。

其次，部分支持者慑于他的火爆脾气和强硬做事风格，不敢发表充分的不同意见，山水形成了只要领导一声令下便坚决执行的文化氛围。于是，在众人的带动下，人云亦云举起了赞成的双手。

年轻的张斌之于老迈、厚重、复杂又特殊的山水文化，已经显得势单力薄而倍感压力。而传统老板文化沉淀下来的种种“胎记”，若不做大手术则绝无法根除。这种大手术绝非张斌一个人能够完成，需要率先培养一支以张斌为核心的年轻管理团队共同实现。

在新老交替的空档期，所有压力都集中在接任者身上。即便这个人不是张斌，也无法逃脱传统管理文化的抵触和冲击。更何况这位接任者有着双重身份，既是一个先锋改革者，又是缔造山水老板文化，已跃升为精神领袖的独子。

某维权代表“堂堂国有企业，一步步变成张氏家族企业”的论断，就成为山水多种文化相抵、矛盾爆发的写照。

“人情管理模式”和现代企业制度的撞击

老板文化在一定程度上，在一个历史时期，确为带动企业快速运转、凝聚向心力的重要管理模式和手段，但是，中国企业中但凡以老板文化奠定基础，也多会落下种种“胎记”，随着精神领袖核心价值观的根深蒂固，这些“胎记”也常被管理者忽视，却为企业长足发展埋下了祸根。

这其中最直接的“胎记”，就是由老板文化而衍生的“人治”模式，也就是人情管理模式,如碉堡一样层层积累、日益巩固。

人情管理的最大巩固链条,即为多重利益链交织盘错,从而形成一张坚固的利益网,根植于企业文化下的骨架里。

多年前,张才奎曾经对前任高管说:“我信任你们,我只需要对你们负责,你们怎么管理你手中的事物、使用手中的权力我不会过多地过细地过问。”

在企业发展初期,粗放化的人情管理模式,并非一无是处。正是通过山水管理团队在当时的高瞻远瞩,通过灵活应变手段和多样化经营管理模式的实施,推动企业在短期内发展壮大。同时,也给管理者带来了很多获得感。这种获得感,既有事业上的满足,也有利益上的充盈。

中国大多数企业的发展,崇尚领导个人魅力,重人不重制度是常态,甚至在不少企业中人治可以大于法治。

但是随着企业长大成人,因人治而衍生的利益链条也日益粗壮,在面对巨大利益诱惑,而又没有相应机制对其约束时,人治便成为腐败滋生的温床,难以保证企业的正常运转。

根深蒂固的人情管理模式,曾令日益壮大的山水集团出现了一些问题,就连张才奎身边最亲近的司机,也禁不起利益的诱惑,接连两位司机都拜倒在利益链条之下,利用张书记之名索要钱财。甚至还包括他的亲属,也在利益的驱使下辩错了人生方向。作为身边最亲近的人屡犯禁忌,让张才奎产生了不小的震动。

以山水集团的贪腐案件为例,时至今日,山水集团员工因为各项原因被公安机关判刑的就有30多人。

一次次的教训,张才奎也看到了这些问题的繁衍将会为企业长足发展带来弊端,认识到这些都是山水文化中“人治”理念下,管理机制、监督机制、处罚机制不健全结出的恶果。退居二线让新人接班,也是他从内心里要扭转山水管理模式的一种决心。

在接受记者采访时,张才奎说:对于企业内部存在的贪腐现象,他也曾多次收到过举报信。但那时,他太顾及兄弟情义,有的口头警告,有的低调调离岗位,严重的劝退或开除,极少追究法律责任,很多时候都是睁一只眼闭一只眼。

人情管理模式的主观性和随意性相当大,常常是“一朝天子一朝臣”。当新旧领导人交班,张斌想用现代化的管理模式为企业做一次大手术时,各种固有人情管理下的多重矛盾便被激发出来。原有管理层的集体辞职和反目,只是各种矛盾爆发的一个缩影。

此时,山水两种文化体系的碰撞,也在企业内部逐步发酵。张才奎铁腕手段治理企业数十年中,势必会得罪一些员工,或者曾经触及他们自身以及他们所在利益链条,于是在各种委屈、怨气、矛盾与利益交杂中,山水的人情管理模式以最激烈的方式轰然崩溃。以至于很多人宁愿相信自己在张氏父子的阴谋中被骗,也不愿相信张氏父子口中的"改革"和"发展"。

更值得深思的是,山水纷争初期,倒戈的山水职工几乎将所有的攻击点都对准了已经退居二线,曾被视为绝对精神领袖的张才奎,对刚刚走马上任的张斌,被攻击和谩骂的程度远不及他的父亲。

这恰恰说明,对个人魅力的崇尚、对老板文化的依从、对人情管理的满足到达极致的时候,在他们的心中,不允许精神领袖的任何瑕疵和污点,甚至不允许精神领袖惯有的思想发生哪怕一丝的转变。

这就像一位顶尖运动员,曾创造了中国体育史上前无古人的奇迹,成为中国在此项目上始终无法企及的奥运冠军。国人将他奉为偶像和精神领袖,奉上神坛,无尽溢美和无数荣誉倾情给他都不足以表达对他的敬意和爱意。

然而,当又一次在国人心中占有重要地位的运动会上,这位备受人们爱戴和信任的运动员,却因伤临阵退场。就在他转身走下场的那一秒钟开始,信任和爱戴瞬间在部分国人心中轰然垮塌,各种猜疑、诽谤、流言、谩骂、讽刺开始散播,取代了众口一词的赞美和加身的荣耀,甚至很多激进人士直到现在还说他是"历史的罪人",就像曾经说他是"领袖"一样坚定……

资本的"馅饼"与"陷阱"

20个世纪90年代到21世纪初期,中华大地掀起"上市"的第一波浪潮。上市,意味着具有先进经营管理意识和良好业绩的企业,向现代国际化大企业集团的高度迈进。其文化精髓和管理体系与传统老板式企业文化和管理模式,背道而驰。

山水上市同时创造了两个"第一",第一家山东水泥上市企业;第一家香港上市的红筹股水泥企业。

不仅如此,随着山水上市,"职工持股"也为水泥企业进军资本市场带来新的理念和尝试。当年一份著名的金融类报纸曾撰文称:山水集团将有可能成为"百万富翁团队",这个企业将走出一批百万富翁,甚至亿万富翁。

无论对企业、行业、区域而言,山水上市都是具有重大意义和价值的好事,曾被建材行业树为资本运作的模板和典范。

那么,这样一件利人利己,走在前沿的改革创新之举,为什么会成为山水纷争中最先被引爆的“地雷”?一位行业人士的分析颇有些道理。

他说:首先是山水的文化理念与管理方式,与资本市场的游戏规则和文化体系有着根本的冲突。资本市场运作要求企业必须拥有一定的现代管理经营理念和相对规范化的管理机制、严谨的企业管理制度,而山水水泥从内部管理上,并没有做到如此规范化。

其次,山水水泥上市是以张才奎为首的管理团队制定的发展战略,而他们都是传统管理模式的奠基者。也就是说,无论是张才奎,抑或当时的核心团队成员,思想和理念始终是在“传统”与“先进”之间游离。试想,当一个团队是带着传统的文化理念去完成先进的战略部署,其结果也一定会大打折扣,甚至会掉进意想不到的“陷阱”里。

2008 年,张才奎依旧是意气风华的领导者,是山水集团的精神领袖,也意味着山水集团依旧在传统文化的轨迹中行进。

推动企业上市,可以说是张才奎自身理念意识上的一次巨大突破,源自于山水现有产业规模和畅通融资渠道,他认为让山水迈上更高台阶的时候到了。

的确,境外上市融资,不仅意味着制约企业发展的资金问题能够得到较好解决,也标志着山水集团向着国际化迈出了重要的一步。

但是,一个即将成为国际化大企业集团,却依旧有着传统管理模式的内核。正如一位山水职工坦诚地反思:维权方说当时张才奎实施职工持股,向职工筹资,以及通过酌情信托代持员工股份等,都没有向员工告知,剥夺了山水职工的知情权,这种说法有失偏颇。事实上,以张才奎为首的参与公司上市的核心团队成员,对上市的形式和程序等方面,通过股东大会等方式,都向持股员工说明过。

可为什么会出现众多维权职工的矢口否认?这位山水人说:现在反思,或许是因为告知与传达的方式和态度,按上市公司的要求,确实不够规范、不够严谨,只是用“口头通知”或“大会宣布”等老套路行事,才会让曾经的“馅饼”变成今日的“陷阱”。

因为缺少相应的规范化运行机制和严谨制度,山水集团对持股员工是否行使了充分说明和告知的责任义务,如今山水人更多是凭着回忆来叙述当时的情景,真正形成白纸黑字、盖章按印的文字依据和会议记录,多已无从考证。

甚至于,关于选择酌情信托的代持方式,为了尽快上市,缺少经验的集团管理层通过经验丰富的投行公司代为设计并操作本无可厚非,但时至今日,集团上下对其具体操作细节依旧不完全清楚，这也表明，传统管理模式下，缺少相应的督查管理机制和团队，缺乏对资本运作的自我保护意识，缺少长远的眼光和敏感度，这些传统企业管理模式的弊病，在互联网时代一览无余。

在“传统”与“先进”的博弈中，“员工持股”这个原本能够让与之相关的每个人共同拥有的馅多味美的“大馅饼”，成为如今谁也意料不到的“大陷阱”。

到了向“传统模式”永别的时刻了

“魔鬼在细节中”，这是20世纪著名的建筑师密斯·凡·德罗总结其建筑作品时最经典的一句话。他认为，不管你的建筑设计方案如何恢宏大气，如果对细节的把握不到位，就不能称之为一件好作品。细节的准确、生动可以成就一件伟大的作品，细节的疏忽会毁坏一个宏伟的规划。

同样的道理完全印证在企业管理上，而对于中国企业而言，如今是到了向“传统模式”永别的时刻了。

社会在不断进步，事物发展日新月异，对于管理者而言，无论是意识、理念、行为、战略和管理方式，都需要以同样的加速度，在同一个高度上奔跑，任何一个环节慢了一步，任何一个细节没有顾及，可能都会付出意想不到的代价。山水集团的发展直至如今的纷争，也正是印证。

跳出山水，纵观整个建材行业，相似的种种“脱节”现象并不少见，有企业内部管理与外部环境的脱节；有企业管理者思想与行动的脱节；有战略意图与战术实施上的脱节……不胜枚举。

透过现象分析其本质，也不难发现，绝大多数的脱节现象，都是由于在企业发展过程中，传统思维方式、管理手段和人情利益链与长远战略发展、现代经营理念、先进管理体系之间的矛盾所产生的撞击。

在互联网时代，各种信息与资讯可以以秒数覆盖全世界，靠传统模式管理的企业，未来的生存将更加困难，矛盾将日益突出。

在企业管理界有句俗语：小企业靠人治，大企业靠法治。这里所谓的“小”，不在于企业规模，而是生存空间小。尤其在产能过剩的传统工业中，生存空间小，抵抗能力差，被淘汰将是必然的命运。

因此，企业管理者不仅要有敏锐的目光、宏大的志向和远大的战略部署，更重要的是要为其战略与思想，先建立相匹配的缜密且完善的机制和制度。

面对这样的时代，建材企业任重道远，不仅迫切地需要学习现代化的管理模式,更要从思想上、意识上和行动上真正理解改革和发展的细节和本质,既不能拔苗助长,更不能旧瓶装新酒,这或许是当代所有建材行业企业家和其核心管理团队摆在眼前的重大课题。

2015 年 8 月 4 日

骤雨不终日　何时见彩虹

——山水水泥纷争将走向何处

■ 本报记者　曾蕴瑶

正值雨季,山水水泥的纷争犹如一场接连不断的骤雨,下个不停。

三个多月来,虽然山水水泥(00691. HK)的股价停止了波动,但股东们围绕争夺董事会控制权的交锋却从没有停止;虽然山水这家企业的经营生产还一如既往,但管理者与维权群体的交战从未停歇过一天。"山水纷争"成为水泥圈子中,人人关注的热点事件。

但是"战火"总要有停息的一天,这些日子以来,关于山水的新闻报道连续不断,关键词逐渐从"事件发酵"、"矛盾升级"到"破解困局"、"水落石出",山水纷争逐渐趋向明朗化,化解事端的力量除了来自山水集团、天瑞集团、中国建材、亚洲水泥之外,还有当地政府部门、主管行业协会的重视以及媒体的关注,山水纷争在多方的努力下,已经找到了化解的有效途径。

山水纷争还会升级吗

7 月 29 日本该是一个备受关注的日子,因为在这一天,天瑞集团拟在股东特别大会上全面改组山水水泥现任董事会,会议的结局将决定着山水股权未来的走向,有报道用"山水水泥股权争夺将鹿死谁手"来形容这一天。

但戏剧性转折的一幕出现在会议召开前的第六天。7 月 23 日,香港高等法院全盘否决了改变山水董事会组成的投票意向,认为"托管人的职责范围不宜以管理者自居,不能像医生一样为企业治病,谋求重整山水水泥管理层从而改善盈利表现,这超出了法庭委派托管人的原意和其责任的范畴。"

在香港高院做出这个裁决之后,天瑞集团 24 日传真函称:撤回其于 6 月 18 日提出召开股东特别大会投票罢免多数董事会成员的请求。对于这一突发转变，业内人士断言，可以预见张氏父子很有可能将继续掌控山水水泥，而天瑞将面对不利战局。

鉴于公司章程的严肃性，7 月 29 日的股东特别大会仍如期举行，并将再提出补选其他两名独立董事的议案。当日晚间 19 时许，山水水泥发布公告，天瑞集团关于任命李留法（天瑞集团董事长）为山水水泥执行董事兼董事长等 7 项提议，以及罢免现任执行董事、董事长和总经理张斌以及执行董事张才奎、李长虹等的提议，均被以压倒性的票数否决。但曾学敏、沈平被选为独立非执行董事。

山水水泥董事长兼总经理张斌在股东特别大会后向媒体表示，对于有人想争夺公司股权，股东已站出来勇敢说不。对于亚洲水泥及中国建材提出的全购方案，表示或是其中一个解决方法。

让我们来简单回顾三个多月以来山水纷争始末：从今年 4 月，天瑞水泥新晋升为山水水泥第一大股东开始，触发了资本市场上山水纷争的争端；5 月 22 日天瑞缺席股东周年大会，引发外界各种猜测；6 月 14 日，张才奎与中国建材达成协议，将其代持的山水投资约 10% 的股份转让给后者，这一举动为纷争加入了“联手参战”的戏码；6 月 19 日天瑞集团再起事端，提议罢免山水水泥 8 位董事中的 7 位，同时提名了 7 名“天瑞系”董事人选，纷争进入了白热化的阶段；6 月 22 日，山水集团出资员工信托股份变现，随后又因一份由山水 6 名小股东单方面申请并通过的“禁止令”，暂停了众人瞩目的“变现”，并加剧了矛盾的升级；7 月 8 日，亚洲水泥及中国建材联合发声，明确表示对天瑞的提议不予支持，反对免掉现董事及通过重选董事，山水纷争进入了多方博弈的阶段；7 月 21 日，中国建材与亚洲水泥联合向山水水泥发出信函，考虑以全面要约收购的方式收购山水水泥全部已发行股份，将事件引向一个新方向；7 月 23 日，山水收到香港高院的判决书，剧情极具反转；7 月 29 日，山水水泥特别股东大会召开，天瑞的这次夺权以失败告终。

从以上动态可以看到，山水纷争经过了短暂的局面失控后，又一步步把注意力集中到法律的轨道上来。纷争中的各大股东都开始抱着解决问题的态度行动，事件通过政府的干预、法律的限制和资本市场规范的游戏规则，向理性有序的方向发展。值得一提的是山水纷争已经超越了山水管理者的能力范围，一位高管告诉记者：“在这么长时间的里，我们都在按照法律的程序解决问题，结果如何不是山水管理层能操控的。”

“至此，该打的牌都打了，山水纷争基本上不会再升级了。”有业内人士开玩笑地说:“山水控制权争夺战第一季即将完结。”

纷争还要持续多长时间

“这是我过得最揪心的一个夏天。”山水一位管理层职工这样形容他的心情。的确,随着三个多月的胶着,山水水泥的控制权飘摇不定,尽管目前可以告一段落,但谁又知道,何时会有新变化。

当前香港高等法院未支持第三方接管人重组现任董事会,其中一个重要原因是相关诉讼还未有最终判决,目前的第三方接管仅仅是“中期”阶段,离最终判决还有一段时间。但在这段时间内,围绕山水的话题还将继续,人们对山水纷争的何去何从,依然充满了关注,“何时雨能停,何时见彩虹”这是所有人关心的问题,更取决于各方面的努力。

对于山水纷争还要持续多久?记者采访了山水集团的法律顾问唐伯贤,他首先表示,“通过7月底的这次法庭审判和投票,可以合理地预期,在上市公司层面的董事会和管理层的稳定性,得到了非常有力和有效的保证。”

“至于持续的时间,要分两个层面,一是从香港的诉讼程序来看,会是一个漫长的过程,截至目前,关于信托的定性和员工权益的认定的纠纷,这个最核心的诉讼,远远未到正式审理的阶段。按照顺利的发展程序来预测,就算这个案子在香港高等法院的初审法庭有了明确的判决之后,也有可能告到上诉法院,所以整个案子在短期之内不会有明确的结论。”

“另外一个是在上市公司层面,”唐伯贤坦率地说:“这是各方商业利益和资本市场的博弈,是多方力量的较量,有可能会在短时间之内有明确的结论,也有可能需要一定时间才有结果。”

随着各方力量的逐步介入,纷争也在这个过程中逐渐平衡。当然,有人认为,合理的解决方式是寄希望于法律,或者等待政府的调解。但事实上,走法律需要一个漫长的程序,政府出手前也需要一个全面的调研过程。“冰冻三尺非一日之寒”,尽管各方都在积极地做工作,可目前还没有一股决定性的力量能够立即解决山水的纷争。

山水事件是无数问题和症结纠缠在一起而爆发的大事件,一些业内人士认为,“从根本上还是要解决山水投资的现有管理层和前管理层之间的矛盾,谁能够用最有效的方式来解决4000人的实际利益诉求,满足普通员工真正的期待和愿望,谁就会从争夺中获得支持。从根上来讲,这是解决所有问题的起点和终点。”

但4000个人不是4个人，也不是40个人，而是个相当庞大的群体，并且他们大部分是普通的员工。随着事态的发展，他们有的人是被拖进来的，有的是主动参与进来的，但他们对纠纷的认知以及背后隐藏的各方利益的博弈和斗争，相对来说不敏感，他们对诉讼的认知，也相对简单和模糊。

经过了这么长时间和这么多事件后，这4000名出资员工是否会在各种事件的交替发展中，不断审视自身，重新认真的考虑自己到底在追求什么？最终想要看到什么样的局面？唐伯贤认为：“他们的认知从否定、疑虑、摇摆、反复到最终的明确和坚定，需要一个时间过程。如果是4个人，可能两三个月就想明白了，但这是4000人，时间就会成几何倍数的增长，这也是影响纷争持续时间的一个方面。”

纷争可能的解决途径

在7月29日股东特别大会之前，记者注意到，很多媒体在报道中预测了三种可能性：第一种是以张斌为主的公司原管理层，与众多原始股东消除隔阂，继续执掌公司；第二种是天瑞逆袭成功，将山水水泥收归囊中，变山东名企为河南企业的附属；第三种则是中国建材集团取得控股地位，使山水成为央企的一部分。而股东大会召开之后，媒体的声音惊人的一致：天瑞“夺权”失败，张氏父子继续执掌山水水泥。

在山水投资沦为第三大股东之后，其如何保持对山水水泥的实际控制已有较大难度。更为严峻的是山水投资还面临内部争端，一些行业分析师普遍认为，张才奎要想控制山水水泥，前提是必须控制住山水投资。在当前的情况下，只有保持稳定的发展模式和坚持已树立并取得重大成绩的核心价值观，才是解决现存危机的前提和基础。同时也要提醒山水当前的管理者，解决“山水事件”的根本途径，必须要在稳定的基础上，汲取教训、本着可持续发展、深化改革的路径走下去，重新回到山水的业务发展上，让这个行业龙头企业重上正轨。

从解决途径来讲，各方都提出了自己的解决方案，不同的人从不同利益出发，选择了不同解决问题的方式方法。从上市公司层面讲，天瑞或者是法庭委派的接管人，提出的解决方案是将现有的管理层换掉。亚泥和中国建材作为主要股东，他们的看法截然相反，认为保持现有管理层，才是既符合各自股东的基本利益，符合上市公司的基本利益，也是解决问题的基础。

山水集团党委书记陈学师表示：“如果山水水泥成为中国建材的一部分，从地方民营企业变成央企子公司，我们也是很欢迎的，毕竟这也符合目前混合所有制改革的大方向,包括最近中国建材和亚泥考虑有可能实施的全面要约收购,这些都是值得推进的途径。当初山水集团引进中国建材和亚洲水泥作为大股东,也考虑了强强合作,'背靠大树好乘凉'的一面。永远不要忘记广大职工股东的利益,才是最重要的。”

中国建材股份公司副总裁兼董事会秘书常张利接受中国建材报独家采访时呼吁:“各方应尽快坐下来理性协商,整合方方面面的诉求,朝着山水水泥健康化的方向共同努力,建立一个能够体现各主要股东利益的董事会,把山水水泥引上治理规范、运作顺畅、业绩优良、团结向上的发展道路,真正成为优质的上市公司。”

唐伯贤告诉记者,从法律诉讼层面、技术方式和商业安排层面的解决途径有很多,但是在解决员工的愿景和诉求的基础之上,采取这些措施是第二优先的选择,所有的方式方法都从解决根本问题出发,比如山水推行的为员工股权变现,就是山水管理层比较真诚和认真的努力,虽然暂时被令人无奈的技术方式叫停,但是山水方面仍然会继续努力,维护大多数员工利益的诉求,也包括这次考虑亚泥和中国建材的全购,山水投资作为主要股东是否参与要约收购,要看大部分人的权益是否得到彰显和保障。

解决山水问题的必要前提

尽管“斗争”还在继续,但山水集团现有管理层坚定地认为,只有山水人才能真正解决山水的问题,一旦控制权发生变化,新的矛盾就会出现,事态可能会进一步恶化,山水及员工可能从此命运多舛。

采访中一些行业人士也普遍认为,山水集团只有保持现有控制权的稳定,才能真正结束这场“没有硝烟的战争”,在当前情况下,山水只有保持稳定的发展模式和坚持已树立并取得重大成绩的核心价值观,才是解决现存危机的前提和基础。

在世界500强的企业中,很少有被人们熟悉CEO名字的企业,大企业魅力和影响力都蕴藏在企业理念和运转机制中。企业要有自己的生命,而不是时刻打上创始人的烙印;企业该建立一个怎样的权力架构?要根据企业的自身需求,寻找到一双合脚的鞋。

山水在保持企业和谐稳定的基础上,还有很多尚待解决的问题要靠不断深化改革、完善机制、实现企业的现代化经营管理制度来完成。

张才奎独特的管理模式让山水有了今天的辉煌,采访中不管是山水的老员工还是合作伙伴都向记者表示,他们已经习惯了张才奎的管理模式,但在张斌变革管理模式后，他用制度管理代替了父亲的思想管理，确实让一些老员工不能完全适应新的管理方式。

如今山水集团的管理层是张斌为首的年轻高知团队，他们是使山水真正走向现代化、国际化管理体制的新血液和新希望。因此，年轻的团队必须懂得从此次事件中总结教训，在往后解决纷争的道路上，如何把握进退之间的抉择，是对年轻团队的考验。

同时，他们也要时刻记住，所谓的控制权绝不仅仅是权力，意味着更多的责任和更多的担当，是一份对员工、企业、行业和国家所肩负的重任。因此山水集团的管理层自身要有清醒的认识和思维上的改进，必须积极面对事态发展，拿出妥善的解决方式，用一颗诚恳和公正的心，主动寻求各方力量予以重视、给予帮助。

当前山水集团的管理层需要正视眼前的问题，是找到化解矛盾的合理方式，唐伯贤提到：“要解决最根本的问题还应该从纠纷的缘起着手，管理层之间的纠纷，为什么会影响前控股公司的控制权？为什么会有天瑞集团的突然的入股？为什么会有中国建材和亚泥的反对，进而提出潜在的要约收购？一切的核心来自于山水现有管理层和前管理层之间的矛盾，有了‘家务事’才引发了第三方的关注和行动，进而威胁到山水股份管理权的稳定性。最根本的原因还是来自4000名当年的出资员工，前管理层也是在利用这4000名员工在山水投资相应的权利，从而安排了接管人，才有了后面的一系列故事。”

俗话说：得民心者得天下。无论是现有的管理层，还是企图去争夺管理权的大股东，谁能够用最有效的方式来解决4000人的实际利益诉求，满足普通员工真正的期待和愿望，谁就会从争夺中获得支持。最好的办法是让4000员工把自己的诉求在诉讼层面、在上市公司层面、在商业博弈斗争层面均有发声的机会。

放眼未来，山水在解决了内部矛盾之后，还要继续把精力放在企业的改革和可持续发展之上，充分发挥企业的原动力，同时注意改革的节奏和要把握的分寸，做出长远科学的规范，凝聚力量、重塑信心。

各方做出的努力和动向

上市公司交叉持股为在共赢，资本市场上你中有我，我中有你。现代很多的上市公司因为所有权和控制权的两权分离导致的控制权之争也频繁出现。山水纷争中的几个大股东，是中国水泥行业中的巨头和榜样，无止境的争端，是所有人都不愿看到，积极解决问题才是大家的共同态度。

对于山水股权的争夺,一直沉默的天瑞集团也按捺不住外界的猜测,7 月 27 日天瑞集团相关负责人首度做出回应:“我们尊重法律和市场规律,希望合法合规地进入董事会,有信心处理好境外债等相关问题,绝不会让山水(水泥)处于危境。作为大股东,我们希望山水更好。”

“希望山水更好。”这并不是句简单的套话。有资深人士分析,天瑞集团从二级市场上大举购买股票而成为公司第一大股东,其成本是昂贵的。天瑞合计持有山水水泥 9.51 亿股,占其总股本的 28.16%,自今年 1 月 1 日至停牌之间每股均价为 4.63 港元,若以该均价计算,天瑞集团持股总成本超过 44 亿港元。以超过 44 亿港元的总成本取得山水水泥第一大股东的地位,天瑞集团“希望山水(水泥)更好”是情理之中的。

山水和天瑞——既是同台竞技的对手,也同处在暴风雨中的一条船上,闹翻了谁也没有好处。山水集团董事长张斌认为“解铃还须系铃人”,山水仍努力和天瑞沟通,希望寻找解决方案,会尽最大努力尽快复牌。据悉,在 7 月 29 日的股东大会上,天瑞代表与张斌“Say hello”,而双方亦有握手,亦有询问是否会一同吃饭。

可以看出,一度被外界用剑拔弩张来形容的山水与天瑞之间的关系,或许并非如此。共同的利益是以企业合作为前提的,价值最大化是企业共同的追求。

无独有偶,在山水水泥身陷股权纷争最激烈的时候,一向被外界看作山水“同盟军”的中国建材,也处处力挺这个苦难中的“兄弟”。作为行业里的领袖企业,多年来一直以战略布局、联合重组、资源整合、文化融合见长。中国建材为了山水水泥的健康发展努力寻找各方共赢的最大公约数。

早在去年 10 月 27 日,中国建材与山水水泥订立认购协议,同意认购山水水泥定向增发的 563,190,040 股股份,占山水水泥增发后总股本的 16.67%。在合作之前,山水正面临着债务到期的压力,同时由于股东间涉及诉讼等原因,当时股价处于低位。中国建材现金认购股份,既支持了山水水泥解决实际困难,助力其盈利增长,同时也抓住了有利的市场时机,有利于获得长期投资收益,更是基于双方合作的战略考虑。在山水面对困境时,中国建材一直从行业健康的角度出发,从行业大局出发,从行业长远利益出发,以互利共赢、团结合作出发,以企业的长治久安出发,积极寻找一个各方均能接受的方案。

特别是在 7 月 22 日,亚洲水泥和中国建材联合发出的信函,表示两家公司有意共同提出自愿现金全面收购山水已发行股份的要约,这是两家公司在明确表示反对更换山水水泥董事会后更进一步的行动。

对此，有媒体发表文章称，亚泥不堪百亿元投资可能陷入泥淖、处于被动，因此主动出击，联手中国建材，共同提出自愿现金全面收购要约，收购山水水泥所有股份。市场认为，亚泥此举意在争取山水水泥经营权。

山水集团一直积极应对各种矛盾和争端，都无意加入战局，不论是在山水内部售股换现，还是考虑亚泥及中国建材提出的全购，都在试图以和平的方式化解争端。陈学师向记者表示，“要解决山水水泥面临的问题，当务之急应当是各方理性协商，整合多方面的诉求，化干戈为玉帛，朝着山水水泥健康化的方向共同努力，把山水水泥引上治理规范、运作顺畅的道路。”对于山水的现任管理层而言，山水纷争犹如一场“灾难”，但陈学师仍然坚信，山水一定会渡过暂时的危机。“因为这里强大的 DNA 仍然起作用，而且经过这场淬炼，上至高层下至基层的整个团队更加成熟。”

山水水泥执行董事李长虹先生也表示：“山水水泥本届董事会将继续借鉴企业管治最佳实践，带领公司走出危难时期，平衡多个持份者的利益，力求为其创造价值。”

这一场持久的山水水泥纷争到底将向何处去？目前来看，还不能做出断语，但是其走向已经越来越明了：由内部的纷争转化为多方参与的局面；由部分员工的具体诉求，上升到若干上市公司参与局面；由初期多方态度杂乱多变的处置，上升到营造对话基础，开始法律解决的轨道。应该说，山水水泥的纷争将会在遵守法律法规的背景下，在大股东相互之间利益平衡和协调的前提下，在政府和有关部门参与的引导下，在充分考虑广大员工诉求的基础上即将得到解决。

毕竟，山水纷争事件牵扯多方利益，还需要一段时间来化解，但事实上，多方面不允许这个时间过长。因为除了正常的经营以外，山水纷争还涉及了（00691. HK）这只股票的长期停牌，涉及大股东入资以后资金长期的定位和走向，以至于每个利益方都不敢拖延。毫无疑问，各方在解决山水纷争的态度上是积极的。另外，山水事件通过媒体的报道，已经成了整个行业，甚至越出行业内的多方面关注的一件大事，在济南市及山东省的有关政府部门和行业主导力量上也会进一步考虑出手，尽快解决山水纷争。总体来说，距离这场乱局结束的时间不会远了。

《山水纷争沉思录》系列报道索引（其他篇目）

◆风起于青萍之末

——山水股权纷争持续升级的来龙去脉

◆张才奎和"山水人"

——山水水泥纷争中显现的企业人际关系

◆飓风中的"巨人"

——纷争中屹立的山水水泥

◆绕不开的浅滩

——山水水泥纷争中"维权诉求"的三个焦点

◆进退之间

——山水水泥纷争中迷失的"平衡点"

◆覆巢之下安有完卵

——山水水泥纷争难有赢家

◆云开雾散会有时

——写在山水纷争系列报道结束之际

关注本系列报道请扫描二维码

第七章
新闻调查·假冒进口锚栓追踪记（节选）

2015年6月，《中国建材报》记者得到新闻线索，一直以德国原装进口形象出现在我国建筑幕墙与铁路工程市场的慧鱼锚栓，竟然有在国内小厂加工生产的产品，质量堪忧。记者在接到新闻线索后，制订周密的采访计划，以采购员身份，进入深山里的锚栓加工厂，调查事实真相，写出6期系列报道——“新闻调查·假冒进口锚栓追踪记”，聚焦被广泛应用于我国铁路工程等的金属紧固材料——锚栓的质量情况。

锚栓对于建筑、公路和桥梁、高铁等公共设施的安全性能起着非常重要的保障作用。使用劣质锚栓的建筑，在地震中容易倒塌而发生事故。这次记者调查后发现了不少问题，有的进口锚栓供货企业确实存在不规范行为，市场监管有待加强。

关注本系列报道请扫描二维码

2015 年 6 月 25 日

走进深山里的锚栓加工厂

■ 本报记者　敖　娟　宁　阳　赵常秋

一直以德国原装进口形象出现在我国建筑幕墙与铁路工程市场的慧鱼锚栓，竟然有在国内小厂加工生产的产品？日前，本报记者在接到新闻线索后，制订周密的采访计划，以采购员身份，进入深山里的锚栓加工厂，调查事实真相。

业内人士举报："进口"慧鱼锚栓实为国内生产

5 月 7 日，本报总编室接到新闻线索举报电话，称国内市场流通的德国慧鱼锚栓，并非如宣传所称全部由德国原装进口，而来自国内小厂家，并且质量低劣。

举报人约记者见面，提供了相关视频和文件材料。视频中，一位身穿浅色上衣的男子正在介绍，自己的工厂受托生产慧鱼锚栓。据报料人称，这是在浙江某处深山里的一家很小的厂，场地简陋，产品用料低劣，质量下乘。

德国慧鱼是我国建筑市场颇有知名度的锚栓产品，一直以纯正的"德国血统"形象出现在我国市场。记者查阅其官方网站，宣传词称一些著名建筑工程均使用了德国慧鱼产品，如北京中华世纪坛、首都机场、国家体育场(鸟巢)、上海的金茂大厦、国际会议中心、上海 F1 国际赛车场、广州新白云国际机场等等。

举报人称，慧鱼在德国的工厂很小，根本提供不了足够供应中国市场的产品，原装产品在中国极为罕见。而我国有很多作坊式的代加工厂，德国慧鱼的加工需求，为作坊小厂提供了市场。

德国慧鱼的官网称，德国慧鱼集团总部位于德国南部黑森林的图木岭，其在华的子公司名为慧鱼(太仓)建筑锚栓有限公司。其在华宣传的"德国慧鱼集团"，其实在德国并未注册为集团，其真正的名称是 Fischerwerke Gmbh&Co. ,KG(费希尔厂有限责任两合公司)。

加工厂老板："已经为慧鱼加工生产锚栓 15 年"

为查明举报情况是否属实，本报迅速组织调查小组，深入采访。

初夏的一个下午，调查小组一行三人三点多从北京坐飞机到达杭州，即换乘汽车连夜赶赴宁波。车行大约三个多小时,抵达宁波东北部的镇海区时已近凌晨。在当地寻了一个酒店休息,第二天上午大约九点继续驱车出发。

汽车在公路上行驶了半个多小时,转入一条山间马路,往大山深处行车数十里,远远看见,在山脚下的低处,竹叶掩映中,一座小楼顶部竖立的“宁波市统达金属制品厂”几个字映入眼帘。汽车驶进群山怀抱的小村落,转入一条黄泥路,抵达厂门口。

这就是记者在视频中见到的生产厂家。

为了解到最真实的情况,我们以铁路锚栓采购员的身份,见到工厂负责人陈老板。他身量不高,黑发中略带点白,本地口音,谈吐中有时会夹带手势。

办公室墙上贴着书法字,茶几上放着茶道杯壶。虽是乡村里的小厂,但办公室布置得颇有文化气息。

面对我们这样从北京远道而来,急于了解锚栓价格行情的“采购员”,陈老板没有先说产品的质量如何,而是热情地介绍起慧鱼对自己的信任。

慧鱼并不是对中国所有的加工厂都这么信任的。陈老板说,工厂从2000年与德国慧鱼合作,至今已经为慧鱼锚栓供货15年,其生产的产品正在京九线铁路、杭州地铁、宁波地铁等工程上使用。德国慧鱼的老板老费舍尔先生对慧鱼在中国的定点加工厂十分挑剔,一般合作两年,很少长期合作,但对陈老板和深山里的这座小厂格外信任。

陈老板告诉记者,数年前发生的广州大运会顶棚倒塌事故,其真实的原因在于锚栓质量差,出事的锚栓是慧鱼委托另一家加工厂生产的产品,那是一家安徽的福利加工厂,因为此次事件,慧鱼中止与其的合作,如今那家工厂已经不复存在。

在谈话过程中,陈老板还跟一位客人商谈了一份委托加工合同,从合同中我们看到,工厂有意为新的客户,生产与慧鱼、辛普森授权生产的地铁、高铁专用锚栓相等质量要求的产品,协议定价基础为切底式锚栓材料35#钢、套管材料20#钢、螺母35#钢。

从办公楼下来,陈老板带着我们参观了锚栓生产车间。

走进工厂车间,门口并不整齐地堆放着数十个简易铁桶,桶里装满一枚枚刚走下生产线的锚栓。铁桶外形与北京街头卖白薯的铁桶相似。据目测,一个桶里大约能装数百枚锚栓。

车间里,大约十位工人正在机器边作业。机器看上去比较老旧,各类机械加工设备比较齐全,车床、机床、平滚及窜滚螺纹滚丝机都有。

陈老板说,工人们正在生产的,是一批将要安装到西安地铁工程中的锚栓,大约50万枚。记者从印有"辛普森"的标志包装中随手拿起一枚,发现锚栓上面印刻着美国锚栓品牌"辛普森"的标志。

据介绍,不久前,工厂发出一批用同样设备、同样原材料与工艺生产出来的产品,与正在生产的这批锚栓唯一的区别是,上一批产品印的是德国"慧鱼"锚栓的品牌标志。

慧鱼销售经理:"我们的产品全部是原装进口"

第二天上午,在杭州余杭大厦旁边的城市花园酒店一层大厅,我们见到了慧鱼的区域销售经理小王。依然是以采购商的身份。

小王首先递给我们一份装有纸质材料的透明文件袋,里面有慧鱼(太仓)建筑锚栓有限公司授予杭州某建材公司授权经销商的《项目授权书》,还有盖着慧鱼(太仓)建筑锚栓有限公司报关专用章的《中华人民共和国海关进口货物报关单》,和国家建筑材料测试中心的《检验报告》等,均为复印件。

当我们问及,慧鱼锚栓是否为进口产品时,小王笃定地说:"我们的产品全部是原装进口,在国内太仓公司组装。"

在慧鱼锚栓的宣传材料中,有"背栓产品竞争对手纵览"的内容,将对手分为高中低三档,其中高端品牌为慧鱼、意大利、凯尔,注明"均为进口品牌",而中端品牌有四个,"均为伪进口品牌或贴牌",低端品牌四个"均为国产品牌"。并附有竞争对手产品图片。

我们询问背栓、后扩底锚栓、化学锚栓三种产品的价格,小王说,背栓M6的价格为17元左右,M8价格为19~20元左右,而M20化学锚栓要20多元。我们表示"价格太贵,比了解到的其他厂家贵很多"。小王说,德国品牌的成本高,质量好,售后服务好,能给客户做现场指导讲解说明。他最后表示,若有意合作,价格还可浮动。

国家标准:铁道用锚栓必须耐千度高温

近年来,我国很多城市纷纷建设地铁、高铁,铁道建设加快,铁路工程必须使用的锚栓产品需求大增。

锚栓,是一种什么功能的产品?在铁路工程中扮演着怎样的角色?

地铁、高铁的车站、隧道,必不可少地需要用到一种由头部和螺杆(带有外螺纹的圆柱体)两部分组成的一类紧固件,与螺母配合使用,用于紧固连接两个带有通孔的零件,是将被连接件锚固到已硬化的混凝土基材上的锚固组件。

这种紧固件就是锚栓,还有一个名字叫螺栓。因为地铁、高铁等重大工程,设计标准规范对锚栓的防火、抗震、受压都提出明确要求。

2 个小时耐千度高温,是我国对“通风空调专业、电气专业”等涉及的混凝土用切底机械锚栓、化学锚栓的防火要求。铁路用锚栓,必须达到这样的要求。

这就意味着,把一棵小小的钢铁螺栓,放进一千多度高温的炉中燃烧,2 个小时后,它还能承载受力。只有这样的锚栓,才有资格在地铁、高铁工程中使用。

这样严苛的防火要求,用怎样的钢材制造才能达到?

一位紧固件专家告诉记者,全球除了用于航母甲板用钢能耐一千多度高温外,通常圆钢材承受高温只有 200 多度,当温度升到 600 度时其承载力为 0。

除了防火,铁路用的锚栓,还必须具备足够的抗震防裂要求。

在高铁中,用于高铁列车牵引的电力线为 27.5 千伏高压线,该高压线在隧道内是用超强专用化学锚栓固定在隧道壁上来悬挂的。该化学锚栓不但要经得起气流屏障大气压作用,还得经得起防火,如出现断裂脱胶,就会使 27.5 千伏高压线断线或脱落,后果难以设想。

正因为该锚拴在隧道工程中的重要性,世界各国都把其列为关键技术、重要材料予以确保。我国设计单位对此也给予了高度重视,在锚栓的规范和设计上使用了最高标准,并要求施工单位使用最可靠的厂家材料,确保万无一失。在设计中给予了足以保证高质量材料的概算。

业界专家:应该对已用铁道锚栓进行检查

多年来,因锚栓导致的建筑幕墙事故,在我国屡见不鲜。北京的海关总署大楼曾发生过工程事故,我国建筑幕墙领域专家龙文志撰文指出,是注有慧鱼 FZP 字样背栓导致幕墙用板材开裂。

日前,龙文志通过电子邮件接受记者采访。他认为,鉴于化学锚拴在铁路建设中的重要作用,有关部门应尽快制订出专门的该材料标准和检测办法,进行严管。为了确保选出合格的厂家,避免施工单位为单纯省钱,建议将化学锚栓材料实行甲方直供。在选购时不能谁的价格低就用谁的,要以质量为第一综合考虑。有关部门应对铁路工程中已经安装使用的锚栓产品进行检查,在未发生事故前彻底查清安全隐患,尽快采取补救措施,确保安全。

2015 年 7 月 2 日

小作坊锚栓产品质量堪忧

本报向国家检测机构送检其样品得出权威结果

■ 本报记者 敖 娟 宁 阳

为了解市场上的锚栓产品质量情况,本报记者在宁波的锚栓加工厂一线调查采访时,从正在作业的生产车间,取回几枚刚刚走下生产线的化学锚栓样品,千里迢迢背回北京,以报社名义,委托国内第三方检测机构做检测,并就检测报告结果咨询了业界专家,获悉样品质量堪忧。

车间取得锚栓千里背回北京

近日记者在宁波一个加工厂调查时,在生产车间,流水生产线旁边放产品的铁桶中,取了大约 10 枚刚刚生产出来的锚栓,用结实的塑料袋装着,放在随身携带的行李中,一直伴随我们整个调查过程,直至采访结束,坐高铁顺利通过安检,回到北京。

在报社里,我们从锚栓样品中,排除外观有瑕疵的产品,并从同一规格的产品中,只选择一枚。选定一枚 M12 化学锚栓、一枚 M20 化学锚栓,作为样品,委托相关机构检测。两枚锚栓的螺杆、螺母均齐全。

在选择检测机构时,我们又费了一番思量。我们希望能得到锚栓的材料分析结果和拉力载荷、抗拉强度数据,以及耐高温或防火测试数据,然而问询几家建材检测机构,得知耐高温或防火测试的设备都不具备。最后,我们决定送去在钢铁材料检测方面经验比较丰富的中冶建筑研究总院、国家工业建构筑物质量安全监督检验中心进行检测。

6 月 18 日上午,本报记者在先打过电话联系后,安排专人将样品送至中冶建筑研究总院、国家工业建构筑物质量安全监督检验中心进行金属材料化学分析和拉伸性能试验,得知需要 7 个以上的工作日,方能取得检测报告。

经过耐心等待,6 月 29 日,本报工作人员从中冶建筑研究总院有限公司和国家工业建构筑物质量安全监督检验中心取回《检测报告》。取回报告时,本报支付拉力检测费用 365 元,化学元素分析费用 1200 元,总共支付了 1565 元检测费用。

元素分析显示样品原料为 35 号钢

之所以做化学元素分析检测,是因为我们想知道,这些化学锚栓的原料是 35 号钢还是 40Gr 钢。这是肉眼所看不出的。

委托编号 TC – HX – 2015 – M1110 的"金属材料化学分析检测报告"显示,规格型号 M12 的化学锚栓样品,检测结果显示,化学成分(%),检测值 C 碳 0. 37,Si 硅 0. 23,Mn 锰 0. 64,P 磷 0. 014,S 硫 0. 008。

另一份委托编号 TC – HX – 2015 – M1111 的《金属材料化学分析检测报告》,规格型号 M20,检测结果显示,化学成分(%),检测值 C 碳 0. 39,Si 硅为 0. 20,Mn 锰 0. 6,P 磷 0. 022,S 硫 0. 008。

此次化学元素分析检测的仪器设备为直读光谱仪,试验日期为 2015 年 6 月 23 日,检测方法为 GB/T4336 – 2002 碳素钢和中低合金钢火花源原子发射光谱分析方法(常规法),试验单位是国家工业建构筑物质量安全监督检验中心,报告日期为 6 月 24 日。

本报记者查询《国家金属材料标准手册》相关内容,根据"手册",40Gr 钢的 C 碳含量应为 0. 37 ~ 0. 44,Si 硅为 0. 17 ~ 0. 37,Mn 锰为 0. 50 ~ 0. 80,Cr 铬为 0. 80 ~ 1. 10,Ni 镍≤0. 030,CU 铜≤0. 030;35 号钢 C 碳含量应为 0. 32 ~ 0. 40,Si 硅为 0. 17 ~ 0. 37,Mn 锰为 0. 50 ~ 0. 80。

对照化学分析检测报告与《国家金属材料标准手册》相关内容,可以得出结论,样品化学锚栓的主要化学成分碳硅锰,在 35 号钢范围,未含铬、镍、铜,排除是 40Cr 钢的可能。

35 号钢不推荐制造铁路用 M12 ~ M20 锚栓

拉伸性能试验报告显示,委托编号 2015LX04237 的"化学锚栓",规格型号 M12,检验项目为抗拉强度,检验设备 WE – 1000A 液压万能材料试验机(JC – G10),来样日期 2015 年 6 月 18 日,试验日期 6 月 19 日,试验结果为:规格(毫米) M12,拉力载荷(kN)82. 60,抗拉强度(MPa)980,破坏状态为"滑落"。结论一栏写着"试验结果为实测值"。试验单位为中冶建筑研究总院有限公司,报告日期 2015 年 6 月 19 日。

另一份拉伸性能试验报告显示,委托编号 2015LX04238 的“化学锚栓”,规格型号 M20,检验设备 WE－1000A 液压万能材料试验机(JC－G5),试验结果为:规格(毫米)为 M20,拉力载荷(kN)201.9,抗拉强度(MPa)824,破坏状态为“断螺纹处”。检验项目、来样日期、试验日期、结论、试验单位与报告日期同上。

记者对一位建设部幕墙门窗标准化技术委员会专家出示了这两份样品的拉伸性能试验报告,他说,从所检测数据来看,这是典型的业内常见的 8.8 级“B 货”。何谓 8.8 级“B 货”？指采用只焠火不退火的方法,用 35 号钢制造出 M12－M20 紧固件。这种产品的缺点是缺乏柔韧性,若被用于建筑物连接数颗锚栓的群锚中,很容易造成当某颗锚栓承力较大时,因缺乏柔韧性无法传力于其他群锚中的锚栓而断裂,将会产生因连锁反应而导致整个结构倒塌的可能。

所谓锚栓的 8.8 级,前面的 8 是指的公称抗拉强度 800MPa,后面的 8 是指公称屈服强度 640MPa,屈服强度是抗拉强度 800MPa×0.8＝640MPa 得出。8.8 级从国家标准的生产工艺要求是非常高的,它需要通过淬火后高温回火来完成,而且这淬火时其抗拉强度必须大于 1000MPa,才能满足退火后达到 800MPa 要求。通常 M10 及以下紧固件由于较细在冷镦挤压增强作用下可以用较经济的 35 号钢制造;M12－M20 的紧固件由于冷镦挤压增强对钢体内部作用减弱,所以在选用原料时应采用 45 号、40Cr 等材料才能满足;超过 M20 就应采用强度更高的钢材来完成。

记者在调查中获悉,35 号钢不被推荐用来制造铁路用 M12－M20 锚栓。有厂家称,M12 用 35 号钢不能够保证一定满足 8.8 级,只能做到接近,但 M12 以上用 35 号钢不能造的出 8.8 级锚栓。

而在防火性能方面,国内检测机构相关检测设备比较缺乏,能做防火检测的机构甚少。

专家表示,根据《建筑钢结构防火技术规范》火灾临界温度截面荷载为 676～452 摄氏度(设计承载系数 0.3－0.9),而建筑设计时常用为 0.9 系数也就是说用 35 号钢时设计临界温度为 452 摄氏度。我国建筑防火规范及防火检测,与欧美同步,采用的是国际标准 ISO834 火灾标准升温曲线温度,按地铁设计要求满足防火 2 小时,对应 ISO834 火灾标准升温曲线温度,防火 2 小时火灾标准温度为 1029 摄氏度。

《假冒进口锚栓追踪记》系列报道索引(其他篇目)

◆价格低至一毛八　销量每日十几万

——探秘一家化学锚栓药胶厂

◆锚栓市场“陪标”疑云

◆王者的困惑

关注本系列报道请扫描二维码

第八章
来自基层的报道（节选）

“脚上沾满泥土，新闻才会更有厚度。”写报道如沙里淘金，没有清新的文风，不出精品力作，“走和转”就只有耕耘，没有收获。“走转改”活动的发起，让行业媒体注入了新的活力，建材行业的新闻从此不再是“硬邦邦”的，报道的内容也不再是“无的放矢”。

深入一线采访调研，想尽千方百计拿回一手采访信息；排除千难万险，在摸爬滚打中深入了解行业，面对乱象我们忿然起笔，直言不讳；面对楷模我们笔走游龙，泼墨江湖。写山写水如一幅画，写人写事如一首诗，写问题、揭矛盾如一团火，写情况、写经验如一支歌……

关注本系列报道请扫描二维码

2011 年 9 月 27 日

充分应用中低品位矿及碎矿、尾矿　自主创新实现高端均质合成耐火原料制造

我国铝矾土资源综合利用实现重大突破

炼土成金

——从 30% 到 90% 的跨越

■ 本报记者　徐彦泓

秋高气爽时节,记者乘车前往山西阳泉采访。动车驶进山西境内,山丘连绵起伏,山上绿树葱葱。火车不停地从山洞钻进钻出,手机信号时断时续。车上的人操着山西口音解释说,这里就是山多,所以手机信号不太好,不过,这山底下可都是宝啊。

来到阳泉郊区白泉工业园区,记者认识了山西的宝藏之一——铝矾土,也看到了我国建材员工通过自主创新,在铝矾土资源综合利用方面取得的骄人成就。

9 月 15 日,北京金隅通达耐火技术股份有限公司所属阳泉金隅通达高温材料有限公司年产 15 万吨均质合成耐火原料项目竣工投产。这意味着我国已经能够充分利用铝矾土中低品位矿及碎矿、尾矿,制造高端均质合成耐火原料,实现铝矾土矿产资源综合利用率从 30% 到 90% 的跨越。

集成优势　充分利用资源

正如那位山西老乡所说,我国山西地下都是宝,矿产有 120 多种,资源十分丰富。其中铝矾土储量居全国首位,占全国总储量的 1/3。铝矾土矿床(点)主要分布在阳泉等地。它是生产耐火材料用重要原料之一,因此,阳泉被誉为中国的耐火材料之乡。历经半个多世纪的发展,阳泉地区利用铝矾土制造耐火原料产业已颇具规模,基本能够满足国内外市场的需求。但利用方式大多数还以煅烧天然矾土块料为主,而每生产 1 吨合格的铝矾土耐火原料,大致要消耗四五吨矿产储量,矿产资源利用率仅为 20% ~30%。许多采矿企业“采富弃贫”,无序开采和不当利用,不仅浪费了大量资源,还导致耐火原料产品质量不均一,难以保证耐火材料制品的稳定性,给水泥等高温行业的高质量生产服务带来影响。

铝矾土的利用率是如何从 30% 提高到 90%,实现炼土成金呢? 阳泉通达常务副经理王林俊博士介绍说,项目科研人员集成了精细化工、医药、有色等行业原料制造的生产工艺与装备,并创新发展,形成现代化的均质合成技术,将中低品位铝矾土矿及其废弃的碎矿、尾矿,进行原料分级、均化调质、除杂提纯、改型改性,使天然原料的品位、质量发生质的提升,制备出高端均质合成耐火原料,可以充分满足高温行业的需要,同时,也使铝矾土的利用率提高到90%。

这一研究项目,被耐火材料行业泰斗、中国科学院院士钟香崇赞誉为“代表着第一个有中国特色的、具有自主知识产权的铝矾土资源综合利用项目”。现在项目已被列入国家“火炬计划”和“十二五”国家科技支撑计划,在多个方面填补了国内空白,开辟了耐火原料生产工业化、标准化的创新领域。

创新工艺　确保均质稳定

在宽敞清洁的成型车间,采用程序化控制的自动切码机械手正在将半成品坯块进行一次码装。正在生产线上巡检的工人师傅介绍说,天然铝矾土块料正是通过原料、成型、烧成、半成品加工4个生产系统,再制成适用于高温工业用的各种耐火原料。

为了确保耐火原料的均质稳定,阳泉通达的科研人员运用先进的理念设计生产线,工艺紧凑、布局科学、装备先进、运行高效,为铝矾土的高效综合利用,提供了强有力的质量保证。在原料系统中,阳泉通达首次采用了立体均化工艺,大幅提升了均化效果;通过在线成分分析,确保配料精准,实现成分均化的动态控制;利用连续均化共磨技术,提高作业效率,为除杂提纯创造条件。烧成车间里,超高温隧道窑长达160米,烧成温度1750℃,内部温差波动小于5℃,有效地保证了产品规模化生产和质量均质稳定。作为隧道窑的补充,37立方米的梭式窑控温精确、操作灵活、适应性强,最高烧成温度可达1800℃,可满足新产品研发和小批量、多品种特色产品的生产。

应用广泛　延伸产业链条

均质合成耐火原料成分结构均一、性能稳定,性价比高,优势明显,可广泛应用于冶金、建材、电力、石化、垃圾焚烧等高温工业用定型、不定形耐火材料,如大型干法水泥窑用浇注料、大型高炉用定型制品、循环流化床锅炉用耐磨耐火材料等。这一生产技术促进了通达耐材产业链的延伸,为耐材制品工业的高端化和可持续发展提供了稳定的原料支撑,同时也为地方传统耐火材料产业升级和经济社会发展做出了应有贡献。

以原料项目为基础,加快推进实施耐材全产业链发展模式,率先建设一个集矿山综合利用生产基地、均质合成耐火原料示范基地、新型不定形耐火材料基地、高性能定型耐火制品基地于一体的“通达·耐火系统”,建设绿色高温新材料工程中心、国家铝硅耐火材料产品质量监督检验中心,打造从矿山综采、原料合成、制品研发、规模生产到整体服务的完整产业链。王林俊描绘了企业发展的美好愿景。

均质合成耐火原料自主创新技术成就了阳泉通达炼土成金的梦想,实现了铝矾土资源综合利用的重大突破,也为我国传统耐火原料产业升级、发展新型高端耐材制品产业翻开了新的一页。

编后

随着建材、冶金、电力、石化、垃圾焚烧等高温工业的快速发展,我国高铝资源供需矛盾日益凸显。近年来,我国平均每年消耗优质高铝矾土耐火材料1500万余吨。目前我国每生产1吨合格的铝钒土耐火原料,大致要消耗四五吨矿产资源,矿产资源利用率不到30%,而且国内耐火级铝矾土矿石大都是人工选矿,规模小,矿石开采中有30%左右碎矿及低品位矿石被遗弃,造成了极大的资源浪费。

阳泉通达通过坚持不懈的自主创新,采用原创技术、科学工艺和先进装备,充分利用大量中低品位铝矾土矿和碎矿、尾矿,制备出具有优异性能的均质合成耐火原料,为耐火材料行业应用先进技术、实现传统产业升级作出了表率。我们期待着更多的宝贵矿藏实现综合利用,期待着更多的建材企业像阳泉通达一样,发挥自身优势,炼土成金,为建设资源节约型、环境友好型社会做出更大的贡献。

2011年11月14日

应对挑战群策群力　节能降耗站稳市场

——平凉祁连山公司发展纪实

■ 本报记者　袁岚　韩凤凤　赵青　吴跃　驻甘肃记者　王琰田

甘肃平凉祁连山水泥有限公司是祁连山集团异地创建的第一家水泥企业,建设了陇东地区第一条大型新型干法熟料水泥生产线。自去年以来,这一地区水泥市场供大于求,竞争异常激烈。平凉祁连山公司群策群力,开展技术创新、深度挖潜、降本增效,牢牢站稳了区域市场。

有竞争才有压力

2005 年年初,平凉祁连山公司日产 2500 吨新型干法熟料水泥生产线建成投产。产品主要销往甘肃平凉、庆阳及陕西、宁夏的毗邻地区,缓解了当时陇东地区高标号水泥供应紧张的局面。在这个区域内,平凉祁连山公司曾经一枝独秀,350 多人 2009 年创造了 1.2 亿多元的利润。截至 2010 年年底,公司累计产销水泥 542.75 万吨。

然而,好日子在 2010 年结束了,甘肃海螺平凉公司第一条日产 5000 吨新型干法熟料水泥生产线建成投产。这对平凉祁连山公司来说,意味着价格大战开始了。平凉祁连山公司销售人员说:"海螺平凉公司距离我们只有 20 多公里,市场高度重合。2010 年,我们吨水泥售价平均下降了 65 元,对于年产 100 万吨水泥的平凉祁连山公司来说,相当于 6500 万元的销售收入没有了。随着今年海螺平凉公司第二条日产 5000 吨熟料水泥生产线的投产,当地的水泥售价已经连续 3 次下降,最近,水泥价格还在持续下滑,P·O42.5 级散装水泥的价格已经降到每吨 210 元。这个价格在全国范围应该也是最低的了。"

价格在一天天下降,利润在一分分减少。如何占稳市场,立于不败之地,平凉祁连山公司上上下下动起了脑筋。平凉祁连山公司党委副书记、副总经理王克丰介绍说:"2010 年是公司面临困难最多、经受挑战最大的一年。面对海螺平凉公司这样强大的竞争对手,公司的生产经营经受了巨大的考验。当然,公司也有公司的优势。我们公司的领导班子和许多员工都是永登祁连山公司培养的,有着老国企传统的好的工作方法和不怕吃苦的顽强作风,同时引进了中材集团的先进管理理念。面对现实,我们只能严格要求自己,在保证产品质量的同时,开展一系列节能降耗、挖潜增效的工作。截至今年 10 月 10 日,我们完成了产销水泥 92 万吨,实现了 2500 多万元的利润。"

新产品形成新优势

目前,在祁连山水泥集团内部,平凉祁连山公司的生产规模最小,但"船小好调头",这也成为平凉祁连山公司最大的优势。针对市场形势的剧烈变化,平凉祁连山公司顺时而变,组织力量进行技术攻关,在较短的时间内成功研制出碱含量低于 0.6% 的低碱水泥,满足了西平铁路、天平铁路等国家重点工程的需求;仅 2010 年,共生产低碱熟料 27.77 万吨、低碱水泥 12.82 万吨,有效保证了当年的经营利润,为公司开拓新市场打下了坚实基础，特种水泥也成为公司新的经济增长点；同时，不断向管理要效益，技术人员自行设计开发了一套设备管理系统软件，使设备管理实现了规范化、流程化和数字化，降低了设备故障停机次数；还自行研制建成了一套脱硫石膏掺加装置，在水泥生产中使用脱硫石膏代替天然石膏，全年共使用脱硫石膏4.3万吨，占石膏使用总量的90.15%，节约成本220.64万元；在石灰石中搭配矿山剥离土12.1万吨，降低成本124.45万元……

在采访中，平凉祁连山公司的领导如数家珍，一个个数字脱口而出。降本增效，说起来容易，做起来却是如此艰辛。

小改小革创出大效益

在王克丰的带领下，记者来到生产车间，正巧遇到维修部电工组组长李锋。他介绍说："为企业节省每一分钱，是每个员工的责任。我们在工作中发现，安装在窑头上的高温摄像头，每个星期就要更换一次，费用近万元。于是我们经过反复研究，用废弃的压力容器罐制作了一个油水过滤器。这样高温摄像头的使用寿命就大大延长了。"

维修部部长周喆补充说："为了降本增效，我们维修部真是动了不少脑筋。利用废弃物，自已加工零配件，3年的时间维修部为企业节约资金达45万元。公司内部设立了发明创新大奖，我们参与并独立实施了许多创新项目，仅去年一年申报的创新项目就达30多项，公司去年奖励给维修部的奖金就有5000多元。"

为了占领市场，平凉祁连山公司的每个人都在拼搏着；为了每一分的利润，平凉祁连山公司的所有员工都在努力着。

2011年12月15日

一个自然村　九座红砖厂

谁来保护农民的耕地

——湖北麻城红石堰村毁田烧砖情况调查

■ 本报驻湖北记者　李文聪　徐杭

12月4日7时整，记者驱车两个半小时，过麻城市区4.5公里，来到龙池办事处红石堰村,站在大路旁数了数,共有9个高高的烟囱还在冒着黑烟。“老人家,您是红石堰村几组的?”“6组的。”“贵姓呀?”“姓冯。”“这里是不是有很多红砖厂呀?”“嗯,很多,我们组的地要是能烧砖的话,也早就被砖厂‘吃’掉了。”

我国《土地管理法》第七十四条规定:“占用耕地建窑、建坟或者擅自在耕地上建房、挖砂、采石、采矿、取土等,破坏种植条件的,由县级以上人民政府土地行政主管部门责令限期改正或者治理,可以并处罚款;构成犯罪的,依法追究刑事责任。”

湖北省鄂政办发(2006)18号、省政府137号令等也都对保护耕地有着明确规定,然而在湖北省麻城市龙池办事处红石堰这个自然村里,目前还有9座实心黏土砖厂(俗称红砖厂),年毁田200亩以上用来烧砖,却无人问津。记者来到此地采访时,当地老百姓追问:“谁来保护农民的耕地?”

来自村民的声音

由70多岁的冯老汉指路,记者来到红石堰村9组,9组的袁老汉用手指着旁边的红砖厂说:“农民就是靠种地吃饭,可是现在耕地都被他们(红砖厂)用来烧砖了。我们也不知道该向什么部门反映这件事。”

下午3时14分,一位40来岁的农民正扛着锄头走过来。见到记者,这位农民说:“村里每个农民人均耕地不足1分,都挖了烧砖了。你要不卖是不行的,轻则恐吓、重则挨打;要么他(红砖厂)就从耕地的两边挖十几米,甚至几十米深,看你卖不卖。当地政府也没有人管。现在我从村里废弃的土地中花钱平整了23亩地,每亩地还要向村里交130元。”

晚上7时38分至8时10分,红石堰村8组的张大财老人与他老伴及二儿媳一起向记者诉说了2009年1月21日,因红砖厂老板要强买0.9亩耕地而被打的经过:“当时正是我的大孙女过生日,铲车要强推我二儿子的0.9亩地,二儿子不干,他们就把我们一家3口都给打了。二儿子左胳膊被打骨折,我左腿受伤,老伴也被打得不轻。当时,派出所和土地部门来了好多趟,硬要我们以每亩6000元的价格卖地。在没有办法的情况下,我们只能同意,对方给我们医药费5000元,其他赔偿2.7万元,卖土地费5400元,共3.74万元。红砖厂强买耕地烧红砖,好多老百姓都不敢说。”

红石堰村6组的张先生、7组的马大娘、8组的王老汉,还有不愿意说出姓名的村民一致反映:“李家敦、阎家河,还有柳村等地方的红砖厂多得很,我们这里挖的没有耕地了。想管的管不了……”

有关方面的反应

红石堰村党支部朱书记 我们村的耕地面积为2.5平方公里,1993年和1994年,上级提倡建厂,我们这里建了9座红砖厂,其中2座公家的(村民小组),7座私人的。从保护耕地方面来说,(建红砖厂)是负面的,但是从就业方面来讲,解决了全村1000多人的就业问题。从2006年到现在,所有砖厂都没有营业执照和土地开采证,执法部门没有罚款,1座窑厂每年向村里交3.8万元,村里再给组里返还2万元,村里人不种地每年人均还能得100元。

龙池办事处分管负责人刘部长 “红石堰村毁田烧砖问题如果说我们不知情,那是假的,但是我分管的时间不长,详细情况我确实不知道……”

代表麻城市住建局的墙革办袁书记、王副主任 麻城市还有53座红砖厂,年产量为4亿多块标砖。取缔红砖厂,墙革办的职权有限。城区建设不用红砖,我们做到了,但是1999年白洋岗村和2002年白果镇觅儿村新建了2座红砖厂,我们进行了罚款和起诉,现在不还是照烧不误吗?红石堰村的红砖厂都是上世纪八九十年代建的。相关部门都知道,现在是毁田照样、取缔艰难。不过当前有关部门已开始有所行动了。

麻城市土地局及所属的监察科、监察大队负责人 麻城市土地局负责人说,所有红砖厂都没有开采证,都是非法的。关闭红砖厂是主管部门的事情,建设部门主管这件事,由他们总协调,有些事情我就不好回答了。监察科负责人说,有砖厂肯定要取土,但取土要合法,对于违法违规的红砖厂现在正逐步取缔,这个事情的处理是监察大队的事。监察大队负责人说,我们这里是年年执法,但老百姓没有因为这个事情来上访的呀。

麻城市工商局注册分局喻局长 红石堰村的红砖厂都未发放过营业执照,属非法经营,由于历史原因不好处理,我们也没有罚过款。

采访札记

记者确实看见麻城市委、市政府分别下发的两个文件,要求取缔红砖厂。但用老百姓的话说:“这些都是做给上面看的,红砖厂老板收了人家的预付款不给砖能行吗?”

同时,记者看到取土烧砖还在继续。另据了解,红砖厂生产、销售热火朝天,0.26元/块,还不好买。据有关资料测算,仅一个红石堰村每年烧红砖要毁掉220亩良田(只是按照下挖2米深计算)。然而2005年以后,麻城市建起的灰砂砖厂有38座,年产量为2.6亿块标砖,年节约耕地达114.4亩。这种灰砂砖虽然仅0.18元/块,比红砖便宜很多,却有大量积压。一位不愿透露姓名的灰砂砖厂老板说:"厂里现在已经积压600万块灰砂砖,亏得我连房子贷款抵押到银行都可能收不回来了,摩托车也让别人骑走了,好惨!其他还有6座灰砂砖厂现已停产关门了。"

记者在采访调查中发现,取土烧砖、毁坏耕地的不只是红石堰村,附近几个村的情况也不容乐观。12月9日,记者在湖北省有关职能部门和湖北省墙材科技信息网采访时,向相关负责人汇报了这件事。他们一致表示要过问此事,并在调查后作出处理。记者将继续关注事件进展情况。

《走基层转作风改文风》系列报道索引(其他篇目)

◆来自昂昂溪的第一手调查
——写在齐齐哈尔浩源水泥

◆想说爱你不容易
——合肥混凝土砌块产品滞销,产能过剩情况调查

◆秦皇岛北五村农民即将住入节能小别墅

◆美丽的山泉村
——江苏应用新材料建设新农村

◆关东石材第一乡
——吉林蛟河天岗石材产业园采访记

◆西矿环保公司靠新出强的践行者

◆天然河砂日渐枯竭　推广机制砂势在必行
——来自湖北十堰建筑用砂市场的调查

关注本系列报道请扫描二维码

2012 年 9 月 25 日

谁在操控辽宁桩基标准?

■ 本报记者　杨静

缘起:一份“先天不足”的地方图集

没有人希望自己的孩子带着先天不足出生,但这样的怪事,在辽宁就发生了。9 月 1 日,由辽宁省建设厅牵头、组织相关部门编制的辽宁省《预应力混凝土空心方桩(试用)》结构标准图集(以下简称“辽宁方桩图集”)出台实施。有说法称:此图集被个别企业绑架,且带有明显误导空心方桩产品偏离国家经济发展导向、影响行业健康发展的痕迹。

此辽宁方桩图集出台前,十余家在辽宁生产、销售混凝土预制桩的企业联名上书辽宁省建设厅相关部门,针对辽宁省制定的“辽宁方桩图集”,提出若干质疑。质疑焦点主要在:该辽宁方桩图集不符合国家相关规范的要求。

我国住宅大部分的设计年限为 70 年。在这 70 年中,必须保证用于建筑物基础的预制混凝土桩安全可靠。为此国家出台了相关规定,以规范建筑结构、产品、市场,如:《混凝土结构设计规范》(标准号:GB 50010—2010)和《建筑地基基础设计规范》(标准号:GB 50007—2011)等。这些规范、标准均对产品的钢筋保护层及最小配筋率做出了明确要求,如:钢筋混凝土保护层厚度不应小于 35mm;最小配筋率不小于 0.5。

由于预应力混凝土空心方桩产品仅在部分地区有应用,产品的某些先天性缺陷尚未得到解决,所以目前还没有国家标准,只有现行的行业标准,即国家建筑标准设计图集《预应力混凝土空心方桩》(图集号:08SG360);建筑工业行业标准《预应力混凝土空心方桩》(标准号:JG 197—2006);建材行业标准《预应力离心混凝土空心方桩》(标准号:JC/T 2029—2010)。

但无论是预应力混凝土空心方桩行业标准,还是其国家标准图集,其中的某些技术指标均不能满足国家相关规范的要求,所以根据国家标准化委员会的要求,住房和城乡建设部、工信部都将在近期修改方桩的行业标准,《预应力混凝土空心方桩》的两个行业标准将于近日出台具体条款的修改意见。

辽宁省的混凝土制品企业中目前没有生产过预应力混凝土空心方桩,辽宁省也没有设计院设计过预应力混凝土空心方桩,且辽宁省也没有一个应用预应力混凝土空心方桩的工程实例。

然而,辽宁省某些职能部门抢在国家的行业标准修订前争分夺秒,置业界的一片反对声于不顾,没有对这个产品进行技术论证、没有产品适应性调研的情况下,急急火火、草草抢工出台这份辽宁省“辽宁方桩图集”,背后隐藏的是行业心照不宣的秘密。

质疑焦点:过低标准导致大范围建筑安全隐患

目前,空心方桩行业所参照的仅仅是两个行业标准,分别是原国家建设部《预应力混凝土空心方桩》(简称“行标一”)和工信部《预应力离心混凝土空心方桩》(简称“行标二”)。

根据这两个的行业性标准,“行标一”对于所有规格的空心方桩的预应力钢筋混凝土保护层厚度,均仅规定为25mm,如果在扣除螺旋钢筋4~5mm规格后,空心方桩的钢筋混凝土保护层厚度仅为20~21mm;“行标二”对于边长300mm以上和边长250mm两种规格的空心方桩的预应力钢筋混凝土保护层厚度,均仅规定为30mm和25mm。

值得一提的是,以上两个行业标准都是在国家现行规范《混凝土结构设计规范》(简称“规范一”)和即将实施的《建筑地基基础设计规范》(简称“规范二”)之前所编制的,后两者对于预制桩的相关性能指标恰恰做出了明确规定;而前文提及的这两个行业性标准远远低于国家现行规范对于预制桩的要求。

从今年8月1日正式实施的“规范二”明确规定:预制桩钢筋混凝土保护层厚度不应小于45mm,预应力管桩不应小于35mm,属于预应力桩的空心方桩必须至少按照“不应小于35mm”的标准执行。

且按照“规范一”的要求,设计使用年限为50年的混凝土结构保护层厚度也不得小于35mm,如果按照目前现行常规设计70年使用年限推算的话,保护层厚度不得小于50mm。

由此看来,两项国家规范要求钢筋混凝土保护层厚度至少不应小于35mm,而上述两个行业性标准中,无论是20~21mm还是25~30mm的规定,都远远低于国家相关规范的要求。

显而易见,辽宁该地方标准图集一旦实施,将必然导致辽宁全省建筑基础标准参数的大倒退,低于国家的最低标准要求,带来大范围的建筑安全隐患,置人民生命财产于危险境地。

标准众生象:多地废止与国标不符的地方标准

我国标准体系由国家标准、行业标准、地方标准、企业标准等组成,正常规律是国家标准为基础标准,行业标准要高于国家标准,地方标准又要高于行业标准,企业标准更应高于地方标准。然而,目前的预制桩行业中离心方桩行业存在着标准缺失的市场乱象,部分地方图集普遍低于行业标准、国家规范的要求。

安徽省于今年 6 月抢先制订了地方空心方桩图集《预应力混凝土空心方桩》图集(图集号:皖 2012G403),但因为此图集和国家将出台的规范及行业标准严重不符,并且与国家关于水泥制品的基本国标不符,在安徽省政府的干预下已经准备按照国家相关规范要求重新修订。

值得一提的是,有一些地区对空心方桩图集则采取了更加严肃和审慎的态度。

根据公开资料显示,早在 2011 年 4 月,天津市城乡建设和交通委员会专门下发了 324 号文件,要求空心方桩钢筋保护层厚度不得低于《预应力混凝土管桩技术规程》,其中不低于 40mm 的管桩标准,甚至高出国标 35mm 的要求。据此,天津市建交委在 2011 年 10 月先后叫停了当地两个空心方桩施工工地,此后被陆续叫停的还包括其他 4 个空心方桩施工工地。今年 4 月 6 日,天津市建交委再次向各设计院等相关机构发文强调要求空心方桩产品严格按照 324 号文执行。

可是,经媒体调查发现,这部分在天津市场被明令禁止使用的预应力混凝土空心方桩,却流入邻近的山东省。

山东省建筑工程监管部门相关负责人明确表态,“暂停空心方桩规程、图集编制工作。空心方桩尚没有在山东省成功应用的案例,在技术和应用上还不成熟,不满足编制地方标准的条件。”

湖南省建设工程质量安全监督管理总站在“关于进一步加强预应力混凝土预制桩监管的通知”中指出,“成品预制桩在符合行业产品标准的同时,还应达到《建筑地基基础设计规范》(GB 50007—2011)中规定的技术要求;严防不具备相应资质、或不按现行管桩国家标准(GB 13476—2009)和《建筑地基基础设计规范》(GB 50007—2011)等生产、或进场验收不合格的预制桩使用于建设工程。”

最近,桩基行业对住房和城乡建设部工程质量安全监管司下发的《关于标准更新后工程建设标准设计适用问题的意见》,均表示出极大的关注。《意见》指出:“工程建设标准设计是关于工程建设构配件与制品、建筑物、构筑物、工程设施和装置等的通用设计文件,依据有关法律法规、工程建设标准进行编制。标准更新后,工程建设标准设计与现行工程建设标准不符的内容,视为无效。”

而现行的空心方桩行业标准由于标准制订偏低,被有些专家认为是“已不符合国家相关规范的要求”。为此,5 月 31 日,在由住房和城乡建设部牵头,国家质检总局、国家标准委员会、中国建材联合会出席,管桩、空心方桩等起草单位参加的“管桩、空心方桩研讨会”上,确定了空心方桩标准条文修订工作 6 月启动,同时将广泛征求社会各界意见。

此前,江苏省住房和城乡建设厅已先行一步,该厅发表 173 号公告,对不符合国家相关规范要求的江苏省《先张法预应力混凝土空心方桩》苏 G/T 17—2008 图集予以废止。

商业道德诘责:低参数地方图集使偷工减料合法化

标准的制定一要看是否具有科学性、包容性;二要看是否能促进行业技术进步。这是根据各地的条件设立的,不同地方之间的标准差异不可避免。

然而,目前中国消费心理相对不太成熟及市场低价竞争严重,所以高标准的产品有时不能反映在价格上,甚至出现劣币逐良币的情况,这也影响了企业的标准选择。

联名企业在上书中提出,在辽宁省政府及相关职能部门的领导下,预制桩行业有序地开展,而空心方桩到目前为止,没有一个成熟的工程案例,在辽宁省市场占有率不到 1%,如果辽宁省出台低标准的空心方桩地方标准,导致低价、劣质方桩冲击市场,有可能使预制桩市场失控,劣桩驱逐良桩,从而最终会影响建筑物的安全。

而一位业内人士一语道破,“标准差异化的背后实则是利益问题。”低参数的地方标准和高参数的地方标准,对空心方桩的成本影响是两个极端,前者可以帮助空心方桩厂商以很低成本生产成品,后者则截然相反。比如,江苏省《先张法预应力离心混凝土空心方桩》的报批稿采用了符合国标参数的高标准执行,空心方桩的成本大幅增加,以市场价混凝土 420 元/m^3,预应力钢材以 4800 元/吨来计算成本,旧标准的边长300、内径160、配筋8条直径9.0与新标准的边长300、内径110、配筋12条直径9.0为例,综合成本每米将增加15元,涨幅达27.6%。

据一家专业工程造价核算公司的精算结果显示:在使用国标高参数新标准后,市场上常用规格的空心方桩原材料成本大幅度增加,最高增加38.25%,其中预应力钢筋(PC钢棒)最高增加幅度为80.1%,混凝土用量最高增加幅度为15.17%,端板用量最高增加幅度为29.57%,螺旋盘用量最高增加幅度101%。这样的涨幅对空心方桩企业的持续盈利能力将有一定影响。

桩基行业一位资深人士表示,我国整个预制桩行业近两年来有些不健康的行为正在影响行业的正常发展,有些企业为了某些"目的"在预制桩行业中炒作概念,将国内外早已淘汰了的空心方桩产品拿出来加以"炒作"。而在这一过程中某些个别企业一直被质疑影响了相关"辽宁方桩图集"的制定。

上述两个实例,不难解释个别企业绑架标准的动因:减少生产成本,增加利润空间,进而使以往在国标参数下属于偷工减料的非法制桩行为,在辽宁仓促出台的低参数地方标准图集庇护下,成为"合法"行为。业内人士反映,本该为建筑安全守门把关的地方标准图集,反而成为保护违背国标行径的"土地公公",实乃莫大的讽刺。

没有规矩不成"方圆"

羊鸣

任何一个行业都需要一个标准,否则会出现乱象。但任何一个标准并非随行就市,需要严谨的论证。

低参数标准,不仅搅动了桩基行业的"方圆"之争,更给关系民生的基础设施建设埋下安全、质量隐患。混凝土保护层厚度过小,直接影响建筑物的使用年限;配筋率过小直接影响抗震性能,危及居民住房安全。正如一位业内人士所言,"这样标准下的桩基,埋在我们脚下,如同一枚枚定时炸弹,隐患极大。"

标准规范需要具备科学性、通用性和可操作性,才能被行业所接受和执行。如果判断的标准本身就是偏颇的,是带有为属地考虑,甚至有对号入座色彩,那么这样的标准显然是不公平的,且更像是一种"政策工具"。其目的无非是追求利润最大化。为了降低成本,缺失监督和惩罚机制刚性约束的企业可能不会积极、主动地去履行应尽的社会责任,这就难免出现质量安全问题。如此,既有违企业发展的根本,又对树立企业品牌和形象极为不利。

实际上,标准之争在其他行业早已司空见惯,如早年DVD行业曾就“蓝光技术”和“红光技术”打得不可开交;电热膜行业则为高分子蛋白和导电油墨哪个才是技术主流僵持不下。目前的确有一些企业,利用参与标准制定的机会“夹带私利”,经营要求凌驾于科学依据之上,其背后是利益的博弈。

“没有规矩,不成方圆”。在依法治国的制度框架内,无论对于行政监管还是法律制裁来说,具有法律效力标准的存在和统一,才是先决条件。

在从计划经济向市场经济体制的转变过程中,我国的各项制度发生了深刻的裂变,随着企业走向市场,各地各级政府的各个部门也跟着成为追逐自身利益的主体,从本地、本部门、本行业的私利出发,或者抢占标准制定的制高点,形成地方和部门的话语权;或者拖延标准的制定,争取更长时间内更大的运作空间;或者各搞一套,形成地方之间、部门之间的标准冲突。如此做法的最大好处,对于企业有了更宽松的经营环境,可以牟取暴利,在地方是获得了更多的GDP和税费,在部门则是有了更多的寻租机会,唯独民生安危无人关心,成为了这些主体沆瀣一气、谋求私利的牺牲品。

就此而论,标准缺失或冲突已经不是简单的技术问题,也不是资金问题,而是国家公权力与国民私权利的关系问题。

在构建现代服务性政府、社会管理创新已是大势所趋,公民社会建设已成必然趋势的背景下,制定任何涉及公众切身利益的公共政策当以保障社会的知情权、参与权和监督权为先,努力实现过程的公开化、透明化,方能获得社会广泛认同,经得起时间检验。

要从制度上加强监管并且严惩。对于那些置若罔闻的企业必须进行重惩,奖罚分明才能形成正气。

从社会层面上也要加强全体社会的道德体系建设。市场经济是法治经济,也是道德经济,市场经济必须让商业伦理做支撑。唯有这样,市场经济才能够有序、有活力,低成本,真和谐,以“正确的原因去做正确的事情”。

标准制定需要慎之又慎,严之又严。标准制定方更要拍拍自己的良心,如果明知有重大隐患偏偏一意孤行,一旦出现问题谁能担当得起?即使追究了相关人员的法律责任,已造成的损失又将如何弥补?

随着市场经济的不断规范与完善,以及桩基产品的不断推广,应加强各方面的措施,首要的是要有正确的市场引导,其中最主要的手段就是标准制定,其次就是加大宣传力度,让生产单位明明白白生产,让用户明明白白使用。

好的产品标准要站在一个高平台上,世界经济竞争靠什么,就是靠技术壁垒。因此行业标准要体现先进性、前瞻性,从此角度讲,它肩负着行业发展重任。对于桩基行业而言,标准的提升关乎行业长远,关乎民生,关乎百年大计。

关注本系列报道请扫描二维码

第九章
新型干法　十数年挺进路

这是一个几代人为之奋斗的故事，90年代中期，节能减排之风的盛行，让中国水泥行业步入了新的发展阶段，新型干法工艺提出并逐步取代了湿法工艺，随之引燃的是立波尔窑告别历史舞台的导火索。数十条立波尔窑的“倒塌”标志着一个旧时代的结束，以及一个新时代的开启。

关注本系列报道请扫描二维码

1998 年 12 月 22 日

给国人一个惊喜　给建材行业一个振奋　给水泥工业立一座丰碑

我国首条日产 4000 吨水泥国产示范线通过验收

本报讯　当 1999 年新年来临之际,从河北冀东水泥股份有限公司传来喜讯:两年前江泽民总书记亲临该厂视察时正式点火的冀东二线,经过 20 多个月的试生产之后,于今年 12 月 15 日正式通过国家验收,自 1999 年 1 月 1 日起将正式移交生产,届时国家将新增 14 亿元固定资产。

冀东二线是我国自行设计和建设的第一条日产 4000 吨国产化水泥生产线,1994 年 11 月开工。在冀东水泥股份有限公司精心组织下,经过设计、施工、设备成套、设备制造和安装单位的共同努力,克服了各种困难和不利因素,圆满完成建设任务,工程质量良好,回转窑点火投料一次成功。试生产期间,在生产线达标的基础上,1997 年 6 月实现月达产,实现了项目可研报告中所确定的目标。生产经济指标、工艺技术装备水平达到了 90 年代初国际先进水平,对我国水泥工业结构调整和技术进步、装备国产化具有示范作用。

专家认为,这条日产 4000 吨水泥熟料生产线扩建工程的特点是:生产线总体布局紧凑合理,工艺流程通畅,一二线衔接自然,工艺设备造型合理,技术先进,电气自动化水平高,工程施工、安装质量好,项目资金使用合理,劳动安全、工业卫生、消防、档案、环保设施满足生产要求,并符合国家有关标准。我国水泥工业在成功地实现和完善了日产 2000 吨技术装备和生产工艺等基础上,在较短时间内又向日产 4000 吨大型水泥生产技术装备冲击,并且较成功地建成首条示范线,标志着我国水泥工业进入了一个新的里程。首条示范线的建成是水泥工业的骄傲,也是我国建材行业的荣耀。

参加这条生产线建设的大型企业、我国水泥企业的排头兵冀东水泥股份有限公司,近日全公司上下喜气洋洋,历经了多年艰苦奋斗和无数辛劳之后的"冀水"职工饱尝了来之不易的甜果。参加此项工程建设的主要单位天津水泥工业设计院、中国建材建设总公司唐山安装公司、华北电力设计院、中建二局设计院等都派员参加了验收仪式,分享胜利的喜悦。

国家建材局副局长、冀东二线国家验收委员会主任委员乔龙德参加验收仪式并讲话。参加验收的还有国家建材局规划发展司副司长曾学敏、国家发展计划委

员会及河北省计委等有关单位的领导。(庭世)

2003 年 7 月 1 日

告别立波尔

——河北太行水泥公司 3 座立波尔窑整线拆除

■ 本报记者 刘荣慧 特约记者 董文斌

火红的 6 月,是太行人欢庆胜利的季节。

6 月 22 日上午 10 时,河北太行水泥股份有限公司立波尔窑技改工地彩旗招展,伴随着《走进新时代》的乐曲和阵阵清脆的鞭炮声,太行人迎来了一个历史性的时刻,投资近 5000 万元的立波尔窑技改一期工程——日产 2500 吨新型干法熟料生产线一次点火成功,运行了 35 年的 3 座立波尔窑光荣退出历史舞台。太行人仅仅用了 7 个月的时间,就完成了立波尔窑整线拆除、技改兴建项目,不但创造了中国水泥工业发展史上的奇迹,而且展现了太行人的广阔胸怀。6 月 28 日,新型干法水泥熟料生产线正式投料生产并产出优质低碱熟料,公司从此形成了 4 条新型干法线的强大阵容,成为目前国内大型新型干法优质低碱水泥生产基地。

历史的超越

河北太行水泥股份有限公司是我国建材行业大型水泥骨干企业,3 条引进原民主德国的立波尔窑生产线从 1968 年投产以来,曾经铸就了“太行山”品牌的辉煌,“太行山”水泥成为中国水泥市场上信誉和质量的象征。企业作为建材行业的唯一代表首批入选了全国 68 家质量效益型企业,是全国唯一一家连续 4 年在行检行评中蝉联旋窑厂标兵称号的企业。在全国 9 家企业的 20 座立波尔窑中,太行水泥公司 3 座立波尔窑主要经济技术指标一直名列前茅。

然而,水泥工业结构调整、淘汰落后工艺的大潮,使新型干法技术迅速占领了水泥工业发展的舞台。新型干法水泥技术成熟、投资省、成本低、效益好、环境污染少,更加符合水泥工业走新型工业化道路的发展要求。虽然立波尔窑在技术上并不落后,目前全国 9 家企业近 20 座立波尔窑仍是各企业的主力窑,发挥着巨大作用。但与新型干法窑相比,立波尔窑生产成本相对较高,特别是每年要吃掉大量的黏土资源。由于工艺上的先天缺陷,粉尘相对较大,给周边环境造成了一定污染,不符合现代企业可持续发展的战略需求。为此,太行公司决策层站在历史的高度,审时度势,果断做出了用新型干法窑淘汰立波尔窑的大胆决策,制定了固本强体、壮大主业、跨越发展的“三点一线”发展战略,即以新型干法技术为依托,用最短时间,在邯郸本部、保定易县、北京房山 3 地各建设一条新型干法线,迅速占领区域市场,实现企业的跨越式发展。其中,邯郸本部的建设项目是彻底拆除 3 座立波尔窑,并在原址上建设一条日产 2500 吨的新型干法线(一期工程)和 12mW 的余热发电机组(二期工程)。太行人怀着难以割舍的感情,向 3 座功勋卓著的立波窑依依告别,投入到建设新型干法生产线的战场。

鏖战技改

拆除老窑重建新窑,工程难度超乎想象。3 座老窑是一个完整的体系,供水、供风、供电、供煤及环保除尘等要害系统都是紧密相连,公司决定先拆除 1 号窑建新窑,2 号、3 号窑暂时保持正常生产,以满足市场需求。这就好比实施连体婴儿分离,要求“双保险”,无论对生产还是技改都是一个严峻的挑战。同时,由于新窑承担了公司下半年大部分的生产任务,按期达标达产事关公司全年经营目标的顺利实现。工程计划 2002 年 12 月 1 日开始拆除,2003 年 6 月 28 日就要建成投产。加之施工现场十分狭小,与正在运转的 2 号 3 号窑相隔仅 15 米,只能在一侧作业,无法大面积展开施工,如期完工难度非常之大。“这种工程干不了!”许多知名的施工队伍知难而退了。

“头拱地也要把工程拿下来!”凭着这句粗犷而纯朴的话语,太行人投入了技改工程。拆除 1 号窑,外边施工队无人愿意问津。太行人便自己组织力量冲了上去,忘记了黑夜白昼,硬是把活儿拿了下来,设备拆除和土建拆除都比计划工期大大提前。土建施工已是严冬,工人们与冻土的交锋取得了一个又一个胜利。设备安装正值非典疫情肆虐,所需人员无法正常调入,所需设备更不能按期交货,工程指挥部严令“两手抓”,各项防“非”措施很快落实到位,施工队伍稳住了,施工计划和进度重新调整后被严格执行,目标只有一个,就是千方百计确保工期。6 月中旬,气温骤升,设备安装进入最后冲刺阶段,施工人员经受着烈日暴晒和 15 米外两座老窑无情地烘烤。参战人员挥汗如雨昼夜奋战抢进度,原本 5 个月的安装任务在“太行”的技改工地只用了 3 个月就保质保量完成了。

质量就是生命。从工程开始,指挥部就确定了“投产之日就是达标之时”的奋斗目标。从土建施工到设备安装，公司几十名现场监理人员就“钉”在了现场，施工人员干到几点，他们就盯到几点。质量不符合要求绝不放过，头一天耽误的进度第二天必须抢回来。进入设备安装阶段，指挥部组织专门力量，对安装到位的设备逐台进行验收、检查、校验、加油，大到每台主机，小到每个插件，都要一一落实。检查人员的工作标准、责任范围明确，每台设备都得到了精心维护和检验。

太行人相信：自己命运自己主宰！今天，邯郸“太行”本部1号2号立波尔窑已夷为平地，3号窑正在拆除，日产2500吨新型干法线投产平稳运行，一期工程仅用了7个月，创造了全国同类型生产线建设速度的最快纪录。在此之前，北京房山新建项目已于今年1月建成投产。与之呼应的保定新建项目已进入最后安装阶段，正向今年10月1日点火的目标顺利迈进，太行公司年产500万吨优质低碱水泥的规模将在年内形成。

2007年7月26日

用心血浇铸金刚基业　让理想表达人生境界

——阅读张传军镌刻在白水黑山间的东北水泥工业新篇章

■ 本报记者　陈才来　驻吉林记者　李警钟

水泥是现代文明社会中用量最大的工业黏合剂。有数据显示，现代城市骨骼的80%由水泥构成，水泥的重要地位不言而喻，它是当之无愧的建筑材料之王。

中国水泥产业是一门产能与年产量已连续10多年位居世界第一的产业；是一门年销售额已超过3000亿元的产业；是一门产量在近6年内翻了一番的产业。它的发展速度举世瞩目，令人惊叹。

翻开中国水泥波澜壮阔的发展史，当属进入新世纪的这个时期最为精彩。这6年多，不仅全球范围内水泥行业最重要的制造商都进入了中国，使得中国水泥市场快速走向国际化，而且国内水泥产业也在生产制造与技术装备等诸多方面自主创新，大踏步地走向世界水平的前沿。

与此同时，中国水泥产业的版图也在激烈的竞争中不断刷新，东北水泥产业的崛起成为新版图中一个鲜活的亮点。就在中国水泥产业向世界市场的精彩一跃中，一批水泥骄子成为勇立潮头的弄潮儿。也正是在这个时期，张传军从白山黑水间向我们走来。

在白山黑水间阅读张传军的水泥人生,他像水泥一样质朴、自然,又像山水那样灵动、奇伟。他的人生经历几乎都与水泥黏合在一起,他似乎就是为水泥而来到这个世界的。

张传军出生在长白山下,今年42岁,是吉林辽源金刚水泥集团董事长,是目前国内同等规模水泥企业中最年轻的“老总”。辽源金刚水泥集团总资产20多亿元,年上缴税金5000多万元,是国内规模最大的民营水泥企业之一。

辽源金刚水泥集团年产水泥熟料500多万吨,是东北最大的水泥熟料生产基地,是国家重点支持的60家水泥企业之一。

张传军是吉林省特等劳动模范,吉林省创业先锋,吉林省优秀企业管理者,是辽源市人大代表,辽源市优秀民营企业家。有人说他是一个追逐梦想的人,有人说他是一个创造奇迹的人,有人说他是一个有强烈社会责任感的人,有人说他是用心血浇铸金刚基业的中国水泥人。张传军自己说:“我是一个时刻向往让理想展翅飞翔的人。”

我们行进在白山黑水之间,阅读张传军的水泥人生。他既像水泥一样质朴、自然,又像山水那样灵动、奇伟。他的人生经历几乎都与水泥联系在一起。他似乎就是为水泥而来到这个世界的。

1985年,张传军从吉林省建材学校毕业后来到吉林省白山市湾沟林业局水泥厂工作。他从一名化验室的化验员做起,先后任化验室主任、烧成车间主任和生产技术副厂长。伴随着青春岁月的远去,张传军不仅完成了对水泥产业肌体中一个个“细胞”的解读与熟知,而且也积累了在一门产业中大展鸿图的情感与能量。

1998年9月,张传军出任吉林通化市金刚水泥厂厂长,开始在已经登临的舞台上蓄势待发。他先是租赁了一家年亏损60多万元的水泥厂,接手后当年就创造利润150多万元。这是张传军从市场上“淘”来的第一桶“真金白银”。他行动异常敏捷,紧接着又租赁和盘活了通化市年产能16万吨和8万吨的两个水泥厂。

2002年3月,张传军个人出资,从中国信达资产管理公司购买了辽源市原矿务局水泥厂的整体资产,并出任辽源金刚水泥集团董事长。张传军终于迎来了属于自己的那片蓝天。这位年轻的企业家迅速对当时的水泥产业发展形势作出三个判断。

其一,从2002年起,中国水泥产业结构调整将进入步伐最快的时期。海德堡、拉法基、霍西姆等世界上规模最大的水泥企业集团纷纷进入中国,参与中国水泥市场的新布局。外资对中国水泥产业的渗入,中国各大水泥集团的集体发力,都为中国水泥产业的升级换代提供了原动力,日产5000吨大型新型干法水泥生产线的建设步伐将在国内各大经济板块中不断提速。

其二,国家振兴东北老工业基地的战略方案开始启动。改革开放以来,东南沿海借改革开放的先机已成为牵动中国经济发展的引擎,这些地区的水泥产业也因此得到拉动。而东北地区的经济由于受到机制与体制的约束,还远没有形成对国际市场和国内市场所应有的影响力。振兴东北老工业基地战略的实施,将为东北地区经济的崛起添加新的动力,水泥产业将迎来新的发展机遇。

其三,一批资源枯竭型城市开始转型,辽源市就是一个亟待转型的城市。辽源市位于吉林省中南部,曾是东北重要的煤炭基地之一,"煤城"的美誉曾经让这个城市小有名气。但是,依赖资源发展的城市最终都要受到资源的制约。经过100多年的采掘,辽源市地下储藏的煤炭逐步枯竭。就在辽源进入"无煤可采"的同时,另一个难题也给这座城市带来新的焦虑,那就是采煤之后在城市地面上堆积成山的煤矸石。这些既占土地又污染环境的煤矿废弃物,像"伤疤"一样昭示着这座城市的"病痛"。辽源呼唤着一个新的产业去"治愈"它的"伤疤",去"吞食"它的"病痛"。

张传军的判断和辽源决策者的思考不谋而合。水泥产业很快进入了辽源市委、市政府的视线,而建设大型新型干法水泥生产线几乎成了辽源经济转型期产业定位的首选。

机遇抛出了令人心动的橄榄枝,张传军顺势抓住了这个难得的良机。辽源市委书记赵振起是一位有着浓厚"建材情结"的决策者。他对辽源发展水泥产业的思考清晰而精准:建材工业作为传统优势产业已经纳入辽源"十一五"重点发展规划,辽源市已经探明的优质石灰石储量约有4.2亿吨,并且还有总量达8000多万吨的10余座煤矸石山,辽源发展水泥工业具有得天独厚的条件。由此可见,立足资源,做大水泥产业是发展辽源经济的一个突破口。

在市委和市场的双重作用下,一个投资8亿多元建设两条日产5000吨水泥熟料生产线的项目在辽源史无前例地落地了,承接这个项目的第一责任人就是张传军。

市委、市政府的重托,辽源人期待的目光,点燃了张传军创业的激情。辽源金刚第一条日产5000吨水泥熟料生产线于2004年8月15日开工建设,只用了280天就投产并生产出合格水泥。这个建设工期只相当于国内同等规模水泥生产线建设工期的2/3,不仅创造了国内水泥行业建设速度的新纪录,而且还节约建设资金近亿元,堪称东北地区水泥工业发展史上的一个奇迹。

2005 年 6 月 2 日,全省第一条日产 5000 吨水泥熟料生产线点火,张传军带领的团队创造的“金刚速度”是辽源工业革命的交响乐。

张传军的传奇在于他不仅在第一条日产 5000 吨生产线的建设中创造了“金刚速度”,而且在第二条日产 5000 吨生产线的建设中提升了这个速度。2006 年 6 月 20 日,辽源金刚第二条大型水泥生产线点火投产。与此同时,金刚水泥集团在白山市建设的一条日产 4000 吨水泥熟料生产线也破土动工。

在短短四五年时间里,金刚集团就成长为东北地区最大的水泥熟料生产基地和东北地区第二大水泥生产企业。他们生产的万厦牌、山城牌水泥均通过 ISO 9001 质量体系认证,出厂水泥合格率、富余强度合格率、袋重合格率均达到 100%,成为国家免检产品,集团每年上缴税金达到 5000 多万元,排在辽源市纳税户的首席。

正是因为金刚水泥的壮大,东北水泥原有的格局被改写,全国水泥格局也要由此而作出新的描述和表达。这就是张传军的水泥人生给中国水泥工业带来的变动。

张传军对党的感情始终是真挚的。他常常说:“没有党的好政策就没有金刚的今天,对我和金刚集团来说,离开党组织的领导,就像树根离开土地一样。

金刚水泥从几百万元的规模发展到企业资产 20 多亿元并拥有 10 多家子公司,张传军只用了不到 5 年时间。回首创业的历程,他的神情就像他所挚爱的水泥一样,冷静而低调。

张传军祖籍山东,他既有山东人的厚道与执著,又有关东人的豪爽与仗义。更为可贵的是,作为一个民营企业家,他的社会责任感随着企业的成长而更加强烈,并甘愿为之付出不懈的努力。

2002 年 3 月,张传军任董事长的辽源金刚水泥集团挂牌成立。让许多人刮目相看的是,这个民营企业的起步是从成立集团党委开始的。他们首先把全厂员工中的 51 名党员组成了 6 个党支部、11 个党小组。集团党委还从国有企业聘请了具有丰富党务工作经验的干部担任专职党委书记,并配齐配强了集团内部两级党务干部,集团为党委配备的一名专职党务工作干事,享受集团中层管理人员的待遇。

张传军坚定地认为,企业兴旺的根本在于人心。集团党委成立后很快理顺了企业内部员工的情绪。当时的企业员工来源于多渠道,有原企业的留用员工;有新招收的400多名新员工有老矿区的下岗待业人员;还有33名“两劳释放”人员。这些员工多数属于无路可选,抱着到金刚试试看的心态来的。党委在员工中担任了贴心组织者和知心沟通者的角色,通过组织开展各种活动,逐步拉近了企业与员工、管理者与被管理者的心的距离,在很短的时间内,企业的各项工作就步入了正轨。企业党委成立4年来,已发展新党员6名,培养入党积极分子25名,真正使党员在金刚集团有作为、有舞台、有位置,使党组织成为企业发展的中流砥柱,被吉林省委命名为先进基层党组织,受到省委有关部门的多次通报表彰。

张传军在员工中积极倡导“追求卓越、敢为人先、甘于奉献”的金刚精神,同时对党员提出要求:“优秀的工人不一定都是党员,但党员必须是优秀的工人。”他自己首先身体力行,有一次去华东地区考察,张传军连续3天都是在汽车上度过的,困了就在车上打个盹,饿了就在高速公路服务站吃点饭。项目开工征地时,他一家一户去沟通,早上6点多起床,夜里12点以后才能回来。从征地到项目投产,他一直住在10多平方米的宿舍兼办公室里,有一次他病了,浑身发烧,躺了好几天谁都不知道。他八进天津,却不知道天津市区究竟是个啥模样,每次都是到天津水泥研究设计院办完事就匆匆往回赶。辽源市委书记赵振起对此大为感慨:市委、市政府支持金刚的发展,主要看的是金刚的团队精神,金刚的文化建设,金刚的社会责任,金刚的党建工作成效。

紧紧依靠党组织求发展,不仅体现了张传军的远大理想,而且也为金刚集团的发展带来了独有的优势和动力。首先是两条日产5000吨新型干法水泥生产线在金刚的落地,就绝非是一个人或一个企业的力量。这个堪称“技术一流、设备一流、速度一流、质量一流、建筑一流、环境一流、管理一流”的辽源“立市”项目,实际上凝聚着上至吉林省委、省政府,辽源市委、市政府,下至张传军和所有的建设者们的智慧和汗水。

张传军的金刚水泥还有一个强势的起点,那便是海纳百川的人才优势。4年间,金刚水泥外聘中高级知识分子和技术管理人员120名,吸纳大中专毕业生400多名,多种优秀岗位工人300多人,企业每年都拿出几百万元培训费用推进人才战略,现有60多人在读MBA。在金刚的英才谱上我们可以看到一串长长的名单,他们是金刚最宝贵的财富。

在建第一条日产5000吨水泥熟料生产线之前,张传军已经拥有3个水泥厂,年产量在100万吨左右。就事业而言,这已经算是不小的成功

了。但是在辽源加快转型与发展的形势下,他果断地选择了一条迎接挑战的路,因为他身上寄托着辽源人更多的期望与梦想。

国内经济学界在分析中国水泥产业快速发展的原因时,曾把新时期推动中国水泥巨轮前行的力量划分为三种。

其一是国内一批有几十年发展历史的大型水泥企业,他们是中国水泥产业最核心的发展力量。这些企业发展初期的资金投入都来自国家,近年来通过改制、上市、兼并等市场运作,已逐渐形成了我国水泥产业的旗舰方阵。

其二是进入中国水泥市场的国际以及来自我国台湾省和香港地区的水泥巨头企业。这些企业拥有资本、品牌、市场化运作等方面的优势,他们通过数年的努力及对中国不同区域水泥企业的兼并及新建大型水泥生产线,目前已顺利度过了外资“水土不服”期,成为中国水泥市场上不容忽视的力量。

其三是近年来进入水泥业的民营企业,这些企业完全是市场之子。这些企业拥有全新的机制而没有原来国有企业的种种包袱,他们懂得如何更灵活地运用市场规则去趋利避害,因而都具有更强的市场风险抵御能力和更积极的市场成长性。

可以说,张传军就是中国水泥发展中第三种力量的典型代表人物。成为一个优秀的人并不是很困难,而要从一个优秀的人“化蝶”成一个杰出的人,则需要具有承担很大风险和更多责任的精神。张传军就在金刚水泥加速发展的过程中实现了这个跨越。

我们知道,在建第一条日产5000吨水泥熟料生产线之前,张传军已经拥有了3个水泥厂,年产量在100万吨左右。就事业而言,这已经算是不小的成功了,但是在辽源加快经济转型与发展的形势下,他果断地选择了一条充满风险和挑战的路,走大道,干大事,追求更大的作为,这就是张传军与众不同的秉赋与品质。因为在东北与东南沿海的发展对比中,东北地区并不缺小老板,而是缺大老板,缺能在全国同行业中出类拔萃的老板。从这个意义上说,张传军的身上寄托着辽源人更多的期望与梦想。

张传军没有辜负他脚下这片土地对他的期待。张传军做事做得出色,做人也做得漂亮,他是一个生活简单且不拘小节的人。不是他抠门,只是在生活中他已习惯了简朴。但是在充实自己的知识方面,他的投入却出奇地大方。现在他每月都要拿出5个整天到北京清华大学就读EMBA。他用投入总额几十万元的学习方式,来满足如饥似渴的求知愿望。

张传军在生活上不但克扣自己,也克扣自己的家人,但是他却从来都在厚待企业的员工。熟悉张传军的人都知道，他从来想不起给自己过生日，但平日里只要不外出就一定会抽空带上礼物去给集团业务骨干的父母过生日。

工作在金刚水泥集团的员工，普遍都有一种感觉，在这个企业中自身权利和利益都能够得到保证，自身的人格和才华也能够得到尊重和发挥。工人的工资每月准时开出；为鼓励员工热爱本员工作，企业对连续3次获得本工种、本行业、本部门、本系统第一名的员工，由企业党委授予“首席工人”称号，每月给予200元的特殊津贴。目前，全集团已评选出“首席工人”及“首席大班长”28人，每个岗位都有学习的标兵，全方位提高了工人队伍的整体素质。员工每个月的收入必须上墙，收入多少、怎么进行分配、必须让员工清楚和明白；为了解决员工生产生活中的实际困难，张传军还设立了员工接待日，对员工遇到的困难给予及时解决；企业还规定对员工亲属病逝都要去走访慰问，并按不同职务给予适当补助；对考上大学的员工子女分专科、本科、重点本科分别给予1000元～3000元的奖励；对员工参加函授学习给予适当的鼓励性补助。目前，集团千余名员工中，具有大中专以上学历的员工已占到40%；集团还负责统一为全体员工上了各种保险；为技术、管理人员专门建立健康档案，不断提高员工的各种福利待遇。

在这些细微的管理中，张传军让全体员工感到了依靠、感到了保障、感到了温暖，金刚水泥集团在企业内外的凝聚力得到不断增强。金刚两条日产5000吨水泥熟料生产线建成投产后，不仅成为辽源经济发展的一个动力源，同时还实现了运输业、餐饮业、汽车修理业等产业间接就业3000人，直接就业2000多人，承担了社会责任，分担了政府压力。

张传军的人格魅力不仅体现在他的善良与周到，而且还体现在他的理性与创新。他把国有企业和民营企业各自的优势都做了恰到好处的取舍和“嫁接”，才使金刚的企业文化和企业管理既能做到以人为本，又能坚持效益优先。在企业的发展方向上，张传军也是独具慧眼。在一流设备的新生产线上又兴建了一个窑尾纯低温余热发电项目，年均创造效益4200多万元，这就体现了张传军对节能减排发展方向的深刻认识。

张传军认为，做一名称职的企业家要具备五个基本素质：其一是勇于挑战；其二是世界眼光；其三是胸怀宽阔；其四是人格完善；其五是头脑聪明。

在中国水泥界，张传军是一颗新星。他带着“东北虎”的勃勃生气，成为中国水泥业“关东军”中的“少帅”。

回眸白山黑水，张传军和他的金刚水泥已是新时期东北水泥业的一个显著地标,一个水泥之子的传奇已深深镌刻在这个地标的基座上。

2007 年 11 月 12 日

枣庄中联集中爆破 9 条机立窑水泥生产线

国家发改委透露,今年以来全国已累计淘汰落后水泥产能近 3000 万吨;枣庄市宣布,将在 2010 年年底前关闭 163 条、共计 1500 万吨产能的机立窑生产线;中国建材集团与枣庄市政府签署战略合作框架协议;枣庄中联水泥工业生态园建设项目启动。

本报讯 为认真贯彻落实十七大精神,坚持科学发展观,抢抓机遇,加快发展,11 月 7 日上午,在山东省枣庄市,中国建材集团旗下中国联合水泥集团有限公司所属枣庄中联水泥,对其全部 9 条机立窑水泥生产线成功实施了集中爆破,并同时启动枣庄中联水泥工业生态园建设。

上午 8 时 58 分,首先举行了中国建材集团与枣庄市人民政府战略合作框架协议签字仪式。

枣庄市人民政府领导说,中国建材集团与枣庄市政府战略框架协议的签署,表明双方在此前合作的基础上,又步入了新的发展阶段。全市各级政府和有关部门将创造良好的外部环境,一如既往地支持中国建材集团在枣庄的发展。希望全市水泥企业要主动加强与中国建材集团的合作,加快提升企业水平,把枣庄尽快建成全国重要的建材工业基地。

宋志平在签字仪式上对山东省及枣庄市各级领导和社会各界对中国建材集团的关心支持表示感谢。他说,中国建材集团多年来在山东成功投资了水泥、新型建材、卫生陶瓷、新型复合材料等 20 多家企业,总投资逾百亿元,在枣庄地区有鲁南中联、枣庄中联和北新建材枣庄分公司等优势企业。中国建材集团希望在山东省枣庄市各级政府的支持下,把枣庄建成中国建材集团在淮海经济区的核心制造基地。中国建材集团将进一步加强与枣庄市委、市政府的协同配合,全面完成协议签订的意向,适时扩大合作空间,加快产业整合,为促进山东省和枣庄市建材工业的健康发展,创造更大的社会价值而努力。

中国建材联合会副会长、中国水泥协会会长雷前治在讲话中说,中国建材集团属下的中国联合水泥在淮海经济区通过战略重组，迅速发展壮大，已经成为中国水泥行业战略重组的典范。枣庄发展建材工业的优势得天独厚，目前形成3000多万吨的水泥年生产能力，是淮海地区最大的水泥生产基地，但产业结构问题严重，行业效益不能令人满意。雷前治希望，通过今后的战略合作，枣庄能把自己的资源优势转化为经济优势，也希望中国建材集团在淮海地区提升自己的核心竞争力，最终实现双赢。

签字仪式后，在枣庄中联水泥生产区内，举行了机立窑集中爆破和工业生态园建设启动仪式。

枣庄中联水泥公司董事长冯耀银介绍了企业及项目情况。他说，枣庄中联水泥有限公司前身系山东安厦集团，2004年加入中国建材集团，现在是中国建材集团旗下的国有骨干企业之一。安厦集团始建于1994年，有9条机立窑水泥生产线，随着水泥工业的发展，立窑生产的劣势逐渐显现。此次为淘汰落后水泥生产能力，集中爆破拆除全部9条机立窑水泥生产线，每年可减少粉尘排放7000吨，减少二氧化硫排放900吨，对于改善周边生态环境，促进节能减排，建设生态型和环境友好型企业意义重大。公司下一步将在拆除机立窑的场地上建设一条日产5000吨新型干法水泥熟料生产线。

中国建材股份有限公司副总裁、中国联合水泥集团有限公司董事长崔星太在讲话中说，中联水泥集团是中央企业中最大的从事水泥制造的专业公司。我们将全力以赴在枣庄打造中联水泥的核心产业基地，为枣庄水泥结构调整、节能减排和全面落实科学发展观做出应有的贡献。

国家发改委经济运行局领导，代表国家发改委对中国建材集团在淘汰落后和节能减排工作方面发挥的表率作用表示钦佩和感谢，对工业生态园项目的启动表示祝贺。他说，“十五”期间，我国水泥工业发展迅速，结构调整成效显著，但就行业整体而言，还存在运行粗放，资源、能源消耗高，企业数量多、规模小，产业集中度低等问题。根据国务院有关节能减排工作方案的通知要求，“十一五”期间要淘汰落后水泥产能2.5亿吨，今年以来，国家发改委对淘汰落后水泥产能工作进行了全面部署，在各地区各部门的努力下，此项工作已取得了初步成效，截至目前，全国已累计淘汰落后水泥产能近3000万吨。此次中国建材集团淘汰其在枣庄地区的全部机立窑，并计划在原场地建设大型新型干法水泥熟料生产线，推动地方水泥结构调整，充分体现了一个国家重点支持的大型企业集团的社会责任。这是学习十七大精神，贯彻落实科学发展观，把企业做大做强与淘汰落后、节能减排有机结合的具体行动,具有很好的典型示范意义。山东是我国水泥大省,也是淘汰落后水泥产能任务最重的省份,希望山东省以此次爆破立窑为契机,继续加大淘汰落后水泥产能的工作力度,全面完成既定工作目标。同时,他希望中国建材集团,继续发挥中央企业在行业发展中的引领作用,在提高技术水平、推动结构调整、促进节能减排方面,起到更好的带头作用,真正成为建设资源节约型和环境友好型建材工业的排头兵,为推动山东省乃至全国淘汰落后水泥产能做出积极的更大的贡献。

此次枣庄中联水泥集中爆破安厦集团 9 条机立窑水泥生产线,标志着枣庄市关停立窑水泥、节能降耗行动的全面启动。枣庄市委、市政府将在 2010 年年底前关闭 163 条、共计 1500 万吨产能的机立窑生产线,预计将年削减能耗总量 200 万吨标准煤,减少粉尘排放 4.5 万吨、减排二氧化硫 4600 吨。枣庄中联水泥工业生态园项目的启动,是中国建材集团与枣庄合作的一项重大成果,对提升枣庄市水泥工业的市场竞争力,实现节约发展、清洁发展、加快生态文明建设具有重要的意义。

10 时 20 分,宋志平启动爆破按钮,几秒钟内,数百米之外的 9 条机立窑生产线轰然倒地,爆破圆满成功。

(山东记者　张运科　特约记者　任衍法)

社评

一个时代的结束

■ 本报评论员　谢镇江

500 公斤炸药,12000 支雷管,一声巨响,顷刻间灰飞烟灭,9 条立窑水泥生产线轰然倒下。这一刻,实际上宣告了我国水泥工业发展史上一个时代的结束,更为准确地说,是立窑水泥生产时代的结束。

之所以说这是一个时代的结束,因为这一声炮响,结束了一场旷日持久的争论,用事实回答了立窑水泥要快速退出历史的舞台。关于立窑的优劣其实是十分明确的。在共和国的历史上,立窑水泥曾为我国国民经济建设、为建材工业的发展做出过历史性的贡献。作为建材行业的新闻工作者,本人曾多次报道过立窑企业的成就和发展,并曾写过一篇题为《没有办法的办法就是好办法》的评论,提出在国家没有充足的资金投入,建设新型干法水泥单位投资过高,企业无法承担的情况下,为了解决水泥的供应,只能放手发展立窑水泥。

但是,时过境迁。我国建材工业已经跨越了新型干法水泥的技术门槛,并成功解决了投入产出的问题,水泥供应也出现了买方市场。在这样的情况下,在水泥工业发展主流导向上依然坚持立窑不倒、立窑好的观点无疑是抱残守缺。

特别是,我们的思想要与时俱进。党的十七大明确将科学发展观写入了中国共产党党章,党的十七大报告明确提出要加快转变经济发展方式,坚持节约资源和保护环境的基本国策,要落实节能减排各一个时代的结束项工作。就我国社会经济发展大趋势而言,立窑必然要加快退出。

枣庄中联水泥大规模炸掉立窑生产线的意义还在于这一次是“炸”,不是“拆”,不会再出现“一省拆窑,全国竞购”的反常现象。同时,这一次炸窑不是在风景游览区,而是在立窑生产能力最集中的山东省。在此之前,海南省三亚市、四川省峨眉山市都有过炸掉立窑的报道,但这两个地区都是旅游风景区,炸掉立窑生产线尚不能充分说明立窑生产时代的结束。这次大规模地炸掉立窑生产线,充分证明了立窑水泥生产已经到了退出的阶段。

枣庄大规模炸掉立窑还有一点启示是,国家和有关方面应该进一步支持大型企业整合行业。这次枣庄的行动,是在中国建材集团主导下进行的。近年来,我国建材行业大型企业集团加大了企业重组、行业整合的力度,对于提高建材工业生产集中度,优化产业结构发挥了积极作用。这些大型企业集团,不仅综合实力强,同时有社会责任感,能够更主动、更积极、更全面地落实国家方针政策。这一次,中国建材集团以自己的实际行动带头践行科学发展观,带头落实节能减排的要求,是大型企业能更好地肩负社会责任的一个很好的例证。

立窑水泥时代的结束,并不是说立窑水泥企业都要炸掉。在边远地区、经济相对落后的地区,已建的立窑还会较长期的存在。而根据合理布局,采取原国家建材局提出的“上大改小”的方针,在有条件的地方将立窑水泥企业改造为粉磨站也是一种科学合理的选择。同时,这两年来,一些企业也为立窑水泥转产进行了有益探索。如北京炭宝公司提出的立窑企业转产洁净煤、广东立窑水泥企业转产稠化砂浆胶凝材料等都是值得参考的、有实际意义的探索。

但是,无论怎样,立窑水泥中国时代的结束显然是历史的必然。对此,我们不容再存有疑虑,各地应该更为主动地推进这项工作。

现场特写

目击“中国水泥第一爆”

■ 本报驻山东记者　张运科

2007 年 11 月 7 日上午,在有“中国水泥第一大市”之称的山东枣庄市区以北数公里外的枣庄中联水泥有限公司生产区内,彩旗飘飘、秋菊怒放,一派喜庆的气象。

初冬的薄雾弥漫着,阳光并不明媚,又给这里蒙上了一种说不出的感觉和气氛。

10 时许,一辆辆大小车辆驶入生产区,沿着整洁的道路,从两条大型现代化水泥生产线中间穿越而过,停在了厂区东北角的矿山前。车上下来的人们没有多少话语,目光不约而同地投向 200 多米以外一处黑灰色、高矮不齐、形状各异的建筑群。

那是与两条干净整洁的现代化水泥熟料生产线相距不远、四周被密密的竹篱笆和各色防护网围着、行将爆破拆除的 9 条机立窑水泥生产线。很快,它将在一连串剧烈的轰响当中彻底消失。据水泥专家介绍,像这样一次性集中爆破拆除 9 条机立窑生产线,在全国水泥行业是没有过的。

与高大威武的新型干法水泥熟料生产线相比,这些机立窑显得是那样的矮小、破败。可人们知道,三四年前甚至更早些时候,旁边还没有这些先进的水泥生产线时,这些机立窑一直在唱主角。那时的它们,是多么的气派和英武。很多外地同行羡慕地把它们称作“群窑大磨”,争相效仿。可在各地,仍然难觅如此集聚的立窑兄弟。而在山东,尤其在大运河旁边的枣庄,这并不稀奇。

坐车前来的是见证爆破拆除立窑水泥生产线的领导和嘉宾,他们中有省、市、区各级领导和相关部门负责人,有中国水泥协会会长、中国建材集团的领导、中央和省市新闻媒体的记者,有枣庄中联水泥的客户代表。人们沿着临时搭建的台阶走上 10 多米高的矿山平台,那里居高临下,视野开阔,也非常安全。平台上布置了一个简单的仪式现场,设置了爆破起动按钮,枣庄人民广播电台的播音员在旁边忙碌着。不远处,站着一群人,从统一的着装看,应该是枣庄中联水泥公司的员工,他们神情严肃,默默地注视着前方被隔离的机立窑群,没有言语。

简短的仪式上,枣庄市市长郑重承诺:此次集中爆破 9 条机立窑水泥生产线,标志着枣庄关停立窑水泥、节能降耗行动的全面启动,2010 年年底前,枣庄将关闭 163 条机立窑水泥生产线,淘汰 1500 万吨落后水泥生产能力。

10 时 20 分左右,山东省副省长宣布:“集中爆破现在开始!”中国建材集团董事长宋志平和枣庄市委书记,同时启动爆破按钮——6 秒钟的爆破声后,9 条机立窑生产线轰然倒地。

同一时刻,一直进行现场直播的枣庄人民广播电台播音员,迅速向整个枣庄市宣布:“集中爆破圆满成功!不久,在这块废墟上将新建一条大型的新型干法水泥熟料生产线,同时将把周围建成一个新型工业生态园。”

很快,爆破的烟尘和薄雾渐渐随风散去,太阳红彤彤的。

关注本系列报道请扫描二维码

第十章
改革开放之初的“建材圈”

回首80年代，中国刚刚步入改革发展的康庄大道，百废待兴，对基础设施要求逐渐提上日程，建材工业跃入人们的视野。由于全民的广泛参与，建筑材料的发展从“一个悠久而又缓慢“的过程进入了高速发展阶段，这一时期涌现了大批的以水泥、玻璃、陶瓷、化工为原料的生产加工企业。“要发财，办建材”的时代从此刻开始。

在这一时期，高速发展的建材行受到多方赞扬也面临诸多问题，“马桶漏水、毁田烧砖、房屋渗漏、防水保证期……”，在这些问题的发生与解决中，中国建材行业不仅一步步走向成熟，也展现了这个行业的“喜怒哀乐”。

关注本系列报道请扫描二维码

“大家办建材”(节选)

1987 年 1 月 29 日

要发财　办建材

——国家建材局党组会纪实

■ 本报记者　张颂甲

“但愿苍生俱饱暖,不辞辛苦出山林”——明 · 于谦。

一元复始。在新的一年刚刚到来的时候。国家建材局召开了党组扩大会议。这是 1987 年 1 月 9 日上午。天气阴沉而清冷。但办公大楼二楼会议室里却议论风生,热气腾腾。

1987 年第一次党组会的主题。建材部门如何帮助贫困地区脱贫致富？这个题目早在去年末的两次党组会上,就已经酝酿过了,今天是正式讨论。

党组书记、局长林汉雄首先谈了自党的十一届三中全会以来,我国农村总的来说正在走向温饱、富裕,但由于国家幅员广大,各地经济发展很不平衡,老、少、边、穷地区人民生活还很困难,有些地区不仅缺衣少食,地方病也比较严重,中央领导同志对此十分关切。他说,我国建筑材料量大面广,地无分东南西北,到处都可以开掘、发展。群众中早有“要发财办建材”的说法。建材行业在帮助贫困地区脱贫致富中,用做出自己的贡献。他要求大家集思广益,研究如何从政策措施方法上尽快的把扶贫工作开展起来。

汉雄同志一席话引起了大家的思想共鸣,讨论很快开展起来。

副局长王健行说,通过办建材来做好扶贫工作,要调动中央和地方两个积极性,首先解决资金问题,我们建材部门义不容辞的要支援技术人才,帮助安排必要的设备。

党组副书记、副组长王燕谋说,贫困地区安排建材项目,我们应当积极的支持参与和落实,因为什么地方安排什么项目合适,建材部门是内行,完全可以当好参谋,这是第一条。

谈到这里,与会人员都点点头。

王燕谋接着说:“第二,各地建材主管部门要把这件事当做头等工作来抓,国家建材局进行督促检查,第三,尽量安排小型项目,这样可以投资少,收效快......”

林汉雄局长插话道:对,在这个问题,地方上有可能,有不同认识,地方同志总想上“翻身”的大中型项目,那怎么行!小项目可能顶用:而大中型项目耗资多,建设,试验场一时用不上。

规划计划司副司长余永年说,国家建材局所管的项目,一是大中型建材项目,一是示范性项目,这两项暂时都不适宜建到老、少、边、穷地区,我们有责任帮助贫困地区建设一些本地需要而又适用的小项目,这样可以立竿见影。

王燕谋提出,贫困地区发展建材工业,除需要资金外,人才缺乏是个大问题,我们应采取切实有效的措施,鼓励技术人才去贫困地区施展才干;同时,采用多种形式,帮助贫困地区培训技术人才。此外,建材科研部门还可以搞点,咨询服务。王建行立即补充道,咨询服务可以免费。

林汉雄接过话头说:“依我看,贫困地区最缺少的是能工巧匠,去年我到贵州,一个偏僻的山村里,有个复员军人,会做水泥网,技术本来很简单,他搞了个小作坊,雇了几个工人,生意很红火,后来传授技术让别人搞,他向外推销,时间不长,一个村子都富了。二十里外的另一个村子还是贫困如故。大中型建材企业要派人到贫困地区去培训技术能人,有一技之长就行,在就是各地中专建材学校要实行定向招生,为贫困地区培养人才,几年内,建材学院要免费为每一个贫困县培养出一名大专学生。”

党组副书记,副组长何祥建议,建材进出口公司还要帮助贫困地区组织劳力输出,增加收入。

技术经济政策研究中心主任田耕说,粤北山区非金属矿资源丰富,建材科学研究,院派出的四名技术人员去帮助设计规划,起了很好的作用,另外,还可开展大厂帮小厂,全民带集体的“一帮一”活动。

局机关党委副书记蒋超强调,做好调查研究,只有情况明才能决心大,人才开发公司司长,张朝贵认为,培训人才应当缺什么补什么?干什么学什么,信息司副司长王祖德决定从今年起,免费给两百个贫困县寄赠信息刊物,无偿提供信息,这是林汉雄局长表示,要免费给两百多个县寄赠人民建材报。并加强贫困地区的宣传报道。他还明确宣布,各司局,以及各企事业单位都要把这项工作作为大事来抓。

在充分讨论的基础上,会原则通过了,建材工业帮助老少边穷地区脱贫致富的八点安排意见,建材部门扶持贫困地区的蓝图已在这里汇成。

会散了,每个与会者的心都飞向了老、少、边、穷地区……

1987年2月23日

国家建材局提出八项具体措施 加速老少边穷地区脱贫致富

要求各地建材主管部门和企业认识这一工作的重大政治意义,坚持"大家办建材"方针,充分调动各方面积极因素,因地制宜,扬长避短,采取有效办法,扶贫济困,为改变贫困地区面貌献策出力

本报讯 国家建材局于1月20日发出"关于老、少、边、穷地区脱贫致富的八项措施"的通知。

通知说,党的十一届三中全会以来,我国农村发生了极为深刻的变化,经济迅速发展,农民生活明显改善。但是,全国仍有一部分老、少、边、穷地区经济文化落后,生产条件很差,发展缓慢,部分农民的温饱问题尚未解决。党中央和国务院对此十分关怀和重视,制订了加速老少、边、穷地区脱贫致富的方针、政策、原则和措施,要求在"七五"期间解决大多数地区温饱问题,进而使他们脱贫致富。这不仅具有重要的经济意义,而且具有广泛的政治意义和社会意义。

通知指出,建材行业过去在帮助老、少、边、穷地区脱贫致富方面已做了不少工作,取得了较明显的成绩,群众已总结出了"要发财,办建材"的经验。今后,各级建材主管部门,都要进一步提高认识,把扶贫作为一项重要任务列入议事日程,坚持"大家办建材"的方针,充分调动各方面的积极因素,以促进老、少、边、穷地区脱贫致富。

(一)根据党中央、国务院统一部署和所在省、区党委和政府的统一规划,抓紧制订建材扶贫计划。有关省、区建材主管部门,应组织力量对本省、区已列入党中央和国务院划定的二百个贫困县的地方,进行实地调查,摸清当地的资源和条件,根据省、区关于推进贫困地区经济开发的统一部署和安排,抓紧制订出建材扶贫规划,提出"七五"期间为老、少、边、穷地区办几件实事,切实抓紧抓好,做出成效。

(二)与有关部门协调配合,合理使用扶贫资金,进行示范性综合开发。各级

建材主管部门应在国务院贫困地区经济开发领导小组和有关省、区的统筹安排下，与各有关部门协调配套，进行示范性综合性开发。要按客观经济规律，把建材和能源、交通放在先行地位，为老、少、边、穷地区脱贫致富开辟道路。

（三）根据老、少、边、穷地区的特殊情况，制定特殊的技术经济政策，不搞“一刀切”。如从全国看，今后一般不再建五万吨以下的水泥厂，不许搞“鸭蛋窑”。但是，在一些贫困地区，煤炭、石灰石资源比较丰富，而交通不便，又缺乏资金、技术，应该支持它们搞一些小水泥厂。建材其他行业也应本着这种求实精神，把长远目标同近期发展结合起来，在贫困地区起步阶段，要着力发展那些技术简单，就地取材，就地生产，就地销售，家家户户都能干、都得利的小建材，如小砖瓦、小石灰、小制品、小石材等建材企业，有利于在较短的时间内使贫困地区的经济出现良性循环，加快脱贫致富的进程。

（四）进行智力开发，培训专业能手。各地都要通过各种途径，大力培养办建材的能工巧匠和专业技术人才，以带动农民开扩视野，提高技能，依靠自己的力量逐步摆脱贫困，走向富裕。

（五）组织技术咨询，提供信息服务。国家建材局将向全国二百个贫困县赠送《人民建材报》、《建材工业信息》等报刊，各省、区、市建材主管部门也应及时地向贫困地区传送经济、技术、市场等方面的信息，以促进贫困地区开辟技术市场，发展商品生产。

（六）充分利用库存闲置设备、材料，优惠支援贫困地区建设。对在贫困地区兴建企业，各建材主管部门除优先、优惠提供所需建筑材料外，对现有建材大中型企业要进行一次清仓查库，对闲置的设备、材料，凡适合贫困地区建设需要的应主动地优惠供应贫困地区进行建设。

（七）组织对口支援，发展横向经济联合。各级建材主管部门要有计划地组织和联系建材工业发达地区、中心城市和大中型企业，与贫困地区进行对口支援，包括资金、技术、人才、设备、材料和管理等方面的对口支援，发展多种形式、多渠道、多层次的横向经济联合。

（八）总结经验，树立典型，以点带面，务求实效，不搞形式。各级建材主管部门在帮助老、少、边、穷地区脱贫致富过程中，要善于发现建材扶贫和通过办建材脱贫致富的先进典型，总结和宣传先进经验，发挥榜样的作用，点面结合，以点带面，在务实上下功夫，不搞恩赐项目，不搞花架子，扎扎实实地把建材扶贫工作提高到一个新水平。

1989 年 5 月 17 日

大家办建材　处处结硕果

煤炭行业水泥生产有特色

全国煤炭系统去年生产水泥 315 万吨,创税利 1.0078 亿元

本报讯　大家办建材,处处结硕果。煤炭行业水泥生产办出自己的特色,取得可喜成绩。据前不久召开的全国重点煤矿水泥工作会议透露,1988 年煤炭行业水泥生产达 315 万吨,创税利 1.0078 亿元。在国家统配水泥指标减少、煤炭行业水泥用量逐年增加的情况下,煤炭系统自产水泥对促进煤炭生产、建设起到了近水解渴的积极作用。

煤炭系统每年的水泥用量都很大,只靠统配水泥满足不了需要。他们一方面千方百计寻找货源,调剂串换,外购 60 万吨水泥,以解决燃眉之急;另一方面克服凭借地方优势、系统优势,就地发展水泥生产。去年,对煤矿水泥厂基本建设投资 6050 万元,技术改造资金 400 万元。保证了乌鲁木齐、铜川等矿新建水泥厂的工程顺利进行和原有水泥厂的设备更新和技术改造。

目前,全国重点煤矿水泥厂共有 58 家,已投入使用的回转窑 26 条、立窑 49 座,生产规模 380 万吨,补套能力 30 万吨,在建能力 120 万吨,全部投产后,生产规模可超过 500 万吨。

全国各煤矿水泥企业坚持"上水平、求效益",积极推进科学管理,取得了很好的效果。一建公司建材厂应用回归分析原理,确定出厂水泥强度,确保了出厂水泥合格率、富裕标号合格率两个 100%,被河北省政府命名为"建材系统先进企业"。

在发展生产的同时,他们还注重煤矿水泥厂粉尘、噪音的治理工作,不断增加防尘设备,采用各种新型防尘技术,取得可喜成绩。如枣庄矿务局水泥厂博采众长,综合治理,仅投资 4.5 万元,就解决了立窑烟气收尘问题,使其排放浓度降到 96 毫米/立方米以下,年增效益 14 万元。其学术论文已在《水泥》杂志上发表。一建公司建材厂以治理立窑烟尘为重点,进一步完善烟囱水幕收尘装置,使收尘率达 98% 以上,粉尘排放浓度降到 85 毫米/立方米,引起有关专家的重视,被河北省建材局定为全省水泥行业重点推广项目。他们还结合煤矿办水泥的特点,大量利用工业废渣,积极开展煤矸石的综合利用,解决了原材料不足的问题,收到了很好的

社会效益。宁夏基建公司、淄博、开滦、平顶山、坊子等矿务局水泥厂因采取此项措施,降低了生产成本,年节约费用达数十万元。

煤炭系统在水泥出厂合格率方面,也取得了令人满意的成绩。除个别单位达99.95%,大多达到100%;富裕标号合格率为92%,比上一年度提高5%;袋重合格率78.4%。其中坊子煤矿水泥厂连续3年达到了100%。水泥平均标号537.04号,超过600号的有北京、通化、兖州、窑街、鸡西、辽源矿务局水泥厂。回转窑最高平均标号是北京矿务局水泥厂达688号,立窑最好水平是天府矿务局水泥厂为594号。全年425号以上水泥产量超过180万吨,扭转了碰标号生产的被动局面,满足了煤矿各种工程的需要。一建公司、峰峰、鹤岗、枣庄等矿务局水泥厂已能大批量生产R型水泥。

煤炭系统水泥生产的熟料标准煤耗为194.84公斤/吨,水泥综合电耗114.39度/吨,均比1987年有所降低。电耗较低的是一建公司建材厂和永荣矿务局水泥厂,分别为87.9度/吨和87.5度/吨,均达到建材行业同类窑型的先进水平。

(郭正方　左传生)

关注本系列报道请扫描二维码

“毁田烧砖”(节选)

1987 年 5 月 25 日

古老的挖土烧砖生产方式沿袭至今　大片良田变成深沟洼地

全国砖瓦企业一年毁田七万亩

乡镇砖厂多在耕地上建窑挖土烧砖,浪费土地资源现象严重,长此下去衣食来源将受影响

本报讯　城乡建房离不开砖,砖是黏土做的。我国一年能生产多少块砖?要毁掉多少田?记者最近就这个问题作了调查,了解到:1985 年我国共生产实心黏土砖二千九百四十二亿块,取土毁田七万亩;1986 年实心黏土砖的产量已突破三千亿块,毁田状况更加严重。

据有关部门统计,仅江苏省淮阴、南通两市十三个县,近几年建大小砖窑九千一百七十七座,占地九万六千七百多亩,其中耕地八万五千多亩,一年要吃掉耕地三点七万亩。

有耕地六十多万亩的北京房山区,已建成的砖厂就有一百四十一座,年产实心黏土砖十五亿块。这些乡镇砖厂多在耕地上建窑取土烧砖,浪费土地资源的现象相当严重。房山区于庄有三百多亩荒土丘,沉睡千百年无人问津,而在荒土丘的东边却矗立着窦店乡砖厂,天天都在取土毁田。记者还看到,在距京保公路西侧一百多米远处,在一片平展展的农田上,又一座新砖厂——紫草坞乡小十三里村砖厂已粗具规模,烧砖的烟囱已砌了大半截。

目前,各地乡镇砖瓦企业大有方兴未艾之势,小块实心黏土砖以每年递增三四百亿块的高速度迅猛发展着,这是城乡大量修建新房的客观需要。挖土烧砖是我国长期沿袭下来的生产方式。这种古老的生产方式如不加以改变,用大块空心黏土取砖代小块实心黏土砖,不在黏土的代用品上下功夫、找出路,长此下去,大片良田将变成深沟洼地,我国人民的衣食来源将会受到影响。这绝非危言耸听。有识之士纷纷提出呼吁,希望有关部门迅速采取有力措施,不能再让砖瓦行业毁田的状况继续下去了。

(记者　宫成英)

不要自毁生存资源

■ 本报评论员

土地是人类赖以生存发展的重要物质基础，也是创造社会财富的主要源泉。千百年来，我们中华民族在祖国九百六十万平方公里的土地上繁衍生息，谱写着人类发展的文明史。

大地敞开它宽阔的胸怀，无私地奉献给人们衣食住行的条件。新中国成立以后，人民生活安定，人口增长速度很快，由于人民群众的辛勤劳动，田地成为我们丰衣足食的资源。然而，养育了我们的土地，长期以来却一直遭受劫难，每年因烧砖制瓦取土而毁掉的农田达七万余亩。这种状况如不改变，人们将逐步失去赖以生存的必要条件。

随着国民经济建设的发展和人民生活的日益提高，对砖瓦的需求量不会减少，砖要烧，瓦要做，不可偏废。问题在于烧砖不应毁掉良田，应尽量利用荒山土丘、江河湖泥或工业废渣等多种代用品制砖。同时要大力推广使用复合墙体材料、空心砖、灰砂砖、加气混凝土、小型砌块等新型墙体材料，这样，既可节省能源、土源，又可吃掉大量工业废渣，实为利国利民之举。

亡羊补牢，尤为未晚。面对严酷的现实，我们再不能熟视无睹，掉以轻心，听任砖厂大量毁坏农田的局面继续下去了，要采取切实措施，对砖瓦行业加以改造。

1989 年 2 月 1 日

李瑞环提出的改变毁田烧砖新思路得到印证

天津用河泥制砖获成功

质量达到部颁标准，但进一步落实还存在一些问题

本报讯 1988 年 8 月 1 日，本报报道了天津市李瑞环市长关于利用海河淤泥制砖的设想和思路。近来这项工作进展得怎样了？记者向有关方面作了了解。

天津市建材局早在 1987 年，就组织了 8 人小组，历时两个半月，考察了海河道闸下游通航后的货运量、挖泥船设备和挖泥能力及所需清淤工程量等，写出了“开发海河清淤兴利发展建材”的可行性调研报告，建议在海河下游工业区东西两端、

临海河南北两岸各建海河泥砖厂一座,在海河二道闸下南岸扩建一座年产5000万块砖的海河泥砖厂,在靠近塘沽的海河北岸附近新建年产一亿块砖的海河泥砖厂。

为加速以上计划的实施,市建材局首先帮助土源已近枯竭的东风砖厂试用海河泥制砖。经过反复试验,摸清了泥质情况,还摸索总结出一套利用海河泥生产年土砖的工艺规程。国家投资5000万元,新建一座隧道窑生产线,投入生产后,产品质量很快达到部颁标准。到988年第三季度,已生产7.3624亿块海河泥砖,产品合格率达到94%,一级品率达到75%,产品供不应求,很受用户欢迎,累计节约农田1170多亩,为利用淤泥制砖踏出了新路子。

在东风砖厂带动下,人民砖厂也着手研究制定利用独流减河淤泥制砖的方案。延安、红旗砖厂毗邻子牙河,引河桥砖厂与永定新河只一堤之隔,红火砖厂离永定新河也很近,都准备利用河泥制砖。以上方案实现后,将使这些因土源枯竭而面临停产或转产的砖瓦企业获得新生。

利用海河泥制砖,不仅可在航运、引洪、蓄水等方面发挥功能优势,而且关系到天津市的国土资源开发,并有利于综合利用和“三废”的治理,是一举数得的大好事。但落实起来困难仍然很多,有关方面认为急需解决以下3个问题:

1、这一工作涉及十多个区、局的工作范围,条块分割,好事难办,市政府需要设立一个综合协调部门负责组织协调工作。

2、海河淤泥是“三废”之一,利用淤泥制砖,属于综合利用,是利国利民之举,建议国家拨款支持。

3、由于水利部门收取“吹泥水钱”,使小砖厂无力承担,这笔费用应当免去。

(驻天津记者　杨子涛)

1992年5月26日

河南省长李长春重视本报批评

敦促有关部门解决毁田烧砖问题

本报讯　本报3月31日头版头条报道的《中原大地毁田烧砖触目惊心整顿村办砖瓦企业刻不容缓》的摄影报道,引起河南省政府的高度重视。

省长李长春近日批示:“平原地区土地十分珍贵,不宜制砖,请冶金建材厅会同税务局、计委、乡镇局研究产业布局政策，严控用好地烧砖，鼓励在黄土高原上造地。”河南省政府还要求有关单位在5月30日前拿出具体处理意见。

目前，河南省冶金建材厅正会同有关部门认真落实省长批示，制订有效的产业政策和措施，决心把墙体材料革新工作推向前进。

（驻河南记者　秦军建　记者　郭焕文）

关注本系列报道请扫描二维码

“房屋渗漏”(节选)

1991 年 3 月 13 日

天南海北竞相漏　愁煞千家万户人
渗漏建筑顽症治愈何期?

■ 本报记者　谢镇江　虞建华

中国是一个缺水、少雨的国家,可是现在中国建筑的渗水漏雨问题却十分严重。

据有关部门近年来的抽样统计,由北向南,我国城市新建建筑的渗漏率分别是:哈尔滨 50%,北京 70%,上海 66%,武汉 97%,长沙 89% 等等。

综合全国 22 个城市的统计资料,有关专家认为,目前我国城市建筑的渗漏率达 60% 以上。这就是说,10 栋建筑,6 栋有渗漏。

更令人吃惊的是,新房子的渗漏问题近年来愈加突出。现在,全国有三分之一的新建筑,竣工当年就漏雨、渗水。

建筑物的渗漏现象相当普遍,从建筑的种类、档次上看,似乎到了无孔不入的地步。旧房子漏,新房子也漏;居民住宅漏,公共设施、工业建筑也漏;寻常百姓家里漏,一些高级领导干部的家里亦不能幸免;屋顶上漏,地下室也渗漏;室内、阳台、厨房、厕所概莫能外……

屋顶采用铅板防水的毛主席纪念堂,曾经一度漏雨严重,某些部位雨滴如注,雨水竟要试图浸淫伟人之灵!后来,请来了建筑防水专家,重修屋面,渗漏问题才较好地解决。

北京某重大技术工程,是国内外瞩目的高科技项目。但是,在建设施工中,对防水问题考虑不周。建筑物竣工后不久,即出现严重渗漏,给国家造成了上百万元的损失,影响了工程进展。

房屋渗漏给人民生活带来很大麻烦。即使在近年来干旱少雨的北京,也有许许多多人家受屋漏渗水困扰。

朝阳区建外居民李住着一间不足13平方米的平房。下雨时屋顶有15个漏点。3年前，他结婚时，亲朋好友送了13个脸盆，他心里曾琢磨这么多脸盆干吗使呢？谁想到，到了雨天，全部都派上了用场。他说，后来朋友结婚，大都送个脸盆给他们，还悄声嘱咐，此盆日后必有大用。

住在东郊金台路的居民张，把分到新房后的喜悦称为“苦恼人的笑”。两年前，他分到一套新居，全家人欢天喜地地装修一番。没想到，乔迁一个月后，雨季来临，屋内几处“滴滴哒哒”，新贴的壁纸多处“龇牙咧嘴”。他以“人定胜天”的精神，找房管所修堵屋面，动员全家凑钱出力重贴壁纸。谁知，第二年的雨季，雨水照旧穿顶而落。面对水痕斑斑宛如“地图”的壁纸，他再也打不起精神重修一遍了。

丰台区西罗园居民小区某分区的20栋新建楼房，每一栋都出现过渗漏问题。有一座5号楼，顶层几户的居室，下雨漏，下雪也漏；外面不下了，屋里还在下。房管部门采取各种办法，两年中给修过十几次，可是照漏不误。

建筑渗漏还给国家造成了严重的经济损失。翻修一座塔楼的墙体防水工程需20多万元，屋顶面积稍大的建筑防水工程维修要十几万或几十万元。据比较权威机构的统计，全国每年建筑防水维修要花费12亿元。全国每年要有2.4亿平方米的油毡和27万吨沥青用于修补屋顶。此外，还要花费大量的人力和其他建筑材料。

中华民族有着连绵4000多年光辉灿烂的建筑发展史。伴随建筑史发展的防水技术也令人赞叹不已，西欧一位建筑专家研究了中国古代建筑史后，曾惊叹“中国是第一个解决了屋面防水问题的国家。”然而，近年来，不成问题的事成了问题，而且情况急转直下。

十几年前，国外的建筑防水技术与我国大致相当，一般都使用纸胎油毡。现在，国外普遍使用改性沥青油毡，高分子片材等新型防水材料，施工技术也有明显改进。屋面保证期由不到10年提高到15年甚至20年。

我国防水专家大声疾呼：“中国的建筑防水寿命一降再降，已降到无法容忍的地步；而国外建筑防水寿命扶摇直上，两者差距愈来愈大，我们情愿甘居人后吗？”

是的，我们不能甘居人后！我们应该积极采取措施，发展新型建筑防水材料，解决建筑渗漏问题。

可能有人会说，现在谈什么漏雨问题啊，关键是没房子；有了房子，漏点也行。这话有一定道理，但是新建的房子为何非漏不可呢？为什么不能提高建筑防水质量呢？虽然说，一座楼房渗漏，并不是全楼每户都漏，漏雨的人家还是少数。但从社会总体来看，尝受渗漏之苦的居民就是千家万户了。

建设部、国家建材局的有关领导曾多次强调,克服屋面漏水已是刻不容缓。但是,解决建筑防水问题涉及材料、设计、施工、管理等各个方面,是一项较为复杂的系统工程。近年来,国家有关部门虽然采取了一些措施,但是收效甚微。时不我待,现在社会各方面和人民群众要求解决房屋漏雨、渗水问题的呼声愈来愈强烈,有关部门和生产单位以及设计科研机构,有理由深刻认识到解决这一问题的迫切性,从而采取切实措施改变我国建筑防水落后的状态。我们要以"一心为民办实事,岂容屋面常漏水"的精神,抓紧这项工作,早日让尝受屋漏水侵之害的人们摆脱困扰,安居乐业。

为此目的,我们禁不住疾声呐喊:建筑上的顽症——渗漏,症结何在?治愈何期?

1991 年 4 月 13 日

反映人民群众呼声肩负各行各业重托 31 名人大代表联名提出

关于治理建筑渗漏问题的建议

日前,全国人大代表、著名防水材料专家徐昭东在七届人大四次会议上提出《关于治理建筑物渗漏问题的建议》,同时将本报的连续报道材料附上,使更多的代表深入了解我国建筑物渗漏问题,获得了 31 名代表的附议。

这 31 位人大代表的建议,反映出我国建筑渗漏问题确实已经到了非下决心解决不可的地步了。这次人代会上代表的一句名言——"要干四化,不要'说'四化",获得了举国上下的共鸣。人同此心,心同此理,解决建筑渗漏问题也要有"要堵渗漏,不要'说'渗漏的实干精神"。希望有关部门,高度重视人民的呼声、人民代表的意见,通力合作,下决心采取切实有效的措施,及早解决这个问题。

31 位代表的建议全文如下:

各种建筑物的渗漏问题已经成了目前建筑工程上的一大顽症,据有关部门调查的全国 22 个城市的资料统计,目前我国城市建筑渗漏率达 60% 以上,其中北京 70%,上海 66%,武汉 97%,长沙 89%,哈尔滨 50%。目前,当年竣工的房屋渗漏率达 37%。一些重大工程渗水漏雨现象亦不能幸免,每逢雨季,居民住宅的渗漏成了各级政府非常头疼的问题。

现在,每年用于渗漏维修的防水材料占全国总产量的四分之一,即 2 亿平方米油毡,再加上施工用的沥青、涂料、油膏等配套材料50万吨,相当于消耗能源折合标准煤100万吨。

每年仅用于城市维修建筑物渗漏的费用就高达12亿元以上。近年来国家有关部门虽采取了一些措施,但收效甚微,建筑防水工程的寿命一降再降,已降到无法容忍的地步。

渗漏的危害如此之大,造成的损失如此之巨,已经引起了社会各界的关注。人民群众要求解决房屋渗漏的呼声越来越强烈。

造成这种现象的原因是多方面的,涉及材料、设计、施工、管理各个环节。必须由有关部门通力合作才能解决。现仅就几个具体问题建议如下:

1、建议由国务院办公厅请国家计委组织建设部、国家建材局、石化总公司等部门,成立全国建筑防水工程领导小组,担负起组织和指导治理建筑渗漏的领导工作。

2、请建设部尽快制定建筑防水工程保证期制度,在保证期内出现渗漏应负责维修,并向用户赔偿损失。国外防水工程保证期为10、20、30年,建议我国保证期暂定为5、10、20年。不同保证期使用不同档次的防水材料。

3、请建设部修订现行的防水工程定额标准。五十年代我国防水工程定额标准占工程总造价的5%,目前仅占总造价的2%,而国外防水工程定额约占4~8%,建议我国的定额提高到5%~6%为宜。

4、请国家计委将防水材料的科研和技术改造在“七五”攻关的基础上,继续列入“八五”规划。要求国家建材局在“八五”期间调整防水材料的产品结构,生产更多的不同档次的低消耗、高质量、高效益的防水材料新品种。

5、我国现行屋面防水施工,直接用10号沥青作黏结材料,这是绝对不能允许的。这是造成渗漏的主要原因。应改用沥青玛蹄脂或其他沥青基黏结料,这些黏结料在施工现场无法配制。因此,建议石化总公司将建筑用沥青计划拨入国家建材局,责成国家建材局安排相应的防水材料专业厂家生产配套用沥青基黏结材料。

1991年9月18日

建设部颁布《治理屋面渗漏规定》
国家建材局配合行动制订7条措施

本报讯 针对日趋严重的建筑渗漏问题,建设部不久前颁布了《关于治理屋面渗漏的若干规定》。这是新中国成立以来第一个建筑防水工程专项法规。

本报从今年 3 月份起，针对日益严重的建筑渗漏问题，组织了“房屋渗漏问题连续报道”。七届四次人代会期间，这组报道引起了人大代表关注，31 名代表联名提交了“关于治理建筑渗漏问题的建议”。此后不久，建设部把治理建筑渗漏列为“质量品种效益年”的一项重要的工作任务，并组成了专门的工作组，在调查研究的基础上，制订了《关于治理屋面渗漏的若干规定》。这个规定共有 6 条，从材料、设计、施工几个方面，对提高建筑防水工程质量提出了严格的要求。

《规定》要求各地建筑设计部门“房屋建筑工程的屋面防水设计，选材要考虑其耐久性能保证 10 年。从 1991 年起，屋面防水材料选用纸胎沥青油毡的，其设计应不少于三毡四油。”

同时，要求各地“对进入市场的石油沥青油毡等主要防水材料质量进行使用认证抽样检验，并将检验结果及时提供给本地区的建设单位和施工单位，防止不合格的材料使用到工程中。

“对进入施工现场的屋面防水材料，不仅要有出厂合格证，还必须要有现场实验报告，确保其符合标准和设计要求，否则，施工单位不得使用。”

《规定》强调，“凡非防水专业队或非防水工施工的屋面防水工程，当地工程质量监督站可责令其停止施工。防水工都要经过培训，考试合格者，由各地建设主管部门或其指定的单位颁发上岗证书。

“防水工程的质量必须经工程质量监督站验收鉴定。今后凡屋面出现渗漏的，均不得评定为优良工程和申报各级的优质工程。

“住宅工程的屋面防水保修期为三年，即自竣工之日起的三年内，如屋面出现渗漏，由施工单位负责返修，费用由责任方负责。”

据悉，此《规定》是建设部为落实人大代表建议采取的应急措施。今后建设部还将会同国家建材局等有关部门使这一防水专项法规更加完善。

又讯建设部《关于治理屋面渗漏的若干规定》颁布之后，作为建筑防水材料生产管理部门的国家建材局，要求局属有关领导部门，在配合建设部贯彻《规定》的过程中，做好 7 项工作。

这 7 项工作是：

1、尽快与国家技术监督局协商，对已经通过审定的多项防水材料国家标准尽快组织审批实施，对近期暂不能审批的国家标准，先按行业标准审批。

2、抓紧油毡生产许可证的发放工作，保证 1992 年正式全面执行油毡行业生产许可证的制度。

3、向全国各防水材料质量检测中心转发建设部的《规定》，要求其配合建设部治理渗漏把好材料检测关。

4、及时向建设部通报全国防水材料产品质量检查结果，在评选防水材料优质产品时征求建设部门意见。

5、有计划地安排改造一批大中型油毡生产企业，以满足材料使用寿命保10年的要求。

6、立即组织科研部门和引进线生产厂家对改性沥青油毡等新型防水材料施工机具进行攻关，研制出系列新型防水材料机具和配套材料。

7、针对建筑渗漏的不同特征，组织研制开发一批堵漏防渗的特种防水材料产品，尽快投入市场。

国家建材局收到建设部《关于治理屋面渗漏的若干规定》后，立即授权局科技司会同局生产司、中国新型建材公司和中国建筑防水材料公司等部门，研究制订配合建设部贯彻《规定》的措施，并为进一步完善《规定》内容，向建设部提出了若干建议。

国家建材局建议建设部大力推广新型改性沥青油毡和其他新型防水材料，并组织有关部门尽快制订出设计标准和相应的工程定额及设计施工规范。

同时还建议建设部尽量选定国家技术监督局已认定的防水材料产品质量监督检测中心（站）为质量认证部门。从1992年起，禁止无生产许可证的纸胎油毡产品流入市场。对持有生产许可证的油毡产品，使用前，施工单位也要抽查认证，质量达标方可使用。

关注本系列报道请扫描二维码

“建筑防水”(节选)

1999 年 11 月 30 日

建筑防水呼呼保证期

■ 本报记者　谢镇江　虞建华

最近,新闻报道中的一条很小的消息却给北京城中成千上万的人带来不便:“地下铁路西单站因渗漏问题整修,暂时停止运营。”许许多多的老幼乘客,只能换乘其他交通工具到这个繁华的商业中心购物观光了。

建筑渗漏是中国最常见的建筑质量问题之一。天安门广场四周几大著名建筑都曾有过渗漏的厄难。几年前,毛主席纪念堂的渗漏曾使地下室的积水没过脚面,淫雨不断几惊伟人九泉之安。而在今年夏天,人民大会堂的屋面渗漏影响了领导同志的公务活动。一位全国人大常委会副委员长的办公室内曾摆上 7 个大盆来“接待”滴滴答答连续不断的漏雨。

渗漏不仅仅是下雨时的忧患,建筑内的管道、厕卫间的渗漏不知给多少人家添了烦恼!本报三位记者在北京知名的花园内购买了三套住房,不仅雨天,连大晴天都免不了闹“水灾”,其原因是屋顶上有暖气管道槽。管道一出毛病,屋顶就四处滴水。新房、新装修、新家具先后几次遭浸泡,最严重的一次连沙发床垫都被淋透,晚上回家收拾残局后,睡觉都没有干爽的地方。

北京许多大型建筑中,也都蒙有渗漏的阴影。亚运会工程、西客站工程等等,其中一些建筑遇上雨季,说是漏得一塌糊涂毫不过分。类似的情况在上海、广州、沈阳等地也较为普遍地存在。几年前的一次调查资料证实,我国建筑渗漏比例高达 70%。可以说,不仅是普通建筑漏,重点工程也漏!不仅是低档建筑漏,高档的同样也漏!不仅是民用住宅漏,公用设施同样漏!不仅地上建筑漏,地下设施也跑不掉。

我国建筑渗漏问题为何得不到解决?

也许有人说,是不是我国建筑防水材料太落后了?其实不然。自改革开放以来，我国先后引进了23条新型防水材料生产线；同时，通过技术创新先后开发了一批具有国际先进水平的防水材料。目前，我国生产的防水材料有三大类五十余种，其中三元乙丙卷材，使用寿命超过50年；高分子卷材、改性沥青聚酯胎油毡等使用寿命均在25年以上；聚氨酯类防水涂料等的技术指标与国外同类产品相比毫不逊色；微膨胀混凝土类的刚性防水材料也应有尽有。毫不夸张地说，国外发达国家生产使用的防水材料，我国防水材料企业都可以生产出来。

也许又有人问，是不是我国建筑防水设计方面有问题呢？此问也不对，或是说，如果这个问题在1995年以前提出尚可，今天就不是如此了。我国建筑防水的基本设计标准在50年代早期是“三毡四油”，即要铺三层防水油毡刷四遍沥青。而在“大跃进”时，将此标准“跃进”成为“两毡三油”，即铺两层油毡刷三遍沥青，以后历经十年动乱等，一直到90年代初。这种公开的“偷工减料”是导致我国建筑渗漏日趋突出的根源。由于执行了“两毡三油”，大大降低了我国建筑防水的设计标准，即在建筑总造价中防水工程的费用比例受到不合理的限制，使80年代我国引进的新型防水材料因此无法推广使用。

这种状况从1991年得以改变。从这年3月起，在中国建筑防水材料公司和中国建筑防水材料工业协会的大力支持下，本报组织了连续6个多月的“房屋渗漏连续报道”；七届全国人大代表、著名防水专家徐昭东在七届全国人大四次会议上振臂一呼，三十余名代表慨然响应，形成了《关于治理建筑物渗漏问题的建议》。修改和提高建筑防水设计标准问题随即得到了建设部领导的高度重视。这年10月，我国第一部建筑防水工程专项法规《关于治理屋面渗漏的若干规定》出台，其核心是纠正了自“大跃进”时的大谬误，重新普遍执行“三毡四油”，并提高了防水工程的设计标准和防水工程定额。尽管这个标准仍然不高，但从普遍情况来看，基本上是可以满足建筑防水的需要。因此，可以说从设计上看也没有太大的问题。

也许还有人问，是不是防水施工环节造成了渗漏？回答是：也不尽然。尽管我国防水施工中问题较多，但是从技术角度看，我国防水施工水平并不比国外差很多，防水施工管理、施工机具和施工方式已有较大进步，认为施工技术不过关是造成我国建筑渗漏问题的说法难以成立。

既然我国建筑防水材料的生产技术不落后、防水设计没有问题、防水施工的工人也不笨，那为什么中国的房子漏得那么多呢？可能有人会说：是腐败造成的，是数不尽的贿赂和小姐“公关”的结果。这种说法也不无道理。贿赂和腐败是房屋渗漏的催生剂，许许多多的假冒伪劣材料登堂入室与此相关。但是，如果你想一下，西方发达国家的建筑渗漏率为什么能确保低于5%，在那里没有人想用贿赂的手段赚钱吗？他们缺“小姐”吗？那么，对这个问题就应该另寻答案了。

为了探寻解决建筑渗漏问题的办法，不久前，由中国防水材料工业协会、中国建筑业协会建筑防水工程技术专业委员会与本报编辑部共同邀请了我国知名的建筑防水专家和16家防水材料生产、施工企业的代表在大连市召开了研讨会，与会代表一致认为：关键问题是我国现在实行的是“建筑防水保修期”制度，而要改变现状，必须实行“建筑防水保证期”制度。

“防水保修期”和“防水保证期”的文字表述区别仅仅只差一个字。也许有人又会问：你们玩什么文字游戏？只差一个字，就会让全中国的房子普遍地漏雨、漏水？回答是：的确如此。

防水保修期与防水保证期的根本性区别就在于：防水保修期是建筑如发生渗漏后负责“修”，而防水保证期是建筑如发生渗漏负责“赔”！

又是仅差一个字！但是，这一个“赔”字，怎生了得。它把防水材料生产企业、建筑防水设计者、防水施工单位、建筑承包商、房地产开发经销商、保险公司等等与房产购买者、使用者的利益紧紧地拴在一起，一旦出现建筑渗漏，就要负责赔偿，责任者一个也跑不了。

据介绍，建筑保证期是欧美发达国家目前普遍实行的一种制度，建筑防水保证期是其中的重要组成部分。在保证期制度下，如果一旦发生建筑渗漏问题，不仅是立即维修，而且建筑的购买者或使用者，能够得到经济赔偿，这种赔偿常常超过实际的损失。可能又有人要问：资本家怎么会比共产党的政府还好，不仅管修，还管赔？其实资本家并不想这样做，而是西方某些社会经济管理制度有明显的先进性。这种“赔偿”恰恰是为了少赔或是不赔，目的是更多地赚钱。

在建筑防水保证期制度下，简单地说，房地产开发商，或是建筑承包商在房产开发和施工前即向保险公司投保建筑防水质量险，出售房屋同时出售保险；在物业管理中，也要投保类似的险种。而保险公司既不呆又不傻。为了少赔或是不赔，要根据投保的建筑防水工程的档次和投保年限对防水工程承包商的资质、防水工程的设计、防水材料的选用等各方面细致核定后签订保险合同，有的在施工中还要由保险公司聘请监理。一个防水工程公司，其施工的工程出现渗漏的概率越低，投保费用越低；如果工程反复出现质量索赔事故，保险费率即会大幅增加，直至无人为其保险，也就是说这家公司的质量信誉为零，势必被淘汰出局了。

我国建筑防水业在计划经济体制下曾经有过一套主要依靠行政手段制约的管理办法,并曾使五六十年代的建筑渗漏率比较低,大约在30%左右。而在由计划经济向市场经济转轨过程中,旧的一套打破了,而新的秩序还未建立起来,致使我国建筑渗漏率不断提高,登峰造极。近年来,我国建筑防水业专家在与发达国家同行的业务交流中,介绍我国的情况时很难启齿。而国外同行在听说我国建筑渗漏率如此之高则大为惊讶;同时又对建筑渗漏不索赔、无人赔而大惑不解,认为不可思议。

的确是不可思议:为什么我们国家能够花费上亿美元的资金引进几十条防水材料生产线而不考虑不花外汇引进一种机制呢?为什么我们在引进建筑防水“硬件”的同时,不愿意引进相应的“软件”呢?为什么我们国家在建筑防水材料生产技术水平和产量有了明显提高,而渗漏率却迟迟降不下来呢?为什么我们不能用改革的办法来建立具有中国特色的建筑防水保证期制度呢?这一连串的“为什么”引人深思。我国建筑业、保险业、建材业、建筑防水业的主管部门的领导者认真思考一下这些问题不好吗?

中国建筑防水呼唤保证期!

1999年12月29日

推行防水工程质量保证期制度联合宣言

我们15家防水材料生产和防水工程施工企业为了实现防水材料产业化,确保国家基础设施防水工程质量,促进住宅建设产业现代化,让老百姓住上不渗漏的房屋,于今年8月初参加了由中国建筑防水材料工业协会、中国建筑业协会防水技术专业委员会、中国建材报社组织的推行防水工程质量保证期高级研讨会。通过研讨,到会的各企业董事长、总经理和专家们对我国推行防水工程质量保证期制度达成以下共识:

一、近十几年来,在国家建材局、建设部和全国化学建材协调组及政府有关部门的关怀和支持下,我国新型防水材料有了较快发展,防水施工技术也在不断改进,许多重点工程的防水工程质量有显著提高。但由于种种因素的影响建筑渗漏仍很普遍、严重,给国家造成了损失,给群众带来了不便。

二、建筑渗漏不能根治的主要原因是保修期对防水工程质量无约束力,由此引发出假冒伪劣防水材料充斥市场并被大量采用;建筑市场不规范,“游击”施工队到处可见,设计不合理等问题,为建筑渗漏带来了隐患。

三、推行防水工程质量保证期制度是治理建筑渗漏、提高防水工程质量的根本措施。“保证期”与“保修期”的根本不同在于“保修期”允许渗漏,而“保证期”是如出现渗漏,最终责任者通过保险公司要赔偿直接损失和连带损失。

四、我国已基本具备推行防水工程质量保证期的技术条件。首先,我国一批大中型企业已经能够批量生产重要和特别重要的防水工程所需的高性能、耐用年限长的优质防水材料;同时我国已有一批具备二级资质(最高级)防水施工企业,大部分都承建过重要工程,且工程质量较好。

在取得上述共识的基础上,经 15 家企业一致同意,发出推行防水工程质量保证期制度联合宣言:

1. 我们 15 家企业作为首倡单位,要积极参与并大力支持推行防水工程质量保证期制度的有关活动,并倡议广大防水材料生产、设计、施工单位踊跃参加。

2. 首倡单位和参加推行“保证期”制度的生产企业要健全质量保证体系,严格按国家和行业标准组织防水材料生产,产品质量达到“保证期”的需要;施工企业严格执行国家规范和行业标准,规范设计、精细施工、保证防水工程质量,联合抵制假冒伪劣产品,为推行“保证期”做出示范。我们愿意并有实力向国家重点工程提供符合设计要求的防水材料,承担防水施工。

3. 敦请建设部和有关部门考虑首倡单位和广大防水企业要求尽快推行防水工程保证期制度的紧迫心情,尽快做出安排。一旦“保证期”政策出台,首倡单位愿第一批实行。

我们相信,在政府主管部门的关怀支持下,通过防水材料生产企业、防水工程施工企业、设计单位及防水界专家的共同努力,我国一定能尽快推行防水工程质量保证期制度,并通过推行“保证期”根本治理建筑渗漏,促进我国建筑防水事业的健康发展,在不太长的时期内,接近或达到国际先进水平。

1999 年 12 月 12 日

《建筑防水保证期》系列报道索引(其他篇目)

◆靠制度赶走“小姐”

◆防水工程“保修”和“保证”的概念

◆实行保修就是允许“渗漏”

◆屋面工程规范为什么管不了“渗漏”

◆实行防水保证期关键在“法”

◆唯利是图是渗漏的祸根

——与北京金汤建筑防水技术开发公司总经理朱炳光的对话

关注本系列报道请扫描二维码

一张传统纸媒是怎样得到全行业认可的？

逆袭之道（下）

《中国建材报》重点报道优秀作品选登

杨 军/主编
刘媛媛 毕德鹏/副主编

·北 京·

目　录

第一章
绿色建材　从“国家战略”到“举国行动”

新中国成立以来，国家经济的高速发展让我国建材行业由小变大、由弱到强，但也让行业扣上了“三高一资”的“大帽子”，随着生态文明建设被纳入国策，倒逼着传统重工业必须转型以绿色环保为主色调的生态型产业。在建材工业主管政府部门——工信部的带头下，全行业很快抓住了摘掉“大帽子”的抓手和契机，那就是大力发展绿色建材。

《中国建材报》以高度的新闻敏锐视角和专业精神，在绿色建材的概念尚在孕育的时期，便给予高度关注和重视，对“绿色建材”的采访报道长年深耕细作，对于推动我国绿色建材产业发展和转型，尽最大力量履行行业媒体的责任和使命。

国内统一刊号:CN11—0073
邮发代号 1—121 国外代号 D807
本报为周六刊（周日休刊）
今日八版
第 6354 号
2013 年 5 月 10 日 星期五
农历癸巳年四月初一
www.cbmd.cn

产业财富 传媒价值

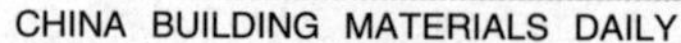

经济日报社主管主办

每周核心报道

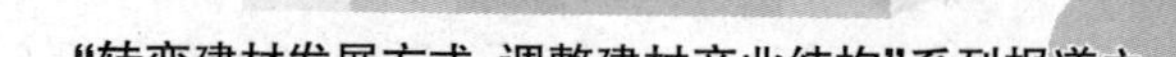

——“转变建材发展方式 调整建材产业结构”系列报道之一

为深入贯彻落实党的十八大精神，凝聚实现建材行业中国梦的智慧和力量，加快推动国家工信部等部门就新时期建材工业发展所作的一系列工作部署，本报编辑部在有关部门的指导下，从今日起以“转变建材发展方式，调整建材产业结构”为主旨，推出“绿色的梦”大型专题系列报道。

“绿色的梦”系列报道是本报近期重点策划推出的、阐述和描绘我国“绿色建材”发展历程与美好前景的一组大型报道，将全部以“每周核心报道”的形式在头版刊发。本期“核心报道”以生态文明建设的国策为指针，站在“绿色发展”的国家战略大平台上，追溯绿色建材的发展历史，阐释绿色建材的内涵意义，抒写那些毕生追求绿色建材的先行者们，并通过“崭新的路线图”眺望绿色建材发展的前景和未来。

“绿色的梦”大型系列报道共 6 至 7 期，此后几期将对五大类绿色建材产品——节能玻璃、轻薄陶瓷、节水洁具、高性能混凝土、外墙外保温材料，以及全行业绿色建材发展中的多方面课题进行逐一解读。

发展绿色建材是一项系统工程。我们希望本报这一组系列报道能积极促进全行业进一步行动起来，共同打造中国建材行业“绿色的梦”。

导读

策　划：本报编辑部
统　筹：刘媛媛　常　慧
采　写：袁　环　刘媛媛　常　慧
　　　　王怡洁　韩凤凤　曾鑫瑶
制　图：崔建岐

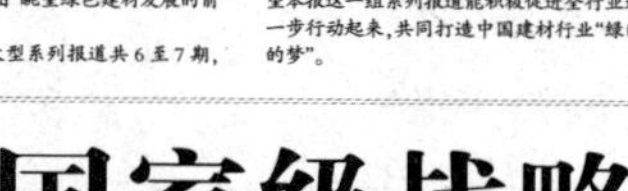

国家级战略

——透视“绿色建材”

■本报记者 刘媛媛

在人类社会漫漫的历史长河中，何以承载万民命运，引领社会进步，把握行业兴衰，调控经济指数……乃至影响地球生态，祸福子孙后代？有一股强劲的力量在其间左右，这股力量，叫做“国策”。

好比支撑巨大天秤的杠杆，正确的国策，可以造福千秋万代；国策指引下制定的正确发展战略，可以振兴一个产业，繁荣一片疆土。

上世纪七十年代末，“对外开放”成为我国的一项基本国策，其历史意义深远博大。现在谁也无法否认，过去、今天和未来，这都是实现中华民族伟大复兴的必由之路。

进入新世纪后的 2003 年，国务院制定了“振兴东北老工业基地”的发展战略。这是在改革开放国策的大背景下，一项重大的国家级战略。东北三省实施后经济增速明显加快，大大缩小了与沿海省市的发展差距。

国策，是指一个国家在发展过程中根据国情和人民利益所制定的策略，它具有全局性、法令性和长期性的特点。我国的基本国策包括环境保护、节约资源、生态文明建设等。

国家战略，是指一个国家在发展过程中根据国情和人民利益所制定的在一定时期内将要重点实施的具有局部性、法令性、阶段性对策。我国现阶段主要战略措施有：可持续发展战略、西部大开发战略等。

今天，我们将重点透视的是一项新的国家战略——绿色建材发展战略。

从生态文明国策到绿色建材战略

改革开放 36 年后的今天，已拥有世界话语权，能够影响世界经济走势的中国，每一项国策的制订和实施，都势必产生强烈的国内国际效应。

2012 年，中国政府正式将生态文明建设纳入国策。同年 11 月，中国共产党第十八次代表大会进一步把生态文明建设纳入中国特色社会主义事业总体布局。可以预见，我国由经济建设、政治建设、文化建设、社会建设“四位一体”，拓展为包括生态文明建设的“五位一体”，生态文明建设的战略地位更加明确，对中国社会的可持续发展和全球生态环境将产生深远而重大的影响。

几个月后，由国家工信部牵头，会同相关部门，在建设生态文明的大背景下，提出了加快发展绿色建材的思路，意义何在，前景如何？

下转 4 版

崭新的路线图

——给你一把打开绿色之门的钥匙

■本报记者 常 慧

在庞大复杂的建材工业系统下，发展绿色建材该如何切入？

依据 2011 年版《国民经济行业分类》，建材是以非金属矿物制品业作为大类行业，包括水泥、石灰和石膏、水泥制品及类似制品，砖瓦、石材等建筑材料，玻璃、玻璃制品、玻璃纤维和玻璃纤维增强塑料制品，陶瓷制品，耐火材料制品，石墨及其他非金属矿物制品共 9 个中类行业。在中类行业之下又分成上百个小行业，仅水泥就有 8 大系列 60 余个品种。建材行业犹如一棵枝繁叶茂的大树，相关的产品品类就如树叶般数不胜数。为满足社会经济建设的需求，建材工业这棵“大树”经过 60 余年的发展，枝蔓已经延展到全国各个地市县甚至村落中，成为地区经济的重要支撑。当前，建材行业约有十几万家企业、1200 万左右的员工在不同岗位，支持着建筑、汽车、化工、轻工、电子、国防工业等相关行业的发展，其中 3.4 万家规模以上企业 2012 年全年完成主营业务收入 5.3 万亿元。建材作为唯一具有原材料与消费品双重属性的行业，牵动着人们生活的方方面面。

建材行业很早就意识到发展绿色建材的必要性，对绿色建材基础研究工作开展了近 20 年，但由于各种原因，绿色建材体系建立始终被认为是复杂艰深的问题，工作局面难以打开。一位在绿色建材研究领域度过半生的老专家说“绿色建材进入就出不来”，就充分说明了推进绿色建材工作的难度系数之高。

理想很丰满，现实很骨感。面对建材行业的实际情况，绿色建材要从何抓起？

以需求发展为牵引

2013 年，通过对建材行业科学全面的认识，国家工业和信息化部原材料工业司作为行业管理部门，构建了以“三位一体”的发展主体，以规划、政策、标准为管理手段，协同行业运行监测、反馈与评估，构筑起系统化的行业管理新模式，并基于前期对绿色建材产业发展课题、骨干企业的深入调研，将绿色建材标准和目录的编制工作作为“三位一体”管理模式的主要抓手。

十八大之后，在促进工业化、信息化、城镇化、农业现代化同步发展，特别是推进工业化和城镇化良性互动、大力建设生态文明的大环境下，建材工业机遇与挑战并存，如何紧抓机遇化解产业矛盾，促进行业可持续发展？思路同样锁定在绿色建材。

下转 3 版

追梦的人

——请记住这些绿色建材的先行者

■本报记者 袁 环

乔龙德：　要让中国建材行业华丽转身
张人为：　以循环经济推动建材业发展
王燕谋：　那些建材行业最早的绿色梦
蒋明麟：　我愿意一次再一次呼唤绿色
雷前治：　绿水蓝天百年长在是我的梦
李俭之：　产能合理布局乃绿色的基石
宋志平：　做引领行业绿色发展主力军

今天，在机场中穿梭，会惊叹于上空天花板如波浪般的悠扬律动；在公园里漫步，也会被古色古香却充满现代功能性的景观建构感动；看都市里更多的新建筑，会被那种别致、具有刀锋似的棱角线条或者烟雾一样曲线的外廓震撼……这些在 30 年前简直就是梦中的奇幻世界。

但是，这些光怪陆离的变化，并非建筑设计师们一拍脑门的奇思妙想。

从某种意义上来说，对于这些变化的确切描述，应该是这样的：无论建筑的形貌特征发生什么样的变迁或者颠覆，都是依据于材料学科的发展而进步着。而建筑材料的更新换代的方向只有一个，就是“节能、减排、安全、便利和可循环”的“绿色”追求。

曾经这些都只是一个个的梦而已。就如同《庄子·齐物论》中有句话——“且有大觉，而后知此其大梦也。”——梦是一种觉悟，也是一种发展中的创新之源。而对这个梦的追求，就是推动人类文明的力量。

如果要阐明这“觉悟”的内核，有一个词可以但见影踪，是“绿色”；如果要描述一下这个社会文明的样貌，也只有一个词最为精确，还就是“绿色”。

在今天建材绿色文明之梦在一步步向我们展现五彩斑斓之美时，可以触碰到建材绿色之梦的伟岸与壮阔；在那些几十年来追寻绿色之梦的人身上，可以感受到灵魂里的能量与血肉间的澎湃；在那些众多的绿色建材先行者身上，能够体味到梦之美妙，倾听动人的旋律。

下转 5 版

迎接建材业的美好明天

■本报评论员 孟宪江

发展绿色建材是建材行业在新形势下的重要责任和使命。

对绿色建材的认识，是在实践和探索中不断深化和完善的。当“绿色发展、循环发展、低碳发展”这些重要的关键词，在党的十八大被写入报告，就意味着中国向世界宣示：我们要发展环境友好型产业，降低能耗和物耗，保护和修复生态环境；我们要发展循环经济和低碳技术，使经济社会发展与自然相协调。

“黄金十年”为建材行业的发展奠定了丰厚的物质基础，实现了中国成为世界建材大国的辉煌梦想。“十二五”时期，是我国由建材大国向建材强国迈进的重要阶段。今天，面对生态文明建设和新型城镇化建设的新形势，我们必须认识到：发展绿色建材是当前全行业贯彻落实十八大精神的具体体现，是淘汰落后产能、转变发展方式乃至解决建材业时下面临诸多问题的根本出路。

建材工业是国民经济的重要基础原材料工业，全行业能源消费量占全国能源消费总量的 1/10 左右，在全国工业部门中列第四位。建材工业目前年排放烟气粉尘、二氧化硫和氮氧化物分别达到约 340 万吨、160 万吨和 135 万吨，是减排重点行业。建材工业同时也是资源节约、废弃物综合利用和发展循环经济有优势、有潜力的行业。在当今形势下，加快推进建材工业生产方式的转变，已经到了必须采取进一步实质举措的关键时刻了。

节能减排，是生态文明建设的重要组成部分，也是工业部门实现生态文明的具体体现。建材工业的发展现状和特征决定了其在生态文明建设中肩负的使命和责任，全行业要以高度的历史责任感和使命感，坚定不移地走绿色生态文明发展之路。要采取更加主动与自觉的行动，加速推进节能减排，切实减轻排放对环境带来的危害，努力实现清洁生产，促进生态文明建设。

几十年来，不少发达国家都在积极探索绿色建材发展之路，并取得了一些成功的经验，但从根本上来说，绿色发展，在全世界仍都是待解的一个重要课题。因此，我们必须清醒地意识到，加快发展绿色建材是一个艰巨而伟大的事业，是一项庞大的长期的系统工程，我国在发展绿色建材过程中，一方面要注意学习吸收发达国家的先进经验，另一方面是更需要强调自主创新。

工信部及相关部门按照十八大和两会的精神，顺应时代发展的需要，提出了大力发展绿色建材的战略思路，特别是重点围绕对建材结构调整升级和绿色建筑发展影响大、使用广的五类产品推进标准化和应用，并在今年和今后的工作中不断完善。这是发展绿色建材所迈出的坚实而重大的第一步。

下转 6 版

国家级战略

——透视“绿色建材”

■本报记者 刘媛媛

在人类社会漫漫的历史长河中,何以承载万民命运,引领社会进步,把握行业兴衰,调控经济指数……乃至影响地球生态,祸福子孙后代?有一股强劲的力量在其间左右,这股力量,叫作“国策”。

好比支撑巨大天秤的杠杆,正确的国策,可以造福千秋万代;国策指引下制定的正确发展战略,可以振兴一个产业,繁荣一片疆土。

20世纪70年代末,“对外开放”成为我国的一项基本国策,其历史意义深远博大。现在谁也无法否认,过去、今天和未来,这都是实现中华民族伟大复兴的必由之路。

进入新世纪后的2003年,国务院制定了“振兴东北老工业基地”的发展战略。这是在改革开放国策的大背景下,一项重大的国家级战略。东北三省实施后经济增速明显加快,大大缩小了与沿海省市的发展差距。

国策,是指一个国家在发展过程中根据国情和人民利益所制定的策略,它具有全局性、法令性和长期性的特点。我国的基本国策包括环境保护、节约资源、生态文明建设等。

国家战略,是指一个国家在发展过程中根据国情和人民利益所制定的在一定时期内将要重点实施的具有局部性、法令性、阶段性对策。我国现阶段主要战略措施有:可持续发展战略、西部大开发战略等。

今天,我们将重点透视的是一项新的国家战略——绿色建材发展战略。

从生态文明国策到绿色建材战略

改革开放36年后的今天,已拥有世界话语权,能够影响世界经济走势的中国,每一项国策的制订和实施,都势必产生强烈的国内国际效应。

2012年,中国政府正式将生态文明建设纳入国策。同年11月,中国共产党第十八次代表大会进一步把生态文明建设纳入中国特色社会主义事业总体布局。可以预见,我国由经济建设、政治建设、文化建设、社会建设“四位一体”,拓展为包括生态文明建设的“五位一体”,生态文明建设的战略地位更加明确,对中国社会的可持续发展和全球生态环境将产生深远而重大的影响。

几个月后,由国家工信部牵头,会同相关部门,在建设生态文明的大背景下,提出了加快发展绿色建材的思路,意义何在,前景如何?

让我们把视线放回到20年前。

1992年,巴西里约热内卢,联合国环境与发展大会在这里召开,“绿色建筑”成为走向全世界的发展目标。

新概念很快在中国掀起回音,我国政府相继颁布了一系列相关纲要、导则和法规,从理念上,拉开了一条持续至今,且延续未来的发展之路。

也正是在20世纪90年代初期,“绿色建材”第一次赫然出现在国内行业报刊上。有人说,绿色建材是绿色建筑的物质基础;也有人说,如果建筑材料依旧在“两高一资”的传统框框里徘徊不前,再好的理念、再好的设计,也无法成就绿色建筑的宏大梦想。

凡此种种,都曾在业内引起不小的轰动。

然而,自那以后,中国建材行业在相当长的一段时间内,却难于走出对“绿色建材”的懵懂期,似乎缺少一块宝贵的敲门砖,让几代建材人为之潜心探索、奔走呼吁。

跨入新世纪后,当“环境保护”成为蔓延全球铺天盖地的主旋律,建材行业,开始有更多的有识之士、更多的领军骨干,用实际行动为绿色建材做着注解。

从先进理念的涌现,到实际产品的研发创新,在这20余年的时间里,成绩不可谓不斐然、速度不可谓不迅猛,但就像初学摄影的孩子,看到了美景却对不准焦距一样,拍出来的却是一片朦胧的影像。

21年后的今天,绿色发展已成为全中国当前乃以未来最重要而宏大的国家级战略。国家工信部率先以节能玻璃、陶瓷薄砖、节水洁具、高性能混凝土和外墙外保温材料5个具体产品为代表,着手开始了绿色建材标准认证体系与产品目录的制定,让手举相机却眉头紧蹙的行业人,终于在美景面前对准了成就伟大作品的焦距。

无论是那些为建材工业的绿色梦想勾画第一笔蓝图的耄耋老人,还是一代代前赴后继的生力军,此时此刻,无不舒眉展颜、拍手称道。

二十载绿色建材梦,数代人豪壮奋斗史,终于可以在“绿色建材”的国家级战略的坚定引领下,成就辉煌。

国家级战略已成定局

1972年6月,联合国在瑞典斯德哥尔摩召开的第一届人类与环境会议上,讨论并通过了著名的《人类环境宣言》，环境保护终于由民间活动上升为政府行为。

工业革命的发展，带来了全世界物质文明的飞速进步，而当人类已全面进入高度工业文明的历史阶段，新的问题也随之诞生。

工业生产对于资源和环境所造成的破坏，已经日积月累到地球难以负荷的程度，如果不从根本上扭转全球经济的传统发展方式，人类社会的可持续发展将面临严峻挑战，生活在其中的每一个人，也将品尝到来自大自然的严酷惩罚。

世界自然基金会曾经在2007年前后发表过一份研究报告，人类目前对地球资源的掠夺性使用，已经以20%的比例超过了地球的承载能力，这个数字每年还在不断增加。

那么，如果全球各国依旧按着传统的生产方式发展经济，到2050年，人类将消耗地球上180%~220%的生物生长能力。

“到2030年，人类的生存和发展环境将呈现衰退，除非各国政府从现在开始，立刻采取相应措施，减少污染、保护环境。”这是研究报告最终得出的结论。

这就意味着，当全人类经历了上百万年的原始文明，一万年的农业文明和三百年的工业文明之后，正在跨入生态文明建设与发展的历史阶段，这是浩渺的人类历史长河必然流经的港湾，也是处在当代的人类所面临的最重要的生命课题。

也正是在2007年，中国共产党十七大报告中，第一次明确将“建设生态文明”作为全面建设小康社会的新要求提了出来。

这在当时的国际社会引起很大反响，就像很多长期致力于国际环保的专家所说，当今中国已被公认为世界经济的主要驱动力量之一，也是世界最大的发展中国家，中国开展生态文明建设，将会对全世界许多国家起到示范和借鉴作用。

事实上，早在党的十五大报告中，已经明确提出实施可持续发展战略，而在十六大，又更进一步提出发展低碳经济、循环经济，建立资源节约型、环境友好型社会，建设创新型国家，建设生态文明等发展理念和战略措施。

也就是说，从跨入新世纪以后，我国的生态文明建设已经进入了一个循序渐进的发展过程，直到2012年，党的十八大把生态文明建设提高到前所未有的地位。

在十八大报告中，不仅提出将生态文明建设摆在突出的地位，而且，“绿色发展”也成为报告中一个坚定而崭新的词语。

十八大报告以最明确也最通俗易懂的方式，将“绿色发展”纳入构建生态文明建设的重要板块。在建设生态文明的基本国策下，“绿色”也顺应时事，成为中国未来发展中的国家级战略。

这对于庞大而传统的建材工业而言,是一个振奋人心的利好政策。

自党的十五大召开至今的近15年时间里,也正是中国建材工业的骨干力量对绿色建材创造和呼吁最为高涨的一段时间,同时也是建材工业整体发展最为跌宕起伏的多变岁月。

回首世纪初的十年,建材行业里,有人称之为“黄金十年”,传统建筑材料的产能产量随着国民经济的飞速发展而水涨船高,新型材料也逐渐在新兴房地产业和高科技能源产业中崭露头角。

但也有人说,“黄金十年”为建材工业奠定了良好的物质基础,同时也埋下了诸多隐患。“二高一资”的环境杀手和产能过剩的行业桎梏,都直接影响着这个行业在全社会的位置,乃至全行业的生存发展。

有一位十多年致力于呼吁绿色建材的行业专家,曾发出过这样的感慨:中国建材工业的国际地位很高,但并不包括绿色建材工业。不是说行业人没有为建材工业的绿色化做过努力,而是,我们起步晚了,一直以来,绿色建材的大环境尚在酝酿和营造之中,这需要全行业人的意识和行动,更需要国家的重视和指引。

2011年11月8日,工信部发布了《建材工业“十二五”规划》,其中提到坚持绿色发展。加强节能减排和资源综合利用,大力发展循环经济,推进清洁生产,着力开发集安全、环保、节能于一体的绿色建筑材料,促进建材工业向绿色功能产业转变。

这是在以生态文明、绿色发展的国策指引下,关于建材工业绿色化最有力的国家级战略方针之一,为绿色建材的发展注入了一剂强心剂。

2013年1月1日,国务院办公厅发布《绿色建筑行动方案》,再次强调要大力发展绿色建材。紧接着,工信部联合住建部、质检总局等相关政府部门,开始了研究制定绿色建材的标准体系和认证办法,以及编制发布绿色建材产品目录。

这一切都标志着,在以生态建设为国策的大背景下,发展绿色建筑上升为国家战略的浪潮中,针对建材工业的国家级战略——绿色建材的发展、应用和普及,已成定局。

64年轨迹,“战略”成就的建材梦

不同时期的国家战略,都是特定的历史时期,最鼓舞人心的催化剂,它所带动的效果,还不仅仅是行动上的指导方针和可具操作性的引导航标,在精神和意识上的鼓舞和团结,也会凝聚起无限的力量。

说透一部建材工业的发展史,古今中外三百年,浩瀚四海。但要回首中国建材工业的发展历史,建国之后的这64年,应该是最为浓墨重彩的历史篇章。

这里有着一代代建材人用心血和汗水铸就的坚实成果,也少不了不同的发展阶段,不同的国家级战略所起到的引领和指挥作用。

建材工业并不是孤立存在、自给自足的产业,它是以建筑体系构建的大产业链上一个重要而庞大的基础环节。也因此,无论是针对建材行业自身发展而为的国家级战略,抑或与之相关其他领域的国家级部署,都会在这个庞大的工业体系中,产生一触即发的向心力。

而在建国64年的历史发展轨迹中,能够直接影响或间接带动建材工业发展的国家级战略,最起码也有三四次。

在建材领域内有一定阅历的资深建材人,有一个年份在他们心里挥之不去,1955年——“国务院关于加强和发展建筑工业的决定”发布的年份。

在中华人民共和国迎来60华诞的2009年,一位建材行业的资深人士撰文中写道:1955年5月,国务院发出了关于加强和发展建筑工业的决定,迎来了中国建材工业发展的新纪元……

在此之后的两年里,国家相关部委又针对水泥行业的发展,向国务院提交了多份报告,以水泥板块领衔的传统建材行业,正式走上高度发展的快速道。

这一次国家级战略,对于建材工业发展的影响,不仅仅是推动以水泥为主的传统建材产品的飞速发展,奠定了中国建材工业成为世界大国的基础,还由此而着力培养了新中国成立以来的第一批年轻有为的专业人才,在日后都相继成为建材行业的骨干群体。

30年之后的1985年,在贯彻中央关于经济体制改革的决定精神中,国务院针对建材行业未来的发展思路做出又一次革命性的战略决策,“大家办建材”标志着建材工业由计划经济体制向市场经济体制转型的开始。

当年,为落实这一精神,国家建材局专门召开会议,围绕“大家办建材”的宗旨,时任局长林汉雄做了题为《加速改革,实现建材工业战略转移》的报告。一时间,“大家办建材,建材怎么办”成了最风行的讨论。

若干年之后,有人曾总结:如果提到建材工业的转型升级,“大家办建材”的国策,无疑是带动建材工业第一次转型升级的驱动力。

又过了10年,1995年,建材工业“由大变强、靠新出强”跨世纪发展战略,再次将建材工业的发展引领到全新高度。

此后十几年时间里,正是在这一国家级战略的指引下,建筑新型材料的研发与创新如火如荼,传统材料在新品种、新装备和新工艺的研发与推广上,也发生着日新月异的变化。并且,这些新的研发成果,很快渗入国际领域。中国建材工业的国际影响力,从此开始,取得相当辉煌的成就。

新中国成立后,还有几次针对基础建设的国家级战略,对建材工业的影响也相当深远。

2000 年,西部大开发作为国家级发展战略,为中国西部广阔区域带来了翻天覆地的变化,同时,也为建材工业带来广阔天地和全新机遇。

原国家建材局以迅雷不及掩耳的速度抓住这一契机,在同一年发出了《关于在实施西部大开发战略中抓紧做好建材有关工作的意见》。

在国家战略引导下的西部建材大行动,十几年来,让原本是行业缺腿的西部建材,一跃成为态势良好的重点区域,其影响力持续至今。

除此之外,在国家发展长江三角洲、珠江三角洲、黄河三角洲、天津滨海新区、海峡西岸经济区等等新型生态经济区的国家战略中,建材行业都是首当其冲的受益者。

而在十二五期间,“海南国际旅游岛规划”作为国家级战略打响的那刻,建材行业又将接受一次全球化的艰巨考验。

此时此刻,生态文明建设已成国策,正在建设当中的海南国际旅游岛,是否能符合全球对于“绿色海南”所寄予的厚望,是否能成为中国生态文明建设中载入世界史册的新型生态旅游大省,新型绿色建材在其中的应用将是重要的考量元素之一。

这才仅仅是“绿色”国策所拉开的序幕,未来和建材相关的国家级绿色战略,一定会多不胜数,而所有的战略部署,都将上升为全世界对中国绿色建材研发与推广的监督和考量。

因此,在国策的号召和指引下,绿色建材的发展速度和力度,很有可能超越以往每一次国家级战略所带动的影响力,并有可能成为直接影响中国的国际形象和全球地位的重要利器。此时此刻,推动绿色建材标准和认证的制定颁布,尤显重要。

“战略”引领下的各行业前行之路

无论在哪一个时代,国家级战略对于不同行业的发展,都具备着极为重大的历史意义,无数鲜明的案例摆在眼前。

没有“科教兴国”的国家级战略,各行各业的专业院校和科研院所,就不会像今天这般百花齐放。而未来，打造各行业“绿色之梦”的强大团队，依靠的正是专业院校和科研院所等培养和输送的人才。

没有大力发展民族汽车工业的国家级战略引导，没有下决心投资兴建创造首个民族汽车品牌的中国一汽，中国汽车工业的历史或许将因此而被改写。

没有站在国家战略的局面上，重新振兴中国蚕丝绸产业，中国古来文化造产的丝绸制品，就无法摆脱流落为别国的软黄金，而中国丝绸只有为他人作嫁衣的命运。这一国策的引导，不仅是纺织丝绸工业的一次复苏，也是中国文化产业的一笔险些失去的财富。

如今，当“绿色”成为未来长期的国家级战略，绝不仅仅是建材工业掀起了绿色浪潮，各行各业都在第一时间行动起来。

关于水污染的调查与治理，几乎成为最炙手可热的关注点之一；塑料袋造成的白色污染，经过一系列法规出台，已取得了明显的成效；绿色食品的推广和食用，已经普及到千家万户；生态环保新型城市建设，也在国策的指引下遍布大江南北。

……

在翻阅资料中显示，和平时期的国家级战略，学术界还没有完全统一的认定。但有一点是公认的：所有国家级战略，都需要各行业悟透精神实质后，再详细制定行业政策，规范行业标准，以引导行业发展。

行业的发展首先要依据行业标准和认证体系的建立和完善，只有标准先行，整个行业发展的速度才有可能找到依据而变得顺畅快速。

振兴民族工业的决定，让中国汽车工业由此展开了世界汽车大国的时代篇章。而由大国变强国的未来使命，被再次提升到国家级战略的层面上。与此同时，“绿色”作为更大范围的战略国策，也对汽车工业提出了新要求。

2006 年，国家相关部委已经出台了节能环保汽车认证实施规则，主要针对轻型汽车产品。在此基础上，2008 年，汽车行业提出要全面建立节能环保型汽车认证制度，消费者可以通过认证标志，查阅到汽车噪声、排放量等关乎自身健康的环保标准指数。

2012 年，对于汽车行业，是国家级战略引领最为强劲的一年。

工信部与各大汽车集团掌舵者共同讨论《建设汽车强国发展战略》，相关部委着手研究起草，并通过国务院审批的《节能与新能源汽车产业发展规划（2012—2020 年）》相继出台，都标志着中国汽车行业，正在向节能汽车的方向迈进，并以此展开实现汽车强国的宏伟梦想。

同样关乎民生,并与“绿色”息息相关的纺织行业,早在2011年,国家工信部、国标委和中国纺织工业协会相关领导和专家,就针对全国纺织行业的标准化工作展开了深入的研究和讨论。

决策者们表示,纺织行业的国家标准和行业标准的建立,是国家级的长期战略,这不仅影响到纺织行业企业的未来发展前景,也对下游的服装行业和终端消费市场产生巨大的推动力,甚至直接影响到中国正在兴起的文化创意产业的前进步伐。更重要的是,这将成为全社会生活品质和人类健康的重要保障。

今年,当城镇化建设、绿色建筑、新农村建设等国家级战略与绿色发展的全球战略同步并举的时候,绿色建材标准认证体系的率先建立,也走在了全社会绿色化进程的前端。

不甘于落后其他兄弟产业的绿色化进程,只能是绿色建材行业发展的最低目标,这个行业需要更高的梦想,或许有一天,绿色建材行业将成为“绿色”国策指引下,率先兴旺起来的全社会领头羊和行业典范。

标准化的制定——对焦的过程

在依据国家级战略建立行业政策时,宏观的主题方向与行业标准细则建立,有过一些脱节的案例,事实证明,确实在一定程度上延缓了行业发展的速度和质量。

就像服装行业作为文化创意产业的国家级战略打响,可是,关于服装标牌的规范性依旧没有改变,直至在国际市场上连遭质疑,以致影响到国产品牌的国际化形象,行业人才意识到规范标识,看似细小的环节,对于产业发展所起到的巨大影响。

而传统建材行业的早期发展,也同样受到类似的制约。无论是传统材料抑或早期发展起来的新型材料,标准滞后始终是全行业不可回避的话题,也间接导致了全社会对建材产品的认知度和知识普及率较低的社会现象。

在这方面,很多欧美国家的做法给了我们很好的启迪。

德国的“蓝天使”环境标志,与德国关于环境保护的国家级战略同步,并不断修正和扩充,如今,已扩大到对回收利用、低毒低害、低排放、低噪声、节水节能等各方面提出标准。目前,以“蓝天使”为标志的绿色建材产品,已近4000个,被超过80%的德国用户所接受,获此标志的建材产品,也是消费市场的主力军。

加拿大的Ecologo环境标志、丹麦的DICL标识系统、瑞典的地面材料业标准体系、美国各大洲推出的严格的环境标志和标准体系等,都因为推出及时,普及速度快、认知度高,提早为产业发展营造了良好的社会环境。

具备国家法律效应、行业指导性和市场推广性的标准化与认证体系的建立,像聚焦一样,让行业内企业的研发与创新可以有的放矢,让产品使用者在购买时可以了若指掌,让产品在市场上的推广可以游刃有余,也会起到全社会普及和监督的社会责任。

这一次,建材行业将"标准先行"立在前方,绿色建材的发展将事半功倍。

即将出台的绿色建材标准和认证体系及产品目录,是由相关部委提出,建立标志性文案,从而形成一套行之有效的行业规范准则。虽由于上报审批的过程需要经过一系列复杂程序,目前,暂时无法透露更多细节。但看得出来,仅仅是此信息的公布,就具备了超强的渗透性和感召力,全行业似乎都有种"正中下怀"的畅快感。

一位行业内资深专家说得扬眉吐气:全行业都有信心和耐心去等待,就像863计划(国家高技术研究发展计划),待到揭秘的那一天,有可能是一个行业为"绿色梦想"前赴后继这么多年之后,最畅快的一天。

"这条消息对我们来说,是比吃了蜜还甜的甘泉。"一位刚刚获悉此消息的建材行业企业家笑着说:"大家都清楚,制定标准的过程不是一蹴而就的过程,但只要国家相关部门有了行动,我们就更加坚定了信心。只有制定了相应的标准体系、认证方法和不断升级的新产品目录,才能真正让飞翔在空中的梦想实实在在地落地生根。"

实施绿色建材战略,你准备好了吗?

"绿色"战略之于建材行业,意义重大,不仅仅是推动绿色建材发展的助推力,不仅仅是建材工业努力摆脱"二高一资"的传统桎梏,从环境杀手变为环境卫士的大平台,更是使整个建材工业以此为契机,力挽狂澜,改变行业命运,摆脱产能过剩,实现全面转型升级的重大转折点。

以往,建材行业很多企业家曾很无奈地说:产能过剩让我们的生存都成问题,如果没有良好的国家政策来支持和帮助我们,我们哪来的精力和资金去研究节能减排和绿色发展?

还有更多长年致力于研究绿色建材课题的企业家,也心存狐疑:如果没有国家行规和行业标准,我们研发的绿色建材在市场上根本无从推广,我们不得不回到了传统生产的老路上。

轻薄陶瓷就是一个鲜明的例子,在缺少国家战略指引的情况下,老百姓对轻薄陶瓷的内涵知之甚少,市场推进速度障碍重重,导致陶瓷企业对开发轻薄的积极性日显冷淡。

这一切,都将在发展绿色建材的国家级战略面前迎刃而解,绿色建材标准及认证体系的建立和完善,就是绿色建材踏实落地,着手推广的第一步棋。

有了这步棋,就将激活整个棋盘,身处其中的每个企业,都会在这盘棋中,找到自己应处的位置。

而绿色建材发展的新思路和全社会的关注力度,也一定会为建材行业最头疼的产能过剩找到最好的解决渠道。更多的传统建材企业,首先从思想意识上来一次颠覆性的本质扭转,就会很快领悟到企业发展新的突破口。

企业发展与市场繁荣相辅相成。当更多的企业家转变了发展方式和产品结构,当绿色建材有了清晰明确且通俗易懂的标准,当相关产品的认证体系让老百姓看得见感受得到,建材市场也将摆脱低迷多时的处境,迎来以“绿色”为主旋律的新卖点,市场复苏指日可待。

还有一个更为重要的角色,是行业协会。而正如国务院参事、建材行业的资深专家蒋明麟所言,发展绿色建材的工作依旧很多很繁杂,从中国建材联合会到各地区行业协会,应该考虑如何在此国家战略指引下,搭建起绿色建材发展的大平台,联结好政府与企业之间的纽带,并与相关行业紧密沟通,保持长久的战略性合作。

对于沟通与合作,蒋明麟不止一次地强调,无论是政府相关部委、行业协会还是建材企业,在绿色建材发展的道路上,都需要从本职工作的角度,紧密团结其他相关领域的合作者。

闭门造车是发展大忌。如果上不能满足绿色建筑的需求,下不能满足普通百姓的愿望,绿色建材永远都是纸上谈兵。

作为建材行业的传播平台,行业媒体的作用,亦显得尤为重要。

敞开眼光、思路和心胸,读透绿色战略的精神内涵与实质,扩大关于绿色产业在相关专业领域中的知识面,用正确的舆论导向推动行业转型,顺利完成传统建材到绿色建材全面铺开的过渡期,行业传播者所肩负的责任和使命,光荣而艰巨。

结 语

每个中国人都拥有属于自己的中国梦。每位建材人,也同时怀揣着浓浓的“建材梦”。而一个传统工业用二十载岁月的积累和酝酿,构建起的宏伟绿色建材梦,终于在国家级战略指引下,看到了一触即发、即将绽放的希望。

但是,未来的路并不好走。如果说在人类经历的三大文明体系中,更多遵循着“人定胜天”的哲学观,多采取对自然资源的无节制利用发展起来,那么,生态文明讲求的是“和谐共处”的自然法则,环境对发展有了约束,势必导致经济发展与环境保护之间存在着相互对立与制约的因素，这是人类迈入生态文明的最大挑战。

人类要在被制约的条件下跨越更高层次的文明体系，全社会各行业都要在这条路上共同去探索创造，那将是漫长而艰辛的过程，需要不断地传承与接力，身处地球上的每个人每个行业，都扛着同样的责任和使命，经历同样的锤炼和考验，同样任重道远。

崭新的路线图

——给你一把打开绿色之门的钥匙

■本报记者　常　慧

在庞大复杂的建材工业系统下，发展绿色建材该如何切入？

依据 2011 年版《国民经济行业分类》，建材是以非金属矿物制品业作为大类行业，包括水泥、石灰和石膏、水泥制品及类似制品，砖瓦、石材等建筑材料，玻璃、玻璃制品、玻璃纤维和玻璃纤维增强塑料制品，陶瓷制品，耐火材料制品，石墨及其他非金属矿物制品共 9 个中类行业。在中类行业之下又分成上百个小行业，仅水泥就有 8 大系列 60 余个品种。建材行业犹如一棵枝繁叶茂的大树，相关的产品品类就如树叶般数不胜数。为满足社会经济建设的需求，建材工业这棵“大树”经过 60 余年的发展，枝蔓已经延展到全国各个地市县甚至村落中，成为地区经济的重要支撑。当前，建材行业约有十几万家企业、1200 万左右的员工在不同岗位，支持着建筑、汽车、化工、轻工、电子、国防工业等相关行业的发展，其中 3.4 万家规模以上企业 2012 年全年完成主营业务收入 5.3 万亿元。建材作为唯一具有原材料与消费品双重属性的行业，牵动着人们生活的方方面面。

建材行业很早就意识到发展绿色建材的必要性，对绿色建材基础研究工作开展了近 20 年，但由于各种原因，绿色建材体系建立始终被认为是复杂艰深的问题，工作局面难以打开。一位在绿色建材研究领域度过半生的老专家说“绿色建材进入就出不来”，就充分说明了推进绿色建材工作的难度系数之高。

理想很丰满，现实很骨感。面对建材行业的实际情况，绿色建材要从何抓起？

以需求发展为牵引

2013 年，通过对建材行业科学全面的认识，国家工业和信息化部原材料工业司作为行业管理部门,构建了以“三位一体”的发展主体,以规划、政策、标准为管理手段,协同行业运行监测、反馈与评估,构筑起系统化的行业管理新模式,并基于前期对绿色建材产业发展课题、骨干企业的深入调研,将绿色建材标准和目录的编制工作作为“三位一体”管理模式的主要抓手。

十八大之后,在促进工业化、信息化、城镇化、农业现代化同步发展,特别是推进工业化和城镇化良性互动、大力建设生态文明的大环境下,建材工业机遇与挑战并存,如何紧抓机遇化解产业矛盾,促进行业可持续发展?思路同样锁定在绿色建材。

两条思路分别聚焦到绿色建材,可见绿色发展不仅是建材行业贯彻落实十八大精神的最重要举措;同时作为建材工业落实《工业转型升级规划(2011—2015)》结构调整、转型升级的综合性抓手,也是化解水泥、玻璃产能过剩的具体措施。

但建材行业是基础行业,如何发展要得到用户认可。从国家工业和信息化部原材料工业司副司长潘爱华处我们了解到,在形成思路后工信部原材料工业司与国家其他相关部门快速沟通衔接,并取得积极共识。国办发一号文件《绿色建筑行动方案》的出台,又为这项工作提出了量化目标。方案提出“十二五”期间将完成新建绿色建筑 10 亿平方米,既有建筑节能改建 6 亿平方米以上。以此为据,按现行市场情况和生产情况计算,最保守也将拉动 2 万亿元的绿色建材需求。

发展绿色建材,是落实国家战略方针的具体措施;是行业综合管理的迫切要求;是国家多个管理部门的共识凝聚。在巨大市场需求牵引下,无疑也是最务实的发展方向。

要想绿色发展从理想变为现实,从口号变成行动,并最终转化为行业发展的内生动力,焕发企业创新激情,要在绿色发展过程中不断培育企业新的经济增长点,在节能减排过程中找到效益增值点,不断提升企业价值。所以,不论是“三位一体”的管理思路,还是围绕绿色建筑需求,完善绿色建材标准体系,利用先进标准引领绿色建材产业发展。在市场经济条件下,作为行业管理部门已经找到了促动行业、企业绿色可持续发展的钥匙。

这一刻,崭新的行业发展路线图已经清晰可见,但第一步迈向何方?

以群众路线为导向

“绿色建材关系到每个老百姓的生活,作为行业管理部门要切实改进行业管理工作作风,运用‘从群众中来到群众中去’的方法,广泛听取社会各界的意见建议,以高度的社会责任感形成合力,凝聚业内外发展绿色建材的正能量。”潘爱华认为,前一阶段用十八大精神统一思想的过程进行得很顺利，近日中央政治局决定在全党开展党的群众路线教育实践活动，则为下一步绿色建材标准工作的具体操作指明了方向。

“这项工作从一开始就依靠人民群众，就在与社会、企业联动展开。我们愿意倾听各种声音，请大家站在自己的角度来参与这件事情，这既是对中央新规定的落实，也使这项工作更接地气。春节后我们通过密集调研，多部门协调联动，来凝聚行业内对这件事情的共识。我们调研了高性能混凝土、节能玻璃、轻薄陶瓷、节水洁具等不同行业。与行业协会，骨干企业、建设方面的设计院进行沟通交流，每一次调研都是深化认识、统一思想的过程。通过协调沟通、深度调研，明确了绿色建材的内涵和工作方向，调研将伴随整个绿色建材工作的全过程。”潘爱华认为，正是通过实实在在的群众路线，才为绿色建材工作凝练了共识、聚焦了目标，坚实地迈出了第一步。

绿色建材应是在全生命周期内可减少对天然资源消耗和减轻对生态环境影响，本质更安全、使用更便利，具有“节能、减排、安全、便利和可循环”特征的建材产品。绿色建材内涵首次由国家行业管理部门做出准确定义，绿色建材工作有了明确目标。

围绕绿色建材内涵，对建材行业结构调整和绿色建筑发展影响大、使用广、条件成熟的节能玻璃、陶瓷薄砖、节水洁具、高性能混凝土、外墙外保温材料五类产品率先成为进入绿色建材复杂体系的突破点。从建材行业量大面广的产品入手，不仅更容易体现绿色建材对社会的总体贡献和综合效益，同时也将进一步带动行业结构调整和转型发展。

节能、减排、安全、便利和可循环——绿色建材这五个特征的提出，将实现多方共赢：国家战略导向通过绿色建材能切实落实，社会用最少的资源消耗给群众创造最大的收益、最好的生活环境；企业通过绿色发展明确了自身方向，赢得新的生存空间；消费者通过一次投资的微小增加，降低了全生命周期内的成本。

中国梦，是人人的梦。绿色建材创造的多方共赢，是建材工业强国梦的开始，而群众路线，是实现梦想的保证。制定有利于引导建材行业循环发展、绿色发展、低碳发展的绿色建材标准和认定制度，编制发布支撑绿色建筑发展的绿色建材产品目录，则是实现梦想的着力点。

以标准建设为抓手

“在调研如何发展绿色建材的过程中，不论是建材行业协会、研究院所、企业，还是建设领域的主管部门、建筑设计院,各方面代表都觉得抓绿色建材工作意义重大,但为何绿色建材提出那么早发展却不理想?很重要的因素是建设部门的应用规范、建材行业标准与行业技术水平三方面长期脱节。发现这个问题,就找到了工作的着力点,这项工作一开始就将标准作为结合点,与住建部、质检总局等多部门联动,推动绿色发展。"潘爱华认为国务院赋予行业管理部门的职能,就是要管规划、管政策、管标准。推进绿色建材产业发展,就是要立足建材行业产品升级、节能减排、综合利用等方面创新驱动,制定有利于引导建材行业循环发展、绿色发展、低碳发展的绿色建材标准和认定制度,编制发布支撑绿色建筑发展的绿色建材产品目录。

发展绿色建材是一件人人叫好的事情,但具体这个标准如何编制?据潘爱华介绍,绿色建材标准和认定制度要抓主变量,解决主要矛盾,并明确每一个产品的关键指标,作为承载绿色建材最本质的要求。比如玻璃抓住节能即传热系数、陶瓷关注节材,抓住砖的厚度和强度……而整个绿色建材标准体系建设将从节能玻璃开始,依序展开。标准不是一年制定完的,也不是10年不变的,绿色建材是一个长期的事业,绿色建材的标准是动态的,随着技术进步要阶段性地进行调整和修改。绿色建材标准推出后,还要对其进行运行监测,加强反馈与评估,实时监测政府行业管理措施对行业发展的影响。

建材行业已经带着崭新的目标重新出发,随之而来的是对未来更准确的规划。

以带动行业为目标

发展绿色建材的带动作用已经凸显。作为建材行业贯彻落实十八大和两会精神的具体行动,是中国建材工业实现中国梦,支持和打造中国经济升级版的重要行动;同时也将带动建材工业结构调整、转型升级;带动建材工业拓展功能、注重发展质量和效益,构建绿色生态文明。

建材行业本身就是"两高一资"的行业。通过发展绿色建材,加快节能减排和资源综合利用,大力发展循环经济,推进清洁生产,为整个行业带来技术装备的提升,产品结构的改变,乃至内部业态结构的调整。

建材企业既要做传统材料生产商,也要考虑将生产资料和消费品属性有机融合,将创意文化产业融入行业之中,积极发挥设计贡献率。同时通过加强合同能源管理、合同环境管理、现代物流等,将生产性服务业这块短板补起来。把整个行业的转型落在实处,真正实现《建材工业"十二五"规划》的发展目标,实现建材工业向绿色功能产业转变。面对清晰的任务,明确的路线图、时间表以及长远规划,建材行业要在生态文明社会建设中有所作为，抓住十八大提出的工业化和城镇化良性互动发展的契机，参与支撑“中国经济升级版”，更需要企业家的勇气和智慧。

所谓勇气，就是面对更深层次、更大规模的产业结构调整，企业能把推动发展的立足点转变到提高质量和效益上来，更多依靠科技进步、劳动者素质提高、管理创新驱动，更多依靠节约资源和循环经济推动，不断增强长期发展后劲。

所谓智慧，就是企业发展理念要真正以绿色、可持续为引领，将环境责任、社会责任真正融入企业的价值观和战略管理中，实现经济效益、社会效益、资源环境效益的有机统一，真正做到绿色发展、循环发展、低碳发展。

展开崭新的路线图，这一刻我们一起“在路上”，追赶穿越了几代人的绿色梦想，升级探求建材行业转型全新旅途。

“绿色”的来龙去脉

■本报记者　韩凤凤

在人口膨胀、环境污染、资源紧缺的背景下，“绿色建材”的理念破土而出。这个承载着有利于环保、有利于身体健康美好愿望的种子，在 20 多年的时间里，生根、发芽、成长、壮大、开枝、散叶。如今，“绿色”理念已经植根于人们的心中，绿色建材也已开始融入人们的生活。

“绿色”起源

工业化进程的进一步加快，资源和能源的大量消耗，引发了一系列的全球环境问题。人们逐渐认识到保护生存环境的重要性。

早在 20 世纪 70 年代，一些国外建材企业已经开始了对健康、利废、功能性建筑材料的研发，不过当时这些带有生态、环保色彩的材料还没有一个正式的身份。

1987 年，世界环境与发展委员会在《我们共同的未来》报告中第一次阐述了可持续发展的概念，其“既满足现代人的需求，又不损害后代人满足需求的能力”的提法得到了国际社会的广泛共识。这一新概念，也为“绿色建材”的提出奠定了基础。

1988 年，第一届国际材料科学研究会首次提出了“绿色材料”这一概念。绿色成为人类寄托环保愿望的标志。

1990 年,日本的山本良一教授提出生态环境材料概念,这被公认为是“绿色建材”雏形。他认为,生态环境材料应具备三个特征:一是先进性,能为人类开拓广阔的活动范围和环境;二是环境协调性,即同外部环境尽可能协调;三是舒适性,使人类生活更加优美舒适。

1992 年,联合国在里约热内卢召开的世界环境与发展大会,确立了建筑材料可持续发展战略方针,制定了未来建材工业循环再生、协调共生、持续自然的发展原则。

同年,“绿色建材”在国际上终于有了属于自己的专业定义:在原料采取、产品制造、使用或者再循环以及废料处理等环节中对地球环境负荷为最小和有利于人类健康的材料。不得不承认,这个定义是非常具有前瞻性的,对材料的整个生命周期进行了全面覆盖,并点睛地提出了“对地球环境负荷最小”和“有利于人类健康”的深刻内涵。

1999 年,在我国首届全国绿色建材发展与应用研讨会上,根据我国的实际情况,提出了更为详细的绿色建材新定义:采用清洁生产技术,不用或少用天然资源和能源,大量使用工农业或城市固态废弃物生产的无毒害、无污染、无放射性,达到使用周期后可回收利用,有利于环境保护和人体健康的建筑材料。时隔多年,这一概念一直被沿用,并成为各种绿色建材产品标准、评价的有效参照。

直至 2013 年 3 月,为进一步推进绿色建材产业发展,工信部原材料工业司和科技司在中国建材研究总院、中国建材检验认证中心和建材工业标准化研究所充分调研后,在原有概念的基础上,赋予了“绿色建材”新的内涵——绿色建材应是在全生命周期内可减少对天然资源消耗和减轻对生态环境影响,本质更安全、使用更便利,具有“节能、减排、安全、便利和可循环”特征的建材产品。

有关专家向记者详细地阐述了这五大特征所包含的内容。

节能指的是,一方面在生产环节能源、资源消耗最少,一方面在使用环节建筑能耗最少。

减排包含三个层面的内容,一是在生产环节污染物和二氧化碳排放减少,二是在使用环节不仅自身减少还帮助建筑物减少有毒有害物质缓慢释放,三是能更好地保障生命健康。

安全则是指在生产环节安全隐患最少,产品本身安全度和耐久性提高,在施工过程中不产生次生的不安全因素,在使用环节帮助提升建筑物防灾减灾水平和延长使用寿命。

便利是指生产环节环境舒适、施工环节使用便利，回收便捷等。

可循环是指生产环节可以最大限度地无害化消纳产业废弃物，废弃处置环节无毒无害易回收、便于资源化再利用。

全面、翔实、立体的诠释，赋予了“绿色建材”新的生命，更体现出了其新的价值。

在国家的大力支持下，在政府部门的积极引导下，绿色建材的发展轨道将更加明晰，步伐也更加稳健。

“绿色”风暴

20世纪90年代，当“绿色建材”概念提出以后，围绕这个利国利民的新生理念，全世界的建材相关机构和单位开始了对绿色建材的研究与开发。在这股“绿色”风暴的席卷下，绿色建材的内容不断充实，绿色建材产品也百花齐放。

发达国家，如日本、美国等在发展绿色建材方面起步较早。他们投入了很大力量研究、开发绿色建材，国际上的大型建材企业对绿色建材的生产也给予了高度重视，并进行了积极的推进。在各方的共同努力下，生产过程的污染减少了，采用工业或城市固体废弃物生产的绿色建材产品以及采用高新技术制作的有益于人体健康的多功能绿色建材产品层出不穷，配套的绿色建材性能标准、标志认证等也相继出台，加快了绿色建材的推广步伐。各种新型环保材料在政府及相关部门、企业的推动下也被广泛应用于生态楼、健康住宅等绿色建筑中，成为“绿色”样板和典范。

在我国，绿色之风也使我国建材行业达到了层林尽染的效果。

建材行业是典型的“两高一资”行业。我国建材行业企业首先从降低污染、能耗，减少资源使用入手，做出了不懈努力，并取得了巨大的成就。

水泥行业经历了从小立窑到新型干法生产线的蜕变；玻璃行业实现了从小平拉到浮法的飞跃；墙材行业完成了秦砖汉瓦到混凝土砌块的华丽转身……

城市生活垃圾变成了水泥生产原料，建筑垃圾和电厂废弃物变身新型环保砖，炉渣、炼钢废料和废报纸重塑成为矿棉板……

低温余热、富氧燃烧等节能减排技术在水泥、玻璃、陶瓷等行业得以普及……

具有更高使用效率和优异性能的高性能混凝土、能够改善居室生态环境和保健功能的多功能玻璃、陶瓷、涂料等建材产品都实现了技术上的突破。

可以自豪地说，我国有全球最先进的水泥厂、水泥设备制造厂、玻璃纤维厂、平板玻璃厂，我国的高炉矿渣、电厂粉煤灰、工业副石膏等固体废弃物的利用水平也进入世界先进行列。

为规范绿色建材市场秩序,推动行业发展,与绿色建材产品息息相关的检验、评价与认定工作也相继展开。

1993年,我国公布环境标志,1994年在6类18种产品中首先实行环境标志,水性涂料是建材第一批实行环境标志的产品。

从1996年开始,国家环保总局在全国范围内开展了ISO14000环境管理体系认证试点工作。通过建立并运行环境管理体系,企业在减少物耗、能耗,降低生产成本方面取得显著成绩,不仅增加经济效益,还增加了社会效益和环境效益,同时也提高了企业的国际竞争力。

随后,一系列控制生产污染排放、加强产品质量管理、对产品进行性能评价的标准出台,一些检验、认证机构也应运而生。2010年,针对绿色建筑材料科学的国际前沿问题与建筑材料绿色化问题,围绕材料生命周期全过程开展应用基础理论研究的中国首批企业国家重点实验室——绿色建筑材料国家重点实验室也在中国建筑材料科学研究总院落成,促进了行业技术进步与产业结构升级。

20年来,为引导绿色建材的生产、研发和消费,我国政府相继推出了一系列政策、法规,大大促进了我国传统建材向绿色化方向的迈进,使我国建材工业在技术、工艺、装备上有了长足进步。

“我国经济建设的快速发展,国家重点工程的大量建设,农村城市化的快速推进,建筑和交通业的迅速发展,促进了绿色建材的蓬勃发展,但对绿色建材推动最大的,莫过于2008年北京奥运。绿色建筑的概念就是绿色奥运的背景下提出来的。”中国建筑材料科学研究总院陶瓷院书记同继锋说。绿色奥运的理念贯穿于大规模奥运场馆建设和城市基础设施建设之中,绿色建筑“四节一环保”的理念,催生了一大批具有节材、节水、节地、节能、环保特征的新型建筑材料,也让很多新材料通过在标志性的绿色建筑中的应用而一鸣惊人。大家对绿色建材的关注在此时达到了前所未有的高度。

“绿色”未来

从生产到施工、使用、回收,建材行业已经悄然实现了从浅绿到深绿,再到泛绿的升华。

虽然,绿色之风早已吹遍中华大地,但是从一组数据中,我们仍可以看出,绿色建材的应用并不尽如人意。在我国现有的400亿平方米建筑中,95%以上都是高能耗建筑；门窗的能耗为发达国家的 3 倍；与气候条件相近的发达国家相比，我国每平方米建筑采暖能耗约为发达国家的 3 倍左右……专家说，我国的房地产在环境设计上刚刚与世界接上了轨，可其耗能却走在了世界的前列。耗能建筑像一张不及格的试卷，赤裸裸地暴露出绿色建材在生产和应用上的问题。

耗能严重的建筑与快速发展的绿色建材业形成了鲜明的对比。绿色建材是否"有价无市""有名无实"？还是不能与日益严格的建筑节能标准相适应？

"如果按照'从摇篮到坟墓'的整个生命周期来评价，可能目前我国还没有完全意义上的绿色建材产品。"从事 10 多年绿色建材验证评价及研究工作的中国建筑材料检验认证中心副总工程师蒋荃说，"目前我国的认证工作主要是针对建材产品某个单项指标进行检测，我们认为，这对绿色建材的评价来说并不全面。"他坦言，全生命周期评价目前还只停留在理论研究阶段，这是一个非常复杂的过程，需要对产品生命周期的每一个节能环保参数进行设定，所以实施起来很有难度。

据了解，行业协会也曾进行过绿色建材的推荐、评定工作，但由于种类复杂、操作烦琐，这些工作只限于在参加绿色展览会的企业中进行，而且检测内容也是大家比较关注的几项指标的检测。所以，所谓的"绿色"是相对传统材料而言的，或者只是某一方面的性能能够达到"绿色"的要求。

记者近日采访了一家生产节能门窗的企业的有关负责人。对于产品是否是绿色建材，他表示非常肯定。"按照工信部提出的新内涵的字面理解，我们的产品获得了住建部'建筑门窗节能性能标识'，在节能减排方面毋庸置疑，在安全方面，产品的防火性能优异，能延长逃生时间。公司门窗主要材料为木材，是天然材料，也是可循环的。"但他表示，只是便利这一点单从表面上理解，还说不清楚。新概念的内涵还有待于进一步普及，需要制修订新的标准，让绿色产品有明确的判断依据。

"我们将会根据工信部的新定义来制定绿色建材标准，开展绿色建材评价的研究。"蒋荃说，根据工信部要求，要重点围绕对建材结构调整和绿色建筑发展影响大、使用广、条件成熟的高性能混凝土、节能玻璃、节水洁具、陶瓷薄砖、外墙外保温材料这五类产品推进绿色建材产品标准化工作和绿色建材产品目录编制工作，中国建筑材料科学研究总院也将以此作为切入点开展研究工作。

今年国家对绿色建材表示出了极大的重视。1 月份，国务院办公厅以国办发〔2013〕1 号转发了国家发展改革委、住房城乡建设部制订的《绿色建筑行动方案》；工信部也加强了对绿色建材的调研。对此，同继锋认为，从国家的层面来推动绿色建材的发展，这对行业来说是一件非常好的事，这一做法在世界上也是领先的。政府的重视让绿色建材的方向更加明确，也增强了从事绿色建材研发推广工作的人们的热情和信心。

他说,绿色建材是支撑绿色建筑发展的基础,绿色建筑是绿色建材的重要载体,要在建设单位和工业、企业之间寻找结合点,绿色建材要适合《绿色建筑行动方案》中对绿色建筑的要求。"三分材料,七分施工",施工是建筑材料能否达到设计效果的关键,所以,若想绿色建材能够真正发挥绿色的作用,达到绿色的效果,需要各个相关部门的全力配合。让绿色建材符合绿色建筑要求,让绿色建材标准能够全面覆盖生产、使用、回收环节中的每一项指标,这个过程会很艰辛,也会很漫长。

从目前来看,绿色建材本身还存在许多矛盾,如保温材料中防火与保温的矛盾、技术引进与成本增加的矛盾、高性能与高价位的矛盾,材料与材料之间不能匹配的矛盾等等,这些都有待于相关部门逐一寻求解决办法,寻找最佳平衡点。在国家的大力支持下,绿色建材发展道路虽然坎坷,但未来光明,前景可期。

《绿色的梦》刊于 2013 年 5 月 10 日

其他篇目

◆追梦的人

——请记住这些绿色建材的先行者

◆"黄金十年"的启示

◆没有绿色建材　就没有绿色建筑

——访万泽地产集团副总经理冯勇

◆社评:迎接建材业的美好明天

关注本组核心报道请扫描二维码

产业财富 传媒价值

中國建材報

CHINA BUILDING MATERIALS DAILY

经济日报社主管主办

国内统一刊号:CN11—0073
邮发代号 1—121 国外代号 D807
本报为周六刊(周日休刊)
今日八版
第 6360 号
2013 年 5 月 17 日 星期五
农历癸巳年四月初八
www.cbmd.cn

首届中国(上海)国际技术进出口交易会举行

刘志江受邀作主题演讲

本报讯 近日，中材集团董事长刘志江、天津水泥院有限公司董事长彭建新应邀出席由商务部、科技部、知识产权局和上海市人民政府共同发起，联合国工发组织、联合国开发计划署、国际知识产权局协助举办的首届中国(上海)国际技术进出口交易会。刘志江作为唯一一家受邀企业代表，在联合国工业发展组织技术日主题论坛上，作了题为《持续技术创新 推进节能减排——努力促进世界水泥工业的进步和发展》的演讲。

刘志江在演讲中首先回顾了 30 年前联合国工业发展组织(UNIDO)在天津水泥工业设计研究院设立"中国水泥发展中心"以来对中国水泥工业的发展和世界水泥工业的技术进步所作的贡献。他说，在中国国内，中材集团设计、承建了 1000 多条新型干法生产线，其中包括法国拉法基、德国海德堡在中国建设的大型水泥生产线。在亚洲、非洲、欧洲、美洲等地区的 60 多个国家，承建了 120 多个水泥工程，培训了一大批国外水泥生产技术人员。目前全球最大规模的日产 10000 吨水泥熟料新型干法生产线共有 27 条，其中中材集团承建 18 条。承建的全球水泥工程市场份额已占 42%。

刘志江表示，中材集团将在与联合国工发组织继续加强合作的基础上，进一步加大绿色发展的技术、新工艺的研究力度，加大技术推广的应用，开展技术交流及人才的培训，协助发展中国家的水泥工业提高产量和质量，为世界水泥工业作出新的贡献。

上交会期间，刘志江、彭建新一行来到联合国工业发展组织展位，了解中国水泥发展中心、中材集团及天津水泥工业设计研究院有限公司展出情况。

据悉，此次上交会共有 31 个国家和地区的近千家知名科技企业、技术交易服务机构参加，全方位地展现我国技术贸易的特点以及国际技术贸易发展的趋势，凸现了中国知识产权保护的新形象。（李 琦）

联合国官员高度评价中国水泥发展中心

本报讯 在首届中国(上海)国际技术进出口交易会上，联合国工业发展组织总干事首席顾问、执行干事隋翠高度评价挂靠在天津水泥工业设计研究院有限公司的中国水泥发展中心取得的成绩。

联合国工发组织是联合国系统的专门机构，肩负着可持续工业发展的重任。在过去的 40 多年里，工发组织一直致力于向受援国推介先进的科学技术以促进当地的工业发展。30 年前，天津水泥院有限公司得到联合国工发组织(UNIDO)执行项目的支持，建设了亚太地区唯一的国际性水泥机构——中国水泥发展中心。

隋翠在大会发言特别把中国水泥行业作为卓有成效的合作案例来分析。她介绍说，联合国工发组织为中国水泥发展中心项目安排相关人员在国外进行新技术的培训，促进技术交流与合作。如今，天津水泥院有限公司所在的中材集团已成为水泥行业实施绿色环保与高效节能新科技的领军企业，为推动中国和国际水泥工程业高效节能、绿色低碳发展作出了杰出贡献。（彭 典）

每周核心报道

玻璃大国的追求

——面向未来的绿色节能之路

■本报记者 刘媛媛

自从上世纪 80 年代"洛阳浮法玻璃技术"在中国诞生之后，仅仅 30 余年时间，我国玻璃行业已经跨入了玻璃大国的行列。

这不仅仅是一种荣耀，作为国民经济的重要基础产业，每一块玻璃，都联系着从高科技领域到基础建设项目等支系庞大的上下游行业，更是千家万户离不开的生活必需品。

谁也无法否认，玻璃工业已经是当今中国的重要支柱产业，毫不夸张地说，我国工业化进程的速度与质量，玻璃工业的发展，拥有着绝对的话语权。

但这并不意味着中国玻璃工业已经成长为顶天立地的巨人，在由大变强的产业发展途径中，我们依旧奔跑在路上。

产能过剩和高能耗高污染的顽症，是横在玻璃大国前行路上的一道鸿沟，而今天的我们已经来到了这道鸿沟面前，鸿沟的彼岸，就是玻璃工业经过产业结构调整、产品优化升级方能踏上的阳关大道。

由玻璃大国迈向玻璃强国，我们拥有丰厚积累和底气。前方，有绿色建材的召唤；后方，有幅员辽阔的市场；远眺，有生态文明的灯塔；近看，有节能环保的蓝图。现在，只需坚定的目标，闯关的勇气。

从玻璃大国到玻璃强国，究竟靠什么变强？绿色节能，当是唱响这一主旋律的利器。

节能玻璃究竟能节多少能

30%×50%×70%=10.5%，这是金晶(集团)有限公司董事长王刚，总结出来的一套节能玻璃方程式。

"30%"代表全社会耗能的 30%是被建筑消耗的；"50%"代表建筑能耗的 50%是通过门窗流失的；"70%"代表采用低辐射镀膜节能玻璃及相配套的窗框，可以节约建筑采暖、制冷所需能源的 70%；而"10.5%"则代表如果我国既有建筑都用上低辐射镀膜玻璃及相配套窗框，全社会能耗可降低 10.5%。

和大多数绿色建材发展之路有所不同的是，节能玻璃其中一个产品——中空玻璃，诞生的时间远比全球绿色化意识的时间要早得多。

早在 1865 年，美国已经研发出了第一块具有节能特征的中空玻璃产品，由此开启了人类节能玻璃的发展历史，上世纪 70 年代渐入市场活跃期，今天已成全球遍燃之势，并延伸发展出 Low-E 玻璃、真空玻璃等显著具有节能功效的产品。

不同的地域地貌，需要不同功能的节能玻璃。中国幅员辽阔，从高寒地带到炎热地带，横跨五大气候区域，可以说称得上是节能玻璃应用范围最大、应用品种最多的市场之一。

节能玻璃究竟能节多少能？

这是一个相对复杂的问题，既涉及到五大气候特征与节能玻璃品种繁多的性能对比，也涉及到不同居室面积与不同建筑物使用玻璃比例。这需要一整套的科学数据和不同环节的对比分析加以佐证。

专家测算证明，一户面积为 120 平方米的居室，其门窗面积为 30 平方米，如使用 Low-E 中空玻璃替代单片玻璃，每年采暖可节能 70%；制冷可节能 31%。同样方法计算，累计 20 亿平方米的建筑，如全部使用 Low-E 中空玻璃替代单片玻璃，每年采暖可节电 376.5 亿千瓦时，3 年即可超过三峡水电站一年的发电量。

试想：如果全国不同地域按着各自的气候特征全部采用节能效果最佳的节能玻璃，将会节省下一笔多么可观的巨大财富。

贯穿始终的玻璃"绿色进程"

节能玻璃不是凌驾于普通玻璃而单独存在，而是经过普通浮法玻璃一系列原料采集和生产工艺的基础上，通过深加工工艺技术而诞生的绿色产品。

那么，这些玻璃产品的原材料是否节约资源？生产流程是否清洁？深加工过程是否环保？最终的产品需拷问上述每一个环节，否则不能称之为"绿色玻璃"。

就是说，玻璃行业的绿色化进程是一次全方位的考验，绿色建材的标准制定，也针对了所有的玻璃企业。

"只有生产出优等的浮法玻璃，才能加工出优等的节能玻璃"。这句出自一位美国著名的玻璃企业家的话，对绿色玻璃进程的阐释再次前移。

优等的浮法玻璃，一定伴随着高纯度原料采集和清洁化生产的全过程。而所谓清洁生产，包括了对生产工艺与装备、资源能源利用、产品指标、污染物产生指标、废物回收利用和环境管理等"一条龙"绿色化。

下转 2 版

绿色玻璃"路线图"

■本报记者 常 慧

在国家工业和信息化部"引导绿色建材产业健康发展，促进建材工业转型升级"的工作中，组织编制《绿色建材标准——玻璃(征求意见稿)》，是"绿色建材"标准体系建设的开局之举，经过反复调研与多次专家研讨，已描绘出一幅正在行进中清晰的路线图。

随着这一"路线图"的推进，工信部原材料工业司作为行业管理部门，通过先进标准激励绿色建材技术进步、产业转型升级的有益探索，也迈出了关键的第一步。

标准编制，紧扣住绿色主题

自今年 3 月底，绿色建材内涵首次由国家行业管理部门作出准确定义，绿色建材工作有了明确目标。由中国建材检验认证集团股份有限公司牵头组成的标准编制组，在充分考虑我国节能玻璃产业的发展状况，综合相关产业政策与技术指标的前提下，围绕《绿色建筑行动方案》的要求，开始编制绿色建材——玻璃标准，并在"群众路线"的指导下，多方面征询意见。

之所以要率先拟定绿色建材玻璃的标准，与其在建筑节能中的突出作用有着直接关系。

4 月 27 日，"绿色建材——节能玻璃标准研讨会"在京召开，会议期间，标准编制组提出《绿色建材——玻璃标准(草案稿)》。与会专家从多方面、多角度提出意见和建议。研讨会的召开，标志着以建筑节能和绿色建筑需求为牵引，以标准体系建设为抓手，促进建材行业转型升级的绿色建材推广工作，在凝练共识、聚焦目标后，进入了具体落实阶段。

5 月 7 日，工信部原材料司调研组，深入秦皇岛玻璃工业研究设计院进行调研，并与该院的负责同志及国家建筑用玻璃标委会的专家就绿色建材玻璃标准制修订工作进行了座谈交流。此前有专家提到的政策落地等具体问题，在这次调研中也形成了解决思路。

坚持走群众路线，在标准制修订过程中以开放的姿态广泛征求意见建议，经过多次修订的《绿色建材标准——玻璃(征求意见稿)》，充分凝聚了行业共识，不仅具有科学性、严谨性也更易于落实到玻璃产业的绿色发展、转型升级的行动中。

突出节能，复杂问题简单化

随着绿色玻璃"路线图"的展开，下一步工作落在了绿色建材——玻璃标准制定的侧重点上。

国家工业和信息化部原材料工业司副司长潘爱华介绍，在编制绿色建材——玻璃标准的过程中，绿色建材标准和认定制度要抓主变量，解决主要矛盾，并明确每一个产品的关键指标，作为承载绿色建材最本质的要求。

下转 2 版

节能玻璃必将大放异彩

——访国际玻璃协会主席彭寿

■本报记者 袁 环 王怡洁

近十年来，我国建材工业的发展正走在由大变强的关键阶段，对"绿色建材"的追求则成为未来建材工业的发展方向。

在建材领域，玻璃产品已占据主要份额。如今，在国家走可持续发展之路的感召下，节能玻璃也成为了绿色建材不可或缺的重要品类。我国已经开始对节能玻璃进行了大量研究和应用实践，并取得了显著成果。

究竟绿色建材的范畴有多大？节能玻璃的种类有哪些？未来节能玻璃应如何发展？

带着这些疑问，本报特别专访了国际玻璃协会主席彭寿。作为国内资深玻璃专家，他深刻解读了绿色建材玻璃的方方面面。

记者：在您看来，什么是"绿色建材"？内涵是是什么？

彭寿： 所谓绿色建材，用通俗的话说就是"老百姓用着放心的建材"。国家的民生工程，包括安居房等，如何让老百姓满意呢？我提出要翻新，不能让老百姓担心住房材料污染的问题。

绿色建材又称生态建材、环保建材和健康建材等，是指在生产、使用和废弃处置等生命周期内可减少对天然资源消耗和减轻对生态环境影响，并具有本质安全、防灾减灾、使用舒适等性能的建材产品。绿色建材不是一种或一类单独或特殊的具体产品，而是对建材"健康、环保、安全"等方面的一种要求，是对建筑材料在原料的加工、生产、施工、使用及废弃处理等环节贯彻环保意识并实施环保技术、保证社会可持续发展的一种社会责任。

绿色建材首先应建立在满足使用要求的基础上，首先它必须满足建材的相关要求；其次，绿色建材的"绿色"是相对的，客观地说，建材是燃烧和能量在释放后得到的产品，肯定会消耗一些能源，同时由于它的化学作用和能量作用，可能会给城市带来一些污染，绿色建材要满足"节能减排的要求"，是建立在比较的基础上，如"少用资源和能源"，怎么算少用？没有也无法定量化，所以绿色是相对的，离开了相互比较或者说离开了一定的"参照物"谈"绿色建材"没有任何意义。

下转 3 版

转变建材发展方式 调整建材产业结构

"绿色的梦"大型系列报道(二)

导 读

策 划：本报编辑部
统 筹：孟宪江 刘媛媛 常 慧
采 写：王怡洁 刘媛媛 常 慧 韩凤凤 曾蕴瑶 袁 环

玻璃大国的追求

——面向未来的绿色节能之路

■本报记者　刘媛媛

自从20世纪80年代“洛阳浮法玻璃技术”在中国诞生之后，仅仅30余年时间，我国玻璃行业已经跨入了玻璃大国的行列。

这不仅仅是一种荣耀，作为国民经济的重要基础产业，每一块玻璃，都联系着从高科技领域到基础建设项目等支系庞大的上下游行业，更是千家万户离不开的生活必需品。

谁也无法否认，玻璃工业已经是当今中国的重要支柱产业。毫不夸张地说，我国工业化进程的速度与质量，玻璃工业的发展，拥有着绝对的话语权。

但这并不意味着中国玻璃工业已经成长为顶天立地的巨人，在由大变强的产业发展途径中，我们依旧奔跑在路上。

产能过剩和高能耗高污染的顽症，是横在玻璃大国前行路上的一道鸿沟，而今天的我们已经来到了这道鸿沟面前。鸿沟的彼岸，就是玻璃工业经过产业结构调整、产品优化升级方能踏上的阳关大道。

由玻璃大国迈向玻璃强国，我们拥有丰厚积累和底气。前方，有绿色建材的召唤；后方，有幅员辽阔的市场；远眺，有生态文明的灯塔；近看，有节能环保的蓝图。现在，只需坚定的目标，闯关的勇气。

从玻璃大国到玻璃强国，究竟靠什么变强？绿色节能，当是唱响这一主旋律的利器。

节能玻璃究竟能节多少能

30% ×50% ×70% =10.5%。这是金晶(集团)有限公司董事长王刚，总结出来的一套节能玻璃方程式。

“30%”代表全社会耗能的30%是被建筑消耗的；“50%”代表建筑能耗的50%是通过门窗流失的；“70%”代表采用低辐射镀膜节能玻璃及相配套的窗框，可以节约建筑采暖、制冷所需能源的70%；而“10.5%”则代表如果我国既有建筑都用上低辐射镀膜玻璃及相配套窗框，全社会能耗可降低10.5%。

和大多数绿色建材发展之路有所不同的是，节能玻璃其中一个产品——中空玻璃，诞生的时间远比全球绿色化意识的时间要早得多。

早在1865年，美国已经研发出了第一块具有节能特征的中空玻璃产品，由此开启了人类节能玻璃的发展历史,20 世纪 70 年代渐入市场活跃期,今天已成全球遍燃之势,并延伸发展出 Low - E 玻璃、真空玻璃等显著具有节能功效的产品。

不同的地域地貌,需要不同功能的节能玻璃。中国幅员辽阔,从高寒地带到炎热地带,横跨五大气候区域,可以说称得上是节能玻璃应用范围最大、应用品种最多的市场之一。

节能玻璃究竟能节多少能?

这是一个相对复杂的问题,既涉及五大气候特征与节能玻璃品种繁多的性能对比,也涉及不同居室面积与不同建筑物使用玻璃比例。这需要一整套的科学数据和不同环节的对比分析加以佐证。

专家测算证明,一户面积为 120 平方米的居室,其门窗面积为 30 平方米,如使用 Low - E 中空玻璃替代单片玻璃,每年采暖可节能 70%;制冷可节能 31%。同样方法计算,累计 20 亿平方米的建筑,如全部使用 Low - E 中空玻璃替代单片玻璃,每年采暖可节电 376.5 亿千瓦时,3 年即可超过三峡水电站一年的发电量。

试想:如果全国不同地域按着各自的气候特征全部采用节能效果最佳的节能玻璃,将会节省下一笔多么可观的巨大财富。

贯穿始终的玻璃“绿色进程”

节能玻璃不是凌驾于普通玻璃而单独存在,而是经过普通浮法玻璃一系列原料采集和生产工艺的基础上,通过深加工工艺技术而诞生的绿色产品。

那么,这些玻璃产品的原材料是否节约资源?生产流程是否清洁?深加工过程是否环保?最终的产品需拷问上述每一个环节,否则不能称之为“绿色玻璃”。

就是说,玻璃行业的绿色化进程是一次全方位的考验,绿色建材的标准制定,也针对了所有的玻璃企业。

“只有生产出优等的浮法玻璃,才能加工出优等的节能玻璃”。这句出自一位美国著名的玻璃企业家的话,对绿色玻璃进程的阐释再次前移。

优等的浮法玻璃,一定伴随着高纯度原料采集和清洁化生产的全过程。而所谓清洁生产,包括了对生产工艺与装备、资源能源利用、产品指标、污染物产生指标、废物回收利用和环境管理等“一条龙”绿色化。

而创造出优等的浮法玻璃,也还只是玻璃绿色化节能化的第一步。深加工的过程,也同样是力求节能的过程,甚或很小的一个环节,都与节能降耗,可循环发展有着巨大的关系。

玻璃的绿色之路,真的是征途漫漫。

在最近 10 年的发展中,中国玻璃行业的清洁生产和深加工工艺在技术的研发与创新上,已不比国际发达国家逊色。相关技术工艺与清洁生产标准,也比较先进。但这10年,恰恰是节能玻璃在创新研发最为活跃的十年,相对于普通玻璃,一系列具节能绿色特征的玻璃产品生产环节中的多项标准已明显滞后。

长长的生产进程,滞后的行业标准,拥有着为数众多的企业和庞大的产业链的玻璃大国,要真正落实良好的理念和节能环保的要求,让所有的企业保持一致的执行力、拥有一样的责任感,正是摆在中国玻璃产业面前最大的难题之一。

让绿色玻璃睁大自己的“眼睛”

窗户是建筑的眼睛,那么,是不是我们期望未来的建筑物,睁开一双清澈的眼睛?

答案是肯定的。

一组数据让我们汗颜。资料显示,在全国既有400多亿平方米的建筑中,90%以上没有使用节能玻璃。此外,数十亿平方米的公共建筑和数千万平方米的玻璃幕墙,目前大多数使用的也是非节能单片玻璃和普通双层玻璃。

而在欧美乃至亚洲的部分国家,节能玻璃几乎已经普及到家庭。德国、日本等国家,Low-E中空玻璃的普及率,已经达到90%以上。

显而易见,中国目前在节能玻璃的应用率上,与国际先进水平的差距悬殊。

而令人更担忧的是,作为节能玻璃的主流产品之一,我国普通中空玻璃目前竟已出现了产能过剩的局面。

应该庆幸的是,当今全球主流节能产品——Low-E玻璃,在我国的进程虽晚于国际,但发展速度很快,最起码有两个种类的生产工艺,中国已经达到了世界先进水平,国产品牌的售价也仅为国外同类产品的二分之一左右,具备了较强的替代性和竞争力。

而在世界上发达国家都尚处雏形期的节能玻璃的最高端产品——真空玻璃的研发与推广,中国正开始与世界同时起跑,甚至有专家预计,中国在这一领域的攻克及推广,都有可能率先走在世界前列。

三管齐下推动绿色玻璃前行

虽然我国前阶段应用节能玻璃的比例尚小,但这也为未来的节能玻璃市场提供着巨大的发展空间。

大力推广并迅速普及节能玻璃,除了行业、企业和市场协同作战之外,标准引导、政策导向和法规强制率先出台三管齐下,则更为重要。

20多年前德国开始普及Low-E玻璃,10年内的应用率仅为40%。在强制性标准法规出台之后,3年时间普及率便提高到80%。如今,更是达到了100%的应用率。

回顾国内关于节能玻璃应用的政策导向和法规建立,以往主要以区域立规为主,但这些以省市为推广范畴的政策法规,虽然可以使一部分发达省市率先走上建筑节能之路,但要想推而广之,依旧捉襟见肘。

此次,工信部等部委制定节能玻璃标准认证体系和全新产品目录,可谓是节能玻璃在全国推广普及的新起点。此次标准制定具备了多品种、全方位、全国性适用及行业内外普及等鲜明特点,无疑将发挥出更强的倒逼机制和引导作用。

这一全国性统一的行业标准首先将提高节能玻璃的市场准入门槛,辅之以强化市场规范和宣传引导,必将从多方面激发节能玻璃的发展活力,并加快速度彻底淘汰高耗能普通玻璃门窗。

展望未来中国节能玻璃的应用和普及,如果说要接近甚或达到百分之百的水平,这绝不是一个可望而不可即的理想,而是生态文明建设中必须完成的既定任务。

《玻璃大国的追求》刊于 2013 年 5 月 17 日

其他篇目

◆绿色玻璃“路线图”

◆节能玻璃必将大放异彩——访国际玻璃协会主席彭寿

◆玻璃的攀岩之路

◆扛起节能大旗的人们——一批领军企业前赴后继持续开拓创新　各地产业集群进入新一轮的转型升级

◆节能玻璃“下乡”有待政策扶持——访青岛锦绣前程节能玻璃有限公司总经理丁洪光

◆节能玻璃的“落地之困”——北京建材市场探访节能门窗实录

◆欧美吹遍“Low－E”风——国外节能玻璃发展历程

关注本组核心报道请扫描二维码

国内统一刊号：CN11—0073
邮发代号 1—121 国外代号 D807
本报为周六刊（周日休刊）
今日八版
第6366号
2013年5月24日 星期五
农历癸巳年四月十五
www.cbmd.cn

产业财富 传媒价值

中國建材報

CHINA BUILDING MATERIALS DAILY

经济日报社主管主办

创新工作思路推动行业发展 建立长效机制化解产能过剩

发改委副主任胡祖才一行到中国建材联合会专题调研

本报讯 记者钟西贝报道 5月20日，国家发展和改革委员会副主任胡祖才及产业协调司、价格司领导一行6人到中国建材联合会专题调研化解产能过剩，听取中国建材联合会在建材行业调整结构、转型升级、化解产能过剩等方面的工作汇报。中国建材联合会会长乔龙德，常务副会长孙向远，副会长徐永模、陈国庆，秘书长张东壮，以及水泥协会、联合会相关部门负责同志等出席了汇报会。

乔龙德首先代表联合会党政班子对胡祖才副主任一行深入联合会专题调研建材行业发展、转型升级和化解产能过剩并指导联合会工作表示热烈欢迎。在乔龙德介绍了联合会为此次调研所做的准备工作和汇报的主要内容之后，陈国庆向发改委领导介绍了建材行业的基本情况，通报了今年以来行业经济运行情况，及联合会在行业转型升级、化解产能过剩方面所做的工作，并提出了化解产能过剩的政策建议。同时对国家发改委及产业协调司等司局转职能、转作风方面提出了建议意见。陈国庆在汇报中指出目前水泥、玻璃等行业产能严重过剩，主要原因有七点：一是一些地方政府和主管部门出于区域发展和自身政绩的考虑，纵容违规新建项目；二是资本的逐利性和信息不对称导致重复建设屡禁不止；三是政策执行力度不够，监管不到位；四是行业企业缺乏自律；五是各企业兼并重组进程仍不够快；六是企业间同质化竞争严重，转型升级缺乏技术支持；七是行业发展方式未得到根本转变，扩大规模成为首选。在分析原因的基础上，联合会也在不断总结经验，并提出了严肃处置违规项目、推动化解产能过剩、实施"六个一批"的工作措施，即淘汰一批、消化一批、转移一批、重组一批、遏制一批、提升一批。最后陈国庆对发改委领导提出了推进建材产业转型升级给予专项政策支持的建议。

乔龙德会长在会上着重阐述了水泥、平板玻璃等传统产业当前过剩的有关情况及表现形式，并就如何采取有效措施，建立长效机制遏制盲目建设，重复建设行为和化解当前过剩等问题提出了明确的意见建议。在谈到水泥窑协同处置问题时，他强调水泥行业利用水泥窑协同处置、消纳生活垃圾、城市污泥以及工业危险物具备很多有利条件和优势，发展绿色水泥工业，水泥企业已经积极行动起来了，希望政府能在水泥窑协同处置废弃物上出台政策支持。乔龙德还建议，国家相关部委在制定化解产能过剩的政策和指定相关行业性的产业政策时，希望能够更多地倾听协会的意见，让协会既有责任又能从中发挥作用；希望对建材产业升级予以支持，在重大项目和重要课题立项方面，例如第二代新型干法水泥和第二代中国浮法玻璃技术的创新和研发等研发项目，希望得到发改委政策、资金等方面的支持。

前一段时间国家发改委对部分水泥企业进行反垄断检查，针对有关情况乔龙德进行了汇报分析。他分析了目前水泥行业多层次、不同规模、不同所有制、不同区域、同处于同一市场竞争的表现形态与特点，对一些水泥企业限产停窑的形成背景和不同形式；对目前水泥行业仍然处于微利经营和生产集中度不高的情况；对一些水泥企业面对无序竞争自律不够，对法律政策学习运用不够的情况作了系统分析，同时承担了协会的相关责任。

最后胡祖才副主任作了总结性讲话。他在讲话中充分肯定了建材联合会近两年来开展的一系列工作，认为思路明确，重点突出，工作做得扎实。并在配合国家发改委宏观调控方面联合会对国家发改委工作的支持、配合表示感谢。他认为，建材行业特别是水泥、玻璃行业转型升级和化解产能过剩方面，提出了标本兼治和两个"第二代"研发的做法很有典型性。联合会为建材行业科学发展做出了许多卓有成效的工作，对推动行业进步发挥了很好的作用。他进一步指出发改委这些年来与联合会也建立了密切的协作关系。他强调水泥、平板玻璃行业产能过剩化解工作重要且紧迫，要根据行业自身规律，不仅要有效地化解产能过剩，而且要考虑有利于长远发展的、有利于宏观调控的长效机制，适应市场竞争规律及行业发展特点，在创新工作思路的过程中，找到切实有效的办法。最后，胡祖才副主任说，对于个别水泥企业的反垄断调查工作尚在进行中，同意乔龙德会长客观全面的分析，我们会认真考虑联合会的意见，也会充分听取有关企业的意见。正像乔龙德会长所说，水泥企业加强法律政策学习，特别是对反垄断法的学习非常必要。发改委会考虑水泥行业实际情况，客观处理好这件事。

每周核心报道

轻薄之旅

——从陶瓷砖到陶瓷薄砖

■本报记者 刘媛媛

作为三大传统建材产业之一，陶瓷的发展与水泥、玻璃有着颇为相似的脉络。

辉煌的历程，大国的地位，从大国迈向强国的摸索前行……陶瓷，也遇到了自身发展的桎梏和转型升级的机遇。

传统陶瓷砖，俗称"厚砖"，顾名思义，就是非常厚重的瓷砖（8mm~14mm）。而这种"厚砖"的生产过程，是典型的"三高"过程，高污染、高耗能、高排放。而烧制厚实的瓷砖，也需要消耗更多的黑土、煤矿等资源，使得建筑陶瓷的原材料，到如今已呈现出"物稀价高"的局面。

和其他传统建材有所不同的是，陶瓷砖是面向终端消费市场的主流建材产品之一。随着陶瓷砖在家居地面和墙壁的使用上，逐渐取代石材和木材，成为家装最普及的产品之后，未来瓷砖市场，还有着持续的发展空间。

那么，如果继续以"厚砖"统占市场，陶瓷砖"三高一资"的症结，势必成为建材工业主要的污染源。

因此，陶瓷砖的轻薄化，成为建筑陶瓷产业未来发展的大势所趋。这不仅是一个产业在探寻绿色可持续发展中的唯一出路，也将成为"东方陶瓷古国"传承民族文化、造福后代子孙的责任和使命。

轻薄陶瓷的全球步履

尽管陶瓷在当今已经遍布了全世界，但全世界公认的陶瓷工艺中心，毫无疑问是中国。

6000年源远流长的陶瓷文化历史，上百种陶瓷工艺与艺术造诣的发源地，陶瓷文化几乎传承于中华民族代代子孙，令全世界不曾忘记的那些美轮美奂的陶瓷精品中，凝结着一个东方大国不同历史阶段的文化精髓。

而作为装饰材料，陶瓷砖在全世界的发展，几乎是紧随艺术陶瓷之后而兴起。古时称为装饰陶瓷，源起于古埃及和美索不达米亚地区。当时的装饰陶瓷，全部采用手工制作，只是满足皇室、贵族和宗教场所的需求。

工业化规模型流水线生产的现代陶瓷砖，始于最早进入工业文明的欧美国家。也因此，陶瓷史专家普遍认为，世界现代陶瓷砖的真正发源地，始于中世纪的欧洲。源于欧洲的陶瓷砖，包括西班牙和葡萄牙的马赛克、意大利文艺复兴时期的地砖、安特卫普的釉面砖、荷兰瓷砖插图等，其影响一直持续到今天。

中国的陶瓷砖发展历程，却显得有些落寞，尤其是现代瓷砖的"进化"史，要远远落后于欧美国家。直到上世纪80年代初，中国所用陶瓷砖还需要大量进口，"瓷砖"在当时被认为是只有少数人才用得起的奢侈品。

但正是因为中国陶瓷艺术与工艺所奠定的深厚基础，令中国陶瓷砖的发展，尤其是规模化生产所使用的装备与工艺技术的发展，在近30年里，赶超国际的速度非常快。

从1983年第一条现代化建陶生产线进入中国至今，中国已成为陶瓷砖产量第一、人均消费第一、出口第一的陶瓷大国。建筑陶瓷在国内已经拥有完整的产业链和消费链。众多品种的产品在国际同类市场上，都具有较强的竞争优势。

但是，这三项"第一"的创造者，都是至今仍在中国占主流销售地位的传统陶瓷厚砖。也因此，在创造了一个又一个"第一"的背后，中国陶瓷产业也付出了巨大的环境污染的代价。

轻薄陶瓷的概念，始自于亚洲另一个国家。上世纪八十年代，日本人第一次提出"陶瓷砖轻薄化"的理念，但遗憾的是并没有在实际生产应用上得到推广。有意思的是，欧洲人立刻关注起这一事物，并迅速在工业化道路上走在了前面。

欧洲发达国家在研发轻薄陶瓷工艺技术方面，也用了将近20年的时间。

2004年，是全世界陶瓷界值得记住的一年，西班牙成为第一个将轻薄陶瓷大幅度推广到市场的国家。此后3年的时间内，轻薄之风蔓延至整个欧洲。今天，轻薄陶瓷在欧洲的普及率，已经达到了70%以上。

下转2版

"陶瓷砖"绿色行进中

■本报记者 常慧

在《绿色建材标准 玻璃（征求意见稿）》展开编制的同时，另一项对建材行业结构调整和绿色建筑发展影响巨大的产品——陶瓷砖，也启动了标准编制工作。

编制标准，注重集思广益

此前开始的"绿色玻璃"标准编制工作，为"绿色陶瓷砖"推广积累了宝贵经验。自编制之初，"陶瓷砖"的绿色标准就更充分地体现了"群众路线"和集体力量。

实际上，这项工作的序幕刚刚拉开。据参与起草绿色建材陶瓷砖标准编制的咸阳陶瓷研究设计院常务副院长、全国建筑卫生陶瓷标准化技术委员会主任委员李转介绍，5月13日下午，在国家工信部原材料工业司的召集下，由中国建筑卫生陶瓷协会、中国建材咸阳陶瓷研究设计院、中国建材检验认证集团（CTC）等相关专家组成的绿色建材陶瓷砖标准编制工作组已经展开工作。

这次工作会不仅确立了工作组的联系机制，还研讨了绿色建材陶瓷砖和绿色建材卫生陶瓷两项标准的编写、归口等具体问题，并就标准主要内容和技术要点等进行了讨论。据了解，这两项标准，将由中国建材检验认证集团（CTC）负责起草，中国建材咸阳陶瓷研究设计院、中国建筑卫生陶瓷协会委派专家参与起草，标准则由全国建筑卫生陶瓷标准化技术委员会（SAC/TC249）归口。

会上，国家工信部原材料工业司副司长潘爱华，针对绿色建材陶瓷砖、绿色建材卫生洁具标准的制定，也提出了两点具体原则：一是复杂问题简单化，从主流产品、关键要素入手；二是集思广益，吸收各方专家的意见。

可以预见，有了"绿色玻璃"的开局经验，"陶瓷砖"的绿色之路对于陶瓷产业实现健康可持续发展也将起到至关重要的作用。

下转2版

那地覆天翻的几毫米

■本报记者 王怡洁

从上世纪20年代开始，第一块泰山牌毛面砖（无釉外墙砖）的诞生，便标志着我国建筑陶瓷业正式拉开了序幕。直至上世纪80年代，属于"舶来品"的瓷砖还只是少数家庭昂贵的家居装饰，而今天它早已走进千家万户，成为几乎是不可或缺的家居主角。

可是，你认识眼前这两块"瓷砖"吗？

近两米长、一米宽，面积超过一扇房门大小的一整张陶瓷板，厚度仅3.5mm或5.5mm，尚不及一张硬皮精装书的封面，却能承受多达30mm的弯折而不致断裂破碎；甚至能轻盈地漂浮在水面上……

瓷砖厚度为5mm~6mm，比人还高，其表面光滑、坚硬，具有很好的耐磨性。如果用钥匙尖端在表面来回用力刮擦，钥匙都处于打滑状态，表面没有留下任何划痕。

事实上，这两块瓷砖不同于传统工艺的瓷砖，由于"轻"和"薄"，其重量不到同等面积普通瓷砖的一半，甚至三分之一，但其硬度、耐磨度、表面光泽度和抗污性能却并不打折，甚至可以超过传统陶瓷。

没错，这一次为建材家居市场带来颠覆的主角，正是以"薄、大、轻、韧"而著称的轻薄陶瓷。

"30年前是瓷砖，30年后是瓷板，中国建陶产业呈现出强烈的'薄形化'趋势。"中国陶瓷行业资深专家陈帆曾经用一句话就勾勒出了中国建陶的"瘦身"之路。

解读产品：破解"厚"与"薄"的谜题

目前，对轻薄陶瓷最通俗的一种解释，则为：它是一种由黏土和其他无机非金属材料，经成形，通过1200摄氏度高温煅烧等生产工艺制成的板状陶瓷制品，吸水率小于0.5%，是一种环保节能、低污染高效益的产品。顾名思义，其典型特点是"薄"和"轻"。

下转3版

转变建材发展方式 调整建材产业结构

"绿色的梦"大型系列报道（三）

导读

策 划：本报编辑部
统 筹：刘媛媛 常慧
采 写：刘媛媛 常慧 王怡洁 曾蕴瑶 王志国

轻薄之旅

——从陶瓷砖到陶瓷薄砖

■本报记者 刘媛媛

作为三大传统建材产业之一,陶瓷的发展与水泥、玻璃有着颇为相似的脉络。

辉煌的历程,大国的地位,从大国迈向强国的摸索前行……陶瓷,也遇到了自身发展的桎梏和转型升级的机遇。

传统陶瓷砖,俗称"厚砖",顾名思义,就是非常厚重的瓷砖(8~14mm)。而这种"厚砖"的生产过程,是典型的"三高"过程,高污染、高耗能、高排放。而烧制厚实的瓷砖,也需要消耗更多的黑土、煤矿等资源,使得建筑陶瓷的原材料,到如今已呈现出"物稀价高"的局面。

和其他传统建材有所不同的是,陶瓷砖是面向终端消费市场的主流建材产品之一。随着陶瓷砖在家居地面和墙壁的使用上,逐渐取代石材和木材,成为家装最普及的产品之后,未来瓷砖市场,还有着持续的发展空间。

那么,如果继续以"厚砖"统占市场,陶瓷砖"三高一资"的症结,势必成为建材工业主要的污染源。

因此,陶瓷砖的轻薄化,成为建筑陶瓷产业未来发展的大势所趋。这不仅是一个产业在探寻绿色可持续发展中的唯一出路,也将成为"东方陶瓷古国"传承民族文化、造福后代子孙的责任和使命。

轻薄陶瓷的全球步履

尽管陶瓷在当今已经遍布了全世界,但全世界公认的陶瓷工艺中心,毫无疑问是中国。

六千年源远流长的陶瓷文化历史,上百种陶瓷工艺与艺术造诣的发源地,陶瓷文化几乎传承于中华民族代代子孙,令全世界不曾忘记的那些美轮美奂的陶瓷精品中,凝结着一个东方大国不同历史阶段的文化精髓。

而作为装饰材料,陶瓷砖在全世界的发展,几乎是紧随艺术陶瓷之后而兴起。古时称为装饰陶瓷,源起于古埃及和美索不达米亚地区。当时的装饰陶瓷,全部采用手工制作,只是满足皇室、贵族和宗教场所的需求。

工业化规模型流水线生产的现代陶瓷砖,始于最早进入工业文明的欧美国家。

也因此,陶瓷史专家普遍认为,世界现代陶瓷砖的真正发源地,始于中世纪的欧洲。源于欧洲的陶瓷砖,包括西班牙和葡萄牙的马赛克、意大利文艺复兴时期的地砖、安特卫普的釉面砖、荷兰瓷砖插图等,其影响一直持续到今天。

中国的陶瓷砖发展历程,却显得有些落寞,尤其是现代瓷砖的“进化”史,要远远落后于欧美国家。直到20世纪80年代初,中国所用陶瓷砖还需要大量进口,“瓷砖”在当时被认为是只有少数人才用得起的奢侈品。

但正是因为中国陶瓷艺术与工艺所奠定的深厚基础,令中国陶瓷砖的发展,尤其是规模化生产所使用的装备与工艺技术的发展,在近30年里,赶超国际的速度非常快。

从1983年第一条现代化建陶生产线进入中国至今,中国已成为陶瓷砖产量第一、人均消费第一、出口第一的陶瓷大国。建筑陶瓷在国内已经拥有完整的产业链和消费链。众多品种的产品在国际同类市场上,都具有较强的竞争优势。

但是,这三项“第一”的创造者,都是至今仍在中国占主流销售地位的传统陶瓷厚砖。也因此,在创造了一个又一个“第一”的背后,中国陶瓷产业也付出了巨大的环境污染的代价。

轻薄陶瓷的概念,始自于亚洲另一个国家。20世纪80年代,日本人第一次提出“陶瓷砖轻薄化”的理念,但遗憾的是并没有在实际生产应用上得到推广。有意思的是,欧洲人立刻关注起这一事物,并迅速在工业化道路上走在了前面。

欧洲发达国家在研发轻薄陶瓷工艺技术方面,也用了将近20年的时间。

2004年,是全世界陶瓷界值得记住的一年,西班牙成为第一个将轻薄陶瓷大幅度推广到市场的国家。此后3年的时间内,轻薄之风蔓延至整个欧洲。今天,轻薄陶瓷在欧洲的普及率,已经达到了70%以上。

国人的“白瓷片之殇”

将近10年时光,在对轻薄陶瓷进行论证和研发的过程中,中国陶瓷行业的专家和部分领军企业家并没有置身事外,而是已极大的热情参与其中,各方面的学术论证、理论呼吁乃至研究开发,称得上是“如火如荼”。

然而,在现实生产和应用中,在终端消费市场上的推广,却遭遇到了意想不到凄风冷雨。前所未有的巨大阻力,直到今天依旧让全行业一筹莫展。

2010年开始,“陶瓷轻薄化”的呼吁持续高涨了三年。众多行业专家,都以亲自撰文的形式,在各大报刊和网络中发表,强烈倡导轻薄陶瓷的发展。

与此同时,蒙娜丽莎、欧神诺、诺贝尔、鹰牌等领军建卫陶瓷企业,也相继开发出了不同种类的轻薄陶瓷,最薄的仅为3mm。

而消费市场却始终没有给予热烈甚至是起码的反应。

记者就此问及一位曾高声为轻薄陶瓷呐喊的专家时,他表现出极大的无奈:瓷砖是建材领域里为数不多的终端产品,消费观念跟不上,轻薄之路很难走。

记者在市场调研后,发现目前的情况更为严重:消费者的观念上不接受轻薄瓷砖,甚至是用实际行动加以抵触和排斥。

轻薄瓷砖有利无害,既节省了家装所占用的居室空间,又在一定程度上减少了厚砖中一些有害物质对人体健康的伤害。如此多的好处,为什么消费者会有那么强的抵触情绪?

“这种抵触和排斥,源自于白瓷片在中国的普及。”这位专家说:“白瓷片影响了中老一代的中国人,即便年轻的90后,也都知道那段白瓷片的历史。”

如今,即便是在一些大都市,那些20世纪80~90年代,久未装修的老房子里,依然还可见到几十年前白瓷片铺就的墙面,斑驳残缺、裂缝纵横、色调黑黄。这样的景象,印刻在很多国人的不同成长阶段。

大多白瓷片,产自如今已明令淘汰的煤烧窑。煤烧窑不仅是典型的生产设备的落后和典型的“三高”污染,使白瓷片的质量在所有现代瓷砖中,质量堪称最为低劣。

不很讲究质量的白瓷片,的确很轻很薄,那是因为其产品主要成分,更多是陶而非瓷。陶的胎盘硬度差,易破碎,吸水性差,不可以用作地砖,即便是当年,也只适合厨房和卫生间应用。

因为陶片易碎,抗污性差,使用年限一般不超过2年,便会出现裂痕以及渗透污渍的黑黄色。且由于当时的生产技术有限,只能生产小型白瓷片,不仅铺设时费时费力,而且冬暖夏凉的热胀冷缩,容易相互挤压破损。

把白瓷片称作陶瓷领域中的白色污染,亦不为过。

这种同质化陶制小瓷片,却成为计划经济时代全民家装文化的全部记忆,具备着深厚的时代烙印和绝对的统治地位。中国计划经济特色下的单位分配住房的历史,正是白瓷片风行的历史,上至领导干部,下至普通百姓,被分配的房子,都有着同质化的房屋格局和同质化的白瓷片。

白瓷片,有如贯穿于我国计划经济发展过程中的许多可比物,印刻在当代国人的记忆中,挥之不去。

尽管这种具有中国特色的白瓷片,如今几乎绝迹于市场,但正如那位专家所言,这种看得见摸得着的“白色之伤”,让老百姓从骨子里将薄瓷砖与低档砖画上等号。

这无疑是中国瓷砖发展史上的一段弯路,却并不是轻薄陶瓷难于推广的唯一祸首。

据来自市场上的调研,在轻薄陶瓷被呼吁被研发了若干年之后的今天,众多陶瓷品牌直营店里的导购,竟然向消费者传播"瓷砖越厚越好"的概念,这直接折射出,众多的品牌企业在轻薄陶瓷的研发与推广远没有做到同步,甚至其传播力度几乎为零。

改变消费者的观念,市场是第一传播平台;影响市场的因素,企业是最大的力行者;带动企业的动力,如今看来,应该是轻薄陶瓷标准的制定和认证体系的完善。

这期间,政府要有作为,行业要有使命,企业要有担当,媒体要有责任,市场要有导向。尤其是处于"绿色陶瓷"推广难度之大的当下,彻底扭转消费者的观念,只有各司其职,先将产品通过标准和认证,力推市场,让老百姓感受到轻薄陶瓷与生活质量息息相关时,才有可能柳暗花明。

品牌大众化当是推广之途

关于建卫陶瓷如何建立轻薄陶瓷的品牌战略,行业相关专家众说纷纭。

有人认为,轻薄陶瓷的推广关键在如何将理念根植于老百姓心里,只有全方位开展普及与传播工作,同时,通过技术提升降低产品价格,使之成为每位老百姓愿意用且用得起的大众产品。

也有人认为,介于现阶段人们对轻薄陶瓷认知度不高,且价格昂贵的特点,可以像时装的发展史学习,先将轻薄陶瓷作为高档用品,从一部分人使用开始,慢慢过渡为大众消费品。

应该说,轻薄陶瓷大众化是陶瓷砖绿色发展的终极目标,而若在推广之初,能够循序渐进,也未尝不是短期内可行之举。

无论哪种推广方式,最关键的一点在于,都是传统建材行业第一次将建材产品与生活方式联系在一起,提出了建材与生活品质密切挂钩的概念,也为建卫陶企开展品牌战略,丰富终端营销带来全新方向。

这样的传播导向,在传统建材领域中,是一次颠覆性的突破。以往,提到建材,都是些厚重的行业理论和工业印记,更多的行业标准,也只是行业人士才看得懂的高深莫测的专业术语,站在普罗大众的角度,这是行业里的人在做行业里的事,与社会生活、与百姓追求、与家庭幸福指数,似平行线,互不交集。

老百姓可能不会去关心产品生产过程的节能环保,更没有耐心去消化所有先进的专业理论知识,但是,他们已经对自身的生活品质有了要求,对环保的生活方式有了兴趣,对绿色化的时尚产品有了购买欲。

倘若换一种思考方式,将时尚的理念和营销方式植于品牌发展战略之中,让轻薄陶瓷率先成为建材领域中的“风尚之骨”，不仅可以为建陶企业展开轻薄化的绿色篇章，也为所有面向终端，普及全社会的建材产品，铺就一条绿色发展的捷径。

如果将轻薄陶瓷作为有文化、有创意、有艺术气息的时尚产品进行营销推广，那么，任何立志于推广轻薄陶瓷的品牌，都可以以全球视野，展开更为顺畅的品牌推广。

众所周知，如今的时尚产业，早已经打开了国门，无论是国际奢侈品牌，还是国际快销品牌，都已经在中国市场站稳了脚跟。乃至在全世界，都拥有着来自中国的消费大军。

而中国自主时尚品牌，也开始了向国际进军的脚步，那些曾经不把中国时尚产品放在眼里的老外们，如今也能如数家珍般道出许多国产时尚品牌。

遗憾的是，尽管，中国是全世界陶瓷砖出口第一大国，但是，真正在国际陶瓷砖消费市场上知名度响当当、一呼百应的陶瓷品牌，却几乎没有。

而西班牙、意大利、英国、德国等轻薄陶瓷广泛普及的陶瓷强国，同样拥有众多知名度甚高的陶瓷品牌，但进军中国陶瓷市场，并且能被中国消费者蜂拥而至的国际品牌也寥寥无几。

倘若建卫陶瓷行业由此搭建起国际化的大舞台，把国际品牌请进来，让自主品牌走出去。通过吹遍全球的轻薄时尚风潮，带动起老百姓的关注和兴趣，或许，轻薄陶瓷的推广之路，将事半功倍。

追求轻薄拷问行业的良心

“做人要厚道，做瓷砖要轻薄。”在 2006 年首届墙地砖论坛上流传出来的这句话，值得品味。厚道是一种做人的品质德行，将人的品质与瓷砖的品质连在一起，所表达的何止是瓷砖，更是一个行业的品质德行。

从表面看来，与水泥和玻璃打造绿色化工程的庞大和繁杂有所不同的是，为陶瓷砖进行“瘦身”的轻薄工程，是一条非常清晰明确的陶瓷砖发展出路。所谓“轻薄”，“轻”有助于余料再利用，达到资源可循环再利用的环保要求，“薄”则是在制造环节中降低“三高”、降低运输成本，减轻建筑负荷的最有效手段。

陶瓷砖所流经的渠道，除了建筑和基础建设工程所用瓷砖外，还有更大一部分比例，是作为生活用品，遍及几乎所有的生活和工作场所。

作为陶瓷大国，中国较为成熟的建卫陶瓷产业集群地，也遍布大江南北，地域辽阔。这些产业集群地，大多生根于城市乡镇的人口密集区。比如四川夹江作为西南瓷都，整座城市及周边，不同的陶瓷企业割据一方，有些规模较小的生产厂就在企业主楼后面，即便是规模大些的生产厂，也离城市不远。

可以想见，传统陶瓷生产过程中的“三高”，对于这些产业集群地生活环境将造成多么大的破坏,对于生活于此的人们,带来多么严重健康隐患。

对资源的浪费和破坏,导致企业生产成本越来越高,而流入市场的成品价格却越来越低,身处其中的每个企业,在生产厚砖的过程中,不仅得不到实惠,反而在最近几年因为效益过低、排放过高而致使不少企业被逼破产。

从任何一个角度分析,继续生产厚砖,都会对自身、对行业、对社会所造成的伤害都是巨大的,且后患无穷。

如果说,中国陶瓷砖在以往的发展,对质量的要求,是考量一个行业基本品质,那么,在全球全面进入生态文明建设时期,努力去创造陶瓷的轻薄之路,也同样考量着行业的良心和品质,只有行业拥有对绿色环保不懈追求的精神和奋勇拓展的行动力,才能将陶瓷的绿色之路走得更顺畅。

而今,工信部正在着手为陶瓷轻薄化制定行业标准认证体系,并全面应用于企业生产和消费市场,这是否能让陶瓷砖的轻薄之旅以此为转折点,让全行业胸有成竹、轻装上阵,将被持续的关注和期待。

《轻薄之旅》刊于 2013 年 5 月 24 日

其他篇目

◆"陶瓷砖"绿色行进中

◆那翻天覆地的几毫米

◆时隔一年仍是秋
——北京瓷砖市场走访实录

◆从陶瓷企业到新材料公司
——"蒙娜丽莎"轻薄上路

◆国外轻薄陶瓷一瞥

关注本组核心报道请扫描二维码

产业财富 传媒价值

国内统一刊号：CN11—0073
邮发代号 1—121 国外代号 D807
本报为周六刊（周日休刊）
今日八版
第6372号
2013年5月31日 星期五
农历癸巳年四月廿二
www.cbmd.cn

中國建材報
CHINA BUILDING MATERIALS DAILY

经济日报社主管主办

关爱纯洁童心 奉献绿色建材

——五家知名企业发起成立“关爱儿童绿色建材企业联盟”

■本报记者 敖娟

2013年“六一”儿童节来临之际，5家建材行业知名企业，自发成立“关爱儿童绿色建材企业联盟”，以贯彻《绿色建筑行动方案》，倡导以绿色建材作为建筑材料，建设儿童成长所需的健康空间，保护下一代成长。

“关爱儿童绿色建材企业联盟”的5家发起企业分别是：森德(中国)暖通设备有限公司、美巢集团股份公司、上海尚诺碳晶科技有限公司、圣春冀暖散热器有限公司、青岛华泰散热器有限公司。

联盟特色：“绿色”与“爱心”

5家企业跨越采暖、家装材料、新风系统、太阳能等领域，在各自领域，多年来以产品品质赢得了着良好口碑。在建材行业的企业大军中，这5家企业有着两个共同特点：一是特别关注政府文件和社会潮流中关于“绿色建筑”、“绿色建材”导向，关注与“绿色、环保”相关的形势的发展，在产品生产方面精益求精，保证产品走在绿色建材行列的前面；二是十分重视企业文化建设，特别是对下一代充满爱心，经常以捐赠、助学等形式，对特定少年儿童群体或教育机构表达爱心。

2013年1月1日，国务院办公厅转发发展改革委、住房城乡建设部《绿色建筑行动方案》，森德等5家企业不约而同给予极大关注。他们深入学习文件精神，思考如何才能真正为绿色建筑出力，如何将发展绿色建材的理念转化成真正的行动。

今年5月初，5家企业经过交流探讨，决定以儿童节为契机，以“关爱儿童，践行责任”为主题，发起成立“关爱儿童绿色建材企业联盟”，“联盟”成立初期的规划设想，一是大力发展安全耐久、节能环保、施工便利的绿色建材；二是呼吁建材行业关心下一代，为绿色建筑提供优质材料，让孩子们远离装修污染。

联盟企业：“奉献”与“坚守”

在绿色建材与爱心公益两个领域，美巢集团等联盟发起企业，一方面默默奉献，低调做事，一方面坚守理念，多年如一日。

森德(中国)暖通设备有限公司市场部经理陈西告诉记者：“公司每年都向特定群体捐赠，经常通过红十字会机构捐款，但是外面的人很少知道，因为我们很低调，很少说起这些事，都是默默地在做。”

青岛华泰散热器公司很多年关爱“春蕾女童”。一些孩子因为家庭成员突然罹患重大疾病，或家庭突发重大变故、遭遇灾害等原因导致家境贫寒，无法顺利完成学业。华泰总经理金红经常在“六一”前夕带队探望她们，带去书包、笔等学习用品，并资助解决学费。“春蕾计划”是1989年中国儿童少年基金会发起并组织实施的一项救助贫困地区失学女童重返校园的社会公益事业。实施“春蕾计划”，扶持女童入学，是提高民族素质、造福子孙后代的一项基础工程。华泰公司致力于公益事业，加入“春蕾计划”，共资助了青岛地区数十名贫困女童，帮助她们顺利地完成了学业，赢得了社会的广泛好评和赞誉。

美巢集团股份公司一直专注于家装辅料产品的生产和研发，董事长张经甫一直关注小学教育事业，多次捐助儿童教育活动。

下转2~3版

国内需求稳中有升 出口产品增长提速

建卫陶瓷一季度运行优于预期

本报讯 记者徐彦泓 通讯员宫卫报道 今年第一季度全行业形势总体运行特点：中西部地区市场增长，沿海地区需求显现复苏苗头；品牌企业成本攀升、效益下降，但形势比预期要好；市场需求结构出现变化，企业向“两极分化”发展。“出口增长提速，内需增速回落”，“调整产品结构、促进产业升级”成为发展主旋律。这是中国建筑卫生陶瓷协会常务副会长、秘书长缪斌日前向记者透露的。

今年1~2月建筑陶瓷卫生洁具工业总产值470多亿元，增长1.19%；1438家建筑陶瓷企业产值416亿元，同比增长3.34%；284家卫生陶瓷企业产值61亿元，同比增长-0.97%。1~2月全国建筑陶瓷砖产量约9.87亿平方米，同比增长-1.2%。其中产量最多的3个省份分别是福建2.4万平方米、广东1.8万平方米、四川1.1万平方米。全国卫生陶瓷产量超过2352万件，同比增长18%。其中产量最多的3个省份分别为河南742万件、广东474万件、河北353万件。

全国建筑卫生陶瓷出口12.83亿美元，增长83%，其中：建筑陶瓷砖1.55亿平方米，增长15.6%，金额超过11.36亿美元，增长94.7%；出口卫生陶瓷超过807万件，增长10.6%，金额超过1.47亿美元，增长29%。从统计数据看，建筑陶瓷砖出口量所占比例最大的省份为广东，其次为福建和山东；主要出口到亚洲、美洲和非洲。卫生陶瓷出口量所占比例最大的省份为广东，其次为河北和福建；主要出口到美洲、亚洲和欧洲。出口呈现由低端产品向中端产品过渡的趋势。

结合今年第一季度运行形势，缪斌分析说，建筑卫生陶瓷产品生产每年耗用矿物原料约2亿吨，耗用能源折合标准煤4000多万吨，因此，环境约束压力日益增大，节能减排攸关行业兴衰、企业存亡；创新能力不足、缺乏创新型人才和机制制约发展，品牌知名度低，产品同质化现象严重等，成为我国建筑卫生陶瓷行业迫切需要解决的问题。他强调，当前，建筑卫生陶瓷行业要立足国内市场需求，加强节能减排与资源综合利用，促进产业转型升级；加快结构调整步伐，实现陶瓷砖薄型化、功能化和卫生陶瓷节水与轻量化；努力在“十二五”实现工业增加值年均增长10%以上、单位工业增加值能耗降低20%的行业发展目标。

新闻热线：(010) 57811399
本报邮箱：E-mail: job@vip.sina.com
责任编辑：蒙华 美术编辑：张建岐

“第十五届国际摩擦密封材料展”落幕长春盛况空前

小小刹车片密封垫引来30多国海外客商

本报讯 记者蒙华报道 经科技部批准，由中国摩擦密封材料协会举办的第十五届国际摩擦密封材料技术交流暨产品展示会于5月24~25日在长春隆重举办，一个个小小的刹车片和密封垫，以及相关的生产原料与装备，吸引了来自欧洲、北美、南美、澳洲、亚太地区及中国本土30多个国家和地区的1500余名国内外同行参会，大会为外来宾人数创历史新高。

中国摩擦密封材料协会理事长王耀致欢迎词，美国制动年会主席Roy Link、济南圣泉集团股份有限公司董事长唐一林先后讲话。开幕式由中国摩擦密封材料协会副理事长王铁山主持。长春市人民政府副秘书长周继峰、中国贸促会建材行业分会副会长施冶洲、长春市贸促会副会长温松文、咸阳师范学院校长刘彬、美国制动年会主席Roy Link、长春国际会展中心(集团)公司总经理王文利、吉林省旺达机械有限公司董事长王铁山、济南圣泉集团股份有限公司董事长唐一林等嘉宾和王耀一起为展会剪彩。

国际摩擦密封材料展已连续举办15年，是国际摩擦密封材料领域最重要的交流活动，以其专业化、国际化特点成为业界公认的国际知名品牌。本届展会以“转型升级”为主题，积极引导企业大力创新，加快产品无石棉化进程，提高产品档次及附加值，改变经营理念和服务意识，全面推进摩擦密封材料行业持续、稳定、健康发展。

从参展情况看，本届展会的专业化水平有了进一步提高，业内领先企业和知名品牌积极参加展示，一批新的成长型企业再次加盟展会。展示内容丰富，囊括了行业内所有的产品和原辅材料及设备仪器。本届展会企业参展热情高，预订展位时间早。为满足来自全球各地的参展商家的需求，本次展会共设置国际标准展位177个、外商展位33个，特装展位20个，合计标展300个，参展企业193家，展示面积5000平方米。

本次大会不仅按照协会既定的产品展示和技术交流并举的服务方针，再次举办摩擦与密封两个专业的技术报告会，而且还与吉林省旺达机械有限公司联合举办了装备创新研讨会，组织密封企业代表参观了长春密封机械有限公司，摩擦密封材料许可证审查部利用展会时机举办了摩擦密封材料许可证修订研讨会。

从技术报告内容来看，此次会议不仅涵盖了常规的摩擦材料、密封材料、零部件、系统设备、测试、建模和售后市场等多方面内容，也针对当今国际大背景下的中国摩擦密封行业热点问题，如中国无石棉化进程等进行了深入探讨。来自海外及国内资深专家集多年工作研究之精华，向大家呈献了具备前沿视野的创新思路和实践方法，内容精彩纷呈，话题针对性强，让大家不仅享受到酣畅淋漓的专业大餐，同时也拓展了行业和自身发展的思路和视野。

会议期间，组委会还举办了由吉林省旺达机械有限公司、山东济南圣泉集团股份有限公司共同冠名的盛大答谢晚宴。王耀理事长在晚宴上致祝酒词，吉林省旺达机械有限公司专门为大会安排了一场东北二人转精彩演出，表达他们对行业同仁的深情厚意，也使得答谢活动充满了热情欢快的气氛。晚宴期间，组委会为第五届全国摩擦密封材料行业摄影大赛优胜者颁发获奖证书，并进行了愉快的抽奖活动。

每周核心报道

卫浴建材的绿色方向

策划：本报编辑部
统筹：刘媛媛 常慧
采写：刘媛媛 常慧 王恰滔 曾蕴瑶 张小伟 张雪娇

■本报记者 刘媛媛

地球上最后一滴水，将是人类的眼泪。

这句警示语，如今已响彻全球。看得出，水资源的匮乏和水污染的严重，让全世界都面临着严峻的水危机，而中国对水的渴求尤甚。

中国是水资源严重匮乏的国家之一，水资源仅占全球的6%，人均水资源量仅为世界平均水平的1/4。上世纪50年代至今，全国已有500多个湖泊消失，沙漠化日益严重，淡水储量因此而愈加缺乏。全国600多座城市中，有400多座缺水，其中100多座城市严重缺水。

中国又是世界用水量最多的国家，2002年中国近13亿人口的取水量占到全世界的13%，十年过去中国人口增长近1亿，取水量的百分比只多不少。

如果说“节水”是全世界永恒的课题之一，那么，节水对于拥有14亿人口的中国而言，就必须有更大决心，付出更多努力。

尤其是2004年至今的近10年间，中国南部地区旱情严重，进一步将全民节水意识和节水的社会责任提到了前所未有的高度上。国家相关部门也从各个方面加大了“节约水资源”的全民宣传力度，采取了许多培养全民节水意识和行动的措施，取得了良好成效。

全民节水意识的普及，敦促着与之相关的各行各业都将节水作为未来可持续发展的既定目标。这其中就包括建材工业中最亲民的领域——卫浴行业。

下转5版

转变建材发展方式 调整建材产业结构

“绿色的梦”大型系列报道(四)

卫浴建材的绿色方向

■本报记者　刘媛媛

地球上最后一滴水,将是人类的眼泪。

这句警示语,如今已响彻全球。看得出,水资源的匮乏和水污染的严重,让全世界都面临着严峻的水危机,而中国对水的渴求尤甚。

中国是水资源严重匮乏的国家之一,水资源仅占全球的6%,人均水资源量仅为世界平均水平的1/4。20世纪50年代至今,全国已有500多个湖泊消失,沙漠化日益严重,淡水储量因此而愈加缺乏。全国600多座城市中,有400多座缺水,其中100多座城市严重缺水。

中国又是世界用水量最多的国家,2002年中国近13亿人口的取水量占到全世界的13%,十年过去中国人口增长近1亿,取水量的百分比只多不少。

如果说“节水”是全世界永恒的课题之一,那么,节水对于拥有14亿人口的中国而言,就必须有更大决心,付出更多努力。

尤其是2004年至今的近10年间,中国南部地区旱情严重,进一步将全民节水意识和节水的社会责任提到了前所未有的高度上。国家相关部门也从各个方面加大了“节约水资源”的全民宣传力度,采取了许多培养全民节水意识和行动的措施,取得了良好成效。

全民节水意识的普及,敦促着与之相关的各行各业都将节水作为未来可持续发展的既定目标。这其中就包括建材工业中最亲民的领域——卫浴行业。

“节水节能,是卫生洁具领域最具绿色环保特征的首要元素,是可以为建材行业在节约水资源方面做出巨大贡献的板块之一,同时,节水是一件民族大事。”

这是一位在2000年初,正致力于研发新型节水马桶的企业家说出的肺腑之言,却成为十多年后的今天,整个卫浴行业箭在弦上、势在必行的“绿色总动员”。

中国的“节水之路”

中华民族上下五千年,“水”始终是萦绕于每个社会发展阶段永恒不变的话题,也留下了无数流芳百世的故事和遗迹。

远古大禹治水和汉朝王景治理黄河等等英雄事迹,不仅仅让后人喟叹,也道出了对江河湖海的治理与保护，乃是中国从古至今造福社稷的大事。而战国时代举世闻名的都江堰和隋朝古老的京杭大运河等等大型水利工程的建设，则在几千年后的今天，依旧拥有着长久且重要的历史意义和社会价值。

中华人民共和国成立之后，“水的问题”依旧是与社会经济发展相携而生的大课题。建国初期，因为中国地广，但水资源的分布并不均衡，大型引水工程的设想，成为当时非常重要的平衡水资源，保护缺水地区可持续发展的大思路。

整个20世纪，南涝北旱是我国水分布最主要的特征之一。为了解决北方因旱缺水的急症，1952年，国家提出了“南水北调”的设想，经过几十年的勘察、测量和研究之后，形成了南水北调东线、中线和西线调水的基本方案。

到如今，东线工程已基本结束，中线工程预计在2014年完工，现阶段的南水北调，的确在一定程度上解决了北方缺水的长期结症，使北方地区逐步成为水资源配置合理、水环境相对良好的节水和防污型区域，同时改善了北方居民的饮水质量，也促进了北方城市化的进程。

而1958年党中央提出的“引黄工程”，也是为了解决山西等中原省市水资源匮乏的大型引水工程。尽管这项工程时至今日还在建设当中，但已经建设好的诸多明渠和暗渠，已经为陕西省水资源的丰富带来了崭新的面貌。“引黄工程”也将继续成为陕西省“十二五”规划的重点工程项目之一。

但是，大型引水工程耗资巨大，历时过长，对于淡水资源严重匮乏的大国而言，始终是远水解不了近渴。尤其是20世纪70年代以前，中国对于地下水资源的开采严重且开采方式不当，日益造成地下水的流失和污染，十一届三中全会之后，中国对于地下水资源的保护，成为另一大“节水”思路。

为此，国家水利部建立了“国家地下水保护中心”，通过先进信息技术，设立国家地下水资源监控网，对地下水资源进行动态的管理和规划。

尽管为了保护有限的水资源，针对不同发展阶段提出了“节水，合理分配水资源”的构想，但有资料显示，中国从20世纪70年代还是开始闹水荒，到了80年代，水荒已经由局部区域蔓延至全国。闹水荒的原因，除了天生缺水外，水污染、水资源严重浪费等人为因素，带来了更大的水危机。

而全球气候的变化无常，也让一些大型节水工程，遇到了新的问题。比如，南水北调西线工程尚未开工，南方旱灾却已始料未及的突然爆发，也让这项大工程受到一定的阻力和质疑。

于是，在21世纪前后，国家已经意识到，解决“水的问题”，必须从只有政府或者水利部门去关注的专业事、大工程的思路,转向从各行各业做起,从 14 亿人所用的每一滴水做起,使水取之于民、用之于民,才是有效节约水资源最现实、也最立竿见影的良策之一。

将“水的问题”从浩大工程的宏观意识,放眼到千家万户的微观行动,也就是将节水护水的社会责任,从某个部门扩展到全社会各行业的共同使命。

这条新思路,虽然起步比国际晚了许多年,但全民节水意识的提升,以及将节水意识快速落实到实际当中上,各行各业都开始有的放矢地行动起来,有了行动就有了希望。

比如建材行业,如今,卫浴领域里的众多专家企业家,都已经有意识地将“节水”作为产品研发、生产与推广的第一要素。

一个小小的卫生洁具,或许马上就会掀起一场节水革命。

“节水”是卫浴的环保重点

节约水资源,是生态文明建设的重要环扣之一。事实上,当前建材工业几乎所有的板块,都在进行着和节水有关的研究。工业废水的循环再利用、生产用水的节约使用等。尽可能做到不浪费一滴水,成为建材各领域通向绿色环保的一门课。

当发展绿色建材成为建材工业未来的主方向,不同的领域,也都将呈现出其产品最具绿色环保特征的主要变量。比如,玻璃行业的重大课题在于如何做到最大程度的节能;陶瓷行业则要在轻薄之旅中降高减资;水泥行业重在节能减排和协同处置,而卫浴行业,最主要的变量和特征,则是最大限度地节约水资源。

这也是工信部正在制定的绿色建材标准认证体系中,针对不同建材行业和产品最重要的考量和研究的范畴。

之所以将“节水”作为卫浴产品最重要的绿色发展方向,正因为,从千家万户节省下来的每一滴水,无论对社会和行业,还是对家庭和个人,都将产生四两拨千斤的渗透力。

从社会的角度而言,也许人们还普遍存在这样的意识:中国之所以成为缺水大国,自然环境和气候特征是主要元素。相对而言,人为因素是次要的,即便是人为因素加剧了国内缺水的状态,这种“人为”与“我”之间也存在根本区别。

也就是说,很多人还没有意识到,自己可能就是造成全社会缺水的一个祸源,更没有意识到,无数个“我”对于自家用水的浪费和不合理使用,最终有一天会让每一个“我”深受其害。

“水污染”是如今经常被提及的一个词，报刊媒体曝光的水污染事件，大多是化工、冶金等工业生产厂排出的废水导致周边江河污染的现状，却很少有人意识到，最大的水污染源之一，正是来自每个卫生间和厨房所浪费的自来水。

洁净的自来水经过卫生洁具流出来，即变成污水源，尤其是从马桶里流出去的水，是家庭污水的最大来源，占家庭耗水总量的40%以上。而一座城市便器冲水量，可以占到城市生活用水的三分之一以上。

大量的生活废水、厕所粪便污水混合天降雨水并管合流，直接排入自然水系，就会严重污染江河和地下水质，传播病菌病毒。

无限制地扩大污水量，从大的危害上说，将会造成江河湖海无限制扩大污染，甚至导致大量的地下水成为废水，直接威胁着生态环境循环恶化。从小的方面说，让大量的洁净水毫无意义地变成污水，更进一步让原本就缺少生活用水的城市乡镇雪上加霜。

以抽水马桶为例，以3口之家计算，如果用9升的不节水马桶，每月用水约为3240升，如果改用3/6升节水马桶，每月用水约为1350升，这不仅可以节省1890升自来水，同时减少了1890升污水的排放，按中国14亿人口计算，改用节水马桶所减少的污水排放将是多么可观的数字。

从行业的角度而言，卫浴行业的发展，可以说是上联系着全社会水资源的大课题，下牵系着每一位老百姓的切身利益。“水危机”已经越发成为备受关注的社会问题，也进一步带动起普通百姓的节水意识，危机攸关的现状显然也是卫浴行业的发展空间。

卫浴产业要掀起的这场“节水革命”，自从1987年，国家计委等五大部委联合下发《关于改造城市房屋卫生洁具的通知》之后，便已拉开序幕。经过二十多年的时间，现在已经拥有绝对的共识。如今，最重要的任务，就是要尽快从标准认证体系建立、节水功能的创新突破和加大传播导向和力度入手，将意识落到实处，落实到每个家庭当中，尽快让“节水”成为人们购买卫浴产品的消费习惯。

从家庭和个人的角度而言，除了人们对于环保节水意识的提升，以及对于水资源的珍惜之外，我们还可以算一笔经济账。

据一位节水办的人士测算：目前，平均每个家庭每交100元的水费中，有40元是扔进马桶里冲掉了。

以北京市2012年的水价为例，居民生活用水为3.7元/立方米，行政事业单位用水为5.4元/立方米，餐饮业用水为6.1元/立方米（还有很多项，不一一列举）。

还是仅以抽水马桶为例,一个3口之家,用3/6升马桶相对于9升马桶,每年可以节省水费将近300元钱,一个100人左右的公司,每年节省的水费超过5000元钱,而一个普通饭店每年至少可以节省近50000元钱。

这还仅仅是小小的马桶所节省的费用,加之洗浴、水龙头等全部使用节水产品,每年节省下来的水费,足够置办很多更能提升生活品质的物质与精神需求。

让"节水意识"成为习惯

当节约生活用水的意识有一天能够在全社会每个老百姓心中得到重视,从而让节水行为从培养、敦促变为一种习惯,再逐渐过渡为一种自然状态,卫浴行业才算真正完成了对地球的一点贡献。

而目前的情况,正处于从培育督促慢慢变为习惯的过程之中。

20世纪80年代末,延续了几十年的"马桶漏水"现象还被视作疑难病症,经过业内权威媒体的轮番轰炸,引起了行业内领导和企业家的高度重视。可以说,"节水"卫浴所迈出的第一步,就是从彻底解决马桶漏水的老问题开始的,这其中,媒体发挥了巨大的推进作用。

自从1999年国务院颁发了《关于推进住宅产业现代化提高住宅质量的若干意见》中指出"要积极推广应用节水型卫生洁具"之后,淘汰9升以上的便器水箱开始从局部区域蔓延至全国。

这无疑是卫浴行业向节水的方向鸣放的又一声礼炮。经过十几年的时间,9升以上马桶如今已基本绝迹于城市里的建材市场,以至于很多都市老百姓认为:现在市场上销售的马桶应该全部都是节水马桶,区别仅在于节水的程度而已。

从2000年开始流行起来的6升单按钮节水马桶,到如今已广泛在都市普及的3/6升双按钮马桶,马桶在节水量上的创新始终没有停步。随着4.5升、4升、3.2升超节水马桶的相继问世,未来,2升、1升的节水马桶会不会推入市场?旱厕能否在都市应用?都是无法预知的前景。

2005年,国家曾命令淘汰了如铸铁螺旋升降式水龙头、进水口低于水面的卫生洁具水箱配件、9升以上的便器水箱等5类非节水卫浴产品及配件,以中国建筑卫生陶瓷协会秘书长缪斌的话说:淘汰铸铁螺旋升降式水龙头,又是一次卫浴行业革命性的进步。

所谓铸铁螺旋升降式水龙头,就是盛行于20世纪七八十年代的开启和关闭需要拧好几圈的老式水龙头,红色的铁锈经常会伴着自来水一并流出,开关拧不紧终日漏水，这些都是那个年代的人们抹不掉的记忆。

如今，这种水龙头已基本淘汰，新型节水龙头从不锈钢到铜质陶瓷芯片五花八门，还专门设置了不锈钢网罩等节水环节，可以让水轻柔流出，不至于水花四溅。可以说，在节水的绿色化设计上，水龙头带了个好头。

卫浴产品五花八门，无法一一赘述，但从卫浴行业的整体发展趋势来看，各个产品门类，的确都在节水上猛下功夫。

然而，虽然相对于建材工业的其他领域绿色化进程而言，卫浴行业似乎走在了前头，至少从行业意识和全民意识的融合上，目前做得是最好的。但是，这条节水的绿色之路，也还远没到一路畅通的时候。

尽管，近十年来，卫浴产品陆续出现了一系列产品标准认证，也的确促进行业加快淘汰了部分非节水产品，但是，对于节水产品的系统化标准认证上，依旧有很多不周到之处，以致很多标准和认证难于在产品上体现，更难于在市场中推广。

据一位卫浴品牌企业负责人介绍，目前像节水马桶等产品，节水认证的条例并不清晰，难于覆盖所有节水产品，对于创新型超节水产品，更是无法找到相应的标准，缺失有针对性的认证。再者，认证的过程程序烦琐，价格昂贵，致使很多卫浴企业想方设法逃避认证，在市场上同样以“节水”的名义鱼目混珠。

最近，“伪节水”成为建卫市场上的一个新词。“伪节水”存在两种现象，一种是纯粹的假冒伪劣产品，另一种则是新型超节水产品，比如如今正在推广的4升以下节水马桶，因为与家庭用水管道及配件不匹配，导致一次性冲不干净，要冲几次才行，使得节水的先锋反倒变成费水的祸首。

这更需要一整套更为系统的标准体系的建立，不仅仅是产品的节水标准和认证，也应该包括节水产品配件及使用的标准，从而规范市场。就像好钢要用在刀刃上一样，通过完善的标准和认证体系，让好的节水洁具，真正发挥出最佳的节水效果。

“绿色卫浴”指向何方

如今，在城市卫浴产品的选择上，有两大方面颇受消费者追捧，一是节水，另一个是产品的功能化智能化。

不过，很多功能化卫浴产品，显然与节水理念背道而驰。比如，功能化马桶增加了很多消毒、冲液、清洗的功能，都需要大量使用自来水，不仅仅起不到节水的作用，对于卫生间面积不大的居室来说，功能化卫浴需要插电用水，也埋下了安全隐患。

那么,在以节水为重的前提下,更多的追求应用水资源的功能化产品是否有违绿色发展的全球主题,尚有待卫浴行业进一步思考。

而在北上广等大城市新型社区中,利用中水处理来冲马桶也成为一种趋势。所谓中水,就是将污水适当处理后,达到一定的水质要求,可以在非饮用场合使用。目前,中水处理应用于家庭,多以冲马桶为主。很多新型社区装有中水管道和自来水管道,大部分节水马桶也都设置了中水的连接口。

利用中水冲洗马桶,可以节省自来水的使用量,中水处理看似与卫浴产品本身没有太大的关系,更多是管道的连接与疏通。但是,中水回收与应用,既已成为城市用水的一个未来方向,是否会为卫浴行业带来新的拓展空间?比如,如何让中水从冲马桶的一项功能,发展到可以广大范围地应用于家庭卫浴的冲洗当中?能否加大中水在厨房卫生间的使用量?这都会为卫浴行业提供了全新的思路。

还有一个很重要的现象不容忽视,目前,中国的卫浴品牌所开发并占据的市场,只占全国的15%左右,而这部分,主要集中在城市中。还有80%以上的市场尚未好好挖掘,这部分以乡镇和农村为主。

以往,乡村和节水卫浴似乎是画不上等号的,但随着新农村建设在全国逐步铺开,卫浴行业就需要彻底转变对农村卫浴产业的认知,在新农村建设初期开始打入农村市场,不但可以拥有更巨大的发展空间,对于卫浴国产品牌的推广和全面普及,也是一条新思路。

目前,都市卫浴市场的品牌分布,德国科勒、美国美标和日本TOTO占据了半壁江山,另一半江山,让绝大多数的国产品牌争得头破血流,最终杀出红海的还是像箭牌、鹰卫浴、东鹏等历史较长的资深品牌。更多的生力军,在这个不大的空间中,并没有优势。

因此,那85%尚未挖掘的空间,对于更多的国产品牌来说,是摆在眼前的一块鲜美蛋糕,谁先迈出这一步,谁就占得了先机。

2010年,国家曾发起了“建材下乡”的利民政策,希望通过建材产品与农村市场的结合,带动起新农村建设的浪潮,同时有助建材领域开拓市场。但几年过去,建材下乡并没有取得如家电下乡那样的成绩,目前一直处于半停滞状态。

但建材下乡这条思路始终是要延续下去的,众多专家和相关领域企业家也想方设法寻找突破的思路。

倘若让节水卫浴产品作为建材下乡的敲门砖,未尝不是一条捷径。

卫浴产品与家电产品有许多相似之处，主要的消费群体是老百姓，在国内有一定的品牌基础，如果节水卫浴品牌都能够借鉴家电下乡的模式，打开农村的广阔市场，不仅有助于品牌发展，更可以让节水的理念和意识，在广大的乡镇农村中传播普及。

也只有将占全国近80%的乡镇农村人民的节水意识提升并普及起来，卫浴行业的“节水革命”才可以说真正取得了成功。

水是生命之源，这绝不是一句口号，而是切身关乎每个人的生命状态和生活品质，关乎我们共同的大家园的生死存亡。如果用一句话回应开头那句警示语，这句话既伟大又实在：节约用水，利在当代，功在千秋。

《卫浴建材的绿色方向》刊于2013年5月31日

其他篇目

◆洁具、配件、管材、管件、接口、上下水管道……

——重塑节水洁具的大系统工程

◆卫生洁具的绿色上升路线

◆节水马桶　究竟该有怎样的品质

——教你如何辨识“伪节水”洁具

◆节水意识步步高　洁具购买费思量

——北京消费市场走访印象

关注本组核心报道请扫描二维码

产业财富 传媒价值

国内统一刊号:CN11—0073
邮发代号 1—121 国外代号 D807
本报为周六刊(周日休刊)
今日八版
第6383号
2013年6月14日 星期五
农历癸巳年五月初七
www.cbmd.cn

中國建材報

CHINA BUILDING MATERIALS DAILY

经济日报社主管主办

每周核心报道

高性能混凝土与外墙外保温材料，隶属两个领域的建筑材料，看似并不搭界，却成为本期"绿色的梦"系列报道中共同的主角，或许会让读者迷惑不解。不过，细细品来，我们会慢慢发现，这两种材料之间千丝万缕的关联。

建筑设计领域里有一句很励志的座右铭：要让建筑物成为有灵魂、青春永驻的生命体。

建筑的概念很广阔，包括矗立于城市间的高楼大厦，也包括桥梁、堤坝等等与自然环境毗邻的建筑物。宏观而言，或许某座建筑可以没有玻璃，也不用铺贴一片陶瓷，更无需安装节水洁具，但是，所有的建筑，离不开最基础的水泥混凝土构起骨架，也离不开犹如肌肤般的墙体材料的悉心呵护。

正如人体构造一样，骨骼和肌肤是维系生命最基本的元素。

在生态文明建设的当下，一个有生命的绿色建筑，需要的是具有绿色环保特征的骨骼和肌肤。那么，作为绿色建材领域的两大基础材料——高性能混凝土和外墙外保温材料，正是让绿色建筑具有饱满生命的骨骼和肌肤。

巧的是，高性能混凝土和外墙外保温材料，作为未来绿色建筑最基本的材料，却又同属于各自领域中的新生力量。两种材料真正广泛应用于建筑之中，都是从上世纪末开始。年轻的特质，使两种材料既充满朝气，也充满了对未知探索的求知欲。

当如今，两大材料面对各自的青春期，也拥有着各自成长的烦恼。在同一个绿色领域里，都试图努力尝试着去成就各自领域的远大梦想：为每一座健康活力的百年绿色建筑构筑屹立不倒的骨骼和延年益寿的肌肤。

百年建筑的绿色新装

——高性能混凝土和外墙外保温材料的未来指向

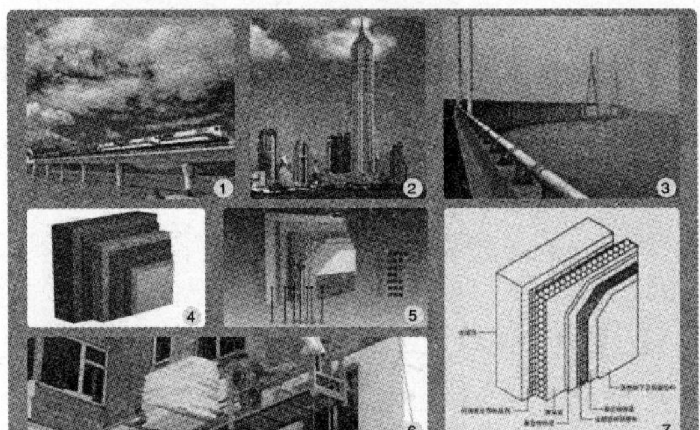

■本报记者 刘媛媛

高性能混凝土，简称HPC，在这个世界上诞生的时间并不算长。1990年，高性能混凝土由美国正式提出。两年后，在中国开始得到重视。

因为从上世纪的最后10年才开始被提出并逐渐发展起来，其前景广阔，因此，高性能混凝土也被世界同行称为"21世纪的混凝土"。

虽然诞生的时间晚，却赶上了世界环保浪潮的风起云涌，也促使这个极具环保概念的新型产品，朝着绿色化进程发展的速度很快。

最近，有一个新的概念又在HPC的基础上跃上一个台阶，叫做"绿色高性能混凝土"，国际上简称GHPC，或直接叫做GC。

绿色高性能混凝土是在高性能混凝土绿色范围的基础上，延伸并扩大了环保的概念，也就是说，高性能混凝土相对于传统商砼而言，已经全面跨入节能环保的领域，成为具有代表性的绿色化基础建筑材料之一。

如果说高性能混凝土是水泥和混凝土领域的新生军，那么，外墙外保温材料也称得上是传统墙体材料的新血液。尽管，外墙外保温系统的诞生是在上世纪40年代，诞生于高寒地带的瑞典，但外墙内保温材料却是最早被应用，而外保温材料则始终处于试验阶段。

外墙外保温材料真正开始启用，也是在上个世纪末期。中国进入正式的研究阶段是在1988年前后，进入21世纪，外墙外保温材料逐渐盛行起来。

与节能玻璃中的中空玻璃相似的是，外墙外保温材料最早诞生是满足于保温的需求，随着世界生态环保意识的提升，这种通过为整体建筑保温来达到环境节能的特性，使之成为生态绿色建材的主力军之一。

但是，外墙外保温产业，却有些好事多磨的意味。尤其从中国目前的发展情况看，似乎并不是一帆风顺。

外墙外保温材料需要一个庞大而复杂的技术体系支撑，不仅仅是材料体系，更像是一个交错繁杂的建筑体系网，最重要的是，它牵连着人身安全和节能环保的双重课题。至今，对于既保证人身安全，又能够在全生命周期中最大化地达成节能环保的外墙外保温材料，还是个未知数。

本文将从高性能混凝土和外墙外保温材料的绿色指向上分别作简单的分析和阐述。

下转5版

题图说明：

图1、2、3为采用了高性能混凝土的青藏铁路、上海金茂大厦和东海大桥。图4、5、7为外墙外保温材料结构图。图6为外墙外保温材料施工现场图。

蒋明麟谈外墙外保温材料

■本报记者 曾蕴瑶 王怡洁 整理

目前，谈到外墙外保温材料，在管理层面最大的矛盾是住建部和公安消防部门对使用材料的标准上意见不一致，住建部更重视建筑的节能指标，公安部消防局则重视建筑的耐火性。

近几年的3场大火之后，消防局提高了对建筑防火的指标考核，消防局为了加强民用住宅的防火能力，消防验收时规定民用住房使用A级防火材料。2011年后，很多企业按照消防局的文件和保温绝热协会的意见，建了不燃型保温材料厂。

但是住建部的文件里允许50米以下的居民楼还可以用B2级或B3级(阻燃)的保温材料，因为使用A级材料，不但价格昂贵，施工经验少，保温质量也难保证。两个部门意见的不一致使得生产外墙外保温材料的厂家、房地产企业和施工队在具体执行时都很为难。

外墙外保温材料的问题亟待解决，因为目前需要"穿棉袄"既有建筑将近400亿平方米，就我估计其中有80%的建筑都不节能。此外，还有每年以20亿平方米的速度新增的建筑，数量庞大，任务紧迫。

各个部门应共同协作规范外墙保温材料

根据我国当前有关法规和外墙保温材料产品的研发生产使用情况，也参照国际上的有关情况，应当在安全有保障的前提下，积极发展我国建筑节能事业发展，我提出以下建议：

首先是政府一定加强相应法规的建设，并严格执法。公安和住房建设主管部门，要根据我国民用建筑物外墙保温和装饰工程的安全性、实效性和耐久性，使我国建筑节能事业安全健康发展。各省市地区也可以在原则指导下，制定和出台适合本地区实际的实施细则或相应的法规或条例。大力推广不燃型外墙保温材料的使用，杜绝违规使用易燃型外墙保温材料，对于已公布的法规和政策要加大执法和执行力度，坚决杜绝有法不依，执法不严的情况。在建筑工程领域中，进一步开展反腐倡廉工作。我要把反腐倡廉加上去，因为上海的那场火灾就是跟这个原因有关。

其次，进一步加强有关产品的质量标准，规范制定和修订工作，政府工业、住房建设、公安和标准化工作管理部门要根据建筑节能和防火安全要求，制定更加严格的建筑外墙保温材料的产品标准，尽快制定、完善标准规范体系。包括构造图集、应用技术规范、施工技术规程工程检验和验收规程，建立完善的从材料到工程的成套标准规范体系。

下转6版

导读

"绿色"混凝土的联合计划

■本报记者 常慧

记者从5月31日召开的《绿色建材 玻璃》标准编制组第二次工作会上获悉，首项绿色建材标准有望于6月底形成报批稿。届时，在广泛听取多方面意见的基础上，工信部全面部署展开的绿色建材标准体系建设工作将迎来首个实质性成果。

当绿色建材玻璃标准在高效行进时，编制绿色陶瓷砖、绿色卫生洁具的标准也正同步启动；绿色外墙外保温材料的标准编制则在酝酿之中。而绿色建材标准体系中另一项重点工作——绿色混凝土，在住建部与工信部的联合推动下，本着高性能混凝土的理念和思想，正从行业管理、标准规范、推广应用等方面逐步展开工作。

工作开展：生产与使用环节联动

实际上，高性能混凝土作为提升建筑工程品质的有效手段、推动建筑业技术进步的内在动力、实现建材行业转型升级的有力抓手，这项与建筑寿命关系紧密的工作早已拉开序幕，且是一个跨行业、跨部门的多方面联合行动。

据中国建筑科学研究院建筑材料研究所混凝土室主任周永祥介绍，从去年起，中国建筑科学研究院一直参与住建部牵头的一项"绿色建材评价研究"的课题，该课题将高性能混凝土列为其中一项。

而今年2月初，工业和信息化部原材料工业司副司长潘爱华、住房城乡建设部标准定额司副司长宋友春联合率调研组赴北京金隅天津混凝土公司和振兴水泥公司，就促进混凝土和水泥产品结构调整、加快绿色建材发展、推进建材工业和建筑业节能减排等开展现场调研。

这也是两部门在联合成功推动高强钢筋的基础上，进一步加强联动。围绕绿色建筑发展需要，立足建材工业技术进步，以标准规范为抓手，携手促进高性能混凝土等绿色建材发展和应用，既有利于生产环节的节能减排，也有利于使用中的节能环保和安全延寿。

随后两部门还确立了联合调研的机制，在短短数月里，分赴不同地区联合调研高性能混凝土生产应用情况，并召开多次会议，征求推广应用高性能混凝土意见。

下转6版

转变建材发展方式 调整建材产业结构

"绿色的梦"大型系列报道(五)

策 划：本报编辑部
统 筹：刘媛媛 常 慧
采 写：张 红 王思博 刘媛媛 常 慧 王怡洁 曾蕴瑶

百年建筑的绿色新装

——高性能混凝土和外墙外保温材料的未来指向

■本报记者 刘媛媛

高性能混凝土与外墙外保温材料,隶属两个领域的建筑材料,看似并不搭界,却成为报道中共同的主角,或许会让读者迷惑不解。不过,细细品来,我们会慢慢发现,这两种材料之间千丝万缕的关联。

建筑设计领域里有一句很励志的座右铭:要让建筑物成为有灵魂、青春永驻的生命体。

建筑的概念很广阔,包括矗立于城市间的高楼大厦,也包括桥梁、堤坝等等与自然环境毗邻的建筑物。宏观而言,或许某座建筑可以没有玻璃,也不用铺贴一片陶瓷,更无须安装节水洁具,但是,所有的建筑,离不开最基础的水泥混凝土构起骨架,也离不开犹如肌肤般的墙体材料的悉心呵护。

正如人体构造一样,骨骼和肌肤是维系生命最基本的元素。

在生态文明建设的当下,一个有生命的绿色建筑,需要的是具有绿色环保特征的骨骼和肌肤。那么,作为绿色建材领域的两大基础材料——高性能混凝土和外墙外保温材料,正是让绿色建筑具有饱满生命的骨骼和肌肤。

巧的是,高性能混凝土和外墙外保温材料,作为未来绿色建筑最基本的材料,却又同属于各自领域中的新生力量。两种材料真正广泛应用于建筑之中,都是从上世纪末开始。年轻的特质,使两种材料既充满朝气,也充满了对未知探索的求知欲。

当如今,两大材料面对各自的青春期,也拥有着各自成长的烦恼。在同一个绿色领域里,都试图努力尝试着去成就各自领域的远大梦想:为每一座健康活力的百年绿色建筑构筑屹立不倒的骨骼和延年益寿的肌肤。

高性能混凝土,简称HPC,在这个世界上诞生的时间并不算长。1990年,高性能混凝土由美国正式提出。两年后,在中国开始得到重视。

因为从20世纪的最后10年才开始被提出并逐渐发展起来,其前景广阔,因此,高性能混凝土也被世界同行称为“21世纪的混凝土”。

虽然诞生的时间晚,却赶上了世界环保浪潮的风起云涌,也促使这个极具环保概念的新型产品,朝着绿色化进程发展的速度很快。

最近,有一个新的概念又在HPC的基础上跃上一个台阶,叫作“绿色高性能混凝土”,国际上简称GHPC,或直接叫作GC。

绿色高性能混凝土是在高性能混凝土绿色范围的基础上,延伸并扩大了环保的概念,也就是说,高性能混凝土相对于传统商砼而言,已经全面跨入节能环保的领域,成为具有代表性的绿色化基础建筑材料之一。

如果说高性能混凝土是水泥和混凝土领域的新生军,那么,外墙外保温材料也称得上是传统墙体材料的新血液。尽管,外墙外保温系统的诞生是在20世纪40年代,诞生于高寒地带的瑞典,但外墙内保温材料却是最早被应用,而外保温材料则始终处于试验阶段。

外墙外保温材料真正开始启用,也是在上个世纪末期。中国进入正式的研究阶段是在1988年前后,进入21世纪,外墙外保温材料逐渐盛行起来。

与节能玻璃中的中空玻璃相似的是,外墙外保温材料最早诞生是满足于保温的需求,随着世界生态环保意识的提升,这种通过为整体建筑保温来达到环境节能的特性,使之成为生态绿色建材的主力军之一。

但是,外墙外保温产业,却有些好事多磨的意味。尤其从中国目前的发展情况看,似乎并不是一帆风顺。

外墙外保温材料需要一个庞大而复杂的技术体系支撑,不仅仅是材料体系,更像是一个交错繁杂的建筑体系网,最重要的是,它牵连着人身安全和节能环保的双重课题。至今,对于既保证人身安全,又能够在全生命周期中最大化地达成节能环保的外墙外保温材料,还是个未知数。

本文将从高性能混凝土和外墙外保温材料的绿色指向上分别作简单的分析和阐述。

HPC基础材料里的千面手

所谓高性能混凝土,顾名思义,就是以提高混凝土的多元化性能来达到绿色环保的指数,以及混凝土应用的范围。

HPC在由美国正式提出时,从其优质原材料配制的绿色定位基础原则就已经符合了21世纪对于生态环保的基本要求:要尽可能地节省熟料,多用细掺料(工业废料为主)和少用水泥。

减少对自然资源的浪费,减少对水泥等高污染产品的消耗,也进一步加强了对各种工业废料的配比,来满足和强化混凝土不同性能的质量和性能要求。应该说,

HPC 更像是从小就在绿色环保的环境中得以熏陶，如今已成长为能胜任任何复杂环境中的顶梁柱和千面手。

基础建设的千面手　多重环境的顶梁柱

高性能混凝土应用的范围之广，令人惊叹。近到我们生活中热闹非凡的城镇，远到杳无人烟的茫茫沙漠。无论是纵横交错的道路，跨越江河的桥梁，浪涛拍打的海岸，抑或各种高寒酷暑的极端地带，甚至包括只存在于普通百姓想象中的核反应堆等高科技领域，都可以见到 HPC 英雄般的身影。

以适应各种环境为前提和特色，千面手的 HPC 要起到固沙、固土、固岸、固堤、排水、透气等适应不同环境的基础作用，还要适合各种水生物生长、栖息和繁殖的生态要求。

首先从城市道路说起，目前，中国城市的道路覆盖率约为 7% ~15% 之间，大都市的道路覆盖率达到 20% 左右。随着中国城镇化建设的进程加快，未来城镇道路的铺设将是非常艰巨和重要的任务。

高性能混凝土应用于道路之中，除了其耐久性的特性可以使道路的寿命得以延长，且路面耐磨减少破损。最重要的是，高性能混凝土的透水性能，也大大减少道路的热岛效应。众所周知，热岛效应是加速气候恶化的因素之一，透水性能良好的 HPC，就在一定程度上遏制了恶劣气候的变化无常，也让行驶中的车辆，减少很多恶性交通事故的发生。

“未来的城市建设，急需各种排水、透气的材料，这对于地球环境的改善将有极大好处，而在这些材料当中，HPC 的应用率将会得到最大的提升，应用范围会越来越广。”一位美国建筑工程师，在自己关于绿色高性能混凝土的论文中这样写道。

所有的沿海区域，也同样是 HPC 高使用率的区域，大量高性能混凝土用于固岸和固堤之中，筑起一座座防护堤，不仅仅可以防止因海岸线不稳导致的塌陷等问题，并通过其坚固和耐久性，来扩充海岸线，增加沿海城市的面积。还要满足水生物的适应能力，间接起到了保护海洋资源的作用。

全球沙漠化严重，沙漠侵蚀对气候环境造成的恶劣影响，已无须再做过多描述，绝大多数国家都已经投入到防沙治沙的抗战之中，高性能混凝土作为最好的固沙固土材料，此时此刻，亦发挥着至关重要的作用。

甚至在一些生态环境恶劣，生命存活率脆弱的极端地带，HPC 也像战士一样，英勇无畏地筑起生命堤岸，尽己之力阻挡危害生命生存繁衍的外来侵害。

或许是因为 HPC 具备了太多的高性能应用性，以至于自 HPC 诞生以来，各个国家对其绿色指标和导向都有着各种不同的侧重点和解析。

比如,美国更强调其耐久性、高抗腐蚀性和稳定性;日本则重视其高强度、高工作性和耐久性;加拿大注重其高弹性、高密度、低渗透和抗腐蚀性,中国在2006年综合各国最主要的绿色导向,提出对HPC的定义为高耐久性、高工作性和高体积稳定性。

对HPC难于统一的绿色导向,甚至对HPC和目前最新提出的GC也没有明确的界定和考量,为高性能混凝土的标准认证体系的制定带来了很大的难度。据参与制定标准的住建部负责人士介绍:即将出台的标准与认证体系,将参考中国在2006年提出的定义所涵盖的范围,也就是重点考量HPC的耐久性、高工作性和高体积稳定性。

中国对HPC的应用实例

自20世纪90年代初,中国开始对HPC拉开了研发和应用的序幕之后,高性能混凝土开始在全国各地发挥出其多面手的优秀作用。其中,最为著名的案例,源自中国"西部大开发"的重点项目之一——青藏铁路的铺设。

当年,在为青藏铁路的铺设作筹划的时候,三大难题"多年冻土、高寒缺氧和生态脆弱"摆在技术人员面前,这给施工带来一系列技术困扰。而且,在这之前,没有现成的案例可供参考。

经过不懈努力,技术人员在高原寒冷、风沙强烈等较为恶劣的自然条件下,通过提高高性能混凝土的耐久性指标和配制方式,使高性能混凝土在多种恶劣环境下顺利施工并应用,完成了青藏铁路的铺设任务。HPC承受住了各种极端考验,与当地气候、资源、动植物生长等自然环境和谐交融,经受住了一次伟大的考验。

而事实上,青藏铁路仅仅是HPC在中国得以应用的案例之一,在此之前,高性能混凝土早已经在中国广阔的区域里展现了风采,其中,尤以桥梁的修建最为辉煌。

中国第一座海上建设的特大桥梁——东海大桥,就是采用高性能混凝土来抵御海水的侵蚀。正是因为HPC的密实度和高稳定性,杜绝了混凝土裂缝的产生,同时,因为掺入高效减水剂,减少了混凝土固化后的水孔隙,进一步加强了HPC的体积稳定性。

位于江苏连云港区的苗岭一号高架桥,地处连云港集装箱码头前,与黄海毗邻,常年刮着海风,风力非常大,容易引起普通混凝土干缩裂缝。技术人员利用当地地产的两种石子——片麻岩和玄武石和少量的水泥等原料配制的高性能混凝土,浇筑后不但满足了桥梁强度的设计要求,也杜绝了干缩裂缝的可能性。

作为世界最大跨径的斜拉桥——江苏大桥,同时拥有着世界最高的桥塔,也是由优质粉煤灰(工业废料)和高效减水剂等配制出的高性能混凝土浇筑而成,其浩大的建筑工程和优良的 HPC 研发和应用，为世界瞩目。

更为可喜的是，HPC 在中国的应用，已经做到高险环境和城市建筑两条腿走路。在一些著名的城市建筑上，如上海金茂大厦、北京静安中心大厦、辽宁物产大厦、南京希尔顿国际大酒店、长春国际商贸城等，也都有优质的 HPC 发挥着举足轻重的作用。

“让所有的绿色建筑轻松活到 100 岁，甚至更长，这是高性能混凝土的发展方向。”一位混凝土行业的专家用诙谐的语言，道出 HPC 是绿色建筑“高寿命”的有力保障。

70 年，是中国老百姓对中国居住建筑寿命难跃的一道坎。可以提高建筑寿命的 HPC，倘若广泛应用到普通家居建筑上，或许，未来 70 年的建筑，应该还充满着壮年气概，再也不是普通住宅建筑的梦魇。

要想达到百年建筑，在今天这个时代，最需要耐久性强的建筑材料，因为和古建筑不同，现代建筑以高层建筑为主，要使高层建筑能在百年的岁月沧桑中屹立不倒，用 HPC 构筑建筑的坚毅骨骼，绝非妄言。

但毕竟，中国在研发和应用高性能混凝土的历程，不过十几年。而高性能混凝土对配比设计的要求，要按着不同建筑和不同环境进行适合的配比，程序复杂，需要的是技术和设计能力强，且人数庞大的技术团队支撑，因此，短时间内，高性能混凝土很难形成相对独立的产业化规模。

此外，对其性能的进一步加强并扩大其多性能特征，同时扩充 HPC 的社会应用范畴，尤其是着力对绿色高性能混凝土的研究与应用，使之符合甚至超前于中国对绿色建筑的生态标准和要求，都是未来高性能混凝土的待解之题。

一个新兴产业 让水泥工业一直“绿”下去

产能过剩和高污染，至今都是横在中国水泥行业面前的两道坎。这两道坎无比险峻，足有毁掉一个传统老行业的破坏力。高性能混凝土倘若能形成一个生机勃勃的产业化规模，或许也会为遏制水泥产能过剩和实现水泥工业绿色化进程带来一线曙光。

近些年，越来越多稍有实力的水泥企业，已经开始向普通商用混凝土领域延伸产业链，使得企业自身的水泥过剩，得到了一定程度的缓解。那么，在此基础上继续探索高性能混凝土和绿色高性能混凝土，或许会带来更大的转机。

正是因为 HPC 或 GC 在原材料配比中，强调的就是低水泥量的应用。这不仅仅是处于节资降耗的环保考虑，更因为在 HPC 中掺加过量的水泥，会降低 HPC 的耐久性和稳定性，更会减小混凝土本应有的强度。如果水泥企业大量发展高性能混凝土产业,水泥产量自然而然将得到抑制。

尽管,仅依靠发展高性能混凝土并非彻底解决产能过剩的良策,但当更多的水泥企业愿意潜下心钻研 HPC 乃至 GC 的发展之路时,一定会在很大程度上为全行业努力走出过剩阴影留出足够的时间和空间,更能缓解企业现存的巨大压力。

高性能混凝土是在普通混凝土的基础上研制而成,但是,HPC 与商砼之间的特性指标并不相同。

普通商砼到目前为止,其配比设计和生产的唯一特征指标是对抗压强度的考量,高强度的商砼曾被认为是最好的混凝土。

如今,普通商品混凝土产业也逐渐庞大,但更多的行业专家也看到了普通商砼在性能上的劣势,比如其耐久性偏低,导致很多建筑、桥梁或道路,用不了几年,就要重新返修,甚至可能出现突然断裂崩塌的现象,无形中造成自然资源和生产成本的极大浪费,常年破土翻修,也会让生活环境接二连三遭受污染,最可怕的是,一旦崩塌和断裂,会造成严重的伤亡事件。

以往,人们认为出现这些问题是因为混凝土的强度不够所致,当高性能混凝土被研制和应用起来后才了解到,真正延长建筑物寿命的混凝土特征,并非强度,而是耐久度。

如果将普通商砼和 HPC 放在一起对比的话,就像音像世界里早期所用的 VCD 和如今的 DVD 之间的关系。HPC 基本上是针对普通商砼的弱势进行弥补和增强,更像是普通商砼的升级产品。

比如,HPC 最强的 3 个特点:耐久性、工作性和高体积稳定性,也正是普通商砼缺失的三方面。而对于普通商砼高强度的特征和优势,HPC 在其基础上将之兼顾并加以完善。

因此,从普通商砼向高性能混凝土产业的过渡,是 21 世纪混凝土产业的大势所趋。

但是,刚刚发展不过 20 年的高性能混凝土,也存在着自身弱点,比如,HPC 虽然耐久性高,但是脆性也相对较高,在应用过程中,早期的稳定度和工作性不如后期强劲。也就是说,很有可能刚刚用于建筑上的 HPC 会产生突然开裂,也因此,要想确保百年建筑梦想成真,就要给 HPC 和建筑物留有一段“试用期”。

最关键的是,当 HPC 才刚刚崭露头角,全新的 GC 概念随即应运而生。这很像当 DVD 正将统治音像市场的时候,怎奈很快出现了蓝光 DVD、标准 BD 等升级产品,无论从工艺性能和视觉效果上,都在 DVD 的基础上实现了补充和跨越。

那么,绿色高性能混凝土是否也是高性能混凝土的升级产品? GC 与 HPC 之间,尤其在绿色化考量中,究竟存在着哪些明显的区别或延伸?这无疑让高性能混凝土产业刚刚兴起便站在一个十字路口上,但幸运的是,但凡能够站在这个十字路口上,也就意味着,我们已经进入了绿色环保的领域,往后所做的任何选择,都是在这个领域里欲求更好更强。

而从水泥到商砼再到HPC(包括GC)的产业链延伸,也是一条由黑到绿的渐变过程。谁又能断定,这样一个新兴产业,不会成为这个传统工业的绿色起点,水泥工业将由此一直“绿”下去。

外墙外保温材料　矛盾中披荆斩棘

关于外墙外保温材料,借用一位行业人士的话就是:这是一个新鲜的命题,也是一个复杂的命题。可能随时都有新品种的诞生,也随时都处于矛盾的状态之中。我们梦想着最好最绿色的外墙外保温材料有一天会诞生,但这个过程或许很长。在这个过程之中,我们必须要面对生命与环保的双重锤炼和考验。

起源于欧洲的外墙外保温材料,可以说,其近70年实验、研制和发展的历程充满了传奇色彩,经历过战争的磨炼,经受过石油危机的考验。

二战期间,欧洲大量的建筑物受到破损,也给当时正在实验当中的外墙外保温技术留下充足的实践机会。德国人开发出轻质外保温材料,可以迅速应用于破损建筑的修复之中,无形中,使得外墙外保温材料为战争创痛抚平了一丝悲凉,留下了无数温暖。

20世纪80年代,全球石油危机引发能源紧缺,外墙外保温材料又一次有了大显身手的机会。这一次,也正是此材料被广泛应用的起始,并由此开始从欧美向全世界蔓延。

近阶段,石油价格的增长,为环境能耗敲响警钟。于是,以欧洲为带头者,加大了建筑物外保温节能的应用力度。外墙外保温材料的传奇人生,才刚刚开始。

三把大火引发的热议

作为一种通过材料自身的导热性达到为建筑保温,从而起到节能成效的绿色环保材料,外墙外保温材料理应成为绿色建筑材料家族中的典范。然而,遗憾的是,在中国,外墙外保温材料成为全社会关注的焦点,却是曾轰动全国的三场大火。

2009年元宵节,刚刚建成的中央电视台新址发生特大火灾,2010年11月15日,上海胶州路居民楼发生特大火灾,2011年春节除夕夜,被称为沈阳第一高楼的皇朝万鑫国际大厦发生特大火灾……

如果说三场大火的起火原因不一,但不幸的是,导致大火迅速蔓延的导火索,却都是源于一个意外的“杀手”——建筑物外墙外保温材料。

火灾发生过后,人们找到了外墙外保温材料成为助燃剂的原因,三座建筑物使用的全部是易燃型外墙外保温材料,也就是行业内所说的 B2、B3 级材料。

早在 2009 年之前,已经有过类似的重大火灾发生,却均未引起全社会对于墙体材料易燃性的关注。在央视大火之前,国家对于产品众多、体系庞杂的外墙外保温材料的安全性和保温性,也并没有明确的规范性划分或安全使用条例。

2009 年央视大火之后,促使国家相关部门着手出台了关于外墙外保温材料等级划分的相关规定,并明确要求提高外墙外保温材料的耐火性。

这次出台的相关规定中,明确指出,今天我们所用的外墙外保温材料,可分为易燃型(B3 级)、可燃型(B2 级)、阻燃型(B1 级)和不燃型(A 级)4 个等级。同时,公安部和住建部联合下发了 46 号文,即民用建筑外保温材料的燃烧性能宜为 A 级,且不应低于 B2 级。

国际上对于易燃型(B3 级)材料,基本处于淘汰状态。中国绝大多数新建建筑所使用的外墙外保温材料,商家也声称不是易燃型材料,而是阻燃型材料。

但是,一把大火持续的热度,并不足以从根上去规范一个矛盾重生的新兴产业。央视大火没过多久,外墙外保温材料市场就在易燃、可燃和阻燃之间“玩”起了危险游戏。

上面所讲的三场大火,相关负责人也都表示自己使用的是阻燃型 B2 级材料。这是一个在可燃和阻燃两者间概念上的混淆。

这里暂且先不论关于外墙外保温材料质量优劣的问题,但就材料自身而言,也看得出到目前为止,关于可燃和阻燃如何划分界限,同时,如何定义可燃与易燃的区别,在没有明确、细致和清晰的标准出台之前,恐怕连很多行业内专家,也很难说得清楚。

正像一位专家所说:就算是真正的阻燃材料,也不是百分百的安全材料。阻燃并非不燃,阻燃材料可以在建筑物刚起火时,起到一定的阻燃作用,给消防车赶来救火留出一定的时间,但是,一旦通过风力或其他外界因素作用而导致火势蔓延,阻燃材料也就起不到阻燃的作用。

一年之后,这位专家的话果然得到了验证,在同样声称使用阻燃材料进行翻修的上海胶州路居民楼,因为在施工中尚有居民在此居住,使得这把大火造成了更大的人员伤亡。

这场吞噬了 50 条生命的大火,让公安部痛下决心,于次年下发了《关于进一步明确民用建筑外保温材料消防监督管理有关要求的通知》,也就是曾在外墙外保温产业中轰动一时的65号文。通知中规定，民用建筑外墙外保温材料要采用燃烧性能为A级的不燃型材料。

这个通知从一个侧面表明：作为绿色建筑节能材料的外墙外保温材料，在节能降耗的同时，安全性也是此材料绿色导向的关键环节。而且，一切以安全为第一，那么，防火性能似乎已明确为外墙外保温材料的首要考量标准。

A级　缘何雷声大雨点小

根据65号文的规定，在短暂的时间内，外墙外保温材料市场已经有了明确的规定，不燃型A级材料成为其产业未来重点的发展方向。通知公布的两年之内，以岩棉为主的A级材料企业如雨后春笋般成长起来。

正当一切看似迎刃而解时，新的问题随即出现。

一方面，可燃和阻燃材料也称为有机保温材料，而A级不燃材料称为无机保温材料，有机与无机材料，在原材料采集、生产工艺与生产设备等所有环节是完全不同的两个领域。如果只发展无机保温材料，也就意味着，中国大部分现有的外墙外保温材料企业将面临倒闭。

于是，有专家曾发表文章提出疑问：这是否意味着中国整个有机保温材料行业将从此彻底覆灭？

另一方面，从外墙外保温材料的另一大绿色特征——保温节能的角度上看，不燃型无机材料的导热系数的确不如有机保温材料，也就是说，在保温节能的功能特征上，有机保温材料要好过无机保温材料。

据专家介绍，在生产的过程中，无机保温材料亦达不到生态环保的要求。以岩棉为例，其原材料要耗费大量的玄武岩，自然资源开采严重。生产过程同样是高污染高排放的过程，最重要的是，生产过程中出现的粉尘等杂物，对生产工人的身体健康也带来一定危害，容易导致皮肤病等多种职业病的产生，这些都是无机保温材料在绿色发展道路上极大的障碍。

出于种种原因，在65号文下发将近两年之后的2012年年末，公安部消防局决定取消65号文，重新发布了《关于民用建筑外保温材料消防监督管理有关事项的通知》，也就是目前正在应用的350号文。

通知表示将严格制定2009年制定的46号文和2012年夏天颁布的《建设工程消防监督管理规定》。也就是说，目前外墙外保温材料的使用，不再限制仅用A级不燃材料，B2、B1级可燃和阻燃型材料同样可以应用。

消息公布后，在行业内掀起的波澜持续至今。要不要坚持发展A级不燃材料？什么样的建筑适合什么样的外墙外保温材料？企业究竟应该向哪个方面发展？市场究竟应该以什么为导向?在外墙外保温材料的绿色之路上,当出现矛盾的时候,究竟是防火更重要,还是保温节能更关键……

这些答案,因为缺乏明确的政策导向和精确细致的标准认证体系,尚无人能说得清楚。尽管,有很多行业专家通过各种方式表达对A级不燃材料的认可和支持,但是,A级材料所存在的缺憾,依旧难说其是真正的健康优良的绿色材料。

两全其美是绿色　全行业的终极目标

有机保温材料虽然保温效果好,却是潜在的火灾杀手。无机保温材料可以让大火蔓延的悲剧不再发生,但其保温效果又略显羸弱,同时,生产过程中也存在着健康隐患,那么,究竟有没有既安全又保温,两全其美的绿色外墙外保温材料?

“这是全世界外墙外保温行业的梦想,也是这个行业的终极目标。”中国绝热节能材料协会常务副会长、教授级高级工程师胡小媛说:“真正的绿色外墙外保温材料,当然是又节能、又安全、使用的寿命长、与各种建筑物能够长久地匹配,生产过程又能够尽量少浪费资源,少污染环境,对人体没有伤害,废弃后还可以循环再利用的新型材料。这是未来的方向。”

这个方向,可能需要一个相当漫长的过程,因为,这种新型材料究竟是什么?究竟从哪方面入手?全世界尚没有一个可以物化的概念,依旧在无数次失败的尝试中,期待着成功的那一天。

但是,外墙外保温行业又不能坐等这个终极梦想会突然从天而降。而是要在发展的过程中,通过研发和设计去不断地尝试、提升、突破和完善。

那么,对于整个行业而言,现阶段的任务,就是在加快脚步研发新型材料的同时,通过政策、标准和行业自律来尽快规范现有产品和市场。

外墙外保温材料之所以庞大复杂,是因为其与建筑的方方面面都有着剪不断理还乱的关系,包括建筑物的高度、所处地域、所用材质、使用年限、施工工艺等等,这就要求,在制定外墙外保温材料标准认证的时候,绝不仅仅是单一材料的标准,其中包含了与建筑物各方面匹配的标准,施工技术标准等等。

就像胡小媛所言:为外墙外保温材料制定标准认证,就像剥洋葱,要一层一层地剥开,每一层都需要每一层的标准,任何一层都不可能忽视。

据说,美国相关的外墙外保温材料,单一产品的认证,有可能会达到9个以上,每一项认证都与建筑和自身性能紧扣,达到层层递进的关系和作用。

要安全还是要节能?曾有一位企业技术人员在谈到外墙外保温材料时,抛出来一句既无奈又富有哲学意味的命题。

答案很简单:既要安全也要节能,这并不是一个无解之题。但是,毫无疑问,这是一道复杂的方程式,明确而坚定的政策导向和细致而清晰的标准认证,应该是解题的第一步。建材行业和市场、建筑行业和市场,与之相关的各个部门,乃至全社会的齐心协力,则让解题的每个步骤能够步步为营、环环相扣,使之最终迎刃而解。

关乎生命,关乎生态,与其说外墙外保温行业需要技术体系的支撑,不如说,它更需要一个诚信系统的强化和保护,而我们所有人都是这个诚信系统中的一分子。

结 语

在探讨高性能混凝土和外墙外保温材料的绿色方向时,无论是强调 HPC 的耐久性稳定性,还是外墙外保温材料的安全性保温性,归根结底,是一道更为深奥的大命题:如果用最简洁的语言来概括绿色建筑的本质和内涵,3 个字足矣:生命力。

建筑与环境永远是相辅相成的关系。有生命有灵魂的建筑,首先,决不应该是短命的建筑。没有生命力的建筑,只会耗费无尽的资源,产生大量的污染,浪费大量的人力财力,危害每个人的健康。短命的建筑,会成为生态城市建设中,最难于负荷、最无法消耗的致命伤。

反过来,倘若生活在一个空气污浊、灰头土脸的环境里,建筑也会像人类一样生命枯萎。

我们为什么要为老建筑加上一层外墙外保温材料?是希望老建筑能在更良好更绿色的环境中增强生命体质。我们为什么要为恢宏的桥梁或堤坝浇筑高性能混凝土?是为了让这些建筑在风雨的洗礼中屹立百年千年。

当绿色建筑在不久的未来成为城市建筑的主力军,百年绿色建筑自然会成为我们这一代人为后代留下的宝贵遗产,那将是建筑领域每个人的终极梦想。

百年绿色建筑的骨骼和肌肤,不是普通混凝土和传统墙体材料能够承载的。普通混凝土脆弱的耐久性支撑不住建筑的百年辉煌,而传统墙体材料又会让建筑耗能加剧,加重着环境与建筑的双重负荷。

而将高性能混凝土和外墙外保温材料做成产业化规模,传统水泥混凝土企业和墙体保温材料企业的转型显得尤为重要。

或许在今天,这是一个艰难的抉择。毕竟,发展 HPC,企业需要投入更多的资金,需要培养更多的专业人才,需要投入更多的时间和精力。而外墙外保温材料的转型则更为艰难。与其说转型,不如说,一切都要从零开始。

但是,稍有前瞻性的企业家,要有预测房地产业发展前景的敏锐眼光,尤其随着城镇化建设的如火如荼,建筑势必会成为国家经济发展、国民生活需求中最重要的标尺之一。国家对于未来所有建筑质量和寿命的要求,也势必成为绿色建筑的重要组成部分,这一点,从如今大量的老建筑应用绿色建材技改翻修中,已见端倪。

有生命力的材料,是构建有生命力建筑的前提,这提供了企业向绿色建材转型的动力。而所有的成就,都是从艰难的第一步开始。恰逢 HPC 和外墙外保温产业呼之欲出的时候,能以敏锐触觉和宏观意识把握住眼前机遇的先行者,势必会在这条路上走得长远。

作为绿色建材家族中的“新贵”,高性能混凝土和外墙外保温材料在百年绿色建筑中所承载的使命是何等的艰巨而荣耀。艰巨在于自我突破、升级和完善的过程,而荣耀的则是,让承载起的一座座绿色建筑,友好环境、长生不老。

《百年建筑的绿色新装》刊于 2013 年 6 月 14 日

其他篇目

◆蒋明麟谈外墙外保温材料

◆“绿色”混凝土的联合计划

◆我国混凝土迈入“高性能”时代

——兼议高性能混凝土加快发展的两大机遇

◆保温与防火 “AB 角”陷两难之困

◆“绿色”与“传统”共存时代

◆欧美:防火性能是外墙外保温的首选

关注本组核心报道请扫描二维码

产业财富 传媒价值

国内统一刊号：CN11—0073
邮发代号 1—121 国外代号 D807
本报为周六刊（周日休刊）
今日八版
第6389号
2013年6月21日 星期五
农历癸巳年五月十四
www.cbmd.cn

中國建材報
CHINA BUILDING MATERIALS DAILY
经济日报社主管主办

每周核心报道

我们的心中充满春意……

——写在“绿色的梦”大型系列报道结束之际

■本报记者 刘媛媛

“绿色的梦”大型系列报道已接近尾声，从阳春3月开始，我们进入了这组报道的策划和采写之中。伴随着春天的脚步，我们对绿色建材的认知度日益加深，对绿色建材未来的期盼也日益浓厚。

在历时近5个月的时间里，我们已先后刊发了五期大型报道，通过对工信部、中国建材联合会的相关部门和行业专家、建材企业的采访，通过走访玻璃、陶瓷、节水洁具等专业市场，通过已刊发的19个版共计33篇文章，详细阐述了5大领域绿色革命的探索之路。

当“绿色的梦”系列报道从节能玻璃、轻薄陶瓷、节水洁具一直延伸到更专业领域的高性能混凝土和外墙外保温材料，当经历了5个月关于“绿色建材”的洗礼之后，我们深深感觉到，绿色建材的春天已经来临，一种强烈的对春的期待，春天临近的紧迫感和走向春天的使命感，不由自主地蔓延周身。

对春的期待，中国建材工业的“绿色梦”真实地呈现在我们眼前，这是伟大“中国梦”的组成部分，是建材工业绿色革命的起始，充盈着美好和希望。

也是在阳春3月，两会的召开犹如一缕春风，绿色发展的动听旋律在此唱响，并通过两会的传播，像春天的种子一样洒遍全国，绿色蕴涵着春天的气息，让一个个厚重的传统产业，嗅到了春的希望，共同在春天的怀抱中，展开一幅幅绿色的画卷。

绿色的春风同样吹拂着传统建材行业的面庞，而建材人也开始做起充足的准备以迎接春天的来临。但所有的建材人都清楚地意识到，迎接绿色建材的春天，我们要做的事情还有太多太多，不由得加剧着每一个人对绿色建材产业春天临近的紧迫感。

这种紧迫感，亦如新中国刚成立，百废待兴之时，建材工业为新中国垒砌第一道墙，浇筑第一层水泥，修建第一条道路，建起第一座高楼时，建材工业人那种紧迫和使命聚拢的一发千钧的心情。

而这份心情，还仅仅是初入“绿色建材”领域的我们，刚刚感受到的碰撞和冲击。放眼围绕“新型绿色建材”而囊括的，远比传统建材工业更浩瀚的版图。从近距离角度说起，既有水泥、陶瓷、玻璃、木业等传统建材工业的绿色化改造和转型，还有以新型墙体材料、保温绝热材料、建筑防水材料和建筑装饰装修材料为核心的绿色新材的研发和创新。

每一种门类，包含了几十上百个品种，每一个品种，又涵盖着层层递进的改良和变革。这一切都让我们感受着身上的责任，未来的路任重道远。

但也正是因为那份任重道远的责任，更加坚定了我们走向春天的使命感。在这春意盎然的时刻，感悟着生态文明建设洒下的春天的种子，让我们甘愿成为构筑绿色梦想的春的使者，让绿色建材在建材工业里翩然领舞，并将一个由“绿色”为灵魂舞者的大舞台，传承于子孙后代，终有一天，完成绿色建材可以在建材的大舞台上尽情独舞的伟大梦想。

“绿色的梦”和“中国梦”

“‘绿色梦’，是构建‘中国梦’的组成部分，是‘中国梦’的绿色底蕴。”

这句话，是两会期间，众多人大代表对生态文明建设和绿色中国梦最贴切简洁的总结，包含着深刻的内涵和饱满的希望。

如果将这句话继续延伸，可以这样说：“中国梦”的绿色底蕴，也是中国建材工业的“绿色梦”，那么，发展绿色建材，就是中国建材工业最伟大的“中国梦”。

建筑材料，可以说是支撑起整个人类世界的骨骼框架。那么，是不是可以这样理解，建材行业的“绿色革命”，理应成为所有绿色产业迎接春天的先行者，并所有“绿色梦”创造春天般的美好环境，让人们沐浴在春天的滋润之中。

建材工业曾经历过成绩辉煌的“黄金十年”，也遗留下传统产业在四季更迭中必将产生的诸多问题，当发展绿色建材这缕春风徐徐吹来，建材人也感悟到了这缕春风正是化解“黄金十年”后遗症的良药。

产能过剩是建材工业最近几年始终绕不开的话题，并且从目前的情况分析，在未来的一段时间内，都将是整个产业挥之不去的梦魇。

如果始终纠结于通过现有的产业发展模式去解决产能过剩，这道命题势必会长时期处于无解状态。就像有人将城镇化建设视为缓解产能过剩的救命稻草，但是却没有想到，未来的城镇化建设，是朝着绿色建筑和绿色城市的方向发展，对于已经过剩的传统建材，没有多大的空间任其发展。

解决的途径只有突破已有的生产方式，将传统产业尽最大努力向绿色化道路上引领，从而抑制产能过剩的增长势头，待到城镇化建设全面铺开，越早实现绿色化改革的建材领域，就有越早走出产能过剩的寒冬，迈入绿色春天的希望。

下转3版

启动绿色的品牌战略

■本报记者 曾蕴瑶

梦，如何才能成真？绿色，何时才能覆盖整个建材行业？

在连续五期的系列采访中，多位行业人谈到此处都意味深长地感喟：未来的建材行业必要掀起一场轰轰烈烈的“绿色革命”，未来的建材行业亟须发展品牌战略。

建材行业作为传统制造业，品牌意识不强，导致行业发展至今面临两大问题：一是企业成本趋同化；二是利润普遍微利化，整个行业亏损，甚至无利可图。靠规模、靠产能与产量的增减，绝不再是绿色建材品牌的竞争力，企业不能无动于衷，必须要以一种新的方式改变增长方式，要把品牌意识根植于传统行业，才能够迎来绿色建材行业发展的暖春。

没有品牌战略 绿色建材难以发展

不得不承认，建材产品本身属于消费者低关注度的产品，不同于快速消费品的品牌运作模式，不容易实现刺激消费以扩大市场，在前几期报道的采访中，记者走访了企业和市场，发现了大部分绿色建材产品存在的共同现象：企业的品牌意识模糊、品牌战略缺失，大众化营销传播是其薄弱环节。甚至有个别企业老板认为，对于原材料企业而言，品牌是一个虚无缥缈的东西，没有太大作用，做品牌风险大，把握不好就会血本无归，在做品牌建设时，企业会被大量的资金投入而变得不堪重负，出现这种现象的原因，是这些企业不会做真正的品牌营销，只把功夫做在表面化。

究竟建材行业需不需要品牌？一些建材领军企业已经告诉了我们答案。

建材行业内的竞争越演越烈，若要增强建材行业在市场的竞争力，最重要的是品牌战略意识。在传统建材行业有一些企业具有品牌意识。例如，中国建材集团在2011年进入世界500强，它的快速发展正是得益于充分把握我国经济发展的战略机遇和建材行业结构调整的重要机遇，坚持市场化改革方向，坚定地走一条资本运营、联合重组、管理整个和集成创新的发展道路；中新集团是一个由成员企业不断加盟而扩展形成的企业集团，子公司有“龙牌”、“巨石”、“巨龙”等著名品牌，中新集团把自己做成一个控股管理公司，旗下则是一批品牌制造商，这样的品牌战略把企业的规模越做越大，盈利能力越来越强，中新集团从一个靠借款注册的行业性管理公司发展到今天的中国500强，正是有前瞻性的品牌战略。

但纵观全行业，像这样有品牌意识的传统企业还是凤毛麟角，绝大部分企业没有意识到品牌战略的重要性，但是这些成功的企业案例已经告诉我们，无论在任何一个产业，树立品牌意识，打造强势品牌，成为保持战略领先性的关键，只有把品牌做好才能成为行业的龙头企业。传统的原材料企业尚且如此，绿色建材更应该在发展品牌上下功夫，未来绿色建筑行业将是品牌竞争的时代，正如美国著名品牌专家拉里·赖特所说：“未来是品牌的战争。”

同时，绿色建材作为传统建材行业的新生产业，具有鲜明的特殊性，产品更加讲究创意设计，其核心竞争力就来自于产品与技术方面，绿色建材逐步向创意产业趋同。据业内人士介绍，未来的一条真空玻璃的生产线上可能就有上百个自主研发的专利，高科技的绿色产品将会越来越多，品牌战略是企业参与市场竞争的利器。甚至可以说，品牌就是绿色建材的核心竞争力。

品牌营销战略 需要企业深耕细作

一些绿色建材的先行者，并不是没有品牌意见，因为他们发现，要想在愈演愈烈的竞争中分一杯羹，就要拥有名声远扬的金字招牌，于是在近几年内，卫浴、陶瓷、门窗的品牌广告一时间成为了电视广告的“宠儿”，建材企业花高价投入电视在黄金时段、报纸杂志的头版广告、户外广告也随处可见，再逛一逛建材市场，发现的陶瓷卫浴品牌的海报上到处闪动着明星的身影，影视演员、歌星、体坛名将、社会名人等各界明星作为产品代言人竞相绽放，明星营销成为了建材行业的时尚风向标。

停留在一句宣传语或是明星代言的广告阶段还处于一元化思维，并算不上真正的品牌战略。除了做广告，还有其他的营销手段，如公关活动、事件行销等，以全面提高品牌知名度、美誉度。

同样作为以原材料生产为主的著名品牌——旭化成，是一家成立于上世纪30年代的是日本面料企业，并没有墨守成规的仅把产品供应于面料商，而是做了一系列看似不符合常规的营销活动：比如与中国国际时装周组委会共同主办“旭化成·中国时装设计师创意大奖”；跳过面料代理商，把“宾霸”面料的产品直接推荐给国际一流的服装设计师，在得到世界顶尖设计师的认可之后，成功打开了市场，如今许多欧美顶尖服装品牌大多数都与旭化成“宾霸”保持合作关系，他们甚至把使用“宾霸”作为世界大牌的标志之一，如今“宾霸”已经享誉世界，从而确立旭化成也在面辅料领域确立了“霸主”地位。

下转2版

导读

策　划：本报编辑部
统　筹：刘媛媛　常　慧
采　写：刘媛媛　王怡洁　曾蕴瑶
制　图：崔建岐

转变建材发展方式　调整建材产业结构

“绿色的梦”大型系列报道（六）

我们的心中充满春意

——写在“绿色的梦”大型系列报道结束之际

■本报记者　刘媛媛

对春的期待,中国建材工业的“绿色梦”真实地呈现在我们眼前,这是伟大“中国梦”的组成部分,是建材工业绿色革命的起始,充盈着美好和希望。

绿色的春风吹拂着传统建材行业的面庞,而建材人也开始做起充足的准备以迎接春天的来临。但所有的建材人都清楚地意识到,迎接绿色建材的春天,我们要做的事情还有太多太多,不由得加剧着每一个人对绿色建材产业春天临近的紧迫感。

这种紧迫感,亦如新中国刚成立,百废待兴之时,建材工业为新中国垒砌第一道墙,浇筑第一层水泥,修建第一条道路,建起第一座高楼时,建材工业人那种紧迫和使命聚拢的一发千钧的心情。

而这份心情,还仅仅是初入“绿色建材”领域的我们,刚刚感受到的碰撞和冲击。放眼围绕“新型绿色建材”而囊括的,远比传统建材工业更浩瀚的版图。从近距离角度说起,既有水泥、陶瓷、玻璃、木业等传统建材工业的绿色化改造和转型,还有以新型墙体材料、保温绝热材料、建筑防水材料和建筑装饰装修材料为核心的绿色新材的研发和创新。

每一种门类,包含了几十上百个品种,每一个品种,又涵盖着层层递进的改良和变革。这一切都让我们感受着身上的责任,未来的路任重道远。

但也正是因为那份任重道远的责任,更加坚定了我们走向春天的使命感。在这春意盎然的时刻,感悟着生态文明建设洒下的春天的种子,让我们甘愿成为构筑绿色梦想的春的使者,让绿色建材在建材工业里翩然领舞,并将一个由“绿色”为灵魂舞者的大舞台,传承于子孙后代,终有一天,完成绿色建材可以在建材的大舞台上尽情独舞的伟大梦想。

“绿色的梦”和“中国梦”

“‘绿色梦’,是构建‘中国梦’的组成部分,是‘中国梦’的绿色底蕴。”

这句话，是两会期间，众多人大代表对生态文明建设和绿色中国梦最贴切简洁的总结，包含着深刻的内涵和饱满的希望。

如果将这句话继续延伸，可以这样说：“中国梦”的绿色底蕴，也是中国建材工业的“绿色梦”，那么，发展绿色建材，就是中国建材工业最伟大的“中国梦”。

建筑材料，可以说是支撑起整个人类世界的骨骼框架。那么，是不是可以这样理解，建材行业的“绿色革命”，理应成为所有绿色产业迎接春天的先行者，为所有“绿色梦”创造春天般的美好环境，让人们沐浴在春天的滋润之中。

建材工业曾经历过成绩辉煌的“黄金十年”，也遗留下传统产业在四季更迭中必将产生的诸多问题，当发展绿色建材这缕春风徐徐吹来，建材人也感悟到了这缕春风正是化解“黄金十年”后遗症的良药。

产能过剩是建材工业最近几年始终绕不开的话题，并且从目前的情况分析，在未来的一段时间内，都将是整个产业挥之不去的梦魇。

如果始终纠结于通过现有的产业发展模式去解决产能过剩，这道命题势必会长时期处于无解状态。就像有人将城镇化建设视为缓解产能过剩的救命稻草，但是却没有想到，未来的城镇化建设，是朝着绿色建筑和绿色城市的方向发展，对于已经过剩的传统建材，没有多大的空间任其发展。

解决的途径只有突破已有的生产方式，将传统产业尽最大努力向绿色化道路上引领，从而抑制产能过剩的增长势头，待到城镇化建设全面铺开，越早实现绿色化改革的建材领域，就有越早走出产能过剩的寒冬，迈入绿色春天的希望。

“黄金十年”的另一大后遗症，就是压在传统建材身上“两高一资”的三座大山。在这一方面，国际先进国家的成功经验，以及我们曾详细阐述的5大类绿色建材产品节能降耗指数的分析中，已经说明一切，搬掉压在产业身上的这三座大山的唯一出路，就是大力发展绿色建材。

通过对已经见诸报端的五大类产品的深入了解，我们发现，在建材工业绿色化的进程中，传统建材的绿色化革新，我们依旧走在国际先进水平的后面，比如节能玻璃、轻薄陶瓷和节水洁具产业等，国际绿色化进程基本比我们要早20年以上，但另有一些绿色新材的研发和创新，中国建材业基本与国际同步，比如高性能混凝土和外墙外保温材料。

也就是说，传统建材的绿色革命，我们需要更好地汲取经验，力争像“黄金十年”一样，奋起直追、后来居上。但绿色新材的发展，我们却有资格、有能力也有可能率先走在世界的前列，率先成为别国学习的榜样。

比如,探索和研制既节能又安全的外墙外保温材料的道路上,如今,全世界都站在同一条起跑线上。而我国新建建筑的增长速度远高于世界发达国家,对于外墙外保温材料的需求也势必要超过那些国家,这为我们能够率先研制出新型保温材料留下了巨大空间,使我们有希望成为全世界竞相效仿的楷模。

新中国成立至今,建材工业得到了充分的发展空间,也历经了大大小小不同阶段的发展脉络,每一个时期都有每一个时期需要完成的任务和目标,也都需要身处其中的人们,拥有众志成城的核心价值观。

这一次的核心价值观,就是"绿色"。

所幸的是,这一次,中国建材业在绿色发展的理念上,与世界同步。绿色建材的发展,已不仅仅是一个国家的任务,而是全球建材人共同的任务。所以,这一次,我们的身边有更多的伙伴可以站在同一个高度对话,我们不再是孤独的奋进者,而是绿色革命席卷世界的参与者和见证人。

如果说,每一次建材工业所跨过的历史时期,都是以逐步开放的心态和深化改革的过程来发展和前进的话,那么,这一次的"绿色革命",就需要报以完全开放的心态,以最广阔的视野和最包容的胸怀,将改革进行到底。

因为,以往的发展,是建立在传统产业模式的基础上,不断地提升和完善,而这一次,则是从根上,从思想意识、生产方式、品牌战略、营销理念和协同合作等方方面面,都是前所未有的转变和全新的尝试。

发展绿色建材,无论从任何角度分析,都是建材工业未来的核心方向。人世间的四季更迭只在瞬间,而绿色建材倘若能够全身心沐浴在春天的气息里,我们梦想中那美丽、和煦且永恒的春天,或许真的会成为现实。

"绿色的梦"任重道远

发展绿色建材的声音,在20年前就已经在行业内逐渐响起,声音虽小,却有力量;也有一些先行的领军企业,在做着超越时代的尝试,势力虽弱,却有成绩。

尽管生态文明建设的春风已经吹进行业里的每一个角落,但任何新生事物在没有曾经的铺垫和预热的情况下,也很难做到一触即发、一呼百应的态势。

就像新生儿的诞生需要十月怀胎一样,今天,当第一批绿色建材产品标准和认证体系即将出台;当我们迎来属于自己的春天;当"绿色的梦"大型系列报道在得到众多业内人的帮助而顺利完成的时候,我们最应该感谢的是那些早已为绿色建材的春天做好铺垫和预热的前辈们。

如果不是那些“声小势弱”的先行者在行业里做着敢为天下先的尝试，就不会有后来者将绿色行动一步步传承下来，也不会有当下声势浩大、蓄势待发的绿色之梦的崛起，更不会有未来翻天覆地的改革和宏图远大的伟业。

如今，当工信部和相关部委已经开始着手制定节能玻璃等五大绿色建材的标准认证和产品目录，意味着发展绿色建材作为国家级战略正式迈入全面发展的新时期，摆在当今建材人面前的任务，更加任重道远。

按着工信部的进程，节能玻璃的标准认证工作已进入尾声，预计在今年下半年正式出台。随着标准的出台，下一步的工作势必会快速跟上。

而节能玻璃品种繁多，所涉及的领域从普通家庭到高科技产业无所不有。玻璃行业一方面要全力遏制平板玻璃产能过剩的现状，一方面要拓展节能玻璃的空间，提升玻璃深加工的研发能力和产品质量，摆在眼前的任务紧迫而艰巨。

轻薄陶瓷、节水洁具、高性能混凝土的标准认证体系也已经取得了阶段性的进展。

在轻薄陶瓷这期报道刊出之后，网上的转载率掀起一股高潮，这充分说明，全行业对于陶瓷轻薄化已经取得了广泛共识，那么，现阶段陶瓷行业最重的任务，是完成将公认的理念转变为真正的产品，再将真正的产品推向广阔的市场，并由广阔的市场普及到千家万户的过程。

在节水洁具的报道过程中，我们欣喜地感受到节水洁具在市场上和家庭中的普及率之高，排在所报道的五大类产品之首，这为节水洁具行业的绿色化进程扫清了许多认知度方面的障碍。

目前，节水洁具行业最重要的任务，应该是加强品牌建设，提高产品质量，规范专业市场，与此同时，寻找更多的途径，将节水洁具的理念和产品普及到乡镇农村中去，让更多的中国人，加入到节水的行动中来。

高性能混凝土作为新世纪全新的绿色建材，我国的发展基本与世界同步。那么，对于混凝土行业而言，没有太多的前人之路可以借鉴，更多的创新和尝试需要摸着石头过河，自我探索和创新。

如何在环境复杂的地方用上配比恰当的高性能混凝土？如何扩大高性能混凝土的产业规模？如何让高性能混凝土从“特殊”走向全社会？这些都是全行业亟待攻克的难题。好在以中国目前的技术能力和发展态势，只要全行业共同努力，高性能混凝土是最有可能率先引领国际，成为全世界一面旗帜的绿色建材产品之一。

外墙外保温材料的标准制定也在筹备的过程中。

这个行业或许是目前最复杂,同时也最具发展空间的行业之一。无论从政策引导、行业规范到产品自身,都有着太多枝杈纵横的客观因素在干扰,目前绝大多数产品都存在各自的症结,真正优质的外墙外保温材料,全世界都在酝酿之中,究竟会在哪个国家横空出世,充满期待。而中国也是最具潜力的竞争者之一。

这也意味着,保温材料领域肩上的任务似乎更重一些,在这个升级换代的过程中,也许在短期内会给一些企业带来不同程度的经济损失,会有更多的企业需要淘汰落后,从零做起。但是,在关乎生命与生态的双重课题之下,优胜劣汰的过程,可能更需要坦然接受所要承担的代价,不畏惧挫折和失败,沿着终极梦想勇往直前的勇气和信念。

我们所报道的5类绿色产品,只是揭开了绿色建材的冰山一角,还有更多的绿色建材领域同样肩负着艰巨的任务和光荣的使命,每一位建材人都是构筑“绿色梦”的生力军。

铺好今天该铺的路,为明天的辉煌创造着今天的奇迹。“绿色的梦”一定是漫长浩大的工程,凝结着未来几代人的汗水和智慧,而我们这一代,则是开启这把绿色大门的钥匙,是构筑绿色梦想的奠基者。

“绿色的梦”将领舞未来

建材工业迎来了新的历史时期,绿色建材已经成为这个偌大舞台的领舞者,并将继续领舞未来,这是产业发展的必然,也是不可逆转的潮流。

领舞者,一场舞蹈的灵魂和一个故事的主角,是带动所有群舞者情绪和思想的领袖。步入春天的绿色建材,正是未来建材行业的灵魂与主角,并将成为引领产业未来的领袖。

但是,在现阶段全行业由传统向生态的转型过渡期,领舞者却未必可以独舞。如今,建材行业这个大舞台上,一定是“绿色”与“传统”按着产业发展的正常韵律群情起舞。这种局面或许会持续很长时间,至少是我们这代人,必须面对并接受的现实。

目前,纵贯整个建材工业,绿色建材所占的比例尚不足10%,即便是按着“十二五”规划有条不紊地行进,到2015年,绿色建材所占整个产业的比例也不过25%,仅仅是传统建材领域的1/4。

因此,刚刚迎来初春时节的绿色建材的发展不可能独立而为,势必要在漫长的时期里与传统工业并存,并且,绿色建材的实力较之传统产业,也是从单薄逐渐走向丰满，其领域是从狭小逐渐走向庞大，产能和产量从紧缺逐渐走向丰富的过程。

这个过程漫长艰难，在未来的10年甚至更长时间，我们都有可能面临绿色与传统并存的局面，这也是建材工业发展的所有历史阶段从来没有经历过的局面。

这样的过程，恰似一把双刃剑，如果能够摆正两者之间的关系，处理好共存时代所产生的各种冲突和矛盾，并寻找到相互取长补短的良策，这个过渡期就会在平稳和谐的产业环境中顺利完成，借助传统产业的实力和平台，对于绿色建材的全面推开，反而是事半功倍的好事情。

比如，传统工业在几十年发展过程中建立起来的专业院校和科研机构，可以为绿色建材的人才培育和科技研发所用；传统工业建立起来的雄厚的产业经济基础，可以缩短绿色建材原始积累所耗费的时间和精力；传统工业逐渐形成的较为成熟的产业集群地，可以为绿色建材的专业化发展提供便利的平台，有助于绿色建材产业链的完善；传统工业中成长起来的企业，也同样是绿色建材能够依托和投靠的港湾……

倘若为了发展绿色建材，而快速地彻底放弃传统产业的发展，也就等于砍掉了整个产业80%以上的空间，严重的失衡，不仅仅会使大多数现有的企业面临破产，大多数科研院校面临关闭，大多数产业集群地面临萎缩，逼迫整个行业处于风雨飘摇的境地，也会使大量的产业工人面临失业，从而带来巨大的社会危害，更会使刚刚崭露头角的绿色建材，尚在嗷嗷待哺之时，便在缺少支持和补给、断粮断奶的情况下，走向夭折。

因此，在“绿色”与“传统”同存共舞的发展阶段，决不能一厢情愿的厚此薄彼，在尽全力发展绿色建材的同时，也要保证传统工业的发展轨迹不受到致命的威胁，同时，又能让传统工业反过头来，心甘情愿地帮助“新生儿”茁壮成长，并在正常的新老更迭、万物繁衍的过程中，逐步淡出历史舞台。

可以这样说，处理好新与老的更迭，平衡好“新生”与“传统”之间的关系，这对于当代建材人，或许是最大的考验和最高的要求。

初春的气息，是一种小芽初长成所散发的嫩绿般的气息，要让小芽成长为浓绿茂密的参天大树，我们就要从现在开始播种、施肥、灌溉……让嫩绿的小芽在现实的世界里健康地成长，快乐地进步。

虽然，延续春天的脚步，把握春天的命脉，要付出巨大努力和辛勤汗水，虽然，这个过程也许会有荆棘阻挡，甚至会有狂风暴雨，但只要我们心中充满了春意，绿色建材的春天，就会因我们的付出而收获丰厚的回报。春天的永恒，不只是梦想，

“绿色的梦”，一定有实现甚至超越的那一天。

《我们的心中充满春意……》刊于 2013 年 6 月 21 日

其他篇目

◆启动绿色的品牌战略

◆一体交融　协同合作

——绿色建材“纵横”谈

◆全方位绿色进行时

——走访中国建筑材料科学研究总院

◆绿色浪潮正席卷全球

——从国际绿色动向看中国建材工业的未来

关注本组核心报道请扫描二维码

中國建材報

CHINA BUILDING MATERIALS DAILY

国内统一刊号:CN11—0073 邮发代号1—121 国外代号D807 | 今日十二版 第7156号 www.cbmd.cn | 2016年2月25日 星期四 农历丙申年正月十八

经济日报社主管主办

每周核心报道

从"国家战略"到"举国行动"

——三年来中国绿色建材产业发展全景扫描

■本报记者 刘媛媛 曾蕴瑶

如果把生态文明建设比作一座摩天大厦，那么绿色建材就是这座大厦的根基；如果想让我们的生活走入生机盎然的绿色时代，必须依靠全社会的共同行动。

3年前，绿色建材作为一项全新的国家级战略，带着朝阳般的气息闯入大众视野。工信部牵头会同相关部门，提出了加快发展绿色建材的总思路和大方向，引发全行业广泛的关注与热议。

2013年，《中国建材报》曾用"绿色的梦"作为大型核心报道的主题，记录了绿色建材作为国家级战略的诞生，并给我国建材行业带来至伟至深的影响。

但那时，"绿色建材"作为一个全新名词，在绝大多数建材人心中，还只是懵懂的概念和遥远的梦想。社会公众对绿色建材的认知，更是一个比较模糊、片面和笼统的词汇。

短短3年过去，如今的绿色建材，早已今时不同往日。其发展不仅在全行业如火如荼、炙手可热，也得到了全社会的一呼百应，绿色建材可谓在全国各地开枝散叶，仿似"忽如一夜春风来，千树万树梨花开。"

3年后的今天，我们用"举国行动"作为本期核心报道的主题，细细梳理绿色建材在这3年里的发展轨迹，试图能表达全行业"梦想照进现实"的喜悦与振奋，展现行业内外有识之士共同践行绿色伟梦的执着与奋进，反映全社会对绿色建材越发强烈的支持与坚守。

当然，这其间还有许多荆棘、阻碍和瓶颈。但是，我们相信，绿色建材一定会拥有波澜壮阔的未来。

▲2013年5月10日—6月21日，《中国建材报》连续刊出大型系列报道——绿色的梦，首次提出绿色建材乃是"国家级战略"的理念。

从"大家谈"到"大家做"

2013年5月至6月，《中国建材报》连续推出6期核心报道，刊出近30个版面、10万余字稿件报道绿色建材。今天回顾起三年前的那些报道主题，仍让人激动不已：《绿色的梦》《玻璃大国的追求》《铿锵之旅》《卫浴建材的绿色方向》《百年建筑的绿色新装》《我们的心中充满春意》……这些在行业内外引起巨大反响的报道，首次将绿色建材上升为"国家级战略"加以宣传，勾画出一幅全行业乃至全社会的绿色梦想。

几乎与此同时，本报用长达半年的时间，开设《绿色建材大家谈》专栏，通过50多篇报道，采访调研约150家企业，充分与行业专家、学者、企业家展开互动，在行业内外集思广益，采集各方人士对绿色建材的观点与设想，向行业普及绿色建材的意义，为大家描绘出一副绿色建材的发展蓝图。值得注意的是：此专栏是政府主管部门——工信部原材料司在制定绿色建材相关政策的过程中，首次委托行业媒体平台，征集多方面建议、意见，为建材行业绿色发展献计献策而开设的。

从那时开始，绿色建材就再也没有离开过人们的视线。建材行业之于绿色建材，也由培养意识、营造氛围、呼吁倡导，逐步开始了扎实而积极的探索和尝试。时至今日，绿色建材的发展已由"大家谈"逐步过渡到"大家做"的阶段，并延伸到更多的专业领域，我们迎来了期盼已久的绿色春天。

回顾这三年绿色建材推进的历程，有统一思想的曲折，也有百家争鸣的收获。曾几何时，行业内对绿色建材存在着不同的认识和疑惑，在不断的沟通交流、探索实践中，最终统一了思想，凝聚了共识。现如今，绿色建材已成为建材工业转型升级的总抓手和主方向，是我国建材行业上下无可置疑的基本主张。

下转2版

蓝图日渐清晰 画卷波澜壮阔

绿色建材『顶层设计』回眸

■本报记者 董亚楠

在人类发展的历史长河中，常常会出现一种现象，那就是由于一项国家政策的出台，让一个国家甚至一个时代发生了翻天覆地的改变。

古有商鞅变法，让秦国的经济、军力得到空前加强，成为战国后期最富强的国家，为一统六国打下坚实基础。今有改革开放，让我国逐步走上强国之路，实现中华民族的伟大复兴。

古往今来，皆是如此，关键时期的正确抉择能够改变一个时代。我国建材行业亦是如此，顶层设计对行业的发展起着决定性作用，同时也改变着人们的生活轨迹。党的第十八次全国代表大会把生态文明建设纳入中国特色社会主义事业总体布局，自此生态文明建设备受关注，并为我国今后的发展产生了深远的影响。

绿色建材的概念很早之前就在建筑建材界有所提及，但并没有广泛推广，普通百姓更是对其知之甚少。但这一现象在2013年发生了根本性转变，从国家层面推动绿色建材的发展，对建材行业来说既是机遇又是挑战，并可预见今后的广阔前景。

出政策 描绘绿色蓝图

如果说今天我们已然进入绿色建材的发展时代，那么2013年1月1日，对绿色建材而言则具有划时代的意义。国务院办公厅以国办发〔2013〕1号转发国家发展改革委、住房城乡建设部制订的《绿色建筑行动方案》。紧随其后国务院下发《国务院关于化解产能严重过剩矛盾的指导意见》（国发〔2013〕41号），明确要求大力发展绿色建材。我国政府部门能直接为一个行业、产业正式下发文件，这种重视程度实属罕见，同时也预示着绿色建材必将成为今后经济发展的重点。

《绿色建筑行动方案》印发后，相关部委纷纷行动起来，共同描绘这张绿色蓝图，工信部原材料司在当月就开始启动绿色建材产品目录的编制工作。住建部也在第一时间印发《关于印发"十二五"绿色建筑和绿色生态城区发展规划的通知》《关于保障性住房实施绿色建筑行动的通知》《绿色保障性住房技术导则》等纲领性文件，同时住建部、工信部还联合印发了《关于开展绿色农房建设的通知》。

可以说2013年的发改委、住建部和工信部都在绿色建筑、绿色建材上下足了功夫，并开始从宏观的行动计划向更具有操作性与可执行性方向制定相应的政策。

当时间的齿轮滑到2014年，发展绿色建材的顶层设计更加完善。住建部和工信部在2014年5月21日联合印发了《绿色建材评价标识管理办法》，对包括钢结构在内的部品部件建筑材料进行全生命周期绿色评价，建立可追溯的标识管理制度。这项政策的出台，使得绿色建材的发展方向更为明朗。

2015年绿色建材产业日臻成熟，国家层面的相关政策不断出台，并趋于细化。可以说这一年绿色建材的相关政策性文件更多的是根据两年来行业发展中出现的问题进行规范，同时也让绿色建材有更明晰的发展方向。

下转4版

策　　划：本报编辑部
统　　筹：刘彦广 刘媛媛 张雪娇
采　　写：刘媛媛 曾蕴瑶 毕德鹏 董亚楠 韩 超 张雪娇 王嫄伊 黄 莹 殷丹晨 张雅丽 常 慧 刘秀枝 唐峥耀 刘丽晶
责任编辑：黄 莹
美术编辑：崔建岐

本期导读

从"国家战略"到"举国行动"

——三年来中国绿色建材产业发展全景扫描

■本报记者　刘媛媛　曾蕴瑶

如果把生态文明建设比作一座摩天大厦,那么绿色建材就是这座大厦的根基;如果想让我们的生活走入生机盎然的绿色时代,必须依靠全社会的共同行动。

3 年前,绿色建材作为一项全新的国家级战略,带着朝阳般的气息闯入大众视野。工信部牵头会同相关部门,提出了加快发展绿色建材的总思路和大方向,引发全行业广泛的关注与热议。

2013 年,《中国建材报》曾用"绿色的梦"作为大型核心报道的主题,记录了绿色建材作为国家级战略的诞生,并给我国建材行业带来至伟至深的影响。

但那时,"绿色建材"作为一个全新名词,在绝大多数建材人心中,还只是懵懂的概念和遥远的梦想。社会公众对绿色建材的认知,更是一个比较模糊、片面和笼统的词汇。

短短 3 年过去,如今的绿色建材,早已今时不同往日。其发展不仅在全行业如火如荼、炙手可热,也得到了全社会的一呼百应,绿色建材可谓在全国各地开枝散叶,仿似"忽如一夜春风来,千树万树梨花开。"

3 年后的今天,我们用"举国行动"作为本期核心报道的主题,细细梳理绿色建材在这 3 年里的发展轨迹,试图能表达全行业"梦想照进现实"的喜悦与振奋,展现行业内外有识之士共同践行绿色伟梦的执着与奋进,反映全社会对绿色建材越发强烈的支持与坚守。

当然,这期间还有许多荆棘、阻碍和瓶颈。但是,我们相信,绿色建材一定会拥有波澜壮阔的未来。

从"大家谈"到"大家做"

2013 年 5 月至 6 月,《中国建材报》连续推出 6 期核心报道,刊出近 30 个版面、10 万余字稿件报道绿色建材。今天回顾起三年前的那些报道主题,仍让人激动不已:这些在行业内外引起巨大反响的报道,首次将绿色建材上升为"国家级战略"加以宣传,勾画出一幅全行业乃至全社会的绿色梦想。

几乎与此同时，本报用长达半年的时间，开设《绿色建材大家谈》专栏，通过50多篇报道，采访调研约150家企业，充分与行业专家、学者、企业家展开互动，在行业内外集思广益，采集各方人士对绿色建材的观点与设想，向行业普及绿色建材的意义，为大家描绘出一副绿色建材的发展蓝图。值得注意的是：此专栏是政府主管部门——工信部原材料司在制定绿色建材相关政策的过程中，首次委托行业媒体平台，征集多方面建议、意见，为建材行业绿色发展献计献策而开设的。

从那时开始，绿色建材就再也没有离开过人们的视线。建材行业之于绿色建材，也由培养意识、营造氛围、呼吁倡导，逐步开始了扎实而积极的探索和尝试。时至今日，绿色建材的发展已由“大家谈”逐步过渡到“大家做”的阶段，并延伸到更多的专业领域，我们迎来了期盼已久的绿色春天。

回顾这三年绿色建材推进的历程，有统一思想的曲折，也有百家争鸣的收获。曾几何时，行业内对绿色建材存在着不同的认识和疑惑，在不断的沟通交流、探索实践中，最终统一了思想，凝聚了共识。现如今，绿色建材已成为建材工业转型升级的总抓手和主方向，是我国建材行业上下无可置疑的基本主张。

3年来，进入“多事之秋”的传统建材行业经历了前所未有的阵痛和低潮，但正应了一句话：“上帝关上一道门的同时，一定会敞开一扇窗”。关掉的那道门，是“二高一资”传统模式的必然消亡，打开的那扇窗，则是绿色化转型的时代机遇。

3年来，新型绿色建材的发展蔚然成风，虽然伴随着成长的烦恼与辛苦，但像生物质建材、新型节能材料、高科技材料等朝阳产业，日益风生水起、逐步大展宏图，各区域绿色建材产业园如雨后春笋、茁壮成长，以绿色建材产业发展为核心的区域城市乡镇纷纷兴建。一股股新力量和新希望，勾勒出一个庞大而崭新的绿色家园。

3年来，绿色建材产业在“全生命周期”上的探索，取得了很大的进展。更多的行业企业致力于开发和低碳环保、循环产业相关的技术、项目和产品，我国目前已经在部分绿色建材的技术、装备研发与创新上，取得了傲居世界顶峰的成就，受到国际同行的青睐。而放眼全世界，也只有那些和绿色相关的行业企业，才会“一鸣惊人”，名誉全球。

3年来，全社会的绿色化意识得到明显加强，“绿色建材”已成为每年全国两会上的重点话题，而更多围绕绿色建材发展的建议和要求，带动起绿色建材的社会认知度和政府重视程度。与此同时，绿色行动已逐步发展到更多的行业协同合作。从传统建材的绿色化转型到新型建材的绿色化推进，从中央到地方，从媒体到大众，从一个产业到各个产业纵横驰骋。毫不夸张地说，绿色建材已经从一个伟大梦想转变为举国行动。

短短3年过去,我们深深感悟:绿色建材已经不是一个产业关起门就能做好的事情,而是一项跨行业的系统工程和建设。中国作为全世界建材工业第一大国,在绿色建材上的全民动员、思想觉醒和举国行动,已成为我们追赶和接近全球生态文明的标志。

“传统”建材压力重重　这边“绿色”风景独好

2015年,传统建材的日子极其艰难。

早在2013年前后,产能过剩、市场低迷、经济下行等压力初见端倪,只是,更多的建材人选择默默承受、艰辛地挺过近两年时间。

当经济环境进入新常态,产能过剩日益严重,结构调整阵痛期如约而至,并集中爆发于2015年的传统建材行业,犹似“乱云低薄暮,急雪舞回风”,传统模式风雨飘摇,在“传统”中找不到方向的建材企业更是苦不堪言,传统行业陷入一片愁云惨淡之中。

然而,正是透过一片日益荒芜的“传统化沙漠”,一片片生机盎然的“绿洲”唯令人眼前一亮。这些似绿宝石一样镶嵌于整个行业上的片片“绿洲”,既有传统产业的先行者大刀阔斧地改革,更有无数新兴企业在各自的绿色产业链上创造着源源不断的生命力。

自2014年开始,从新疆、东北三省向华北区域陆续铺开的“水泥错峰生产”,可谓是近3年来传统水泥行业扛起治理环境、抗击雾霾、缓解产能过剩等社会责任,向绿色生产迈进的最重要举措之一。

尽管,这3年来,传统水玻陶行业的绿色化转型绝不仅限于水泥错峰生产,但已经在全社会闻名的“错峰生产”,其远大意义更像是传统行业挺起腰板,向国家和社会发出了一个强有力的承诺,曾经污染性行业未来的使命,绝不是环境与生态的破坏者,而是环境与生态的保护与捍卫者。

新型建材的发展势如破竹。“生物质建材”可称之为其中的“代表作”,在2015年全面开花。其中木塑行业的发展最为突出,众多木塑企业,在生产工艺和材料设计上,不仅突出了节能环保的绿色生命力,更在实用与时尚、物美与价廉之间找到了平衡点,创造了各自的品牌竞争力。

作为传统建材行业的央企典范,5年蝉联世界500强的中国建材集团,“身份”也早已从全国最大的水泥制造商转变为集科研、制造、流通为一体的中国最大综合性建材产业集团,尤其是在风电叶片、碳纤维等高端新型材料的研发创新上,取得了举世瞩目的成绩。

3年来,还有一个现象值得关注、令人感动:越来越多的传统建材企业毅然将企业名称更改为“新材料企业”;越来越多的国家级绿色产业联盟和区域绿色建材协会陆续诞生;越来越多的绿色建材产业园连接起各区域绿色建材与建筑的桥梁;越来越多的城市乡镇为争得“绿色建材典范城市”而做着不懈努力……

当传统模式逐渐“风化”的时候,绿色建材的风景却这边独好。这是时代发展的必然,也是一个生态文明时代为近800万建材人点燃的新希望。

主管政府部门 站在“绿色”的高岗上

“建材行业下一步发展的方向和重点可以用12个字简单概括:对外要‘绿色、低碳、循环’,对内要‘质量、品种、效益’,建材行业未来发展方向就是在这12字上取得成效,创造性地满足市场预期。就是要求不能被动的满足市场需求,而是主动创新产品去创造并满足新的市场需求。”工信部原材料司司长周长益在2015年秋天的一次会议上,提到绿色建材产业发展的“12字方针”,至今让人记忆犹新。

其实,建材行业很早就意识到发展绿色建材的必要性,对绿色建材基础研究工作开展了近20年,但由于各种原因,绿色建材体系建立始终被认为是复杂艰深的问题,工作局面难以打开,但2013年之后绿色建材在我国飞速发展,其中离不开行业主管政府部门在政策和行动上的支持。

工信部原材料司是建材行业的政府主管部门,从2013年开始聚焦绿色建材的重点问题,领导干部深入基层调研、召开座谈会,并及时发布相关文件,指明了节能、循环、低碳的绿色发展道路。

建材行业作为基础行业,需要得到终端用户的认可。2013年,时任工信部原材料司副司长的潘爱华,基于前期对绿色建材产业发展课题、骨干企业的深入调研,率先提出必须大力发展绿色建材,将绿色建材标准和目录的编制作为主要抓手。

在潘爱华的支持下,原材料司与其他相关部门快速沟通衔接,并取得共识,伴随《绿色建筑行动方案》的出台,为这项工作提出了量化目标。

从理想变为现实,从口号变成行动,以高度的社会责任感形成合力,广泛听取社会各界的意见建议,最终转化为行业发展的内生动力,不断培育企业新的经济增长点,不断提升企业价值。

2013年,工信部原材料司组织队伍,通过密集调研,多部门协调联动,对高性能混凝土、节能玻璃、轻薄陶瓷,节水洁具等不同行业,与行业协会、骨干企业、相关方面的设计院校进行沟通交流,制定有利于引导建材行业循环发展、绿色发展、低碳发展的绿色建材标准和认定制度,编制发布支撑绿色建筑发展的绿色建材产品目录,把握实现绿色建材梦的着力点。

不管是围绕绿色建筑需求，还是完善绿色建材标准体系，都在找寻那把打开绿色可持续发展大门的钥匙。

随着一个个突破口的打开，“绿色建材”在行业内蔚然成风。2015 年是绿色建材发展的关键之年，国家政策人力扶持，以“政策推动 + 财政补贴”等组合形式推动绿建行业的发展。

工信部在 2015 年初发布了《2015 年工业绿色发展专项行动实施方案》，并与住建部联合发布《促进绿色建材生产和应用行动方案》，加强绿色建材的规范化发展和产业化进程，为行业发展起了承上启下的作用。

放眼未来，绿色建材，一定是行业发展的主流，国家发展绿色建材已是大势所趋。推广应用绿色建材是工信部和住建部贯彻落实新“四化”同步推进，“工业化和城镇化良性互动”精神的重要举措之一。既有利于推进城镇化建设，特别是绿色建筑和建设节能发展，也有利于促进建材工业转型升级，特别是实现循环、绿色、低碳发展。

原材料司副巡视员吕桂新接手建材行业主管领导职责之后，积极参与讨论了《绿色建材评价管理办法实施细则（征求意见稿）》。同时，他还支持发展新兴建材，组织组建绿色建材、石墨、玻璃纤维与复合材料等产业发展联盟等举措。

原材料司建材处处长陈恺民表示：“对整个社会讲，建材工业将担负起绿色发展、循环发展、低碳发展的重要使命。绿色建材是整个建材工业下一步发展的主要空间。”

一方面要改造提升传统产业，包括水泥、玻璃、陶瓷三大传统产业。另一方面要更多地培育新兴产业，壮大新的经济增长点。并要进一步深挖玻纤、石墨、石材等非水波陶的“老一代”产业的绿色化发展和利润增长点。

2015 年 8 月 31 日，工信部和住建部联合发布了《促进绿色建材生产和应用行动方案》，从此方案中，我们可以预测到绿色建材未来的无限商机。这将是 2016 年建材工业加快供给侧结构性改革，坚持需求牵引和创新驱动相结合，必须牢牢抓住的新机遇。

务实和务虚　并行不悖

有人也提出过这样的忧虑，绿色建材的发展，只有将其内涵定义、思路规划、政策制度等等“务虚”的东西一一敲定、明晰之后，再来“务实”行动。内涵定义尚未明晰、顶层设计尚未完善、标准制度尚未成熟，贸然行动或将迷失方向、走错路径。

这样的忧虑不无道理，但是，纵观新兴事物诞生和发展，真正将“务虚”与“务实”全然分开、先此后彼，几乎是不可能完成的。大多发展的规律，往往是从“务虚”开始，形成总体思路和发展方向，逐步“务实”，尝试探索和实践。在实践的同时，又要进一步深化、细化既有思路和方向。“务虚”与“务实”同时进行、并行不悖。

新能源汽车的诞生,同样是在生态文明建设的大方针下,汽车行业提出改变传统汽车尾气造成环境污染,大力支持新能源汽车发展的总思路和大方向的基础上,开发研制的成果。

在新能源汽车行业发展和推行的过程中,各种复杂问题层出不穷,亦如绿色建材当下面临的诸多问题一样,涉及更细化的产业政策、扶持政策、标准规范等等,这些问题绝非朝夕可以解决,即便解决了现实问题,将现在的"务虚"工作做到极致,真正到了开始行动的时候,依然会有新的问题衍生。

如果汽车行业因此将新能源汽车的研发与推广工作停下来,待到一切准备就需、规划尽善尽美时再去发展,恐怕,新能源汽车面世要推后至数十甚至上百年了。

"务实"是踏踏实实地干实事、讲实效,"务虚"是高瞻远瞩,通过谋划思路、规划未来、制定政策等一系列的顶层工作来指导产业每一份子如何去务实。它们的关系是理论与实践的关系,理论要联系实际,实践要靠科学的理论作支撑。

习近平总书记曾在2007年的一次讲话中说过:如果说务实是"决胜千里之外"的实践,务虚则是"运筹帷幄之中"的谋划,两者可谓并蒂之花、相辅相成。

绿色建材的发展和所有新兴事物的发展有着一样的规律,都是从宏观战略和指导思想等务虚工作中出发,开始务实的举动。不同的是,绿色建材支系众多、庞大复杂,涉及的领域和发展的路径,可谓千错纵横、交织盘结。运筹帷幄的务虚,不可能一蹴而就,更要循序渐进,因而,决胜千里的务实,也只有在总思路和大方向正确引领的前提下,先做起来,在不断的磨合中,边行动边谋划。

当绿色建材作为国家级战略明确了其发展方向和总体思路,进一步增强了相关政府部门的信心和决心,也凝聚了更多行业人士的认知和共鸣,才在短短3年时间里有了更为果断、更为务实的行动。

万事开头难,绿色发展是行业转型升级的既定目标和转型方向,如今已经得到了行业内外的认可,建材行业的绿色化转型,正处于落实行动的初级阶段,也同样是思维意识、顶层设计和分段规划的完善阶段。

我们必须明白,现阶段,绿色建材还是一个新鲜事物,不是一个成熟的产业,建材人在绿色建材的发展上做出了很多工作,但一定还有很多我们没有触及的问题,没有解决的困难,只有不断地在实践中探讨,在探索中实践,才能实现环境效益、经济效益和社会效益多赢的新局面。

在这一阶段中,"思"与"行"、"谋"与"战"必须相辅相成,政府、协会、企业、媒体和所有相关机构,既要各尽其职,更要协同合作。

不惧羊肠九曲　终至一马平川

正因为绿色建材的发展千头万绪,更需要在谋划和实践的过程中,做好阶段性的工作目标和计划,"十三五"期间要完成哪些工作,"十四五"期间要做哪些谋划,所有的工作需要有急有缓、有张有弛,共同探讨并率先解决现阶段绿色建材发展的当务之急,再一步一个脚印的规划和推进。

一方面,在环境不断恶化、雾霾天气频繁的今天,传统建材工业存在的高能耗、高资源和高污染等问题,成了需要率先解决的当务之急。传统建材行业的每一份子,都应该明白这个道理,从"传统"转向"绿色",是硬着头皮也要干的"急活",必须集全行业之举,容不得半分懈怠和观望。否则,传统建材将在大浪淘沙中泯灭。

另一方面,新型建材领域,包括垃圾处置等循环领域的发展,则需要从易到难,逐步推进。先寻找和确定有良好技术支撑、产业环境和优秀人才的领域作为现阶段重点发展的排头兵,比如率先发展已经拥有较为良好的产业平台和软硬实力的生物质建材、化学建材等领域,再逐个攻破、陆续推进。再比如,垃圾处置方面可以从拥有国际一流资源化处置技术的建筑垃圾处置开始,同时加大拥有一定技术和产业基础的水泥窑协同处置的力度,争取达到双管齐下的良好局面。

总之,发展绿色建材既不能畏首畏尾、裹足不前,也不能一哄而上、盲目乱为。既要怀揣宏伟梦想、高瞻远瞩的思想,也要理性做事、踏实前行。

客观地说,绿色建材虽已成为"举国行动",人们对其未来也寄予厚望,但其现状却并不尽如人意,无论是务虚的谋划,抑或务实的行动,都存在各种或轻或重的症状,有些可以对症下药,有些则需要动大手术,甚至需要改头换面。

我们也应做好心理准备,未来不短的时期内,绿色建材的发展还要经历很多阵痛、起伏和挫折,甚至有可能历经羊肠九曲、百转千回。

我们更应该看到,新事物的诞生与发展,挫折和痛苦是其如影随形的"伴侣",只有拿出冲云破雾的勇气、不畏牺牲的精神、痛并快乐的心态,才能让新兴事物成就福祉社会、造福子孙的未来。

倘若"计算机之父"阿兰·图灵在数百次失败的阴云中轻易放弃,在外力阻挠、诽谤和陷害中甘于沉沦,今天的我们又怎会在互联网的广阔云端里快乐徜徉、自由翱翔;倘若苹果公司没有在发展艰难、高管解散的危机中重新振作、从头做起,我们又怎能为了这个被咬了一口的"大苹果"而魂牵梦萦、欲罢不能……

雄关漫道真如铁,而今迈步从头越。的确,绿色建材的发展比起上述案例,要复杂得多、艰巨得多,其中涉及上千个领域和几百万建材人。但正因如此,我们更要相互协作、壮志成城，为了我们生存的地球和后代子孙，不畏艰难险阻、不惧九曲回肠。

当千山万水从头越，前方便是一马平川。

《从国家战略到举国行动》刊于 2016 年 2 月 25 日

其他篇目

◆蓝图日渐清晰　画卷波澜壮阔

——绿色建材"顶层设计"回眸

◆万绿丛中那点红

——从"绿色建材"定义的演进看产业发展轨迹

◆让"末端环节"长袖善舞

——资源化产业发展是绿色链条的关键一环

◆向着"绿色"突围

——浅析传统建材转型的方向与路径

◆"风景这边独好"

——新型绿色建材产业发展的现状和未来

◆亟待突破的四大产业课题

——呵护绿色建材产业，应像对待嗷嗷待哺的婴儿　推动绿色建材发展，要有敢于冲云破雾之行动

◆绿色化转型　全国在行动

◆"云"上的绿色建材

——2013—2016 年绿色建材舆情关注词采集分析

◆我们的绿之缘

——12 个人讲述的"绿色故事"

关注本组核心报道请扫描二维码

第二章
借国家战略东风　铸建材业转型之路

近年来，随着“一带一路”“互联网+”、制造业服务化、企业社会责任体系等国家战略的如火如荼，为亟待转型发展的传统建材行业搭建起了广阔纵横的桥梁，给行业留下数不清的机遇和庞大的发展空间。

建材行业需要做些什么？在向制造强国迈进时，建材行业如何把握机遇、融入其中？面对新的时期，如何以新的模式续写辉煌？面对这一切问题，《中国建材报》与这个行业一起探索……

国内统一刊号:CN11—0073
邮发代号 1—121 国外代号 D807
本报为周六刊(周日休刊)
今日四版
第6483号
2013年10月18日 星期五
农历癸巳年九月十四
www.cbmd.cn

产业财富 传媒价值

中國建材報

CHINA BUILDING MATERIALS DAILY

经济日报社主管主办

工信部详解行业化解产能严重过剩指导意见

对水泥、平板玻璃等具体行业分业施策意见进行解读

本报讯 *记者韩凤凤报道* 10月17日，工信部就国务院近日发布的《关于化解产能严重过剩矛盾的指导意见》召开新闻媒体通气会，介绍《指导意见》的相关情况，并对水泥、平板玻璃等具体行业分业施策意见进行详细解读。

工信部产业政策司司长郑立新、副司长苗长兴首先介绍了《指导意见》制定的背景、起草过程以及工信部围绕化解产能过剩将开展的主要工作。

去年中央经济工作会议后，工信部立即在全国工业和信息化工作会议上对化解产能过剩矛盾工作进行了布置，并开展了大量工作。在认真调查研究，深入分析产能过剩原因的基础上，工信部结合实际研究有针对性地提出了化解产能过剩矛盾的政策措施，并与国家发改委共同起草了《指导意见》。

此次出台的《指导意见》突出了用发展的思路、市场的手段和改革的措施，多管齐下，多措并举，疏堵结合，标本兼治。《指导意见》更加注重采取市场手段，更加注重建立长效机制，更加注重运用发展的办法化解过剩产能，更加注重发挥地方政府作用，更加注重加强监督检查，更加注重发挥社会监督作用。为贯彻落实《指导意见》，工信部将在妥善处理在建和建成违规产能；做好淘汰落后产能和引导过剩产能退出工作；加快推进企业兼并重组和做优做强；引导产业合理有序转移；发挥规划、政策、标准的引导和约束作用，完善行业管理等方面开展工作。

工信部原材料司副司长骆铁军介绍了钢铁、电解铝、水泥、平板玻璃这四个原材料行业实施《指导意见》的重点及路线。这次《指导意见》主要任务首先提出的是坚决遏制产能盲目扩张，重点分为三个层次：首先严控建设新增产能项目，要坚决停下来；其次是严控在建项目，提出"对确有必要建设的项目"由地方政府提出申请；再次是对于建成产能主要是整顿完善，改造提高。他表示，新增产能电解铝和水泥重点应控制西部部分省份，平板玻璃主要是东部沿海地区。

骆铁军指出，这次《指导意见》明确提出了要加强行业规范和准入管理，并且把其列为清理建成产能的主要标准。工信部将对已建成钢铁、电解铝、水泥和平板玻璃项目在以前工作的基础上，统一用规范和准入条件进行清理，达到规范和准入条件的企业正常发展，达不到的要进行整顿，整顿还达不到的要逐步淘汰。

他还针对水泥、平板玻璃具体行业分业施策进行详细解读。

《指导意见》提出，在水泥行业，要加快制修订水泥、混凝土产品标准和相关设计规范，推广使用高标号水泥和高性能混凝土，尽快取消32.5复合水泥产品标准，逐步降低32.5水泥使用比重。修订完善资源综合利用财税优惠政策，支持发展高标号水泥、高性能混凝土以及利用水泥窑协同处置城市垃圾、污泥和产业废弃物。

针对以上施策意见，骆铁军分析说，2012年，水泥熟料产量13.3亿吨，同比增长1%，增速比水泥产量增速低6个百分点，水泥熟料系数已由62.6%降至60.2%。发达国家水泥熟料系数多在80%以上。我国水泥产品中，42.5及以上等级的高标号产品仅占水泥总量的27%，绝大多数是32.5等级的低标号产品，结构不合理，难以适应建筑物节能降耗水平提升、防灾减灾能力增强的需要。

在低标号的水泥产品中，近一半是32.5复合水泥，这些复合水泥产品掺合成分差异较大。为提升水泥品质、消除下游混凝土质量安全隐患，优化水泥产品结构，挤压竞争乏力的落后产能，需要加快制修定水泥产品标准和相关设计规范，取消32.5复合水泥产品标准，停止生产低标号复合水泥，降低32.5等级水泥比重。

现行对水泥企业生产原料中掺有不少于30%的废渣生产的水泥实行增值税即征即退资源综合利用优惠政策，调动了水泥企业利用工业废弃物的积极性，对促进资源综合利用起了积极作用。但目前享受这一政策的主要是32.5等级的低标号水泥。为更好地发挥财税杠杆作用、调整并强化政策取向，将修订完善资源综合利用财税优惠政策，减少32.5水泥产品，发展高标号水泥、高性能混凝土以及利用水泥窑处置城市垃圾、污泥和产业废弃物，在熟料总量不变的情况下，减少掺合料，提高水泥熟料系数、减少水泥产品总量。

针对《指导意见》中提出的鼓励依托现有水泥生产线，综合利用废渣发展高标号水泥和满足海洋、港口、核电、隧道等工程需要的特种水泥等新产品的意见，骆铁军说，2012年全国特种水泥产量不足水泥总产量的2%，而发达国家特种水泥约占其水泥总产量6%~10%。据中国水泥协会预测，根据用途细分，我国对特种水泥需求量应在8%左右，其中以快硬高强水泥最为短缺，国外此类产品通常占3%~8%，目前我国此类产品仅占0.13%。依托现有水泥生产企业发展特种水泥等新产品，在调整产品结构、满足工程需要的同时，可以通过提升质量消化一批水泥产能。

《指导意见》也根据平板玻璃行业特点，提出了修制订平板玻璃和制品标准和应用规范，在新建建筑和既有建筑改造中使用符合节能标准的门窗，鼓励采用低辐射中空玻璃；发展功能性玻璃，鼓励原片生产深加工一体化，平板玻璃深加工率达到50%以上等施策意见。骆铁军也针对这两点意见进行详细说明。

他说，外窗玻璃的热损失占建筑物能耗的30%~35%。我国现有建筑物采用中空玻璃的不到40%，采用低辐射中空玻璃的不到5%。发达国家节能玻璃已大规模应用，少数国家的低辐射中空玻璃使用率已达90%以上。修制定相关标准和应用规范，积极推进使用符合节能标准的门窗，鼓励采用低辐射中空玻璃，将门窗玻璃由一片变为两片，不仅可调整产业结构、延伸产业链，还可扩大有效需求。

目前我国普通浮法玻璃产能过剩，但同时又存在结构性短缺，电子信息、光伏产业等所需的优质玻璃原片仍靠大量进口。海关数据显示，仅玻璃基板每年进口额就高达100亿元，自主保障率很低。亟须提高优质玻璃原片比重，发展功能性玻璃，提高高端产品自主保障能力，消化转移一批产能。

国内平板玻璃深加工与国外差距较大，目前国内约为40%，国际平均水平约55%，发达国家已达70%。将平板玻璃深加工率逐步提高到50%以上，有利于延伸产业链，优化产业结构，实现原片生产加工一体化，培育玻璃精深加工基地，有效挤压部分市场竞争乏力产能。

会上，装备工业司、节能与综合利用司相关负责人也就相关问题进行解读，并回答记者提问。

河南淘汰『落后产能』步伐加快

本报讯 *驻河南记者秦军舰报道* 国家工信部今年连续发布三批落后产能名单，河南12个行业的47家企业上榜。近日，河南省工业和信息化厅抽调专人成立4个省级检查组开展检查工作，对列入国家和省2013年淘汰落后产能的目标任务公告名单内的47家企业进行重点检查。

河南这轮检查，源于国家、省对落后产能淘汰工作的重点推进。2013年7月25日，国家工信部发布首批落后产能名单，共包括炼铁、炼钢、水泥、焦炭、铁合金等19个行业；9月2日，第二批淘汰落后产能名单公布，67家企业均为造纸企业；9月16日，国家工信部又公布了2013年第三批工业行业淘汰落后产能名单，涉及河南14个行业。国家工信部要求在2013年12月底前彻底拆除列入名单的落后产能，同时这些产能不得向其他地区转移，并做好对淘汰落后产能企业的现场检查验收和发布任务完成公告工作。

此间，国务院办公厅在2013年9月12日下发的《大气污染防治行动计划》中提出，加快淘汰落后产能，提前一年完成钢铁、水泥、电解铝、平板玻璃等21个重点行业的"十二五"落后产能淘汰任务。2015年再淘汰炼铁1500万吨、炼钢1500万吨、水泥(熟料及粉磨能力)1亿吨、平板玻璃2000万重量箱。2013年9月5日，河南召开了淘汰落后产能工作座谈会，在传达工信部淘汰落后产能工作座谈会议精神的同时，交流2010-2012年各地淘汰落后产能工作做法和经验，并要求各地汇报2013年淘汰落后产能工作进展情况。在此次会议上，河南安排布置了2013年淘汰落后产能项目及省级督促检查工作。

在淘汰落后产能方面，河南遍布19个"国家重点"，在19个国家重点淘汰落后产能行业中基本上都存在落后产能。经过近几年的加大淘汰落后产能工作力度，目前，水泥、造纸、酒精等行业落后产能还不同程度存在，其他行业如机械制造、耐火材料、化工、棉纺等也存在落后产能。事实上，最近几年，河南已在淘汰落后产能上取得突出成效。自2010年至2012年三年来，河南共完成淘汰炼铁235.2万吨、炼钢467.5万吨、焦炭430万吨，涵盖了铁合金、电石、电解铝、铜冶炼、铅冶炼、水泥等23个行业，共涉及547家企业，淘汰生产线923条。其中，在国家下达目标的基础上，河南还自我加压，增加淘汰耐火材料2.9万吨、有色金属采选冶炼39.03万吨、铸造炼铁92.6万吨等。

此次，从河南淘汰落后检查组检查的情况来看，47家淘汰落后产能企业应淘汰设备已彻底全部停产，8家企业设备已拆除完毕，28家企业设备正在拆除中，11家企业由于进行资产评估、设备拆除工程招投标程序尚未完成，主要设备还未开始拆除，预计年底前淘汰落后产能任务能够按时完成。与此同时，河南还将建立产能等量或减量置换机制。

每周核心报道

家居建材零售业三大航母企业

"触网"百日启示录

■本报记者 刘媛媛

今年6月中旬，有一条消息曾在各大网站上掀起一轮轰炸，内容大致是：2013年6月19日，国内外3家知名家居卖场，即全球最大的家居建材零售企业家得宝、国际家居连锁零售企业美克美家，以及大型家居建材主题购物中心居然之家，同时宣布入驻天猫试水电商，这是继家电、百货和商超行业卖场之后，家装建材零售卖场首次大面积触网。

网络上转载的题目大得有些吓人，有将此举称之为"建材家居市场品牌展开试水电商大联盟"，有的甚至惊呼此举将彻底考验家居建材实体商店的"抗击打能力"。

转眼，3家家居建材市场试水电商的消息发布至今已过4个月，在百度上搜寻其中的关键词，依旧能看到海量的转载报道，但实际"试水"情况，却鲜有信息。

这次家居市场集体试水电商，其模式正是最为传统的B2C，有专家针对此现象曾这样分析：B2B也好，B2C也好，虽然早已经为社会所普及，但对于建材领域而言，却是一个非常新型的话题，同时也是未来的发展趋势。

2012年2月份，本报曾做过一期"建材行业进军电商时代的大猜想"的报道，建材行业各个领域的协会领导人都曾对建材跨入电商给予了预测，其中较为一致的观点是：建材工业真正进入电商时代的时间，尚无法估算，但面对这个在全社会风起云涌的商业模式，建材行业已经无法回避。

有消息称：预计到2015年，我国家居建材产品电子商务规模将达到2050亿，网购规模增长249%，网购率达到17.5%。

事实上，传统B2B模式，早在五六年前就已经在建材大型企业中得以尝试，并由此延伸出来许多与时代接轨的电商网站和创新模式。而此次家居业电商试水，似乎也要就此点燃B2C的星星之火，其势头颇猛，但这股星星之火，是否真如预测般可以瞬间燎原？

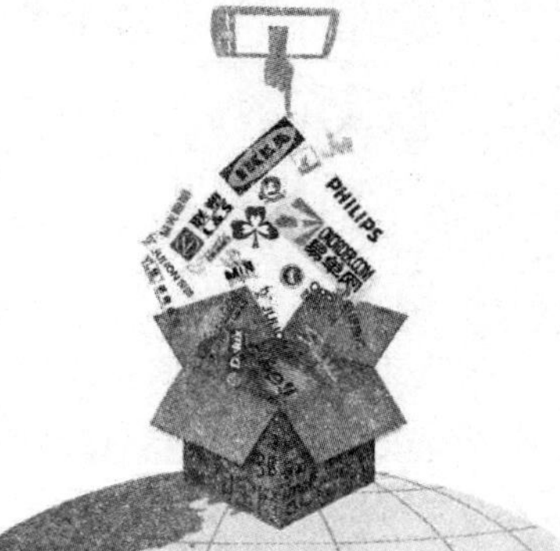

本报记者一路追踪3大家居市场4个月以来电商试水的实际情况，并通过专家和电商探索的先行企业的采访和了解，内心感受正如专家所言，建材行业要想"触网"寻出路，就要掌握符合行业的科学发展观。

认清产业特点 将缺点变优势

曾有许多专家作出分析，建材行业在理论上，是不适合走电子商务的。有许多行业自身的特征和属性，比如商品具有大件、化学、液体、易碎等特点，正是电商行业普遍被认为致命的缺点。

但是，在中国电子商务研究中心连续多年年度电子商务市场数据检测报告中，建筑建材行业电子商务市场运作情况，均在前十名之列。尤其是B2B电子商务市场，据专业机构统计，各类B2B建材专业商户平台在近五年时间里，发展到125个之多。

有专业分析人士对此分析指出，虽然建筑建材B2B电子商务网站越来越多，大多网站也正是看到了建材产品的特征并不利于真正的网上交易，因此，绝大多数建材行业只是提供行业资讯而并没有提供真正的B2B电子商务。

从2007年开始，除了专业门户网站，建材行业里有实力的大企业也纷纷建立了自己的电子商务网站，这使得建材领域B2B电子商务同质化的现象非常严重。

"目前看来，建材行业B2B情况看似挺红火，那是因为相对于其他行业，电子商务之于建材行业还算是全新尝试，以往各行业的经验和模式，在这个行业还可以具有一定的复制能力，但这种简单复制或避重就轻的做法，并不利于电子商务长久发展。"这位分析人士说："建材行业必须在认清行业自身特点的基础上，形成自己独有的电子商务发展模式。"

按着他的说法，未来，依托大企业的实力和基础发展起来的B2B电子商务，会成为行业趋势之一。各大企业依托自身的发展特色、物流运作能力和成本控制能力，完全可以在传统B2B的模式基础上，发展出各具特色的电子商务，寻找不同的"触网"体验。

2011年初上线的易单网，便是其中较为有特色的电子商务网站，2012年被评为中关村国家自主创新示范区现代服务业示范项目，今年被商务部评为电子商务示范企业，其依托的平台正是中国大型央企——中国建材集团。

"中建材国际贸易有限公司，作为中国建材集团重要的物流贸易版块，本身就是建材行业内比较成熟的外贸企业，无论是其近30年的外贸经验和央企实力，还是拥有20项软件著作权的ETP系统(企业贸易平台)，都为易单网的运营提供坚实的平台。"中建材国际贸易有限公司易单网的一位负责人说："而易单网从一开始筹备，就不打算简单地复制传统的B2B模式。B2B解决的是信息不对称的问题，让国内客户通过电商资讯平台找到合适的供应商。而易单网，通过整合供应链来打造一个现代外贸服务平台，是集在线融资、在线信保、通关、商检、退税、结汇、物流于一体的1+N外贸综合服务平台，供应商可以通过我们的平台做交易，海外客户可以找到一个可信赖的平台，买到质优、价廉、物美的产品。我们应该是创新的B2B2B电商模式。"

第一个B是工厂和供应商，第二个B是易单网这个平台，第三个B则是国外客户。

下转3版

策　划：本报编辑部
统　筹：刘媛媛
采　写：刘媛媛　王怡洁　管嘉瑶
制　图：崔建岐

- 传统渠道商争相上线
- 电商加速打造实体店
- 线上线下互融待破解

电商已成为建材行业无法回避的必经之路

■本报记者 王怡洁

中国电子商务研究中心的数据显示:2009 年,中国装修家居建材类电子商务网站销售额约 176.7 亿元,占整个装修家居建材行业的 2.5%;2010 年,家居建材电商的销售额达 228 亿元,占比 2.9%;2011 年,家居建材电商达 282 亿元,占比 4%左右;2012 年,家居建材电商达到 700 亿元的规模。

从数据中可以看出,电商正在迅猛发展,并且不断挤压实体零售企业的市场份额,而家居建材类的电商市场也在加倍增长。

2011 年,家居就、好百年、东方宜居网等家居电商都在这一年纷纷上线,而两年后,家得宝、美克美家、居然之家也在同一天宣布入驻天猫,这也是继家电、百货、商超行业之后,家装零售企业首次大面积"触网",势必掀起行业内更大一次的电商狂潮。

毫无疑问,电商已成为建材行业无法绕开的一条必经之路,但在这看似雨后春笋般的崛起背后,究竟会呈现怎样的你争我夺?哪种模式更能招揽人心?这都将是我们未来很长一段时间内要探索的问题。

传统渠道商争先恐后挤破"前线"

2009 年 7 月,曲美家居建立了电子商务平台,可以说这是建材家居行业传统渠道商进行的首次触网尝试。它曾一度饱受争议,被业内人士看作是一次有可能伤害其传统渠道和代理商的冒险。但事实上,它开通了从工厂到消费者的直接渠道,可以说,这次尝试依然是可喜的。

但另一家大型连锁卖场红星美凯龙却没那么幸运,它的第一个网上商城——红美商城以失败告终,而后仍坚持投入巨资改版网络商城,更名为星易家居。但改版后的网站变化很大,不仅产品种类丰富,而且增加了很多用户体验与线下互动。记者也随即体验了一把。

“装修百宝箱”算是网站的一大亮点,包括“地板计算器”“地砖计算器”“墙砖计算器”“墙纸计算器”“涂料计算器”“窗帘计算器”。点击进入二级页面,有详细的个人定制的装修资讯和免费设计信息,只需要输入自家的房屋状况以及自己想要的装修风格,就能在网站内体验一站购物。不仅如此,新增的“现场团购”也让红星美凯龙添色不少,这也是一次O2O模式的尝试。

与曲美、红星美凯龙的线上之旅不同,今年扎堆电商的美克美家、家得宝、居然之家反而是选择了依托第三方进行试水。仅仅4个月的时间,他们的情况到底如何?

先看美克美家的天猫旗舰店。令记者大吃一惊的是,走高端路线的美克美家,在其实体店内动辄几千上万的产品定位,在天猫却走起了平民化路线,大量充斥着几百块钱的商品。美克美家的相关负责人接受采访时也曾表示,天猫的主要受众群体是年轻人,平民化的价格更有利于吸引这部分人的眼球。

但美克美家的在线商品种类稍显单一,仅限于桌、椅和柜子,多为其兄弟品牌“恣在家”的产品,销量却少得可怜。在销量排行榜上,记者注意到最畅销的一个商品是一把白色餐椅,也只卖出了7件,而卖场里的所有销量少得甚至可以直接口算,共89件(截至10月14日)。客服告诉记者,网上的货品如果在实体店也有销售,将是统一价格,网上并无多少优惠。

再看家得宝和居然之家。巧合的是,这两家均以涂料为主,家得宝涉及稍广,主要为五金建材超市,居然之家主要为其丽屋涂料卖场。与美克美家相比,这两家主打五金建材的网上超市更为火热,销量很多。在居然之家的丽屋卖场,最畅销的一款油漆卖出了500多件。

不难看出,相对于家具来说,包括涂料在内的五金建材更容易让消费者进行网上选购,反而对家具的不能眼见为实抱有诸多顾忌。

对于居然之家这样的大型传统渠道卖场,为什么只在天猫卖涂料呢?记者联系到了其相关负责人,却得到了一个更重要的消息,天猫设立的仅是居然之家旗下丽屋品牌,居然之家将于11月11日,揭幕自己的网上商城——居然在线,这才是居然之家进军电商迈出的真正一步。据了解,居然在线以中高端为经营定位,以O2O模式为切入点,启动后将成为家居建材行业B2B2C平台垂直类网上商城。

由此可见,除了传统家居企业外,越来越多的线下卖场开始试水电商,未来也将掀起一场你争我夺的暗战。

纯电商平台竭力扩张“接地气”

然而另一个现象是:相比传统卖场抢着往线上冲,美乐乐家具网、齐家网、尚品宅配等垂直电商企业却拼死往线下跑，进一步加速线下体验店的扩张。

这种本就以电商起家的线上建材商城又是怎样的模式呢？记者想起了同事小张家装修时，正是通过齐家网进行的采购。

据小张介绍，他也是无意间看到的齐家网，没想到刚进入网站页面，便被各式各样的团购信息吸引了。他当时准备买地漏、橱柜以及浴室的相关设施，查到了相关产品信息与团购信息后，小张于约定的团购时间到达现场进行选购商品。"折扣力度很大，这样的团购大概一个月举办一次，现场的人也很多。"

其实，不难发现，齐家网的主要模式以线上召集、线下体验和销售为主的O2O模式，很好地吸引了像小张这样喜欢网购又讲究实惠的年轻人。

当然，如果想更快得到自己心仪的产品，也可在齐家网上直接在线支付。每个产品下面都有两个选项：在线支付和我要团购。团购价通常比在线支付的价格要低一些，但需要等时间。这样的模式比较灵活机动，消费者可以根据自己的需求做出选择。

不同于齐家网的线下团购会，美乐乐家居网更注重线下体验店的设立。其通过将主要资源投资在销售环节，以线上流量与线下体验店同步扩张的方式，将生产借助宜家的供应链管理体系进行集中采购、降低成本。

从2012年4月第一家体验店在成都开张到今年7月，美乐乐线下平台家居体验馆的全国总数已经超过200家，且扩张速度不断加快，短短半年多的时间就开了67家线下体验馆，以线下体验馆作为线上线下融合的基地。以北京为例，美乐乐设立了12家线下体验馆，涵盖了北京东南西北各个区域，其覆盖面之广，可让消费者就近体验产品。

纯电商的建材家居商城看似比传统渠道商的在线商城红火，但也面临着更"烧钱"的问题。美乐乐家具网CEO高扬曾对外表示，美乐乐经过了4年的发展，目前也只是扩大了市场份额，要想真正的盈利还需要好几年的发展时间。"现在美乐乐月收入一亿元左右，要等到一年做到几十亿元或上百亿元，盈利才有可能。"

在线上商城看似风平浪静的背后，线下却也在暗中较劲。

线上线下互融的O2O能否独当一面？

线上下不来，线下上不去，这或许是目前建材行业进军电商的尴尬局面。但反过来问，线上的一定要下来，线下的一定要上去吗？

其实，要回答这个问题，使涉及建材产品的特殊性原因。

“物流的问题,路程中损害怎么办。尺寸出错怎么办?”

“总体来说还是有一些矛盾,最好的解决办法就是实体店和网络店结合,要有展示的形式和配套服务,客户光在网上凭图片选择的话肯定有差异。”

“配送、售后、信用都需要解决好。”

这些问题都是消费者常常抱怨的。

业内专家曾指出,家居建材行业非常特殊,三方面影响其电子商务发展。第一,家具几乎都是大件商品,本身在物流、安装等方面容易产生各种问题,况且家居网购售后服务尚未在行业内形成监管机制。第二,家居行业用户体验度非常高,网购因为缺乏现场体验,难以衡量产品质量和风格,加之需承担昂贵的物流费用,绝大多数消费者还持观望态度。第三,家居行业是经销商、代理商集合度最高的一个行业,如何处理价格冲突,让他们不排斥、不抵制的难题有待破解。

因此,家居建材电商发展注定是一条与其他行业电商发展不一样的道路,这是由家居建材行业发展及其产品特点所决定的。

于是,再回到这个问题本身,便能初步地判断,线上线下相融合对建材家居行业来讲变得尤为重要,这也是文章里数次提到的O2O模式。

究竟什么才是O2O?本质上说,O2O模式是指线上营销、线上购买带动线下经营和线下消费。其实,对传统渠道商和专业电商平台来说,这种模式是相互融合的。家居建材未来的电商形式可能呈现多种模式,无论是哪种形式的融合,其核心仍然是O2O。

就今天而言,我们看到几支劲旅从各个方向向家居建材电商进军:其中有老牌电商淘宝+天猫,有电商后起之秀京东商城,有从O2O起家的网络团购专家齐家网,更有以曲美、红星美凯龙为代表的传统行业渠道商,最后甚至还有至今未露声色的在其他行业已经存在O2O的苏宁+易购……

有专家称,除了齐家网和美乐乐等少数专业平台商,走出一条特色扩张道路,目前传统家居渠道的电商化尚没有看到真正的成功者,天猫等第三平台也面临着线下线上难融合的问题。

以记者的实际体验和网站销量来看,消费者目前更青睐于类似于齐家网、美乐乐这样的专业垂直网上建材商城,不仅信息丰富、种类齐全,更有线下体验馆和团购会,并且操作十分简单。

依托在第三方的线上卖场由于优惠力度较小、种类较少最不受欢迎。此前对消费者来说,他们更熟悉的则是天猫的建材家居企业而非整个网上卖场。说得更直白一些，怎么把对单一的家居企业的热情转移到对整个建材卖场上来是个值得思考的问题。

而相较于依托第三方，传统渠道商自己的网上商城则存在较大潜力。但对传统渠道商而言，他们缺少的，便是如何做到线下与线上的无缝对接。其实，他们手中始终握有线下商户和用户两大王牌。如果你的用户不上线，传统经销商就不会主动上线；如果你的商户不上线，你的用户也不会上线。那么，我们怎么解开这个令人心烦的结呢？

拿鸡和蛋的故事来比喻传统渠道商的线上之路，也许更加形象。至于是先有鸡还是先有蛋，只能等待时间的检验。如果能把线上线下进行更好地融合，这个问题或将不攻自破。

曾有人把电商比作挂在远处的肉，看着“嘴馋”，但想要吃到，却还有很长距离要跑。就好比O2O听上去很美，但是实施起来着实要费点脑筋和功夫，绝不是我们想象得那么简单。

《“触网”百日启示录》刊于2013年10月18日

其他篇目

◆家居建材零售业三大航母企业“触网”百日启示录

◆线上重在品牌推广　线下影响销售有限

——北京“触网”建材家居企业走访印象

关注本组核心报道请扫描二维码

中國建材報

CHINA BUILDING MATERIALS DAILY

国内统一刊号:CN11—0073 邮发代号1—121 国外代号D807

今日四版 第6616号 www.cbmd.cn

2014年4月4日 星期五 农历甲午年三月初五

经济日报社主管主办

每周核心报道

建材业离“大数据时代”有多远?

■本报记者 刘媛媛

两化融合，即工业化与信息化的融合，从2013年两会的政府工作报告提出以来，一路升温，成为今年刚刚结束的“两会”上最热门的话题之一。在两会期间，全国人大代表提出的468份议案中，与“两化融合”相关的占到了近五分之一。

据本报上会记者的描述，被各路记者们层层包围，且被访的两会代表滔滔不绝、津津乐道的采访主题，大多围绕着“两化融合”展开去。

提到“两化融合”，记者们的提问离不开大数据，两会代表的回答，同样掷地有声：从现在开始，传统制造业应该开足马力，吃透大数据的理念。将大数据真正应用起来，是每一个制造行业转型升级的关键棋子。

毫无疑问，我们已经在不知不觉中跨入了大数据时代，这并不取决于我们是否了解或感兴趣于大数据的研究与使用，我们的公共信息和社会活动，已经自然而然地成为大数据的组成部分。或者说，我们每一个人、每一个行业，都是一部部以“秒速”计算的大数据库。

正如两会代表所言，身处这样一个信息化时代，不去研究和利用身边的大数据，才是这个社会最大的资源浪费。况且，无论哪个行业，甚或身处其中的个体，都不可能拒绝大数据的“入侵”。信息化的大门既然已经敞开，就无法再关上。

作为传统制造行业的一份子，建材业的两化融合也拉开征程。今年年初，在工信部召开的一次工作会议上，建材业的主管部门——工信部原材料司已经明确提出，从今年开始，要加速推进建材业的信息化进程。原材料司副司长潘爱华很形象地说，建材业的“大数据时代”已觅得朝阳。

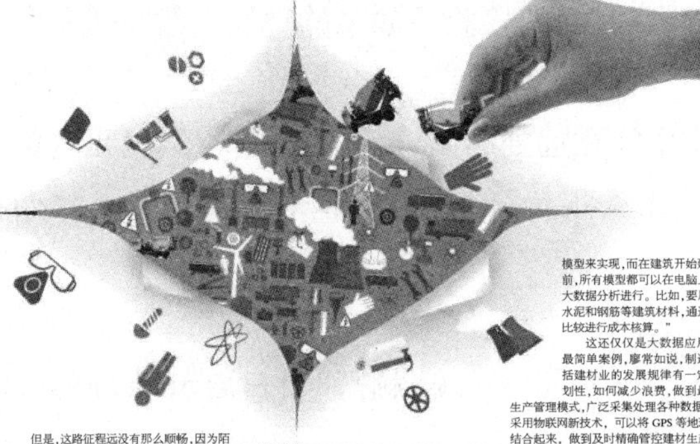

但是，这路征程远没有那么顺畅，因为陌生和隔膜所产生的胆怯，甚至会产生某种刻意的抗拒和疏离，这种现象不仅存在于建材业，也存在于绝大多数以“传统”冠名，并醉心于“传统”的制造业。

作为制造大国，中国传统制造业的“两化融合”之路，是一项巨大的系统工程。但正如两会代表所言，让传统制造业走上信息化道路的捷径就是：大数据。

“我们必须努力去消化大数据、建立大数据，然后应用大数据。”这位两会代表语气坚定且急迫。

懂得利用 别让大数据从身边溜走

“制造业对整个产品生命周期来看，几乎每一个环节都与大数据息息相关。”在国内云计算、大数据领域具有龙头领军地位的中金数据系统有限公司云计算产品部副总监廖常如接受采访时说：“拿建筑行业举例，从整个建筑工程来看，任何一个细节都可以通过电脑3D模型来实现，而在建筑开始建造之前，所有模型都可以在电脑上通过大数据分析进行。比如，要用多少水泥和钢筋等建筑材料，通过数据比较进行成本核算。”

这还仅仅是大数据应用中的最简单案例，廖常如说，制造业包括建材业的发展规律有一定的计划性，如何减少浪费，做到最好的生产管理模式，广泛采集处理各种数据，比如采用物联网新技术，可以将GPS等地理信息结合起来，做到及时精确管控建材生产过程中的每一个环节。

物流配送与销售的全过程，可以通过数据分析提供预期，并对全过程的反馈及时监控，从而直接影响建材企业对不同区域战略计划的决策。以廖常如的话说，建材企业一整条产业链上的数据运作，通过云后台的分析整理与监控，达到“秒速”决策，这就叫做反馈经济。

这只是针对建材企业大数据应用的一个缩影，纵观全行业的规划与发展，则可以让大数据的应用更为广泛。在全行业处在转型升级的关键时期，或许“大数据”是一个超乎想象的抓手。

舆情监测平台，是大数据信息化平台中，最基础也最重要的云平台之一。何为“舆情监测”？通用的定义是通过对互联网传播的公众对现实生活中某些热点、焦点问题所持有较强影响力、倾向性的言论与观点的一种监视和预测行为。

廖常如介绍，在“大数据时代”，舆情监测的内涵和意义更为广阔，也是传统制造业目前有可能最需要建立的大数据信息平台。

简单的理解，以建材行业最大的板块——水泥行业的产业特色和发展现状为例，化解产能过剩、加快兼并重组是当前水泥行业的首要任务。无论是政府主管部门、地方政府、行业协会及各区域分会，还是4000多家水泥企业，尤其是各大区域的领军大集团企业，如果能够在大数据云平台上建立起科学有效的舆情监管与协调处理机制，及时监控各大区域产能释放的情况、市场价格的变化、违规新建拟建项目的遏制状况、各大企业全国范围内兼并重组的信息与变化等等，不仅仅可以大大节省巨额的人力物力与资力，更会得到有史以来最精确、最广泛、最同步、最及时的数据信息与资讯，哪怕是最偏僻的地方，也可以被“云”所覆盖。

下转4版

“云”上的未来

——应用大数据 建材行业的N种猜想

■本报记者 王怡洁

一个大规模生产、分享和应用数据的时代正在开启。以海量数据为基础，“反馈经济”等新经济、新商业模式正在开始形成。

牛津大学维克托教授在《大数据时代》里这样写道。

有人说互联网时代，世界就是一个巨型的数据库。数据不再是冰冷的统计学，更是一种精确的生活。

目前，就全球范围来看，大数据的开发与利用已经在医疗服务、零售业、金融业、物流、电信等行业广泛展开，并产生了巨大的社会价值和产业空间。但在传统重工业领域，尤其在建材行业，大数据应用却还寥寥无几。

但在新的历史条件下，加快推进“两化融合”是建材工业实现“创新提升、超越引领”转型升级的迫切需要。

我们不禁猜测，当铺天盖地的大数据概念席卷而来，身处建材行业的我们又将如何理解和运用？行业发展会否掀起一次智能信息化的高潮？

让大数据解决摆在眼前的课题

猜想一，能否预测水泥市场走势，有效化解产能过剩？

化解产能过剩是近几年建材行业提及最多的话题之一。产能过剩有诸多原因，但其中最主要的原因则在于企业对市场供需关系的失实判断，归根到底是在没有精确分析的情况下，企业仍然盲目建线。

如果运用大数据进行解剖，我们是否可以避免出现过剩现象？或是可以更有效地化解产能过剩呢？

首先，我们先来寻找数据源。数据源的组成来自国家主管部门、行业协会以及企业三方，缺任何一方，数据都将有失全面性。这些数据也要包括物流运输数据以及资源能耗数据。当把三方数据聚集后，全行业要发挥协同合作精神，与大数据技术部门共同搭建数据平台。平台建设涉及全国范围内各个区域的历史数据和实时数据，应通过多方努力提供详尽、及时、可靠、真实的全方位信息。

据研究大数据专业人员介绍，在有明确数据来源的前提下，若要搭建这样一个平台，差不多需要半年的时间。

当数据平台搭建完毕，我们可以对全国范围内的水泥情况进行实时监控，通过对这些数据的精准掌握，再分析问题出现在哪里，规律是什么，最后再相应地出台实施办法。这样一来，可以帮助相关部门更好地部署化解产能过剩工作，也为企业提供水泥市场的实时行情。

猜想二，能否在企业内部搭建平台，用于监控市场和作出决策？

总体来看，我国建材企业信息化基础相对薄弱，而且他们对知识管理能为企业带来的价值缺乏正确认识。

大多数建材企业对数据的记录多停留于两种形态：传统的纸笔记录和Excel电子表格记录。看似简单的纸质记录数据，必须放在独立的档案室归档。而看起来稍微先进一些的Excel表格，虽然将数据以文件形式存储在电脑中，但如果工程师想对既有数据进行比较分析，却不得不打开数十个甚至上百个文件——当然，这是在数据量小的情况下。

或许领导与客户不会每天都要看报告。而这些存在文件夹、档案室中的数据，就如同躺在一个个孤岛上一般沉睡，只为满足工程师的不时之需。于是，我们看到，企业在面对转型升级时，常常措手不及。可惜，很少有人会想起那些沉睡的数据及其背后蕴含的海量信息的商业价值。

因此，对建材企业，尤其是大集团来说，大数据应用给他们带来了福音。不同规模的企业可以有不同的大数据应用方式。

举个例子，在一家大水泥企业集团里，兼并重组了几百家企业，如何才能让管理层足不出户就可以每时每刻掌握所有旗下企业的实时信息，以及来自竞争对手和消费者的信息，而不是每月每季度向老板呈现已无时效性的纸质报告？

这就需要构建大数据平台。而对大企业集团来说，他们有实力自己搭建并分析数据。因此，搭建完毕后，关于消费者和企业策略的数据可以帮助企业开发出各种决策支持系统，并对市场关键业绩指标进行实时性的监控和预警。同时，通过移动性、智能终端与社会化互联网对企业管理层进行实时推送，使他们可以实时获得企业自身、竞争者以及消费者的市场行为并作出最快的反应。最重要的是，这种数据是动态数据，能帮助企业在快速动态的市场竞争中保持优势。

如果对于中小规模企业来说，他们或许没有实力和资金在企业内部搭建完整业务链上的平台。但可以寻求第三方云计算公司合作，就某一业务模块进行数据分析，也是十分可行。

猜想三，能否改变传统B2B，做到线上线下无缝对接？

其实，“大数据”一词最早应用于IT行业，随之数据仓库、数据安全、数据分析、数据挖掘等围绕海量数据的商业价值的利用逐渐成为行业人士争相追捧的利润焦点，包括阿里巴巴在内的众多电商企业也在注入大数据的新商业模式。

可以说大数据不是电商平台的某一个产品组成或业务领域，大数据是整个电商未来发展的基础资源与优势体现。

B2B电商发展的第一阶段以信息撮合机制为主，通过互联网特性有效的汇聚买卖双方信息；第二阶段以在线交易为主，信息展现模式、在线交易工具、配套服务产品的发展使得各平台都在想方设法解决在线交易问题；第三阶段即资源聚集为主，所谓资源聚集正是突出两个核心要素：数据穿针引线，服务本质所需。

下转2版

核心报道 本期关注

策　划：本报编辑部
统　筹：钟云华　刘媛媛
采　写：刘媛媛　王怡洁　曾蕾瑶　张道莺
制　图：崔建岐

羊德鹏、李静也为本期报道作出贡献

休刊启事

本报4月5日休刊，4月7日正常出刊。敬请读者留意。

建材业离“大数据时代”有多远?

■本报记者 刘媛媛

两化融合,即工业化与信息化的融合,从2013年两会的政府工作报告提出以来,一路升温,成为今年刚刚结束的“两会”上最热门的话题之一。在两会期间,全国人大代表提出的468份议案中,与“两化融合”相关的占到了近五分之一。

据本报上会记者的描述,被各路记者们层层包围,且被访的两会代表滔滔不绝、津津乐道的采访主题,大多围绕着“两化融合”展开去。

提到“两化融合”,记者们的提问离不开大数据,两会代表的回答,同样掷地有声:从现在开始,传统制造业应该开足马力,吃透大数据的理念。将大数据真正应用起来,是每一个制造行业转型升级的关键棋子。

毫无疑问,我们已经在不知不觉中跨入了大数据时代,这并不取决于我们是否了解或感兴趣于大数据的研究与使用,我们的公共信息和社会活动,已经自然而然地成为大数据的组成部分。或者说,我们每一个人、每一个行业,都是一部部以“秒速”计算的大数据库。

正如两会代表所言,身处这样一个信息化时代,不去研究和利用身边的大数据,才是这个社会最大的资源浪费。况且,无论哪个行业,甚或身处其中的个体,都不可能拒绝大数据的“入侵”。信息化的大门既然已经敞开,就无法再关上。

作为传统制造行业的一分子,建材业的两化融合也拉开征程。今年年初,在工信部召开的一次工作会议上,建材业的主管部门——工信部原材料司已经明确提出,从今年开始,要加速推进建材业的信息化进程。原材料司副司长潘爱华很形象地说,建材业的“大数据时代”已觅得朝阳。

但是,这路征程远没有那么顺畅,因为陌生和隔膜所产生的胆怯,甚至会产生某种刻意的抗拒和疏离,这种现象不仅存在于建材业,也存在于绝大多数以“传统”冠名,并醉心于“传统”的制造业。

作为制造大国,中国传统制造业的“两化融合”之路,是一项巨大的系统工程。但正如两会代表所言,让传统制造业走上信息化道路的捷径就是:大数据。

“我们必须努力去消化大数据、建立大数据,然后应用大数据。”这位两会代表语气坚定且急迫。

懂得利用　别让大数据从身边溜走

“制造业对整个产品生命周期来看,几乎每一个环节都与大数据息息相关。”在国内云计算、大数据领域具有龙头领军地位的中金数据系统有限公司云计算产品部副总监廖常如接受采访时说:“拿建筑行业举例,从整个建筑工程来看,任何一个细节都可以通过电脑3D模型来实现,而在建筑开始建造之前,所有模型都可以在电脑上通过大数据分析进行。比如,要用多少水泥和钢筋等建筑材料,通过数据比较进行成本核算。”

这还仅仅是大数据应用中的最简单案例,廖常如说,制造业包括建材业的发展规律有一定的计划性,如何减少浪费,做到最好的生产管理模式,广泛采集处理各种数据,比如采用物联网新技术,可以将GPS等地理信息结合起来,做到及时精确管控建材生产过程中的每一个环节。

物流配送与销售的全过程,可以通过数据分析提供预期,并对全过程的反馈及时监控,从而直接影响建材企业对不同区域战略计划的决策。以廖常如的话说,建材企业一整条产业链上的数据运作,通过云后台的分析整理与监控,达到“秒速”决策,这就叫作反馈经济。

这只是针对建材企业大数据应用的一个缩影,纵观全行业的规划与发展,则可以让大数据的应用更为广泛。在全行业处在转型升级的关键时期,或许“大数据”是一个超乎想象的抓手。

舆情监测平台,是大数据信息化平台中,最基础也最重要的云平台之一。何为“舆情监测”? 通用的定义是通过对互联网传播的公众对现实生活中某些热点、焦点问题所持有较强影响力、倾向性的言论与观点的一种监视和预测行为。

廖常如介绍,在“大数据时代”,舆情监测的内涵和意义更为广阔,也是传统制造业目前有可能最需要建立的大数据信息平台。

简单的理解,以建材行业最大的板块——水泥行业的产业特色和发展现状为例,化解产能过剩、加快兼并重组是当前水泥行业的首要任务。无论是政府主管部门、地方政府、行业协会及各区域分会,还是4000多家水泥企业,尤其是各大区域的领军大集团企业,如果能够在大数据云平台上建立起科学有效的舆情监管与协调处理机制,及时监控各大区域产能释放的情况、市场价格的变化、违规新建拟建项目的遏制状况、各大企业全国范围内兼并重组的信息与变化等等,不仅仅可以大大节省巨额的人力物力与资力,更会得到有史以来最精确、最广泛、最同步、最及时的数据信息与资讯，哪怕是最偏僻的地方，也可以被“云”所覆盖。

“运用大数据，坐在办公室里，我们就可以监控全国范围内不同区域水泥产能一天，甚至一个小时的变化。”廖常如说。

“两会”期间，数十位政协委员联名关于“北方五省区水泥与采暖错峰生产”的提案，最近一直备受行业内外关注。国务院参事石定寰等众多专家在接受采访时，就提出过通过信息化大数据平台建立相应的北方五省区水泥行业方方面面的数据库，同时，通过运用大数据，建立科学长效的监督管理及协调服务的舆情信息平台。

“秒速”时代　捅破“窗户纸”的勇气

创立于2005年的中金数据系统有限公司，在提供数据存储、计算能力和行业应用平台等云计算服务方面，具有国内领先的丰富经验。目前专注于金融、交通运输、公共服务、网络服务、现代制造业和大型营销企业等行业和政府机构的云计算服务模式。

不过，廖常如坦言：从中金数据目前的合作行业，以及据他们对于大数据应用领域的了解，国内制造业真正理解大数据、运用大数据的比例远不及金融、公共服务等领域。尤其是像建材行业这样的传统制造业，尚处于大数据理念的普及阶段。

“制造业应用大数据是大势所趋，但不可否认，建材行业在信息化的软硬件储备上，都有待完善。”廖常如说。

今年年初，本报连续三个月，每周一次在显要位置刊登了“建材业离大数据时代有多远”的征稿启事，目的是为了一石激起千层浪，通过提前预热能够广泛征集建材行业对大数据应用的真知灼见，哪怕听到不同意见，也是一种及时的反馈和呼应。

让我们极度失望的是，一个季度过去，我们竟没有听到任何声音，也没有相关的稿件发至报社。当“两化融合”在“两会上”被谈得热火朝天，相关政府部门更是雄心壮志的时候，身处其中，又亟待转型的建材工业人，却始终游离其外，这不能不让我们为之感慨和喟叹。

“之所以在传统重工业中，迈出信息化的第一步如此艰难，因为这需要一个众心所向的大气候，需要传统工业与信息化产业共同展开密切合作。”廖常如说：“两化融合，一定是‘两化’强强合作的成果，这种合作首先需要彼此了解信任并且畅通地交流沟通。”

但就像人生的每一次重大转折都是在徘徊和犹豫中不断积累勇气和魄力，从传统迈向信息化轨道,对于建材行业而言,无疑是前所未有的一次巨大变革。或许,这样的变革就是一种捅破窗户纸的勇气,但是,建材工业目前薄弱的信息化基础和投入,让这种勇气变得异常艰难,也更加伟大。

于是,更多的建材人还处在围观和静待的状态,等待着第一个吃螃蟹的人出现,能够带领大家,打破僵局,掀起浪潮。

客观地讲,建材工业融入信息化轨道的硬件设施不完善。无论企业、协会,抑或大多数信息研究机构,几十年来,数据库的建设断断续续,基础数据严重缺失,即便是目前所拥有的数据信息,也往往被当作私密而遮遮捂捂,能拿出来的数据,又未必可信……信息共享对于全行业而言,就像是没有规划的崎岖山路,从起点到终点,往往要爬山渡河。连建材人自己都说,信息共享在这个行业里,还只是一种期望。

2012 年,因为做一期关于展会的报道,我们曾联系这个展会主办机构的信息中心,希望他们提供近 5 年来关于该展会的详细数据与资料。最终得到的回复是:我们只有近 2 年的资料,前三年因为领导变动、负责人辞职等原因,所有的数据和资料已不复存在。

建材行业的特色是体积庞大,产业链布局复杂,所涵盖的大板块、小领域纵横交错。因为基础数据的缺失与陈旧,以及信息资源的疏漏与阻塞,不但给大建材产业链的建设带来这样或那样的矛盾纠结,对于新小产业的发展,更犹如一道道难于逾越的深沟险壑。

保温材料领域当前所面临的市场混乱、政策摇摆、企业难控等现实矛盾,与信息资源不通畅、数据建立不完善有着直接关系。

在去年中旬一次混凝土企业的论坛上,已经有企业家大声呼吁:我们需要真实可靠的数据系统,我们需要畅通无阻的信息平台。

就在那次会议上,已经被绝大多数行业广泛应用,甚至在大数据时代,已渐渐跟不上形势的 ERP 系统,竟成为众多混凝土企业闻所未闻的"新玩意儿"。这不能不让我们感慨,建材行业苦苦思索的转型升级,绝不可能实现于信息化的大门之外。

运筹帷幄　放开思路广泛收集是首步

当下,建材人在大数据面前充满了疑惑,将精力投入到大数据的采集与研究,究竟是事半功倍还是事倍功半?应用大数据,又要从何下手?

"通过大数据的应用,建材行业可以建立起舆情管控、集约化管理、定制信息资讯等层层叠叠的平台，能满足市场的各种需求，这些都是摆在眼前的好处。”廖常如说：“看似在建材业推广应用大数据很难，但其实，如果让行业人充分理解大数据带来的成果，同时，能够清楚地知道自己该做些什么，我认为一定会有质的变化。”廖常如说。

即便是缺乏应有的数据库储备，从现在开始采集、整理和分析，建立大数据体系，也并非不可为。从现在开始有意识地在不同领域、市场、企业多方面建立和采集数据源，通过实时的手段采集及时情报，再通过互联网上采集到有价值的数据，经过加工提供给相应的行业和企业，是大数据采集和利用的第一步。

在这点上，全球最知名的水泥集团——法国拉法基集团早已经走在时代的前面，他们将公司开在哪个国家，大数据库的建立都是拉法基在这个国家立足的第一步。

他们的做法值得借鉴，当确定要在中国撒网布局的时候，中国水泥行业的全方位数据源都在他们的掌握之中。从整体发展到区域布局，每个企业的发展状况，主要竞争对手、有意向合作企业的数据分析、上下游产业链相关数据源的采集等，从历史数据到实时数据，每天及时更新。同时，他们也在不断完善、积累和更新全世界的拉法基数据库，并在全球形成庞大的虚拟网络，以便拉法基全球数据资源的共享。

“应用大数据，可以分阶段进行。首先，所有的大数据业务必须要有数据源，数据源的积累并不完全存在于纸面上，而是要放开思路去开拓寻找数据源的各种合法渠道，进行有效的采集、开发并集中。”廖常如解释。

数据源的来源多种多样，除了常规化的结构性数据，以及我们能够从互联网等公共渠道上采集到的有价值数据，企业还可以利用各种方式，留意各种信息，获取海量数据。这就像是一个“海选”的过程。

著名的水泥市场分析师刘作毅，其本人就是非常有影响力的“实时数据源”采集人，或者说，是行业收取数据源的一种渠道。他每年不间断大范围的调研所收获的及时数据，早已形成了一座丰富的海量数据矿源，更可贵的是，他在这巨大磅礴的矿源中，能够将所收获的各方面数据源，率先进行相对专业化的归纳和分析，最终呈现给行业和企业的，是更为集中、能体现更大价值、更便于应用的数据源。

当然，通过一种渠道得到的数据再多，也称不上大数据，并且存在着一定程度的偏颇和片面。只有将多方渠道的数据汇总到一起，经过专业云计算的方式处理和分析无法想象的海量数据，最终得到的大数据，才是最接近完美真实的宝藏。

接下来,就是结合自己拥有的数据源,企业可以按着自己的战略规划和需求,尝试将大数据运用在管理与营销等各个环节中。

最常规和基础的应用思路,基于客户行为和及时情报,包括实时反馈和统计的应用,这些在建材行业里是能够做到的。

比如,所有基础建材价格的变化如何引发上下游产业链其他产品价格的走势,就是及时情报的一种体现方式。这样的数据信息采集与应用,无论是中国建材联合会、各研究信息中心,抑或大集团企业,都不是难事。

关键的是,要建立起相对丰富的数据源,需要更多的技术条件,建立不同的模板和软件开发,这并不是一个企业所能完成的任务。最好的办法是:政府、行业协会、研究机构与企业之间形成合力,共同开发采集数据源,再结合专业的大数据云计算机构,提供专业技术上的支撑和大数据归类分析的可行性报告。

当然,进入大数据的应用领域,绝不是只有一种模式或渠道。南京中材备品备件有限公司,运用大数据的思路就是从创建一站式电子商务及信息资讯平台开始,这就是面对大数据时代,对传统 B2B 网上采集模式的一次突破和挑战。

觅得朝阳　乌云背后的幸福线

就在本期报道刊发的前一日,建筑材料信息传播中心主任王刚特意给本报记者致电:4 月 4 日下午,北京大学竞争情报中心的教授陈晓峰,专门为建材行业人士举办一期专题讲座,内容就是:建材行业如何应用大数据。

这一消息让我们有些振奋,因为这说明,行业内对大数据的求知欲和需求度在增长,好比一片乌云被撩开了几道缝隙,代表着高科技信息化的一丝丝曙光被我们逐渐地捕捉到,且越发清晰起来。

去年年底,在宁波召开的中国混凝土与水泥制品年会上,中国首个混凝土产业系列经济运行指数的诞生,就是这个行业迈上信息化快车道的一次标志。《中国混凝土综合指数》《中国混凝土产业风险指数》和《中国混凝土价格指数》在会上正式发布,能感受到参与编制和发布的建材人士难掩的兴奋之情。

据全力推进此项工作的筹划人之一,中国建材联合会副会长徐永模介绍,这个运行指数诞生的过程,花费了 2 年时间,几位意识超前的建材人在不太被人理解的情况下,通过与专业信息化机构的合作,慢慢摸索、研究分析而建立起此数据系统。

尽管在会场上,大多数混凝土企业家对这几套经济运行指数,还处于懵懂状态,但从他们记录询问的认真态度,让我们看到了行业人那种对新事物求知若渴的精神。

这是混凝土行业第一次如此近距离触碰到大数据应用成果，这套混凝土领域的经济运行指数，对建材行业而言无疑是一块敲门砖，对带动其他建材门类早日建立综合指数运行体系等数据系统，具有巨大的引领和推动作用。

倘若说，这套混凝土经济运行指数，在一定范围内捅破了那层窗户纸，那么，从今年的发展趋势来看，越来越多的人开始向那层窗户纸伸出了信息化的手指。

中国建筑材料工业规划院建筑材料工业信息中心，是建材行业里为数不多专门研究建材行业信息化建设的专业机构，当我们联系到其负责人之一——高智的时候，她异常兴奋地告诉我们，最近，他们也在研究如何利用大数据的问题。

据她介绍，从去年开始，他们已经将大数据作为规划院工作重点之一，并希望结合专业大数据机构，一起研究建材行业大数据的开发与应用。同时，也会在行业里积极推进两化融合的具体工作，并确定以水泥和玻璃两大行业作为两化融合的试点，将大数据作为开展这项工作的基础。

“有人说大数据应用，称得上是第三次工业革命，我非常赞同。或许建材行业看似离大数据时代很遥远，殊不知，我们已经身处其中了。”高智说：“大数据时代完全可以提高对事物判断的准确性和透明度。”

但在建材行业对大数据应用还很陌生，甚至有些排斥的情况下，如何开展大数据应用的工作？

高智表示：政府的引导和领军企业的推动是决定建材行业以大数据为基础，展开两化融合的最重要阶梯。同时，建材行业的大数据一定要起到上传下达的作用。

政府搭建平台，相关的法律法规及时跟进，同时，以建材各领域领军企业的带头作用加速整个行业对大数据信息化的观念更新与尝试，B2B、O2O 等终端电子商务的发展与完善，也同样是让企业感兴趣，并能快速收获效益的大数据信息化平台。

所谓上传下达，高智解释，建材业的大数据研究成果，上传，要第一时间发送发改委和工信部相关部门，使政府机构能够通过大数据做出宏观研判；下达，则是要将政府机构的宏观研判，及时反馈给企业。

“要知道，现在的企业，尤其是大型龙头领军企业，非常需要各个方面的数据分析，在这一方面，我们这个行业是滞后的，但不代表企业经营者不需要。”高智说得很诚恳。

她这番话，有一个最好的佐证，在规划院信息中心，有一位“神秘人物”，在近

10 年的时间里,始终是各大集团企业经营者竞相追逐的明星级人物,堪称建材行业里的“数据大师”。

此人叫马秋忠,在 20 世纪 80 年代初,建材业与数据系统“风马牛不相及”的时候,他便开始收集水泥企业及行业各项数据。他的数据库跨越的年代,是从 1949 年建材行业百废待兴之日开始,一直持续至今。

这位已退休的行业数据专家,提起大数据,就像是一辈子都说不完的话题。

“现在很多企业经营者,早已经看到了大数据的作用,他们不仅仅急迫需要本领域的数据分析,还包括相关领域,比如煤炭、钢铁、建筑、交通、水利等。他们真的非常需要完善的大数据系统,他们已经迫不及待地要将大数据应用于企业管理之中了。”马秋忠因为激动而显得语气急切。

他的话给予了我们很多的信心,正如廖常如曾说过:大数据应用的对象,更多的是企业,无论针对全行业的舆情监测,还是针对企业的集约化管理,抑或建立专业化的电子商务平台,率先受益的一定是企业。

当绝大多数企业受益,并形成推动行业信息化建设的合力时,受益的就是一个行业,而当与这个行业相关的每个行业都形成合力时,最终受益的是国家。

所以,当这个行业领军企业的经营者有了这样的意识和需求,这就是行业信息化建设初始阶段最大的希望和动力。

以工信部为代表的相关政府部门,也已经明确了让建材工业早日实现“两化融合”的战略目标,并为此着手制定着一整套的落实计划。这标志着政府引导、领军企业带头的大局势,开始形成气候。

还有国内领先的大数据专业机构的关注与配合,可以说,建材业大数据系统的建设、信息化的推进,在顶层设计上,已经产生了共鸣,形成了合力,这无疑都是值得欣慰的好消息。

这些都可谓天时地利,在无形中创造了一个巨大的空间舞台,建材业跨入信息化的快车道,似乎只欠缺另一个关键因素——人和。

毫无疑问,目前在拥有七百多万人的大行业里,真正拥有信息化意识和大数据创新精神的行业人,可能还不足十万;我们能够采集到的大数据,可能不过冰山一角;我们若干电子商务平台,可能还仅限于在低端的采集和交易模式中苦苦挣扎,但这都不能阻止大数据时代的车轮与传统建材业撞击的速度。

以“秒速”计算的大数据信息化时代,同样会以“秒速”侵袭被传统包裹着的外壳。而在这场工业化与信息化的“较量”中,建材工业所扮演的一定是主动者的角色，主动融入大数据时代，这个时代会倾其所能、加倍回报；反之，这个时代也会阻挡其前进的步伐，使其老朽匮乏。

建材行业究竟离“大数据时代”有多远？我们不断地在询问，不断地在搜索和思考，却猛然间顿悟，建材行业的“身体”早已融入了这个时代，未来的前景，取决于“心”的距离。

《建材业离“大数据时代”有多远?》刊于 2014 年 4 月 4 日

其他篇目

◆“云”上的未来

——应用大数据，建材行业的 N 种猜想

◆大数据的前世今生

◆“云”漫世界

——大数据在各行各业中的发展与应用

◆大数据带来里程碑式的革新

——中国建筑材料工业规划研究院咨询部主任高智一席谈

关注本组核心报道请扫描二维码

中國建材報

CHINA BUILDING MATERIALS DAILY

国内统一刊号:CN11—0073 邮发代号1—121 国外代号D807

今日八版 第6734号 www.cbmd.cn

2014年8月26日 星期二 农历甲午年八月初二

经济日报社主管主办

甘肃环保节能建材产业技术创新战略联盟成果丰硕

本报讯 驻甘肃记者王玻田报道 记者从8月19日召开的甘肃省环保节能产业技术创新战略联盟年会上获悉，四年前，由甘肃土木工程科学研究院联合武汉理工大学、兰州鹏飞保温隔热有限公司等六家单位发起成立了甘肃省环保节能建材产业技术创新战略联盟。4年来，成员单位扩展到10多家，业务拓展到节能建材、新能源和信息化等领域，技术创新也硕果颇丰。联盟通过产学研模式，集成企业、高校和研究院所的力量，围绕节能减排和循环经济，瞄准甘肃省绿色建筑市场需求，共同开展技术与产品研发、技术推广与产业化工作，推动了甘肃省环保节能建材产业快速发展。

为联盟成员发展提供思路和建议是一项长期工作。其中，联盟向甘肃景泰金龙化工建材公司提出建筑保温用岩棉项目的建议，目前项目已经投产；向兰州二热西亚公司提出燃煤电厂脱硫石膏和粉煤灰综合利用的技术报告；为兰州鹏飞保温隔热有限公司提出泡沫玻璃装饰保温一体化板的项目建议，推动了企业的技术进步。联盟还与企业联合完成项目攻关。其中，与兰州鹏飞保温隔热公司联合建立了保温建材试验基地；与景泰县金龙公司联合建立了石膏建材研发基地。

甘肃省环保节能产业技术创新战略联盟理事长何忠茂告诉记者，联盟建立以来，除了在传统建材和新兴建材方面取得较好业绩，还将环保节能工作推进到太阳能利用和热泵技术应用领域、数字化和信息化领域等。联盟标准化工作方面也取得较好成绩。联盟先后主持编制的7部甘肃省地方标准，均有联盟企业参加。下一步，将发挥甘肃土木工程科学研究院在联盟中的依托作用，强化信息发布，加强成员联系，开展技术和实体项目合作，产学研联合攻关促院企共同发展。

每周核心报道

解码CSR

■本报记者 张道营

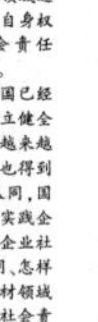

进入20世纪后，随着机器工业大生产的进一步普及，在经过资本主义世界经济危机洗礼后，现代市场经济体系逐渐确定，并开始向全球范围扩展。在市场经济向纵深化发展的同时，企业间的竞争也更加激烈，竞争领域也从单纯的市场范畴向政治、社会等非传统领域迈进，工人也更加注重对自身权益的争取，企业社会责任(CSR)概念就应运而生。

进入新世纪后，我国已经成为世贸组织一员，建立健全现代企业制度的呼声也越来越高，企业社会责任问题也得到越来越多人的重视与认同，国内企业也已经在自觉地实践企业社会责任。本文探讨企业社会责任是什么、有什么用、怎样用这三个问题，希望建材领域上下游的企业能对企业社会责任有更为全面的认识。

企业社会责任是什么

企业社会责任不仅仅是做慈善这么简单，这一概念看似无所不包，实则不然。其基本的内涵是企业在强制性承担确保产品质量、维护工人权益、遵守环保法规、及时足额纳税等责任的同时，还应对可持续发展承担一种自愿性的责任。作为市场经济中的主导力量，企业拥有的影响力与其对社会或环境所承担的责任之间存在的差距，成为企业社会责任的理念起源点。

上世纪50年代起，企业社会责任在理论和实践上开始真正发展起来。鲍文(H. R. Bowen)于1953年在《商人的社会责任》中提到"商人有义务按照社会所期望的目标和价值，来制定政策、进行决策或采取某些行动"，并提出了"商人应该为社会承担什么责任"的问题，正式开创了企业社会责任研究这一新领域，被人称为"企业社会责任之父"。

自从鲍文提出企业社会责任这一研究领域开始，已经有非常多的专家学者从经济学、社会学、法学等领域对企业社会责任进行了研究。

下转4版

可持续发展之"魂"

——关于中国建材行业践行社会责任的报告

■本报记者 王怡洁

1973年，《财富》杂志曾经刊登过一篇文章，探讨了当时的企业社会责任观(企业社会责任，简称"CSR")。当时，包括经济学家弗里德曼在内，主流观点认为，企业的最大责任在于盈利。

但在四十年后的今天，这一观点发生了翻天覆地的变化。实践告诉我们，在全球经济一体化、可持续发展等问题日益受到重视的今天，企业应注重的不该只有经济效益，更要有着眼全局、承担责任的眼光和魄力。因此，一些跨国公司率先发力，纷纷制定社会责任守则，发布社会责任报告，出现了企业履行社会责任的全球性新趋势。

如今，中国企业也正快速加入这一全球可持续发展的浪潮中，希望通过践行社会责任提升国际竞争力。

前不久，建材行业传出了一个喜讯。蝉联四年"世界500强"的中国建材集团正式加入联合国全球契约组织。"全球契约"是全球最大的自愿性企业公民倡议，是国际社会推动企业社会责任最具影响力的倡议。中国建材集团的加入，也说明我国建材行业的龙头企业，已经认识到企业社会责任的建立与完善，对企业可持续发展的深远意义和重要价值。

现阶段，我国建材行业在发展道路上正面临着加快转型升级、提高企业创新能力、注重节能减排、提升行业形象等重大挑战。在如此重要的历史节点，加快建设建材行业的企业社会责任体系，可谓大势所趋。

全球契约，你准备好加入了吗？

"全球契约"(Global Compact)这个概念，是1999年初联合国秘书长安南倡议的，次年，联合国全球契约(UNGC)活动正式启动，主旨是要求企业承担起社会责任，建立一个推动可持续增长和社会效益共同提高的全球框架。

全球契约组织的出现丰富了企业社会责任的内容。全球契约寻求世界各地的商业运营和战略同劳工标准、环保以及反腐败领域的十大原则之间协调一致。而其中最根本的，莫过于寻求企业能够可持续发展的动力和源泉。

目前，世界上130多个国家和地区的约12000家企业和其他利益相关方团体已加入全球契约组织。

记者致电全球契约中国网络的相关负责人，向其仔细询问了我国企业加入全球契约组织的情况，得知中国成员单位由2005年的50多家，增长为现今289家（企业占到209家）。到2020年，联合国要求全球契约成员至少达到2万家，要求中国达到2000家。

对我国建材行业来说，其实早在2005年，中材建设有限公司在法国承接波尔多项目期间，便加入了联合国全球契约组织。此举为中材建设赢得了更多在国际舞台上竞争的机会，世界众多建材企业集团开始纷纷与其缔约。而且，由中材建设编写的"人权与劳工保护"案例入选了《履行联合国全球契约十项原则——中国全球契约成员企业激励案例集》。

下转4版

建立"五位一体"的CSR平台

——浅析"中国建材行业企业社会责任战略研究中心"的战略

■本报见习记者 赵常秋

"中国建材行业企业社会责任战略研究中心"的成立，可以说是"应天时、得地利、贵人和"。

应天时

北京东方君和管理顾问公司经过研究分析百余家国内建材企业履行社会责任的情况，发现相较行业整体规模而言，建材行业发布的企业社会责任报告相对较少，对企业社会责任相关信息披露不足，行业形象与建材业在整个国民经济中举足轻重的地位不相符，在国家强调转变经济发展方式、行业谋求转型升级的大环境下，将企业社会责任的理念引入建材行业，有助于提升行业形象、重构可持续的商业模式和实施可持续发展战略。必须承认的是，建材行业整体来说，对于企业社会责任的认知还比较单薄，层次不齐。

与此同时，在长期为多个行业进行企业社会责任咨询服务过程中，北京东方君和管理顾问公司董事长张晓发现，很多行业缺乏协同合作的平台，这是创新难以实现成果转化的重要原因之一，这也是建材行业面临的问题，因此必须打破这一瓶颈，完善创新体系。对此，张晓介绍说，东方君和在与《中国建材报》联合创立研究中心时，操作上的主导思想是要构建一个"产学研媒政"五位一体的资源整合平台，通过这样的平台，战略研究中心就能够促成领域内学术界、产业界、政府、媒体、社会组织和公众间的多层面对话沟通，最大限度地实现智慧的集纳，进而探索出成果转化应用、创新成果产出机制的有益模式。

基于这些原因，"中国建材企业社会责任战略研究中心"应运而生，而如何成为马力十足的引擎，对建材行业起到拉动作用，张晓给出了三个凝练且明确的目标：普及理念、推动实践、创造价值。

首先，普及理念。"中国建材企业社会责任战略研究中心的首要任务就是要让企业社会责任和可持续发展的理念在整个行业内有一个共识，能够共同的理解"，张晓说到，她的目光坚定而有力，她表示，"东方君和"长期致力于提供领域内专项研究、专案服务以及教育培训，在社会责任理论上已经形成自身独特且成熟的理解，加之十多年的运作经验，将全力推进企业社会责任在建材行业实现从理念到行动、从战略到执行。

下转3版

导读

策　划：本报编辑部
统　筹：孟宪江 刘媛媛
采　写：刘媛媛 王怡洁 曾薇瑞 张道营 黄 莹 赵常秋

新闻热线：(010) 57811399
本报邮箱：E-mail: jcb@vip.sina.com

责任编辑：王怡洁 美术编辑：崔建敏

墙材行业"危""机"并存

浙江省墙改工作半年度分析会召开

本报讯 驻浙江记者董 波报道 近日，浙江省墙改工作半年度分析会在龙泉召开。会议听取了杭州等16个第一批"禁粘"城市的交流发言，省发展新型墙体材料办公室主任黄勇部署了下半年全省墙改主要工作。

今年以来，浙江墙改围绕省委、省政府中心工作，加快行业转型升级，积极推进"机器换人"和"四换三名"（即腾笼换鸟、机器换人、空间换地、电商换市；名企、名品、名家）工作，重点推进《浙江省城市城区建设工程全面推广使用新型墙体材料工作实施方案》的贯彻落实。上半年，省新墙办针对全省第一批16个城市城区建设工程"禁粘"部署开展专项检查，对各地"禁粘"工作进行全面评估；认真梳理职责权力，进一步简政放权，共梳理权力清单7项，下放权力4项，暂停实施权力1项，同时对保留的权力进一步简化流程，加强事中事后监管；下达了2014年专项基金补助(贴息)资金指导性计划，用于扶持生产和装备龙头企业以及农村新墙材示范工程；以联合国"节能砖与农村节能建筑市场转化项目"推广为契机，成功组织了富阳春江街道民主村、南浔菱湖镇车家兜村、南浔区菱湖镇新庙里村共1380户农户农居建设项目的投标活动，推进农村建筑节能和农村建筑市场新墙材应用；部署今年关停59座粘土砖瓦窑的目标任务，对各市去年关停的79座粘土砖瓦窑完成情况进行了核查验收；修订省级新墙材龙头企业及应用示范项目申报与监管办法和目标责任制考核办法，起草修订浙江省标准DB33/767—2009《烧结砖单位产品综合能耗限额及计算方法》，促进全省墙改工作创新，促进烧结砖行业转型升级和节能降耗；用好宣传载体，加强宣传广度，创新宣传手段，为墙改工作增添正能量。

当前，墙材行业"危""机"并存。"危"主要体现在房地产业形势复杂给新型墙材产业形成的新挑战，能耗压力对企业节能降耗水平提出的新要求；"机"主要体现在保障性住房建设、新型城镇化建设、棚户区改造等重点工程的投入，对新墙材品质的要求更高，对高品质墙材的需求不降反升；新型建筑工业化进程、节能减排、绿色建材标识制度建设倒逼企业加快技术进步和产业整合，有助于改变目前新墙材产业"散、乱、小"的现状。

为此浙江省新墙办要求，下半年全省墙改工作要认真抓好"禁粘"工作检查；做好"简政放权"后行业管理水平提升，特别是要做好主管部门权力自律、推进行业自律管理，依法依规，勤政廉洁从政；引导行业加强自律管理、开展自保；加快培育农村市场；打出正反面典型宣传组合拳；加快开展专项基金清退工作，为新型墙材生产、推广，为建筑应用创造更好氛围。

省新墙办副主任于献青主持会议。来自全省16个第一批"禁粘"城市和经济强县的60余名代表参加会议。

可持续发展之“魂”

——关于中国建材行业践行社会责任的报告

■本报记者　王怡洁

1973年,《财富》杂志曾经刊登过一篇文章,探讨了当时的企业社会责任观(企业社会责任,简称“CSR”)。当时,包括经济学家弗里德曼在内,主流观点认为,企业的最大责任在于盈利。

但在四十年后的今天,这一观点发生了翻天覆地的变化。实践告诉我们,在全球经济一体化、可持续发展等问题日益受到重视的今天,企业应注重的不该只有经济效益,更要有着眼全局、承担责任的眼光和魄力。因此,一些跨国公司率先发力,纷纷制定社会责任守则,发布社会责任报告,出现了企业履行社会责任的全球性新趋势。

如今,中国企业也正快速加入这一全球可持续发展的浪潮中,希望通过践行社会责任提升国际竞争力。

前不久,建材行业传出了一个喜讯。蝉联四年“世界500强”的中国建材集团正式加入联合国全球契约组织。“全球契约”是全球最大的自愿性企业公民倡议,是国际社会推动企业社会责任最具影响力的倡议。中国建材集团的加入,也说明我国建材行业的龙头企业,已经认识到企业社会责任的建立与完善,对企业可持续发展的深远意义和重要价值。

现阶段,我国建材行业在发展道路上正面临着加快转型升级、提高企业创新能力、注重节能减排、提升行业形象等重大挑战。在如此重要的历史节点,加快建设建材行业的企业社会责任体系,可谓大势所趋。

全球契约,你准备好加入了吗?

“全球契约”(Global Compact)这个概念,是1999年初联合国秘书长安南倡议的,次年,联合国全球契约(UNGC)活动正式启动,主旨是要求企业承担起社会责任,建立一个推动可持续增长和社会效益共同提高的全球框架。

全球契约组织的出现丰富了企业社会责任的内容。全球契约寻求世界各地的商业运营和战略同劳工标准、环保以及反腐败领域的十大原则之间协调一致。而其中最根本的,莫过于寻求企业能够可持续发展的动力和源泉。

目前,世界上130多个国家和地区的约12000家企业和其他利益相关方团体已加入全球契约组织。

记者致电全球契约中国网络的相关负责人,向其仔细询问了我国企业加入全球契约组织的情况,得知中国成员单位由2005年的50多家,增长为现今289家(企业占到209家)。到2020年,联合国要求全球契约成员至少达到2万家,要求中国达到2000家。

对我国建材行业来说,其实早在2005年,中材建设有限公司在法国承接波尔多项目期间,便加入了联合国全球契约组织。此举为中材建设赢得了更多在国际舞台上竞争的机会,世界众多建材企业集团开始纷纷与其缔约。而且,由中材建设编写的"人权与劳工保护"案例入选了《履行联合国全球契约十项原则——中国全球契约成员企业激励案例集》。

如今,中材建设有限公司和中国建材集团这两家大型央企,成为现阶段在联合国全球契约组织成员行列中仅有的两家中国建材企业。它们先后于2006年和2009年开始发布企业社会责任报告。而且,为了把履行社会责任落到实处,2010年中国建材集团成立了社会责任工作领导小组,作为推动社会责任工作的最高领导机构,负责指导、组织、促进社会责任工作开展。同时还设立社会责任与节能环保办公室,指定了负责部门及负责人,具体推进集团内部的社会责任工作。

然而,我们必须看到,中国虽然作为全球建材大国,水泥、平板玻璃、墙体材料等产品产量多年居世界第一。但与如此大国的体量相比,我国建材企业在全球契约组织中却只占据了两席名额,这一数字显然与大国形象不相称。同时,在《财富》杂志评选的2013年中国企业社会责任50强排行榜上,竟然没有建材门类企业上榜。

原国家建材局副局长、国务院参事蒋明麟曾一针见血地指出,我国建材工业的绿色转型已刻不容缓,不论是整个行业还是企业都要把可持续发展,作为当前首要任务和必须履行的社会责任,若非如此,企业将不能为社会所容纳,更不用说是发展。

北京东方君和管理顾问有限公司董事长张晓告诉记者,成为全球契约组织成员就好像获得一种声誉资本、社会资本,体现了自身品牌和信誉价值,对企业自身也是一种鞭策和鼓励。"最实在地讲,如果一个建材企业加入联合国全球契约组织之后,它们会在国际项目的供应商选择过程中被优先考虑,也就是增大了获取订单的可能性。"这就是加入联合国全球契约组织的商业价值所在。

中国建材集团和中材建设有限公司为全行业开了好头,他们已经站在了全世界推行CSR的最高舞台,接受考验和监督。欣喜的是,包括金隅集团、海螺集团、华新水泥、华润水泥等在内的多个建材企业集团已经开始关注各自的社会责任,在节能减排、兼并重组等方面也做出了表率。

未来如果能有更多的建材大企业集团加入全球契约组织，将更好地推动我国建材行业的可持续发展，同时提高我国建材企业的国际竞争力，能够更快地掌握国际话语权。

对于社会责任，我们误解了什么？

今天，企业社会责任已经是一个众所周知的名词，但很多人对企业社会责任的本质意义却没有深入的了解。通常一说到企业社会责任，大家想到的就是公益、慈善、捐赠或其他有关的自愿性社会活动。但这些活动并不代表企业社会责任的全部。

实际上，现代企业社会责任强调的是与企业核心业务相结合、与企业管理和经营相结合。这实际上意味着，企业要从经济、社会和环境三个方面考量管理经营的战略和方案，从而使企业和社会都能长期受益，实现可持续发展。

CSR 绝不等同于一纸报告

自中材建设有限公司于 2006 年发布第一份建材行业社会报告后，紧接着，华新水泥、海螺集团、中国建材集团、金隅集团等行业内大企业集团相继发布。8 年间，行业内涌现出越来越多的企业社会责任报告。

客观地说，尽管当前建材大企业集团推进社会责任工作走在了国内前列，有的已经达到国际水平。但无论是社会责任报告本身，还是其他社会责任工作，它们依然有许多需要进一步改善的地方。

其中，最大的挑战来自认知问题。简单来讲，一个企业履行社会责任做得好不好，不能仅从一两个社会责任议题或者发布社会责任报告来看，其核心和关键是要看这个企业是否实现了社会责任与企业经营管理的融合。但相当一部分企业仅仅将发布报告作为宣传工作的一个方面，尚未认识到企业社会责任报告对企业社会责任工作乃至企业管理水平提升的核心价值所在。

近几年始终居于世界建材企业首位的法国圣戈班集团，在践行社会责任方面给我们提供了很好的案例。

从集团业务本身来看，由于圣戈班集生产制造和分销于一体，因此必须要考虑不同场所不同类型的环境影响，从生产设施到销售终端，从研发实验室到采石场，还要考虑产品货运过程中造成的环境影响。为了帮助这些场所降低对环境的影响，集团确定了评估工具和改进措施。

在“成为一个负责任的企业”这一理念的驱动下，圣戈班也将合作伙伴考虑在可持续发展战略之内，尤其是顾客和供应商。集团设计了一系列负责任的采购政策,以帮助供应商调整社会责任实践,并执行圣戈班的标准。

总体来看,在可持续发展战略中,圣戈班集团定义了自身的三种角色:方案提供商、负责任的业务参与者、社会—环境的利益相关者,并从三个维度来审视自己:经济维度、环境维度和社会维度。在圣戈班每年发布的社会责任报告中,这三种角色始终贯穿其中,也是其践行社会责任的真正落脚点。

基于此,我国建材企业要真正脚踏实地地履行社会责任,而不是仅停留在发布报告层面,最重要的是将社会责任作为管理工具应用到实践中去。

并非只有大企业才能履责

我们先来看一组分析。目前在中国推行社会责任的企业主要集中于三个群体:一是大型央企,目前100多家央企中,几乎全部都设置了专门机构和人员负责社会责任报告;二是深交所和上交所注册的2000多家上市公司,其中有25%的企业已经发布了社会责任报告;三是在中国的跨国公司。这三个群体也正是加入联合国全球契约组织积极性最高的群体。

从表面上看,这些数据表明,最能推动企业社会责任工作的或许还是大型企业集团。但实际上,中小企业也正逐渐加入到这一阵营中来。换言之,践行企业社会责任,不因企业规模大小及其发展程度高低有别。

就我国整个建材行业而言,中小企业占据较大份额,市场集中度还有待提高。如果仅仅靠龙头企业尽力尽责显然远远不够,若要实现全行业的转型升级,中小型建材企业到了必须直面社会责任的时候。

记者在采访一些中小企业,问到如何履行社会责任时,它们大多给出"我们规模很小,没能力负责任,现在还在解决温饱问题"等答案。

对此,张晓想告诉所有中小建材企业,如果想要持续发展,就必须承担起社会责任,这不是大小的问题,而是企业商业伦理和经营哲学的核心,也是企业经营管理不可缺少的组成部分。

在她看来,无论企业规模大小,盈利如何,都要问一个最根本的问题。那就是"我是谁,我是一家什么样的企业,要以什么方式存在,能为社会和消费者创造什么。这些问题应当始终贯穿于企业运营过程之中。"

二百亿和二十亿的企业能够为社会贡献的力量,单一从金额来说肯定有差距,但是我们不能完全按照这种具体的数字去衡量。

比如说一个小型建材企业,它自觉地每天少往河流里排污水,少往空气里排放污染物,在困难时期不裁员,难道它不是在履行社会责任吗?这个时候可能没有一个硬性数据来衡量它,但这恰恰就是企业将在社会责任理念融入到了日常运营中。

因此，无论企业规模大小，都应该找到践行社会责任的抓手，中小企业更要从点滴小事做起，循序渐进地把社会责任植根于管理运营的方方面面。

自上而下，全行业如何推行 CSR？

究竟如何才能推动全行业的 CSR 体系建设？如何才能让更多的建材企业加入到积极践行社会责任的队伍中来？

推行社会责任工作不只是企业行为，而需要政府、行业协会、企业共同来完成，即形成必要的联动机制。这也是关键所在。

张晓认为，有三层机制要逐渐形成和完善，分别是规制机制建设、推进机制建设、监督机制建设。

先看规制机制建设。在这一层面，政府部门和行业协会要积极制订政策法规，体现出社会责任的制度化。尤其对建材行业这种易受到政策影响的领域来说，更需要政策引导以及制度的建设。

欣喜的是，近两年国家高度重视社会责任推行工作，已经制定了一些宏观性的指引政策。党的十八届三中全会《关于全面深化改革若干重大问题的决定》强调国有企业要承担社会责任。从某种程度上讲，践行企业社会责任已经上升到国家战略层面。

国务院国资委在 2008 年和 2012 年相继出台了《关于中央企业履行社会责任的指导意见》和《关于中央企业开展管理提升活动的指导意见》，来指导中央企业履行社会责任和提高管理水平。据悉，国资委可能会发布《中央企业社会责任管理指引》，以实现“做强做优中央企业，培育具有国际竞争力的世界一流企业”目标的战略任务，并倡导中小企业履行社会责任。

未来希望政府能够出台对建材行业更有针对性的相关政策和规定，使社会责任纳入到规范化的管理体系。

再看推进机制建设。在这一层面，企业是主体，企业在运营层面的机制将决定社会责任实践的程度。企业应逐步探索建立社会责任推进的专门机构，组织相关的研讨、交流和培训，倡导发布企业社会责任报告，建立推进企业社会责任工作的长效机制。

最后就是监督机制的建设。从某种意义上讲，监督机制是企业履行社会责任的保障。具体来说，企业社会责任管理实施一定时间后，要进行及时回顾总结，要对照检查；也要通过管理绩效考核，看目标是否达成？目前，除了政府和协会要起监督作用外，第三方推介机构也很重要。实际上，第三方机构要加强对企业社会责任的监督和评价，从经济、社会和环境三方面对企业定期评估，建立企业社会责任评价体系。在监督机制的建设过程中，媒体既承担着重要的监督职能，也将发挥营造社会责任环境的积极作用。

可以说,践行企业社会责任是当前促进我国建材行业可持续发展的灵魂。

因此,社会责任体系的构建更是一项系统性工程。必须采取政策引导、法律保障、社会影响、企业积极参与相结合的办法,通过建立企业履行社会责任激励约束机制,来构建整个建材行业社会责任体系。

不久前,中国建材企业社会责任战略研究中心揭牌暨“诚信中国建材行”启动仪式在京举行。这标志着建材行业的企业社会责任理论及实践,踏上新的征途,也意味着这一个全新的属于建材行业的 CSR 建设正在起航。

《可持续发展之“魂”》刊于 2014 年 8 月 26 日

其他篇目

◆建立“五位一体”的 CSR 平台

——浅析“中国建材行业企业社会责任战略研究中心”的战略方向

◆解码 CSR

◆让我们的履责之途不再磕磕绊绊

——CSR 的第一要务:传播、传播、再传播

◆没有社会责任的企业　走不长远

——从文化创意产业的社会责任体系建设看传统建材企业的差距

◆中国 CSR 的麦田守望者

——访北京东方君和管理顾问有限公司董事长张晓

关注本组核心报道请扫描二维码

中國建材報

CHINA BUILDING MATERIALS DAILY

国内统一刊号:CN11—0073 邮发代号1—121 国外代号D807

今日四版 第6751号 www.cbmd.cn

2014年9月16日 星期二 农历甲午年八月廿三

经济日报社主管主办

每周核心报道

编者按

当前，以建材行业为代表的我国传统制造业经过持续多年的高速发展，总量和规模已经位居世界前列。但总体上看，我国制造业大而不强，仍停留在以生产制造为主体的模式中。如何推进传统工业转型升级，是当前中国经济发展面临的重大战略任务。

如今，"制造业服务化"在建材行业是一个新生事物。虽然包括中国建材集团、中材集团在内的行业龙头企业已经率先做出探索和尝试，但就整个行业而言，尚未形成气候。但从世界范围内跨国企业的发展历程看，制造业与服务业相融合，是提升制造业核心竞争力的必然趋势。

因此，"制造业服务化"是未来我国建材行业势必要踏上的转型之路，需要全行业、企业进一步领会和应用。本组报道试图向全行业解读"制造业服务化"的多方内涵，希望能引发全行业的探索和尝试。

"制造业服务化"探秘

——试析传统建材业的现代制造服务业转型之路

■本报记者 王怡洁

纵观全球工业的发展，"制造业服务化"是经济、生态、社会可持续发展的一个助推器。在我国，自2008年前后，"制造业服务化"开始被逐渐提及。

制造业服务化的能量到底有多大？我国机械制造与自动化领域著名科学家卢秉恒院士的一组数据可以说明：在发达国家，服务业占GDP比重超过了70%，其中制造服务业又占服务业的70%。这就是在发达国家普遍存在的两个"70%现象"。由此可见，制造服务业已经占发达国家GDP的一半左右。

而在我国，制造业服务化的发展程度还非常低，总体规模小、服务水平不高、结构不合理、体制改革和机制创新滞后。

作为三高一资的传统重工业，建材行业更是多年来饱受大而不强的诟病，尽管目前包括中国建材集团、中材集团在内的一些大企业集团开始逐步向制造服务业转型，但总体上看仍处于起步阶段，与可持续发展的总体要求还不相适。某种意义上来讲，制造业服务化的发展落后，已成为制约我国建材行业加快调整产业结构的薄弱环节。

因此，在我国处于加快转变经济发展方式的关键时期，若要真正实现建材工业的转型升级，加快促进制造业与服务业的融合可谓势在必行。

如何解读"现代制造服务业"？

1988年，Vandermerwe和Rada最先提出"制造业服务化"一词，英文表述为"The Servitization of Manufacturing"，他们的解释是，制造企业由仅仅提供物品或物品与附加服务向"物品—服务包"转变。完整的"包"包括物品、服务、支持、自我服务和知识，并且服务在整个"包"中居于主导地位，是增加值的主要来源。

随后，Michael E. Porter在其著作《竞争优势》中，将"服务"视为企业价值创造的五种基本活动之一。其指出制造企业的价值创造以加工制造环节为起点，向研发、营销等服务环节延伸，导致服务化现象的出现。

1999年，White等学者提出，服务化就是制造商的角色，由物品提供者向服务提供者转变，它是一种动态的变化过程，企业和产品都可能处于服务化过程之中。2000年，Reiski学者将服务化定义为"企业从以生产产品为中心向以提供服务为中心的转变"。

而我国著名经济学家吴敬琏用台商施振荣提出的"微笑曲线"来着重阐述制造业服务化的概念。20世纪80年代末，新台币放开后，我国台湾地区的加工制造业碰到了危机，时任宏碁电脑董事长的施振荣提出了制造业产业链要向前后两端延伸的"微笑曲线"概念，前端是研发、设计等，后端是品牌销售、金融服务等，前后两端的附加价值都很高。在传统意义上，延伸出去的都是服务业，而现代制造业的特点正是将两端延伸得越来越长，所以也被称作制造业的服务化或者制造业和服务业一体化。

进入21世纪至今的十余年间，全球关于制造业和服务业如何相融的讨论从未停止。与之相关的概念还有生产性服务业、工业服务业等。

如果以上这些仅仅是讲制造业服务化的相关理念，那么如今我们所提的"现代制造服务业"又是什么？

记者查找了大量中外资料，发现所谓"现代"二字更多的则是体现在信息化建设方面。因此，现代制造服务业既区别于传统意义上的制造业，也区别于一般意义上的生活服务业或消费服务业。现代制造服务业并不是制造业的简单延伸，也不是服务业的简单雷同，而是伴随信息技术、通信技术、互联网技术的应用和信息产业的发展而出现的，是信息技术与制造业、服务业的融合。

下转3版

中国建材集团先行一步的启示

■本报记者 曾蕴瑶

中国建材集团在去年超过2500亿的总收入中，有一半收入来自卖产品，另外的一半收入分别来自技术服务、装备服务和物流。从中可以看到，制造业向制造服务业转型蕴藏的巨大机遇。

身为行业领军企业的中国建材集团，在转型制造服务业的道路上，敢为人先，为行业树立了榜样，让人连连称赞。本文将解读中国建材集团如何向现代制造服务业的创新之路。

转危为机 率先树立服务意识

"改革从来都是倒逼的。"中国建材集团董事长宋志平曾说，"虽然改革会遇到这样那样的问题，但是改革就是要解决问题，就是要有一往无前的精神。"

在发展初期，中国建材集团和大多企业一样，面临着行业特征明显、行业地位不突出、资源整合能力不强、缺乏规模优势等与国家级产业集团地位不相称的严峻形势，曾经一度陷入发展危机。为了解决自身发展遇到的问题，中国建材集团果断地迈入了市场，并进行了一系列脱胎换骨的重大变革。

"2003年4月初，也就是在SARS的前两天，中国建材集团正式挂牌。"宋志平对这一时刻记得很清楚，因为这一举动意味着中国建材集团在战略上将开启重大调整。

干的第一件大事，就是明晰了"大建材"发展战略，实现了三大业务的转变，即从发展单一的新型建材，向发展水泥、玻璃等多种业务的综合性建材公司转变；从以建材产品制造为单一主业向以建材及装备制造、科研设计与工程承包、建材贸易与物流等三大支柱产业转变。

这样的战略转变为中国建材集团开辟了广阔的天地，为发展现代制造服务业提供了发展机遇和空间，未来的迅速发展都是建立在这一场思考和战略转变之下。

当谈到为什么要发展制造服务业，宋志平回答到："过去我们强调制造比较多，总认为自己是制造企业就该只搞制造，人为地将制造和服务割裂开来。而现在，我们不但开始重视服务，而且是要通过一个企业就把制造和服务打通。当一个制造企业也可以为客户提供更完备的服务时，这个企业也就因此而升级了。"

两化融合 吹响信息服务的号角

绿色经济推动着工业的可持续发展，两化融合奏响了制造业未来的主旋律，云计算也给传统工业的节能降耗带来了新希望，全球信息产业的变革成为推动我国工业转型升级的重要引擎。

在滚滚而来的互联网大潮中，服务要扣住智能互联网时代，电子商务、智能制造，中国建材集团主动将产品与信息技术、大数据管理相结合，用信息化技术作为重要依托，用信息化技术去延伸产业链两端，加快推动"从制造到服务"的转型，描绘出建材行业的"微笑曲线"，从而实现企业多元化的发展战略。

为建立国际营销网络，中国建材集团积极探索"跨境电子商务"的新模式，从建材制造商成功转型为具有核心竞争力的外贸集成运营商。集团整合了银行、保险、商检、海关等外贸上下游资源，建立了中国最大的建材电子商务出口平台——易单网。

2011年2月10日，外贸建材行业首个现货交易电子平台——易单网的正式上线在物流贸易业务板块实现了一个新的飞跃。

早在2007年，易单网的概念就已确立，当时因传统贸易存有诸多不确定性，易单网突出现货为王、快速交货的业务特色，实现标准化、流程化、一站式的外贸采购，建立开放式网上交易平台，与客户建立良性的线上线下的互动，改善客户的购物体验。

易单网基于供应链整合和现代服务业理念，通过整合银行、中信保、商检等外贸上下游资源，并结合海外仓和海外营销网络，为全球企业提供低成本、高效率、全方位的现代外贸服务。

下转2版

四大关键词详解转型着力点

——浅析建材制造业服务化的基本要点

■本报见习记者 赵常秋

建材行业实现由传统制造业向现代制造服务业转型是一个长期的系统工程，既需要行业顶层设计，也需要大大小小企业的具体执行。

现阶段我国建材行业或可在信息化建设、个性化服务、价值链增值和企业社会责任(CSR)四方面寻求着力点。

信息化建设

信息化建设主要是在生产和服务环节，建材行业作为传统制造业更需要在这两个方面提高信息化水平。

在生产环节，"两化融合" 并不是一个新的课题。如何避免为了信息化而信息化？如何将信息技术转化为自主创新动力？作为传统制造业，信息技术相对来说是一块"短板"，而咨询公司、软件实施公司采用的"咨询实施一体化"服务或可为建材行业提供"外援"。在这种服务模式下，最初的咨询方案和提升目标将变成是咨询公司与企业共同承担的、可落地的一系列子目标、策略和行为。有分析认为，这可以实现工业化和信息化两大领域的"无缝集成"，是真正实现"两化融合"的必由之路，这也将助力建材行业向现代制造服务业转型。

下转3版

策　划：刘媛媛 王怡洁

统　筹：王怡洁

采　写：杜小卫 曾蕴瑶 张道营 王怡洁 黄 莹 赵常秋 武亚东

制　图：崔建岐

多项利好政策落地 宿迁绿色建材产业提速快跑

本报讯 本报见习记者王婉伊报道 为进一步贯彻落实《宿迁市加快发展绿色建材产业实施意见》(宿政发〔2013〕142号)，推动宿迁市绿色建材产业健康发展，促进绿色建材产品市场推广，支持绿色建材生产者创建品牌，宿迁市于近期发布了"关于进一步扶持绿色建材产业加快发展的若干政策"并开展了绿色建材产品评选认定工作。

不久前，宿迁启动实施绿色建材产业工作3年行动计划(以下简称计划)，重点是以传统建材向绿色建材转型发展为主线，通过产业集群示范发展带动绿色建材产业全面发展，努力实现经济效益、社会效益双赢目标，打造国内一流、国际知名的绿色建材产业基地。计划指出，根据宿迁全市产业发展现状和绿色建材市场需求，重点发展节能环保型房屋建筑材料、新型太阳能光伏光热一体化建筑组件、玻璃深加工、建筑工业化、绿色建材生产和市场推广领域的现代服务业等五大重点产业。

近年来，宿迁市在加快城市发展的过程中，始终把发展培育壮大绿色产业作为第一选择和第一追求。宿迁市倾力扶持发展重点绿色产业，专门制定出台了《宿迁市加快发展绿色建材产业实施意见》，力争到2015年，全市绿色建材产业总产值达到1000亿元；到2016年，新增绿色建筑面积300万平方米以上，创建2个以上绿色建筑示范区；到2020年，实现打造国家级"绿色建材产业集聚区"目标，使绿色建材产业成为引领宿迁科学发展、跨越发展的重要增长极。

据悉，为进一步推动宿迁市绿色建材产业健康发展，宿迁市拟于近期开展绿色建材产品评选认定工作，按照自愿、公开、公正的原则，所有在宿迁市生产、销售的绿色建材产品或拟来我市投资生产的绿色建材产品，拟均可申请参加认证。获评选认定的宿迁绿色建材产品实行动态管理，优先使用、重点推荐，鼓励在政府投资工程、保障房及其他公共建筑中推广使用。获评选认定的绿色建材产品生产企业，在产业培育和政策、资金等方面予以优先支持。

同时，为进一步加大扶持力度，促进产业集聚发展、企业培育壮大和产品推广应用，宿迁市政府印发了《关于进一步扶持绿色建材产业加快发展若干政策》的通知。通知从产业集聚发展、企业培育壮大、市场推广应用等三方面阐述了宿迁市对绿色建材产业的扶持政策。

宿迁市还将进一步明确产业集聚区规划布局，绿色建材产业集聚区及进入绿色建材产业集聚区的项目享受市级产业发展引导资金支持，并鼓励全市范围内的现有企业搬迁进入集聚区。对于绿色建材产业工业项目，将从用地优惠政策、资金支持、展会参与、融资担保、贴息补助、手续办理绿色通道、资本运作等方面进行绿色建材企业培育壮大。为进一步加强绿色建材产品市场推广应用，由宿迁市发展改革委会同市经济和信息化委、宿迁市住房城乡建设局等部门定期发布和更新宿迁市绿色建材产品目录，按照"部门联动、示范使用"的原则，在宿迁市区全面推广应用绿色建材产品。

在第二届中国绿色建材产业合作论坛即将举办之际，为促进"绿色建材"和"绿色建筑"的发展，宿迁市发展和改革委员会还将发布《宿迁市绿色建材产业投资指南》，力求加速当地绿色建材产业发展，将宿迁打造成国内一流的绿色建材产业基地。

“制造业服务化”探秘

——试析传统建材业的现代制造服务业转型之路

■本报记者　王怡洁

纵观全球工业的发展,“制造业服务化”是经济、生态、社会可持续发展的一个助推器。在我国,自2008年前后,“制造业服务化”开始被逐渐提及。

制造业服务化的能量到底有多大?我国机械制造与自动化领域著名科学家卢秉恒院士的一组数据可以说明:在发达国家,服务业占GDP比重超过了70%,其中制造服务业又占服务业的70%。这就是在发达国家普遍存在的两个“70%现象”。由此可见,制造服务业已经占发达国家GDP的一半左右。

而在我国,制造业服务化的发展程度还非常低,总体规模小、服务水平不高、结构不合理、体制改革和机制创新滞后。

作为三高一资的传统重工业,建材行业更是多年来饱受大而不强的诟病,尽管目前包括中国建材集团、中材集团在内的一些大企业集团开始逐步向制造服务业转型,但总体上看仍处于起步阶段,与可持续发展的总体要求还不相适。某种意义上来讲,制造业服务化的发展落后,已成为制约我国建材行业加快调整产业结构的薄弱环节。

因此,在我国处于加快转变经济发展方式的关键时期,若要真正实现建材工业的转型升级,加快促进制造业与服务业的融合可谓势在必行。

如何解读“现代制造服务业”?

1988年,Vandermerwe和Rada最先提出“制造业服务化”一词,英文表述为“The Servitization of Manufacturing”,他们的解释是,制造企业由仅仅提供物品或物品与附加服务向“物品—服务包”转变。完整的“包”包括物品、服务、支持、自我服务和知识,并且服务在整个“包”中居于主导地位,是增加值的主要来源。

随后,Michael E. Porter在其著作《竞争优势》中,将“服务”视为企业价值创造的五种基本活动之一。其指出制造业企业的价值链以加工制造环节为起点,向研发、营销等服务环节延伸,导致服务化现象的出现。

1999年,White等学者提出,服务化就是制造商的角色,由物品提供者向服务提供者转变,它是一种动态的变化过程,企业和产品都可能处于服务化过程之中。2000 年,Reiski 学者将服务化定义为“企业从以生产产品为中心向以提供服务为中心的转变”。

而我国著名经济学家吴敬琏用台商施振荣提出的“微笑曲线”来着重阐述制造业服务化的概念。20 世纪 80 年代末,新台币放开后,我国台湾地区的加工制造业碰到了危机,时任宏碁电脑董事长的施振荣提出了制造业产业链要向前后两端延伸的“微笑曲线”概念,前端是研发、设计等,后端是品牌销售、金融服务等,前后两端的附加价值都很高。在传统意义上,延伸出去的都是服务业,而现代制造业的特点正是将两端延伸得越来越长,所以也被称作制造业的服务化或者制造业和服务业一体化。

进入 21 世纪至今的十余年间,全球关于制造业和服务业如何相融的讨论从未停止。与之相关的概念还有生产性服务业、工业服务业等。

如果以上这些仅仅是讲制造业服务化的相关理念,那么如今我们所提的“现代制造服务业”又是什么?

记者查找了大量中外资料,发现所谓“现代”二字更多的则是体现在信息化建设方面。因此,现代制造服务业既区别于传统意义上的制造业,也区别于一般意义上的生活服务业或消费服务业。现代制造服务业并不是制造业的简单延伸,也不是服务业的简单雷同,而是伴随信息技术、通信技术、互联网技术的应用和信息产业的发展而出现的,是信息技术与制造业、服务业的融合。

简单来讲,它以信息技术为载体,根据制造企业实际状况与需求,在产前、产中、产后的各个环节,借助于信息化手段把服务向业务链的前端和后端延伸,扩大了服务范围,拓展了服务群体,并且能够快速获得客户的反馈,能够不断优化服务内容,持续改进服务质量。

再来看我国建材工业的发展,又何尝不是到了向现代制造服务业转型的关键时机。若把现代制造服务业的概念置身于建材行业本身,又该如何理解?

其实从两方面可以解读这一内涵。在两化融合的大环境下,建材行业的服务化转型有两种基本模式:一是依托制造业发展服务业,即核心技术服务化。通过产业链重组,逐渐将企业的经营重心从加工制造转向诸如提供流程控制、产品研发、市场营销、客户管理等生产性服务,从制造企业转型为服务提供商。比如一些装备提供商,已逐渐从单一的生产制造转向设备租赁、远程监控、个性化订制等方面。

二是战略转型发展服务业,即主营业务多元化。一些大型企业集团正是通过瞄准产业前沿,不断培育和发展新的业务部门,比如一些以水泥为主营业务的企业,它们正在往终端业务链迈进,包括培育商品混凝土,发展电商,涉及房产等在内的业务都是企业发展多元化服务的重要途径。

无疑,正是信息化与工业化的融合、制造业与服务业的融合,催生了现代制造服务业。

三大因素促建材行业加速转型

近几年来,我国政府一直高度重视制造服务业及相关产业的发展。先后多次在国家中长期计划、科技产业规划中明确提出,要加快发展现代制造服务业。

2007 年 3 月国务院发布的《关于加快发展服务业的若干意见》,特别提出要大力发展面向生产的服务业,促进现代制造业与服务业的有机融合、互动发展。

2009 年国务院发布的《装备制造业调整和振兴规划》中,发展现代制造服务业被作为七项重点工作之一,提出围绕产业转型升级,支持装备制造骨干企业在工程承包、系统集成、设备租赁、提供解决方案、再制造等方面开展增值服务,逐步实现由生产型制造向服务型制造转变。

今年 8 月 6 日,国务院发布了《国务院关于加快发展生产性服务业促进产业结构调整升级的指导意见》(国发[2014]26 号),要求加快重点领域生产性服务业发展,进一步推动产业结构调整升级。

可以说,从国家宏观层面来看,发展现代制造服务业已纳入国家政策体系之中,对于传统制造业的各个领域,它就像一个指路灯,为我国传统工业的转型提供了开拓的方向和路径。尤其对现阶段的我国建材行业来说,更是到了从传统制造业向现代制造服务业转型的重要历史时刻。其中,三大重要因素促使这一转型升级的尽快实现。

因素一:两化融合提供技术保障

从信息化发展的历史过程来看,信息化是在发达国家后工业化阶段的基础上产生的。正是由于建立了强大坚实的经济基础,从而为信息基础设施的建设、信息技术的研究与开发、信息产业的发展提供了载体和后盾。

同时,工业化对信息化的发展提出了应用需求。在工业化后期形成大批量生产机制后,市场需求向多样化、个性化的方向发展,产品消费节奏明显加快。面对市场的动态多变性,企业为了获得竞争优势,必须有机地融合信息技术和现代管理等机制,保持对市场的高度适应性和灵活性。

信息化与工业化如何融合？涉及的内容很多，范围很广，有几个比较显著的领域尤其适合，建材行业责无旁贷。

2013 年 11 月 7 日，《关于加快推进建材行业两化深度融合的意见建议》发布，提出加强规划引领和标准支撑，突破技术瓶颈，着力推广应用成熟信息技术，实施智能化企业建设推进计划。

该指导意见指出，到 2020 年，建材行业两化融合实现跨越式发展，信息化成为建材行业新型工业化的重要特征。以企业两化融合机制为例，企业建立专职信息化机构的比例应达到 60%，制定信息化专项规划的比例达到 80%，大型企业年信息化资金投入占营业总收入的比重达到 1%~2%。

两化融合为建材行业向现代制造服务业的转型提供了技术保障。比如，在设计、研发、管理咨询等制造的产业链前端，以及下游配送、维修、检测、备件配件供应、物流、设备改造等，这些都可以借助两化融合的技术手段，实现升华，其服务模式都得以不断改进和优化，服务质量也都得到了更好的监控和提高。

作为现代制造业和服务业融合的黏合剂，信息化建设可谓现代制造服务业的主要表现形式。因此，在国家大力倡导两化融合的宏观环境下，在大数据时代带来的机遇下，建材行业更应顺势而为，搭建信息化快车，实现转型。

因素二：产能过剩迫使企业加速转型

近几年，我国建材行业面临严峻的产能过剩局面，水泥、玻璃等传统领域始终在产能过剩的阴影下摸爬滚打，在一些新材料领域，诸如石墨烯等行业也出现了过剩现象。

目前，产能严重过剩已导致企业停窑限产、资源不能得到充分利用，再新增产能将会造成更大的浪费和资源低效。以水泥工业为例，过去的几年中，整个行业还存在很多落后产能，上至国家、下至行业企业，纷纷加大力度积极淘汰。如今，全行业的落后产能几乎淘汰殆尽，现阶段的产能过剩更多地表现为基于同一水平的高端产能过剩。

因此，无论是原有生产线还是新建生产线，基本上都属于同类技术追求规模的同质化重复建设，并非先进技术与落后技术之间的优胜劣汰。而企业彼此的价格竞争又令这些行业不得不面对薄利甚至亏损局面。

在此形势下，对陶卫、木板、门窗等生产终端产品的建材企业来说，不能再一味求大或追求扩产，不能再像以前那样粗放经营、千篇一律，而要利用现有的人力、物力来做更精致、科技含量和附加值更高的终端产品，把现代制造服务业的理念和内涵融入设计、生产、销售的各个环节,大力提升增值服务质量。

而对于面向非终端消费品的水泥等行业来说,企业如何减少价格下滑带来的损失,则需要延伸产业链,促进企业转型升级。具体来说,延伸水泥产业链就是要做强以水泥熟料为龙头的主业,加快拓展骨料市场,加大发展水泥制品,以及商品混凝土,并且发展研发设计和商储物流等制造性服务业,做大相关多元产业,逐渐从“卖产品”转型为“卖服务”。

因素三:环保压力倒逼产业升级

传统制造业中“边生产、边污染”“先污染、后治理”“高消耗、高污染”给环境资源带来了沉重的负担,国家、行业、社会也为此付出了沉重的代价。这就对制造业提出了更高的要求,也就是要可持续发展。全新的发展理念,需要处理好生产与资源、发展与环境、人与自然之间的关系,降低资源消耗,减少环境污染。这些关系的处理,必然需要制造业与服务业相融合,实现环保、信息、科技、通信投入方面的服务化,也就是大力发展现代制造服务业。

现代制造服务业是一个绿色产业,更是一项系统节能工程。

对建材行业而言,现阶段面临着节能减排的巨大压力。其中,水泥工业尤甚。我国水泥工业曾经历过盲目追求产量的年代,那时,水泥窑只为追求经济效益而运转,至于粉尘排放等环保问题被忽略在一边。认识上的不到位和环保技术装备方面的不过关,使得中国水泥工业戴着高污染、高耗能、高排放的“黑帽子”走过了漫长的发展道路。因此,国家、社会、行业也对水泥企业提出了更高、更明确的环保要求。

在此趋势下,水泥工业正面临着生产过程的自动控制、工艺技术的改进和对工业废弃物及生活垃圾的处置等方面的挑战。在这些方面,都离不开信息化建设的诸多应用。如今,以信息技术改造水泥行业,以信息化推进自动化,自动化再促使节能、环保、安全、高效四大目标的实现,已成为业界的共识。

因此,在巨大的环保压力面前,我国建材行业必须要向现代制造服务业转型,建设以信息化为支撑的绿色发展体系。

中国目前仍是一个加工业大国,主要还是依靠低端加工。发展现代制造服务业是产业附加值向产业链上、下游环节转移的必然要求,是信息技术快速发展,用户需求日益多元化、个性化的结果,相较于以往的生产制造业,更符合未来制造业的发展趋势。

发展现代制造服务业是我国实施两化融合国家战略的重要途径,也是推进国家工业现代化的重要着力点之一。

因此，在面临着产能过剩、节能减排的诸多压力下，我国建材全行业、企业必须抓住时机，不能盲目等待，必须要从全球视角、从产业发展趋势、从国内的实际情况、从国家的长远战略目标出发，顺应潮流，敢于创新技术和模式，找准自己的道路和方向，开创一条有中国特色的现代制造服务业之路。

《“制造业服务化”探秘》刊于 2014 年 9 月 16 日

其他篇目

◆四大关键词详解转型着力点
——浅析建材制造业服务化的基本要点

◆中国建材集团先行一步的启示

◆从三大国际巨头发展战略看行业转型趋势

◆转型　激活一条长长地产业链
——传统制造行业实现服务化转型需上下游互动

◆协同拓展实现总体效益最大化
——生产性服务业不是生产链延伸这么简单

◆江苏民企创新为建材企业转型提供新思路

关注本组核心报道请扫描二维码

中國建材報

CHINA BUILDING MATERIALS DAILY

国内统一刊号:CN11—0073　邮发代号1—121　国外代号D807

今日四版　第6799号　www.cbmd.cn

2014年11月25日 星期二　农历甲午年十月初四

经济日报社主管主办

落实各方措施 强化执行力度

新疆水泥错峰进展平稳有序

■本报记者 王怡洁

新疆实施水泥错峰生产已将近一个月的时间，这一行业热点还在持续发酵。期间，本报不断接到广大读者的电话或来信，他们希望了解更多关于新疆错峰的最新动向。为此，记者也专门向新疆建材行办了解了相关情况，也向片区负责人询问了企业目前在停窑期间的各项工作。

开局良好 个别顺延

记者从新疆建材行办了解到，目前从9大片区的监察情况来看，错峰生产开局良好，几乎所有企业落实了停窑，并且达到片区制定的停窑计划和标准。但同时，也有个别企业不能按规定时间停窑，但都要进行顺延，停窑时间仍然按照4个月执行。

那么对于不能按时停窑的企业来说，如何才能取得其所在片区内其他企业的理解呢？可以说，新疆建材行办在其中起了至关重要的协调作用。

"自错峰以来，我们的主要工作就是落实协调，可谓是'哪里不停去哪里'。"行办负责人半开玩笑地说。的确，一直以来，新疆错峰生产被业内认为能够执行到位的主要原因，就是建立了有效的工作运行机制和监督协调机制。

因此，对于个别无法按时停窑的企业，管理部门自然有一套措施，并且这些企业必须要履行相关程序和办理相关手续。

具体来说，有三大步骤需要一一履行。第一，企业要有一份承诺书，其中需写明：虽然时间顺延，但停窑时间仍为4个月；第二，在所划分的9大片区内，所在片区的所有企业都要签字同意才可；第三，要得到所在地的经信委和环保部门同意，并向对应的自治区相关部门打报告。这些程序缺一不可，如履行不到位，将一律进行处罚。

之所以制定了这些措施，是为了在片区内能获取各个企业的理解和支持。"如果不解决好这些问题，对片区内其他企业也不公平，大家一旦攀比起来，对谁都没有好处。因此我们的原则就是必须取得你所在片区的同意，这是必要条件。"行办负责人说。

他还向记者举了一个事例。"听到有片区负责人汇报，说有两家企业不能停窑，大家都不同意。我们就赶紧过去了解情况。结果发现这两家企业有政府批文，到今年年底关停，还有一家企业年底就要搬迁。经过协商，我们就同意了他们的做法，后来也得到了其所在片区的理解。"

>下转3版

东北水泥"错峰"势在必行

■本报评论员 刘媛媛

据来自各个方面的信息表明，东北三省在今冬实行水泥错峰生产，已如箭在弦，不日即发。

这实在是我国水泥行业千呼万唤、众所期待的一件大事。今年两会期间，22位全国政协委员为了治理雾霾提出冬季在北方地区实行水泥和采暖错峰生产的提案，在行业内外引起持续强烈的反响，数十位行内外资深专家学者普遍认为这将是一项利国利民的伟大创举。工信部原材料司联合相关部委组成调研组，与此同时，经济日报与中国建材报也组成调研组，分别深入北方实地调研，并一致认为：东北三省是最有条件和意愿实行水泥错峰生产的试点区域。从年初至今，东三省水泥错峰始终为行业所瞩目，为社会所牵挂。

这也是在环境的逼迫之下，迫在眉睫、势在必行的无奈之举。连年冬季雾霾日益严重、已经祸及人们日常生活的现实情况，逼迫着东北水泥"错峰"必须迅速上马。APEC期间，京城呈现难得没有雾霾的日子。很多专家既感惊喜，又感担忧。惊喜的是雾霾通过人类的努力完全可以根治。担忧的是，如果各个行业不为治理环境痛下决心、立刻行动，"APEC蓝"不过过眼云烟。APEC刚过，北方区域进入采暖季。从11月15日至今，京津冀地区雾霾天在短短十天里持续上演。与此同时，东北区域从采暖季以来，已多次遭受重霾侵袭。往后，东三省北风南下吹来的烟尘与京津冀上空漂浮的烟尘进一步交织混合，围困燕山地带，更加难以消散。可以预料，若工业与采暖重叠燃煤的情况得不到缓解，雾霾不仅仅是今冬的问题，也是明冬、后冬，乃至无数个冬季毒瘤。在环境对人类越来越严重的拷问和逼迫之下，在中国将全方位治理雾霾为现阶段首要任务的"新常态"下，东三省水泥错峰能否在今冬实施，持续被推上风口浪尖。当然，我们必须看到，东三省水泥错峰究竟对自身和京津冀地区的雾霾治理产生多大影响，必须通过实践来验证，也因此，推动东三省水泥错峰尽快实施，实乃当务之急。

这还是继新疆维吾尔自治区水泥错峰之后，针对整个北方地区错峰生产，更具代表性和示范性意义的举措。11月1日，新疆区域果断实施水泥错峰生产至今，进展顺利，成效初显。其示范效应，或将带动西北采暖区域共同"错峰"。作为北方重工业基地，东北水泥错峰倘若今年做起来，也必将带动华北、华中等更大范围采暖区域共同"错峰"，并由此启发和带动全国水泥行业在不必要生产的季节全面停产，减少全国工业煤炭燃烧的比重。更有可能能起其他重工业行业共同采取减排治霾行动。同时，水泥错峰运行机制的建立与完善，东北需要三省联动、多方协调，较新疆更为复杂，也更具有推广和实践的价值。可以说，东三省实施水泥错峰生产所引发的社会效应和行业推广性，都具有更广泛的借鉴和参考作用，并由此积累更为丰富的经验，为全国政协委员通过水泥错峰生产推动重工业行业为减霾治霾共同行动的宏伟愿景拉开轰轰烈烈的序幕。

综上所述，东三省水泥错峰生产的实施，是历史的使命，是时代的召唤，是行业的责任，是社会的福音，是行内外、全社会翘首期盼和众望所归的大事。

我们期待着东三省水泥错峰敲响的时刻；期待着东三省水泥有识之士披荆斩棘、励精图治、争分夺秒让水泥"错峰"梦想成真；期待着在2014年冬季，东北西北相继启动"错峰"大幕，共同捍卫水泥工业节能减排的宏图壮志；期待着更多采暖区域在北带动下，扛起"错峰"大旗，为环境担负起应尽的责任；期待着所有重工业行业在水泥"错峰"的启发带动下，共同为中国的蓝天勾勒属于自己那灿烂的一笔。

"节能减排履行责任　继续推动错峰生产"系列评论(一)

每周核心报道

只要我们迈开双脚　国际市场就在眼前

沿着"一带一路"走出去

■本报记者 王怡洁
本报见习记者 黄莹

最近几天，股票市场上不少中字头央企的股票大幅上涨，成为股市中最大亮点。中国交建、中国中冶、中材国际、中共国际、中国远洋、中国铁建、中国建筑、中国中铁、中国电建等都出现了大幅度的上涨，甚至是涨停，其中也包括了建材行业的龙头企业。

大幅度上涨的现象绝非偶然。

这一切或源于APEC会议期间，中央领导人再次将建立"丝绸之路经济带"和21世纪"海上丝绸之路"的倡议提升到国家层面，以此作为中国经济未来发展的战略新构想，助力中国走出去，推动着世界经济尤其是亚洲经济的发展。

"一带一路"(One Belt and One Road)是指"丝绸之路经济带"和21世纪"海上丝绸之路"。2013年9月，国家领导人在哈萨克斯坦首次提出共同建设"丝绸之路经济带"。一个月后，国家领导人在印度尼西亚又提出打造21世纪"海上丝绸之路"的倡议。

业内人士认为，"一带一路"的发展必定会驱使中国建材行业走向世界，实现跨越式的发展。同时有助于解决建材行业内产能过剩问题，为行业的转型升级寻找新的经济增长点。

其实，早在今年9月举行的"中国建材企业'走出去'座谈会"上，中国建筑材料联合会会长乔龙德就曾表示："只要我们迈开双脚，国际市场就在眼前。"

一箭三雕 为走出去奠定基础

当前，是我国进行全面深化改革的关键时期。去年，党的十八届三中全会将"一带一路"战略构想写进全会《决定》，将其上升为国家战略。随后，"一带一路"的帷幕拉开，逐步进入务实合作、全面推进阶段。"一带一路"自此成为中国经济，也成为中国建材行业向前迈进、向外迈进的垫脚基石。

据悉，"一带一路"所覆盖的省份与节点城市范围极广。新疆、江苏、浙江、福建、广东、广西以及重要枢纽城市连云港、宁波港、泉州、厦门、广州尤其值得重点关注，建筑建材、交通运输、电力油气、商贸旅游等行业将明显受益。

"一带一路"的所到之处离不开交通建设，离不开城镇化建设，更离不开加强国际化交流与互助的大趋势。而这些都与建材有着千丝万缕的联系。

其实，追溯到2000多年前，古丝绸之路在某种意义上也与现在的建材行业相关联，现在我国大量出口的陶瓷制品在千年之前便已经踏上这两条丝路，同丝绸一样，不仅是中国奉献给世界的两件宝物，更是丝绸之路发展与兴衰的最重要的见证。

晚于陆上丝绸之路，海上丝绸之路的崛起发生在唐代中后期，而陶瓷是当时最重要的流通产品。这条源于我国东南沿海的陶瓷之路，沿东海、南海经印度洋、阿拉伯海到非洲的东海岸或经红海、地中海到埃及等地；或从东南沿海直通日本和朝鲜。

在这条商路沿岸洒落的中国瓷片像闪闪明珠，照亮着整个东南亚、非洲大地和阿拉伯世界。如果说陆上丝绸之路给中国带来了宗教的虔诚，那么这条海上陶瓷之路则给中国带来了巨大的商业财富。

在古代中国的丝绸之路之中，我国为对方国家带去了丝绸、瓷器，以及传授一些在当时很先进的技术手段等。与此同时，也将对方国家的优秀成果带回中国。双方达到优势互补、互利共赢的目的。

再看我国建材行业的发展现状，近年来随着传统建材行业市场逐渐饱和等多重因素的影响，产能过剩现象愈发严重。若要化解产能过剩的危机，实施"走出去"战略十分必要。恰在此时，"一带一路"的建设为现阶段化解传统建材行业的产能过剩提供了契机。

古代丝绸之路中，交往双方国家互利共赢的优势还可以在"一带一路"的建设中持续发酵。"一带一路"一方面化解了国内的产能过剩，另一方面，在投资对方国家基建的过程中，中国建材行业先进的技术和优秀的产品质量反过来也会为我国建材行业赢得良好的国际声誉，为中国的建材企业带来更多商机。

>下转2版

建设『海上丝绸之路』对东南五省区建材行业的启示

■本报记者 董亚楠

建设21世纪"海上丝绸之路"，是中国实现对外开放、走向世界的重要战略。目前，国家有关部门拟确定江苏、浙江、广东、福建、海南五省为海上丝绸之路经济带。对于这些省份的建材行业与企业来说，有了更广阔的发展空间，同时也能帮助他们更好地实施"走出去"战略。

为此，记者采访了海上丝绸之路经济带地区的建材行业协会与企业，探讨在此背景下，我国建材行业如何借助21世纪"海上丝绸之路"战略实现更好发展。

自上而下搭建海上通途

李克强总理在介绍2014年重点工作时指出，抓紧规划建设"丝绸之路经济带"、21世纪"海上丝绸之路"，推进孟中印缅、中巴经济走廊建设，推出一批重大支撑项目，加快基础设施互联互通，拓展国际经济基础合作新空间。面对这样的工作局面，"海上丝绸之路经济带"地区的各级省市都作了积极响应，海南省表示要找准21世纪"海上丝绸之路"的海南坐标，在对接与服务中，进一步增强海南经济的开放度。福建省泉州市作为古代海上丝绸之路最重要的起点城市之一，提出建设"海上丝绸之路先行区"的工作思路。

在将建设"一带一路"作为相关省份乃至全国重点工作的同时，东南海上丝绸之路经济带区域的相关建材协会也都开始积极响应，根据自身省份的实际情况以及各种行业领导的特点，正在制定相关行业协会规划与政策，更好地保证行业和企业在建设"一带一路"的过程中发挥应有的作用，同时也得到相关的红利。

>下转3版

本期关注

从"丝绸之路经济带"看西北五省区建材行业发展新趋势

■本报见习记者 赵常秋

丝绸之路经济带是在"古丝绸之路"概念的基础上形成的一个新的经济发展区域，东牵亚太经济圈，右系欧洲经济圈，被认为是"世界上最长、最具有发展潜力的经济大走廊"。从国内来看，丝绸之路经济带主要包括西北五省区(陕西、甘肃、青海、宁夏、新疆)和西南四省(重庆、四川、云南和广西)。

目前，西北五省区对于自身在丝绸之路经济带中的定位逐渐明确，陕西提出建设丝绸之路经济带"新起点"概念，甘肃则提出打造"黄金段"，宁夏、青海都提出"战略支点"，而新疆则是要建设"核心区"。

在这样的发展大潮中，西北五省区建材行业如何利用丝绸之路经济带这一利好因素来加快发展引人关注。毫无疑问，随着东西大通道的打开，西北五省区建材行业的发展会随着对外贸易的开展和升级而得到不断提升。通过丝绸之路经济带，西北五省区的建材企业和产品在"走出去"和"引进来"的过程中，有利于实现技术、产品和服务升级、优化产业结构、化解产能过剩、促进城镇化发展、满足国内生产生活需求等目标。同时，西北五省区建材行业或将成为撑起这一"塌陷地带"的一大支柱。新疆自治区建材行办副主任孙存稳在接受本报记者采访时表示，丝绸之路经济带为有关省市发展带来了很好的机遇。

"左右手"——西北五省区建材行业进出口需"两手抓"

随着丝绸之路经济带的不断深化扩展，建材行业通过日益频繁的贸易往来，西北五省区建材行业对于目标市场和自身情况的了解将更加全面和深入。例如，在新疆自治区，石材和建筑陶瓷的市场竞争优势明显。新疆石材储量巨大(经勘探显示，鄯善县石材储量约为40亿立方米，以目前全国石材年消费量计算，一个县的储量可供全国石材消费100年左右)、开采率较高、对环境破坏小，并且多种稀缺品种产量客观，品位较高；建筑陶瓷方面，虽然新疆目前产量不高，但原材料丰富和煤价较低形成优势。又如，在甘肃省，建材装饰材料工业已成为其支柱产业之一，兰州、张掖、天水、酒泉的水泥、涂料、油漆、节能保温、门窗、建筑装饰设计和工程等行业也较发达，一批国内外的知名企业入驻，近年来大力发展绿色建材、高附加值产品等。建材产业的理性化和个性化发展或成为趋势，将使得区域内建材行业进出口贸易更加有的放矢，充分发挥区位建材产品优势，形成品牌效应。最终有望形成协调有序的建材行业进出口态势，有利于建材行业的健康和可持续发展。

>下转2版

策　　划：本报编辑部
统　　筹：刘媛媛　王怡洁
采　　写：李　静　董亚楠　王怡洁　黄　莹　赵常秋　杨　洸
责任编辑：王怡洁
美　　编：崔建岐

只要我们迈开双脚　国际市场就在眼前
沿着"一带一路"走出去

■本报记者　王怡洁　本报见习记者　黄　莹

最近几天,股票市场上不少中字头央企的股票大幅上涨,成为股市中最大亮点。中国交建、中国中冶、中材国际、中共国际、中国远洋、中国铁建、中国建筑、中国中铁、中国电建等都出现了大幅度的上涨,甚至是涨停,其中也包括了建材行业的龙头企业。

大幅度上涨的现象绝非偶然。

这一切或源于 APEC 会议期间,中央领导人再次将建立"丝绸之路经济带"和21 世纪"海上丝绸之路"的倡议提升到国家层面,以此作为中国经济未来发展的战略新构想,助力中国走出去,推动着世界经济尤其是亚洲经济的发展。

"一带一路"(the Belt and Road)是指"丝绸之路经济带"和 21 世纪"海上丝绸之路"。2013 年 9 月,国家领导人在哈萨克斯坦首次提出共同建设"丝绸之路经济带"。一个月后,国家领导人在印度尼西亚又提出打造 21 世纪"海上丝绸之路"的倡议。

业内人士认为,"一带一路"的发展必定会驱使中国建材行业走向世界,实现跨越式的发展。同时有助于解决建材行业内产能过剩问题,为行业的转型升级寻找新的经济增长点。

其实,早在今年 9 月举行的"中国建材企业'走出去'座谈会"上,中国建筑材料联合会会长乔龙德就曾表示:"只要我们迈开双脚,国际市场就在眼前。"

一箭三雕　为走出去奠定基础

当前,是我国进行全面深化改革的关键时期。去年,党的十八届三中全会将"一带一路"倡议写进全会《决定》,将其上升为国家战略。随后,"一带一路"的帷幕拉开,逐步进入务实合作、全面推进阶段。"一带一路"自此成为中国经济,也成为中国建材行业向前迈进、向外迈进的垫脚基石。

据悉,"一带一路"所覆盖的省份与节点城市范围极广。新疆、江苏、浙江、福建、广东、广西以及重要枢纽城市连云港、宁波港、泉州、厦门、广州尤其值得重点关注，建筑建材、交通运输、电力油气、商贸旅游等行业将明显受益。

"一带一路"的所到之处离不开交通建设，离不开城镇化建设，更离不开加强国际化交流与互助的大趋势。而这些都与建材有着千丝万缕的联系。

其实，追溯到2000多年前，古丝绸之路在某种意义上也与现在的建材行业相关联，现在我国大量出口的陶瓷制品在千年之前便已经踏上这两条丝路，同丝绸一样，不仅是中国奉献给世界的两件宝物，更是丝绸之路发展与兴衰的最重要的见证。

晚于陆上丝绸之路，海上丝绸之路的崛起发生在唐代中后期，而陶瓷是当时最重要的流通产品。这条源于我国东南沿海的陶瓷之路，沿东海、南海经印度洋、阿拉伯海到非洲的东海岸或经红海、地中海到埃及等地；或从东南沿海直通日本和朝鲜。

在这条商路沿岸洒落的中国瓷片像闪闪明珠，照亮着整个东南亚、非洲大地和阿拉伯世界。如果说陆上丝绸之路给中国带来了宗教的虔诚，那么这条海上陶瓷之路则给中国带来了巨大的商业财富。

在古代中国的丝绸之路之中，我国为对方国家带去了丝绸、瓷器，以及传授一些在当时很先进的技术手段等。与此同时，也将对方国家的优秀成果带回中国。双方达到优势互补、互利共赢的目的。

再看我国建材行业的发展现状，近年来随着传统建材行业市场逐渐饱和等多重因素的影响，产能过剩现象愈发严重。若要化解产能过剩的危机，实施"走出去"战略十分必要。恰在此时，"一带一路"的建设为现阶段化解传统建材行业的产能过剩提供了契机。

古代丝绸之路中，交往双方国家互利共赢的优势还可以在"一带一路"的建设中持续发酵。"一带一路"一方面化解了国内的产能过剩，另一方面，在投资对方国家基建的过程中，中国建材行业先进的技术和优秀的产品质量反过来也会为我国建材行业赢得良好的国际声誉，为中国的建材企业带来更多商机。

总之，对我国建材行业而言，"一带一路"可谓是一箭三雕，不仅能与其他国家达到互利共赢、共同发展的目的，而且化解了国内传统建材的产能过剩危机，与此同时，让更多国家了解到中国建材工业的强大，为我国建材大企业集团"走出去"奠定坚实的基础。

传统建材蕴含巨大商机　龙头企业正阔步海外

在古丝绸之路的开拓之时，我们关注更多的是商品贸易。其实，丝绸之路带给沿途国家的贡献远不止经济的发展,还体现在基建的方方面面。只是古时的建材没有统一的称谓和规格,也不需要过于复杂、批量生产的材料,往往就地取材。

而如今,“一带一路”的建设可谓是对于古丝绸之路的继承和发展。具体来说,将以综合交通通道为展开空间,依托沿线交通基础设施和中心城市,对区域内部贸易和生产要素进行优化配置。

如此庞大的市场对于传统建材领域来说,蕴含着无限大的商机。

从“一带一路”倡议涉及的国家的数量、类别进行分析,途经的30多个国家中,像巴基斯坦、孟加拉、印度、缅甸、蒙古这样的发展中国家占大多数。这就意味着大部分国家其实在基建方面并不完善。无论是铁路、公路建设,还是沿途城市楼房建设,都需要建材行业作为其重要的后盾。这对我国建材大企业集团来说,无疑有着巨大的吸引力。他们更适合担当这条重建之路的主力军。

而且,从目前来说,很多优秀的建材企业已经具备了拓展海外市场渠道和国际化意识。

在“一带一路”倡议提出之前,“走出去”战略就一直在鼓励着建材行业向外发展。行业内的龙头企业已经实现了境外的发展,他们有的在海外投资建设生产线;有的在海外设立销售公司或办事处等。其中,成功“走出去”的企业可在“一带一路”倡议实施过程中,对其他建材企业走出国门提供了可借鉴的成功经验和模式。

如冀东集团联手中非发展基金在南非建设水泥生产线;同力水泥在莫桑比克建设水泥生产线;华新水泥控股子公司——华新中亚投资(武汉)与塔吉克斯坦亚湾水泥有限公司合资建设水泥生产线;海螺水泥正在印度尼西亚独资建设日产3200吨水泥熟料生产线和配套的水泥粉磨站;中材集团收购了印度的一家水泥企业等。玻璃、玻纤、墙材等领域也有一批项目进入了国际市场,如巨石集团今年5月18日在埃及建成投产的年产8万吨玻璃纤维池窑拉丝生产线,就是代表性的项目。

目前,政府的支持也为“一带一路”的建设贡献着力量。在刚结束的APEC会议上,“一带一路”倡议落地的同时,中央政府还宣布准备筹办亚洲基础设施投资银行,将出资400亿美元成立丝路基金,还有高达3.9万亿美元的外汇储备支持,古丝绸之路将在重金护航下重启。

建材行业技术的不断完善,是中国建材行业走出去的基础。随着我国建材行业技术装备的不断进步,产品质量与功能的不断提升,对外合作贸易得到较快发展,在出口产品、技术装备和承包工程建设项目等方面都取得了显著的成绩。

例如中材国际在全球五六十个国家与地区承建了各种规模不同的新型干法水泥生产线,中国建材集团旗下的中国建材国际工程公司也在多个国家承建了浮法玻璃生产线。以整条生产线建设带动了技术、装备和劳动力出口,使得许多国家都了解到我们的技术水平,并对我国的建材行业技术充分信任。

加强品牌意识　打通国际贸易

“一带一路”的发展得益于广阔的市场前景,得益于龙头企业的带头发展,得益于中央政府的资金支持、得益于中国建材工业自身技术的成熟。

但同时也要认识到,传统建材企业自身也要转变观念,推进“一带一路”的真正落实。

我国建材行业“走出去”在早期大多表现为单纯的建材产品出口。国外的商家找到中国的建材企业,向中国的建材企业下单,中方企业接到订单之后按要求生产出口,即被动的“中国制造”。

在这样的形式下,我国建材企业获得的利润较低,同时,合作伙伴缺少稳定性和长期性极大地影响了国际竞争力。

建材企业对于这样的问题,一是要换掉“中国制造”的帽子。这要求我国的建材企业要实现在技术、装备、人才等方面的全面提升。二是要转变以往在对外贸易中的被动接单的状态,积极开拓海外市场和客户,深挖客户需求,使自己的生产与销售有的放矢,加强国际贸易中的主动性。在此基础上再施行“走出去”战略将会才会更加有竞争力。

除此之外,我国建材企业还要有品牌意识,打造品牌知名度,提升本土建材产品的国际地位。

曾经有一位企业家这样说过:“一个不重视品牌、不对未来投资的企业,是没有未来的”。在“一带一路”倡议的推动之下,中国的建材产品将要面对的是国际纷繁复杂的市场。试想没有品牌、没有知名度,谁会记得这是属于中国本土的建材企业,谁会知道这是来自于中国的建材产品?

其实,在我国建材行业,也有注重品牌建设的例子。北新建材就是其中之一。2005 年,北新建材开始制定品牌战略,以卓越的产品质量、完善的产品体系、持续的自主创新、科学有效的市场营销和服务为核心。在品牌定位、品牌架构、品牌宣传、商标管理、品牌价值提升及品牌资产管理等方面都进行了详细而明确的部署。

2006 年,北新建材特别组建成立整合营销部,专项负责公司品牌的建立与维护、市场推广整体宣传策划、企业 CI、VI 及终端形象的设计管理等，同时公司制定“制高点”策略，以“高、广、深”的大品牌计划及“大品牌、大渠道、大发展”的宣传推广模式，通过有针对性地策划大型专题活动、争取权威机构品牌荣誉等方法，以及通过强化政府、行业协会、专业院所的公关，引导产业发展政策，占据推进行业发展制高点，从而不断提升企业品牌形象及品牌知名度。

目前，北新建材已然成为中国为数不多的在技术、质量、销售价格和市场份额上都达到世界先进水平的本土自主品牌。

从这一鲜活的案例上，可见，我国建材企业必须要先树立品牌意识，在质量、技术、创新等全方面自我提升。这样一来，在“一带一路”的建设中，才能快速打通国际贸易，有机会在国际舞台崭露头角，为更多的国家提供最优质的建材产品和服务。

新型建材更具先机　尚需社会各方推动

当前我国各个行业正处于转型升级的关键时期，发展节能环保的新型建材产业对于转变经济发展方式，落实行业节能减排十分必要。

从宏观趋势上看，新型建材在“一带一路”战略下实现走出国门，走向世界似乎更容易一些，但是落实到个体企业，其中也夹杂着很多困难需要克服。

与传统建材产品相比较，低污染、低排放、低耗能、可循环成本低的新型建材是建材产业中的朝阳产业，具有更好的发展前景。可以说，新型建材是未来建材行业发展的趋势。

而且，在当今经济全球化的背景之下，世界各地已经密不可分。我国正积极寻求着与各个地方、民族的交流融合。在这种环境之下诞生的新型建材，不分国界，也符合当前建材行业的发展趋势，自然会被更多国家所接受，也就更容易走向国际市场。

与传统建材不同，我国新型建材在刚起步的阶段便受到国际建材领域的关注，并有了与国际上其他建材企业平等竞争的机会。这不仅能为这个新兴产业带来国际化的视野和更加新颖的思想，同时，也为新型建材的进一步改革创新和对外开放提供了一个学习的机会，为未来在全世界绿色建材大舞台上交流合作，让中国新型建材尽早拥有世界话语权奠定了一定的基础和沟通认知的平台。

因此，机遇当前，我国新型建材企业一定要根据自身优势，审时度势。除此之外，在发展过程中还需要一些外部力量共同推动，政府、协会、企业都应该各司其职，充分发挥自身作用，帮助新型建材行业更好地发展。

但我们也要注意到，新型建材产业还处在发展初级阶段，在规模上大多数是中小型企业，行业集中度较低，龙头企业也寥寥无几。相比于传统建材行业，若要由龙头企业带动发展还无法体现。

那么新型建材产业到底应该怎么做？

首先，新型建材企业要将优秀的传统建材企业作为学习样本。提高产品质量、加强合作与交流，树立品牌意识是现阶段我国新型建材产业发展的三大法宝。

其次，新型建材产业还处于早期发展阶段，行业人士都在“摸着石头过河”。至于未来的发展之路，还需新型建材企业在实践的过程中去发现。因此，在经验匮乏的情况下，新型建材企业要加强交流，要与市场要形成联动机制。只有这样才能确保“一带一路”倡议实现其真正的价值，才能让我国新型建材企业早如实现真正地“走出去”。

目前，中国建材行业通向世界舞台的道路已经铺好，我们期待着本土建材企业能在世界的大舞台上绮丽表演。

《沿着“一带一路”走出去》刊发 2014 年 11 月 25 日

其他篇目

◆从“丝绸之路经济带”看西北五省区建材行业发展新趋势

◆建设“海上丝绸之路”对东南五省区建材行业的启示

◆“一带一路”给水泥行业带来什么

◆宏图板块勾勒中国梦想　建材企业逐鹿世界格局

关注本组核心报道请扫描二维码

中國建材報

CHINA BUILDING MATERIALS DAILY

国内统一刊号:CN11—0073 邮发代号1—121 国外代号D807

今日四版 第7006号

www.cbmd.cn

2015年8月14日 星期五 农历乙未年七月初一

经济日报社主管主办

每周核心报道

21世纪最重要的企业纽带

——话说产业联盟

■本报记者 王怡洁

2002年10月30日，人民大会堂迎来了一批特殊的客人。他们是当年致力于推广TD—SCDMA（中国第三代移动通信标准——3G）的领路者。包括大唐集团、南方高科、华立集团、华为公司、联想集团、中兴通讯、中国电子、中国普天等8家企业。

这一天，他们共同签署了致力于TD—SCDMA产业发展的《发起人协议》，标志着TD—SCDMA产业联盟正式成立。这并不是中国第一个产业联盟，但被公认为我国首个具备完整架构的产业联盟。此后，TD—SCDMA产业联盟又几经扩容，成员进一步壮大。

或许他们也未曾想到，13年后的今天，TD—SCDMA产业联盟已成为各行业联盟发展的标杆。从那以后，一批产业联盟率先在IT领域诞生。不仅如此，在建材、新能源、智能电网、汽车、机床等传统行业领域，各种形式的产业联盟也广泛存在。

10余年间，产业联盟之所以能在各行业遍地开花、日益壮大，与它本身的价值密切相关，这也充分体现了联盟形式的先进性和合理性。那么，产业联盟究竟是什么？它到底能为产业注入什么新鲜血液，本文将逐一揭晓。

产业联盟的高潮已经到来

产业联盟有多种表述，但对其主要特征有共同的认识。即，产业联盟是联盟成员为获得新的技术、标准、规模及市场范围，提升业务的新高度来取得该领域的某种优势，是企业间自愿结成的互相协作和资源整合的一种合作模式。联盟成员可以是某一个行业内的企业，也可以是同一产业链环节各个组成部分的跨行业企业。自愿、合作、共赢是联盟的基本原则和特点。

关于联盟的诞生，记者查阅了大量文献，它们从不同角度纷纷阐述。归纳起来，不外乎两方面，一是产业自身发展的需要，二是国家经济发展的需要。

首先，从产业发展轨迹来看，当下产品市场都遵循着这样一种规律：一个新产品的出现，集成了上下游多家企业的创新成果；每一个市场动作，都是产业链的多家企业共同运作完成。

在现代工业体系中，随着产业链越来越长，产业分工越来越细，产业内部的合作越来越紧密，单个企业的发展越来越依赖于整个产业的发展水平和产业发展环境。技术进步加快和专业分工的深化，使得企业仅靠自身资源已经很难形成竞争优势，与外部资源进行合纵连横成为必须的选项。

再结合我国宏观环境来看，十八大以来，国家重申经济发展要以市场为导向，并通过简政放权，进一步发挥市场在资源配置中的基础性作用，激发市场主体的创造活力，增强经济发展的内生动力。

在此背景下，市场被赋予了更多的权利。产业联盟也逐渐在市场经济中承担起规范市场发展、制定标准，甚至是引领行业发展的重要作用。

因此，无论从哪方面看，产业联盟都是企业管理和市场经济发展到一定时期的产物。显然，产业联盟是一个不错的形式，在这个商品大流通的时代，行业企业已经从求生存孤军奋战走向了合纵连横共谋出路。这样既可以避免企业来大先衰，也可以在不动人家奶酪的前提下，通过企业之间的优势互补及合作开发，挖掘市场和技术潜力，提升产业发展空间。这或许就是产业联盟的价值所在。

联盟：核心是提升“产业能力”

中国企业改革与发展研究会副会长李锦接受本报记者采访时明确表示，产业联盟是市场经济发展过程中的必然反应。从生产能力方面来说，当企业发展到一定阶段，不仅仅注重的是生产单种产品线的产品能力，而需要置身于整个产业之中，关注整个产业链运营的整体能力，这就是所谓“产业能力”的形成。因此，产业联盟的出现可促使企业从生产能力到产业能力过渡。

从产业发展需求来看，联盟和产业有着必然的联系。“这种关系不仅表现在企业产品规模上的扩大，更表现在产业链条各个环节的有效组合，各个资源的联合有利于资源的再配置。可以说，联盟标志着产业发展的内在需求，也促使产业发展走向整体化，形成优化组合的最大化效益。”李锦说。

因此，在他看来，产业联盟是介于市场和企业之间的一种资源配置手段，产业联盟通过资源整合将企业优势组合在一起，通过产业链上中下游企业之间的合作，节约交易成本，降低市场风险，减少企业组织费用。

其实，产业能力的提升也可理解为产业竞争力的提升。产业竞争力有三个基本要素：一是产业竞争实力；二是产业竞争潜力；三是产业竞争环境。

这里有一个例子可以帮助我们更好的理解。上世纪七八十年代，尽管信息产业是日本发展最快的产业，但还没有与美国抗衡的能力，在计算机、手机等信息技术产品的国际市场占有率都不高。那时的日本为了在半导体产业竞争中，获取优势地位，专门成立了研发合作产业联盟，以提高信息产业的竞争力。

1976年~1979年，日本政府支持富士通、日立、三菱机电、日本电气和东芝5家主要的日本半导体公司组成超大规模集成电路技术研究合作产业联盟，合作研发超大规模集成电路的生产技术，帮助日本企业在1980年实现了技术赶超，使日本的半导体产量占据全球一半的地位。

下转2版

导读

统　筹：刘彦广 刘曙媛 王怡洁 曾蕴瑶

采　写：王怡洁 董亚楠 张雪娇 黄　莹 段丹晨 张雅丽 唐峥耀

责任编辑：王怡洁

美　编：崔建岐

『成长的烦恼』

——产业联盟发展中的困惑与尴尬

■本报记者 黄莹

产业联盟的发展，就像人生成长的历程一样。

几乎所有的联盟，在实践和发展的过程中都存在这样或那样的尴尬和困惑。但这并没有遏制住产业联盟的成长与壮大。人的一生也正是在不断经历烦恼、克服烦恼的过程中成长并成熟。

这让记者联想起儿时看过的一部全球知名的美剧《成长的烦恼》，剧中人所经历的成长过程，就是在无数“烦恼”中不断吸取教训、乐观面对。当跨过每一个成长的阶段再回首，才会悟出所有的“烦恼”其实都是健康成长所需的养分，镌刻下一段段美好记忆。

任何事物的发展都遵循着一个成长规律，“烦恼”是“成长”的伴侣，但每一个“烦恼”也一定是阶段性，只有敢于面对、勇于探索、乐于尝试，不断克服眼前难题，应对新的挑战，才能在“痛并快乐”的节奏中，健康成长。

现阶段产业联盟或正处于“烦恼”最多的成长期，而当跨越了这个“烦恼多多”的成长期，也就意味着产业联盟真正步入壮年时期。

“准生证”缺失的尴尬

在我国，依据1998年修订的《社会团体登记条例》的规定，要想成立社会团体，必须经过民政机关登记取得社团法人资格，在章程范围内开展活动。但必须是非营利性活动。

在产业发展的过程中，“联盟”实质上就是一种社会团体的表现形式；但是，在我国现行的法律中，“联盟”作为一个兴起于21世纪的新鲜词汇，虽然履行着非营利性社会团体的义务，有着社会团体之实，但却没有社会团体之名。

目前国家没有专门的法律法规明确承认联盟的法律地位。在现行社团管理注册制度下，联盟也几乎没有可能取得独立的社团法人资格。这也就意味着，近年来，尽管联盟在不断发展壮大，但绝大部分联盟不具备法人身份，甚至从严格意义上说，是非法社团组织。

换句话说，产业联盟从“出生”的那一天起，就面临着无法获得“准生证”的尴尬。

联盟产业中，大名鼎鼎的半导体照明产业联盟也逃不脱“准生证”的尴尬。国家半导体照明工程研发及产业联盟秘书长吴玲对记者透露说：“半导体照明产业联盟在成立初期，有相当一段时间没有法人身份，那时候行业内有些人都称我们为‘黑户’。”

而在“黑户”的身份之下，联盟发展其实苦不堪言、苦不敢言。其一，“黑户”意味着联盟不是法人，没有账户，资金无法管理；其二，人事管理权缺失，招聘人才进来无法给其“名分”；其三，联盟没有公章以及开发票的权利，联盟运作过程中，即使有企业加入交会费，联盟也无法正常开发票；其四，联盟没有身份认可等。

一位行业内资深联盟管理人士向记者诉苦，刚开始涉及联盟时，想依靠联盟这个平台大干一场，促进行业的发展，上下游产业的共同进步。但是深入其中，发现存在很多问题，其中最大的问题就是法人身份得不到认证，这导致联盟在今后的运营过程中存在问题。

其一，联盟没有责任主体，无法管理，不是法人也就意味着不是责任主体，但是联盟发展过程中，必然需要一个有担当的负责人。这两者之间的矛盾导致联盟在管理时职责不清，履行力度不够，事后无人监管，最终会导致联盟形式发育的先天不足，后天混乱，无法管理。

下转3版

中国特色的联盟之路

——记享誉全国的中关村产业联盟

■本报记者 段丹晨 见习记者 唐峥耀

十几年前，中关村在人们的心中和“电子一条街”划等号，而今却成为中国高新技术产业的代名词。中关村实现华丽转身的过程中，有一个不能被忽略的名字——中关村产业联盟。

中关村产业联盟并不是一个产业联盟的名称，而是一群涉及不同领域的产业联盟共同的名字。这些联盟根植于中关村产业园区，在政府的扶持和引导下，为了促进产业的技术革新与发展壮大，提高产业的整体竞争力，加快产业升级步伐，形成集群力量而联合在了一起。

历经十余年的发展，中关村产业联盟探索出了一条具有中国特色的产业联盟发展之路，形成了比较成熟完整的产业联盟体系，在一定程度上影响了此后中国产业联盟的发展。

下转2版

体现国家意志 走在产业前头

——记建筑垃圾资源化产业技术创新战略联盟

■本报记者 段丹晨

建材产业包罗万象，除了人们所熟知的水泥、玻璃、陶瓷等行业外，还存在着一个始终为人们所忽视的行业——建筑垃圾资源化。

改革开放以来，随着我国基础设施建设和城镇化进程的加快，在一幢幢高楼大厦拔地而起的同时，更产生了大量的建筑垃圾。据统计中国建筑垃圾存量超过200亿吨，每年新产生35.5亿吨。

但建筑垃圾的处置较之生活垃圾的处置更为复杂。建筑垃圾从源头到处置再到市场，涉及到建筑业、拆除业、运输业、科研机构、建材产业、政府部门等方方面面。甚至有专家说，建筑垃圾的处置只有产学研联动加上政府的支持才能真正形成产业、形成规模。

下转4版

联盟阵营中的“联想集团”

——记国家半导体照明工程研发及产业联盟

■本报记者 董亚楠 黄莹

李克强总理在视察国家半导体照明工程研发及产业联盟时给予了高度的肯定，它可以说是我国众多的产业联盟中一颗最亮的星。

记者发现国家半导体照明工程研发及产业联盟和联想集团之间有许多惊人相似之处。

中科院半导体所是半导体照明产业联盟的重要支持者和常务理事单位，而中科院计算机所则是联想集团的重要支持者和大股东。

国家半导体照明工程研发及产业联盟同样推动了我国半导体照明产业的发展和普及，联想集团同样对我国乃至世界计算机行业起到了引领带动作用。

可以说国家半导体照明工程研发及产业联盟是全国联盟阵营的“联想集团”。

下转4版

21世纪最重要的企业纽带

——话说产业联盟

■本报记者　王怡洁

2002年10月30日,人民大会堂迎来了一批特殊的客人。他们是当年致力于推广TD—SCDMA(中国第三代移动通信标准——3G)的领路者。包括大唐集团、南方高科、华立集团、华为公司、联想集团、中兴通讯、中国电子、中国普天8家企业。

这一天,他们共同签署了致力于TD-SCDMA产业发展的《发起人协议》,标志着TD—SCDMA产业联盟正式成立。这并不是中国第一个产业联盟,但被公认为我国首个具备完整架构的产业联盟。此后,TD—SCDMA产业联盟又几经扩容,成员进一步壮大。

或许他们也未曾想到,13年后的今天,TD—SCDMA产业联盟已成为各行业联盟发展的标杆。从那以后,一批产业联盟率先在IT领域诞生。不仅如此,在建材、新能源、智能电网、汽车、机床等传统行业领域,各种形式的产业联盟也广泛存在。

10余年间,产业联盟之所以能在各行业遍地开花、日益壮大,与它本身的价值密切相关,这也充分体现了联盟形式的先进性和合理性。那么,产业联盟究竟是什么?它到底能为产业注入什么新鲜血液,本文将逐一揭晓。

产业联盟的高潮已经到来

产业联盟有多种表述,但对其主要特征有共同的认识。即,产业联盟是联盟成员为获得新的技术、标准、规模及市场范围,提升业务的新高度来取得该领域的某种优势,是企业间自愿结成的互相协作和资源整合的一种合作模式。联盟成员可以是某一个行业内的企业,也可以是同一产业链环节各个组成部分的跨行业企业。自愿、合作、共赢是联盟的基本原则和特点。

关于联盟的诞生,记者查询了大量文献,它们从不同角度纷纷阐述。归纳起来,不外乎两方面,一是产业自身发展的需要,二是国家经济发展的需要。

首先,从产业发展轨迹来看,当下产品市场都遵循着这样一种规律:一个新产品的出现,集成了上下游多家企业的创新成果;每一个市场动作,都是产业链的多家企业共同运作完成。

在现代工业体系中,随着产业链越来越长,产业分工越来越细,产业内部的合作越来越紧密,单个企业的发展越来越依赖于整个产业的发展水平和产业发展环境。技术进步加快和专业分工的深化,使得企业仅靠自身资源已经很难形成竞争优势,与外部资源进行合纵连横成为必需的选项。

再结合我国宏观环境来看,十八大以来,国家重申经济发展要以市场为导向,并通过简政放权,进一步发挥市场在资源配置中的基础性作用,激发市场主体的创造活力,增强经济发展的内生动力。

在此背景下,市场被赋予了更多的权利。产业联盟也逐渐在市场经济中承担起规范市场发展、制定标准,甚至是引领行业发展的重要作用。

因此,无论从哪方面看,产业联盟都是企业管理和市场经济发展到一定时期的产物。显然,产业联盟是一个不错的形式,在这个商品大流通的时代,行业企业已经从求生存孤军奋战走向了合纵连横共谋生计。这样既可以避免企业未大先衰,也可以在不动人家奶酪的前提下,通过企业之间的优势互补及合作开发,挖掘市场和技术潜力,提升产业发展空间。这或许就是产业联盟的价值所在。

联盟:核心是提升“产业能力”

中国企业改革与发展研究会副会长李锦接受本报记者采访时明确表示,产业联盟是市场经济发展过程中的必然反应。从生产能力方面来说,当企业发展到一定阶段,不仅仅注重的是生产单种产品线的产品能力,而需要置身于整个产业之中,关注整个产业链运营的整体能力,这就是所谓“产业能力”的形成。因此,产业联盟的出现可促使企业从生产能力到产业能力过渡。

从产业发展需求来看,联盟和产业有着必然的联系。“这种关系不仅表现在企业产品规模上的扩大,更表现在产业链条各个环节的有效组合,各个资源的联合有利于资源的再配置。可以说,联盟标志着产业发展的内在需求,也促使产业发展走向整体化,形成优化组合的最大化效益。”李锦说。

因此,在他看来,产业联盟是介于市场和企业之间的一种资源配置手段,产业联盟通过资源整合将企业优势组合在一起,通过产业链上中下游企业之间的合作,节约交易成本,降低市场风险,减少企业组织费用。

其实,产业能力的提升也可理解为产业竞争力的提升。产业竞争力有三个基本要素:一是产业竞争实力;二是产业竞争潜力;三是产业竞争环境。

这里有一个例子可以帮助我们更好地理解。20世纪七八十年代,尽管信息产业是日本发展最快的产业,但还没有与美国抗衡的能力,在计算机、手机等信息技术产品的国际市场占有率都不高。那时的日本为了在半导体产业竞争中,获取优势地位,专门成立了研发合作产业联盟,以提高信息产业的竞争力。

1976—1979年,日本政府支持富士通、日立、三菱机电、日本电气和东芝5家主要的日本半导体公司组成超大规模集成电路技术研发合作产业联盟,合作研发超大规模集成电路的生产技术,帮助日本企业在1980年实现了技术赶超,使日本的半导体产量占据全球一半的地位。

有意思的是,日本的赶超再次使美国意识到了产业危机。1987年,美国13个主要半导体公司组建半导体技术研发合作产业联盟(SEMATECH),帮助美国半导体企业重新回到了世界第一的竞争地位。

无论是日本,还是美国,他们的你追我赶,都是为了更好地提升产业发展的整体能力。由此看见,产业联盟的存在不仅能帮助企业实现自我价值,更能助推一个产业的发展。

产业“革命”的重要载体

两年前,在中国家居品牌联盟成立的大会上,一位企业家动情地说道:“变革就是革命。革命只有两个选择,一个选择就是参加革命,一个选择就是被革命。所以我们厂家与经销商、消费者是紧密团结在一起,我们是生命的共同体,所以在厂家团结在一起的时候,我们的经销商也要加入到一起,成为革命的一分子,只有我们团结在一起参加革命,才可以改变游戏规则,净化市场,才能让消费者满意。”

而今天,结合经济发展新形势以及行业发展新趋势,这段话字字珠玑。

从国家宏观环境来看,我国正处于经济发展的新常态阶段。正是由于新常态的到来,为产业联盟赋予新的使命,那就是带领行业掀起品牌突围和商业模式的大变革。

人人都提“新常态”,但未必人人都懂“新常态”。这里,我们必须要重新认识新常态。“经济下行趋势明显”“市场不景气”“企业裁员”等,这或许就是多数人普遍认为的新常态。

透过现象看本质,结合行业发展新形势,新常态实则意味着新机遇,意味着行业的转型升级,意味着企业的改革创新。就行业而言,顺应新常态,就必须进行一场革命。而产业联盟正是这场革命的重要载体。

具体来看，新常态的特征之一就是政府大力简政放权，市场活力进一步释放。在此背景下，作为政府和企业之间的桥梁，在这场变革中，产业联盟的角色更为重要，甚至无法取代。

回到我们建材行业本身。一直以来，建材行业的品牌建设薄弱，甚至相当一部分企业没有品牌意识，再加上多年粗放式管理经营带来的诟病，商业模式比较落后，使得很多企业无法快速理解、适应新常态。搭建产业联盟平台，可以整合行业全产业链资源，引导企业开拓新市场、新客户，开发新产品，开阔企业眼界。

“思想”的集聚地

“联盟首先是一个思想的集聚地。”中关村大数据产业联盟秘书长赵国栋一针见血地指出产业联盟的真谛。“思想是联盟最重要的核心，要把思想扩散出去，那就是联盟做的事。”

短短一年多的时间，IT 圈内似乎无人不知中关村大数据产业联盟。问其原因，赵国栋表示，该联盟平台是用智库的思想来引领平台的建设，让企业能够获得企业战略、组织的思想。在联盟运营初期花费巨大精力打造一个内容平台，这在众多联盟中并不多见。他认为思想能建立别具内涵的品牌形象，从而吸引集聚众多社会资本，更有效率的配置资源，帮助企业实现创新发展。

中关村大数据产业联盟虽然只是众多联盟的一个缩影，但是其提出的“思想集聚地”概念则影响深远。

授人以鱼，不如授人以渔。产业联盟不仅仅是成果共享的平台，它更像一位博学多知的老师，为行业企业快速输导行业现代管理理念与思想意识。

在传统建材行业，很多企业长期以来墨守成规，对新鲜事物偶有耳闻，即使略晓一二，也不知如何创新。尤其对正处于起步阶段的绿色建材企业来说，更要快速吸收新知，勇于变革。

自“互联网 +”“中国制造 2025”等中央政策出台后，为建材行业的两化融合之路指明了方向。但记者在平日的采访过程中，有企业反映在政策春风下，却不知从何着手，抑或是没有正确的思路。如果有适合企业自身发展的产业联盟率先引导，对行业形势做出预判，传播前沿思想理念，那么企业或许会少走弯路，在产业创新的道路上能更快融入转型升级的浪潮中。

面向资本的最短途径

当前，纵观各行业的产业布局，资本运作备受瞩目，也逐渐成为未来行业布局的焦点。

以建材行业为例,建材业和金融业涉及两个行业的管理,并且是完全不同的概念和体系。无论建材企业大小,若要引入资本,都需要一定的过程,而对于抗风险能力较小的中小企业来说,或许会走更多弯路。

产业联盟由于独特的资源整合优势,可以快速将资本机构吸纳进来,形成跨界合作。这样一来,为企业提供了更宽广的投融资渠道,解决融资难和由于融资渠道窄仅局限于原有产业发展而步伐缓慢的问题。

可以说,产业联盟是引导金融资本对接产业发展的纽带,更是助推跨界联盟促进行业转型升级的平台。尤其对建材新兴产业来说,要充分吸引与利用市场资本,创新拓展投融资渠道,促进行业调整结构、转型升级,因此产业联盟要为打造行业信得过、企业靠得住的投融资创新服务平台。

有了前面的诸多分析,我们或许得出了这样的结论:产业联盟的目标存在一定的公益性,但是其形成和运行机制是高度市场化的,企业在组织中发挥主导作用,他们也有着各自的诉求。

纵观全球,“联盟”已成为推动全球发展的重要合作形态。欧盟、东盟、非盟等国家之间的联盟,是国家层面的重要联系纽带,在连接国与国关系、体现国家意志方向发挥了巨大的作用。

而产业联盟的出现则为各国的经济发展注入了无限动力。在发达国家,集聚跨国公司的产业联盟比比皆是,它们甚至引领着全球最先进产业的发展潮流。

可以说,产业联盟已成为21世纪最重要的企业纽带。未来它作为我国经济发展中极其重要的市场组织形式,对国家经济、产业发展、国际合作都有着巨大的推动作用。

如今,建材产业联盟风起云涌,他们在行业发展的道路上肩负着重要的责任和使命。我们期待着我国建材行业的各个产业联盟,能够继续在“产、学、研、用、介”等方面全面开花,蓬勃发展,显示出更加强劲的生命力。

"成长的烦恼"

——产业联盟发展中的困惑与尴尬

■本报记者　黄　莹

产业联盟的发展,就像人生成长的历程一样。

几乎所有的联盟,在实践和发展的过程中都存在这样或那样的尴尬和困惑。但这并没有遏制住产业联盟的成长与壮大。人的一生也正是在不断经历烦恼、克服烦恼的过程中成长并成熟。

这让记者联想起儿时看过的一部全球知名的美剧《成长的烦恼》,剧中人所经历的成长过程,就是在无数"烦恼"中不断吸取教训、乐观面对。当跨过每一个成长的阶段再回首,才会悟出所有的"烦恼"其实都是健康成长所需的养分,镌刻下一段段美好记忆。

任何事物的发展都遵循着一个成长规律,"烦恼"是"成长"的伴侣,但每一个"烦恼"也一定是阶段性,只有敢于面对、勇于探索、乐于尝试,不断克服眼前难题,应对新的挑战,才能在"痛并快乐"的节奏中,健康成长。

现阶段产业联盟或正处于"烦恼"最多的成长期,而当跨越了这个"烦恼多多"的成长期,也就意味着产业联盟真正步入壮年时期。

"准生证"缺失的尴尬

在我国,依据 1998 年修订的《社会团体登记条例》的规定,要想成立社会团体,必须经过民政机关登记取得社团法人资格,在章程范围内开展活动。但必须是非营利性活动。

在产业发展的过程中,"联盟"实质上就是一种社会团体的表现形式;但是,在我国现行的法律中,"联盟"作为一个兴起于 21 世纪的新鲜词汇,虽然履行着非营利性社会团体的义务,有着社会团体之实,但却没有社会团体之名。

目前国家没有专门的法律法规明确承认联盟的法律地位。在现行社团管理注册制度下,联盟也几乎没有可能取得独立的社团法人资格。这也就意味着,近年来,尽管联盟在不断发展壮大,但绝大部分联盟不具备法人身份,甚至从严格意义上说,是非法社团组织。

换句话说,产业联盟从“出生”的那一天起,就面临着无法获得“准生证”的尴尬。

联盟产业中,大名鼎鼎的半导体照明产业联盟也逃不脱“准生证”的尴尬。国家半导体照明工程研发及产业联盟秘书长吴玲对记者透露说:“半导体照明产业联盟在成立初期,有相当一段时间没有法人身份,那时候行业内有些人都称我们为‘黑户’。”

而在“黑户”的身份之下,联盟发展其实苦不堪言、苦不敢言。

其一,“黑户”意味着联盟不是法人,没有账户,资金无法管理;其二,人事管理权缺失,招聘人才进来无法给其“名分”;其三,联盟没有公章以及开发票的权利,联盟运作过程中,即使有企业加入交会费,联盟也无法正常开发票;其四,联盟没有身份认可等。

一位行业内资深联盟管理人士向记者诉苦,刚开始涉及联盟时,想依靠联盟这个平台大干一场,促进行业的发展,上下游产业的共同进步。但是深入其中,发现存在很多问题,其中最大的问题就是法人身份得不到认证,这导致联盟在今后的运营过程中存在问题。

其一,联盟没有责任主体,无法管理,不是法人也就意味着不是责任主体,但是联盟发展过程中,必然需要一个有担当的负责人。这两者之间的矛盾导致联盟在管理时职责不清,履行力度不够,事后无人监管,最终会导致联盟形式发育的先天不足,后天混乱,无法管理。

其二,缺乏凝聚性,难以长期发展。由于联盟不能注册成实体,缺乏合法身份。联盟在目前只是一个无形的旗帜,在其发展过程中缺乏生命力与凝聚力,难以积累下有效的资源,更难以将联盟作为一个长期性的行业、产业引领平台去打造。

从具体操作层面上来说,没有法人资格也给实际工作带来不便。

中关村产业技术联盟促进会理事长梅萌表示,产业联盟是松散的协议型组织,通过契约对联盟成员进行行为约束和利益保护。由于没有法人身份,联盟既不能以合法身份承接政府重大科研项目,也不能参与合同谈判。

在身份方面,这些社团就算是去国外洽谈项目,多以企业名义,或由政府官员陪同,不仅不方便,还很难见到当地的高层官员。身份的尴尬使得联盟很难推动企业向前发展。

“低门槛”带来无节制

一方面联盟身份难以合法合规,法人身份难以注册;另一方面,正因为联盟成立规则尚未形成,也无法进行注册,产业联盟的建立的门槛极低。在这种有需求无监管的状况下,产业联盟的诞生越发疯狂和无序。有人戏称:哥几个晚上喝顿酒一商量,第二天联盟就成立了。

在相对无序的发展环境中,人们对联盟的认知和定位,越发模糊和混乱,其含义和内容,被添加了越来越多的功利和商业目的,甚至完全背离了联盟所应承载的内涵。于是,各类联盟粉墨登场。甚至还有诸如"解救高校单身联盟"等更为奇葩的联盟组织。

产业联盟对行业的发展在一定层面上发挥了作用,很多优秀联盟应运而生。但是,由于门槛过低制度不完善,分类信息不健全,也使那些真正致力于推动产业发展的优秀联盟被遗忘于江湖,湮没在鱼目混珠的联盟大军之中。

以建材行业为例,从20世纪90年代至今,随着建材产业的不断壮大,市场竞争日趋激烈,各类联盟层出不穷。打开百度搜索引擎,输入关键词"建材""产业联盟",显示出66万条词条。

但记者在调查过程中发现,虽然建材行业坐拥众多产业联盟,但真正在建材行业内有知名度、权威性的联盟凤毛麟角。相反,在建材产业联盟中充斥着"竞争""解散""消亡"等负面的信息。由于联盟门槛低,数量急剧增加,使得联盟鱼龙混杂且缺乏领军者,导致"联盟"一词变得廉价,意义也打了折扣,联盟中的企业也失去了竞争优势。

以建材行业中最常见的市场合作型产业联盟为例,一位曾多次参加品牌联盟的行内人士道出:"现在建材行业中联盟众多,很多是打着合作噱头,赚取高昂的会费、活动费用。甚至有些联盟含有强烈的'排他性',一定程度上可能伤及联盟外的战略合作伙伴。大多数产业联盟,我们认为完全不合规,更不要说权威性。"

由于联盟的众多、职能的重复、交叉导致联盟经费的不足,联盟的实际作用很多时候难以发挥。

以光伏行业为例,有资料显示,2010年,中国光伏产业联盟筹备成立,致力于协同创新进行核心技术突破,但这一消息传到众多光伏企业后,却令他们烦恼不已。就在前一年,他们刚刚加入了一个十分类似的产业联盟——多晶硅技术创新联盟。这两个联盟主要功能基本重复、互有交叉。对于联盟而言,分散了参与的企业、研究经费,削弱了各自的能力以及对于行业的引导作用,对联盟的可持续发展非常不利。

有专家叹息:随着全球化的不断发展,国际市场上的建材产品不断侵入我们的生活之中。试想,如果我们的联盟在国内都没有权威性和知名度,如何能跻身于不断变化与发展的国际潮流之中?

"叫好不叫座"的境遇

在我国现行社团登记注册制度下,让产业联盟从诞生起就陷入"叫好不叫座"的局面。所谓"叫好",绝大多数人谈及联盟都用类似"创新之举""新鲜事物"等词加以描述和赞许。但是,真正为其"买票",主动铺路搭桥的人却不多。

也正因如此,联盟的发展缺乏成长所需的良好环境,规范的管理制度和健全的法律法规。

由于联盟职责的限制,缺少相应的法律法规,导致众多联盟在逐步成长的过程中,始终不能也不敢放心大胆地去开拓创新,严重阻碍了研究成果产业化的发展。

随着政府部门简政放权政策的进一步发展和落实,使得很多行业人士颇为担心:这样的政策会不会导致社会团体的准入门槛会越来越低?原本就不受重视的产业联盟,未来发展、职责界定、违规处置、联盟定位和目标等方面,如何规范?谁来规范?这些都是众多联盟人士心中最大最紧迫的疑问。

但是,目前联盟若想拥有更好的环境和更规范的制度与法律支持,仅仅提出疑问和高声呐喊还远远不够。面对这样的尴尬局面,联盟人士首先需要换个思维看待眼前的"烦恼"。

正因为政府逐步简政放权,未来,产业联盟等社会团体组织将会承担起越来越重的行业责任和义务。其中,产业联盟一定会起到越发重要的作用。

有行业专家表示,政府简政放权,行业的发展逐步市场化,但绝不是放任其无序发展,在高度市场化的环境中更需要有一个社会团体的自律公约来引导相关的行业发展。

面对这样的大趋势,就要求产业联盟在没有良好出身和优越环境的情况下,认清自身优势,通过自身的努力,树立并突出产业联盟在社会团体中的自我价值和存在意义,从而引起全社会各个行业的关注和重视。

就像一部被"叫好"的电影,之所以"不叫座",更多是缺少"大片"的身份与"身价"垫起来的高门槛,但是,"叫好"的影片在"不叫座"处境中也会逐步得到认可乃至成为"经典",因为金子总会发光,好电影也绝不会被埋没。

产业联盟未来的坦途也掌握在自己手中。努力的过程是最痛苦的,但努力所得到的成果也是最辉煌的。

在这方面,这个领域不是没有开拓者,以现有的中关村产业技术创新联盟为例,现在政府相关部门已经把相当一部分职能委托给产业联盟,并已经在产业组织、创新组织、产业转移、京津冀一体化方面发挥重要作用。

一位建材行业专家分析:如果能率先通过相关法律、法规将产业联盟的职能职责界定下来,不仅可以有效规范产业联盟的发展态势,有效发挥联盟的职能和作用,对联盟相关的各个产业的发展也将起积极作用。

这位专家对未来联盟在建材行业中的发展,是很看好的。他说,从长远来看,建材行业联盟想要取得政府的信赖、担当起推动行业发展的重任,还有很多工作要做。首先急需建立一套健全的法律法规规范自身发展行为,同时建立并完善联盟发展制度,提高行业联盟的权威性、号召力和带头作用。

人才匮乏的软肋

近年来,产业联盟多见于电子、通信、家电等新兴产业,大部分以共同制定行业标准、价格、产量为主,同时对联盟企业进行一些相应价格保护、知识产权保护等。在实际运作当中,大多数联盟由于其运行基础薄弱,内部协作关系弱,缺乏相应的管理制度,联盟缺乏核心竞争力,往往难以实现预期目标。而这其中最重要的缺失因素,就是专业性复合型人才的严重缺失。

绝大多数产业联盟,在发展初期因为缺失一套完整的章程和管理政策,缺乏考核、激励、协调等内部机制,几乎没有固定的工作人员,日常工作都难以维系,更谈不上搭建专业复合型人才和管理团队。

阻断联盟人才输送还有政策的约束。众所周知,高校的科研人员众多,是产业联盟人才的主要来源,但是这些科技人员想要投入联盟创业却可能付出昂贵的成本,这其中包括原有职称甚至工作的丢失。

有相关专业人士表示:无论是联盟制度的制定还是标准的研发,都需要既懂得企业、行业、政府需求,又了解政策的走向,还要懂得技术研发的跨领域、高素质的全方位综合型人才来协调产业联盟的工作。人才严重缺失,甚至根本没有专职人才,是产业联盟的普遍现象,这样的联盟做出来的行业标准,大多缺乏权威性和可行性。

也有人提议:联盟专业人才的培养与巩固,需要一定的时间,需要相关环节进一步加强和完善才能达到。面对目前联盟全方位人才缺失的情况,如果联盟能够吸引外部专业人士一起参与,比如类似马云、雷军这样的优秀企业家,和更多优秀的专家、学者等共同凝聚起来,通过联盟为行业做事,那么,不仅可以有效履行产业联盟真正的职责和目标,也可以带动产业联盟自身的发展,提高产业联盟的权威性和地位。

成长,"痛并快乐着"

产业联盟所遇到的困惑与尴尬,只是发展中的一个侧面,而产业联盟发展还有更多的喜悦和收获。其成长历程正所谓"痛并快乐着"。

面对产业联盟中诸多内部和外部因素的制约,联盟当下遇到的尴尬和困惑确有不少,众多矛盾交困,并非一个联盟、一个企业之力所能解决的。面对这么多矛盾,需要政府、联盟、企业、媒体之间共同协作,找到共同解决的办法。

可喜的是,有些地方政府引导并协助产业联盟,开始了对"联盟规范化"的探索和尝试。

首先,在联盟法人身份认证方面。2010 年,《中关村国家自主创新示范区条例》在全国首次以法规形式支持符合条件的产业联盟申请登记为法人。2011 年,中关村又相继颁布了多项配套落实政策,截至 2013 年底,中关村先后已有 20 家产业联盟注册成为社团法人。

其次,面对联盟的无序竞争。北京 23 家联盟和机构发起成立国家半导体照明工程研发及产业联盟等"联盟的联盟"——首都创新大联盟,既在大联盟内部统筹创新资源,又扮演联盟与政府之间沟通桥梁的角色,代表各联盟与相关政府部门协调,解决联盟发展和产业发展的共性问题。

再次,关于联盟缺乏相关人才问题。2012 年江苏省科技厅、教育厅以及南京市委市政府联合印发的"科技九条政策"给南京的科研人员带来希望,其中规定:允许和鼓励在宁高校、科研院所和国有事业、企业单位科技人员离岗创业,3 年内保留其原有身份和职称,档案工资正常晋升。允许和鼓励在宁高校、科研院所和国有事业、企业单位职务发明成果的所得收益,按至少 60%、最多 95% 的比例划归参与研发的科技人员及其团队拥有。这一办法,解决了科技创业人员的创业之忧,也为联盟输送了大量的人才。

以上政策、法律的落实给联盟的发展带来了新的生机与活力。但毕竟还只是初步的尝试,也上没有形成大规模的借鉴和效仿之势。可以说,产业联盟的发展与规范,还任重道远,却又势在必行。正如众多专家所言:一个产业发展的是否健康有序,其中的协会、联盟等各种行业组织的发展就是个缩影。

传统建材行业亦不例外。目前相对可喜的是，我国建材行业人士已经意识到建材产业联盟对于行业发展所起到的影响作用，但是其发展还存在一些阻碍、尴尬和困惑。

放眼国内外的各个产业联盟，其中，有成功的案例，也有失败的教训。建材行业联盟应从中吸取经验和教训，携社会各界之手，乐观面对并努力改变成长中的"烦恼"，营造属于联盟，更属于产业的欣欣向荣的未来。

《21 世纪最重要的企业纽带》刊于 2015 年 8 月 14 日

其他篇目

◆联合就是力量

——产业联盟的昨天、今天和明天

◆既要紧密相"联"更要同"盟"共赢

——发达国家产业联盟发展的启示

◆产业联盟知多少

——关于产业联盟的 6 个基本问题

◆中国特色的联盟之路

——记享誉全国的中关村产业联盟

◆关于中关村产业联盟的那点事

◆体现国家意志　走在产业前头

——记建筑垃圾资源化产业技术创新战略联盟

◆联盟阵营中的"联想集团"

——记国家半导体照明工程研发及产业联盟

关注本组核心报道请扫描二维码

中國建材報

CHINA BUILDING MATERIALS DAILY

国内统一刊号:CN11—0073
邮发代号1-121 国外代号D807

今日八版 第6762号
www.cbmd.cn

2014年9月29日 星期一
农历甲午年九月初六

经济日报社主管主办

每周核心报道

沧桑巨变铸辉煌 百年盛世"建材梦"

——献给中华人民共和国成立65周年

在中华人民共和国即将迎来建国65周年之际，全国各族人民都为祖国的发展繁荣无比自豪，都对实现中华民族伟大复兴中国梦的前景充满信心。

65年前的10月1日，中华人民共和国宣告成立，有五千多年文明历史的中华民族跨入了快速发展的新纪元。

新中国成立以来，中国共产党领导全国各族人民团结奋斗，战胜各种艰难险阻，取得了举世瞩目的伟大成就。一个面向现代化、面向世界、面向未来的社会主义大国巍然屹立在世界东方。

伴随着共和国的成长，建材工业也走过了65年的壮丽征程。今天，中国建材工业主要产品的产量占全世界的50%以上，技术装备水平在国际上处于领先水平。一个品类更加齐全、技术水平更加先进、产品质量更加优良的建材工业大国已然崛起。

然而，历史启示我们，前进道路从来不是一帆风顺的。新中国的建材工业在建国初期百废待举的大背景下，得到了较为迅速的发展；文革十年给党、国家和各族人民带来严重灾难，建材工业也受到很大冲击；改革开放以来，国家各项事业步入正轨飞跃前行，建材工业也取得了跨越性发展。

当"中国号"巨轮激昂远行时，我们回首往昔，一个个勇毅果敢的决策、一份份力透纸背的规划、一幕幕悠远决绝的画面、一曲曲慷慨高奏的乐章，鲜活又生动，壮阔又美好，诉说着建材行业百万大军的豪迈与英勇、光荣与梦想。

薪火相传 梦想永续

■本报评论员 刘媛媛

建材工业，像波澜壮阔、交织纵横，用成千上万种坚固材料编织而成的大网。网罗着上万种不同领域的产品和数百个不同门类的产业，推动着世间万物瞬息万变、与时俱进的步伐，疏通着行业与社会、人文与自然、环境与产业之间和谐共融的脉络。

建国65周年，建材行业的发展日新月异，建筑材料更新如光似电，在人们触目所及的每一幢建筑、每一处景致中，都表现得淋漓尽致。从低矮平房初改造到万丈高楼拔地起，从修道铺路搞基建到海陆航空纵四海，从百废待兴始建设到生态和谐创新材。没有建材工业励精图治、推波助澜，怎会有今日国际化大都市、现代化新农村和高尖端新科技的世界话语权？

65年来，建材工业不负国家之期望、百姓之寄托，为国为民创下了无数辉煌的成就，留下了无数感人的篇章，应该为共和国所铭记，全社会所弘扬。

65年来，建材行业人为了突破曾经的桎梏与羸弱，埋头钻研、奋发图强，伴随改革开放春风，用短短30年时间跨越的高峰，就已经赶上甚至超越了世界同行百年打造的高峰。

承载着一个行业兴衰荣辱的接力棒，已经在几代建材人手中薪火相传。前辈鬓发斑白，后代青出于蓝。从"引进来"中学习和模仿，到不断刷新自主研发与创新的记录，再到屹立世界巅峰，为全球瞩目，而今，我们可以自豪地带着领先技术与设备"走出去"，每一代建材人就是铸就中国建材工业丰碑的砖瓦，用坚强的臂膀和无畏的精神，扛起这座丰碑直冲云霄的梦想。

历史铸就的丰碑，承载着每一代建材人的"中国梦"。这座丰碑没有尽头，今天的梦想会成为明天的基石，建材人的"中国梦"没有止境。

从"七五"时期，中国建材工业开始有了属于自己的五年规划，很多老专家不无感慨，每隔五年，建材人将梦想变为现实的过程中，都会有意想不到的超越和突破，每个超越和突破，会让全行业一代更加自信，敢于创造更大的梦想。

如今，"十二五"已接近尾声，新的五年又将为全中国建材人铺就全新舞台。这五年，全行业的担子更重，要为化解债务和阻碍全行业发展与进步的产能过剩锁尽全力；目标更远，要为全行业尽快且顺利完成转型升级、可持续发展大胆实践；梦想更大，要为全世界真正跨入生态文明、创造人与自然永久和谐的绿色家园铺砖垒瓦。

当"十三五"的目标和梦想成为现实，全行业人可以自豪地献上第一份百年大礼——献给中国共产党建党百年，这将是一份沉甸甸的承载着760万建材人"中国梦"的厚礼。

另一份厚礼，是35年后建材行业为建国百年创造的"中国梦"。35年，对于每一位建材人来说，是前辈传承到传承后代的延续，是铸就丰碑的新砖变为垒垒基石的过程，却也是为下一代建材人创造更辉煌"中国梦"的引路人。

35年，在一个行业的发展史册中，又是沧海一粟，容不得我们去等待、容不得一丝的松懈和迟疑，从现在起就要为那个时刻大胆勾画出我们的梦想，并在薪火相传中，不断地补充、延续、完善和超越。

一个行业的发展轨迹，就是一部薪火相传、梦想永续的鸿篇巨著。

迎接三大挑战 实现超越引领

——中国建材联合会会长乔龙德一席谈

■本报记者 王怡洁
见习记者 杨 洸

建国65年间，中国建材工业起伏更迭，从小到大、由弱到强，祖国强盛带动了建材行业的腾飞，改革深化助力着建材行业的转型。国庆65周年前夕，本报专访了中国建材联合会会长乔龙德。

提及我国建材工业的发展历程，乔龙德概括道："65年间，我国建材行业经历了从跟随到追赶的历史阶段，如今正迈向超越引领的新纪元。预期在2030年，我国建材工业将发展成为具有国际引领能力、有创新能力和有市场竞争力的现代化原材料与制品工业、建材加工制品业，新兴产业在整个行业所占比重将显著提升至70%左右，主要产业具有超越与引领世界建材工业发展的能力，实现又大又强。"

尽管在过去了的65年，我国建材工业取得了长足进步，并一举跨入建材大国行列，但未来仍然任重道远。

在乔龙德看来，若要实现建材行业的长足发展和预期目标，必须要解决好现存的三大问题。

第一大挑战来自建材产业全球布局。在经济一体化时代，我国建材行业本应早一点展开国际化战略，然而近几年才有少数本土企业探索"走出去"的道路，相比之下，如法国拉法基水泥早在上世纪80年代便已进入中国市场，在中国水泥的大发展中分得一杯羹。因此，"走出去"要早布局，早下手，坚持技术创新、统筹发展，实现企业国际化规模化发展方向。

第二大挑战来自产业结构调整，主要体现在现阶段我国传统建材领域和新兴建材产业发展不均衡。预计在相当一段时间里传统建材的绝对量仍会有一定增长，只是增幅逐年降低，在2020年前后将出现一定程度的需求转折期。未来几年，既是建材工业产业升级调整结构的关键时期和过渡时期，又是开拓发展新兴产业、新材料，为需求增长转折做好充分准备的关键时期。

目前，对传统建材行业来说，自主创新能力较弱，自主知识产权较少、技术储备不足，转型升级缺乏技术引领支撑。而在企业规模调整方面，建材企业过于分散，企业多但规模小，仅水泥企业就达到3500家。这些都是未来要转型升级的方向，因此要促进建材行业形成规模化兼并重组。同时，在发展新兴建材产业方面，要加大建材工业对新材料技术与装备的开发，形成规模经营。

第三大挑战来自于绿色环保方面带来的压力。建材工业的发展和产品更新换代必须服从节能绿色的要求。这对目前产品种类少、功能单一且能耗高排放量大的建材工业来说是一项艰巨的挑战。建材企业若要摘掉两高一资本的帽子，必须推广先进生产工艺和节能技术，实施节能减排技术改造。同时，发展循环经济，提高资源综合利用水平，努力发展绿色节能建筑材料，努力减少二氧化碳排放。

乔龙德强调，以上三大挑战是我国建材行业目前亟待解决的难题，而他们恰恰也是行业未来几十年发展的目标和方向。

他指出，自现在开始，未来20年我国建材工业的发展战略是：创新提升、超越引领。建材工业在追赶超越的同时，部分主要产业将占领世界建材工业技术制高点，在创新提升的同时创造全球建材领域领先的生产经营效能模式，在自身提升与发展的同时，增强在国际市场上的话语权、影响力，成为引领世界建材工业发展的建材强国。

策 划 本报编辑部
统 筹 刘媛媛 敖 娟
采 写 徐彦泓 刘媛媛 敖 娟 曾 征 李 静 刘秀枝 王怡洁 曾巍瑶 毕儒鹏 张谊賞 申丽晶 黄 莹 杨 洸 赵常秋
制 图 崔建岐
部分图片为金色建材摄影大赛获奖作品

“两个一百年”建材工业拿什么献上贺礼

■本报记者　王怡洁

建国65周年，也是我国建材行业成长的65年。

尤其是改革开放30多年中，中国建材行业走过了非凡的历程，迎来了最辉煌的发展岁月，建材工业生产及流通从低迷走向欣欣向荣，从僵化走向生机蓬勃，经历了重要的历史变革时期，加快了建材产品向市场化、国际化、现代化迈进的步伐。同时从经营理念、管理制度、营销体制、信息化建设诸方面加快了创新步伐，实现了建材工业快速发展，为国家经济发展、民族复兴做出了巨大贡献，取得了世人瞩目的辉煌成就。

十八大报告提出，在中国共产党建党一百年时全面建成小康社会，在新中国成立一百年时建成富强民主文明和谐的社会主义现代化国家。在新的历史起点上，“两个一百年”目标，既是对全国人民的庄严承诺，也是对全世界的郑重昭告。

再过7年就是建党百年之时，再过35年就是建国百年之时，在迎接“两个百年”到来的重要时刻，我国建材工业要拿什么献上一份宝贵的贺礼？又该以怎样的姿态屹立于世界建材工业？

产业规模

——集中度提高，涌现多个世界500强

未来20年我国仍将处于加快推进现代化的关键时期和重要战略机遇期，十八大报告提出：“坚持走中国特色新型工业化、信息化、城镇化、农业现代化道路，推动信息化和工业化深度融合、工业化和城镇化良性互动、城镇化和农业现代化相互协调，促进工业化、信息化、城镇化、农业现代化同步发展”。“新四化”的稳步推进将拉动国内经济保持平稳较快增长，为建材工业的稳步发展提供新的市场空间。

在新型工业化的推动下，新型城镇化进程将不断推进，到2030年，每年仍有1000余万人口转移到城镇，将带动城镇房屋和基础设施建设保持较大规模，对建材产品将产生持续的市场需求。

再来看一组数据，据中国建材联合会有关预测，至2020年，我国建材工业总产值劳动生产率将达到135万元/人以上。水泥制造业实物劳动生产率达到3500

吨/人以上。平板玻璃制造业实物劳动生产率达到9500重量箱/人以上。

如果按照这一设想发展,到第一个百年之时,我国建材行业的整体规模将达到新的高度。届时,产业组织结构调整将取得显著成效,生产集中度大幅度提高。以水泥、玻璃行业为例,我们或许可以做出这样大胆的预测,前10家水泥企业生产集中度或将达到60%,前10家浮法玻璃企业生产集中度或将达到80%。

再往后推算,从2021—2049年的几十年,在巩固之前的行业成果的基础上,可能那时水泥企业只有30~50家,平板玻璃生产企业只有10余家,其他建材领域的生产企业数量也会减少70%以上。发展规模和消费体量将由本国生产、本国消费为主的格局,转变为以国内为主国际、国内两个市场并举,主要产业在国外拥有一定量的产能和市场占有率的发展布局和市场格局。

总体来看,在新型城镇化的带动下,我国建材行业的整体规模还将保持在相当的水准。对建材企业来说,龙头企业或将进行真正意义上的大企业强强联合。也就是在建国百年之时,我国建材各领域将能形成一批世界知名、行业领先的优势企业,或将再有2~3家企业进入世界500强。

中国主要建材企业将在国际上占有相当市场份额,部分大型企业在国际建材市场上有投资、有实体,中国建材行业在世界建材领域的各种组织中有席位和发言权。

我们可以自豪地说,从那一刻起,也就进入了"世界建材看中国"的新纪元。

产业格局

——传统建材与新兴建材比翼齐飞

早在2006年,就有建材行业的一位专家预测,中国到2010年前后,东部沿海地区的水泥和基本建材产品开始出现饱和现象,到2015年前后,中部地区开始出现饱和现象,而到2020年前后,西部开始出现饱和现象。东、中、西3个地区之间的差距,各差5年左右。

如今,2014年的今天,再看这个预测时,我们百感交集。也就是这短短几年间,以水泥、平板玻璃为代表的传统建材早已出现产能全面过剩的局面,国家也已三令五申要求进行整合。

也有资料表明,中国到2030年,建筑业的高峰时期也将达到顶点。因此,随着经济增长,建材和建筑到2030年前后将逐步结束数量高增长的历史,进入中速增长和逐步下降的阶段。到2035年后,伴随人口的负增长,经济也将进入低增长和高效益的阶段。

此后几十年间，相应的传统建材行业将如何发展呢？这是摆在传统建材工作者面前的一个不得不提前思考的现实问题。同时，我们也要看到，新兴建材作为全球建材领域发展的重要组成部分，不容忽视。但我国新兴建材的发展还相对滞后，与建材大国的体量实不相称。

因此，如何促进传统建材转型升级，如何发挥新兴建材的巨大潜能或将成为未来几十年全行业共同努力的重点方向。

欣喜的是，今天，行业内已经开始着手。在传统建材方面，节能减排成为一大课题，并已取得显著成效。以水泥工业为例，协同处置废弃物成为现阶段及未来"十三五"建材工作的亮点，金隅、海螺、华新、华润、台泥等国内水泥巨头早已瞄准了这一方向，让水泥逐渐从夕阳产业转型为朝阳产业，得到全社会的认可，这也符合国际建材发展的大趋势。

而在新兴建材方面，目前我国建材相关部门和企业正在有条不紊地推进，通过建立产学研一体化平台，为新兴建材领域的快速拓展提供机遇。

可以说，建材行业的转型升级是一个循序渐进的过程。但我们有理由相信，未来几十年，我国建材工业将进入由对世界先进技术的追赶走向超越，技术、经济效益和资源效能都将全方位领先。

到那时，传统建材与新兴建材必将实现比翼齐飞。

到那时，我国建材工业早已摘去了资源消耗型工业和污染大户的帽子，变成了环境友好型产业

到那时，我国建筑的平均寿命必将大大超越现在的30年，直至50年、80年，乃至涌现出更多的百年建筑。由于新兴建材的发展和广泛普及，PC装配式住宅早已成为主流，绿色建筑也将比比皆是。建材行业将真正成为提高百姓生活质量的重要根基。

产业形态

——两化融合深入行业精髓

先来看几个场景。

在一家高度智能化的数字工厂内，一位准备拉货的司机经过一道无人值守的闸门，自动刷卡识别，通过后把车开进去，货物装好后，再自动称重，若全部合格，闸道将自动打开，车驶出。

一天中午，司机小王正在吃饭，这时他拿出手机，通过APP按了几下操作，对方手机随即显示：货已备好，请于下午两点前来取货。

走进一家大型工厂,几乎看不到多少员工,唯一的员工集聚地是一间大型中央操控室,室内装有多台电脑以及监控设备,足不出户,可控制工厂的一切运转。

小李正在装修房子,需要一批陶瓷做装饰。他选择了网络下单,并且通过移动互联网与厂商取得联系,沟通后进行个性化定制。两个星期后,这批货物直接送达小李家中。

大家对以上几个场景一定不会感到难以置信。在当下信息化如此发达便捷的时代,第四次共工业革命已然开始。在经历了机械化、自动化、信息化后,德国已提出工业4.0概念(智能制造为主导)的第四次工业革命。“智能工厂”与“智能生产”成为传统工业领域发展的新趋势,也成为企业提升竞争力的关键因素。

我国政府自提出“两化融合”以来,建材行业高度重视,并积极响应。这两年,有关促进行业内两化融合的政策层出不穷。工信部等国家相关部委也强调,2014年要将“两化融合”作为重要突破点,加强“两化融合”力度,拓展“两化融合”模式,推进“两化融合”发展。的确,我国建材工业的“两化融合”之路,是一项巨大的系统工程。

如今,中国建材集团、中材集团、华新水泥等领军企业已经在这方面先行一步。他们在企业的一部分运作中或多或少地采取了自动化与信息化相结合。可以预见,在建党百年之时,也就是7年后,像前面所提到的几种场景都将有可能一一实现。

也许还可以预测,在建国百年之时,则是更高的一种境界。建工厂早已不需要人工操作,直接是3D打印工厂,可从生产、管理、流通等各个方面实现全智能化建造;大数据概念早已深入方方面面,或将成为过去式,被更新的事物所取代;工人将全部变成高级研发人员,低廉的劳动力或已不复存在。

到那时,在我国,一个个绿色无污染、智能管控一体化的建材数字工厂比比皆是。人们谈论更多的是智能制造,是社会责任,是企业文化,新闻媒体发布的绝不再是排污榜,而是建材行业社会责任榜单,是大众对行业的崇敬。

我们也许可以憧憬,待两个百年到来之时,第五次工业革命或将全面袭来,带给建材企业的将是更为轰动的绿色智能革命。

今天,在共和国即将迎来65岁生日的时候,我们意气风发,我们信心满怀,我们阔步前进,我们的前途充满希望。相信全行业一定能够完成历史和时代赋予我们的重任,带我们迈向辉煌的“两个一百年”。

让我们在畅想未来的同时,祝愿建材行业发展步履越走越稳,发展之路越走越宽，发展征程越走越远。再过 7 年，再过 35 年，待两个百年到来之时，相信在全行业每一位有志之士的奋斗下，我国建材工业必将以令世人惊叹的面貌站在世界舞台的更高点。那时我们可以骄傲地说，中国已名副其实地成为建材强国。

《沧桑巨变铸辉煌　百年盛世“建材梦”》刊于 2014 年 9 月 29 日

其他篇目

◆沧桑巨变铸辉煌　百年盛世“建材梦”
　——献给中华人民共和国成立 65 周年
◆迎接三大挑战　实现超越引领
　——中国建材联合会会长乔龙德一席谈
◆薪火相传　梦想永续
◆背景材料（建材工业部、国家建材局历程简介）
◆新中国水泥工业 65 周年大事件
◆倾力节能　着眼尖端
　——我国玻璃工业 65 年来发展成就掠影
◆潮起海天阔　扬帆正当时
　——回顾我国建筑卫生陶瓷工业 65 年的奋斗与发展
◆让绿色木业与祖国同行
◆从“统一经营”到“完全放开”
◆砺行 18 载　绿色建材正当华年
◆建材媒体与行业共生共荣

关注本组核心报道请扫描二维码

第三章
两个“第二代”探索在路上

无论哪个时代，技术进步都是推动时代发展的利器，但术进步并非全然颠覆和掩埋。相反，更多的产业升级、技术换代恰恰是依托原有技术的精髓，不断改革和创新。在水泥玻璃等传统建材行业的发展中，更多的或许正是这样的传承与创新的交织融合。

第二代新型干法水泥和浮法玻璃技术的研发与创新，是中国建材联合会会长乔龙德于2012年在秉承现有技术精髓的基础上，提出的进一步技术革新与改革方向。几年来，众多行业人士纷纷投入“第二代”的研发创新，行进在探索在路上……

产业财富 传媒价值

国内统一刊号:CN11—0073
邮发代号 1—121 国外代号 D807
本报为周六刊(周日休刊)
今日八版
第6201号
2012年10月26日 星期五
www.cbmd.cn

中國建材報

CHINA BUILDING MATERIALS DAILY

经济日报报业集团主管主办

每周核心报道

走向引领

第二代新型干法水泥和浮法玻璃技术研发与创新深度报道之一

今年10月10日,“第二代中国浮法玻璃技术创新与研发领导小组会议”在北京召开;10月12日,“第二代新型干法水泥技术研发领导小组第一次会议”在天津举行。20多天过去,这两场会上激情四射的发言和由此引发的反响,不绝于耳。

“第二代”如同一声霹雳,炸响了2012年秋末建材行业本已不平静的天空。仅仅半月有余,在网络上搜索“第二代新型干法水泥”,相关条目即超过20万条……

在中国建材联合会的支持、指导下,本报近日派出多路记者深入采访,试图报道解析这一场划时代变革的缘由和走向。

我们将向读者奉上3期“核心报道”,以“第二代新型干法水泥和浮法玻璃技术研发与创新”为主线,题目分别为:一、《走向引领》;二、《建材大国的使命》;三、《伟大的产业壮举》。

今天刊发的是第一期,敬请读者关注。

■本报记者 刘媛媛 王怡洁

30年前,第一代新型干法水泥技术拉开了中国水泥行业一次划时代的变革,对于这个传统重工业产业的发展,是一次创造性的革命。倘若没有这一次重大的历史变革,今天水泥行业的发展,非但无法与国际比肩,甚至滞后的程度绝不止30年的距离。

而那一次的变革、突破和创新,从有想法到策划、筹备、协同作战,远远不止30年,期间也会伴随着犹豫、怀疑甚至是争议,却依旧阻止不了时代赋予的进步和探索之路。

第一代新型干法水泥技术在国内应用的30年间,的确使中国水泥行业以较快的速度完成了比肩国际先进水平的第一大步。但是,国际新型干法水泥生产技术的开发应用,比中国要早20多年的时间,可以这样说,中国新型干法水泥技术的发展,是从“借鉴和引进”开始,走向自主创新,形成中国特色的历史过程。

尽管新型干法水泥技术在中国水泥工业中确立了主导地位的30年间,水泥大型装备设计、制造、安装等均已达到国际先进水平。大型水泥企业以EPC和EP总承包模式也迅速登上国际主流舞台。

但在这30年里,国际新型干法水泥技术也并没有停滞不前,也同样在不断地发展和创新之中,这就意味着,中国水泥行业如果继续沿30年的老路,围绕已有的成绩继续做下去的话,跟随与追随别人的影子,也无法摆脱和超越。

更何况,从更为现实的状况来分析,如何解决产能过剩的问题,如何在节能减排上缩短并有朝一日能够引领国际,行业内的探讨已有若干年时间,却始终无法在现有技术的基础上,找到既快速又保证可持续发展的最佳途径。

不能否认,差距是很明显的,综合中国水泥行业与国际先进水平的几项较为明显的差距统计,归根结底,是集中在节能减排、协同处置和工业环境等绿色环保的大症结上。

以现有的产业发展模式和技术水平,要解决摆在眼前的问题,已经越来越看不到突破的出路,唯一的办法就是,彻底放下已有的辉煌战果,将30年的成就作为一个历史阶段载入史册,然后,打开思路向下一个产业变革迈进。

第二代新型干法水泥技术与第二代浮法玻璃技术的创新与研发,无疑将成为水泥和玻璃工业的又一次创造性革命的开始,而如果说上一个30年让中国水泥和玻璃工业的腰板挺立于国际主流舞台的前端,那么,当第二代新型干法水泥技术和第二代浮法玻璃技术成为主导力量之后,未来的30年抑或更长时间,中国水泥和玻璃工业将毫无争议地成为全世界的主导力量,由追随者一跃成为引领者。

任何一个历史阶段,新一代技术与意识的出现都是必然的不可逆转的进步和发展方式,30年时光荏苒,推动着水泥和玻璃工业进入第一次成功变革的历史阶段,那么,从现在开始,全新的发展模式和技术特征势必要出现并成为未来的主导力量。

时代要求的进步和创新,不可逆转。

时代警示 使命义不容辞

“过去取得了再好的成绩,都只能说明过去,如果我们不悟醒再拿过去取得的进步当做今天的进步;如果仍不悟醒把过去的发展方式继续沿用;如果还不悟醒把十几年前客观上存在的发展空间和水泥行业自身存在或需要的发展空间,误认为今天仍然有的发展空间;如果再盲目等待强烈拉动带动水泥发展和效益提高的话,那么,只能说明,我们是盲目的不清醒的水泥工业工作者。”——乔龙德

建材联合会会长乔龙德所说的这番话,其中包含了一层深刻的含义就是,行业在每个阶段的发展,都必须时刻认清时代与社会的使命要求,客观认清产业发展的脉络走向,产业的发展,必须时刻与社会需求相辅相成。任何一次产业转型或变革,一定有着时代进步的必然性和可行性。

下转3版

站在历史大考的门前

■本报评论员 张 红

做世界水泥和玻璃工业跨越发展的引领者。

10月,由中国建材联合会牵头发起、组织实施的“第二代中国浮法玻璃技术创新和研发领导小组会议”与“第二代新型干法水泥技术研发领导小组第一次会议”隆重启动,这项事关中国玻璃与水泥工业发展与进步的方向性、全局性的系统工程,其目标是要通过集成创新与协同创新,使中国水泥和玻璃工业迈入超越和引领世界的集大成时代。

这是中国水泥和玻璃行业从未抵达的胜景。对全行业从业者而言,究竟敢不敢迎接这个大挑战?到底能不能经受这次大考验?已经成为无法回避、必须面对的历史“大考”!

这次大考,考的是信念与担当。

中国作为“水泥大国”和“玻璃大国”,要敢于拥有在全球同业中的话语权和主导权,自觉主动地肩负起创新技术、提升标准,建设具有国际化水平和竞争力的新体系,并担负起把世界水泥和玻璃工业带进新时代的重大使命。

毋庸讳言,通过数代人的艰辛努力与发奋,我国水泥工业技术已经站上了世界先进水平线。截至2011年底,水泥总产量已达20.85亿吨,占全球总产量的58%,其中代表先进生产力的新型干法水泥占到总产量的89%。在结构不断优化的同时,产业集中度不断增强,尤其是大型装备水平接近和已经达到国际先进,以建设整条水泥生产线为特征的工程总承包已在全世界几十个国家和地区建成工程项目。同样,我国玻璃工业技术也已接近世界先进水平,浮法玻璃从改革开放初期的1784万重量箱至2011年的7.85亿重量箱,增长了44倍。30年的时间里,中国浮法玻璃技术水平全面提升,先后成功研发生产出了超薄、超厚、在线镀膜玻璃,以及自洁、本体着色、微晶、防火、超白太阳能等新品种,并实现了余热发电、烟气治理和全氧燃烧等新技术的推广应用。可以说,站在前人的肩膀上,我们已经具备了超越引领的底气。

这次大考,考的是敢为人先的创新能力。

水泥与玻璃转型最重要的支撑点就是技术创新与技术领先。“第二代新型干法水泥技术”与“第二代浮法玻璃技术”,均是中国水泥与玻璃行业重大、关键的共性技术,研发与创新这两种技术,旨在“创新提升,超越引领”,通过集中全行业的智慧和力量,将现代科学技术和水泥、玻璃工业的最新成果集成出具有超前水平的系统技术优势。

应该看到,我们拥有全世界最大的水泥和玻璃市场,拥有全世界最大的水泥与玻璃科研人才队伍,我们亦拥有协同发展的制度优势。以玻璃工业为例,中国作为世界三大浮法玻璃的发源地之一,30多年来,我们已经为推动世界浮法玻璃工业的进步与发展奉献了汗水与智慧,如今,在接近世界先进水平的时期,我们这代人见到了超越并引领世界浮法玻璃工业前行的历史机遇,史无前例,值得珍惜。可以预见,“第二代浮法玻璃技术创新与研发”成果,不仅可以使中国浮法玻璃加快赶超世界先进水平,把中国浮法玻璃行业带入引领世界玻璃行业发展的前列,还将为中国玻璃行业优化存量和加快结构调整提供基础性的技术支撑。

这次大考,考的是下定决心的果敢和审时度势的智慧。

中国的水泥与玻璃产量均占全球一半以上,全局性“产能过剩”已是一片泥泞的沼泽,如果深陷其中,必将把水泥和玻璃企业带入前所未有的困境。当沿袭了数十年的发展模式出现致命的危机,如果不能断然与过去挥手告别,就会贻误战机,甚至会成为行业发展的“绊脚石”,被历史淘汰。

毫无疑问,“加快转变发展方式,促进产业转型升级”,这是当前经济工作的主线,也要求水泥与玻璃行业的发展必须要有新内涵、新水平和新支撑。以乔龙德为会长的中国建材联合会在这个非常时刻作出如此重大的战略决策,为中国水泥和玻璃工业未来数十年的进步绘制了一幅全球视野的宏伟蓝图。同时,必将真实地检验中国建材联合会及各产业协会能否真正拥有引领行业发展的功力和能量。

站在历史大考的门前,是抚门而思迟疑张望,还是破门而入直奔殿堂,答案自明。

策 划:本报编辑部
统 筹:孟宪江 刘媛媛 袁 环
采 写:刘媛媛 张 红 王怡洁 赵 青 王志国
专业指导:张 红
制 图:崔建岐

第二届世界绿色设计论坛比利时落幕

亨达玻璃与苹果公司、宝洁公司等同获绿色设计国际贡献奖

本报讯 日前,“2012第二届世界绿色设计论坛”在布鲁塞尔欧洲议会大厦举行,来自世界各国的政要、环境问题专家、设计师、企业家,热烈研讨如何以绿色设计为手段促进全球可持续发展。

世界绿色设计论坛是在中国全国人大常委会副委员长、中国科学院原院长路甬祥倡导下,由中国国务院参事石定寰、欧洲议会议员德瓦等发起的国际性绿色设计峰会。论坛以“搭建全球生态环境保护与绿色产业发展国际对话平台”为主旨,由中国光华设计基金会、欧洲议会欧中友好协会、国际设计联合会、新华社欧洲总分社、新华社《中国名牌》杂志社和欧中合作发展有限公司联合主办,并得到欧洲议会、中国驻欧盟使团的大力支持。

本次论坛呼吁国际社会在关注环境问题的同时,要从影响生产和消费的源头——设计抓起,倡导绿色设计理念,运用绿色生产技术,使用绿色材料、绿色装备,更多生产绿色产品,实现节能减排、保护资源和环境的人类共同目标。

论坛向苹果公司、宝洁公司、亨达玻璃科技有限公司等20家机构和中粮集团董事长宁高宁、奇瑞汽车有限公司董事长兼总经理尹同跃等20名个人颁发了“绿色设计国际贡献奖”。绿色设计国际贡献奖是绿色设计国际论坛设立的国际性、公益性奖项,旨在表彰以绿色设计为手段,推动绿色技术、绿色材料、绿色能源、绿色装备等的应用,致力于改善人类生存环境作出卓越贡献的专业人士和专业组织。

作为本次论坛的战略合作单位——中国建材报社参与推荐的亨达玻璃科技有限公司,因其在光伏真空玻璃领域的研发投入与推动力,获得国内外评委的一致认同,也顺利获奖。

走向引领

——第二代新型干法水泥和浮法玻璃技术研发与创新深度报道之一

■本报记者 刘媛媛 王怡洁

30年前,第一代新型干法水泥技术拉开了中国水泥行业一次划时代的变革,对于这个传统重工业产业的发展,是一次创造性的革命。倘若没有这一次重大的历史变革,今天水泥行业的发展,非但无法与国际比肩,甚至滞后的程度绝不止30年的距离。

而那一次的变革、突破和创新,从有想法到策划、筹备、协同作战,远远不止30年,期间也会伴随着犹豫、怀疑甚至是争议,却依旧阻止不了时代赋予的进步和探索之路。

第一代新型干法水泥技术在国内应用的30年间,的确使中国水泥行业以较快的速度完成了比肩国际先进水平的第一大步。但是,国际新型干法水泥生产技术的开发应用,比中国要早20多年的时间,可以这样说,中国新型干法水泥技术的发展,是从"借鉴和引进"开始,走向自主创新,形成中国特色的历史过程。

尽管新型干法水泥技术在中国水泥工业中确立了主导地位的30年间,水泥大型装备设计、制造、安装等均已达到国际先进水平。大型水泥企业以EPC和EP总承包模式也迅速登上国际主流舞台。

但在这30年里,国际新型干法水泥技术也并没有停滞不前,也同样在不断地发展和创新之中,这就意味着,中国水泥行业如果继续沿30年的老路,围绕已有的成绩继续做下去的话,跟随与追随别人的影子,也无法摆脱和超越。

更何况,从更为现实的状况来分析,如何解决产能过剩的问题,如何在节能减排上缩短并有朝一日能够引领国际,行业内的探讨已有若干年时间,却始终无法在现有技术的基础上,找到既快速又保证可持续发展的最佳途径。

不能否认,差距是很明显的,综合中国水泥行业与国际先进水平的几项较为明显的差距统计,归根结底,是集中在节能减排、协同处置和工业环境等绿色环保的大症结上。

以现有的产业发展模式和技术水平,要解决摆在眼前的问题,已经越来越看不到突破的出路,唯一的办法就是,彻底放下已有的辉煌战果,将30年的成就作为一个历史阶段载入史册，然后，打开思路向下一个产业变革迈进。

第二代新型干法水泥技术与第二代浮法玻璃技术的创新与研发，无疑将成为水泥和玻璃工业的又一次创造性革命的开始，而如果说上一个30年让中国水泥和玻璃工业的腰板挺立于国际主流舞台的前端，那么，当第二代新型干法水泥技术和第二代浮法玻璃技术成为主导力量之后，未来的30年抑或更长时间，中国水泥和玻璃工业将毫无争议地成为全世界的主导力量，由追随者一跃成为引领者。

任何一个历史阶段，新一代技术与意识的出现都是必然的不可逆转的进步和发展方式，30年时光荏苒，推动着水泥和玻璃工业进入第一次成功变革的历史阶段，那么，从现在开始，全新的发展模式和技术特征势必要出现并成为未来的主导力量。时代要求的进步和创新，不可逆转。

时代警示　使命义不容辞

“过去取得了再好的成绩，都只能说明过去，如果我们不醒悟再拿过去取得的进步当作今天的进步；如果仍不悟醒把过去的发展方式继续沿用；如果还不悟醒把十几年前客观上存在的发展空间和水泥行业自身存在或需要的发展空间，误认为今天仍然有的发展空间；如果再盲目等待强烈拉动带动水泥发展和效益提高的话，那么，只能说明，我们是盲目的不清醒的水泥工业工作者。”——乔龙德

建材联合会会长乔龙德所说的这番话，其中包含了一层深刻的含义就是，行业在每个阶段的发展，都必须时刻认清时代与社会的使命要求，客观认清产业发展的脉络走向，产业的发展，必须时刻与社会需求相辅相成。任何一次产业转型或变革，一定有着时代进步的必然性和可行性。

第一代新型干法水泥为中国水泥行业带来的进步是巨大而鲜明的，但客观的桎梏和症结，也同样随着30年的发展而变得鲜明。

产能过剩主要是产业结构的老化，节能减排则是技术创新和意识提升的问题，但归根结底，首先是依据社会发展的要求，产业到了必须转型升级的时候，变革就成为必然。

2009年哥本哈根气候大会的召开，对于全世界任何一个国家来说，都似是绿色环境保护与建设新纪元的起始点，自那之后，没有任何一个国家和行业，可以无视减排低碳、环境保护这个不可逆转的大趋势。

不可否认，目前，几乎所有的产业在发展的过程中，都已经将绿色革命作为产业变革的一部分，纳入未来产业转型升级的专业课题，这不仅是顺应时代和社会的需求，更是一个产业立足于社会，立足于全球经济高起点的产业使命和社会责任。

正因为，绿色产业革命尚属于直击全球所有行业的全新的世界课题，因此，各个行业，尤其是传统工业在节能减排、降耗低碳的研发和创新，甚至是颠覆性的变革上，目前也都在探索和尝试之中，成熟而立竿见影的案例找起来并不容易，但这也给每个国家、每个行业提供了巨大的提升空间和一鸣惊人的发展良机。

倘若中国水泥和玻璃工业能抓住这个时机，通过第二代新型干法水泥技术和第二代浮法玻璃技术而展开一次划时代的产业变革，中国水泥工业和玻璃工业，不但能够成为世界同行业中的师傅和领头羊，更可以成为其他传统行业在面对同样的产业课题时，可以拿过来借鉴和参考的典型案例和范本。

而提到节能减排、利废再生，很多国人首先想到的是城市另一大污染源——白色污染。这个曾经被称为“中国城市特有的环境污染”，曾被认为是在中国短时期内无法根除的“中国特色”。

2008 年 6 月 1 日，国家相关部门下发了《关于限制生产销售使用塑料购物袋的通知》，从那时起，国内所有超市、商场、集贸市场等商品零售场所一律不得免费提供塑料购物袋。

治理和消除“白色污染”，和节能减排工程一样，都是庞大的系统工程，需要各部门各行业的协同合作才能从根上解决的课题，绝不是一道禁止令就能实现的朝夕之举。

但是，正因为有了一道禁止令和强烈的社会呼吁，消除“白色污染”的序幕，就此在中国，在老百姓的生活当中拉开。倘若没有这道启动的序幕，今天的中国“城郊一片白茫茫”的景象将更加骇人。

顺应时代的要求，一道禁止令可以带动一场可能是史无前例的“白色革命”，而在建材行业以节能减排为历史使命的当下，水泥和玻璃工业两项新技术的诞生和平台建立，很可能就是“建材业绿色革命”的那道震撼人心的序幕。

转型在即　升级必须求变

遏制产能也好，转型升级也罢，解决产能过剩的问题，是进入 21 世纪之后，中国大多数行业所面临的共同课题。或许每个产能过剩的行业都在寻找着属于本行业重获新生的力量和转变方式，但不变的是，最有效解决产能过剩的途径只有一条：必须变革。

产能过剩，并不是水泥或玻璃等传统建材行业的独家问题，而是中国很多行业，包括如今新兴而起的创意产业的共同产业桎梏。

几乎每个产能过剩的行业，在进入 21 世纪的不同阶段，都不得不在挣扎、徘徊、牺牲和尝试中,寻找属于本行业重获新生的力量和转变方式。

转变的过程首先是阵痛的过程。如今已被列入创意产业行业的服装产业,其遏制产能过程的阵痛期,要早于建材业大约五六年的时间。

服装产业的发展规模或许没有传统建材业那样庞大,但发展的历程却也有着很多相似之处。

20 世纪 90 年代之前,中国的服装产业尚处在为他人做嫁衣的庞大、杂乱且低端的劳动密集型制造产业。第一次跨时代的革命,即是打造品牌战略的意识觉醒。

1997 年,亚洲金融风暴的爆发,让一些东部服装加工发达地区的加工厂顷刻间从蜜罐跌落冰窖,一夜之间无数加工厂倒闭或转让。

而缺少自主品牌的中国时尚,几乎被世界时尚主流舞台牢牢地踩在脚下。与此同时,中国老百姓的时尚需求却明显高涨,中国要创造自主品牌的呼声已经到了不由分说地地步。

1994 年前后,当第一批中国自主服装品牌诞生的那个阶段,就像 30 年前新型干法水泥技术开始替代落后技术和设备一样,全行业群情振奋,斗志昂扬。

可是,当中国服装产业进入这一次革命最为辉煌的时期,新的问题也随之而来,很多加工型企业看到做品牌有利可图,都一窝蜂闯进来,中国品牌从无到过剩,是一段比水泥产能过剩过程要短得多的过程。

在中国服装产能过剩最严重的时期,一些在市场赫赫有名的大品牌企业,每天积压的库存量,几乎可以堆满十几个大仓库,虽然从表面上看,市场利润依旧高涨,但日益增加的生产成本,以及庞大的库存消耗之后,入不敷出,资不抵债让许多曾经辉煌的企业一夜间销声匿迹。

2008 年世界金融危机的二度创伤,又一次迫使服装产业必须忘掉曾经的辉煌,第二次划时代的革命,也就是从“中国制造”到“中国智造”的跨越。服装产业全面进入转型升级,正式拉开这一次创造性变革的序幕。

而这期间,同样有质疑、彷徨和抵触,同样有牺牲和痛苦的折磨,青黄不接成为当时摆在眼前的现状。困难摆在眼前,变还是不变,却容不得半点犹豫。

当时,同样是行业协会扛起了“必须求变”的大旗,到如今,短短两年时间,设计化革命的举措已见成效。服装行业开始了从优秀到卓越的历史进程。

最关键的是,这一次的变革,彻底改变了中国时尚在国际主流舞台的地位和形象。世界各大顶级时装周上,出现了越来越多中国品牌的身影,而国际时尚巨头和专业买手,也纷纷登陆中国时装周,寻找全球代理的中国品牌,洽谈跨国际合作的中国服装设计师和品牌企业。

服装产业的第二次变革，才刚刚开始，真正步入成熟期，还会有漫长的过程，但时代的需求不可逆转，产业转型升级的重任，一定要从这一步迈出。

回头想，如果没有这一次痛定思痛的变革，服装产业依旧停留在第一次变革的温床中，那么今天的服装产业，可能已经被自己的库存压死，不但看不到登上国际舞台的曙光，要想顺利进入创意产业的大本营，也是妄言。

这样的经历，与水泥工业的发展有太多的相似之处，只不过，水泥工业的基础比服装产业更厚重，在国际上现有的地位和影响力，也非服装之于国际所能比拟。但是，当一个产业经历过一个时代赋予的高峰阶段，也就意味着再沿着一座山走，势必到了走下坡的时候。只有拿出勇气和胆量，去攀越另一座更高的山峰，才是遏制走下坡路的唯一出路。

在两座相连的高峰之间跨越的过程，也许存在一定的风险，也许不是一蹴而就的胜利，但当产业达到这样的境遇时，只能有两种结果，要么“轻松”滚下山，回归原点；要么费点力气，有点决心闯更高山峰。

建材联合会已经建立起来强大的平台支持，再集水泥行业的智慧、力量和决心，另一番天地应该就在眼前。

“历史向我们提出挑战，时代提醒我们，新一代的研发必须开始，否则发展就会受到制约……”乔龙德此番话，掷地有声。

突破创新　精英协同作战

如果说，第一代工艺的特点基于若干技术的突破，那么“第二代”则代表着行业先进工艺的集成，是一个名副其实的系统工程。就好比载人航天这样精密度极高的大工程，通过各项高端技术的集成，才成就了我国航天史的璀璨篇章。因此，无论是水泥工业或是玻璃工业，只有集合和汇总当下国内国际先进成果，才能协同作战，走在世界前端。

从古至今，人类历史上取得的每一项成果或每一次成功的变革，大都遵循了一个基本规律，首先是核心技术的创造和完善过程，这之后，便是相应的附件配件和软实力的提升和强大，而相应技术的演变和创新，在一定程度，一定会使核心技术发挥出事半功倍的成效和影响力。

打造强大的软实力和围绕核心技术研发创新的所有配套技术和设备，都不可能是一个人或一个机构就能全部完成的事情，必须是各方智慧与专研科目的集合和汇总，可以说，都是一次集成创新的根本性大变革。

正如乔龙德所说，前几年水泥和玻璃行业发展的空间大，是因为我们的核心技术在不断地壮大和发展之中,留给我们很大的发展机遇和空间,但是发展到现在,能用上的技术已经都用上了,发展的空间也趋于饱和,下一步要怎么办?

其实发展的空间始终是无限的,只是,这个空间未必掌握在我们手里,那么,下一步要扩大发展空间,就必须把所有的技术创新和各个环节的研发成果形成一个系统,形成一个整体。否则,即便产业链上的每个环节都在创新,都在提升,也会因为是不充分配套在一起而难以发展应有的效益。

乔龙德说,未来的研发和创新,需要集成,需要统一的设计和统一的规划。

因此,可以这样理解,如果说第一代新型干法水泥和第一代浮法玻璃的诞生,是一次技术工艺和设备创新方面的突破和跨越的话,那么,第二代新型干法水泥技术和第二代浮法玻璃技术的研发与实施,则是一次系统工程的集成创新。

说到时代的演变和社会的需求,处在当今这个时代的任何产业,绝大多数都已经走过了靠单一或几项技术和工艺设计的提升和完善就能够引领世界的阶段,有很多高科产业的典型案例摆在眼前,能够走向成功,都是集成了人类的力量和创新成果而成就的。

1992 年开始论证、攻关、研制和实验,并于 1999 年发射升空的中国第一艘无人航天飞船神舟一号,当时攻克了飞船系统的舱段分离技术、调姿制动技术、升力控制技术、防热技术和回收着陆技术 5 大关键技术的可靠性。成功完成了中国航空航天史上一次伟大的技术创造和突破。

当时,无人航空飞船成功发射,已经被国人认为是一次巨大的奇迹和成就,但对于载人航空飞船的实现,却是很多人连想都不敢想的事,也有人断定,即便将来能造出载人航空飞船,这个时间也是在几十年之后。

但是,就是在 1992 年,中共中央政治局召开常委扩大会议,做出了实施中国载人航天工程的战略决策,确立了载人航天科技三步走的路线。也就是说,在那个刚刚开启中国航天工程篇章的时候,中国载人航天工程的大平台就已经建立起来。

10 年之后,第一艘载人航天飞船成功发射,而在这 10 年的探索过程中,无人航天飞船从神舟一号到神舟四号的一次次发射,每一次都向载人的梦想迈进一步,神舟四号研制的时候,医学、工效学等跨行业的协同合作已经开始。

可以说,载人航天工程就是集国家政治、军事、科技实力为一体的高难度系统工程,体现了中国近代力学、天文学、地球科学、空间科学,特别是航天医学工程的发展水平和集成创新的效果。

回过头来说,载人航天工程能花费短短 10 年时间,在很多人的不可思议中得以实现,两个重大的因素起着决定性作用,首先是意识上的超前,如果在中国航天工程发展初期,国家相关部门没有在为一个在当时听上去是不可能完成的伟大梦想构建坚定扎实的平台,就绝不会有10年之后的伟大成就。

再者,当然是集各领域各职能部门和科技部门的智慧成果于一体,才可能将梦想付诸执行力,在一个目标的牵引下集成创新,是所有产业在拥有一定技术工艺、生产力和原始积累之后,必然要迈进的全新阶段。

正如某高科技产业专家所言,任何一项巨大的系统工程的建设和落实,都需要有一定的财政支持,有一批在各个相关领域活跃的骨干人才队伍和科研机构,有先进的科学技术发展水平和研发能力,还要有协同合作的精神和组织能力。

发展了30年的中国新型干法水泥技术,虽然要远远快于国际同行业的发展速度,也的确积累了非常强大的研发设计基础和一批骨干人才队伍,但是,在集成创新和协同合作的意识和能力上,中国水泥工业却仿佛显得有些滞后。

也正因此,中国水泥和玻璃工业虽然在很多方面走在世界前面或与世界水平持平,但地区发展不均衡,很多中小企业操作生产无序,始终使这两个发展过百年的传统工业摆脱不了低门槛、高污染的帽子,甚至在国际上应有的影响力和美誉度,也无形中打着折扣。

不能责怪偏见和误解,就像从无人到载人的航天发展史一样,载人飞船在没有研制成功之前,任何人说这在中国是不可能完成的任务,都合情合理。

最好的姿态就是以事实说话,更何况,现阶段中国水泥工业和玻璃工业也的确存在着节能减排、产能过剩等无法通过现有技术赶超国际,改变形象的现实,唯一的出路,只有以改革性的创新,通过自己的努力提高行业技术门槛和国际美誉度。

如今,中国建材联合会不但将划时代变革的平台建立起来,并且,也将集成创新的大盘子摆在了行业人的面前,就像无人飞船诞生之际,载人飞船的平台和盘子都已经摆好,下一步的集成与协同,就是愈加丰富的美味饕餮。

引领国际　师傅当之无愧

二三十年前,我们研发了第一代洛阳浮法玻璃,生产了第一代新型干法水泥。即便不是开拓者,但中国人自主创新的脚步从未停止,努力奋斗的决心从未动摇。我们已经做了30年的徒弟,到了翻身做师傅的时候。正因为有了自主创新的魄力,因此可以断言,中国水泥工业和玻璃工业将进入创新提升、超越引领的新时代。

在10月17日中国建筑材料联合会的简报中,一个醒目的标题跃然纸上。那就是“中国水泥工业进入创新提升、超越引领的新时代”。

“水泥工业和玻璃工业要踏上新的征程,继续前进,就必须依靠自主创新和科技进步,实现转型升级。”乔龙德如是说。

没有创新,何来引领?对于赶超世界的玻璃行业来说,洛阳浮法玻璃的研发成功应怎么延续?而对于欲要引领世界的水泥行业而言,第二代新型干法水泥技术的突破口又在哪里?

的确,我们是到了全行业觉醒的时刻,自主创新迫在眉睫。

如果我们回过头来看,先抛开建材行业不讲,任一产品或产业的崛起都是由于有了创新的勇气和实际行动,才取得了举世瞩目的成绩。

很难用一个词来概括“苹果”,但是如果用一组词概括的话,“创新”应是排在第一位的。毋庸置疑,这是一家极富创新精神的公司。过去的10年,它共获得了1300项专利。

可以说,开启移动互联网时代的是苹果公司,但很少有人知道,iPhone竟不是智能手机的鼻祖,iPad也不是第一款平板电脑。

而正是由于它们突破性的外观设计、人性化的操作界面、创新的软硬件模式,才改变了整个智能手机、平板电脑市场的格局。因此,苹果成了这个领域当之无愧的王者。

很多人说,苹果的成功是难以复制的,可它恰恰是水泥行业与玻璃行业借鉴的范本。

就我国水泥工业而言,第一代新型干法水泥技术的出现晚于国际先进技术近20年,即便如此,我们仅花了30年的时间便达到世界先进水平。

如同苹果手机一般,即便不是某某技术的鼻祖,但只要勇于创新,勇于实践,找出突破口,第二代新型干法水泥技术的创新成果就指日可待。到那时,中国水泥工业徒弟变师傅的梦想终将到来。

当然,任一产品或产业的自主创新都有坚强的后盾作支撑。而正是这些后盾,让我们有了引领世界的底气。

首先,最核心的是,我国水泥产业和玻璃产业有强大的研发队伍,最有条件走在世界前列,来扮演好领头羊的角色。

“我们建了这么多的生产线,那么多的实践如果不发挥出来,就无法对世界水泥工业做出贡献。我们有队伍、有经验、有实践。

这是世界上任何一个国家无法比拟的。”乔龙德在第二代新型干法水泥技术研发领导小组和工作小组第一次全体会议上作了如此解读。

不仅如此,各个研究设计院、大型企业,分别在技术创新的不同层面拥有一些相对成熟的技术和正在研究的技术。而这是一大笔财富。如果把这些技术集成起来，就会形成一个系统工程，也意味着向第二代技术创新迈出了重要一步。

再者，全球一体化时代早已到来。现在的我们可以直接或间接地得到国外先进的技术装备和经验做法，为自主创新提供重要素材，也使我们在基于国外技术水平上，能探索出既先进，又适合本土运作的独特模式。

而在互联网时代，汉字输入法的出现便能很好地说明这个问题。

在20世纪80年代初期，随着第一次电脑普及高潮开始，英文输入法的研发技术已相当成熟，但我国的英文普及率较低，如何将汉字输入到电脑中是当时要解决的首要问题。

如果完全照搬英文输入法的技术，显然不符合汉字的基本特点，会出现重码现象。为此，在创始人王永民的努力下，五笔字型输入法在英文输入法技术的基础上，经过创新，历时5年，于1983年最终完成。可以说，五笔开创了电脑输入的中文时代。

但中国人的自主创新并没有因五笔字型输入法的出现而停止，反而更加努力，研发出了智能ABC、紫光拼音等以拼音为主的新一代输入法，更在两年前，搜狗云输入法的问世，在业界再掀轩然大波。而且，时隔不久，中国正式提交了“中国”中文全球域名的申请，我们在感受民族自豪感的同时，更看到了中文国际地位的提升，然而在这一过程中，中文输入法功不可没。

不难看出，输入法发展的原动力是创新。而水泥行业与玻璃行业同样是这个道理。

虽然在信息化的今天，我们可以更容易地获取国际先进技术的信息，但仅仅是借鉴和引进万万不行，而应考虑如何在荟萃国际技术集成的基础上，进行自主创新，从而达到引领世界的目的。

此外，乔龙德也强调了社会主义市场经济对行业发展的推动作用。“社会主义优越性表现在宏观集中和协调方面。只要齐心协力，攻克瓶颈，中国的第二代技术来得更快。”

自主创新的前提自然也少不了国家政策和资金的支持，以及行业内一批热爱水泥和玻璃工业的专家和领导的认可。他们愿意把一生精力献给水泥和玻璃工业，如果把这些力量集中起来，铜墙铁壁定能被我们推倒。

拥有这些如此坚强的后盾作支撑，我们没有退缩的理由，更没有干不好的理由。也正是集合了如此多的正能量，才让我们有了自主创新的决心和勇气，进而为研发第二代新型干法水泥技术和第二代浮法玻璃技术提供重要筹码，更为中国玻璃工业和水泥工业赶超引领世界提供了无限可能。

第二代新型干法水泥技术和第二代浮法玻璃技术创新与研发的提出并不是一

纸空谈,赶超引领世界玻璃工业与水泥工业的信心绝非缺少底气。

纵观全球建材工业,中国在引进国外先进技术,消化、创新的基础上,当了30年的徒弟。而对水泥工业与玻璃工业来说,难道我们甘心做100年的徒弟?

答案当然是否定的。因为,历史向我们提出了挑战,时代提醒我们,新一代技术的研发迫在眉睫。

当节能减排的号角早已吹响,当国内外先进技术成果的集成已经开启,当业内人士自主创新的决心已愈发坚定,我们又有什么理由说"不"呢?

对中国水泥工业和玻璃工业而言,赶超引领世界的历史脉络已逐渐清晰。这是历史赋予我们的责任,更是一个建材大国的责任。

《走向引领》刊于2012年10月26日

其他篇目

◆社评:站在历史大考的门前

◆担当历史使命　创新引领发展

——访中国建材联合会副会长徐永模

◆着力组织推进技术创新研发　引领我国玻璃工业实现新跨越

——记中国建材联合会副会长、中国建筑玻璃与工业协会会长陈国庆

◆新起点上再起航

——第二代新型干法水泥技术研发领导小组与工作小组第一次会议侧记

关注本组核心报道请扫描二维码

产业财富　传媒价值

国内统一刊号:CN11－0073
邮发代号 1—121　国外代号 D807
本报为周六刊(周日休刊)
今日八版
第6207号
2012年11月2日　星期五
www.cbmd.cn

中國建材報

CHINA BUILDING MATERIALS DAILY

经济日报报业集团主管主办

每周核心报道

策　　划:本报编辑部
统　　筹:孟宪江　刘媛媛　袁　环
采　　写:袁　环　刘媛媛　张　红
　　　　王怡洁　王志国
专业指导:张　红　李贺林　尹　舟
制　　图:崔建岐

■本报记者　刘媛媛　王怡洁

第二代新型干法水泥和浮法玻璃技术提出半个月以来,这个创新性的变革思路在行业内引起不小的波澜。面对这一道全新的产业课题,有激情洋溢的澎湃之音,也夹杂着疑惑犹豫的困顿之情。

面对种种反响,让我们首先把视线延伸一下。

与建材行业关系紧密的钢铁行业,最近发生了一件可谓划时代的重大动向,也许这对于建材同仁而言,可作借鉴。

2012年9月28日,国家科技支撑计划"新一代可循环钢铁流程工艺技术"重大项目通过了验收,这对于中国钢铁工业是具有重要技术引领和里程碑意义的大事。

这项技术工程,是在"十一五"初期,在中国钢铁工业协会的组织协调下,通过组建产业技术创新战略联盟,形成的以企业为主体、产学研紧密结合的开发机制,进而部署实施的重大科技项目。

这个项目最核心的内容,是系统集成了技术创新,构建了新一代可循环钢铁流程。在低成本高效化洁净钢生产、钢铁流程资源高效利用及清洁生产、钢铁生产流程能源转换等方面共性关键技术,建成了中国大型钢铁联合企业。

从部署实施到验收通过,用了大约6年的时间,钢铁行业在总结这件事时,"六年磨一剑"的概括,充满了积蓄的感慨和爆发的喜悦。

当我们把思绪收回,不禁联想起中国建材联合会会长乔龙德在"第二代新型干法水泥技术研发与创新领导小组会"上,曾有过这样的总结:任何一项新的改革方案,都需要进一步的提升和完善,只要方向是对的,我们就要不等不靠,有六七成把握的时候就要去做,如果一定要等到有百分之百的把握再做,可能就一辈子没机会做了。

6年前,钢铁工业也是基于自然资源短缺、能源供给不足和环境保护等方面的制约,各大钢铁企业生产经营面临巨大困难的时候,行业协会与相关部门提出并组织了新一代科研项目的立项。

可以肯定地说,在立项的初期,这项新技术的研发是顺应时代要求提出的变革之道;但从"六年磨一剑"可以猜想,当年项目上马之初是不是也只有"六七成把握"?

无论对于建材还是钢铁,中国都属于生产大国,都在为进入行业强国而努力着,谁能快一步,就看谁的变革与创新能够更早一步打开新局面。

甚至不止建材与钢铁,我国很多传统行业几乎都在同一个时代,拥有着各自的"大国特征"和行业荣耀,也几乎同时提出了由大国迈向强国的口号。

任何一个行业都有自己的"强国梦想",也有着这样的责任和使命。作为拥有上百年历史的,和国民经济息息相关的建材行业,从大国到强国的责任和使命,更应不甘人后。

中国水泥,毫无争议已居世界前列

纵观各个"行业大国"的历史积累和发展现状,建材行业的根基厚重,尤其是建材行业的两大分支——水泥和玻璃行业的现状,是可以通过大量案例、数据得出清晰结论的。

单就水泥行业而言,如果以简单的语言来概述水泥行业的"大国印记",乔龙德在天津会议上的讲话是最好的总结:目前水泥总产量达到21亿吨,新型干法比例占到90%,远远超过了既定目标,其水泥产量占到全球的58%。

不仅如此,水泥单线规模、万吨线最多最大的也在中国,上亿吨规模的水泥企业同样在中国出现,这使得水泥生产集中度不断上升。目前,排在前十位的水泥企业产量总和达到6亿吨,占全国产量的29%。

最难攻克的节能减排方面,也是相当有成效的。目前的中国水泥工业可以达到吨熟料平均热耗标煤110公斤,平均粉尘排放浓度小于50毫克。

而在产能国际化的发展势头上,也拉开了轰轰烈烈的篇章,中材集团、海螺集团等大型水泥企业的总承包,在世界几十个国家建起了水泥厂,并得到了世界同行的认可。

而以水泥为主业之一的中国建筑材料集团有限公司,在美国《财富》杂志公布的2012年世界500强排行榜中,位列第365位,稳居全球建材企业第二位,又为中国建材业的国际美誉度和影响力上加重了一道砝码。

"十一五"至今,中国水泥工业已经创造了世界水泥发展史上的许多奇迹。这5年里,新型干法窑处于高速发展,落后产能淘汰日益迅速、节能减排也取得了相对明显的成效,最主要的是,大企业快速成长,并已明显在提高生产集中度、国际竞争力上加强了力度。

下转4版

决战创新之巅

■本报评论员　张　红

如果仅从量上来考量,毋庸置疑,我们足以笑傲江湖。

30多年,三代人,在产能上,中国水泥和中国玻璃走过了发达国家上百年才能走完的路,已连续20多年位居全球第一,近些年,更是以产量超过世界50%以上而遥遥领先。

权威数据显示:我国浮法玻璃从1978年的1784万重量箱至2011年的7.85亿重量箱,增长了44倍。2011年,中国水泥产量也达到了20.9亿吨,产能规模1000万吨级的企业有18家。

然而　尽管我们的水泥和玻璃足够大,但我们不被公认为强。那么,这两者之间的距离究竟有多大?从表述上看,有时仅仅是一字或一词之距:大者在量,强者在质;大者在规模,强者在内涵;大者大在声势,而强者强在担当;大者的大能引起他人的惊叹,而强者的强能赢得他人的尊重。试想,当中国玻璃在用世界一半的产量获得世界玻璃行业四分之一的经济效益时,当中国的水泥产能过剩已超过现有产能20%以上时,我们的内心还能有多少欣慰?

然而,我们恰恰就处于大而不强这个尴尬的节点上。由大到强,我们还需要有攀上顶峰的惊险一跃。而这一跃最重要的支撑点就在以节能减排为核心的技术创新。

以水泥工业为例,我们来看看世界公认的水泥优秀企业未来发展规划的内容。

拉法基在2020年前实现34项新的可持续发展远景目标中有以下内容:每生产一吨水泥的二氧化碳排放量较1990年的水平降低33%;20%所生产的混凝土中含有可重复使用和可循环的原料;帮助200万人住上经济适用房;每年新的可持续发展解决方案、产品和服务可创造30亿欧元的销售额等等。

豪瑞的可持续要素:一是作为一个有责任感的企业,为社会提供废物管理方法。二是保护环境安全。三是为核心业务增值。

2010年,著名建材企业西麦斯引入了一项碳足迹工具,这是建筑材料领域首次使用这类工具。它从"摇篮到大门"测量,从原材料到工厂大门的成品的气体排放——西麦斯由此追踪自身所有水泥、预拌混凝土和骨料产品的温室气体排放。

这些世界顶级水泥企业的发展要素中都包含有三个重要基点:一是以节能减排为核心要素的新技术创新。二是担当社会责任。三是与环境和谐共处。

站在巨人的肩膀上,能看得更远。

中国建材企业一方面要学习世界顶级企业的优秀经验,另一方面要有新的突围方向。依然以水泥为例。曾有人形容水泥行业是"用能大户,排放巨人"。但同时我们也应看到其优势所在,例如,回转窑烧成系统具有连续温度分布区,且其高温环境可达千度以上,高温位稳定,容积大,处理固体物料能力强。因此,水泥工业完全可以绿色经济为目标,朝着资源利用、节能减排和技术创新的方向发展。

目前,在中国水泥决策层和精英层已经有了水泥工业必须与其他产业协同发展的共识。

又如,与化学工业联手,对化工厂各类废渣,以及有毒有害废弃物的处理,使资源得以充分利用,再如,磷石膏联产水泥和硫酸;电石渣经处理生产轻质碳酸钙等等。

下转2版

中国水泥协会第七次会员代表大会在京召开

乔龙德当选会长、雷前治任名誉会长、孔祥忠任常务副会长兼秘书长

本报讯　*记者杨静　袁缨报道*　10月31日,中国水泥协会第七次会员代表大会在京隆重召开。大会选举产生了中国水泥协会第七届理事会,圆满完成了各项议程;中国建筑材料联合会会长乔龙德任中国水泥协会第七届理事会会长,雷前治任名誉会长,孔祥忠任常务副会长兼秘书长。

国资委行业协会办公室副主任张涛、国家发改委产业协调司处长刘明,中国建材联合会党委书记孙向远出席会议并致辞。中国建筑材料联合会名誉会长张人为、副会长徐永模、秘书长张东壮,工业和信息化部原材料司副司长苗治民,工信部产业政策司处长袁克兰、原材料司处长陈恺民,中国矿业联合会副会长刘玉强,中国铸造协会常务副理事长兼秘书长张立波,中国机冶建材工会全国委员会处长王晓洁等出席会议。

张涛在致辞中充分肯定了中国水泥协会多年来在服务政府、服务企业方面取得的业绩,对协会不断创新思维、增强服务功能、注重协会品牌建设工作给予高度评价。他强调,做好协会的组织建设,完善和加强协会换届选举工作管理,是不断提升协会功能和民主管理水平的保障。他希望中国水泥协会通过本次换届选举,在原有工作的基础上,为行业的发展作出更大的贡献。

刘明处长在致辞中首先感谢中国水泥协会对国家发改委有关部门工作所给予的长期支持。他认为,水泥大型企业是中国水泥工业走向世界的主力军,出现中国水泥的跨国公司指日可待,但这一切有待于行业协会和大企业的进一步发挥作用。他希望,大企业要充分发挥在行业结构调整中的骨干作用。

大会审议并通过了中国水泥协会第六届理事会工作报告、修改协会章程报告、协会财务审计报告、会费缴纳标准提案、第七次会员代表大会换届选举工作方案、审议通过了成立中国水泥协会企业文化研究会和撤销协会立窑研究会的提案。大会采取投票选举方式选出了第七届理事会理事、常务理事成员和协会负责人,31位水泥企业家和4位行业协会负责人当选副会长。

孔祥忠秘书长代表第六届理事会作协会工作报告。报告涉及5年来行业发展情况、协会工作回顾、未来形势展望及建议三个层面。他特别强调,在六届理事会任职期间,正值我国"十一五"经济高速增长时期和"十二五"启动之时。5年来,我国水泥行业在技术结构调整、淘汰落后、节能减排、兼并重组、产业链延伸、企业转型及国际地位提升方面取得了翻天覆地的变化。尤其是进入2012年,国际经济下滑、我国经济增速下降、市场需求萎缩,对我国水泥行业经济运行造成了巨大影响。在党中央、国务院的正确领导下,在水泥行业全体员工的共同努力下,全行业经受住了市场大幅波动的考验,保持了健康发展的良好态势。第六届理事会自成立以来,认真履行协会章程,践行服务宗旨,为政府、行业和企业做好事、办实事,做了大量有益于行业健康发展的努力和探索。

下转4版

建材大国的使命

——第二代新型干法水泥和浮法玻璃技术研发与创新深度报道之二

■本报记者　刘媛媛　王怡洁

第二代新型干法水泥和浮法玻璃技术提出半个月以来,这个创新性的变革思路在行业内引起不小的波澜。面对这一道全新的产业课题,有激情洋溢的澎湃之音,也夹杂着疑惑犹豫的困顿之情。

面对种种反响,让我们首先把视线延伸一下。

与建材行业关系紧密的钢铁行业,最近发生了一件可谓划时代的重大动向,也许这对于建材同仁而言,可作借鉴。

2012 年 9 月 28 日,国家科技支撑计划"新一代可循环钢铁流程工艺技术"重大项目通过了验收,这对于中国钢铁工业是具有重要技术引领和里程碑意义的大事。

这项技术工程,是在"十一五"初期,在中国钢铁工业协会的组织协调下,通过组建产业技术创新战略联盟,形成的以企业为主体、产学研紧密结合的开发机制,进而部署实施的重大科技项目。

这个项目最核心的内容,是系统集成了技术创新,构建了新一代可循环钢铁流程。在低成本高效化洁净钢生产、钢铁流程资源高效利用及清洁生产、钢铁生产流程能源转换等方面共性关键技术,建成了中国大型钢铁联合企业。

从部署实施到验收通过,用了大约 6 年的时间,钢铁行业在总结这件事时,"六年磨一剑"的概括,充满了积蓄的感慨和爆发的喜悦。

当我们把思绪收回,不禁联想起中国建材联合会会长乔龙德在"第二代新型干法水泥技术研发与创新领导小组会"上,曾有过这样的总结:任何一项新的改革方案,都需要进一步的提升和完善,只要方向是对的,我们就要不等不靠,有六七成把握的时候就要去做,如果一定要等到有百分之百的把握再做,可能就一辈子没机会做了。

6 年前,钢铁工业也是基于自然资源短缺、能源供给不足和环境保护等方面的制约,各大钢铁企业生产经营面临巨大困难的时候,行业协会与相关部门提出并组织了新一代科研项目的立项。

可以肯定地说,在立项的初期,这项新技术的研发是顺应时代要求提出的变革之道;但从"六年磨一剑"可以猜想,当年项目上马之初是不是也只有"六七成把握"?

无论对于建材还是钢铁，中国都属于生产大国，都在为进入行业强国而努力着，谁能快一步，就看谁的变革与创新能够更早一步打开新局面。

甚至不止建材与钢铁，我国很多传统行业几乎都在同一个时代，拥有着各自的“大国特征”和行业荣耀，也几乎同时提出了由大国迈向强国的口号。

任何一个行业都有自己的“强国梦想”，也有着这样的责任和使命。作为拥有上百年历史的，和国民经济息息相关的建材行业，从大国到强国的责任和使命，更应不甘人后。

中国水泥，毫无争议已居世界前列

纵观各个“行业大国”的历史积累和发展现状，建材行业的根基厚重，尤其是建材行业的两大分支——水泥和玻璃行业的现状，是可以通过大量案例、数据得出清晰结论的。

单就水泥行业而言，如果以简单的语言来概述水泥行业的“大国印记”，乔龙德在天津会议上的讲话是最好的总结：目前水泥总产量达到 21 亿吨，新型干法比例占到 90%，远远超过了既定目标，其水泥产量占到全球的 58%。

不仅如此，水泥单线规模、万吨线最多最大的也在中国，上亿吨规模的水泥企业同样在中国出现，这使得水泥生产集中度不断上升。目前，排在前十位的水泥企业产量总和达到 6 亿吨，占全国产量的 29%。

最难攻克的节能减排方面，也是相当有成效的。目前的中国水泥工业可以达到吨熟料平均热耗标煤 110 公斤，平均粉尘排放浓度小于 50 毫克。

而在产能国际化的发展势头上，也拉开了轰轰烈烈的篇章，中材集团、海螺集团等大型水泥企业的总承包，在世界几十个国家建起了水泥厂，并得到了世界同行的认可。

而以水泥为主业之一的中国建筑材料集团有限公司，在美国《财富》杂志公布的 2012 年世界 500 强排行榜中，位列第 365 位，稳居全球建材企业第二位，又为中国建材业的国际美誉度和影响力上加重了一道砝码。

“十一五”至今，中国水泥工业已经创造了世界水泥发展史上的许多奇迹。这 5 年里，新型干法窑处于高速发展，落后产能淘汰日益迅速、节能减排也取得了相对明显的成效，最主要的是，大企业快速成长，并已明显在提高生产集中度、国际竞争力上加强了力度。

“无论从哪方面看，中国水泥确实达到了世界先进水平。”乔龙德的话语，表达的是全行业的自信和自豪感。

未来发展,从“比较强”迈向“真正强”

站在更宏观的角度思考,身处众多“传统行业大国”的群峰之间,中国水泥工业发展之路在哪里?

在年初一次水泥会议上,众多专家为水泥行业在国际上的定位是“大且比较强”,乔龙德则明确指出,未来水泥行业的发展是:从“比较强”到“真正强”的迈进。

这样的定位,有着深厚的底气和可掌控的实力,从“比较强”迈向“真正强”,也就有了更快实现“强国梦”的目标和路径。

如果从客观环境和自身潜在优势上来分析,水泥行业在原材料的供给和资源利用上,要强于钢铁行业,毕竟,钢铁行业的主要原材料之一——铁矿石,因为国内资源相对短缺而不得不依靠大量进口,这对于钢铁行业迈向强国,是一个必须面对的瓶颈。

而水泥行业的基础原材料,几乎不需要依靠进口,我国石膏、石灰石等储量都位居世界前茅,中国自己的矿山资源也相当丰富。

同时,经过多年的研发和技术创新,由水泥窑消纳的工业废弃物再转化为水泥原料也已经取得了长足的发展。这都为水泥行业的大力发展与改革,提供了源源不断的原材料储备。

从国际同行业竞争的激烈程度来说,建材特别是水泥行业相对于其他传统行业,比如纺织行业亦有优势。近年来,全球纺织行业的竞争始终处于异常激烈的博弈状态,而加工生产大国的原始积累和世界印象,像座大山一样压在中国纺织业的头顶上,从“中国制造”跨向“中国创造”的这一步,目前是传统纺织业正在极力攻克和转变的第一道难关,只有到了全面进入“中国创造”阶段之后,中国纺织的强国梦,才有可能成为现实。这一步不是不可能,但会是一段相对漫长的过程。

相比于纺织等传统行业,水泥行业在国际竞争力上的压力要小得多。这一方面是因为上述客观存在的外部因素,而最关键的是,以中国建材、中国中材、金隅集团、海螺集团等为龙头的大型水泥企业,综合竞争力上与国际同行十分接近,而有些高尖端技术的研发和自主创新的能力和周期上,还略高于世界大型水泥企业。

这都为第二代新型干法水泥技术的创新与研发,提供了必需的内在能量基础,并构筑了超越世界领先的高起点平台。中国水泥行业通过几代水泥人的共同努力和付出,早已让全世界同行们刮目相看。

不能不说,在各个行业都处于全世界资源共享的大环境中,“国际印象”越来越发挥出至关重要的作用和相互带动与互通有无的力量和话语权。

而这正是中国水泥工业走向“真正强”的优势之一,第一代新型干法水泥在中国全面开花30年的历史，早已使世界同行不敢小觑，中国水泥的“国际印象”，是被当作强有力的竞争对手和合作伙伴，而加以认可和尊重。

超越创新，全球面临的共同课题

纵观全球水泥行业的发展，新型干法水泥技术出现于20世纪50年代。这一技术的问世大大提高了水泥窑的热效率和单机生产能力，也是实现水泥工业现代化的必经之路。

而中国新型干法水泥技术到今天也走了30年，从引进吸收到创新提升，无论是工艺技术设备，还是工程总成本的核算，都已达到世界先进水平。

再看浮法玻璃产业。追溯到1952—1959年间，英国皮尔金顿兄弟有限公司向世界宣告平板玻璃的浮法成型工艺研制成功，至今已有60年。

1981年，“洛阳浮法玻璃工艺”的诞生，开辟了中国玻璃工业变革、创新和发展的新时代，成为与英国皮尔金顿浮法、美国匹兹堡浮法并驾齐驱的世界三大浮法工艺之一。

放眼世界，无论对于水泥产业抑或玻璃产业，“新型干法水泥技术”和“浮法玻璃技术”历经半个多世纪的发展和完善，使整个行业的发展有了巨大的飞跃。这是全人类智慧的结晶，更是几十年来，全世界献身水泥和玻璃工业的人们不懈奋斗的结果。

但，历史告诉我们，数百年来人类工业革命的发展从未停息，各国间的新技术竞争、创造、超越的脚步也时刻没有停止。稳步于现有产业模式和技术水平，试图博取新的更大的突破，已愈发是一道无法攻克的难题。

无论是回望历史，还是放眼全球，我们都可以赞美和感叹地说，中国建材联合会发起的“第二代新型干法水泥”和“第二代浮法玻璃”的研发应用，对全球水泥行业和玻璃行业来说，是一个主动的，并带有历史意义的挑战。

我们也必须清醒和冷静地看到，这也是全世界水泥行业和玻璃行业共同面对的课题。特别值得注意到的是，“第二代新型干法水泥”和“第二代浮法玻璃”所蕴含的深层理念正逐渐浮出水面。那就是以节能减排为核心，打造可持续发展的生态环境。

以水泥行业为例，欧美发达国家的龙头企业，早已开始研究生产低碳水泥的新技术。其中，以瑞士豪瑞、法国拉法基为代表的跨国企业，甚至在十几年前，便从技术、环保以及社会责任方面开始履行节能减排的职责。

美国《技术评论》杂志每年都会评选出10项可能改变世界面貌的新兴技术。在其评选的“2010全球10大新技术”中，“吸碳水泥”技术名列其中。

几乎同时，我们也看到了来自英国、澳大利亚、美国等发达国家的科研创新。

当然,也可以肯定地说,世界各国特别是建材业发达国家的所思、所想、所为更多的是我们不了解、不掌握的。凡此种种,足以说明,全世界的建材从业者都在对水泥行业做着新的思考和研发。

让我们值得欣慰的是,中国建材行业的领军人物们注意到了全球这一新动向。乔龙德在第二代新型干法水泥技术研发领导小组和工作小组第一次会议上强调,未来的研发和创新,需要集成,需要统一的设计和统一的计划。无论是水泥行业还是玻璃产业,都要优化存量,低碳运行,清洁生产。

中国工程院院士徐德龙也提出:水泥工业要做循环经济的排头兵,“第二代”技术的创新研发要融入环境,推动水泥工业的绿色转型升级。

我们还需要冷静地看到,回答全世界共同面对的命题,就要站在全球资源共享的大平台上加以吸收、消化、集纳和运作。中国建材工业应该重视也必须集成所有国际先进技术,并结合我们自身的研发能力和创新水平,成就“第二代”技术的辉煌前景。

如中国水泥协会名誉会长雷前治强调,世界水平包括中国,国际先进水平也包括中国。亦如中材集团总经理刘志江所说,我们在今后的研发中,要整合相关的国际资源,只有这样,才能取得划时代意义的科研成果。

因此,“第二代”技术的研发决不能闭门造车,而是在集成国际先进技术的基础上,创新提升。

荀子《劝学》里有句名言“君子生非异也,善假于物也”,时光流转到今天,这句话诠释了更多的奥妙。

可以说,古今中外欲成大功者,无不是善于借鉴和运用外界条件并物尽其用,所以兵家有云:“善集大成者,赢。”之于水泥行业和玻璃行业,同样适用。

中国是一个水泥生产大国,在世界水泥工业发展中扮演何种角色?这不仅是中国水泥界同仁们共同关心的问题,也是全球水泥界的朋友们所关注的焦点。

当下,我们更应该站在一个占有全球半数以上产量的大国的角度,自觉肩负起创新技术,建设具有国际化水平和国际竞争力的中国水泥工业,并从承包项目,到生产力、创新技术、海外投资项目、配套材料与设备、辅件与软件系统等方面全方位引领世界。

因此,在如此严峻的大考面前,在全球共同面临的课题面前,只有中国,也应该是中国这样的建材大国,才可以集成国际所有先进技术,带领全球水泥行业和玻璃行业攻克下一难关。

强国之梦，建材业必须担起的责任和使命

从中国水泥和玻璃产业的发展脉络和辉煌战果放眼整个建材行业，畅读建材行业洋洋洒洒的大国篇章，可谓浩瀚而恢宏；历数中国建材行业 30 年的丰功伟业和风流人物，可谓壮观而可赞。

这同时意味着，作为在全世界已经握有话语权和主流地位的建材大国；作为在自身的研发创新过程中已经抹平了最基本的阻力和障碍的建材大国；作为在 30 年的发展中已经积累了良好产业基础和人才储备的建材大国，也到了要全力以赴履行“强国梦”的责任和使命的时候了。

更为重要的一点是，当“第二代新型干法水泥技术”和“第二代浮法玻璃技术”被提上日程以来，无形中为中国水泥与玻璃两大领域的“强国梦”理清了很多关键性的思路，有了思路，也就有了研发与创新的目标和执行力。

徐德龙在第二代新型干法水泥技术研发与创新领导小组会议上总结了非常关键而有力的几点，简明扼要却一针见血。

他的观点是，第二代新型干法水泥技术的研发与创新，一定要站在高起点上，具有国际视野；要围绕着生态技术低碳产品为核心，从生产过程到产品做到全方位低碳；要融入和联动企业行业，成为循环经济的排头兵；要协同创新、包容大度，并从机制和体制上寻求全方位改革和创新。

具有国际视野的高起点，水泥行业和玻璃行业具备了这样的能力和条件。协同创新则需要全行业在统一的共识下，在相互包容和大度合作的心态下，通过建材联合会等相关组织协调部门的牵线搭桥与沟通调和，必须实现的战略方针。协同创新，可以说是“第二代”改革与创新能否成功的开门之匙。

从生态技术低碳产品开始，将建材业发展成为循环经济的排头兵，更成为联动和协调其他相关行业的推动器，则是“第二代”的核心竞争力和重要改革内容。

而这一步，是要从再少耗一吨煤少耗一度电，少排一千克碳少排一千克氮，多焚烧一吨垃圾多处置一吨废弃物开始，朝着最终的零低碳迈进的循序渐进的过程。

无论如何，作为当之无愧的建材大国，中国水泥和玻璃行业确实已经具备了发展“第二代”技术的基础和实力，“强国梦”经过几代建材人的铺设和开拓，我们这一代是最有可能登上世界巅峰的幸运儿。

就像 2010 年，当西班牙在南非世界杯上成为世界冠军的那刻，其国家队主教练曾经这样激动地对西班牙媒体说：西班牙足球是经过了无数代足球人的一步步努力与铺垫，伴随着欣慰与泪水铺就了艺术足球的殿堂之路。我们接过接力棒，就

明白这意味着什么，这意味着，我们必须为冠军而拼搏，尽我们的全力，这是我们的幸运，更是我们的使命。如果我们有半点懈怠和懒惰，那么，我们将终生愧对一代代前辈和所有西班牙人。

其实，行业的竞争很像足球场上的博弈，每一个冠军的背后，都有着几代人的努力耕耘和不断的技术提升，而当到了真正的竞技场上，那就是一个团队在战斗，你松懈了，别人就会超越你。

如今，全世界水泥同行也都站在了同一个竞技场，为引领世界的那座奖杯发起新一轮的挑战。而中国水泥行业，是最有可能成为冠军的大热门，如今最大的竞争对手，俨然是我们自己。

更何况，国内各个“行业大国”同样在为“强国梦”竞争和博弈着，无论是社会经济的发展，还是国民环境的需求，都逼迫着建材行业必须拿出实际行动去变革和转型。

我们有理由相信，这一次创新和变革，将是所有建材人的荣耀和幸运，也更是一个建材大国的光荣使命。

《建材大国的使命》刊于 2012 年 11 月 2 日

其他篇目

◆社评：决战创新之巅

◆系统性集成创新

——国际玻璃协会主席彭寿谈“第二代浮法玻璃技术”的内涵和意义

◆信心从哪里来?

——“第二代”引发建材业内学者企业家积极反响

◆回望“第一代”

◆“第二代”遐思

关注本组核心报道请扫描二维码

每周核心报道

伟大的产业壮举

——第二代新型干法水泥与浮法玻璃技术研发与创新深度报道之三

■本报记者 刘媛媛 王怡洁

本报在采访中国水泥协会名誉会长雷前治和中国中材集团总经理刘志江时，两位行业专家从不同的角度详细解读了"第二代"创新与研发的意义和价值。

有一点是共同的，他们都认为，"第二代"的创新方向符合当今生态文明建设的全球发展总方向，而且，对于行业而言，"第二代"的成功，势必将引领世界水泥行业。

不只是这两位行业专家，很多被访到的业内专家也都纷纷表示：如果第二代新型干法水泥与浮法玻璃技术的研发与创新获得成功，那么，这将无疑是一次划时代的产业壮举。

在肯定之中，也有专家很客观地指出："行业内的认识已经达到，也一定要认识到，在通向成功的这条路上，或许会很艰辛。回想人类历史上所有能称之为产业壮举的事例，哪一个不是从艰辛起步？"

产业壮举也许十年难遇，也许百年难觅；也许是技术上的创新，也许是战略上的颠覆；也许是一个物种的蝴蝶效应，也许是一项浩大的系统工程；也许三五年见成效，也许数十年树辉煌。自古以来，却都同样遵循着几乎相同的发展规律和脉络：起伏跌宕的分秒决策中，成功与失败，有一种力量起着决定性的作用，这种力量叫做"坚持"。

新型干法水泥在我国水泥产业中占比变化情况

与时间赛跑的三次壮举

1824年，英国人发明了波特兰水泥，经过100多年的发展，最终形成庞大的硅酸盐水泥系列，现在，统称为第一系列水泥。

1908年，法国人发明了铝酸盐水泥，经过几十年的发展，形成了庞大的铝酸盐水泥系列，现在，统称为第二系列水泥。

上世纪70年代，中国人发明了硫铝酸盐水泥，经过二三十年的发展，如今已经形成了日益庞大的硫铝酸盐水泥系列，统称为第三系列水泥。

如今全世界新研发的各种特种水泥品种，也尚未脱离这三大系列水泥的体系范畴之内，尤其是中国发明的硫铝酸盐水泥系列，延伸出来的新品种数不胜数。

也因此可以证明，这三次关于水泥系列品种的发明、延伸与创新，可谓世界水泥工业的三次水泥品种创新的产业壮举。

而将这三次水泥品种研发的产业壮举连成一条线，那么，由当年的中国建筑材料科学研究院自主发明的硫铝酸盐水泥，则堪称一次与时代共进的壮举中的壮举。

因为，硫铝酸盐水泥熟料生产要比硅酸盐水泥熟料减排约30%的二氧化碳量，生产中还可以大量利用废弃的低品位矾土和工业废渣。

也就是说，在距今30多年前，中国在特种水泥自主研发的壮举中，创造了资源节约型和环境友好型工业产品的体系，而被永久地载入人类发展史册之中。

三次壮举纵向比较可以看出，在不同时代背景和社会进步的影响下，随着产业的原始积累和储备的日益丰厚与壮大，取得成功的时间也在不断缩短。

下转6版

生态文明乃核心命题

■本报评论员 袁 环

"第二代"的核心是什么？

也许有人会说是新技术集成，也有人说是传统观念的颠覆，还有人说是行业整体素质提升与企业管理理念的创新……但是，综上一切内容，似乎都是在围绕一个核心命题展开，而这个核心命题就是——建设生态文明。

试想，倘若没有这个核心命题，"第二代"只能说是"第一代"的一种延续，一种补充，一种修葺，没有这个核心命题，"第二代"的特质何在？

的确，在当今面对资源约束趋紧、环境污染加重、生态系统退化的严峻形势下，每一个行业，每一个企业，离开环保谈发展，是没有出路的——通往"美丽中国"之路，一定是一条建设生态文明之路。

中国建材行业对"生态文明"这个词实在并不陌生。

早在1994年，北京水泥厂日产2000吨熟料预分解窑新型干法生产线，作为国内第一条采用大布袋收尘器的干法生产线，其布袋收尘技术在当时已经达到世界先进水平。此后，中国水泥工业在节能减排，利废再生技术创新研发硕果累累。

非常值得一提的是，节能减排包括节能和减排两大技术领域。节能必定减排，而减排却未必节能，所以减排项目必须加强节能技术的应用，以避免因片面追求减排结果而造成的能耗激增，并一定要注重社会效益和环境效益的均衡。

而技术创新则是生态文明建设之根本——节能减排行动的内容。

2001年，全国首家利用水泥窑焚烧处置城市垃圾废弃物示范线在金隅集团北京水泥厂正式联动试车，使得水泥窑炉从污染环境的"能源老虎"，变成处理城市垃圾的"净化器"。

回顾这一次在水泥窑功能上的变化，让利废再生技术掀开了循环经济时代的篇章。

2005年，海螺集团公司吸收日本政府赠送的中国首套水泥纯低温余热发电机组技术，集成创新，自行研发DCS系统，令水泥窑余热发电技术走在世界前沿。

2006年，中建材(北京)环保工程发展有限公司成功地与美国GE公司进行战略合作，在新型干法水泥出产收尘系统电改袋或电袋组合方面取得重大进展和突破，成为我国水泥除尘领域角逐海内外两个市场的一匹"黑马"……

一个新的核心技术推动一个时代，新旧技术与时代变革往往交替进行。

2011年，随着福建水泥股份有限公司永安生产基地的这最后一台立波尔窑基座的拆除铲平，标志着中国新型干法水泥技术发展已经走过了干法、湿法、半干法探索里的十字路口，我国水泥工业立波尔窑时代的终结正是因为新型干法水泥技术的蓬勃崛起。

但是，回首过去的"黄金十年"，中国水泥工业收获了很多环保科技的成果，同时我们也能感受到，在传统固有发展理念的影响下，建设生态文明仍然任重道远。

比如，从矿山开采技术水平、装运手段到水泥生产的能源、资源利用，从大型装备配套水平到原燃料替代创新实践，从耐磨材料与研磨介质的消耗问题到二氧化碳、氮氧化物以及二氧化硫排放量控制方面……单项技术的领先并不代表着产业整体的生态水平领先。建设生态文明，不同于传统意义上的污染控制和生态恢复，而是要在产业的每一个环节，克服工业文明弊端，探索资源节约型、环境友好型发展道路的过程。这决定了除技术创新以外，必将是跨行业、跨领域的系统集成创新。

"第二代"虽然落点在新技术集成，但同时也启蒙着观念的转变、呼吁着机制的革新。必将促使我们跳出传统的建材行业，把视野投向更为广阔的领域，包括信息技术、生物技术、管理理念、物流模式、绿色设计等等，从而实现从经济命题到环保命题的划时代转变。

而从产业角度来讲，"第二代"则是让中国水泥工业从原来节能减排的被动约束，变成以建设生态文明为目标的自觉行动。

今天，党的十八大将生态文明建设和经济建设、政治建设、文化建设、社会建设"五位一体"列入总体布局。把生态文明建设提高到前所未有的地位，引人关注，令人振奋。

从GDP生硬的"数字中国"，到可感、可知的"美丽中国"，这是一个备感温暖的信号，也将成为指引未来中国发展的重要理念。

"第二代"恰逢其时。

自主创新 功能颠覆造就『第二代』

——访中国水泥协会名誉会长雷前治

■本报记者 王怡洁 刘媛媛

自10月12日中国建材联合会倡导成立第二代新型干法水泥技术研发领导小组和工作小组会议以来，"第二代"技术的研发已然成为中国水泥工业引领世界的重要一步，这也是全行业为之奋斗的共同目标。

为能更加全面地了解我国水泥工业的发展现状、"第二代"技术的创新体现以及重大意义，记者专访了中国水泥协会名誉会长雷前治。

11月9日上午，在雷老办公室，记者一行见到了这位酷爱摄影和围棋的水泥专家。雷老一身休闲装，精气神儿十足。在采访开始前，我们也有幸看到了前不久他去西藏采风的照片。早就耳闻，雷老摄影技术精湛，果真如此。

采访过程中，雷老始终笑容可掬，还不时地抛出笑话，展现幽默风趣的一面。从讲述我国水泥工业的发展、取得的成就，再到对新一代技术的解读，这位老领导的话语之间，流露出对行业极大的热忱。同时，他也对中国水泥工业引领世界提出了新的建议和希望。

记者：作为水泥行业的资深专家和领导人，请您评述我国水泥行业新型干法技术的现状？有哪些重要的特点？近10年，我国新型干法水泥取得了哪些成就？

雷前治：10年来，中国经济的高速发展给水泥工业带来了巨大的发展机遇，全行业也紧紧抓住了这个机遇，产业结构得到快速调整，尤其是新型干法技术，通过引进、消化、吸收、开发和自主创新，我们已经拥有一批世界上最现代化的工厂，熟料能耗水平已经进入世界前三名，水泥技术、装备和工程建设的国际市场竞争力明显提高，随着新型干法窑的高速发展，水泥建设者们积累了非常丰富的经验，形成一支非常有实践经验的职工队伍。可以自豪地说，中国水泥工业已进入世界先进行列。

当然，在肯定成绩的同时，也应看到不足之处。一是在2008年以前建设的新型干法水泥生产线，特别是民营资本建设的那批生产线，与近几年新建线相比，还相对落后；二是装备，特别是一些单机，由于受材质和加工水平的制约，与国际先进水平相比，也存在一定差距。

记者：您认为第二代新型干法水泥技术有所突破，从功能定位上做比较现实，能否具体解释其功能定位的具体含义？这项新技术可行性在哪里？

雷前治：所谓换代那是要有颠覆性的、革命性的变化，比如水泥窑从立窑到旋窑，从湿法窑到新型干法窑，那是一种换代。而对于新型干法窑生产技术目前还没有呈现出具有革命性、颠覆性的新工艺。但是由于窑具有煅烧温度高、热容量大、烟气停留时间长、处置能力大的特点，可有效利用余热烘干，充分销毁有毒物质，有效回收能源和物质，酸性气体被充分吸收，产品质量和环保指标双达标，被国际社会认定为是消纳固废和城市生活垃圾最有效的工具。

从这种意义上说水泥工厂的功能可能发生革命性的变化。即建设水泥生产线不仅仅是为社会提供水泥产品，而主要目的是为了消纳社会各种废弃物，为保护环境作贡献。

目前，世界各国对利用水泥窑协同处置工业废弃物和城市生活垃圾都非常重视，制定了一系列政策法规予以推行。中国利用水泥生产过程协同处置工业废弃物起步早，发展也很快，特别是利用工业废弃物作为水泥的混合材的水平也很高，2011年吨水泥利用工业废渣已达380多公斤，仅低于日本和德国，但利用工业废弃物和城市生活垃圾作为生产水泥的替代原料和燃料还刚刚起步。最近，工信部资源综合利用司、原材料司、科技司联合在宁夏开会推广100%利用工业废弃物作为原料生产水泥的技术，为水泥工厂转变功能进行了成功的探索。以金隅集团北京水泥厂为代表的一大批企业利用水泥窑协同处置各类废弃物也积累了丰富的经验，为此，在2008年奥运会期间，北京及周边所有排放粉尘和有害气体的工厂的生产都被严格控制，但由于北京水泥厂的特殊功能，不仅没有受到影响，而且还非常明确不准停产。可见，水泥工厂功能转变已经成为社会的需要。

下转7版

协同创新推进"第二代"

——访中国中材集团有限公司总经理刘志江

■本报记者 王怡洁

在水泥行业，中材集团总经理刘志江是出了名的极少接受采访的领导。而在第二代新型干法水泥创新与研发之际，他被选为第二代新型干法水泥技术研发领导小组副组长，当记者向他递交采访提纲后，他最终破例，愿意以行业专家的身份，解读他心中的"第二代"。

未见到刘志江之前，耳闻他是技术专业出身，于是记者把他想象为古板严苛的技术专家形象。没想到见到本人后，他谦和有礼、温文儒雅，俨然一副学者风范。在交谈过程中，他用企业家和水泥专家的双重身份，为业内描绘了"第二代新型干法水泥技术"的美好愿景。

这是来自企业最强有力的声音，更是行业龙头应履行的社会责任。

记者：从企业角度看，您怎么理解第二代新型干法水泥技术的内涵？怎么看待这一新技术的提出？

刘志江：当前在世界范围内，先进水泥工业以预分解技术为核心，将现代科学技术与工业生产的最新成果广泛用于水泥生产的全过程，形成了一套具有现代高科技特征和符合优质高效、节能、环保以及大型化、自动化的现代绿色水泥生产方法，这就是新型干法水泥技术，这种技术现已成为我国水泥生产技术的主流。

2011年底，我国新型干法水泥生产线已达1513条之多，水泥总产量达到20.85亿吨，新型干法水泥产量约为总产量的89%，约占世界总产量58%。进入21世纪后，在预分解窑节能煅烧、原料均化、"料床"粉磨、自动化控制和环境保护技术、余热发电技术等方面，从设计到装备制造都快速接近、达到或超过世界先进水平。

温家宝总理在十一届全国人大五次会议所作的《政府工作报告》中，提出了对水泥等行业控制增量、优化存量的要求。当前我国水泥产能已经绝对过剩，水泥工业必须加快转变发展方式、进一步调整结构，加强低碳技术开发、实现产业转型升级，把水泥产业打造成具有节能环保绿色功能的基础原材料产业和改善民生环境的重要产业，使水泥工业可持续发展。

下转7版

策　　划：本报编辑部
统　　筹：孟宪江　刘媛媛　袁　环
采　　写：袁　环　刘媛媛　王怡洁
专业指导：张　红　尹　舟
制　　图：崔建成

伟大的产业壮举

——第二代新型干法水泥与浮法玻璃技术研发与创新深度报道之三

■本报记者　刘媛媛　王怡洁

本报在采访中国水泥协会名誉会长雷前治和中国中材集团总经理刘志江时，两位行业专家从不同的角度详细解读了“第二代”创新与研发的意义和价值。

有一点是共同的，他们都认为，“第二代”的创新方向符合当今生态文明建设的全球发展总方向，而且，对于行业而言，“第二代”的成功，势必将引领世界水泥行业。

不只是这两位行业专家，很多被访到的业内专家也都纷纷表示：如果第二代新型干法水泥与浮法玻璃技术的研发与创新获得成功，那么，这将无疑是一次划时代的产业壮举。

在肯定之中，也有专家很客观地指出：“行业内的有识之士们，也一定要认识到，在通向成功的这条路上，或许会很艰辛。回想人类历史上所有能称之为产业壮举的事例，哪一个不是从艰辛起步？”

产业壮举也许十年难遇，也许百年难觅；也许是技术上的创新，也许是战略上的颠覆；也许是一个物种的蝴蝶效应，也许是一项浩大的系统工程；也许三五年见成效，也许数十年树辉煌。自古以来，却都同样遵循着几乎相同的发展规律和脉络：起伏跌宕的分秒决策中，成功与失败，有一种力量起着决定性的作用，这种力量叫作“坚持”。

与时间赛跑的三次壮举

1824 年，英国人发明了波特兰水泥，经过 100 多年的发展，最终形成庞大的硅酸盐水泥系列，现在，统称为第一系列水泥。

1908 年，法国人发明了铝酸盐水泥，经过几十年的发展，形成了庞大的铝酸盐水泥系列，现在，统称为第二系列水泥。

20 世纪 70 年代，中国人发明了硫铝酸盐水泥，经过二三十年的发展，如今已经形成了日益庞大的硫铝酸盐水泥系列，统称为第三系列水泥。

如今全世界新研发的各种特种水泥品种，也尚未脱离这三大系列水泥的体系范畴之内，尤其是中国发明的硫铝酸盐水泥系列，延伸出来的新品种数不胜数。

也因此可以证明，这三次关于水泥系列品种的发明、延伸与创新，可谓世界水泥工业的三次水泥品种创新的产业壮举。

而将这三次水泥品种研发的产业壮举连成一条线，那么，由当年的中国建筑材料科学研究院自主发明的硫铝酸盐水泥，则堪称一次与时代共进的壮举中的壮举。

因为，硫铝酸盐水泥熟料生产要比硅酸盐水泥熟料减排约 30% 的二氧化碳量，生产中还可以大量利用废弃的低品位矾土和工业废渣。

也就是说，在距今 30 多年前，中国在特种水泥自主研发的壮举中，创造了资源节约型和环境友好型工业产品的体系，而被永久地载入人类发展史册之中。

三次壮举纵向比较可以看出，在不同时代背景和社会进步的影响下，随着产业的原始积累和储备的日益丰厚与壮大，取得成功的时间也在不断缩短。

波特兰水泥的诞生，更准确地说，是由个人的突发奇想而“意外”造就的产业奇迹，这次意外实际上是发生在 1756 年，因为当时英吉利海峡一座很重要的灯塔遭火灾烧毁，英国政府派工程师史密顿用最快的速度重建灯塔。

当史密顿派人将石灰石（类似今天的水泥）运到小岛时，才发现运来的石灰石掺杂了很多土质，大呼上当。但时间紧迫，已经来不及再重新运送高质石灰石，就只好将就着用，用这种原料进行烧制，没想到却收获了意想不到的良好硬度效果，这就是波特兰水泥的雏形。

到 1824 年波特兰水泥发展逐见规模，已经过去了将近 70 年，再加上之后 100 多年的发展，将近 200 年才完成了水泥的第一次产业壮举。

那个时代，正处于第一次工业革命，也就是许多传统工业的发展雏形期，没有太多的产业积累、配套技术和研发经验，更多的技术革新只能靠个人力量。

上世纪初，水泥工业形成了覆盖全球的规模产业，技术革新早已过了一个人战斗的漫长孤独期，尽管，初成规模的水泥工业羽翼未丰，却可以在现有条件的辅助下完成第二次水泥品种上的丰富完善，这第二次壮举比第一次缩短了近百年时间。

也正是从这个时候开始，传统工业的产业壮举的发生，极少再有因个人力量来成就奇迹，尽管也因此少了很多奇思妙想、曲折生动的故事，但却将产业壮举纳入了专业化的发展规律之中，也因此大大缩短了创新与变革所需要的时间。

上世纪末，水泥工业已经进入相对蓬勃的发展期，尤其是作为后起之秀的中国水泥业，新型干法水泥开始了创新研发，标志着水泥工业迈进了全新的与国际同步的时代，人才与技术装备的积累，滋养了环保型特种水泥品种的诞生土壤，也加快了第三次壮举的进程。

30 多年之后的今天,中国的第三系列水泥便可以载入世界史册,成为全世界特种水泥研发的基础和体系范畴,这与工业发展和产业积累有着密切关系,更离不开创造者的坚定信念和执着付出。

中材集团总经理刘志江在阐述第二代新型干法水泥技术的协同创新课题时,将新品种水泥的开发作为重要的一项,鲜明地提了出来,那么,我们是不是可以这样畅想:当以节能减排为核心的“第二代”研发成功之时,是否也正是水泥品种的第四次产业壮举功成之日?“第四系列水泥”是否会以“零排碳”的标签,成为纳入世界水泥品种研发史的下一个篇章?

如果这样的畅想具有可行性,那么,以当今中国水泥工业的发展现状而言,全新的水泥品种诞生的伟大壮举,应该会在更短的时间内成就辉煌。

更值得思考的是,这三次产业壮举完成的时间为一个半世纪,这看上去似乎是一个非常漫长的过程,但是,当每一次产业壮举的第一步迈出之后,新品种的问世与应用,其速度势如破竹。

以硫铝酸盐水泥为基础的第三系列水泥为例,20 世纪 70 年代硫铝酸盐水泥发明成功之后,不到 10 年的时间,其第三系列水泥体系的一支——铁铝酸盐水泥也在中国被研发成功。到 2004 年,中国已经在这个系列里诞生了 6 大体系 7 大类 60 多个品种,在水泥品种开发和研制上,正式跨入了世界先进行列。

以这样的发展规律去设想,在“第二代”的第一步迈出去之后,我们理想中的“零排碳水泥”的研发创新,又会以怎样的速度引领世界?

那一定是一幅美妙而伟大的产业蓝图。

水泥百年史就是一部变革史

纵观中国水泥发展百年史,从 19 世纪末开始,我国水泥生产技术水平随着时代的进步而不断提高,由低到高大致分为立窑、湿法回转窑、日产 2000 吨熟料预分解窑新型干法和日产 5000 吨熟料预分解窑新型干法 4 个层次。

可以说,水泥生产技术的每次新旧交替都代表着一个水泥时代的变革,更标志着一个产业伟大壮举的诞生。

据考证,工业化制造水泥技术是以立窑技为起点的。追溯到 1889 年,中国最早的民族水泥企业——唐山细棉土场(唐山启新水泥厂前身)利用外国立窑技术建厂。直到 1939 年,昆明水泥厂用国产设备建立了立窑生产线,这是中国水泥生产技术发展的第一个里程碑。

1903 年,世界出现了第一条湿法水泥生产线。时隔 40 年之久,华新引进当时国际最先进的设备,从美国购买了两条日产 600 吨水泥熟料湿法回转窑生产线。

聪明的华新人吸收和掌握了这些技术,形成了"华新窑",并成为当时中国水泥业的主要定型产品和基本装备,后来推广到朝鲜、越南、巴基斯坦等国,在世界水泥工业史上传为佳话。

而真正采用国产设备建设湿法生产线的,则是湖南湘乡水泥厂。从 1958 年开始,湘乡水泥厂先后建成四条"华新"湿法窑生产线,这是中国水泥生产技术的第二个里程碑。

殊不知,那时的中国水泥工业正在悄悄酝酿着新一轮的技术变革——新型干法水泥技术即将登场。

这也不得不让我们想起,很多技术创新,都是在旧事物的基础上,进行自主创新,而后追赶超越,成为行业王者。

当下智能手机的 PK 大战便能很好地说明这一问题。在 10 月出炉的中国市场手机品牌 TOP5 排行榜中,曾经的某手机品牌竟然不见了踪影。

究其原因,就在于自身操作系统的落后。很少有人知道,是"塞班"系统开启了智能手机的大门,但由于技术缺陷,最终沦为牺牲者,并成就了在此基础上进行改进创新,能覆盖多手机品牌的"安卓"系统。

是的,青出于蓝而胜于蓝,水泥工业同样适用。如果把半干法的立波尔窑比喻成"塞班"系统的话,那么新型干法技术的出现则充斥着"安卓"系统的强大磁场。

从 20 世纪 70 年代起,中国水泥界的有志之士从未间断对新技术的深入钻研和引进创新。

非常值得一提的是,1973 年,时任水泥工业部新技术室主任的李俭之主持组织了水泥预分解窑新技术室实验和工厂扩大试验。在他的提议下,该项技术统一称之为"窑外分解"。从这一具有中国特色而且又非常易于理解的技术名称,被国内水泥界所接受并沿用至今。

10 年后,长春双阳水泥厂建成的新型干法生产线首次实现一台生料磨、一根窑和一台水泥磨的配置,时任国家建材局局长的王燕谋也亲自题词为"中国第一线"。

进入 21 世纪,新型干法水泥逐渐在中国成为主导水泥工艺。2002 年,我国首条日产 5000 吨熟料国产化示范线在铜陵海螺建成,有着重大的历史意义。

通过这些自主创新的潜心钻研,才成就了 10 年后的今天,我国水泥工业也成功把握了全球新型干法水泥生产技术的发展脉搏。虽然每一步的发展基本都始于购买外国成套技术设备,而后进行自主开发,但中国的水泥工业人丝毫没有懈怠,攻坚克难,最终实现了制造设备国产化的目标。

正是由于中国人这种敢于拼搏、勇于创新的精神,才有了我国水泥工业一份份令人骄傲的答卷,也为今天中国水泥“从徒弟到师傅”创造了华丽变身的机会。

因此,第二代新型干法水泥技术和第二代浮法玻璃技术的提出,并非空穴来风,而是吸收了百余年来中国水泥工业文明的催化剂。

未来,“第二代”更将以前所未有的姿态呈现在世界建材行业面前,这必将成为全球建材工业的又一伟大壮举。

壮举诞生于改革与墨守的PK战

回溯人类历史上可以称之为产业壮举的事例,绝大多数都是伴随着一场激烈的PK战而诞生的,这场PK战,就是改革阵营和墨守阵营的对持和较量。

而每一次的PK,都凝聚着无数轰轰烈烈的故事和由此迸发的激情与胆量,也正是这份激情和胆量,每每都会让改革的力量最终取得胜利,成就壮举。

30多年前,好莱坞有一部关于美国意大利后裔的黑帮家族的电影,因为原著小说在美国社会备受争议,以至于众多当时的大影业公司不敢触及。

那个时候,派拉蒙影业公司正处于经济危机之中,当时的公司总裁为了挽救这个具有好莱坞标志意义的影业公司,决定冒险投资拍摄这部虽争议巨大,但影响力和知名度同样巨大的小说。

在开拍之前和拍摄过程中,从制片人到导演,曾经遭到了美国意大利后裔的集体游行抗议的人群甚至闹到白宫,同时,意大利黑手党组织不断地向制片人和导演发出了死亡要挟,拍摄地居民给剧组增加了各种阻截和辱骂,甚至该片的演员被威胁必须集体罢演,否则后果自负……

当所有人都开始犹豫的时候,导演弗朗西斯·科波拉很镇定地对大家说:即便我有一天真的暴毙街头,这部电影也一定要拍,因为,它一定会成为电影发展史上的一座里程碑。

这部电影就是赫赫有名的《教父》,自上映至今,永远屹立在世界百大经典影片的头位。这部电影的诞生,不仅成就了“新好莱坞时代”的巅峰地位,也成为好莱坞类型片的真正的“教父”。

在中国水泥工业的发展史上,类似的PK战也曾经发生过,而且就是在30年前，新型干法水泥即将成为行业主导力量的前夕。

有资料显示，新型干法水泥在中国起步之时，并非一帆风顺。发展的过程中，也受到了很多因素的影响。尤其是新型干法水泥窑外分解生产线的建设单位投资过大，而企业没有足够的资本金，造成了新建生产线投产之日，也就是许多水泥企业亏损之时。

那时候，新型干法水泥在很多投资者眼中，是一件可望而不可即的事情。直到20世纪90年代末，随着窑外分解技术的不断成熟和各项经济改革政策的配套完善，加之设计单位在适应市场竞争的需要下，技术不断创新，方案不断优化，使新型干法生产新的技术装备水平大大提高，才逐渐让企业真正品尝到新型干法技术的甜头。

可以想象，这是一段多么艰难而痛苦的过程，做还是不做，改革还是墨守，这样的选择题想必会在那一代水泥人的心里纠结丛生。

幸好，在改革与墨守的PK中，以建材行业的两任领导人，时任国家建材局局长的王燕谋，和原中国建材联合会会长张人为为代表的“改革派”，以执着的韧劲和顽强的斗志取得了胜利，新型干法水泥经过20多年的酝酿和培育期，在经历了许多波折和磨难之后，等来了阳光普照的90年代。

当行业人站在今天的高度回望过去，毫无疑问，新型干法水泥技术在引进、消化、吸收、自主创新的全部过程里，造就了中国水泥工业技术装备研发与创新的伟大壮举。没有这一次的壮举，就没有今天水泥工业的卓越，更无从谈及“第二代”的创新与研发。

许多水泥专家在接受采访时，大多表达了这样一层意思：如果说新型干法水泥的发展过程是引进、消化、吸收和自主创新的过程，那么，第二代新型干法水泥技术的研发与创新，则是综合和集成的系统工程。

于是，这又成为很多当代水泥人眼里可望而不可即的水中花镜中月。

不难想象，未来，在“第二代”的研发与实施过程中，同样少不了阻力和磨难的考验，改革与墨守的PK战，依旧会在不同的历史时期中上演，这是任何产业壮举成功之前，必然要走过的曲线轨迹。

但是，这一次以建材联合会会长乔龙德为代表的中国建材联合会，阵容同样强大，实力同样雄厚，且饱含执着与坚韧的勇气和决心。有很多行业专家对“第二代”的提出，都给予了充分的肯定，尽管，他们认为这一次的壮举要想获得成功，难度也会很大，毕竟，协同创新的过程，不像单纯的某项技术的提升和改善，而要从意识和观念上达成一致，才可能真正做到有效的“协同”。

有人说，“第二代”协同创新是否能够成功，两个关键词起着决定作用，机制与共赢。毕竟,30 多年前,中国尚处于计划经济向市场经济转型的历史时期,第一代新型干法水泥技术的推广和普及,企业之间、企业与科研院所、学校之间尚没有太多的利益牵扯,国家机制的转变,也为新壮举的顺利实施提供了良好的机遇。

而今天,市场经济为主导的态势下,要联合产业发展的主体力量——企业加入协同创新的大阵营中,就不能不从机制改革入手。一定要将“利益共赢”作为重要的改革战略纳入规划之中,否则,“协而不同”的局面,很难从跟上突破,这也许会是“第二代”进程中最大的阻力和障碍。

也许,在“第二代”刚刚提出来的今天,我们还暂时拿不出拍板定音的解决方案,但是,如果现在回过头去看第一代新型干法水泥发展初期所面临的诸多困难,今天我们都觉得,当时的问题相对于今天而言,根本就不是问题,可是,在当时的产业发展条件和时代背景下,那时的行业人又何尝不觉得攻克那些难题,也是比登天还难的事情。

古人语“天将降大任于斯人也,必先苦其心志……”,如果轻松可以搞定的事,又有何壮举可言? 昨天的困难,到了今天就不再是困难,而今天的困难,一旦攻克之后,也就不会再成为明天的困难。

这就是历史发展的轨迹,也正是产业壮举的伟大之处。

领军企业当扛起大旗

说到企业,中国水泥行业的发展轨迹颇有意思,每一次改变历史的转折点,都是在产业发展到一定瓶颈时期,而展开的大手笔运作。

从战略思维的角度来看,从 1995 年开始,我国经济体制从单轨制(统配阶段)迈向双轨制(统配 + 市场)的转变,这一转变让水泥从此告别了长达 45 年供不应求的历史。

这一次战略上的变革,可以说是在中国从计划经济向市场经济转变的大趋势下,包括水泥行业在内的所有传统行业转型的相对统一的战略思想。

而这期间,中国水泥企业独有的战略思想和规划,也变得异常活跃,这一次中国水泥行业发展的战略性壮举的第一步,是在业内著名的“T 型发展战略”,即在石灰石资源比较丰富的长江两岸,建设大型熟料基地,在经济比较发达的沿海地区建设水泥粉磨站,再通过水路运输,满足了周边地区建设对水泥的需求。

经过 12 年的运作和完善,真正实施的开篇,是在 1996 年,海螺集团成为这个战略的首个吃螃蟹者。

可以说,T 型战略成就了如今已成为业内领军企业的海螺集团,而反过来讲,海螺集团成功发展 T 型战略,也积极带动起中国水泥企业的战略规划和发展速度。

在此战略成功后不久,山水集团提出沿胶济铁路东进西扩、南北辐射的发展战略,以及冀东集团提出的稳定华北、拓展东北、开发西北的“三北”地区发展战略,都是从 T 型战略的基础上延伸出来的路数。

在企业战略纷纷挑战市场经济发展体系,一个个领军大企业相继崛起的时候,双轨制的政策也已逐渐被市场经济体系所代替,而此时,这些率先发展起来的水泥企业,早已蓬勃壮大,稳坐泰山。

紧接着,以中国建材集团、中国中材集团为代表的大型央企,也终于看到从此后不能再倚靠在计划经济的怀抱中坐享其成,于是,在市场经济的社会背景下,中国水泥大型央企的崛起之路,也同样称得上通过企业带动行业发展中的“壮举”。

中材集团从 2002 年开始实行“走出去”的战略,凭借着独有的完整水泥工程产业链以及稳定运行的全过程系统集成服务能力,将国际市场占有率从零跃升到 40%,连续多年稳居世界第一。

而中材集团“走出去”战略最大的意义在于,这已经不是一个单纯的企业行为,在中材集团的带动下,“走出去”成为中国水泥领军企业们的共同发展战略,轰轰烈烈地掀开了走向国际的产业壮举。

而中国建材集团如今如火如荼的“央企市营”,同样是一次让大型央企在市场经济体制下成功突围的大胆壮举。

正如中国建材集团的董事长宋志平所言:大型央企不搞垄断、不吃偏饭,那么,未来将如何立足? 只有通过“央企市营”的市场发展战略,才是央企发展的改革新路。

所谓“央企市营”,简单地理解,就是在保持央企属性的基础上,采用市场经营的经营模式和经营方法,建立现代企业制度,增强企业竞争能力。

这一步对于中国建材集团来说,是一次痛定思痛后的企业经营模式的颠覆性变革。10 年前,中国建材曾经遭受过一段时期的巨大困难,甚至到了资不抵债,财务室被贴封条的地步。

宋志平说,就是在这种危难的情况下,痛定思痛,才果敢地决定用市场规则来改造自己,同时按照市场化的方式推进联合重组。到今年 6 月份,中国建材总资产已达到 2400 多亿元,成为世界 500 强企业中,全世界建材企业的第二位。

当众多行业专家都提出,“第二代”的主体参与者和实施者,应该是水泥企业的时候,既有着对水泥企业能够团结起来带动这一次产业壮举的顺利实施的无线期望,同时,又不能不忧虑,在如今建材行业面临整体经营状况不景气、市场相对低迷的当下,建材企业是否还有改革创新的兴趣和行动力。

而在第二代新型干法水泥技术研发与创新的领导小组会议上,有专家曾很明确地提出,真正带动“第二代”发展的主体,应该是行业里的这些实力雄厚、思想意识超前、人才和技术储备丰盈、又具有行业号召力和模范带头作用的领军企业。

一句话点在了要穴上,从历史发展的角度分析,领军企业带动产业整体发展的案例举不胜举,不仅是水泥行业,任何行业需要发展和变革的时候,都一定会有领军企业率先扛起改革和创新的大旗。发挥一呼百应的能力和执行力,也正是领军企业在行业发展中应该履行的责任。

“第二代”在研发与创新的拓展之路上,更需要将领军企业纳入成功突围的主导力量。作为第二代新型干法水泥技术研发与创新领导小组的副组长,刘志江对此非常有发言权。

他说,领军企业的目标永远是创新,即便没有“第二代”的提出,像中材集团这样的领军企业,也是要向着节能减排、协同处置的道路上不断创新、不断开拓。如今,建材联合会恰逢其时地提出“第二代”的创新方向,正符合了企业创新和改革的理念思路,那么,我们为什么不积极响应,共同投入创新变革的伟大壮举中呢?

“第二代”要将“绿色”做透

在铜陵海螺水泥厂六楼的咖啡厅,透过背面的玻璃墙,你可以一边悠闲地喝着咖啡,一边像欣赏刘谦的魔术一般,见证城市生活垃圾变成可燃气体的奇迹。

两年前,这一水泥窑处理城市生活垃圾项目正式启用,该技术利用垃圾气化处理技术,将垃圾气化成可燃气体,此气体可循环再利用,作为水泥生产的燃料。

毫无疑问,这正是第二代新型干法水泥核心理念的体现——节能减排、协同处置。

据铜陵海螺公司总经理李群峰介绍,这是国内首个利用水泥窑处理城市生活垃圾的项目,每年可处理城市生活垃圾约 20 万吨,年节约标煤 1.3 万吨,减排二氧化碳约 3 万吨。

从一个灰色水泥厂,到“全国工业旅游示范点”,青山绿水环绕,空气清新,海螺公司经过了数十年的创新和积累,见证了一个企业的绿色蜕变。

而这种“绿色蜕变”,也恰恰反映了中国水泥行业乃至整个建材行业,几十年来在可持续发展道路上的探索和进步,也为“第二代”打造低碳技术奠定了坚实的实践基础。

早在 1958 年,我国就建成了第一套散装水泥计量衡和散装水泥发放库,但真正形成规模并得到快速发展是在 70 年代之后。其后经历了一段曲折发展,直到

1996年,第八届全国人民代表大会第四次会议批准通过的"九五"计划提出之后,散装水泥才逐步转入正规,并得到快速发展。

当然,除了推散,实施余热发电的提升也成为水泥行业节能减排的主题。尤其在新型干法水泥技术高速发展之时,水泥窑余热发电技术更被誉为行业最耀眼的闪光点。

这一节能技术的实施在我国经历了三个发展阶段。即高温余热发电、中低温余热发电以及低温余热发电。

1922年,大连水泥厂建成我国第一个高温余热发电装置。

1998年,"海螺"与中国中材天津水泥设计院研究院合作,在海螺宁国水泥厂建成我国第一个水泥窑低温余热发电装置。

从初级余热发电阶段迈向高级技术阶段,我们进行了半个多世纪的探索。这期间,中国的水泥工业经过大量的工程实践,给技术不断创新提供了坚实的基础。

实际上,中国的余热发电供应商早已未雨绸缪,在除水泥外的其他高能耗行业开拓新的发展空间。其中,余热发电技术向玻璃行业的延伸最为成功。

如果说"推散"为我国水泥工业的绿色发展开启了"扫盲"之旅,那么余热发电技术的几经改革,则使得低碳经济的概念深入人心。但业内人士很快认识到,仅做好水泥行业的节能减排工作远远不够,而与社会其他行业联动才能真正践行可持续发展。

于是,水泥厂的角色定位发生了变化,在协同处置城市工业废弃物、城市污泥和城市生活垃圾方面也取得了很大进展。

《"十二五"规划纲要》也曾明确提出,将"支持水泥窑协同处置城市生活垃圾、污泥生产线和建筑废弃物综合利用示范线的建设"作为建材工业发展重点之一,要求"十二五"期间争取建成100~200条水泥窑协同处置系统。

在第二代新型干法水泥技术研发之际,中国水泥协会名誉会长雷前治也重申了水泥生产的功能颠覆性变化。"从窑本身来看,目前还没有呈现出更新的东西。但从水泥厂的功能来说,我们要进一步降低能耗,提高排放水平,这是时代赋予我们的要求。"

几十年来,政府政策的导向和支持,以及多方的密切协作、不断研发和推广,使我国创建资源节约型和环境友好型社会的工作取得了显著成效。这是中国水泥工业强大的必然结果。

放眼过去,中国水泥工业绿色发展的伟大壮举,正是由这些节能减排技术积累沉淀而成。党的十八大把生态文明建设纳入"五位一体"整体布局,这是关系人民福祉、关乎民族未来的长远大计。

因此,在积极倡导可持续发展的背景下,第二代新型干法水泥技术和第二代浮法玻璃技术的提出更是顺应了历史发展的潮流。“第二代”的技术是围绕节能减排、协同处置、低碳技术、绿色发展而进行创新研发,无论以何种形式呈现,它都必将成为一个建材大国伟大壮举的案例。

任何一个产业的发展,都是由不同历史时期一座座里程碑的积淀铸就而成,每一座堪称里程碑式的壮举,既在大幅度创新,甚至是颠覆性的战略发展中跨越,也在相互关联不断递进的过程中取长补短,最终,也都是为了下一座里程碑而积累更多的资源和财富,在不断地创造和繁衍中,延续产业永恒的可持续发展的未来。

第二代新型干法水泥和浮法玻璃技术的研发与创新,同样遵循着这样的道理,传承着前人铸就的历史丰碑,开创着属于我们这一代必须成就的时代壮举,为下一代的变革和跨越留下更多的财富和更大的舞台。

这应该是每一次产业壮举在浩瀚的社会发展长河中,为全人类留下的最深远、最终极的价值和意义。

《伟大的产业壮举》刊于 **2012** 年 **11** 月 **16** 日

其他篇目

◆社评:生态文明乃核心命题

◆自主创新　功能颠覆造就“第二代”

——访中国水泥协会名誉会长雷前治

◆协同创新推进“第二代”

——访中国中材集团有限公司总经理刘志江

关注本组核心报道请扫描二维码

产业财富　传媒价值

国内统一刊号:CN11—0073
邮发代号 1—121　国外代号 D807
本报为周六刊(周日休刊)
今日八版
第6237号
2012年12月7日　星期五
www.cbmd.cn

中國建材報

CHINA BUILDING MATERIALS DAILY

经济日报报业集团主管主办

每周核心报道

思维碰撞的背后

——第二代新型干法水泥和浮法玻璃技术研发与创新深度报道之四

本报关于第二代新型干法水泥和浮法玻璃技术研发与创新的核心报道推出三期，引起了行业内的广泛关注，并由此引发了更大范围的探讨和热论。

为了更加全面地对"第二代"的研发与创新进行深层次多角度的表述，并与行业人士展开更深入的探讨；为了进一步理清和分析行业内对"第二代"的各种反馈与热议；为了更好的协助推动"第二代"全面展开创新与转型升级的方向和目标，本报记者再次分多路采访到了建材联合会会长乔龙德，建材联合会常务副会长孙向远和中国建材集团总经理姚燕等领导和专家，继续围绕"第二代"延伸两期核心报道。

本期刊出第四期《思维碰撞的背后》，第五期《建材工业的必然抉择》将于近日刊出。

策　划：本报编辑部
统　筹：孟宪江　刘媛媛　王怡洁
采　写：刘媛媛　王怡洁　张　红　窦　环
专业指导：孙凯文　张　红
制　图：[illegible]

■本报记者　刘媛媛　王怡洁

从第二代新型干法水泥和浮法玻璃技术研发与创新的领导小组第一次工作会议至今，已将近50天，各方的探讨与辩论也在持续的升温之中，以至于本报关于"第二代"的核心报道，也已由原定的三期，延伸至五期。

正如很多专家所言，"第二代"是个长期的课题，会议召开至今的这50天，乃至未来若干年的一段时间，也正是所有的观点和思维碰撞最为猛烈的一段时间。

可以想象，从概念的诞生，到每一个具体步骤的设定，都会伴随着各种思想和言论的碰撞，这种强烈的碰撞，一直会持续到新生事物普及全行业的那一天。

因碰撞而衍生的表象，既有着循序渐进的思想火花和灵感激射，也一定存在着如困铁两极般看似难以融合的争论、歧义和排斥。

这样的状态，在这50天的雏形期，已见端倪。

尽管，无论是火花与灵感，抑或争论与排斥，都还只是尚处懵懂时期的蠢蠢欲动，或者说，也许是山雨欲来前的俏发期，但所有致力于"第二代"研发与创新的行业人士，已经感到了某些压力的侵袭。

那么，这种表象背后的本质又是什么？

从辩证哲学的角度看待，任何存在于世间的现实状态和物质，都有其存在的道理和必然性，但却并不是永恒的状态和必然。新事物或新状态的衍生与发展，势必要产生现实与未来的更迭和演变。而在这个过程中，旧事物、新事物与更新事物之间，在"道"与"名"不断地交织与更迭之中，才能达到万物循环、太极常转的发展规律。

尽管这是我们对老子"道可道非常道，名可名非常名"最浅显的理解，却正是符合了当代产业发展的脉络和走向。因为，任何产业的发展，都是为了在循环和可持续的变化中，达到相对的永恒。

在新旧事物更迭的"非常时期"，并没有对与错的明显界限，都有其存在或诞生的合理性和必然性，那么，新事物取代或升华旧事物的法则，也需要正确理解并应用万物发展衍变的辩证规律。

无数鲜活的产业案例，都在证明着一个道理，正是双重甚至多重合理的现状与未来，对持、交融与更迭的演变，拉开了一部部与时代同步的科学发展史的序幕。

建材联合会会长乔龙德在接受采访时曾说，在"第二代"发展的过程中，不应该排斥现有的质疑，有理有据的质疑，和有理有据的"第二代"的发展，在很长一段时间内，可能会同行共存，那么，只要是有根据有道理有深度的质疑，在融合与转化的过程中，也极有可能成为推动"第二代"发展的正能量。

两种力量的共存时代

从工业革命诞生至今的上百年时间，无数案例都表现出一个共同的现象，新事物升华或取代旧事物，不可能是一蹴而就的转变，在若干长的一段时期，新旧事物会在相互的对持，矛盾或平行、合作的各种态势中，呈现同行共存的局面。

我们姑且将这段时期称为"两种力量的共存时代"。

在"第二代"概念诞生至今的50天里，并没有出现明显的新旧力量和互排斥的矛盾对抗，首先是"第二代"目前尚处于围绕大概念和大目的集思广益，并逐一立项的初始阶段，与现有的产业发展模式尚没有形成强烈的碰撞，更多的质疑与徘徊还仅限于对概念的理解和挖掘上。

此外，对于创新和发展，行业人士是存在普遍共识的，"第二代"是以创新的思维和理念提出的设想和发展目标，那么，沿着这条思维的概念认知上，绝大多数的思想是一致的。

但不能因此而乐观地认为，随着"第二代"从概念到理论再到具体项目一步步落入实处的过程中，会始终一路畅通。

下转3版

兼收并蓄　期待共振

■本报评论员　张　红

一个打破现有产业平衡与利益格局的创新之举，引发一些不解、质疑甚至激辩，这是非常正常的。或许是认识水平相异，或许是技术观点不同，或许是体制壁垒掣肘，或许是门户利益考量……我们应该抱着兼收并蓄、集思广益的正确态度。

当今中国的各行各业，包括建材行业，改革发展有了更加坚实的物质基础。站在前人的肩膀上，我们有了充足的底气和能量。但是继续推进改革发展所遇到的新情况、新问题，以及由此产生的压力，丝毫不减。发展起来以后、壮大起来以后的问题，不比不发展、不壮大的时候要少。

更为复杂的挑战在于，随着发展走向深入，那种皆大欢喜式的创新改革，空间越来越小。体制、机制以及利益的多元分化，时常会使我们面对"不是这部分人不如意，就是那部分人有意见"的两难。当分歧的根本不在于"是非"而在于"取舍"，当前进的方式很难再靠一声令下的总动员，改革就从"理当如此"的抉择，变为一种你来我往的博弈。对此，我们要有充分的心理准备。

但是，博弈是裂变的前奏，博弈中蕴含着我们共同的愿景——那就是对建材行业三个全新的"期待"：一是提供的产品要低碳环保、绿色可循环；二是产业自身要节能、清洁、利废、减资源、可持续；三是重要的产业如水泥、玻璃等产量已连续十多年位居世界第一的行业，要实现超越引领的突进。而两个"第二代"新技术的研发创新，包含了建材行业满足三个全新期待的核心要素，是无可非议的共同追求。

两个"第二代"新技术具有的基本特征是：集成创新、改革提升、重点突破、整体效能。业内多位资深专家也都谈到，"第二代新型干法水泥技术研发与创新"将从目前国内最先进的生产线中把最先进的技术组合起来，与国外最先进的国家或企业对标，找出差距，从设计优化、工艺改革、自主创新、装备提升、低碳技术开发、节能减排等方面进行攻关，用5年左右时间，全面提升新型干法水泥生产线的产品制造、协同处置废弃物、综合利用资源和减少二氧化碳排放等绿色产业功能，达到世界领先水平。而"第二代浮法玻璃技术的创新和研发"工程，将在系统全面梳理基础上改进与优化选矿、原料、熔制、锡槽、退火、冷端等各子系统；立足自主创新，实现喷枪、电熔砖、在线检测、在线镀膜、机械手、堆垛机等关键装备的国产化；推进操作软件升级与功能扩展，实现流程控制、监测自动化的操控稳定可靠；产品质量赶超国际先进水平；脱硫、脱硝、除尘等环保排放指标全面达标，从而站上引领世界玻璃业发展的潮头。

我们有对建材产业在国民经济体系中保持可持续发展的基本判断力。全局性的"产能过剩"但是城镇化的步伐不会停止，人民群众谋求安居的愿望不会改变，只要对关键、核心技术的研发与创新取得突破，水泥与玻璃工业的基础地位无法撼动。

我们有对全球同业发展的细微洞察力。直至上世纪80年代，我们主要是学习、吸收、引进国外先进技术，紧跟发达国家的"跟随时代"；从上个世纪80年代末期开始到"十一五"末，是实现由大变强的"追赶时代"；从"十二五"起，我国水泥和玻璃工业开始进入"超越与引领时代"。三个阶段的三次跨越，层次分明。

我们还有全行业加快转变发展方式的宝贵协同力。我们拥有世界最大的市场，拥有一大批专家和科技领头人，各个研究设计院和企业从不同层面上都有相对成熟的技术，将这些集成起来，就是行业的财富。

我们更有着同舟共济、众志成城的行业凝聚力。建材行业历来就是一个吃苦耐劳的行业，建材人也历来就是一个忍辱负重的群体。只要我们发扬传统精神，充分运用好市场机制，就一定能形成群策群力的生动局面。

所以，令人欣喜、催人奋进的"共振"，一定会出现。

乔龙德在建材情报所和建材监督中心创新发展资源整合大会上提出——

转变思想观念　推进联合会系统创新改革发展

本报讯　实习记者王志国报道　为了贯彻落实中国建筑材料联合会系统"十二五"发展规划，建筑材料工业技术情报研究所和建筑材料工业技术监督研究中心于12月3日在北京召开创新发展资源整合会议，着力改变两家单位规模小、抵御风险能力弱、经营困难等现状，实现资源共享，优势互补。

建材情报所所长、监督中心主任徐洛屹在工作报告中介绍，情报所和监督中心在保持单位性质不变、职工身份不变、资产不变的前提下，实施统一规划、统一领导、统一管理、统一经营、统一考核的"五统一"原则。他提到，在联合会引领、服务、协调的基础上，围绕强化"科技业务服务"主营业务的方向，将建材情报所和监督中心建成国内最核心的建材科技文献与情报研究中心、最大的建材行业技术期刊出版中心、最具影响力的建材技术会议举办中心、最主要的建材行业培训中心和最重要的建材标准研究制定中心。

中国建筑材料联合会会长乔龙德，党委书记、常务副会长孙向远，副会长徐永模，秘书长张东壮，党委副书记、副会长叶向阳，情报所和监督中心党委书记秦民强，联合会各部门负责人，情报所和监督中心全体职工，其他直属单位党政主要负责人近200人出席了会议。会议由中国建材联合会副会长陈国庆主持。

此次资源整合会议是在联合会"转变发展方式、优化产业升级、引领行业发展"的精神下召开的。乔龙德指出，两家单位的重组整合是思想进取，积极推进改革，并获得广大职工支持的体现。他回顾了两家单位的发展历史，分析了当前处于弱小困境，发展缓慢的原因。他要求，两家单位资源整合后，一定要做好总结，找出问题，特别是思想问题，改变旧有观念和传统的思维模式；打破僵硬的发展格局，寻求新的增长点；精简部门，有效整合内部资源；建立激励机制、奖惩机制，严格管理制度。

乔龙德强调，要学习党的十八大精神，启动改革的思想按钮，突破思想束缚和体制束缚，加快转型发展。改革要从体制的灵魂、机制的内涵、用新的方式来完成，最终完全跟市场接轨，重要的是抓住以下突破点。一是破除盲目自满的思想，变生存观为与时俱进的发展观；二是破除特殊论，破除影响发展的观念，要靠自身拼搏谋发展；三是破除传统行政式、以依托现有体制为依据的僵化发展依据，要树立资源有效配置作为发展的原则；四是破除固守现状，不以老眼光、老观念来看待问题，要换个角度看发展；五是破除"小农经济"思想，要积极进取，延伸产业链；六是破除以稳为由，不注重发展的观念，要在改革中实现稳定发展。

最后，乔龙德提出，联合会系统要以改革创新的态势，推进发展，重点实现四个突破。一是突破体制上的障碍，将资源有机结合，形成产业链，进行股份制改造；二是突破直属单位主营业务小，经济力量薄弱这个发展瓶颈，要有紧迫感和忧患意识，壮大主营业务，引进行业内资源、资产；三是突破传统事业单位管理、经营模式，要以经济效益为中心，扩大新领域，同时精简部门，提高办事效率，降低管理成本；四是突破干部管理单一的任命制度，引入聘任制，公开招聘社会优秀人才，体制、机制、干部三手抓，实现转变发展。

孙向远宣布了情报所和监督中心资源整合后的新党政领导班子；徐永模介绍了两家单位资源整合后的基本情况。乔龙德和孙向远为中国建材联合会培训中心揭牌。

思维碰撞的背后

——第二代新型干法水泥和浮法玻璃技术研发与创新深度报道之四

■本报记者　刘媛媛　王怡洁

正如很多专家所言,“第二代”是个长期的课题,可以想象,从概念的诞生,到每一个具体步骤的设定,都会伴随着各种思想和言论的碰撞,这种强烈的碰撞,一直会持续到新生事物普及全行业的那一天。

因碰撞而衍生的表象,既有着循序渐进的思想火花和灵感激射,也一定存在着如磁铁两级般看似难以融合的争论、歧义和排斥。

这样的状态,在雏形期已见端倪。

尽管,无论是火花与灵感,抑或争论与排斥,都还只是尚处懵懂时期的蠢蠢欲动,或者说,也许是山雨欲来前的萌发期,但所有致力于“第二代”研发与创新的行业人士,已经感到了某些压力的侵袭。那么,这种表象背后的本质又是什么?

从辩证哲学的角度看待,任何存在于世间的现实状态和物质,都有其存在的道理和必然性,但却并不是永恒的状态和必然。新事物或新状态的衍生与发展,势必要产生现实与未来的更迭和演变。而在这个过程中,旧事物、新事物与更新事物之间,在“道”与“名”不断地交织与更迭之中,才能达到万物循环、太极常转的发展规律。

尽管这是我们对老子“道可道非常道,名可名非常名”最浅显的理解,却正是符合了当代产业发展的脉络和走向。因为,任何产业的发展,都是为了在循环和可持续的变化中,达到相对的永恒。

在新旧事物更迭的“非常时期”,并没有对与错的明显界限,都有其存在或诞生的合理性和必然性,那么,新事物取代或升华旧事物的法则,也需要正确理解并应用万物发展演变的辩证规律。

无数鲜活的产业案例,都在证明着一个道理,正是双重甚至多重合理的现状与未来,对持、交融与更迭的演变,拉开了一部部与时代同步的科学发展史的序幕。

建材联合会会长乔龙德在接受采访时曾说,在“第二代”发展的过程中,不应该排斥现有的质疑。有理有据的质疑,和有理有据的“第二代”的发展,在很长一段时间内,可能会同行共存。那么,只要是有根据有道理有深度的质疑,在融合与转化的过程中,也极有可能成为推动“第二代”发展的正能量。

两种力量的共存时代

从工业革命诞生至今的上百年时间，无数案例都表现出一个共同的现象，新事物升华或取代旧事物，不可能是一蹴而就的转变，在若干长的一段时期，新旧事物会在相互的对持、矛盾或平行、合作的各种态势中，呈现同行共存的局面。

我们姑且将这段时期称为“两种力量的共存时代”。

在“第二代”概念诞生至今的50天里，并没有出现明显的新旧力量相互排斥的矛盾对抗，首先是“第二代”目前尚处于围绕大概念和大目的集思广益，并逐一立项的初始阶段，与现有的产业发展模式尚没有形成强烈的碰撞，更多的质疑与徘徊还仅限于对概念的理解和挖掘上。

此外，对于创新和发展，行业人士是存在普遍共识的，“第二代”是以创新的思维和理念提出的设想和发展目标，那么，沿着这条思维的概念认知上，绝大多数的思想是一致的。

但不能因此而乐观地认为，随着“第二代”从概念到理论再到具体项目一步步落入实处的过程中，会始终一路畅通。

正像新型干法水泥刚刚上线时，也同样是与当时被认为已经很先进的立波尔窑产生了相当一段长时间的对持与共存的局面，经过几十年的吸收消化、逐步淘汰和渐进普及的过程，才达到了行业权威的地位和具备普及型的生产模式。

而类似这样的新旧事物长久处于共存与对峙的局面，并不仅存于水泥或玻璃行业。

去年，由微软总裁比尔·盖茨发起的“马桶革命”，众多专家提出了对抽水马桶古老技术的改造，采用“无混合”技术发展新式无水马桶。

而在此之前的2010年，地产大亨潘石屹在家乡甘肃天水的农村修建了31处“生态卫生旱厕”，引起了相关领域和广大农民的不同反响。

所谓的生态卫生旱厕，就是粪尿分集，粪尿无害化并用于农业，生态循环。

这不仅仅是关于马桶的一次革命性的改造，最大的受益之处还在于，在一定程度上缓解了全世界面临的最大危机之一——磷危机。

据有关资料表明：在未来的几十年，全世界面临的危机不是水危机和石油危机，而是磷危机。而中国的富磷矿储量仅占总储量的8.4%，只够维持未来10～15年的使用需求。

1976年首创于瑞典的“生态卫生旱厕”，之所以被潘石屹花重金修建在中国的农村，也是一位房地产领军人物对于磷危机的认知深刻而身体力行的一次壮举。

而之所以要在相对贫穷落后的天水农村走第一步棋，首先是由于这样的农村没有建成庞大繁复的管道系统,直接由“传统旱厕”向“生态卫生旱厕”的改造比较容易。

再者,这期间或许也存在着尽可能避开与现有传统抽水马桶正面冲突,通过一个相对比较方便的示范点,展开一个实验阵地,在循序渐进地铺开向全社会普及的规划之路比较稳妥。

但即便是这样,依旧免不了网上的唇枪舌剑,甚至直接攻击其作秀的声音铺天盖地。

在所有的质疑和批驳声中,有很多观点是具有现实意义且不容忽视的。比如,推广“生态卫生旱厕”在城镇和比较发达的农村,在较短的时间内是行不通的。因为这不是一个马桶改造的问题,牵扯到整个城镇农村庞大的排水管道大规模改造的问题,而这所牵连的部门、行业领域和技术研发项目等林林总总,甚至多到无法计算的程度。

而这不仅是中国的问题,是全世界绝大多数城镇共同面临的现状。

据记载,首创于瑞典的“生态卫生旱厕”,从 1976 年开始大力推广至 2010 年的 30 多年时间里,900 万的全国总人口中,也仅有 100 万人在使用。而这已经是全球应用得最好的国家了。

可想而知,我们如今正在应用的抽水马桶,在未来很长的一段时间内不会销声匿迹,但全球磷危机的不断升级和恶化,又敦促“马桶革命”必须提上日程。

从目前的情况来看,这的确是个非常矛盾的命题。一个小小的马桶背后牵扯的庞大产业链、经济利益和技术革新,都有可能让这个命题在博弈、对持以至最终的更新换代,持续几十甚至上百年时间。

这不禁让我们联想到,在哲学界的二律悖反定律中,有一条很重要理论:相互关联的两种力量在运动规律之间,会存在相互排斥的现象,这符合世间万物演变发展的运行规律,并且,在一段时期内,这两种力量的共存与对持,在势均力敌中可以达到相互平衡的某种关系。

话说回来,第二代新型干法水泥和浮法玻璃技术的研发与创新,相对于一场来自全球的卫生革命而言,似乎从创立到实施都不至于如此艰难,但“第二代”在未来布局和实施的过程中,是否能做到尽可能避开直接的针锋相对,并能与原有的产业发展模式达成有期限的和谐共存,应该是第二代所有的创造和参与者需要考虑的问题。

多线撒网也好,独辟蹊径也罢,在运作的前夕做好相应的布局,让看似排斥却只能共存的两种力量,达成最终的“合力”,这也是符合辩证哲学中的生存法则。

让正反两级转化为“合力”

尽管,任何辩证法则也并不是盖棺定论的绝对道理,也需要从辩证的角度分析和理解,但对于产业发展之中,两种事物在共存时期的相处方式,寻找彼此之间的“合力”,应该是能够平稳过渡或有效合作的潜动力。

而未来的“第二代”能否成功的第一步,也正需要产业发展在不同阶段的“合力”。

有一个比较复杂的案例,可以说明一些问题,或许也能带来某种启发。

同为文化产业生力军的电影业和电视业,最初的 PK 战可谓惨烈,在第一回合对持与排斥的博弈中,电影业曾一败涂地。

1948 年,美国电影业刚从无声电影进入有声电影的十余年里,声势高涨。但这一切良好的态势突然在 20 世纪 50 年代初戛然而止。终结这一切的“罪魁祸首”,就是在美国家庭里日益普及的电视机。

从 1949—1951 年,美国成立了数百家电视台,千变万化的电视节目的出现,让很多美国人迅速抛弃了包括电影在内的所有娱乐方式,如痴如醉地坐在起居室里看电视。

据记载,当电视机逐渐走入美国普通家庭时,美国的观影人次从 1948 年的 9000 万人,到 1952 年迅速降至 5100 万人。到了 1953 年,美国的观影人次比 1946 年下降了一半。

为了挽回颓势,美国电影业采取了很多办法,立体声宽银幕技术的问世,在一定程度上打破了僵局,再一次将观众重新拉回影院,也由此展开了电视业与电影业的第二次全面对持。

这一次的对持同样持续了很长时间,电影业此时因为各种禁忌条例的破除,以及类型片的丰富,人才会聚,高科技技术的广泛应用和特效技术的完善,都在很大程度上聚焦着美国观众的眼球。

相反,电视产业却在一次次失败的垄断和不正当的利益交易中走着下坡路,而电影产业为了击垮电视业,卡住大量的库存旧片不给电视台放映。

电视产业与电影产业再度失衡,使美国寻求多翼发展的文化大产业面临危机。

而两大产业在两次激烈的对抗和挤压中,也各自受损。因此,各经历失败的两方人士,已经意识到,这样的对抗,最终的结果只能是两败俱伤。

有了这样的意识,电视与电影之间的“合力”也很快呈现。

此次合力的标志始于 1954 年,随着迪士尼主题乐园的开张,迪士尼影业首次与 ABC 电视台签订合同制作了纪录片《迪士尼乐园》。

此后,电影业与电视业开始了大规模的牵手合作,几乎所有的大制片厂,都投入了电视戏剧制作的板块之中,大量的库存旧片也向电视行业开放。

同时,电视制作基地,也由纽约搬至好莱坞,以方便好莱坞那些大制片厂,将最新的影片预告和配合新片上映的电视节目率先搬上银屏。

进入新世纪,美国电视与电影的密切的程度已经发展至从制片、导演到演员的全方位合作,数字化电视电影的诞生,更是从影视产业发展的根上,达到了最为本质的合作模式。

而就在此时,又有一个全新的文化产业以势如破竹的力量,威胁着电影电视业的和平态势。这就是日益庞大的动漫游戏业。

这一次,电影电视业吸取了以前的教训,几乎在硝烟未起前,就已经将正反两种力量适时地转化为合力。

这一次合力的平台,源自世界最闻名的圣迭戈国际动漫展。这个会聚了全市最新动漫及游戏产品和项目的展会上,几乎从一开始就吸引着电视和电影业的大批人士。

因游戏而衍生的电影和电视剧,如今红透了各大影院和电视台,而好莱坞大片和美剧的轰动,也为游戏业的推旧出新提供了大量的灵感源泉。

而无论是因游戏而诞生的电影,还是因电影而制作的游戏,也因为有着广泛的群众基础,几乎不用宣传,就可以赚得盆满钵满。这种多赢机制在未来很长的一段时间内,依旧是电影、电视和游戏产业的主导力量。

由正反两级的相互挤压,到三方合力的共赢互惠,最终受益的是美国大文化产业,始终笑傲世界江湖。

通过这个案例,可以更好地理解“合”的关键即合目的性、合规律性,是有效解决相互联系的多重力量势必要产生的相互矛盾和排斥的正常反应。

尽管,“第二代”的发展与上述案例所不同的是,“第二代”的发展与现行的产业模式同处一条产业轨道上。但在提升、转化和创新的过程中,“第二代”势必也要有意识地汲取现有模式中的营养和优势,而现有模式在发展的过程中,也同样需要转型创新。那么,双方共同寻求的转型和创新,就可以成为一条纽带,而达成合目的性、合规律性的“合力”。

如果在此“合力”的作用下,“第二代”的发展与现有产业发展模式之间,在同行共存的这个过程中,能够达成一定意义上的合作关系,或许会为新事物的发展,铺开更为顺畅的道路。

有质量的质疑是源泉和动力

既然要在“共存时代”找寻和谐发展的“合力”，那么，“合”的关键点，应该是彼此之间能够找到相互契合、互相监督乃至优胜劣汰的动力和源泉。

这份动力和源泉，有时候就产生于矛盾和质疑的观点之中。

在第二代新型干法水泥和浮法玻璃技术研发与创新的领导小组工作会议上，有专家就曾举过关于长江三峡建设中的案例，三峡工程得以建设成功的关键，离不开从始至终所伴随的争议和反对之声。

作为世界规模最大的水电站，中国有史以来建设最大型的工程项目，长江三峡水电站从筹建的那一刻起，却始终与巨大的争议相伴。

早在1953年，毛泽东在视察三峡时，就曾经提出过：三峡水利枢纽是需要修建而且可能修建的。之后在周恩来的主持下，开始了三峡工程的勘探、设计和论证工作。

但在当时，反对之声就伴其左右，支持与反对争论最为激烈的情况下，考虑到国力、技术和国内国际形势等综合因素，三峡工程被暂缓下来。

“文革”后，三峡工程再度被提上日程，水利电力部提交了工程可行性研究报告。并得到国务院批准，但在1985年的中国人民政治协商会议上遭到了许多政协委员的强烈反对。

这种争论一直持续到1988年，国务院再度召集412位专业人士，分14个专题对三峡工程进行全面重新论证，结论认为技术方面可行，经济方面合理，并提出“建比不建好，早建比晚建更有利。”

但这份论证非但没有平息争论，反对之声浪更大，于是，这份工程议案被提交给了第七届全国人民代表大会第五次会议审议，1992年才正式进入建设期。

从早期的反对到后期的质疑，所针对的问题也发生着不同的变化，早期的争议主要偏于经济和技术等因素的桎梏，普遍认为经济无法支撑，技术上也难于实现预定目标。

正是针对这如此有实质性的争论意见，一份份在经济和技术上更为可行的论证和方案才会陆续被提交，从1983—1992年的10年间，多份更为翔实的论证，为日后三峡工程真正投入建设，提供了充分合理的论据。

后期的争论则更为广泛，涉及政治、经济、移民、环境、文物、旅游等方方面面。尤其是移民问题、环境问题和文物及旅游的思索，最为激烈，也的确不容忽视。

正是这些意见和质疑的提出，三峡工程从建设之初，就将这些现实问题考虑到了工程建设的内容之中，在一定程度上，得到了较为妥善的解决。

关于移民问题的质疑，有观点提出，当三峡蓄水完成后，将会淹没129座城镇，产生113万移民,这在世界工程史上是绝无仅有的。

最初的移民安置工作,主要通过就地后靠或就近搬迁来解决,但在大量的建设性质疑声中,相关部门对农村人口又增加了一种移民方式,就是由政府安排,举家外迁至其他省份居住。

为了解决移民问题,政府想到了很多办法,也同样是在诸多的意见中得出最妥当的办法,到三峡工程正式开工后,为促进占库区移民总数85%的重庆市在移民问题上的积极性和主导性,中央政府决定升格重庆为直辖市。

随后,三峡工程实行了"开发性移民"的模式,即在移民的同时,进行着大规模的基础设施建设和产业建设,其根本目的就是为了改善民众的生活水平。

此外,全国有21个省,每个省都对口支援三峡库区的一个县。

尽管,三峡工程的移民措施,是三峡建设之初就被重点提及的课题,但不能不说,众多关于移民问题的质疑之声,在一定程度上起到了敦促完善和有效监督的作用。

同样,关于环境和文物保护以及旅游开发等诸多问题,不同的质疑也成为推动三峡工程建设需要关注的重大课题,尽管在生态环境和文物保护上,三峡工程的建设难免会造成一定的影响,却也在整个施工建设的过程中,将损失减到了能够做到的最大程度。

事实上,2009年全面竣工的三峡工程,对其的质疑和反对之声至今都没有停息,关于长江三峡工程的利与弊,始终处于不断的争议,并形成多篇文章予以阐述。

而这些利与弊的深刻剖析和解读,也正是为三峡工程在未来的完善和改造中,留下更多可供参考和吸收的宝贵动力。

比起庞大的三峡工程建设,水泥与玻璃行业的"第二代"研发与创新,还只是一个行业发起的改革和转型升级的战略措施,首先要征求行业的意见和建议,吸收有建设性的质疑甚至反对之声,对于"第二代"在全行业的认知、立项和实施力度上,无疑是难得的宝贵源泉和动力。

在质疑声中找到改革和发展的突破点,是一个产业长久发展中最难得的精神境界。正如建材联合会常务副会长孙向远所说:有了质疑的声音,才会促使我们更加深入地思考,才会促使我们把工作做得更扎实更有效。

量的积累必然是质的飞跃

目前我国水泥工业,乃至整个建材行业备受"产能过剩"的困扰。转变发展方式、加快转型升级是行业减负解困的唯一出路,但真正的抓手在哪里?转型的支撑是什么?很多人莫衷一是。

可以说，从 10 月中旬第二代新型干法水泥技术研发领导小组和工作小组成立以来，行业各界对两个“第二代”众说纷纭，有支持，也有怀疑。今天，当我们用量变质变规律去看待这一问题时，或许会让业界人士对“第二代”的认识豁然开朗。

任何事物的发展都从量变开始，没有一定程度的量的积累，就不可能有事物性质的变化，更不可能实现事物的飞跃和发展。

古今中外，大量的事例阐述了量变质变规律发生的必然性和正确性。这其中，电子技术的进步和建材工业的发展有着许多相似之处，也为“第二代”的研发提供了有力支撑。

电子技术是 19 世纪末、20 世纪初开始发展起来的新兴技术，近一个世纪以来，电子技术的高度发展和应用，已成为近代科学技术发展的重要标志。

总体来看，这一技术的发展充分体现在产品的核心载体——元器件的发展轨迹上，即从电子管，到晶体管，再到集成电路的更新换代。

第一代电子产品的核心是电子管，由美国科学家德福雷斯研制而成。电子管的问世推动了无线电电子学的蓬勃发展，但不可否认的是，电子管十分笨重，能耗大，寿命短，其制造工艺也十分复杂。因此，电子管问世不久，由于其本身固有的缺点和战争的迫切需要，促使人们努力寻找替代电子管的新型电子器件。

1946 年，美国贝尔实验室开展半导体的研究。创造出了世界上第一只半导体放大器件——晶体管，并迅速取代了电子管。

与电子管相比，晶体管的进步在体积变小的量变基础上，质的变化也突飞猛进，如消耗电子极少、无须预热、稳定性高等方面都有着质的飞跃。

晶体管的问世被誉为 20 世纪最伟大的发明之一，它解决了电子管存在的大部分问题。可是单个晶体管的出现，仍然不能满足电子技术飞速发展的需要。

一个晶体管有 3 条腿，复杂一些的设备就可能有数百万个焊接点，稍有不慎，就极有可能出现故障。为确保设备的可靠性，缩小其重量和体积，人们迫切需要在电子技术领域来一次更新的突破。

在已有晶体管技术的基础上，一种新兴技术诞生了，那就是今天大放异彩的集成电路。1958 年，美国德克萨斯公司制成了世界上第一个半导体集成电路，宣告了集成电路技术时代的到来。

集成电路是在一块几平方毫米的极其微小的半导体晶片上，将成千上万的晶体管、电阻、电容、包括连接线做在一起，它是材料、元件、晶体管三位一体的有机结合。这是电子技术从量变全方位走向质变的里程碑。

在晶体管技术基础上迅速发展起来的集成电路，带来了微电子技术的突飞猛进。同时也极大降低了晶体管的成本。

不仅如此,微电子技术通过微型化、自动化、计算机化和机器人化,将从根本上改变人类的生活方式。

可以说,集成电路相比于晶体管,是一次更大规模的质的飞跃。

反观我国建材工业的发展,在产能过剩的情况下,两个"第二代"的提出在某种程度上阐明了从量变到质变的跨越。

以水泥产业为例,回顾过去的近200年,水泥生产先后经历了仓窑、立窑、干法回转窑、湿法回转窑和新型干法回转窑等发展阶段,最终形成现代的预分解窑新型干法。

如果把仓窑和立窑的出现比作电子管时期,那么从干法回转窑到现代新型干法预分解窑的阶段可以看作晶体管的"发明时代",而"第二代"的创新研发也可比喻为集成电路的横空出世。

它们的共同点,都是经过了数个技术成果的量的积累,才有了最终的质变。

因此,待"第二代"研发成功之时,也是在水泥产能过剩的情况下,真正做到优化存量,达到质变的验收之时。这或许像集成电路一样,开启了一个新时代,从而让新一代技术惠及全国,乃至全世界的建材工业。

螺旋式上升中的传承与扬弃

之所以确定名称为"第二代",或许有很多原因,但其中很重要的一点,就是要为以后继续转型或创新的第三代、第四代留下更大的空间。

也就是说,"第二代"不是终点,当"第二代"随着未来的发展,也已经走到需要改革创新的十字路口时,更新的理论和战略,同样会升级或取代"第二代",而成为那个时代产业发展的主动力。

这与辩证法三大定律之"否定之否定规律"似乎不谋而合,否定不是全盘抛弃,是克服与保留的统一,新事物否定旧事物,然后被更新的事物否定,才能呈现出"螺旋式"向前发展的状态。

这样的简单描述,也是"第二代"从名字开始,就为后世留下的发展空间和"螺旋式"的发展模式。

纵观大产业企业的发展轨迹,房地产巨头万科的经营模式,恰巧如此,这或许能给建材工业的发展以启迪。

在1985年及随后的几年里,中国企业界是没有"专业化还是多元化"的争论的。大家都被接踵而至的机会所牵引。

王石正是在这样的大环境下,带领万科开始打造中国房地产龙头企业。1984

年,万科以“深圳现代科教仪器展销中心”(前身)名称注册,但实际上经营的内容却远不止科教仪器。不久后,公司改名为“深圳现代企业公司”——一个真正能够包罗万象的公司名称。

此后的万科,迅速变为一个以贸易为主的多元化企业。那时,多元化的万科成绩不菲,但因为业务范围过于多元,所有项目想要扩大规模,资金和人才储备却捉襟见肘。

此时的王石看到了多元化弊病,毅然否定以前的多元策略,决心开始走著名的“减法”路线,并注重专业化发展。之后,万科逐步将与房地产无关的业务关闭或卖掉。

随着房地产业的变革和企业管理的提升,从2004年到现在,万科继续在专业化基础上实现了精细化和产业化。

王石就是在这样的否定之否定中实现了自己的房地产梦想。当他以科教仪器起家后,意识到产品的单一性并不能使企业迅速壮大,从而肯定了多元之路。而当他在机会主义的时代背景下开始走多元化道路时,却发现当时的万科并不具备这样的实力。最终,王石选择了回归“专业化”。

精准的概念定位可以确保万科的“螺旋式”成长,这种“螺旋式”成长,几乎是在传承与扬弃之间逐步完成。

再次回归建材行业本身,在面对两个“第二代”的创新研发问题时,很多业内人士担心,两个“第二代”的提出是否完全颠覆现有技术的造诣?是不是对原有工艺的否定?未来的研发究竟会达到何种程度?

目前,虽然我们对这些问题还无法给出具体答案,但可以肯定的是,“第二代”的出现并不是对原有技术的全盘否定,而是在某种程度上的扬弃和继承,最终达到技术的全面升级。

未来,通向“第二代”的道路是曲折的,但只要业内人士同心协力,勇于自我否定并坚持创新,中国必定可以攀登世界水泥行业和玻璃行业的技术最高峰。

科技进步:第二代的根本要求

世界万物的发展规律始终绕不开“科学”二字,一旦违背科学,整个产业链便走向恶性循环的道路。在哲学体系的背景下,科学发展观的提出给各个行业指明了发展方向。

科技进步在可持续发展战略实施中,能够迅速把研究成果积极地转化为经济增长的推动力,并克服发展过程中的瓶颈,以此达到可持续发展的总体要求。

最重要的是,科学发展观重视科学进步与时代同步的理念,这无疑对任一产业的发展,都能起到至关重要的指导作用。而“第二代”的研发创新,更是离不开先进技术的推进和集成。

翻开工业发展的历史,曾经有一个被公认为以科学为基础而发展起来的产业,那就是19世纪德国合成染料工业的兴起。

19世纪60年代,德国染料企业纷纷建立,在最初生存的8年,他们只是模仿和完善英法的工艺。从19世纪70年代后,德国政府和企业开始重视对新产品、新工艺的开发以及对现有产品和工艺的改进。

在这种情况下,企业按自身发展战略,积极响应市场经济信号,将资源合理配置在研究发展和设计各个环节上。于是,企业界对科学研究的积极支持,有效地使科学研究成为企业内在的组成部分。

直至1897年,德国BASF公司对合成靛蓝的研发成功,标志着德国合成染料工业发展达到世界最高峰。

为什么德国合成染料工业能后来居上?在世界上占统治地位呢?

无疑,丰富的科学资源做后盾是必不可少的,但更重要的是技术开发主体——企业有能力和意愿以商业策略开发科学资源,并充分利用这些资源有组织地研制开发产品和工艺。

当然,德国染料工业的兴起仅为科学发展的一个侧影。

其实,纵观各个产业的发展,无一不是在科学发展的指导下稳步前进。尤其是近年来,我国新兴产业的崛起,更是在全面落实科学发展观的基础上,积极调整结构,转变发展方式。

比如在新一代信息技术、生物、高端装备制造、新能源、新材料和新能源汽车等产业领域,我们看到更多的是以科技引领、创新驱动为支撑,紧密结合自主知识产权和关键核心技术,充分考虑产业基础、资源优势、研发实力和人才力量等因素,集中力量攻克技术核心。

不仅如此,在大力培育和发展新兴产业的同时,也应积极带动传统产业的科学发展。而建材工业的发展,又何尝不需要这样的成长环境呢?

因此,两个“第二代”的创新和推进,势必要建立在科学发展的基础之上。其中,技术的研发鼓励、企业的资源配置以及政府的政策支持,是构成科学发展的根基所在,也是及时把新一代技术转化为经济增长的关键路径。

企业是创新的主体。在“第二代”的研发道路上,水泥产业和玻璃产业的龙头企业更要起到创新研发的带头作用，优化整合资源。

只要持续不断地沿着科学发展的道路前进，两个“第二代”的出现，也就标志着我国建材产业徒弟变师傅的时刻终将到来。

从辩证的角度分析产业发展中新旧事物换代更新的发展规律，并不是要在辩证法理论上去生搬硬套。建材产业的发展离不开万物进化演变的基本规律和走向，而万物进化演变的基本规律，也始终离不开辩证思想的启发，同时也为不同的辩证理论加以更多的佐证或更大范围的延伸。

尽管不同的产业发展有着不同的属性和脉络走向，但目标始终是一致的。都是一代代人为了产业生命的永续而做着不懈的努力尝试和探索。

也因此，上百年来，不同产业在进化和壮大的过程中，所有或曲折或通畅或失败或迂回的经历，都可以成为建材产业发展中值得参考和借鉴的经验范本。

从众多的案例分析得出，在科学发展的宏观指引下，以辩证的思维去解释和处理不同时期面临的不同问题，创造相对平稳和谐的发展环境，在“合力”的作用下扩大新血液和新事物的发展空间，应该是产业生命得以永续的基本规律。

《思维碰撞的背后》刊于 2012 年 12 月 7 日

其他篇目

◆社论：兼收并蓄　期待共振

◆坚定不移地推进“第二代”的创新和研发

——访中国建材联合会党委书记、常务副会长孙向远

◆协同研发“第二代新型干法水泥生产技术”

——访中国建材集团总经理、中国建筑材料科学研究总院院长姚燕

关注本组核心报道请扫描二维码

国内统一刊号:CN11—0073
邮发代号 1—121 国外代号 D807
本报为周六刊(周日休刊)
今日八版
第6255号
2012年12月28日 星期五
www.cbmd.cn

产业财富 传媒价值

中國建材報

CHINA BUILDING MATERIALS DAILY

经济日报报业集团主管主办

每周核心报道

建材工业的必然抉择

——中国建材联合会会长乔龙德畅谈“第二代”

■本报记者 刘媛媛 王怡洁

我们对上任一年零八个月的建材联合会会长乔龙德的印象，是不断加深的。

最初的印象，来自报纸上他发表的文章。记得曾有同事很感慨地说：入行多年的老同事和刚入行的新同事，可以同时学习乔会长的文章。老同事会在文章中不断消化新的知识、信息、理念和发展目标。而新同事则会在文章中经历一次快速成长的过程，站在一个高度上，接受行业深层次的教育和洗礼。

读每篇文章如醍醐灌顶，无论是传统水泥产业、浮法玻璃产业，还是新型墙材产业，对于产业现状全面而透彻的分析解读，都在有理有据地论证着下一步不同产业不同的前进方向和发展规划，深入浅出、层层相扣，让阅读者受益匪浅。

而最感人的，却是字里行间流露出来的情绪，或激情，或急迫，或坚定，或执着，时刻勾勒着一位在这个行业扎根多年的“老”行业人对行业高涨的热情和丰厚的底蕴。

之后的印象，则多源自周边传来的信息和口碑：30年在甘肃省最基层企业做起直至担任省建材局局长、党委书记的经历，让他对产业发展的曲折轨迹看得透彻而真实，也深感每一次进步或困惑出现的因素几乎都源自对创新的理解和行动。这些经历使他从年轻时就拥有着坚定而强烈的创新意识。

在原国家建材局做副局长的6年里，他将在基层的实战经验和创新意识融入到对整个行业的宏观把握和发展规划中，使他更加审时度势、运筹帷幄。

从2000年到2010年，乔龙德担任国务院派驻国有重点大型企业监事会主席，对大企业的发展规律和发展模式研究透彻，而他自身也拥有着企业家一样的宏观把握能力和敏锐目光、敢做敢为的精神。

思维缜密、雷厉风行、身体力行，做事一丝不苟则是他与生俱来的性格特征，担任建材联合会会长以来，他对联合会的工作要求非常严厉，同时对自己的要求也相当“狠”……

虽然同处面积不过一个足球场大小的院子，我们能见到乔龙德的机会却实属偶然。即便是见到，也只是一个匆匆闪过的身影。

不过，有时晚上走得晚些，会时常看到大楼内他的办公室还亮着灯。

很多人都在描述，他每一天的工作安排，满得几乎要溢出来。除了在外出差的日子，只要在联合会，晚上都是这样的场景。

因此，那时的乔龙德，在我们的心目中，是一位怀着巨大激情和责任心为全行业做事的前辈，执着地谋求行业发展出路的专家，做事严格、态度严厉的领导人，又好似高高在上，距离遥远。

直到第二代新型干法水泥和第二代中国浮法玻璃技术研发与创新领导小组工作会议召开之后不久，我们因为做关于“第二代”的报道，而与乔龙德有了深入的接触。

据说，报道期间，他会在满满的工作当中抽出时间，详读每篇文章，并及时反馈着读后最真实的感想和诚恳的意见。

他所反馈的内容，时刻让我们感受到改革创新的迫在眉睫。在传统产业面临产能过剩，面临节能减排，迈向转型升级的关键时刻，不变革不创新，就意味着没有出路，只有变革创新，才可能成为世界同领域的师傅和领头羊。

虽然只是短短的几行字，或几句话，却似有千斤重量。

下转2版

改进作风 实地研讨

兵分三路开展调研 围绕『第二代』研发 中国建材联合会

为了响应中央关于改进工作作风的精神要求，进一步发挥中国建筑材料联合会引领、协调、服务的职能作用，根据中国建筑材料联合会四届十次会长全体会议精神和近期工作总体部署，2012年12月下旬，中国建筑材料联合会由乔龙德会长、徐永模副会长和陈国庆副会长亲自带队，会同相关部门和专业协会组成调研小组，兵分三路围绕“第二代新型干法水泥技术”和“第二代中国浮法玻璃技术”的创新研发，奔赴建材行业部分研究设计院所和企业集团与科技人员进行深入研讨。

本次调研的主要内容围绕水泥和平板玻璃行业突出的矛盾和重点工作，针对“第二代新型干法水泥技术”和“第二代中国浮法玻璃技术”的定义，具体实施方案，研究范围，与第一代相比在功能性、突破性和颠覆性等方面的区别，创新和提升的内容展开，通过实地调研、深度座谈和互动研讨等形式，广泛征求各大设计院所和企业单位对于两个“第二代”研究创新和项目实施的具体意见和建议。

本次实地研讨得到各单位的广泛响应。合肥水泥设计研究院高度重视“第二代新型干法水泥技术”研发创新工作，为本次研讨做了充分准备，召开专题筹备会议，广泛征求本院科技人员想法，形成专题材料，提出许多建设性意见。

（建材联合会通讯）

我心飞翔

——写在两个“第二代”系列报道告一段落之时

■本报编辑部

2012年10月10日和12日，第二代中国浮法玻璃技术创新研发和第二代新型干法水泥技术研发工作领导小组会议分别在京、津召开。

至此，中国建材联合会对第二代新型干法水泥技术和浮法玻璃技术创新研发的战略理念正式公之于众。

《中国建材报》从10月26日开始，以“核心报道”的形式，连续5期推出重磅稿件，分别从不同角度阐述两个“第二代”实施的重大意义和必然抉择。

手握厚厚的一叠关于“第二代”大型报道的报纸，编辑部一位资深同事曾感慨：中国建材报创刊27年来，有过很多关于行业重大选题的报道，但像这一次报道力度之重，延续时间之长，并不多见。

之所以会有这样的报道力度和两个月的延伸时间，实属必然。

对于建材行业来说，2012年的日子并不好过。转型升级无论从主动出发，抑或被动选择，都到了不能不转的地步，这是全行业的共知。

尽管中国建材两大传统行业——水泥与浮法玻璃行业，经过30多年的努力创新与自我突破，取得了足以赶超的发展和世界关注的成绩，似乎有了些贵施加身的荣耀感。

但是，产能过剩对绝大多数企业而言，已经被拖到了关乎生死的边缘，由此导致的价格掉御，市场低迷，产能与效益严重失调等现象日益显著，并且，这样的态势，已经从单个企业、单个市场迅速蔓延向整片区域、整个行业。

2012年，在日子并不好过的情况下，建材行业又被全社会提出更高的要求，进一步改善“三高”的不良形象，进一步解决节能减排的历史性问题，进一步向着生态文明的国家目标靠拢，这也是全行业的共知。

当然，在如今两大行业已经成为“世界先进”的一份子之后，迈向更高的目标，达成引领世界的行业理想，就不仅仅是全行业的共知，更是行业人的期冀和厚望。

生存、发展和超越，原本是递进关系的三个词，在这样一个历史时期却要共处一堂，不分前后必须同时提上日程，一次全新的战略机遇和应运而生的变革创新，几乎成为同时摆在了全行业面前的课题——无论你只能维系生存，还是在谋求发展，抑或是已经有了引领的理想。

第二代新型干法水泥和浮法玻璃技术研发与创新的战略决策和变革途径，尽管还在不断地修正和丰富的过程中，其方向和目标，却是坚定而深刻地将生存、发展和超越融入同一个课题，摆在同一个进程上的宏观战略。到目前为止的一系列讨论和报道，已经深刻揭示出这是一项真正具备实质性探索价值与实施可能的变革大计。

下转5版

以科技创新推进第二代水泥技术发展

——中国中材集团有限公司召开第二代新型干法水泥技术研讨会

为了加快转变发展方式，依靠科技创新引领和支撑水泥工业的发展，中国建筑材料联合会提出了第二代新型干法水泥的创新研发任务，成立了研发领导小组和工作小组。为了学习贯彻落实党的十八大会议精神，进一步落实中国建材联合会提出的第二代新型干法水泥技术创新与研发的战略，12月4日，中国中材集团有限公司在北京召开第二代新型干法水泥技术研讨会，中材集团总经理刘志江出席会议并讲话。

刘志江指出，第二代新型干法水泥技术创新与研发是中国建材联合会在总结中国水泥工业过去几十年跨越式发展的基础上，为转变发展方式，结构调整，转型升级，超越和引领世界水泥工业技术而提出的重大举措，也是中材集团保持和加强在水泥工程技术装备领域的优势地位，创国际一流企业的必然要求。

刘志江在回顾了新型干法水泥技术的发展历程后强调，中材集团作为国内外有影响力的水泥工程技术与装备和制造企业，有责任和义务承担起新型干法水泥技术创新的责任，为中国水泥工业赶超乃至引领世界水泥发展趋势作出自己的贡献。

下转3版

策　划：本报编辑部
统　筹：刘媛媛　袁　环
采　写：刘媛媛　袁　环　王怡洁
制　图：崔建敏

我心飞翔

——写在两个"第二代"系列报道告一段落之时

■本报编辑部

对于建材行业来说,2012 年的日子并不好过。转型升级无论从主动出发,抑或被动选择,都到了不能不转的地步,这是全行业的共知。

尽管中国建材两大传统行业——水泥与浮法玻璃行业,经过 30 多年的努力创新与自我突破,取得了突飞猛进的发展和世界关注的成绩,似乎有了些黄袍加身的荣耀感。

但是,产能过剩对绝大多数企业而言,已经被拖到了关乎生存的边缘,由此导致的价格徘徊,市场低迷,产能与效益严重失调等现象日益显著,并且,这样的态势,已经以单个企业、单个市场迅速蔓延向整片区域、整个行业。

在日子并不好过的情况下,建材行业又被全社会提出更高的要求,进一步改善"三高"的不良形象,进一步解决节能减排的历史性问题,进一步向着生态文明的国家目标靠拢,这也是全行业的共知。

当然,在如今两大行业已经成为"世界先进"的一分子之后,迈向更高的目标,达成引领世界的行业理想,就不仅仅是全行业的共知,更是行业人的期冀和厚望。

生存、发展和超越,原本是递进关系的三个词,在这样一个历史时期却要共处一堂,不分前后必须同时提上日程,一次全新的战略机遇和应运而生的变革创新,几乎成为同时摆在了全行业面前的课题——无论你只能维系生存,还是在谋求发展,抑或是已经有了引领的理想。

第二代新型干法水泥和浮法玻璃技术研发与创新的战略决策和变革途径,尽管还在不断地修正和丰富的过程中,其方向和目标,却是坚定而深刻地将生存、发展和超越融入同一个课题,摆在同一个进程上的宏观战略。

到目前为止的一系列讨论和报道,已深刻揭示出这是一项真正具备实质性探索价值与实施可能的变革大计。

激情荡漾始成章

十月中旬的某天,原建材报高级记者,退休后担任中国混凝土与水泥制品工业年鉴副总编的张红大姐,兴冲冲地跑到报社总编室,说有一个非常好的选题,希望报社重视。

她详细介绍了关于"第二代"的两次领导小组会议的情况。在这之前,关于这两次会议的具体内容,本报已经进行过详细的报道,大家聊起来,也有着很好的共鸣。

随着张红绘声绘色的描述,我们的情绪有些沸腾,及时向社领导反馈,得到了高度重视,社委会十几分钟后拍板决定:抽调最强力量,制订详细方案,力求深入扎实,以特别重大、系列报道的形式,举全编辑部之力打好"第二代"这场宣传战役。

第一时间里,中国建材报社负责人与中国建材联合会会长乔龙德进行了短信与电话的沟通交流。

彼时,乔龙德正在国外出差,万里之外他传回这样一个信息:两个"第二代"研发创新,将是中国建材行业十年难遇的大事。

按照乔龙德的指点,我们首先接触了联合会和领导小组相关成员,随后通过网络调查、实地采访等方式,了解到行业内对于变革的热忱期盼和关注程度,初步采访的结果让报社编辑部的兴奋之情日益激扬。

几位承担报道工作的年轻记者,回想起当时的兴奋之情,就像一个满腔热情、怀揣理想、目标坚定的年轻人,走到了人生的又一个十字路口前,想奔向理想中的道路前行,在多年寻不到披荆斩棘的抓手和工具的时候,突然看到了前行的希望一样畅快淋漓。

对于水泥和浮法玻璃行业来说,产能过剩、节能减排和转型升级早已经是多年的老课题。尽管全行业都在为之做着不懈的努力,与之相关的报道和研讨几乎日日见诸报端,但就像一些行业专家所言:目前的情况是,我们有了方向,却没有抓手;有了政策,却没有实施的准则;有了理念,却缺少全行业共进的统一性和协同力。

"第二代"在这个激情与困惑并存的时代被提出,之所以有如重磅炸弹,就是因为它正是多年摸索后有可能成为实实在在让理想落地的变革抓手,并最终形成有据可依、有理可循,有立项可执行的措施和准则。

这正是让我们感到兴奋的根源。"第二代"的研发与创新,无疑是建材行业在转型升级的当口上,最具备行业执行力的重大战略目标,由此而展开的一系列举措,将再次为整个行业带来翻天覆地的变化。

千条江河终入海

最初报道方案的设定,是三期"核心报道",每期以至少三个版的容量刊发。

在采写之前，三期的题目都已列出。

我们兵分几路，分别采访了多位行业领导人和专家学者，同时，也通过各种方式，直接或间接了解到全行业对于此次变革措施和方向上的观点和态度。

随着第一期的刊发，似乎瞬间拉开了一道闸门，各种反馈的声音不绝于耳，“第二代”的热度在迅速升温。

于是，当第二期刊发之际，我们开始对报道的方向和内容有了更深入也更全面的新想法。

我们所拟定的三期报道，全部是以积极乐观，充满理想主义的心态面对变革的来临，以及变革后的产业新貌。

但是，新事物的诞生总要有一个理解消化的过程，尤其是如此庞大的建材工业，要想迅速统一所有人的思维和意识，几乎是办不到的事。

当各种声音迎面而来，我们逐渐意识到在做前期方案时，角度有些片面和强硬，缺乏从客观和辩证的心态，去解析行业人面对新举措有可能产生的不同理解方式和心态变化。

在所有反馈声音中，绝大多数报以认可和支持的态度，关切的眼光和激励的话语，也有提出很多具体立项方面的宝贵建议，但的确也存有一些疑惑、不解，甚至尖锐的意见。

尤其是在“第二代”的理念刚刚提出，很多具体的措施和立项工作还没有落实到位，这个时期，更多的意见来源于对其内涵、容量、力度和具体办法等等方方面面的疑问，甚至连“第二代”这个名称，也在不短的时间里，成为产生疑惑的一部分。

多方走访听取意见，特别是进一步听取了建材联合会领导的建议后，我们当机立断扩充了原定方案，决定由三期延伸至五期。

继续从辩证思维和客观存在的角度出发，阐述了面对新事物，生发不同意见的合理性和必然性，以及“第二代”在未来的筹备和实施过程中，如何消化和引导不同声音转化为可能的动力。

当“第二代”在全行业提出后，联合会及两个第二代领导小组的成员们，包括乔龙德本人，也都听到了林林总总的反馈声音。

同时，联合会和领导小组更清楚地意识到，不同的声音和质疑，甚至是排斥，绝不仅只存于当下，随着变革创新的脚步日益迈实迈大，各种阻力会始终伴其左右，只有到了“第二代”在全行业取得了成功，收获了效益，把握了前景之后，才有可能平息和消散。

在第四期报道刊出之后，两个第二代领导小组组长乔龙德对于变革创新的过程中已经面对的,和未来有可能面临的质疑和阻力,也有了更明确的态度。

期间行业内外涌现出来的种种思想,犹如千江万河,在沟壑纵横的地形地貌牵引下,或奔腾汹涌,或蜿蜒曲折,但最终是一泻千里,奔流入海。

以生态文明和科学发展为核心的“第二代”创新与研发,有如浩瀚海洋般的容量和胸怀,也有着气势磅礴的能量和内涵,终可凝聚力量,融汇百川。

风物长宜放眼量

我们曾听到过这样的质疑:“第二代”有点横空出世的感觉。但在收集关于领导小组创立过程的资料时,我们深入了解到,仅仅关于“第二代”两个领导小组会议的前期筹备,就花费了很长时间。

“第二代”的称谓最早见诸网络,是在今年的1月份,到正式开会的10月初,期间还能找到一些与此相关的报道,尽管篇幅不长,出现的概率也不多,但筹备的过程,还是能够缕出一条较为清晰的脉络。

更何况,在“第二代”名称确立之前,乔龙德还曾经听取意见以“新一代”的称谓对外公布了很长时间。也就是说,真正为了向行业郑重提出“第二代”的构想和成员组成而筹划的时间,已超过了一年。

以乔龙德的性格,在没有做好充分的筹划之前,不会贸然地大肆宣传,所以,在会议召开前的筹备过程,没有长篇大论的报道也是必然。

但无论从之前的零星报道,还是两个工作会议的隆重召开,抑或是会议之后这短短两个月的深入接触和采访,我们都能从中感受到“第二代”领导小组和联合会对变革创新的坚定信念和坚实决心。

短短两个月,对“第二代”的理念认知、目标设定和筹划构想等方面,已经在行业内掀起了高度探索欲望,越来越多的人开始报以关注和期盼的心情,也有更多的人提出了自己的建议和想法。曾经的一些疑惑不解,也随着联合会工作的深入日渐消除。

与此同时,两个领导小组和负责打主攻战役的中国建材集团、中材集团等领军企业,已经纷纷拿出了“第二代”下一步的具体工作方案。

不夸张地说,“第二代”已经成为全行业在岁末年初时,点击率颇高的第一大关键词。

但是,我们还是能深刻地感受到:理念上取得广泛的认同,只是思维意识扭转统一的第一步,未来的道路依旧会出现不同的阻力和困难,甚至有可能布满荆棘。

因为,在“第二代”具体的立项和实施过程中,有一些是可以依托产业原有模式而进行的改造创新,却需要在意识和研发方向上打破固有意识的包裹和束缚,这是向某些传统观点和固有思维的巨大挑战。

同时,也一定会有全新的战略措施和技术改革地融入,这如同摸着石头过河,更需要以坚定的毅力和坚实的理论基础来打动和扭转前方的反对和阻力。

因此,无论是"第二代"的具体筹划和实施的主创人员,还是未来即将要参与进来的行业人士,包括所有的专业媒体人,既要目标坚定地推动变革创新的步伐迈稳迈实,也要充分地预见到前方的困难,并提前为有可能产生的阻力和困难做好应对的措施。

未雨绸缪,方成大业。

(执笔:本报记者　刘媛媛　王怡洁)

《建材工业的必然抉择》刊于 2012 年 12 月 28 日

其他篇目

◆建材工业的必然抉择

——中国建材联合会会长乔龙德畅谈"第二代"

◆以科技创新推进第二代水泥技术发展

——中国中材集团有限公司召开第二代新型干法水泥技术研讨会

◆改进作风　实地研讨

——中国建材联合会围绕"第二代"研发兵分三路开展调研

◆秩序重塑与魔方复原

——我们能不能换个角度想想"第二代"

关注本组核心报道请扫描二维码

第四章
化解产能过剩　坚定联合重组

产能过剩可以说是建材行业当下最难念的“经”，已经严重到了随时可能倾覆整个行业的程度。然而，在这样的急迫时期，很多过剩地区的新增新建现象仍旧屡禁不止，市场逐渐形成了以“打”为手段的“丛林法则”。

从国家到行业主管部门三令五申在过剩行业严禁新增、淘汰落后，并通过兼并重组等有效手段进一步实现“去产能”。多年来，围绕“去产能”，这个产业当下最大任务和重点课题，《中国建材报》始终给予持续的极高的关注度，从方方面面入手写下了大量的客观深度报道。

产业财富 传媒价值

国内统一刊号：CN11—0073
邮发代号 1—121 国外代号 D807
本报为周六刊（周日休刊）
今日八版
第6285号
2013年2月1日 星期五
www.cbmd.cn

中國建材報
CHINA BUILDING MATERIALS DAILY

经济日报报业集团主管主办

每周核心报道

灵蛇之珠

——东北水泥行业“锁窑”保价采访实录

■本报记者 刘媛媛

刚度过2013年元旦，就有水泥企业的经营者半开玩笑半认真地发着牢骚：度过了强劲得不正常的2011年，人们忧虑的是产能过剩；又度过了低迷得不正常的2012年，人们恐惧的是产能过剩，2013年会是什么样？每位摸爬滚打的行业人，纵使有高深精准的预测或蓄势待发的期许，却依旧摆脱不了被产能过剩牵着鼻子走的命运。

从2004年开始逐渐由东南区域向全国蔓延的水泥行业产能过剩，到了2012年，终于和各种客观原因而造成的市场低迷不期而遇，徒然加重了行业发展的负担和企业生存的恐慌。

越来越多的经营者血拼到年底，看着还没有上交税收和下发工资的毛利率的账单时，才如梦方醒：产能过剩的蔓延和膨胀，犹似洪水猛兽，再也不是靠着自己骁勇善战就能摆平的“小撮敌人”了。

“打”，是很多水泥企业经营者在最近几年常挂在嘴边的一个词。其实，所谓“打”，就是恶性的价格竞争，无硝烟无伤亡，但在经营者的言语描述中，却俨然是众多企业之间刀枪火并、肉搏上身的拉锯战，刀光剑影、血肉横飞……那栩栩如生的描述，让听者也心惊肉跳。

“打，不是这一两年的现象，早十年前，产能过剩刚刚露出苗头的时候，大家的唯一念头就是打，我们总认为打死了一个，我的生存机会就多了一分，结果十年下来，谁也没被打死，大家都变得能征善战，可是企业却亏得一塌糊涂。现在，真的是打累了，不想再打下去了，还是换个方式吧。”一位来自东北水泥企业的企业家发自肺腑的慨叹。

不在战场上你死我活的血拼，就可以在圆桌前心平气和地会晤；不以“内战”搀伤彼此的元气，就可以养精蓄锐同抵“猛兽”；不搞你恪内讧，就可以敞开心扉来商讨联合重组、市场协同、限产保价的和平策略。

今年年初有一则消息，引起了本报记者的关注，据报道称，在建材行业整体低迷的2012年，东北地区的水泥行业却呈现出逆势上涨的态势，价格稳定，绝大多数企业实现盈利，东北的企业家们，露出了一整年里，整个行业难得的灿烂笑容。

而让东北企业家春风得意的因由，正像那位东北企业家所言，当大家打得筋疲力尽的时候，共同悟出打下去的结果，只能是全盘皆输，没有出路。于是，战场变成了谈判场，“敌人”变成了朋友，东北企业家们终于决定坐在一起，共谋如何以市场协同、限产保价的方式，在产能过剩的深渊边上，及时悬崖勒马。

一年的时间，东北水泥行业取得了良好的成效，这则消息也让本报编辑部产生了浓厚的兴趣。

1月23日，编辑部组成采访组，亲赴辽宁和吉林两省，与当地的工信厅和行业协会领导人，众多企业家、营销专家进行访谈，谈发展、听故事、话心声。也亲自走访当地企业，了解关于市场协同的实施力度和因此而呈现出了全新面貌。

“锁窑”，是东北水泥企业在几经尝试之后，共同想出来的最有成效也最具特色的协同方式。早在北京时，就听行内人士津津乐道于声名在外的“锁窑”，此次到了东北，不但亲自到锁窑的现场参了观，也听到了为此出谋划策的企业家们，娓娓道来其中既有趣又无奈的故事。

说到“无奈”，是我们这一趟实地采访的过程中，听到的最强的弦外之音，有些出乎我们的意料。

原以为东北区域这块“试验田”，以市场协同的和平方式有力阻止了因产能过剩而造成的现实危机，可以好好地享受丰盈的收获，总结丰富的经验，而东北市场协同的“始作俑者”们的一句话，却让我们对“水泥行业攻克产能过剩的过程，是一场艰苦的持久战”这一论点，有了更深的感悟。

他们说：市场协同也好，限产保价也罢，都只是解决眼前难题的权宜之计，是为了生存和发展而为的无奈之举，却也是目前应对产能过剩所引发现实困难的唯一出路。

之所以说市场协同、限产保价是权宜之计，也正是在产能过剩这一特殊的历史时期，在众多企业经过若干年以“量本利”而展开的市场血拼，最终适得其反之后，一部分看得更远、想得更细的大企业经营者，面对生存与发展的现状，将思维转向“价本利”而协商出来的目前唯一可以遏制产能过剩的出路。

既是权宜之计，也就意味着，随着产业转型升级的进展，彻底解决产能过剩的症结，不可能单靠企业家们通过“圆桌会议”去自找出路，而是首先要从政府、企业、市场和与之相关的领域，各尽其责的同时协同创新。最终，将通过整个建材产业转型升级的步伐，从根基上扭转乾坤。

但针对目前水泥行业的状况，协同与限产却是摆在眼前的唯一出路。这是众多身处其中的水泥企业在经过多番尝试和摸索之后的经验之谈。

尽管，按着区域划分的水泥产业，各有各的性格特点、产业特色、企业分布状态和市场运营态势，东北水泥企业限产协同的方式未必能够在全国效仿，但是，从纷争到合作的过程中，企业经营者的心态、思想、认知和对行业、对企业的责任感等等的转变和感悟，却是值得深思并得以借鉴的。

采访归来，还有一周时间便至蛇年春节，我们在排版复印的时候，突然想起了“灵蛇之珠”这句成语。

灵蛇之珠，原意为无价之宝，后比喻人类的非凡才能。

这个成语在脑中的灵光乍现，突然让我们更深刻的感受到，在面对产能过剩的巨大困难时期，东北水泥企业和企业家创造出“锁窑”的解决方式，是真正劳动者创造力的体现，发挥出来的正是非凡的才能，而“锁窑”也将体现出它在水泥发展史上的巨大价值。

而全行业面对产能过剩，“锁窑”可能并不是唯一的解决办法，我们相信在全国各区域的水泥行业里，还会陆续涌现出更多的好办法，发挥越来越多的非凡才能，我们期待着成功时刻的到来，继续用笔墨丰富这个行业的的故事。

统　　筹：孟宪江　刘媛媛　袁　环
采　　写：王怡洁　袁　环　刘媛媛
　　　　　曾韵瑶
专业指导：尹　舟
摄　　影：曾韵瑶
制　　图：崔建岐

编者的话

中国建材集团董事长宋志平曾说过：行业利益高于企业利益，企业利益孕于行业利益之中。

也就是说，如果一个行业垮下来，再大的企业也无法生存，尤其在全行业共同面临困难的时刻，企业家，尤其是不同区域领军企业的经营者，都应该也必须拥有这样的意识：合力挽救行业于水火，才是企业长久发展的根本之道。

在本期报道中，我们以东北区域的水泥发展现状和针对产能过剩所采取的措施和方式为具体案例，通过详细的数据分析和市场调研，通过企业经营者的现身说法和行业人士的客观总结，通过我们一路的所见所闻所思，向全行业抛出一个最现实也最急切的问题：产能过剩已经到了刻不容缓的地步，作为水泥行业的一分子，2013年的路要怎么走？未来的路又在何方？

在策划这组报道时，我们还只是希望能将东北地区因市场协同带来的喜悦成绩分享给全国正处于水深火热的水泥行业，将东北最具特色的“锁窑”作为经验之谈推广开去，给更多正在为寻求协同而绞尽脑汁的企业家们带来灵感和启发。

而当深入东北腹地，通过几天细致而周密的采访之后，我们的收获和感悟已经很难用简单的言语去概括。

产能过剩不是东北的局部问题，而俨然已经成为水泥行业的“中国特色”，所以，我们急切地想将眼光和思路放开，放眼于全国各个区域的水泥行业，了解不同区域的企业心声和为此或挣扎或勃发的故事，我们希望能以大型系列报道的形式，向全国的水泥行业从业者发问：2013年，面对产能过剩，我们该怎么办？

要回答好这个问题，却不是一件容易的事情，但是，我们还是要为此做出努力，我们正在为此做着努力，尽管一开始就可能会有人不理解我们，是的。在本期报道即将刊发之际，我们甚至无法做出完整的报道方案提前预告读者，而仅仅可以预告的是，这组报道只是开始，抛砖引玉，未来，我们还会以此为起点推出阶段间隔性的大型系列报道。现在，我们要通过我们的此组报道，客观听取各方的声音，展开行业内探讨的氛围，建立探讨的平台。

毕竟，这是关乎每一个水泥企业，每一位行业人自身生存与发展的最大症结之一，我们真诚地希望通过报道得到的反馈，获取更多的信息和解决问题的思路，并下定决心要将这个大课题进行下去。

灵蛇之珠

——东北水泥行业“锁窑”保价采访实录

■本报记者 刘媛媛

刚度过2013年元旦,就有水泥企业的经营者半开玩笑半认真地发着牢骚:度过了强劲得不正常的2011年,人们忧虑的是产能过剩;又度过了低迷得不正常的2012年,人们恐惧的是产能过剩,2013年会是什么样?每位摸爬滚打的行业人,纵使有高深精准的预测或蓄势待发的期许,却依旧摆脱不了被产能过剩牵着鼻子走的命运。

从2004年开始逐渐由东南区域向全国蔓延的水泥行业产能过剩,到了2012年,终于和各种客观原因而造成的市场低迷不期而遇,徒然加重了行业发展的负担和企业生存的恐慌。

越来越多的经营者血拼到年底,看着还没有上缴税收和下发工资的毛利率的账单时,才如梦方醒:产能过剩的蔓延和膨胀,犹似洪水猛兽,再也不是靠着自己骁勇善战就能摆平的“小撮敌人”了。

“打”,是很多水泥企业经营者在最近几年常挂在嘴边的一个词。其实,所谓“打”,就是恶性的价格竞争,无硝烟无伤亡,但在经营者的言语描述中,却俨然是众多企业之间刀枪火并、肉搏上身的拉锯战,刀光剑影、血肉横飞……那栩栩如生的描述,让听者也心惊肉跳。

“打,不是这一两年的现象,早十年前,产能过剩刚刚露出苗头的时候,大家的唯一念头就是打,我们总认为打死了一个,我的生存机会就多了一分,结果十年下来,谁也没被打死,大家都变得能征善战,可是企业却亏得一塌糊涂。现在,真的是打累了,不想再打下去了,还是换个方式吧。”一位来自东北水泥企业的企业家发自肺腑的慨叹。

不在战场上你死我活的血拼,就可以在圆桌前心平气和地会晤;不以“内战”挫伤彼此的元气,就可以养精蓄锐同抵“猛兽”;不搞价格内讧,就可以敞开心扉来商讨联合重组、市场协同、限产保价的和平策略。

今年年初有一则消息,引起了本报记者的关注,据报道称,在建材行业整体低迷的2012年,东北地区的水泥行业却显现出逆势上涨的态势,价格稳定,绝大多数企业实现盈利,东北的企业家们,露出了一整年里,整个行业难得的灿烂笑容。

而让东北企业家春风得意的因由,正像那位东北企业家所言,当大家打得筋疲力尽的时候,共同悟出打下去的结果,只能是全盘皆输,没有出路。于是,战场变成了谈判场,“敌人”变成了朋友,东北企业家们终于决定坐在一起,共谋如何以市场协同、限产保价的方式,在产能过剩的深渊边上,及时悬崖勒马。

一年的时间,东北水泥行业取得了良好的成效,这则消息也让本报编辑部产生了浓厚的兴趣。

1月23日,编辑部组成采访组,亲赴辽宁和吉林两省,与当地的公信厅和行业协会领导人,众多企业家、营销专家进行访谈,谈发展、听故事、话心声。也亲自走访当地企业,了解关于市场协同的实施力度和因此而呈现出了全新面貌。

“锁窑”,是东北水泥企业在几经尝试之后,共同想出来的最有成效也最具特色的协同方式。早在北京时,就听行内人士津津乐道于声名在外的“锁窑”,此次到了东北,不但亲自到锁窑的现场参了观,也听到了为此出谋划策的企业家们,娓娓道来其中既有趣又无奈的故事。

说到“无奈”,是我们这一趟实地采访的过程中,听到的最强的弦外之音,有些出乎我们的意料。

原以为东北区域这块“试验田”,以市场协同的和平方式有力阻止了因产能过剩而造成的现实危机,可以好好地享受丰盈的收获,总结丰富的经验,而东北市场协同的“始作俑者”们的一句话,却让我们对“水泥行业攻克产能过剩的过程,是一场艰苦的持久战”这一论点,有了更深的感悟。

他们说:市场协同也好,限产保价也罢,都只是解决眼前难题的权宜之计,是为了生存和发展而为的无奈之举,却也是目前应对产能过剩所引发现实困难的唯一出路。

之所以说市场协同、限产保价是权宜之计,也正是在产能过剩这一特殊的历史时期,在众多企业经过若干年以“量本利”而展开的市场血拼,最终适得其反之后,一部分看得更远、想得更细的大企业经营者,面对生存与发展的现状,将思维转向“价本利”而协商出来的目前唯一可以遏制产能过剩的出路。

既是权宜之计,也就意味着,随着产业转型升级的进展,彻底解决产能过剩的症结,不可能单靠企业家们通过“圆桌会议”去自找出路,而是首先要从政府、企业、市场和与之相关的领域,各尽其责的同时协同创新。最终,将通过整个建材产业转型升级的步伐,从根基上扭转乾坤。

但针对目前水泥行业的状况,协同与限产却是摆在眼前的唯一出路。这是众多身处其中的水泥企业在经过多番尝试和摸索之后的经验之谈。

尽管,按着区域划分的水泥产业,各有各的性格特点、产业特色、企业分布状态和市场运营态势,东北水泥企业限产协同的方式未必能够在全国效仿,但是,从纷争到合作的过程中,企业经营者的心态、思想、认知和对行业、对企业的责任感等等的转变和感悟,却是值得深思并得以借鉴的。

采访归来,还有一周时间便至蛇年春节,我们在排版复印的时候,突然想起了“灵蛇之珠”这句成语。

灵蛇之珠,原意为无价之宝,后比喻人类的非凡才能。

这个成语在脑中的灵光乍现,突然让我们更深刻地感受到,在面对产能过剩的巨大困难时期,东北水泥企业和企业家创造出“锁窑”的解决方式,是真正劳动者创造力的体现,发挥出来的正是非凡的才能,而“锁窑”也将体现出它在水泥发展史上的巨大价值。

而全行业面对产能过剩,“锁窑”可能并不是唯一的解决办法,我们相信在全国各区域的水泥行业里,还会陆续涌现出更多的好办法,发挥越来越多的非凡才能,我们期待着成功时刻的到来,继续用笔墨丰富这个行业的的故事。

一路向北　水泥窑还要锁多久

■本报记者　袁环

新型干法水泥窑大家都熟悉。但是把新型干法水泥窑锁起来,听起来就是个新鲜事。

“窑”究竟如何锁？成为最近水泥行业内瞩目的话题,多位记者在新年到来之始,踏上去东北的行程——看“锁窑”。

锁窑是五花大绑?

1 月 23 日,是大寒节气刚过的一个晴天,沈阳不冷。

年轻的记者们刚下飞机就七嘴八舌地议论,“锁窑”究竟是用一根大锁链将新型干法旋窑来个五花大绑,还是把五级旋风筒与窑头对接的入口给上把锁。

在东北,水泥生产线大多是双窑平行建设。头戴安全生产帽,站在“威风凛凛”的新型干法水泥生产线五级旋风筒下,感受到的是水泥工业一种不可抵挡的威严。那些记者观摩过的两条在同一厂区的水泥生产线,都是一条在运行中,另一条则在锁窑状态中。

值得一提的是,在东北,水泥窑都有配套的余热发电和采暖设备,厂区的生活用电和取暖全靠水泥窑生产余热。因此,两条窑不能一同停,他们的方式是锁一条,开一条。

窑在运行中是火热的,在东北的皑皑雪原中,运行的窑把周边的空气都似乎蒸得热气腾腾。而被锁的窑却冷静而沉着,貌似在静坐疗养。

第一次看见"锁窑"是在中国建材北方水泥辽源公司——与记者预期不同的是,"锁窑"并非是张扬而震撼的五花大绑,而是在窑炉运行的电闸中控室里上了几把锁。

锁窑其实非常低调。

从水泥窑一侧的边路走去,有厂里的工人在扫除道路上的积雪。经过厂区几道大门,终于进入了空间不过30平方米的总电闸中控室。企业负责人亲手打开放置电闸的大铁门,方能看见有红、黄、绿、黑四色的高压线从这里迂回穿行。

哇哦!这里就是这条新型干法水泥生产线的心脏。

而已经被锁的"心脏",周围仿佛静动脉的高压线落满灰尘。看来,这窑已经被锁很久了。锁并不大,就是最平常的5厘米宽的铜质家常锁。而在铜锁周围严密的缠着好几层7、8厘米宽的透明胶条。

为了能够显而易见,在胶条的外面,三把锁上再一次被贴上了"冀东""亚泰""北方"的注释。但是,这些都没有遮住崭新铜锁上金黄色的光晕。

三把锁上也有标签贴纸,分别是北方、冀东、亚太的负责人书法风格相异的黑色签字笔签名,贴纸封在铜锁的钥匙孔部位。

那是一种最常见的老式,有红边框的白色标签纸,所有写在标签上的内容,都会被这红色标签再次强调,显得非常醒目。

最有趣的是,旁边没有被锁的窑闸默契地为运转的另一条窑配送电流,此时无声胜有声,它非常珍惜自己"自由"的时光。

其间有位玩世不恭者,淡漠地插了一句:"把窑锁起来,不是正说明社会商业诚信不够吗?要是大家都彼此相信,干什么还要锁窑呢?"

话音一落,即时让大家陷入沉思。

企业负责人表示,这样的锁其实找个开锁公司就能打开,如果锁上的"封条"有受损迹象,如果让其他两家企业看见不免会招人嫌疑。于是,这家企业在三把锁上缠上了一圈一圈的透明胶带，为的是表现出对于限产的决心与对协同的尊重。同时也体现出这家企业对于“锁窑”意义的珍视。

在记者看来，这种锁是“锁君子不锁小人”的，这样小的锁对于一整座如庞然大物般的新型干法水泥窑来说，简直就是大象身上的一只跳蚤。但是，这“跳蚤”却并不因为身躯微小而不受重视。反之，这三只“跳蚤”的存在，保障了“大象”存在的合理性。

锁窑是不是吃哑巴亏?

如果说“一夫当关万夫莫开”，那么锁窑之“锁”则是让今天产能严重过剩的东北水泥价格“三夫当关金石为开”的佐证。

“我们三家人手一把钥匙。要想开，三个人得到齐了一起打开。”北方水泥辽源公司负责人告诉记者。

的确，如果为了打好“水泥价格保卫战”，企业们只需要谈好条件，把窑停了便罢。但是，实际上并没有那么简单。

“实际上，这招就是我们想的。市场产能过剩把人逼的，窑必须要停。因为过去我们口头上说停窑，大家很响应，答应很好，但实际上还开。有的就停一个礼拜，又开了。谁也不信任谁，谁也不守信用。光说停，不停咋办？就自己锁着，也不行，必须三家一起锁。三把锁一起挂。”吉林亚泰(集团)股份有限公司副总裁徐德复说，“现在起码都锁上后，大家心里头都踏实了。这是互相信任的开始。”

据介绍，东三省的行业协同，起步在辽宁。然后，一路北上，吉林、黑龙江都用这种模式，用上锁的方式限产。

“一方面，停窑限产虽然是理想之举，但是没有哪一个企业愿意主动停产，率先让量，大家是在一个习惯的竞争环境中打了那么多年，如果没有一个仪式、一种标志，不生产、不竞争会给企业带来不安全感；另一方面，倘若‘我’停了窑，结果发现‘他’不停，‘你’也没有停，这就让停窑的老实人感觉到自己吃了很大的哑巴亏，这个感觉就好比，多年前发扬风格的人没有要单位里面分的房子，结果发现分到房子的人是多么的幸运。”北方水泥有限公司副总裁兼总工程师于本良在接受采访时这样说，“但是如今早已经不是那时候的时代了。”

2012 年 12 月，东北水泥价格依旧坚挺——哈尔滨、吉林、辽宁，三省水泥的售价一直维持在较高水平，让建材行业内人士“堪称奇迹”——东北地区的全年吨水泥均价保持在 450 元/吨。

值得强调的是,受国内宏观经济影响,水泥产能过剩是大江南北不可回避的事实,东北三省水泥也绝非因市场需求催生价格走高。

事实上东北三省的水泥市场需求和全国水泥市场一样呈现疲弱势态。但是,在市场供需严重不平衡的情况下,在行业资深人士的分析中,东北三省水泥价格保持高位,得益于三点:首先是区域市场相对封闭,运输不够便利,外省水泥进入量较少;其次是区域内新增产能少,供给压力相对较小;另外最重要的就是企业的协同体系较好,划分销售区域。

有东北水泥企业资深人士说:“那是‘锁窑’带来的实惠!”

锁窑是一段佳话

正如北方水泥张传军所言:“锁窑也是代表了一种诚信,协同的过程中也会有一些小摩擦,我经常说,搞市场协同要有对子孙的爱心,对老婆的诚心和对父母的孝心才行。我记得黑龙江有一家企业长年低价竞争,长年亏。去年我过去劝呀劝,终于感化了他,他加入到协同后,又去感化别的企业。算一算,2012 年,他们赚了 8000 万。”

据了解,2012 年,东北三省的水泥保价战役可以算是胜利过关,但是,一季度是传统水泥淡季,加之春节临近,需求明显下降,行业已进入休市阶段。

全国部分地区春节停窑情况分别是:浙江从 2 月开始停窑 30 天;江苏南部和北部分别在 1 月上旬和下旬开始至 2 月底停窑 35 ~ 30 天;湖北四川从 1 月中旬开始停窑 35 天;河北 1 月 2 月停窑 60 天;河南从 1 月下旬开始停窑 50 天;东北地区则已从去年 12 月起停窑,时间长达 120 天。

东北三省的停窑是主动的,是率先的,也是有大局意识的。他们在理性分析之后,经营观念发生了变化,逐步从“量本利”向“价本利”转变,在战略上,如今的“退”就是原先的“进”。他们也品尝到了“退一步海阔天空”的甜蜜滋味。

在对很多水泥行业和企业负责人的采访中,记者了解到关于“锁窑”关键的三点:首先,锁窑作为确保限产的一种手段,是治疗今天中国水泥产能过剩的一剂良药;其次,锁窑是行业大企业立足行业视角,协同保价的明智之举;更重要的是,锁窑模式在东北的成功,应当可以在全国推广开去。

但是,锁窑的过程很艰难——从大幅度亏损到少数人的觉醒,从企业家高层面沟通,到政府部门的全面认可;从口头协同停窑的夭折,到纸头限产保价的失败,到深度沟通达成共识,大家主动将锁窑作为限产的方式。因为对于企业来说,无论用什么样的方式，存活是基础，发展靠效益。

很多东北水泥人在采访中告诉记者：“未来究竟还会持续锁窑多久，还是个谜！”

但是，无论“锁窑”还要坚持多久，在2012年下半年，“锁窑”如同行业中明星级的关键词。这个关键词绝非一种强制的控产行动，而是连接着“产能过剩”、“协同保价”、“行业自律”以及“商业诚信”四大因素，是一种将市场环境、竞争矩阵、商业素质以“锁”连接在一起的重要举措。也将成为中国水泥产业里广为流传的一段佳话。

《灵蛇之珠》刊于2013年2月1日

其他篇目

◆话说十年水泥“地板价”

◆六大区域产业格局概况

◆有没有一双臂膀可以依靠

◆跨界取经　走出过剩

关注本文请扫描二维码

中國建材報

CHINA BUILDING MATERIALS DAILY

国内统一刊号：CN11—0073　邮发代号1-121　国外代号D807

今日四版　第6823号　www.cbmd.cn

2014年12月23日　星期二　农历甲午年十一月初二

经济日报社主管主办

2015元旦始　陕西关中水泥"错峰"

本报讯　驻陕西记者李婉报道　为贯彻陕西省委书记赵正永在省委十二届四中全会上提出的"在关中地区实施压煤减排"的重要指示，陕西省水泥协会在省工信厅、省环保厅等部门的大力支持下，协调尧柏水泥、冀东水泥、海螺水泥、声威水泥和生态水泥等陕西关中区域所有水泥熟料生产企业共同协商，在确保市场供应的前提下，于2015年1月1日零时至2015年3月15日，对水泥企业实施有计划的错峰生产。

陕西省水泥协要求相关企业要积极响应政府部门的号召，做错峰生产的倡导者。相关水泥生产企业要充分认识错峰生产的社会意义，切实遵守错峰生产的相关要求，要向用户做好相关政策的解释和宣传工作，确保停窑期间的水泥产品市场供应。冬季停窑期间相关企业要安排好环保治理、设备检修、员工培训以及安全保障等工作。

陕西省水泥协会要求相关企业要积极履行社会责任，做节能减排的先行者。企业要认真执行错峰生产的规定，维护好市场运行秩序。一是要在限定日期内，停止熟料煅烧；二是要加强协管和监督，对于违反行业自律的企业进行行业通报。三是大企业要起到表率作用，企业必须把国家的利益、行业的利益置于企业利益之上，在有关政府部门的监管下，在行业协会的协调下，把错峰生产工作做到实处。

陕西省水泥协会还要求相关企业要积极落实行业自律，做健康水泥市场的维护者。各相关水泥企业在错峰生产期间要加强市场调研，有计划地调控水泥市场的投放量，认真执行行业自律公约，防止大的价格波动，对于趁机乱涨价或违规低价销售的行为要严肃查处，确保水泥行业的平稳健康发展。

每周核心报道

"新常态"大考中的一员

——回眸·2014中国建材工业十大热点

■本报记者　刘媛媛
本报见习记者　黄　莹

2014年5月，中共中央总书记习近平在河南考察时首次提出"新常态"。

总书记强调："我国发展仍处于重要战略机遇期，我们要增强信心，从当前我国经济发展的阶段性特征出发，适应'新常态'，保持战略上的平常心态。在战术上要高度重视和防范各种风险，早作谋划，未雨绸缪，及时采取应对措施，尽可能减少其负面影响。"

由此，中国正式拉开"经济环境发展'新常态'"的序幕，围绕社会经济发展的"新常态"工作，开始从每一个行业、每一个区域逐步深化并完善。

2014年，我国建筑材料工业正是在这样一个大背景下，出现了一系列不同以往的热点。

步入"新常态"　传统重工业任重道远

英国路透社——这家享誉全球、创建于1850年的新闻通讯社，在北京时间12月11日晚发表文章，断言：引领中国平稳应对"新常态"或许是中国政府未来执政主旋律。

12月9日到11日，在北京举行的中央经济工作会议，从消费需求和投资需求等九个方面深刻总结"新常态"下的我国经济发展的特征，认为中国经济正在向形态更高级、分工更复杂、结构更合理的阶段演进，经济发展进入"新常态"。

路透社上述言论源自此。

在经济发展"新常态"下，我国经济发展方式正从规模速度型、粗放增长转向质量效率型集约增长，经济结构正从增量扩能为主转向调整存量、做优增量并存，经济发展动力正从传统转向新的增长点。

这意味着，所有产业都需要在"新常态"环境下，拓展新思路、尝试新举措，将结构调整、转型升级的改革创新理念，真正转变为扎扎实实的"新常态"工作。

"新常态"工作，意味着改变和新生，也意味着打破传统思维下陈旧的产业格局和发展方式。破旧立新是"新常态"工作建立、深化和完善的第一步，也是最艰难的一步。

尤其对传统重工业行业而言，这一步或许更为艰难。大多数传统行业历经了五六十年的发展，为国家建设和满足民生需求立下汗马功劳的同时，也滋生出许多难以突破和转变的传统观念和发展方式。

尽管中国经济拉动放缓，产能过剩、资源浪费、环境污染等各项问题日益显现，但想要传统产业从意识、观念和行动上做一次大幅度的扭转和突破是非常困难的，更何况全新的发展方式和结构调整，可能在短时期内影响一定的经济效益，触及区域、企业和个人多方利益。想要让传统重工业适应"新常态"的确很难。

但如果不考虑"新常态"下市场、消费、投资等多方面发生的全新变化，社会的发展也将很难容下过剩的生产力和由此带来了环境压力，传统行业被淘汰的命运将不可逆转。因此，无论多难，传统行业的转变与突破将势在必行。

庆幸的是，当前已经有一些企业开始探索并尝试"新常态"下的新模式，并取得了初步的成功，为传统行业增添信心的同时，也提供了一定的经验。

"新常态"下　建材行业小露锋芒

作为传统重工业中的一员，建材行业在适应"新常态"、转变新思维的速度上可以说走在前面。

这或许是整个行业经历了高速发展的"黄金十年"后进入痛苦时期又一转折点。自2012年开始，建材行业市场低迷、企业亏损、股市停滞……对内，产能过剩加剧、产业格局混乱，对外，三高一资成为老百姓眼中的"环境杀手"。

两年多的消沉和萎靡，让全行业有识之士慢慢静下心来，认真思索行业发展和企业未来，认清只有调整产业结构、加快转型升级、发展绿色产业才是可持续发展的出路。中国建材联合会、部分区域行业协会和部分建材领军企业也围绕着转型升级、改革创新做好了准备。

进入2014年，中国建材行业在适应"新常态"、转变新思路、开拓新模式等方面小露锋芒。不仅将化解产能过剩、发展节能减排、加快兼并重组、力创绿色建材等当做全行业最重要的"新常态"工作坚定前行，还为此提出了多项利国利民利行业的创新之举。

尤其是在建材领域中占比最重、分布最广、影响最大的水泥行业，在2014年末亮出的成绩单，着实让人眼前一亮。

无论是水泥窑协同处置的坚持和推广、取消低标水泥的勇气和决心、大企业集团对并购重组的国际化视野、"走出去"战略的深化与创新，还是具有划时代意义，为环境治理和雾霾治理尽行业社会责任的创新之举——错峰生产，在"新常态"的背景下，在工信部、中国建筑材料联合会等行业主管部门和协会的带领下，在地方政府部门以及一些领军大企业的联动下，在全社会各方人士的鼎力支持协助下，都取得了阶段性进展和实质性突破，为建材发展史留下了"新常态"轨迹下的第一笔风采。

进一步适应和融入"新常态"

建材行业在"新常态"的开局之年，虽然取得了一定的成绩，但对于这个支系繁杂、领域众多、发展不一的大产业而言，并不是每一个领域、区域和企业都能够适应"新常态"，在这个发展过程中还存在着很多的不和谐因素。

所以，建材行业一切新思维、新行动和新举措才刚刚开始，还有更多的陈旧与落后需要760万建材人共同努力去突破和创新。

> 下转4版

策　划：本报编辑部
统　筹：刘彦广　王怡洁
采　写：刘媛媛　王怡洁　曾蕴瑶　董亚楠　黄　莹　赵常秋　王婉伊
制　图：崔建岐

纳川股份控股福建万润，建材企业进军新能源汽车

"范围经济"或将引爆双方创新驱动力

本报讯　记者王怡洁　见习记者赵常秋报道　本报高度关注的非金属类建材业重点企业纳川股份12月10日晚公告称，已于12月9日与我国新能源汽车动力总成领域领军企业福建万润签署了《增资扩股协议》，拟对福建万润增资1.61亿元，持有福建万润增资后的51%股权，福建万润将成为纳川股份的控股子公司。公告显示，1.61亿元分两期支付，第一期投资价款为8032.5万元，于2015年1月15日前完成；第二期投资价款为8032.5万元，应于2015年4月15日完成。业内普遍认为，本次交易完成，"范围经济"将提升交易双方创新驱动力，将有助于丰富纳川股份盈利增长点，增强其盈利能力的持续性和稳定性，也有利于福建万润进一步发挥创新优势，大力提升核心竞争力。

纳川控股万润消息一出，激发建材行业和新能源领域的热切关注。纳川与福建万润看似两个背景完全不同的企业，之所以能走到一起，源于双方公司对于环保事业的共同追求，再现了"范围经济"下市场组织变革的必然规律。

福建纳川管材科技股份有限公司成立于2003年，总部位于福建省泉州市泉港区，是专注于安全环保、新型高端埋地管材及配套产品研发、生产、销售，以产品、客户为经营导向的创新、科技、环保的综合型公司，2011年在深圳创业板成功上市(股票代码：300198)。服务于民生水安全、致力于环境保护的纳川股份，企业愿景即为"安全、环保的给排水管网综合供应商"。

福建万润新能源科技有限公司从事新能源技术的研究、开发及技术服务；汽车混合动力总成、纯电动动力总成及汽车配件等业务。福建万润自成立以来一直专注于系列化新能源汽车动力总成的研发、生产和销售，是我国新能源汽车动力总成领域系统设计和集成能力突出、自主创新能力较强的领军企业之一。

业内观察认为，"范围经济"是双方合作"一加一大于二"的最佳解释。美国经济学家潘扎尔和威利格1975年提出的"范围经济"，在科技创新加速、产业融合加剧的新经济时代，理论穿透力与日俱增。一般而言，"范围经济"(Economies of scope)是指企业生产两种或两种以上的产品而引起的单位成本的降低，或由此而产生的节约。这与企业通过扩大产品的生产规模而使生产成本降低所获得的规模经济(Economies of Scale)是有区别的。前者强调生产不同种类产品获得的经济性，后者强调的是产量规模带来的经济性。因此，要获得范围经济，一是企业必须生产两种或两种以上的产品(包括品种与规格)。二是产品的单位成本由此而降低或得到节约。纳川控股万润或将成为范围经济的经典案例。

纳川股份董秘罗靖先生，在接受本报独家专访时介绍，纳川本身的经营理念是弘扬纳川管材的安全环保，为客户提供绿色健康的环保产品。他说："我们原有的产品是围绕水的安全、环保来进行研发制造，采用的均是环保材质、环保工艺和施工方法。在此基础上，我们考虑到新能源汽车可以给国家带来大气环保和节约能源的诸多好处，选择进军新能源领域与纳川'大环保'理念完全一致。福建万润在技术方面比较先进，竞争对手不多，成长速度较快，也有助于我们以动力总成为切入点迅速进入这一领域。资本支持加上技术结合，促使我们共同把这一产业做大做强。"

福建万润总经理李大敏在接受本报记者采访时，也表达了同样的意愿："选择纳川，首先是看重双方在城市环保方面的共同发展目标。纳川本身从事的是城市环保建材，新能源汽车的大量应用也在城市，针对的是大气污染问题，双方的事业追求都是为了实现'零排放'，打造城市环保产业链。纳川的销售渠道非常广阔，与之合作，将会扩大我们的业务范围，通过相互融合带来快速成长。"

目前新能源汽车行业发展迅速，整个产业链已经形成了日趋激烈的多元化竞争格局。从国家宏观环境来看，新能源汽车是新兴产业，必将带来快速增长。资料显示，今年7月份以来，我国新能源汽车行业推广政策密集出台，9月和10月的新能源汽车产量呈现爆发式增长，整个产业正处于腾飞的时点。按照各地示范城市已公布的推广实施目标，截至2015年末，各地需完成推广实施目标50万辆。目前包括北京在内的大部分推广城市都在奉行国家地方1:1的补贴政策，未来极有可能继续遵照这一标准进行补贴。

> 下转2版

见习编辑：黄　莹　美术编辑：崔建岐

挥不去的隐痛

——违规新建屡禁不止

■本报记者 曾蕴瑶

上周一的早上,编辑部门口的桌子上,堆放了小山堆似的各类报刊,并夹杂着一些信件。其中一个蓝色的 EMS 特快专递尤其厚实,打开一看,又是一份违规建设水泥项目的举报材料。这份材料来自权威系统,今年中国建材联合会加大了违规新建的关注和追踪力度,发动群众监督和媒体舆论的力量共同遏制新增,对核查确实违规的新建项目予以披露和曝光。收到这样的信件,报社谨慎核查后,成立调研组实地探访。

今年,鸡西赛龙、浙江豪龙、铜仁海螺、红狮集团等多个水泥违规项目在本报陆续曝光,中国建材联合会联手本报进行了调研核查。虽然已陆续下发了国发(2009)38 文、国发(2014)41 文,也未能阻止水泥违规新建项目的屡屡出现。在水泥行业全面产能过剩的今天,违规新增产能就像一块总也痊愈不了的伤口,已经成为全行业挥之不去的隐痛。

2000 年以来,我国高速公路、港口、机场、高速铁路等基础设施建设迅速扩张,成为拉动重工业高速增长的主要动力,但现在市场的供求关系发生变化,中国进入经济环境新常态发展阶段。

在"新常态"下,中国经济增速迎来换档期。在我国经济高速发展时,大量投资导致产能过剩,以致有专家评价,中国经济结构扭曲最突出的表现就是产能过剩,而投资增速的下降正是解决产能过剩的必要条件,是一个去"投资依赖型发展"的好时机。

虽然,压缩过剩产能已经提出多年,各地方各部门在这一问题上也花了很大力气。就水泥行业来说,国家为了化解产能过剩,分别下发了国发(2009)38 文、国发(2014)41 文、国办发(2014)23 文,对新增产能作了严格规定,严禁建设新增产能项目。各地方、各部门不得以任何名义、任何方式核准、备案产能严重过剩行业新增产能项目,各相关部门和机构不得办理土地(海域)供应、能评、环评审批和新增授信支持等相关业务。

但问题不但没有解决,却越发严重了,过剩行业投资减少不明显,产能仍在增加。今年虽然整体经济呈现一定的下滑趋势,但上半年水泥产量同比增长3.69%。长期以来,问题之所以难以根本解决,还是因为各地方政府仍然在盲目地追求产值、追求GDP。

多个省市的水泥市场现状为“压价求生存”,而地方政府却还在招商引资,建起一座座比邻而居的水泥厂。引发区域“价格战”,企业利润空间变窄,大面积亏损将至,水泥企业面临生存危机,特别是大企业集团带头违规新建行为对地方及行业造成了恶劣影响,工厂面临停产,大批工人面临失业,更加剧了产能的过剩,成为我国经济结构调整的重要障碍。一位水泥协会负责人说,产能过剩时,再上多少新线都是过剩产能,只能给经济发展带来负担。

为遏制新增产能,中国建材联合会作为建材最高行业协会,坚定遏制新增产能的立场,陆续向国家和各级地方政府部门、建材行业协会等发出制止违规新建的函件近20份,产生了一定的影响。国家发改委批转了联合会报送的制止有关省市违规新建线的函件,要求地方政府主管部门进行出面核查,部分地方政府部门也按着要求进行了全面的清查和处置。

我国工业发展的条件已经发生变化,工业增长速度回落是客观趋势。在工业增长速度回落的情况下,必须通过深化改革、结构调整、技术创新、加强经营管理、扩大开放以及保持适度的投资规模,促进工业持续、稳定、协调和高效益增长。

屡禁不止的违规新增产能是我国经济进入新常态过程中,必须面对和解决的问题,新常态需要新思维和新战略,如何充分发挥市场对资源配置的决定性作用,如何加强各地政府部门的引导作用,如何真正营造健康公平的市场环境,既努力解决好当前经济运行中面临的一些具体难题,又切实避免为日后新常态工作的开展和可持续发展增加新的障碍,是水泥行业“新常态”下的全新挑战。

《“新常态”大考中的一员》刊于2014年12月23日

其他篇目

◆“新常态”大考中的一员

——回眸·2014中国建材工业十大热点

◆峰回路转

——错峰生产终成现实

◆前行的航标

——建材行业“走出去”启示录

◆涌动的暗流

——“拉豪合并”影响中国

◆破茧成蝶待有时

——“两个第二代”继续前行

◆修炼“迈达斯之手”

——水泥窑协同处置正螺旋式上升

◆我们的步履正加快

——建材工业推进两化融合已箭在弦上

◆千呼万唤始出来

——取消复合32.5强度水泥标准正式出台

◆大潮迭起

——绿色建材方兴未艾

◆市场不容小觑

——从含铅水嘴说开去

关注本组核心报道请扫描二维码

产业财富 传媒价值

国内统一刊号:CN11—0073
邮发代号 1—121 国外代号 D807
本报为周六刊(周日休刊)
今日八版
第6513号
2013年11月22日 星期五
农历癸巳年十月二十
www.cbmd.cn

中國建材報

CHINA BUILDING MATERIALS DAILY

经济日报社主管主办

中国水泥备件仓储中心亮相南京

本报讯 记者井曦报道 11月10日,由中国建材报社主办,江苏鹏飞集团股份有限公司、全球水泥备件网共同承办的首届中国水泥备件秋季交易会,在位于江苏省南京市的中国水泥备件联合仓储展示中心隆重开幕。中国建材联合会、中国水泥协会会长乔龙德,江苏省建材行业协会会长聂长兰,中国建材报社社长杨军等领导出席开幕式,乔龙德为中国水泥备件联合仓储展示中心揭牌。

在参观完中国水泥备件联合仓储展示中心后,乔龙德说,中国水泥备件秋季交易会的创办,是企业经营中设备采购和供应环节的创新,是资源有效组合、有效利用的一种新模式。它最大的特点是减少了申报采购、派人采购、专人验货等管理环节,节省了用人、用时。运行好了可以节省企业大量的流动资金,因为它减少了每家每户的储存。这是运用提高资源利用效率的理念,在装备制造企业和生产使用企业之间构建的服务纽带。

聂长兰在开幕式上发表致辞表示,南京中材水泥备件有限公司着力打造"一站式"水泥备件采购平台,应用网络技术整合行业内备品备件资源,为水泥企业提供备件采购、储备、调剂、租赁、物流、维护、技改等集成服务,是一种新的业态发展模式,充满生机和活力。

南京中材水泥备件有限公司董事长袁志洲在会上介绍了建立水泥备件展示中心的背景情况。他说,在水泥生产诸多环节中,备品备件的制造、采购、库存、管理、维护、技改是极为重要的一环。科学组织水泥备品备件的采购,合理压缩水泥备品备件的库存积压,精心维护水泥备品备件并延长其使用寿命,对有效降低水泥生产成本、提高企业经济效益具有十分重要的意义。

交易会开幕式由中国建材报社副社长孙凯文主持。本次交易会自11月10日开始至12月10日结束,目的是全力打造一个"专业化、科学化、规范化"水泥备件集成采购平台,在水泥企业进入冬季维护保养期之前,为国内外广大水泥企业提供高效优质的集成保障服务。

乔龙德在2013年水泥新技术新装备推广交流会上强调

我国水泥装备制造企业在转变发展方式中大有可为

本报讯 记者井曦报道 11月9日,由中国建材报社主办,江苏鹏飞集团股份有限公司、全球水泥备件网承办,盐城工学院、江苏双星特钢有限公司协办的2013年水泥新技术新装备推广交流会在南京隆重召开。中国建材联合会、中国水泥协会会长乔龙德,江苏省建材行业协会会长聂长兰,中国建材报社社长杨军等领导出席会议并讲话。会议由中国建材报社副社长孙凯文主持。来自水泥行业制造实体、装备供应商等300余位代表参加了会议。

乔龙德在讲话中肯定了以江苏鹏飞集团为代表的一批水泥装备制造企业形成的从主机到辅机、备件的全方位水泥装备制造能力。他还对中国建材报社搭建行业交流平台的做法给予了充分肯定。

乔龙德指出:装备是技术的支撑载体,是技术进步的象征,是先进生产力的物体表现形式,是技术成果产业化的标志,是验证技术先进程度和成熟度的试金石。离开了装备,既无法证明技术是否先进,又无法有效组织生产。因此,装备代表了一个行业和一个产业的技术水平。

乔龙德结合目前国内水泥行业发展现状和化解水泥产能过剩的背景,分析了水泥装备制造企业未来的发展方向。他说,装备制造企业今后瞄准的目标、切入的方位有很多,一是我国水泥企业到国外建厂,装备就可以跟上为产能向国外转移配套。二是行业协会要组织国内装备制造企业向国际先进水平与国内先进水平对标,尤其是节能减排新标准的对标,对能耗和排放不达标的设备要通过有关政策法规加以明确,坚决更新换代。三是"第二代新型干法水泥技术装备"的创新研发是一项系统工程,除了承担单位主攻的主机装备,在辅机、配件和相关设施的提升与配套上也需要装备制造企业的积极投入。装备制造企业甚至可以与"第二代新型干法水泥技术装备"创新研发任务的承担单位在装备的技术和效能方面开展竞争择优。四是随着标准提升和结构调整,建材行业将通过"遏制一批、消化一批、淘汰一批、整合一批、转移一批、提升一批"等一系列措施深入开展化解产能过剩工作,这其中蕴含着装备制造企业的发展机遇和空间。新的市场既要靠政府产业政策来驱动,另一方面也要靠水泥装备制造企业自己以技术创新的、能耗低的、排放效果好的、资源利用效率高的新装备来开拓。

聂长兰会长在随后的讲话中指出江苏省是作为我国水泥生产和水泥机械制造的大省,在水泥新技术新装备的创新研发和推广应用方面扮演重要角色。今年以来,全省建材行业逆势而上,取得良好成绩。

作为此次会议的主办方,杨军在讲话中对乔龙德会长和聂长兰会长的出席表示感谢。他说,中国建材报社和江苏鹏飞集团、全球水泥备件网共同举办此次水泥新技术新装备推广交流会,研讨、交流新形势下水泥行业新技术新装备的创新任务和发展趋势,是联合行业同仁共同搭建为水泥企业服务的平台,也是中国建材报社转型的一个方向。作为行业主流媒体,中国建材报要和行业同呼吸共命运,要多为行业做一些有益的工作,就要走出编辑部,转变画地为牢的工作方式,要聆听、研究、推动解决水泥工业运行和发展中遇到的问题。杨军希望得到建材企业更多的支持和帮助。

此次会议的承办单位江苏鹏飞集团股份有限公司董事长王家安介绍了企业近几年快速发展的情况。协办方江苏盐城工学院校长王保林介绍了学校成立30多年来,立足江苏,为建材及其装备行业培养专业人才的情况。

每周核心报道

乌海之殇

——蒙西地区水泥产能情况调查实录

几个月前,中国水泥协会名誉会长雷前治一行人前往内蒙古考察当地水泥市场状况,"乌海现象"随着考察的深入,也逐渐为全行业所关注。

内蒙古地域狭长,按区域划分,一般分为东部、中部和西部三大板块,而内蒙古自治区水泥发展状况,也完全依据了三大区域板块经济发展的特点,呈现出三种不同的态势:东部区域水泥市场状况良好,以呼和浩特为核心的中部区域,虽已出现了产能过剩的苗头,但发展尚属稳健,倘若接下来杜绝违规新建生产线和淘汰落后产能双管齐下,这一地区仍在可控的范围之内。而以乌海、鄂尔多斯为核心的西部区域,以当地水泥企业的说法就是:我们肯定是全国产能过剩的重灾区。

乌海的问题究竟出在哪里?本报派出多位记者前往内蒙古,一路奔向乌海市,采访了那里的地方政府和诸多企业,得出结论:乌海现象是"新高端产能过剩现象"的典型代表,对全行业是一次警示和启发。

继东北、西南水泥产能过剩实地调研,并形成大型报道之后,我们再次深入内蒙古乌海区域,与全行业同仁共同探讨"乌海现象"背后的隐忧和启示。

2版:

▶别让乌云遮住太阳的光芒

▶"三问"乌海

策　划:本报编辑部
统　筹:孟宪江　刘媛媛
采　写:孟宪江　刘媛媛　王怡洁　毕德鹏
制　图:崔建岐

■本报记者 刘媛媛

11月份的内蒙古原本就饱含着深秋的萧瑟与清冷,当我们站在内蒙古乌海和鄂尔多斯交界之处的一条5000t/d新型干法水泥生产线前,心里更加突发难以言状的苍凉之感。

这条线从今年5月份开始停转,直到今天依旧沉寂于一片空旷的土地上,寂静得只能听见北风撞击着庞大机器而发出的冷峻的"飕飕"声。

带领我们来参观的企业负责人告诉我们,这条线究竟何时再运转?最早也要等到明天开春,那还得看销售情况而定。

最让他们感到难过的是,经过几年的努力探索,就在去年下半年,这条线刚刚通过了节能技术改造,用煤气和煤粉混合燃烧进行水泥熟料煅烧,填补了中国水泥业在这方面的技术空白。

然而,这全国唯一一条"煤改气"的水泥生产线,仅仅在去年10月底试运行了不到两个月,就一直处于停窑状态。这位技术改造的主创人员,无比忧伤地说:我们花费了那么多人力物力改造生产线,真的不想停在这里当摆设用。

这条水泥生产线,地处蒙西开发区一隅,这个开发区几乎代表了乌海重工业基地的缩影,单新型干法水泥生产线,站在一条纵横的大马路上转圈数,就不下4条,其中,只有一条还在正常运转。

"现在,早在两年前,我们就说过,乌海水泥已经成为一种现象了。如今,'乌海现象'已经全国闻名,我们这里是全国的重灾区,究其原因也许有很多,但是,与众不同的是,我们这里有一个更为庞大的化工产业,叫做PVC产业,这个产业与水泥产业有着剪不断理还乱的渊源,也是'乌海现象'不能不提的重点。"这条生产线所属公司——华月建材公司负责人贾总说得颇为无奈。

两个产业的胶着与矛盾

水泥人士所指的PVC项目,属于化工领域的一个门类,因原材料要使用优质石灰石和煤炭,因此在石灰石和煤炭资源丰富的内蒙古乌海地区,已经形成了庞大的产业规模。

这个原本和水泥扯不上关系的化工产业,却因为其生产出来的工业废料——电石渣,而与水泥行业紧密联系在一起,用电石渣代替石灰石生产水泥,能解决电石渣对环境的污染破坏,解决PVC厂家的后顾之忧。曾有文字资料表示:电石渣生产水泥,也可以提高普通水泥的等级,实现水泥消纳工业废料的诉求。

然而,原本是对两个重污染产业都有利的环保利废项目,却造成了两个产业矛盾重生的现状,并且率先在"弹丸之地"的乌海凸显出来,不能不引发更多的思索。

传统水泥企业

生产一个月的水泥就够一年用了

"首先有一个概念一定要清楚,电石渣生产水泥并不像有些文章里说的那样,事实是,电石渣生产的水泥熟料性能并不稳定,很难生产出高标号水泥和特种水泥。我们这里的电石渣水泥生产线成规模生产大概两年多的时间,这对于传统水泥企业的冲击实在是太大了,现在他们将水泥熟料价格压到110元左右,我们今年水泥熟料已经降到180元,可还是卖不出去,这已经是底线了,绝对不能再往下降了。"

传统水泥生产企业的负责人们,似乎提起电石渣水泥,就是一肚子委屈和忿忿不平。

据了解,隶属乌海区域的传统水泥企业,并没有躺在"传统"的摇椅上过日子,经过多年的探索,结合乌海矿山和煤炭的天然优势,已经将生产成本降到了全国最低的行列。

"我们成本控制得好,但是营业利润却上不去,为什么?因为售价太低,成本与售价倒挂,这已经不是我们能解决的问题了。"贾总说。

目前,乌海区域的传统水泥企业,绝大多数水泥生产线已停窑在半年以上。内蒙古最大的本土水泥企业——蒙西水泥股份有限公司,正是从乌海起家。如今,蒙西公司在乌海还有两条5000t/d的生产线,其中一条已停了半年左右,另一条继续开工,更主要的原因也是为了解决漫长冬季周边区域供电供暖的问题。

"说实话,以现有乌海地区的水泥产量和需求率而言,我们生产一个月的水泥,就已经够一年使用了。"贾总说。

电石渣水泥企业

水泥线上也得上 不上也得上

PVC产业,却是另一番景象。因为PVC生产线不能停产,也就意味着,消纳电石渣的水泥生产线也不能停窑,即便是传统水泥企业将所有的生产线都停掉,乌海地区依旧有源源不断的水泥熟料向周边地区供应。

电石渣消纳的水泥生产线,只能保证2500t/d生产线的水泥原料用量,因此,电石渣水泥生产线,几乎全部是2500t/d新型干法线。据统计,仅乌海区域在产的电石渣水泥生产线,一共有四条,统计年产能在300万吨。

下转2版

行动至上

■孟宪江

有句古话说得好,叫"过犹不及"。水泥行业目前就面临着这样的生存环境。

内蒙古自治区的乌海市就是其中一个明显的例子。短短不到10年间,当地的水泥产能就由不足转而变成了严重过剩。据了解,乌海市目前的水泥产能过剩已经超过了需求的若干倍,深陷险境的企业早已苦不堪言,不知所措,看不到未来。可以说,乌海的水泥产业,已经从当年蓬勃发展的"蓝海",经由种种原因造成的无序状态,慢慢变成了"红海",甚至于有变成"黑海"和"死海"的危险。

一位在建材行业主管部门工作多年的同志说,根据他的研究和判断,水泥过剩的风险早就存在了。然而,产能过剩的危机信号发出去很久了,还是有人不相信或者不愿意相信,仍然一意孤行。几年前,他就多次与多位想在乌海市投资水泥的企业家讲过这些道理,提醒他们,不要只看着当时很有钱赚就盲目投资,要考虑到未来风险巨大。如今,那些听了他的好心劝告的企业家们再见到他时,都非常感谢,非常庆幸。而那些不听劝阻,一意孤行的几位,如今,都追悔莫及。

这位同志说,当年,他看到一些企业家争抢着往火坑里跳,心里特别着急,但是拦也拦不住他们。现在回过头来看,非常令人痛惜,有几个企业,投资几个亿,结果是血本无归。

面对过剩现状,应该怎么办?如何来化解和应对?大家一致的意见是:赶紧行动起来!

在采访中,我们也发现了一些非常积极的因素。就是面对过剩,不是所有的人都在抱怨,也不是所有的人都束手无策,而是有不少的企业和企业家们已经为化解过剩矛盾开始行动了。

在国务院就如何化解产能严重过剩矛盾印发了《指导意见》后,内蒙古所在地的地方国企和央企都特别为此感到高兴,当然,他们也非常希望这些政策能够尽快落到实处,特别是应细化措施,真正落实好消化一批、转移一批、整合一批、淘汰一批等"四个一批"化解产能过剩的政策,同时需要政府、市场"双轮驱动",从源头控制好,避免出现"过剩、干预、再过剩、再干预"的怪圈。

刚刚召开的党的十八届三中全会又提出了"市场在资源配置中起决定性作用和更好发挥政府作用"的重要指导思想,这为我们化解产能过剩又提供了新的思想武器。

产能严重过剩的危害十分巨大,不仅会影响产业健康发展,导致生产和流通的无序,还会造成更大的危害,尤其是造成对资源的极大浪费和对生态环境的严重破坏,所以,业内人士是从心底里希望市场和政府两只无形和有形的手,联合起来发挥作用。

有国务院印发的《指导意见》,有政府主管部门的支持,有行业协会的帮助,有大企业自觉的责任担当,还有众多中小企业的积极参与,我们坚信,只要大家一起行动起来,共同努力,各地化解产能过剩矛盾的工作就能够顺利进行,水泥产业也一定能跨过这道坎,实现良性发展。

乌海之殇
——蒙西地区水泥产能情况调查实录

■本报记者 刘媛媛

11 月份的内蒙古原本就饱含着深秋的萧瑟与清冷，当我们站在内蒙古乌海和鄂尔多斯交界之处的一条 5000t/d 新型干法水泥生产线前，心里更加突发难以言状的苍凉之感。

这条线从今年 5 月份开始停转，直到今天依旧沉寂于一片空旷的土地上，寂静得只能听见北风撞击着庞大机器而发出的冷峻的“飕飕”声。

带领我们来参观的企业负责人告诉我们，这条线究竟何时再运转？最早也要等到明天开春，那还得看销售情况而定。

最让他们感到难过的是，经过几年的努力探索，就在去年下半年，这条线刚刚通过了节能技术改造，用煤气和煤粉混合燃烧进行水泥熟料煅烧，填补了中国水泥业在这方面的技术空白。

然而，这全国唯一一条“煤改气”的水泥生产线，仅仅在去年 10 月底试运行了不到两个月，就一直处于停窑状态。这位技术改造的主创人员，无比忧伤地说：我们花费了那么多人力物力改造生产线，真的不想停在这里当摆设用。

这条水泥生产线，地处蒙西开发区一隅，这个开发区几乎代表了乌海重工业基地的缩影，单新型干法水泥生产线，站在一条纵横的大马路上转圈数，就不下 4 条，其中，只有一条还在正常运转。

“现在，早在两年前，我们就说过，乌海水泥已经成为一种现象了。如今，‘乌海现象’已经全国闻名，我们这里是全国的重灾区，究其原因也许有很多，但是，与众不同的是，我们这里有一个更为庞大的化工产业，叫作 PVC 产业，这个产业与水泥产业有着割不断理还乱的渊源，也是‘乌海现象’不能不提的重点。”这条生产线所属公司——华月建材公司负责人贾总说得颇为无奈。

两个产业的胶着与矛盾

水泥人士所指的 PVC 项目，属于化工领域的一个门类，因原材料要使用优质石灰石和煤炭，因此在石灰石和煤炭资源丰富的内蒙古乌海地区，已经形成了庞大的产业规模。

这个原本和水泥扯不上关系的化工产业,却因为其生产出来的工业废料——电石渣,而与水泥行业紧密联系在一起,用电石渣代替石灰石生产水泥,能解决电石渣对环境的污染破坏,解决 PVC 厂家的后顾之忧。曾有文字资料表示:电石渣生产水泥,也可以提高普通水泥的等级,实现水泥消纳工业废料的诉求。

然而,原本是对两个重污染产业都有利的环保利废项目,却造成了两个产业矛盾重生的现状,并且率先在"弹丸之地"的乌海凸显出来,不能不引发更多的思索。

传统水泥企业　生产一个月的水泥就够一年用了

"首先有一个概念一定要清楚,电石渣生产水泥并不像有些文章里说的那样,事实是,电石渣生产的水泥熟料性能并不稳定,很难生产出高标号水泥和特种水泥。我们这里的电石渣水泥生产线成规模生产大概两年多的时间,这对于传统水泥企业的冲击实在是太大了,现在他们将水泥熟料价格压到 110 元左右,我们今年水泥熟料已经降到 180 元,可还是卖不出去,这已经是底线了,绝对不能再往下降了。"

传统水泥生产企业的负责人们,似乎提起电石渣水泥,就是一肚子委屈和愤愤不平。

据了解,隶属乌海区域的传统水泥企业,并没有躺在"传统"的摇椅上过日子,经过多年的探索,结合乌海矿山和煤炭的天然优势,已经将生产成本降到了全国最低的行列。

"我们成本控制得好,但是营业利润却上不去,为什么?因为售价太低,成本与售价倒挂,这已经不是我们能解决的问题了。"贾总说。

目前,乌海区域的传统水泥企业,绝大多数水泥生产线已停窑在半年以上。内蒙古最大的本土水泥企业——蒙西水泥股份有限公司,正是从乌海起家。如今,蒙西公司在乌海还有两条 5000t/d 的生产线,其中一条已停了半年左右,另一条继续开工,更主要的原因也是为了解决漫长冬季周边区域供电供暖的问题。

"说实话,以现有乌海地区的水泥产量和需求率而言,我们生产一个月的水泥,就已经够一年使用了。"贾总说。

电石渣水泥企业　水泥线上也得上　不上也得上

PVC 产业,却是另一番景象。因为 PVC 生产线不能停产,也就意味着,消纳电石渣的水泥生产线也不能停窑,即便是传统水泥企业将所有的生产线都停掉,乌海地区依旧有源源不断的水泥熟料向周边地区供应。

电石渣消纳的水泥生产线，只能保证2500t/d生产线的水泥原料用量，因此，电石渣水泥生产线，几乎全部是2500t/d新型干法线。据统计，仅乌海区域在产的电石渣水泥生产线，一共有四条，统计年产能在300万吨。

另外，还有两条在建生产线和两条拟建生产线，据了解，拟建的两条线到2014年就可以开工投产，也就是说，明年这一区域电石渣水泥年产能将达到600万吨。

“我们知道乌海地区水泥产能过剩比较严重，但是，电石渣水泥生产线是PVC产业的配套环节，且不说政策就是这样规定的，就算从实际角度出发，电石渣处理无论是堆砌或掩埋，都会耗费企业的巨额成本，且对环境造成极大污染。利用电石渣生产水泥，我们也亏钱，目前每吨水泥熟料亏个十元、二十元，远比我们去买个固废场地要划算得多。”君正负责人刘总说得相当实在。

最重要的是，几乎所有的PVC产业都在强调：国家政策有明确且强制性的规定，每上一条PVC项目，必须要配套一条消纳电石渣的水泥生产线。这是硬性规定，否则，这个项目就无法通过审批。

“所以，对于我们这个行业来说，水泥生产线是附带产业，上也得上，不上也得上。”刘总说。

政策　如何引导“个案”

我们的确查到了相关的政策，2008年，国家发改委出台的《关于鼓励利用电石渣生产水泥有关问题的通知》（发改办环资【2008】981号文），以下简称《通知》。其中一条为：新建、改扩建电石法聚氯乙烯（PVC）项目，必须同时配套建设电石渣生产水泥等电石渣综合利用装置，其电石渣生产水泥装置单套生产规模必须达到2000t/d及以上。除现有电石渣水泥生产线可以采用湿磨干烧生产工艺进行改造，新建电石渣水泥生产线装置必须采用新型干法水泥生产工艺。

《通知》还规定，利用电石渣生产水泥的企业，经国家循环经济主管部门认定后，可享受国家资源综合利用税收优惠政策。

根据这样明确的政策指示，地方政府事实上批的不是水泥生产线，而是PVC生产线。面对如今电石渣水泥给市场带来的冲击，同时，10月15日，国务院制定并下发《关于化解产能过剩矛盾的指导意见》（以下简称《意见》），明确指出要分类妥善处理在建违规项目，“乌海现象”又凸显出一个全新难题。

如今，“乌海现象”令地方政府颇为头痛，乌海经信委一位负责人说，电石渣水泥应该不属于违规项目，同时，PVC产业也没有被列入产能严重过剩需要化解的行列中，这也就意味着未来只要PVC项目审批合格，允许在建，那么，电石渣水泥的在建也在所难免，而这也会导致乌海区域水泥进一步产能过剩。

而据这位负责人所言,“乌海现象”之所以突出,这确实是全国范围内的一个个案,乌海低廉的成本优势是其他地区所无法比拟的,PVC 产业已经形成规模,并日益成为乌海地区的产业支柱之一,电石渣水泥从利废和环保的角度上考虑,又是国家所提倡的水泥发展绿色之路。

“我们是想以此为区域特色,打造乌海利废环保的新工业城市,这是非常好的发展思路,而国家政策是针对全国大部分区域现状提出来的,针对像乌海这样的个案,的确存在着一定的矛盾。这已经不能全部靠市场来调节,国家相关部门需要拿出有针对性的措施,来调节这其间的矛盾问题。”这位负责人说。

胶着　是团结合作还是各自为政

办法不是没有,传统水泥企业的负责人们曾发出过一连串诘问:为什么 PVC 项目一定要自己建水泥生产线?为什么在 PVC 产业发展之初,地方政府没有想过让 PVC 和我们合作?如果我们从一开始就能够成为消纳电石渣的一分子,乌海水泥还能过剩到这种局面吗?

据了解,电石渣水泥生产线相较于普通新型干法线,只需要在原有基础上装置一套系统,也就是烘干破碎机。因为电石渣水分含量很大,必须经过烘干破碎处理,才能成为生产水泥的原材料。

一次性投入烘干破碎机的成本大概在两三千万元,这对于大型水泥企业来说,并不难于承受。

反过来,PVC 企业配置水泥生产线,也有自己为难之处,首先,化工和建材是两个完全不同的产业,PVC 企业不得已上水泥线,却缺少相应的水泥行业人才和管理经营模式。其次,对于 PVC 产业而言,水泥生产线无异于一个拖油瓶,带不来太多的经济效益,还要为此付出更多的人力物力精力。

然而,似乎一拍即合的合作模式,却从一开始就显得步履艰难。

有人总结,这是因为《通知》里所提到的税收政策优惠,他们的理由是,国家给予的税收政策优惠,并不是针对 PVC 项目本身,而是消纳电石渣的那条水泥生产线。也就是说,谁负责消纳工业废料,谁就可以享受国家税收政策优惠。

“PVC 企业之所以不在乎水泥是否盈利,就是因为他们每年会得到国家税收政策优惠的支持,如果单独建 PVC 项目,而将电石渣消纳环节交给我们去做,他们就享受不到这么好的税收优惠政策。”一位传统水泥企业负责人慷慨陈词。

但乌海经信委的负责人却认为这并不是主要原因,以他的说法,PVC 企业与水泥企业合作,只是道理上行得通,实际存在着很多问题,比如运距的问题、生产能力的问题、人才投入的问题等。

“水泥企业生产技术没有问题，但并不是所有的水泥企业都具备装备更新的能力，投入资金也会非常有限，将正常的新型干法线改造成处理固废的生产线，技术改造不是一时半会就能达到很成熟的状态，但 PVC 项目不等人，电石渣出来的速度也不等人。再者，产生的电石渣，要运到水泥企业，距离只要远一点，所消耗的成本比电石渣生产成本要高得多。”

我们询问贾总，以现在华月建材的技术创新能力，绝对可以满足电石渣水泥生产线的技术改造，如果现在有 PVC 企业愿意合作，我们可不可以开一个先例？

贾总很为难：“说实话，现在真的有点晚了，你想想，现在水泥卖不出去，我们没有更多的资金投入如此大规模的技术改造，而且，目前电石渣生产能满足 2500t/d 生产线，你让我们剩下的 2500t/d 怎么办？”

乌海　一个重工业城市的兴旺与苦恼

乌海，属于内蒙古的第三个地级市，面积 1754 平方公里，人口仅 55 万，按人均水泥需求量，年产 300 万吨水泥已足够，如今年产近 1800 万吨的水泥产能，的确是不能承受之重。

来乌海之前，许多曾经去过乌海的同行都这样提醒我们：要备好口罩，那里是灰蒙蒙的天，空气里都是各种工业粉尘飘落的杂质。

实际的情景比我们想象中要好得多。黄河横贯这座城市，夜间站在黄河岸边，反有种水乡之感，只是，我们依稀能够嗅到煤炭燃烧后散发的味道。

据了解，乌海市政府为了改善这座重工业城市的环境污染，这些年来想了很多办法，虽然，阳光下的乌海城依旧会在各种燃烧的工业烟囱的熏染下，显得有些灰暗，但比起几年前，已经有了明显改善。

这座不折不扣的重工业城市，因为资源丰富而兴起，却也因此而产能过剩；因为周边城市经济发展而兴旺，却也因经济变化而产生困惑。

资源丰富是把双刃剑

乌海及周边地区，拥有大量的优质的石灰石矿山资源，这是让乌海人最骄傲的天然资源，是孕育水泥和 PVC 等重工业产业的摇篮。

在乌海最早发展起来的煤炭工业，也早建立起一套成熟的工业体系，很多早期发展起来的传统水泥企业，多是由煤炭企业寻求多元化发展而衍生的板块。

丰富的石灰石和煤炭资源，使得水泥企业控制成本不在话下。从更客观的角度讲，即便没有电石渣水泥冲击市场，乌海一带的传统新型干法线也有 8 条 5000t/d 线和 4 条 2500t/d 线，年产能 1500 万吨的数字，对于面积不大的乌海而言，也着实吃不消。

恰巧,乌海天然的资源优势,又是发展PVC产业最好的源泉,乌海市的化工产业板块,决不在水泥板块之下,其产业链建设和物流体系也相对成熟,我们去君正公司采访的一路,经过了不下三家化工厂。

太过丰富的资源,倘若不大力发展利用,就如同找不到出口的困兽,或者是涌动着巨大能量的火山,总要有途径将其释放出来。

正如乌海经信委的负责人所说:当一座城市面对如此优良的天然资源,要如何选择?任何一座城市,在发展某种支柱产业的时候,都是以城市的资源优势作为依托。如果说,未来乌海市将如何去发展?应该还是要依托这个地区的天然优势,发展绿色工业产业链。

他又将话题转了回来,很坚定地说:比如电石渣水泥工程,我觉得还是要提倡发展,只是要如何解决现阶段的矛盾,无论从政策、地方政府和企业自律等各方面,要多管齐下。

7个产业园　盛景下的隐忧

不仅仅是天然资源优越,乌海的近邻就是曾因房地产业而全国闻名的鄂尔多斯市。

从五六年前开始,鄂尔多斯房地产业迅猛发展、势不可挡,据说,当时这座城区人口仅为65万的小城,竟然一下子涌进了近50家房地产开发商,曾一度被称之为“中国的迪拜”。

一夜兴旺起来的房地产业,也是乌海周边水泥企业迅速发展起来的另一大原因。即便当时一座城市周边遍布着将近20条水泥生产线,但大家并不觉得日子难过,鄂尔多斯的房地产业为他们提供了太大的空间。

也就在那几年,乌海及周边地区兴致勃勃地展开了规划,各大工业园的构想瞬间付诸了行动,仅乌海市1000多平方公里的土地上,就在城市的3个角上,建立了三大工业产业园。

更麻烦的是,乌海与鄂尔多斯几乎一街之隔,与阿拉善盟地区也形成区域交叉,甚至包括宁夏回族自治区的石嘴山市也相隔不远,这些区域的产业同样依托于乌海地区的天然资源,分别在靠近乌海区域建立了产业工业园,以致乌海及周边地区相隔不到百里,就林立7个产业工业园。

每个产业工业园都拥有庞大的PVC和水泥企业,我们站在隶属鄂尔多斯地区的蒙西工业园,眼前的情景可以用磅礴来形容,水泥生产线、化工生产线、煤炭生产线……交错纵横。而蒙西工业园外的一条街对面,就是隶属乌海市的工业产业园。

这样庞大的重工业基地,尤其是支撑基建和房产工程的水泥产业,却几乎在同一时间遭受到双重打击,电石渣水泥冲击传统水泥市场,又赶上鄂尔多斯房地产崩盘,那一夜兴旺起来的盛景,似乎又在一夜之间埋葬在"鬼城"的阴霾之下。

"乌海现象"既是警示,也是启发

事实上,内蒙古这个经济欠发达的西北区域,淘汰水泥落后产能,却是走在了全国水泥工业的前面。

早在2003年,内蒙古自治区地方政府就开始大规模淘汰立窑,如今,整个区域几乎已不存在除新型干法窑的水泥生产线,他们现阶段的目标,是要淘汰1500t/d以下的新型干法窑。

这是全国值得学习和借鉴的榜样。

但是,大幅度淘汰落后产能的同时,内蒙古蒙西地区的水泥却率先陷入了另一种产能过剩的漩涡,从某种意义上说,"乌海现象"已经超出了普遍意义上的"新型干法生产线过剩"(也有人称之为"高端过剩"),而是在传统水泥生产线全部达到2500t/d的高端过剩基础上,又加入了跨产业的"新高端"。

我们理解,"新高端过剩"如今存在着两大特点,首先是,目前"新高端过剩"还没有成为全国普遍现象,由于乌海的种种特殊情况,使得这里不仅成为"高端过剩"的一分子,更成为"新高端过剩"的排头兵。事实上,拥有发展电石渣水泥规模化区域的地方不止乌海,比如新疆乌鲁木齐地区,但因为乌鲁木齐地区不像乌海这样城市狭小且多城市交错,暂时还没有呈现出如此强烈的矛盾。

再者,新高端产能过剩到目前为止,要化解的力度和难度都非常大,无论从国家政策、地方政府监管和区域市场调节,都找不到更明确的依据和更明朗的手段。

乌海的传统水泥企业负责人们提出了他们的建议:首先要加大力度淘汰落后产能的范围,不仅仅是生产线,还要将32.5水泥作为落后产能全部淘汰,其次是地方政府加大兼并重组的力度。至于电石渣水泥对市场的冲击,以他们的话说:虽然从利废环保的角度来说,这是非常好的项目,但是客观地说,他们已经涉及市场恶性竞争的问题。

"能不能让传统水泥企业和电石渣水泥企业站在一条起跑线上,比如在税收优惠政策上,在两大产业的合作力度和方式上等等,首先从政策上入手给予明确的导向,地方政府更应该积极想办法,不能助了一个产业,再毁了另一个产业。"负责人们纷纷表示。

正在人们焦灼之时,一位水泥技术人士的话带来了一些希望和启发:"还记得2005年左右,粉煤灰作为工业废料最初也是只能用于水泥,那时候也是一片焦灼,后来经过技术改造,粉煤灰还可以作为砌块砖等其他产品的原材料,结果粉煤灰得到更广泛的应用,也就不用挤在水泥这一条路上了。目前最关键的是,要开发出电石渣的应用范围,从技术上下功夫。”

乌海现象,就像有多辆车同时堵在了一个狭小的路口上,要想一股脑让所有的车同时经过并不现实,最好的解决办法就是通过地方政府合理疏通,让挤在一起的车一辆一辆地通过。

也就是说,是不是可以先解决传统水泥企业自身的问题,提高区域产业集中度,树立大品牌意识,有效抓好兼并重组的工作,坚决杜绝违规新线的在建和拟建,坚决淘汰落后产能。

其次,再去解决两个产业之间的矛盾,从政策、地方政府和两个产业的企业经营者共同努力,寻找出一条更好的合作之路,并通过一定的渠道,联合全国水泥技术研发机构,从技术上对工业废料的用途拓展加以研发。

“这决不会只是一个区域面临的问题,乌海现象对于全国水泥行业而言,是一种警示,我们迫切希望,全行业能够引发讨论,帮助我们找到解决途径,也是为行业本身带来一种启发,一个范本。”贾总意味深长地说。

《乌海之殇》刊于 **2013** 年 **11** 月 **22** 日

其他篇目

◆社评:行动至上

◆三问乌海

◆别让乌云遮住太阳的光芒

关注本组核心报道请扫描二维码

中國建材報

CHINA BUILDING MATERIALS DAILY

国内统一刊号：CN11—0073　邮发代号 1—121　国外代号 D807

今日四版　第 6580 号　www.cbmd.cn

2014 年 2 月 21 日　星期五　农历甲午年正月廿二

经济日报社主管主办

工信部宣布：2017 年以前
水泥玻璃不再新增任何产能

本报讯　2 月 18 日下午，国务院新闻办举行 2013 年全年工业通信业发展情况新闻发布会，会上，工信部副部长毛伟明表示，在 2017 年以前，对钢铁、水泥、电解铝、平板玻璃、造船五大行业不再新增任何产能。

针对如何开展好今年的工作，主要有以下四个方面。

第一，严格控制产能的增加。在 2017 年以前，对钢铁、水泥、电解铝、平板玻璃、造船五大行业不再新增任何产能，同时对在建的违规项目进行逐步清理，对已建的没有取得依法依规手续的项目，按照加严的标准进行对照，分类指导，区别对待。

第二，实施加严的界定标准。在目前经济发展的情况下，按照原来设定的工业路线和容量标准，这几年基本上已经完成了历史任务。在此基础上，对环保、能耗、安全实施更加严格的标准，加大违规的处罚力度，按照公开、公平、公正的市场原则，提升现有企业的技术水平，增加科技含量，提高竞争力。

第三，加快实施兼并重组。支持企业做大做强，扶植优势企业，兼并淘汰落后产能，提高产业集中度，来加快优势产业、优势企业和优秀企业家在市场配置、资源决定性作用中发挥更大的作用。

第四，鼓励企业针对目前的经济发展阶段，加快企业"走出去"的步伐。　（张雪娇）

每周核心报道

专家说

蒋明麟：发展循环经济需各方协同努力

关于取消水泥复合 32.5 强度等级一事持续了很长时间，在行业内也有多方面争议和探讨。对此，我也有一些思考。

凡事都有两面性。就取消低标号水泥这一政策来说，从国家政府层面上讲，有助于引领行业良性发展，一定程度上控制产能过剩。具体来说，一些小粉磨站由于技术落后等原因，其降低成本的主要手段是依赖提高掺杂比生产低标水泥，若取消低标水泥，小粉磨站企业的竞争力大幅削弱，实现落后产能的退出。

从行业层面来说，在我国水泥工业的发展历程上，水泥标准也有过多次调整，此次取消低标号水泥，使得我国水泥工业不仅在装备工艺上得到提升，产品质量也将得到相应提高。

因此，从国家发展的大环境来看，这一政策的导向是正确的。但从某些方面来说，取消低标号复合 32.5 和 32.5R 水泥也有一些问题必须认真思考，并妥善加以解决。

先说利用工业废弃物问题。因为 32.5 标号水泥中可以使用大量的废渣，包括活性与非活性的混合材，这就很好地实现了利用水泥工业发展循环经济的途径。其他标号的水泥虽然也能掺加一定量的工业废弃物，但其比例较小。

再看市场。目前 32.5 标号水泥所占市场份额约为 60%，其中 32.5 复合水泥占比很大。考虑到我国目前区域发展不均衡，而且我国二元化社会结构尚未打破，对中西部一些地区来说，低标号水泥仍旧存在很大的市场空间。

除了这两点之外，还有一个最重要的疑问，那就是"仅仅通过取消 32.5 和 32.5R 水泥就能解决当前化解水泥产能过剩，提高建筑物建筑质量和寿命等问题"。

我们先从水泥产品的性质出发。众所周知，水泥不是终端产品，只能算作半成品，而我们最终用到建筑物上是以混凝土的形式所呈现。这其中就牵扯到混凝土的标号问题。所以必须从国家技术标准上相应提高混凝土和钢筋混凝土的标号。

配置混凝土对水泥用量是有要求，不管混凝土强度标准要求是多少，必须要用够一定量的水泥。因为少用水泥后会降低水泥浆对砂子、骨料的包裹性，容易产生分离，影响混凝土的整体性，质量难以保证，同时施工性能比如混凝土的流动性、坍落度等也受影响。

我国当前在建筑中大量采用钢筋混凝土时，提高钢筋混凝土标号，钢筋的标号也要考虑。也就是说，钢筋混凝土的配比对水泥是有要求，对钢筋等级的提高也同样有要求。因此提高我国建筑物和构筑物的质量和寿命，必须建材行业、冶金行业和建筑行业协调联动，形成合力，相互配合，共同发展。

除此之外，我们还要高度重视建筑设计工作，从建筑物和构筑物的设计源头就把采用高标号的混凝土和钢筋混凝土纳入设计之中，从建筑设计规范、施工预算标准、施工验收规范进行修订提高，才能从市场需求端，产生对高标号混凝土和钢筋混凝土的巨大需求，才能使水泥产品和冶金产品向高质量发展。

因此，如果只是提高水泥这一原材料的标准，而对后续环节仍旧采用老标准执行的话，对整个建筑物所呈现出来的整体质量是没有多大变化的，也就是说只有建材行业的"单打独斗"是远远不够的。

这就很好说明了系统工程的重要性。从水泥这一原材料的制备和采购，到混凝土和钢筋的配置，再建筑物和构筑物的设计施工，每一环节都是紧密相连，必须环环相扣，相互配合，才能实现整个建筑物质量的提升。

所以，我呼吁建材行业应该与建筑部门、规划部门、冶金行业联合一起，在国务院的领导下，紧密配合、相互协调，共同为提高我国的建筑物和构筑物的质量、节能减排、发展循环经济而努力。

（蒋明麟：国务院参事）

策　划：本报编辑部
统　筹：刘媛媛
采　写：刘媛媛　李　静　王怡洁　曾蕴琪　毕德鹏
制　图：崔建岐

"复合 32.5"停产倒计时

■本报记者　刘媛媛

32.5 强度等级水泥，是否应该被淘汰，在水泥行业的争论已有时日。鼓励生产高标水泥，尽可能降低 32.5 强度等级水泥的产量，也早在水泥行业达成了初步共识。

但是，究竟是将所有 32.5 水泥全部淘汰，还是某个品种率先淘汰，还是分区域一步步淘汰，还是全国一刀切等等疑问，却始终没有形成统一的意见。

去年 10 月 15 日，《关于化解产能严重过剩的指导意见》（后简称《指导意见》）公布，将复合 32.5 强度等级水泥明确列为即将淘汰的落后产能，是在政策的层面上给予水泥行业明确的答复。

尽管，在《指导意见》的全部内容中，"淘汰 32.5 复合水泥"仅仅是其中一句话，却成为《指导意见》出台之后，行业内最为热议的焦点之一。

今年 1 月中旬，工信部在南京召开的"化解水泥、平板玻璃行业产能过剩"的工作座谈会上，作为建材行业主管部门和化解水泥、平板玻璃产能严重过剩矛盾的牵头部门，工信部原材料司着手制定的未来 3 年在化解产能过剩的主要目标和具体实施方案中，再次明确强调要尽快取消 32.5 复合水泥产品标准，原材料司副司长潘爱华在会上也明确表示：复合 32.5 强度水泥作为落后产能将被淘汰已成定局。

在此前后，中国建筑材料科学研究总院完成了 GB175《通用硅酸盐水泥》标准修订(征求意见稿)，其中，不再出现关于"复合 32.5 强度等级水泥"的字眼，这意味着淘汰复合 32.5 强度水泥的工作已经进入具体操作阶段。

可以说，这是水泥行业淘汰落后产能的征途中，将除新型干法窑外的落后生产线在全国范围内大力度淘汰之后，由国家层面下达的对水泥落后产品全面淘汰的明确指令，势必会掀起又一轮全国范围内落后产能淘汰的热浪。

从落后生产线到落后产品淘汰范畴升级

水泥行业的产能过剩，随着时代进步和行业发展，也形成了一条逐步升级的曲线和历史脉络。

上世纪 70 年代开始，全国范围内淘汰立窑等落后生产线，曾是行业人心中最直接也最单一的"落后产能"淘汰准则。

2009 年，国务院 38 号文下达之后，全国水泥立窑等落后生产线的淘汰力度取得了显著成果。到今天，虽然还不能说全国范围内所有落后生产线已全部被消灭，但可以确定的是，立窑等落后生产线的淘汰工作，已经进入收尾阶段。

因此有专家说，目前水泥产能过剩的根本原因，已经不再是立窑等落后生产线所造成的后果。

如今，在新型干法水泥生产线为同一个生产平台上的水泥行业，产能过剩的原因和症结，已经变得日趋复杂，其化解的手段和渠道，也需要多方面全方位展开。

对水泥低标号产品的控制和收缩，将复合 32.5 强度水泥作为新一轮全方位淘汰的落后产能，即是对这个行业课题的一次解答。

从落后生产线的淘汰，到落后产品的淘汰，是一条顺天应时的历史脉络。

如果说淘汰落后生产线，不仅仅有效遏制了上一个历史阶段产能过剩的局面，还使中国水泥行业通过对生产设备的改造而与世界巅峰比肩，那么，淘汰落后产品，则不仅仅是化解当下产能过剩的有力杀手锏，同时，有可能带动水泥行业生产技术与创新能力的再度升级，为传统建材的绿色化转型起到至关重要的推动作用。

淘汰复合 32.5 强度水泥的 N 种原因

淘汰复合 32.5 强度水泥，并不是全部的 32.5 强度水泥都将被淘汰。其中，还有矿渣水泥、粉煤灰水泥和火山灰水泥没有被列位淘汰的范畴，但已经被列入限制的范畴。

其主要原因是，这些 32.5 强度水泥在产品配比上，的确具有强于高标号水泥的消纳工业废渣的作用，在水泥技术尚未升级到工业废渣可以更广泛应用于高标号水泥及其他建材产业的时候，其他 32.5 强度水泥依旧有其存在的历史意义。

这次复合 32.5 强度水泥将被作为落后产能淘汰的政策出台后，部分水泥行业人士心存的疑义之一便是：复合 32.5 强度水泥也同样具备消纳多种工业废渣的作用，为什么要被淘汰？

原因是多方面的，且层层关联。

产量失控　市场价格战频起的祸源

据相关资料记载，目前我国复合 32.5 强度水泥的产量，已经占到了水泥总产量的 60%以上，这已经是目前水泥产能过剩不可忽视的症结所在。

同等数量的熟料产能，也正因为复合 32.5 强度水泥的高掺杂比，会造成持续庞大的水泥产能，按这样的比例继续大规模生产，产能过剩的加剧将无法控制。

有专家算过一笔账，如果按复合 32.5 强度水泥 60%的占比情况看，全国有 30 亿吨的水泥总产量，其中就有 18 亿吨复合 32.5 强度水泥。将这些产能全部转化为高标水泥，则可转化为 14.6 亿吨高标水泥，那么，全国水泥总产能将缩减 3.4 亿吨，占比约 11%。

几年来，水泥市场价格的持续低迷，与低标号水泥的产量剧增有直接关系，而各地的小粉磨站有增无减，大多是在低标号水泥的高掺杂比上做文章。为了抢占市场份额，不惜质量降低成本，同时还能享受到综合利用退税政策，让水泥市场恶性价格战此消彼长。

小粉磨站横行　"拉黑"产品质量

低价竞争的结果，一定会以牺牲质量为代价。复合 32.5 强度水泥的质量关难过，这是存在于水泥行业多年难于解决，且愈演愈烈的绝症。

复合 32.5 强度水泥所具有的高混合材掺杂比的特点，从发展初期倘若能够规范操作与经营，或许并不会成为导致水泥产能过剩、质量下滑的罪魁祸首。

但是，复合 32.5 强度水泥所掺入的众多混合材，从国家标准的制定和实施上，始终存在着繁复、混乱而难于执行。在没有严格国家标准的监督下，复合 32.5 强度水泥"被利用"的结果就是，催生出数量庞大、没有技术含量和道德规范的小粉磨站。

这些小粉磨站生产出来的复合 32.5 强度水泥加剧了质量的低劣和市场的混乱，如此恶性循环，使得复合 32.5 强度水泥的产品质量已出现失控状态，对中国建筑与基建建设，都存在着巨大的安全隐患。

一位水泥专家在几年前就鲜明表示：作为低标号水泥的复合 32.5 强度水泥，原本也可以被良好地生产和应用。由于小粉磨站的无序生产，以及为了降低成本毫无比例地掺杂混合材，这种水泥产品已经被彻底"带坏了"。

不要让消纳工业废渣成为技术升级绊脚石

打着高掺杂比、消纳工业废料的旗号，生产复合 32.5 强度水泥的小粉磨站常年享受着国家利好的退税政策，不但可以有恃无恐地牺牲质量降低成本，也大大阻碍了水泥产品技术的升级与突破。

60%的产量比，意味着众多水泥企业不但不舍得放弃这块到嘴的"肥肉"，小粉磨站的肆意妄为，也直接影响到一些大中型水泥企业躺在低标号水泥的生产状态中不思进取，既能享受国家退税政策，又可以通过低标号水泥占足市场份额，也就无需为高标号水泥的研发与创新加大生产动力，这也是导致当下高标号水泥产品明显不足，技术含量难于突破的一道厚重的意识屏障。

消纳工业废渣和生活垃圾，做好协同处置，减少对生态资源的浪费，对于水泥行业而言，是一条永无止境的创新之路。但这条创新之路不可能仅仅停留在以低标号水泥为主流的生产状态中。

在复合 32.5 强度水泥作为落后产能将被淘汰时，有一位行业人士曾发出这样的质问：国家倡导利用水泥生产要消纳工业废渣，从水泥产品来说，复合 32.5 强度水泥的混合材掺比最高可以达到 50%，如果取消，水泥生产将如何消纳工业废渣？

这个问题正是对整个水泥行业的拷问。目前，在国内，32.5 强度水泥的混合材掺杂比一般可以在 20%~50%之间，而 42.5 强度水泥的混合材掺杂比不能高于 15%，水泥产品标号越高，混合材掺杂比就会越低。

即便高标水泥的混合材配比相对偏低，但当高标号水泥占据足够的市场容量，其消纳工业废料的利用率，也将得到相应的提升，并且，是在不影响质量的情况下，可以采用合理规范的方式开展协同处置。

在这里，另一个疑问萦绕心间，水泥行业消纳工业废料及生活垃圾，究竟能不能通过对水泥生产线的技术改造与创新升级，通过科学的方式加大高标水泥的混合材掺比力度？

解答这个疑惑，或许需要时间。

淘汰落后产品　倒逼水泥行业推进绿色大计

大力发展绿色建材，是当前建材行业的另一大首要任务，淘汰复合 32.5 强度水泥对发展绿色建材，实现建材的绿色产业化，也是一步必要举措。

复合 32.5 强度水泥可以大量消纳工业废渣，但是，未来当绿色建材的发展进一步形成规模和产业化时，消纳工业废渣的任务就不止压于水泥工业的身上，因为复合 32.5 强度水泥被淘汰而滞留的大量工业废渣，一部分可以通过提高高标水泥的市场占有率得到合理分配，另一部分，则可以应用于多种绿色建材生产的环节中。

也就是说，未来，新型绿色建材也要承担起消纳工业废渣和城市垃圾的重担，复合 32.5 强度水泥以高掺杂比为存在的理由已难以成立。

> 下转 2 版

“复合 32.5”停产倒计时

■本报记者　刘媛媛

32.5 强度等级水泥,是否应该被淘汰,在水泥行业的争论已有时日。鼓励生产高标水泥,尽可能降低 32.5 强度等级水泥的产量,也早在水泥行业达成了初步共识。

但是,究竟是将所有 32.5 水泥全部淘汰,还是某个品种率先淘汰,是分区域一步步淘汰,还是全国一刀切等等疑问,却始终没有形成统一的意见。

去年 10 月 15 日,《关于化解产能严重过剩的指导意见》(后简称《指导意见》)公布,将复合 32.5 强度等级水泥明确列为即将淘汰的落后产能,是在政策的层面上给予水泥行业明确的答复。

尽管,在《指导意见》的全部内容中,“淘汰 32.5 复合水泥”仅仅是其中一句话,却成为《指导意见》出台之后,行业内最为热议的焦点之一。

今年 1 月中旬,工信部在南京召开的“化解水泥、平板玻璃行业产能过剩”的工作座谈会上,作为建材行业主管部门和化解水泥、平板玻璃产能严重过剩矛盾的牵头部门,工信部原材料司着手制定的未来 3 年在化解产能过剩的主要目标和具体实施方案中,再次明确强调要尽快取消 32.5 复合水泥产品标准,原材料司副司长潘爱华在会上也明确表示:复合 32.5 强度水泥作为落后产能将被淘汰已成定局。

在此前后,中国建筑材料科学研究总院完成了 GB175《通用硅酸盐水泥》标准修订(征求意见稿),其中,不再出现关于“复合 32.5 强度等级水泥”的字眼,这意味着淘汰复合 32.5 强度水泥的工作已经进入具体操作阶段。

可以说,这是水泥行业淘汰落后产能的征途中,将除新型干法窑外的落后生产线在全国范围内大力度淘汰之后,由国家层面下达的对水泥落后产品全面淘汰的明确指令,势必会掀起又一轮全国范围内落后产能淘汰的热浪。

从落后生产线到落后产品　淘汰范畴升级

水泥行业的产能过剩,随着时代进步和行业发展,也形成了一条逐步升级的曲线和历史脉络。

20 世纪 70 年代开始,全国范围内淘汰立窑等落后生产线,曾是行业人心中最直接也最单一的“落后产能”淘汰准则。

2009年,国务院38号文下达之后,全国水泥立窑等落后生产线的淘汰力度取得了显著成果。到今天,虽然还不能说全国范围内所有落后生产线已全部被消灭,但可以确定的是,立窑等落后生产线的淘汰工作,已经进入收尾阶段。

因此有专家说,目前水泥产能过剩的根本原因,已经不再是立窑等落后生产线所造成的后果。

如今,在新型干法水泥生产线为同一个生产平台上的水泥行业,产能过剩的原因和症结,已经变得日趋复杂,其化解的手段和渠道,也需要多方面全方位展开。

对水泥低标号产品的控制和收缩,将复合32.5强度水泥作为新一轮全方位淘汰的落后产能,即是对这个行业课题的一次解答。

从落后生产线的淘汰,到落后产品的淘汰,是一条顺天应时的历史脉络。

如果说淘汰落后生产线,不仅仅有效遏制了上一个历史阶段产能过剩的局面,还使中国水泥行业通过对生产设备的改造而与世界巅峰比肩,那么,淘汰落后产品,则不仅仅是化解当下产能过剩的有力撒手锏,同时,有可能带动水泥行业生产技术与创新能力的再度升级,为传统建材的绿色化转型起到至关重要的推动作用。

淘汰复合32.5强度水泥的N种原因

淘汰复合32.5强度水泥,并不是全部的32.5强度水泥都将被淘汰。其中,还有矿渣水泥、粉煤灰水泥和火山灰水泥没有被列位淘汰的范畴,但已经被列入限制的范畴。

其主要原因是,这些32.5强度水泥在产品配比上,的确具有强于高标号水泥的消纳工业废渣的作用,在水泥技术尚未升级到工业废渣可以更广泛应用于高标号水泥及其他建材产业的时候,其他32.5强度水泥依旧有其存在的历史意义。

这次复合32.5强度水泥将被作为落后产能淘汰的政策出台后,部分水泥行业人士心存的疑义之一便是:复合32.5强度水泥也同样具备消纳多种工业废渣的作用,为什么要被淘汰?

原因是多方面的,且层层关联。

产量失控 市场价格战频起的祸源

据相关资料记载,目前我国复合32.5强度水泥的产量,已经占到了水泥总产量的60%以上,这已经是目前水泥产能过剩不可忽视的症结所在。

同等数量的熟料产能,也正因为复合32.5强度水泥的高掺杂比,会造成持续庞大的水泥产能,按这样的比例继续大规模生产,产能过剩的加剧将无法控制。

有专家算过一笔账,如果按复合32.5强度水泥60%的占比情况看,全国有30亿吨的水泥总产量,其中就有18亿吨复合32.5强度水泥。将这些产能全部转化为高标水泥,则可转化为14.6亿吨高标水泥,那么,全国水泥总产能将缩减3.4亿吨,占比约11%。

几年来,水泥市场价格的持续低迷,与低标号水泥的产量剧增有直接关系,而各地的小粉磨站有增无减,大多是在低标号水泥的高掺杂比上做文章。为了抢占市场份额,不惜质量降低成本,同时还能享受到综合利用退税政策,让水泥市场恶性价格战此消彼长。

小粉磨站横行 “拉黑”产品质量

低价竞争的结果,一定会以牺牲质量为代价。复合32.5强度水泥的质量关难过,这是存在于水泥行业多年难于解决,且愈演愈烈的绝症。

复合32.5强度水泥所具有的高混合材掺杂比的特点,从发展初期倘若能够规范操作与经营,或许并不会成为导致水泥产能过剩、质量下滑的罪魁祸首。

但是,复合32.5强度水泥所掺入的众多混合材,从国家标准的制定和实施上,始终存在着繁复、混乱而难于执行。在没有严格国家标准的监督下,复合32.5强度水泥“被利用”的结果就是,催生出数量庞大、没有技术含量和道德规范的小粉磨站。

这些小粉磨站生产出来的复合32.5强度水泥加剧了质量的低劣和市场的混乱,如此恶性循环,使得复合32.5强度水泥的产品质量已出现失控状态,对中国建筑与基建建设,都存在着巨大的安全隐患。

一位水泥专家在几年前就鲜明表示:作为低标号水泥的复合32.5强度水泥,原本也可以被良好地生产和应用。由于小粉磨站的无序生产,以及为了降低成本毫无比例地掺杂混合材,这种水泥产品已经被彻底“带坏了”。

不要让消纳工业废渣成为技术升级绊脚石

打着高掺杂比、消纳工业废料的旗号,生产复合32.5强度水泥的小粉磨站常年享受着国家利好的退税政策,不但可以有恃无恐地牺牲质量降低成本,也大大阻碍了水泥产品技术的升级与突破。

60%的产量比,意味着众多水泥企业不但不舍得放弃这块到嘴的“肥肉”,小粉磨站的肆意妄为,也直接影响到一些大中型水泥企业躺在低标号水泥的生产状态中不思进取,既能享受国家退税政策,又可以通过低标号水泥占足市场份额,也就无须为高标号水泥的研发与创新加大生产动力,这也是导致当下高标号水泥产品明显不足,技术含量难于突破的一道厚重的意识屏障。

消纳工业废渣和生活垃圾,做好协同处置,减少对生态资源的浪费,对于水泥行业而言,是一条永无止境的创新之路。但这条创新之路不可能仅仅停留在以低标号水泥为主流的生产状态中。

在复合32.5强度水泥作为落后产能将被淘汰时，有一位行业人士曾发出这样的质问：国家倡导利用水泥生产要消纳工业废渣，从水泥产品来说，复合32.5强度水泥的混合材掺比最高可以达到50%，如果取消，水泥生产将如何消纳工业废渣？

这个问题正是对整个水泥行业的拷问。目前，在国内，32.5强度水泥的混合材掺杂比一般可以在20%～50%之间，而42.5强度水泥的混合材掺杂比不能高于15%，水泥产品标号越高，混合材掺杂比就会越低。

即便高标水泥的混合材配比相对偏低，但当高标号水泥占据足够的市场容量，其消纳工业废料的利用率，也将得到相应的提升，并且，是在不影响质量的情况下，可以采用合理规范的方式开展协同处置。

在这里，另一个疑问萦绕心间，水泥行业消纳工业废料及生活垃圾，究竟能不能通过对水泥生产线的技术改造与创新升级，通过科学的方式加大高标水泥的混合材掺比力度？

解答这个疑惑，或许需要时间。

淘汰落后产品　倒逼水泥行业推进绿色大计

大力发展绿色建材，是当前建材行业的另一大首要任务，淘汰复合32.5强度水泥对发展绿色建材，实现建材的绿色产业化，也是一步必要举措。

复合32.5强度水泥可以大量消纳工业废渣，但是，未来当绿色建材的发展进一步形成规模和产业化时，消纳工业废渣的任务就不止压于水泥工业的身上，因为复合32.5强度水泥被淘汰而滞留的大量工业废渣，一部分可以通过提高高标水泥的市场占有率得到合理分配，另一部分，则可以应用于多种绿色建材生产的环节中。

也就是说，未来，新型绿色建材也要承担起消纳工业废渣和城市垃圾的重担，复合32.5强度水泥以高掺杂比为存在的理由已难以成立。

继续毫无限制的生产低标水泥，对中国混凝土行业的发展将始终是一种羁绊。目前，我国的混凝土强度始终徘徊在C20、C30，也导致大部分中国建筑的寿命要远远低于国际建筑，以至于许多老百姓都喟叹：现代化程度越高，中国建筑的寿命越低。

大力发展绿色建筑的任务向建筑和建材两大行业袭来，这不仅仅是要求所使用建筑材料的绿色程度，更包括了绿色建材所支撑的建筑能够为中国留下更多的百年面孔。

发展高标水泥，继而带动高强度和高性能混凝土产业的发展，这是符合传统水泥行业绿色化发展的清晰脉络。

在发展中国建材绿色化产业的大计之下，复合32.5强度水泥也应该退出历史舞台。

未来 淘汰之路要怎样走

复合32.5强度水泥将被作为落后产能退出历史舞台,已成定局。但是,这个淘汰的过程和操作方式,还相当复杂,不仅仅需要行业人从意识和行动力上突破障碍,更需要科学规划、合理布局,这或许是一个漫长的征程。

目前,关于淘汰复合32.5强度水泥的实施步骤和合理规划,还在商讨和筹划的过程中,因此,对于现阶段行业内所纠结的问题,我们通过收集和整理,试图给相关政府部门、行业协会和领军企业提供更多的启发与思考。

复合32.5强度水泥占据大量的市场份额,“一刀切”的方式是否合适,是不少行业专家和企业家提出的疑问。

比如,中国广大农村建设和偏远区域的基础建设,目前,复合32.5强度水泥的应用率占据主导地位,低标水泥被淘汰,而其他水泥品种的生产力度远远跟不上,这段可能不短的滞留期,将如何保证各种基建项目的进程?逐步淘汰将率先从哪些区域率开始?是需要科学合理的规划和有步骤地实施。

淘汰复合32.5强度水泥,也意味着将有一大批小粉磨站被淘汰出局,这对于大中水泥企业的发展是个利好消息。但是,研发和生产高标水泥的投入成本,每吨产量比低标水泥要多出30~50元钱,按千百吨计算,生产成本将高出几倍。

生产成本的增加,国家退税政策也将随着复合32.5强度水泥的淘汰而有所转变的情况下,如何从金融政策和行政支持的角度给予全新的扶持与帮助,也是在淘汰落后产品的同时,要为企业做好筹划的待解之题。

另外,淘汰复合32.5强度水泥,对于水泥行业发展商品混凝土(商砼)是个绝好政策。如今,众多水泥大企业都已经涉及商砼产业链的延伸,但大多数并未将商砼的发展作为企业发展的重要战略加以研发和创新。

在取消落后产能的同时,如何下大力度将高标水泥、高强度高性能混凝土等绿色产业链做大做强,则是政府、协会、市场和企业共同从各个角度攻克的课题。

尽管在这条淘汰落后产品的路上,还有很多待解之题需要细化和完善,但是,在政策下达的半年时间里,一部分区域和龙头企业已经开始了规划和行动。

青海省省长郝鹏近日在青海省第十二届人民代表大会第三次会议上明确指出,青海省力争在年内淘汰复合32.5强度水泥50%的产能。

以往,新疆水泥行业生产复合32.5强度水泥占比达六成,淘汰复合32.5强度水泥对新疆水泥行业的影响很大,新疆相关政府部门已经对省内水泥企业作出指示,提醒相关水泥企业及早做好应对准备。

此外，广东、广西等水泥行业发展较快的区域，也都针对此政策开始制定规划步骤。

包括海螺、广东塔牌等不少大型水泥企业，都对淘汰复合32.5强度水泥的政策表示支持。他们认为低标水泥是20世纪80年代为了减少水泥短缺、促进发展而降低标准的产物，随着时代的发展，低标号水泥已经没有存在的必要，低标水泥的生产现状，非常不利于产业结构调整和转型升级。

无论从化解现阶段产能过剩的角度，抑或推动行业转型升级的作用，淘汰复合32.5强度水泥都是必然之举。而未来，不仅是复合32.5强度水泥将退出历史舞台，其他低标号水泥产品也同样会在不同的历史时期，成为被淘汰的对象和目标。

淘汰落后、推动先进，冲破旧守、鼓励创新，这是行业前进和发展的规律，也是科学发展观在水泥行业中的具体体现。

2014年，将是复合32.5强度水泥正式走上淘汰之路的起始年。今年，在这条淘汰路上，水泥行业将会走多远？将会取得哪些实质性的成绩？都将是我们持续关注的焦点。

《"复合32.5"停产倒计时》刊于2014年2月21日

其他篇目

◆蒋明麟：发展循环经济需各方协同努力

◆取消"复合32.5"水泥企业怎么看？

◆别让"标号"成为幌子

——从国外水泥发展说开去

◆专家说：师红：取消的时机或许未到

◆取消32.5复合水泥能否化解产能过剩

——高长明：要从源头抓起 加强监管力度

◆刘长发：规范市场 质量为先

关注本组核心报道请扫描二维码

中國建材報

CHINA BUILDING MATERIALS DAILY

国内统一刊号:CN11—0073 邮发代号1—121 国外代号D807

今日四版 第6707号

www.cbmd.cn

2014年7月25日 星期五 农历甲午年六月廿九

经济日报社主管主办

第12届防水展将撬动产业大发展

展会面积比上届增长六成 参展商数量创历史新高

本报讯 记者贺丹报道 "今年市场发展势头不错!展会3天,我们推出了系列营销活动,吸引了几百家代理商排着队签约!"7月19日,在第十二届中国国际屋面和建筑防水技术展览会场馆内,北京蓝硕环科技术有限公司市场部经理付先生兴致勃勃地告诉记者。

就在7月19日,为期3天的第十二届中国国际屋面和建筑防水技术展览会(以下简称"第十二届防水展")在上海世博展览馆落下帷幕。在展会现场,记者看到,来自国内外的250多家防水企业竞相展示新产品,创新营销方式,吸引新客户。

7月17日,第十二届防水展开幕当天,在中国建筑防水协会秘书长苗燕的主持下,原国家建材局局长、中国建筑材料联合会名誉会长张人为,中国建材集团有限公司副总经理马建国,美国屋面工程协会主席瑞奇·纽金特,德国屋面工程协会秘书长鉴瑞·范德维尔特,日本建筑防水材料联合会会长猪野瀰正明,中国台湾防水技术协进会荣誉理事长徐伟志,中国建筑防水协会理事长主席李卫国,中国建筑防水协会理事长朱冬青,中国建筑材料科学研究总院苏州防水研究院院长姜永彪,上海建筑学会会长吴之光出席了展览会的开幕仪式并参观了展会。

2014年是建筑防水行业质量提升成果年,经过连续3年的质量提升工作,防水行业质量建设顶层设计完善,防水产品质量提升工作进入一个新阶段。为此,展会主办方设计了一个特别环节,北京东方雨虹、深圳卓宝、广东科顺、辽宁大禹、广西金雨伞、潍坊宏源、江苏凯伦、唐山德生等"促进建筑防水行业健康发展产业联盟"企业带领业界同仁发起行业自律宣言,向社会发布质量承诺,"不生产、不销售、不使用1平方米不符合国标、行标的劣质和非标产品"。行业的自律行为得到了在场的房地产开发商、总包方、设计院代表的高度赞誉。有人士评价道,防水企业要想营造良好的市场环境,就必须先从解决自身的不规范问题做起。恪守诚信底线,行业才能赢得尊重和发展。

展会工作人员告诉记者,本届展会展览面积2.5万多平方米,比上届展会增长近六成,吸引了来自中国、美国、加拿大、德国、法国、日本、俄罗斯等14个国家和地区的250多家企业参展,创展出面积和参展商数量历史新高。展会是行业发展的晴雨表。连续3年,防水行业工业总产值、销售收入、利润总额和固定资产投资完成额大幅增长,连创历史新高,行业总产值已超过1500亿元。特别是去年,防水行业规模以上企业主营业务收入增长21%,利润总额增长10%。我国防水产业需求势头不减,导致防水企业参展的积极性提高。

作为国际三大防水展之一,第十二届防水展吸引了众多国内外一流的防水企业到场,占据展会显眼位置,展示了新型瓦屋面、单层卷材屋面、金属屋面、种植屋面、保温隔热屋面、轻型坡屋面等在未来有良好发展前景的屋面系统。记者还注意到,本届展会还吸引了很多防水材料原材料、辅料、机械设备、施工配件、包装、产品检测等防水产业的配套企业。防水展实现了从防水制造业到防水全产业链的转变。一位胎基布的供应商告诉记者,防水展几乎涵盖了我国最优秀的防水企业,有着强大的原材料和设备的购买力,这是最吸引他们的地方。

下转4版

优化存量 旧貌换新颜

——记乔龙德会长到中国联合水泥和泰山石膏股份公司调研

本报讯 7月14日至16日,中国建筑材料联合会、中国水泥协会会长乔龙德在中国建材股份有限公司执行董事、副总裁,中国联合水泥集团有限公司董事长崔星太的陪同下,顶着风雨、冒着酷暑,轻车简从、马不停蹄地对中国联合水泥淮海运营管理区(以下简称"淮海区")部分企业和泰山石膏股份有限公司进行调研。中国联合水泥副总经理、淮海区董事长冯耀银,中国联合水泥副总经理、淮海区总裁孙建成,北新集团建材股份有限公司党委书记张乃岭,泰山石膏股份有限公司董事长贾同春陪同参加调研。

所到之处,乔龙德首先深入各企业生产现场,实地调研企业生产运行情况,并先后听取了徐州中联、淮海中联、枣庄中联、鲁南中联、曲阜中联、中联水泥淮海运营管理区和泰山石膏近年来在企业运营、清洁生产、技术改造、装备提升、管理整合、节能减排、行业自律、延伸产业链等各方面的工作汇报。汇报过程中乔龙德对企业每项能耗、排放、经济指标一一进行了仔细询问,并与各企业领导班子成员进行了座谈,肯定了各企业取得的成绩,提出了改进的要求和期望。

在听取徐州中联的汇报后,乔龙德指出,徐州中联在"两化"融合和智能化生产管理方面做得很好,信息化覆盖率90%;劳动生产率先进,特别是徐州中联二线是中国建材自行设计、自主建设的首条万吨线,稳定运行日产可达11500吨,各项运行指标达到世界领先水平;在生产现场管理、环境整洁绿化、节能减排环保等方面都做得很好;经济效益优秀,上半年主营收入利润率达到23%,处于国内较高水平。乔龙德希望徐州中联百尺竿头更进一步,细化对标体系内容,以更高的标准要求自己,打造世界一流的水泥工厂。

在倾盆大雨中来到淮海中联,乔龙德深情地说:"淮海中联是家老国企,曾经经历了坎坷的建设历程。淮海中联面临的主要问题是老国企如何通过持续不断地深化改革来全面实现现代化企业管理。今天我看到了你们的努力始终没有中止过,技术改造和节能减排不断地推进,同时也在不断寻找新的经济增长点,不断与海螺水泥对标、不断与中联水泥兄弟企业对标的做法应该坚持。崔星太董事长讲得很好,'和谐有原则,管理有刚性'!希望你们继续努力,加大国企改革和装备改造的力度,运用机制来实现激励和约束,千方百计地缩短与先进企业的差距,规范管理运营,让老国企焕发新的青春。"

下转4版

每周核心报道

每临大事有静气

■刘媛媛

很多人感慨:"拉豪合并"意味着全球第六次并购浪潮已经拉开序幕。他们疾呼:这一次并购浪潮,对中国水泥行业的发展,是巨大的历史机遇。如果不能成为"弄潮儿",我们可能眼睁睁错过提升行业国际地位的绝好机会。

水泥行业人士的急迫心情,正说明全行业已经深刻认识到了这一事件背后的重要影响和深远意义,更意识到中国水泥企业参与其中,甚至成为"主角"的可能性和紧迫性。

一触即发的激情,是每逢"大事"前必不可少的助燃剂,为的是凝聚士气、振奋精神。就像足球世界杯开赛前,所有参赛国家,几乎全民皆动,为自己的国家队摇旗呐喊、振臂高呼,发起"向大力神杯冲击"的豪言壮语。而一旦开赛,往往是心态越平静、布局越缜密、风格越清晰、配合越自如的球队,越容易杀出重围、顺利出线。这背后是一个团队,经过了长时间集中精力的规划部署、研究磨合。

对于中国水泥行业而言,面对"拉豪合并"的全球效应,已经凝聚起"大赛"前整装待发的气息和氛围。下一步,则需要身处其中的"队员"们,从激动中平静下来,放松心态,冷静思考我们究竟要怎么做,才能在这场并购浪潮中,达到我们自己想要达到的目标。

"每临大事有静气,不信今时无古贤。"清朝帝师翁同龢的名言,阐明了一个道理:从古至今的贤圣之人,往往越是遇到惊天动地之事,越要心静如水、沉着应对。

中国水泥行业,在改革开放30多年高速发展的过程中,从生产产量、技术装备到人才配置等软硬实力,都可以傲然与世界比肩,这为我们以"主角"的姿态迎接第六次全球并购浪潮提供着巨大的支撑力。

不可否认,我们也有不同于全球同行的特殊性。尽管兼并重组的脚步从未停息,目前尚有几千家大大小小的企业并存,产业集中度和国际相比还有不小的差距,产能过剩成为现阶段全行业必须率先卸下的包袱。

在这样的情形下,作为行业的"大家长",中国建材联合会会长乔龙德率先静下心来,语重心长地道出:"拉豪合并"带给我们学习和借鉴的养分,我们一定要因地制宜,结合自己的优势,发挥自己的能动性,取长补短,这才是制胜之本。

今年是国有企业深化改革的开局之年。在水泥行业占据重要位置的国有大企业,如何在深化改革的战略部署中,充分结合或借鉴"拉豪合并"的精髓,同时依据行业和各自企业的发展规律,在改革创新的大趋势下,更好地借助国家政策支持、跨行业协作与社会力量协同,走出一条适合自身发展、契合行业目标、符合资本规律的"并购之路",更需全神贯注、认真研究、仔细琢磨。

在行业兼并重组的道路上率先尝试、走得稳健,早已成为行业楷模的中国建材集团,刚刚成为国家发展混合所有制的试点单位,恰逢其时地赶上全球并购浪潮启幕。"拉豪合并"对中国水泥行业的启示,董事长宋志平已经"静心"思索良久。

或许在不久的将来,以中国建材集团为代表的一批大企业集团,会在心静如水的思索之后,拿出一套属于我们自己的"并购方案",成为轰动全球的经典。

如果说拉法基和豪瑞就像水泥行业中的传统"棋手",快速成长起来的中国水泥"棋手",如何与他们下一盘震惊四座的好棋,比的正是心态与决策。全局在胸,才能棋高一着。

回望产业发展百年路 拉豪世纪并购再探析

谁将打响中国水泥强强联合第一枪

■本报记者 王怡洁

在全球建材工业的发展史上,拉法基与豪瑞合并(以下简称"拉豪合并")无疑成为现阶段续写这部历史最浓墨重彩的一笔,令世界瞩目。

对于深陷产能过剩困局,并处在转型升级关键时刻的我国水泥工业来说,这起世纪并购案,对现阶段及未来中国水泥产业化解过剩、调整结构以及大企业之间的重组合作带来了新的启发和借鉴。

当前,中国正在加速融入全球经济一体化的进程。在我国政府"限制新增产能而鼓励并购重组"的产业政策指导下,以水泥为代表的产能过剩行业的并购浪潮或将不断袭来。未来,我国水泥行业该如何看待现有发展瓶颈,打造真正意义上的"行业航母"?这是当前我国水泥界尤其是大企业应该思索、探讨的课题。

全球水泥工业发展史就是一部大企业集团并购史

纵观世界水泥发展史,自1825年波特兰水泥发明以来,人类已经开始寻找煅烧水泥熟料的工具。从土立窑、回转窑,到湿法回转窑、机立窑,又换代到立波尔窑、悬浮预热器窑,最终开发了窑外分解技术,揭开了现代水泥工业的新篇章。如今,新型干法技术已占据全球水泥工业的90%以上。

历史进程表明,一项新技术的出现往往会催生出一大批新兴企业。

200年来,随着水泥窑的更新换代,水泥生产技术不断融入可持续发展要素。每一次技术更新换代都不是偶然发生,而是全球大企业集团不断研发推广先进技术的结果。

水泥工业发展史好似一部部大企业集团的争霸史,他们随着波特兰水泥的诞生而起步,随着技术的代代更新而雄霸一方,更是随着世界经济一体化的发展,通过上百年的沉淀,不断地兼并重组,而最终享誉全球。

几乎与英国人发明波特兰水泥同时,法国拉法基、德国海德堡相继成立。20世纪的前20年,墨西哥西麦斯、瑞士豪瑞、英国RMC集团、意大利水泥集团成立,随后,爱尔兰CRH、日本小野田、日本水泥也开始崭露头角。

在上世纪80年代以前,欧美发达国家的水泥需求总量占全球总量多数,那时水泥工业处于蓬勃发展时期。这期间,比较有代表性的是拉法基、豪瑞的全球扩张之路。

先看拉法基。自1914年开始,以北非市场的开拓为标志,公司开始了国际业务的发展。1926年,拉法基在英国设立了第一家铝酸盐水泥生产厂。与此同时,拉法基继续在法国本土收购公司,直到成为法国最大的水泥公司。随后的30年,拉法基开始征服欧美。到上世纪60年代末,拉法基已成为加拿大第三大水泥制造商。随着在美国和加拿大的不断购并,Lafarge Coppee成为北美最大的水泥制造企业。上世纪80年代,集团决定扩大其在欧洲的业务,并迅速在德国、西班牙进行投资。

与拉法基相比,豪瑞虽然起步晚了半个多世纪,但它是这个梯队中的后起之秀。1927年,豪瑞开启了全球扩张的第一步——在Tourah建立了埃及第一个现代化水泥厂,但随后在历经经济危机、二战爆发等种种磨难后,豪瑞也经历了这100年间最动荡的10年。走出低谷后,豪瑞开始扩大版图,打入了中东和南非市场,并在20世纪50年代,随着马歇尔计划的提出,进军美洲。上世纪80年代,东欧和亚洲市场也被逐渐重视,进而使豪瑞最终成为世界水泥行业巨头。至此,以拉法基、豪瑞、海德堡等为代表的国际水泥巨头格局基本形成。

但自20世纪80年代后,发达国家由于经济发展速度减缓,生产成本增高和能源消耗、环保要求等各方面原因,水泥生产呈现饱和和缩减态势。于是,这些巨头们开始将国内水泥工业压缩,并向发展中国家转移。进入2000年以后,拉法基、豪瑞、海德堡、太平洋株式会社等跨国集团采取在发展中国家投资或合资建厂以及购买股权的办法,发展国际水泥贸易,甚至销售到本国,满足本国的水泥消费需求。

下转2版

市场主体在发展壮大的过程中,除了内生性的增长外,通过并购实现规模化发展也是重要途径。当市场主体发展到一定阶段就会遇到反垄断问题,在经济全球化的今天,单纯的反垄断法律问题已经让位于更为宏大的经济政策与国家战略,企业的合并与扩张已经不仅仅是法律需要规制的行为,更成为民族资本与全球化资本的博弈平台。

不管拉法基与豪瑞合并的最终结果如何,其所提出的反垄断问题已经为全球的反垄断政策,尤其为我国的反垄断法律规定提供了一个新的思考案例,提醒我们用更为前沿的思维考虑并不仅是法律问题的反垄断规定。

反垄断法不反对企业做大做强

■本报记者 张道营

拉法基与豪瑞的业务遍布全球近百个国家,在15个经营区可能面临反垄断审查,其中包括法国、英国、美国、巴西、加拿大等。合并后的拉法基豪瑞在某些地区的市场份额可能超过50%,反垄断机构介入调查的可能性很大。

为了应对反垄断调查,7月7日,拉法基与豪瑞公布了全球范围的资产剥离计划,法国、德国、英国、加拿大、菲律宾、巴西等均被列入资产剥离名单。其公告表明,两公司并不排除在业务重叠区或应监管机构要求进一步剥离资产的可能性。

拉法基与豪瑞为了应对可能到来的反垄断调查,已经在提前布局,并将采取实质性措施。

两大巨头应对反垄断的策略或许会给进入"航母时代"的中国水泥工业带来某些启示。

反垄断法反的是什么

每当大公司合并,反垄断问题总成为绕不过的坎儿。媒体或公众认知反垄断的理由无非是垄断妨碍市场竞争或有损公共利益。

可口可乐收购汇源案给国内公众普及了反垄断常识,让保护民族工业的理念深入人心。

下转3版

导读

策 划:本报编辑部
统 筹:孟宪江 钟云华 刘媛媛
采 写:刘媛媛 王怡洁 曾蕴瑶 张道营 黄 莹 赵常秋

新闻热线:(010) 57811399
本报邮箱:E-mail: jcb@vip.sina.com

责任编辑:张道营 美术编辑:崔建岐

回望产业发展百年路 拉豪世纪并购再探析

谁将打响中国水泥强强联合第一枪

■本报记者 王怡洁

在全球建材工业的发展史上，拉法基与豪瑞合并（以下简称“拉豪合并”）无疑成为现阶段续写这部历史最浓墨重彩的一笔，令世界瞩目。

对于深陷产能过剩困局，并处在转型升级关键时刻的我国水泥工业来说，这起世纪并购案，对现阶段及未来中国水泥产业化解过剩、调整结构以及大企业之间的重组合作带来了新的启发和借鉴。

当前，中国正在加速融入全球经济一体化的进程。在我国政府“限制新增产能而鼓励并购重组”的产业政策指导下，以水泥为代表的产能过剩行业的并购浪潮或将不断袭来。未来，我国水泥行业该如何看待现有发展瓶颈，打造真正意义上的“行业航母”？这是当前我国水泥界尤其是大企业应该思索、探讨的课题。

全球水泥工业发展史就是一部大企业集团并购史

纵观世界水泥发展史，自 1825 年波特兰水泥发明以来，人类已经开始寻找煅烧水泥熟料的工具。从土立窑、回转窑，到湿法回转窑、机立窑，又换代到立波尔窑、悬浮预热器窑，最终开发了窑外分解技术，揭开了现代水泥工业的新篇章。如今，新型干法技术已占据全球水泥工业的 90% 以上。

历史进程表明，一项新技术的出现往往会催生出一大批新兴企业。

200 年来，随着水泥窑的更新换代，水泥生产技术不断融入可持续发展要素。每一次技术更新换代都不是偶然发生，而是全球大企业集团不断研发推广先进技术的结果。

水泥工业发展史好似一部部大企业集团的争霸史，他们随着波特兰水泥的诞生而起步，随着技术的代代更新而雄霸一方，更是随着世界经济一体化的发展，通过上百年的沉淀，不断地兼并重组，而最终享誉全球。

几乎与英国人发明波特兰水泥同时，法国拉法基、德国海德堡相继成立。20 世纪的前 20 年，墨西哥西麦斯、瑞士豪瑞、英国 RMC 集团、意大利水泥集团成立，随后，爱尔兰 CRH、日本小野田、日本水泥也开始崭露头角。

在20世纪80年代以前,欧美发达国家的水泥需求总量占全球总量多数,那时水泥工业处于蓬勃发展时期。这期间,比较有代表性的是拉法基、豪瑞的全球扩张之路。

先看拉法基。自1914年开始,以北非市场的开拓为标志,公司开始了国际业务的发展。1926年,拉法基在英国设立了第一家铝酸盐水泥生产厂。与此同时,拉法基继续在法国本土收购公司,直到成为法国最大的水泥公司。随后的30年,拉法基开始征服欧美。到20世纪60年代末,拉法基已成为加拿大第三大水泥制造商。随着在美国和加拿大的不断购并,Lafarge Coppee 成为北美最大的水泥制造企业。20世纪80年代,集团决定扩大其在欧洲的业务,并迅速在德国、西班牙进行投资。

与拉法基相比,豪瑞虽然起步晚了半个多世纪,但它是这个梯队中的后起之秀。1927年,豪瑞开启了全球扩张的第一步——在 Tourah 建立了埃及第一个现代化水泥厂,但随后在历经经济危机、二战爆发等种种磨难后,豪瑞也经历了这100年间最动荡的10年。走出低谷后,豪瑞开始扩大版图,打入了中东和南非市场,并在20世纪50年代,随着马歇尔计划的提出,进军美洲。20世纪80年代,东欧和亚洲市场也被逐渐重视,进而使豪瑞最终成为世界水泥行业巨头。至此,以拉法基、豪瑞、海德堡等为代表的国际水泥巨头格局基本形成。

但自20世纪80年代后,发达国家由于经济发展速度减缓,生产成本增高和能源消耗、环保要求等各方面原因,水泥生产呈现饱和和缩减态势。于是,这些巨头们开始将国内水泥工业压缩,并向发展中国家转移。进入2000年以后,拉法基、豪瑞、海德堡、太平洋株式会社等跨国集团采取在发展中国家投资或合资建厂以及购买股权的办法,发展国际水泥贸易,甚至销售到本国,满足本国的水泥消费需求。

经过200多年的发展,如今世界水泥工业完全具备了全球化特征,水泥生产巨头们已然控制了世界40%的水泥工业。无疑,全球水泥工业发展到今天,就是一部国际巨头的并购史。

在这部并购史中,拉豪合并更是标志着一个全新的——水泥行业大企业整合时代的来临,他们或将改变全球水泥工业格局,并向新兴市场和其他落后地区传播新技术和新理念。

列宁说过,当我们还继续把企业作为私器,只关注压缩成本和内部控制时,一个日益深化的企业公民时代却已悄然来临。这时公司不再仅仅是少数人赚钱的工具,而是以一种社会公器的面貌出现。

这些国际水泥巨头们，在一定程度上已经是彻底的“社会公器”，他们在世界范围内配置资源，拥有遍布全球的生产和销售网络，他们的社会责任也不仅仅是为自己的企业创造利润，而是为全社会提供服务。

正是这些“社会公器”在全球范围内的不断兼并扩张，才有力推动了资本的全球流动，促进了水泥产业这一传统重工业的转型升级，一定程度上加快了经济的全球化步伐，乃至影响了整个世界经济的增长。而这些大企业集团的形成，也是全球经济一体化的必然趋势。

“中国速度”融入世界水泥工业的发展浪潮

在全球水泥工业发展史上，中国，作为后起之秀，其发展之快令世界震惊。中国水泥产量已连续多年为世界第一，水泥装备技术也已达到世界领先水平。一位水泥行业老前辈曾说过，我们用30年赶上了欧美发达国家100多年的发展水平，这就是“中国速度”。

可以说，中国水泥工业在各个时期的发展都与当时国际形势紧密相关。

自清朝末年，鸦片战争让世界列强纷纷入侵中国，输入商品，开办工厂，其中包括输入水泥和在中国开办水泥厂。清末的洋务运动中，军事工业和民用工业建设需要大量水泥，促使中国民族水泥工业兴起。20世纪初的日俄战争后，日本水泥资本随日本侵略势力的入侵进入中国，开办了一批日资水泥企业。第一次世界大战中，世界列强热衷于国内战争，无暇顾及对中国的进一步掠夺，中国民族水泥工业乘机获得较大发展。抗日战争期间，沦陷区民族工业遭挫折和破坏，敌后的西南、华中和西北地区由于战争和经济建设需要而产生了一些小水泥厂。

新中国成立后，百废待兴，大兴土木，在计划经济体制时期国家建设了一大批水泥企业，改革开放使中国现代水泥企业纷纷诞生。从1995年开始，我国经济体制从单轨制（统配阶段）迈向双轨制（统配+市场），又最终迈向市场经济体制的转变，这一转变让水泥从此告别了长达45年供不应求的历史。

2001年，中国加入WTO，以全新的姿态融入全球经济一体化的浪潮。我国水泥工业迅速加入到21世纪初的新型干法发展热潮中，本土水泥企业很快得到进一步壮大，并迅速扩张，产量大幅增长，技术进一步提升。

而此时，通过合资新建、并购、控股等方式进入中国水泥市场的国外知名水泥生产商陆续进入。拉法基、豪瑞、海德堡、太平洋株式会社也在这一时期抢占中国市场，与我国本土企业共同竞争。

时至今日,中国水泥工业的发展始终与世界经济形势相融合。而本土企业的发展也在某种程度上受到国际大企业集团的影响,兼并重组在我国水泥工业的发展道路上早已尝试。

其实,早在20世纪初,也就是进入民国时期后,我国水泥工业便开启了兼并重组之路。

那时新兴的中国民族水泥工业逐步壮大,老厂扩建,新厂增多。同时,企业间的而竞争随之产生,有的被兼并,有的则进行短暂的联合。1914年,启新洋灰公司对湖北水泥厂的兼并,是中国水泥史上最早一起市场竞争中的兼并活动,开创了市场经济条件下水泥企业兼并的先例。1926年,中国水泥股份有限公司对正在筹建中的无锡太湖水泥厂的兼并也轰动一时。中国民族水泥工厂在发展初期就发生了两次兼并活动,市场竞争的残酷性可见一斑。

而在时隔半个多世纪后,在新型干法技术的推广浪潮中,我国水泥工业迎来了被业内津津乐道的"黄金十年",一批水泥企业迅速成长,迅速扩张。这期间,中国水泥企业独有的战略思想和规划,变得异常活跃,业内著名的"T型发展战略"也就此开启。所谓"T型发展战略",即在石灰石资源比较丰富的长江两岸,建设大型熟料基地,在经济比较发达的沿海地区建设水泥粉磨站,再通过水路运输,满足了周边地区建设对水泥的需求。

1996年,海螺集团成为这个战略的首个吃螃蟹者。可以说,T型战略成就了如今已成为业内领军企业的海螺集团。在此战略成功后不久,山水集团提出沿胶济铁路东进西扩、南北辐射的发展战略,以及冀东集团提出的稳定华北、拓展东北、开发西北的"三北"地区发展战略,都是从T型战略的基础上延伸出来的路数。

在一个个领军大企业相继崛起的时候,市场经济体系模式已然诞生。

紧接着,以中国建材集团、中国中材集团为代表的大型央企,也在市场经济的社会背景下,开始崛起。自2006年开始,中国建材集团逐步选择目标区域,实行大规模联合重组。在过去的7年中,集团锁定淮海区域、南方区域和北方区域,迅速推进联合重组,打造了对区域市场具有主导权的三大水泥集团,即中联水泥、南方水泥和北方水泥,期间共兼并重组了600多家企业。如今,中国建材集团已连续四年成为"世界500强",今年更是上升至267位,较上一年上升52位,位居全世界建材企业第二位。

今天,在以中国建材集团、中材集团、海螺集团、北京金隅等为代表的大企业集团积极推动下,我国水泥行业的兼并重组取得了一定进展,对提高产业集中度、淘汰落后和维护市场竞争秩序起到了重要促进作用。

面对困境 并购或将是今后我国水泥企业的唯一出路

梳理世界水泥工业和中国水泥工业的发展轨迹,对比中外水泥巨头发展路径,兼并与重组是必然趋势。欧美国际企业在扩张模式上主要通过并购实现企业自身跨越式的发展。与之不同的是,我国水泥企业由于性质、起步路径的不同,在扩张路径上自建与并购两种方式均有,但从长远来看,大企业集团之间走向并购或将是今后我国水泥企业发展的唯一出路。

这一结论并非空穴来风,并购具有扩张速度快、显性成本低、不会新增区域产能的优势,这与现阶段我国水泥工业的发展状况相互依存。

从外部环境来看,此次拉豪合并给了我们很好的启示。自 2004 年以来,水泥巨头们加速提高水泥产能,并不惜一切代价扩张进入新的水泥市场。然而 2007 年的一场全球金融危机,使得建筑业发展低迷,水泥需求下跌。行业内最大的公司,包括拉法基、豪瑞、海德堡与西麦斯开始缩减成本并计划对资产进行重组。

其次,全球的水泥市场也发生着不同变化。新建集团很可能将在新兴市场进行进一步的投资。然而,近期以来,拉法基与豪瑞的投资资金短缺,导致两家公司在主要市场上的市场份额流失。基于此,拉法基与豪瑞迫不及待进行合并,聚拢投资资金,以找回在新兴市场上的市场份额。

根据这些国际形势的变化,我们也能看出,拉豪合并是在顺应全球经济发展大趋势、大背景下达成的交易。在经济全球化进程中,任何企业都必须面对全球性的市场竞争,我国水泥巨头的发展自然也要融入全球经济一体化的浪潮。

再从内部环境来看,虽然中国水泥行业的集中度已从 2008 年前的百分之十几上升到 2013 年的 53%,但与欧美发达国家 80% 左右的集中度相比还有很大差距。

目前来看,我国水泥企业生存问题不大,行业利润水平高于其他工业行业,但当前发展仍面临很大挑战,主要表现为产能过剩矛盾越来越突出。曾有业内专家指出,先进的产能利用率得不到有效利用,将会吞食行业千辛万苦通过技术进步得出的成果,必须通过企业兼并重组优化产业组织结构,才有可能实现优胜劣汰,真正发挥市场竞争机制作用。

事实上,近两年我国水泥市场增速下滑。在这个大背景下,我国水泥行业未来也将进入一个生产平稳增长,结构调整继续深化的周期,这就意味着水泥行业未来的生产将由之前非常快速的增长转为适度的平稳增长,未来的发展方式更加注重质量和效益提升。

当下我国水泥企业水平参差不齐,中小规模企业居多。水泥行业严重过剩的产能致使行业经济效益也出现快速下滑,企业间的竞争也已进入白热化阶段,各地价格拼杀十分惨烈,实现行业转型升级和提高企业综合竞争实力已迫在眉睫。

但同时还要看到,我国水泥行业的兼并重组,需要有破局性的创新,再像以前那样以大吃小、画地为牢的初级并购方式而不去突破,就算不上破局性的重组。拉豪这样的案例,使我们认识到,通过并购提前布局、抢占先机,强强联合是企业并购的更高级阶段,我们也等待着这一全新并购时代的到来。

由此可见,放眼现阶段全球经济和水泥工业的发展脉络,我国水泥行业所面临的结构调整、提高行业集中度问题不仅仅关系到我国水泥行业自身的健康发展,而且更关系到水泥行业本身的战略主导权问题。

当务之急,只有积极推进国内大水泥企业的强强联合,提高水泥行业的整体素质,才能真正提高水泥行业的市场绩效,进而在世界水泥行业之中脱颖而出,为我国与“水泥强国”画上等号。

机遇当前　中国建材集团愿意再做大企业整合的先锋

从产业生命周期来看,我国水泥行业也已经发展到加速整合阶段。随着国家一系列新建生产线严控政策的密集出台,水泥企业通过新建扩产的道路已越走越窄,而国家鼓励兼并重组政策的密集出台,使得企业通过并购重组的方式达到增产扩能的目的越加通顺。在部分区域市场的行业景气度持续低迷情形下,企业经营管理不善带来的成本上升,致使企业缺乏竞争优势,为具有竞争实力的企业创造了良好的并购机遇。

以往,我国水泥行业的兼并重组还停留在“大吃小”的初级阶段,但如今拉豪合并让我们看到强强联合的必要性和可操作性。未来,我国水泥工业的发展要逐渐从初级阶段的兼并重组向高级阶段的强强合并过渡。

欣喜的是,我国水泥巨头们勇于担当这份责任,经过前些年并购实践的摸索,他们已经找到了一些整合、置换、联合的成功经验,并购行为已经日趋理性和成熟。

近期建材行业得到了一个好消息,国资委公布了开展“四项改革”试点名单,六家中央企业纳入首批试点,中国建材集团被列为国资委混合所有制经济和央企董事会行使三项职权的双项试点企业。集团也将按照国资委部署,在建材制造、新型房屋、科技服务、新材料等业务板块选定试点实施单位,深入推进混合所有制。

发展混合所有制是今年国企改革的主要方向。作为国内尝试混合所有制的先行者,中国建材集团的兼并重组早已成为业界典范。

从2006年至今的近十年间,中国建材集团重组联合了近千年民营企业,在淮海地区、东南地区、西南地区均有联合重组的辉煌印迹。截至2013年底,中国建材集团所属企业中,混合所有制企业占85.4%。

可以说,多年来中国建材集团在联合重组上做了大量且艰巨的工作。集团也多次表示,要继续完善联合重组,并且会进一步完成核心区域的联合重组工作,但是像以往这种靠贷款收购的方式基本就不再大规模进行。下一步他们希望能够借鉴拉豪合并的模式,利用存量资产置换、换股参股等方式进行重组。

"拉豪合并为我们提供了很好的一个案例,我国水泥行业的大中企业之间的合并应该提上日程,中国建材集团愿意继续做大企业整合的先锋。如果兄弟企业有这个意愿,我们愿以拉豪合并模式来尝试。"中国建材集团董事长宋志平对强强联合的并购时代充满期待和信心,更体现出中国建材作为世界第二大建材集团的责任和力量所在。

其实,近些年行业内已经开启了大企业竞合时代。虽然没有最终走向合并之路,但这些龙头企业之间强强联手、上下游利益共享、中外合作走向国际等一系列的竞合举措都为突破现有瓶颈,推动行业结构调整做出贡献。

可以说,拉豪合并正在深刻地考验着中国水泥大企业下一步的战略规划和战略眼光。或许现阶段,我国水泥行业要真正实现强强联合还存在各种各样的阻力,但有政府主管部门、行业协会、大企业和媒体的协助和支持,我国水泥工业从竞合走向真正的大企业整合时代必定不会遥远。

国内知名经济学家巴曙松曾说过:中国正在成为全球并购中迅速崛起的并购新力量,中国经济自身的转型也为中国本土的并购活动提供了肥沃的土壤。

在世界经济缓慢复苏的今天,中国经济的高速发展,在一定程度上鼓舞了人们对未来的信心。当中国经济在世界上独树一帜,翩翩起舞之时,中国的企业家们必须开始庞大的并购重组计划。

恰逢此时,拉豪合并为我国水泥工业的兼并重组之路,带来了新的思路和启发。

我们期待在不久的将来,能在中国迎来一个全新并购时代的到来。

《谁将打响中国水泥强强联合第一枪》刊于2014年7月25日

其他篇目

◆反垄断法不反对企业做大做强

◆社评:每临大事有静气

◆“不能等到最困难的时候再去想合并”

——拉豪合并模式在中国落地的瓶颈和端倪

◆西南能否成为强强合并重组的试验田

——三省一市中国建材、海螺、华新、台泥等大企业集团各具整合优势,开始关注合并动向

◆中国水泥能否成为新一轮并购的“弄潮儿”

——从美国并购浪潮透视我国水泥行业兼并重组路

关注本组核心报道请扫描二维码

第五章
共筑产业链条　描绘转型蓝图

任何产业都不会以单一的形态出现，建材行业几十年的发展中也形成了多业态、多产业、多产品的产业链条。每个产业的团结协作、跨界融合形成了如今的建材工业体系。

那么，建材的产业链条如何延伸发展？尤其是在如今这个产业大融合的时代，新技术创造出新产品；新产品延伸出新市场；新市场衍生出新业态，这都是行业转型的巨大推动力，也是建材工业转型升级的重要章节。

产业财富 传媒价值

国内统一刊号 CN11—0073
邮发代号 1—121 国外代号 D807
本报为周六刊（周日休刊）
今日八版
第6136号
2012年8月3日 星期五
www.cbmd.cn

中國建材報

CHINA BUILDING MATERIALS DAILY

经济日报报业集团主管主办

那些和水有关的建筑材料

防水、透水、保水、高水、节水、排水、水处理……

每周核心报道

今年入汛以来，全国尤其是北方地区比常年同期降水明显偏多。华北、西北、东北地区分别比同期均值偏多42%、30%、18%，而北京平均降水量竟比常年同期偏多63%，并由此引发了"7·21"暴雨成灾。今年雨水分布情况的差异，导致众多往年偏旱地区，连续出现多年罕见大雨，从而引起人们的高度重视。

目前，暴雨仍在频发，汛情尚未过去。各行各业已开始思考与水有关的问题，作为与"水"密切相关的建材行业也在反思：建材业在突发水灾到来之前，应该如何排解看不到的隐患？防水、透水等建筑材料在现有技术、能力与产品上，如何保证质量，并得以充分利用？面对"种植屋面"这样的全新防水系统建设课题，如何研发并大力推广？城市透排水设施如何继续巩固并完善？等等，这些已成为建材同仁们普遍关注的话题。

近日，本报记者兵分数路走访了相关企业和专家，采访中记者注意到，业内人士对于水与建筑材料的关系提出较为一致的观点：应把提升现有产品和技术的质量作为首要任务，在对已有资源做合理分配的前提下，从防水、透水等材料出发，真正从源头减少水灾带来的影响和损失。

载舟之水 岂能覆舟

■本报记者 庄郑悦

我国是洪水灾害频仍的国家。据史书记载，从公元前206年至公元1949年中华人民共和国成立的2155年间，大水灾就发生了1029次，几乎每两年就有一次。

在洪灾的侵吞中，大城市不能幸免。据考证，历史上洪水曾五进北京城，天津市曾8次被淹。

近百年来，我国最大洪水至少有四次。一次是建国前，三次为建国后。1931年，长江流域产生了长达1个多月的连绵暴雨，发生了长江全流域大洪水，使得湘赣皖苏桑田变沧海，湖北几乎成了泽国，武汉市区大部分水深数尺至丈余，洪水浸泡3月之久。长江流域受灾面积达15万平方公里，中下游淹没农田5000多万亩。据统计，这次大水灾祸不单行，还伴有其他自然灾害，加上社会动荡，受灾人口达1亿人，死亡370万人，触目惊心。

解放后全国性的大水灾主要有三次，1954年大水灾、1991年大水灾和1998年大水灾。1954年那次全国受灾面积达2.4亿亩，成灾面积1.7亿亩。长江洪水淹没耕地4700余万亩，死亡3.3万人，京广铁路行车受阻100天。

1998年的特大洪水灾害给很多人留下了难以磨灭的记忆，据不完全统计，全国共有29个省（区、市）遭受了不同程度的洪涝灾害，受灾面积3.18亿亩，成灾面积1.96亿亩，受灾人口2.23亿人，死亡3004人，倒塌房屋685万间，直接经济损失达1666亿元。

新中国成立以来，我国政府对于水灾尤其重视。根据《国家防汛抗旱应急预案》，国家防总防汛抗旱应急响应机制共分为四级，从最严重的1级响应，到程度较轻的4级响应，应急、防范的力度各不相同。相应地，各地也有类似的应急预案。一般而言，一个完整的、优质的应急预案，包括责任官员督阵于指挥中枢进行组织协调、事前相关部门对灾情有大致准确的预警（预警分为几大级别）、根据预案转移危险地区群众并及时控制险情等等。另外，也要在事后进行相应的检讨——既要奖励救灾有功者，也要对因工作失误造成损失，或因玩忽职守、失职、渎职等行为延误防汛突发事件处置，在行政乃至在刑事层面处分追责。

下转2、3版

统　筹：刘媛媛 袁 环
采　写：王恺洁 袁 环 庄郑悦 刘媛媛 王忠国 仲西凡
专业指导：尹 舟 李继雄 顾 丹
美术编辑：崔建岐

水，善待并利用着

■本报记者 刘媛媛

在某次和雨有关的电视访谈中，一位专家发言大致的意思是，当上天将雨水合理分配给土地，风调雨顺，万物生长，天地人和。可是，当土地都变成一条条柏油马路，当建筑鳞次栉比将马路分成不同几何图形，那么，土地上就像出现了大大小小的"盒子"，上天降下的雨水，不能马上进入土地，便会让一个个"盒子"变成蓄水池。

那位专家最后解释说，当天与地被无数个"盒子"隔开，天、地、人与自然的对话，人类便成为最重要的沟通渠道。只是从思想上懂得要珍惜水资源，目前对人类来说，已经远远不够，人们必须要学会合理利用并分配水资源，才是永恒的话题。

不只是雨水，每一滴水都是来自于上天的礼物，自然万物的生存离不开水，各行各业的发展同样离不开水。

在材料行业里，关于水的话题，似乎已不新鲜。水，无论作为原料，作为资源，作为参照，作为工具……被加工利用或分配调节的历史，相对而言，很漫长。

以至于一位行内专家，在谈到有关水的材料时，说得铿锵有力："无论是防水材料，还是利用水做成的材料，未来有什么新发展新技术，我想肯定会有的。但是，永远只看到未来的，不重视现有的，说到底，还是在浪费水资源。在重视现有产品、现有技术和现有能力的基础上，注重产品质量，并能真正合理的利用起来，应该是最重要的。"

纵观材料与水的渊源，几乎无处不在的水泥制品，算得上是人们最熟悉的以水为原料之一的建筑材料。更专业一些的说法：水硬性材料，就是生产水泥制品最重要的原材料之一。

除此之外，和水有关的材料和设备，种类无数，绝大多数已经形成庞大的体系和规模，让这个话题显得浩瀚，有些虚渺。

但这位行内专家的话，却是很好的启示，重视现有的技术和产品，并有的放矢地创新，才不枉上天赋予的这份大礼。

"大众化"的专业材料：防水材料和透水材料

大雨之后，防水材料和透水材料成为最"大众化"的专业词语，甚至普通老百姓，也在补习关于防水和透水材料的基本常识。

所谓"水能载舟，也能覆舟"，对于上天赐予的雨水，是礼物还是灾难的第一道防线，就是防水与透水的平衡与有的放矢。

防水材料的体系非常庞大，不仅是城市防水材料或更专业领域的防水材料应用，每个家庭的装修与保护，同样离不开防水材料和防水系统的设计。所以，防水材料对于老百姓而言，是最大众化的专业材料之一。

在传统的防水材料和防水体系的设计中，有一项以前未重视的内容，被提上日程，那就是关于建筑屋顶的防水材料、防水系统和防水方式的设计。

"种植屋面"这个概念，很早就有专家在保护环境的层面上被提出，但从未纳入城市防水体系加以探讨和研究。

今年，各地暴雨连续，很多建筑的屋顶渗水成为雨后的大困惑之一，"种植屋面"也终于从环保的层面上，扩展到城市防水体系的大课题中，成为2012年之后的防水系统大趋势。

7·21北京暴雨之后，北海团城的渗排水能力一夜成名，以至于很多人赞叹老祖宗为后代留下的财富，至今还发挥着引领的作用。

透水材料，最主要的只有一种——透水砖，从古老如团城铺设的倒梯形的青砖，到如今花样翻新的透水陶瓷砖、透水混凝土路面砖等，并由此形成一个完整的透水排水体系。

但在此之前，许多城市使用透水材料并不多，据专家称：透水砖多不似大理石路面或柏油路那么好看有光泽，同时，透水砖大多密度不高，较脆，经不起大型卡车的不断碾压，因此，透水砖的应用力度明显不够。

暴雨过后，透水排水系统受到了高度重视，但开发全新的透水材料不是朝夕之事，在现有的透水材料的开发技术和产品质量上下功夫，恐怕是解城市透水体系燃眉之急的关键。

也有专家认为透水材料是大防水体系中的一部分，透水的目的还是为了防止水灾。总之，防水与透水，对于城市建设而言，的确需要合理利用并统筹配合，才能有效消除"成也雨水，败也雨水"的隐忧。

下转2、3版

本期关注
5~8版专刊
家居周刊

水,善待并利用着

■本报记者　刘媛媛

在某次和雨有关的电视访谈中,一位专家发言大致的意思是,当上天将雨水合理分配给土地,风调雨顺,万物生长,天地人和。可是,当土地都变成一条条柏油马路,当建筑鳞次栉比将马路分成不同几何图形,那么,土地上就像出现了大大小小的“盒子”,上天降下的雨水,不能马上进入土地,便会让一个个“盒子”变成蓄水池。

那位专家最后解释说,当天与地被无数个“盒子”隔开,天、地、人与自然的对话,人类便成为最重要的沟通渠道。只是从思想上懂得要珍惜水资源,目前对人类来说,已经远远不够,人们必须要学会合理利用并分配水资源,才是永恒的话题。

不只是雨水,每一滴水都是来自于上天的礼物,自然万物的生存离不开水,各行各业的发展同样离不开水。

在材料行业里,关于水的话题,似乎已不新鲜。水,无论作为原料,作为资源,作为参照,作为工具……被加工利用或分配调节的历史,相对而言,很漫长。

以至于一位行内专家,在谈到有关水的材料时,说得铿锵有力:“无论是防水材料,还是利用水做成的材料,未来有什么新发展新技术,我想肯定会有的。但是,永远只看到未来的,不重视现有的,说到底,还是在浪费水资源。在重视现有产品、现有技术和现有能力的基础上,注重产品质量,并能真正合理的利用起来,应该是最重要的。”

纵观材料与水的渊源,几乎无处不在的水泥制品,算得上是人们最熟悉的以水为原料之一的建筑材料。更专业一些的说法:水硬性材料,就是生产水泥制品最重要的原材料之一。

除此之外,和水有关的材料和设备,种类无数,绝大多数已经形成庞大的体系和规模,让这个话题显得浩瀚,有些虚渺。

但这位行内专家的话,却是很好的启示,重视现有的技术和产品,并有的放矢地创新,才不枉上天赋予的这份大礼。

“大众化”的专业材料:防水材料和透水材料

大雨之后,防水材料和透水材料成为最“大众化”的专业词语,甚至普通老百姓,也在补习关于防水和透水材料的基本常识。

所谓“水能载舟,也能覆舟”,对于上天赐予的雨水,是礼物还是灾难的第一道防线,就是防水与透水的平衡与有的放矢。

防水材料的体系非常庞大,不仅是城市防水材料或更专业领域的防水材料应用,每个家庭的装修与保护,同样离不开防水材料和防水系统的设计。所以,防水材料对于老百姓而言,是最大众化的专业材料之一。

在传统的防水材料和防水体系的设计中,有一项以前未重视的内容,被提上日程,那就是关于建筑屋顶的防水材料、防水系统和防水方式的设计。

“种植屋面”这个概念,很早就有专家在保护环境的层面上被提出,但从未纳入城市防水体系加以探讨和研究。

今年,各地暴雨连续,很多建筑的屋顶渗水成为雨后的大困惑之一,“种植屋面”也终于从环保的层面上,扩展到城市防水体系的大课题中,成为 2012 年之后的防水系统大趋势。

“7 · 21”北京暴雨之后,北海团城的渗排水能力一夜成名,以至于很多人赞叹老祖宗为后代留下的财富,至今还发挥着引领的作用。

透水材料,最主要的只有一种——透水砖,从古老如团城铺设的倒梯形的青砖,到如今花样翻新的透水陶瓷砖、透水混凝土路面砖等,并由此形成一个完整的透水排水体系。

但在此之前,许多城市使用透水材料并不多,据专家称:透水砖多不似大理石路面或柏油路那么好看有光泽,同时,透水砖大多密度不高,较脆,经不起大型卡车的不断碾压,因此,透水砖的应用力度明显不够。

暴雨过后,透水排水系统受到了高度重视,但开发全新的透水材料不是朝夕之事,在现有的透水材料的开发技术和产品质量上下功夫,恐怕是解城市透水体系燃眉之急的关键。

也有专家认为透水材料是大防水体系中的一部分,透水的目的还是为了防止水灾。总之,防水与透水,对于城市建设而言,的确需要合理利用并统筹配合,才能有效消除“成也雨水,败也雨水”的隐忧。

“专业化”的大众材料:高吸水保水材料

普通老百姓几乎没有人知道什么叫作“高吸水保水材料”,却有可能从小到老都离不开这种材料的帮助。

据了解,高吸水保水材料最早便是应用于婴儿尿布上,因其对人体无刺激,无副作用,不会发生炎症,且具有超强的吸水性能,才会让小宝宝成为这种新型材料的较早用户。

之所以称为新型材料,1974 年,美国农业部北部研究所将淀粉—丙烯腈接枝共聚物进行分解,得到一种高吸水性树脂,这种功能高分子材料,具有吸水能力强、速度快、保水性能高等优点,从此拉开高吸水保水材料的发展序幕。

据了解,这种新型高分子功能材料,可以吸收自重几百倍至几千倍的水,并且再加压下也不脱水。原本创造这类材料的目的是为了改良土壤、治理沙漠、培植植物等农林行业的变革,没想到,却误打误撞地成为人们生活中的必备品。

在国际上不到 40 多年历史的高吸水保水材料,20 世纪 80 年代以后,很快从婴儿尿不湿,扩展到医疗行业,这种材料具备一定的生物适应性,且吸水后形成的凝胶比较柔软,不引起血液凝固等特征,逐步广泛应用于绷带、药棉、创可贴等接触伤口的医疗用品上。

随着高吸水保水材料不断地创新,产品种类不断增加,这类材料应用的范围也越来越广,如今,除了医疗领域外,还应用于石油、矿山、冶金、建筑、环保、日常化学用品、食品等多种工业。

在矿山工业中,高吸水保水材料多用于膨润性堵水剂、地基加固剂、无声膨胀炸药、冲体脱水剂、管道物料输送防离析剂、露天矿路面抑尘剂、煤和硫化矿石自燃的阻燃没火剂、炸药水泥防潮剂等辅助材料。

而在环保工业中,人们正在研究如何应用此类材料来处理污水。另外,该类材料对重金属离子的吸附、整合能力强,可处理重金属离子溶液以便回收贵重金属,因此对冶金、工矿污水、电镀废水等的处理、回收利用有十分重要的价值。

在建筑材料的应用中,高吸水保水材料是很好的止水、隔水材料,多用于管道、设备及阀门垫片,以及作为填缝、堵水、防漏材料应用于建筑建设当中。

也有专家给予了高吸水保水材料新的使命:既要作为耐火被覆材料,又可用作有效的灭火材料,同时,还要用于建筑物结露防止剂、调湿剂和吸水性涂料的制备等。

专家最后总结说:高吸水保水材料在未来,广泛用于建材、建筑的范围会不断扩大,比如,在房屋漏水、墙壁渗水、改造江河、防洪抗灾、光缆和电缆的止水防水等方面,都可以投入实际应用开发研究。

“偏门”的新型材料:高水速凝固结材料

高水速凝固结材料,简称高水材料,20 世纪 80 年代才问世,说是新型材料,并不为过。行业里,已经为高水材料做了一个很精辟的概括,叫作“点水成石”。这也很形象地说明了速凝固结是高水材料的主要特征。

国产高水材料的研发成功,中国矿业大学北京研究生部和中国建材研究院等学院和单位功不可没,如今,已经广泛应用于采矿业的填充技术等方面。

高水材料研发成功以来,中国长城铝业公司水泥厂率先于1992年投入工业性试生产,通过煤矿和金矿的适用,取得不错的效果。于是,长铝水泥厂在30余年生产高铝系列水泥技术的基础上,建成国内最大高水材料生产线。

因为高水材料大多用于矿区,包括采矿工程的巷道支护、壁后充填支护的胶结料,以及堵漏、灭火、锚喷支护等方面。这使得太过专业和偏门的高水材料,似乎和人们的日常生活,像两条彼此望不到的平行线。

事实上,高水材料离人们的生活并不远,尤其是近几年高水材料得到了广泛的应用之后,此类材料完全可以用作紧急抢修道路和临时性建筑材料,此外,研究人员也正在开发高水材料的环保功能,北京水磨石厂,就准备利用高水材料固结排污浆液中的石墨粉,有效处理工业排污,达到治理环境的作用。

还有一些科研部门,正在做着利用高水材料做填湖实验,以及覆盖有放射性尾矿等试验,随着各种实验的铺开,高水材料也许有一天,会摘掉"偏门"的帽子,应用于更为广阔的领域。

诚如一位行内专家所说:"高水材料作为建筑材料的新成员,目前难以预料将会发展到什么地步。当其致命弱点——水化体的风化现象被解决后,我们相信这类材料应用的前景不可想象。"

"平民"的生活材料:节水系列产品

伴着绿色旋律敲开全人类的环保意识和低碳风潮后,节约水资源,已经在老百姓的日常生活中体现无余。节水系列产品变得炙手可热。

节水龙头、节水马桶和节水花洒,是家庭节水系列产品的主要三大部分。这其中,节水龙头的开发历史较长,并且,许多近几年开发的新楼盘,统一安装节水龙头已渐渐成为共识。

诞生于16世纪的水龙头,从最初在王宫充当艺术品,到千家万户的必备生活品,历经几个世纪的发展演变。

最初,国际上对于水龙头的材质要求,主要基于人类健康的考虑。欧美曾规定水龙头的含铅量不能高于2%,且必须要用青铜材质铸造,不能使用回收金属做原料。

新型节水龙头在此基础上,又攻克了几大课题。目前,新型节水龙头多为不锈钢或铜质陶瓷芯片为原材料,使水龙头的开关和水温控制,都由这两片陶瓷芯片前后移动来调节。

出水口配着不锈钢网罩的水龙头比较常见，放出来的水柔和适量，既节约了水，又感觉舒适轻柔。

带有感应系统的水龙头，也属于节水龙头产品，所用于酒店及商场等公共场所中，当感应到手的温度后，水自动出来，手离开后，水即可关掉，大大减少了公共用水的浪费现象。

随着节水龙头日益时尚，目前，各种花色花型的节水龙头宛若艺术品，成为家居装饰不可或缺的组成部分。

某时尚品牌公司下设的 VIP 俱乐部，用的就是表面镀钛金的鸭舌型节水龙头，配合整体装饰效果，画龙点睛。据说造价不菲，每个花销上万元。

上万元的水龙头，虽非普通老百姓日常使用之普及产品，但从侧面也反映出，节水龙头的开发力度，从普通家庭到奢华场所，都有数不清的相对应产品。

节水马桶和节水花洒的普及时间和程度，都较节水龙头稍晚，如今，也渐成大行其道之势，尤以卫浴陶瓷的普及力度最为成功。

北京十里河闽龙陶瓷城，前后多年联合多家在陶瓷城销售的名牌卫浴陶瓷品牌，开展新型节水卫浴陶瓷产品社区大展销，直接将节水陶瓷卫浴搬到各大社区内，现场购买现场安装，价格较市场价略有优惠，据说效果相当好，买节水卫浴的老百姓络绎不绝。

除此之外，据市场调查，关于节水马桶，其翻新的花样越来越多，比如气压节水马桶，无水箱节水马桶，废水再利用式节水马桶等。

当节水成为全社会的习惯，这份上天赐予人类的礼物，便可取之不尽，润泽后代。

“潜伏”的城市材料：排水系统与材料

7 月 21 日，北京国安主场对杭州绿城的中超比赛在滂沱大雨中如期举行，数万球迷现场见证了工体球场强大的排水功效。

据工体相关人士介绍，兴建于 1959 年的工体，经过 2008 年和 2011 年两次系统改造，排水系统得到了极大加强，除了疏通原有的排水系统外，还铺设了新的排水渠道。

今年 3 月，工体的工人们还在为新装修的下沉式替补席解决排水问题，待到夏季雨水增加时，工体整体的排水系统建设已经趋于完善。

一些新型高尔夫球场的排水系统改造，被称为毛细透排水带(管)系，据说是目前世界上最先进的新型改良性能透排水材料。

这种新型透排水材料，巧妙利用大自然原有机制及物理现象，设计出的一套模拟大自然生态机制，防堵塞和水土流失。促进排水且成本低、易施工，突破了传统思维的透排水材料。

据相关专家介绍,这类毛细透排水带(管)系,可以广泛应用于铁路、公路、市政道路、桥梁、建筑景观、运动场等各种排水防渗工程,有可能成为未来排水设施的有力武器之一。

综上所述,国内排水系统普遍做得较好的地带,非运动场莫属,无论是改造原有的排水系统设施,还是应用全新排水技术与产品,都可以看得出,建设运动场的首要任务,就是解决球场中的排水问题,并形成一个完整的排水体系。

而正如专家所言,这些被运动场率先应用,并取得良好成效的排水系统,也可以沿用于城市排水体系当中,在尝试采取新排水技术、设备和材料的同时,如何改造现有的排水系统,是城市未来发展的重中之重。

尤其对于华北、西北等相对干旱的地区,趁着今年大量雨水的入侵,着手改造现有的排水管道、设备和材料,必须当机立断。

“其实排水系统的改良和完善,材料是关键,意识和思维更是关键,必须先想到看不见的排水隐患,才能有针对性地改良排水系统。”这位专家很客观地总结。

“多变”的洁水材料:水处理工艺与技术

我们能不能直接喝水龙头里流出的自来水? 我们的生活用水将通过怎样的方法和工艺达到无菌无污染,对人体有益? 大量储存的雨水要如何利用? 工业污水是否成为污染环境的病原体……

这些问题可以交给水处理工艺去解决,常见水处理包括污水处理和饮用水处理两大类,也就是通过物理和化学手段,处理掉水中一些对环境和人类有伤害的有害物质的过程。

国内目前的水处理工艺与技术,已经不在国际之下,而普遍的问题在于,污水处理厂的处理能力与污水量不配套。

据相关专家举例:北京最大的污水处理厂的设计处理能力是每天100万吨,而这只是污水的处理量,如果再加上大量的雨水,势必会造成超设计能力的外排现象。

而一些规模较小的污水处理厂,还没有规划雨水的处理量。据专家介绍:目前为止,中国还没有城市污水处理厂在规划时考虑到雨水的处理量和收集用地。他强调,这不是技术和工艺的问题,而是规划的问题。

就目前的情况,专家也给出了弥补的办法:一是在污水处理厂周围征地,扩大处理能力;二是通过管网将雨污混合水引到其他地方,再新建调蓄池储存处理。

水之载舟与覆舟,建筑材料是关键所在,如果说使用什么样的材料与水配合早已被行内人所掌握，那么，目前要做的，就是善待水资源的同时，真正做到合理充分地利用和分配水，和那些与水有关的建筑材料。

《那些和水有关的建筑材料》刊于 2012 年 8 月 3 日

其他篇目

防水篇：

◆载舟之水　岂能覆舟

◆建筑“呛水”之后的防不胜防

◆离开质量的防水创新是一纸空谈——访北京东方雨虹防水材料有限公司市场总监蒋凌宏

透水篇：

◆“种植屋面”推广正当时——访中国建筑防水协会理事长朱冬青

◆透水材料驱散“热岛效应”

◆废弃陶瓷的透水功效——记福建耀中建材实业公司的透水材料研发

水处理篇：

◆城市应尽可能减少“死亡性路面”

家居篇：

◆水之永续

国际篇：

◆家装要练“避水剑”功夫

◆放眼看看水世界

◆防水物 VS 水物

关注本组核心报道请扫描二维码

国内统一刊号:CN11—0073
邮发代号 1—121 国外代号 D807
本报为周六刊(周日休刊)
今日八版
第6443号
2013年8月23日 星期五
农历癸巳年七月十七
www.cbmd.cn

产业财富 传媒价值

中國建材報

CHINA BUILDING MATERIALS DAILY

经济日报社主管主办

牢记"两个务必" 坚决反对"四风" 打造领导干部过硬作风

中国建材集团党委中心组赴西柏坡开展学习研讨

国资委督导组全程指导 宋志平发言通报听取意见环节开展情况

本报讯 为把党的群众路线教育实践活动学习教育不断引向深入,8月17日~18日,中国建材集团在西柏坡开展了党委中心组(扩大)群众路线集中学习研讨活动。冒着42摄氏度酷暑参观了西柏坡纪念馆和革命旧址,聆听了专家讲座,召开了集中学习研讨会等。国资委第五督导组尹凌青处长全程指导活动开展。集团全体领导班子成员、集团党委直接管理在京企业党政主要负责人、集团总部中层正职以上干部参加了学习活动。这次活动时间特意选在周末两天,目的是为了确保生产经营和教育实践活动"两手抓、两不误、两促进",同时为了增强集团领导干部"挤时间"学习的意识,以实际行动改学风、转作风。

在党委中心组(扩大)集中学习研讨会上,集团公司党委书记、董事长宋志平主持会议并作中心发言,集团公司总经理、党委副书记姚燕,其他领导班子成员和与会代表作了交流发言。尹凌青对此次学习活动进行了点评,充分肯定集团党委在教育实践活动中花了心思,下了功夫,有了实效,能够创新学习形式,紧密结合实际,学习教育深入扎实开展。

宋志平在讲话中通报了集团公司教育实践活动学习教育与听取意见环节各项工作的开展情况。就此次西柏坡集中学习研讨,畅谈了四点学习体会:一是群众路线是党取胜的根本法宝。党的力量来自于群众。解放战争三大战役的胜利,都是源于人民群众的支持。党正是充分依靠群众,始终将人民群众的利益放在第一位,才赢得人民拥护,获得强大支持。要牢记党的宗旨,全心全意为人民谋利益。二是党时刻保持艰苦奋斗的优良作风,西柏坡简陋的作战指挥部和领导人旧居、土改会上席地而坐、毛主席不准给他过生日,周总理"两个馒头一杯水"的加班餐,七届二中全会作出的"六条规定"等等,都充分体现了党的老一辈革命家艰苦奋斗,与群众鱼水情深的优良传统。特别是毛主席提出"两个务必"的著名论断,寓意深远,告诫全党从革命党向执政党的转型中,务必继续保持艰苦奋斗、戒骄戒躁,对今天具有十分重要的现实意义。作为党员干部,更不能丢掉艰苦奋斗的本色。三是良好的政治生活。党的领导人之间、上下级之间真诚相待、平等相处。大家一起工作,一起吃饭,没有形式主义、官僚主义。党的政治生活很平等、很民主、很健康,组织充满活力。四是西柏坡时期党关于中国经济结构五种经济成分的构想,在当今社会经济发展中得到充分印证。

宋志平结合中国建材集团发展实际,重点阐述了集团在新的发展时期坚持和发扬"两个务必"的现实意义。他说,集团近年来实现了跨越式发展,取得了瞩目的成绩,正是依靠广大职工群众,点燃了职工群众心中的火,大家同甘共苦、群策群力,形成了推动集团发展的强大合力,集团发展的每一步都离不开职工群众的支持,我们没有理由脱离群众,不关心群众,我们不能忘本。同时,集团通过联合重组快速发展,职工队伍已达16万余人,干部职工的行为习惯和作风养成也不均衡,更需要我们时刻牢记"两个务必",不断提高思想认识和道德觉悟。他对照"两个务必"的要求,剖析了集团领导班子和自身在"四风"方面存在的问题。

宋志平对开展教育实践活动提出四点要求。一是要切实提高思想认识,抓住千载难得的机会,把活动做实做好;二是各级领导干部要认真学习对照,边学习,边思考,边对照,彻底达到思想净化,作风转变的目的,以崭新的形象带领企业发展;三是要继续深入贯彻中央八项规定精神和反对"四风"的要求,打造集团领导干部过硬作风;四是要以活动开展推动企业发展,促进各项工作再上新台阶。

集团领导班子成员、在京企业主要负责人代表围绕"牢记'两个务必',坚决反对'四风',打造中国建材集团领导干部过硬作风"的主题分别畅谈了学习体会。大家结合企业发展和自身实际,对照"两个务必"和"四风"表现进行了

深刻的自我剖析和深度的沟通交流。

活动还邀请了西柏坡纪念馆研究员赵福山老师作专题讲座。赵福山讲授了党在西柏坡的光荣历史和革命精神,讲课脉络清晰,史料翔实,语言生动,再现了当年的历史场景,使大家受到一次深入系统的党性教育,增强了党性意识和宗旨意识,对党的群众路线和"两个务必"有了更为深刻的理解和体会。

活动期间,大家冒着42摄氏度的酷暑参观了西柏坡纪念馆和中共中央旧址,在"五大书记"铜像前敬献了花篮。观看了记录全国土地会议和三大战役等珍贵的史料片。通过此次活动,大家思想受到很大触动,学习教育受益匪浅,一致表示,要继承和发扬党的优良传统和革命精神,牢记"两个务必",切实改进作风,团结带领广大职工群众为建设又强又优、世界水平跨国建材企业而奋斗。 (中 建)

每周核心报道

全行业经历大洗牌过程

岩棉 未来是美好的

从公消(2011)"65号文"到"350号文"的突变,岩棉行业历经从盛夏到寒冬的考验,从今年上半年开始,岩棉企业增幅迅速,大企业的利润同比平均下降30%~50%,小企业更是举步艰难,朝不保夕。

众多企业经营者表示,这还不是最困难的时候,今年下半年和明年将是岩棉行业的最寒时期,岩棉行业将全方位经历大洗牌过程。

但是,众多行业人士冷静分析,岩棉行业经历大洗牌过程,对行业发展却未必是坏事,有利于促进行业完善标准和规范,调整产业结构,提升技术指标,优化市场竞争体系,同时,进一步加强社会认知度。

只不过,这段艰难的大洗牌过程,可能时间漫长,阵痛难耐,岩棉行业的领军企业要有抵御风浪,并引领行业的应对能力和社会责任。

本报集合采编力量,分兵几路前往上海、南京、河北等地,采访众多岩棉企业家和行业领导专家,在岩棉行业正式跨入大洗牌的历史发展阶段,以业内权威媒体的专业态度和影响力,试图解开这个朝阳行业的困顿之惑,并通过大量分析和访谈找出解决之道,为行业渡过寒潮迎接朝阳助一臂之力。

策 划:本报编辑部
统 筹:路 平 刘媛媛
采 写:刘媛媛 王怡洁 曾嘉瑶
摄 影:曾嘉瑶
制 图:崔婧峻

■本报记者 刘媛媛

2011年3月4日,公安部消防局在上海胶州路公寓"11·15"和沈阳皇朝万鑫大厦"2·3"大火之后,下发了《关于进一步明确民用建筑外保温材料消防监督管理有关要求的通知》,通称公消(2011)"65号文"。

通知明确要求,建筑外墙保温材料必须使用防火级别达到A级的不燃材料。通知一出,立即使原先并不被熟知的岩棉材料成为全社会焦点,岩棉行业进入了一个极为红火的阶段,全国各地的大小岩棉厂迅速上位。据官方统计,仅一年时间里,年产2万吨及以上产能在2012年全年约170万吨,至2013年前4个月产能竟然已达188万吨。

2012年12月3日,公安部消防局又下达《关于民用建筑外保温材料消防监督管理有关事项的通知》,通称"350号文",决定取消执行"65号文"。

一石激起千层浪,在短短两年多的时间里,岩棉行业可谓从盛夏直逼寒冬。今年上半年,整个岩棉行业经历了极为难熬的日子,这期间新建生产线的岩棉企业,甚至还来不及投产,就几近破产。而众多行业领军企业的经营者,亦对下半年和明年的岩棉市场不看好,认为未来一段时间的市场形势将更加吃紧。

在国家政策导向的大背景下,岩棉行业突遇寒潮的根本原因究竟在哪里?众多有实力的企业经营者和行业专家以相对客观的态度面对和反思,并乐观预测,寒潮过后,岩棉行业将进入一个新的阶段。

政策引导下 更需行业自律

岩棉行业遭遇寒冬,已不是第一次。第一波寒潮出现在上世纪80年代,岩棉作为新鲜事物刚刚进入中国建材领域的时候,那一次受到冲击的绝大多数都是国有企业,如今已所剩无几。

这一次二度寒流的侵袭,则将影响一大批民营企业,尤其是在"65号文"之后新上线的民营企业。不过,这一次的震荡,从目前看是全方位的,包括行业龙头企业和外资企业,都受到不小的冲击。

有经营者将其归结于相关国家政策的变化之快,岩棉行业的一条生产线,从建设到投产,至少需要一年多时间,而从"65号文"到"350号文"的变化,也只有一年多的时间。也就是说,很多投资千万甚至上亿元的新建生产线,尚未投产,政策已经发生了变化。

"应该客观看待这个问题。"南京恒翔保温材料制造有限公司销售经理陈凯说:"'65号文'的下达,在一定程度上极大地推动了岩棉在全社会的认知度和关注度,这个行业因此而告别了默默无闻的阶段,这是对行业发展有利的一面。"

这个观点在行业内是有强烈共鸣的。第一波寒潮倒闭了一批国有企业,似乎在整个建筑领域中没有掀起太多波澜,以一些企业家的话说,没有"65号文",可能没有这么多企业上线,但是,岩棉这个当初被国家引进要用于建筑领域保温的产品,也没有舞台去施展拳脚。

纵观岩棉行业两次寒潮的共同特点,都存在着投机性行为严重、市场混乱、恶性价格战频起,假冒伪劣充斥,新建线盲目无序等现象。

从第一波寒潮经历过来的中国绝热节能材料专家委员会主任王文义曾这样描述20多年前的景象:国家相关部委号召将国际先进保温产品岩棉引进中国,用于建筑保温材料,但是相关的技术、政策和社会认知度滞后,导致一大批生产劣质高污染的劣质矿棉充斥市场,打压价格,不仅造成大批国有企业倒闭,岩棉在社会的"第一印象"也打下了不良烙印。

"岩棉行业在第一次高潮后走入低潮,'65号文'带动行业第二次高潮,我们一直担心再遇低潮,这种起起伏伏的状态,不仅是企业的损失,也是国家的损失。"王文义说。

此话很快被言中,"65号文"的出台,原本可以让一直不温不火的岩棉行业大展拳脚,却不料加速了一些岩棉工厂的新建速度,在岩棉的社会认知度尚浅,行规和标准尚未规范之时,将行业拖入产能过剩的边缘。

"我们必须承认,这一次的低谷,也有行业自身的问题。"中国绝热节能材料协会常务副会长胡小媛说:"岩棉行业虽小,但投资成本大,技术含量较高。投资岩棉行业,不可能是短期行为,进入需要有一定的资金实力、技术实力和核心竞争力,如果准备不足,贸然进入会在突发情况下措手不及。"

行业规范中 社会意识需提升

"'350号文'的出台,也需要客观理解。一方面,是给予岩棉等无机材料与EPS等有机材料一个公平竞争的平台;另一方面,也促使了岩棉行业经历真正大洗牌过程。这个过程会很痛苦,将有一批企业被淘汰出局。"上海新型建材岩棉有限公司总经理倪建华说。

最困难的是,作为一个新兴行业,要建立行业自律的一系列国家级规范和标准,提高准入门槛;要通过技术改进改变岩棉产品自身的不足;要通过市场良性竞争,优胜劣汰,更要带动社会意识的提升,严防建筑领域因价格而选择不当。

所有的事情,都需要在这个寒潮时期同时启动,岩棉行业的大洗牌,是一项复杂艰巨的系统工程。

下转4版

全行业经历大洗牌过程
岩棉　未来是美好的

■本报记者　刘媛媛

从公消(2011)“65 号文”到“350 号文”的突变,岩棉行业历经从盛夏到寒冬的考验,从今年上半年开始,岩棉企业增幅迅速,大企业的利润同比平均下降 30%~50%,小企业更是举步艰难,朝不保夕。

众多企业经营者表示,这还不是最困难的时候,今年下半年和明年将是岩棉行业的最寒时期,岩棉行业将全方位经历大洗牌过程。

但是,众多行业人士冷静分析,岩棉行业经历大洗牌过程,对行业发展却未必是坏事,有利于促进行业完善标准和规范,调整产业结构,提升技术指标,优化市场竞争体系,同时,进一步加强社会认知度。

只不过,这段艰难的大洗牌过程,可能时间漫长,阵痛难耐,岩棉行业的领军企业要有抵御风浪,并引领行业的应对能力和社会责任。

2011 年 3 月 4 日,公安部消防局在上海胶州路公寓“11 · 15”和沈阳皇朝万鑫大厦“2 · 3”大火之后,下发了《关于进一步明确民用建筑外保温材料消防监督管理有关要求的通知》,通称公消(2011)“65 号文”。

通知明确要求,建筑外墙保温材料必须使用防火级别达到 A 级的不燃材料。通知一出,立即使原先并不被熟知的岩棉材料成为全社会焦点,岩棉行业进入了一个极为红火的阶段,全国各地的大小岩棉厂迅速上位。据官方统计,仅一年时间里,年产 2 万吨及以上产能在 2012 年全年约 170 万吨,至 2013 年前 4 个月产能竟然已达 188 万吨。

2012 年 12 月 3 日,公安部消防局又下达《关于民用建筑外保温材料消防监督管理有关事项的通知》,通称“350 号文”,决定取消执行“65 号文”。

一石激起千层浪,在短短两年多的时间里,岩棉行业可谓从盛夏直逼寒冬。今年上半年,整个岩棉行业经历了极为难熬的日子,这期间新建生产线的岩棉企业,甚至还来不及投产,就几近破产。而众多行业领军企业的经营者,亦对下半年和明年的岩棉市场不看好,认为未来一段时间的市场形势将更加吃紧。

在国家政策导向的大背景下,岩棉行业突遇寒潮的根本原因究竟在哪里? 众多有实力的企业经营者和行业专家以相对客观的态度面对和反思，并乐观预测，寒潮过后，岩棉行业将进入一个新的阶段。

政策引导下　更需行业自律

岩棉行业遭遇寒冬，已不是第一次。第一波寒潮出现在20世纪80年代，岩棉作为新鲜事物刚刚进入中国建材领域的时候，那一次受到冲击的绝大多数都是国有企业，如今已所剩无几。

这一次二度寒流的侵袭，则将影响一大拨民营企业，尤其是在“65号文”之后新上线的民营企业。不过，这一次的震荡，从目前看是全方位的，包括行业龙头企业和外资企业，都受到不小的冲击。

有经营者将其归结于相关国家政策的变化之快，岩棉行业的一条生产线，从建设到投产，至少需要一年多时间，而从“65号文”到“350号文”的变化，也只有一年多的时间。也就是说，很多投资千万甚至上亿元的新建生产线，尚未投产，政策已经发生了变化。

“应该客观看待这个问题。”南京恒翔保温材料制造有限公司销售经理陈凯说：“‘65号文’的下达，极大地推动了岩棉在全社会的认知度和关注度，这个行业因此而告别了默默无闻的阶段，这是对行业发展有利的一面。”

这个观点在行业内是有强烈共鸣的。第一波寒潮倒闭了一批国有企业，似乎在整个建筑领域中没有掀起太多波澜，以一些企业家的话说，没有“65号文”，可能没有这么多企业上线，但是，岩棉这个当初被国家引进要用于建筑领域保温的产品，也没有舞台去施展拳脚。

纵观岩棉行业两次寒潮的共同特点，都存在着投机性行为严重、市场混乱、恶性价格战频起，假冒伪劣充斥，新建线盲目无序等现象。

从第一波寒潮经历过来的中国绝热节能材料专家委员会主任王文义曾这样描述20多年前的景象：国家相关部委号召将国际先进保温产品岩棉引进中国，用于建筑保温材料，但是相关的技术、政策和社会认知度滞后，导致一大批生产劣质高污染的劣质矿棉充斥市场，打压价格，不仅造成大批国有企业倒闭，岩棉在社会的“第一印象”也打下了不良烙印。

“岩棉行业在第一次高潮后走入低潮，‘65号文’带动行业第二次高潮，我们一直担心再遇低潮，这种起起伏伏的状态，不仅是企业的损失，也是国家的损失。”王文义说。

此话很快被言中,“65 号文”的出台,原本可以让一直不温不火的岩棉行业大展拳脚,却不料加速了一些岩棉工厂的新建速度,在岩棉的社会认知度尚浅,行规和标准尚未规范之时,将行业拖入产能过剩的边缘。

“我们必须承认,这一次的低谷,也有行业自身的问题。”中国绝热节能材料协会常务副会长胡小媛说:“岩棉行业虽小,但投资成本大,技术含量较高。投资岩棉行业,不可能是短期行为,进入需要有一定的资金实力、技术实力和核心竞争力,如果准备不足,贸然进入会在突发情况下措手不及。”

行业规范中　社会意识需提升

“‘350 号文’的出台,也需要客观理解。一方面,是给予岩棉等无机材料与 EPS 等有机材料一个公平竞争的平台;另一方面,也促使了岩棉行业经历真正大洗牌过程。这个过程会很痛苦,将有一批企业被淘汰出局。”上海新型建材岩棉有限公司总经理倪建华说。

最困难的是,作为一个新兴行业,要建立行业自律的一系列国家级规范和标准,提高准入门槛;要通过技术改进改变岩棉产品自身的不足;要通过市场良性竞争,优胜劣汰,更要带动社会意识的提升,严防建筑领域因价格而选择不当。

所有的事情,都需要在这个寒潮时期同时启动,岩棉行业的大洗牌,是一项复杂艰巨的系统工程。

首先是国家相关部门要对岩棉行业有一个正确的评估,岩棉究竟是不是在建筑和工业领域值得推广的有前途的产品。如果是,就需要制定国家级的行业规范,从政策导向上,要对这个新兴行业负责任。王文义说,“我认为,岩棉毫无疑问是绿色建材,既节能环保、循环经济,又防火安全,未来在绿色建筑体系中,是主流的建材产品之一。”

不可否认,目前的情况是,岩棉行业的行业规范相对混乱,因为没有国家级规范条例,各地方政府自设规范条例。就像王文义所言,不同地方设置的地方规范条例,导致很多企业经过了国内检测部门的检测和国际标准认证,但拿到地方去却不认账,就算通过了一个地方的条例,却通不过其他区域的限制。这样的现状,真正影响的是大企业的发展。

国内像南玻院等检测部门,对岩棉产品,经过数不清的实验和检测,相继出台过 3 个标准。标准制定出来,实施却出现问题,因为,检测和认证是企业自愿行为,缺乏监管和强制力度。

据某岩棉企业经营者透露:行业内上百家岩棉企业,真正自愿检测的不过几十家。更有甚者,有些建筑商,去买一小部分优质岩棉通过检测,但真正用于建筑上的却是小作坊厂家的劣质岩棉。

加之,岩棉虽然已经有了产品标准,却缺乏相应的施工标准。行业正在为自身规范做着努力,却无法监督建筑领域对于保温材料的使用规范。岩棉的施工技术,较有机材料难度要大,但中国城市高层建筑多且密集,较欧美国家更需要岩棉材料。建筑领域与岩棉行业如果不形成统一的认知,如果不提升施工技术和施工标准,岩棉行业依旧步履艰难。

南玻院的一位负责人说,除了政策导向和建筑行业的规范,还需要提高岩棉的社会认知度,带动建筑商对岩棉产品的选择。如今,一些建筑商在价格和施工难度的对比下,会偏误理解国家政策,拒绝或用低质岩棉应付。

大洗牌过后　岩棉将现新前景

从国家大力发展绿色建筑的大背景下,众多行业人士预测,岩棉的前景非但没有那么暗淡,或许还会有更好的未来。

2012 年 3 月,国家工信部发布了《岩棉行业准入条件》,对新建和改扩建岩棉项目及相关技术能源消耗提出了具体要求。王文义表示,这个“准入条件”的出台,是保证岩棉行业健康发展的一个步骤。目前的问题在于实施和监管。

他强烈呼吁国家规范能够尽早出台,这也是众多大企业经营者最大的呼声。

据悉,住建部正在委托南玻院着手制订岩棉行业国家规范。国家玻璃纤维产品质量监督检验中心主任陈尚表示,这份沉甸甸的行业规范正在拟定之中。

规范的出台,将可以大力解决地方政府规范不一的现状,与“准入条件”相互配合,加大国家对岩棉行业的监管力度。

企业自身也在做着努力,尤其是行业领军企业和有实力的建材集团旗下的岩棉企业。

上海新型建材岩棉通过自律,规范化经营与管理,形成成熟完善的销售体系,同时严格选择与之合作的系统供应商,通过检测和国际最尖端产品标准认证的“樱花”岩棉来引领市场高端竞争体系。

“拥有一颗岩棉心”的华能中天集团则通过专业化管理降低成本,抵御现阶段的寒潮,在河北市场独树一帜。

南京恒翔一方面加大产品检验检测力度,并刚刚通过美国尖端 FM 标准认证体系，另一方面加大岩棉深加工技术，为扩充岩棉市场产业链做着努力。

北新岩棉利用发展较早，行业地位较稳的优势，积极通过技术提升改进岩棉在环保节能等方面的性能。

还有金隅集团旗下，刚刚由 3 家企业组建而成的北京金隅节能保温科技有限公司，其品牌为金隅星牌。这是中国唯一一家尝试用电炉取代传统冲天炉，优化生产线的企业。

公司常务副总经理仇志铭介绍，金隅集团地处北京，想通过更为先进的生产方式进一步促进岩棉生产过程中的节能降耗，为首都环保、也为行业发展做出应有的贡献。

电炉可以更有效减少废气、废渣的产生，同时熔化温度稳定，熔体成分均匀，酸度系数高，能从源头保证岩棉产品的性能及质量。

目前，电炉在全世界同行业的应用也极为少见，可以说，金隅星做了国内的第一个吃螃蟹者，为行业生产技术与装备的提升起到了开拓性的作用。

“未来的岩棉行业，一定要吸取国际经验，走集团化路线。优秀的岩棉企业，一定要有好的竞争技术、好的管理经验、有一定的岩棉生产历史积累，并有自己的市场。”胡小媛在展望行业前景时说：“岩棉行业的优质企业一定要发挥作用，展开集团式的良性市场竞争体系，同时，完善施工体系建设，增加舆论导向，这个行业便有可能全面复苏。”

大洗牌的过程，对于尚还弱小的岩棉行业而言，可能阵痛的时间会更长，历经的磨难会更多，重整待发的任务会更复杂，但却并不是坏事。正因为年轻，才更容易振作，更容易恢复，也有更多的时间，去弥补曾经犯下的错误，扭转如今遭遇的寒潮。

所有怀揣“岩棉心”的企业家和行业人士都坚信，大洗牌过后，岩棉即将迎来的是美好的明天。

《岩棉　未来是美好的》刊于 2013 年 8 月 23 日

其他篇目

◆抵御风浪　一个领军企业的品性

——记上海新型建材岩棉有限公司

◆实验、检测、标准、规范一个都不能少

——记南京玻璃纤维研究设计院质检中心

◆对岩棉的再认识

◆投资岩棉　不可能捞一笔就走

——岩棉行业　不能不算的三笔账

◆责任与忠诚同行

——访华能中天集团董事长李润年

◆走进河北大城县

关注本组核心报道请扫描二维码

中國建材報

CHINA BUILDING MATERIALS DAILY

国内统一刊号:CN11—0073 邮发代号 1—121 国外代号 D807

今日四版 第 6561 号 www.cbmd.cn 2014 年 1 月 17 日 星期五 农历癸巳年十二月十七

经济日报社主管主办

每周核心报道

编者的话

近日，本报收到一位消费者的投诉信，他刚刚买来准备安装的知名品牌防盗门，经鉴定，用的竟然是杂牌防盗锁。这让他颇感困惑，不知该安装还是该退款。

从网上的消费者投诉信息中，记者很震惊地发现，类似名牌防盗门安装杂牌防盗锁的投诉此起彼伏，在某一网站的第一篇网页上，就有不下五封信。

很多不知情况网友更是通过这一封封投诉信给出留言，惊讶地表示：原来防盗门和防盗锁不是出自一个厂家，而自己买防盗门的时候，一直以为这是一体的，也没有任何导购人员向他们说明情况，甚至连检测报告都没有。

这些情况引起本报记者的强烈关注，在记者的深入了解中，更发现不但防盗门和防盗锁来自两个不同的行业，防盗锁中安装的锁芯，同样是独立的，来自第三个行业。

防盗门、防盗锁和防盗锁芯究竟如何匹配？目前市场状况如何？所谓"一夫当关，万夫莫开"，作为这条产业链上的最终"收官者"——防盗门行业发展状况又如何？是否起到了监督和规范产业链的作用？所谓防盗门的"灵魂"——防盗锁，和防盗锁的"灵魂"——防盗锁芯，消费者应该提高哪些认知和自查能力？

本报为此派出多位记者，从市场、行业和企业等不同角度，分兵多路走访调查，推出本期特别报道，分别从市场调研的情况、防盗门发展状况、行业协会对防盗门锁的标准规范制定和实施情况、消费者在选购防盗门时应注意的事宜，以及防盗门名企对这一产业发展的看法等多方面全方位进行采写报道，不仅希望能够通过此组报道给消费者提供一个认知的渠道和普及的平台，更希望能够引起相关行业部门和企业经营者给予重视，共同促进市场进一步规范，提高产品的检验检测标准进一步透明，保护消费者的知情权，从而完善防盗门锁产业链的可持续发展。

一扇门、一把锁、一个锁芯，连接着千千万万中国家庭的幸福安全，连接着 3 个行业的兴衰荣辱，连接着一个社会的信誉与和谐。

欢迎相关的防盗门企业、防盗锁企业能够就此报道提出建议和看法，能够对这种现象给予足够的重视，共同探索解决之道。也欢迎更多的读者对我们的报道提出建议，与我们共同建立监督平台和沟通渠道，更欢迎有关的决策部门能够关注这组报道，在政策与标准的制定，以及建立更有效的监管机制上加大力度。

这组报道仅仅是开始，我们也将继续关注防盗门锁行业的发展状况和市场变化，起到应起的监督和传播义务，与相关部门与行业共同推动这条产业链向着健康有序的方向发展。

策　划：本报编辑部
统　筹：贺　丹　刘媛媛
采　写：贺　丹　李　静　刘媛媛　曾璐瑶　王怡洁　毕德鹏　刘秀枝
制　图：崔建岐

门与锁，谁主沉浮？

——我国防盗门行业的发展轨迹和现实纠结

■本报记者 刘媛媛

人类有门的历史，是从木质门开始的。古时即便是君主国王的宫殿，也不过是在木质门上设置了密集的铜钉用来安全保护，称得上是人类史中最早的防盗门。

社会治安的需求和现代科技的发展，人们在门上下的功夫可谓是巨大的。这关乎到自身的安全，简单的木质门和普通的锁具，已经无法满足人口流动所带来的安全问题，防盗门开始在世界各地广泛地被研制起来。

中国真正进入研制防盗门的历史，并不长。上世纪 80 年代末，重庆有一家叫做"美心"的品牌，率先研发出栅栏形防盗门，开创了中国真正意义上的防盗门先河。

此时，正赶上文革刚刚结束，改革开放之初中国人口大幅度流动，给社会治安带来极大的隐患，使得这种栅栏形防盗门在全国范围内的传播速度，比这个厂家想象中要快得多。"美心"迅速在全国各地打响了声望，算是开启了中国防盗门发展史的里程碑，在防盗门领域中，史称"西南派"。

随着现代文明的发展，改革开放后的中国，逐渐出现了第一波"有钱人"，贫富等级的差别，入室盗窃的行为也形成上升趋势，人们希望能有更多更好的防盗门，用来提高安全防护。

"美心"的影响力让很多商人看到了一个产业的空白和发展潜力，一时间，防盗门生产厂在全国各地络绎生根，对防盗门的研发与升级也形成蓬勃态势。

于是，几年之后的 1992 年，一种多锁点的钢板防盗门应运而生，"钢板"和"多锁点"相对于"栅栏式"、"木质结构"和"单一锁点"而言，更加强烈地符合人们心理上对于门的安全感，成为当时在防盗门研发史上的重大突破。

自此，防盗门作为一种产业，开始登上建材家居领域的历史舞台。

四大派系 引领一片江湖

"盼盼到家，安居乐业"，即便是在 21 世纪已经过去 13 年的今天，绝大多数中国人对这句广告语依旧耳熟能详。

这句广告语诞生于 1995 年，虽然尚无记载这是否是防盗门的第一个广告，但却是人们心里对防盗门品牌最早的记忆。时隔 20 年，依旧回响。

正是这句广告语，也开启了防盗门产业的品牌竞争格局，此后，便是防盗门品牌效应的大爆发，天南海北的品牌如雨后春笋，在短短的两三年时间里遍地开花。

这句拥有极高知名度的广告语，出自一个叫做"盼盼"的防盗门品牌。至今，这个品牌始终占据着领军品牌的地位，拥有着深入人心的影响力，甚至有人称之为防盗门领域的"航空母舰"。

盼盼的"老家"在辽宁营口市，因此，继"西南派"之后，防盗门领域又树立起一大派系，行业内称之为"东北派"。

行业内的第三大派系，叫做"浙江派"，顾名思义，第三个里程碑式的跨越，始之于江南。而带动这一派系的领头羊，来自浙江永康市的永康"王力"公司，他们将研发防盗门的注意力，集中在改革门锁上，那是在 1998 年。

经过长年研究，永康"王力"公司发明了轴承结构自动防盗锁，并在"盼盼"防盗门的基础上进行大改进，使门的外观，从"沉、重、厚"的东北特色，转变为具有江南风情的"轻、灵、巧"。

这次创新，可以说是防盗门品牌在技术上的一次跨越，结构的改善，使企业生产降低了成本，最关键的是，老百姓也逐渐意识到，防盗门的防盗核心是防盗锁。

这次革新，使永康地区成为防盗门的一大集群地，短短一两年时间，仅永康地区的防盗门企业就达 300 多家，全国各地的防盗门企业更是数不胜数。

2002 年，防盗门在技术上又取得了一次突破，这一次的特点是汲取了发达国家防盗门的多项先进技术，不仅丰富了防盗门在外观和结构上的单一化，生产出各种材质混搭拼接的防盗门，性能提升的同时，设计感也油然而生。而且，在门锁性能与品种的改良上，也更加丰富多彩。

这一次的创新突破，始之于一个叫做"瑞斯乐"的品牌，他们的全木形钢制防盗门，是将瑞士、德国和意大利的先进技术结合起来，耐磨和耐锈性都达到了国际水平，逼真的木纹效果，让人们很难想象这是一个结结实实的钢制门。当年在一次技术交流会上，许多专家直呼其为"引领了防盗门的升级换代"。

这个"瑞斯乐"品牌诞生于上海，从此后，"上海派"在防盗门这片江湖里，确立了地位。

从兴旺到过剩 仿似一夜之间

"浙江派"兴起于上世纪九十年代末，"上海派"崛起于 21 世纪之始，就在这短短的几年时间里，全国防盗门产业已经进入产能过剩时期，并且，在当时很多阐述这个产业过剩状态的资料中，大多是以"严重过剩"为开头语。

这样算下来，防盗门产业从开始兴旺到严重过剩，时间跨度不到十年。这样的速度，实在有些令人尴尬。

这其中有一个故事，在"上海派"还没有显山露水，"浙江派"已经风起云涌的时候，正是中国防盗门产业日趋产能过剩的时候，行业人士对这突如其来的产能过剩尚没有做足心理准备，防盗门企业陷入了一片困境之中。

尽管在 1999 年末，国家质量技术监督局开始实施防盗进户门的技术标准，但困境中的门企却有些饥不择食、剑走偏锋，想方设法规避执行国家标准，其中一种做法就是，"防撬门"的"产品"走红市场。这种所谓的"防撬门"，实质上就是质量低劣、滥竽充数的防盗门。

有人说，倘若没有这样一段弯路，也就没有"上海派"的奋发崛起。

但是，防盗门产业的产能过剩，并没有因为"上海派"的崛起而偃旗息鼓，21 世纪初至今的的十几年间，中国防盗门产业的产能过剩仍然是一片难以自拔的泥潭，并且，始终难于找到更好的化解之道。

据有关人士分析，最让行业人士感到头疼的是，防盗门行业产能过剩是在全行业还完全没有做好准备的情况下被迫突然面对的。

据资料记载，如今，全国防盗门厂家已接近 6000 家，年生产规模相当于世界所有发达国家年生产使用防盗门的总和，是名副其实的建筑防盗门生产使用大国。

专家人士表示，中国防盗门行业始终没有摆脱分散、零乱、无序和低质等问题。其中，生产加工标准的混乱与不统一，每年造成的人力、物力和财力等方面的消耗和浪费是惊人的。正因为从标准的"根"上就相对混乱，导致市场上看似有很多知名品牌，实际上却难有一家真正强势的品牌。

即便是当年红极一时、引领一代江湖地位的盼盼、美心们，现如今也难于抵制防盗门企业大军的疯狂兴起。正如分析人士所说：要说当下的防盗门品牌认知度，相比十几年前，简直是一种倒退。

十几年前，防盗门的销售渠道主要体现在终端市场，就像服装电器等等终端消费品一样，只有打响品牌，才能在市场上站稳脚跟。因此，那几年的防盗门多以品牌战略取胜，"盼盼到家，安居乐业"便是品牌效应中最鲜明的一个案例。

但是，当中国房地产业大肆发展起来，众多新建设的社区，全部将防盗门作为"附送品"统一安装，这也导致防盗门的主要销售渠道由终端消费变为工程项目的一部分，其供应的主要对象，由普通消费者转为房地产商。

这只是导致防盗门行业品牌意识下降的其中一个主要原因，想想 20 年前盼盼的那句广告语，之所以会成为难以磨灭的记忆，一方面说明盼盼超前的品牌宣传意识和宣传手段确实高人一筹，另一方面也说明，在此之后能够登上大雅之堂的防盗门品牌广告，实在是太少了。

国际金融危机之后，中国防盗门行业中一大部分出口企业受到重创，这部分企业要么选择破产，要么以更加低廉的价格和质量充斥着中低端防盗门市场，进一步加快了产业分散、产能过剩的脚步。

从 2009 年至今，随着国家对房地产业的调控政策，大城市房地产业发展放缓，使得一部分领军品牌的销量受到不小的影响。此时，二三线市场又被众多中小企业占据，大企业开拓市场的能力，在相对混乱的市场格局中，遭受相当大的阻力。

毫无疑问，防盗门行业未来有可能会在很长的一段时间里，要将化解产能过剩作为第一重任，重塑品牌意识，提高行业集中度，促进企业兼并重组都是第一要务。与此同时，和所有制造型产业一样，发展低碳环保型绿色防盗门产业，也是行业发展的必然趋势。

门、锁、锁芯 绕不明白的"迷宫"

当你买一扇防盗门时，会不会想到这扇门上的防盗锁是另一个行业的产品？会不会想到这个防盗锁的锁芯又来自第三个行业的厂家？也就是说，防盗门与防盗锁、防盗锁芯是 3 个不同的品牌产品。

你一定会犯晕，门企不生产锁，锁企不生产锁芯，但是当这些零部件组成一起后，却是以门企的品牌售卖给你，许多导购根本不会告诉你这上面的锁来自哪里，锁芯来自哪里。

下转 4 版

新闻热线：(010) 57811399
本报邮箱：E-mail: jcb@vip.sina.com
责任编辑：李　静　美术编辑：崔建岐

防盗门市场的"水"有多"深"

——北京防盗门市场走访纪实

■本报见习记者 毕德鹏

日前，一封读者的来信引起了记者的注意。

这位读者在来信中表示，近来在换门锁时发现，名牌防盗门的门锁竟然只是普通的门锁，这引起了读者的恐慌。"买名牌防盗门就是因为大品牌的防盗门有信誉保证，名牌防盗门装普通的门锁，这样的防盗门能防盗吗？"

近年来，房地产市场的火爆拉动了防盗门市场的升温。但消费者将焦点集中在防盗门产品的时候，很少有人会特别关注这些所谓"安全门"的防盗锁。防盗锁是防盗门产品的核心，而锁的好坏将更加直接影响到消费者的安全问题，那么防盗门门锁到底有什么样的标准？什么样的防盗门才更安全？带着这些问题，记者以消费者身份走访了几家建材市场，针对目前市场上几大品牌防盗门进行调研，然而出乎意料的是，除了门锁的问题之外，防盗门市场的"水"远比记者想象的要深。

"南方门"与"北方门"的纷争

1 月 13 日，记者走进了东方家园建材家居市场，市场内很冷清，没有多少顾客，很多防盗门专营店都已上板停业。记者在建材市场内转了很久，终于找到一家还在营业的防盗门专营店。看到顾客进门，老板放下手中的杂志，热情地向记者介绍防盗门的种类和品牌。

这是一家同时代理步阳和星月神两种品牌的防盗门专营店，老板说这两个牌子都是大品牌，尤其是步阳，已经是多年的老品牌了，质量上绝对没问题。为此他向记者介绍了一款步阳的防盗门。"这款门是甲级的，9 公分厚，4 个合页链接，都是轴承，非常结实耐用。"当记者问到出产地时，老板信誓旦旦的说："当然是南方的，步阳是浙江的，你放心，现在市场上所有好(质量)的防盗门都是南方的，北方的门没有这样的工艺。"

下转 3 版

门与锁，谁主沉浮？

——我国防盗门行业的发展轨迹和现实纠结

■本报记者　刘媛媛

人类有门的历史，是从木质门开始的。古时即便是君主国王的宫殿，也不过是在木质门上设置了密集的铜钉用来安全保护，称得上是人类史中最早的防盗门。

社会治安的需求和现代科技的发展，人们在门上下的功夫可谓是巨大的。这关乎自身的安全，简单的木质门和普通的锁具，已经无法满足人口流动所带来的安全问题，防盗门开始在世界各地广泛地被研制起来。

中国真正进入研制防盗门的历史，并不长。20 世纪 80 年代末，重庆有一家叫作“美心”的品牌，率先研发出栅栏形防盗门，开创了中国真正意义上的防盗门先河。

此时，正赶上“文革”刚刚结束，改革开放之初中国人口大幅度流动，给社会治安带来极大的隐患，使得这种栅栏形防盗门在全国范围内的传播速度，比这个厂家想象中要快得多。“美心”迅速在全国各地打响了声望，算是开启了中国防盗门发展史的里程碑，在防盗门领域中，史称“西南派”。

随着现代文明的发展，改革开放后的中国，逐渐出现了第一波“有钱人”，贫富等级的差别，入室盗窃的行为也形成上升趋势，人们希望能有更多更好的防盗门，用来提高安全防护。

“美心”的影响力让很多商人看到了一个产业的空白和发展潜力，一时间，防盗门生产厂在全国各地络绎生根，对防盗门的研发与升级也形成蓬勃态势。

于是，几年之后的 1992 年，一种多锁点的钢板防盗门应运而生，“钢板”和“多锁点”相对于“栅栏式”“木质结构”和“单一锁点”而言，更加强烈地符合人们心理上对于门的安全感，成为当时在防盗门研发史上的重大突破。

自此，防盗门作为一种产业，开始登上建材家居领域的历史舞台。

四大派系　引领一片江湖

“盼盼到家，安居乐业”，即便是在 21 世纪已经过去 13 年的今天，绝大多数中国人对这句广告语依旧耳熟能详。

这句广告语诞生于1995年，虽然尚无记载这是否是防盗门的第一个广告，但却是人们心里对防盗门品牌最早的记忆。时隔20年，依旧回响。

正是这句广告语，也开启了防盗门产业的品牌竞争格局，此后，便是防盗门品牌效应的大爆发，天南海北的品牌如雨后春笋，在短短的两三年时间里遍地开花。

这句拥有极高知名度的广告语，出自一个叫作"盼盼"的防盗门品牌。至今，这个品牌始终占据着领军品牌的地位，拥有着深入人心的影响力，甚至有人称之为防盗门领域的"航空母舰"。

盼盼的"老家"在辽宁营口市，因此，继"西南派"之后，防盗门领域又树立起一大派系，行业内称之为"东北派"。

行业内的第三大派系，叫作"浙江派"。顾名思义，第三个里程碑式的跨越，始之于江南。而带动这一派系的领头羊，来自浙江永康市的永康"王力"公司，他们将研发防盗门的注意力，集中在改革门锁上，那是在1998年。

经过长年研究，永康"王力"公司发明了轴承结构自动防盗锁，并在"盼盼"防盗门的基础上进行大改进，使门的外观，从"沉、重、厚"的东北特色，转变为具有江南风情的"轻、灵、巧"。

这次创新，可以说是防盗门品牌在技术上的一次跨越，结构的改善，使企业生产降低了成本，最关键的是，老百姓也逐渐意识到，防盗门的防盗核心是防盗锁。

这次革新，使永康地区成为防盗门的一大集群地，短短一两年时间，仅永康地区的防盗门企业就达300多家，全国各地的防盗门企业更是数不胜数。

2002年，防盗门在技术上又取得了一次突破。这一次的特点是汲取了发达国家防盗门的多项先进技术，不仅丰富了防盗门在外观和结构上的单一化，生产出各种材质混搭拼接的防盗门，性能提升的同时，设计感也油然而生。而且，在门锁性能与品种的改良上，也更加丰富多彩。

这一次的创新突破，始之于一个叫作"瑞斯乐"的品牌，他们的全木形钢制防盗门，是将瑞士、德国和意大利的先进技术结合起来，耐磨和耐候性都达到了国际水平。逼真的木纹效果，让人们很难想象这是一个结结实实的钢制门。当年在一次技术交流会上，许多专家直呼其为"引领了防盗门的升级换代"。

这个"瑞斯乐"品牌诞生于上海，从此后，"上海派"在防盗门这片江湖里，确立了地位。

从兴旺到过剩　仿似一夜之间

"浙江派"兴起于20世纪90年代末，"上海派"崛起于21世纪之始，就在这短短的几年时间里,全国防盗门产业已经进入产能过剩时期,并且,在当时很多阐述这个产业过剩状态的资料中,大多是以“严重过剩”为开头语。

这样算下来,防盗门产业从开始兴旺到严重过剩,时间跨度不到十年。这样的速度,实在有些令人尴尬。

这其中有一个故事,在“上海派”还没有显山露水,“浙江派”已经风起云涌的时候,正是中国防盗门产业日趋产能过剩的时候,行业人士对这突如其来的产能过剩尚没有做足心理准备,防盗门企业陷入了一片困境之中。

尽管在1999年末,国家质量技术监督局开始实施防盗进户门的技术标准,但困境中的门企却有些饥不择食、剑走偏锋,想方设法规避执行国家标准,其中一种做法就是,“防撬门”的“产品”走红市场。这种所谓的“防撬门”,实质上就是质量低劣、滥竽充数的防盗门。

有人说,倘若没有这样一段弯路,也就没有“上海派”的奋发崛起。

但是,防盗门产业的产能过剩,并没有因为“上海派”的崛起而偃旗息鼓,21世纪初至今的十几年间,中国防盗门产业的产能过剩仍然是一片难以自拔的泥潭,并且,始终难于找到更好的化解之道。

据有关人士分析,最让行业人士感到头疼的是,防盗门行业产能过剩是在全行业还完全没有做好准备的情况下被迫突然面对的。

据资料记载,如今,全国防盗门厂家已接近6000家,年生产规模相当于世界所有发达国家年生产使用防盗门的总和,是名副其实的建筑防盗门生产使用大国。

专家人士表示,中国防盗门行业始终没有摆脱分散、零乱、无序和低质等问题。其中,生产加工标准的混乱与不统一,每年造成的人力、物力和财力等方面的消耗和浪费是惊人的。正因为从标准的“根”上就相对混乱,导致市场上看似有很多知名品牌,实际上却难有一家真正强势的品牌。

即便是当年红极一时、引领一代江湖地位的盼盼、美心们,现如今也难于抵制防盗门企业大军的疯狂兴起。正如分析人士所说:要说当下的防盗门品牌认知度,相比十几年前,简直是一种倒退。

十几年前,防盗门的销售渠道主要体现在终端市场,就像服装电器等等终端消费品一样,只有打响品牌,才能在市场上站稳脚跟。因此,那几年的防盗门多以品牌战略取胜,“盼盼到家,安居乐业”便是品牌效应中最鲜明的一个案例。

但是,当中国房地产业大肆发展起来,众多新建设的社区,全部将防盗门作为“附送品”统一安装,这也导致防盗门的主要销售渠道由终端消费变为工程项目的一部分，其供应的主要对象，由普通消费者转为房地产商。

这只是导致防盗门行业品牌意识下降的其中一个主要原因，想想 20 年前盼盼的那句广告语，之所以会成为难以磨灭的记忆，一方面说明盼盼超前的品牌宣传意识和宣传手段确实高人一筹，另一方面也说明，在此之后能够登上大雅之堂的防盗门品牌广告，实在是太少了。

国际金融危机之后，中国防盗门行业中一大部分出口企业受到重创，这部分企业要么选择破产，要么以更加低廉的价格和质量充斥着中低端防盗门市场，进一步加快了产业分散、产能过剩的脚步。

从 2009 年至今，随着国家对房地产业的调控政策，大城市房地产业发展放缓，使得一部分领军品牌的销量受到不小的影响。此时，二三线市场又被众多中小企业占据，大企业开拓市场的能力，在相对混乱的市场格局中，遭受相当大的阻力。

毫无疑问，防盗门行业未来有可能会在很长的一段时间里，要将化解产能过剩作为第一重任，重塑品牌意识，提高行业集中度，促进企业兼并重组都是第一要务。与此同时，和所有制造型产业一样，发展低碳环保型绿色防盗门产业，也是行业发展的必然趋势。

门、锁、锁芯 绕不明白的“迷宫”

当你买一扇防盗门时，会不会想到这扇门上的防盗锁是另一个行业的产品？会不会想到这个防盗锁的锁芯又来自第三个行业的厂家？也就是说，防盗门与防盗锁、防盗锁芯是 3 个不同的品牌产品。

你一定会犯晕，门企不生产锁，锁企不生产锁芯，但是当这些零部件组成一起后，却是以门企的品牌售卖给你，许多导购根本不会告诉你这上面的锁来自哪里，锁芯来自哪里。

目前，有一些比较大的防盗门企业，正在尝试统一这个小产业链，将锁和锁芯作为旗下延伸产品，配套生产。但是，这在整个防盗门行业里所占的比重尚小。

这就意味着，防盗门行业不可能只是自己管好自己的事情就行，而是一定要与防盗锁行业、防盗锁芯行业共同携手，互相进步。但凡有一个行业出现问题，其他两个行业必会受到牵连。

不同的零部件来自于不同的行业，这在制造业的大产业链中是非常正常的发展规律。每个大产业链上都有不同的节点，一个节点相当于一个行业，每个节点都可以在专业领域中将产品做得更精。

但是,要想将这条大产业链做到顺畅,就需要所有相关的行业形成合力,在各自的行业规范和标准衡量中,实现行业的可持续发展,进一步完善和优化大产业链。

但是,目前的情况是,且不说消费市场,就连这几个行业的行家们都感到头疼的是,这三个行业的标准多到了数不过来的地步。但就防盗门而言,横向看,国家标准、地方标准、企业标准统统都是标准。纵向看,从材料本身、型材制造规模、防盗门加工尺寸、防盗门结构形状等方方面面都在执行着多标准,深不见底、眼花缭乱。

“多标准也就是没标准,你拿这个标准说事,他拿那个标准过关,这才是防盗门型材型号繁多,配套产品繁杂,防盗门外形尺寸偏差、结构混乱等现象层出不穷的根本原因,防盗门如何能够防盗?”专家言之。

更可怕的现象,防盗锁和防盗锁芯的标准也同样多而杂,这三个行业即便是每天都在一起合作,也很难搞清楚彼此的标准与报告,经常是你配不上我,我配不上你,真正能达到天作之合的门、锁、锁芯究竟能占到多大比例,可能连专家也说不清楚。

标准繁多,三个行业之间目前又缺少相互监管与纠察的机制,导致防盗门市场的进一步混乱。从网上的投诉报道显示,所谓名牌防盗门配杂牌防盗锁的事例,绝不在少数。而这些投诉报告,还只是来自较为懂行的少部分消费者,绝大多数老百姓根本就不知道门、锁“分家”的现实情况,无论是门企还是锁企,也很少有意识让消费者认知,甚至很多品牌商连销售检测报告都拿不出来。

如果说防盗锁还是可以眼见为实的“面上”的产品,那么,安装在锁里的锁芯,消费者就更无法知道其质量的好坏。

有位专家说得一针见血:防盗门的灵魂是防盗锁,防盗锁的灵魂是防盗锁芯,如果越是灵魂之处,就越存在安全的隐患,那么,照此发展下去,3 个行业和千千万万的家庭,都难有安全可言。

防盗门、锁和锁芯,原本都应该是为“防盗”、为安全而建立的一道道坚固的防线,在共同的一条产业链上环环相扣,三样东西组合在一起应该像轴承一样紧密咬合,使其功能产生 $1+1+1\geq3$ 的效果,这是防盗门锁所应有的正常逻辑和理论。

但现实情况,却出现了很多难以自圆其说,甚至与之相悖的怪现象。当这三个行业都各自为政,摆出一副自扫门前雪的态度,和通过以牺牲质量与品牌信誉度为代价来降低成本的作为,其结果就是连“门前雪”都扫得不干不净,更不要说担当起监管起整个产业链有序发展,将老百姓的安全放在第一位的社会责任了。所谓的三层防盗保障,很有可能连一层的效果都达不到。

客观地说,从防盗门行业的现阶段发展状况,完全可以透视 3 个行业都存在着相似的、难以靠自身力量解决的课题,这更需要相互的配合与监督,同时,无论从国家相关政策和标准统一上,也应该给予强大的呼吁和广泛的重视。

为什么在这篇文章里,重点强调防盗门的发展轨迹和现实状况,正因为,防盗门行业是这条产业链上的最后一环,也是整个产品推向市场的最受益方。那么,无论锁也好,锁芯也罢,最终都应该由防盗门厂家加大监管和纠察力度。

正所谓"收官收在口",防盗门行业在门、锁、锁芯这条产业链上,应该承担最终把关者的责任,将 3 个行业进行有效的整合。把好了这道关,不仅仅可以带动自身行业的良性发展,可以促进和逼迫另两个行业的健康有序,更是为全中国千千万万的家庭把好一道道关。

关乎 14 亿中国老百姓的安全,关乎每一个幸福家庭的安全,这份责任,无比艰巨,也无比荣上。

防盗门检测 锁是门的"心脏"

■本报记者 贺 丹

防盗门也叫"防盗安全门"。顾名思义,它应具备防盗和安全的性能。事实上,防盗门的防盗能力也有高低之分。如何在种类繁多的防盗门市场中挑选合格的产品?记者日前采访了检测机构的相关专家。

防盗门和室内门的区别

防盗门从材质上主要分为五种:钢质、钢木结构、不锈钢、铝合金和铜质,它们在质量和性能上都各有特点,但有一点是相通的,那就是只有检测合格、达到标准,领取安全防范产品准产证的门才能称为防盗门。

目前防盗门适应的标准是《防盗安全门通用技术条件》(GB17565—2007),它对防盗门的各项要求有严格要求,这是一个强制性国家标准。

按照该《技术条件》规定,利用凿子、螺丝刀、撬棍等普通手工具和手电钻等便携式电动工具,在规定的时间内无法撬开或在门扇上开起一个 615 平方厘米的开口,或在锁定点150平方毫米的半圆内打开一个38平方毫米的开口,这样的门才能称之为合格的防盗门。

防盗门的等级判断

当记者问道“什么是规定的时间”时,专家表示,防盗门是分等级的,不同防盗等级的防盗门防盗安全性能有所不同,其中防盗门防破坏时间最小也不得少于6分钟。

按防破坏时间长短、板材厚度等指标,防盗门产品分为“甲”“乙”“丙”“丁”四个等级,甲级最高,依次递减。其中甲级防盗门的防破坏时间不低于30分钟、乙级不低于15分钟、丙级不低于10分钟、丁级不低于6分钟。这四个防盗安全级别分别用“J”“Y”“B”“D”字母表示。

门体钢板厚度是判断防盗门好坏的另一个重要标准。专家解释道,标准规定,防盗门门框的钢板厚度应在2毫米以上,门体厚度一般在20毫米以上,且门体重量一般应在40公斤以上。其中门扇的外面板、内面板钢板厚度,按防盗安全的乙、丙、丁级别分别应为1mm/1mm、0.8mm/0.8mm、0.8mm/0.6mm,而甲级防盗门在保证不低于30分钟防破坏时间的情况下,门扇的外面板、内面板钢板厚度不应小于1mm/1mm。

专家表示,门扇内外钢板的厚度相对不好测量,需要专业检测机构进行检测。不过消费者可以在购买时准备游标卡尺,对门框厚度进行测量,保证产品的合格性。

同时,专家还强调,标准要求防盗门应有永久性固定标记,它可以帮助消费者识别防盗门真伪。防盗门标记共由3部分组成,标记符号为拼音字母,从左到右分别为防盗安全门代号(FAM)、防盗安全级别和企业自定义特征(包括企业代号和产品代号两部分)。其中,防盗安全级别标记永久固定在内侧铰链边上角,距地面高度为1600mm±100mm的位置上。

专家提醒消费者,在选防盗门时,一定要看内侧是否有此标志,如果没有,很可能仅是一般的钢质门。

锁具的国家及行业标准

专家表示,目前国家出台了4个关于锁具的标准要求,其中GB21556—2008《锁具安全通用技术条件》是国家强制性标准,也是通用标准,其他3个是分类行业标准,包括 GA/T 73—1994《机械防盗锁通用技术条件》、GA/T374—2003《电子防盗锁通用技术条件》、GA/T 701—2007《指纹防盗锁通用技术条件》。标准将锁具的防护级别分为两类,A 级为高防护等级,B 级为普通防护等级。

"所谓 A 级锁,指的是防破坏性开启时间不少于 15 分钟、防技术性开启时间不少于 1 分钟的锁,B 级锁是指防破坏性开启时间不少于 30 分钟、防技术性开启时间不少于 5 分钟(防技术开启是指抵抗锁具专业技术人员使用特殊工具运用操作手法打开锁具的能力)的锁。"专家指出,在同等情形下,B 级防盗锁的安全性能是 A 级锁的 5 倍。优质的防盗门品牌还会采用超 B 级锁具。

除了以上 4 个锁具标准外,防盗门的锁可以按照《防盗安全门通用技术条件》(GB17565—2007),对其进行锁舌长度、产品寿命、力学承载、互开率、防技术开启等指标的项目检测。

专家表示,防盗门的防盗性能很关键的一点是锁具的性能,那么消费者在选购防盗门的时候就需要查看钥匙和锁具的性能检测报告。锁具检测报告会直接注明防技术开启实验的时间,也就是通常所说的几分钟打开门锁。如果商家拿不出来锁芯检测报告,那就说明这款防盗门的防技术开启实验时间无从得知。

锁的防破坏功能是关键

记者在一些防盗门销售市场和店面看到,消费者在挑选防盗门时,大多盯准门的款式、钢板厚度、材质以及外观造型等,而对防盗门锁却认为"是辅助的",缺乏了解和重视。"其实门锁是防盗门最重要的组成部分,就好像人的'心脏',如果门锁质量不过关,再好的防盗门也不能发挥防盗功能。"专家肯定地说。

专家表示,防盗锁性能的好坏直接关系到门的安全性,防盗锁应具有防钻、防锯、防撬、防拉、防冲击、防技术开启的功能。

据专家介绍,按标准规定,防盗门的锁具应能在防破坏时间内,即使钻掉锁芯、撬断锁体连接件从而拆卸锁具或通过上下间隙伸进撬扒工具,松开锁舌等,也无法打开门扇;防盗门的主锁舌伸出有效长度应不小于 16mm,并应有锁舌止动装置。此外,应在距锁孔中心半径 100mm 的范围内有焊接牢固的加强防护钢板。

防盗门在开启状态下,将钥匙拧动时门扇上突出的点即为锁点。标准规定,甲、乙、丙、丁级防盗门分别应不少于 12 个、10 个、8 个和 6 个。

有的商家在销售防盗门时总是不遗余力的表示,锁具好坏主要看锁点数,自己家的防盗门框与门扇间的锁点数如何如何多,以此迷惑消费者。对此,专家表示,

“其实这是在混淆锁点与锁芯的概念。理论上讲锁点越多,防撬力度越大,但并不代表锁点越多防盗门就越安全,因为防盗门的锁点均被锁芯控制,即使有 12 个锁点的甲级防盗门,所有锁点也都由一个锁芯控制。因此,在挑防盗门时,主要是查看锁具的防盗等级标准。”

目前一些消费者对防盗门锁具缺乏认知和重视,给一些不法商贩留下空间。专家表示,一些知名品牌的防盗门配锁,使用符合公安部门要求的优质产品,锁具成本占到了防盗门总成本的 12% ~15% 左右,但一些小防盗门制造商为了追求低价格,配备多为小锁具制造厂生产的低价劣质门锁,这给社会安全带来隐患。

《门与锁,谁主沉浮?》刊于 2014 年 1 月 17 日

其他篇目

◆防盗门市场的“水”有多“深”
——北京防盗门市场走访纪实

◆防盗门暗藏“罗生门”锁芯质量是关键
——访中国五金制品协会副秘书长吕基英

◆优秀防盗门企和锁企品牌列表

◆门、锁、芯　一个都不能少

◆门企解答关于锁的五个问题

◆国外防盗门是怎样的?

关注本组核心报道请扫描二维码

中國建材報

CHINA BUILDING MATERIALS DAILY

国内统一刊号:CN11—0073　邮发代号1—121　国外代号D807

今日四版　第6854号　www.cbmd.cn

2015年1月30日　星期五　农历甲午年十二月十一

经济日报社主管主办

每周核心报道

本期核心报道主要反映的是阻碍预拌混凝土行业发展的问题,例如:应收账款居高不下、产能过剩严重、质量漏洞百出等问题。

针对这些问题,本报记者对预拌混凝土行业的现状以及存在的问题等进行了采访调查,这里向读者提供一些行业专家、学者的建议,也为大家解读了一些企业优秀案例,但这还远远不够,还需要全行业的共同挖掘和探讨。

当前,围绕这一系列问题、主要的共识是:预拌混凝土行业想要攻坚克难,单靠企业的力量远远不够,而是需要动员携起全行业之力。

预拌混凝土行业是一个与我们息息相关的行业,它渗透到每个人生活的方方面面,并且关乎每个人的生命安全。现在这个行业中存在的每一个问题,都可能为以后发展的路途埋下"定时炸弹"。一旦引爆,企业承担不起、行业承担不起、国家承担不起。

我们希望通过这组报道,各界能够对预拌混凝土行业存在的问题予以关注,也希望与大家共同探讨未来预拌混凝土行业的发展之路。

今后我们也将对这个行业的问题及解决之道给予持续关注。

策　　划:本报编辑部
统　　筹:张 红　黄 莹
采　　写:张 红　王怡洁　曾蕴瑶　　
　　　　　巍亚梅　张雪娇　黄 莹
制　　图:张文斋
责任编辑:曾蕴瑶　黄 莹

跛足的王者

——对中国混凝土产业的点赞与忧虑

■本报特约记者　张 红

十多年来,中国混凝土产业的产能规模与生产消费量均居世界之首。2014年,中国预制混凝土与预拌混凝土产量规模逾80亿立方米,消耗了20多亿吨的水泥和100多亿吨砂石骨料。中国混凝土与其关联产业拉动着全球最大的矿物消费量与物流量。

我国是世界上的建材大国,多年来,一直是水泥规模挂帅建材行业。而据权威统计数据显示,2014年,我国规模以上混凝土与水泥制品业销售规模超过水泥工业,总销售额超过一万亿元,水泥产品销售收入约为7000多亿元。混凝土产业规模居首,这无疑是我国国民经济发展进入新常态以后,我国水泥工业结构调整和产业链延伸、建材工业乃至工业产业结构调整的一个突出亮点。2014年混凝土与水泥制品业销售额超过水泥制造业,成为继1990年水泥工业产业规模超过砖瓦以后的建材工业发展史上又一转折标志年份。水泥超越砖瓦标志建材工业走向近代工业,而混凝土与水泥制品业销售规模超过水泥工业,标志着建材工业延伸传统工业产业链,发展低能耗加工制品业,新型工业化进程进入新阶段。

混凝土产业已从规模产能上成为真正的王者,其影响是深远的。已至有建材业资深人士说,在建材产业的终端市场,得混凝土者得天下。

王者的风范

是王者,就必然有令人刮目的王者风范。

首先,混凝土是中国建材行业第一个年销售额逾一万元亿元的产业。

混凝土作为世界上最大宗的建筑材料,也是最主要的建筑结构材料之一,混凝土质量对建筑结构质量与寿命起着根本和决定性的作用。如果说现代化是以城市化和工业化为具体特征,那么混凝土正是城市和工业的骨骼,它对全球人文和自然环境都已经或正在产生深刻而持久的影响。现代社会中,城市中的各类建筑物与构筑物都由混凝土砌筑,按照结构体积计算,80%以上材料都由混凝土构成,混凝土已经在宏观与细节上,深入影响着每一个人的安全与生活质量。

30多年来,中国预拌混凝土从无到有,从弱到强,不断改写并刷新着中国城市发展的新纪录。何谓城镇化,从视觉上而言,城镇化就是泛混凝土化。高铁建设、地铁建设、重点工程建设、市政市容及房地产都在这个范畴。中国预拌混凝土行业走到今日,正在经历两股历史大潮的洗礼。一是集约化,混凝土业内的大型企业兼并重组与大型水泥企业携资本优势的强势进入,都在孵化着混凝土行业旗舰方阵的诞生。二是绿色化,随着科学技术的进步,当传统混凝土向现代混凝土化蝶后,混凝土产业就已成为目前我国消纳固体工业废弃物与城市垃圾的最大产业之一。在推动节能型与环保型社会的建设进程中,混凝土的产业优势及利废功能已经受到业内外包括中央政府的关注与重视。近两年来,在国务院、中央各部委及各省、市、自治区政府出台的政策中,推广应用高性能混凝土已成为推进低碳环保乃至治理雾霾等空气污染的一项重要内容。

灿烂的产业发展进步之花,必然结满丰硕的科技创新之果。2015年1月9日,国家科学技术奖励大会在北京人民大会堂举行。2014年度国家科学技术奖励共授奖318项成果、8位科技专家和1个外国组织。其中,立足于混凝土产业的四项科技创新成果分获"国家科学技术进步一等奖"、"国家科学技术进步二等奖"和"国家技术发明二等奖"。他们分别是以东南大学吕志涛院士领衔的"现代预应力混凝土结构关键技术创新与应用";以东南大学孙伟院士领衔的"超高性能混凝土抗爆材料成套制备技术结构设计及其应用";以哈尔滨工业大学吴波教授领衔的"混凝土结构耐火关键技术及应用";以深圳大学邢锋教授领衔的"大掺量工业废渣混凝土高性能化活性激发与协同调制关键技术与应用"。

国家科学技术奖是一面旗帜,展示的是一批标志性重大科技成果,营造的是崇尚科学、尊重人才、褒扬先进的氛围,彰显的是国家的创新能力。

混凝土产业如此高规格、大面积地涌现出获奖科技成果,意味着混凝土产业博采互鉴、创新图强的步伐从未停歇,象征着混凝土产业始终以创新为推动发展的强大动力,混凝土产业的中国速度、中国力量、中国创新正在令国人注目。

回望2014年,在我国举世瞩目的重大工程中,人们都能仰视到混凝土凝聚的伟岸脊梁。

2014年12月26日,兰新高铁全线开通运营。这是世界上海拔最高的高铁,也是目前世界上一次性建设里程最长的高速铁路。她怀抱着世界上最长的高原高铁隧道、世界上火车能穿越最长的风区、世界上规模最大防风工程……作为一条长达1776公里的大干线,兰新高铁沿途所经地区包含了高原、高山、黄土、戈壁、沙漠、绿洲、湿地以及干旱、大风、极寒等各种地质类型和极端气候。西眺兰新高铁,我们可以骄傲地说,这里的每一寸工程都与高性能混凝土息息相关。

下转3版

砼,无法承受之"痛"

——对预拌混凝土行业困局的剖析

■本报记者　黄 莹

有行业人士曾这样描述混凝土行业的重要地位:它就像建材工业中的"食品行业",直接关系到每个人的生命和国家兴衰。尤其在我国,房屋建筑多为高层钢筋混凝土结构,高速公路和铁路等基建设施也都需要大量的预拌混凝土。

但长期以来,我国预拌混凝土行业普遍存在着各种问题。如果不加以重视,不想办法解决,就如同"定时炸弹"隐藏在每一方建筑之中,随时可能土崩瓦解。

遗憾的是,全社会对混凝土行业的认知度和重视度,却远不如对"食品安全"的关注,甚至,在大多数老百姓的观念中,根本不清楚混凝土的好坏对一幢建筑的寿命与坚固性所起到的决定性作用。

全社会对混凝土的陌生与漠视,使得混凝土行业始终掩埋在建筑领域的影子之中,无论是自身的发展,抑或是与相关联产业之间的关系,都显得唯唯诺诺、谨小慎微,许多"细菌"在其中滋生,也因为自身难抗又无人问津,而逐步形成难以根除的顽症。

尽管混凝土行业经过30多年的发展,取得了一定的成绩,但是,混凝土行业的顽症更是我们需要正视,需要反映的问题,如果继续隐晦避谈,最终的结果难以想象,楼塌桥倒的事故历历在目,更不要说我们还怀揣着创造百年建筑的伟大中国梦。

混凝土质量的隐患连年增高,这是国家之痛,是全行业、全社会必须攻克的大课题,而最重要的是,我们必须找到痛之本源,正如行内人所言,行业也好、企业也罢,只有解决了生存问题、温饱问题,才能考虑发展大计。

混凝土行业的确存在着阻碍发展的诸多因素,产能过剩日益严重已成为行业之痛;企业的确存在着生存问题,应收账款居高不下影响的不仅仅是企业的温饱,还有行业的尊严,而这正是痛之本源,牵一发而动全身。

应收账款　企业之痛

"到上个月月底,我们企业应收账款大概在一亿多",来自江苏淮安的一家混凝土企业的负责人耿长圣在今年1月份的一次混凝土行业会议上告诉记者。他表示,淮安地区近两年内预拌混凝土市场一直不景气,搅拌站应收账款在1~2亿元的情况比比皆是。"春节前我们希望能降低到7000~8000万元左右,日子就还能过。但是实际上很难达到。"耿长圣无奈地表示。

混凝土搅拌站的应收账款问题不是个例。记者所调查采访的每一位企业人士和业内专家都把应收账款问题拿出来吐苦水。预拌混凝土行业应收账款居高不下已成为行业发展的羁绊。

据数据显示,截至2014年末,混凝土行业应收账款达到2200亿元,比去年同比增长16%。如果任其发展,将严重威胁行业生存甚至国家安全。

下转4版

跛足的王者
——对中国混凝土产业的点赞与忧虑

■本报特约记者　张　红

十多年来,中国混凝土产业的产能规模与生产消费量均居世界之首。2014年,中国预制混凝土与预拌混凝土产量规模逾80亿立方米,消耗了20多亿吨的水泥和100多亿吨砂石骨料。中国混凝土与其关联产业拉动着全球最大的矿物消费量与物流量。

我国是世界上的建材大国,多年来,一直是水泥规模挂帅建材行业。而据权威统计数据显示,2014年,我国规模以上混凝土与水泥制品业销售规模超过水泥工业,总销售额超过一万亿元,水泥产品销售收入约为7000多亿元。混凝土产业规模居首,这无疑是我国国民经济发展进入新常态以后,我国水泥工业结构调整和产业链延伸、建材工业乃至工业产业结构调整的一个突出亮点。2014年混凝土与水泥制品业销售额超过水泥制造业,成为继1990年水泥工业产业规模超过砖瓦以后的建材工业发展史上又一转折标志年份。水泥超越砖瓦标志建材工业走向近代工业,而混凝土与水泥制品业销售规模超过水泥工业,标志着建材工业延伸传统工业产业链,发展低能耗加工制品业,新型工业化进程进入新阶段。

混凝土产业已从规模产能上成为真正的王者,其影响是深远的。已至有建材业资深人士说,在建材产业的终端市场,得混凝土者得天下。

王者的风范

是王者,就必然有令人刮目的王者风范。

首先,混凝土是中国建材行业第一个年销售额逾一万元亿元的产业。

混凝土作为世界上最大宗的建筑材料,也是最主要的建筑结构材料之一,混凝土质量对建筑结构质量与寿命起着根本和决定性的作用。如果说现代化是以城市化和工业化为具体特征,那么混凝土正是城市和工业的骨骼,它对全球人文和自然环境都已经或正在产生深刻而持久的影响。现代社会中,城市中的各类建筑物与构筑物都由混凝土砌筑,按照结构体积计算,80%以上材料都由混凝土构成,混凝土已经在宏观与细节上,深入影响着每一个人的安全与生活质量。

30 多年来,中国预拌混凝土从无到有,从弱到强,不断改写并刷新着中国城市发展的新纪录。何谓城镇化,从视觉上而言,城镇化就是泛混凝土化。高铁建设、地铁建设、重点工程建设、市政市容及房地产都在这个范畴。中国预拌混凝土行业走到今日,正在经历两股历史大潮的洗礼。一是集约化,混凝土业内的大型企业兼并重组与大型水泥企业携资本优势的强势进入,都在孵化着混凝土行业旗舰方阵的诞生。二是绿色化,随着科学技术的进步,当传统混凝土向现代混凝土化蝶后,混凝土产业就已成为目前我国消纳固体工业废弃物与城市垃圾的最大产业之一。在推动节能型与环保型社会的建设进程中,混凝土的产业优势及利废功能已经受到业内外包括中央政府的关注与重视。近两年来,在国务院、中央各部委及各省、市、自治区政府出台的政策中,推广应用高性能混凝土已成为推进低碳环保乃至治理雾霾等空气污染的一项重要内容。

灿烂的产业发展进步之花,必然结满丰硕的科技创新之果。2015 年 1 月 9 日,国家科学技术奖励大会在北京人民大会堂举行。2014 年度国家科学技术奖励共授奖 318 项成果、8 位科技专家和 1 个外国组织。其中,立足于混凝土产业的四项科技创新成果分获“国家科学技术进步一等奖”“国家科学技术进步二等奖”和“国家技术发明二等奖”。他们分别是以东南大学吕志涛院士领衔的“现代预应力混凝土结构关键技术创新与应用”;以东南大学孙伟院士领衔的“超高性能混凝土抗爆材料成套制备技术结构设计及其应用”;以哈尔滨工业大学吴波教授领衔的“混凝土结构耐火关键技术及应用”;以深圳大学邢锋教授领衔的“大掺量工业废渣混凝土高性能化活性激发与协同调制关键技术与应用”。

国家科学技术奖是一面旗帜,展示的是一批标志性重大科技成果,营造的是崇尚科学、尊重人才、褒扬先进的氛围,彰显的是国家的创新能力。

混凝土产业如此高规格、大面积地涌现出获奖科技成果,意味着混凝土产业博采互鉴、创新图强的步伐从未停歇,象征着混凝土产业始终以创新为推动发展的强大动力,混凝土产业的中国速度、中国力量、中国创新正在令国人注目。

回望 2014 年,在我国举世瞩目的重大工程中,人们都能仰视到混凝土凝聚的伟岸脊梁。

2014 年 12 月 26 日,兰新高铁全线开通运营。这是世界上海拔最高的高铁,也是目前世界上一次性建设里程最长的高速铁路。她怀抱着世界上最长的高原高铁隧道、世界上火车能穿越最长的风区、世界上规模最大防风工程……作为一条长达 1776 公里的大干线,兰新高铁沿途所经地区包含了高原、高山、黄土、戈壁、沙漠、绿洲、湿地以及干旱、大风、极寒等各种地质类型和极端气候。西眺兰新高铁,我们可以骄傲地说,这里的每一寸工程都与高性能混凝土息息相关。

经过12年艰苦建设,南水北调东、中线一期工程于2014年全面建成通水。这条现代的地下"大运河",其实就是一条用混凝土与钢铁砌筑的连接南北大地的新动脉。在10多年的建设中,南水北调中线一期工程创造了诸多"世界之最"和"中国之最":世界上规模最大的U形输水渡槽工程——中线湍河渡槽工程;国内穿越大江大河最大的输水隧洞——中线穿黄河隧洞工程;世界规模最大的U形输水渡槽工程——湍河渡槽工程;世界首次大管径输水隧洞近距离穿越地铁下部工程——北京段西四环暗涵工程等。南水北调河南、河北、天津、北京段输水工程使用了几百公里PCCP(混凝土管道),保证了南水北调最后1公里安全到位。

2015年,在正向我们走来的"京津冀一体化"与"一带一路"战略实施历史正剧中,混凝土依然是不可或缺的重要角色,混凝土正在用自己凝重质朴的身姿构筑着城乡新版图。

王者的隐忧

众所周知,如果一个王者主要靠"大"而上位,那么他必然有自己的隐忧甚至致命的弱点。中国混凝土产业亦是如此。

在过去的2014年,高性能混凝土、税改、建筑工业化、丰富多彩的混凝土大赛、转型升级、京津冀一体化、建筑质量终身责任制、绿色建筑、3D打印等这些行业关键词无一不牵动着混凝土与水泥制品行业人的心。但是更多的行业隐忧也挥之不去。

低散的产业集约度,弱势的产业话语权,惊悚的混凝土产品质量,任性而居高不下的应收账款,放肆的产能过剩都像顽症缠绕着混凝土这个巨人,这些都使混凝土更像一个跛足的王者。

其中突出的顽症有"三高"。

应收账款持续走高。到目前为止,预拌混凝土行业应用账款高企的态势依然没能遏制住。据不完全统计,2014年底,混凝土与水泥制品行业应收账款预计达到2400亿元,不少企业的应收账款占到当年销售额的三分之二,应收账款像滚雪球越滚越大,这对行业提质增效造成了很大的影响。统计数据显示,2014年,建材行业应收账款周转率的平均水平为11.15次,而混凝土与水泥制品行业应收账款周转率低至4.8次,差距持续加大。目前,预拌混凝土行业应收账款周转较好的企业为 180 ~ 120 天左右，差的企业则为 400 天左右。国际上混凝土行业的货款回收平均周期为十几周，而我国混凝土的货款回收平均周期在 40 周左右。全行业近年巨额的应收账款，已严重影响行业的经济运行质量。企业生产经营和企业财务面临较大风险，行业经营风险已在高位累积。

产能连年走高。随着国家禁止城市混凝土现场搅拌的政策规定逐步落实、支撑混凝土行业发展的装备制造业整体水平提升以及国家基础设施建设快速发展的带动，我国预拌混凝土产业取得了持续高速发展。但是由于预拌混凝土产业的发展进入门槛低，审批权限缺乏制约，资质条件把关不严，几乎以低水平的规模扩张成为发展的主要支撑，由此很快形成了严重的产能过剩和过度竞争，预拌混凝土行业的产能利用率不足 40%，我国混凝土产能与产量最大的江苏省产能利用率只有 34% 左右。

混凝土质量隐患走高。北京近年来发生了两起令人惊骇的由混凝土质量引发建筑返工重建的严重事故。最近的一次发生在 2014 年 9 月，大兴区采育当代满庭春自住房项目 6#、7#、8#楼部分已施工楼层，经检测主体结构强度达不到设计要求，结果全部返工重建，（据后来所查结果显示其混凝土供应企业无合法资质。）另一次发生在 2010 年，设计为 19 层的北京大兴区旧宫镇小区经济适用房，在建至 5 ~ 9 层时，被发现混凝土设计强度等级为 C30 的混凝土强度不合格，导致拆除了六栋重建，还有两栋重新加固。可以想象，如果这两起质量事故没有被查出且纠正的话，楼毁人亡将是其必然的后果，对楼房的主人来说，人命与财富将情何以堪。

不仅在北京地区，包括其他地方，这样不堪的混凝土质量并非个别。从建筑市场来看，这两次事故的严重性令所有混凝土从业者触目惊心。这些暴露出的劣质混凝土其实只是混凝土质量隐患的冰山一角。那些充斥在建筑工程中的混凝土质量漏洞，有些正在严重影响建筑的寿命，有些则像时不时就会爆响的“定时炸弹”。

随着我国机、电和电子工业的发展，适应预拌混凝土的发展的计量、搅拌、运输等工艺大大地进步，高效减水剂的普遍使用和发展改变了混凝土的一切：高强、高流态、高程泵送、在狭窄空间的浇筑等等，都已成为可能和现实；拌和物匀质性提高，施工方便，因振捣不善而造成的缺陷得以避免，建设速度大大地加快。但技术的进步与从业人员素质的不匹配。从总体上看，从业人员的素质低，质量管理和控制水平差，以致混凝土结构的质量事故和裂缝比过去出现得多了，因质量而造成供需双方的纠纷多了。即使眼前没有发生问题，也已存在不少隐患：混凝土配合比的报告大部分失真；混凝土拌和料运到工地后，加水现象普遍；10 年前混凝土的骨料都用水洗,现在一部分砂子含泥量高达7%等。

混凝土工程质量普遍存在着“质量堪忧”与“寿命堪忧”的双重隐患这绝不是危言耸听,混凝土质量乱象丛生已不是新闻,如在不少建筑生产现场的混凝土施工质量完全掌握在农民工手里,他们没有受过专业训练,没有长期从业的经验,为加快施工,在工地上往混凝土中注水,导致混凝土离析现象严重;操作混凝土“阴阳配合比”的人明目张胆、有恃无恐;原材料以次充好等恶劣行为已是混凝土行业大行其道的“潜规则”;有些企业设专人编造数据和文件来应对检查和评比;还有一些水泥企业为降低成本全然不顾混凝土生产需要而改变配料和工艺,致使混凝土质量下滑而有关各方并不知情;还有一些骨料企业质量控制体系不健全,完全不按混凝土质量的要求生产石料,质量波动大。混凝土行业的从业者都知道,“裂缝”是混凝土质量的“癌症”,目前在建筑工程中,混凝土裂缝出现的时间之早、范围之普遍、性质之严重在他们的从业经历中的从来没有见到过的。

不少业内专家都感到,混凝土行业发展形势已经很严峻。针对预拌混凝土行业发展中出现的突出矛盾问题,2014年9月下旬,中国建筑材料联合会乔龙德会长主持召开了专题会长办公会,听取了中国混凝土与水泥制品协会徐永模会长、孙芹先秘书长关于预拌混凝土行业发展现状及协会2014年相关重点工作汇报。在听取汇报和大家的讨论之后,乔龙德指出,预拌混凝土行业发展的特点是发展速度快,销售收入已超过水泥,名列建材行业第一位,但问题也非常突出,进入门槛低,规模以上企业多达7000多家,但散、乱等各种矛盾突出,如不整治不仅行业不能健康发展,还会给弄虚作假的份子钻空子,危害生命财产安全。

解决产能过剩与应收账款居高不下及遏制产品质量隐患的问题,都是系统工程。其破解顽症的主要力量来自市场,来自企业,来自法制,来自政府的正确决策,来自行业协会积极有效的协调与服务,来自全社会的正能量。我们寄希望于在新的一年,依法治砼能够声势浩大;混凝土行业的兼并重组能够结出硕果;混凝土行业的领军方阵能够气势磅礴地担负产业责任;混凝土市场能够走向更有序更规范;通过行业内外的努力,实现混凝土行业在国家政策、规划、标准、质量、技术创新等方面新的突破。

“跛足”是王者的隐患,但我们坚信这不是常态。只要强身健体,固本清源,我们就能看到王者真正的归来。

《跛足的王者》刊于2015年1月30日

其他篇目

◆砼，无法承受之“痛”

——对预拌混凝土行业困局的剖析

◆与其苦苦煎熬 不如奋起自救

——关键是寻找到一幅治理行业顽疾的良药

◆发达国家混凝土行业如何应对应收账款问题

◆这是一个受“夹板气”的行业

——行业人士对破解混凝土困局现状的探索和思考

◆“我希望中国成为混凝土强国”

——访清华大学土木水利学院教授廉慧珍

◆漫话“混凝土”

◆拓展今天的“绿洲”营造明日的“森林”

——从高性能混凝土一枝独秀谈开去

关注本组核心报道请扫描二维码

中國建材報

CHINA BUILDING MATERIALS DAILY

国内统一刊号:CN11—0073 邮发代号1—121 国外代号D807 | 今日八版 第6878号 www.cbmd.cn | 2015年3月12日 星期四 农历乙未年正月廿二

经济日报社主管主办

海螺集团去年实现利润一百五十一点九亿元

今年，将完善在东南亚建设水泥生产线的布局

本报讯 驻安徽记者姜健报道 在内需动力不足，土地、原材料、劳动力等生产要素成本持续攀升，安徽水泥行业三分之二企业亏损的大环境下，安徽海螺集团2014年仍然以利润总额151.9亿元位列安徽省属企业利润榜首，占安徽省管30家大型国有控股企业利润总额的一半以上。

2014年水泥市场产销矛盾较为突出，水泥价格下滑。土地、原材料、劳动力等生产要素成本持续攀升，安徽省统计范围内的160家水泥企业有120家亏损。在此形势下，海螺集团长期坚持的企业技术进步、提高运行质量、加强管理、节能降耗和切实有效的激励机制，显示出旺盛的活力。经济效益不降反升，各方面都取得了骄人的业绩。据了解，海螺水泥吨熟料成本比行业平均成本低25元。

2014年，海螺集团共生产熟料2.03亿吨，同比增长10.7%；生产水泥2.22亿吨，同比增长17.9%；水泥熟料净销量2.54亿吨，同比增长9.2%；销售建筑骨料803万吨，同比增长2.67倍。生产型材49.7万吨，同比下降1.1%；销售型材49.1万吨，同比下降2.2%。

2014年，海螺集团共实现汇总营业收入1303亿元，同比增长19.6%；实现利润151.9亿元，同比增长18.4%，占安徽30家省属企业利润总额的56.5%；上缴各类税收94亿元，同比增长21.4%。截至到去年底，全集团资产总额1085亿元，较年初增加77.3亿元；资产负债率33.6%，较年初下降6.7个百分点。

2014年，海螺先后并购了武冈云峰、邵阳云峰、贵州水城、昆明宏熙、湖南国产实业5个水泥项目。新增熟料产能1090万吨，水泥产能1330万吨。

2014年，海螺集团加快了海外拓展的步伐，并取得了成果。印尼南加海螺水泥项目顺利点火投产并达标，印尼西巴项目进展顺利。缅甸海螺成功签约动工。在老挝已经签约2个水泥项目，规划建设4条5000吨/日水泥熟料生产线，配套水泥粉磨系统、余热发电和配套生产、生活等辅助设施，并同步建设城市垃圾处理系统。2015年，海螺水泥将完善在东南亚建设水泥生产线的布局。

2014年，海螺集团荣获我国工业领域最高奖项——第三届中国工业大奖表彰奖。连续10年入围中国企业500强，荣列2014年中国企业500强第147位，较2013年上升了18位，荣列中国制造业500强第60位，较2013年上升了16位；位列福布斯全球2000强榜单第603位，递进了125位；海螺水泥荣列中国水泥上市公司综合实力榜首，中国上市公司500强105位，中国上市公司500强最赚钱的40家公司，荣获中国主板上市公司价值百强，入选中国十佳上市公司。

海螺创业控股有限公司2013年底在海外挂牌上市后，积极应对新的挑战，瞄准新的目标，努力提升核心竞争力，稳步发展主营业务，成绩斐然。截止目前，公司已签约或建成余热发电机组209套，其中海外项目12套，发电总装机容量达2393兆瓦；签约垃圾焚烧项目18个（12个BOT项目，6个EPC项目），其中在建项目10个，报批待建项目8个，有意向签约项目10个，炉排炉垃圾发电项目已在安徽金寨试点建设。海螺创业在安徽亳州、芜湖各投资10亿元人民币建设的新型墙材生产基地分别投产运行，即将成为中国最大的纤维水泥板制造厂商。

海螺集团是在中国改革开放的大环境下发展起来的国有控股企业，改革创新，不断发展是企业成长的灵魂。从1996年改制建立现代企业制度至2014年已有18年的时间，18年来海螺集团的每一步创新发展都引领了中国水泥行业的结构调整和技术进步。记者不久前在海螺集团采访时了解到，海螺集团现在已成为在水泥制造、垃圾处理、余热发电等领域的综合供应商，能够提供从咨询、设计、装备制造、设备成套、项目建设等系列服务，已成为具有强大国际竞争力的国际跨国公司。

"错峰"找到了经济发展和环境保护的平衡

专访全国政协委员、环保部中国环境监测总站办公室副主任温香彩

■本报记者 曾蕴瑶

近日，媒体对北方地区水泥错峰生产的报道引起了社会各界的广泛关注，其中3月9日的《经济日报》上全国政协委员、环境保护部直属中国环境监测总站办公室副主任温香彩谈到"错峰"助力雾霾治理的话题在业内引起反响。

3月10日下午，本报记者就水泥错峰生产改善环境质量的话题专访了温香彩委员。

记者：治理雾霾已经成为了全社会共同关心的话题，作为我国空气质量监测的权威发布机构，请问在众多的雾霾成因中，水泥工业的粉尘排放对雾霾的影响有多大？

温香彩： 治理雾霾是大家普遍关注的话题，PM2.5是对我国当前区域性复合大气污染影响最大的污染物，改善地区的环境质量须科学治霾。从去年开始，作为环保部直属的环境监测总站对京津冀、长三角、珠三角重点区域做了PM2.5污染物的源解析。所谓的源解析就是分析污染物的来源是什么，查清楚来源，环保部门就可以对症下药地施行环保举措。

水泥生产企业所排放的大气污染物主要有二氧化硫、氮氧化物、粉尘(颗粒物)等，其中前两项微为主要污染物，对大气一次污染物和二次污染物都有不小的"贡献"。

但雾霾的成因是复杂的，水泥工业燃煤排放的大气污染物，在汽车尾气，道路扬尘乃至做饭的油烟，街头的烧烤都是PM2.5飙升，雾霾频发的"元凶"。当所有污染物排放到空气中后，才能对污染物的成分做出分析。如果要问水泥工业排放所产生的PM2.5污染物占比多少，我们也很难做出结论。

去年，北方的水泥企业能够自觉在冬季实行错峰生产，率先承担起保护环境的责任，这值得各行各业学习。因为治理环境不仅仅是政府的任务，企业的责任，也是我们每一个人的事情，治霾治污需要政府、企业和公众的合力推动。

记者：据了解，环保部为了进一步增强区域合力治污，建立了区域大气污染防治联防联控机制，水泥错峰生产可以借鉴联防联控的经验吗？

温香彩： 去年11月APEC会议期间的北京空气质量是区域联防联控机制的成功典范。11月份的北京秋冬交接，刚开始供暖，且气候也不利于大气污染扩散。而北京的各项污染物平均浓度均达近5年同期最低水平，很大程度上归功于区域联防联控。

区域联防联控最早的试点是在北京奥运会，2008年经国务院批准，环境保护部与北京、天津、河北、山西、内蒙古、山东6省区、市以及各协办城市建立了大气污染区域联防联控机制，实行统一规划、统一治理、统一监管，取得了很好的效果。

大气污染联防联控的组织保障措施应从监管体系、科技支撑、资金投入、政策措施、协调机制、责任机制、考核机制等方面入手。比如完善区域空气质量监管体系，开展区域大气环境联合执法检查，集中整治违法排污企业；加强组织协调，建立区域大气污染联防联控的协调机制，编制区域大气污染联防联控规划；环境保护部要会同有关部门加强评估检查，对于未按时完成规划任务且空气质量状况严重恶化的城市，要严格控制新增大气污染物排放的建设项目等。

>下转7版

东三省企业致信两会 期盼错峰生产常态化 系列报道(3)

陈洪章教授和他的城市垃圾处理新方案

■本报记者 李文魁 雷雨田

"两会"期间，一直备受公众广泛关注的环保话题，成为代表委员们关注的焦点。在两会之外，中国科学院过程工程研究所生物质炼制工程北京市重点实验室主任陈洪章就环保话题，也向媒体展示了他和他的团队在水泥窑协同处置城市垃圾问题上的新成果。

"最近我一直也在关注两会报道，特别是新任国家环保部长陈吉宁的环保新思路，例如，'四管齐下'落实环保法；实施质量和总量双管控；'让环保队伍真正成为一支铁腕治污、勇于担当、公正透明、作风过硬的队伍'等，更使我对此领域的研究充满信心。"陈洪章说。

陈洪章还介绍说，目前城市垃圾处理主要有土地填埋、堆肥及焚烧三种方法。填埋处理费用低，方法简单，但不仅耗用土地资源大，且对大气、水、土壤造成的二次污染较为严重，已经有多个地方因此出现群体上访事件；堆肥虽然既解决垃圾的出路，又可达到再资源化的目的，但对垃圾选择性差，生产规模小，堆肥肥效低；焚烧方式虽说节约土地资源，减容减量效果好，二次污染危害小，适用范围广，但前期投入大，燃烧不充分又会产生二噁英。我国垃圾填埋比例超过70%，考虑到土地资源的缺乏，垃圾焚烧将成为今后城市垃圾处理最有潜力的方式之一。

在谈到水泥窑协同处置城市垃圾问题时，陈洪章教授和他的团队向记者展示了他们的主要成果——汽爆技术。

汽爆技术的原理及过程为：具有细胞结构的植物原料在高压(0.8~3.4MPa)、高温(180~240℃)介质下汽相蒸煮，半纤维素和木质素产生一些酸性物质，使半纤维素降解成可溶性糖，同时复合胞间层的木质素软化和部分降解，从而消弱了纤维间的粘结。然后，突然减压，介质和物料共同作用完成物理的能量释放过程。物料内的汽相介质喷出瞬间急速膨胀，同时物料内的高温液态水迅速暴沸形成闪蒸，对外作功，使物料从胞间层解离成单个纤维细胞。由于高温高压作用，及其类酸性作用，汽爆过程能够将蛋白质降解成多肽和氨基酸，使淀粉糊化降解成寡糖或葡萄糖，因此汽爆技术除能够处理植物纤维类原料外，还能处理动物尸体、屠宰场下脚料、畜禽毛发、餐厨垃圾、城市生活垃圾等生物质原料。

>下转7版

每周核心报道

流 通 为 王

——探析建材家居流通业转型升级之路

近来，有两则新闻引起舆论热议：一则，春节期间，有多达45万中国游客赴日消费，温水洗净马桶盖成为一大购物热门，而一位游客回国后才发现他们购买的马桶盖产地竟然是杭州下沙。二则，近日，有辽宁盘锦的网友发帖说，中国游客天价购买的日本大米"一目惚"，很像盘锦出口的"一目惚"大米。

对于"一目惚"大米是否为中国出产，还有待进一步证实，但游客抢购的马桶盖确为中国制造。虽然我们不知道抢购的国人在看到"Made in China"的标示后，是否仍然甘愿掏钱，但去日本抢马桶盖的现象值得深思。

两会上，全国人大代表、上海社科院经济研究所副所长张兆安在谈及这事件时，则一针见血地指出："只有减少流通环节，改变销售方式，才能保住正在向国外流失的消费。"

这让我们不禁感慨：中国的制造体系已经可以制造出一流产品，中国的流通体系却不能承载一流产品。

当下，由于我国制造能力不断扩张，生产能力远大于消费能力，导致供过于求的现象较为突出。与之形成鲜明对比的是，流通渠道不尽畅通，即大生产与大流通不能很好地对应起来。

放眼望去，各行各业的流通几乎都存在这一问题，建材行业亦是如此。在"流通为王"的时代下，尤其对建材家居流通企业来说，他们是与消费者最接近的，最了解消费者的，最值得消费者信赖的流通途径，更应该注重流通渠道的创新性和灵活性。

另一方面，我们还要看到，在市场经济条件下，消费通过流通决定着生产，流通业实际上是国民经济的血脉系统。而在整套系统中，消费与流通互为关系，互为作用。

但由于近年我国拉动经济的三驾马车——出口、投资、消费中，出口和投资的比例一直偏大，居民消费水平持续走低，这种结构性矛盾无疑使我国经济发展的主动性大大降低。有专家称，前两驾已经疲软，目前继续拉动消费是扩大内需的当务之急，也是改善民生的职责所在。

国务院总理李克强明确提出要助推消费升级，再次体现出国家对于消费的重视和肯定。这对建材流通领域来说，也是利好的消息，而在此过程中，搞活流通就是实现扩大消费的必经途径，反过来说，若要提高消费能力，对流通体系的完善也会形成倒逼机制。

未来十年，中国处于流通业从传统走向现代的冲刺阶段。我们期待着在相关部门的切实推进下，建材流通领域能够大放异彩。

■本报记者 王怡洁

2012年7月11日的国务院常务会议讨论通过《关于深化流通体制改革加快流通产业发展的意见》，并首次肯定流通产业的基础性和先导性产业的地位时，全行业都为之欢呼雀跃。

而当时很多业内人士则认为，这样的战略定位似乎来得有些晚，并不禁感慨：以往，流通业的地位确实被低估了。一个明显的佐证是，两年前我国流通业就业人数就已高达1.3亿人。换句话说，全国每十个人中就有一个是流通业从业者，但是这一振奋人心的数字很少被人提及，也没有引起更多的重视。

两年后的今天，党的十八届三中全会提出了全面深化改革，强调市场在资源配置中起决定性作用，可以说这对于加快推进流通业的创新发展，实现行业战略改革和结构调整意义重大。

著名经济学家萨缪尔森说过："商业是最古老的艺术，最新颖的文明"。流通业内专家指出，已存续几千年的商业之所以至今依然是朝阳产业，其创新的推手和"灵魂"就来自流通领域中的创新精神。

各行各业的流通领域皆是如此，尤其在较为传统的建材行业，建材流通业更要做到创新先行，以此来带动全行业的转型升级。

欣喜的是，建材行业内已经出现了这么一批队伍：注重创新的中国建材流通协会、具开拓精神的建材流通业主力军——家居卖场、始终关注建材流通发展的富有创新思想的行业专家学者。

创新永无止境。他们就像无数盏明灯，带领着我国建材流通行业向创新提升、转型升级的方向一路高歌猛进。

这是一个"流通为王"的时代

所谓"建材流通"，追溯到计划经济时期就是产品分配，进入市场经济时期并转向双轨制时，建材流通即为建材商品交易，而在当前社会，建材流通也可理解为建材资本的流动。从中可看出，"建材流通"这一概念较为宽泛。

30多年的改革开放，伴随着国民经济的快速增长，在市场机制的作用下，我国建材业经历了持续快速、高增长的发展阶段，一个门类齐全，有相当经济规模的建材生产与流通体系已基本形成。

>下转2版

本期关注

策　　划：本报编辑部

统　　筹：刘媛媛

采　　写：王怡洁　曾蕴瑶　董亚楠　张雪娇　黄　莹　赵常秋

责任编辑：黄　莹

美　　编：崔建岐

流通为王

——探析建材家居流通业转型升级之路

■本报记者　王怡洁

近来，有两则新闻引起舆论热议：一则，春节期间，有多达45万中国游客赴日消费，温水洗净马桶盖成为一大购物热门，而一位游客回国后才发现他们购买的马桶盖产地竟然是杭州下沙。二则，近日，有辽宁盘锦的网友发帖说，中国游客天价购买的日本大米“一目惚”，很像盘锦出口的“一目惚”大米。

对于“一目惚”大米是否为中国出产，还有待进一步证实，但游客抢购的马桶盖确为中国制造。虽然我们不知道抢购的国人在看到“MadeinChina”的标示后，是否仍然甘愿掏钱，但去日本抢马桶盖的现象值得深思。

两会上，全国人大代表、上海社科院经济研究所副所长张兆安在谈及该事件时，则一针见血地指出：“只有减少流通环节，改变销售方式，才能保住正在向国外流失的消费。”

这让我们不禁感慨：中国的制造体系已经可以制造出一流产品，中国的流通体系却不能承载一流产品。

当下，由于我国制造能力不断扩张，生产能力远大于消费能力，导致供过于求的现象较为突出。与之形成鲜明对比的是，流通渠道不尽畅通，即大生产与大流通不能很好地对应起来。

放眼望去，各行各业的流通几乎都存在这一问题，建材行业亦是如此。在“流通为王”的时代下，尤其对建材家居流通企业来说，他们是与消费者最接近的，最了解消费者的，最值得消费者信赖的流通途径，更应该注重流通渠道的创新性和灵活性。

另一方面，我们还要看到，在市场经济条件下，消费通过流通决定着生产，流通业实际上是国民经济的血脉系统。而在整套系统中，消费与流通互为关系，互为作用。

但由于近年我国拉动经济的三驾马车——出口、投资、消费中，出口和投资的比例一直偏大，居民消费水平持续走低，这种结构性矛盾无疑使我国经济发展的主动性大大降低。有专家称，前两驾已经疲软，目前继续拉动消费是扩大内需的当务之急，也是改善民生的职责所在。

国务院总理李克强明确提出要助推消费升级，再次体现出国家对于消费的重视和肯定。这对建材流通领域来说,也是利好的消息,而在此过程中,搞活流通就是实现扩大消费的必经途径,反过来说,若要提高消费能力,对流通体系的完善也会形成倒逼机制。

未来十年,中国处于流通业从传统走向现代的冲刺阶段。我们期待着在相关部门的切实推进下,建材流通领域能够大放异彩。

2012 年 7 月 11 日的国务院常务会议讨论通过《关于深化流通体制改革加快流通产业发展的意见》,并首次肯定流通产业的基础性和先导性产业的地位时,全行业都为之欢呼雀跃。

而当时很多业内人士则认为,这样的战略定位似乎来得有些晚,并不禁感慨:以往,流通业的地位确实被低估了。一个明显的佐证是,两年前我国流通业就业人数就已高达 1.3 亿人。换句话说,全国每十个人中就有一个是流通业从业者,但是这一振奋人心的数字很少被人提及,也没有引起更多的重视。

两年后的今天,党的十八届三中全会提出了全面深化改革,强调市场在资源配置中起决定性作用,可以说这对于加快推进流通业的创新发展,实现行业战略改革和结构调整意义重大。

著名经济学家萨缪尔森说过:“商业是最古老的艺术,最新颖的文明”。流通业内专家指出,已存续几千年的商业之所以至今依然是朝阳产业,其创新的推手和“灵魂”就来自流通领域中的创新精神。

各行各业的流通领域皆是如此,尤其在较为传统的建材行业,建材流通业更要做到创新先行,以此来带动全行业的转型升级。

欣喜的是,建材行业内已经出现了这么一批队伍:注重创新的中国建材流通协会、具开拓精神的建材流通业主力军——家居卖场、始终关注建材流通发展的富有创新思想的行业专家学者。

创新永无止境。他们就像无数盏明灯,带领着我国建材流通行业向创新提升、转型升级的方向一路高歌猛进。

这是一个“流通为王”的时代

所谓“建材流通”,追溯到计划经济时期就是产品分配,进入市场经济时期并转向双轨制时,建材流通即为建材商品交易,而在当前社会,建材流通也可理解为建材资本的流动。从中可看出,“建材流通”这一概念较为宽泛。

30 多年的改革开放,伴随着国民经济的快速增长,在市场机制的作用下,我国建材业经历了持续快速、高增长的发展阶段，一个门类齐全，有相当经济规模的建材生产与流通体系已基本形成。

这是目前全社会对我国建材流通行业的总体评价。

说到建材流通业的发展，让我们不妨先把目光聚焦在整个流通行业。

从宏观方面来看，流通业作为连接生产与生产、生产与消费的桥梁纽带和现代服务业的基础力量，改革开放以来的若干年间，无论是行业规模、发展速度，还是组织方式创新、现代化水平提升都取得了显著进步，有效带动了市场繁荣、经济发展，较好地满足了日益增长的生活、生产需要。

近几年来，随着流通产业作为先导性产业的地位被肯定，国家也相继出台了一系列扩大内需的政策，来建立更加公平可持续的社会保障制度，这也为流通发展提供良好的环境和政策保障。

但同时，我们必须看到流通产业也面临由大到强、提质增效、模式转型、成本提升的巨大压力和挑战，也存在着很多问题，诸如流通网络的布局不尽合理，流通的信息化程度不高，流通成本高、效率低等。

因此，如何发挥流通业在国民经济中的基础性和先导性作用，成为全行业亟待破解的课题之一。

在此新形势下，商务部流通业发展司副司长王德生在2014(厦门)流通经济与城市发展论坛上表示，流通业应往转型提升与创新发展方面迈开更大的步伐。

在业内人士看来，这或许就是破除整个流通行业发展瓶颈的金钥匙。

再回到建材流通领域，又何尝不需要创新先行?

众所周知，建材行业的能耗过高、排放过度、产能过剩等问题早已成为社会焦点，这也恰恰说明建材行业已到了不得不转型、不得不另辟蹊径的关键时期。而在此转型升级的过程中，建材流通业是时候站出来，继续扩大其在整个建材行业发展中的引导作用。

长久以来，建材工业的发展离不开建材流通，在我国建材工业实现由大变强的过程中，建材流通业同样也负有重要责任。事实上，与其他行业相比，建材行业最大的特点之一是关联度高，可以说，它是与整个国民经济关联度最高的行业之一。稍与钢铁行业作比较，便会发现钢铁行业虽然规模大，但其主要用于基础建设、重点工程等。而建材行业包含子行业众多，产品类型丰富，既与基础建设、房地产等前端产业有必然联系，也与后端的建筑装饰装修直接相关。而在这条完整的建材产业链中，流通的作用自然不可小觑，而是占据着更加重要的位置。

因此,在当前“流通为王”的时代,建材流通的创新对于整个建材工业的发展至关重要,在很大程度上将促进建材产业链各个环节进行创新增效,并以此来带动整个建材工业体系的转型升级。同时我们也看到,这些年我国建材流通体系、流通结构和企业运营模式正在发生变化,这也说明流通业态的变革与创新已成为必然趋势。

“协会”要走在流通业创新的前沿

当前,整个流通行业正处于从传统流通业向现代流通业转变的关键时期和流通体制改革的攻坚阶段,任重道远。尤其在较为传统的建材行业,更需要流通领域的创新引领。其中,行业协会在推进建材流通业发展的过程中发挥着不可替代的作用。

放眼我国建材流通行业的整体发展局面,虽然经过 30 多年的蜕变,取得了诸多成就,但目前还存在很多问题。若要解决好这些问题,仅仅依靠行业自身,依靠各家居卖场的改变还远远不够,这就需要行业协会站出来,承担帮助行业企业进行创新提升的责任和义务。

在人们的传统意识中,“协会”也是较为传统的行业组织协调机构,行业协会自身的改革创新与突破在新常态下,必须尽早破茧而出,尤其是始终站在创新前沿的流通业,更需要其最重要的行业组织协调部门——建材行业流通协会进行创新先行。只有协会通过自身的创新尝试,才能最大限度地带动全行业在创新驱动方面更富活力、更有凝聚力,更能健康良性地发展。

中国建材流通协会,这一最早介入建材家居市场服务领域的行业组织,自 2008 年以来,以第四届理事会组成为标志,在协会工作历史上翻开了崭新的一页,被赋予了带领行业创新发展的新使命。

的确,协会不再只是传统意义上政府和企业间的纽带和桥梁,而是和政府共同治理社会的并行力量。作为企业“领头羊”,行业协会更要通过自身创新带领本行业抓住机遇,乘势而上。

在这方面,建材流通协会的领导班子早有共鸣。在建材流通协会会长孟国强看来,协会就是行业利益的代表者,其根本职能是维护行业利益,保障行业利益,反映社会诉求,反映企业和行业呼声。让政府听到看到不同的东西,让政府了解企业的真正诉求。这就是孟国强以及整个建材流通协会的指导思想。

其常务副会长兼秘书长秦占学也认为,“引领、服务、自律”是协会发展的魂。具体来说,协会是和政府共同治理社会的一部分力量,协会是行业的引领者,要引领行业发展,而并非简单地服务。行业协会就可以做政府没想到的事,做政府做不到的事。协会与政府要一道协同管理社会、服务行业,只是各自分工不同。即使政府效能在某一时段失灵,行业也能正常运转,行业协会的作用也就真正得以发挥。

有了如此富有改革精神的指导思想,流通协会有了新的定位,那就是行业发声者和企业代言人,怎么能真正发挥为行业和企业服务的作用成为流通协会这几年始终努力的方向。

在此大背景下,流通协会的每一步创新,每一步开拓都对行业未来发展有着重要的指导意义。协会思想也不时影响着流通企业的战略布局变革,进而改变着整个流通行业的创新发展轨迹。

“新常态”给建材流通业带来重要影响

在改革开放30多年的发展历程中,建材流通的创新贯穿始终。在孟国强所作《改革开放与中国建材流通的科学发展之路》一文中,他这样描述建材流通的创新变化:“随着经济体制改革的深入推进,各种先进的流通与营销方式逐步进入我国建材流通领域,在实践中经过不断创新和提升,有效地发挥了组织生产、衔接供需、信息传导、满足消费等作用……”

毋庸置疑,2014年以来,我国正进入一个具有新特征的发展阶段。

“新常态”下的中国经济,给我国建材流通行业的发展也带来了一系列重要影响。与此同时,互联网和现代信息技术的快速发展,以电商为代表的新零售革命的到来,对传统商贸流通业带来了前所未有的冲击和挑战。

“改革激发新活力,开放释放新推力,创新重塑新动力。”在此新常态背景下,回顾2014年建材流通领域的发展,通过各项相关指标可以看出,占据建材流通较大份额的建材家居行业虽然整体增长减速换挡,但是经济增长方式和商业模式在调整中逐步探索创新,产业链逐步向高端迈进,多样化消费渐成主流,中小企业加快发展成为增长新亮点。

面对流通和市场变化,建材流通全行业积极应对挑战,调整经营战略,在转型发展的道路上励精图治,稳中求进。以建材家居流通为例,红星美凯龙、居然之家、集美家居等为代表的建材家居类企业展现了强烈的开拓创新精神。他们在改革的过程中,开始注重从绿色采购、绿色物流、绿色消费到绿色监督的绿色产业链升级,并同时开拓线上线下O2O营销新模式,有些卖场甚至还打造了工厂式一线体验采购环境。这些也都是整个行业在新常态下所呈现的发展新方向。

同时,我们也注意到,行业企业的这些创新发展都与建材流通协会的创新引领理念紧密相关。中国建筑材料流通协会以“改革创新”为主基调,拓展服务渠道,完善服务机制,加强行业指导。其中,协会在大力推进专业委员会建设、研讨O2O创新模式、带领企业开展跨界交流、进一步完善BHI景气指数等多项创新性工作中始终在助推行业转型升级。

秦占学告诉记者,新的一年,“改革、创新、服务”将是协会2015年工作的三大主题。

具体来说,就整个行业而言,协会将逐步压缩产能,也就是控制家居流通企业的数量,更多地用市场观念来引领整个行业的发展。同时,还要逐步引导行业朝绿色流通的发展方向迈进。在物流方面,对传统物流产业进行升级,帮助行业利用物联网技术打造现代化物流队伍,鼓励发展第三方物流。就企业而言,作为带路人,协会也会帮助企业进行创新改革,比如发展电商,利用大数据帮助企业分析精准营销等。

可以看出,未来协会工作的重点和整个建材流通产业的发展方向完全一致,也就意味着协会将继续在引领行业创新发展的过程中献计献策,发挥更大的作用。

放眼建材流通行业,2015年是我国全面深化改革的“关键之年”,是国家“十二五”和“十三五”规划接替转换的过渡之年,也是建材流通产业新秩序逐步形成的关键时期。以人为核心的新型城镇化,扩大内需的强烈需求,消费结构升级,区域经济一体化发展战略的推进,无不为这一行业带来新的广阔的发展空间。

在如此重要的历史节点,我们有理由相信,中国建材流通协会将陪伴和引领企业,狠抓攻坚改革,主动把握机遇,努力实现协会改革和行业创新的同步发展。

秉持“服务转型、模式变革”理念　夯实全维度品牌化服务业态

以创新驱动打造现代化社团组织

——2008—2014·中国建筑材料流通协会改革发展纪实

■本报记者　赵常秋

历史,从来都是在直面问题中展开其波澜壮阔的画卷。中国建筑材料流通协会自2008年以来以问题为导向,促进协会改革与服务创新,在“创新驱动”理念的指引下深化自身改革,在“切实提升服务行业、企业的能力和水平,引领行业与企业健康理性发展,引导行业自律”等方面获得了长足的进步。

七年来,中国建筑材料流通协会在“创新驱动”理念的引领下,以前所未有的

魄力和智慧,全面贯彻“服务转型、模式变革”战略思维;七年来,中国建筑材料流通协会秉持“创新驱动”核心理念,全维度夯实品牌化服务;七年来,中国建筑材料流通协会深入贯彻落实国务院国资委、民政部、商务部、住建部、中物联等上级部门的有关要求,在第四届和第五届理事会的领导下破旧立新,充分利用国家政策的有利因素、推进协会各方面改革创新,使每一项服务和创新都有扎实的落脚点;七年来,中国建筑材料流通协会扎根行业、立足企业需求,将协会内外、行业上下的涓滴创新理念汇集成流,不断提升协会服务的“比较优势”,应对建材流通业的新常态。

创新协会理念、优化人员和机构　为社会增加正能量

在经济发展的实际过程中,人们对于流通的认识正逐渐发生着改变。2012 年 8 月,国务院发布了《关于深化流通体制改革加快流通产业发展的意见》,明确提出“流通产业已经成为国民经济的基础性和先导性产业”。

在这样的时代背景下,中国建筑材料流通协会七年以来励精图治,以问题为导向,立足行业需求,创新服务,推进着了自身改革。

行者思为先,理论决定改革方向

马克思说,“理论在一个国家实现的程度,总是决定于理论满足这个国家的需要的程度。”对于行业协会而言,改革创新都与其理论密不可分。中国建筑材料流通协会首先需要破除“依附于建材生产部门和‘协会是为政府服务的’”等传统协会理论思想上的条条框框。

中国建筑材料流通协会聚集了一批行业专家,他们对建材流通行业扎实的基础研究和理论分析,让其对流通规律有着深刻的理解。协会会长孟国强上任后做出的第一项改革就是将流通协会的工作地点迁到了物资部大院,“建材流通环节与生产环节有着截然不同的规律,物资大院这里的工作氛围和话语环境更加适合协会开展工作”,对于建材流通协会未来定位,他坚定地表示,“应成为社会主流机构的一分子”。

行业协会之“魂”应是既要服务企业,更要对行业发展起到引领作用,并引导行业自律。对于“行业协会是服务政府”的观念,孟国强直言其是“反市场化的”,这将导致协会无法成为行业发声者和企业代言人,无法真实地反映企业诉求,维护行业与企业利益也只能成为口号。常务副会长秦占学对此持相同观点,“全国性的行业协会必须从一个依赖政府状态转为超越政府,从而引领行业发展”,与政府一道协同管理社会、服务行业,形成现代行业管理体系,保证社会与行业的健康持续

稳定发展。

在这样的观念指导下,中国建筑材料流通协会确定了"服务企业、服务会员、服务社会"的服务宗旨,并不断地以改革促进协会发展,向现代社会组织机构迈进,积极响应党的十八大提出的"加快形成现代社会组织体制"的目标。

打造"年轻化、职业化、专业化"队伍

90年代初成立的一些传统行业协会,许多已经变向成为老干部安置所,这直接导致了多数协会职能"异化"或萎缩,无法也不敢接受市场的历练和考验,很多协会甚至已经成为行业与社会发展的包袱。

具有23年历史的中国建筑材料流通协会也曾有这样的问题,一度是"沉闷的、以养老和安置为特征的陈旧协会活动模式",为了扭转这一局面,"为社会贡献正能量",孟国强等协会负责人提出了协会人员"年轻化、职业化、专业化"的目标,更换新鲜"血液"。孟国强上任后,中国建筑材料流通协会逐步吸纳了一批具有市场流通、经济、物流管理等专业背景的青年人才,协会鼓励和支持这些年轻人深入行业和企业,进行调研和理论研究,深挖企业服务需求点。七年以来,很大一部分人脱颖而出,成为协会的中坚力量。

据了解,现阶段中国建筑材料流通协会的骨干中近70%都是中青年。一位80后部门美女主任在接受采访时表示,"协会领导引导我们年轻人一步步熟悉协会工作和行业,并给予我们同等的机会,我觉得协会是可以实现精彩人生的广阔天地。"

现阶段,中国建筑材料流通协会除了信息中心、会员部、行业事务部、会展部、培训中心、标准化服务部等常规协会部门外,还设立了企业家俱乐部、专家委员会、规划咨询部、企业营销与品牌服务中心等部门。在夯实传统服务内容与服务能力的基础上,顺应时代发展与行业新需求。

立足企业需求,提升协会服务能力和水平

打造企业家俱乐部　引导会员企业跨界融合

中国建筑材料流通协会目前拥有2000多个会员单位,既有各省市区建材流通企业,又有大中型建材生产企业,以及民营建材生产和流通企业。"如何整合共享资源,助力企业从创业期到产业期过渡,最终完善资本运营",让协会颇费了一番头脑,最终"企业家俱乐部"这一创新服务部门应运而出,并成为"目前在建筑材料流通领域里唯一专门服务于各企业、企业家们的专属平台"。

在了解到一些会员企业希望与建材家居行业外的企业开展交流学习,特别是

企业运营、管理模式成熟、市场经验丰富的企业。了解到会员企业的心声后，中国建筑材料流通协会集思广益，最终创新性地设计出“走进500强”活动，组织会员企业前往其他行业的龙头企业进行观摩和学习，推进跨界融合，探索新“富矿”。

俗话说，隔行如隔山。选择哪一家“500强”企业，又如何使其参与到协会的这项活动中来并非易事，不过流通协会已经成功“叩开了海尔集团的大门”，并组织了会员企业前往海尔集团进行交流和学习，甚至有企业当场就表达了合作意向。孟国强高度肯定了此次跨界交流活动，他说，“虽然企业家俱乐部诞生时间不长，但负责人对此项工作内容充满热情，敢想、认干，毫不夸张地说，是这个‘小姑娘’用诚意和创意打动了海尔，而海尔集团也在向家居建材行业扩张。”

此外，对于中国建筑材料流通协会组织会员企业跨界融合的活动，记者也采访到了红星美凯龙的相关负责人，他表示，随着家居市场竞争日益加剧，消费需求和审美文化的发展，各行业之间相互渗透、相互融会逐步加深，企业通过跨界、强强联合的品牌协同效应在2014年的家居行业表现得尤为明显，“通过相互渗透、相互融合，打造品牌立体感和纵深感，赋予品牌新的定位和含义，实现‘1+1>2’的效果，对于协会帮助会员开展跨界融合，我们非常的支持和期待。”

“5年磨一剑”——全国建材家居景气指数（BHI指数）

秦占学在采访中不无喜悦地表示，“BHI指数可以说是目前协会工作中最大的亮点。”对于BHI指数，他不无骄傲地说道，“从一开始备受争议到现在已成为‘指引行业发展之剑’，现在国内很多证券机构在做建材家居行业研究分析中用的都是我们的BHI指数”。

发布5年来，BHI指数得到不断完善和改进，而秦占学也为之倾注了巨大的心血。特别是近年来我国房地产行业的起伏波动牵动着全社会的神经，建材家居行业更是与之“唇亡齿寒”，从BHI指数中不仅可以清晰地解读、反映出房地产开工率、使用率、投资、消费和出口状况等重要信息，还可以通过与房地产指数结合使用，分析出建材家居行业未来发展趋势，具有很强的科学性与实用性。

现阶段，我国经济进入新常态，中国建筑材料流通协会也将进一步丰富BHI指数的功能。首先，实现BHI指数“点、线、面”全方位、立体化覆盖。落地到具体的城市和区域，做好“一路一带”“京津冀地区”“长江经济带”等的BHI指数报告；其次，深入基层，延伸至“神经末梢”。对此，秦占学表示，目前建材家居企业已在向三、四线城市发展，同时，这些城市中很多建材家居企业也在迅速发展，为此协会工作将向基层“下沉”，做好更深入的基础调研工作和行业研究，使BHI指数可以更好地服务行业和会员，并为我国新型城镇化建设做出应有的贡献。

设立专业委员会,为建材家居产业提供精准服务

对于专业委员会,中国建筑材料流通协会秉持“成立专业委员会就要为行业和企业提供切实服务”的理念,先后成立了“涂料专业委员会”和“家居建材市场专业委员会”。此外,为了更好地满足行业和企业的精细化与细分化需求,“中国泰商建材家居研究会”“金融服务专业委员会”“电子商务专业委员会”“节能环保专业委员会”“物流专业委员会”“建材家居电子商务专业委员会”8 个专业委员会正处于筹办之中。孟国强表示,“专业委员会要坚持‘成熟一个,发展一个,脚踏实地’”。秦占学特别向记者介绍了“家居建材市场专业委员会”“电子商务专业委员会”“金融服务专业委员会”等专委会的服务模式和特点。

“家居建材市场委员会”成立于2014 年底,但开展工作却可以用“迅雷不及掩耳”形容,仅仅两个月后,就成功举办了“首届建材家居市场成功营销案例分享会”,会议内容丰富、形式活泼,参会企业代表给予了很高的评价。

“电子商务专业委员会”则是“机构未成型,服务已开始”。中国建筑材料流通协会坚持“立体服务”的方式,整合利用现有资源,推进行业转型升级,力求建材家居行业的电子商务成为“有根之木,有源之水”。2014 年 8 月,“建材家居市场转型升级工程”之建立大数据产业链平台的启动会议在西安成功召开,帮助建材家居卖场实现新的商业模式转变;接着,为会员企业提供专业培训,加深其对 O2O 的理解;最后,通过“电子商务专业委员会”,依据企业个性化需求为其提供更为具体的项目服务。

对于“金融服务专业委员会”,秦占学感慨良多,并且表示“正在审慎的筹办之中”。扎根建材流通领域二十多年,秦占学深知“建材”的外延在拓宽,而“流通”的外延也在延伸。他也看到了建材资本流通在时下的重要意义。他介绍说,“‘金融专委会’主要是服务优秀中小企业融资和上市发展,帮助其理性和健康发展,提升自身价值。”

秦占学透露,建材流通协会正在与商务部积极磋商“全国建材家居市场布局指南”(暂定名)的课题,预期目标是通过统计和综合研究目标城市或区域的 GDP、人口数量、人均收入等数据后,为地方政府和建材家居企业提供具体的、科学的数据分析与支持,“我相信这完全是可以实现的,可以为地方招商引资提供参考,并有望缓解建材家居行业商能过剩的问题。”

“站在历史与未来的交汇点,更伟大的征程正在我们面前展开”。新型城镇化,扩大内需的强烈需求,消费结构升级,区域经济一体化发展战略的推进,无不带来新的广阔的发展空间。“一带一路”已经作为顶层设计在我国经济发展的未来版图中全面铺开,中国将在更广阔的领域推进改革开放,国家发展将迎来新的机遇,建材家居行业将迎来全新的发展的新时代,而中国建筑材料流通协会在新时代和新机遇下进一步发挥“服务行业、服务会员、服务社会”的作用,值得我们期待。

今天的我们依旧充满活力

——访中国建筑材料流通协会会长孟国强

孟国强:1982 年 9 月调入国家经委工作,后供职于中国企业管理协会、物资部、内贸部、国家国内贸易局和中国物流与采购联合会,曾任副处长、处长、副司长等职。2000 年 12 月任中国物流与采购联合会副秘书长,2008 年 12 月至今任中国建筑材料流通协会会长。

■本报记者 曾蕴瑶

“看到了你们,就像看到自己的青春岁月。”这是中国建材流通协会会长孟国强见到记者们说的第一句话。“青春是最值得怀念和留恋的岁月,看到你们,我既羡慕又惆怅,还有些许无可奈何,年轻可以任性,但青春总会过去,你们要好好珍惜。”

这并不是几句简单是客套话,而是孟国强的真心感慨,他不仅怀念自己的青春,更珍惜年轻人的青春,也许这就是为何成立于 1991 年中国建材流通协会,在今天依旧充满活力的原因。

年轻时,整个世界都是我的

孟国强毕业于首都师范大学中文系,毕业后分配到怀柔的一个中学做教师,“即便条件艰苦,但在我二十出头的年纪,刚参加工作,感觉到天地特别宽广,整个世界都向我敞开,未来的生活充满了未知数,很多希望在等着我。”

相同的闯劲,在多年之后,重现在孟国强的办公室里,“记得在这里有个年轻员工问我:‘会长,我在协会工作的人生价值是什么?’那个年轻人的问题让我思考了很长时间,年轻人面对工作首先看重的不是工资福利,而是能否实现人生追求、理想抱负。”

今年是孟国强在流通协会的第七个年头,他在每一步的工作都给年轻人留出了施展抱负的空间,“要让年轻人在这里看到希望,而不是把他们当打工者,我经常对部门主任们说,对于很多年轻人,领导的一个眼色,甚至一句不经意的话,都可能伤害到他们的积极性,如果工作生涯的第一站失败了将给他们的人生带来很大的影响。”

吸纳大批的年轻人进入协会、大胆重用年轻骨干是孟国强做的一项大胆决定,目前35岁以下的年轻职工占职工人数的60%~70%,很多35岁左右的年轻人已经成了部门骨干。

其实在孟国强刚进入协会时,并没有几个年轻人,“什么工作都是我干,包括起草各种文件。现在这些年轻人都成长起来了,大部分工作不用我操心,他们会把工作准备好,提醒我该干什么,你看我这会长当得多么滋润啊。”说到这话时,他的神情就像一位家族长者提起让他欣慰的孩子时的骄傲。

在这样的思想引导下,孟国强在中国建材流通协会组建了一支专业化、年轻化、职业化的队伍,他说:“协会坚决不能成为养老的场所,而是要让员工把从事协会工作作为一种职业来对待,我们协会年轻人多,年轻的干部多,有人二三十岁就当上了部门主任,我给他们留出奋斗的空间,这就是协会现在还有活力的原因。”

这几年,孟国强在协会建立党支部,从刚建立时的3个人,发展至今经有十几个党员。为了培养协会的凝聚力和归属感,协会组织读好书,看优秀电影,组织文艺演出等正能量活动。

正是有了这么一批精兵强将,这位62岁的会长,能够在积累了几十年的经济管理理论研究与社会经济实践工作后,开始静下心研究课题。他先后撰写并发表过150多万字的研究报告和文稿,参与并主持《物流企业分类与评估指标》(GB/T19680—2005)等多项国家和行业标准的制修订,主持过“物流企业综合评估委员会审核工作办公室”相关工作,出版有《中国经济前沿问题与商品市场分析》《“建材下乡”与现代建材流通产业发展》等专著。

“工作没有能力高低之分,只有岗位不同,在我这里就没有能力不行的人,即便有员工在某个方面弱一点,但在其他方面也是尤为突出。”正是他的这份信任,成就了很多年轻员工。用他的话说:“现在的年轻人给点阳光就灿烂。”

“让他们把这里当成人生的重要阶段,我们不用去教,只要给他们足够的空间和希望,他们就会主动去研究,绝不会人在曹营心在汉。”说到这里,孟国强给记者讲了他年轻时的一段故事。

曾经怀揣“作家梦”的文艺青年

1982年改革开放初期,百废待兴,人才缺乏。国家经济贸易委员会通过各种方式吸纳大学生，就是在那个时候，孟国强进入了国家经委，做企业管理工作，“我从中文系毕业，喜欢搞创作，看见一山一水一草一木都有情，当时的梦想是做中国第一流的记者，或顶尖的诗人。”说到这里他格外的激动。

“到了经委以后，发现专业不对口，别人都是学国际贸易的，而我是学中文的，对经济工作还很陌生。心里就想：先落下脚跟，将来还是要走的，只是把这里当作一个过渡而已。”

“人在曹营心在汉”的孟国强，当时想去的是鲁迅文学研究所，“那里有一个职位是每年寒暑假组织作家去采风，回来再创作，我觉得这和我的兴趣和专业对口，研究所也已经给我安排妥了住宿，就等我过去了。”

那时的他已经在国家经委干了三个月，想走又不敢走，每天心神不定、惴惴不安，直到有一天晚上，孟国强再也忍不住了，对处长说出了心里的想法：“国家经委是搞经济工作的，好多人都是从经济系统毕业的，而我是学中文的，也不熟悉这些业务，在这里能有什么出息啊。”

他说：“处长一听就急了：‘你这个思想不对头！这儿学什么专业的都有，你害怕什么，哪有人天生就会搞经济工作的，你踏踏实实在这工作吧，无论如何我都不会让你走的。”

这么一番话，让孟国强再也不敢开口，只好推掉研究所的工作，但是他没放弃对创作的热情。“我还坚持写诗，曾经在《人民文学》《北京文学》等杂志上都发表过诗歌，还请过一周的假，为了搞创作，偷偷跑到密云水库采风。”回忆起往事，孟国强笑了起来。

当时，正值改革开放初期，为了恢复经济秩序，让企业走向正规，1979 年国家经委成立了中国企业联合会，原名叫中国企业管理协会。孟国强告诉记者：“当时我国的企业体制改革是从企业管理开始，企业管理是我国经济工作的重中之重，恢复经济秩序首先恢复企业正常的生产经营秩序，为推进企业改革和发展，第一任会长从日本学习经验后建立了这个协会，当时我就在那里工作。”

恢复重建任务繁重，经委工作更加忙碌，孟国强不得不为此不断学习钻研，既然留下来，就下定决心要好好干，却不想，在学习钻研的过程中，越发找到了其中的兴趣，也逐渐淡化了那份“当作家”的心。

“这一干就干到现在，大半生的奋斗方向都放在经济工作上面了，而且越发舍不得离开了。”孟国强感慨地说。

我与流通结缘的25年

“今年是我在这个行业中度过的第25年,对中国流通业的发展,也踏踏实实研究了25年。”孟国强语气中充盈的自豪和喜悦,一路走来,他也感触良多。

国企改制开始于1978年,计划经济体制开始逐渐退出中国经济的历史舞台,对于从那个体制下长大的孟国强来说,对计划经济时代的回忆别有一番滋味。

“那年头几乎没有不需要凭票购买的东西。记得1976年,唐山发生大地震,我们在北京也从家里搬进了地震棚。可就在大地震的前两天,我父亲在工厂里抓阄,得了一张买立柜的票,虽然我们根本回不去家,但总觉得过了这村就没这店了,于是我骑着三轮车,去买了那个立柜。你可能不理解,可那就是计划经济体制下的实际生活。”

与票证时代相配合的,是国家对生产和供应严格控制。在计划体制时期,所有的供应都是国家物资部门统一调拨、安排。那时候,人们只重视生产,对流通非常陌生,没几个人想过流通对生产所起到的引导作用。

恰在计划体制向市场体制转变的过程中,孟国强工作调动来到了物资部。“我去了之后,正好赶上国家物资体制的改革,当时为了解决长期以来的物资匮乏问题,国家把各个部门的物资分配权限抽空,全部调到物资部统一管理,由物资部统一分配,但是也没有坚持多长时间,主要原因是企业没有生产积极性,钢材厂连多生产一吨钢材的自主性都没有。”

“那么如何才能搞活经济、搞活生产,就必须放开流通。”孟国强斩钉截铁地说:“市场调节就是通过流通去调节,如果把流通卡死,全社会各个行业的积极性都会受到影响。”

1979—1982年,流通行业不断发生着变化,商品可以自由进入市场,最大限度地调动了生产企业的积极性和全社会的购买力,从以生产为导向,转到市场为导向,解决了市场需求最根本性的问题。

从那时起,孟国强便与流通打上了交道,曾先后在物资部、内贸部工作,机构改革之后,又到了中国物流采购联合会,直到2008年到中国建材流通协会,就任协会会长。

“其中建材家居产业是改革开放后,我国发展最好的产业之一,不夸张地说,是发展最快的产业。通过政策的调节把流通放活,企业之间有了自由竞争的机制,产业也有了成长所需的能量和可持续发展的动力。归根到底,建材家居产业能发展得好,和流通业的开放息息相关。”孟国强说道。

建立一个不当“二级政府”的协会

2008 年冬天,孟国强来到了中国建材流通协会,开始研究建材家居在发展当中如何通过充分的市场化,发挥市场基础性调节作用,带动建材家居产业的发展的问题。

“我来了之后的第一感觉,是这个协会虽然叫建材流通协会,是对流通的研究还远远不够,对建材家居市场的影响也不深。以前人们认为搞建材必须依托建材局,所以连办公地点都与建材系统的各单位在一起。”孟国强上任的第一天就发现了这个问题。

他认为:“建材家居流通规律的研究和对生产规律的研究是两码事,建材流通协会会员的构成也与建材生产协会不同,生产型协会是配合有关部门搞生产,中国建材流通协会是配合有关部门安排分配,研究的规律不一样,性质也不一样。”

所以,在孟国强坐上中国建材流通协会会长的位子后,做的第一个改革就是把办公地点从三里河路 11 号的建材大院,迁到月坛北街 25 号(国务院国资委物资机关服务局院)。“在这个院里随便走一走,大家研究是都是流通,整个工作氛围和以往不一样,话语环境和以往更不一样。”孟国强说。

第二件事就是招聘大量的年轻人才。孟国强说:“社会上对协会有一个固定的认识:协会就是‘二级政府’,是安排老同志离退休的平台,我上任时,协会八十多岁的在岗老干部不止一个。”

传统协会予人的印象,实在与创新驱动扯不上关系,不仅越发脱离主流社会的竞争体系和发展脉络,甚至已经慢慢成为社会的累赘。”

要让协会充分融入乃至引领主流社会,而不是无形当中的“二级政府”。孟国强提出了一个口号:“协会为企业服务、为会员服务、为社会服务,而不是为政府服务,协会既不是政府的参谋助手,也不是企业和政府的桥梁纽带,协会是行业的发声者,是企业的代言人。”

“协会是行业利益的代表者,保障行业利益,协会要代表行业内的所有企业,向社会和政府反映诉求,反映行业呼声。我们要让政府听到不同的声音,了解企业真实的诉求。”孟国强再次强调。

有件事让孟国强一直感触很深:“1998 年,我带一个物流考察团到南非考察,南非物流协会的工作人员在介绍物流状况时,有两个统计数字无法确定,他拿起电话就拨给某位国家政府部门负责人,说需要他过来为我们解答问题。我们想政府部门的官员怎么可能为了一个考察团亲自跑过来。没想到三分钟不到,那个政府官员真的跑来了,并现场耐心解答了我们的问题。当时所有在场的中国代表团员都感慨万分。这也让我对流通协会的作用和服务方向有了更深的体会。”

在采访过程中,孟国强口中频率最高的词汇是“企业”,他的一切出发点都围绕行业利益、企业利益。事实如此,在孟国强的办公室里最醒目的地方,是挂满企业家照片的一面墙:宋志平、车建新、汪林朋、李庆云、闫嘉有、黄建平、赵建国……“这些都是大建筑领域内的领军企业家,我们要时刻关注他们的想法,协会要想生存得好,必须为企业服务得好。”孟国强指着那面墙对记者说。

“这么多年,我一半的精力在研究行业发展,另一半的精力在研究协会改革。通过不断改革和创新协会的职能,建立协会在行业中的地位、工作内容和发展模式,来全面实现协会在社会中应有的作用。”孟国强对记者说。

不知不觉,采访进行了两个半小时,虽然已经到了中午吃饭的时间,但记者们还在继续发问,孟国强耐心的一个个解答。

“我是一个对生活很有追求的人,虽然也有悲观的时候,但我不是一个悲情的人,总是对生活充满了向往,从20多岁到现在一向如此。”两个多小时的谈话中,孟国强更像一位充满正能量的长辈,幽默风趣的交谈中,时常鼓励年轻的记者:“要抓住青春,好好珍惜现在的舞台,如果在年轻时可以有所建树,可以实现梦想,一生都无悔。”

《流通为王》刊于2015年3月12日

其他篇目

◆面临大洗牌　如何生存——建材家居流通行业的困局与突围

◆鸟随鸾凤飞腾远——建材家居流通企业的昨天、今天和明天

◆消费的每一环节都在体验——国外建材家居流通新模式和方向

◆崇尚“绿色”正成为建材流通业的最强音

关注本组核心报道请扫描二维码

中國建材報

CHINA BUILDING MATERIALS DAILY

国内统一刊号：CN11—0073　邮发代号 1—121　国外代号 D807

今日四版　第 6931 号　www.cbmd.cn

2015 年 5 月 18 日　星期一　农历乙未年四月初一

经济日报社主管主办

每周核心报道

团结则存 分裂则亡

——一个创新的联盟和一个崭新的产业

2

处置建筑垃圾的春天已经来临

给建筑废弃物戴上政策的“紧箍咒”

突破“垃圾围城”必须“全民皆兵”

3

建筑废弃物资源化亟待突破三大瓶颈

——由北京元泰达建筑垃圾资源化项目引发的思考

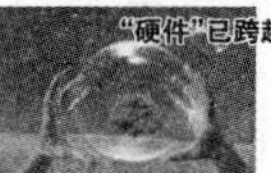

“硬件”已跨越巅峰 “软件”仍相距甚远

——简述国际建筑垃圾资源化产业现状与我国的比较

4

建筑废弃物资源化的榜样

——北京元泰达建筑垃圾资源化项目采访纪实和深度思考

■本报记者　王怡洁

世界上没有垃圾，只有放错位置的资源

一枚硬币，两个面孔。

如果我们将垃圾污染比作硬币的反面，那么它的正面又是什么？

有专家称，根据物质不灭定律，你消耗多少资源，就产生多少垃圾。反过来，你有多少垃圾，就应该转化成多少资源。

垃圾除了只是一切废弃物的通俗说法以外，还有个学术名称，就是固体废物。固体废物包括工业废物、建筑废物、农业废物、生活垃圾、污泥、粪便、医疗废物等。

其中，据统计，我国建筑垃圾的数量已占到城市垃圾总量的 30%~40%。以 500~600 吨/万平方米的标准推算，2020 年我国还将新增建筑面积约 300 亿平方米，由此产生建筑垃圾 134 亿吨，若单纯堆存将占地 335 万亩。这无疑是一个令人震撼的数字。

但在数字背后，却蕴藏着这些建筑垃圾可转变成资源的巨大潜力。

根据上海市建材工业设计研究院估算，如果 2020 年这些建筑垃圾能够转化为生态建材，可以创造 1 万亿元价值。尤其是建筑垃圾经分选、破碎、筛分加工后，大多可以作为再生骨料资源重新利用。

世界上没有垃圾，只有放错位置的资源，如果对它们不加以合理利用，将给我国生态环境带来严重污染，也会造成巨大的资源浪费。

欣喜的是，当前，我国已成功研发了建筑垃圾资源处置与利用一体化项目。我们完全可以骄傲地说，中国的现代科技，完全可以支持建筑废弃物 100%资源化，这具有划时代的意义。

但我国目前对建筑垃圾处置的产业化发展尚处初级阶段，如何正确认识建筑垃圾以及寻找建筑垃圾资源产业化发展途径十分必要。因此，推广全国范围内建筑垃圾资源产业化迫在眉睫。

建筑垃圾到底是什么？

在研究什么是“建筑垃圾资源化”之前，我们先来揭开建筑垃圾的本来面目。

前些日，记者忙着装修新家，被物业告知装修产生的各种垃圾需自行运走。于是记者便拨通了小区门口贴着“拖运垃圾”纸条上的电话号码，要求拖运装修垃圾。不一会儿，一个小卡车便径直驶入小区，车上下来两个年轻人，手中拿着很多麻袋，这就是运走垃圾的全套设备，最后我们以 260 元一车的价钱成交，运走了全部装修垃圾。

如果走在街上，随便问路人什么是建筑垃圾，或许得到最多的回答就是这种自家产生的装修拆卸垃圾，没错，这是普通老百姓接触最多的一种建筑垃圾。

一位行业人士告诉记者，目前普通大众在面对建筑垃圾时，大多是“看得见、看不起、看不懂”的态度。

那么，究竟建筑垃圾包括哪些范畴？它到底有哪些危害？

记者查询百度百科，有了如下定义。

所谓建筑垃圾，是指人们在从事拆迁、建设、装修、修缮等建筑业的生产活动中产生的渣土、废旧混凝土、废旧砖石及其他废弃物的统称。按产生源分类，建筑垃圾可分为工程渣土、装修垃圾、拆迁垃圾、工程泥浆等；按组成分类，建筑垃圾可分为渣土、混凝土块、碎石块、砖瓦碎块、废砂浆、泥浆、沥青块、废塑料、废金属、废竹木等。

记者在采访北京新奥混凝土集团有限公司董事长韩先福时，他首先向记者提供了一组触目惊心的数字。

> 下转 2 版

未来五年 我们能建造多少『梦工厂』

——各地建筑垃圾资源化产业进程必须加快步伐

■本报记者　赵常秋　曾蕴瑶

北京元泰达建筑废弃物资源化处置利用一体化工厂，被业内人士称为建筑垃圾资源化产业的“梦工厂”。作为我国的第一家建筑废弃物资源化处置利用一体化工厂，其近期目标是在未来 5 年内，通过政府的支持，在我国 200 个城市推广建设 500 个这样的一体化工厂。也就是说，在不久的将来，建筑垃圾资源化的红旗将插遍全国，产业化发展已提上日程。

一个全新的产业究竟以何种方式全方位铺开，这是众多行业人士关注的热点之一，为此，记者就其产业推广和发展模式进行了采访。

“这是建筑废弃物资源化产业技术创新战略联盟所提出的建筑垃圾资源化处置与利用创新集成的系统解决方案。要建设这样的一体化工厂必须做到‘三个 100%’——100%消纳、100%环保达标、100%市场化。”建筑废弃物资源化产业技术创新战略联盟秘书长郭海斌告诉记者。“实现建筑垃圾从入场到出厂的 100%消纳；在处理建筑垃圾的过程中，实现工厂内外所有环节的环保指数 100%达标；工厂所有终端产品 100%市场化。这三个 100%是一体化工厂的生命力与核心竞争力。”郭海斌解释说：“做到前两个 100%，现在已经可以证明，我们在全球建筑废弃物资源化处理领域都处于领先地位。”

经过近 8 年的调研和技术创新，联盟集 45 家企业成员之合力，完成了各种一体化工厂建设所需的标准、技术工艺、设备研发与制造以及信息化系统的设计与应用。也就是说，前两个 100%已经成为现实，下一步联盟要集中火力攻克的就是如何真正实现 100%市场化。

要想做到最后一个 100%，联盟第一步工作就是必须以联盟内 45 家企业成员为一个利益共享整体，这 45 家企业成员，是未来我们每一家一体化工厂的核心力量。也就是说，各个板块的企业将参与到未来全国各地的一体化工厂推广和建设中去。

眼前看到的这座一体化工厂可以说是建筑垃圾资源化产业发展的“核心”产品，之所以说它能够快速地在全国扩张，是因为联盟已经为其制定了一系列推广和应用的商业模式。

由于我国城市众多，地方情况各异，为了更好地实现一体化工厂的推广和落地，联盟灵活的采纳了多种合作方式，包括 BOT(build-operate-transfer，意为建设-经营-转让)、BT(build-transfer，意为建设-移交)、BOO(build-own-operate，意为建设-拥有-经营)。

> 下转 2 版

废弃物资源化率 100%　环保达标 100%　产品市场化率 100%

“我们的技术在世界范围内是领先的”

■本报记者　张雪娇

5 月 6 日，记者与建筑废弃物资源化产业技术创新战略联盟成员及行业内专家一行来到北京元泰达环保科技有限公司，参观将要运行的建筑垃圾资源一体化示范工厂。走在宽敞的大道上，若非远处工厂传来设备调试的声响，真想不到这片整洁的场地将成为一个建筑垃圾处理工厂。

如果以每年处理建筑垃圾 100 万吨计算，这个工厂在正式运营后，每年将为我国减少 20 万吨以上的 CO_2 排放。据相关报告显示，我国年建筑垃圾 2014 年度产生量超过 15 亿吨，假设将 15 亿吨建筑垃圾全部资源化，每年可减少碳排放 3 亿吨……

依托 5 大核心技术实现 3 个 100%

刚到车间门口，北京元泰达环保科技有限公司董事长吴建民就迫不及待地开始向我们介绍工厂的情况：“建筑垃圾处理一体化工厂就是从源头、垃圾进厂开始分类，然后通过处置，进行中间产品的加工，最终生产出终端产品的工厂。而且这个工厂可以达到三个 100%：一是资源化率 100%，从建筑垃圾入厂到出厂，废弃物 100%消纳；二是处理过程 100%环保达标，不仅工厂内所有环节零排放，并且工厂外有关环保指数 100%达标；三是全部产品 100%市场化，即工厂所有终端产品都可实现市场化。”

“3 个 100%的实现不是一蹴而就的，它是依托于 5 大核心技术，即精确分离分选技术、替代水泥技术、轻质物能源转换技术、骨料再生技术和终端产品系列应用技术得以实现的。”吴建民继续介绍。

在北京奥润开元环保科技研究院院长李建勇看来，眼前的这个一体化工厂，其实就是集成建筑垃圾处置到再生建材的工程载体。

李建勇介绍，联盟正在探索和建设的一体化工厂，是未来大规模综合利用建筑垃圾、提高利用率、提高市场化程度的有效载体。一体化工厂将根据不同的市场需要，将不同的工艺镶嵌到工厂之中，随着推广，工厂的规模自然也会变大，其产品也将达到多元化。

构筑“资源-利用-再生资源-再利用”循环体系

其实，当前我国建筑垃圾资源化处置企业已有上百家，但已有的建筑垃圾资源化处理工厂，不论是在现场移动式破碎还是在终端利用上，都只是把建筑垃圾破碎成砂石料而已，在最终利用环节，还是要将砂石料转移到其他工厂去，技术水平低，资源利用率也不高。

“与传统的建筑垃圾资源化工厂相比，这个建筑垃圾资源一体化工厂实际上是为建筑垃圾资源化处置与利用而集成的系统化解决方案。”吴建民说。

走在工厂里，记者一行人都为整洁的现场以及先进的设备所震撼。

“你们看，这是入料口，所有的建筑垃圾到厂后，都将从这个设备口进入……”

“这是出料口，经过无害化处置，建筑垃圾将变成再生土、粗骨料、细骨料、再生微粉等材料……”

……

吴建民耐心地介绍着，参观人员都声声称赞：太神奇了，在同一工厂内，建筑垃圾经过处置居然可再生成多种资源以及终端产品。

> 下转 4 版

建筑废弃物资源化的榜样

——北京元泰达建筑垃圾资源化项目采访纪实和深度思考

■本报记者　王怡洁

世界上没有垃圾,只有放错位置的资源

一枚硬币,两个面孔。

如果我们将垃圾污染比作硬币的反面,那么它的正面又是什么?

有专家称,根据物质不灭定律,你消耗多少资源,就产生多少垃圾。反过来,你有多少垃圾,就应该转化成多少资源。

垃圾除了只是一切废弃物的通俗说法以外,还有个学术名称,就是固体废物。固体废物包括工业废物、建筑废物、农业废物、生活垃圾、污泥、粪便、医疗废物等。

其中,据统计,我国建筑垃圾的数量已占到城市垃圾总量的30%~40%。以500~600吨/万平方米的标准推算,2020年我国还将新增建筑面积约300亿平方米,由此产生建筑垃圾134亿吨,若单纯堆存将占地335万亩。这无疑是一个令人震撼的数字。

但在数字背后,却蕴藏着这些建筑垃圾可转变成资源的巨大潜力。

根据上海市建材工业设计研究院估算,如果2020年这些建筑垃圾能够转化为生态建材,可以创造1万亿元价值。尤其是建筑垃圾经分选、破碎、筛分加工后,大多可以作为再生骨料资源重新利用。

世界上没有垃圾,只有放错位置的资源,如果对它们不加以合理利用,将给我国生态环境带来严重污染,也会造成巨大的资源浪费。

欣喜的是,当前,我国已成功研发了建筑垃圾资源处置与利用一体化项目。我们完全可以骄傲地说,中国的现代科技,完全可以支持建筑废弃物100%资源化,这具有划时代的意义。

但我国目前对建筑垃圾处置的产业化发展尚处初级阶段,如何正确认识建筑垃圾以及寻找建筑垃圾资源产业化发展途径十分必要。因此,推广全国范围内建筑垃圾资源产业化迫在眉睫。

建筑垃圾到底是什么？

在研究什么是“建筑垃圾资源化”之前，我们先来揭开建筑垃圾的本来面目。

前些日，记者忙着装修新家，被物业告知装修产生的各种垃圾需自行运走。于是记者便拨通了小区门口贴着“拖运垃圾”纸条上的电话号码，要求拖运装修垃圾。不一会儿，一个小卡车便径直驶入小区，车上下来两个年轻人，手中拿着很多麻袋，这就是运走垃圾的全套设备，最后我们以 260 元一车的价钱成交，运走了全部装修垃圾。

如果走在街上，随便问路人什么是建筑垃圾，或许得到最多的回答就是这种自家产生的装修拆卸垃圾，没错，这是普通老百姓接触最多的一种建筑垃圾。

一位行业人士告诉记者，目前普通大众在面对建筑垃圾时，大多是“看得见、看不起、看不懂”的态度。

那么，究竟建筑垃圾包括哪些范畴？它到底有哪些危害？

记者查询百度百科，有了如下定义。

所谓建筑垃圾，是指人们在从事拆迁、建设、装修、修缮等建筑业的生产活动中产生的渣土、废旧混凝土、废旧砖石及其他废弃物的统称。按产生源分类，建筑垃圾可分为工程渣土、装修垃圾、拆迁垃圾、工程泥浆等；按组成分类，建筑垃圾可分为渣土、混凝土块、碎石块、砖瓦碎块、废砂浆、泥浆、沥青块、废塑料、废金属、废竹木等。

记者在采访北京新奥混凝土集团有限公司董事长韩先福时，他首先向记者提供了一组触目惊心的数字。

全国城市建筑物、构筑物产生的废弃物在 2005—2014 年平均每年产生 15. 5 亿吨，未来 10 年，平均每年新产生建筑废弃物 25. 5 亿吨。

全国公路路面废弃物在 2005—2014 年，平均每年产业 7. 5 亿吨。2015—2024 年，预测每年平均新产生路面废弃物 10 亿吨。

综合以上两项，中国建筑废弃物存量超过 200 亿吨。每年新产生 35. 5 亿吨。

接着，他又详细介绍了建筑垃圾的几大特征。总体来说，建筑垃圾具有明显的时间性、持久危害性和复杂性。

所谓“时间性”，就是建筑物、构筑物有一定的使用年限，建筑废弃物的产生是必然的。“持久危害性”，是指建筑垃圾的填埋不能自然降解，污染地下水、土壤、空气，占用大量土地，这些垃圾若不及时资源化，将持续危害超过百年。在“复杂性”方面,建筑垃圾中含有机物、无机物,不仅有建筑物本身产生的废弃物,还有部分生活垃圾、餐厨垃圾、沥青垃圾等。

无论是建筑垃圾数量的日益庞大,还是其独有的复杂特征,我们都可看出,建筑垃圾问题若得不到有效解决,将会成为全社会的一大隐患。

建筑垃圾都去了哪里?

在文章前面记者所讲到自家装修垃圾被运走后,我们不禁问,这些垃圾到底去了哪里?这就提到了关于建筑垃圾如何处置的核心问题。

“其实他们从你家运走装修垃圾后,就随意在附近找个坑,把这些垃圾埋掉。”据一位专家介绍,目前,我国对建筑垃圾的处理大体可以分为两类:一是将建筑垃圾进行轻度分拣;二是未经任何处理的建筑垃圾被运到郊外或者农村,进行露天堆放或填埋。这是十几年来我国处理建筑垃圾的主要方式。

近两年,我国社会各界对垃圾填埋表示质疑。具体来看,建筑垃圾被填埋在城市周围后,不仅占用土地,而且造成土壤沙化、土壤肥力下降,影响农产品的生长、产量和质量,更为严重的是造成河流堵塞、排涝困难,特别是其中含有各种重金属、有害放射性物质和化学物质严重腐蚀和污染的地表水,通过雨水渗漏严重腐蚀和污染地下水,危害极大。

更要引起重视的是,填埋带来的危害不仅是污染环境,还会引发一系列社会问题。专家指出,长远来看,城镇化是一个外扩的过程,有朝一日,当需要在建筑垃圾填埋的土地上进行建设时,建筑成本将大大提高,如果缺乏长远规划,被填埋的建筑垃圾根本无法作为地基使用,还要面临建筑垃圾再转移的问题。

在如此棘手的局面下,难道没有更好的解决办法吗?答案当然是有的。“建筑垃圾资源化”,这个概念正逐步浮出水面。

由于种种原因,在我国2005—2014年的10年内,建筑废弃物资源化率平均仅有5%左右,很多专家甚至认为不超过2%。与我国这一比率不足5%形成鲜明对比的是,韩国建筑废弃物资源化率已经达到90%以上;欧美发达国家每年资源化率也已超过90%。

对比国际,面对如此巨大的差距,我国庞大的建筑垃圾到底应何去何从?

从垃圾到资源,仅有一个“再生”的距离

在了解建筑垃圾的方方面面后,我们再次回到文章的主题:什么是建筑垃圾资

源化？它到底能带来什么？它是建筑垃圾的最终归宿吗？

我们先来看个案例。

在建筑垃圾资再生产品成功应用于建筑施工的实践上，北京新奥混凝土集团有限公司于2006年用建筑垃圾再生混凝土建起了1座3层楼的教学楼，至今已建成近10年，公司利用建筑垃圾再生土建成的建筑面积为14000平方米的北京APEC停车场，也是以其过硬的建设质量和建筑垃圾资源化合理运用得到了业界的认可与好评。

事实上，从以上案例中可以看出，“再生”两个字可谓建筑垃圾资源化的核心所在。韩先福的一句话似乎最能准确形容建筑垃圾资源化的思路和意义，那就是：来源于建筑的还原于建筑，来源于生活的还原于生活。

那么，建筑垃圾资源化究竟有哪些优势？

“建筑垃圾资源化项目相当于每年节约出一座城市！”

“按每年节约15亿吨建筑砂石计算，可省电16.8亿度；省油1.69亿吨；每年开发利用10亿吨建筑垃圾再生活性微粉，可降低碳排放5亿吨以上。”

“不产生二次污染与二次处理费用。”

而建筑垃圾资源化的意义还远不止于此。

“如果建筑垃圾资源能得到合理化应用，不仅能有效地提升中国建筑垃圾资源化率、节约宝贵的土地资源、减少碳排放，为全球气候变化做出巨大贡献，还能减少对地下水的污染、减少城市PM2.5产生和每年减少矿山及河道开采砂石15亿吨以上，使其再生产品和回收产品每年价值超过7000亿元，增加就业超过48万人，实现环境效益、社会效益和经济效益的统一，是利国富民的重大举措。”建筑废弃物资源化产业技术创新战略联盟秘书长郭海斌告诉记者，“建筑垃圾处理产业形成产业链后，能有效带动许多产业的需求和发展。”

毋庸置疑，与目前我国普遍采用的填埋方式相比，无论是从经济效益，还是社会效益方面来说，建筑垃圾资源化有着无可比拟的巨大优势。

从5%到100%，一个传奇的诞生

看了建筑垃圾资源化的作用和意义后，我们不难理解为什么国际发达国家早已将其纳入全国范围内建筑垃圾处置的核心体系。

同时，我们不禁要问：中国的建筑垃圾资源化到了什么阶段？我们在这方面是否拥有与发达国家同等的技术？我们是否完全有能力自主研发？

先不急于回答这些问题,而是先来看接下来的分析。

文章前面,记者已经提到,我国目前建筑废弃物资源化率平均仅有5%左右。据了解,我国当前进行建筑垃圾的再利用,主要生产建筑垃圾再生砖,但产量不高,质量尚不稳定,应用工程有限。

必须承认,我国建筑垃圾资源产业化尚处在雏形阶段,需要慢慢摸索和逐渐成熟。但在一个产业尚未成大气候的背后,是需要突破技术瓶颈这一核心环节吗?

两个数字就可回答这个问题。

国际发达国家目前最高利用率为95%,而我国目前在这方面已实现了巨大突破,建筑垃圾资源化利用率最终可达100%。

尽管与国外相比,我国建筑垃圾在工业化生产和应用方面还有一定差距,但目前的问题不在于建筑垃圾的处理技术上。当前我国有些建筑垃圾的处理技术已处于国际先进水平,已有的处理技术完全可以进行建筑垃圾资源产业化的启动。

目前,北京元泰达建筑废弃物资源处理与利用一体化项目正是开启这一伟大创新之举,为建筑垃圾重生开创了神话般的新局面。

在业界,有人称之为划时代的革命,更有人称之为前无古人的传奇。

以北京元泰达建筑废弃物资源处理与利用一体化(项目)工厂为例,该项目主要再生产品有水泥混凝土、沥青混凝土、建筑砂浆路用无机料与生态路材料、砂石骨料、活性微粉(替代水泥)、建筑陶粒、清洁燃气、木炭与助燃剂、生物杀虫剂与土壤改良剂等。

记者一行前往工厂参观时,就被展台上各种建筑垃圾资源化的产品所深深吸引。如果不是亲眼所见,你很难想象建筑垃圾有如此神奇的力量。

在这些产品背后,支撑它们的无疑是精湛的技术。据韩先福介绍,这一项目有着独特的3个“100%”特性,其中,之所以能奠定我国建筑垃圾资源化率达100%的当属轻质物能源转换技术。

“目前发达国家对于建筑垃圾轻质物的处置方式就是填埋,有些建筑垃圾是泡沫板,一旦粉碎,到处都是颗粒状的白泡沫,埋在地下也不能降解,难以处理。”韩先福非常有感触地说,“这个瓶颈的解决需要很多时间和耐力,需要集成很多技术,从实验室到终试,到工厂化生产,再到最后实现产业化生产,我们最终研发成功。现在我们处置轻质物的生产线一天能处理20吨的轻质物。”

如果说处置轻质物本身已是一项巨大突破,那么做到处置过程中的完全清洁更是国际首创。韩先福也非常自信地告诉记者:“由张颖博士带领的科研团队开发的这项技术在全球遥遥领先，是首创，具有唯一性。”

对于社会公众所关心再生产品和普通产品有何不同这一问题，记者求证得知，再生产品只要达到标准，和普通产品没有任何区别，社会各界不要对此存在误区。

欣喜的是，我们目前已经看到了中国建筑垃圾资源化过程正逐步完善。成立于2013年12月的建筑废弃物资源化产业技术创新战略联盟，正是由新奥公司牵头，他们同样怀有美好愿景，欲将年产数十亿吨的建筑垃圾变废为宝。

该联盟从筹备到2014年的四年间，完成了70多项联盟标准的编制工作，完成了在技术监督局的备案工作，并于2014年12月26日正式发布。初步建立了建筑垃圾资源化的标准体系，属于全球首个建筑垃圾标准体系。

总之，建筑垃圾资源化利用涉及社会、经济、环境等诸多问题，需要社会的广泛参与。除了需要提高全民建筑垃圾资源化利用的认识外，还需要各级政府部门的引导和政策扶持、企业的广泛参与和研究单位的科研攻关。

废弃物资源化率100%　环保达标100%　产品市场化率100%

“我们的技术在世界范围内是领先的”

■本报记者　张雪娇

5月6日，记者与建筑废弃物资源化产业技术创新战略联盟成员及行业内专家一行来到北京元泰达环保科技有限公司，参观将要运行的建筑垃圾资源一体化示范工厂。走在宽敞的大道上，若非远处工厂传来设备调试的声响，真想不到这片整洁的场地将成为一个建筑垃圾处理工厂。

如果以每年处理建筑垃圾100万吨计算，这个工厂在正式运营后，每年将为我国减少20万吨以上的CO_2排放。据相关报告显示，我国年建筑垃圾2014年度产生量超过15亿吨，假设将15亿吨建筑垃圾全部资源化，每年可减少碳排放3亿吨……

依托5大核心技术实现3个100%

刚到车间门口，北京元泰达环保科技有限公司董事长吴建民就迫不及待地开始向我们介绍工厂的情况：“建筑垃圾处理一体化工厂就是从源头、垃圾进厂开始分类，然后通过处置，进行中间产品的加工，最终生产出终端产品的工厂。而且这个工厂可以达到三个100%:一是资源化率100%,从建筑垃圾入厂到出厂,废弃物100%消纳;二是处置过程100%环保达标,不仅工厂内所有环节零排放,并且工厂外有关环保指数100%达标;三是全部产品100%市场化,即工厂所有终端产品都可实现市场化。"

"3个100%的实现不是一蹴而就的,它是依托于5大核心技术,即精确分离分选技术、替代水泥技术、轻质物能源转换技术、骨料再生技术和终端产品系列应用技术得以实现的。"吴建民继续介绍。

在北京奥润开元环保科技研究院院长李建勇看来,眼前的这个一体化工厂,其实就是集成建筑垃圾处置到再生建材的工程载体。

李建勇介绍说,联盟正在探索和建设的一体化工厂,是未来大规模综合利用建筑垃圾、提高利用率、提高市场化程度的有效载体。一体化工厂将根据不同的市场需要,将不同的工艺镶嵌到工厂之中,随着推广,工厂的规模自然也会变大,其产品也将达到多元化。

构筑"资源—利用—再生资源—再利用"循环体系

其实,当前我国建筑垃圾资源化处置企业已有上百家,但已有的建筑垃圾资源化处理厂,不论是在现场移动式破碎还是在终端利用上,都只是把建筑垃圾破碎成砂石料而已,在最终利用环节,还是要将砂石料转移到其他工厂去,技术水平低,资源利用率也不高。

"与传统的建筑垃圾资源化工厂相比,这个建筑垃圾资源一体化工厂实际上是为建筑垃圾资源化处置与利用而集成的系统化解决方案。"吴建民说。

走在工厂里,记者一行人都为整洁的现场以及先进的设备所震撼。

"你们看,这是入料口,所有的建筑垃圾到厂后,都将从这个设备口进入……"

"这是出料口,经过无害化处置,建筑垃圾将变成再生土、粗骨料、细骨料、再生微粉等材料……"

……

吴建民耐心地介绍着,参观人员都声声称赞:太神奇了,在同一工厂内,建筑垃圾经过处置居然可再生成多种资源以及终端产品。

建筑垃圾资源一体化工厂,其实就是构筑了"资源—利用—再生资源—再利用"的生态文明循环经济体系,实现了建筑垃圾资源一体化技术全产业链覆盖整合。

建筑垃圾资源一体化工厂就是依托精细处置和智能控制、多品种利用功能、自主知识产权的一体化工厂模块技术，将建筑垃圾的环保处置和生态利用两个关键环节高度融合形成建筑垃圾资源化的完整产业链。

利用创新工艺实现垃圾处置“零排放”

走出一体化车间，我们跟随吴建民来到了车间操控室，只见几名工作人员来回穿梭于电脑前。

吴建民介绍说，一体化工厂采用全自动控制系统确保车间的可靠性和稳定性，实现重要工序、节点、配量实时监控，以及故障预警、报警等功能。

工厂正常运行后，整个工厂需要员工不超过 50 人。工厂管理与运营将通过运用最新的科技成果，如：北斗卫星相关功能开发、4G、云技术等实现高度信息化。

而它的先进之处离不开创新工艺的研发。

北京元泰达环保科技有限公司总工程师邓裕才向我们介绍道：“我们自主研发了 6 大创新工艺，它们分别是：建筑垃圾高效分选、分离工艺与技术，建筑垃圾可燃物能源转换工艺与技术，砖、水泥石、垃圾土高附加值再利用工艺与技术，再生骨料彻底清除骨料表面附着物、连续级配、多级均化工艺与技术，智能节电工艺与技术，多级收尘、降噪、污水处理工艺与技术。”

为了突出 6 大创新工艺的优势，邓裕才以传统方式对建筑垃圾分选、分离为例，给我们做了相关介绍。

邓裕才说，在建筑垃圾处理的过程中，砖石分离一直是个难题。传统工厂常用浮选的方法，但这种方式在再利用上存在弊端。但一体化工厂采取的是色彩分选法，通过颜色来甄别砖和水泥石，这就需要一定的技术。一体化工厂选用了全球顶级的视觉系统，并且依靠机器人来分选。包括建筑垃圾中许多的轻质物，如木屑、电线皮、垃圾袋、香烟壳，家装的石膏板、三合板等，也可以用色彩分选法把它们从建筑垃圾中挑选出来。机器人视觉系统对颜色的判断超过人眼，可以非常细致的把不同颜色的垃圾分选出来。

虽然没有见到机器人在生产线前进行工作，但听着邓裕才的描述，我们仿佛看到一群机器人在一体化工厂中忙碌的身影。

除了这 6 大创新工艺，一体化工厂还有 12 个节能环保系统，这也是它的优势所在，包括车辆进出场自动清洗系统、生产废水 100% 再利用系统、设备节电系统、清洁燃料配套系统、碳足迹自动采集系统、碳交易系统、太阳能利用系统、地源热利用系统、噪音全程监测系统、多级除尘系统、雨水、雪水收集利用系统，以及噪音与粉尘监测系统，在噪音、粉尘在线监测系统利用传感技术、无线通信技术、卫星定位技术、数据挖掘技术等，通过多点噪音、粉尘检测监控装置，方便一体化工厂时时动态检测噪音、粉尘的数值变化，同时，将检测数据传输至中央控制平台，便于环保部门查询和监管。

建筑垃圾资源一体化工厂新工艺优势和技术创新，使建筑垃圾 100% 还原成为再生资源并得到充分利用，真正意义上实现建筑垃圾处置的“零排放”。

通过循环利用实现社会经济环境多赢

长期以来，由于缺乏统一完善的建筑垃圾循环利用管理办法和规范的处置场所，我国建筑垃圾循环利用率较低，造成资源浪费。事实上，将建筑垃圾资源化再生利用在减少建筑垃圾的同时带来显著的经济效益，是资源化的最好方式。

在实现经济效益和社会效益双赢方面，一体化工厂运行后将“当仁不让”。

在建筑废弃物资源化产业技术创新战略联盟天津市总监陈文杰看来，一体化工厂的主要核心实际上有三个：一是节约资源。让有效的资源得到重复的使用，不断地再产生价值；二是保护环境。通过专业的拆迁机构，对建筑垃圾进行分类分选，节约运作过程中人力、物力，并保证运输安全，避免运输中的二次污染；三是承担社会责任。以北京市为例，北京市政府每年在生活垃圾上投入不下 100 亿元，用于生活垃圾清扫、中转运输、填埋等。但在建筑垃圾的处理方面，却没有相关的职能部门或者专业的团队或机构来处理，所以当前的一体化工厂在很大程度上承担了一些社会责任。

陈文杰算了一笔账：在社会效益方面，一体化工厂运行后，建筑垃圾再生骨料替代天然骨料的替代率为 40%，建筑垃圾再生粉替代水泥替代率不低于 16%。每节约 1 吨水泥可减排不少于 700 千克 CO_2，每消纳 1 吨建筑垃圾再生骨料可减排 10 千克 CO_2；以单个一体化项目每年处理建筑垃圾 100 万吨计算，全部再生产品在一体化工厂内消纳，每年将减少 20 万吨以上的 CO_2 排放。假设 15 亿吨建筑垃圾全部资源化的状态下，一体化项目每年可减少碳排放 3 亿吨。

在经济效益方面，以 100 万吨的垃圾年处理量为例，可生产 30 万吨的微粉。如果微粉按照每吨 150 元计算，光产品本身的价值就是 4500 万，用到混凝土中替代 20% 的水泥，水泥现在一吨是 300 元，一方混凝土可以节省 60 公斤水泥，则一方混凝土节省 18 元，一年生产 200 万方混凝土，这就能节省 3600 万元。总共节省约

8000万元,也就是说可以产生8000万元的经济效益。

听着陈文杰的介绍,“减少3亿吨的碳排放、节省8000万元的费用……”令在场人员震惊不已,对新工厂的运行都充满了期待之情。

让大家震惊的事情远不止此,陈文杰接着说:“建筑垃圾资源一体化工厂不仅能够实现社会效益和经济效益的双赢,接下来一体化工厂将重点建立大数据云平台4大系统:即建筑固体废弃物车辆装运全过程动态监控系统、智能调度系统,为城市管理执法部门提供物流动态监管、调度平台;质量动态远程监控系统,为政府质量监督部门及利益相关者提供智能化查询监测平台;噪音、粉尘监测系统,为环保部门提供环境指标监控报警平台;电子商务交易平台,为客户提供全方位信息化服务。从而实现政府、客户、第三方实时在线远程监督系统。”

就像建筑垃圾资源化所提出的口号:来源于建筑的垃圾还原于建筑、来源于生活的垃圾还原于生活一样,建筑垃圾一体化工厂的推行,不仅可以节约不可再生资源、缓解环境压力,而且对实现建筑垃圾的循环利用,以及经济效益、社会效益、生态效益的双赢和多赢,节约能源和土地资源都有着相当重要的意义。

建筑垃圾资源一体化工程,是生态工程、环保工程,是替代自然资源的工程,同时也是传统产业转型升级工程。我们相信,建筑垃圾资源一体化工厂的推广,一定会为我国的生态文明建设做出重要贡献。

团结则存　分裂则亡

——一个创新的联盟和一个崭新的产业

■本报记者　赵常秋

近日,美国大片《复仇者联盟2》在民众中掀起了一股“联盟热”,各路身怀绝技的“英雄”重新团结终将混乱归于秩序的桥段更是给予观众巨大的正能量。这也让人想起了美国总统林肯的一句名言——“团结则存,分裂则亡”。

可以说,电影中“联盟”以其无穷的可能性勾起了人们的无限想象和期待。在向产业化迈进的建筑垃圾资源化领域,也有一个具有同样“魔力”的联盟——建筑废弃物资源化产业技术创新战略联盟(以下简称“建废资源化联盟”)。从2011年正式成立至今,建废资源化联盟通过集成成员企业优势,在我国建筑废弃物资源化利用的技术创新、成果应用、关键装备国产化和实际工程经验等方面硕果累累,并可预见,建废处置联盟将为这一“未来产业”孵化出无穷的可能。

不是所有的联盟都可以叫“产业技术创新战略联盟”

“产业技术创新战略联盟是我国产学研结合实践和探索中产生的一种新型技术组织形态。‘产业技术创新’,既表明了联盟工作任务的定位,也表明了组织模式的创新。是为了适应通过产学研结合来有效整合技术创新资源、构建产业技术创新链、提升国家自主创新能力的需要。”国家技术创新工程领导小组办公室副主任、中国产业技术创新战略联盟联络组秘书长、中国科学与科技政策研究会副理事长李新男表示。

如此“高大上”的“六字定语”绝非刻意为之,而是对大量实践经验与调研结果凝练而成。

21 世纪初,我国相关产业的“产业技术创新战略联盟”蓬勃发展,建废资源化联盟筹备组在 2008 年成立。幸运的是,“产业技术创新战略联盟”发展恰逢政策春风,我国六部委(国家科技部、财政部、教育部、国务院国资委、中华全国总工会、国家开发银行)推进产学研结合工作协调指导小组发挥巨大推动作用,使“产业技术创新战略联盟”进入了规范化和健康发展道路。六部委联合发布的《关于推动产业技术创新战略联盟构建的指导意见》(国科发政【2008】770 号)和科技部发布《关于推动产业技术创新战略联盟构建与发展的实施办法(试行)》(国科发政【2009】648 号),让“产业技术创新战略联盟”获得了发展的支撑点。

不过,纵然有这样的政策利好,建废处置联盟仍然扎扎实实做了 3 年的调研工作,足迹遍及欧洲、北美和亚洲市场,终于,在 2013 年 12 月,“建筑废弃物资源化产业技术创新战略联盟”正式成立。

联盟秘书处秘书长郭海斌介绍说,“正是通过调研我们发现,国外的技术、设备等不适合我国国情,在国内开展建筑废弃物资源化处置必须靠自主研发。”

此话不虚。建废联盟已基本完成了六项工作:一,75 项联盟标准制定;二,集成 500 项专利和专用技术,涵盖拆迁、运输和一体化工厂的工艺、设备以及终端产品的应用技术;三,一体化工厂的工艺和设备在集成创新的基础上,确定了工艺设备方案(1.0 版);四,完成了碳的方法学的开发工作,有望在工厂运行之际将该方法运用到碳交易体系中;五,启动了示范工厂的建设;六,完成了 2014 年度中国建筑垃圾产业发展报告。

此外,科技部下发《关于发布 2013 年度国家产业技术创新战略试点联盟和重点培育联盟名单的通知》(国科发体【2013】632号),建废处置联盟通过了科技部的综合评估,被列入“国家重点培育联盟”,这是对建废处置联盟主导的“以建筑垃圾资源一体化为核心,打造低碳循环经济产业链”的极大肯定。

在郭海斌看来,正是“联盟”这种组织形式,才能将产业链中具有互补性的企业集聚到一起,将“联合开发、优势互补、利益共享、风险公担的技术创新合作组织”的优势最大化。

集成创新　实现核心竞争力最大化

现阶段,建废处置联盟主要有四个机构:联盟理事会(联盟决策机构)、专家委员会(理事会咨询机构)、联盟标准委员会(产业标准化机构)和联盟秘书处(联盟常设执行机构),中国工程院副院长徐德龙担任联盟理事会专家委员会主任委员。

目前45家成员单位,是从136家有意向加入联盟筹备的大学、科研机构和企业中甄选而出,涉及“产、学、研、商、用”五个领域,诸如北京鼎软科技有限公司、北京宏安达建筑拆除有限公司、汉能控股、北京新奥混凝土集团有限公司、福田汽车、清华大学、天水华源制药设备科技有限责任公司等。郭海斌说:“我们的选择标准并非完全是企业规模、注册资金、影响力等因素,关键是看其技术优势和未来市场前景,在避免联盟内出现同质化企业竞争的同时,力争形成集成创新优势,实现联盟核心竞争力最大化。”

乍看之下,建废资源化联盟内的企业似乎“风马牛不相及”,但却有着千丝万缕的联系。例如,一家企业所研发的设备可以根据再生材料性能需要,将建筑废弃物和工业固废等研磨成300~2000mu细度的微粉。“至关重要的是这家企业所生产的设备能够市场化,”郭海斌说道,“更令人想不到的是,最近有一家做卫星遥感定位的企业表示希望加入我们的联盟,当我们去考察时才恍然大悟,它的卫星遥感定位技术可以监测到哪些城市在拆迁或改造,并且可以测算出建筑垃圾产生量。现在,联盟理事会和专家委员会正在对这家企业做评审。”

正是有效发挥了这些成员企业的集成创新优势,确保了“大型建筑垃圾处置系统集成及再生产品的应用消纳一体化工厂”的各方面工作的快速健康发展。

三大创新力挺“5年计划”

“5年内选择200个城市推动500个一体化工厂建设是我们联盟的下一阶段目标,”郭海斌提到,“这是很有希望实现,因为联盟具有三大创新优势。”

在建废资源化联盟成立之前,各成员企业都在各自领域内发展,并无交集,而联盟的成立将这些企业以及他们的技术工艺、设备和专利等有机应用到建筑废弃物资源化处理产业中来,就产生了无限的可能性。“没有想不到,只有做不到”这似乎可以形容建废资源化联盟所具有的视野和能力,可以预见,卫星遥感技术企业绝不会是最后一家申请加入联盟的企业,随着我国建筑废弃物资源化产业和建废资源化联盟的发展,更多拥有“让人眼前一亮,甚至脑洞大开”技术的企业将被不断吸纳到联盟中来,这所产生的集成创新能力将无可估量。

郭海斌强调,“我们所拥有的专利技术是一体化工厂项目的生命线,实现对建筑废弃物的100%资源化处理是我们的目标更是承诺。‘产业技术创新战略联盟’的根本是技术创新。现阶段,联盟集成500项专利和专用技术,涵盖拆迁、运输和一体化工厂的工艺、设备以及终端产品的应用技术。”据了解,联盟设立了“专利池”,联盟内成员单位可以极大地减少使用相关专利技术的经济成本。另外,针对特定的课题或技术专利,有意向的成员企业可以报名加入研究小组,联盟秉持“谁开发,谁享受”的原则,最终利益共享。

“一体化工厂就是我们的最终产品,建筑拆解、建筑废弃物运输和消纳的企业以及一体化工厂设备等软硬件设施的企业等都打包在这一项目中,包括目前正在建设的电子商务交易平台等,实现联盟成员企业的利益一体化。”郭海斌继续补充到,“我们借鉴了BOT、BT、BOO和PPP的模式,最终确定了现在的商业模式。现阶段,BOT是联盟现在采用最多的一种方式。”

创新工作初结硕果 未来之路仍需求索

我国的建筑废弃物产生量巨大且分类复杂,所以要做好建筑废弃物资源化利用首要对建筑废弃物的分类有一个明确清晰的界定,这一领域的工作也是建废资源化联盟率先完成。2013年,联盟承接的《我国建筑垃圾分布、分类情况及对环境的污染》课题在科技部立项。“这个课题工作量巨大,报告足足有87页,最终于2014年结题,并通过了科技部的验收。”

2013年,联盟成立了调研小组,分为3个小组前往我国东中西部近20个城市进行建筑废弃物取样,历时近半年。“民居、工业厂房、库房、建筑垃圾填埋场,甚至汶川地震灾区也都进行采样。拿到采集到的建筑废弃物样本后,由清华大学土木与环境工程学院进行分选。最终实现了联盟制定的垃圾分类标准能够涵盖我国超过80%的建筑垃圾。”

此外我国的建筑废弃物分类和“碳方法学”的研究成果，有望对相关领域产生巨大影响。

在“碳方法学”研究领域，建废联盟完成的《建筑垃圾再生产品制备混凝土生产工艺温室气体减排基准线与检测方法学开发项目》和《低碳混凝土生产工艺温室气体减排基准线与检测方法学开发项目》一审稿已经送交国家发改委气候应对变化司。郭海斌介绍说，“这两个方法学可以对建筑垃圾处置过程中的碳排放形成非常精准的计算，此外对于再生产品如低碳混凝土在生产过程中的碳排放减排量有个精准的计算，运用这一方式计算出碳减排量，具有可信度，并且据此得到的碳排放指标可以在环交所进行碳交易。”

据了解，联盟下一步工作为“一个完善四个推动”：完善联盟标准，并与国家相关部委合作标准体系，将该体系逐步升级为国家标准和行业标准；推动全国一体化示范工厂建设；推动建筑垃圾国家立法工作；推动税收优惠工作；推动建筑垃圾项目的审批建设绿色通道工作。此外，郭海斌透露，联盟已经和清华大学土木系就再生骨料和微粉在高性能和超高性能混凝土中的应用技术开展专项课题研究。

毫无疑问，建筑废弃物资源化产业是我国社会和经济发展的需要，建废资源化联盟所完成的每一项技术创新和课题研究对于这一产业的发展而言都是弥足珍贵。

处置建筑垃圾的春天已经来临

——我国已建立起领先世界的70余项技术标准

■本报记者　刘媛媛

萌芽待发的阶段，最需要营养的滋润和科学的管理，使其开枝散叶、茁壮成长。

建筑废弃物资源化产业技术创新战略联盟（以下简称联盟）的建立并日益丰满，为产业发展雏形期提供着最为丰富的营养，并按照产业国际化发展的规律，为这个新兴产业做好了一系列促进产业健康发展的科学规划和目标，其中最重要的一点，就是坚持“产业发展、标准先行、技术驱动”的先进理念。

创建于2013年的联盟（2008年至2012年为联盟筹备期），在短短6年的时间里，先后为这个新兴产业的发展，建立了70项行业技术标准，从技术标准的细化，到贯穿于节能环保、生产管理等各项标准的细分与规范，这70项标准的建立，在一定程度上已经形成新兴产业所需要的标准体系建设,这在联盟的众多工作中,是非常艰难的一项,但对行业健康可持续发展,却意义重大、影响深远。有专家评论说,建筑垃圾资源化产业的春天已经来临。

标准先行　是新兴产业的必然之举

对于行业标准的重要性,一位传统建材行业的知名企业家曾这样形容:一个行业的标准,就像一个人的身份证明一样,从准生证、出生证、身份证、学生证、工作证……一路见证着一个健康丰富的人生轨迹。

这句话的背景,是在传统产业普遍产能过剩,产品质量参差不齐的当下,这位企业家的有感而发。

毋庸置疑,中国大多数传统产业经历了新中国成立以后大量基建需求而高速发展的时期,很多标准体系的建设和完善,却是在产业发展到一定的规模,甚至开始出现转折点的时期,才逐步提上日程。

标准滞后带来的一系列问题和困惑,在传统产业进入经济新常态的当下,在面临结构调整、行业转型的十字路口上,也愈发变为产业可持续发展的阻碍,日益成为传统产业必须面对和亟待解决的课题。

不经一事,不长一智。传统产业现阶段的处境,让国人更清楚地意识到"产业发展、标准先行、技术驱动"的重要性和必然性,尤其对于新兴产业而言,健康可持续发展的第一步,就是要通过技术、管理、市场规范等各项标准体系的建立,率先起到规范产业秩序,推动企业健康发展的依托和准则。

建筑垃圾资源化产业,虽然目前处于发展的雏形阶段,但随着生态文明建设的深入推进、绿色产业的快速发展,其发展速度或许会超乎我们的想象。无规矩不成方圆,只有在萌芽阶段先立规矩,树立行业地位和市场准入条件,才不致重蹈传统产业发展的覆辙,在这一点上,联盟的所有成员已经在思想上高度统一,也通过行动为即将发展起来的行业奠定了良好的根基和土壤。

世界首个建筑垃圾标准体系在中国诞生

"建立一项标准容易,难的是建立一套严格的细致的标准体系,这 70 项标准初步形成了一套相对完整的体系,联盟中每一个人都为此殚精竭虑,我们能想到的都想到了,进行了无数次科学的论证和实践,目的就是要在产业发展初期,树立较为成熟配套,且执行力高、操作性强的标准体系。"中国建筑废弃物资源化产业技术创新战略联盟理事长、北京新奥集团董事长韩先福说。

据联盟标准委员会主任程东惠介绍，联盟成立之初便建立起标准委员会，至今已陆续完成了70项联盟标准的编制工作，并在技术监督局备案，2014年12月26日正式发布。

这套初步建立起来的建筑垃圾资源化标准体系，属于全球首个建筑垃圾标准体系。

“这套标准体系，是随着建筑垃圾一体化项目的逐渐升级和完善而逐步丰富起来的。建筑垃圾一体化处置可以生成不同领域、不同种类、不同用途的产品，有很多全新的处置技术、设备和产品，在国际上也还没有先例。我们不但要结合不同的技术、设备和产品将标准细化，还要参考不同产业的标准体系建设范本，与行业内众多专家一起，经过不断的调研考察，逐步建立起一体化项目相配套的标准体系。”程东惠说。

这套标准体系涉及产品质量性能、产品营运、设备工艺、一体化工厂配套的节能环保标准等，还包括信息化和工业化标准、企业员工生产安全标准等等。

正如程东惠所言，建筑垃圾资源化产业是绿色循环经济产业，从环保、能耗、噪音等各方面实现零排放，必须靠标准来实现。这套标准不仅对产业发展是依托和平台，对企业内部的运营机制和员工安全生产等方面，也有很多杠杆加以约束和规范。

很多标准的诞生，是在一体化工厂各项技术完善之前就已经建立起来，也就是说，一体化工厂的设计与运行，已经在依托标准进行有效的规范并依此执行。

尽管目前这套标准体系尚属于联盟标准，但已经充分结合产学研用的一体化发展，符合产业发展的需求，对产业发展具备了很好的推动作用。程东惠表示：这也是我们率先建立联盟标准的作用，通过标准体系的推行，能够以最快的速度将建筑垃圾资源化处置的方式和技术推广出去。

毕竟，建筑垃圾资源化产业羽翼未丰，现有的联盟标准体系也只能作为推荐使用，最终实施的效果如何，是要通过市场去检验。程东惠很诚恳地表示：“通过联盟标准生产出来的产品，在市场上取得良好的反馈，产生良好的效益，就说明这是一套值得推广的具备可行性的标准体系，对于未来建筑垃圾资源化建设的行标和国标的建立和实施，会是一个非常好的依据和范本。”

依托联盟标准　实现向国标和行标转化

新兴产业发展的特点在于创新速度快，优化能力强，联盟标准体系也不可能一成不变,一定是随着技术的创新与优化,不断地补充和完善。与时俱进也是联盟标准的优势所在,结合产业发展不同阶段,及时摒弃标准体系中落后的指标和条例,随着技术升级的步伐不断深化。

但是,联盟标准所起到的作用更多为推荐,不具备强制性,对于即将发展起来的新兴产业,必须要依托具有一定强制性的市场规范条例和标准体系与机制,联盟标准委员会在制定和完善相关联盟标准的同时,也正在积极将联盟标准向行业标准和国家标准转化,这也是标准委员会下一步的重要工作之一。

2015 年 4 月,联盟正式启动了国家强制性标准《建筑废弃物再生工厂设计规范》的编制工作,新奥集团申请立项,是主编单位之一,当月 28 日,联盟在北京召开了标准编制的首次会议。

“现阶段我们将目前产业发展亟待需要的部分标准通过建材联合会向上申报,去年我们已经申报了《建筑废弃物再生工厂设计规范》,现已全面开展标准编制工作。今年,我们会继续申报其他联盟标准项目。”程东惠介绍。

不过,程东惠也表示,将联盟标准真正转化为行业标准和国家标准的过程非常辛苦,因为不同的标准涉及的主管部门归口众多,包括建材、环保、交通、建筑等不同的领域和主管系统,需要联盟投入很多的精力,或许会是一个漫长的过程。

“幸好,现在国家鼓励具有原创性的社团标准和联盟标准能够走在前面,也是看到了联盟标准的优势和对国标和行标的制定所能起到的启示作用,这让我们凝聚了更多的信心,即便在将联盟标准转化为国家标准和行业标准的道路漫长,我们依旧要做好两件事,一是不断优化和完善现有的标准体系,二是努力实现转化的可能性。”程东惠说。

今年,联盟在申报国家和行业标准的项目有很多想法有待实现,比如,打算申报建筑垃圾行业的能耗标准,这是一项非常关键的应用标准,一旦申请下来,不仅对建筑垃圾资源化产业的发展具有很大的推动作用,对装备制造业也将起到重要的影响。

“建筑垃圾资源化产业要想做大做强,产品的质量必须过硬,节能环保的要求必须达甚至领先到国际先进水平,所以,这项标准是产业发展过程中非常关键的依据和支撑。”程东惠表示,“也许申报不一定成功,但我们一定要努力去尝试。”

新兴产业的发展是一项庞大的系统工程,任何软硬件设施的创新研发与匹配完善,都是从无到有,再到逐步丰富和优化的过程。标准体系的建立与完善,只是这一系统工程的一个环节,伴随产业呼之欲出到发展壮大,相应的国家标准和行业标准一定会应运而生。

联盟标准在这之前能够率先建立并细化至各个环节,将对建筑垃圾资源化产业的国标和行标的建立与规范提供更为通畅的渠道和有效的依据,将会大大缩短产业发展初期艰难的磨合期。也难怪众多联盟成员都相信,标准先行、技术驱动是新兴产业发展不变的真理,在此基础上,建筑垃圾资源化产业在明年便会进入快速发展的轨道。

给建筑废弃物戴上政策的"紧箍咒"

——建筑垃圾处置的关键是做好顶层设计

■本报记者 曾蕴瑶

多年以来,环境问题始终是人们心头最关心的话题,不仅全行业聚焦,更引起了社会各界人士的重视。史上最严的"大气十条"落地一年半后,"水十条"也重磅来袭,接下来,或许还将出台严格的"土十条"。在严峻的环境局面下,只有用最"强悍"的制度和机制,才可以把政府、企业、公众攥成一个拳头,狠狠地向污染出击。随着我国城镇化进程的加快,建筑垃圾的产生量也随之增加。有数字统计,我国每年建筑垃圾总量约为 15.5 亿 ~24 亿吨,绝大部分露天堆放或填埋,使得环境污染和安全隐患加大,造成地下水、土壤污染,形成扬尘、酸雨等。建筑垃圾带来的污染由来已久,在猛药去疴之前,必须为它戴上政策的"紧箍咒",治标更要治本。

十年来,多部委出台多项政策

建筑废弃物资源化产业技术创新战略联盟秘书长郭海斌拿出了厚厚一本的政策文件,"2004 年《固体废物污染环境防治法》中规定:'工程施工单位应及时清运工程施工过程中产生的固体废弃物,并按照环境卫生行政主管部门的规定进行利用或者处置';2005 年建设部颁发了《城市建筑垃圾管理规定》指出:'建筑垃圾处置实行减量化、资源化、无害化,和谁成产谁承担处置责任的原则。施工单位未经核准擅自处理建筑垃圾者,将被处以最高 10 万元罚款'。"此外,一些地方政府也出台了相关规定,例如北京市在 2004 年出台《关于加强城乡生活垃圾和建设垃圾管理工作的通告》以及上海、成都、深圳、石家庄、福州、南京、西安等城市也在不同时期颁发过有关建筑垃圾处置的相关文件。

2010年中央发布《关于建筑垃圾资源化再利用部门职责分工的通知》,明确要求“制定建筑垃圾集中回收处置政策措施并监督实施”;2012年国家发改委还将“建筑废物资源化利用项目”和“资源循环利用技术装备项目”列为中央预算内投资备选项目。在已有的政策和相关政府支持措施中,郭海斌认为对建筑垃圾资源化发展最有指导性的政策要数2012年,科技部联合发改委、工信部、环保部、住建部、商务厅、中科院七个部委联合发布的《废物资源化科技工程十二五专项规划》,“里面提到的建筑垃圾处置的技术路线,以及处置后再生产品去处都非常具有指导意义。”除此之外,更为具体的产业政策也相继出台:比如北京市出台了全国首个建筑垃圾资源化的财政政策和处置补贴政策——30%的固定资产投资有财政资金补贴,每资源化一吨建筑垃圾补贴30元;北京市明确了建筑垃圾资源化用地性质,为“公共管理与公共服务用地”……

发改委发布的《2015年国家循环经济推进计划》中,专门把今年建筑垃圾资源化的工作做了详细的规范,就是“推进建筑垃圾资源化的利用,研究起草关于加强建筑垃圾管理及资源化利用的工作的指导意见;建筑垃圾资源化利用的试点方案,包括开展建筑垃圾管理和资源化利用试点省的建设工作,鼓励各地探索多种形式市场化运作的机制,创新建筑垃圾资源化的利用的领域和投融资模式。”并由住建部、发改委、财政部和工信部负责相关的工作。

在这本厚厚的政策文件汇编中,记者看到这十年来中央政府着急、地方政府着急、企业更着急,虽然政府没有停下政策推动的脚步,但我国的建筑垃圾资源化率依然只有5%。我国建筑垃圾平均每年在15.5亿~25亿吨之间,可以想象,在这十年的每一天里,有多少建筑垃圾被随意地丢弃,它们逐渐包围了城市、占用了土地,污染了地下水以及土壤和空气……

有了政策,为什么还没有改观?

2013年北京市政府办公厅关于印发《北京市2013年推进生活垃圾处理工作折子工程》明确要加快出台建筑垃圾运输、处置费用标准;严厉打击建筑垃圾运输泄漏遗撒、偷倒乱卸行为,依法查处违法违规行为并予以曝光。但成效并不显著。症结为何?为什么会长达十年之久?记者带着这些问题进一步了解。

首先是管理不完善,各部门协调起来难度较大。以北京为例,涉及建筑垃圾管理的部门机构包括北京市市政市容委、市住房城乡建设委、市环保局等部门,缺乏一个特定的职能部门进行统筹;对建筑垃圾的回收利用缺乏指导和监督等。建筑废弃物资源化产业技术创新战略联盟的天津市总监陈文杰向记者透露:“每年北京市政府在生活垃圾上的投资不止 100 亿,用于生活垃圾的清扫、中转运输、填埋。但在建筑垃圾的处理方面,政府没有相关的职能部门或者专业的团队或机构来处理。”

其次法律法规不完善,责任主体不明确。在现行的建筑垃圾资源化政策引导与落实上,没有明确建筑垃圾处理的责任主体,在监管和执法上难以统一。责任主体违法成本低,无法起到威慑作用。北京奥润开元环保科技研究院院长李建勇在采访中说道:“大家都承认建筑垃圾资源化处理是一个朝阳产业,政府工作人员也纷纷赞扬,但一谈到具体政策问题就难了,个别的政府部门工作人员还表示:‘千万不能和我们提钱的事儿,一提钱,这件事情就做不了了。’”

另外,建筑垃圾处置与再利用的税收政策滞后,单凭企业行为和市场运作在初期很难实现。建筑废弃物资源化产业技术创新战略联盟标准委员会主任程东惠感慨地说:“国家哪怕出台一个实实在在的政策,也能往前推一把。”

新兴产业,真正需要的是什么?

《我国建筑垃圾资源化产业发展报告(2014 年度)》中指出,建筑垃圾资源化产业的发展需要从生态保护的角度对建筑垃圾综合利用产业链的形成进行科学合理的扶持,包括财政金融政策、产业政策、土地政策等诸多方面,都可以进行有益探索,以保证产业链的畅通。

一些投资建筑垃圾资源化利用项目的人士坦言,目前建筑垃圾再生处理产业化利用仍在摸索阶段,各地政府在建筑垃圾资源化利用产业还没有建立完整的投资回报机制。到底挣不挣钱、能不能持续发展一直困扰着企业。很多企业看好这个市场,但持观望态度。行业发展需要政府顶层设计。北京新奥混凝土集团有限公司董事长韩先福告诉记者,建筑垃圾资源化的产品若用于工程结构,必须确保质量,一旦出现问题,要承担法律责任,政府还需要出台标准和法律法规。联盟秘书长郭海斌也告诉记者,最急需的是政府放开再生混凝土产品的资质管理,让建筑垃圾的再生产品能早点找到用武之地。

韩先福还告诉记者,他曾对建筑垃圾资源化提出“100 问”,他挑选了 8 个问题借报道抛出,希望引政府部门和社会关注。这 8 个问题是:1. “建筑垃圾特许经营权”采取什么措施,才能不能把政府的责任转嫁到企业? 2. 特许经营权招标,如何确保公开、公正、透明? 3. 工厂化处理建筑垃圾,资源化率必须 100%,如果到不到,如何追究政府官员?如何追究政府主管者的责任?如何追究投资者的责任?4. 在建筑垃圾资源化终端产品和回收物资上,太多的政府行政许可,严重制约了建筑垃圾产业化的发展,如何破除各级政府、各个主管部门的权利寻租?5. 城市建筑垃圾资源化率,如何纳入地方政府的生态资产负债表?6. 如何保护建筑垃圾资源化的知识产权?7. 在建筑垃圾项目上,如何落实《基础设施和共用事业特许经营管理办法》六部委令?8. 如何发挥人大、政协、公众、媒体的监督作用?

突破“垃圾围城”必须“全民皆兵”

——改变和提高国民意识是建筑废弃物利用的必经之路

■本报记者　董亚楠

据统计,我国建筑垃圾存量已超过200亿吨,每年增35.5亿吨(含公路沥青路面返修产生的垃圾),大量建筑垃圾伴随着经济快速发展而来,“垃圾围城”愈发严重,极大影响了我国的生态环境和资源,而2010—2014年间,我国建筑垃圾资源化率仅为5%左右,甚至有行业专家认为真实利用率不超过2%。

这样严峻的形势挑动着人们的神经,各方也在不断地求索突围之术。实际探究起来会发现,真正阻碍着建筑垃圾资源化进程的并不是技术问题,也不是投入与产出问题,而是我国民众对于建筑垃圾根深蒂固的误解和偏见,且贯穿在建材垃圾资源化的每个环节:建筑拆除中,人们不关心建筑垃圾去向何处;消纳过程中,人们对垃圾处理厂唯恐避之不及;对于再生产品,人们本能地怀疑和抵触……建筑废弃物资源化产业的每一环节、每一个步骤都充斥着顾虑和偏见,因此,扭转人们的误解和偏见对于建筑垃圾资源化产业健康发展至关重要。

历史证明,在党的统一领导下,我国的国民动员力是全世界最强的。2008年我们举办了世界上最好的奥运会,让全世界看到了一个泱泱大国全民动员起来的创造力,所以要想解决建筑废弃物资源化问题必须“全民皆兵”,全民族动员起来。

漠不关心是资源处理的拦路虎

人们普遍认为建筑垃圾就是没有利用价值的废弃物,还需要花费大量的人力、物力清理,所以对建筑垃圾的态度就是“眼不见为净”,通常的做法是装修后花一二百元请人将运走,至于运去何方、如何处理则漠不关心,这也导致了人们在拆除过程中并不会进行分类，在一定程度上加大了建筑垃圾资源化的难度。

这种漠不关心的态度在其他领域也曾出现过，但当人们真正认识到了产品的重要性后则会有巨大的改变。例如，几年前，人们对于3G网络新技术并不关心，甚至表示不会选择。然而，今年1~4月份，我国4G手机出货量为1.24亿部，同比增长658.7%，占总手机出货量的80.5%。显而易见，消费者对新技术的态度和意识并不是“铁板一块儿”，通信新技术“实打实”的优势，加之以国家政策支持、网络运营商大力宣传、生产商鼎力配合等等。同样，建筑垃圾资源化产业要想快速发展，也需要得到消费者的认同，改变他们固有的思维，才能推动建筑垃圾资源化产业健康发展。

避之不及是建筑垃圾处理之痛

提到建筑垃圾处理厂，人们本能认为就是“脏、乱、差”，唯恐避之不及，二者甚至陷入了一种“恶性循环的怪圈”，由于建筑垃圾处理厂对人们生活和环境造成的不利影响使得人们对它产生避之不及的态度，反过来，这种态度又阻碍了建筑垃圾处理的发展，进而使现有情况不法改变更加验证了人们远离它的正确性。

这种现状产生偏见，意识阻碍发展的怪圈如何才能破解？想来还要让人们看到实际效果如何，打破传统观念促进建筑垃圾资源化产业的发展。在人类文明的历程中也曾经有许多技术在刚出现的时候遭到了人们的抵制，但现在却已成为生活的一部分。照相术传入中国时，人们认为“这玩意儿能吸人魂魄”。而现在，拍照、摄影已经成为生活的常态。同样，彼时的国人铁路会断了“大清龙脉”……但如今我国的铁路已经发展到仅次于美国的全球第二大铁路网，以及全球最大规模的高速铁路网。

在新技术推广应用的过程中，产品的实际效果如何是起到决定性作用的。

偏见是循环经济的绊脚石

中国资源综合利用协会秘书长王吉位表示，“建筑垃圾之所以得不到合理处置，首先在于人们的观念问题。”目前绝大多数国人对建筑垃圾的处置和再利用意识扭转、思维转变是突破当前行业发展困境的关键点。

通过行业专家多年的探索与研发，建筑垃圾再生产品已经可以实现高性能化，例如再生混凝土的强度已达到C60的强度。同样，很多再生产品都能达到高性能。很多的技术处于国际领先水平。

可喜的是,当前已有一些建筑垃圾再生产品建设起来的案例,最为引人瞩目的是APEC会址一个面积为14000平方米的环保停车场,这是由北京新奥混凝土集团有限公司生产的建筑垃圾再生土铺设而成的。甚至早在10年前,这家公司就已经用建筑垃圾再生混凝土在北京建起了1栋3层楼的教学楼,至今没有任何质量问题。

当前,许多国家已经通过政策和法律,强制性使用建筑垃圾再生产品。例如,德国要求市政工程中的再生产品的使用比例不低于17%。这既保证了再生产品的利用,也改善了人们对产品的认识。如果我国能够在政策法律方面,要求市政工程中建筑垃圾再生产品的使用比例,将对人们扭转意识起到巨大的推进作用。这也将促成政府、行业、企业、媒体等各个方面协同推动建筑垃圾资源化产业的发展,实现资源循环的共同理想。

事不关已的环保态度是拖油瓶

当前建筑垃圾资源化进程还是“路漫漫其修远”,提高社会认知度和接受能力成为关键一环。毫无疑问,解决建筑垃圾问题关乎每个人的切身利益。事实上,从技术角度考量,我国有能力实现建筑垃圾100%资源化,已经达到国际领先水平。但现阶段,认为再生产品质量不如原生材料产品;将购买和使用再生产品当作公益行为等等意识还是主流意识,由于公众对这种新技术及其产品认识不到位,还需要一个接受的过程,但不可拖延。

当前,在废弃物循环再利用方面做得比较成功的是对再生纸的运用,这也可侧面体现出了公众对再生资源的态度。由于国家相关部门、政府大力推广以及社会的公益宣传,人们可以完全可以接受再生纸用在纸板、纸箱、包装纸袋以及新闻用纸,或具有象征意义的再生纸笔等方面。但由于人们还是对再生资源存在的一些误解,大部分消费者还是选择原木浆产品,这也是消费者对废弃物循环再利用产品的主要态度。这种事不关已的环保态度是我国建筑资源化进程的拖油瓶。如果我国民众同样能有形成再生产品“与我有关”的环保态度,这将成为我国建筑垃圾资源化产业发展的重要推动力。

混凝土专家清华大学廉慧珍教授指出,“思维方法和观念的转变比技术更重要”,这适用于建材行业以及社会发展的每一个领域。扭转固有思维、转变传统意识,是一新兴行业能否健康持续发展的有力保障。

建筑废弃物资源化亟待突破三大瓶颈

——由北京元泰达建筑垃圾资源化项目引发的思考

■本报特约记者　张　红

2015年5月底，由中国建筑废弃物资源化产业技术创新战略联盟主持研发的北京元泰达建筑垃圾资源化项目正式投产，这对我国建筑垃圾资源化产业来说，具有里程碑式的意义。正是由于这个项目中“建筑垃圾资源一体化”和“三个百分之百核心目标”，使我国建筑垃圾资源化产业拥有了世界领先的工艺与装备。

北京元泰达项目的成功投产，对我国正在破冰阶段的建筑垃圾资源化产业是一个鼓舞和鞭策。从中我们收获了先进的理念、技术和系统的标准，这些都是企业今后前行的基础。但是，从更大范围来理性分析，我们认为，我国建筑垃圾资源化产业还急需破解三个瓶颈。

一是，彻底颠覆将建筑垃圾简单处置的思维，树立建筑垃圾资源化的理念

据保守估计，未来10年，我国平均每年将产生15亿吨以上的建筑垃圾。因此，未来十几年将是我国建筑垃圾大量产生的时期。从统计数据中可以看出：一是建筑垃圾产生量巨大，以亿吨计，目前已发展为年产生10亿吨以上；二是建筑垃圾产生量正在逐年增长，按此速度增长，2020年达到38.11亿吨。

其实，绝大多数建筑垃圾是可以作为再生资源重新利用的。例如：废金属可重新回炉加工，制成各种规格的钢材；废竹木、木屑等可用于制造各种人造板材；碎砖、混凝土块等废料经破碎后，可代替砂直接在施工现场利用，用于砌筑砂浆、抹灰砂浆、浇捣混凝土等，也可用以制作砌块等建材产品。

在建筑垃圾综合利用方面，近年来国内已有很多突破性的成果，北京元泰达建筑垃圾资源化一体化就是突出的例证。

具体而言，建筑垃圾的资源化就是指采用管理和技术手段从建筑垃圾中回收有用的物质和能源。由于建筑垃圾经分选、破碎、筛分加工后，大多可以作为再生骨料资源重新利用，如再生骨料、再生砖是作为直接应用于工程建设的建筑材料，完全可以替代现用的天然砂石及普通砖类墙体材料，对解决建筑材料生产资源短缺及巨大的能源消耗具有显著意义。

可是，目前摆在我们面前的尴尬现实是：一方面，因建筑垃圾被随意处置或简单填埋,占地又污染,且破坏土壤结构、造成地表沉降;而另一方面,有处置能力的建筑垃圾再生企业却因缺乏建筑垃圾原材料,面临着无材料来源的生存窘境。所以说,当前突破将建筑垃圾简单处置的思维,树立建筑垃圾资源化的理念非常重要。

二是,借鉴发达国家的经验,建设建筑垃圾资源化的法律体系,依法推动建筑垃圾资源化产业的发展

目前,我国大部分建筑垃圾都是在没有经过任何处理的情况下采用露天搁置、地下填埋或直接焚烧进行处置。由于我国政府对建筑垃圾的循环利用重视不够、建筑垃圾处理技术远落后于发达国家、全国的建筑垃圾加工厂数量太少等原因,我国还没有形成对建筑垃圾的资源化循环利用,建筑垃圾回收利用率不到5%,远低于德国和日本的90%、英国的80%和美国的70%。

美国政府有法律规定:“任何生产有工业废弃物的企业,必须自行妥善处理,不得擅自随意倾卸。”该法从源头上限制了建筑垃圾的产生量,促使各企业主动寻求建筑垃圾资源化利用的途径。日本也很重视立法。早在1977年,日本政府就制定了《再生骨料和再生混凝土使用规范》,并相继在各地建立了以处理混凝土废弃物为主的再生加工厂,生产再生水泥和再生骨料。1991年,日本政府又制定了《资源重新利用促进法》,规定建筑施工过程中产生的渣土、混凝土块、沥青混凝土块、木材、金属等建筑垃圾,必须送往“再资源化设施”进行处理。目前,日本很多地区的建筑垃圾再利用率已高达100%。德国在20世纪90年代中期颁布了《循环经济与废弃物管理法》等一系列法律法规。在德国,建筑垃圾的回收率很高,占所有垃圾回收的比重也最高。这一方面得益于德国资源、能源、劳动的成本高,另一方面也得益于其有效的监管。再次,德国从事设计和建造建筑物的人员也很注重物质的循环利用。韩国在2003年制定了《建设废弃物再生促进法》,2005年、2006年又先后进行了两次修订。其中包含了促进建筑废弃物再利用的三大推进政策:一是提高循环骨料建设现场的实际再利用率;二是建筑废弃物减量化;三是妥善处理建设废弃物。在明确了政府、企业的义务,又明确了对建筑垃圾处理企业资本、规模、设施、技术能力的要求。其所期待的效果就是防止进一步破坏自然环境,保障骨料供需的稳定,以及延长填埋场的寿命。

我国也应该进入建筑垃圾资源化完善立法的阶段。在制定法规时,应兼顾环境保护与资源节约,鼓励建筑垃圾的循环利用。明确建筑垃圾处理的责任主体,加大对建筑垃圾处理违法行为的惩罚力度。明晰各个部门在建筑垃圾处理中的职责,避免互相推诿责任的现象发生。在国家层面,建议住建部和环保部联合成立专门管理建筑垃圾处理的办公室,负责协调各部门和各项审批工作。随着新农村和城乡一体化建设,农村建筑垃圾问题日益严重,建议将农村的建筑垃圾处理纳入到法规中。完善建筑垃圾分类制度,便于建筑垃圾的回收工作。国外建筑垃圾回收率高的国家普遍重视立法,同时强化执行,对垃圾处理违规行为处罚力度较大。

世界其他国家和地区也在建筑垃圾回收领域制定了一系列法律法规及计划,明确了各方在建筑垃圾处理中的责任和义务,充分体现了“谁产生谁负责”的原则,促进建筑垃圾的减排和再利用。与发达国家相比,我国目前促进建筑垃圾资源化的政策法规措施还不健全,关于建筑垃圾管理的法律尚属起步阶段。业界的期待有三点,一是推进建筑垃圾资源化再利用尽快纳入法律法规体系。二是立法明确建筑垃圾处置利用的程序规定和监管范围。三是健全建筑垃圾资源化管理的配套管理法规体系。

三是,期待政府相关部门积极作为,并在金融、税收等方面完善相关政策与标准

尽管与国外相比,我国建筑垃圾在工业化生产和应用方面的工艺还有一定差距,但政策支持力度也是很重要的问题。当前有些处理利用工艺,我国可以说已处于国际先进水平,完全可以进行建筑垃圾资源化产业在较大范围启动。

目前一个很重要的问题在于我们政策的引导与落实上。由于缺乏政策的支持,建筑垃圾资源化根本开展不起来,有再好的工艺也无用武之地。建筑垃圾的处理和利用是一个系统工程,涉及产生、运输、处理、再利用各个层面,其中更是牵扯了建设、发改委、环保、工信、交通等多个行政管理部门。只有所有的环节统一管理,协同配合,有效联动,才能形成一个有效的建筑垃圾处理链,真正实现建筑垃圾的再生利用。目前,这些环节间实际是孤立的,建筑废物的处理单凭企业行为和市场运作在初期很难实现。

建筑垃圾处置与再利用的税收政策不细,建筑垃圾处置企业的所得税没有减免,再生产品的增值税需要进一步明晰。建筑垃圾处理还涉及较多的行政机构,但现行法规没有明确各部门的职责,造成各部门互相推诿责任。而且企业进入建筑垃圾处理行业存在审批困难,不但要经过几个国家部委的认定,还要牵扯到地方政府的许多相关单位。由于在相关的产业政策上,国家各部委都只负责其中的一部分,无法有效协调工作,影响企业的发展和积极性。为了解决这一问题,应借鉴发达国家相关优惠政策,做到:

一是提供建筑垃圾资源化企业财政补贴。建筑垃圾废料只有经过加工利用处理才产生新的价值。通常，建筑垃圾的搜集、运输、堆存、分拣、破碎、筛分等都需要投入资金。除金属、木制品、拆除后经过清理的砖，通过废品回收利用取得一些回报以外，对于用废砖、废混凝土加工的骨料及配制的低标准混凝土及其空心砌块、混凝土空心隔墙板等附加值都很低，而制造成本却高于天然原料制造的产品，常常使生产者无利可图。为此，各级政府要加大对建筑垃圾再生资源产品及相关企业的扶持，根据受益者补偿原则，主管部门应积极采取一些直接经济支持形式，比如，发放补助金、给予低息贷款，或补助经常性费用等；再如对专门的建筑垃圾再生机构，将建筑垃圾处理收费用给予贴补，确定合适的经济补偿方式和补偿额度，保证他们的正常运营；或给予再生资源产品优惠政策、强制使用政策和补偿政策；完善天然资源使用费调整方法和强制使用建筑垃圾制品的政策性补贴方法等。

二是设立建筑垃圾处置利用产业发展基金。除了政府给第三方建筑垃圾处置利用企业直接补贴外，政府联合社会投资者成立建筑垃圾处置利用基金，深入开展建筑垃圾处置“保证金”制度，譬如要求所有的建筑工程在取得施工许可证之前都必须按规定交纳建筑垃圾处理预留金，向建筑垃圾资源化企业提供初始建设投资补贴，或将政府财政资金直接参股第三方治理企业，对社会资金支持的建筑垃圾资源化企业，通过招投标和竣工验收各环节提供部分财政资金支持。

三是对建筑垃圾资源化企业提供税费优惠。在税收政策方面，应尽快将处置消纳建筑垃圾企业纳入增值税全部免除、所得税减少15%的范畴；凡利用建筑垃圾生产出的材料和产品，国家应在税收政策上给予优惠，通过拨款、低息和无息贷款等优惠政策，加大对建筑垃圾循环利用企业的政策扶持。

未来五年　我们能建造多少“梦工厂”

——各地建筑垃圾资源化产业进程必须加快步伐

■本报记者　赵常秋　曾蕴瑶

北京元泰达建筑废弃物资源化处置利用一体化工厂，被业内人士称为建筑垃圾资源化产业的“梦工厂”。作为我国的第一家建筑废弃物资源化处置利用一体化工厂，其近期目标是在未来5年内，通过政府的支持，在我国200个城市推广建设500个这样的一体化工厂。也就是说，在不久的将来，建筑垃圾资源化的红旗将插遍全国,产业化发展已提上日程。

一个全新的产业究竟以何种方式全方位铺开,这是众多行业人士关注的热点之一,为此,记者就其产业推广和发展模式进行了采访。

“这是建筑废弃物资源化产业技术创新战略联盟所提出的建筑垃圾资源化处置与利用创新集成的系统解决方案。要建设这样的一体化工厂必须做到‘三个100%’——100%消纳、100%环保达标、100%市场化。”建筑废弃物资源化产业技术创新战略联盟秘书长郭海斌告诉记者。“实现建筑垃圾从入场到出厂的100%消纳;在处理建筑垃圾的过程中,实现工厂内外所有环节的环保指数100%达标;工厂所有终端产品100%市场化。这三个100%是一体化工厂的生命力与核心竞争力。”郭海斌解释说:“做到前两个100%,现在已经可以证明,我们在全球建筑废弃物资源化处理领域都处于领先地位。”

经过近8年的调研和技术创新,联盟集45家企业成员之合力,完成了各种一体化工厂建设所需的标准、技术工艺、设备研发与制造以及信息化系统的设计与应用。也就是说,前两个100%已经成为现实,下一步联盟要集中火力攻克的就是如何真正实现100%市场化。

要想做到最后一个100%,联盟第一步工作就是必须以联盟内45家企业成员为一个利益共享整体,这45家企业成员,是未来我们每一家一体化工厂的核心力量。也就是说,各个板块的企业将参与到未来全国各地的一体化工厂推广和建设中去。

眼前看到的这座一体化工厂可以说是建筑垃圾资源化产业发展的“核心”产品,之所以说它能够快速地在全国扩张,是因为联盟已经为其制定了一系列推广和应用的商业模式。

由于我国城市众多,地方情况各异,为了更好地实现一体化工厂的推广和落地,联盟灵活地采纳了多种合作方式,包括BOT(build - operate - transfer,意为建设—经营—转让)、BT(build - transfer,意为建设—移交)、BOO(build - own - operate,意为建设—拥有—经营)。

简单来说,在BOT形式中,联盟与地方政府达成合作协议,由政府批复建设用地和特定区域内处理建筑废弃物的“特许经营权”,联盟负责一体化工厂项目的投资、融资、建设和维护。

在特许期内,由一体化工厂完成建筑垃圾的定向无害化处置,成为可再生的多种资源,通过深加工,开发成市场所需要的终端产品。在特许期结束后,联盟将一体化工厂完全无偿的移交给地方政府。地方政府是项目成功与否的最关键角色之一。

BT模式是BOT模式的一种变换形式,指一个项目的运作通过项目公司总承包,融资、建设验收合格后移交给业主,业主向投资方支付项目总投资加上合理回报的过程。而BOO模式,是指承包商根据政府赋予的特许权,建设并经营某项产业项目,但是并不将此项基础产业项目移交给公共部门,其优势在于,政府部门既节省了大量财力、物力和人力,企业也可以从项目承建和维护中得到相应的回报。

据了解,在产业发展初期,联盟在推广和应用建筑垃圾一体化工厂的重点举措,将以BOT模式为重点,并逐步展开BT和BOO两种模式的推广计划。

“一方面,BOT能够保持市场机制发挥作用,项目的大部分经济都在市场上进行;另一方面,政府具有项目的控制权和监督检查的权利,项目经营中价格的制订也受到政府约束。”郭海斌说。

“硬件”已跨越巅峰“软件”仍相距甚远

——简述国际建筑垃圾资源化产业现状与我国的比较

■本报见习记者　段丹晨

建筑垃圾资源化,这个对中国人来说略显陌生的名词,却早已融入许多国家,成为其社会生活的组成部分。

德国:第一个吃“螃蟹”　为循环经济“立法”

德国是世界上首个大规模利用建筑垃圾的国家,早在二战后的重建时期,就对建筑垃圾进行循环利用。同时德国也是最早对循环经济进行立法的国家,相继制定了《废物处理法》《循环经济和废物清除法》(1998年修订)、《垃圾法》《社区垃圾合乎环保放置及垃圾处理场令》等法案。这些法案的建立,不仅成为建筑垃圾资源化处置得以发展的依托,也加快了全社会对建筑垃圾资源化处置的认知和理解的速度。

在德国,地方政府是处置建筑垃圾的责任主体,州政府负责监管以实现联邦政府或欧盟的目标,德国中央政府的环保部门则负责相关法律的制定和修改,建筑垃圾处置责任明确、监管明晰。

在利用建筑垃圾制备再生骨料领域，德国处于世界领先水平，已经形成一套先进完善的制作工艺，在机械设备方面业已完善。1955 年以来，德国的建筑垃圾再生工厂已加工约 1150 万立方米再生骨料，并用这些再生骨料建造了 17.5 万套住房。

美国：政策标准齐头并进 建筑垃圾三级利用

美国作为世界经济最发达的国家，在建筑垃圾资源化领域起步也较早。国家政府部门分别在 1965 年和 1980 年制定了《固体废弃物处理法》（后历经 5 次修订）和《超级基金法》，运用法律的力量从源头上限制了建筑垃圾的产生量，促使各企业自觉寻求建筑垃圾资源化利用途径，形成符合国情的垃圾处理的法律法规和标准体系。

目前，美国对建筑垃圾综合利用大致可以分为低级利用、中级利用和高级利用，其中低级利用如现场分拣和回填建筑垃圾占建筑垃圾总量 50% ~60%；中级利用如经加工厂制成骨料，用作道路的基础材料或制成建筑用砖等占到约 40%；但高级利用如还原成水泥、混凝土再利用等领域的开发和发展，所占比例还不高。不过，在美国，大中城市均建立建筑垃圾处理厂，负责本市建筑垃圾的处理。

日本：从源头做起 加强技术创新投入

日本从 20 世纪 60 年代末就着手建筑垃圾的管理并制定相应的法律、法规、政策措施和标准体系，以促进建筑垃圾的转化和利用。

1977 年以来，日本政府相继制定了《再生骨料和再生混凝土使用规范》《资源重新利用促进法》《再循环法》（1997 年修订）、《推进废弃物对策行动计划》《推进建筑副产物正确处理纲要》《建筑工程用资材再资源化》《促进废弃物处理指定设施配备》《促进再生资源利用法》《建筑再利用法》《建筑工程资材再资源化法》等法律规范，对建筑垃圾处置环节进行全方位规范。

从源头削减建筑垃圾，是日本对建筑垃圾处理的一个主导方针。日本国内很早就兴建了相当数量的建筑垃圾加工处理厂，其对建筑垃圾加工处理的生产工艺流程的思路与德国基本相同，但工艺流程更深入细化，配置设备的所属功能也更为先进专业，建筑垃圾分选环节的先进行尤为突出。

从中不难看出，发达国家在建筑垃圾资源化的处置上无论是在国家政策、行业规范、相关法律、民众意识，还是其生产设备、工艺和市场拓展与应用等方面，都可以说形成了各具特色、相对完整的产业链。

创新驱动　技术“硬件”跨越世界巅峰

反观我国建筑垃圾资源化处置的现状却不容乐观，尽管我国目前建筑垃圾存量已超200亿吨，但对其的处理方式可以用“简单粗暴”来形容：仅有少量的建筑垃圾被回收再利用，绝大部分的被简单填埋甚至随意倾倒。我国建筑垃圾资源化率只有5%左右，甚至有专家认为不超过2%，完全无法与发达国家建筑垃圾资源化率相比。

处置工艺对于建筑垃圾资源化处置的意义就好比硬件之于电脑的意义，没有先进的处置工艺与装备，建筑垃圾资源化产业根本无法形成相应的规模，消纳越来越多的建筑垃圾。毋庸置疑，发达国家建筑垃圾资源化产业历经数十年的发展，其工艺流程已经基本完善，处置设备也配套完成，也各有优势工艺与设备，曾让我国的同行们为之慨叹。这激励着我国建筑垃圾资源化利用的先行者们孜孜不倦地创新研发符合我国国情，赶超国际标准的处置工艺与装备。

经过十几年的不停地学习和开发，建筑废弃物资源化产业技术创新战略联盟自主研发500余项涵盖了拆迁、运输和一体化工厂的工艺的专利和专用技术、设备以及终端产品的应用技术，实现了建筑垃圾资源化过程中的3个100%，站在了建筑垃圾资源化处置工艺的顶峰。

如果说，曾经制约我国建筑垃圾资源化产业做大做强的一大短板是工艺上的差距，那么，从现在开始，我国建筑垃圾资源化处置工艺在硬件方面已跻身世界前列甚至超越世界先进水平。这无疑是让国人为之骄傲和自豪的巨大跨越。

但是，硬件设施的赶超，并不代表我国在建筑垃圾资源化处置方面可以与国际先进水平比肩，毕竟，我国建筑垃圾资源化产业链发展所需的软件条件仍和发达国家相距甚远。

市场导向　机制“软件”可借他山之石攻玉

发达国家通过立法倒逼建筑垃圾资源化产业的发展，同时也运用法的力量，明确建筑垃圾处置的责任归属，将回收、生产、消费、监督各个过程都囊括其中，使得产业发展的每个环节都有法可依。

此外，国家积极制定产业相关标准，扶持有资质的企业，为其出具相关证明，借以保障建筑垃圾再生材料的性能和质量，有助于向市场推广和让消费者接受、认可并使用再生材料。

目前我国建筑垃圾资源化处置的法律法规、政策标准基本处于真空状态，相关政府部门管理职能不明确，建筑垃圾从源头开始就缺乏监管，导致建筑垃圾产业链混乱，严重阻碍了整个产业的发展。只有国家相关政府部门和地方政府提高对建筑垃圾资源化处置的认识程度，积极制定和完善政策法规，建立健全市场机制，加强宣传推广力度，社会公众对建筑垃圾的去向的关注度和再生产品的接受度才会高，建筑垃圾资源化产业才能真正形成规模。

尽管我国建筑垃圾资源化处置的技术水平、研发能力、创新力度和硬件设备已经可以与世界比肩，但仍需政府、行业、媒体、社会协同配合，共同为这个新兴产业的发展尽责尽力，尽早将中国的建筑垃圾资源化产业做大做强，形成颇具规模的环保产业，产生巨大的经济和社会效益，并真正走向甚至引领国际。

这是一条艰辛却必须要走的路，任重而道远。

《建筑垃圾资源化的榜样》刊于 2015 年 5 月 18 日

中國建材報
CHINA BUILDING MATERIALS DAILY

国内统一刊号:CN11—0073 邮发代号1—121 国外代号D807 | 今日四版 第7309号 www.cbmd.cn | 2016年8月26日 星期五 农历丙申年七月廿四

经济日报社主管主办

核心报道

建材业的"黄金洼地"

——我国非金属矿及深加工产业的现状与前景

■本报记者 刘媛媛

"石墨烯上广告啦……"。最近关注过黑龙江卫视的观众，大多应该看过一则公益性广告，广告的主角叫做石墨烯。

尽管普通百姓很难通过几分钟的广告，就能更深地了解石墨烯或产生无限遐想，但这个神秘高冷的材料已经在不知不觉中，以前所未有的速度，进入全社会的视野中。

"除了不能直接吃，石墨烯可以应用于任何领域、任何产品中"，这句坊间戏言表达着老百姓对这种从石墨中剥离出来，单层只有一个碳原子厚度的新材料全部的理解。

说起石墨烯，就要谈到石墨。事实上，这种非金属矿物一直就在我们身边，但我们却对其知之甚少。

铅笔之所以能在纸张上留下字迹，正是从石墨中剥离出的石墨片所起的作用。但我们意想不到的是，当我们在用铅笔写字的时候，这种看似普通的石墨，也在不知不觉地创造着有可能改变世界的新材料。科学家在石墨结构中剥离出了一个最小极限（理论厚度只有0.34纳米，约为头发直径的二十万分之一）的"薄片"，这便是神奇的石墨烯。

不单单是石墨，有人说，比起看得见摸得着的建材产品，非金属材料及制品在绝大多数人眼里，就像黑洞一样神秘而陌生。殊不知，很多非金属材料对于全人类而言，都是日日相伴的必需品。

纸张的主要成分中含有高岭土；硅藻土是牙膏的必须矿物原料，女孩子们常用的化妆品、去角质膏、磨砂膏等，其主要原料也都是从硅藻土中提炼而来；养猫人士所用的猫砂其实是优质的颗粒膨润土，膨润土甚至还可以作为食品添加剂以及补钙、减肥食品的常用材料……

但如果你认为这些非金属材料只用于日常用品中，那就大错特错了。和石墨一样，如今全世界已知的1500多种非金属矿物中，有数百种已探明的矿物几乎都拥有着"可以改变人类生活与社会发展"的魔力。

"从价值和作用而言，众多非金属矿都可以比肩黄金，甚至比黄金的作用更大，价值更高，小到是一管牙膏一张纸的原材料，大到能制造卫星舰船、精密仪器，可以说，没有非金属矿及其通过深加工不断创新的制品，就不会有今天人类社会的模样，更不会有全人类所憧憬的明日前景。"这是一位资深行业专家对非金属材料所做的精辟概括。

只不过，对中国非金属矿产业人士而言，面对"价值如黄金"的结论，更多的是五味杂陈的感触和抑制不住的憧憬……

被低估的产业 建材工业的短板

关于非金属矿被称之为"拥有黄金般的价值"的矿产，在一份官方资料中有这样的总结：非金属矿产品不仅广泛应用于建材、冶金、化工、交通、机械、轻工等传统产业领域，而且在电子信息、生物医药、新能源、新材料、航空航天等高新技术产业有广阔的潜在市场，大多还是军事国防的必备材料，同时，又是保护环境、生态建设的高效、廉价材料。

但是，搜索多年来关于非金属矿产业的相关媒体报道，"被低估的产业"是各大媒体给予非金属矿产业最多的评价。

我国非金属矿行业的发展起步于上世纪50年代，根据前苏联模式而创立，建材行业人士对"非金属矿"的称谓也沿袭这种模式。

当我国非金属矿行业刚刚起步时，国际非金属矿产业的发展已经进入如火如荼的阶段。

非金属矿在国际上通常被称为"工业矿物"。上世纪50年代，世界非金属矿产的产值就曾超过金属矿产的产值，有些工业发达国家的非金属矿产产值甚至超过金属矿的2至3倍。非金属矿产成为应用领域最广泛、用量最大、开发前景最广阔的矿产资源。

目前，自然界已发现的非金属矿种类大约1500种，国际上已被工业利用的非金属矿约250种，年开采量约为350亿吨，仅原矿及初加工产品产值就已达到3000多亿美元，部分欧美国家的产值甚至还要高出2至3倍。

我国目前已探明有储量的非金属矿产有93种，被工业利用的矿物约占其中的50%左右，年开采量大约在100亿吨，2012年原矿及初加工产品产值约为5200亿人民币，2015年前后又出现明显下滑，我国矿业几乎全部亏损，非金属矿行业也不可避免地进入经营困难时期。

下转2版

工业现代化的"幕后英雄"

——我国非金属矿产业发展轨迹回顾

■本报记者 毕德鹏

在人类发展的长河中，发现资源，利用资源让人类的能力不断延伸。200多万年的勘探开发史，谁占有资源、利用资源的能力越强，谁就会引领世界。作为三大矿产资源之一，我国非金属矿的勘探开发与利用走过了一段曲折坎坷的历程。农业文明时代惊现的"天外神石"，炮火硝烟中列强瓜分掠夺的战略资源，新中国成立后的工业化支柱，全面深化改革时期的前沿科技，这些无一例外都有"非金属矿"的身影。

如今非金属矿产业发展提上了日程，无论是"十三五"规划将非金属矿作为重点扶持产业，还是现阶段中国工业的各个领域对非金属矿日益增长的高端需求，始终都在提出并且解答一个根本性的问题：非金属矿到底是被历史创造的，还是自己创造了历史？随之而来又引发多个问题：经历了无数沧桑的非金属矿为何现在才成为工业经济眼中的"红人"？人们眼中的"神奇石头"又是如何成为当今科技产业革命的重要基础性材料？非金属矿到底经历了怎样的成长之痛？

从远古走来的神奇石头

在故宫博物院，大多数游客往往会被一个精美的远古陶盆所吸引，其口沿及外腹部以黑彩描绘的纹饰，口沿上描绘以点定位的水波纹，腹部描绘两层三角形几何纹等，都会让人不禁感叹远古先人们精湛的技艺，这就是闻名于世的"仰韶文化半坡彩陶盆"。人们或许知道它的考古与文化价值，却不知这个新石器时代的代表性陶器，是我国非金属矿物的最早应用。

我国古代在矿产资源的开发与应用上曾一度处于世界领先地位，几千年来，采矿业对我国政治、经济、文化的发展和社会的进步及生产力的提高起过重要作用。在这其中，非金属矿也作出了不可磨灭的贡献，但后来由于封建王朝未能很好地注意总结经验以求进一步发展，也没有及时吸纳、学习世界上其他国家出现的新的科学技术成就，致使近代以来中国矿业尤其是非金属矿处于非常落后的状态。

我国近代矿产地质调查与开发工作起步较晚，多数开发工作是从铁矿、煤矿开始的，非金属矿则一直作为生产建材产品的添加物、催化剂存在。19世纪下半叶，清政府为了兴办洋务，制造枪炮、战舰和机器以适应防务和经济发展的需要，这让本就不是主流的非金属矿坐了近百年的冷板凳。

日本侵华期间，从1931年到1945年，日本在中国东北地区霸占了大量石墨等非金属矿产资源，进行掠夺性开采，这些资源被运到日本后，对日本近代工业的发展起到了推动作用。而当时由于对非金属矿物的认识不够，加之国民政府的疏懒懈怠，并没有把非金属矿看成重点矿产资源开发利用，只是开采原矿用于换取德国的武器装备等战略物资，使得在新中国成立之前，我国非金属矿长期处在被列强掠夺和无序开采的混乱时期。

从远古走来的神奇石头，历经新石器时代辉煌，冷兵器时代没落和近代战争中炮火硝烟，随着新中国的成立，中国非金属矿真正以产业的面貌立于世人面前，开始书写新的传奇。

下转4版

走向『黄金时代』

——非金属矿产业亟待规范发展

■本报记者 段丹晨

产业发展需要众多英雄的努力，如今非金属矿这个"幕后英雄"却在洼地里捉鱼捕虾。但可喜的是，今年以来，越来越多的人将目光投向了这块尚待开发利用的"洼地"上。

"今日长缨在手，何时缚住苍龙。"要让非金属矿这个幕后英雄走上台前，就必须直面发展难题，找到解决问题的方式方法。

刚刚下发的国办发34号文对非金属产业发展已经提出了明确要求，意味着非金属矿产业在国家层面得到了更多的重视与支持。

在经济新常态下，建材工业的转型升级一触即发。非金属矿行业作为建材工业的重要组成部分，应抓住难得的机遇，从头入手，在提高资源开采和利用效率的同时，做到以市场为导向，加大深加工技术水平的提升和新产品的研发，充分发挥非金属矿产品的功能性，成为建材工业转型升级的新抓手，实现产业的飞跃式发展。

提升行业准入门槛 推动市场整合

我国的非金属矿储量丰富，但由于我国人口众多，非金属矿的人均占有量并不高。因此，非金属矿资源十分宝贵。

据业内人士透露，非金属矿行业准入门槛也不高。一个小县城里存在十几家非金属矿企业很常见，甚至有人在自家田地里发现非矿资源后，经过简单的分选和清洗，就进行销售。

这造成非金属矿在开采过程中出现大量资源浪费现象：不仅无法达到清洁生产，更无从保障资源的可持续性，有的企业甚至运用"掠夺式"的开采方式，使得大量优质的非金属矿资源流失，破坏了当地的生态环境。

非金属矿行业的准入门槛不高也使得价格战等无序竞争现象大量出现，市场乱象丛生。这种发展方式，不但不利于非金属矿行业的长远发展，更不符合国家"创新、协调、绿色、开放、共享"的发展理念和供给侧结构性改革的国策。因此，非金属矿行业必须将整合市场，提升行业准入门槛作为一件大事来做，也只有做好了这件大事，才能为非矿行业的进步和发展铺平道路。

围绕国家目前的战略目标，要充分发挥非金属矿新材料特色，在重点方面利用非金属矿物新材料特性形成核心技术，发展非金属矿应用新领域，推动国家战略目标实现的同时，促进非金属矿物材料行业整体发展。

各地方企业要调整优化产业结构，加强资源整合，优化资源配置，对于非金属矿资源丰富的地区，要尽快将资源资源优势转化为产业优势，要加大科技投入，借鉴成功产业区域的发展模式。

根据区位条件、资源特色、科技基础，建设以非金属矿开发利用为基础、多产业集群的特色环保、高端装备制造、绿色农业、现代冶金等产业基地，形成从研究开发、产业化到规模发展的能力，构建较为完善的产业链，实现以科技创新提高产业集中度的目的。

通过技术、装备、非金属矿应用与基础研究的工程化，全面提升我国非金属矿产业深加工水平。建立非金属矿产资源利用评价体系和环境指标评价体系，建立一整套科学的、定量的、可操作的矿产资源综合利用评价体系和非金属矿企业环境指标评价体系。

下转4版

策　划：本报采访部
统　筹：刘媛媛 毕德鹏
采　写：刘媛媛 韩　超 毕德鹏 段丹晨 张雅丽 刘　博
部分资料来源：中国非金属矿工业协会
责任编辑：黄　莹
美术编辑：崔建岐

想企业所想 干企业所不能干

——中国玻璃纤维工业协会服务经济发展新常态的经验与思考

编者按 为贯彻落实党的十八届五中全会精神，引导、推动行业企业在创新、协调、绿色、开放、共享发展中发挥正能量，在去产能、去库存、去杠杆、降成本、补短板五大任务中发挥独特作用，中国玻璃纤维工业协会"想企业所想，干企业所不能干"，在服务经济发展新常态中有一些独特经验和深入思考，现编发成文，供读者参考。

当前，我国经济发展进入新常态，制造业发展面临新挑战，许多行业正在面临产能过剩、效益下滑，甚至企业大面积亏损和破产倒闭的情况，转型发展负重前行。然而纤维复合材料产业却是一片蓬勃发展之势。2015年纤维复合材料行业主营业务收入2617.2亿元，同比增长10.1%；利润总额183亿元，同比增长10.2%。其中，玻璃纤维行业自2014年下半年以来，一直保持产量稳中有增、价格一路上扬、行业整体利润不断攀升的发展态势，2015年行业主营业务收入1654亿元，同比增长9.7%，利润总额113亿元，同比增速高达18%。

玻璃纤维行业能够取得如此亮眼的成绩，离不开国家产业政策的有效引导和保障，离不开玻璃纤维行业自身的产业结构转型。在此过程中，中国玻璃纤维工业协会同样扮演了重要角色。

一、科学预判，及早实施产能控制

自上世纪九十年代中国自主掌握了玻纤池窑技术和装备国产化之后，中国玻璃纤维工业获得飞速发展。2007年中国玻纤纱总产量达到160万吨，成为世界玻纤生产第一大国。但与此同时，下游玻纤制品深加工发展相对滞后，中国玻纤产品多以初级产品出口到国外，行业对于外贸出口的依赖程度不断增加。此外，近年来随着资源和环境约束不断强化，劳动力等生产要素成本不断上升，依靠资源要素投入、规模扩张的粗放发展模式难以为继。

为此，中国玻璃纤维工业协会早在2006年即提出申请建立行业准入门槛制度，并最终协助国家发展改革委于2007年初出台了《玻璃纤维行业准入条件》。近年来协会紧跟行业发展新形势新问题，于2011年及时提出了修订准入门槛的申请，并协助工业和信息化部完成了《玻璃纤维行业准入条件(2012年修订)》及《玻璃纤维行业准入公告管理暂行办法》的制订和出台。同时，协会充分利用准入制修订、宣传实施、公告管理企业评审等机会，积极向全行业宣传准入政策，提升全行业遏制低水平重复建设和盲目扩张、努力提升产品质量和附加值水平、大力发展制品深加工业的发展共识，形成健康有序的行业准入和竞争机制，确保行业及早化解产能过剩问题，实现平稳有序转型发展。

二、积极引导，做好产品结构调整和转型升级

随着国际国内经济形势的快速变化，"十一五"末行业过度依赖外贸出口的问题日益凸显，尤其是随着金融危机的爆发，国际贸易摩擦不断，严重影响了行业的稳定发展。为此，中国玻璃纤维工业协会在"十二五"规划中提出实施行业发展战略大调整，从以发展池窑为中心，转移到完善提升池窑技术、重点发展玻纤制品加工业为主。在具体实施过程中，协会重点从以下几个方面进行引导：

一是做好制品深加工先进装备的引进和国产化，并积极进行推广普及。玻纤用高速剑杆织机、喷气织机、多轴向织机等先进制品生产设备纷纷实现国产化，并在行业内获得迅速推广，织物涂覆处理技术成为企业尤其是中小企业研发新产品、拓展新应用、实现差异经营的核心。

二是鼓励企业转产制品深加工业，提升产品附加值水平。在协会大力宣传和引导下，发展玻纤制品深加工成为全行业发展共识。企业纷纷加大对制品深加工生产线的建设投入，一批具有较强应用研发实力和品牌影响力的专业玻纤制品深加工企业脱颖而出，其中已有多家专业制品生产企业成功上市。

三是引导企业做好差异化经营。大型玻纤池窑企业具备原料和成本优势，重点以下游复合材料行业转型发展和产品升级换代需求为导向，不断提升规模化、专业化生产水平，满足下游规模化的中高端应用市场需求。中小型玻纤生产企业规模小，数量众多且生产灵活，侧重于注重下游客户个性化需求的满足，重点开展小批量多品种高附加制品的研发与生产。

下转4版

建材业的“黄金洼地”

——我国非金属矿及深加工产业的现状与前景

■本报记者　刘媛媛

“石墨烯上广告啦……”最近关注过黑龙江卫视的观众，大多应该看过一则公益性广告，广告的主角叫作石墨烯。

尽管普通百姓很难通过几分钟的广告，就能更深地了解石墨烯或产生无限遐想，但这个神秘高冷的材料已经在不知不觉中，以前所未有的速度，进入全社会的视野中。

“除了不能直接吃，石墨烯可以应用于任何领域、任何产品中”，这句坊间戏言表达着老百姓对这种从石墨中剥离出来，单层只有一个碳原子厚度的新材料全部的理解。

说起石墨烯，就要谈到石墨。事实上，这种非金属矿物一直就在我们身边，但我们却对其知之甚少。

铅笔之所以能在纸张上留下字迹，正是从石墨中剥离出的石墨片所起的作用。但我们意想不到的是，当我们在用铅笔写字的时候，这种看似普通的石墨，也在不知不觉地创造着有可能改变世界的新材料。科学家在石墨结构中剥离出了一个最小极限（理论厚度只有0.34纳米，约为头发直径的二十万分之一）的“薄片”，这便是神奇的石墨烯。

不单单是石墨，有人说，比起看得见摸得着的建材产品，非金属材料及制品在绝大多数人眼里，就像黑洞一样神秘而陌生。殊不知，很多非金属材料对于全人类而言，都是日日相伴的必需品。

纸张的主要成分中含有高岭土；硅藻土是牙膏的必须矿物原料，女孩子们常用的化妆品、去角质膏、磨砂膏等，其主要原料也都是从硅藻土中提炼而来；养猫人士所用的猫砂其实是优质的颗粒膨润土，膨润土甚至还可以作为食品添加剂以及补钙、减肥食品的常用材料……

但如果你认为这些非金属材料只用于日常用品中，那就大错特错了。和石墨一样，如今全世界已知的1500多种非金属矿物中，有数百种已探明的矿物几乎都拥有着“可以改变人类生活与社会发展”的魔力。

“从价值和作用而言,众多非金属矿都可以比肩黄金,甚至比黄金的作用更大,价值更高,小到是一管牙膏一张纸的原材料,大到能制造卫星舰船、精密仪器,可以说,没有非金属矿及其通过深加工不断创新的制品,就不会有今天人类社会的模样,更不会有全人类所憧憬的明日前景。”这是一位资深行业专家对非金属材料所做的精辟概括。

只不过,对中国非金属矿产业人士而言,面对“价值如黄金”的结论,更多的是五味杂陈的感触和抑制不住的憧憬……

被低估的产业　建材工业的短板

关于非金属矿被称之为“拥有黄金般的价值”的矿产,在一份官方资料中有这样的总结:非金属矿产品不仅广泛应用于建材、冶金、化工、交通、机械、轻工等传统产业领域,而且在电子信息、生物医药、新能源、新材料、航空航天等高新技术产业有广阔的潜在市场,大多还是军事国防的必备材料,同时,又是保护环境、生态建设的高效、廉价材料。

但是,搜索多年来关于非金属矿产业的相关媒体报道,“被低估的产业”是各大媒体给予非金属矿产业最多的评价。

我国非金属矿行业的发展起步于20世纪50年代,根据苏联模式而创立,建材行业人士对“非金属矿”的称谓也沿袭这种模式。

当我国非金属矿行业刚起步时,国际非金属矿产业的发展已经进入如火如荼的阶段。

非金属矿在国际上通常被称为“工业矿物”。20世纪50年代,世界非金属矿产的产值就曾超过金属矿产的产值,有些工业发达国家的非金属矿产产值甚至超过金属矿的2至3倍,非金属矿产成为应用领域最广泛、用量最大、开发前景最广阔的矿产资源。

目前,自然界已发现的非金属矿种类大约1500种,国际上已被工业利用的非金属矿约250种,年开采量约为350亿吨,仅原矿及初加工产品产值就已达到3000多亿美元,部分欧美国家的产值甚至还要高出2~3倍。

我国目前已探明有储量的非金属矿产有93种,被工业利用的矿物约占其中的50%左右,年开采量大约在100亿吨,2012年原矿及初加工产品产值约为5200亿人民币,2015年前后又出现明显下滑,我国矿业几乎全部亏损,非金属矿行业也不可避免地进入经营困难时期。

纵观我国非金属矿产业60多年的发展轨迹,亦如其他行业一样,我国非金属矿行业经历了70年代的短暂停滞之后,伴随着改革开放的进程,拥有了一定的发展势头。

值得一提的是,1983年,作为建材行业两大央企之一——中国非金属矿工业公司的成立是我国非金属矿产业发展的一个重要标志,这便是中材集团的前身。在我国非金属矿产业发展的初期阶段,中非公司发挥了很大的作用,吸收了很多专业人才,投入了大量的研发力量。

进入20世纪90年代,我国已经成为非金属矿业的大国,并出现了向强国迈进的口号,行业里开始培养应用矿物学、矿物材料学的高级人才,中国地质大学、中国矿业大学等一批与之相关的高等院校,纷纷开设了矿物材料学、矿物材料工程、矿物加工工程等相关的硕士和博士点。产学研一体化平台有了雏形。

然而,进入新世纪之后,我国非金属矿产业的发展,反而呈现出明显的后劲不足。当中材集团将更多的力量转向以水泥为主的大宗建材领域之后,非金属矿企业的后来者们,明显缺乏大型国有企业的实力和底蕴,大多以中小民营企业为主,80%以上的非金属矿产品来自乡镇企业和个体企业。这部分企业大多存在着资源不清、资金不足,导致开发技术和加工技术停滞甚至落后,资源采选回收率也相对较低。

目前,据资料统计,我国现有非金属矿企业达到8万多家,相关从业人员大约120万人以上。这样一个庞大的企业容量,竟找不出几家具备创新研发能力和带头影响力的领军企业。

因此,从我们与世界同行业的对比中,可以看出,我国的非金属矿产业发展与国际同行业,始终存在相当一段差距。

“最好的例子就是石墨资源的保护与深加工。我国目前对石墨的开采利用绝大部分是将石墨原矿开采出来,以极低的价格卖给日本,日本进行深加工后,我国再以高出原材料1000倍以上的价格从日本进口。我国江西、湖南等地的大量稀土资源也是出于这样的开发利用模式。”国务院参事、行业资深专家蒋明麟在一次采访中感慨万千。

即便在我国整个建材大领域内相比,我国的非金属矿及制品领域,也同样有明显的差距。蒋明麟一针见血地说:我国原有的建材包含建筑材料及制品、非金属矿及制品、无机非金属新材料三大门类,这三大门类目前发展并不平衡,建筑材料及制品的发展水平远远高于其他两类产品。非金属矿及制品目前的批量极小,很多还处于试验阶段，没有形成产业和产值，更没有和其他产业相融合形成高附加值的成果。

纵观我国非金属矿行业的发展历程与现状，蒋明麟用“建材行业的短板”来总结实不为过。如果说非金属矿具有黄金般的价值，那么，我们在对其的开发和应用，显然是一片灰暗的“洼地”。

躺在“黄金矿”上的“弱势群体”

事实上，我国是世界非金属矿资源较为丰富的国家，相对而言，我们的品种多、储量大，在已探明的非金属矿产中，石墨、膨润土、煤系高岭土、萤石、滑石、石英等9大类储量居世界前三。

丰富的非金属矿产资源，分布的区域也较为广阔。目前已有规划的重点矿产资源的区域分布，遍及大江南北。比如，晶质石墨资源主要分布于黑龙江和山东等地；广西和陕西等地均拥有大量的高岭土资源；膨润土资源主要分布于广西、新疆等地；江西拥有超过10亿吨的黑滑石资源，江西广丰县更被誉为“黑滑石之都”；福建的沙县已探明的石英储量超过5000万吨；广西则是碳酸钙的聚集地……

但是纵观这些非金属矿资源丰富的区域，目前真正以非金属矿开发和深加工为支柱型产业的省市寥寥无几。

记者在3年前，曾与一位江西的业内人士攀谈，他表示江西一带拥有大量的黑滑石资源，但是大量的资源被私有矿主长期闲置或低价卖到国外，而当地却没有真正开发和加工的能力。眼看着这些黄金般的资源被低价出口甚至白白浪费，对于深谙滑石巨大用途和广阔市场的人士而言，着实是“急在心头口难开”。

黑龙江省作为石墨产业的优势开发区域，近些年来的确有重点培育和大力打造的趋势。据一位黑龙江当地的石墨产业人士介绍，他也曾与行业众多人士一样乐观地认为黑龙江全力打造石墨产业作为新的支柱型产业轻而易举，但就在不久前，他们对这个行业进行了一次深入考察后才发现，行业存在着太多盘根错节的症结和问题，这些结症和问题都是历史长期遗留下来，未能及时发现有效解决，日积月累导致问题日益复杂严峻。

有专家指出，如果说我国非金属矿发展滞后的原因多重复杂，既有主观原因也有客观因素，那么，其根源也正是在于资源丰富。

所谓“成败亦萧何”，丰富的资源长期缺乏规划化开采机制和创新研发的动力，使得大家常年躺在“黄金矿”上无所事事，乃至为牟取私利通过低端手段大发资源财,久而久之这个行业反而成了“弱势群体”。

据相关统计数据显示,目前在我国分布各区域的非金属矿山中,国有矿山的50%,乡镇和个体矿山的90%以上资源情况不详,因而行业中存在大量盲目开采,超低价流出的现象,但大多区域相关政府部门缺乏重视,甚至很多区域相关负责人对此一无所知,长久下来已逐渐形成了难以根除的历史结症。

坚持“问题导向”或是产业发展第一课

如果问到我国非金属矿产业最缺的是什么,多位行业专家都给出了相同的答案,面对丰富的矿产资源,我国非金属矿产业如今最缺乏的是深加工及装备制造的技术创新能力。这也正是未来全行业亟待突破和解决的课题。

然而,这不是一个简单的课题,其复杂程度可谓盘根错节,历史遗留下来的症结如同九连环般环环相扣。因此,有专家给予警醒:从现在开始,从政府到协会再到企业若不能形成合力,不拿出硬办法、狠措施,这将有可能变成“无解之题”。

解开课题的第一步,是要真正能够客观面对和正视现有结症,才能够认真分析,找出思路和途径。

那么,我国的非金属矿产业,为什么会成为“黄金洼地”?

首先,由于以水泥玻璃为主的大宗建材行业在改革开放的初期阶段,得到了快速发展,使得很多国有建材企业将大量的精力转向这一领域。对体量相对较小,市场需求不突出的非金属矿领域,原有的国有及大型非金属矿企业在慢慢流失和转型。

丰富的非金属矿资源在国家相关部门长年未予重视的情况下,就如同未经任何修理和装饰的荒地,国有企业相继退出,大批中小乡镇和个体企业顺势发展起来,其中很大一部分如杂草一般生长,众多非金属原矿资源也逐渐掌握在大量私有小矿主和小加工厂主的手中,小、散、差的局面已成为行业最大的桎梏。

中国非金属矿工业协会专职副会长王文利在接受采访时分析,30年前,随着中非公司等国有企业的兴起,他们拥有雄厚的资金和强烈的研发意识,搭建起一些比较优越的人才培育平台。事实上,20世纪80、90年代,中国拥有一批非金属矿深加工和装备制造技术研发能力的高端技术人才,但随着企业纷纷转型,这些人才大量流入中小民营企业或干脆自己办公司,在长期的低端恶性竞争的局面中,很多人才的思维和意识被局限和抑制,甚至完全摒弃了自己所掌握的技术,偏离了研发的轨道,成为牟取低端利润的小作坊主或小矿主。

因此,如何优化产业结构,加大力度培育集团型现代化领军企业,是产业回到良性发展轨道上的第一大课题。

其次,正因为国有企业的流失和低端企业的充斥在当时未能引起国家足够的重视,大量人才在利益面前变为庸才的事实,使得长期以来我国非金属矿产业缺乏新晋人才的培养和跟进,造成一定程度的人才断档,致使产业的深加工和装备制造的能力和水平出现断崖式倒退。

因此,如何重新建立非金属矿深加工和装备制造的人才孵化器,重新搭建产学研一体化平台,也是产业发展的关键所在。

再者,大企业流失、人才匮乏,让丰富的非金属矿产资源逐渐掌握在个体矿主手中,低价卖矿的情况几乎成为常态,各地还有大量闲置和未被开发的矿产资源如同被沙漠侵蚀的绿洲,失去了原有的风貌和色彩。

要解决这一难题,应从顶层设计开始,通过一系列产业政策将国家的矿产资源做好系统的普查和规划,通过强制性手段和措施,建立勘探及采矿的规范化机制,遏制私有矿主将国家资源作为个人财富,低价转卖和出口海外。

中国地质大学副教授、中国绿色建材产业发展联盟副理事长杜高翔用三个"必须"表达了心中的急切:"我国非金属矿产业若想得到真正的发展,必须重视基础研究工作,必须加大力度培养新型人才,必须加大研发创新的投入。过去,我们整个行业一年在创新研发上投入的资金还不如一家国外公司投入得多,一年连一个亿都达不到,这种情况在持续下去,我们的人才真的会出现巨大断档,研发创新也是心有余而力不足。"

另外,尽管非金属矿产业的发展相对大宗建材行业而言,进展缓慢,但产能过剩的发展态势却并不比传统建材行业逊色。产业结构不合理,产品品种单一、档次低、重复建设严重、环境污染加剧、同质化低端产品充斥市场等毒瘤并未因"洼地"的暗淡而有所收敛,甚至还有扩散的趋势。

据了解,目前很大部分矿种实际开工率仅为50% ~60%,尤其是近些年来传统工业不景气,非金属矿产品的市场需求不旺,导致大量企业欠款严重、应收账款巨大、流动资金极度短缺,低端市场的恶性竞争有增无减。

如果说非金属矿产业整体而言,是建材行业有待发展的"短板",但是,倘若行业内部产能过剩的问题得不到重视,不能予以遏制,或许这块"板"会越补越短。对非金属矿产业人士而言,通过供给侧改革补短板的同时,也应做好去产能的规划和部署。

当然，影响我国非金属矿产业发展的原因不止这几点，还有很多因素交织其中，但是以上几点可以说是目前需要填平的最大阻碍和鸿沟。一位行业专家表示：我国非金属矿行业应坚持“问题导向”，针对现存最制约发展的问题入手，从国家政策到落实执行力度层层跟进，甚至有些机制的建立和政策制定，需要从零开始，搭建产业发展的铺路石，将这片拥有巨大市场空间的“黄金洼地”逐步填平，还原真正的“绿洲风采”，从而逐步开启非金属矿产业由大国变强国的进程。

开发“洼地”或为建材业转型的一把钥匙

王文利在采访中说的一句话，让记者印象深刻。通过全球非金属矿产业发展的规律可以看出，非金属矿产业的发展与其工业化进程有着直接关联。在工业化发展的初期阶段，传统建材行业将得到快速发展，当工业化发展到了相对成熟发达的阶段，进入后工业化时代，非金属矿产业的重要性就会日益显见，甚至有可能成为国家在这一领域的支柱型产业。

“客观地说，非金属矿在工业化发展的初期，其重要性或许不那么明显，因为这个产业在应用领域上虽然可以上天入地，无所不能，但更多起到的是辅助和提升的作用。工业化初期满足的是基本需求，只有在工业化水平达到相对成熟的阶段，国家有了丰厚的经济实力和创新能力，百姓度过了温饱阶段，需要在更高的领域和水平中提升丰富生活质量，非金属矿产业才会发挥其巨大且重要的作用。”

这就像建国初期，解决老百姓的温饱问题就是有衣穿、有饭吃。改革开放以来，人民的生活水平有了巨大的提升，衣食供给已经无法满足人们对高品质生活的渴望与追求，个性化的拥有各种高科技含量的生活日用品成为人们追求的目标和方向，各种功能性、高端化的材料、技术、用品，就成为当下主流的消费需求。

非金属矿在整个建材领域中所扮演的角色，正是一个国家在经济实力、尖端技术研发能力和品质生活等方方面面向更高层面、更高领域跨越的一种表达和展现。

跨入新世纪的第 16 个年头，我国已经大踏步完成了工业化发展的初期阶段。2020 年全面建成小康社会的目标，更是无形中敞开了无数高层次、个性化的市场空间和舞台。和所有高科技材料的发展一样，非金属矿产业的发展也势必要成为展现国民实力、科技水平与生活质量的一面镜子、一杆旗帜。

幸好，如今从国家层面到部分拥有优势资源的区域，从行业协会到有领先意识的企业，都已产生了强烈的共鸣，碰撞出闪亮的火花。加大力度发展非金属矿产业，加强非金属矿深加工和装备制造的研发创新能力，已经成为当下行业乃至社会的共识。

国务院办公厅针对建材行业刚刚出台的《关于促进建材工业稳增长调结构增效益的指导意见》(国办发34号文)中,已经明确要求:要以石墨、高岭土、膨润土、硅藻土等非金属矿精深加工为重点,加大在矿物均化、提纯、超细磨粉、分级级配、表面改性等方面攻关力度,大力发展基于非金属矿物,用于节能防火、填充涂敷、环保治理、储能保温的矿物功能材料。

这项政策的出台像是一剂强心剂,让沉睡多年的非金属矿产业彻底醒了过来。工信部原材料司等行业主管部门着手制定和规划着现阶段重点发展的几大非金属矿种的目标任务和工作部署。在今年4月成立的中国绿色建材产业发展联盟成立大会上,工信部副部长辛国斌和原材料司司长周长益纷纷表达了大力发展非金属矿产业的明确态度和坚定信念。由工信部批准组建的中国石墨产业发展联盟随后在黑龙江省哈尔滨市成立,这意味着黑龙江省全力发展石墨产业必须走上正轨的快车道,无论有再大的困难和问题,都应正视并集中力量加大力度解决。

在黑龙江省以水泥、煤炭为代表产能过剩的局面中,石墨产业的发展可谓是一次重要的突围和转型,不仅对振兴东北老工业基地有重要的推动作用,对其他拥有优势非矿资源的区域,开发利用优势资源发展新型支柱产业,也是极大地示范和带动。

以中国非金属矿工业协会等为代表的行业协会组织,近些年来做了许多细致的工作。中国非金属矿工业协会会长胡勤在刚刚召开的“2016中国非金属矿工业大会”上表示,未来,研究和发展新的产业模式、商业模式是摆在非金属矿人面前的新课题。压减过剩产能和落后产能,推进联合重组、加快产业转型升级、发展高端非金属矿制品,是未来产业发展的新目标。

8月28日,中国绿色建材产业发展联盟主办,绿盟全国非金属矿专委会承办的2016中国非金属矿产业技术研讨会,将聚集行业各方专家学者和企业家,共同就非矿新技术创新、新成果应用等问题交流意见。

“是金子总会闪光”,这是国人经常挂在嘴边的励志名言。即便是一片看似荒芜落寞的洼地,也挡不住黄金的璀璨光芒。中国国民经济和工业化水平的高速发展,推动着各种新兴的“黄金产业”走上历史舞台,非金属矿产业便是其中重要成员。

未来,当这片“黄金洼地”真正产生出“洼地效应”,让优势资源真正发挥出优势力量,集中更多的优势企业,聚焦更大的优势研发力量,那么,我国建材工业转型升级的一把金钥匙就妥妥地掌握在自己手里了。

工业现代化的“幕后英雄”

——我国非金属矿产业发展轨迹回顾

■本报记者 毕德鹏

在人类发展的长河中,发现资源,利用资源让人类的能力不断延伸。200 多万年的勘探开发史,谁占有资源、利用资源的能力越强,谁就会引领世界。作为三大矿产资源之一,我国非金属矿的勘探开发与利用走过了一段曲折坎坷的历程。农业文明时代惊现的“天外神石”,炮火硝烟中列强瓜分掠夺的战略资源,新中国成立后的工业化支柱,全面深化改革时期的前沿科技,这些无一例外都有“非金属矿”的身影。

如今非金属矿产业发展提上了日程,无论是“十三五”规划将非金属矿作为重点扶持产业,还是现阶段中国工业的各个领域对非金属矿日益增长的高端需求,始终都在提出并且解答一个根本性的问题:非金属矿到底是被历史创造的,还是自己创造了历史?随之而来又引发多个问题:经历了无数沧桑的非金属矿为何现在才成为工业经济眼中的“红人”?人们眼中的“神奇石头”又是如何成为当今科技产业革命的重要基础性材料?非金属矿到底经历了怎样的成长之痛?

从远古走来的神奇石头

在故宫博物院,大多数游客往往会被一个精美的远古陶盆所吸引,其口沿及外腹部以黑彩描绘的纹饰,口沿上描绘以点定位的水波纹,腹部描绘两层三角形几何纹等,都会让人不禁感叹远古先人们精湛的技艺,这就是闻名于世的“仰韶文化半坡彩陶盆”。人们或许知道它的考古与文化价值,却不知这个新石器时代的代表性陶器,是我国非金属矿物的最早应用。

我国古代在矿产资源的开发与应用上曾一度处于世界领先地位,几千年来,采矿业对我国政治、经济、文化的发展和社会的进步及生产力的提高起过重要作用。在这其中,非金属矿也做出了不可磨灭的贡献,但后来由于封建王朝未能很好地注意总结经验以求进一步发展,也没有及时吸纳、学习世界上其他国家出现的新的科学技术成就,致使近代以来中国矿业尤其是非金属矿处于非常落后的状态。

我国近代矿产地质调查与开发工作起步较晚,多数开发工作是从铁矿、煤矿开始的,非金属矿物则一直作为生产建材产品的添加物、催化剂存在。19世纪下半叶,清政府为了兴办洋务,制造枪炮、战舰和机器以适应防务和经济发展的需要,这让本就不是主流的非金属矿坐了近百年的冷板凳。

日本侵华期间,从1931年到1945年,日本在中国东北地区霸占了大量石墨矿等非金属矿产资源,进行掠夺性开采,这些资源被运到日本后,对日本近代工业的发展起到了推动作用。而当时由于对非金属矿物的认识不够,加之国民政府的疏懒懈怠,并没有把非金属矿看成重点矿产资源开发利用,只是开采原矿用于换取德国的武器装备等战略物资,使得在新中国成立之前,我国非金属矿长期处在被列强掠夺和无序开采的混乱时期。

从远古走来的神奇石头,历经新石器时代辉煌,冷兵器时代没落和近代战争中炮火硝烟,随着新中国的成立,中国非金属矿真正以产业的面貌立于世人面前,开始书写新的传奇。

潮汐涌动中的朝阳产业

新中国成立后,加大了对非金属矿的研究与应用。苏联是最早提出"工艺矿物学",并重视"应用矿物学"的国家。当时我们以苏联为师,在1952年对高校进行院系调整时,建立了一批地质和矿业类的大学。当时的北京地质勘探学院,开始设立了"金属非金属矿产地质及勘探专业",并开讲了非金属矿床工业类型。长春地质学院聘请苏联专家为研究生讲授了"非金属矿产地质学",非金属矿的定义正式被确立,新中国的非金属矿产业也正是始于此时。

20世纪50年代,在当时的计划经济体制下,相当一段时间内是把非金属矿作为基础工业的初级矿产原料产业,附属于建材、冶金等部门。1956年开始把全国非金属矿产资源勘查和开采与利用作为建筑材料等部门的原料产业纳入统一规划和管理,形成了非金属矿行业雏形。

这一时期,国有企业逐渐成为非金属矿产业的领军力量,大规模的资金扶持与专业化设备的引进,掀起了国内非金属矿产业发展的高潮。与此同时,建材和非金属矿业人才的教育体系也在逐步完善,初步形成了洛阳地质勘探学校、北京建筑工业学院、沈阳建筑材料工业学院、重庆建筑材料工业专科学校等建筑材料类部属高等学校、中专、技术学校,在相关学校开设了非金属矿地质、采矿、选矿本科、大专、中专等不同层次的专业,为我国非金属矿业初期的发展奠定了重要基础。

但这一时期,非金属矿产业也存在行业地位与定位不够稳定等问题。其原因在于建筑材料工业的管理体制和管理机构级别的不断变动。从 1952 到 1970 年,主抓非金属矿产业的建筑材料工业管理局,几经废立,并多次易名,1972 年改为国家经委代管的建材工业总局后,方才稳定下来。这一时期主管部门的不断变动在一定程度上对非金属矿业的定位和长远发展目标的确定带来了影响,而且这一时期,我国非金属矿工业基本上是处于较封闭的国内自给自足状态,对外贸易量少。数据显示,1958—1970 年的非金属矿产品年均出口额仅为 0. 25 亿美元,粗放经营潜伏的技术和环境问题已经显露,此时国内非金属矿产业与发达国家已经显现出较大差距。

改革开放之后,我国矿业界同西方发达国家之间开通了交流渠道,强化了非金属矿业在国民经济中应该占有的份额意识。1983 年,经国家经委批准组建了中国非金属矿工业公司。1986 年,国家计委、国家经委、国家建材局联合发出“关于加速发展我国非金属矿工业的通知”,要求在“七五”末期初步建成我国非金属矿工业体系,并给该公司扩权,即在国家建材局计划内实行单列,更名为中国非金属矿工业总公司。1988 年,经贸部批准非金属矿工业总公司有对外直接经营权,为国内大中小型非金属矿及制品企业带来了蓬勃发展机遇。

这一时期,我国非金属矿技术规程逐步完善,建立了非金属矿工业协会等行业组织,相关研究论文与学术专著相继发表。有更多行业专家走出去参加联合国工发组织(UNIDO)发起组织的“第一届世界非金属矿物会议”(贝尔格莱德,1985)等国际学术活动。学术界的活跃不仅推动了非金属矿产业走出去搞研究,更带动了该领域的人才培养工作进一步落实。

据了解,1978—1983 年先后批准更名和升格的武汉、四川、山东、上海等建材工业学院和洛阳建材工业专科学校等 5 所局属高校中有 3 所开设有非金属矿类本科专业,相应的成人教育也开始快速发展。经过一系列的整改,我国非金属矿工业开始了快速发展的新阶段。数据显示,1989 年的我国非金属矿出口额达到了 6. 83 亿美元。

高速发展时期的“沟沟坎坎”

有西方学者在 1987 年研究断言:“在一个国家经济中,非金属矿产产值首次超过金属矿产值的时刻,是一个国家工业成熟的界线”。经过七十年代的短暂停滞和改革开放后的高速发展,目前我国非金属矿行业已基本建立起勘探、开采、加工、销售、研发等门类齐全的工业体系,成为国家的支柱产业、出口创汇产业。据专家介绍,我国现有非金属矿企业 8 万多家,从业人员 200 多万,年采矿近百亿吨。目前,我国非金属矿产业与世界先进水平的差距正在逐步缩小,在重点矿种已经拥有比较成熟的加工生产技术并形成了一定的产业规模。非金属矿材料应用方面,比如汽车、机电、环保等行业所需的石墨密封材料等发展迅速,但仍存在低端供给总量过剩和结构性短缺,并存在资源浪费现象,且环境问题突出。

这些问题主要原因集中在三大方面。首先,我国非金属矿资源分布广泛、非金属矿山企业较多,但大型矿床比重偏低、中小型矿床居多,且我国非金属矿资源勘探力度不足。

其次,我国非金属矿和加工企业以民营企业为主。据专家介绍,目前我国非金属矿产业内,民营企业占 95% 以上,这些企业规模小,实力不足,没有足够能力开展研发工作,装备、技术水平落后,发展缓慢,无法形成产业规模优势。同时,我国非金属矿领域研发深度、产业化能力等方面与发达国家比仍有不小差距,非金属矿物新材料品种较少、档次较低且质量不稳定,产业结构亟待调整。

第三,环保问题严重。近年来,非金属矿资源的开发日益加强,但每年因开发非金属矿资源而带来的尾矿积存量和排放量十分巨大,且还在不断增加。尾矿不仅侵占大量土地,污染矿区环境,而且每年还需投入大量资金处理,非金属矿尾矿已成为行业的沉重包袱,因此尾矿综合利用技术已成为实现行业可持续发展的迫切需要。

最重要的一点就是政府规划引导十分欠缺。我国大部分地区对非金属矿资源重视程度有限,尚未进行专门的非金属矿产业规划,没有统一的安排,导致地区非金属矿发展十分盲目,新项目的建设分散、随意,规划和实际需求脱节,影响行业发展。这些也正是导致非金属矿这个"黄金"形成难以开发的"洼地"的原因。

一个产业发展历程就是一个国家工业化的缩影。从发现、应用、开发、系统研究、体系建设、高端发展,中国非金属矿产业无疑书写了一部产业成长的传奇,虽然不完美,尽管仍在"洼地"徘徊,但这个产业扮演了"集大成、成大器、担大任"的角色,他无疑是中国工业现代化的"幕后英雄"。

走向“黄金时代”

——非金属矿产业亟待规范发展

■本报记者 段丹晨

产业发展需要众多英雄的努力,如今非金属矿这个“幕后英雄”却在洼地里捉鱼捕虾。但可喜的是,今年以来,越来越多的人将目光投向了这块尚待开发利用的“洼地”上。

“今日长缨在手,何时缚住苍龙。”要让非金属矿这个幕后英雄走上台前,就必须直面发展难题,找到解决问题的方式方法。

刚刚下发的国办发 34 号文对非金属产业发展已经提出了明确要求,意味着非金属矿产业在国家层面得到了更多的重视与支持。

在经济新常态下,建材工业的转型升级一触即发。非金属矿行业作为建材工业的重要组成部分,应抓住难得的机遇,从头入手,在提高资源开采和利用效率的同时,做到以市场为导向,加大深加工技术水平的提升和新产品的研发,充分发挥非金属矿产品的功能性,成为建材工业转型升级的新抓手,实现产业的飞跃式发展。

提升行业准入门槛 推动市场整合

我国的非金属矿储量丰富,但由于我国人口众多,非金属矿的人均占有量并不高。因此,非金属矿资源十分宝贵。

据业内人士透露,非金属矿行业准入门槛也不高。一个小县城里存在十几家非金属矿企业很常见,甚至有人在自家田地里发现非矿资源后,经过简单的分选和清洗,就进行销售。

这造成非金属矿在开采过程中出现大量资源浪费现象:不仅无法达到清洁生产,更无从保障资源的可持续性,有的企业甚至运用“掠夺式”的开采方式,使得大量优质的非金属矿资源流失,破坏了当地的生态环境。

非金属矿行业的准入门槛不高也使得价格战等无序竞争现象大量出现,市场乱象丛生。这种发展方式,不但不利于非金属矿行业的长远发展,更不符合国家“创新、协调、绿色、开放、共享”的发展理念和供给侧结构性改革的国策。因此,非金属矿行业必须将整合市场,提升行业准入门槛作为一件大事来做,也只有做好了这件大事,才能为非矿行业的进步和发展铺平道路。

围绕国家目前的战略目标,要充分发挥非金属矿新材料特色,在重点方面利用非金属矿物新材料特性形成核心技术,发展非金属矿应用新领域,推动国家战略目标实现的同时,促进非金属矿物材料行业整体发展。

各地方企业要调整优化产业结构,加强资源整合,优化资源配置,对于非金属矿资源丰富的地区,要尽快将资源资源优势转化为产业优势,要加大科技投入,借鉴成功产业区域的发展模式。

根据区位条件、资源特色、科技基础,建设以非金属矿开发利用为基础、多产业集群的特色环保、高端装备制造、绿色农业、现代冶金等产业基地,形成从研究开发、产业化到规模发展的能力,构建较为完善的产业链,实现以科技创新提高产业集中度的目的。

通过技术、装备、非金属矿应用与基础研究的工程化,全面提升我国非金属矿产业深加工水平。建立非金属矿产资源利用评价体系和环境指标评价体系,建立一整套科学的、定量的、可操作的矿产资源综合利用评价体系和非金属矿企业环境指标评价体系。

比如,在颁发采矿权时,认真评估企业的能力与资质,引进更有实力、有经验的企业;在矿山开采的过程中,推广使用先进技术,对矿山开采进行科学设计,优化开采方案,提高资源利用;采用先进选矿工艺和技术,提高产品纯度和品级,提高选矿回收率;推广清洁生产,加强生产全过程管理,建立能源计量管理制度,减少能源消耗和废弃物排放。

令人欣喜的是,在"十二五"期间,已经出现了多个依托资源优势而形成的具有一定规模的采选加工基地,产业向集群园区集中呈现出了明显的发展趋势,鹤岗、鸡西石墨,盱眙凹凸棒石,梨树硅灰石,临江硅藻土等产业集群已经初现规模。

想要实现非矿行业的长远发展,提升行业准入门槛势在必行。只有制定并理顺围绕非矿行业的相关政策,才能规范企业行为,进而提高资源利用率,实现清洁生产,进一步加快市场整合效率,淘汰落后企业和落后产能,实现行业经济效益和环境效益的双重提升。

国家搭建平台　加大技术研发力度

目前,中国非金属矿市场存在这样一对矛盾:国内市场原材料供大于求,同时还在向国外进口非金属矿制品。进口的非矿制品价格常常是出口原材料价格的几倍甚至十几倍之多。

“由于基础研究的缺乏，且非矿的品种数量繁多，目前我国非矿行业在加工技术和装备方面较之国外仍存在很大的差距。”中国非金属矿工业协会专职副会长王文利介绍道。

因此，我国非金属矿行业亟须提高产品精加工能力。而要提高我国非金属矿行业精加工能力，加大技术、装备等的研发力度势在必行。

“非矿行业中的许多企业在技术研发和投入方面可以说是‘有心无力’，同时，行业的发展需要大量基础数据的支撑，依靠企业难以实现，在这方面应当由国家级的科研单位走在前头，进而引导非矿行业的相关企业。”承德人和矿业董事长郎宝龙说道。

因此，在深加工技术和装备研发方面，政府应当承担起搭建平台的重要作用，对非矿行业的技术、装备等研发给予相应的支持。通过组建专门的科研院所，以之为主导，以示范项目为支撑，进行非矿深加工以及制品的技术研发，同时对非矿装备进行研究，研发出一批性能好、制式化的专门针对非矿行业的关键装备。

同时，政府应加大对非金属矿产基础地质工作的投入力度，尽快实现非金属矿产资源后备储量持续增长，提高保障能力，加强战略性非金属矿资源的勘察，实行战略性非金属矿产资源储备制度，加大对新成矿区域的找矿力度。

此外，扶持打造业内领军的大中型企业，实现非金属矿产业规模化格局也是迫在眉睫。政府给予相应的政策和资金支持，扶持和引导一批具有一定资金、技术和市场优势的企业，投入到非矿深加工技术、装备等研发中去，带动整个行业的创新创造，进而提升我国非矿行业的整体水平。

聚焦市场需求　供给侧改革助发展

观念是制约非金属矿向深加工发展的最大拦路虎。目前国内的非金属矿企业是被动的适应市场，由用户筛选市场上的原料，确定配方及所需材料的性能后，向非金属矿企业提出要求，然后加工企业按照要求组织生产，非金属矿企业只是被动的适应用户，丧失了市场主动权。

要改变这种现象必须从改变观念入手，持续以市场为导向，加大企业对新产品的研发力度，不断提供迎合市场需求的高端、高质量产品。

对于非矿行业来说，由于企业对于市场脉搏把握不准，导致产业发展与社会需求处于脱节状态,有效供给不足。如何解决这一问题,是行业下一步发展中必须要解决的。

这一问题的解决与供给侧改革的内核相吻合。用改革的办法推进结构调整,矫正要素配置扭曲,扩大有效供给,提高供给结构对需求变化的适应性和灵活性,提高全要素生产率,更好满足广大人民群众的需要,促进经济社会持续健康发展,是供给侧改革的重要内容。非矿产业在去产能、补短板方面大有可为,如果能在供给侧改革的指导下,尽快淘汰落后产能,在市场需求的指引下,提高供给质量和水平,那么非矿产业必将迎来飞速的发展。

王文利也表示,非金属矿行业同传统建材行业一样面临着传统产能过剩,高端供给不足的情况。因此,非矿行业在未来的发展过程中,应当以市场为导向,提供高质量供给,形成完整的产业链,不断拓展应用的领域。

在全社会向绿色化转型的今天,市场上对于非矿产品的需求早已不是原始的矿石或是粗制的原材料粉末,充分发挥非矿产品吸附、耐火等特殊功能的“矿物材料”成为市场的终极需要。

比如,石英具有耐高温、热膨胀系数小、高度绝缘、耐腐蚀、压电效应、谐振效应以及其独特的光学特性,较之出售石英矿石或石英砂,生产石英光纤预制棒、石英坩埚等功能性强、附加值高的产品应当成为行业未来发展的主流。

这种趋势将推动非矿行业技术创新和产品进步,助力非矿产业材料化、制品化,进而促进非矿行业优化产业结构,填补产业短板,实现行业转型升级和可持续发展。

与此同时,产业链信息不通畅也使得非矿行业市场需求和产品生产出现脱节,成为阻碍非矿行业发展的重大短板:有技术的没有市场,有市场的没有技术,有需求的没有产品。为了打破产业链上下游的沟通障碍,实现信息互通与上下游企业间的沟通合作,补好科研、生产、市场融合的短板也是亟待解决的问题。

因此,就需要协会、产业联盟等相关的社团组织,发挥组织协调的功能,从全局出发,站在行业的高度,沟通上下游,打开联系通道,实现信息通畅,让科研成果真正转化为生产力,让市场需求真正得以实现。

可以说,非矿行业未来的发展与供给侧结构性改革紧密相连:只有从供给侧角度入手,从市场的需求出发,淘汰落后产能,加强科研水平,满足高端供给,实现有效供给,补好产业发展的短板,才能适应社会发展对非矿产品的需求,促进产业的结构调整和行业的向前发展。

如今,《中国制造2025》、供给侧结构性改革等战略的提出,让非金属矿产业有了重新正名的机会,新材料产业的崛起,科技力量的注入,让石墨、高岭土、硅藻土等非金属矿物成为聚光灯下的宠儿。

毋庸置疑,非金属矿行业前景巨大,是亟待开发的一块"黄金洼地"。但要想真正实现非金属矿行业的崛起和飞跃式发展,必须从整合市场,提升行业准入门槛做起,加大对加工、生产技术以及配套装备的研发投入,生产出满足市场需求的高附加值功能性产品。

相信在国家政策的扶持和引导下,在技术创新和进步下,在相关社团组织沟通和协调下,非矿这块"黄金洼地"一定能变成宝地,非矿行业的发展也必将迎来"黄金时代"。

择其善者而从之

——国外非金属矿产业发展启示录

■本报记者　张雅丽

被誉为天然功能材料的非金属矿产,与燃料矿产、金属矿产一起构成了现代工业的三大矿物原料支柱。

非金属矿产及其制品,则因具有耐高温、耐酸碱、抗氧化、防辐射、高硬、高强、隔热、绝缘、润滑和吸附等独特性能,已广泛应用于现代工业、农业、交通运输、医药卫生、建筑工程、国防宇航,以及空间尖端技术等诸多领域。

在英、美等发达国家的非金属矿产值先后超过金属矿产值后,西方学者曾断言,"在一个国家经济中非金属矿产产值首次超过金属矿产值的时刻,是一个国家工业成熟度的界线"。

尽管作为非矿资源大国,中国的非矿产业近年来取得长足发展,但离非矿强国还有较大的差距,而从发达国家的发展历程中恰恰可以汲取经验,有所借鉴。

从非矿到非矿制品　深加工水平至关重要

"中国的非矿产业目前依然是劳动密集型产业,普通产品过剩,同质化严重,利润低,环境污染严重。"寥寥数语,中国绿色建材产业发展联盟副理事长、中国地质大学副教授杜高翔勾勒出了国内非矿产业的现状。

从全球来看,目前非金属矿的产销格局是世界大多数发展中国家出口原料或初级加工产品,工业发达国家进行加工并返销部分深加工产品。对于我国非矿产业而言同样是,先进矿物材料主要依赖进口,缺乏高端深加工产品。

资料显示,国外从20世纪40年代起,以超细粉碎、分级、改性为基础的非金属矿深加工技术就引起人们的注意和研究。到60年代,该技术得到了迅速发展。目前,美国、德国、日本、英国等发达国家的非金属矿深加工技术与装备已经具有较高的水平。

对于发达国家而言,一直以来都对非金属矿物加工的研究、设计有明确的目标,即通过生产工艺和技术处理获取有应用价值的、以矿物为重要组分的各种材料:包括矿物层间离子交换、有机覆盖、微孔结构与构造、双电层、脱色染色、改变比重和密度、超微细、偶联与交联、黏土生物材料、人工合成材料等各种深加工技术。

比如法国IMERYS公司,作为全球最大的非金属矿类专业公司,它们不仅可以为食品饮料行业提供高品质过滤用硅藻土,珍珠岩。还能为塑料和聚合物,涂料,橡胶,黏合剂,密封剂,个人护理,制药,建筑和催化剂等行业提供高品位的高岭土,云母,重质碳酸钙,蛭石,硅藻土。

与先进国家在非金属矿环保产品方面的技术相比,国内也远远落后。比如日本通过深加工技术,利用黏土矿等可以制成猫砂等各类环保安全的产品,与国内猫砂相比具有更强的吸附能力,从而更有效抑制细菌,具备更强的市场竞争力。

对于整个行业而言,随着科技尤其是高新技术产业的发展,对非金属矿的质量、品种、数量要求越来越高,基于原矿及初级品价格低廉,而深加工产品附加值可增值数倍,甚至数十倍。调整结构,提高深加工水平,增加高附加值制品出口成为我国非矿产业升级的必由之路。

兼并重组　大型化、集团化、集约化发展趋势

放眼全球的非矿产业,一种显著的发展趋势就在于集约化发展。

非矿产业跨国公司正在通过并购等策略发展得更大更强,像德比尔斯De Beers(金刚石)、索尔维Solvay(盐、碱)、英格瓷ECC(高岭土、重质碳酸钙)、欧米亚Omya(重质碳酸钙)等著名公司都增强了并购力度,在世界许多国家建立矿山和加工厂,高度重视自身的研发中心和遍及全球的销售网络。

事实上,在很多发达国家,一个国家几乎只有一两家非金属矿大型企业。

比如在法国出现了矿业巨头Imerys公司,经营碳酸钙、高岭土、各种黏土、石

墨、长石、蛭石等矿物及其他产业。还有年产 200 万吨高岭土的美国 Engelhard 公司，年产 150 万吨高岭土的 Huber 公司、Thiele 公司；巴西年产 100 万吨高岭土的 CADAMSA 公司、年产 40 多万吨高岭土的 RCC 公司、PPSA 公司；德国年产 70 万吨高岭土的 AKW 公司，瑞士年产 1800 万吨的 Omya 碳酸钙公司等。

通过较高的集约化程度，可以有效集中人力、财力、物力，集中力量搞研发，提升规模效益，从而在生产出更高品质产品的同时降低企业成本。

以 Omya 公司为例，为适应快速变化的市场需求，不断从新的知识领域入手，有计划地开展研发工作。不仅在研发中心配备了非常先进的工艺装备，联系高技术的合作伙伴，聘用经验丰富的研究人员，近几年在产品应用开发上解决了许多新难点，拓宽了产品的使用范围，进一步增强了企业的竞争力和生命力。

而在中国，非矿企业“小而散”，缺乏龙头企业，产业集中度低，规模效应差。甚至于一个县就有 10 几家高岭土企业，集约化程度很低。

业内人士多次呼吁，非矿企业只有朝着大型化、集团化、集约化的方向发展，提高产业研发水准，才能在很大程度上有效化解当前低端产品产能过剩，无效供给过多的困境。

深耕基础研究　资金、人才是关键

非金属矿产业的发展离不开基础研究领域的深耕细作，只有通过对矿物性能的基础研究才能对各种非金属矿种获得理性认识，从而实现技术的突破和创新。

在历史进程中，非金属矿物及其合理利用的学科研究与工业体系的建立，在欧美和苏联等工业发达国家较早兴起。他们在矿产资源利用中较早认识到非金属矿产资源的品种、数量和应用性能的更大潜力，对非金属矿物材料研究及利用的开始时间也较早。

比如英国在大学里最早开设了“应用矿物学”课程，马尔福宁等矿物学家在 1987 年就倡议重视“矿物材料学”的研究和应用。

我国的非金属矿深加工技术总体来说较先进工业化国家仍有较大的差距。但更深的差距却在于对基础理论的研究和技术开发与创新的重视程度远远不够。而发达国家高度重视非矿产业基础研究，特别在研发投入上毫不吝啬。

“国外一家大公司的科研基金就有 1 亿美金，而中国一年的科研基金加起来都没有这么高。”面对巨大的反差，杜高翔表示，技术创新关键在于基础研究的深入，需要对每一个矿种都要进行深入细致的研究，这些都离不开大量的资金投入。

研发投入的增加可以为产业发展提供源源不断的动力和后劲，其中关键的一环就是优秀人才的培育。杜高翔感慨道，国内由于缺乏研发投入导致人才流失现象非常严重，加强对非矿人才的培养，打造一支精湛的人才队伍迫在眉睫。

择其善者而从之。事实上，发达国家非矿产业的发展不仅起步早，而且已经走过了漫长的路程，在很多方面都为国内发展非矿产业提供了有益的借鉴。

比如，国外矿业政策相对稳定，有利于非矿生产的稳定性和持续性；安全标准更为完善，一些发达国家鉴于非矿生产运营具有高危险性的特点，制定了科学明确的非金属矿山安全生产标准体系；环保处理要求更高，更利于非矿产业的可持续发展。

他山之石，可以攻玉。当前我国非金属矿工业面临着严峻挑战，不论是在矿石精细加工技术及装备更新；还是在高精性能非金属矿产品开发；抑或非金属矿资源高效综合循环利用，上下游产业链全贯通，产学研一体化等等，都是我国非金属矿工业现代化急需解决的重要课题。

《建筑业的“黄金洼地”》刊于 2016 年 8 月 26 日

其他篇目

◆寻求走出“黄金洼地”的突破口

——黑龙江石墨产业何以走在全国前列？

◆“两材”合并　非金属矿发展的良好契机

◆一场期待已久的盛会

——2016 中国非金属矿产业技术研讨会暨交易博览会将于昆山举办

关注本组核心报道请扫描二维码

第六章
铭记“鎏金的岁月”

心怀澄澈，方悟宇宙万物运行之道；追求本真自然，方能开掘不饰雕琢的朴拙之大美。一部建材行业的“时间简史”，30年的发展我们应该铭记些什么？建材下乡启示、两个百年的献礼、古建筑的本真、黄金十年的掠影，当然还有建材人的情怀……

在“铭记流金岁月”的章节中，《中国建材报》将带您重温建材行业发展史上一个个重要的节点和值得留存的记忆。

产业财富 传媒价值

国内统一刊号:CN11—0073
邮发代号 1—121 国外代号 D807
本报为周六刊(周日休刊)
今日八版
第 6089 号
2012 年 6 月 8 日 星期五
www.zgjcbw.com.cn

中國建材報

CHINA BUILDING MATERIALS DAILY

经济日报报业集团主管主办

每周核心报道

后来者当居上

——京冀农村实地走访建材下乡带来的启示

挂甲峪村新貌

2010 年初，国家提出“建材下乡”，而后山东、宁夏、重庆、北京、天津五省市被陆续选入试点地区。作为推动农房建设的惠民政策，建材下乡积极推广使用散装水泥，对使用节能建材产品和采取节材措施的农户予以帮助。

自 2007 以来，国家陆续实施了家电下乡、汽车下乡、建材下乡等一系列惠农的好政策。据商务部公布的数据显示，今年 1 至 5 月份，全国家电下乡产品实现销售额 798.8 亿元，同比增长 67.1%和 72.6%。在实施汽车下乡的两年里(2009 年和 2010 年)，销量也分别增长了 46%和 32.4%。

而建材下乡的结果又如何呢？记者查遍包括商务部在内的各种官方网站，均未能找到有关建材下乡的总体数据。

今年 5 月，温家宝总理在武汉市就经济运行情况进行调研时，再次强调抓紧落实节能产品惠民工程，扩大建材下乡试点范围。这让建材下乡再次成为社会关注的焦点。

建材下乡到底进行到什么程度？农民满意度如何？未来的前景怎样？本报派出多位记者，兵分两路，走访了河北易县狼牙山镇以及北京平谷区大华山镇、峪口镇的农村民居和建材市场，深入探究建材下乡实施的具体情况。

(内容详见1-4 版)

建材下乡走基层 综述篇

中国有句俗语“砖头砌墙，后者居上”。相对先行“挺进”农村的家电和汽车，始自 2010 年初的建材下乡，应该是工业产品下乡的后来者。

在过去近两年半的时间里，建材下乡从两个试点省市发展到五个，目前仍处于扩大试点阶段，其发展步履不能不说略显沉重。

20 余天前，温家宝总理在武汉考察时再次强调抓紧落实节能产品惠民工程，扩大建材下乡试点范围。这无疑将极大地激发建材企业和地方政府推进建材下乡工作的积极性。甚至，有专家据此推测，近一步扩大试点的举措，将拉动上千亿元的经济效益。

有资料显示，今年前五个月全国家电下乡实现销售额近 800 亿元。据此判断，专家们的预测也许不是空穴来风。

进一步扩大试点将铺开建材下乡的坦途，而路一旦铺开，建材下乡无疑会如鱼得水，甚或后来居上。

后来者居上不会只是梦想，后来者理应居上。

策　划：总编室
统　筹：刘媛媛
采　写：蒙　华　庄郑悦　王怡洁
　　　　刘媛媛　王志国
摄　影：张绍武

■本报记者 刘媛媛

与村民们聊建材下乡，大抵是从家电下乡开始的。

2007 年 12 月开始向全国范围推广的家电下乡政策，据商务部刚刚公布的资料显示，今年 1 至 5 月份，全国家电下乡产品销售 3011 万台，实现销售额 798.8 亿元，仅 5 月，销售数量 681 万台，销售额达到 182.8 亿元，同比增长分别为 67.1%和 72.6%。

尽管在老百姓的感受中，家电下乡还是存在着手续繁琐以及质量参差不齐等瑕疵，但推广力度、补贴方式、品牌效应及售后服务等方方面面的规定及相应措施的出台，使得家电下乡在农村中的普及度很高。

2010 年开始以山东、宁夏为试点的建材下乡政策，也在去年下半年开始向京津渝，及周边地带铺开，并由此在全国各个农村乡镇普及。

但是，比起家电下乡当年以试点为单位小试身手时的渗透力和传播力速度，此次建材下乡的号召力，却显得有些踌躇。

“从长远看，建材下乡是很好的事，但是，从目前各个农村的发展情况来看，建材下乡比家电下乡的实施，要难得多。”

北京平谷区大华山镇挂甲峪村党支部书记兼村委会主任张朝起的话，代表了很多村干部的态度：建材下乡政策利好，但如何为好政策铺条好路，还得从民生上找出路。

民声反馈之一：推去买散装水泥

症状：水泥下乡 与新农村建设步调不一

——如果说，建材下乡最早是从水泥下乡开始，那么，水泥在农村的应用量与新农村建设有着很大的关联。但是，已经建成的，正在建设的，和准备建设的新农村，对散装水泥下乡的态度，都有难言之隐。

在河北狼牙山脚下东西水村，一家正在加盖二楼用作客房的农户，很自豪地说，他们是这个村里少数用加气砖盖房子的农民。并且，对于加气砖的好处，这位农户也言辞凿凿：有利环保。

但是，门前堆满了袋装水泥，几个工人从天未亮，就开始搅拌。问主人为什么不用散装水泥，更环保。主人就像过来人一样笑道：“那个用不了，我们祖祖辈辈就是这么用水泥的。”

2005 年，社会主义新农村建设的政策下达，许多农村在近几年的时间里完全换了新装，新修了马路，新盖了民居。待到建材下乡政策之时，一些农村的新建设已经结束，尤以京郊及周边地区为多。

最早建立起来的新农村示范村，在修路和新农房建设上，政府补贴力度较大，新农村的风貌也得到了极大的体现。这让周边临近的村子，相比之下有些相形见绌之感。比如京郊挂甲峪村在大华山镇乃至峪口镇一带，可谓独树一帜。而狼牙山脚下车行不足五分钟的并行两村，新农村建设较早的石家统村如成熟的高档社区，而东西水村，则属于正建的“准新农村”。

目前，很多新农村的发展，已经不再以种田为主业，例如京郊及周边省市农村，大力发展旅游、果树采摘等副业，随之而变的，便是农村的整体风貌，道路的畅通以及农家院的需求量增长。

按理说，这一批正待兴建的准新农村，应该成为建材下乡，尤其是水泥下乡的受益区，但事实上，随着农村的建设方向不同，对于水泥的需求和购买方式，也无法整齐划一。

以东西水村为例，因为紧邻狼牙山脚，东西水村发展旅游业的计划也早于建材下乡政策的提出，村里的马路通过政府一定额度的补贴以及其他方式集资，早已修成，而对于每个村户的房屋建设，则完全交给村户自家做主，村里因为缺资金等客观原因，没有统一翻修计划。

因此，自家盖旅馆也好，翻修房屋也罢，这些准新农村在收尾的建设中，水泥用量的需求不大，尤其是各家自己翻盖房屋，因为用量太少，更想不到购买散装水泥，这让水泥下乡的阻力变大。

东西水村一位村干部说得很实在：仅从发展副业的农村看，现在的状况是，国家给予补贴的示范村，早已不需要下乡的水泥；有一定资源的正建新农村，主体架构(道路、景点环境布置)已经大体完成，只剩农户自行翻修房屋，无需大量的散装水泥；而急需修路盖房的未来新农村，因为资源不利(离景区较远，或自然条件略逊)，也不敢花高价用于大范围的施工兴建。

突破参考：农村发展商业 建材需求量大

——农民自家装修还没形成一定的氛围，大多农户自从兴建房屋后再没有装修过，也少有近几年内重新装修的计划。但是，发展旅游业、采摘业，以及各种与人打交道的副业的农户，对客房、饭店的装修要求远远好于自家装修，这是未来建材下乡的一个突破口。

上文所讲的用加气砖盖房子的农户，是要加建一处旅馆，12 个房间，以户主的说法：未来内部的装修，全部要中高档。

此现象不是一家独有，几乎所有现有的农家乐或小旅馆，都有一个共同的现象，对客房的装修，要远远高于自家住宅。

新农村建设，无论是发展旅游，扩大采摘，还是种地收田的同时搞些副业，都需要留住游客吃住玩乐，因此，翻盖房屋和扩建道路，依旧是农村未来发展的重点，同时也许会成为建材下乡非常关键的突破口。

下转 4 版

建材下乡走基层 解读篇

推散适度而行 节能大力提倡

——访中国建筑材料流通协会副会长秦占学

■本报记者 蒙 华

自 2010 年 1 月中发[2010]1 号文件正式提出建材下乡，至今已两年有余。建材下乡作为惠农惠企、有效拉动内需的重要抓手之一，目前的进展状况如何？在落实过程中还存在一些什么问题？如何保障下乡过程中建材产品的质量，确保农户买到质优价廉的产品？带着上述问题，本报记者于 6 月 4 日采访了中国建筑流通协会副会长秦占学。

记者：*中国建筑材料流通协会作为建材下乡的主要推动者，从一开始的调研到后来的试点，以及试点后的经验总结和当前关于节能建材下乡的补贴设想等，一直全程参与。请您先简要介绍一下建材下乡目前的进展情况。*

秦占学：2010 年 1 月 31 日，中发[2010]1 号文件明确提出，抓住当前农村建房快速增长和建筑材料供给充裕的时机，把支持农民建房作为扩大内需的重大举措，采取有效措施推动建材下乡，鼓励有条件的地方通过多种形式支持农民依法依规建设自用住房。

2010 年 9 月，国家发改委、财政部、住建部、商务部、工信部、国土资源部等六部委共同会签发布《关于开展推动建材下乡试点的通知》，建材下乡试点工作正式启动；11 月 25 日商务部又下发《关于做好建材下乡销售网点管理工作的通知》，试点工作进入实操阶段。“建材下乡”政策历经一年的调研、积累、酝酿后，浮出水面，首批试点限于宁夏、山东两地，试点品种限于水泥。

2011 年 9 月，住建部、国家发改委、工信部、国土资源部、商务部决定，北京市、天津市、山东省、重庆市、宁夏回族自治区为 2011 年建材下乡试点地区；在试点地区，继续推动水泥下乡，积极推广使用散装水泥，对使用节能建材产品和采取节材措施的农户予以补助。

在这两年多的时间里，中国建筑材料流通协会一直全程参与推动建材下乡。在一年多的建材下乡试点过程中，协会总结经验，并不断向相关部委提出相应建议。目前协会关于节能建材补贴的设想和建议已提交住建部，正等回音。

今年 5 月 18~20 日，温总理在武汉市就经济运行情况进行调研时强调，完善促进消费的政策措施，抓紧落实节能产品惠民工程，抓紧确定继续支持家电下乡的政策，扩大建材下乡试点范围，增强消费对经济增长的拉动作用。建材下乡再次成为社会关注的焦点。

记者：*本报在近期组织了一次以“建材下乡”为主题的走转改报道。在此次活动的采访中，我们发现有很多市场、企业和农户都不知道有建材下乡这回事。这是否反映了建材下乡在落实和衔接等方面存在着一些问题？*

下转 4 版

本报邮箱：E-mail: jcb@vip.sina.com

责任编辑：刘媛媛　美术编辑：崔建敏

后来者当居上

——京冀农村实地走访建材下乡带来的启示

■本报记者　刘媛媛

与村民们聊建材下乡,大抵是从家电下乡开始的。

2007 年 12 月开始向全国范围推广的家电下乡政策,据商务部刚刚公布的资料显示,今年 1 ~5 月份,全国家电下乡产品销售 3011 万台,实现销售额 798.8 亿元,仅 5 月,销售数量 681 万台,销售额达到 182.8 亿元,同比增长分别为 67.1% 和 72.6% 。

尽管在老百姓的感受中,家电下乡还是存在着手续烦琐以及质量参差不齐等瑕疵,但推广力度、补贴方式、品牌效应及售后服务等方方面面的规定及相应措施的出台,使得家电下乡在农村中的普及度很高。

2010 年开始以山东、宁夏为试点的建材下乡政策,也在去年下半年开始向京津渝,及周边地带铺开,并由此在全国各个农村乡镇普及。

但是,比起家电下乡当年以试点为单位小试身手时的渗透力和传播力速度,此次建材下乡的号召力,却显得有些踌躇。

"从长远看,建材下乡是很好的事,但是,从目前各个农村的发展情况来看,建材下乡比家电下乡的实施,要难得多。"

北京平谷区大华山镇挂甲峪村党支部书记兼村委会主任张朝起的话,代表了很多村干部的态度:建材下乡政策利好,但如何为好政策铺条好路,还得从民生上找出路。

民声反馈之一:谁去买散装水泥

症状:水泥下乡　与新农村建设步调不一

——如果说,建材下乡最早是从水泥下乡开始,那么,水泥在农村的应用量与新农村建设有着很大的关联。但是,已经建成的,正在建设的,和准备建设的新农村,对散装水泥下乡的态度,都有难言之隐。

在河北狼牙山脚下东西水村,一家正在加盖二楼用作客房的农户,很自豪地说,他们是这个村里少数用加气砖盖房子的农民。并且,对于加气砖的好处,这位农户也言辞凿凿:有利环保。

但是,门前堆满了袋装水泥,几个工人从天未亮,就开始搅拌。问主人为什么不用散装水泥,更环保。主人就像过来人一样笑道:“那个用不了,我们祖祖辈辈就是这么用水泥的。”

2005 年,社会主义新农村建设的政策下达,许多农村在近几年的时间里完全换了新装,新修了马路,新盖了民居。待到建材下乡政策之时,一些农村的新建设已经结束,尤以京郊及周边地区为多。

最早建立起来的新农村示范村,在修路和新农房建设上,政府补贴力度较大,新农村的风貌也得到了极大的体现。这让周边临近的村子,相比之下有些相形见绌之感。比如京郊挂甲峪村在大华山镇乃至峪口镇一带,可谓独树一帜。而狼牙山脚下车行不足五分钟的并行两村,新农村建设较早的石家统村如成熟的高档社区,而东西水村,则属于正建的“准新农村”。

目前,很多新农村的发展,已经不再以种田为主业,例如京郊及周边省市农村,大力发展旅游、果树采摘等副业,随之而变的,便是农村的整体风貌,道路的畅通以及农家院的需求量增长。按理说,这一批正待兴建的准新农村,应该成为建材下乡,尤其是水泥下乡的受益区,但事实上,随着农村的建设方向不同,对于水泥的需求和购买方式,也无法整齐划一。

以东西水村为例,因为紧邻狼牙山脚,东西水村发展旅游业的计划也早于建材下乡政策的提出,村里的马路通过政府一定额度的补贴以及其他方式集资,早已修成,而对于每个村户的房屋建设,则完全交给村户自家做主,村里因为缺资金等客观原因,没有统一翻修计划。

因此,自家盖旅馆也好,翻修房屋也罢,这些准新农村在收尾的建设中,水泥用量的需求不大,尤其是各家自己翻盖房屋,因为用量太少,更想不到购买散装水泥,这让水泥下乡的阻力变大。

东西水村一位村干部说得很实在:仅从发展副业的农村看,现在的状况是,国家给予补贴的示范村,早已不需要下乡的水泥;有一定资源的正建新农村,主体架构(道路、景点环境布置)已经大体完成,只剩农户自行翻修房屋,无须大量的散装水泥;而急需修路盖房的未来新农村,因为资源不利(离景区较远,或自然条件略逊),也不敢花高价用于大范围的施工兴建。

突破参考:农村发展商业　建材需求量大

——农民自家装修还没形成一定的氛围,大多农户自从兴建房屋后再没有装修过,也少有近几年内重新装修的计划。但是,发展旅游业、采摘业,以及各种与人打交道的副业的农户,对客房、饭店的装修要求远远好于自家装修,这是未来建材下乡的一个突破口。

上文所讲的用加气砖盖房子的农户,是要加建一处旅馆,12 个房间,以户主的说法:未来内部的装修,全部要中高档。

此现象不是一家独有,几乎所有现有的农家乐或小旅馆,都有一个共同的现象,对客房的装修,要远远高于自家住宅。

新农村建设,无论是发展旅游,扩大采摘,还是种地收田的同时搞些副业,都需要留住游客吃住玩乐,因此,翻盖房屋和扩建道路,依旧是农村未来发展的重点,同时也许会成为建材下乡非常关键的突破口。

问题在于,如何想农民之所想,如何观察农民装修之喜好,恐怕是政策之下需要用心去体会的商机,比如,很多农村喜欢用瓷砖铺地,极少用木地板,原因是瓷砖比较结实耐用,尤其对于装修客房来说,瓷砖卫浴的需求量相当可观。

那么,建材下乡的产品结构,是否可以像陶瓷品牌有一定的倾斜?有待研究。

再比如,无论村干部还是众多农户,对散装水泥的认知不深。如果要推动散装水泥的下乡力度,是否可以先在村庄中做一些传播活动,让使用散装水泥成为一个谈资和现象之后,农民们才有可能从祖祖辈辈的搅拌中,脱离出来。

还有一点也不能忽视,有一些新农村的建设,因为是国家给予一定的补贴,于是,相关部门在翻修的过程中,几乎不征求村民意见,导致新修建的亭台楼阁少有人气,基本处于闲置状态。花钱干了好事,却没有得到好评。

建材下乡对新农村建设中的一切利与弊,应该加以重视和借鉴。建材既然下乡到农户,总得让农民们心甘情愿地掏钱。

民声反馈二:价格与品牌

症状:价钱 农民心中永恒的杠杆

——与家电相比,建材产品品牌意识的极度缺失,使得价格成为制约农民买建材的绝对杠杆,这对于以品牌为主力军的建材下乡产品而言,是其顺利实施的最大障碍。而多数农民家中,十年不会装修一次,十几块钱的瓷砖,不用到烂,是绝不肯换的。

谈到价钱,这几乎是被访农民无时无刻不提到的一个词。无论是集体施工兴建如道路、民房,还是农户自家装修,农民们给予建材产品能够接受的价格底线,已经低到了让商户崩溃的地步。

在走访了几个建材城之后,记者深有感触,县里的建材城,每个店面里都是品牌杂牌同时卖,甚至是品牌代理店,也在不明朗的小暗屋里,摆放着大量杂牌产品。店主说得很清楚:品牌只有县里人买,杂牌是供应给农村人的。

而一些镇里的,或是村边的建材市场,几乎不提供品牌建材产品,陶瓷店里充斥的,多数是几块十几块的低廉杂牌瓷砖。

在某陶瓷店铺,赫然挂着三四款某知名品牌的下乡产品,瓷砖上贴有明显的建材下乡产品的字样,但50元左右的价钱,在整个店里曲高和寡。店主直摇头:这几款几乎卖不出去。

京郊农村在全国农村中,称得上是比较富裕的区域之一。在平谷区内最富裕的挂甲峪村,农户自己用的建材产品,也几乎没有品牌。相反,所有的家电,都是品牌产品。

在农民的普遍观念里,买国产品牌家电是最起码的,因此,家电下乡对他们来说,是求之不得的好消息。而建材产品,十几块钱的地砖,铺上十来年也能走路,铝合金门窗对于农户来说,已经算是奢侈品。而这铝合金门窗,从产品到加工制作,村边一个个门窗加工的小门脸,全部包办。

据这些加工店老板说,没有哪个农民进来询问,这门窗是哪个牌子的,他们首先是问价钱,然后看看质量过得去,就定下来了。

对于大多数农民而言,冬天都是自家捂炕头的日子。就像一位朴实的农民很朴实地说:我们对自己的生活要求很低,冬天,不赚钱,我们就自己想办法保暖,保温门窗?太贵,也没有必要。

甚至连太阳能热水器,据很多专卖太阳能的村边小作坊主透露,很多兜售的太阳能,都是村里人自己做出来的。“太阳能这东西,自己可以做,只在于好用不好用,却不会出人命危险。”这是作坊主对农民的说辞。

突破参考:关注农民心态　从市场入手适当调整价格

——要使建材下乡政策顺利落实并取得好效果,培养起农民的建材品牌意识是关键,当年家电产业的品牌意识崛起,就是通过市场传播配合其他传播活动逐渐渗透并普及的。那么,打开建材下乡通路的一个突破口,建材市场算是一条捷径吧。

别说是农村人,城里人装修也不可能像换家电那么频繁,家电下乡之所以效果明显,主要是,家电的全民品牌意识称得上在所有消费类产品中数一数二,甚至高过服装鞋帽等日常消费用品。

而建材产品的全民品牌意识,相差甚远。

在短时间内培养起农村的建材品牌意识,似乎不太可能。但是,既然建材市场的商户们对下乡产品的敏感度远高于农民,那么,建材下乡产品从建材市场寻找通路,也未尝不是办法。

据观察,目前,很多镇里或村边的建材市场已经冷清到几度悲凉的地步,原先还能分清楚陶瓷专卖店或是门窗专卖店,现在,全部都成了大杂货部,卖陶瓷的还卖着五金,卖玻璃的还卖着香皂毛巾。

而逐渐被遗弃的陶瓷城,也时常从眼前晃过,要么废弃,要么变成了小吃一条街，只有一个个锈迹斑驳的牌子，还显示出曾经建材城的影子。

很多迹象都看得出，村镇建材市场日子不好过。

是否有可能将建材下乡与各个农民青睐的建材城达成一定的合作协议。因为，培养消费者的品牌意识，大多是品牌通过在市场的引领和传播开始。那么，建材下乡恰好是个好时机，让众多国产优秀品牌，能通过这样一个好政策的推动，与农民建立起相互信任、相互贴近的初步关系。

贴近民生，还在于能否根据农民的实际生活状况和习惯制定合理的价格。

走访的多数农民都在算一笔账：家里每年盈利的钱要如何分配。给儿女攒钱，被绝大多数农民放在第一位，这是一笔不菲的数目，需要长年累月地积攒。然后是发展副业所需的成本开支（包括人工、软装修、食物等成本），再后是自己的生活开支，将这些都安排好之后，才会考虑拿出剩余的一部分钱来翻修家装，包括客房旅馆的硬装修。

京郊一户刚刚装修过的农家乐中，家具家电等软装修费用加起来十多万。而两层小楼的硬装修，从墙到地面，包括门窗隔断，加起来不足两万。

根据农民的实际情况和惯有心态，如何调整价格，使之在自身少受损失的同时，又能与农民的心理价位不至于大相径庭，恐怕，建材品牌企业所要调整的价格幅度，比家电企业更微妙更谨慎。

民声反馈三：传播堵塞与主观臆断

症状：传播意识薄弱　下乡产品不给力

——建材下乡目前在农村尚无明确说法，甚至有不少乡镇政府都没有听说过，于是，很多农民、干部和建材小老板对建材下乡的解释都带有自己的主观意识和主观想法，尤其是周边建材市场的小商户，对建材下乡产品的解释不客观，对当地农民有很大影响。

一面贴标签售卖下乡产品，一面又直接超低价打折，打折产品甚至远比下乡产品便宜很多，又没有那么烦琐的办理手续，这是一些建材产品品牌自己打自己脸的糟糕做法，在很多乡镇建材城，都会看得到。这样的做法，即便农民有心买品牌产品，也会心仪那些更便宜更简洁的直接打折品。

还有一个现象很奇怪，在很多尚不清楚建材下乡政策的农村中，建材小商主却好似很早就知道，只是，因为没有统一的正规的规定或说明，大多商户对建材下乡的理解相对负面，语气不屑。

小商主对于建材下乡的主观臆断大体有这样几点：建材下乡产品大多是库存

货,低廉;价格太高,不值;为了一点点钱还要跑来跑去领取补贴,麻烦;目前下乡产品寥寥无几,多数厂家亦没有下达要出货的通知,不靠谱。

尤其是所卖的品牌,同时还出售超低折扣优惠品的时候,所谓下乡产品,就更不招待见。

在某品牌代理陶瓷专卖店里,店主直接告诉询问人,不要等下乡陶瓷产品,那些都是低等货、库存货,更何况,厂家从没有强调过会有下乡产品,这种产品不靠谱。

这番言语会让有心前来的农民,从内心里对建材下乡先行抵触。

而小商主如此理解下乡建材也不是没有缘由。自从听说建材下乡的消息以来,始终雷声不大雨点更小,政策的实施力度不明朗,从品牌商到乡镇政府,都没有给予足够的支持和重视,宣传力度薄弱不说,建材下乡产品也不给力,少得可怜。

突破参考:借鉴家电下乡　建立建材下乡行规

——家电下乡实施五六年,已经总结出一套很好的案例样本,建材下乡虽然无法照本宣科,但是,在很多人性化的细节上,的确可以从家电下乡中找到依据和启发。

家电下乡产品,有一个特别醒目的专用标识,由几个多边形组合成的一个正方体。在村镇家电专卖店,标有这种标识的下乡家电产品摆成一排,在店里反衬出一股气势,还真能把进来的客人眼球吸过去。

与建材城商户不同,家电小商主们对家电下乡政策极力拥护,不仅将下乡家电摆在最明显的位置上,还在最醒目的一面墙上,整整齐齐地标出了所有下乡家电的补贴额度。

小商主们说,下乡家电卖得不错。记者注意到,很多店内,除了下乡产品之外,其他产品几乎没有明显的打折优惠的标识,即便有小幅折扣,也没有低过下乡产品的。

无论是家电下乡,还是汽车下乡,很多农户都有过亲身经历,虽说不尽人意的方面多多少少会存在,比如,领取补贴的方式烦琐等等,但是,老百姓对下乡家电和下乡汽车最满意的地方,却恰恰是对建材下乡最不放心的方面。

比如诚信度,建材产品有一个定了样品,厂家后期送货的环节。据一些农民反映,就算是品牌厂家,也存在送来的货品与样品出现明显差异的问题,而且,这不是小问题,这种现象层出不穷,很多农民都有此经历。

农村大多山高路远,大量运送建材费时费力,除了价格之外,这也是很多农民不愿意购买建材产品的原因。

针对以上情况,建材下乡需要规划的步骤,的确还有很多。先找到建材下乡沟通不畅的原因,最起码在试点地区及周边省市农村,不至于从上到下闻所未闻。

为了进一步提高建材产品的诚信度,是否定期组织企业将下乡产品直接搬到农家门前进行有规模的促销活动？已经有农民表示，如果有品牌建材下乡产品在农村里直接做活动，就算价格贵一点，只要合理，他们也会购买。

同时，建材产品量多且杂，不似家电汽车好算账，那么，能否进一步简化领取补贴的手续和过程？这是很多农民和村干部非常关心的问题。

但是，看得出，要将好政策真正落实到实处，建材下乡操作的过程可能更复杂，面对的问题和压力更大，如何将民生、市场、品牌紧密地结合在一起，恐怕是真正的开锁之匙。

砌墙的砖头，岂不就是建材。这种百年巧合自然妙不可言，不仅能博得一乐，对建材下乡的政策实施，也似乎蕴藏着一股力量。

从未来的新农村发展前景来看，作为后来者的建材下乡，也理应居上。

《后来者当居上》刊于 2012 年 6 月 8 日

其他篇目

◆狼牙山下建材情——山间乡亲盼望建材下乡简明便利

◆推散适度而行　节能大力倡导——访中国建筑材料流通协会副会长秦占学

◆挂甲峪里低碳风——建材下乡需尝试更高起点

◆建材下乡不是杂牌下乡——易县建材城的“小热闹”

◆拓展市场就要“门当户对”——峪口镇乡间建材市场见闻

◆国外专业网站　关注建材下乡

◆四条建议盼“下乡”

关注本组核心报道请扫描二维码

产业财富 传媒价值

中國建材報

CHINA BUILDING MATERIALS DAILY

经济日报报业集团主管主办

国内统一刊号:CN11—0073
邮发代号 1—121 国外代号 D807
本报为周六刊(周日休刊)
今日八版
第6112号
2012年7月6日 星期五
www.cbmd.cn

每周核心报道

注入了灵魂的生命体

——中国建材业"百年企业"掠影

2012年6月7日，瑞士百年水泥企业——Holcim(豪瑞集团)百年庆全球巡游照片展走入北京中华世纪坛艺术中心。

其令人震撼的照片拍摄自三位国际摄影大师的手笔，掀起了一个建材企业百年之路的回顾与探索。

展览的同时，豪瑞专门制作一本照片图册流传全世界。当本报编辑部拿到这本画册时，传阅一个多月依旧难以束之高阁，这并不是拍摄的角度有多炫，也非照片有多大的艺术感，事实上，那些人物和场景，真实得不能再真实，不漂亮，却震撼力十足。

究其原因才发现，真正吸引我们的不是图片，而是图片中的人物，无论高矮丑美，坚定的眼神和坦荡的神色，都在证明支撑百年企业的脊梁，有多么的坚挺。

一个百年老厂的自信，就写在这些普通员工的脸上；写在一片郁郁葱葱的山间，一座座水泥设备与自然和谐相处的景象中。

这让我们顿时升腾起对建材百年老厂的景仰与探求之心。

有人说，"每位创业者，心中都有百年梦"，而百年品牌亦是国家的荣耀，民族的荣耀。一个百年品牌抒写的历史，更像是注入了灵魂的生命体，令人感动，予人力量。

作为老工业产业，中国建材行业也拥有自己的百年或即将迈入百年的老厂，也同样拥有串起每一段生动历史的鲜活故事；拥有支撑百年的文化血脉和DNA；拥有着一代代书写故事、创造文化、延续历史的传承人……

105年的湖北华新水泥厂，90年的秦皇岛耀华玻璃厂，73年的北京琉璃河水泥厂……当记者采访到这些已过百年或即将百年的建材老厂，直至将所有采访内容呈现给读者的整个过程，一直伴随在激动与震撼之中。

当然，因为时间和采访资源的局限，一定还有一些百年老厂没有收录其中，也让我们颇为遗憾。

欲行大道，必先知史。无论是百年基业的传承者，抑或为百年铺路的奠基者，我们都有必要静心凝神，共同追逐百年辉煌。

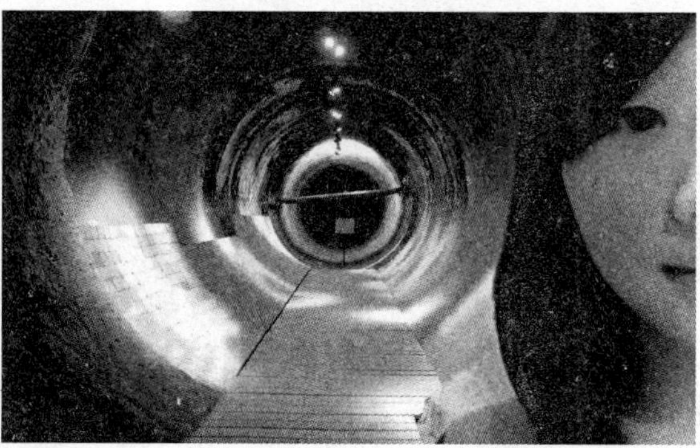

策　　划：总编室
统　　筹：刘媛媛　袁　环
采　　写：袁　环　董　可　庄郑悦　王怡洁　刘媛媛
专业指导：尹　舟　李贺林　韩生华　周立珍　李文聪
资料整理：王志国
美术编辑：崔建岐

本期关注

家居周刊

不放填充物　国际高端品牌被指包装不妥
防护措施全　国产卫浴企业普遍重视细节

科勒马桶不堪一摔引热议 5

吴宗建谈现代建筑设计——

让开发商对可持续设计微笑 8

新闻热线：(010) 57811381
本报邮箱：E-mail: jcb@vip.sina.com

百年滋味

■本报记者 刘媛媛

跨行的百年 相似的顶礼

时尚业：

意大利米兰，有一条特别有名的街区，当地人称之为"百年老街"。

那里会聚众多享誉国际声望的意大利奢侈品品牌。临街的各个品牌店面，古老与现代韵味的混搭，比着劲地表达着一个品牌在历史轨迹中陈酿的厚重内涵，竟会让路过的游人升腾起一种敬畏之心，绝不会轻描淡写地在这里走走逛逛。

那些店的背后，大多是严谨的古罗马或巴洛克式风格的，布满历史年轮的老建筑。

那古老沧桑的滋味，却让人心驰荡漾。从古旧的玻璃窗和铁门缝隙流淌出来的气息和味道，足以挖掘出所有的好奇心，去探究那里保藏的层层叠叠的故事，和由此而生动无比的历史脉络。

没错，那里正是这些奢侈品牌的创始人百年前或居住或创业的地方，这些支撑着米兰一部分国民经济，让全世界趋之若鹜的奢侈品牌，铸就百年历史之路，从这里起跋……

体育界：

AC米兰和国际米兰在庆祝百年历史的将近半年时间里，其动静几乎都可以掀翻一座米兰城，城市里到处悬挂着两队的队徽，整个城市几乎成为红黑条衫或蓝黑条衫的世界。

那些世世代代为创造伟大球队作出过贡献的管理人、教练员和球员，日日夜夜被一个国家以英雄的名义顶礼膜拜。

西班牙，巴萨和皇马两大足球俱乐部的百年庆典，相继点燃了巴塞罗那和马德里人的无限激情，两座城市持续几个月成为不眠夜。来自伊比利亚的激情，甚至让全世界沉浸其间，那段日子，几乎成为全世界球迷的狂欢日……

汽车业：

从1888年奔驰公司成立，到1937年丰田品牌诞生，在将近50年的时间里，全世界相继诞生了20多个汽车品牌。

而这20多个汽车公司发展到今天，虽有像通用汽车公司没扛得住几年前爆发的国际金融危机而倒闭，以及陆虎也在这场风暴中风雨飘摇之外，绝大多数超过百年或即将百年的汽车品牌，生命力旺盛，且都是全世界车迷心中滚瓜烂熟、倒背如流的顶级标志。

而"每个男人，心中都有一辆陆虎"，更让拥有122年历史的陆虎汽车，呈现出一丝悲壮和感伤……

影视界：

2012年6月14日，派拉蒙影业公司召集116位合作过的演员，导演及制片人等幕后人士，拍了一张"全家福"，以此来为派拉蒙百岁生日庆生。

这张"全家福"拍得很有韵味，是以公司标志性的雪山封顶为背景，所有成员都或站或坐于雪山上，以彰显公司百年的丰功伟绩。

而那个雪山LOGO，是拍自于通往黄石公园路上的一座真实雪山，几乎所有游客到黄石公园之前，都要在这座雪山近处，用镜头来DIY派拉蒙的印记和派拉蒙那些经典影片、百年故事一起，留下自己的记忆中……

建筑业：

古今中外的建筑，100年不是一个很长久的年代，上下几千年的建筑史，在全世界遗留下如繁星般闪耀的建筑奇迹。

但百年建筑，依旧有着不同于古时的特色和韵味。

在新旧材料的更迭和新建筑设计理念的融入中，百年建筑开始尝试在原有的建筑流派中，加入全新的建筑手法和思想，建筑的走向更加多元。

而更让人铭记的，却不一定是建筑本身，每座建筑背后的创造者，每一种材料的尝试以及建造前后的每一件逸闻趣事，伴随着流淌的历史，都在无形中平添着建筑本身的魅力和韵味。

1999年，中国百年建筑研究院创立，他们提出令人振奋的使命：为中国创造更多的百年建筑和可持续发展城市而努力奋斗。

建材业：

相对于以上那几大行业，建材业显得朴实而低调，究竟有没有百年建材老厂？他们的现状又如何？是不是像其他行业的百年品牌一样因为历史和在历史中创造的故事而被人铭记和惦念？

至少，在2012年6月7号之前，我们给予的关注不多。

6月7号，因为瑞士一家水泥企业——Holcim(豪瑞集团)为百年华诞而筹划的中国之行，突然间加快了我们对百年建材老厂的关注度和认知度。

一场展览，让很多建材行业名前往；一本相册，在报社传阅几十天感悟颇生；一座老厂，从瑞士到中国到全世界，这段有关建材行业的百年历史，也变得生命力十足。

……

"百年伟业"，是全世界创业者一个共同的梦，不同的国家将自己拥有的百年品牌视之为国家骄傲。而这些百年者的队伍里，不分行业和种族，一样被景仰，被传颂。

每一位创业者 都有一个百年梦

曾有一位其他行业的企业家，一直在做一些看似与生产销售毫无关系的事情，要么建了艺术馆；要么以己之力去寻找流落民间的传统工艺技法和匠师；要么为保护环境振臂呐喊，巡游千里；每每引起全社会的连锁反应，有同行人讽刺他不务实，有行外人挖苦他善炒作。

但他所做的那些事情，却让人们在提及这个企业，以及购买其品牌产品时，都会被牢记，并在不知不觉中念切出来。

后来，有记者问他究竟为什么这么做，那位企业家说了一番非常非常实在的话："每一位创业的人，都有一个百年的梦。想想百年之后，人们会记住什么？不是今天的销售业绩和利润数字，不是一个企业名字和店面覆盖率，而是这个企业在这百年轨迹中，为后世留下了什么样的足迹和故事。"

下转4版

百年滋味

——中国建材业"百年企业"掠影

■本报记者 刘媛媛

跨行的百年 相似的顶礼

时尚业:

意大利米兰,有一条特别有名的街区,当地人称之为"百年老街"。

那里会聚众多享誉国际声望的意大利奢侈品牌。临街的各个品牌店面,古老与现代韵味的混搭,比着劲地表达着一个品牌在历史轨迹中陈酿的厚重内涵,竟会让路过的游人升腾起一种敬畏之心,绝不会轻描淡写地在这里走走逛逛。

那些店的背后,大多是严谨的古罗马或巴洛克式风格的,布满历史年轮的老建筑。

那古老沧桑的滋味,却让人心驰荡漾。从古旧的玻璃窗和铁门缝隙流淌出来的气息和味道,足以挖掘出所有的好奇心,去探究那里保藏的层层叠叠的故事,和由此而生动无比的历史脉络。

没错,那里正是这些奢侈品牌的创始人百年前或居住或创业的地方,这些支撑着米兰一部分国民经济,让全世界趋之若鹜的奢侈品牌,铸就百年历史之路,从这里起跋……

体育界:

AC 米兰和国际米兰在庆祝百年历史的将近半年时间里,其动静几乎都可以掀翻一座米兰城,城市里到处悬挂着两队的队徽,整个城市几乎成为红黑条衫或蓝黑条衫的世界。

那世世代代为创造伟大球队做出过贡献的管理人、教练员和球员,日日夜夜被一个国家以英雄的名义顶礼膜拜。

西班牙,巴萨和皇马两大足球俱乐部的百年庆典,相继点燃了巴塞罗那和马德里人的无限激情,两座城市持续几个月成为不眠夜。

来自伊比利亚的激情,甚至让全世界沉浸其间,那段日子,几乎成为全世界球迷的狂欢日……

汽车业:

从1888年奔驰公司成立,到1937年丰田品牌诞生,在将近50年的时间里,全世界相继诞生了20多个汽车品牌。

而这20多个汽车公司发展到今天,虽有像通用汽车公司没扛得住几年前爆发的国际金融危机而倒闭,以及陆虎也在这场风暴中风雨飘摇之外,绝大多数超过百年或即将百年的汽车品牌,生命力旺盛,且都是全世界车迷心中滚瓜烂熟、倒背如流的顶级标志。

而“每个男人,心中都有一辆陆虎”,更让拥有122年历史的陆虎汽车,呈现出一丝悲壮和感伤……

影视界:

2012年6月14日,派拉蒙影业公司召集116位合作过的演员、导演及制片人等幕后人士,拍了一张“全家福”,以此来为派拉蒙百岁生日庆生。

这张“全家福”拍得很有韵味,是以公司标志性的雪山封顶为背景,所有成员都或站或坐于雪山上,以彰显公司百年的丰功伟绩。

而那个雪山LOGO,是拍自于通往黄石公园路上的一座真实雪山,几乎所有游客到黄石公园之前,都要在这座雪山近处,用镜头来DIY派拉蒙的印记和派拉蒙那些经典影片、百年故事一起,留于自己的记忆中……

建筑业:

古今中外的建筑,100年不是一个很长久的年代,上下几千年的建筑史,在全世界遗留下如繁星般闪耀的建筑奇迹。

但百年建筑,依旧有着不同于古时的特色和韵味。

在新旧材料的更迭和新建筑设计理念的融入中,百年建筑开始尝试在原有的建筑流派中,加入全新的建筑手法和思想,建筑的走向更加多元。

而更让人铭记的,却不一定是建筑本身,每座建筑背后的创造者,每一种材料的尝试以及建造前后的每一件逸闻趣事,伴随着流淌的历史,都在无形中平添着建筑本身的魅力和韵味。

1999年,中国百年建筑研究院创立,他们提出令人振奋的使命:为中国创造更多的百年建筑和可持续发展城市而努力奋斗。

建材业:

相对于以上那几大行业,建材业显得朴实而低调。究竟有没有百年建材老厂?他们的现状又如何?是不是像其他行业的百年品牌一样因为历史和在历史中创造的故事而被人铭记和惦念?

至少,在2012年6月7号之前,我们给予的关注不多。

6月7号,因为瑞士一家水泥企业——Holcim(豪瑞集团)为百年华诞而筹划的中国之行,突然间加快了我们对百年建材老厂的关注度和认知度。

一场展览,让很多建材同行慕名前往;一本相册,在报社传阅几十天感悟频生;一座老厂,从瑞士到中国到全世界,这段有关建材行业的百年历史,也变得生命力十足。

……

“百年伟业”,是全世界创业者一个共同的梦,不同的国家将自己拥有的百年品牌视之为国家骄傲。而这些百年者的队伍里,不分行业和种族,一样被景仰,被传颂。

每一位创业者 都有一个百年梦

曾有一位其他行业的企业家,一直在做一些看似与生产销售毫无关系的事情,要么建了艺术馆;要么以己之力去寻找流落民间的传统工艺技法和匠师;要么为保护环境振臂呐喊,巡游千里;每每引起全社会的连锁反应,有同行人讽刺他不务实,有行外人挖苦他善炒作。

但他所做的那些事情,却让人们在提及这个企业,以及购买其品牌产品时,都会被牢记,并在不知不觉中念叨出来。

这是一家只有将近20年的品牌企业,创始者却说,他的百年梦,是在他创业第一天就拥有的。不是刻意想去拥有,而是摆脱不掉的欲望和梦想。

在中国,因为文化创意产业发展的步伐较晚,不是每个行业都真正拥有百年企业。有很多行业的品牌,最多不过30年,那些做着百年梦的创业者,从第一天就开始为铺就百年之路而苦思冥想并辛勤耕耘。

未来的一切或许不为现在的人所掌握,但正像这位企业家所言:至少在我们能掌握的这个阶段,我们就有责任去为百年理想做我们能做的事情,这不仅是为了国家,为了行业,更是为了我们自己和我们的子孙。

建材业作为中国的老工业产业,比起新兴创意产业,在百年基业的课题上,似乎有着更多的发言权。

如果说,百年基业对于众多创意型产业还只是个梦想的话,在建材行业里,却拥有了实实在在的案例。至少,在这个行业里,我们能够找到已经百年或即将百年的建材老厂,尽管,这并没有我们想象得那么多。

一家拥有70年多历史的老水泥厂,曾经出过一本品牌发展历史的自传书。

书中刊登了1/3容量的图片,从历代创业者到历代厂房的演变,从创业初期的物件到不同时期的团队活动,一一再现眼前。

每一张照片的下面,都是一段有着历史厚度的故事,每个故事的背后,都折射着一个时代的变迁,而每个时代中的印记会聚到今天,都蕴含着一个即将百年的老厂的自豪和骄傲。

这本书的序中有一句话非常醒目:欲行大道,必先知史。

如果说每一位创业者都拥有一个百年梦,那么,每一位传承者都会因为百年而荣耀。

后浪与前浪　追梦与守业

四川夹江一家陶瓷企业,儿子继承了父业,他不认可自己是在创业,而是在守业。最后,他接着说:“我的下一代也是要接过传承的接力棒,到他那个时候,这个企业就要跨入百年的行列了,有时候我想想,那一天其实离我并不远。”

可是,究竟靠什么来守住百年的伟业?这位年轻继承者是这样说的:生产量和销售量,满足了创造百年的生存条件;故事和足迹,是为百年铺就一座为人铭记的丰碑;品牌和文化,既是为百年企业注入的生命和灵魂,也是一切生存条件和历史丰碑的基础。

以色列Nesher水泥公司,至今已经拥有80多年历史,在以色列从来都是水泥领域的领军品牌。

而Nesher为人所熟知的,并不是产业规模的大小,而是80多年始终贯穿的文化理念:环保。

环保在今天听来,无比寻常的一个词,但在80多年前全球处于重工业时代的环境中,环保就变得异常新鲜而醒目,甚至有些另类。

80多年的老厂,对于自己坚定下来的文化理念,没有因为以往超越于时代而缓之,更没有因为如今变得越发大众化而改之,坚持如一,甚至在保证水泥行业环保要求的同时,投资几百万美元,做一些看似与本行业无关的环保事业。

而那些事业,就是一个即将跨入百年的建材老厂最生动立体、最铭刻于世的故事和足迹。

1903年创立的Nibor玻璃制品厂,是捷克共和国非常知名的百年品牌老厂,以生产水晶玻璃工艺品而闻名于世。

是什么让一个109岁的老玻璃厂始终像19岁一样焕发青春？因为品牌文化中，艺术与旅游的结合，是其百年之本。

对艺术精益求精的精神传承和艺术传统工艺的保鲜创新，让老玻璃厂在百年历史中，屹立于捷克玻璃工艺纪念品的领域而不倒。

旅游胜地般的厂区，每年吸引着成千上万世界游客的身影，以至于孩子们提起Ni bor，都会天真无邪地说：“那不是厂，那是乐园。”

当然，不是所有的百年老厂都会绽放超强的生命力。

通用汽车的破产、米高梅影业的关门、柯达的倒闭、诺基亚的危机，无时无刻不再提醒着尚活得无忧的百年老厂们，吃老本的代价就是：无论你曾经的名气有多大，不坚守文化，不创造故事，依旧会被后浪拍死在沙滩上。

将目光收回，中国的建材行业，同样存在着“老前辈”与“新生军”的竞争现状。

新一代的建材企业，如1983年组建的中材集团，1984年创建的中国建材集团，1992年创办的金隅集团，1996年创建的海螺集团等等，无疑是当今建材行业的中流砥柱。

而已过百年的华新水泥，正努力迈向百年的耀华玻璃、琉璃河水泥厂等“老前辈”们，虽然依旧拥有着不错的资本、阅历和地位，但如何在大浪淘沙的当代竞争法则中，继续着传承守业的使命，任重道远。

因为景德镇陶瓷、唐山陶瓷和佛山陶瓷的历史声望，原以为中国的陶瓷老厂会有很多，但事实上，据一位资深陶瓷业内人说，中国的陶瓷百年老厂，几乎已经不存在了。

江西景德镇，有一座被当地人称为“老厂”的地方，曾经会聚着景德镇艺术陶瓷的精华。

不过，如今的“老厂”却是新貌新颜，几经变革和改造，老厂里的陶瓷厂，都成了至多不过十几年历史的新生军。

而景德镇，在拥有上千年历史的陶瓷重镇中，几乎看不到哪怕是50年以上的老陶瓷厂。

那位资深人士在说起百年陶瓷老厂的凋零时，带着几分遗珠之憾的神色，因为那些百年陶瓷艺术珍品，如今都成为家里的古董，而生产这些珍品的厂家，已少有人知。

百年企业，何止是一个人的梦想，更是一个国家的梦想，一个地球村的梦想。

倘若不曾拥有百年的创业梦，人类历史是否会因少了故事的铺陈和文化的脉搏而变得平淡无奇？

《注入了灵魂的生命体》刊于 **2012** 年 **7** 月 **6** 日

其他篇目

◆如同翻阅中国建材百年史
——华新水泥 1907—2012 发展史回眸
◆“琉水”的故事
——73 载留下的足迹和辉煌
◆水泥线上的三代传人
◆是什么铸就了生存脊梁
◆中国玻璃工业的摇篮
——耀华玻璃的民族情结和开放视野
◆从瑞士出发　到全世界去
——豪瑞(Holcim)的百年建设路
◆那些震撼的影像
——为后世留下什么

关注本组核心报道请扫描二维码

产业财富 传媒价值

国内统一刊号:CN11—0073
邮发代号 1—121 国外代号 D807
本报为周六刊(周日休刊)
今日八版
第6142号
2012年8月10日 星期五
www.cbmd.cn

中國建材報

CHINA BUILDING MATERIALS DAILY

经济日报报业集团主管主办

每周核心报道

古建筑里的材料密码

——传承保护和开发创新的纠结、碰撞与融合

每一座城市都有属于自己的古建筑、老街区或民族建筑艺术瑰宝，它留给后人的不仅仅是一座建筑或一条街区，更是文化的脉络、艺术的演变、工艺的传承等等博大深邃的财富。

创造这些古老建筑艺术瑰宝的材料，有些已经在历史的尘封中难以复制，而有些被保存下来，被沿用，被完善和创新着。

随着城市建设的推进，古建筑也在消失的过程中，幸得全世界都开始重视了对古建及古建材料的保护和再创造，这其中也包括对古建材料中包含的艺术、工艺、构造、历史、文化等林林总总"密码"的挖掘、抒写、传承和保护。

同时，城市发展的过程中，现代新建筑势必要代替古建筑成为世界建筑和城市建设的主流，新建筑材料的衍生也将因此而源源不断，那么，新建筑材料如何从思想、艺术、工艺和文化及民族特色等等永恒的密码中寻求传承和创新，是当代人需要深入理解与思考的时代课题。

正所谓前人栽树后人乘凉，故，在未来的历史长河中，新材料应用下的新型建筑能否成为后时代的历史文化的载体？而这，唯有保护、利用、开发三管齐下当如是。

统　　筹:刘媛媛　庄郑悦
采　　写:王怡洁　袁　环　庄郑悦　刘媛媛　王志国　钟西贝
专业指导:尹　舟　王　翌
制　　图:崔建岐

交融与传承 新材古料随思录

■本报记者　刘媛媛

公元前607年，尼布甲尼撒二世接过新巴比伦王朝王位，做了两件事，一是继续征战，吞并周边小国，二是大力兴建城市和宫殿，还有堪称世界七大奇迹之一的空中花园。

据资料记载，他兴建的皇宫奢华无比，大量的石材来源于埃及等地，8座城门上铺着琉璃瓦，其中主城门伊斯塔尔门和大街两侧，装饰着彩釉动物浮雕。

整座城市虽然是用石材和砖铺成，但色彩斑斓。城墙以极其亮丽的蓝色为底色，地面则白色和玫瑰色相间，大多数考古学家认为，斑斓的色彩，源自在当时堪称豪贵极奢的材料——上釉砖。

最令人惊奇的，当然是空中花园。尽管这座惊世骇俗的瑰宝，已经香消尘世几个世纪，但只凭着考古学家通过拼凑残骸中透露出的点滴印记而勾勒出来的大致轮廓，就已然震惊了考古界。

据有关记载，空中花园的主体，是由泥砖环形而上建筑的绿色高山，建在一座小石屋之上，石屋内有压水机，顺着蹒跚而建的输水渠道，可以源源不断地把水输送到山上。植被成荫，这应该是世界上最早的人工绿色化了。

如今，巴比伦古建筑材料和灌溉方式，依旧在西亚的建筑中被广泛沿用。

古建材
能不能成为当代建筑的"双面夏娃"

美索不达米亚平原上的历史，并不是一条完整的轨迹，一个王国被另一个王国吞并，前一个王国的建筑就会被一烧而尽，新王国再在这片废墟上，续写自己的城市足迹。

从巴比伦王朝到现在的两河流域诸国，经历过无数个王国的征战颠覆，苏美尔人、希伯来人、亚述人、阿拉伯人都将自己的文化灌输到建筑材料创之于建筑上，虽被无数后来人摧毁又再建，但几个世纪之后的今天，现代西亚人通过一种巧妙的方式——世代沿用的建筑材料与建筑工艺，将美索不达米亚文化完整地保留下来，这也是一种奇迹。

甚至连被压在空中花园小石屋里，早已随着空中花园消失于铁骑之下的压水机，其工艺也被保存了下来，成为西亚普通家庭的灌溉工具。

古巴比伦所用的古老建筑材料，我们听起来并不陌生。中国的古建筑艺术源远流长，砖瓦琉璃、木石陶瓷，常用的修建施工工艺，就有40多种。

但所不同的是，中国建筑工艺的传承，从历史的发展轨迹上看，是一条没有间断的延续和提升的过程。如今，老祖宗留下来的无数建筑艺术瑰宝，遍布大江南北，充当着每座城市的文化坐标或旅游景点。

但对于前辈传下来的古建筑材料的应用，尤其是施工工艺的流传，在今人看来，却似乎与现代建筑隔着一道沟。就像一位著书的建筑学专家所言：古建筑材料在今天唯一还能用上的，不过是仿古的装饰品，而那些施工工艺，则大多已经或即将失传。

同时，很矛盾的现象是：如果从网上查找，如今生产古建材的厂家比我们想象的要多得多。而据对琉璃比较了解的行内人介绍：如今的琉璃厂，虽然数量不多，看起来也生存无忧，但是，真正懂得传统琉璃工艺技术的匠人，却少之又少。

很难想象，传统建筑材料制作工艺和施工工艺的流失，也就意味着这方面的精湛匠人面临萧条，拿什么支撑如此庞大的古建筑材料厂？当问到这位行内人时，他的回答是：你们只能去工厂看看，看看材料上的纹路和雕花的细节，能不能让你莫名的激动，并由衷赞叹。

但是，国家相关部门在培养仿古建筑新型人才上，是有措施的，古建筑木工、古建筑瓦工和古建筑油漆工的职业技能岗位标准，对于这些工种的培训及等级标准的要求清晰明了。

这些古建工种的培训期大多三年，包含两年的培训期和一年的见习期，而技能等级也大致分为初、中、高三个级别。并且，每一个级别需要掌握的知识要求和操作要求，也都列得很详细。

下转4版

本期关注

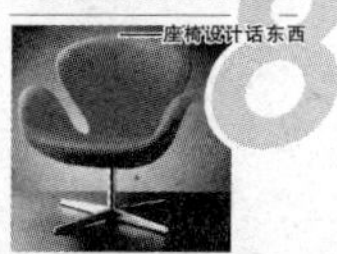

新闻热线：(010) 57811381
本报邮箱：E-mail: jcb@vip.sina.com

古建筑里的材料密码

——传承保护和开发创新的纠结、碰撞与融合

■本报记者　刘媛媛

每一座城市都有属于自己的古建筑、老街区或民族建筑艺术瑰宝,它留给后人的不仅仅是一座建筑或一条街区,更是文化的脉络、艺术的演变、工艺的传承等等博大深邃的财富。

创造这些古老建筑艺术瑰宝的材料,有些已经在历史的尘封中难以复制,而有些被保存下来,被沿用,被完善和创新着。

随着城市建设的推进,古建筑也在消失的过程中,幸得全世界都开始重视了对古建及古建材料的保护和再创造,这其中也包括对古建材料中包含的艺术、工艺、构造、历史、文化等林林总总"密码"的挖掘、抒写、传承和保护。

同时,城市发展的过程中,现代新建筑势必要代替古建筑成为世界建筑和城市建设的主流,新建筑材料的衍生也将因此而源源不断,那么,新建筑材料如何从思想、艺术、工艺和文化及民族特色等等永恒的密码中寻求传承和创新,是当代人需要深入理解与思考的时代课题。

正所谓前人栽树后人乘凉,故,在未来的历史长河中,新材料应用下的新型建筑能否成为后时代的历史文化的载体?而这,唯有保护、利用、开发三管齐下当如是。

交融与传承　新材古料随思录

公元前607年,尼布甲尼撒二世接过新巴比伦王朝王位,做了两件事,一是继续征战,吞并周边小国,二是大力兴建城市和宫殿,还有堪称世界七大奇迹之一的空中花园。

据资料记载,他兴建的皇宫奢华无比,大量的石材来源于埃及等地,8座城门上铺着琉璃瓦,其中主城门伊斯塔尔门和大街两侧,装饰着彩釉动物浮雕。

整座城市虽然是用石材和砖铺成,但色彩斑斓。城墙以极其亮丽的蓝色为底色,地面则白色和玫瑰色相间,大多数考古学家认为,斑斓的色彩,源自在当时堪称

豪贵极奢的材料——上釉砖。

最令人惊奇的,当然是空中花园。尽管这座惊世骇俗的瑰宝,已经香消尘世几个世纪,但只凭着考古学家通过拼凑残骸中透露出的点滴印记而勾勒出来的大致轮廓,就已然震惊了考古界。

据有关记载,空中花园的主体,是由泥砖环形而上建筑的绿色高山,建在一座小石屋之上,石屋内有压水机,顺着蹒跚而建的输水渠道,可以源源不断地把水输送到山上。植被成荫,这应该是世界上最早的人工绿色化了。

如今,巴比伦古建筑材料和灌溉方式,依旧在西亚的建筑中被广泛沿用。

古建材　能不能成为当代建筑的"双面夏娃"

美索不达米亚平原上的历史,并不是一条完整的轨迹,一个王国被另一个王国吞并,前一个王国的建筑就会被一烧而尽,新王国再在这片废墟上,续写自己的城市足迹。

从巴比伦王朝到现在的两河流域诸国,经历过无数个王国的征战颠覆,苏美尔人、希伯来人、亚述人、阿拉伯人都将自己的文化灌输到建筑材料创之于建筑上,虽被无数后来人摧毁又再建,但几个世纪之后的今天,现代西亚人通过一种巧妙的方式——世代沿用的建筑材料与建筑工艺,将美索不达米亚文化完整地保留下来,这也是一种奇迹。

甚至连被压在空中花园小石屋里,早已随着空中花园消失于铁骑之下的压水机,其工艺也被保存了下来,成为西亚普通家庭的灌溉工具。

古巴比伦所用的古老建筑材料,我们听起来并不陌生。中国的古建筑艺术源远流长,砖瓦琉璃、木石陶瓷,常用的修建施工工艺,就有 40 多种。

但所不同的是,中国建筑工艺的传承,从历史的发展轨迹上看,是一条没有间断的延续和提升的过程。如今,老祖宗留下来的无数建筑艺术瑰宝,遍布大江南北,充当着每座城市的文化坐标或旅游景点。

但对于前辈传下来的古建筑材料的应用,尤其是施工工艺的流传,在今人看来,却似乎与现代建筑隔着一道沟。就像一位著书的建筑学专家所言:古建筑材料在今天唯一还能用上的,不过是仿古的装饰品,而那些施工工艺,则大多已经或即将失传。

同时,很矛盾的现象是:如果从网上查找,如今生产古建材的厂家比我们想象的要多得多。而据对琉璃比较了解的行内人介绍:如今的琉璃厂,虽然数量不多,看起来也生存无忧,但是,真正懂得传统琉璃工艺技术的匠人,却少之又少。

很难想象,传统建筑材料制作工艺和施工工艺的流失,也就意味着这方面的精湛匠人面临萧条,拿什么支撑如此庞大的古建筑材料厂?当问到这位行内人时,他的回答是:你们只能去工厂看看,看看材料上的纹路和雕花的细节,能不能让你莫名的激动,并由衷赞叹。

但是,国家相关部门在培养仿古建筑新型人才上,是有措施的,古建筑木工、古建筑瓦工和古建筑油漆工的职业技能岗位标准,对于这些工种的培训及等级标准的要求清晰明了。

这些古建工种的培训期大多三年,包含两年的培训期和一年的见习期,而技能等级也大致分为初、中、高三个级别。并且,每一个级别需要掌握的知识要求和操作要求,也都列得很详细。

很值得关注的一点是,在解释岗位定义这一栏中,几乎都提到了古建筑材料与新型建筑材料,或传统技艺与现代加工方法紧密融合的职业要求。比如,在古建木工的职业要求中,就提到传统建筑的法式规则、工艺要求与设计要求,结合钢筋混凝土等现代材料,建造仿古建筑。

这一方面说明,新旧材料的合理搭配,运用到仿古建筑或现代东方式建筑上,正是时代的需求;而另一方面也说明,在传统工艺技法逐渐消失的当下,保护传统技艺又非朝夕之时,采用现代工艺技术结合传统工艺技术,从而形成全新的工艺技术,或许是传承的途径之一。

古建筑材料是否可以融入现代建筑当中,而不仅是作为装饰材料或仿古建筑的简单需求?我们还没有找到专家给出明确的答案。这反倒引起我们极大的兴趣。

有位专家是这样说的:当中国要立志于培养大批的古建技术人才的时候,就要想到把古建筑材料最大的价值发挥出来,让它适应现代建筑的建筑理念和施工操作。这无论是对古建筑材料,还是古建人才,都是好事一桩。

新材料　能不能担当上传下承的时代英雄

古建维护开始使用新型材料,似乎成为当下的一个趋势。天安门广场周边石材步道即将翻新旧路结构,更换步道砖、路缘石和平石,采用的就是新型地砖。

这种加厚的新地砖研制,抗碾压和防滑能力更强,也更适合机械化作业要求。同时,更换后的地砖颜色也将有所改变,由目前的主区黑色砖边框黄色砖,改为主区黄色砖边框黑色砖,颜色更为亮丽。最重要的是,地砖的透水力也将提高,以改善步道区域内的水土环境。

而据相关报道,北京国子监新的粉刷涂料,也采用的是新型涂料,色彩还原更逼真,耐磨防水等性能也更高。

在中国著名建筑学家梁思成渴望“既能用新技术新材料,又具有民族传统的新建筑形式出现”之后,又有古建筑学家提出:古建筑要发挥时代作用,就需要以旅游景点的方式让世人参观,这个过程就避免不了一定程度的损毁,有损毁就必须要修复,而修复的手段,也避免不了要在原有的基础上,加入新的材料。

这些观点为新古材料的合理搭配提供了很好的论点。因为,即便我们现在同样用青砖灰瓦等这些古建筑材料,也势必会在技术和工艺上加入现代元素,更何况,全无古代痕迹的新型材料,也理应成为古建维护与修缮的材料构成部分。

不过,国家相关部门在提到古建翻修的时候,遵守“修旧如旧,最小干预”的原则,对新型材料的修复古建来说,是个不小的课题。在“尊重古建筑”这个基础上,新型材料融入古建之中,或许是既让古建筑发挥文化传播价值,又有效保护古建筑继续传承给子孙的良招。

同时,又有一个问题亮了出来,我们现在拥有价值连城的古代建筑,是我们的荣幸和骄傲。而当代建筑在百年之后,同样会成为未来的古建筑,那么,当代人是否要考虑,我们能为后代子孙留下多少屹立不倒的古建筑?

且不说千年百年赫然屹立的那些看得见的古代建筑,即便很多考古学家,在发掘远古时期因战争而摧毁的城市废墟时,依旧能够看到虽掩埋尘土几个世纪仍不倒的建筑,甚至很多建筑仅仅是普通老百姓的民居。

而如今,有些新时代社区扛不了小地震洗礼的诟病,或者“现代建筑最多不过70 年”的论调,让当代人对建筑的传承带有不小的狐疑。

提升建筑坚固性,并强烈展现出建筑传承价值的第一步,就源于建筑原材料的品类、质地、特色和其折射的文化内涵。因此,建筑材料对于建筑设计师来说,绝不仅仅是盖房子的材料,更能带来灵感和创意上的启发和突破。

当本报记者采访若干建筑设计师,询问关于现代建筑的未来传承中,设计师对新型建材有什么样的要求时,得到的答案并不是对材料品种的所求,而是对每种材料成分构成的知情权。

正像一位设计师所说:且不说现在拥有的新型材料,已经多到几页纸都列不完的地步,在未来的研发和创新中,很有可能是想要什么几乎都可以唾手可得。但也正因为新材料越来越多,每种新型建材最严谨精细的成分构成比例、适用范围及局限性,及产品质量把关等细节,能让使用者一目了然,才是随着新材料的递增而紧迫的需求。

众所周知,商场里的每一件服装上都会有挂牌,上面标明这件服装的原材料成分、后期维护方法和产品的不适用范围等等条例。那么,建筑材料是否也应该有这样的挂牌,让设计师和老百姓也清楚的了解该材料的成分比例和适用范围等等相关常识,是目前建筑设计师对建筑材料最广泛的建议。

总之,让古建筑材料和古建筑工艺在当代社会发挥应有的价值,融入现代社会的城市建筑中,成为带有传承意义和时尚轮回的跨时代瑰宝,同时,让现代新型建筑材料承担起传承与轮回,承接上代、延续后代的作用和价值,或许是我们这一代需要扛起来的重任。

《古建筑里的材料密码》刊于 2012 年 8 月 10 日

其他篇目

◆从徐志摩老宅到邓家祠堂
——建筑寿命八百年不算长

◆建筑延寿不是痴心妄想

◆琉璃瓦的五味杂陈

◆让悠久的建筑文化更加绚丽夺目
——访中国文化遗产研究院文物保护工程与规划所王林安

◆“古建新玩法”如何是好

关注本组核心报道请扫描二维码

产业财富 传媒价值

国内统一刊号：CN11—0073
邮发代号 1—121 国外代号 D807
本报为周六刊（周日休刊）
今日八版
第6160号
2012年8月31日 星期五
www.cbmd.cn

中國建材報

CHINA BUILDING MATERIALS DAILY

经济日报报业集团主管主办

每周核心报道

科学发展 成就辉煌

黄金10年

——2002~2012中国建材业的发展回望

党的十六大以来，是中国建材业的"黄金十年"。本报"核心报道"从本期开始，将陆续推出建材行业"科学发展、成就辉煌"系列报道，梳理行业十年成就与辉煌，回望行业十年攀越的一座座高峰。本期以"黄金十年"为开篇，还将陆续推出"绿色的召唤"和"走向世界"。

■本报记者 王怡洁 袁环 刘媛媛

2002年到2012年的这十年，贯穿着"十五"、"十一五"和"十二五"三个五年计划的大部分时光。十年来，中国建材人仿似登山者，站在如今已经攀越的高峰上，回望建材行业自十六大以来的这十年，才发现群山环绕间，一座座山峰被征服，在那征服的历程中，铸就了十年硕果累累、成绩斐然的光辉岁月。

这十年，行内人经常动情地称之为"黄金十年"。

这十年，是行业全面发展、高歌奋进的十年。无论是传统建材领域，如水泥、陶瓷、玻璃、木业，还是新型材料领域，如生态环保材料、高科技材料、新能源材料等等，都在一次次突破与挑战中，铸就着一座座划时代的高峰。

这十年，是高举环保旗帜的十年，也是建材业全面向节能减排的新高度挑战的十年；水泥、玻璃、陶瓷行业淘汰落后产能的步伐突飞猛进。更加环保的散装水泥取代袋装水泥，已经在水泥行业中占主导地位，2002年，水泥散装率为24.26%，到2011年，水泥散装率为51.78%，首次突破50%。同时余热发电、工业利废、轻薄陶瓷、超薄浮法玻璃等全新节能产品和降耗减排技术也已经成为行业履行社会责任和增长利润的双赢舞台。

这十年，是倡导科学发展的十年，也是建材业以科技创新为导向，向高端领域迈进的十年；新型材料发展如火如荼，碳纤维、浮法透明航天微晶玻璃、风电叶片等新能源高科材料，已经让建材业电子、航天等相关领域达成亲密的合作关系。

这十年，是建材企业谋求远大规划、品牌意识崛起的十年。以水泥行业为例，通过优化重组、央企市营等企业发展与时俱进的战略部署，各大企业取得了辉煌的成就。最新的万吨水泥生产线已矗立在中国建材集团、中材集团、海螺集团等大型品牌水泥企业。企业的国际化脚步，也开始在世界各地留下足迹。

回首十年建材业各个领域，在发展的过程中不能说没有瓶颈和困惑，但突破瓶颈的挑战和扭转困惑的勇气，都在一次次尝试与创新中，形成更长远、更科学的规划和谋略，不仅仅影响着这十年的发展脉络，也为未来的十年，甚至更长时间的行业发展，建立了更顺畅也更清晰的时代坐标。

相对于前几个时代，建材行业有着巨大的发展空间，那么，这十年，正是行业迅猛发展之后，市场竞争更为激烈的十年。曾经，建材业摆脱不掉的"低门槛"的帽子，随着时代的发展，也势必要在这十年里，掌握高端领域的话语权。这些对于建材业来说，都是前所未有的挑战，但同时，也因此而充满了新的机遇和创新空间。

梳理行业十年来发展的脉络与科技创新之路，不仅可以带给行内人更多的思索和启迪，也令建材业从优秀通向卓越的路上，凝聚信心，再攀高峰。

水泥 转型升级引领全面发展

水泥行业像一架"耗能"与"污染"的天平。一边是石灰石、煤炭等矿山资源的大量开采，导致非再生资源能源短缺，威胁到可持续发展；另一边则是废渣、废石堆积如山，废气、废水大量排放，加重环境负担。

这是关于水泥行业一个很形象的比喻。

的确，在以往的模式引导下，我国水泥行业的发展正面临着严峻挑战。水泥行业结构严重失衡，社会矛盾日益突出，这个问题也引起了全行业的高度重视。

下转2版

策　　划：总编室
统　　筹：刘媛媛　袁环
采　　写：刘媛媛　袁环　王怡洁　庄郑悦
图　　片：张绍武
制　　图：崔建岐

为创意城市注入创新动力

——上海建材行业协会创意与工程设计分会年会侧记

■驻上海记者 施来发

八月的上海，既是盛夏难耐的高温季节，也是建材行业喜获丰收的黄金季节。一年一度、声势浩大的国际建筑节能展不仅给上海这座美丽而繁华的大都市展示了建筑节能、新型建材的丰硕成果，也为这座炎热的城市吹来了阵阵清凉的绿色之风。

就在2012年第八届中国（上海）国际建筑节能及新型建材展览会如火如荼进行之时，上海市建筑材料行业协会创意与工程设计分会年会暨创意VS产品发展论坛也于8月17日在新国际博览中心登场亮相，隆重举行。上海建材行业协会名誉会长陆海平，上海现代建筑设计集团资深总建筑师、上海建材行业协会创意与工程设计分会会长魏敦山，以及来自上海各大建筑设计院的设计师、房产开发商、建材供应商及新闻媒体共300人会聚一堂。上海现代建筑装饰环境设计研究院董事长、上海建材行业协会副会长沈立东主持会议。

魏敦山回顾了设计分会一年来的工作，并发表了热情洋溢的致辞。他指出，聚焦建材与设计的创意和创新，开展相互交流，分享有益经验，推动创意产品的蓬勃发展，始终是创意与工程设计分会追求的目标。他衷心希望，设计创新与建材创新要携手合作，同步进行，要汇聚共识，凝聚力量，以创意带动价值，靠创新提升能力，共同推进创意产业的快速发展，为创意城市注入源源不断的创新动力。

在随后进行的创意产品发展论坛上，上海市经济和信息化委员会都市产业处处长林艺，上海雅达特种涂料有限公司总裁顾卫星，YKK（中国）投资有限公司上海研发分公司商品开发部经理王伟，上海微健建筑空间设计有限公司董事长、首席设计师宋微健，上海枫景木业有限公司总经理程明，上海斯米克控股股份有限公司大客户部总监刘仁涵分别作了精彩演讲。

论坛高潮迭起，演讲精彩纷呈。与会者不仅享受到了创意无限的精彩魅力，也感受到了创新驱动的力量源泉。创意界、设计界、建材界的对话互动和携手合作，必将为上海这座"设计之都"注入源源不断的创新动力。上海市建筑材料行业协会常务副会长兼秘书长沈美云对此做了最好的诠释和总结："近年来，我们建材行业已踏上了绿色建材的快车道，进入了向创意化迈进的新征程。整个行业正在积极鼓励和推动产业转型，而转型升级的关键在于创新，这需要我们各方共同努力，携手并进。"

新闻热线：（010）57811381
本报邮箱：E-mail: jcb@vip.sina.com

黄金10年

——2002—2012中国建材业的发展回望

■本报记者　王怡洁　袁　环　刘媛媛

2002—2012年的这十年,贯穿着"十五""十一五"和"十二五"三个五年计划的大部分时光。十年来,中国建材人仿似登山者,站在如今已经攀越的高峰上,回望建材行业自十六大以来的这十年,才发现群山环绕间,一座座山峰被征服,在那征服的历程中,铸就了十年硕果累累、成绩斐然的光辉岁月。

这十年,行内人经常动情地称之为"黄金十年"。

这十年,是行业全面发展、高歌奋进的十年。无论是传统建材领域,如水泥、陶瓷、玻璃、木业,还是新型材料领域,如生态环保材料、高科技材料、新能源材料等等,都在一次次突破与挑战中,铸就着一座座划时代的高峰。

这十年,是高举环保旗帜的十年,也是建材业全面向节能减排的新高度挑战的十年;水泥、玻璃、陶瓷行业淘汰落后产能的步伐突飞猛进。更加环保的散装水泥取代袋装水泥,已经在水泥行业中占主导地位,2002年,水泥散装率为24.26%,到2011年,水泥散装率为51.78%,首次突破50%。同时余热发电、工业利废、轻薄陶瓷、超薄浮法玻璃等全新节能产品和降耗减排技术也已经成为行业履行社会责任和增长利润的双赢舞台。

这十年,是倡导科学发展的十年,也是建材业以科技创新为导向,向高端领域迈进的十年;新型材料发展如火如荼,碳纤维、浮法透明航天微晶玻璃、风电叶片等新能源高科材料,已经让建材业电子、航天等相关领域达成亲密的合作关系。

这十年,是建材企业谋求远大规划、品牌意识崛起的十年。以水泥行业为例,通过优化重组、央企市营等企业发展与时俱进的战略部署,各大企业取得了辉煌的成就。最新的万吨水泥生产线已矗立在中国建材集团、中材集团、海螺集团等大型品牌水泥企业。企业的国际化脚步,也开始在世界各地留下足迹。

回首十年建材业各个领域,在发展的过程中不能说没有瓶颈和困惑,但突破瓶颈的挑战和扭转困惑的勇气,都在一次次尝试与创新中,形成更长远、更科学的规划和谋略,不仅仅影响着这十年的发展脉络,也为未来的十年,甚至更长时间的行业发展,建立了更顺畅也更清晰的时代坐标。

相对于前几个时代，建材行业有着巨大的发展空间，那么，这十年，正是行业迅猛发展之后，市场竞争更为激烈的十年。曾经，建材业摆脱不掉的“低门槛”的帽子，随着时代的发展，也势必要在这十年里，掌握高端领域的话语权。这些对于建材业来说，都是前所未有的挑战，但同时，也因此而充满了新的机遇和创新空间。

梳理行业十年来发展的脉络与科技创新之路，不仅可以带给行内人更多的思索和启迪，也令建材业从优秀通向卓越的路上，凝聚信心，再攀高峰。

水泥　转型升级引领全面发展

水泥行业像一架“耗能”与“污染”的天平。一边是石灰石、煤炭等矿山资源的大量开采，导致非再生资源能源短缺，威胁到可持续发展；另一边则是废渣、废石堆积如山，废气、废水大量排放，加重环境负担。

这是关于水泥行业一个很形象的比喻。

的确，在以往的模式引导下，我国水泥行业的发展正面临着严峻挑战。水泥行业结构严重失衡，社会矛盾日益突出，这个问题也引起了全行业的高度重视。

从 2002 年至今的十年间，水泥产业在经历了产能过剩、大而不强的情况下，开始探寻新的发展道路。从淘汰落后产能到兼并重组，从产业链延伸到“走出去”，整个行业的转型升级在求变中快速前行。

经过多年的建设，我国水泥行业取得了巨大的发展和成就，一批具有一定国际竞争力的大型企业集团正在崛起。重组联合、节能减排已经成为水泥行业的发展主题。

其实，整个水泥产业大范围的优化重组还要从 5 年前说起。

那时的中材集团实现了与天津水泥工业设计院的重组，并且收购和控股中材汉江、天山股份、宁夏建材等水泥企业，成为国家重点支持的特大型水泥集团之一。

2006 年，商务部批准瑞士豪瑞集团与华新水泥合作，外资投资我国建材企业成为关注热点，这也是企业以外资参股为主要重组方式的成功案例。从此，国际跨国公司并购我国水泥等建材企业也引起了行业广泛关注。

2007 年、2008 年建材行业自主创新的大潮袭来之时，大型水泥企业也在进行技术创新，为优化重组积蓄能量。

那时，具有我国自主知识产权、首次设计制造和成套出口的唐山中材重机万吨水泥线主机设备启运沙特，中材重机跻身国内水泥装备制造业前列。

经过自主创新的沉淀后，2009 年的水泥市场可以说是触目皆并购。据统计，2009 年水泥行业兼并重组涉及整合水泥产能接近 8000 万吨。其中，企业收购主要涉及 10

家大型水泥集团,内部整合主要涉及5家水泥集团,外资参股涉及2家外国公司。

可见,有效的优化重组推动了企业效益,并快速提高了可持续发展能力;同时通过统一招标采购节约了人力物力,这同样是资源综合利用的另一种表现。

2010年,我国累计生产水泥约187000万吨,平均每年增长15.5%左右。对于我国水泥行业来说,这是一个黄金发展时期。同时,水泥行业兼并重组动作更加频繁。

作为行业龙头企业,近5年来,中国建材集团重组300多家水泥企业,成为央企通过重组实现做大做强的成功典范。其董事长宋志平也正式推出“央企市营”战略规划,并在短短几年间,将480余家民营、外资和地方国企招至麾下。

2011年作为“十二五”开局之年,国家继续加大节能减排力度,加快淘汰落后产能,这使行业整合速度加快。

而此时,我国水泥行业区域整合已初露端倪,中国建材集团、中材集团、海螺、金隅、华润、华新等各区域龙头企业逐渐形成,也意味着“大企业繁荣时代即将到来”。

今年,水泥行业的生产集中度进一步提高,行业企业间的兼并重组迈出新步伐。中国建材集团、安徽海螺集团、中国材料科工集团等大集团积极探索开展跨国地区的资产重组活动,实施产业转型升级。

《水泥行业“十二五”发展规划》提到“至2015年,前10家企业生产集中度达到35%以上”,这意味着工信部和发改委两大部委均对大集团整合小企业给出了公开支持。

可以预见,未来水泥行业的兼并重组亦是产业链延伸的重要一环。只有企业做大做强,行业才能做大做强。并购重组是企业文化和品牌传播的最有效途径,也是提升行业整体素质最有效的办法。

这是水泥工业未来发展的必然。

玻璃　自主创新带来全面稳步提升

今年8月初,依托在耀华玻璃公司的部分遗址建设而成的——中国首家玻璃博物馆终于露出庐山真面目,而馆中所陈列的近2000件玻璃制品也见证了中国玻璃工业的起起伏伏。

纵观近十年,玻璃工业的整体发展充满着积极的因素。在科学发展观的指引下,玻璃工业可以定义为“浮法”“重组”“创新”“新能源”四个关键词。

从2004年浮法玻璃的大范围建设,到2005年玻璃产业的重组,再到2007年至今——新型玻璃的面世和发展,每一阶段都面临着机遇和挑战,即使经历了短暂的低迷期，中国的玻璃工业仍坚持自主创新，为下个十年继续努力。

2003 年，或因非典而变得不平凡。对玻璃行业来说，伴随着市场需求的不断增长，在非典之后，平板玻璃的价格开始持续攀升。这种势头持续到 2004 年，平板玻璃行业实现利润超过 30 亿元，比 2003 年增长约为 300%。

与此同时，行业技术进步取得明显成果，一批自主创新的玻璃工艺开始崭露头角。2004 年，中国建材工业协会和建材行业大型企业明确提出，要以科学发展观统领建材工业的发展。

在一片向好之声中，全国新建成投产约 23 条浮法比例生产线，新增生产能力 6500 多万重量箱。

2004 年的大踏步发展无疑给 2005 年的市场带来了压力和考验。好在产业集中度的进一步提升、浮法玻璃生产线的大规模建设继续使整个行业稳步提升。

显然，技术创新早已占据玻璃生产企业的主体地位。亚洲最大规模的日熔化量 900 吨的先进浮法玻璃生产线已经建成。此时，跨国企业的大举进入也为中国玻璃企业输入了先进技术。美国 PPG 公司和法国斯坦因则在我国进行玻璃工业的技术输出，承包多条浮法玻璃生产线的建设。

也正是从 2005 年开始，我国平板玻璃产业经历了一个新的产业周期和结构调整时期，产业重组迈出新步伐，平板玻璃产业集中度进一步提高。新型浮法玻璃生产在规模、技术、装备以及产品档次上都迈上了一个新台阶。

2006 年是“十一五”规划的开局之年，《国民经济和社会发展第十一个五年规划纲要》提出，节能成为我国建材工业发展的重中之重。而对玻璃行业来说，建筑节能玻璃迎来了更好的发展机遇。

2007 年，在科学发展观的指引下，整个玻璃行业的经济效益再创历史新高。平板玻璃产量为 5.3 亿重量箱，比上年同期增长 7%，其中浮法玻璃产量为 4.4 亿重量箱，比上年同期增长 22%。

此后，国家出台行业准入政策，玻璃产业进行优化升级。国家发改委发布第 52 号令，颁布实施了《平板玻璃行业准入条件》。在《平板玻璃行业准入条件》中，对平板玻璃就环境影响评价、能源消耗、社会责任及监管等提出要求。

进入 2010 年，响应国家低碳发展号召，玻璃行业积极主动发展新能源产业。其中，中航三鑫股份有限公司建设高端玻璃生产基地，产品涉足电子、航空、太阳能等领域。

此外，成功申办第二十四届（2016 年）国际玻璃大会也彰显了我国玻璃工业的世界影响力。

随着“十二五”规划开局之年的到来,玻璃行业在2011年迎来了又一自主创新的热潮。科技创新、节能减排、实施战略走出去已成为行业发展重点。

与此同时,新能源玻璃也加快了创新生产的步伐。电子玻璃、太阳能玻璃领域都取得了可喜的成绩。

今年,中国太阳能产业以“爆炸式”的速度增长,带动了超白玻璃需求的迅猛增长。不难看出,信息产业、光伏产业等新兴朝阳产业的发展为新型玻璃拓展了广阔的市场空间。

业内人士建议,玻璃行业要抓住机遇更好地为这些产业的快速发展提供基础材料支撑。同时,国内企业与国际先进水平相比仍存在一定差距,也面临着开展前瞻性技术创新、研发新产品、实现产业化、打破国外技术的新局面。

从2003年至今,中国的浮法玻璃数量经历了从20278.44万重量箱到5.77053亿重量箱的飞跃式增长。目前,节能减排、低碳经济已经是一个绕不过去的话题,更是未来经济发展的着力点。在淘汰落后产能的推动下,可以预见,玻璃行业的自主创新是其良性发展的巨大动力。

建卫陶瓷　变革创新中的奋进之旅

2001年,我国建筑陶瓷产量是17.5亿平方米,到2011年产量为87亿平方米;卫生陶瓷从2600件猛增到2011的1.9亿件。建筑陶瓷出口方面,2001是5312万平方米,2011年为10.15亿平方米,卫生陶瓷出口也占相当大的比重。

毫无疑问,这十年不仅仅是中国经济突飞猛进的十年,也是中国陶瓷卫浴行业波澜壮阔、跌宕起伏的十年。

十年间,中国陶瓷行业不仅是从小到大、从弱到强,在产品研发和设计方面也在曲折中不断向前。建筑陶瓷行业一直在坚持原创,卫生陶瓷领域从细微处开始,也在不断提升自己的创新能力。

“南陶北上”、转移扩张、合资并购,变已是常态。正是因为有了变革,才有了行业十年来突飞猛进的发展。

早在2003年,建卫陶瓷产业产值超过1500亿元,产品出口额达7.4亿美元,也正是从那时起,中国已发展成为名副其实的建筑卫生陶瓷生产和消费大国。

在接下来的几年中,房地产领域的迅猛发展,带给建卫陶瓷行业更大发展空间。于是,中国建筑卫生陶瓷产品逐渐形成了较为完整的产品体系,主要产品陶瓷墙地砖的花色、品种、规格达上千种,卫生陶瓷的造型、规格、功能也有上百种。

当然,井喷的市场出现了鱼龙混杂的局面,品牌建设终被提上日程。越来越多的企业意识到，没有品牌就没有企业的未来。

从2006年开始，国内市场似乎没有留给自主建陶品牌太多的喘息空间，国外品牌就早已下手抢占了中国本土的建陶市场。

合资、并购、上市，陶瓷卫浴行业开始吸引资本的关注，包括一些国际巨头的关注。跨国合作、合资和并购逐渐成常态。其间，既有国际巨头的中国扩张，也有国内企业与国外资本的联姻。同时，国内市场群雄并起，也给未来的行业格局带来更多悬念。

在此情况下，中国的建陶品牌开始创新。尤其以卫浴行业发展来看，随着人民生活从温饱型向小康型的过渡，卫生陶瓷也从实用型、普及型向舒适、节能、环保和多功能型转变。

近两年，陶瓷“变薄”也成为发展趋势，并在中国取得初步的成果。不仅如此，建卫陶瓷较明显的一个趋势是，一些领军品牌开始进行产品线的延伸。

这其中，从卫浴向瓷砖渗透的，北有惠达，南有箭牌；从瓷砖向卫浴延伸得更多，新中源、新明珠、萨米特，马可波罗也跃跃欲试。

业内人士分析，企业做这样的尝试可以理解，只要企业自身定位准确，单一不一定就会没有前途，多元也不一定就是盲目扩张。未来，瓷砖、卫浴、五金相互渗透的趋势是否会越来越明显？我们拭目以待。

在2011年博洛尼亚国际建筑卫浴陶瓷展览会上，鹰牌陶瓷十多年代表中国陶瓷业坚守阵地，蒙娜丽莎陶瓷以陶瓷薄板技术领衔了世界陶瓷该领域的标杆话语权。

在21世纪的新十年，我们可喜地发现，越来越多的陶瓷企业在新的发展规划中将自主研发和环保型生产线建设列入了工作头条。我们预见到的是一个更具技术实质性突破、更具中国陶瓷“文化芯片”的行业发展前景。

木业 市场竞争中蓬勃壮大

众所周知，当今大多数的建筑以钢筋水泥为建材主流。在中国流传了很久的木结构建筑已成为历史。而木材，却在这十年中积极踊跃、不断创新、合理布局、沉着有序的发展壮大。

可以说，这是一个具有传统性、艺术性、人文性、环保性的建材行业领域。这个行业的风起云涌，体现当今我国建材行业整体科学发展的宏观眼光，也折射着我国建材十年发展综合实力的水平。

一方面，木材在建筑以及居室中，可以充分发挥人居设计的个性化，人性化特点；另一方面，作为天然材质，木材产业的发展也可以促进我国林业发展，从某种意义上讲是让我国森林覆盖面积上的一大贡献。

据悉,今年我国的森林覆盖率和森林蓄积分别比5年前增加了1.66个百分点和8.9亿立方米。可以说人工林在其中起到了重要的作用——我国生态建设从“治理小于破坏”进入到“治理与破坏相持”阶段。

10年前,我国人造板产量不到4000万立方米,其中纤维板年产量仅达514万立方米,而2011年,我国人造板产量达2.35亿立方米,其中纤维板产量达4954万立方米。连年生产总量数字的直线飙升,让人造板与纤维板的产量多年均居世界第一,我国在近年来成了全球最大的家具和地板出口国。

众所周知,在木材这一大的领域中,有木板材、木门窗、木家具以及木地板等很多分支建材产品行业类别。木地板作为比较普及的居室地材产品以及直接面对消费者的终端产品,在十年中的成长与成熟,成绩尤其卓越。

10年前,国内的木地板行业没有一个企业的市场份额超过5%,活跃在市场上有一定认知度的品牌不到1000家,很多优秀建筑的木地板材料依靠进口。2003年,圣象整合营销正式开启,引发了后来席卷全国强化木地板市场的“圣象爱心锁扣风暴”;2004年,大自然品牌价值达到8.52亿,跃入中国最具品牌价值的500强之一……2008年,我国一些上市公司纷纷涉足木地板行业,比如云南红塔、四川国栋、中远汇丽、永安林业、大亚股份、吉林森工和景谷林业等上市公司进入木地板行业;2009年,我国木地板在经济比较发达、人们生活水平较高的西方国家市场成为抢手货;2010年,从出口木地板的品种看,木制拼花地板出口一枝独秀,独领风骚;2011年,随着上游资源的压力增强,企业产业链将进一步向上游发展,集团化的企业将竭力争取对上游资源的控制力,确保企业的可持续发展;2012年,全国不包括地板生产配套企业,共有5000多家地板生产企业。

“正是竞争环境造就了我国木地板主流企业的营销理念现代化。也铸就今天,中国木地板企业能够拥有更加成熟的管理水平。”有知名木地板企业家告诉记者,“如今,有越来越多的企业下大力气搜集信息,预测市场需求,分析宏观环境的需要和趋势,分析消费者市场行为,分析竞争者,分析营销机会,细分和选择目标市场。”

拥有中国最大的木业产业链的圣象、亚洲木地板骨干企业之一大自然、国内领先实木复合地板生产企业生活家、国内最早专业从事地板生产与技术研发的品牌典范圣保罗、国内跨国木材企业安信、首开木地板行业“先行赔付”的服务先河的宏耐、地板行业国家标准的起草单位之一的扬子……众多国内外品牌纷纷参与国内市场与洋品牌们正面竞争,并有部分企业跨出国门参与国际竞争。

与此同时,在大木材行业,近几年的领域创新也非常值得一提:首先,硬度比纯实木地板高 2～5 倍的木塑材料，是近十年中蓬勃兴起的一类新型复合材料；其次，被称为“地板金字塔尖消费”的软木地板，也在近年悄然走俏京沪市场；再次，竹材这一新兴材料的拓展，也逐渐成为一个能给整个木材行业的生息节奏带来有效调节的重要角色；更重要的是，在去年开始尝试，今年开始推行的家具“以旧换新”政策，是在国务院领导的亲自推动下，相关部门共同研究推出来的一利国利民利企的好政策，其既能降低木制品的生产成本，又要做到低碳环保，并且循环利用的生产销售模式，对于拉动国内需求、促进节能减排、有效利用资源、稳定和扩大就业有着积极的作用。

新墙材 日渐迈上建材业的主流舞台

十年的新型墙材发展，大体可以分为三个阶段，从 2002—2005 年，是全国禁止使用“实心黏土砖”的重要三年，也是新型墙材解开捆绑、迎接朝阳的第一阶段。

2006 年，“十一五”的起始年，新型建材的概念在新农村建设的政策下，开始向城市和农村全面普及，逐渐在民居等建筑中走向主流。这是新型墙材发展的第二阶段。

上海世博会对新型墙材在技术上的创新与发展，提供了良好平台，自此后，新型墙材大踏步迈向高科技与绿色环保交融的高端时代。

2005 年，国务院办公厅下发【2005】33 号文件，提出进一步推进墙体材料革新和推广建筑节能。这为新型墙体材料大张旗鼓地发展创新，打了一剂强心针。

要说到新型墙材发展所呈现的如火如荼，不能不提到曾经大量应用于房屋建设，如今已被全面禁止使用的实心黏土砖。因为生产此砖不仅会造成耕地严重流失，而且此产品消耗能源、破坏生态，对于土地资源并不富裕的中国来说，曾经遍布大江南北的实心黏土砖厂，是建材领域的害群之马。

于是，必须发展全新的墙体材料来取代实心黏土砖等传统墙体材料，2002 年之后，新型墙材的研发步伐明显加快，发展新型材料的煤矸石、粉煤灰和替代实心黏土砖的石材等新墙材原料和成品，开始从东部大中城市向全国推进。

2003 年，已经有 139 个城市全面拒绝实心黏土砖，占到所有城市的 82%，新型墙材从此时起，登上建材业的主流舞台。

2006 年，因为党中央和国务院提出大力推进新农村建设，新墙体材料的宣传攻势，也在辽宁本溪、河北任丘和浙江安吉等新农村铺开。至此，城市与农村在新房屋建设的大节奏上，新型墙体材料的普及与应用，基本保持同步。

新型墙体材料的兴起，在很短的时间内便形成了一定的产业化规模。2007 年 9 月 24 日，首届全国墙体材料革新成就展览会在北京举行，这充分表明，新型墙体材料的需求迅猛,其市场空间巨大,很多新型建材企业,也在这样的大好形势下,健康地成长起来。

作为新型墙体材料的首届展览会,参展企业和主办方更多的是从思想上让与会人了解新型墙体材料对保护土地资源、节能利废和建设节约型社会所起到的重大作用,并且,在未来的城市与新农村建设中,新型墙体材料的普及应用,是势在必行的主流趋势。

国产新型墙体材料引发的第二轮轰动,是在2010年的北京世博会上,尤以北新建材的"城市生态设计系统"的龙牌全系列隔墙吊顶最为耀眼,据说,世博园内43个场馆都应用了这项新技术产品。

隔墙吊顶最大的好处,是使墙体具有了呼吸功能,解决了普通墙体材料易开裂、易霉变、易下垂和异形曲面等一系列难题。

同时,河北华美化工建材集团有限公司的橡胶绝热保温材料和玻璃棉绝热保温材料也为世博园百余国家馆穿上了"保暖衣"。

这些全新技术与产品,在未来的一段时间内,也相继会为全国乃至全世界的城市建设披上更理想、更美丽的外衣。

"十一五"期间,很多大城市在新墙体材料的应用上,已经顺利达到了预期目标,北京、上海等部分大都市,新墙材使用比重达到55%。而全国以非黏土多孔砖、轻质墙板、砌块为主的新墙材生产和应用格局基本成形,建筑应用比例达到65%以上。

新墙材的快速发展,既满足了城乡建设对墙体材料更新换代的日益需求,同时也消纳了大量固体废弃物,节约了土地能源,从实质上保护了生态环境。

据悉,"十一五"期间,因推广新墙材累计消纳煤矸石、粉煤灰和尾矿等大宗固体废弃物约15亿吨,减少堆存占地、关停企业腾退、淘汰黏土砖产能,合计节约土地约300万亩。

"十二五"开局之年,发展规划中为墙材的发展指明了方向,今后的发展重点是积极发展集防火、抗震、环保、保温、防水、降噪和装饰多种功能于一体的新型建筑墙材和屋面系统等材料及部品。

而关于今后的墙材技术研发重点,将以安全环保型外墙保温材料、外墙装饰挂板大型化、薄型化生产技术、高性能绝热材料产业化技术等新技术和新装备。

2012年5月,第六届中国国际新型墙体材料技术装备及产品展览会上,相关部门进一步阐述了"十二五"期间,中国新型墙材行业的细致化发展细节,包括,重点发展和推广优质、高保温性能的各类新型节能墙体屋面材料,并保持年增长速度在

5%~10%。

可以这样说,新型墙体材料的发展,是十年"蓝海战略"的成功典范之一。十年前,新墙材还只是一个新鲜而略带生猛的全新概念,十年之后的今天,俨然成为中国建筑材料领域中,发展迅猛且空间巨大的朝阳产业。

随着城市规划的日益国际化,以及如火如荼的新农村建设,新建筑、新民居、新墙材的融合,中国城市与农村的差距也有可能会在绿色墙材这样一个平台上,缩短不小的距离。

本文中,只是列举了建材行业的5大领域来以点论面,梳理十年发展脉络。但建材业远不止这5大板块,这是一个百花齐放的大行业。玻纤、铝塑、珍珠岩、石膏、粉体、石材、建材机械、非金属矿、地坪、栅栏、石灰、防水及耐火材料,以及正在蓬勃兴起的预拌混凝土、更专业化的高科技和新能源材料等等,都自成领域又相互交融搭配,在中国的建筑史上,扮演着各自的角色,成就着各自的辉煌。

在这十年的发展中,这些建材领域的各个分支,都在科学发展观的指引下,创造出了各自的累累成绩,尤其在研发创新上,各个领域可谓年年惊喜不断,一次次创造着奇迹。同时,在形成产业化、规模化的道路上,也愈走愈壮。跨过今天所有的成绩,在"黄金十年"的制高点上,建材业正在全新的起跑线上,迎接未来的挑战。

《黄金10年》刊于2012年8月31日

其他篇目

◆行业人话10年

关注本组核心报道请扫描二维码

国内统一刊号:CN11—0073
邮发代号 1—121 国外代号 0807
本报为周六刊(周日休刊)
今日四版
第6461号
2013 年 9 月 13 日 星期五
农历癸巳年八月初九
www.cbmd.cn

产业财富 传媒价值

中國建材報

CHINA BUILDING MATERIALS DAILY

经济日报社主管主办

国务院发布《大气污染防治行动计划》
十条措施力促空气质量改善

本报讯 日前，国务院发布《大气污染防治行动计划》。这是当前和今后一个时期全国大气污染防治工作的行动指南。

大气环境保护事关人民群众根本利益，事关经济持续健康发展，事关全面建成小康社会，事关实现中华民族伟大复兴中国梦。当前，我国大气污染形势严峻，以可吸入颗粒物(PM10)、细颗粒物(PM2.5)为特征污染物的区域性大气环境问题日益突出，损害人民群众身体健康，影响社会和谐稳定。随着我国工业化、城镇化的深入推进，能源资源消耗持续增加，大气污染防治压力继续加大。为切实改善空气质量，制订本行动计划。

总体要求：以邓小平理论、“三个代表”重要思想、科学发展观为指导，以保障人民群众身体健康为出发点，大力推进生态文明建设，坚持政府调控与市场调节相结合、全面推进与重点突破相配合、区域协作与属地管理相协调、总量减排与质量改善相同步，形成政府统领、企业施治、市场驱动、公众参与的大气污染防治新机制，实施分区域、分阶段治理，推动产业结构优化、科技创新能力增强、经济增长质量提高，实现环境效益、经济效益与社会效益多赢，为建设美丽中国而奋斗。

奋斗目标：经过 5 年努力，全国空气质量总体改善，重污染天气较大幅度减少；京津冀、长三角、珠三角等区域空气质量明显好转。力争再用 5 年或更长时间，逐步消除重污染天气，全国空气质量明显改善。

具体指标：到 2017 年，全国地级及以上城市可吸入颗粒物浓度比 2012 年下降 10%以上，优良天数逐年提高；京津冀、长三角、珠三角等区域细颗粒物浓度分别下降 25%、20%、15%左右，其中北京市细颗粒物年均浓度控制在 60 微克/立方米左右。

行动计划确定了十项具体措施：一是加大综合治理力度，减少多污染物排放。二是调整优化产业结构，推动经济转型升级。三是加快企业技术改造，提高科技创新能力。四是加快调整能源结构，增加清洁能源供应。五是严格节能环保准入，优化产业空间布局。六是发挥市场机制作用，完善环境经济政策。七是健全法律法规体系，严格依法监督管理。八是建立区域协作机制，统筹区域环境治理。九是建立监测预警应急体系，妥善应对重污染天气。十是明确政府企业和社会的责任，动员全民参与环境保护。（据新华网）

评论

发展绿色建材 防治大气污染

■本报评论员 常慧

《大气污染防治行动计划》首度公开亮相。这份业界期待已久的文件是中国首个全国性的空气污染治理计划。

党中央、国务院高度重视大气污染防治工作，新一届政府成立伊始，就将其作为改善民生的重要着力点，作为生态文明建设的具体行动，作为统筹稳增长、调结构、促改革、打造中国经济升级版的重要抓手，作出了全面部署。

《大气污染防治行动计划》(通知简称《行动计划》)对 2017 年前大气污染治理给出了详细治理蓝图，并设定空气改善目标，对各省市降低 PM2.5 浓度提出具体要求，这将成为当前和今后一个时期全国大气污染防治工作的具体行动指南。

建材工业是国民经济的重要基础产业，也是唯一具有原材料与消费品双重属性的行业，牵动人民生活的方方面面。但全行业能源消费量占全国能源消费总量的 1/10 左右，在全国工业部门中列第四位。目前年排放烟气粉尘、二氧化硫和氮氧化物分别达到约 340 万吨、160 万吨和 135 万吨，可以说是节能减排的重点行业。同时，建材工业也是资源节约、废弃物综合利用和发展循环经济有优势、有擅长的行业。

在当今形势下，加快推进行业生产方式的转变，积极参与治理好大气污染工作，建材工业在《行动计划》完成过程中将担负重要责任。

不论是治理室外空气污染，还是保证消费者居住安康；不论是调整优化产业结构，抑制产能过剩，还是紧抓生产环节的节能减排、实现绿色发展；不论是加快企业技术改造，大力发展循环经济，还是发挥市场机制，完善环境经济政策……

认真领会《行动计划》提出的十条具体措施，可以看到建材工业下一步发展的方向与目标：推动在全生命周期内减少对天然资源消耗和减轻对生态环境影响，本质更安全、使用更便利，具有“节能、减排、安全、便利和可循环”特征的绿色建材的全面发展，将是落实《行动计划》的重要抓手。

我国大气污染问题是长期积累形成的，治理好大气污染任务重、难度大，使得绿色发展成为全中国当前以及未来最重要的国家战略。建材工业谋求绿色发展，推广绿色建材，可谓意义重大。

2013 年初国家工信部便着手建立绿色建材标准认证体系与产品目录编制工作，这不仅仅是建材工业努力摆脱“二高一资”的传统桎梏，从环境杀手变为环境卫士的有效手段，更是使整个建材工业以此为契机，摆脱产能过剩，实现全面转型升级的重大转折点，同时也是落实《行动计划》，消除重污染天气，实现全国空气质量明显改善目标的根本保证。

而建材工业也只有坚持在保护中发展、在发展中保护，才能实现环境效益、经济效益和社会效益多赢的新局面。

每周核心报道

又到月圆时 秋思落谁家
——献给中秋之际离乡在外创业的建材人

■本报记者 刘媛媛

“今夜月明人尽望，不知秋思落谁家。”唐朝诗人王建在《十五夜望月》所抒发的情怀，在几百年后的当代社会，依旧散发着最真挚的情感和最深刻的内涵。

同样抬头望明月，感秋之意和怀人之情，却各有不同。厮守亲人身边的我们，又如何感同身受那些远离亲人，长年驻外奋战一线的劳动者们？

上百万工作者组成的建材工业，有一群非常特殊的群体，就是常年远离亲人，驻扎外地或国外建筑工程的建材人，我们形象地称之为“驻外人”。

这是传统建材工业的特色之一，随着中国建材工业在全世界崛起，建材企业加快着“走出去”的步伐，也壮大着“走出去”的“驻外军团”。据不完全统计，在规模较大的建材企业中，尤其是水泥企业，“走出去”的“驻外人”几乎占到全体员工的 30%左右。

他们和他们的家人已经习惯，或者正在尝试习惯这样两地分居的生活状态：习惯于自己的丈夫或妻子，自己的子女或父母，为大家舍小家的创业精神；习惯着去理解、关怀和支持千里、万里之外独自筑梦的亲人。而每当夜深人静的时候，每当节假日的时候，那份思念，便会化作枕边的泪水、电话中的私语或短信的字里行间，喷涌着炽热的情感。

又到一年月圆夜，再过几天，蛇年中秋即将来临，对于他们和他们的家人而言，这一天或许犹如一道闸门，无限的思念与牵挂，都可以尽情地倾诉、尽情地释放、尽情地宣泄……

每一份坚守，都有着各自的理由和信念，这其中最动人的，便是那份血浓于水的相思之情。

中流砥柱
不只承载一个人的情感和责任

如果将建材行业的这些“驻外人”做一个大致的划分，中壮年群体占据着相对较大的比例。他们不仅仅是一个企业的中高层领导者或核心技术人员，也是支撑“驻外人”群体情感和责任的中流砥柱。

他们或许不止一次驻外的经历，企业工程建设到哪里，他们就要率领团队驻守在哪里。从他们的眼神和语气中，似乎早已习惯于两地分居的特殊日子，从挥洒青春血汗，到肩扛起核心重任，无数个岁月光阴，他们靠着坚强意志和情感涌动支撑过来，似乎早已习惯将相思之情埋于心底，偶尔流露于别人看不见的夜深时分。

随着阅历和职位的提升，他们所要承载的责任和情感却更为丰富，不是一个人的，而是一个团队的。他们已经且必须将自己的情感埋藏在心里，用最大的胸怀去包容和调节团队中每个人的心情。他们不仅仅要在业务上树立先锋作用，更要在思想上抚慰年轻的后来者们。

看上去一桩桩平凡的小事，却是这些驻外的领导层最大的责任。他们要懂得当下年轻人的心态，喜好和时尚语言，懂得所有最先进的通讯方式，懂得时代所赋予年轻人的追求与梦想，甚至是独生子女一代身上特有的个性和脾气。

在采访中国建材国际工程有限公司水泥项目部驻阿塞拜疆的团队时，这个团队的负责人——副部长单旭通过国际长途，对记者说的第一句话是：“不要写我，好好写写我们团队的人。”

阿塞拜疆的工地，是在很偏远的地方，娱乐设施非常少。作为这个团队的“老人”，单旭清楚当下年轻人的喜好，简单传统的娱乐活动，已经很难满足年轻人对丰富业余生活的追求和憧憬。工作之余，他想得最多的，就是如何建立虽然简陋，却是时下国内最流行的唱卡拉 OK 设施，或者抽出时间组织阿塞拜疆的短途游，让年轻人过一把背包客的瘾。

往往到了中秋或春节这样的传统节日，再时尚再洒脱的年轻人，也挡不住思亲之情的落寞孤单。单旭却没有望月感伤的时间，他要为化解一份份伤怀之心，努力做着能带动大家情绪的节日安排。

即将到来的中秋节，他想到了年轻人都喜欢的旅游来化解预料中的孤独感伤。“现在的年轻人，喜欢旅游，喜欢尝试新的东西。在过节的时候组织旅游，年轻人会很快进入游客的角色中，从而减轻那种每逢佳节倍思亲的惆怅和伤感。”单旭说。

或许，对于这个群体而言，更多的时候是将自己的思乡之情，寄托在这份厚重的责任之中。就像另一位驻守国外的领队人所言：或许在国内，在亲人身边，我不会承载着这么厚重的责任和博大的情感。但在离家万里之外，我率领的团队就是一个家庭，而我是一家之主，我希望孩子们个个都是好样的，个个都幸福快乐。久而久之，我也将自己的思乡之情，融入其中了。

年轻人
我有我的追求 我有我的理由

越来越多的 80后融入“驻外大军”的行列，像一股股新鲜血液在涌动，打破了 60 后、70 后们从年轻时就延续下来的矜持与含蓄。

工作之余，这些年轻人喜欢晒自己引以为傲的照片；放开了攀谈自己的老公或老婆、自己的父母和孩子；把在异地生活的一切细节，甚至吃个饭也要用手机拍下来，然后到处寻找有 WIFI 的地方，通过微博微信发给远在家乡的亲人朋友……

他们笑得痛快，哭得也痛快，乐观如朝阳，偶尔发点小脾气、闹点小情绪亦如闪电，来得快去得快。

他们从不避讳希望公司能加薪、能升职、能多给一些奖金。也总会在艰苦的环境下，尽量想些小创意，让自己和同事在工作之余，过得舒服、吃得尽兴、笑得开心。

有两种状态是他们共有的，一种是在工作当中的勤奋忘我，另一种是在夜晚时分想家的心情。

“不瞒你说，在准备前往异国他乡时，我有种迫不及待的心情，要见到新的景色、接触新的文化、开拓新的视野，这都是我曾经向往的生活。而老婆也完全支持，她认为我是出去创业，会有更好的待遇，会为将来更好的生活增加积蓄。”一位在埃及驻守已 3 年的 80 后男孩很坦率地说。

然而，当站在埃及施工现场的一刻，他笑称：他和他的小伙伴们都惊呆了。以他的话说，完全不知自己身在何处，天地之间，连一丝绿色都不曾存在，不要说有人来往，就连蚂蚁都很难光临这块不毛之地。

孤独和寂寞感瞬间袭来，他没想到想家的心绪会这么快涌上心头，对于一个 80 后的独生子而言，这样的“新鲜”是他从未料到的，往后的苦和累，也是他未曾经历的。

更何况，他还有个不到一岁的宝宝，一个刚刚建立的温馨小家，他甚至很迷茫，待到他回去的时候，孩子已经可以上幼儿园了，而他能不能如愿地拿出足够的薪水让孩子接受更好的教育。

“好在，我们是中国第一代独生子女，好像天生具备自得其乐的能力，但凡和同事们混熟了，尤其是同龄人比较多，也就习惯主动去创造快乐。”

3 年过后，这里完全变成了另一番景象，一片庞大的绿色的美丽园区赫然呈现，漂亮的厂房前是绿油油的草地。阳光下，草地中，篮球架、足球场尽显生机。远处，两条新型干法水泥生产线矗立在蓝天下，巍峨雄壮。

“这是我们建立起来的，包括这一草一木，都饱含着我们的心血。就算有一天回国了，这里也住上了埃及本地人，我依然觉得，这里是我人生家园的一部分。”这位年轻人在说完这句话的第二天，又赶赴埃及。再见他，应该是一年之后了。

下转 2 版

策　划：本报编辑部
统　筹：刘媛媛　王怡洁
采　写：刘媛媛　王怡洁　曾韫瑶
　　　　韩凤凤　王璞田　孙光尧
制　图：崔建竣

我心中每个夜晚的月亮都是圆的

——写给我远在千里之外的老公

■本报记者 韩凤凤

第一次跳出记者的思维为核心报道写稿子,只是因为创业而常年驻外的老公赋予了我一个比较时髦的称谓——留守女人。在中秋节到来之际,作为建材行业一个月圆人不圆的非典型代表,同为建材人的我及我老公成了文章的主角。

2009 年,想把命运掌握在自己手里的老公毅然决然地辞掉了央企一份不错的工作,开始和几个同事一起创业。他们计划按照原有央企模式运作,但现实告诉他们,北京并不适合传统行业的民营企业创业,必须改变思路,从基础做起,从实业入手,最终决定离开北京到江苏海门港开发区落户,成立南通协力方圆机械工程有限公司。从此,我们过上了牛郎织女般的生活。我曾一度为当初自己故作贤惠支持他的决定而后悔,因为支持了他就意味着虐待了自己。

2007 年曾有过类似经历,新婚宴尔的老公被派到广州工作一年。那时候还没有孩子,生活负担小,我们坚持至少半个月见一次面,要么他回来,要么我过去,或者找一个合适的地方旅游。那一年他多赚的出差补贴都被我们贡献给了交通事业和通讯事业,但是很充实,也很浪漫。

这一次却没那么简单。他走出去的是一个人,但留给我的是一个家。虽然有父母帮忙带孩子,但男主人经常空缺的家需要我要挑起更多的生活担子。水费电费煤气费都要惦记着交,暑假寒假双休假都要琢磨怎么陪孩子玩。强烈抵触开车的我还学会了开车,即使加班到早晨 6、7 点钟也要准时起床开车送孩子上幼儿园。这四年,我已经被培养成为上得厅堂、下得厨房、修得了下水道、安得了电灯泡的“女汉子”。

4 年了,能适应吗?其实还是不适应。特别是有一些突发状况的时候,对他的想念就更为强烈。那一次女儿生病了,晚上我定闹钟一个小时醒一次观察体温。烧到第三天晚上,我也发烧了。为了不打扰父母休息就没去他们房间找药,一个人哆哆嗦嗦地蜷在被子里。因为自己也发烧不能用手测体温,只能攥着温度计一个小时给女儿测一次体温。天亮了,女儿的烧退了,我也倒下了。那时候真是希望有人能帮一把手。我流着眼泪给老公发短信:“国难念忠臣呀念忠臣。”老公回来短信:“多难兴邦。”我哭笑不得。

因为三脚猫的车技,节假日我不敢开车带孩子出去玩,所以老公大概每个月一次的回京探亲成为我们出游的好机会。每次他回来都会给女儿充分的补偿。就拿上次探亲来说,周六周日两天,女儿去上跳舞课,去朝阳公园骑自行车,去茶餐厅吃甜品,去郊区采摘葡萄,去游泳馆游泳,丰富多彩,不亦乐乎。连 4 岁的女儿都感慨:生活,每个月可以美好几天。

都说夫妻分开时间长了感情会淡,刚开始我也有这样的体会。我们坚持每天至少两个电话。我打电话的时间很固定——上班路上和下班路上,而他的时间很没谱,经常是我打过去,他要么是“现在有事,过一会再打”,要么就是“我在开车呢”。为了他的安全,我从来不在他开车的时候打电话,所以有时候一天都说不上 1 分钟话,心里就特别着急、生气。再加上他回家时间经常因为临时有事而延期,所以也一直吵闹不断。

我一直为自己失去自由、没有自我而愤愤不平,并经常抱怨他不管家,不负责任。直到有一天,一个跟我有相同处境的在北新集团工作的朋友跟我说,她觉得不是老公抛弃了他们,而是他们抛弃了老公,让老公一个人在外面赚钱,孤苦伶仃,想家,想孩子,没人照顾。跟咱们比,老公才是不容易的。

仔细想想,确实也是,老公一个人很孤单,没人给洗衣服,没人给洗水果,没人给做好吃的;每天跟工人们一起吃又咸又油的伙食餐,前几天南通 40 多摄氏度的高温,他们新盖成的食堂连空调都还没来得及装;每天凌晨 5 点起来给工人布置工作,经常开会开到凌晨;再疲惫也要开车办事,有时候要奔波一天,连饭都吃不上……想想这些心都会疼。想当年的帅小伙现在已经成熟且沧桑,每次回来见他又瘦了一圈,心里都不是滋味。

换个角度看他,想法也变了。以前总是赌气,盼着他们筹不到钱让工厂早点倒闭,他好早点回家,假期去南通亲眼看到了壮观的厂房、挺拔的办公楼后,居然为他深感自豪。一砖一瓦都有他的心血汗水,我怎么忍心让他轻易地放弃理想,让这么多年的努力付之东流,又怎么忍心摧毁他精心设计的我们未来美好的家。现在,我比任何人都盼着他的工厂能多签合同,多中标,多赚钱,那时,老公的职业梦想实现了,我的家庭梦想也会实现。

他们用短短两年的时间,完成了厂区的基本建设,具备了办公、生产条件。他们兢兢业业,勤勤恳恳的工作态度也赢得了客户的认可,业务实现了从无到有的突破。他们的公司正沿着当初设计的轨道稳步前行。我和他共同承担着离别的痛苦,却也一起分享着成功的喜悦。

9月19日,有合作单位的技术人员要到工厂商谈下一个项目的工作计划,合家团圆的日子,他又将在那里坚守,我能理解他的辛苦,他的付出,正如他理解我一样。

这个没在一起的中秋已经不会给我们带来任何心理上的负担,因为在我们心里,每一个夜晚的月亮都是圆的。

《又到月圆时　秋思落谁家》刊于2013年9月13日

其他篇目

◆又到月圆时　秋思落谁家

——献给中秋之际离乡在外创业的建材人

◆中秋　他选择坚守

◆带着责任与梦想前行

——记南京永能新材料有限公司总经理刘国华

◆驻外项目代表:时刻不忘肩负的使命

——记中国建材国际工程有限公司阿塞拜疆水泥项目部土建经理张彦涛

◆亲情　有时也是一种奢侈

——记离家12年的农民工刷漆师傅鲍一明

◆寻找属于自己的精彩

——记中国建筑材料科学研究总院瑞泰科技股份有限公司年轻员工　闫昕

◆只有呵护好"小家"才能建设好"大家"

关注本组核心报道请扫描二维码